OURAGAN

Du même auteur

Un Caïd.
Taï-pan.
Shogun.
La Noble Maison.

James Clavell

OURAGAN

Azadeh

TRADUIT DE L'ANGLAIS
PAR
SACHA REINS

Stock

Titre original :

WHIRLWIND

(Hodder & Stoughton, Londres)

Si vous souhaitez être tenu au courant de la publication de nos ouvrages, il vous suffit d'en faire la demande aux Éditions STOCK, 103, boulevard Saint-Michel, 75005 Paris. Vous recevrez alors, sans aucun engagement de votre part, le bulletin où sont régulièrement présentées nos nouveautés que vous trouverez chez votre libraire.

© 1986, by James Clavell.
© 1987, Éditions Stock pour la traduction française.

L'action de ce roman d'aventures se situe entre le 9 février et le 3 mars, pendant la révolution iranienne de 1979, bien avant que ne se déclenche la crise des otages. J'ai essayé que ce récit paraisse aussi réel que possible — mais c'est une œuvre de fiction, peuplée de personnages imaginaires. Bien sûr, l'ombre des géants ennemis, Sa Majesté le shah Muhammad Pahlavi (et son père Rizah Shah) et l'imam Khomeiny, qui se profile sur mes héros tient un rôle vital dans cette histoire. Mais ils ne sont pas directement décrits ou mis en scène bien que j'aie essayé de présenter une image ressemblante de cette époque, des gens qui l'avaient vécue et endurée, des opinions qui existaient et qui y étaient exprimées. Rien dans ce livre ne se veut irrespectueux envers qui que ce soit.

C'est une histoire qui ne raconte pas les événements tels qu'ils se sont effectivement passés sur une période de vingt-quatre jours, mais tels que je les ai imaginés...

Pour Shigatsu.

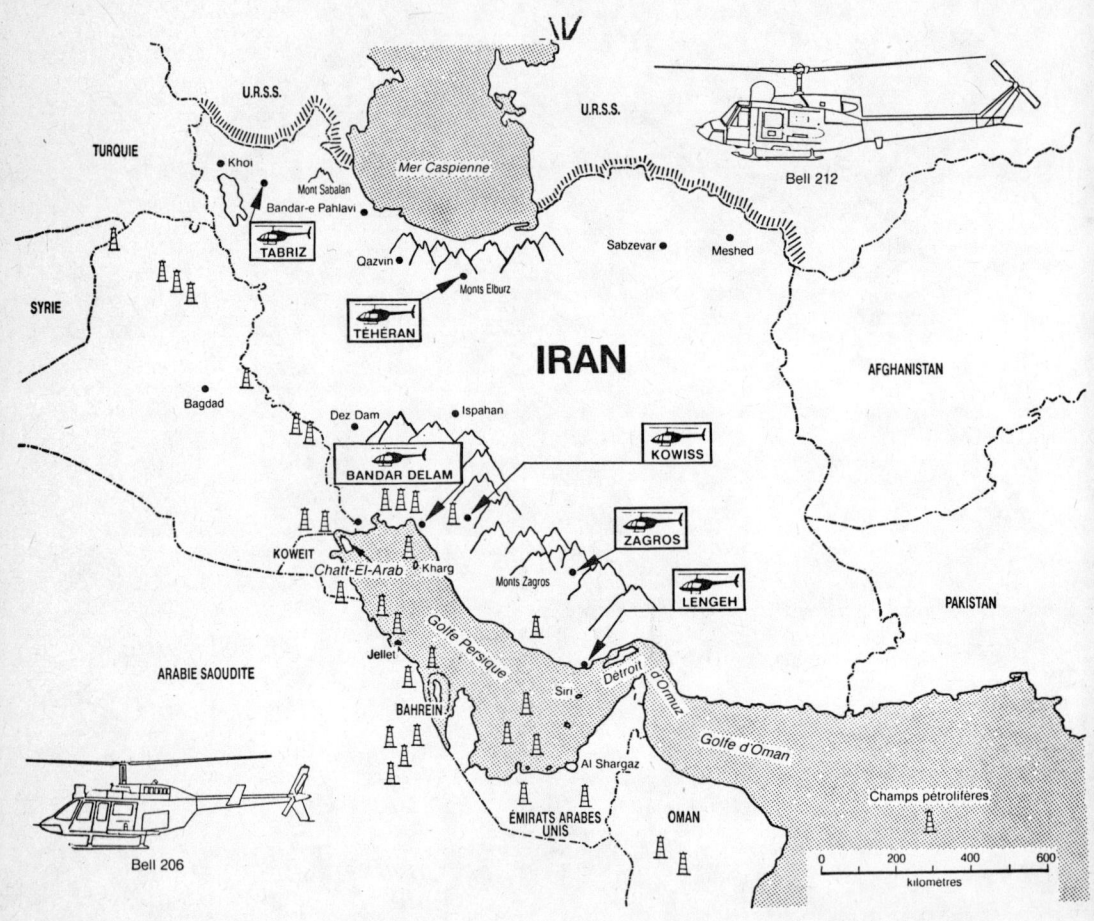

LIVRE I

Vendredi 9 février 1979

CHAPITRE 1

Dans les montagnes de Zagros : au coucher du soleil. Le soleil effleurait l'horizon et l'homme, d'un geste las, tira sur les rênes de son cheval, heureux que l'heure de la prière fût arrivée.

Il s'appelait Hussain Kowissi. C'était un Iranien de trente-quatre ans, solidement bâti, à la peau claire, aux yeux et à la barbe très sombres. Un fusil soviétique AK47 en bandoulière, emmitouflé pour se protéger du froid, il portait un turban blanc, d'amples vêtements de couleur sombre tachés par la poussière du voyage, la grosse veste en peau de mouton fermée par une ceinture des nomades Kash'kais et des bottes usées. Comme il avait les oreilles couvertes, il n'entendit pas dans le lointain le hurlement de l'hélicoptère qui approchait. Derrière lui, son chameau fatigué tirait sur sa longe, impatient de manger et de se reposer. Il maudit machinalement la bête, en mettant pied à terre.

A cette altitude — près de deux mille cinq cents mètres —, l'air était raréfié. Il faisait froid, très froid, et l'épaisse couche de neige que le vent poussait en congères rendait la marche difficile sur ce sol glissant et verglacé. Plus bas, le sentier serpentait vers de lointaines vallées, jusqu'à Ispahan, d'où il venait. Devant, il montait dangereusement entre les à-pic, vers les autres vallées qui donnaient sur le golfe Persique et vers la ville de Kowiss où il était né, où il vivait et dont il avait pris le nom en devenant mollah.

Peu lui importait le danger ou le froid. Le danger avait pour lui quelque chose de pur, comme l'air.

C'est comme si j'étais redevenu nomade, songea-t-il, comme au temps jadis où mon grand-père nous guidait. Toutes nos tribus du Kash'kai allaient alors des pâturages d'hiver à ceux d'été, un cheval et un fusil par homme, avec des troupeaux en abondance, une multitude de moutons, de chèvres et de chameaux. Nos femmes étaient dévoilées et nos tribus libres comme nos ancêtres au cours de dizaines de siècles, soumises à la seule volonté de Dieu. Ce temps jadis, terminé voilà à peine soixante ans, se dit-il, gagné par la colère, a été achevé par Rizah Khan, ce soldat parvenu qui, avec l'aide des Britanniques, avait usurpé le trône, s'était proclamé Rizah Shah, premier de la dynastie des Pahlavi et qui, avec l'appui de son régiment de cosaques, nous avait domptés et essayé de nous exterminer.

C'était l'œuvre de Dieu si Rizah Shah avait fini par être humilié et exilé par ses ignobles maîtres britanniques pour mourir oublié, l'œuvre de Dieu si Muhammad Rizah Shah avait été forcé de fuir voilà quelques jours, Son œuvre encore si Khomeiny était revenu pour prendre la tête de Sa révolution ; Sa volonté si demain ou après-demain je finis en martyr et Son plaisir si nous sommes aujourd'hui balayés par Son tourbillon et si le jour du jugement est enfin venu pour les laquais du shah et pour tous les étrangers.

L'hélicoptère était proche, mais l'homme ne l'entendait toujours pas, la plainte du vent soufflant en rafales noyait le bruit. Il prit son tapis de prière et l'étala sur la neige, le dos encore endolori par les coups de fouet. Puis, ramassant une poignée de neige, il se lava rituellement les mains et le visage, se préparant pour la quatrième prière de la journée. Il se tourna vers le sud-ouest, vers la sainte cité de La Mecque qui s'étendait à plus de quinze cents kilomètres de là en Arabie Saoudite, et centra ses pensées sur Dieu.

« *Allah-ou Akbar, Allah-ou Akbar. La illah illa Allah...* » Tout en répétant la prière, il se prosternait, se laissant baigner dans le flux des mots arabes : Dieu est grand, Dieu est grand. Il n'y a d'autre Dieu qu'Allah et Mahomet est son prophète. Dieu est grand, Dieu est grand. Il n'y a d'autre Dieu qu'Allah et Mahomet est son prophète...

Le vent se leva, plus froid maintenant. Alors, à travers l'épaisseur de son turban, il entendit le vrombissement du moteur. Le bruit ne cessait de s'amplifier, pénétrant dans sa tête, chassant la paix de son âme, anéantissant sa concentration. Furieux, il ouvrit les yeux.

L'hélicoptère, à une soixantaine de mètres au-dessus du sol, se dirigeait droit vers lui.

Il crut d'abord qu'il s'agissait d'un appareil militaire et une brusque peur le saisit à l'idée qu'on le recherchait. Puis il reconnut les couleurs britanniques, rouge, blanc et bleu, et sur le fuselage les grandes lettres S-G, disposées autour du lion rouge d'Ecosse : c'était la même compagnie d'hélicoptères qui opérait de la base aérienne de Kowiss ainsi que dans tout l'Iran. Sa peur le quitta, mais non sa rage. Il observa l'appareil, brûlant de haine pour ce qu'il représentait. L'hélicoptère, presque au-dessus de lui, ne présentait aucun danger, il se demandait même si les passagers l'apercevaient, à l'abri d'un saillant rocheux. Cette intrusion venant troubler sa paix et ses prières l'exaspérait. A mesure que le fracas assourdissant augmentait, sa colère grandissait.

« *La illa Allah...* » Il essaya de se remettre à prier, mais le tourbillonnement des pales lui jetait des paquets de neige au visage. Derrière lui, son cheval hennit et se cabra, ce qui le fit déraper sur le sol glissant ; son chameau de bât, affolé, se redressa en chancelant sur trois pattes. La colère de l'homme éclata. « Infidèle ! » rugit-il vers l'appareil qui planait presque au-dessus de la crête. Se levant d'un bond, il saisit son fusil, ôta le cran de sûreté et tira une rafale, puis corrigeant son tir, il vida le chargeur.

« Satan ! » hurla-t-il dans le silence subit.

Quand les premières balles arrosèrent l'hélico, le jeune pilote, Scot Gavallan, fut un instant paralysé. Il contempla d'un regard stupide les trous dans le Plexiglas : c'était la première fois qu'on lui tirait dessus. « Bonté divine ! » murmura-t-il. Ses paroles furent couvertes par celles de l'homme assis à côté de lui et dont les réactions avaient la vivacité que donne l'habitude du combat : « Couchez-vous ! » L'ordre retentit dans ses écouteurs.

« Couchez-vous ! » cria de nouveau Tom Lochart dans son micro ; puis, comme il ne disposait pas de commandes devant lui, il passa par-dessus la main gauche du pilote et poussa à fond le manche tout en coupant brutalement les gaz. L'hélico se mit à tournoyer follement, perdant de l'altitude. Ce fut à ce moment que la seconde rafale les balaya. Il y eut au-dessus d'eux et à l'arrière un craquement sinistre : une balle fit gicler un éclat de métal ; les réacteurs se mirent à tousser et l'hélico tomba comme une pierre.

C'était un Jet Ranger 206 : un pilote, quatre passagers, un devant, trois à l'arrière, et l'appareil était plein. Une heure auparavant, Scot s'était envolé de l'aéroport de Chiraz à quelque quatre-vingts kilomètres au sud-est où il avait pris les autres qui revenaient d'une permission d'un mois chez eux : la routine. Mais la routine se transformait en cauchemar : la montagne se précipitait vers eux. Puis, miraculeusement, au bord d'une corniche, la terre s'éloigna, l'appareil plongea dans un creux, donnant au pilote une fraction de seconde de répit pour en reprendre un peu le contrôle.

« Attention, bon sang ! » fit Lochart.

Scot avait vu le danger, mais pas aussi vite. Ses mains et ses pieds s'affairaient sur les commandes et, dans une embardée vertigineuse, firent glisser l'appareil autour d'un saillant rocheux ; le patin gauche du train d'atterrissage heurta les rochers et une fois de plus ils replongèrent, à quelques mètres seulement au-dessus des rocs et des arbres qui montaient et descendaient sous eux.

« Descends et accélère, dit Lochart, comme ça, Scot... non, comme ça, par là, par-dessus cette crête et dans le ravin... Tu es blessé ?

— Non, non, je ne crois pas. Et toi ?

— Non, ça va maintenant, plonge dans le ravin, allez, vite ! »

Docilement, Scot Gavallan amorça un virage, mais trop bas et trop vite : il n'était pas encore remis de sa frayeur. Il avait toujours un goût de bile dans la bouche et son cœur battait à tout rompre. Derrière la cloison, il entendait les cris et les jurons des autres qui dominaient le rugissement des moteurs, mais il ne pouvait pas prendre le risque de se retourner. « Personne de blessé derrière, Tom ? demanda-t-il d'une voix angoissée dans le micro.

— N'y pense pas, concentre-toi, surveille la crête. Je m'occuperai d'eux ! » fit Tom Lochart, le regard à l'affût. Ce Canadien de quarante-deux ans, ancien pilote de la RAF, ancien mercenaire, était maintenant le chef pilote de leur base de Zagros 3. « Attention à la crête, apprête-toi à esquiver encore. Attention ! »

La crête, juste au-dessous d'eux, se rapprochait trop vite. Gavallan aperçut les roches déchiquetées juste devant lui. Il eut à peine le temps de les éviter quand une violente rafale le plaqua dangereusement près de la falaise. Il redressa un peu trop, entendit un torrent de jurons dans ses écouteurs et reprit le contrôle de l'appareil. Puis, droit devant, il vit les arbres, les rochers, le ravin qui finissait brusquement et il comprit qu'ils étaient perdus.

Brusquement tout parut se ralentir. « Bonté di...

— A gauche toute... fais gaffe au rocher ! »

Scot sentit ses mains et ses pieds obéir, il vit l'appareil pirouetter à quelques centimètres au-dessus des rochers, foncer vers les arbres, passer de justesse et se retrouver en plein ciel.

« Pose-toi là-bas, le plus vite possible. »

Il regarda Lochart, ahuri. « Quoi ?

— Bien sûr. Vaut mieux jeter un coup d'œil ; voir ce qu'il a, insista Lochart, furieux de ne pas avoir les commandes. J'ai entendu quelque chose lâcher.

— Moi aussi. Si c'était le train d'atterrissage ? Il est peut-être arraché ?

— Ne pèse pas trop sur lui. Je vais descendre vérifier, et puis, si tout va bien, tu te poses et je ferai une rapide inspection. C'est plus prudent : Dieu sait si les balles n'ont pas percé une canalisation ou entaillé un câble. »

Lochart vit Scot détourner son regard de la clairière pour jeter un coup d'œil aux passagers. « Ne t'occupe pas d'eux, bon sang, fit-il sèchement. Concentre-toi sur l'atterrissage. »

Le jeune homme rougit mais obéit. S'efforçant de maîtriser la nausée qu'il sentait monter, Lochart se retourna, s'attendant à voir du sang partout, des entrailles répandues, à entendre des râles étouffés jusque-là par le fracas des réacteurs, sachant qu'il ne pourrait rien faire avant qu'ils n'aient atterri sans dommage. A son immense soulagement, les trois hommes installés sur la banquette arrière — deux mécaniciens et un autre pilote — semblaient indemnes, même s'ils étaient accroupis par terre. Jordon, le mécanicien assis juste derrière Scot, était blanc comme un linge et se tenait la tête à deux mains.

A une quinzaine de mètres d'altitude, ils approchaient vite, sous un bon angle. Dans la clairière, le sol était blanc et nu, sans une touffe d'herbe. La neige s'entassait sur les côtés. Cela semblait un bon choix : il y avait largement la place pour manœuvrer et se poser. Mais comment juger de l'épaisseur de la couche de neige ? Lochart savait ce qu'il ferait s'il avait les commandes. Mais ce n'était pas le cas ; ce n'était pas lui le capitaine, bien qu'il fût le supérieur de Scot.

« Derrière, ils n'ont rien.

— Dieu merci, fit Scot Gavallan. Tu es prêt à sortir ?

— Comment te paraît la neige ? »

Scot perçut la mise en garde dans le ton de Lochart. Il remit aussitôt les gaz et resta en vol stationnaire. Bon sang, songea-t-il, affolé de sa stupidité, si Tom ne m'avait pas prévenu, je me serais posé là. Dieu sait quelle est l'épaisseur de la neige et ce qu'il y a dessous ! Il se stabilisa à une trentaine de mètres et scruta le flanc de la montagne.

« Merci, Tom. Et là-bas ? »

L'autre clairière était plus petite, à quelques centaines de mètres de l'autre côté de la vallée, plus bas, avec une issue facile s'il leur en fallait une, et protégée du vent. Il n'y avait presque pas de neige : le sol était un peu accidenté mais utilisable.

« Ça me paraît mieux, à moi aussi. »

Lochart écarta un écouteur et regarda derrière.

« Hé, Jean-Luc, cria-t-il, ça va ?

— Oui. J'ai entendu quelque chose lâcher.

— Nous, aussi. Jordon, pas de bobo ?

— Ça va très bien, évidemment », répliqua Jordon d'un ton amer.

C'était un Australien sec et costaud, qui secouait la tête comme un chien. « Je me suis juste cogné la tête, pas vrai ? Saloperie de balles ! Je croyais que Scot avait dit que tout allait mieux depuis le départ du shah et le retour de Khomeiny. Vous parlez d'un mieux ! Voilà maintenant qu'ils nous tirent dessus ! Ça ne nous était encore jamais arrivé... Qu'est-ce qui se passe ?

— Comment veux-tu que je le sache ? Sans doute un type qui a la détente facile. Ne bouge pas, je vais jeter un coup d'œil. Si le train d'atterrissage est en bon état, nous allons nous poser et Rod et toi pourrez faire une vérification.

— Et la pression d'huile ? cria Jordon.

— Dans le vert. » Lochart se rassit, son regard parcourant machinalement les cadrans, la clairière, le ciel, à gauche, à droite, au-dessus et en dessous. Ils descendaient doucement, encore une vingtaine de mètres. Dans son casque, il entendit Gavallan qui fredonnait. « Tu t'en es très bien tiré, Scot.

— Tu parles, fit le jeune homme, en essayant de prendre un ton détaché. J'ai failli bousiller l'hélico. Quand les balles nous ont frappés, j'étais pétrifié. Sans toi, je ne sais pas ce que j'aurais fait.

— C'est moi le responsable. J'ai poussé le manche sans avertissement. Excuse-moi, mais il fallait nous tirer dare-dare de la ligne de feu de ce salopard. J'ai appris ça en Malaisie. » Lochart avait passé un an là-bas avec les forces britanniques qui luttaient contre les insurgés communistes. « Pas le temps de te prévenir. Pose-toi dès que tu pourras. » Il suivit d'un air approbateur les manœuvres de Gavallan qui se mettait en position stationnaire pour examiner avec soin le terrain.

« Tu as vu qui nous a tiré dessus, Tom ?

— Non, mais je ne m'attendais pas à tomber sur des gens hostiles. Où vas-tu atterrir ?

— Là-bas, à l'écart de l'arbre abattu. D'accord ?

— Ça me paraît bien. Dès que tu pourras. Reste à une trentaine de centimètres au-dessus du sol. »

La position était parfaite. Vingt centimètres au-dessus de la neige, aussi immobile que les rochers en dessous malgré les rafales de vent. Lochart ouvrit la porte. Le froid soudain le pénétra. Il remonta la fermeture de son blouson fourré et se glissa dehors prudemment, la tête baissée à cause des pales.

L'avant du patin était cabossé et légèrement tordu, mais les rivets qui le maintenaient aux montants du train d'atterrissage tenaient. Il vérifia aussitôt l'autre côté, revint au patin endommagé, puis leva le pouce. Gavallan ferma un rien les gaz et posa l'appareil, comme si c'était un duvet.

Aussitôt les trois hommes à l'arrière descendirent. Jean-Luc Sessonne, le pilote français, s'écarta pour laisser les deux mécaniciens commencer leur inspection, l'un à bâbord, l'autre à tribord, de l'avant à l'arrière. Le souffle des rotors les fouettait. Lochart était passé sous la carlingue, cherchant une fuite d'huile ou d'essence. N'en trouvant aucune, il se redressa et rejoignit Rodriguez. C'était un Américain, un type étapant, le mécanicien qui, depuis un an maintenant, entretenait le 212 qu'il pilotait en général. Rodriguez débloqua un panneau pour inspecter les canalisations, ses cheveux grisonnants et ses vêtements fouettés par le vent des pales.

Les contrôles de sécurité de la S-G étaient les plus rigoureux de toutes les compagnies d'hélicoptères opérant en Iran. Le labyrinthe des câbles, des tuyaux et des conduits de carburant étaient d'une propreté impeccable. Soudain, Rodriguez montra du doigt une profonde entaille sur le carter, là où une balle avait ricoché. Ils suivirent avec soin la trajectoire de la balle. Le mécanicien désigna un nouveau point, utilisant cette fois une torche électrique. Une des canalisations d'huile était percée. Lorsqu'il ramena sa main, elle était tachée d'huile. « Merde, dit-il.

— Alors, Rod, cria Lochart, pas question de décoller ?

— Oh si ! Il y a peut-être d'autres salopards dans le coin. Ce n'est pas un endroit où passer la nuit. » Rodriguez prit un bout de chiffon et une clé à molette. « Vérifie l'arrière, Tom. »

Lochart regarda autour de lui, cherchant un abri possible pour la nuit. A l'autre extrémité de la clairière, Jean-Luc pissait nonchalamment contre un tronc d'arbre, une cigarette au bec. « Attention aux engelures ! lui cria Lochart.

— Hé ! Tom ! »

Jordon lui faisait signe. Il plongea sous l'arrière de la carlingue pour le rejoindre. Son cœur s'arrêta de battre. Jordon avait démonté un panneau lui aussi, il y avait deux impacts de balles dans le fuselage, juste au-dessus des réservoirs. Seigneur ! une fraction de seconde plus tard et les réservoirs sautaient ! songea-t-il. Si je n'avais pas poussé le manche, on était tous bons.

Jordon lui montra une autre entaille sur l'arbre du rotor. « Je me demande bien comment cet enfoiré a fait pour rater ces foutues pales ! cria-t-il.

— Notre heure n'était pas venue.

— Quoi ?
— Rien. Tu as trouvé autre chose ?
— Rien encore. Ça va, Tom ?
— Bien sûr. »

Un fracas soudain les fit se retourner, mais ce n'était qu'une grosse branche d'arbre, surchargée de neige, qui tombait sur le sol.

« Connerie », fit Jean-Luc. Il leva les yeux vers le ciel, conscient de la lumière déclinante, puis haussa les épaules, alluma une autre cigarette et s'éloigna en tapant des pieds pour les réchauffer.

Jordon ne trouva aucune autre anomalie de son côté. Les minutes s'écoulaient. Rodriguez marmonnait et jurait, un bras plongé dans les entrailles de l'appareil. Derrière lui, les autres l'observaient, à l'écart des pales. Ils avaient encore une trentaine de kilomètres à faire et pas d'autre système de guidage dans ces montagnes que la petite radiobalise de leur base qui marchait quand ça lui chantait. « Allons-y, bon Dieu », grommela quelqu'un.

C'est vrai, songea Lochart, dissimulant son inquiétude.

A Chiraz, l'équipage des deux pilotes et des deux mécaniciens permissionnaires qu'ils remplaçaient leur avait rapidement dit adieu et s'était précipité vers le 125 de la compagnie — un biréacteur à huit places qui servait au transport ou au fret spécial — le même appareil qui les avait amenés de l'aéroport international de Dubaï, de l'autre côté du Golfe, après leur mois de permission. Lochart et Jordon l'avaient passé en Angleterre, Jean-Luc en France et Rodriguez en safari au Kenya. « Pourquoi courent-ils comme ça ? » avait demandé Lochart tandis qu'on fermait les portes du petit appareil.

« L'aéroport ne fonctionne qu'en partie, tout le monde est en grève, mais pas d'affolement, avait répondu Scot Gavallan. Il faut qu'ils décollent avant que le sale petit pêteux de la tour de contrôle qui se croit un envoyé de Dieu n'annule l'autorisation de départ. On ferait mieux de se grouiller aussi avant qu'il commence à nous emmerder. Montez tous vos bagages à bord.

— Et la douane ?

— Ils sont toujours en grève, mon vieux. Comme tout le monde. Peu importe, d'ici à une semaine ou deux tout sera normal.

— *Merde*[1] », jura Jean-Luc. Les journaux français disent qu'en Iran c'est une vraie *catastrophe* avec Khomeiny et ses mollahs d'un côté, l'armée prête à faire un coup d'Etat à la moindre occasion, les communistes qui s'agitent, le gouvernement de Bakhtiar impuissant et la guerre civile inévitable.

---

1. Les mots ou expressions en italique suivis d'un astérisque sont en français dans le texte.

— Qu'est-ce qu'ils en savent en France ?, avait répliqué Scot Gavallan en chargeant les bagages. Les Fran...

— Les Français savent, *mon vieux**. Tous les journaux disent que Khomeiny ne coopérera jamais avec Bakhtiar parce qu'il a été nommé par le shah. Ce vieux dragon a répété cinquante fois qu'il ne travaillerait jamais avec les hommes du shah.

— J'ai vu Andy à Aberdeen il y a trois jours, avait dit Lochart. Il affirmait que la situation en Iran allait bientôt redevenir normale, maintenant que Khomeiny est de retour et le shah en exil.

— Vous voyez bien ! s'était écrié Scot, rayonnant. Le Vieux devrait savoir. Comment va-t-il, Tom ?

— Il pète le feu comme d'habitude. » Andy, c'était Andrew Gavallan, le père de Scot, président-directeur général de S-G. « D'après lui, Bakhtiar a l'armée, la marine, l'aviation, la police et la Savak, alors il faudra bien que Khomeiny traite. C'est ça ou la guerre civile.

— Bon Dieu ! s'était exclamé Rodriguez, mais qu'est-ce qu'on fout dans ce bled ?

— On est là pour le fric.

— Tu parles ! »

Ils avaient tous éclaté de rire. Même Jean-Luc qui était un pessimiste né. « Qu'est-ce que ça fout, Jean-Luc ? avait dit Scot. Personne ne nous a jamais embêtés ici, non ? Tous nos contrats sont avec IranOil, c'est-à-dire le gouvernement. Bakhtiar, Khomeiny ou le général Machin, peu importe. Il faudra bien revenir à la normale. Quel que soit le gouvernement, il ne peut se passer des revenus pétroliers. Et pour ça, il lui faut des hélicos, c'est-à-dire nous. Ils ne sont pas idiots, bon sang !

— Non, mais Khomeiny est un fanatique et il se fout de tout sauf de l'islam : le pétrole, ça n'est pas l'islam.

— Et l'Arabie Saoudite, et les émirats, et l'OPEP ? Ce sont des musulmans mais ils connaissent le prix d'un baril. Tenez, reprit Scot avec feu, Guerney Aviation a évacué tout le secteur des monts Zagros et ils sont en train de fermer toutes leurs bases en Iran. Toutes ! »

Cette remarque attira l'attention générale. Guerney Aviation était la grande compagnie américaine d'hélicoptères et leur principal concurrent. Guerney parti, le travail se trouverait doublé. Or le personnel de S-G expatrié en Iran bénéficiait du système de bonus lié aux bénéfices.

« Tu es sûr, Scot ?

— Sûr, Tom. Ils ont eu une grande discussion avec IranOil à ce sujet. Le résultat, c'est que IranOil a dit : " Si vous voulez partir, partez, mais tous les hélicos sont sous licences iraniennes, alors ils restent — et tous les stocks de pièces détachées ! " Guerney leur a dit d'aller se faire foutre, a fermé la base de Gash, mis les hélicos dans la naphtaline et décampé.

— Je ne peux pas le croire, dit Jean-Luc. Guerney doit avoir cinquante hélicos sous contrat. Ils ne peuvent pas se permettre de les perdre.

— Nous avons pourtant effectué trois missions la semaine dernière : toutes dans le secteur réservé de Guerney. »

Jean-Luc intervint parmi les acclamations : « Pourquoi Guerney s'est-il retiré, Scot ?

— Notre chef intrépide de Téhéran estime qu'ils manquent de cran, qu'ils sont incapables de résister à la pression ou n'en ont pas envie. La plupart des attaques de Khomeiny sont dirigées contre l'Amérique et les compagnies américaines. D'après McIver, ils préfèrent arrêter les frais et c'est tout bénéfice pour nous.

— Mon Dieu, s'ils ne peuvent pas évacuer leurs appareils et leurs pièces détachées, ils sont dans un beau merdier.

— Les pourquoi et les comment, c'est pas notre job, mon vieux : tout ce qu'on nous demande, c'est de voler. Tant qu'on tient le coup, on a leurs contrats et plus du double de notre paye cette année.

— Tu parles à mon cul, ma tête est malade ! » dit Jean-Luc en français.

Ils avaient tous éclaté de rire car même Jordon savait ce que ça voulait dire.

Lochart hocha la tête. Le froid de la montagne ne l'atteignait pas encore. « Andy et Scot ont raison, se dit-il. Tout va bientôt redevenir normal, il le faut bien. » Les journaux anglais étaient également persuadés que la situation en Iran n'allait pas tarder à se normaliser, à condition que les Soviétiques n'interviennent pas ouvertement. On les avait prévenus. Bas les pattes pour les Américains et les Soviétiques, et qu'on laisse les Iraniens régler leurs affaires tranquilles. Quiconque est au pouvoir a un besoin urgent de stabilité et de revenus, c'est-à-dire de pétrole. Oui. Tout va s'arranger. Elle en est persuadée et si elle croyait que tout irait mieux une fois le shah parti et Khomeiny de retour, pourquoi pas moi ?

Ah ! Sharazad, comme tu m'as manqué.

Il avait été impossible de l'appeler d'Angleterre. Le téléphone en Iran n'avait jamais très bien fonctionné, mais depuis le début des troubles, huit mois plus tôt, cela n'avait fait qu'empirer. Les grèves presque constantes dans les télécommunications avaient pratiquement réduit à néant les liaisons intérieures et internationales. Quand il était à Aberdeen pour sa visite médicale biannuelle, il avait réussi à lui envoyer un télex après huit heures d'efforts. Il l'avait expédié aux bons soins de Duncan McIver à Téhéran, où elle se trouvait maintenant. On ne peut pas dire grand-chose dans un télex, sinon : A bientôt, tu me manques, affections.

Ça ne va plus être long maintenant, ma chérie, et...

« Tom ?

— Oui, Jean-Luc. Quoi ?

— Il va bientôt neiger.

— Oui. »

Jean-Luc avait un visage émacié, un grand nez et des yeux bruns. Il était svelte comme tous les pilotes qui passaient tous les six mois un examen médical sérieux leur interdisant de prendre du poids. « Qui nous a tiré dessus, Tom ?

— Je n'ai vu personne, fit Lochart en haussant les épaules. Et toi ?

— Personne. J'espère que c'était juste un dingue.

— J'ai cru un moment que je me retrouvais en Algérie ; ces montagnes ne sont pas si différentes. Je me suis trouvé une fois dans une guerre civile, poursuivit-il en écrasant du talon son mégot. C'était l'horreur, et encore, j'avais des bombes et des mitrailleuses.

— Ça n'était qu'un cinglé isolé.

— Je crois que nous allons avoir affaire à pas mal de cinglés, Tom. Depuis que j'ai quitté la France, j'ai de mauvais pressentiments. Ça n'a fait qu'empirer depuis mon retour. Nous avons fait la guerre, toi et moi, ce qui n'est pas le cas de la plupart des autres. Nous avons du flair. Je m'attends à de sérieux pépins.

— Mais non. Tu es fatigué, voilà tout.

— Ça, c'est vrai. Andy était vraiment optimiste ?

— Tout à fait. Il envoie ses amitiés et nous demande de garder le moral.

Jean-Luc se mit à rire, puis étouffa un bâillement. Dieu, que j'ai faim ! Qu'a prévu Scot pour notre retour ?

— Il y a une banderole de bienvenue au-dessus du hangar.

— Je parle du dîner, mon vieux. Du dîner.

— Il est allé chasser avec des gens du village. Il y a du gibier, et deux lièvres pour ton palais délicat ; nous n'aurons plus qu'à allumer le barbecue. »

« Parfait ! Tu sais, j'ai rapporté du brie, un bon kilo d'ail, du jambon fumé, des anchois, des oignons, quelques kilos de pâtes et de la sauce tomate en boîte. Ma femme m'a donné une nouvelle recette de *matriciana* absolument incroyable. J'ai aussi du vin. »

Lochart se sentit ragaillardi : Jean-Luc avait la passion de la cuisine et, quand il le voulait, c'était un chef inspiré. « Moi, j'ai apporté des boîtes de tout ce que j'ai pu trouver chez Fortnum et du whisky. Ta cuisine, tu sais, m'a manqué. » En le retrouvant à Dubaï, il lui avait serré la main en lui demandant : « Comment s'est passée ta permission ?

— J'étais en France », avait répondu Jean-Luc avec emphase.

Lochart avait envié sa simplicité. En Angleterre, ça n'avait pas été fameux : le temps, la nourriture, la permission, les gosses, sa femme, Noël. Et pourtant, il avait fait des efforts. Me voici rentré, bientôt je serai à Téhéran.

« Tu feras la cuisine ce soir, Jean-Luc ?

— Bien sûr. Comment veux-tu que je vive sans une nourriture convenable ?

— Comme le reste du monde », répondit Lochart en riant.

Ils regardèrent Rodriguez qui travaillait. Le bruit des réacteurs était assourdi, mais les pales tournaient toujours.

« Quand vas-tu à Téhéran ? » demanda Jean-Luc.

Le cœur de Lochart se mit à battre plus vite. « Dimanche, s'il ne neige pas. J'ai un rapport pour McIver et du courrier pour le bureau. Je prendrai un 206 ; il me faudra la journée de demain pour tout vérifier. Scot m'a dit que nous devons nous préparer à fonctionner à plein.

— C'est Nasiri qui a dit ça ?

— Oui. » Nasiri était leur agent de liaison et le directeur de la base, un employé d'IranOil — l'entreprise publique qui avait le monopole du pétrole — c'était lui qui contrôlait et autorisait leurs vols. S-G travaillait sous contrat avec la compagnie, inspectant, fournissant personnel, ravitaillement et équipement aux exploitations pétrolières réparties dans la montagne et se chargeant des inévitables évacuations de blessés, accidents et autres cas d'urgence. « Je doute que nous volions beaucoup la semaine prochaine en raison du temps. Mais je devrais pouvoir partir en 206.

— Sûrement. Il te faudra un guide, je t'accompagnerai.

— Pas question, mon vieux ! Tu es commandant en second et de service pendant les deux semaines qui viennent.

— On n'aura pas besoin de moi. Trois jours, d'accord ? Regarde le ciel, Tom. Il faut bien que je voie si tout va bien dans l'appartement. »

En temps normal, les pilotes ayant de la famille étaient basés à Téhéran. Ils volaient deux semaines, puis avaient une semaine de repos. Mais beaucoup d'entre eux préféraient voler deux mois d'affilée et passer un mois dans leur pays, surtout les Anglais.

« Je dois absolument aller à Téhéran.

— J'irai voir ton appartement, si tu veux. Si tu promets de faire la cuisine trois fois par semaine, je te donnerai deux jours de rab quand je rentrerai. Tu viens d'avoir un mois de permission.

— Ah ! Mais c'était dans ma famille. Maintenant il faut que je pense à ma chérie. Elle est perdue sans moi à Téhéran. Elle a passé un mois seule. »

Jean-Luc observa Rodriguez, puis regarda le ciel.

« Nous pouvons attendre encore dix minutes, dit-il, après, nous devrions préparer un camp pendant qu'il fait encore jour.

— D'accord.

— Revenons aux choses sérieuses, Tom...

— Non.

— Merde ! Sois français, pas anglo-saxon. Tout un mois... Pense un peu à elle. »

Rodriguez remit le panneau en place et s'essuya les mains. « Foutons le camp d'ici ! » cria-t-il en montant dans l'appareil.

Ils s'empressèrent de le suivre. Il n'avait pas fini de boucler sa ceinture que l'appareil avait décollé et mettait le cap sur leur base. Jordon le dévisageait. « Qu'est-ce que tu as ?

— Comment as-tu réparé cette foutue canalisation ? Il y avait un joli trou.

— Avec du chewing-gum.

— Quoi ?

— Du chewing-gum. Ça marchait au Vietnam, alors ça marchera ici. Enfin, peut-être, parce qu'il n'y en avait qu'un petit bout, mais je n'avais rien d'autre. Commence tes prières. »

Ils atterrirent sans encombre à leur base, au moment où la neige commençait à tomber. Le personnel au sol avait allumé les lumières de la piste, à tout hasard.

La base se composait de quatre caravanes, d'une cambuse, d'un hangar pour le 212 — un hélicoptère de fret pouvant transporter quatorze passagers — ainsi que pour les deux 206, et des aires d'atterrissage. Il y avait aussi des magasins pour le matériel de forage, les sacs de ciment, les pompes, les générateurs et tout l'équipement des puits, ainsi que des canalisations. La base était située à plus de deux mille mètres d'altitude sur un petit plateau boisé et pittoresque, dans une cuvette à demi entourée de pics enneigés qui s'élevaient à trois mille cinq cents mètres et plus. A huit cents mètres de là se trouvait le village de Yazdek. Ses habitants appartenaient à une petite tribu de Kash'kais, des nomades installés depuis un siècle à ce carrefour de deux des grandes routes caravanières sillonnant l'Iran depuis trois ou quatre mille ans.

La S-G disposait d'une base à cet endroit depuis sept ans, en vertu d'un contrat avec IranOil, d'abord pour surveiller un pipeline et dresser des cartes de la région, puis pour aider à construire et à entretenir les derricks des riches champs pétrolifères voisins. C'était une région isolée, belle et sauvage, où les conditions de vol étaient bonnes et les horaires agréables. On ne pouvait voler que de jour en Iran. Les étés étaient superbes. L'hiver, ils étaient bloqués par la neige. Il y avait tout près des lacs poissonneux aux eaux cristallines, des forêts giboyeuses. Leurs relations avec les villageois de Yazdek étaient excellentes. A l'exception du courrier, ils ne manquaient de rien et n'avaient besoin de rien. Ils appréciaient surtout d'être loin du siège de Téhéran, sans contact radio la plupart du temps et abandonnés à leur propre initiative.

A peine les pales s'étaient-elles immobilisées que Rodriguez et Jordon rouvrirent le panneau. Ils regardèrent, consternés. Tout le compartiment était envahi d'huile à laquelle se mêlait la lourde odeur de l'essence. Rodriguez braqua sa torche d'une main tremblante : sur une des soudures, au bord d'un réservoir d'essence, il y avait une fêlure impossible à déceler là-haut. Un mince filet de carburant suintait et se mêlait à l'huile.

« Doux Jésus ! Regarde-moi ça : une vraie bombe à retardement », fit Rodriguez d'une voix rauque. Derrière lui, Jordon s'était presque évanoui. « Une étincelle et... Bon sang, passe-moi un tuyau, je vais vidanger avant que tout saute...

— J'y vais », dit Scot, puis il ajouta d'un ton rêveur : « Eh bien, on peut dire qu'on l'a échappé belle.

— Vous devez être né coiffé, capitaine, dit Rodriguez au bord de la nausée. Ça, on peut le dire. Cet hélico... » Il s'arrêta, l'oreille aux aguets. Tout le monde l'imita : Lochart et Jean-Luc près du bureau avec Nasiri, la demi-douzaine d'employés iraniens, cuistots et manœuvres. Tout était silencieux. Puis de nouveau, on entendit une rafale de mitrailleuse du côté du village.

« Bon sang ! marmonna Rodriguez. Qu'est-ce qu'on est revenu foutre dans ce maudit bled ? »

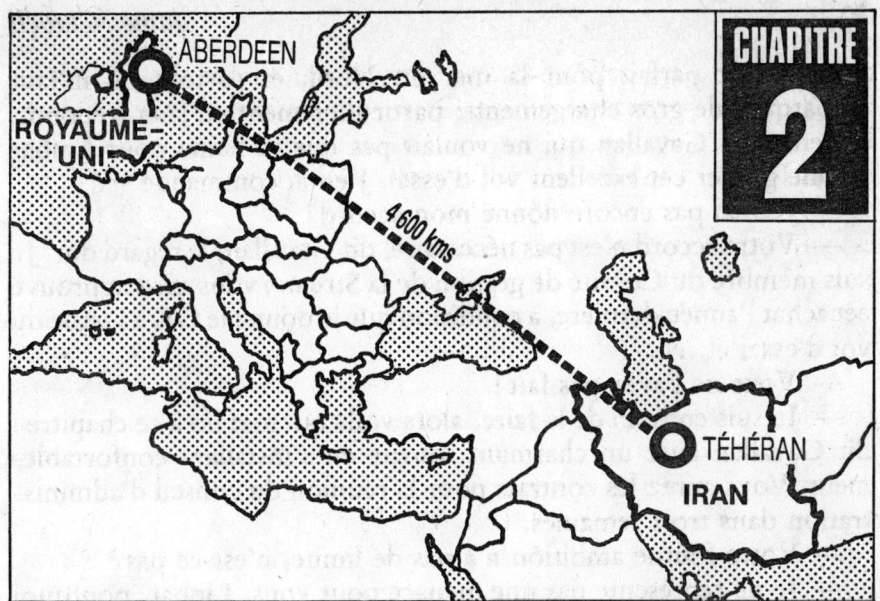

Aberdeen, Ecosse — Héliport de McCloud : 17 h 15. L'hélicoptère géant surgit de la pénombre du crépuscule, les pales vibrantes, et se posa près de la Rolls garée à côté d'un des hangars balayés par la pluie. On s'activait de toutes parts sur l'héliport ; des appareils arrivaient et décollaient avec à bord des équipes de foreurs pétroliers. Personnel, matériel, avions et hangars arboraient le sigle S-G. La porte de la cabine s'ouvrit et deux hommes portant des combinaisons de vol et des gilets de sauvetage descendirent les marches en luttant contre le vent et la pluie. Ils n'étaient pas arrivés à la voiture que le chauffeur en uniforme leur en avait déjà ouvert la porte. « Superbe vol, n'est-ce pas ? » dit joyeusement Andrew Gavallan, un homme grand et fort, bien conservé pour ses soixante-quatre ans.

Il retira son gilet de sauvetage, secoua la pluie de son col et monta à côté de l'autre homme. « Un appareil formidable, exactement comme le constructeur l'avait dit. Savez-vous que nous sommes les premiers à l'essayer ?

— Les premiers ou les derniers, pour moi ça ne fait pas de différence. Nous avons été foutrement secoués et c'était foutrement bruyant », répliqua Linbar Struan avec humeur en se débattant avec son gilet.

Cinquante ans, les cheveux blond roux, il était le président de la compagnie Struan, surnommée la Noble Maison, un conglomérat basé à Hong-kong qui possédait en secret la majorité des parts de S-G Helicopters.

« Je continue à penser que l'investissement par appareil est trop élevé. Beaucoup trop élevé.

— Le X63 est le meilleur pari commercial que nous puissions

faire ; il est parfait pour la mer du Nord, et partout où il faut embarquer de gros chargements, particulièrement en Iran, répondit patiemment Gavallan qui ne voulait pas que sa haine pour Linbar vienne gâcher cet excellent vol d'essai. J'en ai commandé six.

— Je n'ai pas encore donné mon accord !

— Votre accord n'est pas nécessaire, dit Gavallan, le regard dur. Je suis membre du Comité de gestion de la Struan ; vous avez approuvé cet achat l'année dernière, à condition que je donne le OK à l'issue du vol d'essai et...

— Vous ne l'avez pas fait !

— Je suis en train de le faire, alors voilà qui met fin à ce chapitre ! dit Gavallan avec un charmant sourire en s'installant confortablement. Vous aurez les contrats pour la réunion du conseil d'administration dans trois semaines.

— Votre foutue ambition n'a pas de limite, n'est-ce pas ?

— Je ne représente pas une menace pour vous, Linbar, pourquoi ne...

— Je suis d'accord. » Linbar saisit avec humeur l'interphone qui le reliait au chauffeur installé de l'autre côté de la vitre insonorisée. « John, laissez M. Gavallan au bureau, puis conduisez-moi au château Avisyard. » La voiture démarra en direction d'un building de trois étages situé près des hangars.

« Comment ça va à Avisyard ? demanda Gavallan d'une voix étrange.

— Mieux que de votre temps — je suis désolé que vous et Maureen n'ayez pas été invités pour Noël. L'année prochaine peut-être ? » Linbar eut une légère moue. « Oui, Avisyard se porte bien mieux. » Il jeta un coup d'œil par la fenêtre et désigna du pouce l'hélicoptère géant. « Vous n'avez pas intérêt à vous tromper avec ça. Ni avec quoi que ce soit d'ailleurs. »

Gavallan était tendu, cette pique lancée contre sa femme l'avait frappé en dessous de la ceinture. « Puisqu'on aborde le chapitre des échecs, si vous me parliez de vos désastreux investissements en Amérique du Sud, ou de votre stupide accrochage avec la compagnie de navigation Toda au sujet de leur flotte de pétroliers, ou de la façon dont vous avez trahi vos vieux amis de Hong-kong avec votre manipulation d'actions...

— Trahison, mon cul ! Vieux amis, mon cul ! Ils sont majeurs. Qu'ont-ils fait pour nous récemment ? Les Shanghainais sont censés être plus intelligents que nous, les Cantonais aussi, les continentaux aussi, vous l'avez dit un million de fois ! Ce n'est pas ma faute s'il y a une crise pétrolière, si le monde s'agite partout, si l'Iran est pratiquement au clou ou si les Arabes sont en train de nous crucifier avec les Japonais, les Coréens et les Taiwanais ! » Linbar étouffait de rage. « Vous oubliez que nous sommes à présent dans un monde différent, Hong-kong est différent, le monde est différent ! Je suis le Taipan de la Struan, je veille aux intérêts de la Noble Maison, et chaque Taipan a connu des revers, même votre maudite idole sir Ian Dunross, et il connaîtra bien d'autres désillusions avec les richesses pétrolières de Chine...

— Ian a raison de...

— Même Hag Struan s'est planté, même notre foutu fondateur, le grand Dirk en personne, qu'il rôtisse en enfer celui-là ! Ce n'est pas ma faute si le monde est foutu. Vous pensez peut-être que vous pouvez mieux faire ? cria Linbar.

— Vingt fois mieux ! » hurla Gavallan.

Linbar tremblait de colère : « Je vous virerais si je le pouvais, mais je ne le peux pas ! J'en ai ras le bol de vous et de vos complices. Vous avez épousé quelqu'un de la famille mais cela ne signifie pas que vous en fassiez partie. S'il y a un dieu, vous allez vous détruire vous-même ! Je suis Taipan et, bon sang, vous ne le serez jamais ! »

Gavallan frappa à la vitre de séparation et la voiture s'arrêta brusquement. Il ouvrit la portière et sortit. « *Dew neh loh moh*, Linbar », murmura-t-il entre ses dents en s'enfonçant dans la bourrasque.

Leur haine datait de la fin des années 50 et au début des 60 quand Gavallan travaillait pour la Struan à Hong-kong, avant d'être envoyé ici en mission secrète sur l'ordre du Taipan de l'époque, Ian Dunross, le frère de Kathy, son épouse décédée. Linbar l'avait jalousé parce qu'il avait la confiance de Dunross et lui pas, et aussi parce que Gavallan avait été bien placé dans la course à la succession du Taipan, alors que l'on n'accordait aucune chance à Linbar.

C'était une vieille règle de la Struan : le Taipan avait tous les pouvoirs et le droit indiscuté de choisir le moment de sa retraite et son successeur qui devait être membre du Comité de gestion de la famille. Une fois sa décision prise, il lui fallait abandonner son pouvoir. Ian Dunross avait dirigé la compagnie avec beaucoup d'intelligence pendant dix ans, puis avait désigné un cousin, David MacStruan, pour le remplacer. Quatre ans plus tôt, dans la force de l'âge, David MacStruan, fanatique d'alpinisme, s'était tué dans un accident de montagne en escaladant l'Himalaya. Juste avant de mourir et devant deux témoins il avait, à la stupéfaction générale, désigné Linbar pour lui succéder. Il y eut enquête des polices anglaise et népalaise au sujet de sa mort car ses cordes et son matériel de montagne semblaient avoir été sabotés.

L'enquête conclut à un « accident ». La paroi montagneuse qu'ils escaladaient était éloignée, la chute soudaine. Ni les alpinistes ni les guides ne savaient ce qui s'était passé. Les conditions atmosphériques étaient bonnes et, oui, le *sahib* était un homme prudent et en bonne santé qui ne prenait pas de risque inconsidéré. « Mais, *sahib*, nos montagnes des hauts plateaux sont différentes des autres. Des esprits y habitent et se fâchent de temps en temps, *sahib*, et qui peut prévoir ce qu'un esprit en colère peut faire ? » On n'imputa à personne la responsabilité de cet accident. Les cordes et l'équipement de montagne avaient pu être défectueux. Le karma.

En dehors des guides népalais, les douze alpinistes du groupe venaient de Hong-kong. C'étaient des amis ou des collègues. Il y avait des Anglais, des Chinois, un Américain et deux Japonais : Hiro Toda, président de la compagnie de navigation Toda — un vieil ami personnel de David MacStruan — et un de ses associés, Nobunaga Mori. Linbar ne faisait pas partie du groupe.

En prenant d'énormes risques, Profitable Choy, un très riche directeur de Struan, Mori et un guide descendirent dans la crevasse où avait disparu David MacStruan et le retrouvèrent avant qu'il ne meure. Les deux hommes témoignèrent qu'avant de mourir, il avait formellement désigné Linbar Struan comme son successeur. Peu après le retour du groupe à Hong-kong, en rangeant le bureau du défunt la secrétaire de MacStruan trouva une feuille dactylographiée, datée de plusieurs mois, signée de lui, contresignée par Profitable Choy, et confirmant cette décision.

Gavallan se souvenait combien il avait été choqué. Ils l'avaient tous été — Claudia Chen, secrétaire de direction des Taipans depuis des générations et cousine de sa propre secrétaire. Liz Chen, encore plus que les autres. « Cela ne ressemblait pas au Taipan, Master Andrew, lui avait dit cette vieille dame à l'esprit aussi acéré qu'un poignard. Le Taipan n'aurait jamais laissé traîné un document de cette importance. Il l'aurait rangé dans le coffre-fort de la maison avec les autres documents secrets. »

Mais David MacStruan ne l'avait pas fait. Ses dernières volontés verbales, confirmées par le document écrit, étaient réglementaires. Maintenant Linbar Struan était Taipan de la Noble Maison. Mais *dew neh loh moh* sur Linbar, son épouse stupide, sa maîtresse chinoise démoniaque et ses amis pourris. Je parierais ma vie que si David n'a pas été assassiné, il a été manipulé d'une certaine façon. Mais pourquoi Profitable Choy ou Mori auraient-ils menti ? Pourquoi ? Ils n'avaient rien à gagner...

Une rafale de pluie le frappa, interrompant ses pensées. Son cœur battait toujours vite. Il s'en voulait d'avoir perdu son sang-froid et d'avoir donné à Linbar l'occasion de dire ce qui devait être tu. « Tu n'es qu'un fichu imbécile, tu aurais pu le maîtriser comme d'habitude, tu dois travailler avec lui et le supporter des années. « C'est ta faute ! » dit-il à haute voix avant de murmurer : « Salaud, si tu n'avais pas attaqué Maureen... » Ils étaient mariés depuis trois ans et avaient une petite fille de deux ans. Sa première épouse, Kathy, était morte neuf ans plus tôt de sclérose en plaques.

Pauvre vieille Kathy, pensa-t-il tristement, tu n'as pas eu de chance.

Il cligna les yeux à travers la pluie et vit la Rolls franchir la barrière de l'héliport et disparaître. Fichtrement dommage pour Avisyard, j'aime cet endroit, pensa-t-il en se souvenant des bons et des mauvais moments qu'il y avait passés avec Kathy et leurs deux enfants, Scot et Melinda. Le château Avisyard était le domaine ancestral de Dirk Struan. Il l'avait légué aux Taipans suivants. C'était une belle demeure entourée de plus de mille hectares de terre dans l'Ayrshire. Dommage de penser que nous n'irons jamais, avec Maureen et la petite Electra, tant que Linbar sera le Taipan. Dommage, mais c'est la vie. « Ce pédé ne va pas tenir éternellement », cria-t-il dans le vent. Puis, se sentant mieux, il entra dans l'immeuble et gagna son bureau.

« Bonjour, Liz », dit-il. Liz Chen, sa secrétaire, était une belle Eurasienne d'une cinquantaine d'années, venue avec lui de Hongkong en 1963 et qui connaissait les secrets de la compagnie Gavallan — qui lui avait permis de réaliser son opération de couverture pour la Struan — ainsi que ceux de S-G et de la Struan. « Quoi de neuf ?

— Vous avez eu un accrochage avec le Taipan, ce n'est pas grave, fit-elle d'une voix chantante en lui offrant une tasse de thé.

— Nom d'un chien, oui. Comment diable le savez-vous ? » Elle éclata de rire et lui aussi. « Qu'il aille au diable ! Avez-vous réussi à joindre Mac ? » Il s'agissait de Duncan McIver, directeur des opération S-G pour l'Iran, son plus vieil ami.

« Il y a un garçon en bas qui compose son numéro du matin au soir mais les circuits iraniens sont toujours saturés. Le télex ne passe pas non plus. Duncan doit être aussi impatient que vous de vous parler. » Elle lui retira son manteau et l'accrocha à une patère. « Votre épouse a appelé — elle va chercher Electra à l'école maternelle et voulait savoir si vous rentriez dîner. Je lui ai dit que je pensais que oui mais assez tard — vous avez une réunion avec ExTex dans une demi-heure.

— Oui. » Gavallan s'assit à son bureau et s'assura que son dossier était prêt. « Demandez encore si on ne peut pas joindre Mac, s'il vous plaît, Liz. »

Elle prit son téléphone et composa un numéro. La pièce était grande, bien rangée et donnait sur l'aire d'atterrissage. Sur le bureau de Gavallan étaient posées quelques photos de famille montrant Kathy avec Melinda et Scot quand ils étaient petits, le splendide château Avisyard au fond, et Maureen tenant leur bébé. Des visages agréables et souriants. Une seule toile était accrochée au mur, une peinture à l'huile d'Aristote Quance représentant un corpulent mandarin — un cadeau de Ian Dunross pour célébrer le premier atterrissage réussi par McIver sur une plate-forme de forage en mer du Nord ; le début d'une ère nouvelle.

« Andy, avait dit Dunross au début, je veux que vous quittiez Hong-kong avec Kathy et les enfants et que vous rentriez chez vous en Ecosse. Vous allez feindre de démissionner de la Struan. Vous serez toujours membre du Comité de gestion mais cela restera secret un certain temps. Vous irez à Aberdeen et y achèterez, tranquillement, les meilleurs terrains, des quais, des emplacements d'usine, un terrain susceptible de devenir un héliport — Aberdeen est encore un bled perdu et vous pouvez acquérir ce qu'il y a de mieux à très bon marché. Cette opération doit rester secrète, juste entre vous et moi. Il y a quelques jours, j'ai rencontré un type étrange, un sismologue nommé Kirk. Il m'a convaincu qu'il y avait d'immenses gisements pétrolifères sous la mer du Nord. Je veux que la Noble Maison soit en place pour desservir les plates-formes de forage en mer lorsqu'elles se développeront.

— Mon Dieu, Ian, est-ce faisable ? La mer du Nord ? Même s'il y a du pétrole là-bas, ce qui me semble impossible, ces mers sont les pires au monde. Des tempêtes pratiquement toute l'année — et cela va coûter une fortune ! Je ne vois pas comment nous pouvons nous en sortir !

— C'est votre problème, mon petit vieux. »

Gavallan entendait encore le rire chaleureux de Ian qui, comme toujours, lui redonnait confiance. Il quitta donc Hong-kong — Kathy était ravie — et il fit tout ce qu'on lui avait demandé.

Presque immédiatement, comme par miracle, le pétrole se mit à jaillir en mer du Nord. Les majors américaines — conduites par l'ExTex, une énorme compagnie pétrolière texane, et BP, British Petroleum — s'y précipitèrent en y investissant des sommes énormes. Gavallan était parfaitement placé pour exploiter ce nouvel Eldorado. Il fut le premier à reconnaître que le seul moyen efficace de desservir les plates-formes situées parmi ces eaux agitées était l'hélicoptère ; le premier — grâce à Dunross — à rassembler les énormes fonds nécessaires à l'achat des appareils ; le premier à pousser les constructeurs à concevoir des hélicoptères plus grands, plus sûrs et plus performants ; le premier à démontrer que le vol par tout temps était réalisable. McIver l'avait aidé en mettant au point et en développant des techniques jusqu'alors inconnues.

Son succès en mer du Nord l'avait ensuite conduit dans le Golfe, en Iran, en Malaisie, au Niger, en Uruguay, en Afrique du Sud ; l'Iran était le joyau de sa couronne, étant donné les énormes profits qu'ils y réalisaient. Ses partenaires iraniens ne semblaient pas perturbés par la destitution du shah et la situation actuelle. Ils affirmaient avoir de très bons contacts avec le nouveau pouvoir, « il n'y a aucun souci à se faire, lui avait assuré la veille le doyen de ses associés, le général Javadah en poste à Londres. Un de nos partenaires est très proche de Bakhtiar et, à tout hasard, nous avons établi d'excellents contacts avec l'entourage de Khomeiny. Cela nous coûtera évidemment plus d'argent qu'avant... »

Gavallan eut un sourire sarcastique. Peu importait que les dépenses augmentent et que chaque année leurs associés deviennent plus gourmands. Il en resterait toujours assez pour que l'Iran demeure leur plus fructueuse exploitation, à condition que la situation redevienne normale rapidement. Le pari de Ian avait rapporté beaucoup d'argent à la Noble Maison — dommage qu'il ait démissionné, mais il avait dirigé la Struan pendant dix années. Cela devrait suffire à n'importe quel homme, même moi. Linbar a raison, je veux ce poste. Si je ne l'obtiens pas, il sera pour Scot. Entre-temps, les X63 nous permettront de distancer Imperial et Guerney et feront de nous la plus grosse compagnie de location d'hélicoptères au monde. « D'ici à deux ans, Liz, nous serons les premiers, dit-il avec confiance. Le X63 est une réussite ! Mac sera aux anges quand je le lui dirai.

— Oui, répondit-elle en raccrochant. Désolée, Andy, mais les circuits sont toujours occupés. On va nous prévenir dès qu'il sera possible d'appeler. Avez-vous annoncé au Taipan les autres bonnes nouvelles ?

— Ce n'était pas le moment. Aucune importance. » Ils éclatèrent de rire. « Je lui réserve la surprise pour la réunion du conseil d'administration. » La vieille horloge de bateau posée sur son bureau sonna 6 heures. Gavallan se pencha et alluma la radio. Le son de Big Ben égrenant l'heure résonna dans la pièce...

Téhéran — L'appartement de McIver. Big Ben, fin du carillon, réception radio mauvaise en raison de nombreux parasites : « Vous êtes à l'écoute de la BBC internationale. Il est très exactement 17 heures, heure de Greenwich... » 20 h 30 en Iran.

Les deux hommes vérifièrent maladroitement leurs montres. La femme avala une gorgée de sa vodka martini. Ils étaient tous trois penchés autour du transistor à ondes courtes. La réception était très mauvaise. Dehors il faisait nuit noire. Une salve de coups de feu éclata au loin mais ils n'y firent pas attention. Elle but une autre gorgée. Le froid régnait dans l'appartement depuis que le chauffage central était tombé en panne, quelques semaines auparavant. Pour se chauffer, ils ne disposaient que d'un minuscule radiateur électrique qui, comme les ampoules électriques en veilleuse, ne recevait pas la moitié de la puissance dont il avait besoin pour fonctionner.

« ... à 15 heures GMT vous entendrez un reportage spécial de notre correspondant en Iran... »

« Bien », murmura-t-elle. Les autres hochèrent la tête. Genevere McIver — Genny pour les amis — avait cinquante et un ans et portait des lunettes sombres. Séduisante, les yeux bleus, bien coiffée, mince, elle ne faisait pas son âge.

« ... mais tout d'abord un tour d'horizon des informations générales : en Grande-Bretagne dix-neuf mille travailleurs se sont remis en grève dans les usines de British Leyland à Birmingham, paralysant la production du plus gros constructeur automobile du pays. Les grévistes réclament une augmentation de salaire de 16 pour cent alors que le Premier ministre travailliste, M. James Callaghan, est disposé à n'accorder que 8,8 pour cent. Sa Majesté commence lundi prochain un voyage de trois semaines dans les pays du golfe Persique, première étape : le Koweit ; à Washington, le pr... »

La transmission radio devint inaudible. Le plus grand des deux hommes poussa un juron.

« Calme-toi, Charlie, dit Genny, ça va revenir.

— Tu as raison », répondit Charles Pettikin.

Bruits de mitrailleuses dans le lointain.

« Un peu hasardeux d'envoyer la reine au Koweit, vous ne trouvez pas ? » observa Genny. Situé de l'autre côté du Golfe, près de l'Arabie Saoudite et de l'Irak, le Koweit était un riche émirat qui tirait du pétrole l'essentiel de ses ressources. « Plutôt stupide en ce moment, non ?

— Ce putain de gouvernement est dans la lune », grommela son mari, Duncan McIver. A cinquante-huit ans, cheveux grisonnants, il était bâti comme un boxeur. « Et à Aberdeen ? Callaghan est un sacré salopard et... » Il se tut en entendant le tremblement sourd des véhicules lourds qui passaient dans la rue. L'appartement était au cinquième et dernier étage d'un immeuble résidentiel situé dans la banlieue nord de Téhéran. Un autre véhicule passa.

« On dirait des tanks, dit Genny.

— Ce *sont* des tanks », confirma Charlie Pettikin. Cinquante-six ans, des cheveux poivre et sel, originaire d'Afrique du Sud, c'était un ancien de la RFA, un pilote confirmé, qui dirigeait maintenant l'école de pilotage d'hélicoptères de l'armée iranienne pour la S-G.

« On va encore en baver », dit-elle.

Il y avait des semaines qu'ils en bavaient. D'abord la loi martiale avait été promulguée en septembre ainsi que le couvre-feu, de 9 heures du soir à 5 heures du matin, imposé par le shah. Décision qui avait eu pour résultat d'enflammer encore plus les esprits. Particulièrement à Téhéran, dans le port pétrolier d'Abadan et dans les villes saintes de Qom et Meshed. Il y avait beaucoup d'assassinats. Devant cette escalade de la violence, le shah avait hésité, puis abrogé la loi martiale à la fin du mois de décembre ; il avait nommé premier ministre Bakhtiar, un modéré, et fait des concessions. Puis, le 16 janvier, à la stupéfaction générale, il avait quitté l'Iran pour « prendre des vacances ». Bakhtiar forma alors son gouvernement que Khomeiny — toujours exilé en France — condamna. Des émeutes éclatèrent un peu partout dans le pays et le nombre de morts augmenta. Bakhtiar essaya de négocier avec Khomeiny qui refusa de le voir ou de lui parler. Le peuple était nerveux et l'armée indocile. Le gouvernement fit fermer les aéroports du pays pour empêcher le retour de Khomeiny, puis les rouvrit pour l'accueillir. Chose incroyable, huit jours plus tôt, le 1er février, Khomeiny était revenu.

C'est depuis ce jour-là qu'on en bave, pensa-t-elle.

Ce matin-là, Genny se trouvait avec son mari et Pettikin à l'aéroport international de Téhéran. C'était un jeudi, froid et sec, des plaques de neige ici et là, un vent léger. Au nord, le soleil levant rougissait les monts Elburz couverts de neige. Ils se tenaient tous les trois près d'un 212 garé sur l'aire de stationnement, loin du tumulte qui régnait devant le terminal. Un autre 212 attendait de l'autre côté de la piste, prêt à décoller. Les deux appareils étant contrôlés par les partisans de Khomeiny.

Non loin d'eux, une vingtaine de soldats nerveux et armés de mitraillettes montaient la garde autour d'une Mercedes noire dont la radio avait été réglée sur la fréquence de la tour de contrôle. Le calme qui régnait sur cette partie de l'aéroport contrastait avec ce qui se passait devant et à l'intérieur du terminal où se bousculaient un comité d'accueil d'un millier d'invités, composé de politiciens, d'ayatollahs, de mollahs, et de journalistes, de plusieurs centaines de soldats en uniforme ainsi que des Gardiens de la révolution islamique, l'armée révolutionnaire des mollahs, surnommés les Brassards verts. Personne d'autre ne pouvait approcher de l'aéroport dont les accès étaient bloqués et gardés. Derrière les barrages, des dizaines de milliers de personnes de tout âge attendaient anxieusement. La plupart des femmes portaient le tchador, cette longue robe qui les enveloppait de la tête aux pieds comme un linceul. Sur les quinze kilomètres de route qui menait au cimetière de Behesht-Zahra où l'ayatollah devait prononcer son premier discours, se tenaient cinq mille policiers en armes. Derrière eux, agglutinée, écrasée, accrochée aux balcons, aux murs, la plus grosse foule qui se soit jamais rassemblée en Iran. Une mer humaine composée de la quasi-totalité de la population de Téhéran qui comptait environ cinq millions d'habitants avec ses banlieues. Nerveux et inquiets, tous redoutaient qu'il n'y ait un retard imprévu, que les aéroports ne soient de nouveau fermés pour l'empêcher d'arriver, ou que l'armée de l'air ne l'abatte en plein vol, avec ou sans ordre.

Le premier ministre Chapour Bakhtiar, les membres de son cabinet et les généraux de ses armées n'étaient pas à l'aéroport. Volontairement. Il n'y avait aucun de leurs officiers ni de leurs soldats. Les hommes attendaient nerveusement dans leurs casernes, leurs bases aériennes ou sur leurs bateaux. Tous étaient anxieux et impatients.

« J'aurais préféré que tu restes à la maison, Gen, avait dit McIver mal à l'aise.

— J'aurais préféré que tout le monde reste à la maison », répondit Pettikin tout aussi nerveux.

Une semaine plus tôt, McIver avait été pressenti par un des partisans de Khomeiny afin qu'il leur fournisse un hélicoptère pour transporter l'ayatollah de l'aéroport à Behesht-Zahra. « Désolé, mais ce n'est pas possible. Je ne suis pas habilité à autoriser cela », avait-il répondu, très ennuyé. Moins d'une heure plus tard, l'homme était revenu accompagné par des Brassards verts, tous jeunes, durs, et agressifs. Deux d'entre eux portaient des fusils automatiques russes AK47 sur l'épaule, un autre un M16 américain.

« Tu vas nous fournir l'hélicoptère que je t'ai demandé, dit l'homme d'un ton sans réplique. C'est au cas où la foule deviendrait incontrôlable. Tous les habitants de Téhéran seront là pour accueillir l'ayatollah, que Dieu le bénisse.

— Même si je voulais le faire, je ne le pourrais pas », répondit McIver avec prudence, essayant de gagner du temps. Il se trouvait dans une position difficile. Khomeiny avait obtenu le droit de rentrer au pays, mais c'était tout ; si le gouvernement Bakhtiar apprenait que S-G fournissait gracieusement un hélicoptère à leur pire ennemi pour lui permettre une entrée triomphale à Téhéran, il risquait de très mal prendre la chose. D'ailleurs même avec l'accord du gouvernement, s'il y avait le moindre problème, si l'ayatollah était blessé, la faute retomberait sur S-G et leurs vies ne pèseraient pas lourd. « Tous nos hélicoptères sont loués et je n'ai pas l'autorisation de...

— Je te donne l'autorisation, au nom de l'ayatollah qui est le seul et unique chef de l'Iran, répondit l'homme d'un ton menaçant.

— Dans ce cas-là, il vous sera peut-être plus facile de réquisitionner un appareil de l'armée iranienne.

— Tais-toi ! C'est à toi que revient l'honneur de rendre ce service. Tu feras ce que je te dis. Au nom d'Allah, le comité a décidé que tu mettras à notre disposition un 212 avec tes meilleurs pilotes pour emmener l'ayatollah où nous le voudrons, comme nous le voudrons et quand nous le voudrons ! »

C'était la première fois que McIver avait affaire à un de ces comités révolutionnaires. Ils étaient apparus un peu partout, comme par miracle, dès le départ du shah, attaquant les postes de police et fomentant des bagarres de rues. La plupart du temps ils étaient commandés par un mollah. Dans la région pétrolière d'Abadan, les comités étaient composés de gauchistes fedayin, mot qui signifie : « ceux qui sont prêts à se sacrifier ».

« Tu vas obéir, fit l'homme en pointant un revolver sous son nez.

— Je suis très honoré de la confiance et de l'honneur que vous nous faites, avait répondu McIver entouré d'hommes puant la transpiration. Je vais demander au gouvernement la perm...

— Le gouvernement Bakhtiar est illégitime et n'est pas reconnu par le peuple », répondit l'homme en criant. Tous les autres se mirent à hurler et l'ambiance se tendit. Un homme arma son fusil automatique. « Si tu n'obéis pas, le comité va se voir dans l'obligation d'agir. »

McIver téléxa à Andrew Gavallan à Aberdeen, qui donna immédiatement son accord à condition que les associés iraniens de la S-G l'approuvent. Impossible de les trouver. En désespoir de cause, McIver se mit en rapport avec l'ambassade britannique à qui il demanda conseil. « Mon vieux, vous pouvez demander l'autorisation du gouvernement, officiellement ou officieusement, mais dans un cas comme dans l'autre vous n'obtiendrez pas de réponse. Nous ne sommes même pas certains qu'ils autoriseront l'avion de Khomeiny à se poser. Il n'est pas impossible que l'armée de l'air du shah règle le problème à sa manière ! Dans tous les cas, si vous êtes assez idiot pour demander l'autorisation au gouvernement, cela se retournera contre vous, et contre notre gouvernement. »

McIver essaya de trouver un arrangement avec le comité. « Vous ne pensez pas, leur fit-il remarquer doucement, qu'il semblera bizarre qu'un appareil britannique conduise votre chef vénéré en ville ? Un appareil iranien piloté par un Iranien serait préférable.

Nous pourrions par contre tenir prêts un ou même deux de nos hélicoptères, et nos meilleurs pilotes au cas où il y aurait un problème. Vous n'auriez qu'à nous appeler par radio et nous arriverions immédiatement... »

A présent, il était là à attendre, priant pour qu'on ne les appelle pas.

Le 747 d'Air France apparut dans la brume rosée et tourna au-dessus de l'aéroport pendant vingt minutes, attendant l'autorisation de se poser.

McIver écoutait les messages de la tour de contrôle sur la radio du 212. « Il y a toujours des problèmes de sécurité, dit-il aux deux autres. Attendez une minute... ça y est... ils viennent de recevoir l'autorisation de se poser !

— C'est parti, mon kiki », murmura Pettikin.

Ils regardèrent l'appareil exécuter son approche finale. Les couleurs françaises, bleu, blanc, rouge, étincelaient sur le fuselage blanc. L'avion descendit lentement, puis, au dernier moment, alors qu'il ne se trouvait plus qu'à quelques mètres du sol, le pilote remit tous les gaz, annulant la manœuvre d'atterrissage. « Mais, bon Dieu, à quoi il joue ? demanda Genny dont le cœur s'était mis à battre plus vite.

— Le pilote vient de dire qu'il voulait jeter un coup d'œil de plus près avant de se poser, lui dit McIver. J'aurais fait la même chose, je crois — il vaut mieux être sûr. » Il se retourna vers Pettikin désigné pour piloter l'hélicoptère si le comité leur faisait signe. « J'espère que l'armée de l'air ne va rien tenter.

— Regardez !

Après avoir refait un tour, le jet se posait. De la fumée jaillit quand les roues touchèrent la piste tandis qu'on inversait les réacteurs pour freiner l'appareil. Une Mercedes démarra pour aller à la rencontre de l'avion. La nouvelle de l'atterrissage de l'ayatollah se répandit à travers le hall du terminal, et de là, sur les barricades, dans les rues, sur les routes. La foule devint hystérique. Les chants commencèrent : « *Allah-ou Akbar... Agha uhmad* », Dieu est grand... le maître est revenu...

Il sembla se passer une éternité jusqu'à ce que la passerelle roulante arrive jusqu'à l'avion, que la porte s'ouvre et que le vieil homme barbu au visage sévère, la tête enveloppée d'un turban noir, ne descende les marches, aidé par un des stewards français. Il passa devant la garde d'honneur composée de mollahs et des membres d'Air France en Iran, et fut entouré immédiatement par sa garde personnelle et quelques officiers nerveux. Il fut conduit dans la voiture qui démarra aussitôt en direction du terminal. Là, un tohu-bohu infernal l'accueillit. Les gens se bousculaient pour l'approcher, le toucher ; les journalistes du monde entier se battaient entre eux pour réussir à le photographier. Photographes, reporters, cameramen de la télévision, tout le monde criait. Les Brassards verts et la police tentaient de le protéger de la foule qui risquait de l'étouffer. Genny l'aperçut l'espace d'une seconde, statue sévère au milieu de cette frénésie, puis il fut avalé par la foule.

Elle buvait sa vodka, en se remémorant ces événements, les yeux fixés sur la radio, espérant qu'ils allaient pouvoir capter de nouveau l'émission de Londres, essayant d'effacer de sa mémoire cette journée et le discours de Khomeiny au cimetière de Behesht-Zahra. Il avait choisi cet endroit parce que c'était là que reposaient les victimes — les martyrs, comme il les appelait — des massacres du « Vendredi sanglant ».

Effacer les images qu'ils avaient vues plus tard à la télévision. Une mer humaine, tumultueuse, houleuse, vociférante. Des dizaines de milliers d'hommes et de femmes, jeunes et vieux, tout au long de la route, se battaient, se pressaient, s'écrasaient pour l'approcher, au mépris des règles de sécurité les plus élémentaires. Ils entouraient le fourgon Chevrolet dans lequel il avait pris place. Assis sur la banquette avant, l'ayatollah semblait calme et serein. De temps à autre il adressait à la foule un signe de la main. Des gens grimpaient en hurlant sur le toit du fourgon, sur le capot. Le chauffeur, qui ne voyait plus rien, accélérait et freinait par à-coups pour les faire tomber. Effacer de sa mémoire l'image de ce tout jeune homme en costume marron, accroché au toit de la voiture et qui, ayant perdu prise, avait glissé avant de tomber sous les roues du véhicule qui l'avait écrasé.

Comme ces dizaines d'autres jeunes. Finalement les Brassards verts à coups de crosse de fusil, avaient fait reculer la foule autour du fourgon à présent immobilisé et appelé l'hélicoptère. Elle revoyait la descente prudente de l'appareil vers la foule qui se dispersait, affolée. Des corps inanimés, des blessés partout et l'ayatollah que l'on aidait à grimper dans l'appareil, visage de pierre, impassible au milieu de ses gardes islamiques. L'hélicoptère s'envolant dans le ciel, le bruit assourdissant de ses moteurs presque couvert par les « *Allah-ou Akbar... Agha uhmad...* » sans fin. Effacer ces images. Pour de bon.

« J'ai besoin d'un autre verre, dit-elle en se levant pour dissimuler un frisson. Tu veux prendre quelque chose, Duncan ?

— Merci, Gen. »

Elle alla à la cuisine chercher de la glace. « Charlie ?

— Ça va, Genny, je vais me servir. »

Elle s'arrêta. La radio se faisait à nouveau entendre, forte et claire : « ... la Chine parle de violents accrochages à la frontière sino-vietnamienne et dénonce cette nouvelle preuve de l'hégémonie soviétique ; en Fran... » La voix du journaliste s'éteignit à nouveau, noyée par les parasites.

« Je me suis arrêté pour boire un verre au club en venant ici, dit Pettikin après quelques instants de silence. Le bruit court parmi les journalistes que Bakhtiar prépare une attaque. On dit aussi qu'on se bat durement à Meshed après qu'un groupe de partisans de Khomeiny a pendu le chef de la police et une demi-douzaine de ses hommes.

— C'est épouvantable, dit-elle en revenant de la cuisine. Qui contrôle ces groupes, Charlie, je veux dire qui les contrôle vraiment ? Les communistes ?

— On ne sait pas de façon certaine, mais les communistes s'emploient effectivement à faire monter la tension, ainsi que tous les gauchistes, et les moudjahidin al Khalq qui croient possible une sorte de mariage entre l'islam et le marxisme, aidés et financés par les Russes. Le shah, le gouvernement américain et la plupart des gouvernements occidentaux sont parfaitement au courant. Les Russes sont massés derrière les frontières du Nord et la presse iranienne les appuie. Nos associés iraniens aussi, bien qu'en fait ils aient la trouille, ne sachant pas de quel côté se tourner, essayant de soutenir à la fois le shah et Khomeiny. Je voudrais vraiment que toute cette situation se clarifie. L'Iran est un pays formidable et je n'ai pas envie de le quitter.

— Que dit la presse ?

— La presse internationale est partagée. Des journalistes américains pensent que tout est la faute du shah. D'autres estiment que le responsable de ce bordel est Khomeiny, aidé par les mollahs et le fanatisme religieux. Enfin, certains jugent que tout incombe aux gauchistes fedayin ou au mouvement dur des Frères musulmans. Il y en a même un, je crois que c'est un Français, qui prétend que Yasser Arafat et l'Organisation de libération de la Palestine sont...

Il s'arrêta. Le son de la radio revint quelques secondes, puis disparut de nouveau. Le brouillage reprenait.

« Je ne sais pas ce qui me retient de la foutre en l'air, cette saloperie de radio », dit McIver. Comme Pettikin, c'était un ancien de la RAF. Il avait été le premier pilote à rejoindre la S-G, et il était maintenant directeur de toutes les opérations en Iran. Il s'occupait également de la IHC-Iran Helicopters Company — une société dont la moitié des parts appartenait à leurs associés iraniens (c'était une obligation) et à qui S-G louait ses appareils. C'était la IHC qui établissait et discutait les contrats, s'occupait des problèmes d'argent, reversait les sommes perçues ; sans elle aucune opération financière en Iran n'aurait été possible. Il se pencha pour essayer une nouvelle fois de régler la radio mais y renonça.

« Le son va revenir, Duncan, dit Genny confiante. Je suis d'accord, Callaghan est un salopard. »

Il lui sourit. Ils étaient mariés depuis trente ans. « Tu es une femme bien, Gen. Tu comprends tout.

— Rien que pour ça, tu as droit à un autre whisky.

— Merci, mais cette fois-ci, sers-le-moi av... »

« ... porte-parole du département de l'Energie dit que la nouvelle augmentation de 14 pour cent des prix de l'OPEP va coûter aux Etats-Unis cinquante et un milliards de dollars pour leurs achats de pétrole. Egalement à Washington, le président Carter a annoncé qu'en raison de la dégradation de la situation en Iran un porte-avions a reçu l'ordre de quitter les Phil... » La voix du speaker fut couverte par une autre station puis tout s'évanouit.

Ils attendirent en silence, tendus. Les deux hommes se regardaient, essayant de cacher leur émotion. Genny alla chercher la bouteille de whisky sur la commode ; à côté de celle-ci trônait l'émetteur-récepteur radio HF qui permettait à McIver d'entrer en contact, quand les conditions étaient bonnes, avec leurs bases d'hélicoptères en Iran. L'appartement, grand et confortable, comprenait trois chambres à coucher et deux salles de séjour. Pettikin était venu s'installer chez eux quelques mois auparavant lorsque l'instauration de la loi martiale avait déclenché cette montée de la violence. Il était célibataire, divorcé depuis un an, et cette cohabitation leur plaisait.

Un léger vent faisait trembler les vitres. Genny jeta un coup d'œil dehors. Elle distinguait de faibles lumières allumées dans les maisons en face, aucune dans les rues. Les toits des maisons basses de cette ville immense s'étalaient à perte de vue, recouverts de neige comme la chaussée. La plupart des cinq à six millions d'habitants y vivaient dans la misère. Mais leur quartier, situé au nord de la ville, était confortable et bien protégé. C'était ici que vivaient les étrangers et les Iraniens fortunés. Est-ce mal d'habiter dans un quartier chic quand on en a les moyens ? se demanda-t-elle. Ce monde est vraiment étrange, de quelque côté qu'on le regarde.

Elle servit un whisky léger, avec beaucoup d'eau, et l'apporta. « Il va y avoir une guerre civile. Nous n'allons pas pouvoir rester ici.

— Tout ira bien, Carter ne va pas lais... » Les lumières et le chauffage électrique s'arrêtèrent d'un seul coup.

« Saloperie, jura Genny. Dieu merci, il nous reste le réchaud à butane.

— La panne ne va peut-être pas durer longtemps », dit McIver en l'aidant à allumer les bougies. Il jeta un coup d'œil en direction de la porte d'entrée. Juste à côté se trouvait un bidon de vingt litres d'essence, leur réserve en cas d'urgence. Stocker de l'essence dans leur appartement ne lui plaisait pas, d'autant qu'ils étaient obligés d'allumer des bougies pratiquement tous les soirs. Mais cela faisait des semaines qu'il y avait des queues de plusieurs heures — on pouvait parfois attendre vingt-quatre heures — devant les stations-service. D'ailleurs, la plupart du temps, les pompistes iraniens refusaient de vous vendre de l'essence parce que vous étiez étranger. Leurs réservoirs avaient souvent été siphonnés la nuit, bouchon antivol ou pas. Ils étaient néanmoins privilégiés, car ils pouvaient se servir aux pompes des héliports. Pour d'autres, les files d'attente interminables rendaient la vie impossible. Au marché noir l'essence coûtait cent soixante rials le litre, environ deux dollars, à condition d'en trouver.

« Et si tu posais une bougie sur le bidon, Mac ? proposa Pettikin. Ça nous rappellerait le bon vieux temps.

— Ne lui dis pas cela, Charlie, il est capable de le faire ! Que disais-tu au sujet de Carter ?

— Si Carter panique et envoie des troupes ou des avions pour aider un coup d'Etat militaire, ça va tout faire sauter. Tout le monde va hurler et s'en mêler, surtout les Russes qui seront forcés de réagir. La Troisième Guerre mondiale peut démarrer en Iran.

— La Troisième Guerre mondiale ? on est en plein dedans depuis 1945... », fit Charlie.

Il fut coupé par un retour puissant des parasites de la radio puis la voix du speaker se fit de nouveau entendre. « ... pour espionnage ; le chef des armées du Koweit annonce une importante livraison d'armes en provenance de l'Union soviétique... »

« Mon Dieu », murmurèrent les deux hommes.

« ... A Beyrouth, Yasser Arafat, le leader de l'OLP, a déclaré que son mouvement continuerait à aider la révolution de l'ayatollah Khomeiny. Lors d'une conférence de presse à Washington, le président Carter a confirmé le soutien des Etats-Unis au gouvernement Bakhtiar. Enfin, en Iran, l'ayatollah Khomeiny a menacé de faire emprisonner le premier ministre Bakhtiar si celui-ci refusait de démissionner. Il a appelé le peuple à " détruire l'horrible monarchie et son gouvernement illégal " et l'armée " à se soulever contre ses officiers manipulés par les puissances étrangères et à quitter leurs casernes en emportant leurs armes ". D'importantes chutes de neige sont tombées sur la Grande-Bretagne, paralysant la circulation et provoquant des inondations dans tout le pays. L'aéroport de

Heathrow a dû être fermé. Prochain journal à 18 heures GMT. Vous êtes à l'écoute de la BBC internationale. Et maintenant, nous vous proposons une émission consacrée à l'élevage des porcs et des volailles. Nous rejoignons... »

McIver éteignit. « Dieu du ciel, le monde entier est en train de sauter et la BBC nous propose une émission sur les cochons ! »

Genny eut un petit rire. « Que deviendrais-tu sans la BBC, la télé et les matches de foot ? Tu partirais à la dérive. » Elle décrocha le téléphone. Pas de tonalité, comme d'habitude. « J'espère que les enfants vont bien. » Ils avaient un fils et une fille, Hamish et Sarah, mariés tous les deux, et deux petits-enfants, un de chaque. « La petite Karen s'enrhume si facilement ; quant à Sarah, à vingt-trois ans, il faut toujours lui rappeler de s'habiller convenablement ! Je me demande si elle se décidera un jour à devenir adulte !

— C'est lamentable de ne pas pouvoir appeler quand on veut, dit Pettikin.

— De toute façon, il est l'heure de se mettre à table. Il n'y avait rien au marché aujourd'hui. Cela fait trois jours qu'il n'est plus approvisionné. J'avais le choix entre de la viande de mouton pas très fraîche ou la spécialité du jour. J'ai opté pour la spécialité du jour, et ouvert mes deux dernières conserves. J'ai du corned-beef, du chou-fleur au gratin, de la tarte et un hors-d'œuvre surprise. »

Une bougie à la main, Genny se dirigea vers la cuisine dont elle ferma la porte sur elle.

« Je voudrais bien savoir pourquoi on a toujours du chou-fleur au gratin ? bougonna McIver en regardant l'ombre de la bougie danser sur la porte de la cuisine. Je déteste cette saloperie. Je le lui ai dit au moins cinquante fois... » Il se leva et alla à la fenêtre. En raison de la panne de courant il n'y avait pas une lumière dans la ville. Mais au loin, vers le sud, une lueur rougeâtre éclairait le ciel. « Le Jaleh, de nouveau », dit-il simplement.

Cinq mois auparavant, le 8 septembre, des dizaines de milliers de manifestants avaient envahi les rues de Téhéran pour protester contre la loi martiale instaurée par le shah. Il y avait eu beaucoup de dégâts, surtout dans le Jaleh, un quartier pauvre et surpeuplé de la banlieue. Des maisons avaient été incendiées et des barricades de pneus enflammés avaient été érigées un peu partout. A l'arrivée des forces de police, la foule en colère qui criait : « A mort le shah » refusa de se disperser. Les heurts furent violents. Les gaz lacrymogènes n'eurent aucun effet. Les fusils, oui. On déplora officiellement entre quatre-vingt-dix-sept et deux cent cinquante morts, mais des militants de l'opposition firent état de deux à trois mille victimes.

A la suite de ce « Vendredi sanglant », un grand nombre

d'hommes politiques de l'opposition, des opposants furent arrêtés et jetés en prison. Le gouvernement reconnut avoir emprisonné mille cent six personnes dont deux ayatollahs, ce qui attisa la fureur populaire.

McIver contemplait la lueur des flammes avec tristesse. Sans les ayatollahs, pensa-t-il, et surtout sans Khomeiny, rien ne serait arrivé. Quelques années auparavant, lors de sa première visite en Iran, McIver avait demandé à un ami de l'ambassade britannique ce qu'ayatollah voulait dire. « C'est un mot arabe, *ayat'Allah*, qui signifie " Signe de Dieu ".

— Ce sont des prêtres ?

— Pas du tout, il n'y a pas de prêtres dans la religion musulmane. Islam veut dire " soumission " en arabe, Soumission à la volonté de Dieu.

— Et ?

— Je vais t'expliquer, avait répondu en riant son ami, mais ça va être un peu long. D'abord, les Iraniens ne sont pas arabes mais aryens. Ce sont en grande majorité des chiites, une secte mystique minoritaire. La plupart des Arabes sont sunnites. Ces deux groupes sont un peu l'équivalent de nos catholiques et de nos protestants. Ils se sont combattus aussi farouchement. Mais ils partagent la même croyance en un Dieu. Allah — et en son prophète Mahomet, originaire de La Mecque, qui vécut de 570 à 632. Ils croient que les versets du Coran proclamés par lui et transcrits par ses disciples plusieurs années après sa mort étaient inspirés directement de Dieu et contenaient toutes les instructions et règles qu'un individu ou une société doit observer.

— Toutes les règles ? Ce n'est pas possible.

— Pour les musulmans, si ! C'est valable aujourd'hui, demain et toujours. Mais " ayatollah " est un titre particulier aux chiites, accordé à un mollah par un consensus et une proclamation populaire de la congrégation d'une mosquée — un autre mot arabe qui signifie " lieu de rencontre ", et c'est un lieu de rencontre, pas une église. Ce mollah doit se distinguer par les vertus les plus admirées des chiites : piété, pauvreté, connaissance des livres saints du Coran et de la *sunna* et posséder des qualités de chef spirituel. Dans l'islam il n'y a pas de séparation entre la religion et la politique, il ne peut pas y en avoir. Les mollahs chiites iraniens, ont toujours été les gardiens rigides du Coran, des chefs fanatiques et, quand il le fallait, des meneurs révolutionnaires.

— Mais si un ayatollah ou un mollah n'est pas un prêtre, qu'est-ce qu'il est ?

— Mollah signifie chef, leader, celui qui dirige les prières dans la mosquée. N'importe qui peut être mollah, à condition d'être mâle et musulman. Il n'y a pas de clergé chez les musulmans, personne entre toi et Dieu, c'est une des beautés de cette religion. Les chiites forment un mouvement schismatique. Ils croient que, après le Prophète, le monde doit être dirigé par un leader charismatique, infaillible et d'essence divine. C'est là où il y a eu la grande scission entre les chiites et sunnites. Leurs guerres ont été aussi sanglantes que celles des Plantagenêts. Alors que les sunnites croient au consensus, les chiites acceptent l'autorité de l'imam.

— Qui choisit l'homme qui sera imam ?

— Tout le problème est là. A sa mort, Mahomet, qui n'a jamais prétendu être autre chose qu'un simple mortel et le dernier des prophètes, ne laissa ni fils ni successeur — calife en arabe. Les chiites pensaient que le nouveau chef devait appartenir à la famille du prophète. Le calife ne pouvait donc être qu'Ali, son cousin et le mari de Fatima, sa fille préférée. Mais les sunnites, suivant les coutumes tribales encore en vigueur aujourd'hui, voulaient que le chef fût désigné par consensus. Ils furent les plus forts et les trois premiers califes furent élus — deux furent assassinés par d'autres sunnites — Ali devint finalement calife et, pour les chiites, le premier imam.

— Donc à moitié divin ?

— Guidé par Dieu, Mac. Ali tint cinq ans avant d'être assassiné — les chiites en ont fait un martyr. Son fils aîné devint imam, puis fut renversé par un sunnite. Son deuxième fils, le très vénéré Hussain, âgé de vingt-cinq ans, leva une armée contre l'usurpateur mais fut, lui aussi, assassiné ainsi que son fils de cinq ans et les deux fils de son frère. Son armée fut décimée. Cela se passa le 10 Muharram, en l'année 680 selon notre calendrier et en 61 selon le leur. On célèbre encore aujourd'hui l'anniversaire du martyre de Hussain.

— C'est le jour où ils défilent en se flagellant jusqu'au sang, n'est-ce pas ?

— Oui, et nous trouvons cela complètement fou. Rizah Shah a interdit ces pratiques. Mais le chiisme est une religion passionnée qui a besoin de ces manifestations excessives de pénitence.

— C'est ainsi qu'a débuté la lutte des chiites contre le shah ?

— Oui. Les Fidèles contre le shah. Deux partis totalement fanatiques. Pour les chiites, le mollah est le chef, l'interprète de la loi divine, le juge. Et les plus grands mollahs sont ayatollahs. »

Et Khomeiny est le grand ayatollah, pensait McIver, en regardant la nuit qui enveloppait le Jaleh. C'est ainsi. Que ça nous plaise ou non, ces meurtres, tout ce sang versé, ces souffrances, cette folie sont des offrandes déposées à ses pieds.

« Mac !

— Pardon, Charlie, fit-il, sortant de sa rêverie, j'étais à des lieues d'ici. Qu'y a-t-il ? » Il jeta un coup d'œil vers la porte de la cuisine toujours fermée.

« Tu ne crois pas que tu devrais mettre Genny à l'abri, lui faire quitter l'Iran ? Ça commence à sentir mauvais ici.

— Elle ne va jamais vouloir partir. Je lui ai dit cinquante fois que ce serait mieux. Je l'ai suppliée, mais elle est aussi têtue qu'une mule, répondit McIver à voix basse. Elle se contente de sourire en me répondant : " Je pars si tu pars. " » Il termina son whisky, lança un regard furtif vers la cuisine et s'en versa prestement un autre. « Charlie, tu devrais lui parler. Toi, elle va t'écout...

— Tu parles !

— Tu as raison, cette sacrée bonne femme est obstinée. Toutes les mêmes, d'ailleurs. » Ils éclatèrent de rire.

« Et comment va Sharazad ? » demanda Pettikin après une pause.

McIver réfléchit un moment. « Tom Lochart est un homme qui a de la chance.

— Pourquoi n'est-elle pas partie avec lui en Angleterre jusqu'à ce que les choses se calment ici ?

— Elle n'a aucune raison de partir là-bas — elle n'y a ni famille ni amis. Elle voulait qu'il aille voir ses enfants pour Noël. Elle a dit que, si elle l'accompagnait, cela ne ferait que compliquer les choses avec le divorce. Deirdre Lochart est bouleversée par ce divorce. D'ailleurs, la famille de Sharazad est ici et tu connais le sens aigu de la famille des Iraniens. Elle ne s'en ira pas tant qu'il ne partira pas, et même alors, il n'est pas sûr qu'elle le suive. Quant à Tom, si j'essayais de l'obliger à s'en aller, je crois qu'il démissionnerait. Il ne partira jamais d'ici. Tout comme toi, d'ailleurs. Pourquoi restes-tu ? demanda-t-il avec un sourire.

— C'est le meilleur poste que j'aie eu, quand la vie était normale s'entend. Je peux piloter quand j'en ai envie, faire du ski en hiver, du bateau en été... mais Claire a toujours détesté cet endroit. Pendant toutes ces années, elle a passé plus de temps en Angleterre qu'ici, pour être près de Jason, de Beatrice et de notre petit-fils. Au moins, notre séparation a été amicale. Les pilotes d'hélicoptères ne devraient jamais se marier, toujours à droite et à gauche. Je suis né sans attache géographique, expatrié de naissance, et je mourrai ainsi. Retourner au Cap ne me dit rien. Je ne connais presque pas ce patelin. Je ne m'y sens pas chez moi et je ne supporte pas davantage ces putains d'hivers anglais. » Il but une gorgée de sa bière dans la pénombre. « *Inch' Allah* », murmura-t-il. Il était entre les mains de Dieu. Cette pensée lui plaisait.

Le téléphone sonna soudain, les faisant sursauter. C'était inattendu. Il y avait des mois que le téléphone ne fonctionnait que par intermittence et plus du tout depuis plusieurs semaines. Quand on avait la chance d'avoir une tonalité, circuits et lignes se mélangeaient, et le numéro obtenu n'était pas du tout celui que vous aviez composé, etc.

« Je te parie cinq livres que c'est un créancier, dit Pettikin à Genny qui sortait de la cuisine, stupéfaite elle aussi d'entendre la sonnerie du téléphone.

— Je ne peux pas tenir ce pari, Charlie ! » Répondant à l'appel de Khomeiny, les banques étaient en grève depuis deux mois. Personne, ni les particuliers, ni les sociétés, ni même le gouvernement ne pouvait obtenir d'argent. La plupart des Iraniens payaient en espèces.

McIver décrocha le téléphone. « Allô ?

— Bon Dieu ! ça marche, fit une voix. Duncan, tu m'entends ?

— Oui, oui. Qui est à l'appareil ?

— Talbot, George Talbot de l'ambassade britannique. Désolé de te déranger, mon vieux, mais c'est la merde. Khomeiny vient de nommer Mehdi Bazargan premier ministre et a exigé la démission de Bakhtiar. Il y a environ un million de personnes dans les rues qui cherchent la bagarre. Nous venons d'apprendre que les pilotes de Doshan Tappeh se rebellaient contre le gouvernement en place. Bakhtiar a déclaré que, s'ils ne réintégraient pas les rangs immédiatement, il allait faire appel aux Immortels. » Les Immortels sont les troupes d'élite de la garde impériale, totalement dévoués au shah. « Le gouvernement de Sa Majesté, en accord avec les Etats-Unis, les Canadiens, etc., conseillent à tous les ressortissants étrangers de quitter immédiatement le pays... »

McIver qui essayait de garder un visage impassible, murmura simplement : « C'est Talbot, de l'ambassade. »

« ... hier un Américain de chez ExTex et un Iranien ont été assassinés par des " tireurs non identifiés " dans le Sud-Est, près d'Ahwaz. » McIver sentit son cœur battre plus vite. « ... Vous avez des opérations en cours dans le secteur, non ?

— Pas loin de là, à Bandar-e-Delam, sur la côte, répondit McIver, d'un ton impassible.

— Combien avez-vous de ressortissants britanniques ici ? »

McIver réfléchit un instant. « Quarante-cinq sur une équipe de soixante-sept personnes. Il y a vingt-six pilotes, trente-six mécaniciens et cinq administrateurs.

— Qui sont les autres ?

— Quatre Américains, trois Allemands, deux Français et un Finlandais, des pilotes. Plus deux mécaniciens américains. On peut les faire passer pour citoyens britanniques, si c'est nécessaire.

— Familles ?

— Quatre personnes. Quatre épouses, pas d'enfants. On a renvoyé les autres il y a trois semaines. Genny est toujours ici, ainsi qu'une Américaine et deux Iraniennes.

— Tu ferais bien d'envoyer dès demain les épouses iraniennes à leur ambassade avec leurs certificats de mariage. Elles sont à Téhéran ?

— Une. L'autre est à Tabriz.

— Procure-leur de nouveaux passeports le plus vite possible. »

Les lois iraniennes obligeaient leurs ressortissants, qui revenaient au pays après un voyage, à laisser leurs passeports au Bureau de l'immigration où on les conservait jusqu'à ce qu'ils en aient à nouveau besoin. Pour partir à l'étranger, il fallait en faire la demande soi-même, présenter une pièce d'identité valable, exposer la raison de son voyage et si l'on prenait l'avion, montrer le billet payé et la réservation pour un vol précis. Pour obtenir cette autorisation, il fallait des jours, voire des semaines. En temps normal.

« Dieu merci, nous n'avons pas ce problème, dit McIver.

— Oui, Dieu merci, nous sommes britanniques, continua Talbot. Nous sommes en bons termes avec l'ayatollah, Bakhtiar et les généraux. Néanmoins, en tant qu'étrangers on peut s'attendre à des ennuis. Je te conseille vivement de renvoyer au plus vite tes employés non britanniques et de ne garder que le minimum d'Anglais. Juste le strict personnel dont vous avez besoin. Du moins pour l'instant. A partir de demain, il va y avoir une pagaille noire à l'aéroport — on estime à environ cinq mille le nombre d'étrangers qui vont essayer de partir, des Américains pour la plupart. Nous avons demandé à la British Airways de mettre en place des vols supplémentaires. Ce qui est emmerdant, c'est que les aiguilleurs du ciel civils sont toujours en grève ; Bakhtiar a réquisitionné des militaires, mais ils sont encore plus pointilleux que les autres, ce qui n'est pas peu dire ! Il va y avoir des scènes d'exode.

— Mon Dieu ! »

Quelques semaines auparavant, après des mois de constantes menaces à l'encontre des étrangers — et particulièrement des Américains —, des groupes pro-Khomeiny devinrent fous enragés et attaquèrent la ville industrielle d'Ispahan où une grande partie des cinquante mille ressortissants américains en Iran travaillaient aux raffineries, à l'aciérie ou à l'usine d'hélicoptères. Ils avaient brûlé les banques — le Coran interdit le prêt d'argent avec intérêt —, les magasins où l'on vendait de l'alcool — dont la consommation est également interdite par le Coran —, deux cinémas — lieux de propagande politique et pornographique —, puis attaqué les usines, criblant de balles l'immeuble de quatorze étages appartenant à la Aircraft Grumman avant d'y mettre le feu. Cela déclencha l'exode.

Des milliers d'étrangers convergèrent vers l'aéroport de Téhéran dont le terminal ressembla bien vite à un camp de réfugiés avec ces hommes, ces femmes et ces enfants entassés, refusant de bouger par crainte de perdre leur place dans les files d'attente devant les comptoirs des compagnies aériennes. Ils pouvaient à peine respirer tant ils étaient serrés. Ils attendaient patiemment, dormant, se poussant, criant, pleurant ou stoïques. Il n'y avait plus de prévisions de vol, ni d'horaires. Les avions en partance avaient vingt fois plus de réservations que de sièges. Les ordinateurs ne fonctionnaient plus et les billets étaient remplis à la main par des employés souvent ouvertement hostiles et ne parlant pas anglais. L'atmosphère devint vite explosive.

En désespoir de cause, quelques compagnies affrétèrent des charters pour évacuer leurs ressortissants. L'armée de l'air américaine vint chercher ses conseillers militaires tandis que les ambassades minimisaient l'ampleur de l'évacuation pour ne pas embarrasser davantage le shah, leur grand allié depuis vingt ans. Pour ajouter à la panique, il y avait aussi des milliers d'Iraniens qui souhaitaient quitter le pays pendant qu'il était encore temps. Les plus riches et les moins délicats ne firent pas la queue. De nombreux employés de l'aéroport s'enrichirent rapidement. Puis les aiguilleurs du ciel se mirent en grève, paralysant totalement le trafic.

Pendant deux jours aucun avion n'atterrit ni ne décolla. Une partie de la foule quitta l'aéroport tandis que d'autres restaient. Quelques aiguilleurs reprirent le travail et la folie recommença. Une simple rumeur de nouveaux départs, et on se précipitait à l'aéroport avec gosses et bagages, ou sans valise pour être plus sûr de trouver une place dans un avion qui n'existait pas. Retour vers la ville. Cinq cents personnes dans la file d'attente de taxis dont la plupart étaient en grève et enfin l'hôtel où l'on découvre que sa chambre a été donnée à un autre. Toutes les banques fermées, pas d'argent liquide pour donner des bakchichs. L'enfer.

Finalement, la plupart des étrangers parvinrent à quitter le pays. Ceux qui restèrent pour continuer à travailler, à faire fonctionner les usines, les forages de pétrole, les complexes chimiques, les centrales atomiques et protéger leurs gigantesques investissements, se firent tout petits et gardèrent un profil bas, surtout s'ils étaient américains. Khomeiny avait dit : « Si l'étranger veut partir, laisse-le faire ; le Grand Satan, c'est le matérialisme américain. »

McIver pressa plus fort le téléphone contre son oreille. Le son faiblissait. Il craignait que la communication ne fût interrompue. « Oui, George, que disais-tu ? »

Talbot continua : « Nous sommes pratiquement sûrs que tout finira par s'arranger. Il n'y a aucune raison pour que ça saute. Dans les milieux autorisés, on dit que le shah est prêt à se retirer et à laisser le pouvoir à son fils Rizah. La période de transition et de constitution du nouveau gouvernement risque d'être un peu agitée, mais tout finira bien. Voilà, je suis désolé, mais il faut que je te laisse. Fais-moi savoir ce que vous comptez f... ! »

La communication fut coupée.

McIver jura, secoua le téléphone sans résultat, puis raconta à Genny et à Charlie sa conversation avec Talbot. Genny sourit : « Ce n'est pas la peine de me regarder comme ça, la réponse est non. Je...

— Mais, Genny, Talb...

— Je suis d'accord avec lui. Les autres doivent s'en aller, pas moi. Le dîner est presque prêt. » Elle retourna vers la cuisine dont elle referma de nouveau la porte, mettant fin à la discussion.

« Je vais la faire partir, c'est moi qui te le dis, fulmina McIver.

— Je te parie un an de salaire qu'elle ne partira pas. Pas sans toi. Pourquoi ne fichez-vous pas le camp tous les deux, pour l'amour du ciel ? Je peux m'occuper des affaires.

— Je te remercie, mais non. On se croirait revenus en arrière, pendant la guerre, tu ne trouves pas ? demanda-t-il en plissant les yeux dans l'obscurité. Retour au putain de black-out. On ne se pose plus de questions, on obéit aux ordres et on veille sur les troupes. » Il regarda Pettikin qui essayait de joindre leur base de Bandar Delam. « Tu connaissais l'Américain qui a été tué, Stanson ?

— Non, et toi ?

— Oui. Je l'ai rencontré une fois. Un type sympa. Il était directeur de l'un des départements de l'ExTex. On racontait qu'il appartenait à la CIA mais je crois que c'était une rumeur sans fondement. » McIver fronça les sourcils en fixant son verre. « Talbot a raison sur un point : on a de la chance d'être anglais. Ça va être dur pour les Ricains.

— Tu as pris les dispositions nécessaires pour protéger ceux qui travaillent pour nous, n'est-ce pas ?

— J'espère. » Après le départ du shah, quand la violence et le chaos s'étaient installés, McIver avait fourni des papiers d'identité britanniques à tous les Américains. « Ils ne devraient pas avoir de problème à moins que les Brassards verts, la police, ou la Savak ne contrôlent leurs licences de pilotes. » Tous les étrangers devaient avoir un visa pour pénétrer en Iran, lequel était annulé lorsqu'ils quittaient le pays. Les pilotes devaient posséder une licence de vol établie en Iran chaque année. Par mesure de précaution, McIver avait fait établir des cartes d'identité professionnelles contresignées par un de leurs partenaires iraniens qui n'était autre que le général Valik. Jusqu'à présent ils n'avaient pas eu d'ennuis. « Je vous conseille d'avoir toujours ça sur vous », avait dit McIver aux Américains ; en leur donnant des photos du shah et de Khomeiny. « Si vous êtes arrêtés, tâchez de montrer la bonne ! »

Pettikin tentait, sans succès, de joindre par radio la base de Bandar Delam. « Nous ressaierons plus tard, dit McIver. Les bases se mettent en attente radio à 8 h 30 — ça nous donne le temps de prendre des décisions. Nom de Dieu, ça va être foutrement compliqué. Qu'est-ce que tu penses ? On ne bouge pas, sauf en ce qui concerne les familles ? »

L'air soucieux, Pettikin se leva, prit une bougie et alla regarder la carte accrochée au mur. Leurs bases y étaient indiquées par de petits drapeaux avec le nombre d'appareils, leur type, le personnel volant et au sol. Dans tout l'Iran, il y avait des bases d'entraînement militaires à Téhéran et Ispahan ; des forages de pétrole sur les hauts plateaux du Zagros ; une opération de prospection à Tabriz dans le nord-ouest ; une surveillance de gisements d'uranium près de la frontière afghane ; une surveillance de pipeline sur la mer Caspienne, quatre opérations de forage sur ou près du Golfe et une autre, à Lengeh. De toutes ces bases cinq étaient opérationnelles : Lengeh, Kowiss, Bandar Delam, Zagros et Tabriz. « Nous avons quinze 212, y compris deux appareils qui passent la révision des deux mille heures du vol, sept 206 et trois Alouettes, tous censés fonctionner en ce moment...

— Et tous loués sous contrat dont aucun n'a été annulé, mais aucun payé non plus, dit McIver en réfléchissant. Nous n'avons aucun moyen de les ramener vers la base de Kowiss. On ne peut pas légalement les récupérer sans l'accord du client, ou de nos chers associés — à moins de pouvoir invoquer un cas de force majeure.

— On n'y est pas encore. Je crois qu'on n'a rien d'autre à faire qu'à attendre, *statu quo* aussi longtemps que les événements le permettront. Talbot avait l'air optimiste. *Statu quo*.

— J'aimerais bien, Charlie. Mon Dieu, quand je pense que l'année dernière à la même époque nous avions quarante 212 en activité sans parler du reste ! »

McIver se resservit un whisky.

« Vas-y doucement, dit Pettikin en baissant la voix. Genny va te tomber dessus. Tu fais de l'hypertension et tu n'as pas le droit de boire.

— C'est comme un médicament, ça me fait du bien, nom de Dieu. »

La flamme d'une des bougies vacilla et s'éteignit. McIver se leva, en alluma une autre et se remit à étudier la carte. « Tu ferais mieux de faire revenir Azadeh et le Finlandais volant. Ses 212 arrivent sur les mille cinq cents heures et on pourrait les laisser se reposer un peu. » Il s'agissait du capitaine Erikki Yokkonen et de son épouse iranienne Azadeh, ils étaient basés près de Tabriz dans la province de l'Est, l'Azerbaïdjan. « Si on prenait un 206 pour aller les chercher ? Cela leur éviterait de se taper six cents kilomètres de routes dégueulasses. De toute façon, on devait leur livrer des pièces de rechange. »

Pettikin était ravi. « Merci, j'ai besoin d'une petite sortie. Je vais établir mon plan de vol ce soir et je partirai demain à l'aube. Je m'arrêterai pour faire le plein à Bandar-e-Pahlavi et nous acheter un peu de caviar.

— C'est beau de rêver. Mais cela fera plaisir à Gen. Tu sais ce que je pense de tout ça. » McIver abandonna l'étude de la carte et se retourna. « Nous sommes en première ligne, Charlie, et très vulnérables si les choses se gâtent. »

McIver hocha la tête. Son regard se posa machinalement sur le téléphone. Il souleva le combiné. La tonalité était revenue. Excité, il forma : 00, pour l'international ; 44 pour la Grande-Bretagne, 224 Aberdeen en Ecosse ; 765-8080. Il attendit un long moment, puis son visage s'éclaira. « Dieu du ciel, ça passe ! »

— Helicopters S-G, veuillez ne pas quitter, s'il vous plaît », dit la standardiste avant que McIver ait le temps de réagir. Il attendit en fulminant. « Helicopt...

— McIver à l'appareil, je vous appelle de Téhéran, donnez-moi le patron, s'il vous plaît.

— Il est en ligne, monsieur McIver, répondit-elle, je vous passe sa secrétaire.

— Bonjour Mac, fit Liz Chen presque aussitôt. Ne quittez pas, je préviens Sa Majesté. Vous allez bien ? Ça fait des jours qu'on essaie de vous joindre. Ne quittez pas ! »

Quelques instants plus tard, la voix joyeuse de Gavallan retentit dans l'appareil. « Mac ? Bon Dieu, comment as-tu réussi à nous joindre ? Je suis si content de t'entendre — j'ai un type ici qui passe ses journées à composer ton numéro chez toi, à ton bureau, dix heures par jour, sans résultat. Comment va Genny ? Comment as-tu fait pour nous appeler ?

— J'ai eu de la chance, Andy. Je suis chez moi. On va devoir parler rapidement. Nous risquons d'être coupés. » McIver lui rapporta ce que Talbot venait de lui dire. Il se montra très vague, car le bruit courait que la Savak, la police secrète iranienne, enregistrait souvent les conversations téléphoniques, particulièrement celles des étrangers. Depuis deux ans la compagnie se méfiait du téléphone.

N'importe qui pouvait se brancher sur ses lignes : la Savak, la CIA, M15, le KGB... Il y eut un silence. « Fais ce que l'ambassade t'a dit, évacue les non-Britanniques. Demande à l'ambassade de Finlande de s'occuper du passeport d'Azadeh. Dis à Tom Lochart de faire partir Sharazad — je lui avais recommandé de remplir les formulaires il y a deux semaines. Au fait, il a du courrier pour toi. »

Le cœur de McIver battit plus fort. « Très bien, il sera là demain.

— Je vais contacter British Airways et voir s'ils peuvent nous réserver des places sur leurs vols. Pour plus de sécurité, j'enverrai un 125. Il sera à Téhéran demain. L'aéroport est toujours ouvert, n'est-ce pas ?

— Il l'était hier, répondit McIver.

— Dieu merci, les autorités gardent le contrôle du pays, répondit Gavallan avec la même prudence.

— Oui.

— Mac, qu'est-ce que tu conseilles au sujet de nos opérations en Iran ? »

McIver prit une longue inspiration. « On ne bouge pas, on attend.

— Bien. Les informations que nous recevons ici disent que tout devrait bientôt rentrer dans l'ordre. Il y a beaucoup de monde de notre côté en Iran. Mac, la rumeur au sujet de Guerney était exacte.

— Tu es sûr ? demanda McIver s'animant soudain.

— Oui. Je viens de recevoir un télex d'IranOil, il y a quelques minutes, confirmant que nous allions recevoir les contrats Guerney à Kharg, Kowiss, Zagros et Lengeh pour commencer. L'ordre est venu de haut apparemment et j'ai dû donner un généreux *pishkesh* à la caisse noire de nos associés iraniens. » Le *pishkesh* était une vieille tradition iranienne, c'était un cadeau donné d'avance pour un service futur. C'était aussi une ancienne coutume qui autorisait n'importe quel fonctionnaire à garder pour lui les *pishkesh* reçus dans le cadre de ses activités. Comment vivre autrement ? « Ce n'est pas grave, nous allons quadrupler nos bénéfices en Iran, mon vieux.

— Tout va bien alors, Andy.

— Ce n'est pas tout, Mac. Je viens de commander vingt autres 212 aujourd'hui ; J'ai confirmé la commande de six X63 ; cet appareil est fantastique.

— Formidable, Andy. Tu mets le paquet, hein ?

— L'Iran connaît peut-être des difficultés temporaires, mais le monde entier fait dans sa culotte à l'idée de devoir acheter son pétrole ailleurs. Les Ricains sont dans tous leurs états. Je viens de conclure un gros contrat avec ExTex pour le Niger, l'Arabie Saoudite et Bornéo et un autre avec les pétroles All-Gulf pour les Emirats. Dans la mer du Nord, il n'y a que nous, Guerney et Imperial Helico. »

Imperial Helicopter, une filiale d'Imperial Air, était la deuxième compagnie semi-nationalisée en concurrence avec la British Airways. « Il est de la plus haute importance que tu gardes le contrôle de la situation en Iran — nos contrats, nos appareils et notre quota de pièces détachées pour le nouvel appareil. Pour l'amour de Dieu, veille à ce que nos partenaires se conduisent correctement. Comment vont ces chers amis ?

— Comme d'habitude. »

Gavallan comprit qu'ils étaient aussi tordus et peu dignes de confiance que d'habitude. « Je viens d'avoir une conférence avec le général Javadah à Londres. » Javadah avait quitté l'Iran avec toute sa famille un an plus tôt, juste avant que les troubles éclatent. Au cours des trois derniers mois, deux autres de leurs associés iraniens accompagnés de leurs familles s'étaient rendus à Londres « pour raisons de santé », quatre autres étaient en Amérique avec leurs familles. Trois demeuraient en Iran. « Il est très actif, quoiqu'un peu cher. Et l'île de Kharg ? Peut-on y retourner ? » L'île de Kharg était un important terminal par où l'Iran exportait la quasi-totalité de son pétrole : six millions de barils par jour, l'année précédente à la même époque ; à peine six cent mille cette année en raison des événements. Kharg avait constitué une immense source de revenus pour S-G, jusqu'à il y a trois semaines quand, le capitaine Rudiger Lutz, qui dirigeait l'équipe et les appareils S-G, avait reçu l'ordre du commandement militaire du port voisin de Bandar Delam d'évacuer l'île. « Des possibilités de reprise d'activités ?

— Pas encore, mais nous pourrons livrer toutes nos bases en mer depuis Bandar Delam dès que la grève sera terminée. Andy aurait voulu pouvoir lui dire : " J'ai vu Rudiger hier en privé. Il m'a confié qu'il était content de ne plus se trouver sur l'île, qui était une poudrière prête à exploser, et qu'il redoutait des sabotages. " » Mais il dit seulement d'un ton bourru : « Je vais te faire parvenir un rapport. Les autorités contrôlent parfaitement la situation.

— Je comprends. Comment va le jeune Scot ?

— Il se débrouille bien. Il sera opérationnel sur 212 d'un jour à l'autre. » McIver sourit. Il avait été le premier instructeur de Scot.

« Très bien. Je vais peut-être le renvoyer faire un stage pour le X63.

— Non, laisse-lui un peu de temps, Andy. Il est doué mais il a besoin de temps. Laisse-le piloter le 212 pendant un an.

— C'est toi qui décides. Quelle est la situation à Lengeh ? » C'était leur base la plus au sud, qui couvrait la région d'Ormuz.

« Bonne. Scragger m'a informé que les nouveaux derricks de Siri sont installés, que leurs réservoirs sont pleins et que les grèves ne les ont pas affectés, sans doute parce que les Français sont bien implantés sur l'île et que la France a accordé asile à Khomeiny lorsqu'il a été expulsé d'Irak.

— Je vais transmettre l'information. Salue de ma part ce vieux Scrag quand tu le verras.

— Andy, n'est-il pas temps de lui parler de sa retraite et...

— Comment est son dernier rapport médical ?

— Parfait, mais...

— Tant qu'il est en bonne santé, il peut piloter.

— Oui, mais il a soixante-trois ans et il est t...

— Je lui ai promis qu'il resterait capitaine tant qu'il en serait physiquement capable.

— Très bien, mais je ne sais pas comment ce vieux pédé grognon fait pour garder une telle forme. Je n'y comprends rien. Je suis persuadé qu'il traficote son rapport médical, bien que je ne voie pas comment. »

McIver aborda un sujet plus important. « Andy, j'ai besoin d'argent liquide.

— Je t'ai envoyé un mandat par la poste. »

McIver sourit en entendant le rire chaleureux de son ami. « Va te faire foutre, Chinetoque ! » répondit-il. Chinetoque était le surnom de Gavallan qui, avant d'être envoyé à Aberdeen, avait passé presque toute sa vie à Chang-hai avant d'être engagé par la Struan à Hong-kong où ils s'étaient rencontrés. A cette époque, McIver avait une petite boîte de location d'hélicoptères dans la Colonie. « Pour l'amour de Dieu, nous sommes très en retard pour la paye du personnel. Il y a toutes les dépenses des pilotes et nous devons achet... » Il se tut brusquement se souvenant qu'ils pouvaient être écoutés. « Ces saloperies de banques sont en grève et le peu d'argent que j'ai est pour *heung yau*. » Il avait utilisé une expression cantonaise qui signifiait « graisse luisante », c'est-à-dire l'argent des pots-de-vin.

« Javadah m'a promis que le général Valik qui est à Téhéran allait te donner demain un demi-million de rials. J'ai un télex qui le confirme.

— Ça fait à peine six mille dollars et j'ai des factures pour vingt fois cette somme.

— Je sais, mon vieux, mais il m'a dit que Bakhtiar et Khomeiny souhaitent tous les deux la réouverture des banques qui devraient avoir lieu d'ici à une semaine. Dès qu'elles seront ouvertes, il jure qu'IHC nous paiera tout ce qu'il nous doit.

— Nous a-t-il fait parvenir le chargement A entre-temps ? » McIver et Gavallan se servaient de ce nom de code pour désigner les fonds tenus en dehors de l'Iran par l'IHC qui atteignaient presque six millions de dollars. IHC devait presque quatre millions de dollars à S-G.

« Non, il prétend qu'il doit obtenir l'accord de ses partenaires. On attend. On se tient à l'écart. »

Tant mieux, pensa McIver. Trois signatures étaient nécessaires sur ce compte. Celles de deux des associés et celle de la S-G. Personne ne pouvait donc toucher aux fonds sans l'accord de l'autre. « C'est assez hasardeux, Andy. Avec l'acompte pour le nouvel appareil, les traites pour l'équipement ici, vous êtes sur la corde raide, n'est-ce pas ?

— On a toujours été sur la corde raide, Mac. Mais l'avenir semble rose. »

Oui, pensa McIver, pour l'industrie des hélicoptères. Mais ici, en Iran ? L'année précédente, les associés avaient obligé Gavallan à transférer la propriété de tous les hélicoptères S-G en Iran à l'IHC. Gavallan avait accepté, à condition qu'il lui soit possible de tout racheter à n'importe quel moment, sans qu'ils s'y opposent, qu'ils continuent de payer les traites en temps et en heure et paient les dettes contractées. Depuis le début de la crise et la fermeture des banques, IHC ne respectait pas ses engagements et Gavallan avait dû payer lui-même les traites des hélicoptères basés en Iran sur les fonds de la S-G à Aberdeen — les associés prétendant que ce n'était pas leur faute si les banques étaient fermées, Javadah et Valik assurant que dès que la situation redeviendrait normale, ils rembourseraient tout. « N'oubliez pas, Andrew, que nous vous avons obtenu les meilleures affaires pendant des années ; sans nous la S-G n'aurait pas pu s'implanter en Iran. Dès que tout redeviendra normal... »

« Nos contrats iraniens sont très juteux, disait Gavallan. Nous n'avons rien à reprocher à nos associés là-dessus. »

Oui, pensa McIver, même s'ils diminuent chaque année nos parts de bénéfices pour augmenter les leurs... « Ils contrôlent le pays, ils l'ont toujours fait et jurent par tous les saints que les choses vont se calmer. Ils ont besoin d'hélicoptères. Tout le monde ici dit que ça va s'arranger. Le ministre, leur ambassadeur, le nôtre... Pourquoi la situation ne redeviendrait-elle pas normale ? Le shah a fait de son mieux pour moderniser le pays, pour augmenter les revenus de son peuple, pour faire régresser l'analphabétisme. Les revenus pétroliers sont gigantesques. D'après le ministre, ils augmenteront encore quand ce bordel sera terminé. Mes contacts à Washington ont la même impression, même le vieux Willie de la ExTex est d'accord là-dessus, et si quelqu'un est un expert en ce domaine, c'est bien lui ! Les paris sont à cinquante contre un que, d'ici six mois, tout sera redevenu normal, le shah ayant abdiqué en faveur de son fils Rizah qui formera une monarchie constitutionnelle. En attendant je pense que n... »

La communication s'interrompit brusquement. McIver secoua l'appareil. Quand la ligne fut rétablie, il n'y avait plus personne, seulement une sonnerie occupée. Il raccrocha avec colère. Les lumières revinrent soudain.

« Zut, dit Genny, l'éclairage aux bougies est tellement plus beau. »

Pettikin sourit et éteignit les lumières. La pièce était en effet plus jolie ainsi, plus intime. L'argenterie étincelait sur la table. » Tu as raison, Genny, tu as toujours raison.

— Merci, Charlie. Le dîner est presque prêt. Duncan, tu peux te reservir un whisky, mais pas aussi fort que celui que tu t'es versé en douce — n'essaie pas de prendre l'air innocent —, après cette conversation avec notre chef vénéré, même moi j'ai besoin d'un petit remontant. Tu me raconteras à table ce qu'il t'a dit. » Elle quitta la pièce.

McIver rapporta à Pettikin l'essentiel de sa conversation avec Gavallan. Pettikin n'était pas un des dirigeants de la S-G ou de l'IHC, donc McIver devait garder une partie de ses informations pour lui. Perdu dans ses pensées, il se dirigea vers la fenêtre, content d'avoir pu parler à son vieil ami Andy. Ils se connaissaient depuis si longtemps... quatorze ans.

C'était pendant l'été de 1965, alors que la Colonie était au bord de la révolution, que les Gardes rouges de Mao Tsé-toung mettaient la Chine, à feu et à sang et arrivaient jusque dans les rues de Hong-kong et de Kowloon, que la lettre de Gavallan était arrivée. A cette époque, la compagnie d'hélicoptères de McIver était au bord du dépôt de bilan ; il n'arrivait plus à payer les traites de son petit appareil. Genny essayait tant bien que mal d'élever leurs deux enfants adolescents dans un petit appartement bruyant de Kowloon, là où les émeutes étaient les plus violentes.

« Dieu du ciel, Gen, lis ça ! » La lettre disait :

« Cher Monsieur McIver,

Peut-être, vous souvenez-vous de moi ; nous nous sommes rencontrés une fois ou deux aux courses il y a quelques années lorsque je travaillais pour la Struan — nous avons même gagné en pariant sur un tocard qui s'appelait " le Chinetoque ". Le Taipan, Ian Dunross, m'a conseillé de vous écrire car j'aurais grand besoin de vos conseils — je sais que vous lui avez appris à piloter. Il n'a pas tari d'éloges à votre égard. La mer du Nord regorge de pétrole, nous le savons. Je pense que le seul moyen de joindre et d'approvisionner les plates-formes de forage en mer par tous les temps est l'hélicoptère. Pour l'instant, ce n'est pas autorisé par ce que vous appelez dans votre jargon professionnel les règlements de vol aux instruments, les RVI. Nous aimerions que cela devienne possible. Je fournis le sale temps, vous, la compétence. Je vous offre un salaire de mille livres par mois, un contrat de trois ans renouvelable, un intéressement aux bénéfices, le transport pour vous et votre famille pour Aberdeen et une caisse de whisky Loch Vay pour Noël. Téléphonez-moi votre réponse le plus vite possible... »

Sans dire un mot, Genny lui rendit la lettre et quitta la pièce. Il éleva la voix pour couvrir le bruit de la grande ville : circulation, klaxons, vendeurs à la criée, sirènes de bateaux, jets, musique chinoise.

« Je peux savoir où tu vas ?

— Faire les valises. » Elle éclata de rire et revint en courant se jeter dans ses bras. « C'est un cadeau du ciel, c'est inespéré, Duncan. Appelle-le, appelle-le tout de suite...

— Aberdeen ? Voler aux instruments par tout temps ? On n'a pas l'équipement nécessaire. Je ne sais pas si c'est poss...

— Pour toi, rien n'est impossible, mon héros. Maintenant, je voudrais bien savoir où sont passés Hamish et Sarah.

— On est samedi aujourd'hui, ils ont dû aller au cinéma ou... »

Une brique brisa une de leurs fenêtres, en bas une nouvelle émeute venait d'éclater. Leur appartement était situé au premier, face à une ruelle étroite du quartier populaire de Mong Kok, banlieue de Kowloon. McIver écarta Genny de la fenêtre et s'en approcha avec précaution pour regarder ce qui se passait. Dans la rue, cinq à dix mille manifestants chinois hurlaient leur cri de guerre : « *Mao, Mao, Kwai Loh ! Kwai Loh !* », Démon étranger ! Démon étranger en se dirigeant vers un poste de police situé à quelques centaines de mètres et gardé par un détachement de policiers chinois encadré par trois officiers britanniques qui attendait en silence derrière une barrière.

« Mon Dieu, Gen, ils sont armés ! » D'habitude la police avait des matraques. La veille, le consul suisse et sa femme avaient été brûlés vifs dans leur voiture par un groupe de manifestants. La nuit précédente, le gouverneur avait annoncé à la radio et à la télévision qu'il avait ordonné à la police de prendre les mesures nécessaires pour mettre fin aux émeutes. « Baisse-toi, Gen mets-toi à plat ventre... »

Ses mots furent couverts par les haut-parleurs de la police. Le capitaine ordonnait à la foule en anglais et en cantonais de se disperser. Les manifestants n'y prêtèrent aucune attention et attaquèrent la barrière. Un nouvel ordre fut lancé. Sans effet. La police ouvrit le feu. Les premiers rangs, pris de panique, furent piétinés par ceux qui s'enfuyaient de toutes parts. La rue se vida rapidement. Une douzaine de cadavres reposaient dans la poussière. Les mêmes scènes se déroulaient sur l'île de Hong-kong. Le lendemain la paix régnait à nouveau dans la colonie. Quelques Gardes rouges de la faction dure qui tentaient de soulever la population furent déportés.

En moins d'une semaine, McIver vendit son affaire, prit l'avion pour Aberdeen sans attendre Genny et se jeta avec délice dans son nouveau travail. Il fallut un mois à Genny pour tout empaqueter, mettre en ordre les affaires et vendre ce dont ils n'avaient pas besoin. Lorsqu'elle le rejoignit, il avait déjà trouvé un appartement placé à côté de l'héliport McCloud. Elle refusa d'y emménager. « Pour l'amour du ciel, Duncan, c'est à des millions de kilomètres de l'école la plus proche. Un appartement ? Maintenant que nous sommes aussi riches que Dunross, nous allons louer une maison, mon vieux... »

Il souriait en se rappelant cette époque lointaine. Genny, folle de joie d'être de retour en Ecosse — elle n'avait jamais aimé Hong-kong, la vie y était dure avec deux enfants et peu d'argent —, lui, adorant son travail, trouvant Gavallan formidable. En revanche, il détestait la mer du Nord, le froid et les maux de tête que lui valait l'humidité salée de la mer. Mais les cinq années passées là-bas avaient été profitables. Il avait renoué ses relations avec le monde international des hélicoptères — la plupart des ex-pilotes de la RAF, de la RCAF, de la RAAF, de l'USAF. Il recevait à Noël de généreuses primes qu'il mettait soigneusement de côté pour sa retraite et une caisse de Loch Vay. « Andy, c'est avec ça que tu m'as eu ! » Gavallan était la force motrice de l'entreprise. En Ecosse, on l'avait surnommé « le Seigneur » et il était connu d'Aberdeen à Inverness et, au sud, jusqu'à Dundee. Ses tentacules s'étendaient jusqu'à Londres, New York, Houston, partout où il y avait des compagnies pétrolières. Oui, le Chinetoque est un type exceptionnel et qui n'avait pas son pareil pour embobiner les gens qui travaillaient pour lui, pensait McIver sans rancœur. Regarde comment tu es arrivé ici...

« Ecoute, Mac, lui avait dit Andrew Gavallan, un jour, vers la fin des années 60, j'ai fait la connaissance d'un général de l'armée iranienne, le général Beni-Hassan. Un excellent chasseur qui m'a ridiculisé. Pendant le week-end, j'ai passé beaucoup de temps avec lui et je lui ai vendu un programme d'appui et de ravitaillement par hélicoptères pour leur infanterie et divisions blindées, clés en main avec un programme d'entraînement pour leur armée de l'air et quelques hélicoptères pour leurs forages de pétrole. Grosse, grosse affaire.

— Mais nous ne sommes pas équipés pour la moitié de tout cela !

— Beni-Hassan est un type exceptionnel et le shah, un monarque qui va de l'avant. Il met en place d'énormes plans de modernisation. Tu connais l'Iran ?

— Non, Chinetoque, répondit McIver, se méfiant de son exubérance. Pourquoi ?

— Vous avez deux places sur l'avion de Bahreïn, vendredi, toi et Genny... Un instant, Mac ! Que sais-tu de Sheik Aviation ?

— Genny est très heureuse à Aberdeen. Elle n'a aucune envie de partir, les enfants terminent leurs études, on vient juste de verser le premier acompte sur notre maison, nous ne partons pas, ou Genny te tuera.

— Bien sûr, bien sûr, fit Gavallan d'un ton désinvolte. Sheik Aviation ?

— C'est une petite mais excellente compagnie d'hélicoptères qui dessert le Golfe. Ils ont trois 206 ainsi que quelques avions basés à Bahreïn. Ils sont bien placés et travaillent beaucoup pour l'ARAMCO, l'ExTex et je crois aussi l'IranOil. Le propriétaire et patron est Jock Forsyth, un ancien para, ex-pilote qui a créé la boîte dans les années 50 avec un vieux pote à moi, Scrag Scragger, un Australien. Scrag est en fait le véritable propriétaire, un ancien de la RAAF, un cinglé d'hélicoptères. Ils s'étaient installés à Singapour et c'est là que j'ai rencontré Scrag pour la première fois. On a pris une cuite insensée. Les autres m'ont dit le lendemain que nous avions fait un pari à qui boirait le plus sans être ivre. Ils se sont ensuite installés dans le Golfe grâce à un type haut placé de l'ExTex qui les a fait démarrer avec quelques contrats. Pourquoi me poses-tu cette question ?

— Je viens juste de racheter la boîte. Tu es le nouveau patron à partir de lundi. Scragger, les pilotes et le personnel resteront ou partiront, ce sera à toi de décider, mais je crois qu'on peut avoir besoin d'eux et de leur connaissance du pays. Je les ai trouvés très sympathiques — Forsyth est ravi de se retirer dans le Devon. Bizarrement Scragger ne m'a pas signalé qu'il te connaissait, mais je suis resté avec lui peu de temps, j'ai réglé les détails contractuels avec Forsyth. A partir de maintenant, Sheik Aviation devient S-G Helicopters Limited. Vendredi prochain je voudrais que tu ailles à Téhéran... tu m'écoutes, pour l'amour de Dieu ?... vendredi pour y ouvrir des bureaux. Tu as rendez-vous avec Beni-Hassan pour signer les papiers au sujet du contrat avec l'armée de l'air. Il m'a dit qu'il serait ravi de nous faire rencontrer les gens importants, là-bas. Ah, oui, tu deviens propriétaire de 10 pour cent des actions et tu touches 10 pour cent des bénéfices, te voilà directeur des opérations iraniennes, cela inclut aussi le reste du Golfe, bien sûr... »

McIver avait accepté. Il ne savait pas résister à Andrew Gavallan, mais il n'avait jamais su comment Gavallan était parvenu à convaincre Genny. Quand il était rentré à la maison ce soir-là, elle l'attendait en souriant. Elle lui avait préparé son whisky-soda. « Bonjour, chéri, bonne journée aujourd'hui ? susurra-t-elle.

— Oui, qu'est-ce qui se passe ?

— C'est toi qui me poses cette question ? Andy m'a dit qu'il y avait une excellente opportunité pour nous dans un endroit qui s'appelle Téhéran, en Perse.

— Iran. Autrefois, ça s'appelait la Perse, mais aujourd'hui c'est l'Iran. Eh bien, euh... je...

— C'est formidable. Quand partons-nous ?

— Euh... je... je ne sais pas... je pensais qu'on pouvait en parler avant... que si tu voulais, je pouvais m'arranger pour travailler là-bas deux mois d'affilée, revenir ici un mois, repartir deux mois...

— Et pendant les deux où tu serais là-bas seul, qu'est-ce que tu as prévu pour tes soirées et tes dimanches ?

— Je... tu sais, je vais avoir un boulot fou et je n'aurai pas le t...

— Sheik Aviation ? Toi et ce vieux Scragger vous allez passer votre temps à vous soûler jusqu'à ce que vous rouliez dans le ruisseau.

— Moi ? Ecoute, j'aurai tellement à faire que...

— Non, mon vieux. Deux mois là-bas, un mois ici, hein ? Il faudra que tu passes sur mon cadavre pour partir seul. Nous formons une famille, oui ou non ? » Puis avec un sourire sucré : « Tu es d'accord, chéri de mon cœur ?

— Ecoute, Gen... »

Moins d'un mois plus tard ils repartaient à l'aventure. Ils connurent les meilleurs moments de leur vie, rencontrèrent des gens très intéressants, s'amusèrent avec Scrag et les autres, firent la connaissance de Charlie, Lochart, Jean-Luc et Erikki. La compagnie devint la plus sûre et la plus efficace d'Iran et du Golfe. Il la dirigeait. C'était son enfant. A lui seul.

Sheil Aviation fut la première des nombreuses acquisitions de Gavallan. « Où diable trouves-tu tout cet argent, Andy ? lui avait-il demandé.

— Dans les banques. Qu'est-ce que tu crois ? Il faut savoir prendre des risques. »

Ce ne fut que bien plus tard, en découvrant par pur hasard, que le S de S-G Helicopters signifiait Struan, qu'il comprit d'où provenait leurs financements.

« Comment as-tu découvert cela, Mac ? lui avait demandé Gavallan d'un ton bourru.

— Un vieux copain de Sydney, un ancien de la RAF qui travaille maintenant dans les exploitations minières, m'a confié avoir entendu Linbar se vanter que la S-G appartenait à la Noble Maison. Je ne savais pas que Linbar dirigeait aussi la Struan en Australie.

— Il essaie. Mac, ça doit demeurer entre toi et moi, Ian voulait que la participation de la Struan reste secrète. David aussi. Alors je préfère que tu gardes cette information pour toi. » David était David MacStruan, le Taipan du moment.

« Bien sûr. Je ne le dirai même pas à Genny. Mais cela explique beaucoup de choses. Je suis content de savoir que nous sommes protégés par la Noble Maison. Je m'étais souvent demandé pourquoi tu l'avais quittée. »

Gavallan avait souri sans répondre. « Liz et le Comité de gestion de la Struan Sont au courant. Mais ce sont les seuls. »

McIver avait gardé le secret. S-G s'était développé avec le marché pétrolier ; les gains et la valeur des actions de McIver aussi. Quand il prendrait sa retraite dans six ou sept ans, il pourrait vivre confortablement. « Tu ne crois pas que c'est le moment de s'arrêter ? demandait Genny chaque année. Nous avons bien plus d'argent qu'il ne nous en faut, Duncan.

— Ce n'est pas pour l'argent », répondait-il invariablement.

McIver regardait la lueur rougeâtre qui s'intensifiait dans le ciel du Jaleh et qui semblait s'étendre au-dessus d'autres quartiers. Mille pensées l'assaillaient. Ce qui se passait au Jaleh allait se propager dans tout le pays.

Il but une gorgée de whisky. Pas besoin de s'énerver plus qu'il ne le faut, pensa-t-il. Que va faire ce diable de Chinetoque si les communications sont rompues ? Il a toujours réussi à me joindre quand c'était important. C'est épouvantable pour Stanson. C'est le troisième civil, tous des Américains, assassiné par des « tireurs inconnus » depuis plusieurs mois. Deux travaillaient pour l'ExTex et un chez Guerney. Je me demande quand ils vont commencer à s'en prendre à nous — les Iraniens haïssent les Britanniques autant que les Américains. Où allons-nous trouver du liquide ? On ne peut pas faire tourner la boîte avec un demi-million de rials par semaine. Je devrais pouvoir compter sur nos associés, mais ils sont tordus comme ce n'est pas permis et experts dans l'art de se défiler.

Il avala une large gorgée de whisky. Sans l'aide des associés iraniens, nous sommes dans l'impasse, même après toutes ces années. Ils sont les seuls à savoir à qui il faut s'adresser, quelle patte il faut graisser, combien il faut donner, quel pourcentage, qui flatter, qui récompenser. Ils ont les contacts. De toute façon, le Chinetoque a raison : le vainqueur que ce soit. Bakhtiar ou Khomeiny, il leur faudra des hélicoptères.

Dans la cuisine Genny était au bord des larmes. La boîte de mouton farci qu'elle gardait en cachette depuis six mois et qu'elle venait d'ouvrir pour leur faire la surprise était avariée. Duncan aimait tellement le mouton farci. Ce mélange de cœur, de poumons, de foie de mouton haché avec des oignons, de la graisse de rognon, de l'huile, le tout fourré dans le malheureux estomac d'un mouton et bouilli durant plusieurs heures. Beurk ! C'était le jeune Scot Gavallan qui le lui avait rapporté — en jurant de garder le secret — lors de son dernier passage.

Aujourd'hui était leur anniversaire de mariage et elle voulait lui faire la surprise. Saloperie de merde ! Ce n'est pas la faute de Scot si cette boîte de conserve est pourrie, pensa-t-elle. Mais, merde, merde et merde ! Ça fait des mois que j'ai prévu ce dîner et tout est fichu. D'abord ce salopard de boucher qui me laisse tomber alors que j'avais payé d'avance le double du prix. Qu'il aille se faire foutre avec ses « *Inch' Allah !* » Et comme ces saloperies de banques sont fermées, impossible de retirer de l'argent pour soudoyer l'autre boucher afin qu'il me vende le gigot de mouton qu'il m'avait promis. Après ça, c'est l'épicier qui se met en grève, ensuite...

La fenêtre de la petite cuisine était entrouverte. Elle entendit une autre rafale. Plus proche cette fois. Puis, porté par le vent, le sourd grondement des foules : « *Allah-ou Akbar... Allah-ou Akbar...* » répété à l'infini. Elle frissonna. Ce chant résonnait comme une menace. Avant le début des émeutes, elle trouvait rassurants les appels à la prière lancés du haut des minarets par les muezzins. Maintenant, ils étaient hurlés par des foules en colère.

Je déteste cet endroit, pensa-t-elle. Je déteste les armes à feu, les menaces. Ils en avaient reçu encore une dans leur boîte aux lettres, c'était la seconde — mal tapée sur du papier bon marché comme la précédente. « En décembre, je vous ai donné un mois pour partir avec votre famille. Vous êtes toujours là. Vous êtes nos ennemis et nous allons vous combattre jusqu'à la fin. » Pas de signature. Tous les étrangers ou presque en avaient reçu une.

Je déteste les armes à feu, je déteste le froid. Pas de chauffage, pas de lumière. Je ne supporte pas leurs chiottes dégueulasses ; s'accroupir comme un animal. Je hais cette violence stupide, la destruction d'un endroit si beau. Je déteste les files d'attente. Que le petit salopard qui a foutu en l'air cette boîte de conserve aille se faire enculer, et cette merde de cuisine avec, et cette conne de tarte au corned-beef aussi ! Comment les hommes peuvent-ils aimer cette merde ? Du corned-beef mélangé avec des pommes de terre bouillies, un petit oignon, du beurre, du lait si on en trouve, des croûtes de pain sur le dessus, et au four jusqu'à ce que ça brunisse. Et les choux-fleurs, rien que l'odeur du chou-fleur en train de cuire me donne envie de gerber mais j'ai lu quelque part que c'est bon pour la diverticulite. Tout le monde voit que Duncan n'est pas bien en ce moment. Il croit que je ne m'en aperçois pas, l'imbécile ! Charlie s'est-il rendu compte de quelque chose ? Je pense que oui. Et Claire... quelle idiote d'abandonner un homme comme lui ! Je me demande si Charlie a appris qu'elle avait eu une histoire avec ce pilote de chez Guerney. Si on ne se fait pas prendre, je suppose que c'est moins grave — difficile de rester si souvent seule... Je suis contente qu'ils se soient quittés bons amis mais, pour moi, c'était une salope égoïste.

Elle s'aperçut à l'improviste dans un miroir. Elle arrangea ses cheveux et s'examina. Où est passée ta jeunesse ? Je ne sais pas, mais elle est bien partie. La mienne, tout au moins, pas celle de Duncan. Il est toujours jeune, jeune pour son âge — si seulement il prenait soin de lui. Maudit Gavallan ! Non, Andy est un type bien. Je suis contente qu'il se soit remarié avec une si gentille fille. Maureen et leur petite Electra lui ont fait retrouver son équilibre. J'ai eu vraiment peur qu'il épouse cette secrétaire chinoise qu'il a eue. Andy est bien et l'Iran était bien. Etait. Maintenant, il est grand temps de partir et de profiter de notre argent. Ah, oui, mais comment ?

Elle éclata de rire. Toujours la même chose, je suppose.

Prudemment elle ouvrit la porte du four, la chaleur lui fit cligner les yeux et l'odeur ! Elle referma le four. Je ne supporte pas la tarte au corned-beef !

Le dîner fut très bon, la tarte au corned-beef cuite juste à point, comme ils l'aimaient. « Tu veux ouvrir le vin, Duncan ? C'est du vin iranien, je suis désolée mais c'est la dernière bouteille. » Normalement trouver du vin français ou iranien ne posait pas de problème, mais les foules avaient saccagé et incendié toutes les boutiques qui vendaient de l'alcool, encouragés par les mollahs qui suivaient les instructions de Khomeiny. Boire de l'alcool sous n'importe quelle forme est interdit par le Coran. « Le propriétaire du bazar m'a dit qu'il ne restait plus une bouteille, officiellement du moins, et qu'il était maintenant interdit de servir de l'alcool dans les hôtels pour étrangers.

— Ça ne va pas durer. Les gens ne supporteront pas longtemps ce retour aux préceptes fondamentaux, dit Pettikin. Ce n'est pas possible, pas en Iran. Les shahs ont toujours été tolérants. Depuis près de trois mille ans, la Perse est célèbre pour la beauté de ses femmes — regardez Azadeh et Sharazad —, pour ses vins et ses vignobles. Et les poèmes d'Omar Khayyam ne sont-ils pas un hymne au vin, aux femmes et à la musique ? Vive la Perse, je dis.

— La Perse, ça sonne mieux que l'Iran, Charlie, c'est plus exotique. Quand nous sommes arrivés, c'était tellement mieux », dit Genny. Elle fut interrompue par de nouvelles rafales de mitraillettes et se remit à parler pour cacher sa nervosité. « Sharazad m'a dit qu'ils avaient toujours appelé le pays Iran. Il semble que Perse était le nom utilisé par les Grecs autrefois, Alexandre le Grand et les autres. La plupart des Perses furent contents quand Rizah Shah décréta que Perse allait devenir Iran. Merci, Duncan, fit-elle en acceptant un verre de vin dont elle admira la couleur.

— Tout est formidable, Gen », dit-il en lui serrant l'épaule.

Le vin était excellent. La tarte aussi. Mais ils n'étaient pas très gais. Trop de soucis. D'autres chars passèrent en bas ; de nouveaux coups de feu éclatèrent. Au-dessus du Jaleh la lueur rougeâtre s'amplifiait. Les foules chantaient, menaçantes. Puis, au milieu du dessert — un gâteau nommé diplomate, que McIver adorait —, un de leurs pilotes fit son entrée en titubant, les vêtements déchirés, le visage tuméfié. Il soutenait une fille, grande, les cheveux aussi noirs que les yeux, elle semblait en état de choc. Elle bredouillait des mots italiens. Une manche de son manteau était presque arrachée, ses vêtements, son visage, ses mains et ses cheveux couverts de saletés comme si elle était tombée dans le caniveau.

« On s'est fait coincer entre les forces de police et ces salopards, balbutia-t-il. Un salopard a siphonné mon réservoir... la foule, ils étaient des milliers, Mac. Tout le monde s'est mis à courir et ils... ils sont arrivés... les émeutiers, ils sont arrivés par une petite rue, beaucoup avaient des armes... ils chantaient sans arrêt cette prière, *Allah-ou Akbar, Allah-ou Akbar, Allah-ou Akbar,* ça vous glaçait le sang ; jamais je n'... puis les pierres, les cocktails Molotov, les gaz lacrymogènes — le grand jeu — la police et l'armée sont arrivées. Et des chars. J'en ai vu trois et j'ai pensé que ces salauds allaient ouvrir le feu. Un coup de feu est parti de la foule. Ça s'est mis à tirer dans tous les sens... des morts partout. On s'est mis à courir, un groupe de ces enculés nous a vus et a crié : « Démon américain », ils nous ont poursuivis et nous ont coincés dans une ruelle. J'ai essayé de leur dire que je suis anglais et que Paula est italienne et non pas... mais la foule m'entourait... s'il n'y avait pas eu ce mollah, un grand type avec une barbe et un turban noirs, ce... ce connard leur a crié quelque chose et ils nous ont laissés partir. Il a couru après nous et nous a dit de foutre le camp... » Il accepta un whisky et l'avala d'un trait, essayant de reprendre son souffle. Ses mains et ses genoux tremblaient sans qu'il s'en rende compte. McIver, Geny et Pettikin écoutaient, abasourdis. La fille pleurait doucement.

« Jamais, jamais je n'ai vécu un tel cauchemar, Charlie. » Nogger Lane continua en tremblant : « Les soldats étaient aussi jeunes que les émeutiers et ils avaient tous l'air d'être morts de peur. Ils n'en peuvent plus. Nuit après nuit, les émeutes, les pierres qu'on leur lance... Un cocktail Molotov a atteint un soldat en plein visage, il s'est transformé en torche vivante, il hurlait mais personne ne... et ces enculés nous ont coincés et ont commencé à tripoter Paula. Ils mettaient leurs sales pattes partout sur elle, lui arrachaient ses vêtements. Je suis devenu fou, j'en ai pris un et je lui ai écrasé la gueule. Je sais que je lui ai fait mal car j'ai senti son nez qui s'enfonçait dans son visage et s'il n'y avait pas eu ce mollah...

— Calme-toi, calme-toi », dit Pettikin inquiet. Le jeune homme ne l'écoutait pas et continua son récit haché.

« ... s'il n'y avait pas eu ce mollah qui m'a tiré en arrière, j'aurais continué à taper jusqu'à ce que son visage soit de la bouillie. Je voulais lui arracher les yeux, Jésus, j'ai essayé, je sais que j'ai essayé... doux Jésus, je n'ai jamais rien tué avec mes mains, je n'ai jamais voulu, jusqu'à ce soir et je l'aurais fait... » Il ramena d'une main tremblante une mèche de cheveux tombée devant ses yeux, sa voix monta d'un ton. « Ces salauds, ils n'avaient pas le droit de nous toucher, ils avaient attrapé Paula et... et... » Des larmes commencèrent à couler, sa bouche bougeait mais aucun son ne sortait, de la bave apparut à la commissure de ses lèvres, « et... et tuer... je voulais tueeerr, tueeerr ! »

Brusquement Pettikin s'approcha du jeune homme et le frappa en plein visage du revers de la main : il alla s'écrouler sur le sofa. Lane resta quelques instants interdit puis il bondit sur ses pieds et se lança sur son agresseur.

« Arrêtez, Nogger ! » rugit Pettikin. L'ordre bloqua net le jeune homme dans son élan. Il regardait stupidement le vieil homme, les poings serrés. « Qu'est-ce qui vous prend, vous m'avez presque cassé la mâchoire », dit-il, furieux. Mais les larmes avaient cessé de couler. »

— Désolé, mon vieux, mais vous étiez en train de perdre le contrôle de vous-même, vous étiez au bord de la crise de nerfs, j'ai été oblig...

— Perdre le contrôle de moi-même, hein ? » répéta Lane, menaçant. Il fallut un certain temps pour lui expliquer, le calmer ainsi que sa compagne, Paula Giancani, hôtesse de l'air sur Alitalia.

« Paula, ma chérie, vous feriez mieux de rester ici ce soir,

dit Genny. L'heure du couvre-feu est passée, vous comprenez ?
— Oui, compris. Oui, je parle anglais, je p...
— Venez, je vais vous prêter des affaires pour la nuit. Nogger, vous prendrez le sofa. »

McIver et Genny restèrent éveillés très tard. Bien qu'épuisés, ils ne pouvaient s'endormir. Des coups de feu éclataient dans la nuit, des chants révolutionnaires. » Un peu de thé, Duncan ?
— Bonne idée, dit-il en se levant avec elle. Oh, zut, j'avais oublié... » Il alla à son bureau et y prit une petite boîte, mal enveloppée. « Joyeux anniversaire. Ce n'est pas grand-chose, juste un bracelet que j'ai trouvé au bazar.
— Oh, merci, Duncan. » En l'ouvrant elle lui raconta ce qui était arrivé à sa surprise à elle : le mouton farci.

« Merde, comme c'est dommage. Tant pis. L'année prochaine, nous en mangerons en Ecosse. »

Le bracelet en argent était serti d'améthystes. « Il est ravissant, exactement ce que je voulais. Merci, chéri.
— Merci à toi, Gen. » Il la prit dans ses bras et l'embrassa distraitement.

Cette absence de passion la laissait indifférente. La plupart de leurs baisers étaient affectueux, comme une caresse au chien qu'on aime. « Qu'est-ce qui te tracasse, chéri ?
— Tout va bien. »

Elle le connaissait trop. « Qu'est-ce qui se passe que je ne sache pas encore ?
— Cela devient de plus en plus dangereux, d'heure en heure. Pendant que tu étais avec Paula, Nogger nous a dit qu'ils revenaient de l'aéroport. Son vol Alitalia — l'avion avait été envoyé par le gouvernement italien pour évacuer leurs ressortissants mais était resté cloué au sol pendant deux jours — avait reçu l'autorisation de décoller en milieu de journée. Il était donc passé lui dire au revoir. Le décollage a été retardé, comme d'habitude, puis à la tombée de la nuit, le vol a été de nouveau annulé et l'aéroport fermé. On a demandé aux passagers de s'en aller. Le personnel iranien avait disparu. Presque immédiatement un groupe d'hommes armés, et armés jusqu'aux dents, il a insisté là-dessus, a occupé la place. La plupart d'entre eux portaient le brassard vert, sur certains il y avait marqué OLIP, Organisation de libération de l'Iran et de la Palestine. C'étaient les premiers que Nogger voyait.
— Mon Dieu, dit-elle, l'OLP aide donc vraiment Khomeiny ?
— Oui, et si c'est le cas, la situation est différente. Cela signifie qu'une guerre civile vient d'éclater et que nous sommes en plein milieu. »

CHAPITRE 3

Tabriz 1 : 23 h 05. Erikki Yokkonen était allongé nu dans le sauna qu'il avait construit de ses propres mains, température à quarante-trois degrés, transpirant de partout, son épouse Azadeh à son côté, également assommée par la chaleur. Ils avaient fait la fête en compagnie des deux mécaniciens anglais et du directeur technique de la station, Ali Dayati, grand dîner arrosé de deux bouteilles de la meilleure vodka russe achetées au marché noir à Tabriz. « Maintenant on va se faire un sauna », leur avait-il dit juste avant minuit. Ils avaient décliné l'offre, comme d'habitude. Ils pouvaient à peine tenir sur leurs jambes pour retourner à leurs bungalow. « Viens, Azadeh !

— Pas ce soir, s'il te plaît, Erikki », avait-elle imploré, mais il avait éclaté de rire en la soulevant dans ses bras. L'enveloppant de son manteau de fourrure, il l'avait emmenée jusqu'à la porte de leur bungalow. Ils étaient passés devant les pins recouverts de neige. La température à l'extérieur était descendue en dessous de zéro. Elle était légère à porter et il arriva à la cabane derrière le bungalow. Ils entrèrent dans le vestiaire bien chauffé, enlevèrent leurs vêtements et pénétrèrent dans le sauna. Maintenant ils reposaient là, Erikki à son aise, Azadeh, peu habituée à ce rite nocturne même après un an de mariage.

Il s'appuya sur un bras et la regarda. Elle était sur la couchette opposée, allongée sur une épaisse serviette, les yeux fermés. Sa poitrine se soulevait et redescendait doucement. Femme somptueuse, des cheveux de rêve, des traits ciselés, un corps ravissant et une peau laiteuse. Il la regardait émerveillé. Elle était si petite, si menue à côté de lui et de son mètre quatre-vingt-douze.

Dieux de mes ancêtres, merci de m'avoir donné une telle femme, se dit-il. Pendant un instant, il ne se souvint plus en quelle langue il avait pensé. Il en parlait quatre, le finnois, le suédois, le russe et l'anglais. Aucune importance, songea-t-il en s'abandonnant de nouveau à la chaleur, laissant son esprit s'envoler avec la vapeur qui montait des pierres brûlantes qu'il avait soigneusement installées. Il était très satisfait d'avoir bâti lui-même son sauna — ce que tout homme digne de ce nom devrait faire —, en coupant les bûches à la hache comme ses ancêtres le faisaient depuis des siècles.

C'était la première chose dont il s'était occupé en arrivant ici quatre ans auparavant — choisir et abattre les arbres. Les autres le prenaient pour un fou. Il avait expliqué avec un haussement d'épaules : « Sans un sauna, la vie n'est rien. On construit d'abord le sauna, puis la maison parce que, sans lui, une maison n'est pas une maison ; vous, les Anglais, vous ne connaissez rien de la vie. » Il avait eu envie de leur dire que, comme beaucoup de Finlandais, il était né dans un sauna — et pourquoi pas, c'est très sensé quand on y réfléchit, c'est l'endroit le plus chaud de la maison, le plus propre, le plus calme, le plus vénéré. Il ne l'avait dit qu'à Azadeh. Elle avait compris. Oui, pensa-t-il ravi, elle comprend tout.

Dehors, la lisière de la forêt était silencieuse, la nuit sans nuages, les étoiles brillantes, la neige étouffant tous les sons. A huit cents mètres de là, la seule route qui traversait ces montagnes. Elle serpentait vers le nord-ouest jusqu'à Tabriz situé à seize kilomètres, puis continuait vers le nord jusqu'à la frontière soviétique. Au sud-est, elle traversait, sinueuse, les montagnes jusqu'à Téhéran, distante de six cents kilomètres.

A la base de Tabriz 1 vivaient deux pilotes — le troisième était en permission en Angleterre — deux ingénieurs anglais ainsi que deux cuisiniers, huit ouvriers, un opérateur radio et le directeur technique, tous Iraniens. En haut de la colline était bâti leur village, Abu-Mard, et dans la vallée l'usine de pâte à bois appartenant au monopole forestier, Iran-Timber, pour lequel ils travaillaient. Les 212 amenaient bûcherons et matériel au milieu des forêts et aidaient à la construction des campements et des routes. Ils acheminaient les équipes de remplacement, le matériel et évacuaient les blessés. Pour la plupart de ces camps coincés en pleine nature, les 212 représentaient la seule liaison avec l'extérieur. Les pilotes étaient traités comme des dieux. Erikki aimait la vie dans ce pays qui ressemblait tant à la Finlande qu'il lui arrivait parfois de se croire rentré chez lui.

Le sauna était parfait. La cabane à deux compartiments avait été construite derrière leur bungalow où elle se trouvait à l'abri des regards. Il avait pris soin de placer du lichen entre les rondins pour assurer l'isolation thermique. Le feu de bois qui chauffait les pierres était bien ventilé. Il avait lui-même rapporté de Finlande quelques-unes de ces pierres, celles que l'on plaçait au-dessus. Son grand-père était allé les chercher au fond d'un lac, là où se trouvent les meilleures pierres de sauna, et les lui avait données lors de sa dernière permission dix-huit mois auparavant. « Prends-les, mon fils, je suis sûr qu'avec elles il y a un bon *onto* de sauna finlandais — le *onto* étant un petit elfe brun . Je ne comprendrai jamais pourquoi tu veux épouser une étrangère et non quelqu'un de ton peuple.

— Quand tu la verras, grand-père, tu l'adoreras. Elle a des yeux bleu-vert, des cheveux très très foncés et...

— Si elle te donne de nombreux fils, nous verrons. Il y a longtemps que tu aurais dû te marier. Un bel homme comme toi ! Mais une étrangère ? Tu m'as dit qu'elle était institutrice ?

— Elle fait partie du corps enseignant volontaire iranien. Ce sont des gens jeunes, hommes et femmes, qui vont dans les villages pour apprendre à la population à lire et à écrire, surtout aux enfants. Le shah et l'impératrice ont fondé ce corps il y a quelques années, Azadeh l'a rejoint quand elle avait vingt et un ans. Elle est originaire de Tabriz où je travaille et elle enseigne dans notre village dans une école de fortune. Je l'ai rencontrée il y a sept mois et trois jours. Elle avait vingt-quatre ans. »

Erikki se souvenait de la première fois où il l'avait vue, avec son uniforme impeccable, ses cheveux tombant en cascade, assise dans une clairière au milieu des enfants, le sourire qu'elle lui avait adressé, la lueur d'étonnement qu'elle avait eue devant un homme si grand. Il avait compris qu'elle était la femme qu'il avait attendue toute sa vie. Il était alors âgé de trente-six ans. Ah, pensa-t-il, en la contemplant, que soit à nouveau béni le lutin des forêts qui a conduit mes pas vers elle. Encore trois mois à tirer et un mois entier de permission. Quelle merveille de pouvoir lui montrer la Finlande !

« C'est l'heure, Azadeh, chérie ?

— Non, Erikki, pas encore, pas encore, répondit-elle à moitié assoupie par la chaleur et non l'alcool car elle ne buvait pas. S'il te plaît, Erikki, pas enc...

— Ce n'est pas bon de rester trop longtemps », dit-il fermement.

Ils parlaient toujours anglais ensemble bien qu'elle sache également le russe — sa mère était à moitié géorgienne, originaire d'un pays frontalier où il était sage et utile d'être bilingue. Elle parlait aussi le turc, la langue la plus utilisée dans cette région de l'Iran, l'Azerbaïdjan et, bien sûr, le parsi. A part quelques mots, il ne parlait ni le turc ni le parsi. Il s'assit et s'épongea, puis se pencha pour l'embrasser. « Tu es méchant, Erikki, dit-elle en s'étirant voluptueusement.

— Prête ?

— Oui. » Elle se pressa contre lui tandis qu'il la soulevait sans effort dans ses bras. Il traversa le vestiaire, ouvrit la porte extérieure et sortit dans l'air glacé. Elle suffoqua quand le froid la saisit et s'agrippa à lui tandis qu'il ramassait de la neige et la frottait sur tout le corps. Sa chair brûlait mais sans douleur. En quelques secondes elle devint rouge, le corps en feu, à l'intérieur comme à l'extérieur. Il lui avait fallu tout l'hiver pour s'habituer aux bains de neige après le sauna. Maintenant, sans ce rite, le sauna était incomplet. Elle lui rendit le même service, puis partit joyeusement en courant vers la chaleur, le laissant se rouler dans la neige quelques instants encore. Il ne remarqua pas le groupe d'hommes et le mollah à demi dissimulés sous les arbres à côté du chemin, à une centaine de mètres. Il les aperçut au moment où il refermait la porte. La colère s'empara de lui. Il claqua violemment la porte.

« Il y a des villageois dehors. Ils ont dû nous regarder. Tout le monde sait que c'est privé ici ! » Elle était aussi furieuse que lui et ils se hâtèrent de s'habiller. Il enfila ses bottes de fourrure, son gros pull-over, attrapa sa grosse hache et se précipita au-dehors. Les hommes étaient toujours là. Il les chargea en poussant un rugissement, la hache en l'air. Ils s'éparpillèrent tandis qu'il la faisait tournoyer en arrivant sur eux. Un des hommes leva une mitraillette et tira en l'air une rafale dont l'écho se propagea jusqu'aux montagnes. Erikki s'arrêta net, sa colère tombée d'un coup. Jamais encore il n'avait été menacé avec une arme à feu pointée sur son estomac.

« Laisse hache tomber, dit l'homme dans un anglais saccadé, ou je te tue. »

Erikki hésita. C'est alors qu'Azadeh arriva en courant, se plaça entre eux, repoussa la mitraillette et commença à crier en turc : « De quel droit tu oses venir ici ! De quel droit tu portes des armes — qu'est-ce que vous êtes, des bandits ? Cette propriété nous appartient, partez ou je vous fais jeter en prison ! » Elle avait mis son manteau de fourrure par-dessus sa robe mais tremblait de rage.

« Cette terre appartient au peuple, intervint le mollah qui restait à l'écart. Couvre-toi, femme, couvre ton vis...

— Qui es-tu, mollah ? Tu n'es pas du village ! Qui es-tu ?

— Je suis Mahmud, mollah de la mosquée Hajsta de Tabriz, je ne suis pas un de tes laquais », dit-il avec colère. Il fit un bond de côté pour éviter Erikki qui se précipitait vers lui. L'homme à la mitraillette était déséquilibré mais un autre homme, en retrait, pointa son fusil : Par Dieu et le prophète, arrête ce porc étranger ou je vous expédie tous les deux vers l'enfer que vous méritez.

— Attends, Erikki ! Laisse-moi ces chiens ! cria Azadeh en anglais avant de se retourner vers eux. Que voulez-vous ? Cette terre nous appartient, c'est la terre de mon père Abdollah Khan, khan des Gorgons, parent des Qadjars qui dirigent ce pays depuis des siècles. » Ses yeux s'étaient habitués à l'obscurité et elle les regardait attentivement. Ils étaient dix, jeunes, armés, étrangers, tous sauf un, le *kalandar* — le chef du village. « *Kalandar*, tu oses venir ici !

— Je vous demande pardon, Altesse, mais c'est le mollah. Il m'a demandé de lui montrer le chemin pour venir ici sans prendre la route principale et...

— Qu'est-ce que tu veux, parasite ? demanda-t-elle en se tournant vers le mollah.

— Montre du respect, femme, répondit le mollah avec colère. Bientôt nous serons au pouvoir. Le Coran dit quel est le châtiment pour les femmes de mauvaise vie qui s'exhibent nues : la pierre et le fouet.

— Le Coran dit également quel châtiment convient aux bandits qui s'introduisent dans la maison des autres, menacent des innocents et se rebellent contre leurs chefs. Je ne fais pas partie de ces illettrés que vous savez terroriser. Je vous connais, je sais ce que vous valez, vous avez toujours vécu en parasite. Que veux-tu ? »

Des gens accouraient de la base avec des lampes électriques. A leur tête les deux mécaniciens, Dibble et Arberry, et Ali Dayati prudemment à quelque distance. Arrachés à leur sommeil, ils s'étaient habillés à la va-vite, inquiets. « Qu'est-ce qui se passe ? » demanda Dayati, en les regardant à travers ses épaisses lunettes. Sa famille était protégée par les Gorgons Khans qu'elle servait depuis des années. « Qui est...

— Ces chiens, commença Azadeh, sont arrivés en pleine nuit...

— Surveille tes paroles, femme, interrompit le mollah avec colère. Qui es-tu ? » demanda-t-il en se tournant vers Dayati.

En voyant qu'il avait affaire à un mollah, Dayati devint immédiatement déférent. « Je suis... je suis le directeur d'Iran-Timber, Excellence. Quelque chose ne va pas ? Que puis-je faire pour vous ?

— L'hélicoptère. A l'aube, je veux survoler les camps.

— Je suis désolé, Excellence, l'appareil est démonté pour la révision. C'est le règlement après... »

Azadeh le coupa sèchement. « Mollah, de quel droit oses-tu arriver ici en pleine nuit pour...

— L'imam Khomeiny a donné l'ord...

— L'imam ? répéta-t-elle, choquée. De quel droit l'appelez-vous ainsi ?

— Il est imam. Il a donné des ordres et...

— Où est-il marqué dans le Coran ou la Shari'a qu'un ayatollah peut prétendre au titre d'imam et commander les fidèles ? Où est-ce mar...

— Tu n'es pas chiite ? demanda le mollah, furieux de voir son autorité contestée par une femme devant ses troupes qui écoutaient en silence.

— Si, je suis chiite, mais je ne suis pas une idiote illettrée, mollah ! » Elle avait prononcé ce dernier mot comme si c'était une injure. « Réponds !

— S'il vous plaît, Altesse, l'implora Dayati. Laissez-moi m'occuper de ceci, je vous en supplie. »

Mais elle s'emporta contre le mollah qui répondit sur le même ton. Tout le monde s'en mêla et se mit à crier en même temps. Les choses commençaient à se gâter quand Erikki, furieux de ne pas comprendre ce qui se passait, leva sa hache en poussant un rugissement. Le silence fut soudain. Un homme releva sa mitraillette.

« Que veut ce bâtard, Azadeh ? » demanda Erikki.

Elle le lui dit.

« Dayati, dis-lui qu'il n'aura pas mon 212. Qu'il s'en aille d'ici immédiatement ou je fais appeler la police.

— S'il te plaît, capitaine, s'il te plaît, laisse-moi négocier avec lui, supplia Dayati qui transpirait de peur. Votre Altesse je vous en prie ! Laissez-moi faire. » Il se tourna vers les deux mécaniciens. « Tout va bien, retournez vous coucher. Je m'occupe de tout. »

Remarquant qu'Azadeh était toujours pieds nus, Erikki la souleva de terre. « Dayati, dis à ces *matyeryebyets* que s'ils remettent les pieds ici je leur brise le cou — et que s'ils touchent à un seul cheveu de ma femme, je les poursuis jusqu'en enfer. » Il s'en alla, écumant de rage, suivi par les deux mécaniciens.

Une voix parlant russe l'arrêta. « Capitaine Yokkonen, pourrais-je vous dire un mot tout à l'heure ? »

Erikki se retourna. Azadeh, toujours dans ses bras, était tendue. L'homme se tenait à l'arrière du groupe, on le distinguait mal. Il ne semblait guère différent des autres, portant la même parka. « D'accord, répondit Erikki en russe, venez chez moi mais sans revolver ni couteau. » Et il s'éloigna.

Le mollah se rapprocha de Dayati, le regard dur. « Qu'est-ce que le démon étranger a dit, hein ?

— Il était grossier, tous les étrangers sont grossiers, la femme était grossière aussi. »

Le mollah cracha dans la neige. « Le prophète a dicté des lois et des punitions pour une telle conduite, le peuple a des lois contre la richesse héréditaire et le vol des terres, la terre appartient au peuple. Bientôt de nouvelles lois nous gouverneront enfin, et l'Iran sera en paix. » Il se retourna vers les autres. « Nue dans la neige ! Se montrer ainsi contre toutes les règles de la pudeur. Putain ! Que sont les Gorgons sinon les laquais du traître le shah et de son chien Bakhtiar ? « Quels mensonges racontes-tu au sujet de cet hélicoptère ? » demanda-t-il à Dayati.

Essayant de dissimuler sa peur, Dayati expliqua que la révision des quinze cents heures était imposée par les règlements internationaux ainsi que par le shah et son gouvernement.

« Gouvernement illégal, interrompit le mollah.

— Bien sûr, illégal, bien sûr », approuva Dayati en les emmenant vers le hangar dont il alluma les lumières. — La base possédait son propre générateur et était autonome. Les moteurs du 212 étaient démontés, pièce par pièce, bien alignés sur le sol. « Je n'y suis pour rien, Excellence, les étrangers font ce qu'ils veulent. » Il ajouta rapidement : « Bien que nous sachions tous qu'Iran-Timber appartient au peuple, le shah a pris tout l'argent. Je n'ai aucun pouvoir contre les règlements imposés par ces chiens d'étrangers. Je ne peux rien faire.

— Quand cet appareil pourra-t-il voler à nouveau ? demanda le Russe en un turc parfait.

— Les mécaniciens nous l'ont promis dans deux jours », dit Dayati qui se mit aussitôt à prier en silence, terrorisé bien qu'il fît tout son possible pour ne pas le montrer. Il ne faisait aucun doute pour lui que ces hommes étaient des gauchistes moudjahidin manipulés par les Russes. Ils avaient accepté la théorie selon laquelle islam et marxisme étaient compatibles. « C'est entre les mains de Dieu. Deux jours. Les mécaniciens étrangers attendent des pièces de rechange.

— Quelles pièces ? »

Il le lui dit, mal à l'aise. Il s'agissait de quelques petites pièces et d'une hélice arrière.

« Cette hélice a servi combien d'heures ? »

Dayati vérifia le carnet de bord. Ses mains tremblaient. « Mille soixante-treize.

— Dieu est avec nous, répondit l'homme en se tournant vers le mollah. Nous pouvons voler sans problème avec la vieille hélice encore au moins cinquante heures.

— Mais une hélice ne peut être utilisée que... Il y a un carnet de vol, dit Dayati sans réfléchir. Le pilote ne voudra jamais décoller en raison des règlements inter...

— Les règlements de Satan.

— C'est vrai, interrompit l'homme qui parlait russe, c'est vrai pour certains. Mais les règles de sécurité sont importantes pour le peuple. N'oublions pas que dans le Coran Dieu nous apprend à prendre soin des chameaux et des chevaux. Ces règles s'appliquent également aux avions qui sont aussi un don de Dieu, car ils nous aident à exécuter le travail qu'Il nous demande d'accomplir. Nous devons donc nous en occuper correctement. Vous n'êtes pas d'accord, Mahmud ?

— Bien sûr, répondit impatiemment le mollah en fixant Dayati qui recommença de trembler. Je reviendrai dans deux jours, à l'aube. Que l'hélicoptère soit disponible et le pilote prêt à accomplir le travail du peuple pour Dieu. Je visiterai chaque camp dans les montagnes. Y a-t-il d'autres femmes ici ?

— Juste... juste deux épouses d'ouvriers et... la mienne.

— Est-ce qu'elles portent le tchador et le voile ?

— Bien sûr », dit aussitôt Dayati en mentant. Rizah Shah avait interdit le port du voile en 1936, et laissé celui du tchador au choix des femmes. Quant à Muhammad Rizah Shah, il était allé encore plus loin en 1964 sur la voie de l'affranchissement des femmes.

« Bien. Rappelle-leur que Dieu et le peuple les observent, même dans cette abominable propriété étrangère. » Mahmud tourna les talons et disparut suivi par les autres.

Quand il fut seul, Dayati s'essuya le front, content d'être un des Croyants. Sa femme porterait le tchador, serait obéissante, se tiendrait comme sa mère, avec pudeur, et ne mettrait pas de jeans comme Son Altesse. De quoi le mollah l'avait-il traitée en pleine face ? Que Dieu le protège si Abdollah Khan apprend cela... mais, bien sûr, le mollah a raison et Khomeiny aussi, que Dieu le protège.

Le bungalow d'Erikki : 23 h 23. Les deux hommes s'assirent face à face, dans la pièce principale du bungalow. Lorsque l'homme avait frappé à la porte, Erikki avait dit à Azadeh d'aller dans la chambre à coucher, mais il avait laissé la porte de communication ouverte afin qu'elle pût entendre. Il lui avait donné le fusil qu'il utilisait pour aller à la chasse. « Sers-t'en sans peur. S'il entre dans la chambre à coucher, c'est que je suis déjà mort », avait-il dit en cachant son couteau *pukoh* sous sa ceinture au milieu de son dos. Le couteau *pukoh* était un poignard que portaient les Finlandais. Ils considéraient qu'il était dangereux pour un homme de ne pas en posséder un ; il était interdit de le montrer, cela pouvait être interprété comme une provocation. Mais tout le monde en avait un, particulièrement dans les montagnes.

« Capitaine, je tiens à m'excuser pour cette intrusion. » L'homme avait des cheveux bruns, il mesurait un peu moins d'un mètre quatre-vingts, son visage était buriné, ses yeux sombres ; il devait avoir du sang mongol dans les veines. « Je m'appelle Fedor Rakoczy.

— Rakoczy était un révolutionnaire hongrois, dit Erikki sèchement. D'après votre accent, vous êtes géorgien ; Rakoczy n'est pas un nom géorgien, quel est votre vrai nom, et votre grade dans le KGB ? »

L'homme éclata de rire. « Il est exact que mon accent est géorgien. Je suis un Russe de Géorgie, de Tbilissi. Mon grand-père est originaire de Hongrie mais n'est pas parent avec ce révolutionnaire qui devint autrefois prince de Transylvanie. Il n'était pas musulman non plus, comme mon père et moi. Vous voyez, nous connaissons tous les deux notre histoire, grâce à Dieu, dit-il aimablement. Je suis ingénieur sur le gazoduc irano-soviétique et je suis de l'autre côté de la frontière, à Astara, sur la Caspienne. Je suis pro-iranien, pro-Khomeiny, qu'il soit béni, antishah et antiaméricain. »

Il était content d'avoir pu obtenir des informations sur Erikki Yokkonen. L'histoire qu'il avait racontée était en partie vraie. Il venait effectivement de Tbilissi, mais n'était pas musulman. Son vrai nom était en fait Igor Mzytryk et il était capitaine du KGB, spécialiste rattaché à la 116e division aéroportée qui se déployait de l'autre côté de la frontière, au nord de Tabriz, un parmi des centaines d'agents secrets infiltrés dans le nord de l'Iran depuis des mois et qui opéraient maintenant presque ouvertement. Il avait trente-quatre ans, une carrière d'officier du KGB comme son père. Il était en Azerbaïdjan depuis six mois. Son anglais était bon, son parsi et son turc excellents et quoiqu'il ne sût pas piloter, il était bien renseigné sur les hélicoptères de sa division. « Quant à mon grade, ajouta-t-il de sa voix la plus douce, c'est celui d'ami. Les Russes sont amis avec les Finlandais, n'est-ce pas ?

— Oui, oui, c'est vrai. Les Russes, mais pas les communistes — les Soviétiques. La sainte Russie a été notre amie dans le passé, quand nous étions un grand-duché de la Russie. La Russie soviétique athée a été amicale après 1917 quand nous sommes devenus indépendants. Elle l'est maintenant. Oui, maintenant. Mais pas en 1939. Pas pendant la guerre d'Hiver.

— Vous ne l'étiez pas non plus en 1941, répondit Rakoczy d'un ton tranchant. En 1941, vous nous avez fait la guerre aux côtés des nazis, vous étiez leurs alliés contre nous.

— Exact, mais uniquement pour récupérer notre terre, la Carélie, la province que vous aviez volée. Nous n'avons pas marché sur Leningrad comme nous aurions pu le faire. », Erikki sentait avec satisfaction son couteau contre son dos. « Vous êtes armé ?

— Non, vous m'avez dit de venir sans arme. Mon revolver est resté dehors devant la porte. Je n'ai pas non plus de couteau *pukoh*, ni besoin d'en avoir un d'ailleurs. Par Allah, je suis un ami.

— Bien. Un homme a besoin d'amis. » Erikki regarda l'homme, exécrant ce qu'il représentait : la Russie soviétique qui, sans raison ni provocation, avait envahi la Finlande en 1939 au moment où Staline signait le pacte de non-agression germano-soviétique. La petite armée finlandaise avait dû se battre seule. Elle avait réussi à repousser les hordes soviétiques pendant cent jours dans ce qu'ils appelèrent la « guerre d'Hiver », ensuite ils avaient été submergés. Le père d'Erikki avait été tué en défendant la Carélie, la province du sud-est où les Yokkonen vivaient depuis des siècles. La Russie soviétique avait annexé la province que les Finlandais quittèrent immédiatement. Tous. Pas un ne voulut rester sous le drapeau soviétique. Le pays se vida de ses habitants. Erikki avait dix mois et pendant l'exode des milliers de gens moururent. Sa mère mourut. Ce fut l'hiver le plus épouvantable de leur histoire.

Et en 1945, pensa Erikki, ravalant sa colère, l'Amérique et l'Angleterre nous trahirent et accordèrent nos terres à l'agresseur. Mais nous n'avons pas oublié. Pas plus que les Estoniens, les Lettons, les Lituaniens, les Allemands de l'Est, les Tchèques, les Hongrois, les Bulgares, les Roumains — la liste est sans fin. Un jour les Russes paieront, ils devront rendre des comptes. Et payer. « Pour un Géorgien, vous en savez beaucoup sur la Finlande, dit-il calmement.

— La Finlande est très importante pour la Russie. La politique de détente fonctionne entre nous. C'est une leçon que nous donnons au monde. La politique américaine antisoviétique est ridicule. »

Erikki sourit. « Ce n'est pas le moment de parler politique. Il est tard. Qu'attendez-vous de moi ?

— Votre amitié.

— Ah, c'est facile à demander, mais comme vous devez le savoir, pour un Finlandais, elle se donne avec difficulté. » Erikki alla jusqu'au buffet chercher une bouteille de vodka presque vide et deux verres. « Vous êtes chiite ?

— Oui, mais un mauvais chiite, Dieu me le pardonne. Il m'arrive de boire de la vodka, si c'est cela que vous voulez savoir. »

Erikki remplit les deux verres. « A votre santé ! » Ils burent ensemble. « Maintenant, s'il vous plaît, au fait.

— Très bientôt, Bakhtiar et ses laquais américains seront jetés hors d'Iran. L'agitation régnera sur l'Azerbaïdjan, mais vous n'avez rien à craindre. Vous êtes bien considérés ici, ainsi que votre épouse et sa famille. Nous aimerions obtenir votre... votre aide pour ramener la paix dans les montagnes.

— Je ne suis qu'un pilote d'hélicoptère travaillant pour une compagnie britannique, détaché à l'Iran-Timber, et qui se tient à l'écart de la politique. Nous autres, Finlandais, ne faisons pas de politique, vous aviez oublié ?

— Nous sommes amis, oui. Nous voulons que le monde vive en paix. »

L'énorme poing d'Erikki s'abattit violemment sur la table, cette soudaine violence fit sursauter le Russe. La bouteille tomba par terre et se brisa. « Je vous ai demandé deux fois poliment d'en arriver au fait, dit-il de la même voix calme. Je vous donne dix secondes.

— Très bien, fit l'homme entre ses dents. Nous demandons vos services pour amener des équipes vers les camps ces prochains jours. Nous...

— Quelles équipes ?

— Les mollahs de Tabriz et leurs disciples. Nous dem...

— Je ne reçois d'ordre que de ma compagnie, pas des mollahs ou des révolutionnaires ou des hommes qui arrivent la nuit avec des mitraillettes. Vous comprenez ?

— Vous allez découvrir que c'est vous qui avez intérêt à nous comprendre, capitaine Yokkonen. Et les Gorgons également. Tous, dit Rakoczy d'un ton mordant qui fit monter le sang au visage d'Erikki. L'Iran-Timber est d'ores et déjà de notre côté. Ils vous feront parvenir les ordres nécessaires.

— Bien. Dans ce cas, je vais attendre ces ordres. » Erikki se dressa de toute sa taille. « Bonne nuit. »

Le Russe se leva et le considéra avec colère. « Vous et votre femme, vous êtes bien trop intelligents pour ne pas comprendre que sans les Américains et leur putain de CIA, Bakhtiar est perdu. Ce fou de Carter a envoyé ses marines et ses hélicoptères en Turquie, la flotte américaine dans le Golfe, un corps expéditionnaire avec un porte-avions nucléaire et des vaisseaux de soutien, avec des marines et des avions porteurs de bombes nucléaires — une flotte de guerre...

— Je ne le crois pas !

— Vous pouvez me croire. Par Dieu, bien sûr qu'ils essaient de déclencher une guerre, bien sûr que nous devons réagir. Nous devons les en empêcher. C'est de la folie, nous ne voulons pas d'une guerre nucléaire... » Rakoczy était sincère. Quelques heures plus tôt, son supérieur l'avait prévenu par radio que toutes les forces soviétiques étaient en alerte jaune — la prochaine étape étant la rouge — en raison de l'approche de la flotte de porte-avions et que leurs missiles nucléaires étaient également en alerte. Pour aggraver le tout, on avait signalé des mouvements de troupes chinoises le long des huit mille kilomètres de frontière avec la Chine. « Avec sa saloperie de pacte d'amitié américano-chinoise, cet enculé de Carter, s'il en a ne serait-ce que le dixième d'une chance, va essayer de nous faire sauter en enfer !

— Si ça arrive, ça arrive, dit Erikki.

— *Inch' Allah*, d'accord, mais pourquoi devenir le toutou des Américains ou de leurs alliés pourris, les Britanniques ? Le peuple va vaincre, nous allons vaincre. Aidez-nous et vous ne le regretterez pas, capitaine. Nous avons besoin de vos services pour quelques j... »

Il s'arrêta brusquement. Des bruits de pas se rapprochaient très vite dehors. Instantanément le couteau d'Erikki apparut dans sa main. Avec la souplesse d'un chat, il sauta entre la porte d'entrée et celle de la chambre au moment où la porte d'entrée s'ouvrait violemment.

« Savak ! » hoqueta un homme qui s'enfuit aussitôt.

Rakoczy se précipita vers l'entrée, ramassa son pistolet-mitrailleur. « Nous réclamons votre aide, capitaine. N'oubliez pas ! » Il disparut dans la nuit.

Azadeh pénétra dans la pièce, le fusil en position et le visage blanc. « Qu'est-ce qu'il a dit au sujet des porte-avions ? Je n'ai pas bien compris. »

Erikki le lui dit. Elle eut un choc. « Cela signifie la guerre, Erikki.

— Oui, si cela arrive. » Il enfila sa parka. « Reste ici. » Il ferma la porte derrière lui. A présent il pouvait voir les phares de voitures qui approchaient sur la petite route poussiéreuse reliant la base à la route principale qui menait à Tabriz et à Téhéran. Comme ses yeux s'habituaient à l'obscurité, il distingua deux voitures et un camion de l'armée. Quelques instants plus tard, le véhicule de tête s'arrêta. Policiers et soldats sautèrent à terre et disparurent dans la nuit. L'officier commandant le détachement le salua. « Ah, bonsoir, capitaine Yokkonen. On nous a signalé la présence de révolutionnaires ou communistes du Tudeh — il paraît que des coups de feu ont été tirés, dit-il dans un anglais parfait. Son Altesse va bien ? Pas de problème ?

— Non, pas pour l'instant, merci, colonel Mazardi. »

Erikki le connaissait assez bien. C'était un cousin d'Azadeh et le chef de la police de la région de Tabriz. Mais la Savak ? Ça c'était autre chose, se dit-il mal à l'aise. S'il en fait partie, ça ne regarde que lui et je ne veux pas le savoir. « Entrez. »

Azadeh était contente de voir son cousin et le remercia d'être venu. Ils lui racontèrent ce qui s'était passé.

« Le Russe a dit qu'il s'appelait Rakoczy, Fedor Rakoczy ? demanda-t-il.

— Oui, mais manifestement il mentait, dit Erikki. Il devait être du KGB.

— Il ne vous a pas dit pourquoi il voulait visiter les camps ?

— Non. »

Le colonel réfléchit un moment puis soupira. « Ainsi le mollah Mahmud souhaite voler, hein ? Ce n'est pas très sage pour un soi-disant homme de Dieu. Très dangereux, surtout s'il est musulman marxiste — quel sacrilège ! On peut facilement tomber d'un hélicoptère en vol, à ce qu'on m'a dit. Peut-être devrions-nous accéder à sa demande. » C'était un grand et bel homme d'une quarantaine d'années, en uniforme immaculé. « Ne vous inquiétez pas. Ces canailles seront bientôt retournées dans leurs baraques à puces. Bakhtiar va bientôt nous donner l'ordre de nous occuper de ces chiens. Quant à ce voyou de Khomeiny, nous allons le museler. Les Français auraient dû le faire quand il est arrivé chez eux. Mais ils sont faibles et stupides. Ils ont préféré intriguer contre nous. La France a toujours été jalouse de l'Iran. » Il se leva. « Faites-moi savoir quand votre hélicoptère peut reprendre l'air. Dans tous les cas, nous serons de retour dans deux jours avant l'aube. Espérons que le mollah et ses amis, surtout son ami russe, reviendront. »

Il prit congé. Erikki remplit la bouilloire pour se faire du café.

« Azadeh, mets quelques affaires dans un sac. »

Elle le regarda. « Quoi ?

— Nous allons prendre la voiture et partir pour Téhéran, dans quelques minutes.

— Nous n'avons pas besoin de partir, Erikki.

— Si l'hélicoptère était remonté, nous le prendrions mais ce n'est malheureusement pas possible.

— Nous n'avons pas à nous inquiéter, mon chéri. Les Russes ont toujours convoité l'Azerbaïdjan, et continueront à le faire, qu'ils soient tsaristes ou soviétiques. Ils veulent l'Iran depuis toujours mais nous les avons repoussés et les repousserons encore. Pas besoin de se faire du souci à cause de quelques fanatiques et d'un malheureux Russe, Erikki. »

Il la regarda. « Ce sont les marines et le corps expéditionnaire américain envoyé en Turquie qui m'inquiètent. Pourquoi un envoyé du KGB me dit-il : " vous et votre femme êtes trop intelligents " ?

Pourquoi avait-il l'air aussi nerveux ? Pourquoi en savait-il autant à mon sujet, à ton sujet et pourquoi " réclamait "-il ainsi mes services ? Va préparer un sac, ma chérie, pendant qu'il en est encore temps. »

Samedi 10 février 1979

Base aérienne de Kowiss : 3 h 32. Entraînée par le mollah Hussain Kowissi, la foule hurlante se pressait contre la barrière de la porte principale éclairée par des projecteurs et le long des grillages en fils de fer barbelés qui entouraient la base. La nuit était sombre, très froide et le sol, couvert de neige. Ils étaient trois à quatre mille, des jeunes pour la plupart, quelques-uns étaient armés, quelques jeunes femmes portant le tchador criaient avec les autres : « Dieu est grand… Dieu est grand… »

De l'autre côté de la barrière, face à la foule, quelques sections de soldats nerveux montaient la garde, leurs fusils prêts. D'autres sections se tenaient en réserve et tous les officiers portaient leurs revolvers. Deux chars Centurion, prêts au combat, moteurs grondant, attendaient au milieu de la route les instructions du commandant du camp qui se tenait à côté en compagnie d'un groupe d'officiers. Des camions emplis de soldats, phares allumés et braqués sur la porte et les barrières, attendaient également — les soldats étaient dix à vingt fois moins nombreux que les manifestants. Derrière les camions se trouvaient les hangars, les immeubles de la base, le mess des officiers et les baraquements d'où sortaient des soldats inquiets habillés à la hâte. Les émeutiers étaient arrivés un peu moins d'une demi-heure plus tôt, exigeant le contrôle de la base au nom de l'ayatollah Khomeiny.

La voix du commandant du camp s'éleva de nouveau dans son mégaphone. « Dispersez-vous immédiatement ! » Son ton était sec et menaçant mais les chants des manifestants la couvraient totalement. « *Allah-ou Akbar...* »

Le ciel était bas et les nuages cachaient même les contreforts des monts enneigés de Zagros qui pointaient derrière la base. La base, le quartier général de S-G pour le sud de l'Iran, abritait également deux escadrons de F4 appartenant à l'armée de l'air iranienne et, depuis l'entrée en vigueur de la loi martiale, un détachement de chars Centurion et leurs équipages. A l'est, une raffinerie de pétrole géante s'étendait sur des centaines d'hectares, ses hautes cheminées vomissant dans la nuit des jets de gaz enflammé et de la fumée. Bien qu'il y eût grève et que l'usine fût fermée, certains bâtiments étaient éclairés. Une équipe réduite composée d'Européens et d'Iraniens assurait, avec l'accord du comité de grève, la sécurité et la maintenance de la raffinerie, des pipelines et des réservoirs de stockage.

« Dieu est grand... », cria Hussain. Son cri fut repris par la foule et lancé comme un javelot vers les soldats pétrifiés. Un de ceux qui se trouvaient au premier rang était Ali Bewedan, un appelé comme les autres, jeune comme les autres, un simple villageois, comme les autres. Comme ceux qui se trouvaient de l'autre côté de la barrière. Oui, pensait-il, la tête en feu et le cœur battant, je suis du côté de Dieu, je suis prêt à devenir martyr pour la foi et le prophète, béni soit son nom ! Oh Dieu, laisse-moi devenir martyr afin d'aller directement au paradis comme tu l'a promis aux Croyants ! Laisse-moi verser mon sang pour l'Islam et Khomeiny, mais pas pour protéger les serviteurs démoniaques du shah !

Les paroles de Khomeiny résonnaient à ses oreilles, celles de l'enregistrement que leur mollah leur avait fait écouter deux jours plus tôt à la mosquée : « ...Soldats : rejoignez vos frères et vos sœurs qui accomplissent la volonté de Dieu, désertez vos casernes, emportez vos armes avec vous, n'obéissez pas à vos généraux, renversez le gouvernement illégal ! Accomplissez la volonté de Dieu, Dieu est grand... »

Son cœur se mit à battre plus fort. Il entendait de nouveau la voix riche, du chef des chefs, cette voix qui savait tout expliquer, qui rendait tout plus clair : « Dieu est grand, Dieu est grand... »

Le jeune soldat ne se rendait pas compte qu'il était en train de crier comme les manifestants, les yeux fixés sur son mollah de l'autre côté de l'entrée, du côté de Dieu, dehors. Le mollah accroché aux barrières, entraînant avec lui ceux qu'il savait être ses frères et ses sœurs. Ses frères soldats à côté de lui s'agitaient, le regardant sans rien oser lui dire. Les cris de la foule s'insinuaient également dans leurs têtes et dans leurs cœurs troublés. Beaucoup de ceux qui se trouvaient à l'intérieur souhaitaient ouvrir la porte à leurs frères. La plupart l'auraient fait s'il n'y avait pas eu leurs officiers qui n'auraient pas hésité à les condamner à mort, le châtiment réservé aux mutins.

« Du côté de Dieu, de l'autre côté, dehors... »

En hurlant ces mots le jeune homme eut l'impression que son cerveau se libérait dans une explosion enthousiaste et salvatrice. Il n'entendit pas les cris du sergent, il ne le vit pas non plus, la seule chose qu'il voyait était cette porte fermée aux Croyants.

Il laissa tomber son fusil et courut vers la porte située cinquante mètres plus loin. Pendant un instant, il y eut un grand silence, tous les yeux étaient fixés sur lui.

Le colonel Muhammad Peshadi, qui commandait le camp, se tenait près du char de tête. C'était un homme mince aux cheveux grisonnants, impeccable dans son uniforme. Il regarda le jeune homme hurlant. « *Allah-ou Akbar...* » la seule voix que l'on entendait maintenant.

Lorsque le soldat fut à cinq mètres de la barrière, le colonel se tourna vers le sergent à ses côtés. « Abattez-le », dit-il calmement.

Le cri de guerre du jeune homme résonnait aux oreilles du sergent. D'un geste rapide il prit le fusil des mains du soldat le plus proche, l'arma, visa la tête du jeune homme qui tirait sur les verrous et pressa la détente. Il vit le corps faire un bond en avant et s'écrouler sur les fils de fer barbelés auxquels il resta accroché.

Pendant quelques instants, un silence encore plus lourd s'abattit sur le camp. Puis, d'un seul élan, Hussain toujours en tête, la foule s'approcha des barrières, inconsciente et indifférente au danger. Ceux qui se trouvaient au premier rang tirèrent sur les barrières sans se soucier des barbelés qui leur déchiraient les paumes. Puis, encouragés par ceux qui se trouvaient derrière, ils commencèrent à escalader les barrières et les grillages.

Une mitrailleuse crépita ; à ce moment, le colonel fit un signe à l'officier du char. Une longue flamme jaillit du canon chargé à blanc et dirigé au-dessus des têtes de la foule. La soudaineté et la violence de l'explosion provoquèrent la panique chez les manifestants qui reculèrent affolés. Une demi-douzaine de soldats en laissèrent tomber leurs fusils de peur, quelques-uns s'enfuirent en courant. le deuxième blindé tira, son canon dirigé un peu plus près du sol.

La foule se dispersa de tous côtés. Dans la panique, des hommes et des femmes furent piétinés. Le char de tête fit feu de nouveau. Nouvelle langue de flamme terrifiante accompagnée d'une détonation à faire crever les tympans. Les manifestants s'enfuirent de plus belle. Seul le mollah Hussain restait devant la barrière. Il chancela comme un ivrogne, momentanément sourd et aveugle, puis s'agrippa au grillage. Aussitôt, plusieurs hommes s'avancèrent pour l'aider, des soldats, des sous-officiers et un officier.

« Restez où vous êtes ! » gronda le colonel Peshadi qui saisit alors le mégaphone et poussa le son au maximum. Sa voix déchira la nuit. « Que tous les soldats restent à leurs places ! Mettez les crans de sûreté à vos armes ! je dis bien : *Mettez les crans de sûreté !* Que tous les officiers et les sous-officiers vérifient que les crans de sûreté sont en place ! Sergent, venez avec moi ! »

Toujours en état de choc, le sergent suivit le commandant qui se dirigeait vers l'entrée principale. Jonchant le sol devant les grilles, trente ou quarante manifestants qui avaient été piétinés restaient allongés, inconscients. Les émeutiers s'étaient arrêtés une centaine de mètres plus loin et commençaient à se grouper. Les plus hardis chargèrent de nouveau. La tension monta.

« Stop ! Que personne ne bouge !

Cette fois, le commandant fut obéi sur-le-champ. La transpiration lui ruisselait le long du dos, son cœur battait à tout rompre. Il jeta un coup d'œil rapide sur le cadavre empalé sur les barbelés, heureux pour lui — n'était-il pas mort en martyr en prononçant le nom de Dieu et donc déjà au paradis ? — puis il parla brutalement dans le porte-voix. « Vous trois... oui, vous trois là, venez aider le mollah. *Tout de suite !* » Instantanément les hommes qu'ils venaient de désigner de l'autre côté des grillages accoururent. Il pointa avec colère son pouce vers quelques soldats. « Vous ! Ouvrez les portes ! Vous, emmenez le cadavre ! »

On lui obéit aussitôt. Derrière lui, quelque groupes d'hommes commencèrent à bouger et il lança : « J'ai dit de rester *immobile ! Le prochain qui bouge sans mon ordre est un homme mort !* » Tout le monde se figea net.

Peshadi attendit un moment, défiant quiconque de bouger. Personne ne s'y hasarda. Puis il se tourna vers Hussain qu'il connaissait bien. « Tu vas bien, mollah ? » Il se tenait à côté de lui. La porte était ouverte. A quelques mètres de là, les trois villageois attendaient pétrifiés.

La tête et les oreilles de Hussain lui faisaient terriblement mal. Mais il pouvait entendre et voir. Bien que ses mains déchirées par les barbelés fussent couvertes de sang, il savait qu'il n'était pas blessé et qu'il n'était pas encore le martyr qu'il espérait devenir. « Je viens prendre..., dit-il faiblement, je viens prendre le commandement... de... de cette base au nom de Khomeiny.

— Tu vas venir dans mon bureau, coupa le colonel. Vous trois aussi, comme témoins. Nous allons parler, mollah. Je vais t'écouter et ensuite ce sera ton tour. » Il rebrancha le porte-voix et expliqua ce qui allait se passer, d'un ton encore plus menaçant, ses mots résonnant sèchement dans la nuit glaciale. « Le mollah et moi allons parler. Nous allons parler calmement. Ensuite, il retournera à la mosquée et vous rentrerez chez vous pour prier. Les portes resteront ouvertes. Elles seront gardées par mes soldats et mes chars et aussi par Dieu et son prophète, béni soit son nom ; si l'un de vous pose le pied de l'autre côté de la barrière ou escalade le grillage, il sera abattu par mes hommes. Si vingt ou plus essaient d'attaquer ou de pénétrer dans la base, j'ordonnerai à mes chars d'aller détruire votre village de fond en comble et vous avec. Vive le shah ! » Il tourna les talons et s'en alla, le mollah et les trois villageois terrorisés le suivant à pas lents.

Installé sur la véranda du mess des officiers, le capitaine Conroe Starke, chef du contingent S-G, qui venait d'assister à toute la scène s'exclama : « Doux Jésus ! »

5 h 21. Debout près de la fenêtre du mess des officiers, Starke observait le bâtiment du quartier général de Peshadi de l'autre côté de la route. Le mollah n'était pas encore ressorti. Dans la pièce principale du mess, il faisait très froid. Freddy Ayre se blottit encore plus profondément dans son fauteuil. Tirant contre lui son blouson, il regarda le grand Texan qui se balançait doucement sur les talons. « Que penses-tu de tout cela ? demanda-t-il en étouffant un bâillement.

— Je pense que dans une heure c'est le lever du jour, mon pote », répondit Starke distraitement. Il portait lui aussi un blouson d'aviateur et des bottes de vol bien chaudes. Du premier étage où ils se trouvaient, les deux pilotes embrassaient du regard toute la base. Dans la pièce, il y avait une douzaine d'officiers iraniens qui avaient reçu l'ordre de se tenir en alerte. La plupart d'entre eux étaient endormis dans des fauteuils, blottis dans leurs blousons ou dans des manteaux de l'armée — le chauffage était coupé depuis des semaines afin de faire des économies de fuel. Quelques plantons fatigués nettoyaient les restes de la petite fête interrompue par les émeutiers.

« Je suis claqué, et toi ?

— Pas encore, mais je voudrais bien savoir pourquoi je suis toujours de permanence les jours fériés ou quand ça va mal.

— C'est le privilège des chefs sans peur et sans reproche, mon vieux », dit Ayre. Commandant en second du contingent S-G, ancien de la RAF, c'était un bel homme de vingt-huit ans, aux yeux bleus, parlant l'anglais avec l'accent d'Oxford. « Tu donnes l'exemple aux troupes. »

Starke jeta un coup d'œil vers la porte d'entrée principale. Rien n'avait changé : elle était toujours bien gardée. Dehors, un demi-millier de villageois attendaient, serrés les uns contre les autres pour lutter contre le froid. Il reporta son regard sur le bâtiment du QG. Pas de changement non plus. Les lumières de l'étage supérieur où Peshadi avait ses bureaux étaient toujours allumées. « Je donnerais un mois de salaire pour savoir ce qui se passe là-bas, Freddy.

— Oh ! Tu sais, j'ai cru qu'on étaient bons quand j'ai vu ces misérables petits connards escalader les barbelés. Putain de merde ! J'étais prêt à sauter dans cette bonne vieille Nellie, à démarrer et à dire adieu à Kublai Khan et ses hordes de Mongols. » Il rit en s'imaginant en train de courir comme un dératé vers son 212. « Bien sûr, ajouta-t-il, je t'aurais attendu, Duke. » C'était le surnom de John Wayne et c'était devenu celui de Starke. Texan comme l'acteur, bâti comme lui, et aussi costaud.

Starke rit. « Merci, mon pote. Dis-toi bien que s'ils avaient réussi à entrer, tu m'aurais vu courir encore plus vite que toi. » Il sourit comme un enfant et ses yeux rieurs se plissèrent. Puis il se tourna vers la fenêtre pour cacher son inquiétude. C'était la troisième fois que la base était attaquée par la foule, conduite chaque fois par un mollah. Chaque attaque était plus dure que la précédente. Aujourd'hui, il y avait eu le premier mort. Et maintenant ? Cette mort va en entraîner d'autres. Sans l'intervention du colonel Peshadi, quelqu'un d'autre aurait quitté les rangs pour ouvrir la porte et cela aurait fini en massacre. Oh, Peshadi en serait sorti vainqueur — cette fois encore. Mais bientôt, cela sera le contraire, à moins qu'il ne réussisse à briser le mollah. Pour briser Hussain, il devra le tuer. S'il le jette en prison, c'est l'émeute ; s'il le tue, c'est l'émeute ; s'il l'envoie en exil, c'est l'émeute. On est dans un cul-de-sac. Que dois-je faire ?

Je ne sais pas.

Il regarda autour de lui. Les officiers iraniens ne semblaient pas inquiets. Il les connaissait tous de vue mais aucun personnellement. Bien que la S-G partageât leur base depuis sa construction, huit ans auparavant, ils n'avaient que très peu affaire avec les militaires ou le personnel de l'armée de l'air. Depuis que Starke était devenu chef pilote l'année précédente, il avait essayé d'établir des contacts avec le reste de la base, mais sans succès. Les Iraniens préféraient rester entre eux.

OK, pensa-t-il. C'est leur pays. Mais ils sont en train de le détruire, et nous nous trouvons au beau milieu de cette merde et maintenant Manuela est là. Il avait été fou de joie quand son épouse était arrivée par hélicoptère cinq jours plus tôt — McIver n'avait pas confiance dans les routes —, bien que contrarié qu'elle eût passé outre à ses recommandations. « Bon sang, Manuela, c'est dangereux ici !

— Pas plus qu'à Téhéran, Conroe chéri. *Inch'Allah*, avait-elle répondu avec un large sourire.

— Comment as-tu fait pour que Mac te laisse venir ici ?

— Je lui ai souri, mon chou, et je lui ai promis de prendre le premier avion pour l'Angleterre. Viens, chéri, allons au lit. »

Il sourit et laissa son esprit vagabonder. C'était son troisième contrat de deux ans en Iran et sa onzième année à la S-G. Onze belles années, se dit-il. D'abord Aberdeen et la mer du Nord, puis l'Iran, Dubaï et Al-Shargaz de l'autre côté du Golfe, puis de nouveau l'Iran où il avait voulu s'installer. Les meilleures années, c'était ici, pensa-t-il. Mais c'est fini. L'Iran a changé depuis 1973, quand le shah a décidé de quadrupler le prix du pétrole. Pour l'Iran ce fut comme avant et après Jésus-Christ. Avant, les gens étaient amicaux et serviables, c'était agréable de travailler et de vivre avec eux. Après ? Ils sont devenus arrogants. Les discours du shah, qui parlait constamment de « l'inhérente supériorité des Iraniens » due à leur civilisation vieille de trois mille ans, leur sont montés à la tête. Tout comme ses analyses où il démontrait que d'ici à une vingtaine d'années l'Iran serait devenu une grande puissance, la cinquième nation industrielle au monde, la sauvegarde de la paix entre l'Est et l'Ouest. Il leur promettait la meilleure armée, la meilleure marine, la meilleure aviation, plus de chars, d'hélicoptères, de réfrigérateurs, d'usines, de téléphones, de routes, d'écoles et de banques que n'importe quel autre pays. Et le reste du monde écouterait l'Iran d'où jaillissait cette véritable fontaine de sagesse — la sienne.

Starke soupira. Avec les années, il avait reçu et compris le message, mais il avait béni Manuela d'avoir accepté d'adopter le mode de vie iranien, d'avoir appris le parsi, d'avoir appris à aimer l'Iran, ses usages, ses légendes, ses paysages, ses odeurs, de s'être intéressée à la fabrication des tapis persans, à la façon dont on préparait le caviar et de s'y être fait des amis. Il n'aurait pas aimé vivre comme la plupart des autres pilotes et mécaniciens qui avaient choisi de laisser leur famille au pays, de travailler deux mois et de prendre un mois de congé. Ils passaient toutes leurs journées libres à la base, à économiser en attendant leur permission pour rentrer chez eux.

« Chez nous, à partir de maintenant, c'est ici, avait-elle dit. C'est ici que nous vivrons, moi et les enfants, avait-elle ajouté avec ce fier mouvement de tête qu'il admirait tant et qui faisait partie comme la noirceur de sa chevelure de son héritage espagnol.

— Quels enfants ? Nous n'en avons pas et ne pouvons pas nous permettre d'en avoir avec ce que je gagne. »

Starke sourit. C'était juste après leur mariage, dix ans auparavant. Il était retourné au Texas pour l'épouser dès la confirmation de son engagement à la S-G. Ils avaient trois enfants, deux garçons et une fille, et plus de problèmes financiers. Et maintenant ? Qu'allait-il se passer ? Ma situation ici est menacée, la plupart de nos amis iraniens sont partis, les magasins qui autrefois regorgeaient de marchandises sont vides. La peur a remplacé les rires.

Maudit Khomeiny avec ses maudits mollahs, pensa-t-il. Il a réussi à foutre la pagaille dans un beau pays où il faisait bon vivre. Je souhaiterais que Manuela emmène les enfants, quitte Londres et parte s'installer à la maison, à Lubbock, jusqu'à ce que les choses se stabilisent en Iran. Lubbock était une petite ville du Texas, où son père dirigeait encore le ranch familial. Deux cent cinquante hectares, un peu de bétail, quelques chevaux, quelques cultures, assez pour faire vivre confortablement une famille. J'aimerais qu'elle soit déjà là-bas, mais alors pas de courrier avant des semaines et le téléphone qui ne marche pas. Maudit Khomeiny qui lui a fait peur avec ses discours, je me demande ce que Dieu et lui se diront quand ils se rencontreront.

Il s'étira et se rassit dans son fauteuil. Ayre le regardait, hébété. « Dis donc, t'as pris une sacrée cuite !

— C'était mon jour de congé, j'avais deux jours en fait, j'avais pas prévu la horde. En fait, j'avais l'intention de me soûler à mort. Pour nous autres, Ecossais, Hogmanay est une date importante que nous devons céléb...

— Hogmanay, c'est la veille de la Saint-Sylvestre, aujourd'hui nous sommes le 10 février et tu n'es pas plus écossais que moi.

— Les Ayre sont les descendants d'un très ancien clan, mon vieux, et je sais jouer de la cornemuse. » Ayre bâilla. « Dieu, que je suis fatigué ! » Il se tassa dans son fauteuil, puis regarda par la fenêtre. Sa fatigue disparut d'un seul coup. Un officier iranien sortait en courant du QG et traversait la route dans leur direction. C'était le major Changiz, l'adjudant de la base.

Il entra dans la pièce, le visage tendu. « Tous les officiers au rapport chez le commandant, à 7 heures, dit-il en parsi. Tous les officiers. Il y aura une inspection générale des personnels militaire et navigant à 8 heures dans les chambres. Tout absent, ajouta-t-il gravement, sauf pour raison médicale approuvée au préalable par moi, sera sévèrement puni. »

Son regard fit le tour de la pièce jusqu'à ce qu'il aperçoive Starke. « Veuillez me suivre, s'il vous plaît, capitaine, » dit-il à Starke.

Le cœur de Starke s'arrêta de battre une seconde. « Pourquoi, major ? demanda-t-il en parsi.

— Le commandant veut vous voir.

— Pour quelle raison ? »

Le major haussa les épaules et sortit.

« Tu ferais mieux de prévenir nos hommes, souffla Starke à Ayre. Manuela aussi. OK ?

— Compris », dit Ayre, l'air accablé.

Pendant que Starke traversait la route et montait les escaliers, il sentait les regards peser sur lui. Dieu merci, je suis civil, je travaille pour une compagnie britannique et non plus pour l'armée américaine, pensa-t-il. « Saloperie ! » murmura-t-il en se souvenant de son année passée au Vietnam, lorsqu'il n'y avait pas encore l'armée US, mais juste quelques « conseillers ». Merde ! Et cet enfant de salaud de capitaine Ritman qui nous ordonnait de peindre tous nos hélicoptères — dans cette jungle située à des millions de kilomètres de tout — de les peindre comme le drapeau américain avec les bandes et les étoiles, rouge, blanc et bleu : « Parfaitement, nom de Dieu, tous ! Que ces Viets sachent qui nous sommes et ils se carapateront jusqu'en putain de Russie ! » Les Vietcongs pouvaient nous voir arriver à cent kilomètres, pouvaient pas rêver de meilleures cibles, une vraie fête foraine. On s'est tellement fait arroser qu'on a perdu trois Hueys avec leurs équipages avant que cet enfant de salaud soit muté à Saigon. Promu et muté. Pas étonnant qu'on ait perdu cette saloperie de guerre.

Il pénétra dans le bâtiment, prit les escaliers, passa devant les trois villageois pétrifiés et entra dans la tanière du commandant de la base. « Bonjour, mon colonel, dit-il en anglais.

— Bonjour, capitaine Starke, répondit Peshadi en parsi. Je voudrais vous présenter le mollah Hussain Kowissi.

— Que la paix soit avec toi », dit Starke en parsi. Le turban et la robe de l'homme étaient encore maculés du sang du jeune homme qui venait de mourir.

« Que la paix soit avec toi. »

Starke tendit la main comme c'était la coutume. Remarquant les croûtes de sang coagulé et les blessures causées par les barbelés, il lui serra la main doucement. Malgré cela, le mollah grimaça de douleur. « Pardon », dit Starke en anglais.

Le mollah le regarda fixement. Starke sentit à quel point cet homme le haïssait.

« Vous m'avez fait demander, colonel ?

— Oui. Asseyez-vous, s'il vous plaît. » La pièce était spartiate et méticuleusement rangée. Une photo du shah et de son épouse Farah en habits de cérémonie décorait, seule, les murs. Le mollah lui tournait le dos. Starke s'assit face aux deux hommes.

Peshadi alluma une cigarette et sentit le regard désapprobateur que Hussain lui jetait ; alors il le fixa droit dans les yeux. Fumer est interdit par le Coran, selon certaines interprétations. Ils s'étaient disputés sur ce point pendant une heure, puis le colonel avait déclaré : « Il n'est pas interdit de fumer en Iran, pas encore. Je suis un soldat. J'ai juré d'obéir aux autorités. L'Ir...

— Ces autorités sont illég...

— Je répète : les ordres de Sa Majesté Impériale Shahinshah Muhammad Pahlavi ou son représentant le premier ministre Bakhtiar sont toujours légaux d'après les lois de l'Iran. L'Iran n'est pas encore un Etat islamique. Quand cela sera, j'obéirai aux ordres de ceux qui dirigeront cet Etat islamique.

— Tu obéiras à l'imam Khomeiny ?

— Si l'ayatollah Khomeiny devient notre dirigeant officiel, bien sûr. » En dépit de son ton aimable, le colonel pensait : Avant que ce jour n'arrive il y aura beaucoup de sang versé. « Et moi, si je suis élu chef de cet éventuel Etat islamique, m'obéiras-tu ? »

Hussain n'avait pas souri. « Le chef de l'Etat islamique sera l'imam, l'Ouragan de Dieu, et après lui un autre ayatollah, puis un autre. »

Le regard sévère du mollah était fixé sur lui, Peshadi n'avait envie que d'une chose : lui fracasser la tête sur le sol, prendre ses blindés et réduire en bouillie quiconque refuserait d'obéir aux ordres du shah, leur chef suprême, élu de Dieu. Oui, pensait-il, notre chef divin qui, comme son père, s'est élevé contre vous, mollahs, et votre avidité de pouvoir, qui a bridé votre dogme archaïque et sorti l'Iran de l'âge de pierre pour en faire une grande nation, qui, seul, a intimidé l'OPEP et s'est opposé aux puissantes compagnies pétrolières étrangères, qui a chassé les Russes de l'Azerbaïdjan après la Seconde Guerre mondiale et les a même matés. Maintenant ils lui lèchent les mains comme des toutous.

Par Dieu et le prophète, se disait-il, furieux, soutenant le regard de Hussain, je ne comprends pas comment ces chiens de mollahs ne reconnaissent pas la vérité au sujet de ce vieillard sénile de Khomeiny qui hurle ses mensonges de son lit de mort. Comment ne comprennent-ils pas que les Russes sont derrière lui, qu'ils l'aident, le nourrissent, le protègent, le poussent à soulever les paysans pour détruire l'Iran et la transformer en un protectorat soviétique ? Nous n'avons besoin que d'un ordre : Anéantissez la rébellion ! Avec cet ordre, par Dieu, en trois jours je rétablis la paix sur Kowiss et à deux cents kilomètres à la ronde. La paix et la prospérité, les mollahs dans leurs mosquées, les croyants priant cinq fois par jour. En moins d'un mois les forces armées auraient remis le pays dans l'état où il était l'année dernière et le problème Khomeiny serait définitivement réglé. Quelques minutes après cet ordre je l'arrêterais, lui raserais publiquement la moitié de sa barbe, le déshabillerais et le baladerais à travers les rues dans une carriole pleine de fumier. Les gens verraient ce qu'il est : un vieil homme brisé. Dès lors les ayatollahs, qui adorent la vie, l'amour, le pouvoir et les bavardages, changeraient vite de camp et deviendraient ses accusateurs, comme les mollahs, les commerçants du souk et le peuple. Ensemble ils le tueraient.

Ce serait si simple de s'occuper de Khomeiny ou de n'importe quel mollah — par Dieu, si seulement j'avais été chargé d'aller le chercher en France il y a quelques mois ! Il tira une bouffée de cigarette, gardant un visage impassible. « Bien, mollah, le capitaine Starke est là. » Puis il ajouta comme si c'était sans importance : « Tu peux lui parler en parsi ou en anglais, comme tu le désires — il parle le parsi couramment. »

Le mollah se tourna vers Starke. « Ainsi, dit-il en anglais avec un fort accent américain, tu appartiens à la CIA.

— Non, répondit Starke immédiatement sur ses gardes. Tu as fait tes études aux Etats-Unis ?

— Oui, j'étais étudiant là-bas. » La fatigue et la douleur reprenant le dessus, il devint hargneux. Il passa de l'anglais au parsi et sa voix se durcit. « Pourquoi as-tu appris le parsi sinon pour nous espionner pour le compte de la CIA — ou de tes compagnies pétrolières, hein ?

— Pour moi, parce que cela m'intéressait et que j'en avais envie, répondit poliment Starke en excellent parsi. Je suis un invité dans votre pays, invité par votre gouvernement à travailler pour lui en compagnie d'associés iraniens. Il est courtois de connaître les coutumes de ses hôtes, d'apprendre leur langue, surtout quand on aime le pays et qu'on souhaite y rester de nombreuses années. D'ailleurs, ajouta-t-il en élevant la voix, ce ne sont pas *mes* compagnies.

— Ce sont des compagnies américaines. Tu es américain. La CIA est américaine. Tous nos problèmes viennent de l'Amérique. La cupidité du shah est américaine. Les Américains crachent sur l'Iran depuis des années.

— Foutaises », dit Starke en anglais. Il savait que cette brutalité était la seule façon de le faire taire. Il vit l'homme rougir. Il soutint son regard, et laissa le silence s'installer. Mais il ne pouvait pas dominer le mollah. Décontenancé, tâchant de n'en rien laisser paraître, il jeta un coup d'œil à Peshadi qui les observait en fumant tranquillement. « Que signifie tout ceci, mon colonel ?

— Le mollah a réclamé un de vos hélicoptères pour aller visiter les installations pétrolières de notre région. Comme vous le savez, nous ne faisons pas dans le vol et ne participons pas à vos opérations. Veillez à ce qu'un de vos meilleurs pilotes s'en occupe. Aujourd'hui, à midi.

— Pourquoi ne pas utiliser un de vos appareils ? Je pourrais fournir un...

— Non. Un de vos hélicoptères et votre personnel. A midi. »

Starke se tourna vers le mollah. « Désolé, mais je ne reçois d'ordre que d'IranOil par l'intermédiaire du directeur de notre base et de leur représentant pour la région, Esvandiary. Nous sommes en contrat avec eux et nous travaillons exclus...

— Vos appareils sont iraniens », lança le mollah. Il était exténué, il souffrait et voulait en finir. « Tu fourniras un hélicoptère comme nous l'exigeons.

— Ils sont immatriculés en Iran mais ils appartiennent à la compagnie S-G d'Aberdeen.

— Immatriculations iraniennes, dans le ciel iranien, leurs réservoirs pleins de pétrole iranien, autorisations de vol iraniennes, pour livrer des installations iraniennes qui pompent le pétrole iranien, par Dieu. Ils sont iraniens ! » Ses lèvres minces se tordirent en un rictus. « Esvandiary te donnera les ordres nécessaires avant midi. Combien de temps faut-il pour visiter les installations ?

— Six heures de vol, peut-être, répondit Starke. Combien de temps penses-tu rester à chaque endroit ?

— Je veux également suivre le pipe-line jusqu'à Abadan et me poser où je le désire », dit le mollah sans répondre à sa question.

Starke ouvrit de grands yeux. Il regarda le colonel qui observait avec attention les ronds de fumée de sa cigarette. « Ça, c'est plus difficile, mollah. Nous avons besoin d'autorisations spéciales. Le radar ne fonctionne pas, l'espace aérien est surveillé par la tour de contrôle de Kish qui est... euh... occupée par l'armée de l'air. »

— Tu auras toutes les autorisations nécessaires, conclut Hussain en se tournant vers Peshadi. Au nom de Dieu, je serai de retour à midi : si tu me barres le chemin, les armes parleront. »

Starke, le mollah et Peshadi avaient le cœur battant. Seul le mollah était satisfait — il n'avait pas de souci à se faire, il était dans les mains de Dieu, en mission pour Lui, obéissant à Ses ordres : « Assaille ton ennemi de toutes parts. Sois comme l'eau de la rivière qui coule de la montagne vers le barrage. Appuie sur le barrage de l'usurpateur, le shah, de ses laquais et de ses forces armées. Nous devons vaincre avec notre courage et notre sang. Assaille-les de tous côtés, accomplis la volonté de Dieu... »

Le vent fit trembler les vitres et, machinalement, ils tournèrent la tête. Il faisait toujours nuit noire, les étoiles brillaient, mais les premières lueurs de l'aube pointaient déjà à l'est.

« Je reviendrai à midi, colonel Peshadi, seul ou accompagné. C'est toi qui choisis », dit Hussain calmement. Starke comprit la menace, ou la promesse. « Maintenant, c'est l'heure de la prière. » Il se força à se lever, les mains brûlantes de douleur, le dos, la tête et les oreilles le faisant atrocement souffrir. Un moment, il crut s'évanouir mais combattit son vertige et sortit.

Peshadi se leva. « Faites ce qu'il vous dit, s'il vous plaît. C'est une trêve, un compromis temporaire, jusqu'à ce que nous recevions l'ordre du gouvernement légal de Sa Majesté de mettre fin à cette absurdité. » Il alluma d'une main tremblante une autre cigarette au mégot de la précédente. « Vous n'aurez aucun problème. Il va vous procurer les autorisations nécessaires. Ce sera donc un vol VIP de routine. Vous devez accepter parce que je ne peux pas permettre qu'un appareil militaire soit mis à la disposition d'un mollah, surtout Hussain qui est connu pour ses opinions séditieuses ! C'est absolument impossible. C'était une manœuvre très habile de ma part et vous n'allez pas la ruiner. » Il écrasa avec colère son mégot de cigarette.

Le cendrier était plein, l'air chargé de fumée. Il cria presque : « Vous avez entendu ce qu'il a dit ? A midi ! Seul ou accompagné. Voulez-vous que le sang coule encore ?

— Bien sûr que non !

— Bon. Alors faites ce qu'on vous dit ! » dit Peshadi en sortant.

Starke alla à la fenêtre. Le mollah s'était arrêté près de la porte, il leva les bras et, comme chaque muezzin dans chaque minaret au lever du soleil en Islam, il appela les croyants à la première prière de la journée : « Venez prier, venez vous amender, la prière est meilleure que le sommeil. Il n'y a pas d'autre Dieu qu'Allah... »

Peshadi se plaça à la tête des hommes de sa compagnie, tous grades confondus, qui avec soumission et une joie manifeste étaient sortis de leurs baraques. Les soldats déposaient leurs fusils derrière eux, animés de la même ferveur que les villageois de l'autre côté des grillages. Puis, suivant les instructions du mollah, ils se tournèrent vers La Mecque et commencèrent les prosternations rituelles et la litanie de la *shahada* : « Il n'y a d'autre Dieu qu'Allah et Mahomet est son prophète... »

La prière terminée, il y eut un grand silence. Tout le monde attendait. Le mollah cria d'une voix forte : « Dieu, le Coran et

Khomeiny ! » Puis franchissant les portes de la base, il s'éloigna en direction de Kowiss, les villageois le suivant respectueusement.

Starke frissonna malgré lui. Ce mollah sue la haine. Une telle haine doit exploser et envoyer quelque chose ou quelqu'un en enfer. Si je vole avec lui, cela l'exaspérera peut-être davantage. Mais désigner quelqu'un ou demander un volontaire serait me dérober à mes responsabilités.

« Je suis obligé de l'emmener, murmura-t-il. Obligé. »

Au large de Lengeh — 6 h 42. Le 212 avec ses deux pilotes et ses treize passagers effectuait un vol de routine. Il survolait les eaux tranquilles du golfe à la hauteur du détroit d'Ormuz. Il avait quitté la base S-G de Lengeh et faisait route vers les forages pétroliers français de Siri. Le soleil qui venait de poindre à l'horizon promettait une belle journée sans nuages, mais la brume, fréquente sur le Golfe, ramenait la visibilité à quelques kilomètres.

« Hélicoptère EP-HST, ici le contrôle radar de Kish, tournez à 260 degrés. »

Obéissant, il changea de cap. « 260 degrés à 1 000 pieds, répondit Ed Vossi.

— Maintenez votre altitude à 1 000. Signalez votre position quand vous serez au-dessus de Siri. » Contrairement à la plupart des contrôles radars aériens d'Iran, ceux de l'île de Kish et de l'île de Lavan étaient excellents. Des contrôleurs appartenant à l'armée de l'air iranienne en assuraient le fonctionnement et, de ce fait, les deux extrémités stratégiques du Golfe étaient parfaitement surveillées.

« HST. » Américain, ancien de l'US Air Force, trente-deux ans, Ed Vossi était taillé comme un rugbyman. « Le radar est

plutôt nerveux aujourd'hui, pas vrai, Scrag ? dit-il à l'autre pilote.
— T'as raison. »

Devant eux se découpait la petite île de Siri, aride et plate, avec un petit terrain d'atterrissage poussiéreux, quelques baraques pour le personnel de forage et un groupe d'immenses réservoirs alimentés par des canalisations venant des derricks situés un peu plus à l'ouest dans le Golfe. L'île était située à une centaine de kilomètres des côtes iraniennes, en deçà de la limite des eaux territoriales qui, dans le détroit d'Ormuz, séparait les eaux iraniennes de celles d'Oman et des Emirats unis.

Arrivé au-dessus des réservoirs de pétrole, l'appareil vira en direction de l'ouest, son premier arrêt était prévu à quelques kilomètres de là, sur une plate-forme de forage appelée Siri 3. Les forages étaient au nombre de six, tous exploités par le consortium semi-public français EPF qui avait installé les plates-formes pour IranOil en échange de futures livraisons de pétrole. « Contrôle radar de Kish, HST au-dessus de Siri à 1 000 pieds, dit Ed Vossi dans le micro.

— Roger, HST. Maintenez-vous à 1 000 pieds, lui répondit-on. Appelez avant d'amorcer votre descente. Trafic devant vous à 10 heures, montant.

— On les voit. » Quatre chasseurs à réaction volaient en groupe serré, prenant vite de l'altitude et filant en direction de l'entrée du détroit.

« Ils sont drôlement pressés, dit le compagnon de Vossi.

— Tu peux le dire. Regarde ça. Ce sont des avions américains, des F15 ! » Vossi était stupéfait. « Merde, je ne savais pas qu'il y en avait dans les environs. Tu en avais déjà vu, Scrag ?

— Non, vieux », répondit Scrag Scragger, tout aussi étonné, en augmentant le volume des écouteurs de son casque. A soixante-trois ans, il était le plus vieux pilote de la S-G. Petit, ratatiné, mince, solide, une belle chevelure grisonnante, des yeux bleu pâle qui semblaient toujours scruter l'horizon, il était chef pilote à Langeh. Son accent australien était curieux. « J'aimerais bien savoir ce qui se trame. Le radar n'est pas à prendre avec des pincettes et c'est la troisième escadrille de chasseurs que nous croisons depuis notre départ, mais la première américaine.

— Ils ne peuvent venir que d'un porte-avions, Scrag. A moins qu'il ne s'agisse d'une escorte de combat envoyée par les Etats-Unis vers l'Arabie Saoudite avec les AWACS ? »

Scragger était assis sur le siège de gauche, jouant les instructeurs. Normalement le 212 était piloté par un seul homme, mais Scragger avait fait équiper cet appareil d'une double commande pour l'instruction. « Tant qu'on ne repère pas de Migs, on n'a pas de souci à se faire, dit-il en riant.

— Les Rouges n'enverront pas d'avions par ici, même convoitant le détroit comme ils le font », déclara Vossi avec conviction. Il avait la moitié de l'âge de Scragger et deux fois sa taille. « Ils ne s'y risqueront pas tant qu'on leur dira qu'ils ont intérêt à ne pas essayer, tant qu'il y aura des porte-avions et des chasseurs bien décidés à intervenir. » En bas, à travers la brume, un point attira son attention. « Hé, Scrag, regarde. »

Un énorme pétrolier lourdement chargé, filait à toute vapeur vers Ormuz. « Je te parie qu'il transporte au moins cinq cent mille tonnes. » Ils l'observèrent un moment. 60 pour cent du pétrole du monde libre transitait par ce canal étroit entre l'Iran et Oman, à une vingtaine de kilomètres des côtes, là où le goulot était navigable. Vingt millions de barils par jour.

« Tu penses qu'ils vont un jour construire un pétrolier d'un million de tonnes, Scrag ?

— Bien sûr. Ils le feront s'ils en ont envie, Ed. »

Le bateau passa en dessous d'eux. « Il navigue sous pavillon libérien, dit Scragger.

— Tu as un regard d'aigle.

— Grâce à ma vie saine, mon vieux. » Scragger jeta un coup d'œil dans la cabine. Les passagers étaient dans leurs fauteuils, ceintures de sécurité attachées, sanglés dans leurs gilets comme l'exigeait le règlement, casque antibruit sur les oreilles. Ils lisaient ou regardaient par les hublots. Tout est normal, pensa-t-il. Oui, les instruments sont normaux, le bruit est normal, je suis normal et Ed aussi. Alors, pourquoi est-ce que je sens ce picotement ? se demanda-t-il en se retournant de nouveau. A cause des porte-avions, du radar de Kish, des passagers, parce que c'est ton anniversaire et surtout parce que tu es pilote et que la seule façon de rester longtemps en vie quand on est pilote est d'être constamment en alerte. Amen. Il éclata de rire.

« Quelque chose de drôle, Scrag ?

— Toi, mon gars. Alors comme ça, tu te prends pour un pilote ?

— Bien sûr, Scrag, répondit Vossi prudemment.

— OK. Tu as repéré Siri 3 ? »

Vossi montra du doigt la plate-forme légèrement à l'est de la grappe d'îles, à peine visible dans la brume.

« Alors ferme les yeux, dit Scrag.

— Oh, allez, Scrag, c'est un vol de contrôle, d'accord, mais...

— Je tiens le manche », répondit gaiement Scragger. Vossi abandonna les commandes. « Maintenant ferme les yeux, vas-y. » Avec confiance, le jeune homme jeta un dernier regard vers la plate-forme, ajusta ses écouteurs, enleva ses lunettes et obéit.

Scragger lui tendit une autre paire de lunettes noires qu'il avait fait faire spécialement. « Tiens, mets-les et n'ouvre pas les yeux jusqu'à ce que je le dise. Apprête-toi à reprendre les commandes. »

Vossi mit les lunettes et doucement, les yeux clos, tendit les mains et les pieds, effleurant les commandes comme Scrag aimait qu'on le fasse.

« OK. Prêt, Scrag.

— A toi. »

Vossi prit immédiatement le contrôle de l'appareil, avec fermeté et légèreté. La transition se fit en douceur. L'appareil resta droit et à même hauteur. Il pilotait uniquement à l'ouïe, essayant de distinguer la moindre variation dans le régime du moteur qui indiquerait qu'il montait ou descendait. Il devinait les plus infimes variations avant qu'elles ne se produisent et corrigeait aussitôt.

« Pas mal, mon vieux, approuva Scragger. Maintenant ouvre les yeux. »

Vossi s'attendait à ce que ces lunettes d'entraînement permettent au moins de distinguer les instruments. Il se retrouva dans le noir total. Pris de panique, sa concentration disparut, et avec elle sa coordination. Pendant une seconde, il fut totalement désorienté, son estomac se retourna et il se dit que l'hélicoptère n'allait pas tarder à en faire autant... Les commandes restèrent fermement dans les mains de Scragger qui avait pris le relais sans qu'il s'en aperçût.

« Mon Dieu, soupira Vossi en luttant contre sa nausée, essayant machinalement de retirer ses lunettes.

— Garde-les ! Ed, c'est une urgence, tu es le pilote, le seul pilote à bord. Tu as des ennuis, tu ne vois plus. Qu'est-ce que tu vas faire ? Prends les commandes ! Allez ! Dépêche-toi. »

La bouche de Vossi se remplit de bile et il cracha, les mains et les pieds mal assurés. Il prit les commandes, corrigea trop la position, et faillit hurler lorsqu'ils firent une embardée. Il s'attendait à ce que Scragger fût toujours en double commande. Mais il ne l'était pas. Complètement désorienté, Vossi corrigea trop dans l'autre sens. Cette fois Scragger atténua légèrement l'erreur.

« Calme-toi, Ed, ordonna-t-il. Ecoute le son de ce putain de moteur ! Accorde tes mains et tes pieds avec sa musique. Joue en harmonie. » Puis plus doucement : « Redresse maintenant, c'est bien, reste stable. Tu vomiras plus tard. Il y a urgence, il faut que tu te poses et tu as treize passagers. Moi, je suis derrière toi mais je ne suis pas pilote, qu'est-ce que tu vas faire ? »

Les mains et les pieds de Vossi contrôlaient maintenant l'appareil.

Il écoutait attentivement le bruit du moteur. « Je ne peux pas voir mais toi tu peux, c'est ça ?

— Exact.

— Alors tu peux me guider !

— Exact. A condition que tu poses les bonnes questions. Contrôle radar de Kish, HST quitte 1 000 pieds en descente vers Siri 3.

— Roger, HST. »

La voix de Scragger changea. « Je m'appelle Burt à partir de maintenant. Je suis un des ouvriers de la plate-forme. Je ne connais rien aux hélicoptères mais je peux lire un cadran si tu m'indiques lequel. »

Joyeusement, Vossi entra dans le jeu et posa les bonnes questions. « Burt » l'obligeait à se servir de toutes ses connaissances de pilotage, contrôle du cockpit, emplacement des cadrans. Il devait formuler ses questions comme s'il s'adressait à quelqu'un qui n'avait jamais vu un tableau de bord d'hélicoptère de sa vie. Quand il n'était pas assez clair, Burt s'écriait : « Seigneur, je ne trouve pas le cadran ! Ils se ressemblent tous ! Explique-moi encore où je dois regarder. Lentement. Mon Dieu, nous allons tous mourir... ! »

La tension de Vossi allait croissant. Le temps pressait, Siri 3 ne devait plus être loin. Pas de cadrans ni d'aiguilles familières pour le rassurer, rien que la voix de « Burt » qui le poussait jusqu'à ses propres limites.

Lorsqu'ils ne furent plus qu'à quinze mètres de la piste, Vossi, terrifié par l'obscurité, sachant que le tout petit rond d'atterrissage sur la plate-forme de forage se rapprochait, avait la nausée. Tu as encore le temps de remettre les gaz, de reprendre de l'altitude et d'attendre, mais pour combien de temps ?

« Tu es à trois mètres du sol et à dix mètres du rond, comme tu voulais. »

Vossi dégoulinait de sueur. Il fit descendre l'appareil doucement, en planant.

« Parfait, tu es juste au-dessus du cercle. »

Le noir n'avait jamais été aussi intense. Ni sa peur. Vossi murmura une prière. Il relâcha doucement les gaz. Il lui sembla qu'une éternité s'écoulait, puis soudain ses patins touchèrent le sol. Il s'était posé. Pendant une seconde il ne put le croire. Il faillit pleurer de soulagement et de joie. Il entendit la voix de Scragger, la vraie, et sentit qu'il reprenait les commandes. « Je le tiens, mon vieux ! C'était un putain d'atterrissage, Ed. Dix sur dix. Ça va, je le prends maintenant. »

Ed Vossi enleva ses lunettes. Trempé, tout pâle, il s'effondra sur son siège, voyant à peine l'activité qui régnait sur la plate-forme. Seigneur, nous nous sommes posés sains et saufs.

Scragger avait laissé les moteurs tourner au ralenti ; pas besoin de les couper pour un arrêt si court. Il chantonnait *Matilda* comme il le faisait quand il était très content. Il s'en est bien tiré, pensa-t-il, pilotage *bonza* — épatant. Mais combien de temps lui faudra-t-il pour récupérer ? Quand on vole avec quelqu'un, il vaut mieux savoir ce qu'il a dans le ventre.

Il fit un signe, poing fermé et pouce en l'air, à l'adresse de l'homme assis au premier rang dans la cabine, un des ingénieurs français qui venait inspecter l'équipement de pompage électrique récemment installé sur cette plate-forme. Le reste des passagers attendait patiemment. Il y avait quatre Japonais, invités des autorités françaises, et des ingénieurs d'EPF. Transporter des Japonais avait contrarié Scragger. Ils lui rappelaient trop de mauvais souvenirs, ceux des pertes australiennes dans le Pacifique pendant la guerre. Des milliers d'Australiens étaient morts dans les camps japonais et sur la ligne de chemin de fer de Birmanie. Des meurtres pour ainsi dire, pensa-t-il. Puis il se concentra sur le déchargement.

L'ingénieur avait ouvert la porte et aidait les Iraniens de service sur le pont à décharger des colis de la soute de l'appareil. Il faisait chaud et humide sur le pont ; l'atmosphère était chargée de vapeurs de pétrole. Dans le cockpit, c'était une vraie fournaise mais Scragger se sentait bien. Il jeta un coup d'œil vers Vossi, qui, affalé sur son siège, les mains derrière la nuque, récupérait.

C'est un brave gars, pensa Scragger. Une voix qui s'élevait dans la cabine attira son attention. Assis sur le bras d'un fauteuil, Georges de Plessey, le directeur d'EPF pour la région, s'était lancé dans un de ses interminables discours, celui-ci destiné aux Japonais. Je n'aimerais pas être à leur place, se dit Scragger, amusé. Il connaissait Plessey depuis trois ans et l'aimait bien — pour la cuisine française qu'il offrait et la qualité de son bridge, mais pas pour sa conversation. Les hommes qui travaillent dans le pétrole sont tous les mêmes. Le pétrole, c'est tout ce qui les intéresse. Pour eux, le reste de l'humanité n'a été placé sur terre que pour consommer ce qu'ils en extraient et payer le prix fort. Jusqu'à ce qu'ils meurent, et même les crématoires par lesquels ils passeront marchent au pétrole. Saloperie ! Le prix du pétrole avait grimpé en flèche jusqu'à 14,80 dollars le baril alors qu'il ne coûtait que 4,80 dollars deux ans auparavant et 1,80 dollar quelques années plus tôt. Des bandits de grands chemins, tous, les Sept Sœurs, l'OPEP et même les compagnies de la mer du Nord !

« Ces plates-formes reposent sur des piliers construits au fond de la mer, disait Plessey. Elles ont été conçues et réalisées par des équipes françaises. Ce sont également des Français qui en assurent le fonctionnement... » Habillé en kaki, il avait des cheveux blonds clairsemés, le visage bronzé. Les autres Français discutaient ou se disputaient entre eux. C'est tout ce qu'ils savent faire, pensa Scragger, à part boire du vin, manger et retirer les petites culottes des filles qui passent. Comme ce vieux salopard de Jean-Luc, le roi des queutards. Mais ils sont individualistes, au moins, pas comme ces autres salopards. Les Japonais étaient tous petits, agiles, et soignés ; tous habillés de la même façon : chemise blanche à manches courtes, cravate noire, pantalon noir, chaussures noires, mêmes montres digitales, même lunettes noires ; la seule chose qui les différenciait était leur âge. Comme des sardines dans une boîte de conserve, pensa-t-il.

« Ici, comme dans tout le Golfe, les eaux sont peu profondes, monsieur Kasigi, disait Plessey ; une trentaine de mètres. Le pétrole est facile à extraire jusqu'à trois cents mètres. Nous avons six puits en activité dans la zone appelée Siri 3, connectés entre eux par des pipelines qui envoient le pétrole brut vers nos cuves de l'île de Siri. Nous pouvons stocker jusqu'à trois millions de barils et tous nos réservoirs sont pleins.

— Et l'arrimage à quai sur Siri, monsieur de Plessey ? demanda Kasigi, le porte-parole de la délégation japonaise. Je n'ai pas pu voir l'installation quand nous avons survolé l'île.

— Nous chargeons en mer pour le moment. Un débarcadère est prévu pour l'année prochaine. En attendant, il n'y a aucun problème pour remplir vos pétroliers de taille moyenne, monsieur Kasigi. Nous garantissons un service et un chargement rapides. Après tout, nous sommes français. Vous verrez demain. Votre *Rikomaru* n'a pas de retard ?

— Non. Il sera là à midi. Quelle est la capacité de ce gisement ?

— Sans limites, répondit le Français avec un rire. Nous ne pompons que soixante-quinze mille barils par jour, mais, mon Dieu, il y a un lac de pétrole sous la mer. »

« Excellence, capitaine ! » Derrière la vitre du côté de Scragger se tenait le jeune Abdollah Turik, un des pompiers de la station, le visage rayonnant. « Je aller bien, très très bien. Toi ?

— Alors, mon pote. Ça gaze ?

— Je content te voir, Excellence capitaine. »

Un an plus tôt, la base de Scragger à Lengeh avait été alertée par radio pour un *casevac* (une urgence) sur Siri 3. C'était en plein milieu de la nuit. Le directeur iranien pensait que le pompier faisait une crise d'appendicite aiguë et qu'il fallait venir le chercher dès le lever du jour, les règlements iraniens interdisant le vol de nuit sauf en cas d'extrême urgence. De service ce jour-là, Scragger était parti immédiatement. Il avait emmené le jeune homme à l'hôpital naval iranien de Bandar Abbas et insisté pour qu'ils l'acceptent. Sans lui, le jeune Iranien aurait péri.

Depuis ce jour, il était toujours là pour l'accueillir et, une fois par mois, bien que Scragger eût essayé de l'en empêcher, à cause de la dépense, il envoyait à la base un quartier de viande de chèvre toute fraîche. Scragger avait visité une fois le village natal du jeune homme dans l'arrière-pays de Lengeh. Il était comme les autres villages : sans installation sanitaire, sans électricité, sans eau courante, sols de terre battue et murs de boue. L'Iran est très pauvre en dehors des villes mais, néanmoins, mieux lotie que la plupart des autres Etats arabes. La famille d'Abdollah était comme les autres, ni meilleure ni pire. Beaucoup d'enfants, des nuages de mouches, quelques chèvres, des poulets, un lopin de terre. Bientôt, avait dit son père, nous aurons notre propre école, notre eau courante et même l'électricité. Nous avons de la chance d'avoir ce pétrole que les étrangers exploitent — que Dieu soit loué de nous avoir donné le pétrole. Qu'Il soit béni pour avoir laissé vivre mon fils Abdollah. C'était la volonté de Dieu qu'il vive, la volonté de Dieu de persuader l'Excellence pilote de prendre ces risques. Merci à Dieu !

« Ça gaze, Abdollah ? » répéta Scragger. Il aimait le jeune homme qui, contrairement à son père, avait adopté un mode de vie moderne.

« Bien. » Abdollah se rapprocha, passant presque la tête dans la carlingue. « Capitaine », dit-il hésitant. Il ne souriait plus, sa voix était si basse que Scragger dut se pencher pour l'écouter. « Bientôt, beaucoup problèmes... communiste Tudeh, moudjahidin, peut-être fedayin. Revolvers, explosifs, attentats — peut-être un bateau à Siri. Danger. S'il te plaît, s'il te plaît, pas dire rien qui t'a dit, oui ? » Puis avec une gaieté feinte, il cria : « Joyeux atterrissages. Reviens bientôt. » Il fit un grand signe de la main, dissimulant sa nervosité, et s'en alla rejoindre les autres.

« D'accord, d'accord, Abdollah », murmura Scragger. De nombreux Iraniens les observaient, mais c'était normal. Les pilotes étaient aimés parce qu'ils constituaient le seul lien avec le monde. Le responsable au sol lui fit signe, le pouce levé. Automatiquement, il vérifia que tout était bien fermé et que les passagers avaient regagné leurs places. « Tu veux que je le prenne, Ed ?

— Oui, vas-y, Scrag. »

Arrivé à mille pieds, Scragger resta à cette altitude, se dirigeant vers Siri 1 où devaient descendre les passagers. Il était inquiet. Une seule bombe pouvait rayer l'île de Siri de la carte. C'était la première fois qu'il entendait des menaces d'attentats. Siri n'avait jamais connu les grèves qui avaient paralysé les autres forages, et ce, de l'avis des ressortissants étrangers, parce que les Français avaient accordé le droit d'asile à Khomeiny.

Un sabotage ? Le Jap n'a-t-il pas annoncé l'arrivée d'un pétrolier pour demain ? Si, c'est bien ça, que faire ? Rien pour le moment. Ne pas penser à Abdollah, ce n'est pas le moment, pas quand tu pilotes.

Il regarda du côté de Vossi. Ed s'en était bien sorti, bien mieux que... bien mieux que qui ? Il passa en revue dans son esprit les pilotes qu'il avait entraînés au fil des années. Des centaines. Il pilotait depuis qu'il avait quinze ans : la Royal Australian Air Force à dix-sept ans en 1933, les Spitfires en 1939 avec le grade de lieutenant, puis les hélicoptères en 1945, la Corée en 1949 et la retraite après vingt ans de service, toujours lieutenant de réserve. Il rit. Combien de fois dans l'Air Force l'avait-on cassé de son grade en le menaçant d'une interdiction définitive de vol ?

Mais on ne l'avait jamais fait. Comment aurait-on pu ? Seize combats et seize victoires, trois fois plus de missions menées à bien que n'importe qui dans la RAAF. Aujourd'hui, il pilotait toujours. Il n'en demandait pas plus. Faire de son mieux et assurer les vols les plus sûrs. Quand on pilote un hélicoptère, on ne peut pas se permettre la moindre panne, pensa-t-il, sachant qu'il avait toujours eu de la chance, beaucoup de chance. Pas comme d'autres, aussi bons que lui, mais que la chance avait abandonnés. Pour être un bon pilote il faut avoir de la chance.

Il jeta un coup d'œil sur Vossi, heureux qu'il n'y ait pas une guerre, bien que ce fût le meilleur entraînement pour un pilote. Je ne voudrais pas perdre le petit Ed, c'est un des meilleurs de la S-G. Charlie Pettikin le surpasse, bien sûr, mais c'est normal, il a été pilote de brousse, il en a vu des vertes et des pas mûres. Pareil pour Tom Lochart. Ce salaud de Duncan McIver est toujours le meilleur du lot bien qu'il ne vole plus. Qu'il aille au diable celui-là avec ses saloperies de visites médicales trimestrielles ; mais je serais aussi dur avec lui si c'était moi qui étais cloué au sol et lui qui continuait à voler comme un petit oiseau à l'âge de soixante-trois ans. Pauvre type.

Scragger soupira. Si la CAA change ses règlements au sujet de l'âge de la retraite, je suis bon. Le jour où je ne peux plus voler, c'est la défonce aux drogues hallucinogènes, aucun doute là-dessus.

Siri était encore loin devant. Il s'y posait trois fois par semaine depuis un an. Malgré cela, il planifiait son approche avec la même attention que si c'était la première fois. « La sécurité n'a rien à voir avec le hasard, il faut se préparer. Aujourd'hui, on va faire une longue et gentille approche à basse alt...

« Scrag ?
— Oui, fils ?
— Tu m'as foutu une trouille de tous les diables.
— C'est la première leçon. Qu'as-tu appris d'autre ?
— Qu'on perd vite la tête, qu'on se sent seul, impuissant, et que voir est une bénédiction. J'ai aussi appris, continua-t-il en haussant le ton, combien j'étais mortel, nom de Dieu. Putain, j'avais une de ces trouilles, Scrag, à faire dans mon froc.
— Quand ça m'est arrivé, j'ai fait dans mon froc.
— Hein ?
— Je volais au-dessus du Koweit, un 47 G2. C'était au bon vieux temps, dans les années 60. » Le 47 G2 était un petit appareil à trois places, en forme de bulle, avec un moteur à piston Bell. La police les utilise maintenant pour le contrôle des routes. « Je transportais un docteur et un ingénieur d'ExTex. Ils voulaient se rendre dans une oasis, après Wafrah, un *casevac*, un pauvre mec s'était pris la jambe dans une foreuse. Bref, on volait sans les portes, comme d'habitude, parce que c'était l'été. Il faisait cinquante degrés et sec comme le désert peut l'être. On nous avait promis une double prime et mon vieux pote Forsyth m'avait inscrit comme volontaire. Ce n'était pas une mauvaise journée pour le désert, Ed, sauf que les vents soufflaient par rafales brûlantes et que ça nous jouait des tours. Tu connais le topo : des tourbillons soudains qui soulèvent des nuages de sable. J'étais à environ cent mètres, en approche, quand un nuage de poussière nous a enveloppés, une poussière si fine qu'on ne la voyait pas. Comment elle a pénétré à l'intérieur de mes lunettes, Dieu seul le sait, mais tout allait bien et la seconde suivante je toussais, je crachais et j'avais les yeux pleins de poussière. J'étais complètement aveugle.
— Tu plaisantes ?
— Pas du tout, c'est la vérité, je le jure sur ma tête. Je ne voyais plus rien. Je ne pouvais même pas ouvrir les yeux et j'étais le seul pilote avec deux passagers à bord.
— Putain, Scrag ! Les deux yeux ?
— Oui, et l'hélicoptère qui faisait des embardées dans tous les sens. J'ai réussi à le stabiliser et à ramener les battements de mon cœur en dessous de dix mille par seconde. Le toubib n'arrivait pas à faire sortir la poussière du cockpit. Chaque fois qu'il essayait, ou que j'essayais, l'appareil faisait presque un looping. Tu connais le G2, tu sais comme il se cabre. Ils paniquaient autant que moi, ce qui n'arrangeait rien. C'est là que j'ai compris que notre seule chance était de nous poser à l'aveuglette. Tu dis que tu faisais dans ton froc, eh bien, quand les patins ont touché le sable, il ne

restait plus une goutte dans ma vessie, plus une seule, mon pote !

— Seigneur, Scrag, tu as réussi à te poser ! Pour de vrai ? Comme aujourd'hui, avec les deux yeux fermés ? Sans déconner ?

— Je les ai fait parler ; ce sont eux qui m'ont dirigé, plutôt le docteur parce que l'autre pauvre type était tombé dans les pommes. » Tout en parlant, Scragger surveillait la terre qui se rapprochait. « Comment ça se présente, à ton avis ?

— Sans problème. » Siri 1 était droit devant, le cercle d'atterrissage aménagé au-dessus de l'eau. Ils apercevaient la personne chargée de guider l'atterrissage ainsi que l'obligatoire équipe de sécurité anti-incendie. Le vent était modéré et régulier.

Normalement Scragger aurait appelé le radar et amorcé une descente graduelle, mais il déclara : « On va rester assez haut aujourd'hui, un angle d'approche haut, et le laisser descendre en planant.

Pourquoi, Scrag ?

— Pour changer. »

Vossi se renfrogna mais ne dit rien. Il regarda les cadrans, cherchant quelque chose d'anormal. Il n'y avait rien. A part le vieil homme qui paraissait un peu étrange.

Quand ils furent en position, très haut au-dessus de la plate-forme, Scragger brancha sa radio : « Kish radar, HST, quittons altitude 1 000 pour Siri 1.

— OK, HST Rappelez quand vous serez prêts à redécoller.

— HST. »

Ils se préparaient à une approche verticale, généralement utilisée lorsque des immeubles, des arbres ou des pylônes entourent le point d'atterrissage. Scragger réduisit la puissance. L'appareil commença à descendre doucement, parfaitement contrôlé. Neuf cents pieds, huit cent soixante-quinze... quatorze... treize... Ils sentirent les commandes vibrer en même temps.

« Nom de D... », hoqueta Vossi, mais Scragger avait déjà incliné le nez de l'appareil et renversé le levier de commande. Ils piquèrent immédiatement vers le sol. Deux cents pieds, cent cinquante, cent, l'appareil vibrait de plus en plus. Le regard de Vossi passait sans arrêt du tableau de bord au cercle d'atterrissage qui se rapprochait d'eux à toute allure. Il était raide sur son siège, son cerveau lui hurlant : « Le rotor arrière est mort ou le carter du rotor arrière... »

Le point d'atterrissage fonçait vers eux ; l'équipe au sol s'éparpillait, affolée ; les passagers étaient figés d'angoisse ; Vossi s'agrippait à son siège pour ne pas tomber. Maintenant tout le tableau de bord vibrait, le moteur faisait un drôle de bruit aigu. S'ils perdaient la queue du rotor, ce serait la fin. Vossi regarda l'altimètre, soixante pieds... cinquante... quarante... trente... vingt, ses mains se tendirent instinctivement vers les manettes, mais le devançant d'une fraction de seconde, Scragger remit pleins gaz en tirant vers lui. L'appareil bascula brusquement en arrière, resta une seconde suspendu à trois pieds, moteurs hurlant, puis tomba brutalement près du centre du cercle, rebondit, et s'immobilisa définitivement à deux mètres du centre.

« Putain, murmura Scragger.

— Nom de Dieu, Scrag. » Vossi pouvait à peine parler. « C'était parfait.

— Oh, non, non, ce n'était pas parfait, je suis à côté de deux mètres. » Avec un effort Scragger décrispa ses mains des commandes. « Coupe le contact, Ed, aussi vite que tu peux ! » Scragger ouvrit la porte et se glissa dehors. Le vent de l'hélice le fouetta. Il alla ouvrir la porte de la cabine. « Restez où vous êtes » cria-t-il au-dessus du bruit mourant des moteurs, soulagé de voir les passagers toujours attachés et indemnes. Docilement, ils restèrent immobiles. Deux d'entre eux avaient le visage gris. Les Japonais le regardaient, impassibles. Ils ont du sang-froid, pensa-t-il.

« Mon Dieu, Scrag, cria Georges de Plessey, que s'est-il passé ?

— Sais pas, je pense que c'est le rotor de la queue ; dès que les rotors s'arrêteront, nous p...

— A quoi tu joues, Vossi ! » C'était Ghafari, l'Iranien chargé de guider les atterrissages. Il avait approché son visage de la fenêtre du pilote, il écumait de rage. « Comment oses-tu te poser sur cette plate-forme avec un engin d'instruction ? Je vais te coller un rapport au cul pour pilotage dangereux ! »

Scragger se tourna vers lui. « C'est moi qui pilotais, pas le capitaine Vossi. » L'immense soulagement de Scragger d'avoir pu se poser sain et sauf, mêlé à l'antipathie que cet homme lui inspirait depuis longtemps, déclencha sa colère. « Casse-toi, Ghafari, casse-toi ou je t'allonge pour de bon ! » Ses poings se serrèrent.

Les autres regardaient, épouvantés. Vossi pâlit. Ghafari, plus grand et plus lourd que Scragger, prit une attitude menaçante. Il l'injuria en parsi, puis le provoqua en anglais : « Porc d'étranger ! Comment oses-tu m'insulter ? Je vais te faire radier pour pilotage dangereux et jeter hors d'Iran. Vous autres, chiens d'étrangers, vous pensez que notre ciel vous appartient... »

Scragger balança un coup de poing en avant mais Vossi s'était précipité entre eux et bloqua le coup. « Désolé, mon pote. Désolé, Scrag, dit-il doucement, mais nous ferions bien de jeter un coup d'œil au rotor arrière. Scrag, Scrag, mon vieux, le rotor de queue, hé ! »

Il fallut quelques secondes à Scragger pour reprendre ses esprits. Son cœur battait à tout rompre et il se rendit compte que tout le monde le regardait. Au prix d'un immense effort, il se força à se calmer. « Tu... tu as raison, Ed. Oui. » Puis il se tourna vers Ghafari. « Nous avons eu... nous avons eu un problème. » Ghafari le regarda en ricanant mais Scragger réussit à maîtriser la colère qui montait de nouveau en lui.

Ils se dirigèrent vers l'arrière de l'appareil. De nombreux foreurs, européens et iraniens, entouraient l'hélicoptère. Le rotor s'était arrêté de tourner. Il manquait environ vingt centimètres à une des pales. Vossi posa sa main sur le rotor, il était branlant, la pression énorme causée par le déséquilibre des pales l'avait presque complètement détruit.

Derrière eux, un des passagers s'écarta pour aller vomir.

« Mon Dieu, murmura Vossi, je pourrais le casser avec deux doigts. »

Ghafari rompit le silence. « Mauvais entretien qui a mis en danger la v...

— Taisez-vous, Ghafari! tonna Plessey. Merde, nous sommes tous vivants et nous le devons au capitaine Scragger. Personne ne pouvait prévoir cet incident, les normes de sécurité de la S-G sont strictement celles d'Iran.

— Je vais faire un rapport, monsieur de Plessey, et...

— Oui, faites-le et souvenez-vous que je le féliciterai officiellement pour son courage et sa compétence », coupa rageusement Plessey. Il détestait Ghafari, un agitateur khomeiniste qui incitait les travailleurs à la grève. Quand il n'y avait pas de militaires ou de policiers à proximité, bien sûr, parce que, dans ce cas, il devenait d'une servilité abjecte et punissait durement des ouvriers pour des infractions mineures. Une belle ordure. Porc d'étranger, hein ? « Souvenez-vous que vous travaillez pour une entreprise francoiranienne. La France n'est pas, comment pourrais-je dire, la France ne s'est pas montrée inamicale envers l'Iran quand votre pays avait besoin d'elle.

— Dans ce cas, vous devriez insister pour que Siri 1 soit ravitaillé par des Français et non par des vieillards! Je vais faire un rapport sur cet incident. » Ghafari tourna les talons et s'en alla.

Avant que Scragger ait eu le temps de faire un geste, Plessey lui avait posé les mains sur les épaules et l'embrassait sur les deux joues avec reconnaissance. « Merci, cher ami! » Tous les Français applaudirent en criant des bravos et en se donnant des grandes tapes dans le dos, puis embrassèrent Scragger à leur tour. Kasigi fit un pas en avant. « *Domo* », dit-il cérémonieusement, et, à la grande gêne de

Scragger, les quatre Japonais s'inclinèrent devant lui tandis que les Français applaudissaient de plus belle.

« Merci, capitaine, dit Kasigi. Nous comprenons et nous vous remercions. » Il sourit et lui tendit sa carte avec les deux mains en s'inclinant. « Yoshi Kasigi, Industries maritimes Toda. Merci.

— Ce n'était pas très difficile, monsieur, euh, monsieur Kasigi », dit Scragger en essayant de surmonter son embarras — sa colère était tombée. De nouveau maître de lui, il se promit pourtant de coincer un jour Ghafari entre quatre yeux. « Nous avons eu, nous avons eu un problème de gouvernail et de rotor. Faire face à toutes les situations et nous poser dans toutes les circonstances c'est notre boulot. Ed, que voici, fit-il en désignant le jeune homme à qui il était reconnaissant de s'être interposé dans la bagarre et de l'avoir sauvé d'une situation où il aurait laissé des plumes, le capitaine Vossi, aurait fait la même chose. Ce n'était pas vraiment grave, au pire nous aurions pris un bain ; je voulais juste vous l'épargner. L'eau est bonne mais il faut quand même se méfier des requins... »

La tension se dissipa et tout le monde éclata de rire, rires toutefois un peu nerveux car le Golfe et les embouchures des rivières qui s'y jetaient étaient infestés de requins. Les eaux tièdes et l'abondance de nourriture déversée par les égouts des nations du Golfe depuis des millénaires attiraient des poissons de toutes sortes, particulièrement des requins qui rôdaient autour des plates-formes de forage, d'où ordures et nourriture étaient jetées quotidiennement à la mer.

« Vous en avez déjà vu, capitaine ?

— Un peu, oui ! Il y a un requin marteau qui se cache aux alentours de l'île de Kharg. J'ai été stationné là-bas pendant deux ans et je l'ai aperçu trois ou quatre fois. Il doit faire entre huit et dix mètres de long. J'ai vu pas mal de gros requins mais jamais comme celui-là.

— Merde à tous les requins, dit Plessey en frissonnant. J'ai failli me faire bouffer un jour à Siri. J'étais en train de barboter près de la plage quand le requin a foncé sur moi. Il est arrivé si vite qu'il s'est échoué sur la plage. Il devait mesurer entre deux mètres cinquante et trois mètres. Nous lui avons tiré six coups de revolver mais il continuait à se cabrer en essayant de nous attraper. Il lui a fallu des heures pour mourir et même alors personne n'osait s'en approcher. » Il jeta un coup d'œil vers la pale brisée du rotor. « Je suis bien content d'être sur cette plate-forme. »

Tout le monde approuva. Les Français se mirent à discuter avec force gestes. Deux d'entre eux allèrent décharger quelques caisses ; un autre s'occupa du passager qui était toujours malade. Les Japonais attendaient en regardant autour d'eux.

Superstitieux, Vossi toucha la pale brisée. « Pour nous porter bonheur, pas vrai, Scrag ?

— Pourquoi pas ? De toute façon, du moment que tu t'en tires avec tes passagers, c'est un bon atterrissage.

— Qu'est-ce qui a provoqué cela ? demanda Plessey.

— Je ne sais pas, mon vieux, dit Scragger. Il y avait un vol de petits oiseaux de mer, des sternes, je crois, autour de Siri 3. L'une d'elles a peut-être heurté le rotor et provoqué une fêlure — je n'ai rien remarqué mais de toute manière on ne sentirait pas le choc. Je sais que le rotor était intact ce matin parce que nous l'avons passé tous les deux en revue comme c'est la règle. La main de Dieu.

— Oui, espèce de con ! Moi, je préfère ne pas trop m'approcher de la main de Dieu, répondit-il en regardant le cercle d'atterrissage. Un 206 ou une Alouette peuvent-ils venir nous chercher en plusieurs fois ?

— Je vais faire venir un autre 212 et garer le nôtre là-bas. » Scragger montra un espace vide à côté d'un derrick. « Il y a des roues dans la soute, ça ne sera pas dur de le pousser et comme cela vous n'aurez pas trop à attendre.

— Bien, bien, on vous laisse vous en occuper. Que les autres viennent avec moi, fit Plessey d'un ton important. Je crois que nous avons tous besoin d'un café et d'un verre de chablis glacé.

— Je pensais qu'il n'y avait jamais d'alcool sur les plates-formes de forage », dit Kasigi.

Plessey haussa les sourcils. « Il n'y en a pas, monsieur. Il n'y en a pas ni pour les Iraniens, ni pour les non-Français. Mais nos plates-formes sont françaises et observent le code Napoléon. Nous devons célébrer notre atterrissage et aujourd'hui vous êtes les hôtes de la France. Soyons donc civilisés et contournons ces règlements ; à quoi servent-ils d'ailleurs sinon à être contournés ? Venez. Je vais vous faire visiter et vous expliquer comment tout ceci fonctionne. »

Ils le suivirent tous sauf Kasigi. « Et vous, capitaine ? Qu'allez-vous faire ?

— Je vais attendre. L'hélicoptère qui va venir vous chercher nous apportera des pièces de rechange et des mécaniciens », dit Scragger, mal à l'aise. Il n'aimait pas être en compagnie de Japonais. Il ne parvenait pas à chasser de sa mémoire le souvenir de ses amis morts à la guerre. Si jeunes. Et la même question le tracassait, le hantait : pourquoi eux et pas moi ? « Nous allons attendre qu'il soit réparé, puis nous rentrerons. Pourquoi ?

— Quand pensez-vous repartir ?

— Avant le coucher du soleil. Pourquoi ? »

Kasigi regarda à nouveau la pale brisée. « Si vous le permettez, j'aimerais rentrer avec vous.

— C'est... c'est au capitaine Vossi qu'il faut demander cela. C'est lui qui commande officiellement cet appareil. » Kasigi se tourna vers Vossi. Le jeune homme connaissait l'aversion de Scragger pour les Japonais mais ne la comprenait pas. Juste avant de décoller il avait dit : « Merde, Scrag, la Seconde Guerre mondiale s'est passée il y a des millions d'années. Le Japon est notre allié à présent — notre seul véritable allié en Asie. » Mais Scragger avait répondu : « Laisse tomber, Ed », et il n'avait pas insisté.

« Vous feriez mieux de rentrer avec les autres, monsieur Kasigi. On ne peut jamais savoir combien de temps une réparation va prendre.

— J'ai peur en hélicoptère. Je préférerais vous avoir pour pilote, si vous n'y voyez pas d'inconvénient. »

Kasigi regarda Scragger. « Vous avez accompli un exploit, nous étions vraiment en danger. Vous aviez peu de temps, et vous avez réussi à vous laisser tomber en autorotation de presque cent mètres et à vous poser de façon parfaite dans un mouchoir de poche. C'était un atterrissage incroyable. Incroyable. Il y a une chose que je ne comprends pas : pourquoi étiez-vous si haut, pourquoi un angle d'approche si haut ? » Il remarqua le coup d'œil de Vossi en direction de Scragger. Ah, pensa-t-il, tu te le demandes aussi. « Il n'y avait aucune raison, une journée comme aujourd'hui, n'est-ce pas ? »

Scragger l'observa, encore plus mal à l'aise. « Vous pilotez des hélicoptères ?

— Non, mais j'en ai pris assez souvent pour savoir quand il y a des ennuis. Je m'occupe de pétroliers et donc de gisements, ici dans le Golfe, en Irak, en Alaska, partout, même en Australie. » Kasigi laissa le courant de haine passer sur lui. Il avait l'habitude. Il en connaissait la raison. Il travaillait beaucoup avec l'Australie. Une partie de cette haine est méritée, pensa-t-il. Une partie. Ça n'a pas d'importance, les Australiens changeront, il le faudra bien. Après tout, nous possédons déjà une grande partie de leurs matières premières et nous en posséderons bientôt davantage. Curieux que nous réussissions si facilement sur le plan économique ce que nous n'avons pu faire militairement. « S'il vous plaît, dites-moi pourquoi vous avez choisi un angle d'approche si haut aujourd'hui. Si vous ne l'aviez pas fait, nous serions au fond de l'eau à présent, n'est-ce pas ? »

Scragger haussa les épaules. Il voulait clore la conversation.

« Patron, dit Vossi, pourquoi tu as fait ça ?

— Sans raison particulière. La chance, c'est tout. »

Kasigi eut un petit sourire. « Si vous le permettez, je voudrais rentrer avec vous. Une vie contre une vie, capitaine. Gardez ma carte, s'il vous plaît. Peut-être un jour pourrai-je vous rendre service. » Il s'inclina poliment et partit.

11 h 56. « Des explosifs sur Siri, Scrag ? » Plessey était blême.

« C'est possible », répondit Scragger à voix basse. Ils s'étaient éloignés vers l'extrémité de la plate-forme, loin de tout le monde. Scragger venait de rapporter les propos d'Abdollah au Français.

Arrivé depuis longtemps, le deuxième 212 attendait le signal de Plessey pour repartir avec ses invités vers Siri où on les attendait pour déjeuner. Les mécaniciens avaient démonté la queue du 212 de Scragger et travaillaient, sous l'œil attentif de Vossi. Le nouveau rotor et le carter étaient déjà en place.

Après un silence, Plessey dit d'un ton désemparé : « On peut cacher des explosifs n'importe où. Une petite charge suffirait à détruire tout notre système de pompage. Mon Dieu, ce serait un complot parfait pour empêcher Bakhtiar — ou Khomeiny d'ailleurs — de ramener le calme dans le pays.

— Oui. Mais soyez prudent. Pour l'amour du ciel, gardez cette information pour vous.

— Bien sûr. Cet homme était sur Siri 3 ?

— A Lengeh.

— Hein ? Dans ce cas pourquoi ne m'avez-vous rien dit ce matin ?

— Pas le temps, dit Scragger en regardant autour de lui pour s'assurer qu'on ne pouvait les entendre. Soyez prudent. Quoi que vous fassiez. Ces fanatiques sont complètement dingues et se foutent de tout. S'ils pensent qu'il y a eu une fuite, que quelqu'un les a trahis... des cadavres vont flotter d'ici jusqu'à Ormuz.

— Vous avez raison, dit Plessey de plus en plus inquiet. Vous en avez parlé à quelqu'un ?

— Non, bien sûr !

— Mon Dieu, qu'est-ce que je peux faire ?... Comment assurer la sécurité ici en Iran ? Que ça nous plaise ou non, nous sommes à leur merci. » Puis il ajouta : « Merci une deuxième fois. Je dois vous dire que je redoutais des sabotages à Kharg et à Abadan ; les gauchistes ont tout intérêt à flanquer la pagaille. Mais je ne pensais pas qu'ils viendraient ici. »

L'air sombre, il s'appuya au bastingage et regarda la mer qui clapotait contre les piliers de la plate-forme. Des requins tournaient en quête de nourriture. Des menaces terroristes. Les réservoirs et les pompes de Siri constituent une excellente cible pour un saboteur. Si l'exploitation de Siri devait être interrompue, nous perdrions des années de travail, des millions de tonnes de pétrole dont la France a désespérément besoin. Dire qu'il nous faudra peut-être acheter du pétrole à ces merdeux d'Anglais avec leurs foutus forages en mer du Nord. Les maudits veinards ! Un million trois cent mille barils par jour, et la production continue de grimper !

Pourquoi n'y a-t-il pas de pétrole près de nos côtes, ou en Corse ? Maudits Anglais ! De Gaulle avait bien raison de ne pas les accepter au sein de l'Europe. Et maintenant que, par pure générosité, nous les avons fait entrer dans la Communauté européenne, bien que nous sachions que ce sont de fieffés menteurs, ils se refusent à partager leurs profits avec nous, leurs partenaires européens. Ils se prétendent nos alliés dans la CEE, mais ils ont toujours été contre nous et le seront toujours. Le grand Charles avait raison à leur sujet mais tort sur l'Algérie. Si nous avions encore l'Algérie et son pétrole, nous serions riches et heureux. L'Angleterre, l'Allemagne et les autres nous lécheraient les pieds.

« En attendant, que faire ?

— Aller à Siri et déjeuner. Ensuite, tu y verras plus clair. Dieu merci, nous pouvons toujours nous approvisionner dans ces endroits civilisés que sont Dubaï, Sarjah et Al-Shargaz en brie, camembert, boursin, ail frais, beurre français et du vrai vin sans lequel autant mourir tout de suite. » Enfin presque, ajouta-t-il en lui-même.

Scragger le dévisageait.

« Qu'allez-vous faire ?

— Ordonner un exercice de sécurité, dit-il d'un ton emphatique. J'avais oublié la clause 56/976 de notre contrat original franco-iranien qui stipule un contrôle de sécurité semestriel de nos installations pour prévenir tout problème. Ceci pour... pour la gloire de la France et de l'Iran, bien sûr. » Une lueur amusée passa dans les yeux de Plessey. Il n'était pas mécontent de sa ruse. « Oui, mes subordonnés avaient oublié de me le rappeler, mais maintenant nous allons nous lancer dans cet exercice avec un enthousiasme typiquement français. Partout, à Siri, sur les plates-formes, à terre, même à Lengeh ! Les crétins ! Comment osent-ils imaginer qu'ils vont saboter le travail de plusieurs années ? » Il regarda autour de lui. Il n'y avait toujours personne à proximité. Le reste du groupe était rassemblé près du deuxième 212. « Il faut que j'en parle à Kasigi à cause de son pétrolier, reprit-il. Cela pourrait bien être la cible.

— Pouvez-vous lui faire confiance ? Vous êtes sûr de sa discrétion ?

— Oui. Nous n'avons pas le choix, mon ami. Nous devons le prévenir. » Plessey sentit son estomac se crisper. Mon Dieu, pensa-t-il, j'espère que c'est la faim et que je ne fais pas une crise de vésicule biliaire. Cela n'aurait rien de surprenant après tout ce qui s'est passé aujourd'hui. On manque d'avoir un accident d'hélicoptère, notre meilleur pilote se bat presque avec ce fumier de Ghafari et à présent on m'annonce que des terroristes vont attaquer nos chantiers. « Kasigi aimerait rentrer avec vous. Quand serez-vous prêts ?

— Avant le coucher du soleil, mais il n'a pas besoin de nous attendre. Il peut partir avec vous. »

Plessey fronça les sourcils. « Je comprends votre haine des Japonais. — Moi, ce sont les Allemands que je ne supporte pas. Mais nous devons être pratiques. C'est un client important. J'apprécierais énormément que vous, vous demandiez à Vossi de le prendre à votre bord, mon cher ami. Absolument, nous sommes des amis intimes à présent. Vous nous avez sauvé la vie et nous avons frôlé la main de Dieu ! » Son visage s'éclaira. « S'il part avec vous, vous pourrez en profiter pour lui parler de ces menaces d'attentat. C'est absolument parfait.

— Mais je..

— C'est un de nos clients les plus importants, reprit Plessey d'un ton ferme. Merci, cher ami. Je vais le laisser à Siri. Vous l'y prendrez dès que vous serez prêt. Excellent, alors c'est décidé. Soyez assuré que je parlerai de votre courage et de votre compétence en haut lieu et à Laird Gavallan lui-même. A demain. »

Scragger le regarda partir. Il jura en silence. Plessey était le patron, il n'y avait rien à faire. Cet après-midi-là, il s'installa en cabine à la stupéfaction de Vossi.

« Bon sang, Scrag ! s'exclama-t-il. Tu voles comme passager ? Tu vas bien ? Tu es sûr que t...

— Je veux juste voir quel effet ça fait, répondit Scragger avec humeur. Pose ton cul à la place du capitaine et va chercher cet emmerdeur à Siri. Je te conseille de poser l'engin comme une plume, sinon je te fous un rapport au cul ! »

Kasigi attendait à l'héliport, trempé de sueur et couvert de poussière. Des dunes s'étendaient tout autour des pipelines et du complexe de réservoirs, rien que de la saleté brune, de la poussière. Scragger regarda ce qu'il appelait les démons de poussière, de petits tourbillons qui dansaient au ras du sol. Il remercia son étoile d'être un pilote et de ne pas avoir à travailler dans un endroit pareil. Les hélicos sont bruyants et vibrent de partout, pensa-t-il, je regrette les avions, c'est vrai, voler très haut, seul, plonger, tourner, piquer comme un aigle pour mieux se redresser et repartir vers le soleil, mais piloter, c'est piloter et je déteste être assis dans cette maudite cabine.

C'est encore pire qu'un avion régulier ! Il ne se sentait pas en sécurité quand il n'était pas aux commandes. Il fit signe à Kasigi de monter et claqua violemment la porte. Les deux mécaniciens étaient assis en face d'eux, leurs combinaisons blanches tachées de sueur. Kasigi ajusta son gilet de sauvetage et boucla sa ceinture de sécurité.

Quand ils eurent décollé, Scragger se pencha vers lui. « Il faut que je vous dise quelque chose et je ne peux le faire que rapidement, voici : il risque d'y avoir un raid terroriste sur Siri, contre une des plates-formes ou votre pétrolier. Plessey m'a demandé de vous prévenir. »

Kasigi eut un long soupir. « Quand ? demanda-t-il.

— Je ne sais pas. Plessey non plus. Mais c'est plus que probable.

— Comment ? Quel genre de sabotage ?

— Aucune idée. Fusils ou explosifs, peut-être une bombe à retardement. Vous feriez mieux de renforcer la sécurité.

— Notre sécurité ne peut être mieux assurée », répondit Kasagi. Un éclair de colère passa dans les yeux de Scragger. Sur le moment, Kasigi ne comprit pas. Puis, se souvenant de ses paroles, il déclara : « Pardon, capitaine, je ne voulais pas paraître fanfaron. Mais nos consignes de sécurité sont très strictes, comme le sont certainement les vôtres. Dans ces eaux mes bateaux sont... » Il faillit dire « sur le pied de guerre », mais se reprit à temps, contenant son irritation devant la susceptibilité de l'autre. « Dans ces eaux, tout le monde redouble de prudence. »

— Plessey voulait que vous soyez au courant. Et que vous n'en parliez à personne, surtout pas aux Iraniens.

— Je comprends. Ne vous inquiétez pas, je saurai garder le secret. Merci encore. » Scragger fit un léger signe de tête et se renfonça dans son siège. Kasigi avait lui aussi envie de clore la conversation, mais, comme l'Australien avait sauvé sa vie et celle de ses compagnons, leur permettant de ce fait de continuer à servir leur compagnie et son chef, Hiro Toda, il se sentait le devoir d'essayer de cicatriser les plaies.

« Capitaine, dit-il aussi doucement que le lui permettait le bruit des moteurs, je comprends pourquoi nous autres, Japonais, sommes haïs par les Australiens. Je vous présente mes excuses pour Ch'ung-ch'ing, la route de Birmanie et toutes les atrocités commises. Je ne peux vous dire que la vérité. Ces événements sont enseignés dans nos écoles. On ne les oublie pas. Ce qui s'est passé pendant la guerre reste notre honte nationale. »

C'est vrai, pensa-t-il avec colère. Commettre de telles atrocités était stupide. Mais ces fous ne se rendaient pas compte de ce qu'ils faisaient ; après tout, les ennemis étaient lâches, pour la plupart. Ils se rendaient par dizaines de milliers. En faisant cela, ils perdaient leur qualité d'être humain parce que le Bushido, notre code d'honneur, stipule que le pire des déshonneurs pour un soldat est de se rendre. Quelques erreurs commises par une poignée de sadiques, par des paysans incultes transformés en gardiens de camps, ces mangeurs d'ail de Coréens principalement, et les Japonais doivent en souffrir pour toujours. C'est la honte du Japon. Il y en a une autre, la pire de toutes, l'échec du chef suprême de nos armées qui a forcé l'empereur à capituler. « S'il vous plaît, veuillez accepter mes excuses au nom de notre peuple. »

Scragger le regarda fixement. Après quelques instants de silence, il répondit simplement : « Désolé, je ne peux pas. Mon ancien coéquipier, Forsyth, a été le premier à entrer dans Changi ; il ne s'est jamais remis de ce qu'il y a vu. Et puis trop de mes copains sont morts dans des conditions atroces. Trop. Je ne peux pas oublier. Je ne *veux* pas oublier, parce que les oublier serait l'ultime trahison. Nous les avons déjà trahis, c'est ce que je pense. Désolé, mais c'est comme ça.

— Je comprends. Malgré cela nous pourrions faire la paix, vous et moi, non ?

— Peut-être. Avec le temps. »

Ah ! le temps, pensa Kasigi. Aujourd'hui, j'ai failli mourir. Combien de temps nous reste-t-il, à lui et à moi ? Le temps n'est-il pas qu'une illusion et la vie une illusion parmi d'autres ? Et la mort ? Le poème de la mort de ses vénérés ancêtres samouraïs le résumait parfaitement : « Que sont les nuages, sinon une excuse pour le ciel ? » Qu'est-ce que la vie, sinon une fuite devant la mort ?

Son ancêtre était Yabu Kasigi, *daïmio* d'Izu et Baka et défenseur de Yoshi Toronaga, le premier et le plus grand des shoguns Toronaga qui, de père en fils, dirigèrent le Japon de 1603 à 1871, date à laquelle l'empereur Meiji fit disparaître les shoguns et mit hors la loi la caste des samouraïs. Mais Yabu Kasigi n'était pas célèbre pour son courage ou sa loyauté — comme son neveu Omi Kasigi, qui avait combattu aux côtés de Toronaga lors de la grande bataille de Sekigahara, et qui, les deux mains arrachées, néanmoins avait conduit la charge décisive.

Oh, non, Yabu trahit Toronaga, ou tenta de le trahir, et fut condamné à commettre le *seppuku*, la mort rituelle par éventration. Yabu était révéré pour la calligraphie de son poème de mort et son courage au moment du *seppuku*. Ce jour-là, s'agenouillant devant l'assemblée des samouraïs, il renvoya dédaigneusement le deuxième samouraï qui devait rester debout derrière lui avec une longue épée pour abréger son agonie en lui coupant la tête et lui épargner la honte de crier. Il prit un couteau très court et se l'enfonça profondément dans l'estomac, fit posément les quatre incisions, le plus difficile des *seppukus* — de travers et vers le bas, de travers encore et vers le haut

—, il sortit ses propres entrailles pour mourir quelques instants plus tard, sans avoir poussé un cri.

Kasigi frissonna, sachant qu'il n'aurait jamais le courage d'en faire autant. La guerre moderne n'est rien, comparée à ces temps anciens où vous pouviez recevoir l'ordre de mourir sur simple caprice de votre suzerain...

Scragger le regardait.

« J'ai fait la guerre aussi, dit-il. Dans l'aviation. J'ai piloté des Zéros en Chine, en Malaisie, en Indonésie et en Nouvelle-Guinée. Le courage à la guerre est différent... du courage normal... n'est-ce pas ?

— Je ne comprends pas. »

Je n'ai pas pensé à la guerre depuis des années, se disait Kasigi. Il se souvenait de la peur constante de mourir ou d'être estropié, de cette terreur qui le consumait — comme aujourd'hui, quand il avait cru qu'ils allaient mourir et que la peur l'avait pétrifié. Ils s'étaient battus de leur mieux pour l'empereur, puis, quand celui-ci leur avait ordonné de baisser les bras, ils avaient obéi avec gratitude, malgré la honte.

Certains avaient trouvé la honte insupportable et s'étaient suicidés dans l'honneur selon l'ancienne coutume. Ai-je perdu le mien parce que je ne l'ai pas fait ? Non. J'ai obéi à mon empereur qui nous a ordonné de supporter l'insupportable. Puis j'ai rejoint la compagnie de mon cousin et l'ai servi loyalement pour la plus grande gloire du Japon. Des ruines de Yokohama, j'ai aidé les Industries maritimes Toda à redevenir l'une des plus grandes compagnies japonaises, construisant de grands bateaux, inventant les superpétroliers, plus grands chaque année. Le premier pétrolier d'un million de tonnes sortira bientôt de nos chantiers. A présent, nos bateaux sont partout. Le monde nous admire. Mais nous sommes si vulnérables ; sans pétrole, nous sommes finis.

Par un des hublots il remarqua un pétrolier qui traversait le Golfe en direction d'Ormuz. Le pont maritime continue, pensa-t-il. Au moins un pétrolier tous les cent cinquante kilomètres d'ici au Japon, quotidiennement, pour alimenter nos usines sans lesquelles nous mourrions de faim. L'OPEP le sait, et elle nous exploite avec délice. Comme aujourd'hui. Aujourd'hui il m'a fallu tout mon sang-froid pour garder mon calme en négociant avec ce... cet odieux Français empestant l'ail et ce répugnant dégueulis appelé brie. Il réclamait 2,80 dollars de plus que le prix officiel déjà scandaleusement élevé de 14,80 dollars. Et moi, descendant d'anciens samouraïs, je devais marchander avec lui comme un Chinois de Hong-kong.

« Mais, monsieur de Plessey, vous devez bien vous rendre compte qu'à ce prix-là, plus les frais de transport et...

— Désolé, monsieur, mais j'ai des ordres. Comme promis, c'est à vous que nous proposons en premier les trois millions de barils du pétrole de Siri. Mais ExTex ainsi que quatre autres compagnies sont extrêmement intéressées, elles nous ont demandé nos prix. Si vous souhaitez changer d'avis..

— Non, mais, nos contrats spécifient " le prix de l'OPEP en vigueur " et n...

— Vous savez certainement que tous les fournisseurs de l'OPEP facturent maintenant une prime. N'oubliez pas non plus les nouvelles menaces de réduction de la production. »

Kasigi avait envie de hurler de rage en se souvenant de la scène. Quand il avait finalement accepté à condition d'obtenir les trois millions de barils au même prix, le Français avait déclaré en souriant : « Mais bien sûr, si vous les chargez en moins de sept jours. » Les deux hommes savaient parfaitement que c'était impossible. Ils savaient également qu'une délégation roumaine était au Koweit en train de chercher elle aussi trois millions de barils de brut pour compenser la réduction des ravitaillements iraniens qui leur arrivait par le pipeline soviéto-iranien. Il y avait d'ailleurs des dizaines d'acheteurs prêts à reprendre son option sur Siri et les autres, sur le pétrole, le gaz naturel liquide, la naphte et les produits pétrochimiques.

— Très bien, 17,60 le baril », avait dit Kasigi d'un ton aimable. Mais en lui-même il se jurait de le lui faire payer un jour.

« Pour ce pétrolier, monsieur.

— Bien sûr, pour ce pétrolier », avait-il répondu encore plus aimablement.

Et maintenant ce pilote australien lui murmurait que même ce pétrolier n'était pas en sécurité. Cet étrange vieil homme, bien trop vieux pour piloter, et néanmoins si compétent, si ouvert et si fou — fou d'être si ouvert car il se mettait à la merci des autres.

Il regarda Scragger à son tour. « Vous avez dit qu'avec le temps, nous pourrions devenir amis. Nous avons failli ne plus avoir de temps du tout aujourd'hui, sans votre compétence et votre chance, ce que nous, nous appelons karma. Qui sait combien de temps il nous reste ? Mon pétrolier sautera peut-être demain. Je serai à bord. » Il haussa les épaules. « C'est le karma. Mais soyons amis, juste vous et moi. Je... je ne pense pas que nous trahissions nos compagnons de guerre, ni l'un ni l'autre. » Il tendit la main. « S'il vous plaît. »

Scragger regarda la main tendue. Kasigi se forçait à attendre. Scragger fit un petit signe de tête et serra vigoureusement la main offerte. « OK, mon pote, on peut toujours essayer. »

A ce moment, il vit Vossi se retourner et lui faire signe. Il se précipita dans le cockpit. « Oui, Ed ?

— Un *casevac*, Scrag, ça vient de Siri 3. Un membre de l'équipe de forage est tombé par-dessus bord. »

Ils s'y rendirent immédiatement. Le corps flottait près des piliers de la plate-forme. Ils le hissèrent à bord. Les requins l'avaient déjà attaqué et il lui manquait un bras. Le visage était meurtri et curieusement défiguré. C'était le cadavre d'Abdollah Turik.

Près de Bandar Delam : 16 h 52. Les ombres s'allongeaient. Au-delà de la route, s'étendait une terre désertique couverte de broussailles, puis des collines rocailleuses et enfin des montagnes enneigées à l'extrémité nord des monts Zagros. De ce côté, près des marécages et de la rivière qui descendait jusqu'au port à quelques kilomètres de là, serpentait l'un des nombreux pipelines de la région. La canalisation d'acier, d'une cinquantaine de centimètres de diamètre, était posée sur un chevalet de béton qui menait jusqu'à un conduit souterrain s'enfonçant sous la route. A partir de là, il continuait sous terre. A environ deux kilomètres vers l'est, il y avait un village, habitations basses, couvertes de poussière, couleur terre, construites en briques de boue et une petite voiture arrivait de cette direction. Vieille et cabossée, elle roulait lentement, mais le moteur avait un bon son. Trop bon pour la carrosserie.

A bord se trouvaient quatre Iraniens, jeunes, bien rasés et mieux habillés que la majorité, malgré leurs vêtements auréolés de sueur. Ils paraissaient tendus. La voiture s'arrêta près de l'endroit où le pipeline s'enfonçait dans le sol. L'un des occupants qui portait des lunettes en descendit. Il fit semblant d'uriner sur le côté de la route tout en regardant autour de lui.

« C'est bon, il n'y a personne », dit-il.

Les deux jeunes assis à l'arrière sortirent rapidement, chargés d'un sac très lourd, et descendirent dans le fossé poussiéreux. Le jeune homme aux lunettes se reboutonna, puis se dirigea vers le coffre de la voiture qu'il ouvrit. La vue du pistolet-mitrailleur tchèque qui dépassait sous une toile déchirée le rassura un peu.

Le conducteur sortit et urina dans le fossé.

« Moi aussi, j'avais envie, Mashoud, mais je n'ai pas pu », dit l'homme aux lunettes en essuyant la sueur qui ruisselait sur son visage.

« Je ne peux jamais avant un examen, dit Mashoud en éclatant de rire. Dieu veuille que l'université ouvre bientôt.

— Dieu ! Dieu est l'opium du peuple », lança, méprisant, le jeune homme aux lunettes avant de reporter son attention sur la route. Elle était vide dans les deux sens à perte de vue. A quelques kilomètres au sud, le soleil se reflétait sur les eaux du Golfe. Il alluma une cigarette. Ses mains tremblaient. Le temps passait très lentement. Les mouches pullulaient et leur bourdonnement soulignait le silence qui régnait alentour. Il remarqua soudain un nuage de poussière sur la route de l'autre côté du village. « Regardez ! »

Ils se retournèrent ensemble et scrutèrent le lointain. « Des camions ordinaires ou un convoi militaire ? » demanda anxieusement Mashoud. Il courut vers le fossé et cria. « Dépêchez-vous, vous deux. Il y a quelque chose qui arrive. »

— OK, répondit une voix en contrebas.

— On a presque fini », dit une autre voix.

Agenouillés dans le fossé à côté du chevalet de béton, les deux jeunes gens avaient ouvert leur sac et empilaient maladroitement des paquets d'explosifs contre le tuyau d'acier. Le pipeline était recouvert d'une grosse toile épaisse pour le protéger des intempéries. « Passe-moi le détonateur et la mèche, Ali », ordonna le plus vieux d'une voix gutturale. Ils étaient très sales tous les deux, la poussière se mélangeant à la sueur.

« Voilà ! » Ali les lui tendit avec précaution, sa chemise collée au corps. « Tu es sûr de savoir comment t'y prendre, Bijan ?

— Nous avons étudié la notice de montage pendant des heures. Est-ce qu'on ne s'est pas entraînés à la monter les yeux fermés ? » Bijan se força à sourire. « Nous sommes comme Robert Jordan dans *Pour qui sonne le glas*. Exactement comme lui. »

L'autre frissonna. « J'espère qu'il ne sonnera pas pour nous.

— Même si c'est pour nous, quelle importance ? Notre parti va vaincre et les masses prendront le pouvoir. »

Les doigts inexpérimentés de Bijan coincèrent le détonateur de nitroglycérine contre les explosifs. Il y fixa un bout de la mèche et posa le dernier sac dessus pour le maintenir en place.

« Dépêche-toi, fit de nouveau la voix tendue de Mashoud. J'ai l'impression que ce sont des camions militaires bourrés de soldats. »

Les deux jeunes gens s'arrêtèrent une seconde, puis déroulèrent la mèche d'allumage, se bousculant dans leur nervosité. Ils ne s'aperçurent pas qu'elle s'était détachée du détonateur contre lequel elle était fixée. Après en avoir dévidé trois mètres, ils l'allumèrent et partirent en courant. Se retournant pour une dernière vérification, Bijan vit que la mèche se consumait en crépitant, mais constata avec consternation que l'autre extrémité se balançait dans le vide. Il se précipita, la recoinça nerveusement, glissa et cogna violemment le détonateur contre le béton.

La nitroglycérine explosa puis, l'un après l'autre, tous les sacs d'explosifs, déchiquetant Bijan ainsi que sept mètres de pipeline. Le chevalet de béton sauta également ; la voiture se retourna, tuant sur le coup deux des Iraniens et arrachant une jambe au dernier.

Le pétrole commença à jaillir du tuyau béant. Des centaines de barils à la minute. Le pétrole aurait dû s'enflammer mais ne le fit pas — les explosifs n'avaient pas été placés au bon endroit. Quand les deux camions de l'armée s'arrêtèrent à une centaine de mètres, le pétrole avait déjà atteint la rivière. Le pétrole léger, gazeux et volatile flottait à la surface tandis que le brut épais commençait à imprégner les marécages, les rives, la terre, rendant toute la région extrêmement dangereuse.

Dans les camions se trouvaient une vingtaine de Brassards verts de Khomeiny, la plupart barbus, les autres mal rasés, tous arborant le brassard auquel ils devaient leur nom. Des paysans, quelques ouvriers de forage, un instructeur formé par l'OLP et un mollah, tous armés et marqués par les combats récents, quelques-uns blessés. Un capitaine de police en uniforme, ligoté et bâillonné, gisait sur le sol. Ils venaient d'attaquer et d'anéantir un poste de police situé au nord et se dirigeaient à présent vers Bandar-e-Delam pour y continuer leur guerre. Ils avaient pour mission d'aider d'autres rebelles à prendre l'aéroport civil qui se trouvait à quelques kilomètres au sud.

Le mollah à leur tête, ils s'approchèrent du chevalet de béton. Ils regardaient les flots de pétrole qui s'échappaient du pipeline quand une plainte attira leur attention. Sortant leur revolver, ils s'approchèrent prudemment de la voiture renversée. Le jeune Iranien qui avait perdu une jambe était coincé sous la voiture. Il agonisait. Des mouches s'agglutinaient sur ses plaies, autour des flaques de sang, sur les entrailles répandues partout autour de lui.

« Qui es-tu ? demanda le mollah en le secouant durement. Pourquoi as-tu fait cela ? »

Le jeune homme ouvrit les yeux. Sans ses lunettes, tout était trouble. Il les chercha en tâtonnant. La peur de mourir s'insinuait en lui. Il essaya de prier mais ne put émettre qu'un cri rauque. Du sang coulait dans sa gorge, l'étouffant.

« Qu'il soit fait selon la volonté de Dieu », dit le mollah en se détournant. Il aperçut dans la poussière les lunettes brisées et les ramassa. Un verre était cassé, l'autre avait disparu.

« Pourquoi font-ils cela ? demanda un des Brassards verts. Nous n'avons pas reçu l'ordre de saboter les pipelines. Pas encore.

— Ça doit être des communistes ou de la charogne marxiste-islamique », dit le mollah en jetant les lunettes. Son visage était contusionné et sa longue robe, déchirée. « On dirait des étudiants. Puisse Dieu tuer tous Ses ennemis aussi rapidement !

— Hé, regardez un peu ça », cria un autre. En fouillant la voiture, il avait trouvé trois pistolets-mitrailleurs et quelques grenades. « Du matériel tchèque. Il n'y a que les gauchistes qui soient si bien armés. Ces chiens sont bien nos ennemis.

— Que Dieu soit loué. Très bien, nous allons nous servir de ces armes. Les camions peuvent-ils passer ?

— Oui, sans problème, remercions Dieu », répondit le chauffeur, un homme à la barbe épaisse. Il travaillait sur un forage pétrolier et s'y connaissait en pipeline. « Nous ferions mieux de signaler ce sabotage, ajouta-t-il nerveux. Toute la région pourrait sauter. Il faudrait que je téléphone à la station de pompage pour leur dire de couper le pétrole, à condition de trouver un appareil qui fonctionne. On a intérêt à se dépêcher. Cette région est une poudrière ; le pétrole va tout polluer en aval.

— Tout se trouve dans les mains de Dieu, répondit le mollah en regardant le pétrole qui se répandait, mais il ne faut pas gaspiller les richesses qu'Il nous a données. Tu essaieras de téléphoner de l'aéroport. »

Le jeune homme allongé appela au secours. Ils le laissèrent mourir.

Aéroport de Bandar Delam : 17 h 30. L'aéroport civil n'était pas gardé. Personne ne l'utilisait plus, excepté la S-G qui s'y était installée quelques semaines plus tôt lorsqu'elle avait dû quitter l'île de Kharg. L'aéroport possédait deux petites pistes, une tour de contrôle, quelques hangars, un immeuble de deux étages, quelques baraquements et à présent des caravanes modernes — propriété de la

S-G — qui abritaient le personnel et le quartier général. Il ressemblait aux dizaines d'aéroports civils que le shah avait fait construire pour les compagnies intérieures qui desservaient l'Iran. « Nous aurons des aéroports et des services modernes », avait-il décrété et il avait tenu parole. Mais depuis le début des troubles six mois auparavant, toutes les compagnies étaient en grève, les avions restaient bloqués au sol, et les aéroports étaient fermés. Le personnel avait disparu. La plupart des avions avaient été abandonnés sur place sans personne pour les entretenir. Des trois jets parqués sur l'aire de stationnement, deux avaient les pneus crevés, l'autre la fenêtre du cockpit brisée. Des pilleurs avaient pompé leurs réservoirs. Ils étaient sales, presque des épaves. Triste.

Offrant un contraste frappant, les cinq hélicoptères de la S-G, trois 212 et deux 206, rutilaient. On les lavait et les vérifiait quotidiennement. Le soleil, bas sur l'horizon, projetait de longues ombres.

Le capitaine Rudiger Lutz, chef pilote, s'approcha du dernier hélicoptère qu'il inspecta minutieusement comme les autres. « Très bien, dit-il. Vous pouvez les garer. » Les mécaniciens, aidés de l'équipe au sol iranienne, firent rouler les appareils vers les hangars, eux aussi impeccables. Le capitaine savait qu'on se moquait de sa méticulosité, mais cela ne le dérangeait pas, du moment qu'on lui obéissait. C'est cela le plus difficile, pensa-t-il, se faire obéir. Comment travailler en situation de guerre alors qu'aucun règlement militaire ne nous régit et que nous sommes des non-combattants en plein milieu d'une guerre, que Duncan McIver veuille ou non l'admettre ?

Ce matin-là, Duke Starke à Kowiss avait relayé par radio le message de McIver venant de Téhéran au sujet des rumeurs sur l'attaque de l'aéroport de la capitale et sur la révolte d'une de leurs bases aériennes. A cause de la distance et des montagnes, Bandar Delam ne pouvait communiquer directement qu'avec Kowiss. Rudi, inquiet, avait rassemblé le personnel étranger, quatre pilotes et sept mécaniciens — sept Anglais, deux Américains, un Allemand et un Français — et, à l'abri des oreilles indiscrètes, leur avait dit : « C'est surtout le ton de Duke qui m'a alarmé, il m'appelait sans arrêt " Rudiger " alors que d'habitude, c'est " Rudi ". Il avait l'air bizarre, tracassé.

— Ce n'est pas son genre, à moins que ce ne soit un vrai merdier, dit Jon Tyrer, un Américain, le second de Rudi. Tu penses qu'il a des emmerdes ? Tu veux qu'on aille voir ce qui se passe à Kowiss ?

— Peut-être. Mais attendons que je lui parle de nouveau ce soir.

— Moi, je pense qu'on devrait se tenir prêt à filer en pleine nuit, Rudi, déclara le mécanicien Fowler d'un ton définitif. Oui... si le

vieux Duke est nerveux, il vaut mieux se préparer à filer à l'anglaise.
— Tu es fou, Fowler. Nous n'avons jamais eu d'ennuis, répondit Tyrer. La région est à peu près calme, la police et les troupes la contrôlent. Merde, il y a cinq bases aériennes de l'armée à moins de trente kilomètres, des troupes d'élite fidèles au shah. Les troupes loyalistes vont sûrement tenter un coup d'Etat.
— Tu sais ce que c'est un coup, bon Dieu ! Tout le monde se tire dessus, et je suis un civil, je n'ai rien à voir là-dedans !
— OK. Mettons que ça devienne la merde. Qu'est-ce que vous proposez ? »

Ils avaient fait le tour des possibilités. Terre, air, mer. La frontière irakienne n'était qu'à cent cinquante kilomètres et le Koweit de l'autre côté du Golfe.
— Nous serons prévenus à temps en cas d'attaque, dit Rudi, confiant. Si un coup se prépare, McIver le saura.
— Ecoute, mon vieux, fit Fowler d'un ton revêche. Je connais les grosses boîtes, c'est comme les généraux ! Si ça barde, on va se retrouver seuls dans nos petits costards, alors on ferait mieux de prévoir quelque chose. Je n'ai aucune envie de me faire descendre pour le shah, Khomeiny ou même Dieu le père, Laird Gavallan. Moi, je dis qu'il faut se tirer ! Se casser en vitesse et en douce.
— Tu déconnes, Fowler ! explosa un des pilotes. Tu veux que nous détournions un de nos propres appareils ? Si on le fait, on n'aura plus jamais le droit de voler.
— C'est mieux que de se retrouver six pieds sous terre !
— Mais on risque de se faire descendre, nom de Dieu !
— Tu sais bien que tous nos vols sont surveillés, que les contrôleurs aériens ne rigolent pas par ici, c'est encore pire qu'à Lengeh ! Impossible de décoller sans demander l'autorisation de mettre les moteurs en route... »

Rudi leur demanda de faire des suggestions raisonnables si une évacuation soudaine de la base se révélait brusquement nécessaire, puis les laissa se disputer entre eux.

Toute la journée il s'était demandé avec inquiétude ce qui pouvait bien se passer à Kowiss et à Téhéran. En tant que chef pilote, il se sentait responsable de son équipe — qui, à part la douzaine de travailleurs iraniens et Jahan, l'opérateur radio, n'avait pas été payée depuis six semaines —, des hélicoptères et du matériel. On a eu une putain de chance d'avoir pu partir aussi bien de Kharg, pensa-t-il, l'estomac noué. Ils s'étaient retirés en douceur, avec appareils et pièces de rechange importantes, le tout amené ici en moins de quatre jours et sans modifier les contrats en cours.

Quitter Kharg avait été facile parce que tout le monde voulait partir. Et aussi vite que possible. Kharg avait toujours été une base peu aimée du personnel, car à part le boulot, il n'y avait absolument rien à y faire. Aucune distraction. Quand les troubles avaient commencé, tout le monde savait que Kharg était une cible rêvée pour les révolutionnaires. Il y avait eu des émeutes et quelques échanges de coups de feu, des manifestants arborant le brassard de l'Organisation de libération de la Palestine et de l'Iran s'étaient faits de plus en plus nombreux. Le commandant de l'île avait menacé d'abattre les habitants si les émeutes ne cessaient pas. Depuis le départ de la S-G quelques semaines auparavant, l'île était redevenue calme, mais d'un calme menaçant.

Et cette retraite n'était pas d'une réelle urgence, se dit Rudi. Comment procéder en cas de véritable nécessité ? La semaine précédente, il s'était rendu à Kowiss pour chercher des pièces détachées. Il avait demandé à Starke ce qu'il ferait si de sérieux problèmes se posaient à Kowiss.

« La même chose que toi, Rudi. Essayer de s'en sortir en suivant les consignes de la boîte, consignes qui ne s'appliqueront plus à la situation de toute façon, répondit le Texan. Il y a néanmoins une chose ou deux qui jouent en notre faveur : la plupart de nos types sont d'anciens soldats, ils ont le sens de la discipline. Mais tu peux prévoir tout ce que tu veux, tu n'en dormiras pas mieux la nuit parce que, quand la merde explose, c'est toujours pareil, il y a des types qui craquent et d'autres pas. Tu ne sais jamais à l'avance qui va réagir et comment, ni même comment tu vas te comporter toi-même. »

Rudi n'avait jamais fait la guerre, mais il avait servi dans l'armée allemande dans les années 50, près de la frontière est-allemande. A l'Ouest, on a une conscience aiguë du mur, du rideau de fer et des frères et sœurs qui se trouvent de l'autre côté, des armées soviétiques qui attendent avec leurs dizaines de milliers de chars et de missiles à quelques mètres, des fanatiques allemands des deux côtés de la frontière qui vénèrent Lénine comme un Dieu et des milliers d'espions qui vous reniflent les couilles.

Triste.

Combien y en a-t-il chez moi ? Il était né près de Plauen, dans un village proche de la frontière tchécoslovaque qui faisait maintenant partie de l'Allemagne de l'Est. En 1945, il avait douze ans, son frère seize et il était déjà soldat. Avec sa mère et sa jeune sœur, il n'avait pas trop souffert des années de guerre. Ils avaient toujours eu de quoi manger. Mais en 1945 ils avaient fui devant les hordes soviétiques en emmenant ce qu'ils pouvaient et rejoint les migrations allemandes vers l'ouest : deux millions venant de Prusse, deux autres du nord, quatre du centre, deux du sud — en compagnie de millions de

Tchèques, de Polonais, de Hongrois, de Roumains, d'Autrichiens, de Bulgares. Foules affamées, terrorisées et qui se battaient pour leur vie.

Ah, pensa-t-il, rester en vie.

Il se revoyait sur ce chariot presque cassé, grelottant de froid, fatigué, allant avec sa mère à une décharge publique quelque part près de Nuremberg. La campagne était ravagée par la guerre, les villes en ruine. Sa mère voulait absolument trouver une bouilloire, la leur ayant été volée la nuit précédente — impossible d'en acheter, même s'ils avaient eu l'argent nécessaire. « Il faut que nous en trouvions une pour faire bouillir l'eau sinon nous allons tous mourir, nous allons attraper le typhus ou la dysenterie comme les autres — on ne peut pas vivre sans faire bouillir l'eau », avait-elle dit en pleurant. Il l'avait donc accompagnée, en pleurs, convaincu qu'ils perdaient leur temps. Ils l'avaient pourtant trouvée ; vieille, cabossée, le bec plié et la poignée branlante, mais elle avait un couvercle et ne fuyait pas. A présent, étincelante de propreté, la bouilloire trônait sur le manteau de la cheminée dans la cuisine de leur ferme près de Fribourg, dans la Forêt-Noire, où vivaient sa femme, ses fils et sa mère. Une fois par an, à la Saint-Sylvestre, sa mère y faisait du thé. Quand il était là, ils souriaient tous les deux. « Il faut croire, mon fils, et essayer, murmurait-elle. Tu peux trouver ta bouilloire. C'est toi qui l'as découverte, pas moi, ne l'oublie pas. »

Des cris retentirent. Il se retourna et vit trois camions militaires franchissant la grille d'entrée à toute allure ; l'un se dirigeait vers la tour de contrôle, les autres vers les hangars. Ils s'arrêtèrent et des Brassards verts se déployèrent dans la base ; deux hommes foncèrent sur lui, arme au poing, criant en parsi quelque chose qu'il ne comprenait pas tandis que les autres entouraient ses hommes dans le hangar. Pétrifié, il leva les mains en l'air, son cœur faisait des bonds dans sa poitrine. Deux Brassards verts, barbus, transpirant d'excitation et de peur, lui mirent leur revolver sous le nez. Rudi grimaça.

« Je ne suis pas armé, hoqueta-t-il. Qu'est-ce que vous voulez ? Hein ? »

Les deux hommes ne répondirent pas mais continuèrent à le menacer de leurs armes. Derrière eux, il apercevait le reste de son équipe que l'on faisait sortir des baraquements. D'autres assaillants sautaient dans les hélicoptères, les fouillaient, manipulaient brutalement les commandes ; un homme arracha les gilets de sauvetage des poches situées sous les sièges. Sa colère l'emporta sur sa peur. « Hé ! *Sie verrückten Dummkopfe*, cria-t-il. *Lass'n Sie meine verrückten Flugzeuge allein !* » Sans même se rendre compte de ce qu'il faisait, il avait repoussé les revolvers et se précipitait. Pendant un instant il sembla que les deux Iraniens allaient l'abattre. Puis ils se lancèrent à sa poursuite, le rattrapèrent et le ceinturèrent. Un des hommes prit son revolver par le canon pour l'abattre sur son visage.

« Stop ! »

L'Iranien s'immobilisa. L'homme qui avait lancé cet ordre en anglais avait une trentaine d'années. Robuste, en tenue de combat avec un brassard vert, il avait une barbe de trois jours, des cheveux bruns ondulés et des yeux noirs. « Qui commande ici ?

— Moi ! dit Rudi en se dégageant des deux hommes qui le tenaient. Que faites-vous ici ? Que voulez-vous ?

— Nous prenons le contrôle de cet aéroport au nom de l'islam et de la révolution, déclara l'homme avec un accent britannique. Combien de soldats avez-vous ici ? Combien de pilotes ?

— Aucun. Il n'y a pas de contrôleur aérien militaire non plus. Il n'y a personne d'autre ici que nous, dit Rudi en essayant de reprendre son souffle.

— Pas d'hommes de troupe ? répéta l'homme d'un ton menaçant.

— Non. Des patrouilles passent de temps en temps. Nous ne sommes là que depuis quelques semaines. Mais elles ne sont pas basées ici. Il n'y a pas d'avion militaire. » Rudi désigna les hangars. « Dites à ces... à ces hommes de ne pas abîmer les appareils. Des vies dépendent de leur bon fonctionnement. Des vies iraniennes aussi bien que les nôtres. »

L'homme se retourna et vit ce qui se passait. Il leur lança un ordre tout en se dirigeant vers eux. Les hommes crièrent quelque chose en retour, puis après quelques instants sortirent des hangars en laissant un épouvantable désordre derrière eux.

« Excusez-les, s'il vous plaît, dit l'homme. Je m'appelle Zataki. Je suis le chef du comité Abadan. Avec la volonté de Dieu, nous commandons à présent Bandar Delam. »

L'estomac de Rudi se contracta. Son équipe, ouvriers iraniens y compris, se trouvait près des bureaux, cernée par des hommes en armes. « Nous travaillons pour une compagnie britan...

— Oui. Nous connaissons la S-G. » Zataki lança un autre ordre. A contrecœur, quelques-uns de ses hommes allèrent se poster près de la barrière. Il se retourna vers Rudi. « Votre nom ?

— Capitaine Lutz.

— Vous et vos hommes n'avez rien à craindre, capitaine Lutz. Est-ce que vous avez des armes ici ?

— Non. Juste des pistolets Verey. Ils envoient des fusées de détresse et des fusées éclairantes. Il y en a dans tous les appareils.

— Allez les chercher. » Zataki se dirigea vers les hommes de la

S-G et, se plantant devant eux, les regarda attentivement. La terreur se peignit sur le visage des Iraniens de l'équipe, les cuisiniers, les ouvriers, Jahan et Yemeni, le représentant d'IranOil.

« Ce sont mes hommes, dit Rudi d'une voix qu'il essayait de rendre ferme. Tous des employés de la S-G. »

Zataki s'approcha tout près de lui et Rudi dut faire un effort sur lui-même pour ne pas se laisser impressionner de nouveau. « Savez-vous ce que sont les moudjahidin ? les fedayin ? le Tudeh ? demanda-t-il.

— Oui.

— Bien. » Après une pause, Zataki se remit à dévisager les Iraniens. Le silence était absolu. Soudain il désigna un des hommes, un ajusteur, qui, pris de panique, partit en courant en hurlant des mots en parsi. Ils le rattrapèrent facilement et l'assommèrent de coups.

« Le comité le jugera et le condamnera au nom de Dieu. » Zataki regarda Rudi. « Je vous ai demandé d'aller chercher vos pistolets Verey, capitaine.

— Ils sont dans le coffre-fort, répondit Rudi, d'un ton ferme malgré sa peur. Vous pouvez en disposer. On ne les met dans les appareils que lorsqu'on part en mission. Je... je veux que cet homme soit relâché ! »

Sans prévenir, Zataki retourna sa mitraillette et chercha à lui assener un coup de crosse. Mais Rudi para et lui arracha son arme. Ses réflexes étaient intacts. Avant même que la mitraillette ne tombe au sol, il frappait Zataki à la gorge du tranchant de la main. Retenant le coup mortel, il ne fit que l'effleurer. Puis il recula, aux abois. Tous les fusils étaient dirigés vers lui.

Un silence s'installa, pesant. Ses hommes regardaient la scène, terrifiés. Zataki, ivre de rage, fixait lui aussi Rudi. Les ombres étaient longues et une légère brise jouait avec le manche à air.

« Ramasse l'arme ! »

Rudi entendit la menace et la promesse. Il comprit que sa vie et celle des autres se jouaient. « Fowler, venez ramasser l'arme ! » ordonna-t-il en priant le ciel d'avoir pris la bonne décision.

A contrecœur Fowler s'approcha. « Oui, monsieur, j'arrive ! » Le temps qu'il lui fallut pour couvrir les vingt mètres parut une éternité. Personne ne l'arrêta et un des soldats s'écarta de son chemin. Il ramassa l'arme, mit automatiquement le cran de sûreté et la tendit prudemment à Zataki, crosse en avant. « Elle est en parfait état, comme neuve, fils. »

Le chef prit la mitraillette dont il releva le cran de sûreté. Tout le monde entendit le déclic. « Tu t'y connais en armes ?

— Oui... oh oui. Nous autres mécaniciens nous avons dû suivre un stage à la RAF... la Royal Air Force », répondit Fowler en se forçant à regarder l'homme droit dans les yeux en pensant : Qu'est-ce que je fous ici devant cet enfant de putain ? « On peut disposer maintenant ? Nous sommes des civils, fils, des non-combattants. Neutres. »

Zataki indiqua le groupe d'un geste. « Retourne là-bas. Où as-tu appris le karaté ? demanda-t-il à Rudi.

— Dans l'armée allemande.

— Ah, tu es allemand ? Les Allemands ont été bons avec l'Iran. Pas comme les Anglais et les Américains. Comment s'appellent tes pilotes et de quelles nationalités sont-ils ? »

Rudi hésita puis les désigna. « Capitaine Dubois, français ; capitaines Tyrer, Block et Forsyth, anglais.

— Pas d'Américains ? »

L'estomac de Rudi se crispa de nouveau douloureusement. Jon Tyrer était américain et possédait de faux papiers d'identité. Il entendit le bruit d'un hélicoptère qui approchait. Reconnaissant le vrombissement particulier s'un 206, il leva machinalement la tête comme les autres. Puis l'un des Brassards verts poussa un cri tandis que les autres se mettaient en position de défense. Ils s'éparpillèrent tous, sauf les gars de la S-G. Ils avaient reconnu les marques.

« Tout le monde dans le hangar », ordonna Zataki. L'hélicoptère arriva au-dessus de la base à environ trois cents mètres d'altitude et commença à tourner. « C'est un des vôtres ?

— Oui. Mais pas de cette base. » Rudi plissa les yeux dans le soleil. Son cœur s'accéléra en distinguant l'immatriculation de l'appareil. « EP-HXT, c'est un appareil de notre base de Kowiss.

— Qu'est-ce qu'il veut ?

— Manifestement se poser.

— Demande qui est à bord. Et n'essaie pas de nous jouer un tour ! »

Ils allèrent ensemble dans le bureau. Rudi alluma la radio. « HXT, vous m'entendez ?

— HXT, je vous reçois cinq sur cinq. Ici le capitaine Starke de Kowiss. » Une pause. « Capitaine Lutz ?

— Oui, capitaine Starke, ici le capitaine Lutz, dit-il, comprenant à son ton tendu qu'il devait avoir des ennemis à bord. Starke avait dû deviner lui aussi que quelque chose ne tournait pas rond en bas.

— Je demande la permission de me poser. Je n'ai pas beaucoup d'essence et j'ai besoin de faire le plein. Je suis en règle avec le radar d'Abadan. »

Rudi jeta un coup d'œil à Zataki. « Demande qui est dans l'appareil, dit l'homme.

— Qui avez-vous à bord ? »

Il y eut un silence. « Quatre passagers. Quel est le problème ? »

Rudi attendit. Zataki hésitait. Des bases militaires pouvaient être en train de les écouter. « Laisse-le se poser... près du hangar.

— Permission accordée, HXT. Posez-vous près du hangar est.

— HXT. »

Zataki éteignit la radio. « Désormais, tu ne t'en serviras qu'avec mon autorisation.

— Nous devons faire des rapports de routine aux radars d'Abadan et de Kharg. Mes opérateurs radio travaillent avec nous dep... »

Le sang monta au visage de Zataki tandis qu'il criait. « Tu ne t'en serviras qu'en présence d'un des nôtres. Aucun appareil ne se posera ni ne décollera sans mon autorisation. Tu en es responsable. » Sa colère se dissipa aussi vite qu'elle était venue. Il releva son arme dont le cran de sûreté était toujours enlevé. « Si tu avais voulu, tu aurais pu me briser la nuque, n'est-ce pas ? Et me tuer ?

— Oui, répondit Rudi après un instant d'hésitation.

— Pourquoi ne l'as-tu pas fait ?

— Je... je n'ai jamais tué personne. Je n'avais pas envie de commencer.

— J'ai tué beaucoup d'hommes, selon la volonté de Dieu. Beaucoup, que Dieu en soit loué. Et avec Son aide, je tuerai encore beaucoup d'ennemis de l'islam. » Zataki mit le cran de sûreté. « C'est Dieu qui a arrêté ton coup. Je ne peux pas te rendre l'homme que tu réclames. Il est iranien et nous sommes en Iran. C'est un ennemi de l'Iran et de l'islam. »

Du hangar, ils observèrent l'atterrissage du 206. Il y avait quatre passagers à bord, des civils armés de mitraillettes. Sur le siège avant était assis un mollah. Zataki sentit sa tension se relâcher mais pas sa colère. Dès que l'appareil toucha le sol, ses hommes jaillirent du hangar et l'entourèrent.

Le mollah Hussain sortit. Il remarqua aussitôt l'attitude hostile de Zataki. « Que la paix soit avec toi. Je suis Hussain Kowissi du comité révolutionnaire de Kowiss.

— Bienvenue dans la région, mollah, dit Zataki avec froideur. Colonel Zataki du comité révolutionnaire d'Abadan. Nous contrôlons cette région et n'approuvons pas que des hommes se placent entre nous et Dieu.

— Les sunnites et les chiites sont frères, l'islam est l'islam, répondit Hussain. Nous remercions nos frères sunnites des forages pétroliers d'Abadan pour leur soutien. Nous devons parler, la révolution islamique n'est pas encore gagnée. »

Zataki acquiesça d'un signe de tête. Il rappela ses hommes et entraîna le mollah loin des oreilles indiscrètes.

Rudi se précipita sous les rotors.

« Qu'est-ce qui se passe, Rudi ? » demanda Starke qui coupait le moteur. Son dos lui faisait mal.

Rudi lui fit un bref récit des événements. « Et toi ? »

Starke lui raconta ce qui s'était passé pendant la nuit à la base et dans le bureau du colonel Peshadi. « Le mollah et ses gorilles sont revenus à midi. Ils ont failli me casser la gueule quand j'ai refusé d'embarquer des hommes armés. Vieux, je veux bien mourir, mais je ne transporte pas de rebelles armés, cela nous rendrait complices de la révolution, laquelle est loin d'être faite. Nous avons vu de nombreuses troupes et des barrages en venant ici. » Il regarda autour de lui ; les Brassards verts éparpillés sur toute la base, les hommes de la S-G sous bonne garde près de leurs baraquements, l'ajusteur sans connaissance.

« Salauds, dit-il en sortant de l'appareil. Finalement nous avons adopté un compromis. Ils ont gardé leurs armes mais j'ai pris leurs munitions et les ai enfermées dans la soute à bagages... » Il se tut. Le grand mollah Hussain s'approchait d'eux. La pale tournait toujours au-dessus de leurs têtes.

« La clé du compartiment à bagages, s'il vous plaît, capitaine », dit Hussain.

Starke la lui donna. « Nous n'avons plus le temps de rentrer à Kowiss ni d'aller à Abadan.

— Vous ne pouvez pas voler de nuit ?

— Je peux le faire mais c'est interdit. Vous aviez les écouteurs, vous avez entendu les contrôles radar. Avant même d'avoir décollé, avions militaires et hélicoptères nous tomberaient dessus. Je vais faire le plein et nous allons passer la nuit ici, moi en tout cas. Si vous voulez aller en ville avec vos potes, vous n'avez qu'à vous trouver un autre moyen de locomotion. »

Hussain rougit. « Tes heures sont comptées, Américain, dit-il en parsi. Les tiennes et celles de tous les parasites impérialistes.

— Que la volonté de Dieu soit faite, mollah. Je serai prêt à partir après la première prière du matin. Et je partirai avec ou sans vous.

— Tu m'emmèneras à Abadan, tu m'attendras et nous retournerons à Kowiss comme je le désire et comme l'a ordonné le colonel Peshadi.

— Si tu es prêt après la première prière, répondit sèchement Starke en anglais. Je ne reçois d'ordres ni de Peshadi ni de toi. IranOil m'a demandé de te transporter, c'est tout. Il faudra qu'on refasse le plein sur le chemin du retour.

— C'est bien, très bien, fit Hussain avec humeur. Nous partirons à l'aube. Quant au plein... » Il réfléchit un moment. « Nous le ferons sur l'île de Kharg. »

Starke et Rudi sursautèrent. « Comment allons-nous recevoir l'autorisation de nous poser à Kharg ? Kharg est sous le contrôle de l'armée de l'air loyaliste. Vous allez vous faire descendre. »

« Tu vas attendre la décision du comité, déclara Hussain. Dans une heure, je veux un contact radio avec Kowiss. » Puis il s'éloigna d'un pas rageur.

« Ces salopards sont trop bien organisés, Rudi, murmura Starke. On est dans la merde jusqu'au cou. »

Rudi avait les jambes molles. » Nous ferions bien de nous préparer à foutre le camp d'ici.

— On va s'en occuper après le dîner. Tu te sens bien ?

— Ils vont tous nous tuer, Duke.

— Je ne pense pas. Nous sommes des VIP pour eux. Ils ont besoin de nous. C'est pour cela que Hussain et ton Zataki nous épargnent. Ils peuvent nous malmener pour nous faire obéir, mais, pour le moment du moins, nous leur sommes indispensables. »

Starke s'étira pour soulager la fatigue de son dos et de ses épaules. « Je me ferais bien un sauna chez Erikki. » Une salve d'arme automatique tirée en l'air par un des Brassards verts les fit sursauter. Ils se retournèrent tous les deux. « Quelle bande d'abrutis ! D'après ce que j'ai pu comprendre, cette opération fait partie d'un soulèvement général contre les forces armées. Comment marche la réception radio, ici ? BBC ou *La Voix de l'Amérique* ?

— Très mauvaise jour et nuit. Mais on reçoit cinq sur cinq la radio libre de l'Iran. » C'était une radio soviétique émettant de Bakou, sur la mer Caspienne. « Quant à Radio Moscou, on dirait qu'elle est installée dans ton jardin, comme toujours. »

CHAPITRE 7

Près de Tabriz : 18 h 05. Le 206 de Pettikin s'élevait rapidement parmi les montagnes enneigées tout au nord du pays, non loin de la frontière soviétique. Il volait au ras des arbres qui bordaient la route au milieu du défilé.

« Tabriz 1, HFC de Téhéran. Me recevez-vous ? » dit-il de nouveau.

Toujours pas de réponse. Le jour baissait, à cent mètres à peine au-dessus de lui, un plafond de nuages gris chargés de neige lui masquait le soleil de cette fin d'après-midi. Il essaya encore une fois de joindre la base. Il était épuisé, son visage tuméfié le faisait souffrir. Ses gants et ses phalanges écorchées rendaient ses mouvements malhabiles. « Tabriz 1 HFC de Téhéran. Me recevez-vous ? »

Personne ne répondit mais cela ne l'inquiéta pas. Les communications en montagne sont toujours mauvaises, on ne l'attendait pas, et il n'y avait aucune raison pour qu'Erikki Yokkonen ou le chef de la base fissent établir une permanence radio. Comme l'ascension continuait, les nuages se rapprochaient de lui, mais il vit avec soulagement que la crête était dégagée. Une fois qu'il l'aurait franchie, il redescendrait et la base serait toute proche.

Ce matin, il lui avait fallu plus de temps que prévu pour gagner le petit aéroport militaire de Galeg Morghi, situé à proximité de l'aéroport international de Téhéran. Bien qu'il eût quitté l'appartement avant l'aube, le soleil pâle était déjà haut dans le ciel pollué et rempli de fumée lorsqu'il avait enfin atteint l'aéroport. Il avait dû faire plusieurs détours. Des batailles de rues faisaient rage un peu partout et de nombreuses routes étaient bloquées par des barricades, des carcasses d'autobus ou de voitures incendiés et renversés. De nombreux cadavres et des blessés jonchaient les trottoirs recouverts de neige. Des policiers agressifs l'avaient obligé à rebrousser chemin par deux fois. En arrivant à l'aéroport, il avait trouvé la barrière de leur base d'entraînement de pilotage ouverte et non gardée, ce qui l'avait étonné car elle était habituellement surveillée par des sentinelles de l'armée de l'air. Il avait garé sa voiture à l'intérieur d'un des hangars de la S-G sans rencontrer personne, ni les mécaniciens ni le personnel au sol de service.

Le froid était vif. Il était chaudement vêtu. La neige recouvrait la plupart des pistes. Pendant qu'il attendait, il vérifia le 206 qu'il allait prendre. Tout était en ordre. Les pièces dont Tabriz avait besoin, un rotor arrière et deux pompes hydrauliques, étaient rangées dans le compartiment à bagages. Les réservoirs étaient pleins, ce qui lui assurait une autonomie de vol de trois heures environ, de quoi faire entre trois cents et quatre cent cinquante kilomètres selon le vent et l'altitude. Il devrait néanmoins refaire le plein en cours de route. Il avait étudié son plan de vol et décidé de se ravitailler à Bandar-e-Pahlavi, un port sur la mer Caspienne. Sans effort, il poussa l'hélicoptère jusqu'à l'aire de décollage. Puis, brusquement, il se retrouva au milieu d'une bataille rangée et l'enfer commença.

Des camions bourrés de soldats pénétrèrent à vive allure dans la base. Des rafales de balles tirées des hangars, des baraquements et des bâtiments administratifs les accueillirent. D'autres camions arrivèrent et ripostèrent. Une auto-mitrailleuse surgit, pièces en action. Eberlué, Pettikin reconnut les badges et les casques des Immortels. La police paramilitaire les suivait dans des bus blindés qui foncèrent dans sa direction. Avant qu'il eût le temps de comprendre ce qui lui arrivait, quatre hommes hurlant en parsi l'avaient empoigné et le traînaient vers un bus.

« Je ne parle pas le parsi », cria-t-il en essayant de se libérer. On lui donna un violent coup de poing au creux de l'estomac et il eut un haut-le-cœur. Il réussit néanmoins à se dégager et frappa son attaquant en plein visage. Un homme sortit son revolver et tira. La balle traversa le col de sa parka, ricocha sur la carrosserie laissant des taches de cordite brûlée dans son sillage. Il s'immobilisa net.

Quelqu'un l'empoigna par-derrière et les autres commencèrent à le rouer de coups. Un officier de police arriva. « Américain ? Toi américain ? demanda-t-il en mauvais anglais.

— Je suis britannique, hoqueta Pettikin, la bouche pleine de sang, cherchant à faire lâcher prise à l'homme qui le maintenait plaqué contre le capot du bus. J'appartiens à la compagnie d'hélicoptère S-G et ceci est...

— Américain ! Saboteur ! » Dégainant son revolver, l'homme le pressa contre la tempe de Pettikin qui vit avec horreur son doigt se crisper sur la détente. Nous Savak sait que Américains responsables tous nos ennuis. »

Fou de terreur, Pettikin entendit une voix crier quelque chose en parsi. On le lâcha. Avec soulagement, il aperçut un jeune capitaine parachutiste anglais, en tenue de camouflage avec son béret rouge, accompagné de deux soldats indiens armés jusqu'aux dents, grenades à la ceinture et sac au dos. Le capitaine faisait nonchalamment sauter une grenade dans sa main gauche comme s'il s'agissait d'une orange, la goupille bien fixée. Il portait un revolver à la ceinture et un couteau de forme bizarre dans un holster. Désignant Pettikin, puis le 206, il cria quelque chose en parsi à la police. Lui faisant alors le salut militaire, il déclara :

« Pour l'amour de Dieu, prenez l'air important, capitaine Pettikin. » Il écarta rudement le policier qui tenait Pettikin par le bras. Un homme leva son arme mais s'arrêta net en voyant le capitaine dégoupiller la grenade qu'il tenait bien serrée dans sa main, la cuillère plaquée vers le bas. En même temps, ses deux hommes armèrent leur mitraillette. Ils étaient prêts. Le plus vieux des deux ouvrit le holster qui contenait le couteau.

— Votre hélicoptère est-il prêt à décoller ?

— Oui... oui, murmura Pettikin.

— Allez le mettre en marche, aussi vite que possible. Laissez les portes ouvertes. Dès que vous serez prêt à décoller faites-moi signe, nous viendrons nous entasser à l'intérieur. Prévoyez de voler à basse altitude mais vite. Tenzing, va avec lui ! » L'officier ordonna, en parsi, aux Iraniens d'aller de l'autre côté, là où la bataille semblait se calmer un peu. Le soldat qui s'appelait Tenzing accompagna Pettikin toujours interloqué.

« S'il te plaît, *sahib*, dépêche-toi », dit Tenzing en s'appuyant contre une des portes, l'arme pointée. Pettikin n'avait guère besoin de se faire prier.

D'autres véhicules blindés passèrent sans les remarquer, ainsi que des groupes de policiers et de militaires qui essayaient désespérément de reprendre le contrôle de la base avant que n'arrive la foule des émeutiers dont on entendait les cris. Derrière eux, l'officier de police se disputait violemment avec le parachutiste. Les autres écoutaient avec une nervosité croissante les chants menaçants qui se rapprochaient « *Allah-ou Akbar !* » entremêlés de coups de feu et d'explosions. A deux cents mètres de là, de l'autre côté des grillages, l'avant-garde des manifestants mit le feu à une voiture qui explosa.

Les moteurs de l'hélicoptère vrombirent, ce qui attisa la colère du policier. Mais un groupe de jeunes civils armés chargea, défonçant la porte opposée. Quelqu'un cria : « Les moudjahidin ! » et tous les hommes se regroupèrent pour les intercepter en ouvrant le feu. Profitant de cette diversion, le capitaine et l'autre soldat coururent vers l'hélicoptère et sautèrent à l'intérieur ; Pettikin mit pleins gaz, s'éleva de quelques mètres au-dessus de l'herbe, fit une embardée, évita de justesse un camion en flammes, puis fila vers le ciel en tanguant comme un oiseau ivre. Le capitaine, déséquilibré, faillit lâcher sa grenade et ne réussit pas à remettre le cran de sûreté en raison des secousses. Cramponné au siège avant, il tint la porte ouverte, laissa tomber prudemment la grenade par-dessus bord et la suivit du regard.

Elle explosa sans causer de dégâts. « Voilà qui était plaisant », dit-il. Il ferma la porte, boucla sa ceinture de sécurité et s'assura que ses deux soldats étaient OK. Il leva le pouce à l'intention de Pettikin.

Celui-ci le remarqua à peine. Une fois loin de Téhéran, il posa son appareil en pleine campagne, pour vérifier si des balles avaient endommagé l'hélico. Quand il vit qu'il n'y avait aucune trace d'impact, il respira mieux. « Doux Jésus, je ne vous remercierai jamais assez, capitaine », dit-il en lui tendant la main. Je vous ai d'abord pris pour un putain de mirage. Capitaine... ?

— Ross. Et voici le sergent Tenzing et le caporal Gueng. »

Pettikin leur serra la main et les remercia également. C'étaient des hommes petits, costauds et rapides. Tenzing, le plus âgé, devait avoir dans les cinquante ans. « C'est le ciel qui vous a envoyé tous les trois. »

Ross sourit. Il avait le visage bronzé et son sourire n'en paraissait que plus éclatant. « Je ne savais pas très bien comment on allait se sortir de ce coup-là. Assommer un policier, même appartenant à la Savak, aurait fait mauvais effet.

— Je suis bien d'accord. » Pettikin n'avait jamais vu des yeux aussi bleus. L'homme devait avoir un peu moins de trente ans. « Mais que se passait-il donc là-bas ?

— Des soldats de l'armée de l'air ainsi que quelques officiers se sont mutinés, et les troupes loyalistes sont venues remettre de l'ordre. Nous avons entendu dire que des Khomeinistes et des gauchistes arrivaient à la rescousse des mutins.

— Quel bordel! Merci encore. Comment connaissiez-vous mon nom ?

— Nous avions appris que vous deviez aller à Tabriz en passant par Bandar-e-Pahlavi et nous voulions partir avec vous. Nous étions tellement en retard que nous pensions vous avoir manqué — on nous a fait faire demi-tour plusieurs fois. Enfin, bref, nous voilà.

— Que Dieu en soit remercié. Vous êtes des Gurkhas[1] ?

— Non, de simples particuliers, pour ainsi dire. »

Pettikin hocha la tête pensivement. Il avait remarqué qu'aucun d'eux ne portait d'épaulettes ni d'insigne — sauf les galons du capitaine Ross et leurs bérets rouges. « Comment de simples particuliers ont-ils pu connaître à l'avance mon plan de vol ?

— Franchement, je ne sais pas, répondit Ross avec désinvolture. Je ne fais qu'obéir aux ordres. » Il regarda autour de lui. Le sol était plat, rocailleux et couvert de neige. « Vous ne croyez pas que nous devrions repartir ? Nous sommes un peu exposés ici.

— Que se passe-t-il à Tabriz ? demanda Pettikin en remontant dans le cockpit.

— En fait, nous voudrions que vous nous laissiez de ce côté de Bendar-e-Pahlavi, si cela ne vous dérange pas.

— Bien sûr. » Pettikin commença la procédure d'allumage. « Et qu'est-ce qui se passe là-bas ? insista-t-il.

— Disons que nous allons voir quelqu'un au sujet d'un chien. »

Pettikin éclata de rire. Le type lui plaisait bien. « Ce ne sont pas les chiens qui manquent là-bas ! Bandar-e-Pahlavi donc. OK, j'arrête de poser des questions.

— Je suis désolé mais vous savez ce que c'est. J'apprécierai également que vous oubliiez mon nom et même notre présence, à bord.

— Et si j'étais interrogé, officiellement ? Notre départ n'a pas été particulièrement discret.

— Je ne vous ai pas donné mon nom, juste des ordres. En proférant d'atroces menaces, répondit Ross en souriant.

— Très bien. Mais je n'oublierai pas votre nom. »

Pettikin se posa à quelques kilomètres du port de Bandar-e-Pahlavi. Ross avait choisi l'endroit de l'atterrissage sur une carte. C'était une plage entourée de dunes, loin de toute agglomération. Calme plat sur les eaux bleues de la mer Caspienne mouchetée de bateaux de pêche ; de gros cumulus moutonnaient dans le ciel ensoleillé. L'air était humide et chaud. Il n'y avait pas trace de neige

---

1. Corps de troupes britanniques formés d'Hindous.

bien que les monts Elburz derrière Téhéran en fussent couverts. Se poser ainsi sans autorisation était formellement interdit, mais Pettikin avait appelé deux fois l'aéroport de Bandar-e-Pahlavi où il devait refaire le plein sans obtenir de réponse. Il pensait donc qu'il n'y aurait pas de problème — au pire il pourrait toujours dire qu'il y avait eu une urgence.

« Bonne chance et merci encore, dit-il en leur serrant la main. Si vous avez besoin d'un service, n'importe quoi, vous pouvez compter sur moi. » Ils sortirent rapidement, mirent leurs sacs à dos et se dirigèrent vers les dunes. C'était la dernière vision qu'il gardait d'eux.

« Tabriz 1, me recevez-vous ? »

Il tournait en cercles, inquiet, à une altitude de deux cents mètres, puis il descendit plus bas. Aucun signe de vie, aucune lumière. Inquiet, il se posa près du hangar, prêt à reprendre l'air immédiatement ; la nouvelle de la mutinerie de l'armée à Téhéran, particulièrement d'un détachement d'élite, l'avait profondément troublé. Il s'attendait au pire. Mais personne n'apparut. Il ne se passa absolument rien. A contrecœur, il bloqua les commandes et sortit, laissant les moteurs tourner. C'était dangereux et contraire au règlement, si les commandes se débloquaient, l'hélicoptère pouvait devenir incontrôlable et faire des loopings au sol.

Mais je n'ai pas envie d'être pris au dépourvu, pensa-t-il. Après une dernière vérification, il traversa rapidement le champ enneigé. Le bureau était vide, les hangars aussi à l'exception d'un 212 en pièces détachées. Personne non plus, dans les caravanes, pas de trace de combat. Un peu rassuré, il fit le tour du camp aussi vite qu'il le put. Dans le bungalow d'Erikki Yokkonen, il trouva une bouteille de vodka vide. Et une autre intacte dans le réfrigérateur ; il aurait adoré pouvoir s'envoyer un verre mais la boisson et le pilotage ne font pas bon ménage. Il y avait aussi des bouteilles d'eau, du pain iranien et du jambon séché. Il but de l'eau. Je mangerai un morceau tout à l'heure quand j'aurai fini ma visite, pensa-t-il.

Le lit était fait dans la chambre à coucher mais il y avait une chaussure ici et une autre là. Petit à petit, il remarqua d'autres signes indiquant un départ précipité. Le désordre des autres caravanes. Il n'y avait plus d'hélico à la base ; la Range Rover rouge d'Erikki manquait. La base avait manifestement été abandonnée en hâte. Pourquoi ?

Il regarda le ciel. Le vent s'était levé. Il entendait les arbres de la forêt gémir, couvrant le ronflement assourdi des moteurs de son hélicoptère. Il sentit le froid à travers son pantalon épais, son blouson et ses boots. Il avait vraiment besoin d'une douche brûlante ou, mieux encore, d'aller se détendre dans le sauna d'Erikki. Puis manger, un bon lit, un grog bien chaud et huit heures de sommeil. Le vent n'est pas trop fort, pensa-t-il, mais il ne me reste qu'une heure de lumière, pour refaire le plein et regagner les plaines. Ou vais-je plutôt passer la nuit ici ?

Pettikin n'était pas un homme des forêts, encore moins un montagnard. Il connaissait le désert, la brousse, la jungle, le veld. Les vastes étendues plates et désertiques ne le gênaient pas, mais il n'aimait ni le froid ni la neige. D'abord le plein, se dit-il.

Il n'y avait pas d'essence dans le dépôt. Pas une goutte. Les bidons de deux cents litres ne manquaient pas mais ils étaient vides. Ce n'est pas grave, se dit-il en luttant contre la panique. Il m'en reste assez pour couvrir les deux cent quarante kilomètres jusqu'à Bandar-e-Pahlavi. Je pourrais aller à l'aéroport de Tabriz, ou essayer d'en chaparder au dépôt d'ExTex à Ardébil, mais c'est foutrement près de la frontière soviétique.

Il scruta de nouveau le ciel. Et merde ! Je vais rester ici, qu'est-ce que ça peut faire ?

Ici. C'est plus sûr.

Il éteignit les moteurs, rangea le 206 dans le hangar et verrouilla la porte du cockpit. Le silence était oppressant. Il hésita, puis sortit en fermant la porte du hangar derrière lui. Ses pieds crissaient sur la neige. Le vent le poussait tandis qu'il se dirigeait vers le bungalow d'Erikki. A mi-chemin il s'arrêta, l'estomac noué. Il sentait que quelqu'un l'observait. Il regarda autour de lui, tous les sens en éveil, scrutant la base et la forêt. La manche à air tourbillonnait dans le vent qui ululait dans la forêt en faisant trembler la cime des arbres. Brusquement il se rappela la légende canadienne du Wendigo que lui avait racontée un soir Tom Lochart, près d'un feu de camp dans le Zagros au cours d'une de leurs virées à skis. Le Wendigo, ce démon de la forêt né de la tourmente, qui vous guette du haut des arbres en gémissant. Il s'abat sur vous à l'improviste et, fou de terreur, vous commencez à courir. Mais vous ne pouvez lui échapper, vous sentez derrière vous son haleine glacée, et vous courez, vous courez jusqu'à ce que vos pieds ne soient plus que des moignons sanglants. Alors le Wendigo vous attrape et vous emmène au sommet des arbres où vous mourez.

Il frissonna. Il n'aimait pas être seul. Bizarre, je n'y ai jamais pensé avant mais je ne suis presque jamais seul. Il y a toujours quelqu'un, un mécanicien, un pilote, un ami, Genny, Mac, ou Claire quand elle était encore là.

Il examinait toujours les alentours avec attention. Des chiens aboyèrent dans le lointain. La sensation d'être observé ne le quittait pas. Il fit un effort pour surmonter son malaise, retourna à l'hélicoptère et prit le pistolet Verey qui lançait des signaux de détresse et des fusées éclairantes. Il porta le gros calibre de façon apparente, content de l'avoir avec lui. Il se sentit encore mieux quand il eut verrouillé la porte et fermé les rideaux.

La nuit tomba rapidement. Et les animaux commencèrent leur chasse.

Téhéran : 19 h 05. McIver marchait le long du boulevard résidentiel bordé d'arbres et désert. Il était fatigué et avait faim. Tous les réverbères étaient éteints. Il avançait prudemment dans la demi-obscurité. La neige avait été déblayée et entassée le long des belles maisons. Détonations au loin et bribes de chants portées jusque-là par le vent glacial. « *Allah-ou Akbar.* » En tournant le coin du boulevard, il se cogna presque contre un char Centurion garé sur le trottoir. Une torche électrique l'aveugla. Des soldats embusqués l'entourèrent.

« Qui es-tu ? lui demanda un jeune officier en bon anglais. Que fais-tu par ici ?

— Je suis capitaine... le capitaine McIver, Duncan... Duncan McIver, je rentre chez moi... j'habite de l'autre côté du parc, juste après le prochain carrefour.

« Papiers, s'il vous plaît. »

En glissant la main dans sa poche intérieure, McIver sentit les deux petites photos, celle du shah et celle de Khomeiny, mais après les rumeurs de mutinerie qui avaient circulé toute la journée, il ne savait laquelle choisir et décida de s'abstenir. L'officier examina ses papiers à la lueur de sa lampe électrique. Maintenant que les yeux de McIver s'étaient habitués à l'obscurité, il remarqua les traits tirés de l'homme, sa barbe de deux jours et son uniforme froissé. D'autres soldats les observaient en silence. Aucun d'eux ne fumait, ce que McIver trouva curieux. Le char Centurion les dominait, menaçant, comme s'il n'attendait qu'un ordre pour bondir.

« Merci. » L'officier lui rendit ses papiers. Des coups de feu éclatèrent, plus près cette fois. Les soldats attendaient, scrutant la nuit. « Il vaut mieux ne pas sortir après la tombée de la nuit. Bonne nuit.

— Oui, vous avez raison, merci. Bonne nuit. » Rassuré, McIver s'en alla en se demandant s'il s'agissait de loyalistes ou de mutins. Dieu du ciel ! si des unités se rebellent et d'autres pas, il va y avoir une de ces pagailles ! Le boulevard et le parc étaient sombres et déserts, ce qui contrastait avec une période encore récente où l'on rencontrait beaucoup de monde, des enfants qui jouaient, qui riaient, la vie quoi ! et heureuse de surcroît. C'est ce qui me manque le plus, se dit-il. Les rires. Je me demande si cette époque reviendra jamais.

Il avait passé une journée exaspérante : pas de téléphone, mauvais contact radio avec Kowiss, pas de contact du tout avec les autres bases. Le personnel qui travaillait au bureau ne s'était pas présenté, ce qui avait accru sa mauvaise humeur. Il avait essayé plusieurs fois de télexer à Gavallan mais sans parvenir à obtenir une ligne. « Demain, ça ira mieux », dit-il en pressant l'allure. Il n'aimait pas ces rues désertes.

L'immeuble où ils habitaient avait cinq étages et ils occupaient le dernier. Les escaliers étaient à peine éclairés, l'électricité toujours à moitié de sa puissance. Quant à l'ascenseur, il ne fonctionnait plus depuis des mois. Il monta les escaliers d'un pas las, la faible lumière rendant la montée encore plus lugubre. Mais une fois à l'intérieur de l'appartement, les bougies allumées dans chaque pièce lui remontèrent le moral. « Bonjour, Genny ! cria-t-il en accrochant son manteau. C'est l'heure du whisky !

— Duncan ! Je suis dans la salle à manger, tu peux venir une minute ? »

Il traversa le couloir, arriva à la porte et contempla, stupéfait, la table couverte d'une dizaine de plats iraniens, de paniers de fruits, et ornée de splendides chandeliers. Genny rayonnait. Sharazad également. « Mon Dieu ! Sharazad, c'est toi qui as fait tout cela ? Je suis si content de te voir !

— Moi aussi, Mac. Tu rajeunis de jour en jour, comme Genny. Je suis désolée de débarquer ainsi, dit gaiement Sharazad, mais je me suis souvenue que c'était hier votre anniversaire de mariage parce que c'est juste cinq jours avant mon anniversaire. Et je sais combien tu aimes l'agneau farci et plein d'autres choses, alors Hassan, Dewa et moi te les avons apportés ainsi que quelques chandeliers. » Elle mesurait à peine un mètre soixante et possédait cette beauté perse qu'Omar Khayyam a immortalisée. Elle se leva. « Bon, maintenant que tu es rentré, je m'en vais.

— Attends une seconde, pourquoi ne restes-tu pas dîner avec nous et...

— J'en aurais très envie mais je ne peux pas. Papa donne une réception ce soir et je dois être présente. C'est juste un petit cadeau. Je vous laisse Hassan pour tout préparer, servir et faire la vaisselle. J'espère que vous allez passer une merveilleuse soirée ! Hassan ! Dewa ! » appela-t-elle. Elle embrassa Genny et McIver puis courut vers la porte où ses deux serviteurs l'attendaient. L'un lui tendit son manteau de fourrure. Elle le mit, s'enveloppa dans son tchador noir, envoya un autre baiser à Genny puis, accompagnée de Dewa, partit en toute hâte. Hassan, un homme grand d'une trentaine d'années qui portait une tunique blanche sur un pantalon noir, referma la porte avec un large sourire.

« Puis-je servir le dîner, madame ? demanda-t-il en parsi.

— Oui, dans dix minutes, répondit-elle gaiement. Mais d'abord le maître va prendre un whisky. » Se dirigeant vers le buffet, Hassan lui servit un verre qu'il apporta avec de l'eau, s'inclina et les laissa.

« Mon Dieu, Gen, on se croirait revenu au bon vieux temps, dit McIver ravi.

— Oui, n'est-ce pas ? Quand je pense qu'il y a à peine quelques mois tout était ainsi... » Ils avaient eu un couple à leur service. La femme était une merveilleuse cuisinière qui savait préparer aussi bien les plats européens qu'iraniens. Son activité compensait largement la paresse de son mari, que McIver avait surnommé Ali Baba. Un jour ils avaient disparu tous les deux, comme la plupart des serviteurs qui travaillaient chez des étrangers. Sans explication, ni préavis. « Je me demande s'ils vont bien, Duncan.

— Sûrement. Ali Baba est un magouilleur. Il a dû mettre assez de fric de côté pour leur assurer un bon mois de bombance. Paula est partie ?

— Non, elle va encore passer cette nuit ici, mais pas Nogger. Ils sont allés dîner avec un équipage d'Alitalia. Nogger pense qu'elle est bonne pour une cuite mais j'espère qu'il se trompe. J'aime bien Paula. » Ils entendaient Hassan s'activer dans la cuisine. « C'est le plus beau bruit au monde ! »

McIver sourit et leva son verre. « Il n'y aura pas de vaisselle non plus, remercions Sharazad doublement.

— C'est bien ça le plus agréable, soupira Genny. Quelle gentille fille, si pleine d'attentions. Tom a de la chance. Sharazad m'a dit qu'il devait rentrer demain.

— J'espère. Il doit avoir du courrier pour nous.

— As-tu réussi à joindre Andy ?

— Non, non, pas encore. » McIver décida de ne pas parler du char stationné en bas. « Crois-tu que nous pourrions emprunter Hassan ou un autre de ses serviteurs un ou deux jours par semaine ? Cela t'aiderait énormément.

— Je n'oserai pas le lui demander, c'est un peu gênant.

— Je comprends. C'est bien dommage. » Il était désormais pratiquement impossible pour un étranger de trouver des domestiques, quelque somme qu'on leur offrît. Quelques mois plus tôt, rien n'était plus facile que de trouver d'excellents serviteurs qui prenaient leur travail à cœur. Avec quelques mots de parsi et leur aide, s'occuper d'une maison devenait un plaisir.

« C'était une des choses les plus agréables en Iran, dit-elle. Cela rendait moins pénible la vie dans ce pays si étranger.

— Tu considères ce pays comme étranger, après les années que nous y avons passées ?

— Plus que jamais. J'ai toujours pensé que la politesse et la gentillesse excessives des quelques Iraniens que nous avons rencontrés n'étaient qu'une façade — leurs vrais sentiments à notre égard sont ceux qu'ils affichent maintenant. Cela ne concerne pas tout le monde, bien sûr, pas nos amis ; Annoush, par exemple, est l'une des plus gentilles personnes au monde. » Annoush était l'épouse du général Valik, le plus ancien de leurs associés iraniens. « La plupart des femmes mariées ressentent cette sorte d'isolement, Duncan, ajouta-t-elle, perdue dans ses rêveries. C'est pour cela que les étrangers se regroupent. Parties de tennis, ski, pique-niques, bateau, week-end sur la mer Caspienne — serviteurs pour porter les paniers et nettoyer ensuite ; nous avons connu la belle vie, mais c'est fini à présent.

— Cela reviendra, j'espère, aussi bien pour eux que pour nous. En rentrant à la maison, je me suis rendu compte que c'étaient les rires qui me manquaient le plus. Plus personne ne rit, même pas les enfants. » McIver buvait doucement son whisky.

« Oui, les rires me manquent et le shah aussi. Dommage qu'il ait dû partir ; tout était si bien en place, du moins en ce qui nous concerne, et c'était il y a si peu de temps. Pauvre homme, comme nous l'avons mal traité lui et son adorable épouse, après toute l'amitié qu'il nous a prodiguée. J'ai honte, il a fait de son mieux pour assurer le bonheur de son peuple.

— Malheureusement, Genny, la plupart d'entre eux trouvent que ce n'était pas assez !

— Je sais. C'est triste. La vie est ainsi quelquefois. Bon, ça ne sert à rien de se lamenter ? Tu as faim ?

— Assez. »

Les chandeliers donnaient à la salle à manger une atmosphère intime et chaleureuse. Les rideaux étaient tirés. Hassan apporta des bols fumants de différents *horisht* — qui signifie littéralement soupe mais ressemble davantage à des ragoûts d'agneau ou de poulet aux légumes accompagnés de raisins et d'épices de toutes sortes — et du *polo*, délicieux riz iranien, d'abord bouilli, puis cuit dans un plat beurré jusqu'à ce qu'il devienne croustillant et doré. C'était un de leurs plats favoris à tous les deux. « Bénie soit Sharazad. Cette fille est un véritable bonheur pour les yeux.

— C'est vrai, dit Genny en souriant. Et Paula également.

— Tu n'es pas mal non plus, Gen.

— Pour ce mot gentil, tu auras droit à un petit verre avant de te coucher. *Bon appétit** ! comme dirait Jean-Luc. » Ils mangèrent avec appétit. La nourriture, excellente, leur rappelait les dîners chez des amis.

« Gen, je suis tombé sur le jeune Christian Tollonen au déjeuner, cet ami d'Erikki qui travaille à l'ambassade finlandaise. Il m'a dit que le passeport d'Azadeh était prêt. C'est bien, mais une de ses réflexions m'a frappé : parmi ses amis, environ huit Iraniens sur dix ont déjà quitté l'Iran. Si cet exode continue, il ne restera plus dans le pays que les mollahs et leurs troupes. En faisant le tour de nos relations appartenant à la haute société et aux classes moyennes, je suis arrivé au même pourcentage.

— Je ne les blâme pas de partir. Je ferais la même chose. » Puis elle ajouta involontairement : « Je ne pense pas que Sharazad partira.

— Ah bon ? » fit McIver qui comprit que Gen savait quelque chose qu'il ignorait.

Genny joua avec quelques grains de riz collés, puis décida de tout lui dire. « Pour l'amour de Dieu, ne dis rien à Tom. Il en aurait une attaque. — Je ne sais pas moi-même quelle est la part de réalité et celle de son imagination exaltée de jeune fille, mais elle m'a fièrement avoué avoir passé la plus grande partie de la journée à Doshan Tappeh où, dit-elle, il y a eu une véritable insurrection, avec grenades, fusils, tout...

— Mon Dieu !

— ... Elle milite activement aux côtés de ceux qu'elle appelle " nos glorieux combattants de la liberté ", des mutins de l'armée de l'air, quelques officiers, des Brassards verts soutenus par des milliers de civils qui combattent l'armée, les troupes loyalistes et les Immortels... »

Aéroport de Bandar Delam : 19 h 50. Le soleil couchant avait vu arriver encore plus de révolutionnaires armés. Des gardes occupaient maintenant les hangars et les routes qui menaient à l'aéroport. Zataki avait annoncé à Rudi Lutz qu'aucun membre du personnel de la S-G n'était autorisé à quitter la base sans autorisation et qu'il aurait un ou deux de ses hommes à bord de chaque vol.

« Tout se passera bien, si vous obéissez aux ordres, avait dit Zataki. C'est une situation temporaire, le temps de remplacer le gouvernement illégal du shah par celui du peuple. » Mais sa nervosité démentait cette belle assurance.

Starke avait eu vent des bruits qui couraient parmi les rebelles. Ils s'attendaient à ce que les troupes restées loyales au shah arrivent d'une heure à l'autre et contre-attaquent lorsque, lui, Rudi et le pilote américain Jon Tyrer — réussirent finalement à écouter la radio dans la caravane de Rudi, le bulletin d'informations s'achevait. Et ce qu'ils entendirent n'était pas très bon.

« ... et les gouvernements de l'Irak du Koweit et de l'Arabie Saoudite redoutent que le désordre politique de l'Iran ne déstabilise tout le golfe Persique. Le sultan d'Oman a déclaré que le problème était beaucoup plus qu'un simple phénomène de contagion, que les Russes allaient profiter de la situation pour intervenir et essayer de créer un empire colonial soviétique autour du Golfe, ce qui leur permettait de contrôler le détroit d'Ormuz...

« On signale que de violents combats ont éclaté la nuit dernière en Iran entre des cadets de l'air khomeinistes de la base de Doshan Tappeh — aidés par des milliers de civils armés — et les forces de police, les troupes loyalistes et les unités des Immortels, la garde impériale d'élite du shah. Cinq mille gauchistes du groupe marxiste Saihkal se sont joints aux insurgés. Certains d'entre eux ont réussi à s'introduire dans l'armurerie de la base et à emporter les armes...

— Putain, dit Starke.

— ... L'ayatollah Khomeiny a de nouveau réclamé la démission du gouvernement et demandé au peuple d'approuver le choix de son premier ministre, Mehdi Bazargan. Il a également exhorté les soldats des armées de terre, de l'air et de mer à le soutenir. Le premier ministre Bakhtiar a démenti les rumeurs d'une prochaine opération militaire mais, confirmé que les troupes russes se massaient aux frontières...

« L'or a atteint le prix record de 254 dollars l'once tandis que le dollar s'effondrait face à toutes les monnaies étrangères. Voici la fin des nouvelles de Londres. »

Rudi éteignit le poste. Ils étaient assis dans le salon de sa caravane. Dans un des placards se trouvait une radio HF qu'il avait montée lui-même. Un téléphone relié au central de la base reposait sur le buffet. Mais il ne marchait pas.

« Si Khomeiny l'emporte à Doshan Tappeh, les forces armées vont devoir choisir, dit Starke d'un ton définitif. Opération militaire, guerre civile ou reddition.

— Ils ne se rendront jamais, ce serait du suicide. Pourquoi le feraient-ils ? dit Tyrer, un grand gaillard du New Jersey. N'oubliez pas que l'armée de l'air est une troupe d'élite. On les connaît bien, on les a rencontrés. Les mutins ne sont qu'une bande d'abrutis. Ce qui peut tout faire basculer ce sont les marxistes. Cinq mille ! Nom de Dieu ! Et ils sont armés ! Nous sommes vraiment cinglés de nous trouver encore ici.

Si nous sommes là, c'est que nous l'avons bien voulu, rétorqua Starke. La compagnie a précisé que ceux qui veulent s'en aller peuvent le faire sans pour autant perdre leur ancienneté. C'est écrit noir sur blanc. Tu veux partir ?

— Non, non, pas encore, répondit Tyrer avec humeur Mais qu'est-ce que nous allons faire ?

— Eviter Zataki pour commencer, dit Rudi, ce type est un psychopathe.

— Bien sûr, répondit Tyrer, mais nous devons prévoir quelque chose. »

Il y eut un coup sec et la porte s'ouvrit. C'était Muhammad Yemeni, le représentant d'IranOil à la base — un bel homme d'une quarantaine d'années qui travaillait avec eux sur ce secteur depuis un an. Il était accompagné de deux soldats. « Nous sommes en contact radio avec Kyabi, il voudrait vous parler immédiatement », dit-il d'un ton impérieux. Kyabi était le responsable d'IranOil pour toute la région, l'homme le plus important de la compagnie dans le sud de l'Iran

Rudi alluma sa radio HF reliée directement au QG de Kyabi, près d'Ahwaz, au nord de Bandar Delam. A son étonnement, rien ne se produisit. Il tripota le bouton plusieurs fois, puis Yemeni dit avec un sourire moqueur : « Le colonel Zataki a donné l'ordre de débrancher cette radio. Vous allez vous servir de celle qui se trouve dans le bureau principal. Tout de suite. »

Aucun d'eux n'apprécia le ton qu'il utilisait. « J'irai dans une minute », dit Rudi.

L'air mauvais, Yemeni dit en parsi aux deux gardes : « Faites activer ce chien d'étranger.

— Ici, c'est la maison de notre chef, répliqua Starke dans la même langue. Des règles précises du Coran dictent ce qu'il convient de faire quand le chef de son clan est agressé dans sa propre maison par des hommes armés. » Les deux gardes s'arrêtèrent, indécis. Yemeni resta bouche ouverte. Il ne s'attendait pas à ce que Starke parlât parsi. Il recula d'un pas lorsque, se redressant de toute sa taille, Starke poursuivit : « Le Prophète, que Dieu bénisse son nom, a dicté ces règles pour ses amis et ses ennemis. Les chiens sont de la vermine. Nous sommes le peuple du livre saint et non de la vermine. »

Yemeni rougit, tourna les talons et partit. Starke essuya ses mains moites sur son pantalon. « Rudi, allons voir ce que veut Kyabi. »

Ils traversèrent la piste, escortés par les gardes. La nuit était claire et Starke huma l'air avec plaisir après l'atmosphère confinée du bureau.

« Que s'est-il passé ? » demanda Rudi.

Starke le lui expliqua, l'esprit ailleurs ; il aurait aimé être de retour à Kowiss. Il détestait abandonner Manuela, mais il se dit qu'elle était plus en sécurité là-bas qu'à Téhéran.

« Je vais te faire partir le plus vite possible d'ici, chérie, lui avait-il déclaré.

— Mais je ne crains rien. Je suis aussi en sécurité qu'au Texas. Nous avons le temps. Les enfants sont à Lubbock, je n'ai pas quitté l'Angleterre avant d'être sûre qu'ils étaient bien arrivés à la maison, et tu sais que grand-papa Starke veillera sur eux comme à la prunelle de ses yeux.

— Je sais. Nous n'avons pas à nous inquiéter à leur sujet, n'empêche que tu vas quitter l'Iran dès que cela sera possible. »

« Qui sont les peuples du livre saint ?
— Les chrétiens et les juifs, répondit-il à Rudi en se demandant comment il allait pouvoir faire partir le 125 vers Kowiss. Mahomet considérait la Bible et la Torah comme des livres saints — il y a d'ailleurs beaucoup de choses de ces deux livres qu'on retrouve dans le Coran. De nombreux théologiens, les nôtres, pensent qu'il les a tout simplement copiés, bien que la légende dise que Mahomet ne savait ni lire ni écrire. Il a récité le Coran, en entier, tu imagines un peu ? Ce sont les autres qui ont consigné ses paroles — des années après sa mort. En langue arabe, c'est, paraît-il, fantastiquement beau, très poétique. »

Ils arrivaient au bureau principal, des gardes fumaient dehors. Starke était assez content de lui, ravi de la façon dont il avait mouché Yemeni et de sa journée avec le mollah Hussain — quinze atterrissages, tous parfaits, attendant sur les chantiers pétroliers pendant que le mollah haranguait les travailleurs au nom de Khomeiny sans jamais un soldat ou un policier de la Savak en vue, même s'il s'attendait à les voir surgir à n'importe quel moment. Yemeni est un trouillard comparé à Hussain, pensa-t-il.

Zataki et les deux mollahs attendaient dans le bureau. Jahan, l'opérateur radio, était derrière son poste. Le plus grand désordre régnait dans la pièce : dossiers ouverts, papiers éparpillés, tasses sales, mégots de cigarettes dans les tasses et par terre, restes de nourriture — riz et viande de bouc. La pièce était enfumée.

« *Mein Gott !* explosa Rudi. C'est une *verrückte* porcherie et je...
— Silence, cria Zataki. Nous sommes en guerre, nous devions fouiller ce bureau. » Puis il ajouta plus calmement : « Tu... tu peux m'envoyer un de tes hommes pour nettoyer. Ne parle pas de nous à Kyabi. Tu vas te comporter normalement et suivre mes instructions, tu ne me quittes pas des yeux. Tu as compris, capitaine ? »

Rudi hocha la tête, le visage fermé. Zataki fit un signe à l'opérateur qui dit dans le micro : « Excellence Kyabi, voici le capitaine Lutz. »

Rudi prit le micro. « Oui, patron ? » dit-il en l'appelant par son surnom. Lui et Starke connaissaient Yusuf Kyabi depuis longtemps. Kyabi avait été formé par l'A & M Texas, puis par l'ExTex avant de s'occuper du secteur sud. Ils s'entendaient bien avec lui.

« 'Soir, Rudi, dit-il avec un accent américain. Il y a un gros trou dans un de nos principaux pipelines, quelque part au nord de chez vous. Ça a l'air sérieux, on vient juste de s'en rendre compte à nos stations de pompage. Dieu sait combien de barils sont déjà perdus et combien il en reste dans la canalisation. Je n'appelle pas pour un *casevac* mais je veux qu'un hélicoptère aille repérer les dégâts à l'aube. Vous pouvez venir me chercher ? »

Zataki fit oui de la tête et Rudi répondit : « OK, patron. Nous serons là aussitôt que possible après le lever du jour. Tu veux un 206 ou un 212 ?

— Un 206. Nous serons deux : mon ingénieur en chef et moi. Je voudrais que ça soit toi qui viennes, c'est possible ? C'est peut-être un sabotage, peut-être une simple rupture. Vous n'avez pas eu d'ennuis à Bandar Delam ?

— Non, non, pas plus que d'habitude. A demain », dit Rudi, souhaitant abréger la conversation ; Kyabi s'emportait facilement en parlant des révolutionnaires. Il n'approuvait ni l'insurrection ni le fanatisme de Khomeiny et ne supportait pas que cela puisse nuire au monde du pétrole.

« Attends une minute, Rudi. On nous a dit qu'il y avait des émeutes à Abadan et on a entendu des coups de feu à Ahwaz. Saviez-vous qu'un expert pétrolier américain et un Iranien avaient été tués dans une embuscade hier près d'Ahwaz ?

— Oui. Tommy Stanson. Dur.

— Très dur. Que Dieu anéantisse tous les assassins ! Le Tudeh, les moudjahidin et les fedayin ! qu'Il les précipite en enfer.

— Désolé, patron, mais il faut que j'y aille. A demain.

— D'accord. On pourra parler demain. *Inch' Allah*, Rudi. *Inch' Allah !* »

La communication fut coupée. Rudi respira un grand coup, soulagé. Il ne pensait pas que Kyabi ait dit quoi que ce soit qui puisse lui nuire. A moins que ces hommes n'appartiennent au Tudeh ou à un autre groupe extrémiste — et ne soient pas khomeinistes comme ils le prétendaient. « Tous nos extrémistes se servent de mollahs comme couverture ou essaient de le faire, lui avait dit Kyabi. La plupart des mollahs sont malheureusement des paysans ignares, des proies faciles pour des révolutionnaires bien entraînés. Que Dieu détruise Khomeiny... »

Rudi sentait la sueur lui couler le long du dos.

« Un de mes hommes va t'accompagner, dit Zataki. Et cette fois, tu ne lui enlèveras pas son chargeur. »

Rudi serra les dents. La tension dans la pièce devint perceptible. « Je ne volerai pas avec des hommes armés. C'est contraire aux règlements de la compagnie, à cause de l'aviation civile et des autorités iraniennes. Désobéir peut nous coûter nos licences, dit-il.

— Je vais abattre un de tes hommes si tu n'obéis pas », dit Zataki en fracassant une tasse contre la table.

Starke s'approcha, furieux lui aussi. Zataki pointa son revolver sur lui. « Les partisans de l'ayatollah Khomeiny ne sont-ils que des assassins ? C'est cela, la loi islamique ? »

Pendant une seconde, Starke crut que Zataki allait tirer. Puis le mollah Hussain se leva. « J'irai dans l'hélicoptère. » Il se tourna vers Rudi : « Tu promets de ne pas essayer de nous jouer un tour et de revenir ici ? »

Après un moment d'hésitation, Rudi répondit : « Oui.

— Tu es chrétien ?

— Oui.

— Jure devant Dieu que tu ne nous trahiras pas. »

Rudi hésita une nouvelle fois. « Très bien. Je jure devant Dieu que je ne vous trahirai pas.

— Comment peux-tu lui faire confiance ? demanda Zataki.

— Je ne lui fais pas confiance, répondit Hussain. Mais s'il se parjure, Dieu le punira. Et ses compagnons aussi. »

Aberdeen — Hôtel particulier de Gavallan : 19 h 23. Ils regardaient sur un écran géant de télévision la diffusion en différé du match de rugby Ecosse-France qui s'était déroulé le jour même — il y avait Gavallan, son épouse Maureen, John Hogg, le pilote du jet 125 de la compagnie, et quelques autres pilotes. Les hommes s'irritaient de voir l'équipe d'Ecosse faiblir devant la France. « Dix livres que l'Ecosse gagne ! dit Gavallan.

— Pari tenu », dit sa femme qui éclata de rire devant le coup d'œil qu'il lui jeta. Grande, rousse, elle était habillée de vert, couleur assortie à celle de ses yeux. « Après tout, je suis à moitié française.

— Un quart seulement. Ta grand-mère était normande, *quelle horreur**, et... » L'énorme hurlement qui résonna dans la pièce interrompit Gavallan. Le demi d'ouverture écossais venait de prendre la balle dans la mêlée. Il la lança à un ailier qui fit immédiatement une passe à un autre joueur démarqué. Celui-ci partit en courant, réussit à éviter deux adversaires et parcourut brillamment, en changeant deux fois de direction, les cinquante mètres qui le séparaient de la ligne de but. Il plongea et plaqua la balle au sol. Il fut immédiatement recouvert par d'autres joueurs et un tonnerre d'applaudissements salua l'exploit. Essai ! 17 à 15. S'il est transformé, cela fera 17 à 17. « Allez l'Ecosse... »

La porte s'ouvrit et un domestique apparut. Gavallan se leva sans quitter l'écran des yeux. L'essai fut transformé et il respira. « Quitte ou double, Maureen ? demanda-t-il par-dessus le tumulte, en lui faisant une petite grimace tout en se dirigeant vers la porte.

— Tenu ! » cria-t-elle.

Elle va perdre vingt livres, pensa-t-il, content de lui ; il traversa le corridor de la vieille demeure meublée de somptueuses antiquités dont beaucoup venaient d'Asie, de vieux cuirs et de toiles de maîtres, et entra dans son bureau. Son chauffeur, garde du corps et homme de confiance, qui essayait depuis trois heures d'appeler Téhéran tout en filtrant les appels de l'extérieur, lui tendit un des deux téléphones. « Désolé de vous déranger, m... »

— Vous avez réussi à l'avoir, Williams ? Formidable. Le score est de 17 partout.

— Non, monsieur, je suis désolé. Les circuits sont saturés. Mais j'ai pensé que cet appel était important — c'est sir Ian Dunross. »

La déception de Gavallan s'envola immédiatement. Il prit le combiné. Williams sortit et ferma la porte. « Ian, je suis vraiment ravi de vous entendre, quelle bonne surprise.

— Bonjour, Andy. Pouvez-vous parler plus fort ? Je vous appelle de Chang-hai.

— Je pensais que vous étiez au Japon ; moi je vous entends bien. Comment cela se passe-t-il ?

— Très bien. Mieux que je ne m'y attendais. Il faut que je me dépêche. J'ai entendu dire une chose, deux en fait, la première est que le Taipan a besoin de réussir un gros coup financier pour se sortir, lui et la Struan, du trou cette année. Quelles nouvelles d'Iran ?

— Tout le monde pense que ça va se calmer, Ian. Mac contrôle toujours la situation, autant que cela est possible ; on nous a promis les contrats de Guerney, ce qui devrait nous permettre d'atteindre nos objectifs, et même de doubler nos bénéfices à moins d'accident imprévu.

— Vous feriez bien de compter avec l'imprévu. »

La bonhomie de Gavallan s'évanouit. Ce n'était pas la première fois que son vieil ami le prévenait de quelque chose, lui transmettait une information qui se révélait par la suite étonnamment juste — il ne savait jamais où Dunross se procurait ses informations ni de qui il les tenait, mais il se trompait rarement. « Très bien, je vais agir en conséquence.

— Je viens d'apprendre qu'un remaniement secret à très haut niveau a été décidé chez Imperial Air, finances et gestion. Cela risque-t-il de vous gêner ? »

Gavallan hésita. Imperial Air possédait Imperial Helicopters, le principal concurrent de la S-G en mer du Nord. « Je ne sais pas, Ian.

A mon avis, ils gaspillent l'argent des contribuables ; une bonne réorganisation ne leur ferait effectivement pas de mal. Nous les surpassons dans tous les domaines : sécurité, services, équipement, matériel — au fait, j'ai commandé six X63.

— Le Taipan est au courant ?

— La nouvelle lui a presque défoncé le sphincter. » Gavallan entendit son ami éclater de rire et, pendant un instant, il fut ramené à Hong-kong, au bon vieux temps, quand Dunross était Taipan, que l'existence était périlleuse mais excitante, et que Kathy était en bonne santé. « Tout ce qui concerne Imperial est important, je vais faire vérifier immédiatement. Nos affaires ici sont excellentes, nous avons signé de nouveaux contrats avec l'ExTex —, j'en parlerai au prochain conseil d'administration. La Struan n'est pas en danger, n'est-ce pas ? »

Nouvel éclat de rire. « La Noble Maison est toujours en danger, mon vieux. Je voulais juste vous prévenir. Il faut que j'y aille. Mes amitiés à Maureen.

— Les miennes à Pénélope. Je vous revois quand ?

— Bientôt. Je rappellerai quand je le pourrai. Saluez Mac de ma part quand vous le verrez. Au revoir. »

Perdu dans ses pensées, Gavallan s'assit sur le coin de son splendide bureau. Son ami lui disait toujours « Bientôt ». Cela pouvait signifier un mois, un an, parfois même deux. Cela fait plus de deux ans que je ne l'ai vu, pensa-t-il. Dommage qu'il ne soit pas resté Taipan, oui vraiment, je regrette qu'il se soit retiré mais nous devons tous le faire un jour ou l'autre. « J'en ai marre, Andy, avait dit Dunross. La Struan est en excellente forme, les années 70 s'annoncent bien et je prévois une formidable expansion mais... ça n'a plus rien d'excitant. » C'était en 1970, juste après que son principal rival qu'il haïssait, Quillan Gornt, Taipan de Rothwell-Gornt, se fut noyé dans un accident de bateau au large de Hong-Kong.

Imperial Air ? Gavallan jeta un coup d'œil à sa montre, prit le téléphone mais s'arrêta en entendant un coup discret à la porte. Maureen apparut. En voyant qu'il n'était plus au téléphone, elle rayonna. « J'ai gagné 21 à 17, tu es occupé ?

— Non, entre, chérie.

— Je ne peux pas, il faut que je m'occupe du dîner. Dans dix minutes ? Tu peux me payer tout de suite si tu veux ! »

Il éclata de rire et l'enlaça. « Après le dîner ! Vous êtes une femme exceptionnelle, madame Gavallan.

— Bien, n'oublie pas. » Elle se sentait bien dans ses bras. « Tout va bien avec Mac ?

— C'était Ian — il m'appelait pour dire bonjour. Il est à Changhai.

— C'est un homme charmant. Quand le voyons-nous ?

— Bientôt. »

Elle rit avec lui. Ses yeux pétillaient et sa peau de pêche rosissait de plaisir. Ils s'étaient rencontrés sept ans auparavant, au château Avisyard lors d'une réception donnée par le Taipan de l'époque, David MacStruan. Elle avait vingt-huit ans, venait de divorcer et n'avait pas d'enfant. Son sourire l'avait fait fondre et Scot avait murmuré : « Papa, si tu ne la traînes pas devant l'autel, c'est que tu es complètement fou. » Sa fille Melinda lui avait dit la même chose. Ils s'étaient mariés trois ans plus tôt et, depuis, chaque jour était un nouveau bonheur.

« Dix minutes, Andy. Ça va ? Tu es sûr ?

— Oui, j'ai juste un coup de fil à passer. » En la voyant froncer les sourcils, il ajouta rapidement : « Un seul appel, promis, ensuite, Williams les filtrera. »

Elle lui donna un baiser rapide et s'en alla. Il composa un numéro. « Bonsoir, pourrais-je parler à sir Percy ? Andrew Gavallan à l'appareil. » Sir Percy Smedley-Taylor, administrateur de la Struan-Holding, député et probablement prochain ministre de la Défense si les conservateurs remportaient les élections.

« Bonjour, Andy, ravi de vous entendre — si c'est au sujet de la partie de chasse de samedi prochain, j'en suis. Désolé de ne pas vous avoir averti plus tôt, mais il y a tellement à faire avec ce prétendu gouvernement qui pousse le pays à l'abîme et ces pauvres syndicats aussi, si seulement ils s'en rendaient compte.

— Je suis d'accord avec vous ! Je ne vous dérange pas ?

— Non, pas du tout, vous m'avez attrapé au vol, j'allais au Parlement pour un autre vote. Ces crétins veulent, entre autres, que nous quittions l'OTAN. Comment s'est déroulé le test du X63 ?

— Superbement ! L'appareil est bien meilleur que ce qu'ils avaient annoncé. C'est le meilleur hélicoptère du monde.

— J'aimerais bien monter dedans un de ces jours, si vous pouviez arranger cela. Que puis-je pour vous ?

— On vient de me dire qu'une réorganisation secrète serait en cours, chez Imperial Air ? Vous êtes au courant ?

— Vous avez de bons informateurs, mon vieux. J'ai entendu le même bruit cet après-midi, cela venait d'une source incontestable de l'opposition. C'est très curieux ! Je me demande ce qu'ils mijotent. Vous n'avez rien de plus précis ?

— Non.

— Je vais vérifier. Je me demande... je me demande si ces

imbéciles ne projettent pas de nationaliser Imperial, et par conséquent Imperial Helicopters, et donc vous et toute la mer du Nord...

— Mon Dieu ! » fit Gavallan soudain très inquiet. Il n'avait pas pensé à cela. « Ils pourraient le faire s'ils le désiraient ?

— Oui. Sans le moindre problème. »

Dimanche 11 février

CHAPITRE 9

Environs de Bandar Delam : 6 h 55. Le jour se levait. Rudi venait de se poser non loin du pipeline et les quatre hommes se tenaient debout sur le parapet de béton. Du pétrole s'écoulait toujours de la canalisation béante mais il n'était plus sous pression. « C'est ce qui reste dans le tuyau, dit Kyabi. D'ici à une heure cela devrait s'arrêter complètement. » La cinquantaine, un visage énergique, rasé de près, il portait des lunettes, une tenue kaki et un chapeau. Il regarda autour de lui avec colère. De la terre trempée de pétrole montaient des émanations suffocantes. « Toute la région est devenue mortelle. » Suivi des autres, il se dirigea vers la voiture renversée. Trois cadavres étaient allongés près de la carcasse, ils commençaient à sentir.

« Des amateurs, dit Rudi en chassant les mouches de la main. Victimes d'une explosion prématurée. »

Kyabi ne répondit pas. Il descendit sous le parapet. Il était difficile d'y respirer mais il fouilla tout le coin avec attention, puis remonta sur la route. « Tu as raison, Rudi. » Il regarda Hussain d'un air dur. « Des gens à vous ?

— L'imam ne nous a pas ordonné de faire sauter les pipelines, répondit le mollah, en détournant le regard de la voiture ; ceci est l'œuvre des ennemis de l'islam.

— Il y a beaucoup d'ennemis de l'islam qui se proclament disciples du Prophète et qui interprètent à leur manière Ses instructions, dit Kyabi, Le trahissant, Lui et l'islam.

— Je suis d'accord, Dieu les poursuivra et les punira. Quand l'Iran sera régi par les lois islamiques, nous les traquerons et leur ferons expier leurs fautes en Son nom. » Le regard de Hussain s'était durci. « Qu'allez-vous faire au sujet de ce pétrole répandu ? »

Il leur avait fallu deux heures pour trouver l'endroit où le pipeline s'était rompu. Ils avaient volé en cercles à une altitude d'environ cent mètres, stupéfaits de constater l'étendue du désastre. Le flot de pétrole avait envahi la rivière, noyé ses berges, et, porté par le courant, coulait maintenant à plusieurs kilomètres en aval. Une épaisse couche noire recouvrait la surface de la rivière d'une rive à l'autre. Jusqu'à présent seul un village était sur sa route. Mais à quelques kilomètres au sud il y en avait plusieurs autres. La rivière fournissait l'eau potable, l'eau pour la toilette et servait aussi de latrine.

« On va tout faire brûler. Dès que cela sera possible. » Kyabi se retourna vers son ingénieur. « Pas vrai ?

— Oui, oui, bien sûr. Mais les villages, Excellence ? » L'ingénieur, un Iranien d'une quarantaine d'années, regardait le mollah, mal à l'aise.

« Il faut évacuer les villages et dire aux habitants de ne pas revenir tant que la région n'est pas sûre.

— Et si les villages prennent feu ? demanda Rudi.

— C'est que telle est la volonté de Dieu.

— Oui, dit Hussain. Comment allez-vous vous y prendre ?

— Une seule allumette suffirait. Mais vous brûleriez avec. » Kyabi réfléchit un moment. « Rudi, vous avez un pistolet Verey à bord ?

— Oui. » Rudi avait insisté pour emporter le pistolet car, avait-il dit, c'était indispensable en cas d'urgence. Les pilotes l'avaient soutenu tout en sachant que ce n'était pas vraiment le cas. « Avec quatre fusées éclairantes, est-ce que... »

Ils levèrent tous la tête en entendant le bruit d'avions à réaction. Deux chasseurs, volant bas et vite, passèrent en direction du Golfe. D'après leur route, Rudi jugea qu'ils se dirigeaient vers Kharg. C'étaient des chasseurs de combat et il avait distingué des missiles air-terre sous leurs fuselages. Vont-ils faire sauter l'île de Kharg ? se demanda-t-il, la gorge serrée. La révolution a-t-elle éclaté là-bas aussi ? Ou bien s'agit-il simplement d'un vol de routine ?

— Qu'est-ce que tu penses, Rudi ? Kharg ? demanda Kyabi.

— Kharg est dans cette direction, patron, répondit Rudi qui ne voulait pas s'engager. Si c'est le cas, c'est un vol de routine. Quand nous étions là-bas, il y avait des douzaines de décollages et d'atterrissages par jour. Vous voulez vous servir des fusées éclairantes pour mettre le feu ? »

Kyabi l'avait à peine entendu. Ses habits étaient trempés de sueur, ses boots noirs de pétrole. Il était en train de penser à la révolte de l'armée de l'air à Doshan Tappeh. Si ces deux pilotes sont aussi des mutins et s'ils attaquent Kharg pour y détruire nos installations, pensait-il avec rage, l'Iran va faire un bond de vingt ans en arrière.

Quand Rudi était venu le chercher le matin, Kyabi avait été stupéfait de découvrir le mollah. Il avait demandé une explication. Lorsque le mollah lui avait dit avec colère qu'il devait fermer toutes ses installations et se ranger du côté de Khomeiny, il en avait presque perdu la voix. « Mais c'est la révolution. La guerre civile !

— Telle est la volonté de Dieu, avait dit Hussain. Tu es iranien, pas un laquais des étrangers. L'imam nous a ordonné de combattre les forces armées et de les soumettre. Avec l'aide de Dieu, la première véritable république islamique sur terre depuis le temps du Prophète — que Dieu Le bénisse — va naître dans quelques jours. »

Kyabi avait failli lui dire ce qu'il répétait souvent en privé : « C'est le rêve d'un fou. Ton Khomeiny est un démon, un vieillard sénile, emporté par sa vendetta personnelle contre les Pahlavi. Il croit que la police de Rizah Shah a assassiné son père, que la Savak de Muhammad Shah a fait assassiner son fils en Irak il y a quelques années. Ce n'est qu'un fanatique à l'esprit rétrograde qui veut nous faire revenir, nous, et particulièrement les femmes, à l'âge de pierre... »

Mais il n'avait rien dit de tout cela au mollah. Il préféra se concentrer sur le problème du village. « Si leurs maisons prennent feu, ils pourront les reconstruire facilement. Il faut qu'ils sauvent leurs biens. C'est le plus important. » Il dissimula sa haine. « Vous pouvez nous aider, Excellence, si vous le voulez. J'apprécierais votre appui. Vous pouvez leur parler. »

Les villageois refusèrent de partir. Kyabi leur expliqua que le feu était le seul moyen de sauver la rivière et les autres villages. Puis Hussain leur parla, mais ils ne voulurent rien entendre. L'heure de la prière de la mi-journée arriva. Le mollah dirigea les litanies, puis demanda une nouvelle fois aux villageois de quitter les bords de la rivière. Les anciens se consultèrent et répondirent. « Telle est la volonté de Dieu. Nous ne partirons pas.

— C'est en effet la volonté de Dieu », approuva Hussain. Il fit demi-tour et retourna vers l'hélicoptère.

Ils allèrent se poser près de la brèche et du pipeline d'où ne s'échappait plus qu'un mince filet de pétrole.

« Rudi, dit Kyabi, allez aussi loin que vous le pourrez et envoyez une fusée éclairante dans le conduit. Vous y arriverez ?

— Je peux essayer. Je ne me suis encore jamais servi d'un pistolet Verey. » Rudi s'éloigna dans le désert broussailleux. Les autres regagnèrent l'hélicoptère qu'il avait prudemment posé en retrait. Quand il fut en position, il plaça une cartouche dans le pistolet, l'arma et pressa sur la détente. Le pistolet sauta dans sa main plus fort qu'il ne s'y attendait. La fusée lumineuse décrivit un arc de cercle tendu, rebondit en touchant le sol et tomba finalement dans le fossé sous le parapet. Pendant quelques secondes rien ne se passa, puis la terre explosa. Un nuage de feu avala la voiture retournée et la transforma en bûcher funéraire. Une onde de choc brûlante l'enveloppa et passa sans lui faire de mal. Une fumée noire et âcre s'éleva dans le ciel. Le feu commença à s'étendre rapidement.

La seconde fusée partit haut dans le ciel et retomba dans la rivière qui s'enflamma instantanément. Ils l'entendirent d'abord plus qu'ils ne le virent, mais une fois qu'ils reprirent l'air, survolant la rivière, ils virent le feu qui descendait rapidement. D'énormes nuages de fumée noire indiquaient sa progression. Ils décrivirent des cercles au-dessus du village. Hommes, femmes et enfants s'enfuyaient en emportant tout ce qu'ils pouvaient. Le village devint la proie des flammes.

Les quatre hommes rentrèrent chez eux.

Pour Kyabi, c'était le quartier général d'IranOil aux abords d'Ahwaz, un complexe de constructions en béton blanc entouré de pelouses bien entretenues, doté d'un héliport et défendu par de hautes palissades.

« Merci, Rudi », dit-il le cœur serré. L'appareil était entouré d'hommes armés qui avaient surgi au moment de l'atterrissage. Ils pointaient leurs armes vers eux en hurlant. Derrière Kyabi, le mollah égrenait son chapelet de prière.

Kyabi détacha sa ceinture de sécurité. La volonté de Dieu, pensa-t-il. J'ai fait ce que j'ai pu, j'ai bien prié, et je sais qu'il n'y a d'autre Dieu qu'Allah et que Mahomet est son prophète. Quand je mourrai, ce sera en maudissant les ennemis de Dieu ; Khomeiny, le faux prophète, l'assassin, et tous ceux qui le suivent.

Il se retourna. Son ingénieur, gris de peur, se tenait figé sur son siège. « Mollah, je te confie à la vengeance de Dieu. » Kyabi sortit.

Ils l'abattirent et emmenèrent l'ingénieur. Puis, parce que le mollah le demandait, ils autorisèrent l'hélicoptère à repartir.

CHAPITRE 10

Base aérienne de Kowiss : 17 h 09. Manuela traversa le complexe S-G en direction des bureaux installés au rez-de-chaussée et au premier d'un bâtiment de deux étages. Le deuxième faisant office de station radio. Elle portait une combinaison de vol marquée de l'insigne de la S-G ; ses cheveux auburn étaient dissimulés sous un casque mais il suffisait de la voir marcher pour savoir que c'était une femme.

Dans le bureau se trouvaient trois hommes du personnel iranien. Ils se levèrent poliment, lui sourirent et la regardèrent à travers leurs épaisses paupières.

« Bonjour, Excellence Pavoud, dit-elle en parsi avec un sourire. Le capitaine Ayre voulait me voir ?

— Oui, madame. Son Excellence est dans la tour, répondit l'employé responsable du bureau. Voulez-vous que je vous y accompagne ? » Elle déclina l'offre en le remerciant ; une fois qu'elle eut quitté la pièce pour gagner l'escalier en spirale, Pavoud dit avec mépris : « C'est scandaleux, cette façon qu'elle a de s'exhiber. Elle nous provoque.

— Pire qu'une femme publique du vieux quartier, Excellence, approuva un autre. Par Dieu, de tous les Infidèles ce sont les Américains et surtout les Américaines qui sont les pires. Et celle-là, elle cherche vraiment les ennuis.

— Ce qu'elle cherche, c'est une bonne bite iranienne, dit un petit homme en se grattant l'entrejambe.

— Elle devrait porter le tchador, dit Pavoud, se couvrir et marcher sans onduler. Il n'y a que des hommes, ici. Est-ce qu'elle nous prend pour des eunuques ?

— Elle devrait être punie de nous provoquer ainsi. »

Pavoud se cura le nez avec un plaisir non dissimulé. Avec l'aide de Dieu, elle le sera bientôt, et publiquement. Tout le monde devra se soumettre aux règles islamiques et à ses punitions.

« On dit que les Américaines n'ont pas de pubis.

— Si, mais elles se le rasent.

— Pubis ou pas, Excellence chef du bureau, j'aimerais bien la sauter jusqu'à ce qu'elle crie... de joie », dit le petit homme et ils éclatèrent de rire.

« Son grand lourdaud de mari la prend tous les soirs, dit le chef du bureau, les yeux brillants, je les entends gémir la nuit. » Il alluma une cigarette au mégot de la précédente, se leva et regarda par la fenêtre. Il portait des lunettes et il cligna les yeux jusqu'à apercevoir l'hélicoptère qui tournait avant l'approche finale... Mort à tous les étrangers, pensa-t-il, mort aussi à Khomeiny et à ses parasites ! Longue vie au Tudeh et à la révolution des masses !

La tour était petite, mais bien équipée et entourée de baies vitrées. C'était leur base permanente depuis des années et la S-G avait eu le temps d'y installer un matériel ultraperfectionné de sécurité aérienne et d'équipement d'atterrissage tout temps. Freddy Ayre, chef pilote en l'absence de Starke, attendait Manuela.

« HXB en approche finale, disait-il alors qu'elle montait les dernières marches. Il...

— Oh, merveilleux », interrompit-elle joyeusement. Toute la journée ils avaient essayé de joindre Starke sans succès. « Il n'y a pas à s'inquiéter, lui avait dit Ayre, leur radio est souvent en panne, comme la nôtre. » Depuis la nuit dernière, le seul contact avait été la brève communication radio de Starke annonçant qu'il passait la nuit à Bandar-e-Delam et qu'il les appellerait aujourd'hui.

« Désolé, Manuela, mais Duke n'est pas à bord. C'est Marc Dubois qui pilote.

— Il a eu un accident, n'est-ce pas ? s'écria-t-elle. Il est blessé !

— Oh non, pas du tout ! Marc nous a appelés il y a quelques

minutes. Il nous a dit que Duke était resté à Bandar-e-Delam et qu'il avait reçu l'ordre de ramener le mollah et son équipe.

— C'est tout ? Vous êtes sûr ?

— Oui. Regardez, le voilà. »

Le 206 descendait doucement. Derrière lui se dressaient les monts Zagros. Un peu plus bas on apercevait les cheminées de la gigantesque raffinerie, et de longues langues de feu provenant des gaz en combustion s'en échappaient continuellement. Il toucha le sol exactement au centre du cercle d'atterrissage n° 1. « HX3, coupons les moteurs, annonça Marc Dubois à la radio.

— Roger, HX3 », répondit Massil Tugul, un Palestinien employé depuis longtemps et de service aujourd'hui à la tour. Il passa sur la fréquence utilisée à la base. « Base, plus de parasites dans le système. Je confirme HVU et HCF seront de retour avant le coucher du soleil.

— OK, S-G. » Il y eut un instant de silence, puis une voix dure provenant du 206 se fit entendre en parsi. Cela dura une demi-minute.

« *Inch' Allah,* murmura Massil.

— Qui était-ce, bon Dieu ? demanda Ayre.

— Le mollah Hussain.

— Qu'est-ce qu'il a raconté ? » lui demanda Ayre oubliant que Manuela comprenait le parsi.

Massil hésita. Manuela répondit à sa place, le visage livide. « Le mollah a dit " Au nom de Dieu et par la volonté de Dieu, mettez-vous en grève. " Il a répété la phrase encore, encore et enc... » Elle s'arrêta net.

De l'autre côté du terrain des coups de feu avaient éclaté. Ayre s'empara du micro. « Marc, vite à la tour, immédiatement », ordonna-t-il dans un excellent français, puis il jeta un coup d'œil vers la base à cinq cents mètres de là. Des hommes sortaient en courant de leurs baraquements. Certains portaient des armes. Plusieurs tombèrent abattus. Ayre ouvrit une des fenêtres pour mieux entendre. Aux cris d' « *Allah-ou Akbar* » se mêlait le crépitement des armes automatiques.

« Qu'est-ce que c'est ? Ça vient d'où ? De la porte... de la porte principale ? » demanda Manuela. Debout derrière elle, Massil tremblait de peur lui aussi.

Ayre saisit les jumelles. « Mon Dieu, il y a des soldats qui tirent sur la base et... des camions arrivent en enfonçant les barrières... une demi-douzaine... des Brassards verts, des mollahs et des militaires sautent des camions... »

Sur la sono de la base retentit de nouveau une voix excitée qui hurlait en parsi mais qui fut brusquement coupée. Manuela traduisit :

« " Au nom de Dieu, tuez les officiers qui s'opposent à l'imam Khomeiny et prenez possession... " C'est la guerre civile ! »

Ils virent le mollah Hussain et ses deux Brassards verts descendre du 206, revolver au poing. Le mollah fit signe à Dubois de sortir de l'appareil mais celui-ci refusa en montrant les pales qui tournaient toujours et continua la procédure d'arrêt des moteurs. Hussain hésita.

Dans les bâtiments de la S-G le travail avait cessé. Des gens se penchaient aux fenêtres, d'autres se regroupaient silencieusement sur l'aire d'envol et regardaient de l'autre côté du terrain. Le bruit des coups de feu s'amplifia. Tout près de là, la jeep et le camion d'essence qui devaient ravitailler le 206 s'étaient arrêtés dès le début des combats. Hussain se dirigea vers la jeep en laissant un homme pour garder l'hélicoptère. Lorsque le chauffeur le vit arriver, il sauta hors de son véhicule et s'enfuit. Le mollah s'installa au volant, un Brassard vert à ses côtés, mit le moteur en marche et démarra. Il roula à vive allure vers les baraquements à l'autre extrémité de la base.

Dubois monta les escaliers quatre à quatre. Trente-six ans, grand et mince, il avait les cheveux noirs et un sourire malicieux. Il serra la main d'Ayre. « *Mon Dieu**, quelle journée, Freddy, je... Manuela ! » Il l'embrassa tendrement sur les deux joues. « Duke va bien, *chérie**. Il s'est juste engueulé avec le mollah qui a décidé qu'il ne voulait plus voler avec lui. Bandar Delam n'est pas... » Il s'arrêta, remarquant la présence de Massil en qui il n'avait pas confiance. « Je boirais bien un coup. Si on allait au mess ? »

Ils n'allèrent pas au mess. Marc les conduisit de l'autre côté de l'aire d'envol dans un bâtiment où ils pouvaient observer ce qui se passait et parler sans craindre les oreilles indiscrètes. « Impossible de savoir de quel bord est Massil, hein ? Il en est de même pour la plupart de notre personnel — ils l'ignorent d'ailleurs eux-mêmes, les pauvres. »

Une violente explosion les fit sursauter. Le feu prit dans une remise où l'on entreposait le matériel, une épaisse fumée noire s'éleva. « Mon Dieu, c'est la réserve à mazout ?

— Non, mais c'est pas loin ! » répondit Ayre préoccupé. Il y eut une seconde explosion, puis, mêlée à des coups de feu sporadiques, la sourde détonation d'un canon de char.

La jeep conduite par le mollah avait disparu derrière les baraquements. Près de la barrière principale, les camions militaires s'étaient arrêtés en désordre : soldats et Brassards verts s'étaient engouffrés dans les bâtiments et les hangars. Quelques cadavres gisaient dans la poussière. Les soldats des blindés chargés de garder les bureaux et le QG du commandant du camp Peshadi étaient accroupis près de la porte d'entrée, le fusil en joue. D'autres attendaient postés aux fenêtres du premier étage. L'un d'eux tira une rafale de mitraillette sur la demi-douzaine de soldats de l'armée de l'air en train de charger. Une seconde rafale en vint à bout ; ils étaient tous morts ou sérieusement touchés. L'un des blessés rampa, cherchant à se mettre à l'abri des coups de feu. Les soldats des blindés le laissèrent faire un moment, puis le criblèrent de balles.

Manuela gémit doucement. Ses amis l'emmenèrent au fond de la pièce. « Ça va, dit-elle. Marc, quand Duke rentre-t-il ?

— Rudi ou Duke doit nous appeler ce soir ou demain, je t'assure. *Pas de problème** ! Le grand Duke est en pleine forme. Je prendrais vraiment bien un verre, moi ! »

Ils attendirent que les coups de feu s'espacent. « Venez, dit Ayre, nous serons plus en sécurité dans les bungalows. »

Ils traversèrent la base en courant. Les bungalows étaient très confortables, entourés de barrières blanches et de petits jardins. Il n'y avait pas de quartiers réservés aux gens mariés à Kowiss. Généralement, les appartements qui comprenaient deux chambres à coucher et un living étaient partagés par deux pilotes.

Manuela les laissa pour s'occuper des boissons. « Dis-moi ce qui s'est vraiment passé », demanda Ayre à voix basse.

Le Français lui raconta rapidement l'attaque, Zataki et le courage de Rudi. « Ce vieux Teuton mérite une médaille, dit-il avec admiration. La nuit dernière, les révolutionnaires ont abattu un de nos ouvriers. Ils l'ont jugé, condamné à mort et abattu en moins de quatre minutes parce qu'il était fedayin. Ce matin, d'autres salauds ont tué Kyabi. »

Ayre était effondré. « Mais pourquoi ? »

Dubois lui parla du sabotage du pipeline et ajouta : « Quand Rudi et le mollah sont revenus, Zataki a paradé devant nous, disant qu'il était exact que Kyabi avait été exécuté parce qu'il était " un partisan du shah, un allié des démons américains et britanniques qui spoliaient l'Iran depuis des années et, par conséquent, un ennemi de Dieu ".

— Pauvre vieux patron. Je l'aimais beaucoup, c'était un brave type.

— Oui, et ouvertement antikhomeiniste. Maintenant ces salauds ont des armes, des tas d'armes, et ils sont tous complètement excités, enragés, dit Dubois, tendu. Le vieux Duke les a engueulés en parsi. Il s'était déjà accroché avec Zataki et le mollah la nuit dernière. Nous ne savons pas ce qu'il a dit, mais ça ne devait pas être gentil car ces fils de putes sont tombés sur lui et l'ont frappé en hurlant. Nous arrivions en courant pour intervenir quand quelqu'un a tiré une rafale de pistolet-mitrailleur. Nous nous sommes arrêtés net. Eux aussi, parce que c'était Rudi qui avait tiré. Il avait réussi à arracher l'arme de l'un d'entre eux. Il a tiré une seconde fois en l'air. " Laissez-le, a-t-il hurlé, ou je vous descends tous. " Il avait son arme pointée sur Zataki et sur le groupe qui entourait Duke. Ils ont reculé et Rudi les a poursuivis. *Mon Dieu, quel homme**! Ils ont conclu un marché : ils nous foutent la paix et nous on ne se mêle pas de leur révolution ; je ramène le mollah, Duke reste et Rudi garde son arme. Il a obligé Zataki et le mollah à jurer sur Allah qu'ils ne trahiraient pas l'accord mais je ne leur fais pas confiance. C'est de la merde, ces gens-là. Mais Rudi, Rudi a été fantastique. Il mérite d'être français celui-là. J'ai essayé de les appeler toute la journée mais sans succès. »

De l'autre côté de la base, un char Centurion sortit d'une des rues qui traversaient le quartier des baraquements. Il tourna et se dirigea vers le QG et le mess des officiers. Grosse masse trapue, il s'arrêta menaçant, ses moteurs toujours grondant. Le long canon tourna à la recherche d'une cible. Brusquement ses chenilles se mirent en mouvement, la tourelle pivota sur son axe et il fit feu. L'obus détruisit le premier étage, là où le colonel Peshadi avait ses bureaux. Cette trahison soudaine porta un rude coup aux défenseurs loyalistes. Le char tira de nouveau. Des pans de mur s'abattirent et une partie du toit s'écroula. Le bâtiment s'enflamma.

Une fusillade éclata au rez-de-chaussée et au premier étage. Deux loyalistes sortirent du bâtiment en courant. Ils portaient des grenades qu'ils jetèrent à l'intérieur du blindé puis coururent se mettre à l'abri. Une rafale tirée de l'autre côté de la rue les faucha. Au même instant, le char sauta dans un jaillissement de flammes et de fumée. Le toit de métal s'ouvrit et un homme en feu essaya de sortir. Son corps fut déchiqueté par les balles tirées du bâtiment démoli. Le vent qui soufflait sur la base amenait des odeurs de cordite et de chair brûlée.

La bataille fit rage pendant plus d'une heure puis cessa. Le soleil bas sur l'horizon avait pris une couleur rouge sang. Il y avait des morts et des blessés partout mais l'insurrection avait échoué. Ils n'avaient pas réussi à tuer le colonel Peshadi ni ses officiers supérieurs lors de la première attaque surprise. Les soldats ne s'étaient pas ralliés à leur cause en nombre suffisant et un seul équipage de blindés sur les trois de la base s'était mutiné.

Peshadi se trouvait dans le char de tête et surveillait la tour de contrôle et la radio. Il avait rassemblé les forces loyales et traquait les révolutionnaires dans les bâtiments et les hangars. Quand la majorité des soldats — en l'occurrence des aviateurs —, restée prudemment à l'écart, comprit que la révolte avait échoué, ils n'hésitèrent plus une seconde. Ils vinrent immédiatement proclamer avec ferveur leur attachement et leur fidélité au shah, ramassèrent au passage les armes abandonnées et firent feu avec ardeur, et au nom de Dieu, sur les ennemis. Mais ils ne tiraient pas pour tuer et Peshadi laissa volontairement une issue libre pour permettre à quelques révolutionnaires de s'échapper. Le seul ordre qu'il avait donné à ses hommes de confiance était : « Tuez le mollah Hussain ! »

Mais Hussain réussit à s'enfuir.

Le colonel Peshadi fit brancher le micro sur tous les haut-parleurs de la base. Sa voix puissante retentit. « Ici le colonel Peshadi. Grâce à Dieu, nos ennemis sont morts, mourants ou prisonniers. Je tiens à remercier les troupes loyales. Que les officiers et les soldats ramassent nos frères tombés au champ d'honneur en accomplissant la volonté de Dieu. Je veux un rapport sur le nombre d'ennemis tués. Docteurs et infirmiers, occupez-vous des blessés sans discrimination. Dieu est grand... Dieu est grand. Il est presque l'heure de la prière du soir. Ce soir, je suis mollah et je la conduirai. Remercions tous Dieu. »

Dans le bungalow de Starke, Ayre, Manuela et Dubois écoutaient. Manuela leur traduisit le discours. Quand il fut terminé, on n'entendit plus que les grésillements des haut-parleurs. Un épais nuage de fumée enveloppait la base et polluait l'air. Les deux hommes buvaient une vodka-orange, Manuela s'était versé de l'eau gazeuse. Un radiateur à gaz portable faisait régner une chaleur agréable dans la pièce.

« C'est curieux, fit-elle en essayant de ne pas penser à cette tuerie ni à Starke à Bandar-e-Delam, curieux que Peshadi n'ait pas terminé en disant : Que Dieu protège le shah... Malgré sa victoire, il doit être mort de trouille.

— Je le serais également, dit Ayre. Il... » Ils sursautèrent tous les trois en entendant la sonnerie du téléphone. Il décrocha. « Allô !

— Ici le major Changiz. Ah, capitaine Ayre, est-ce qu'ils sont venus de votre côté de la base ? Vous avez eu des problèmes ?

— Non. Les insurgés ne sont pas arrivés jusqu'ici.

— Que Dieu en soit loué. Nous nous faisions du souci pour votre sécurité. Vous êtes sûr que personne de chez vous n'a été tué ou blessé ?

— Pas à ma connaissance.

— Remerciez Dieu. Nous en avons beaucoup chez nous. Heureusement il n'y en a aucun « ennemi » de blessé.

— Aucun ?

— Aucun. Maintenant, si ça ne vous dérange pas, je vous demanderai de ne parler de cet incident à personne, capitaine. Top secret. Vous comprenez ?

— Je vous ai reçu cinq sur cinq, major.

— Bon. Restez à l'écoute sur notre fréquence ; pour raison de sécurité nous allons contrôler la vôtre. Pendant l'état d'urgence, n'essayez pas de vous servir de votre radio sans nous en avertir. »
Ayre sentit le sang lui monter au visage mais ne dit rien. « Tenez-vous prêts à rencontrer le colonel Peshadi à 20 heures ; en attendant, envoyez-nous Esvandiary et tous les fidèles pour la prière du soir.

— D'accord, mais Esvandiary est en permission pour une semaine. »

Esvandiary était le représentant d'IranOil pour la station.

« Très bien, envoyez-nous les autres avec Pavoud comme responsable.

— Tout de suite. » La ligne fut coupée. Il leur rapporta ce que le major venait de lui dire puis alla transmettre l'ordre.

Dans la tour, Massil n'était pas à son aise. « Mais, capitaine, je suis de service jusqu'à la nuit. Deux 212 doivent encore rentrer et...

— Il a dit tous les fidèles. Immédiatement. Vos papiers sont en règle, vous êtes en Iran depuis des années. Il sait que vous êtes ici. Vous feriez mieux d'y aller, à moins que vous n'ayez quelque chose à craindre ?

— Non, non, rien du tout. »

Ayre voyait la sueur perler sur le front de l'homme. « Ne vous faites pas de souci, Massil, dit-il. Je vais m'occuper des atterrissages. Pas de problème. Je reste ici jusqu'à votre retour. Ce ne sera pas long. »

Les deux 212 rentrèrent à la base et il attendait avec une impatience grandissante. Massil aurait dû être revenu depuis longtemps. Pour passer le temps, il avait essayé de ranger un peu de paperasse mais il s'était vite arrêté, trop inquiet pour pouvoir faire quoi que ce soit. La seule chose qui le rassurait, c'était de savoir sa femme et son jeune fils en sécurité en Angleterre, en dépit du blizzard, de la pluie, du froid, des grèves et du gouvernement qui y sévissaient.

Un appel radio retentit soudain dans la pièce silencieuse. La nuit venait de tomber. « Bonjour, Kowiss, ici McIver à Téhéran... »

CHAPITRE 11

Téhéran — Bureau de la S-G : 18 h 50. McIver répéta : « Bonjour, Kowiss, ici McIver à Téhéran, me recevez-vous ?

— Téhéran, ici Kowiss, un instant, s'il vous plaît.

— OK, Freddy », répondit McIver en reposant le micro HF sur le bureau. Il se trouvait au dernier étage du bâtiment qui servait de quartier général à la S-G depuis dix ans. Tom Lochart, arrivé de Zagros dans l'après-midi, était auprès de lui. Haut de cinq étages, l'immeuble était surmonté d'un toit plat sur lequel Genny avait installé des plantes, des tables, des fauteuils et un barbecue. C'était le général Beni-Hassan, l'ami d'Andrew Gavallan, qui le leur avait recommandé. « Pour la compagnie d'Andy Gavallan, il faut ce qu'il y a de mieux. Il y a de l'espace pour une demi-douzaine de bureaux, le prix est raisonnable, vous avez de la place sur le toit pour installer votre générateur et votre antenne radio, l'autoroute qui conduit à l'aéroport et les magasins sont à proximité, mon QG est à deux pas, il y a un parking, de nombreux hôtels autour et voici *la pièce de résistance !* » Le général avait fièrement ouvert la porte des toilettes. Très ordinaires et pas très propres.

— Qu'ont-elles de spécial ? avait demandé McIver, interloqué.

— Ce sont les seules de l'immeuble, les autres sont à la turque. Si vous n'avez pas l'habitude de les utiliser, ce n'est pas facile, en fait c'est très emmerdant, surtout pour les dames qui glissent régulièrement dedans, avait dit joyeusement le général, un bel homme, de haute stature et en pleine forme.

— Il y a des W-C à la turque partout ?

— Oui, même dans les maisons les plus riches et les hôtels les plus modernes. Quand vous y réfléchissez, Mac, c'est bien plus hygiénique. Et nous avons, ceci, dit-il en montrant un petit tuyau attaché au robinet des toilettes. « Nous nous nettoyons avec de l'eau, et toujours avec la main gauche, la droite sert pour manger. C'est pour cela qu'il ne faut jamais rien offrir de la main gauche dans le monde islamique. C'est très mal élevé, Mac, de même que manger ou boire avec la main gauche. N'oubliez pas que la plupart des toilettes n'ont pas l'eau courante. On doit donc utiliser une petite bassine, s'il y en a une. D'ailleurs, il n'y a pas de gauchers en Islam. La plupart des musulmans ne peuvent déféquer confortablement qu'accroupis, question d'habitude. Quand ils se trouvent dans des toilettes occidentales, ils se débrouillent pour s'accroupir de la même façon, sinon ça ne marche pas, ajouta-t-il, une lueur amusée dans les yeux. Bizarre, n'est-ce pas ? Mais en dehors des grandes métropoles, que ce soit en Asie, au Moyen-Orient, en Chine, en Inde, en Afrique ou en Amérique du Sud, il n'y a pas d'eau courante le plus souvent... »

« A quoi penses-tu, Mac ? demanda Lochart. Le grand Canadien s'était assis en face de lui. Lumière et chauffage électrique fonctionnaient à pleine puissance grâce au générateur.

— Aux toilettes à la turque, grommela McIver. Je déteste ces trucs. Jamais pu me faire à ces saloperies.

— Cela ne me dérange plus, je ne les remarque même plus. Nous avons des toilettes à la turque dans notre appartement. Sharazad m'avait proposé de faire installer des W-C à l'occidentale comme cadeau de mariage, mais j'ai répondu que ce n'était pas la peine. » Lochart grimaça un sourire. « Cela ne me dérange plus mais, mon Dieu, c'est un truc qui a rendu Deirdre folle.

— Comme la plupart des femmes. Elles ne s'y font pas, Genny non plus. C'est tout de même pas ma faute si c'est l'usage sur les trois quarts de la planète. Dieu merci, nous avons de vraies toilettes chez nous, sinon Genny se serait déjà rebellée. » McIver joua avec le bouton du volume de sa radio. « Allez, Freddy », murmura-t-il. Il y avait de nombreuses cartes sur les murs, aucune photo, bien qu'une marque plus claire indiquât qu'on en avait récemment retiré une — celle du shah. Dehors, la lueur des incendies éclairait la nuit. Pas de lumière électrique ni de réverbères allumés dans les rues. Mêlés aux crépitements des armes automatiques, on entendait le bruit omniprésent de la ville, les chants des manifestants « *Allah-ou Akbar...* »

« Ici Kowiss, capitaine Ayre. Je vous reçois cinq sur cinq, capitaine McIver », fit la voix dans le haut-parleur.

Les deux hommes se regardèrent. Lochart se redressa. « Il y a quelque chose qui ne va pas, Mac. Il ne peut pas parler, il est écouté. »

McIver appuya sur le bouton de transmission. « C'est vous qui êtes à la radio, Freddy ? demanda-t-il pour s'assurer qu'il n'y avait pas d'erreur.

— Je me trouvais juste à côté, capitaine McIver.

— Tout marche cinq sur cinq ? » Cela signifiait que le signal radio était à son maximum et, dans le jargon des pilotes, que tout était OK.

Après un long silence qui leur fit comprendre que la réponse était non, Ayre déclara : « Oui, capitaine McIver. »

— Très bien, capitaine, dit McIver pour lui montrer qu'il avait compris, passez-moi le capitaine Starke, s'il vous plaît.

— Désolé, monsieur, ce n'est pas possible. Le capitaine Starke est toujours à Bandar Delam.

— Que fait-il là-bas ? demanda McIver.

— Le capitaine Lutz lui a ordonné de rester. Le capitaine Dubois a terminé le déplacement VIP demandé par IranOil, et approuvé par vous. »

Starke avait réussi à joindre Téhéran avant de décoller pour expliquer à McIver le problème du mollah Hussain. McIver avait conditionné son accord à celui du colonel Peshadi et il lui avait demandé de le tenir au courant.

« Est-ce que le 125 rentre à Kowiss demain, capitaine McIver ?

— C'est possible, répondit McIver, mais on ne sait jamais. »

Le 125 aurait dû rentrer à Téhéran la veille, mais en raison de l'insurrection dans la zone de l'aéroport, tous les vols à l'arrivée avaient été annulés et reportés au lendemain, lundi. « Nous essayons d'obtenir l'autorisation de nous rendre directement à Kowiss. Ce n'est pas facile parce que les contrôleurs aériens militaires sont... manquent d'effectifs. L'aéroport de Téhéran est très chargé et nous ne pouvons pas faire partir nos familles. Dites à Manuela de se tenir prête au cas où une occasion se présenterait. » McIver fit une grimace, essayant de décider ce qu'il pouvait dire ou non par radio. Lochart lui fit un signe.

« Passe-moi le micro, Mac. Freddy comprend le français », demanda-t-il à voix basse.

Le regard de McIver s'éclaira et il le lui tendit avec gratitude. « Ecoute, Freddy », commença Lochart (il parlait québécois, langue que même Ayre avait du mal à comprendre malgré son excellente connaissance du français), « les marxistes tiennent toujours l'aéroport international aidés par des partisans de Khomeiny et, peut-être, par quelques membres de l'OLP. Ils occupent la tour de contrôle. Ce soir, le bruit court qu'il va y avoir un coup militaire approuvé par le premier ministre ; l'armée se déploierait dans Téhéran avec pour mission de mettre fin aux insurrections et d'abattre les manifestants. Qu'est-ce que tu as comme problème là-bas ? Tu vas bien ?

— Pas de problème, répondit Ayre en français, puis il ajouta immédiatement : je n'ai pas le droit de communiquer avec l'extérieur. Il n'y a pas de réel problème ici, tu peux me croire, mais ils sont à l'écoute. A La Schlingue — c'était ainsi qu'ils appelaient entre eux la base de Bandar Delam où l'air empestait le pétrole — beaucoup d'emmerdes et le patron a passé l'arme à gauche... »

Lochart ouvrit de grands yeux. « Kyabi a été assassiné, murmura-t-il à McIver.

— ... mais le vieux Rudi a la situation en main et le Duke va bien. On ferait mieux d'arrêter, mon pote, ils sont à l'écoute.

— Compris. Tiens bon et dis aux autres que tout va bien ici. » Puis en anglais : « Et je répète que nous enverrons de l'argent liquide demain pour ton personnel.

— Sans déconner, mon pote ! » répondit Ayre d'un ton plus léger.

Lochart rit. « Sans déconner. Laisse un opérateur radio de permanence, nous te rappellerons pour te tenir au courant. Je te repasse le capitaine McIver. *Inch' Allah !* » Il lui rendit le micro.

« Capitaine, avez-vous reçu des nouvelles de Lengeh, hier ou aujourd'hui ?

— Non, nous avons essayé de les joindre mais sans résultat. Je vais refaire une nouvelle tentative maintenant.

— Merci. Mes amitiés au capitaine Scragger et rappelez-lui qu'il doit passer la visite médicale la semaine prochaine. » McIver esquissa un sourire puis ajouta : « Veillez bien à ce que le capitaine Starke m'appelle dès son retour. » Il coupa la radio. Lochart lui traduisit ce qu'Ayre avait dit. Il se servit un autre whisky.

« Et moi alors ? fit McIver avec humeur.

— Mais Mac, tu sais bien que...

— Ne commence pas. Sers-m'en un petit. » Pendant que Lochart le lui versait, McIver se leva et alla à la fenêtre. « Pauvre vieux Kyabi. S'il y avait un mec bien, c'était lui, fidèle à son pays et loyal avec nous. Pourquoi l'ont-ils tué ? Ce sont des cinglés. Rudi " donnant des ordres " à Duke et à Marc — qu'est-ce que cela peut bien signifier ?

— Tout simplement qu'ils ont eu des emmerdes mais que Rudi

contrôle de nouveau la situation. Si Rudi n'avait pas repris le dessus Freddy me l'aurait dit — il est très fin, son français excellent et il aurait bien trouvé un moyen de m'avertir même s' " ils " étaient à l'écoute qui que soient ces " ils ", dit Lochart. C'était peut-être comme à Zagros. »

A Zagros, les villageois de Yazdek étaient arrivés à l'aube le lendemain du retour de permission de Lochart. Leur mollah avait reçu l'ordre de Khomeiny de lancer l'insurrection contre « le gouvernement illégal du shah » et de prendre le contrôle de la région. Le mollah était né dans ce village, il connaissait donc bien les chemins de montagne bloqués par la neige en hiver et difficilement praticables le reste de l'année. Le chef de la police contre lequel il devait mener la révolte était son neveu et Nasiri, le chef de base — une autre de ses cibles —, était marié à la nièce de sa femme qui vivait maintenant à Chiraz. Plus important encore, c'étaient tous des Gazelans, une tribu de nomades Kash'kais qui s'était installée — il y a des siècles — à ce carrefour caravanier. Le chef de la police, Nitchak Khan, était aussi leur *kalandar*, leur chef élu.

Donc, comme c'était normal, le mollah avait consulté Nitchak Khan qui avait accepté de déclencher une révolte contre l'ennemi héréditaire Pahlavi Shah. Pour célébrer la révolution tous ceux qui en avaient envie pouvaient tirer des coups de feu vers les étoiles et, à l'aube, il conduirait l'attaque contre l'héliport des étrangers.

Ils étaient arrivés à l'heure prévue. Armés. Tous les hommes du village. Nitchak Khan avait troqué son uniforme de policier contre sa tenue tribale. Il était bien plus petit que Lochart, fort et sec, avec des mains de fer et des jambes d'acier, cartouchière autour de la poitrine et fusil au poing. Par arrangement préalable, et à la demande du khan, Lochart, accompagné de Jean-Luc Sessonne, les avait rencontrés entre les deux colonnes de pierre qui symbolisaient l'entrée de la base. Lochart salua et reconnut que celle-ci était soumise à la juridiction de Nitchak Khan. Les deux colonnes furent abattues, des cris de joie retentirent de tous côtés et des coups de feu furent tirés en l'air. Puis Nitchak Khan offrit à Jean-Luc Sessonne en tant que représentant de la France un bouquet de fleurs, le remerciant au nom des Gazelans de l'aide apportée par son pays à leur chef Khomeiny qui avait chassé Pahlavi Shah, leur ennemi.

« Remercions Dieu que celui qui s'était fait appeler le Roi des Rois et avait osé se prétendre le descendant du roi Cyrus et de Darius le Grand, homme de courage et d'honneur, que ce laquais à la solde des démons étrangers se soit enfui comme un lapin ! »

Il y eut d'autres discours et la fête commença. Nitchak Khan, le mollah à ses côtés, avait demandé à Tom Lochart, chef de la tribu des étrangers à Zagros 3, de continuer sous le nouveau régime comme avant. Lochart avait gravement accepté.

« Espérons que Rudi et ses gars ont eu autant de chance que toi à Zagros, Tom. » McIver retourna vers la fenêtre, sachant qu'il ne pouvait rien faire pour les aider. « Les choses empirent de jour en jour », murmura-t-il. L'assassinat de Kyabi est épouvantable. C'est mauvais signe pour nous, pensa-t-il. Comment vais-je pouvoir faire partir Genny de Téhéran et où peut bien se trouver Charlie ?

Ils n'avaient reçu aucune nouvelle de Pettikin depuis son départ, la veille au matin, pour Tabriz. Le personnel au sol de Galeg Morghi lui avait fait part de rumeurs selon lesquelles Pettikin avait été enlevé et obligé de « prendre l'air avec trois inconnus », ou encore que « trois pilotes de l'armée de l'air iranienne avaient détourné le 206 et franchi la frontière » ou que « les trois passagers étaient des officiers supérieurs fuyant le pays ». Pourquoi faisait-on état de trois passagers dans chaque histoire ? se demandait McIver. Il savait que Pettikin était arrivé sain et sauf à l'aéroport parce que sa voiture s'y trouvait, même si depuis lors son réservoir avait été siphonné, la radio volée et le véhicule saccagé par des vandales. Bandar-e-Pahlavi, où il devait refaire le plein, ne répondait pas et Tabriz était hors de portée radio. Il jura en silence. Il avait passé une très mauvaise journée.

Du matin au soir des créanciers irrités l'avaient harcelé, les téléphones ne marchaient pas, le télex non plus et son entrevue de midi avec le général Valik qui devait, selon Gavallan, lui fournir des espèces avait été une véritable catastrophe.

« Dès que les banques seront de nouveau ouvertes, nous vous paierons ce qui est dû.

— Pour l'amour de Dieu, cela fait des semaines que vous dites cela, avait répondu McIver. J'ai besoin d'argent maintenant.

— Nous en avons tous besoin », avait riposté le général qui tremblait de rage mais qui savait pertinemment que les employés iraniens des bureaux voisins devaient être en train d'écouter. « Il y a une guerre civile et je ne peux pas ouvrir les banques. Vous allez devoir attendre. » Rond, chauve, la peau sombre, c'était un ancien général de l'armée qui portait vêtements coûteux et montre de luxe. Il baissa la voix. « Si ces stupides Américains n'avaient pas trahi le shah, s'ils ne l'avaient pas persuadé de brider nos glorieuses forces armées, nous ne serions pas dans ce pétrin !

— Je suis britannique comme vous le savez, et c'est vous qui vous êtes mis dans cette situation !

— Britanniques, américains, quelle différence ? Tout est votre faute. Vous avez trahi notre shah et l'Iran et maintenant vous allez devoir payer.

— Comment ? demanda amèrement McIver. Vous détenez tout notre argent.

— Sans vos associés iraniens — et moi en particulier — vous n'auriez pas d'argent du tout. Andy ne se plaint pas. Un télex de mon excellent collègue le général Javadah m'annonce qu'Andy a signé de nouveaux contrats avec la Guerney cette semaine.

— Le même Andy m'a dit qu'il avait un télex de vous où vous vous engagiez à nous fournir des espèces.

— J'ai promis d'essayer. » Le général fit un effort pour maîtriser sa colère. Il s'essuya le front et ouvrit son porte-documents. Il était bourré de rials en grosses coupures mais il maintint le couvercle levé afin que McIver ne pût les voir. Il sortit une petite liasse de billets et referma la valise. Il compta posément cinq cent mille rials — environ six mille dollars. « Voilà, fit-il en les posant sur la table d'un geste théâtral et en rangeant le reste. La semaine prochaine, moi ou l'un de mes associés vous en apportera d'autres. Un reçu, s'il vous plaît.

— Merci, dit McIver en lui signant un reçu. Quand pouvons-nous compter sur...

— La semaine prochaine. Si les banques reprennent leurs activités, nous pourrons tout vous régler. Nous tenons toujours nos promesses. Toujours. N'avons-nous pas arrangé les contrats Guerney ? » Se penchant en avant, il murmura : « J'ai besoin d'un 212 demain matin.

— Pour aller où ?

— Je dois inspecter certaines installations à Abadan, dit Valik qui transpirait à grosses gouttes.

— Comment vais-je obtenir les autorisations nécessaires, général ? Avec tout l'espace aérien contrôlé par les militaires, nous...

— Ne vous occupez pas des autorisations, faites prép...

— Si nous n'avons pas un plan de vol approuvé à l'avance par les militaire, le vol est illégal.

— Vous pouvez toujours dire que l'autorisation vous a été accordée verbalement. Qu'est-ce qu'il y a de compliqué là-dedans ?

— Cela va à l'encontre des lois iraniennes, général, vos lois ; ensuite, en admettant que nous puissions décoller de Téhéran avec une autorisation verbale, il nous faudra fournir au contrôle radar suivant notre numéro d'enregistrement — tous les plans de vol reçoivent un numéro attribué par le QG de l'armée de l'air et ils sont encore plus pointilleux que les civils quand il s'agit d'hélicoptères. Si nous n'en avons pas, le contrôleur nous ordonnera de nous poser à la base aérienne la plus proche. A peine posés, nous aurons affaire aux forces armées passablement irritées, l'appareil sera immobilisé, les passagers et le pilote envoyés en prison.

— Alors, trouvez un moyen. C'est très important. Les... les contrats Guerney en dépendent. Ayez un 212 prêt à 9 heures, disons à Galeg Morghi.

— Pourquoi pas à l'aéroport international ?

— C'est plus pratique... et plus tranquille. »

McIver fronça les sourcils. Valik avait suffisamment de pouvoir pour demander lui-même cette autorisation de vol. « Très bien, je vais essayer. » Il sortit un formulaire vierge de plan de vol, relut le double du dernier en date, c'est-à-dire celui de Pettikin vers Tabriz, et l'inquiétude le reprit : où diable peut-il être ? Sous « passager », il inscrivit *Général Valik, président de la IHC* et le lui tendit. « Signez, s'il vous plaît, en dessous de " Autorité administrative ". »

Valik repoussa la feuille de papier. « Mon nom n'a pas besoin de figurer là-dessus, inscrivez simplement quatre passagers ; mon épouse et mes deux enfants seront avec moi plus quelques bagages. Nous resterons à Abadan une semaine, puis rentrerons. Que le 212 soit prêt à 9 heures à Galeg Morghi.

— Désolé, général. Si aucun nom ne figure sur la demande, l'armée de l'air refusera l'autorisation. Je vais la transmettre mais je n'ai pas beaucoup d'espoir. » McIver se mit à inscrire le nom des autres passagers.

« Non, arrêtez ! Inscrivez simplement que vous expédiez du matériel et des pièces de rechange à Abadan. Vous avez sûrement des pièces à envoyer là-bas, n'est-ce pas ? » Il ruisselait de sueur.

« Absolument, mais signez d'abord en indiquant le nom des passagers et la destination. »

Le général devint cramoisi. « Arrangez cela sans m'y mêler officiellement. Tout de suite !

— Je ne peux pas, dit McIver qui commençait lui aussi à s'énerver. Je vous répète que les militaires sont devenus têtus comme des mules à ce sujet. Ils vont même exiger plus de détails que d'habitude parce que nous n'avons eu aucun hélico pour cette destination depuis des semaines. Ce n'est pas comme dans le Sud, où nous avons des vols tous les jours.

— C'est un transport de matériel. C'est simple.

— Cela n'a rien de simple. Les factionnaires à Galeg Morghi ne vous laisseront pas monter à bord sans autorisation, idem pour la tour de contrôle. Ils vont bien vous voir embarquer, bon Dieu ! » McIver le fixa, exaspéré. « Pourquoi ne vous occupez-vous pas des autorisations vous-même ? Vous possédez les meilleurs contacts dans tout l'Iran. Vous nous l'avez dit assez souvent. Pour vous, ce devrait être un jeu d'enfant.

— Ce sont nos appareils, nous en sommes les propriétaires, ils nous appartiennent !

— Absolument, répondit McIver avec un petit sourire. Dès que vous les aurez payés : vous nous devez près de quatre millions de dollars de traites en retard. Si vous voulez vous rendre à Abadan, c'est votre problème, mais s'ils vous pincent dans un hélicoptère de la S-G avec des faux que j'aurais contresignés, vous, votre famille, mon pilote et moi allons atterrir en prison. Ils nous confisqueront l'appareil et la compagnie sera finie. » Le simple fait d'évoquer la prison le fit frémir. Si le dixième de ce qu'on racontait sur la Savak et sur ce qui se passait dans les cellules était vrai, ce n'était vraiment pas un endroit où il fallait échouer !

Valik ravala sa colère et sourit. « Ne nous disputons pas, Mac, nous avons fait trop de choses ensemble. Je... je vais rendre cette opération profitable à tout le monde. Pour vous comme pour le pilote. » Il ouvrit son porte-documents. « Que diriez-vous de douze millions de rials ? »

McIver regarda l'argent sans dire un mot. Douze millions de rials représentaient environ cent cinquante mille dollars. Il secoua la tête.

« Très bien, reprit Valik immédiatement. Douze millions chacun, plus les frais, la moitié maintenant, l'autre quand nous serons au Koweit. D'accord ? »

McIver était abasourdi par l'offre mais aussi parce que Valik venait de parler ouvertement du Koweit. Il s'était bien un peu douté des intentions du général, mais sans vouloir y penser vraiment. C'était un revirement total. Valik avait proclamé pendant des mois que le shah écraserait l'opposition et Khomeiny. Puis après l'ahurissant départ du shah et le non moins spectaculaire retour de Khomeiny à Téhéran — mon Dieu, était-ce il y a dix jours ? — Valik avait répété qu'il n'y avait aucun souci à se faire, que Bakhtiar et les généraux de la garde impériale contrôlaient le pays et ne permettraient jamais le succès de cette « révolution khomeiniste communiste ». Les Etats-Unis non plus. Jamais. Les services compétents attendaient le moment favorable pour écraser les insurgés. La veille encore il avait affirmé, confiant, que l'armée allait intervenir, que c'était une question d'heures et que le raid des Immortels sur Doshan Tappeh pour mater une petite mutinerie de l'armée de l'air en était le premier indice.

Détournant son regard des billets de banque, McIver regarda droit dans les yeux l'homme assis en face de lui. « Disposez-vous d'informations que nous ignorons ?

— De quoi parlez-vous ? demanda Valik, furieux. Je ne sais r...

— Il s'est passé quelque chose. Quoi ?

— Il faut que je m'en aille, avec ma famille, dit Valik, au bord du désespoir. Les rumeurs sont épouvantables. Coup de force militaire ou pas, Khomeiny ou pas, je suis, nous sommes repérés. Vous comprenez ? C'est ma famille, il faut que je parte jusqu'à ce que les choses se calment. Douze millions à chacun, OK ?

— Quelles rumeurs ?

— Des rumeurs ! » Valik le lui cracha presque à la figure. « Obtenez les autorisations par n'importe quel moyen. Je paie d'avance.

— Que les choses soient claires. Quelle que soit la somme d'argent que vous m'offrez, je ne le ferai pas.

— Stupide hypocrite. Que les choses soient claires ? Comment avez-vous pu travailler en Iran depuis toutes ces années ? *Pishkesh ! Bakchich !* Comment croyez-vous qu'on décroche des contrats, hein ? Les contrats Guerney ! *Pishkesh !* En glissant discrètement de l'argent dans les mains influentes. Etes-vous stupide au point de ne pas avoir encore compris comment fonctionne l'Iran ?

— Je suis au courant pour les pots-de-vin, répondit McIver en faisant la grimace. Je ne suis pas complètement idiot et je sais comment se traitent les affaires ici. C'est vrai, l'Iran a une façon bien particulière de fonctionner. La réponse est non.

— Alors le sang de ma femme et de mes enfants retombera sur votre tête. Et le mien aussi.

— De quoi parlez-vous ?

— La vérité vous fait peur ? »

McIver le regarda. Lui et Genny adoraient la femme et les enfants de Valik. « Que se passe-t-il ?

— J'ai... j'ai un cousin dans la police. Il a vu une... une liste secrète de la Savak. Je dois être arrêté après-demain ainsi que d'autres personnalités en vue pour apaiser... l'opposition. Ma famille aussi. Et vous savez ce qu'ils font aux femmes et aux enfants devant... » Les mots s'étranglèrent dans la gorge de Valik.

Les défenses de McIver faiblissaient. Ils avaient tous entendu des histoires horribles de femmes et d'enfants torturés devant leurs pères pour leur faire avouer ce qu'ils voulaient savoir ou tout simplement par cruauté. « Très bien, dit-il faiblement, se sachant coincé. Je vais essayer, mais n'espérez pas trop cette autorisation ; vous ne devriez pas aller à Abadan, vous feriez mieux d'essayer la Turquie. On pourra peut-être vous emmener par hélicoptère jusqu'à Tabriz, de là vous pourrez vous débrouiller pour franchir la frontière en camion. Vous devez avoir des amis là-bas. Vous ne devriez pas embarquer à Galeg Morghi — vous ne parviendriez pas à monter à bord avec Annoush et les enfants ni même à pénétrer sur le terrain militaire sans être arrêtés. Vous devriez... vous devriez embarquer quelque part en dehors de Téhéran. Un endroit loin de toute route et hors de portée des radars.

— Très bien, mais je veux aller à Abadan.

— Pourquoi ? Vous diminuez vos chances de moitié.

— Il le faut. Ma famille... mon père et ma mère y sont arrivés par la route. Vous avez raison pour Galeg Morghi. Nous pourrions embarquer en dehors de Téhéran à... » Valik réfléchit un moment : « ... au croisement du pipeline sud et de la rivière Zehsan... c'est à l'écart des routes, c'est un endroit sûr. Nous y serons demain matin à 11 heures. Dieu vous le rendra, Mac. Si... si vous faites une demande d'autorisation de vol pour transport de pièces détachées, je... je m'arrangerai pour qu'elle soit acceptée. S'il vous plaît, je vous en supplie.

— Et pour refaire le plein ? Quand vous vous poserez pour faire le plein, l'officier de service à l'atterrissage va vous repérer et vous serez arrêtés.

— Demandez l'autorisation de faire le plein à la base d'Ispahan. Je... je m'occupe d'Ispahan. » Valik s'épongea le front.

« Et si ça se passe mal ?

— *Inch' Allah !* Etablissez votre demande d'autorisation pour un transport de pièces détachées — pas de noms ou vous signez ma mort, celle d'Annoush, de Jalal et de Setarem. S'il vous plaît ? »

McIver savait que c'était de la folie. « Je vais faire la demande, mais pour Bandar Delam. Je saurai d'ici minuit si c'est accepté ou pas, j'enverrai quelqu'un attendre l'autorisation et me l'apporter chez moi. Les téléphones ne marchent pas, vous devrez donc venir chez moi pour confirmation. Cela va me donner du temps pour y réfléchir et décider si oui ou non...

— Mais vous...

— A minuit.

— Très bien, je serai là.

— Et les autres associés ?

— Ils ne savent rien de tout cela. Emir Paknouri ou un des autres agira à ma place.

— Et pour les versements hebdomadaires ?

— Ils s'en occuperont. » Valik s'essuya de nouveau le front. « Que Dieu vous bénisse. » Il mit son manteau et se dirigea vers la porte, laissant le porte-documents sur le bureau.

« Emportez cela avec vous. »

Valik se retourna. « Ah, vous préférez que je paie au Koweit ? Ou en Suisse ? Dans quelle devise ?

— Il n'y a rien à payer. On va peut-être réussir à vous emmener à Bandar Delam. Après, vous vous débrouillez tout seul. »

Valik le regardait avec incrédulité. « Mais... vous aurez besoin d'argent pour payer... le pilote ou que sais-je encore.

— Non, mais vous pouvez me donner une avance de cinq millions de rials sur l'argent que vous nous devez et dont nous avons désespérément besoin. » McIver remplit un reçu et le lui tendit. « Si vous n'êtes pas là, Emir ou les autres risquent de ne pas être aussi généreux.

— Les banques vont rouvrir la semaine prochaine, nous en sommes sûrs. Tout à fait sûrs.

— Espérons-le, comme cela on pourra nous payer ce qu'on nous doit. » Il vit l'expression sur le visage de Valik tandis qu'il comptait l'argent. Il savait que Valik pensait qu'il était fou de ne pas avoir accepté le *pishkesh* ; il savait aussi que le général essaierait de soudoyer le pilote pour qu'il les emmène le plus loin possible, et que ce serait la catastrophe.

A présent, devant la fenêtre de son bureau, le regard perdu dans la nuit, n'entendant plus les coups de feu, ne voyant plus les explosions qui illuminaient sporadiquement la ville, il pensait, mon Dieu, la Savak ? Il faut que j'essaie de l'aider. Il le faut. Pauvres gosses et pauvre femme. Mais quand Valik offrira de l'argent au pilote, même si je préviens celui-ci, résistera-t-il à la tentation ? Si Valik propose douze millions maintenant, à Abadan la somme sera doublée. Tom aurait bien besoin de cet argent, Nogger Lane, moi aussi, n'importe qui. Juste pour un rapide voyage de l'autre côté du Golfe — rapide mais sans retour. Où Valik s'est-il procuré tout cet argent liquide ? Dans une banque, bien sûr.

Depuis des semaines le bruit courait que certaines personnes bien placées faisaient sortir de l'argent de Téhéran en dépit de la fermeture officielle des banques. Ou même réussissaient à faire virer de grosses sommes sur des comptes numérotés en Suisse. On disait que les banques suisses croulaient sous le poids de l'argent qui avait fui le pays. Des milliards. Quelques millions versés dans la bonne poche et tout devenait possible. Les choses ne se passent-elles pas de la même façon en Asie ? Sois honnête, pourquoi spécialement l'Asie ? Le monde entier fonctionne de cette façon.

« Tom, fit-il d'un ton las, essaie d'appeler le contrôle aérien militaire et demande si le plan de vol du 212 est accepté, veux-tu ? » Pour Lochart, ce n'était qu'un vol de routine de livraison de matériel. McIver lui avait dit qu'il avait vu Valik dans l'après-midi et que le général lui avait donné du liquide, mais rien d'autre. Il n'avait pas encore décidé quel pilote il allait envoyer. Il aurait aimé pouvoir le faire lui-même afin de ne pas faire courir de risque à quelqu'un d'autre.

Alors que Lochart se dirigeait vers l'émetteur radio, on entendit une bousculade au-dehors et la porte s'ouvrit toute grande. Un jeune homme, fusil automatique sur l'épaule et brassard vert au bras, apparut sur le seuil. Il était accompagné d'une demi-douzaine d'autres jeunes. Le personnel iranien s'était figé. Le jeune homme regarda McIver et Lochart puis consulta une liste.

« *Salam, agha.* Capitaine McIver ? demanda-t-il à Lochart dans un anglais hésitant.

— *Salam, agha.* Non, c'est moi », dit McIver, mal à l'aise. Sa première pensée avait été : est-ce le même groupe qui a assassiné ce pauvre Kyabi ? Sa deuxième pensée : Gen aurait dû partir avec les autres, j'aurais dû insister. Sa troisième fut pour les liasses de rials dans sa serviette ouverte sur le plancher à côté du portemanteau.

« Ah, bon », fit poliment le jeune homme. Il avait des cernes sous les yeux. McIver pensait qu'il devait avoir tout au plus vingt-cinq ans bien qu'il eût déjà le regard d'un vieil homme. « Danger ici. Pour toi ici. Maintenant. Partir, s'il vous plaît. Nous sommes comité de ce quartier. S'il vous plaît, partir. Maintenant.

— Très bien, certainement... merci. » A deux reprises McIver avait pensé qu'il serait prudent d'évacuer les bureaux en raison des émeutes dans les rues voisines bien que, bizarrement, les foules se soient toujours montrées disciplinées, ne causant que peu de dommages aux propriétés ou aux Européens, exception faite des voitures en stationnement. C'était la première fois que quelqu'un le prévenait personnellement d'un danger. Obéissant, McIver et Lochart prirent leurs manteaux. McIver ferma son porte-documents et suivit les autres. Il éteignit les lumières.

« Comment lumières quand personne d'autre ? demanda le chef.

— Nous avons notre propre générateur. Sur le toit. »

Le jeune homme sourit étrangement, découvrant des dents très blanches. « Etrangers ont générateurs et chaleur, pas Iraniens. »

McIver faillit répondre, mais changea d'avis.

« Vous reçu message ? Message de partir ? Message aujourd'hui ?

— Oui », dit McIver. Un message au bureau et un à l'appartement. Genny l'avait trouvé dans la boîte aux lettres. Ils disaient : « Le 1er décembre nous vous avons avertis que vous deviez partir. Pourquoi êtes-vous toujours là si vous n'êtes pas nos ennemis ? Il vous reste très peu de temps. » C'était signé : « Les Partisans de la République islamique en Iran. »

« Vous, euh... vous êtes les représentants de ce mouvement ?

— Nous sommes votre comité. S'il vous plaît, partir maintenant. Ennemis feraient mieux jamais revenir. »

McIver et Lochart sortirent. Les révolutionnaires les accompagnèrent dans les escaliers. L'ascenseur ne fonctionnait plus depuis des semaines.

La rue était toujours déserte, pas d'émeutiers, seulement quelques coups de feu lointains.

« Pas revenir. Trois jours. »

McIver les regarda. « Mais ce n'est pas possible. J'ai trop de choses à f...

— Danger. » Le jeune homme et les autres attendaient en silence et observaient. Ils n'étaient pas tous armés de fusils. Deux avaient des gourdins. Deux autres se tenaient la main. « Pas revenir. Très mauvais. Trois jours, comité dit. Compris ?

— Oui, mais il faut que l'un de nous vienne faire le plein du générateur, sinon le télex va s'arrêter et on ne pourra plus...

— Télex pas important. pas revenir. Trois jours, dit le jeune homme en les poussant doucement. Danger ici. Pas oublier, s'il vous plaît. Bonne nuit. »

McIver et Lochart montèrent dans leurs voitures rangées dans le garage du bâtiment, conscients des regards envieux. McIver avait pris son coupé Rover 65 qu'il appelait Lulu et qu'il entretenait avec amour. Lochart avait emprunté la voiture de Scot Gavallan, une petite Citroën vieille et cabossée qui, volontairement, ne payait pas de mine mais dont le moteur était poussé, les freins en parfait état et qui pouvait, s'il le fallait, rouler très vite. Ils démarrèrent et s'en allèrent. Dès qu'ils eurent tourné le coin de la rue, ils s'arrêtèrent.

« Ces salauds ne plaisantent pas, dit McIver avec colère. Trois jours ? Je ne peux pas rester trois jours sans aller au bureau.

— Sûrement pas. » Lochart jeta un coup d'œil dans le rétroviseur. Le groupe de jeunes gens les observait.

« On ferait mieux de partir. Je te retrouve chez toi à l'appartement.

— D'accord, mais demain matin. Nous ne pouvons rien faire maintenant, Tom.

— Mais je voulais rentrer à Zagros, j'aurais dû partir aujourd'hui.

— Je sais. Reste demain, tu partiras après-demain. Nogger peut se charger du vol, si l'autorisation est accordée, ce dont je doute. Viens vers 10 heures. »

Les jeunes gens se dirigeaient vers eux. « Vers 10 heures, Tom », dit-il rapidement en démarrant.

Les jeunes les regardèrent partir. Leur chef, Ibrahim, en fut satisfait ; il ne souhaitait pas de heurts avec les étrangers, encore moins les tuer, ou les faire juger. Il n'en voulait qu'à la Savak, à la police complice, aux ennemis de l'Iran, à l'intérieur même du pays, qui voulaient faire revenir le shah. Et à tous ces traîtres marxistes totalitaires qui s'opposaient à la démocratie, à la liberté du travail et à celle de l'éducation et des universités.

« Oh, comme j'aimerais avoir une voiture comme ça, fit un des jeunes presque malade d'envie. C'est une 68, n'est-ce pas, Ibrahim ?

— Une 65, répondit Ibrahim. Un jour tu en auras une, Ali, avec de l'essence pour mettre dedans. Un jour tu seras le poète et l'écrivain le plus célèbre d'Iran.

— C'est écœurant que cet étranger étale autant sa richesse quand il y a tant de pauvreté en Iran, dit un autre.

— Bientôt, ils seront tous partis. Pour toujours.

— Tu crois que ces deux-là vont revenir demain, Ibrahim ?

— J'espère que non, fit-il avec un rire las. S'ils reviennent, je ne sais pas ce que nous ferons. Je pense qu'on leur a fait assez peur. Malgré tout, nous reviendrons visiter le bâtiment deux fois par jour. »

Un jeune homme portant un gourdin lui passa affectueusement le bras autour des épaules. « Je suis content que nous t'ayons élu comme chef. Nous avons fait un excellent choix. »

Ils approuvèrent tous. Ibrahim Kyabi était très fier, fier de participer à la révolution qui allait mettre fin à tous les problèmes de l'Iran. Et fier également de son père, ingénieur en chef et cadre important d'IranOil qui militait depuis des années pour la démocratie en Iran, s'opposant au shah, et qui allait certainement devenir un personnage important dans le nouvel et glorieux Iran. « Venez, les amis, dit-il avec satisfaction. Nous avons plusieurs autres immeubles à visiter. »

CHAPITRE 12

Ile de Siri : 19 h 42. A un peu plus de mille kilomètres au sud-ouest de Téhéran, dans le golfe Persique, le chargement du *Rikomaru*, un pétrolier japonais de cinquante mille tonnes, s'achevait. Une belle lune éclairait le Golfe, la nuit était douce, le ciel étoilé et Scragger avait accepté de se joindre à Plessey pour dîner à bord avec Yoshi Kasigi. Les trois hommes se tenaient sur le pont éclairé en compagnie du capitaine, surveillant les matelots japonais et l'ingénieur en chef qui travaillaient près de l'énorme tuyau relié aux valves du réservoir situé à proximité.

Le pétrolier mouillait à environ deux cents mètres au large de l'île de Siri. Il était solidement amarré par deux chaînes maillées sur coffres à l'avant et deux ancres à l'arrière. Le pétrole était pompé des citernes situées à terre vers le réservoir flottant pour être ensuite déversé dans le pétrolier. Charger et décharger constituait une opération extrêmement délicate en raison des gaz volatiles et inflammables qui se dégageaient dans les conduites — les réservoirs vides se révèlent encore plus explosifs tant qu'on ne les avait pas nettoyés. Sur les pétroliers les plus modernes, pour plus de sécurité, du nitrogène, un gaz inerte, était introduit à l'intérieur des réservoirs pour empêcher les gaz dangereux de se dégager. Le *Rikomaru* n'était pas équipé de la sorte.

L'ingénieur cria à ses hommes : « Fermez la valve », puis se retournant vers le pont, il fit un signe, pouce levé, en direction du capitaine qui demanda à Kasigi en japonais : « Permission de prendre la mer dès que possible ? » Mince, le visage figé, il portait une chemise blanche amidonnée, un short, des chaussettes et des chaussures blanches, des épaulettes et une casquette de marine.

« Oui, capitaine Moriyama. Combien de temps vous faut-il ?

— Deux heures au maximum pour nettoyer et caponner les ancrages. » Ce qui signifie envoyer un petit bateau à moteur pour détacher les chaînes des ancres flottantes fixées aux bouées, et les rattacher ensuite aux ancres du bateau.

« Bon. Nous avons fait le plein, dit Kasigi en anglais à l'adresse de Plessey et de Scragger. Dans deux heures environ nous prendrons le large.

— Très bien, dit Plessey, soulagé. Nous pouvons nous détendre maintenant. »

L'opération s'était parfaitement déroulée. La sécurité avait été renforcée autour de l'île et du pétrolier. Tout ce qui pouvait être vérifié l'avait été. Seuls trois Iraniens indispensables avaient été admis à bord. Chacun d'entre eux avait été minutieusement fouillé et surveillé par les matelots japonais. Il n'y avait eu aucun signe d'hostilité parmi les Iraniens de l'île. On avait passé au peigne fin tous les endroits où auraient pu être cachés des explosifs ou des armes. « Ce pauvre jeune homme de Siri 1 s'était trompé, mon cher Scrag.

— Peut-être, répondit Scragger. Je pense néanmoins qu'Abdollah Turik a été assassiné ; personne n'a le visage ainsi mutilé en tombant d'une plate-forme de forage dans une mer tranquille. Pauvre gosse.

— Mais les requins, capitaine Scragger, dit Kasigi, également inquiet, les requins auraient pu être les responsables de ces blessures.

— Oui, c'est possible. Mais je parierais ma vie que c'est à cause de ce qu'il m'a confié.

— J'espère que vous vous trompez.

— Je pense qu'on ne connaîtra jamais la vérité, dit tristement Scragger. Quel est le mot que vous employez, monsieur Kasigi ? Karma. Le karma de ce pauvre type a été bien court et guère agréable. »

Les autres approuvèrent de la tête. Ils observèrent en silence le bateau qui se détachait du cordon ombilical le reliant au réservoir flottant.

Pour mieux regarder, Scragger alla sur le côté du pont. Eclairés par d'autres projecteurs, six hommes dévissaient avec peine de sa valve le tuyau d'un diamètre de trente centimètres. Il y avait deux Japonais, trois Iraniens et un ingénieur français.

Devant lui s'étendait le pont plat au milieu duquel trônait son 206. Il s'y était posé suivant la suggestion de Plessey et avec la permission de Kasigi. « Je vous ramène à Siri ou à Lengeh quand vous voulez, avait dit Scragger au Français.

— Yoshi Kasigi nous propose de passer la nuit ici et de repartir demain matin. Je serais ravi que vous restiez. Venez. »

Il s'était donc posé sur le pétrolier au crépuscule, ne sachant pas très bien pourquoi il avait accepté l'invitation, mais il avait conclu un pacte avec Kasigi et devinait qu'il devait l'honorer. Il se sentait aussi responsable de la mort d'Abdollah Turik. Cela le rendait malade. La vue du cadavre l'avait profondément secoué et lui avait donné envie de rester à Siri jusqu'au départ du navire. Il était donc là et essayait de se comporter en bon invité, à moitié convaincu par Plessey que la mort du jeune homme n'était peut-être qu'une coïncidence et que les mesures de sécurité empêcheraient toute tentative de sabotage.

Depuis que le chargement avait commencé la veille, ils étaient sur les nerfs. Ce soir encore plus. Les nouvelles de la BBC étaient mauvaises et signalaient de plus en plus d'incidents violents à Téhéran, Meshed et Qom. S'ajoutait à cela la communication en français de McIver relayée de Kowiss par Ayre : occupation de l'aéroport international de Téhéran, coup d'Etat militaire possible et mort de Kyabi. L'assassinat de Kyabi avait bouleversé Plessey. Il y avait également les rumeurs contradictoires. Rumeurs d'intervention militaire américaine imminente, d'intervention soviétique, de tentatives d'assassinat de Khomeiny ou de Bazargan, le premier ministre qu'il avait désigné, de Bakhtiar l'actuel premier ministre, de l'ambassadeur américain, rumeurs d'un coup d'Etat militaire pour le soir même à Téhéran. On disait que Khomeiny était arrêté, que les forces armées s'étaient rendues, que Khomeiny était déjà à la tête de l'Iran, que le général Nassiri, chef de la Savak, avait été appréhendé, jugé et exécuté...

« Toutes ces rumeurs ne peuvent être vraies, avait dit Kasigi. Nous ne pouvons rien faire d'autre qu'attendre. »

Il s'était montré un hôte attentif. La nourriture était japonaise. Même la bière. Scragger avait essayé de ne pas montrer le dégoût que lui inspiraient les hors-d'œuvre de *sushi*, mais il avait énormément apprécié le poulet grillé servi avec une sauce sucrée-salée ainsi que le riz, les beignets de crevettes et les légumes. « Une autre bière, capitaine Scragger ? avait proposé Kasigi.

— Non, merci. Je ne m'en autorise qu'une bien que je doive

admettre qu'elle est excellente. Pas aussi bonne que la Foster mais presque.

— Quand un Australien dit d'une bière qu'elle vaut presque la Foster, c'est un sacré compliment, monsieur Kasigi, avait observé Plessey en souriant.

— Oh, je le sais, monsieur de Plessey. C'est la Foster que je préfère.

— Vous passez beaucoup de temps en Australie ? avait demandé Scragger.

— Oui, beaucoup. L'Australie est une des principales sources d'approvisionnement du Japon en matières premières. Ma compagnie dispose de cargos pour le transport du charbon, du minerai de fer, du blé, du riz, et du soja, avait répondu Kasigi. Nous importons d'énormes quantités de votre riz dont la plus grande partie sert à la fabrication de notre boisson nationale : le saké. Avez-vous déjà bu du saké, capitaine ?

— Oui, une fois. Mais le vin chaud... je veux dire le saké n'est pas à mon goût.

— Je suis d'accord, dit Plessey qui s'empressa d'ajouter : sauf en hiver, comme un grog. Vous parliez de l'Australie ?

— Oui, j'aime beaucoup ce pays. Mon fils aîné est inscrit à l'université de Sydney et je vais lui rendre visite de temps en temps. C'est un pays de rêve — si grand, si riche, si vide. »

Oui, avait pensé Scragger. Tu veux dire si vide qu'on pourrait le remplir avec tes millions de fourmis ouvrières qui n'attendent que ça. Remercions le ciel de nous trouver à plusieurs milliers de kilomètres et aussi les Etats-Unis qui vous empêcheront de nous envahir.

« Conneries ! » lui avait dit un jour McIver au cours d'une dispute amicale, alors qu'ils étaient, lui, McIver et Pettikin, en permission pour une semaine à Singapour, il y avait deux ans. « Si le Japon choisit le bon moment, c'est-à-dire quand les Etats-Unis se battront avec la Russie, l'Oncle Sam ne pourra pas lever le petit doigt pour aider l'Australie. Ils concluront un accord et...

— Le méchant Duncan raconte n'importe quoi, Charlie, avait dit Scragger.

— Tu as raison, avait dit Pettikin. Il te taquine.

— Oh non, pas du tout. Votre vrai protecteur, c'est la Chine. Quoi qu'il arrive, la Chine sera toujours là. Et elle seule sera en mesure de s'interposer si le Japon redevient agressif et envisage d'attaquer le Sud. Tout le monde lorgne vers l'Australie, c'est le trésor du Pacifique, mais aucun de vous autres crétins n'est fichu de réfléchir et de prévoir. Tout ce que vous voulez, c'est trois jours de congé par semaine, plus d'argent, moins de boulot, les écoles gratuites, la médecine gratuite, et laisser faire le boulot par d'autres pauvres crétins. Vous êtes encore pires que ces pauvres Anglais qui n'ont rien ! Ce qui est tr...

— Vous avez le pétrole de la mer du Nord. Si ce n'est pas une chance de tous les diables, je...

— Le problème avec vous autres, c'est que vous n'êtes pas capables de faire la différence entre votre trou du cul et un trou dans le mur.

— Assieds-toi, Scrag ! avait ordonné Pettikin. Vous avez promis de ne pas vous disputer, tous les deux. Si tu essaies d'attaquer Mac quand il n'est pas ivre mort, tu vas te retrouver assommé en moins de deux. Il fait peut-être de la tension artérielle mais il est toujours ceinture noire.

— Moi, attaquer Duncan ? Tu plaisantes, j'espère. Je n'attaque pas les vieillards. »

Scragger sourit en se remémorant la scène. Singapour est un endroit sympa, pensa-t-il, avant de reporter son attention sur le bateau. Maintenant qu'il avait bien mangé et que le chargement était terminé, il se sentait mieux.

La nuit était splendide. Très haut au-dessus de lui, il distingua les feux de navigation d'un avion qui se dirigeait vers l'ouest. Il ne put s'empêcher de se demander où il allait atterrir, à quelle compagnie aérienne il appartenait et combien de passagers se trouvaient à bord. Son excellente vision nocturne lui permettait de voir que les hommes avaient presque entièrement dévissé le tuyau. Une fois que le treuil l'aurait hissé à bord, le pétrolier pourrait partir. A l'aube le *Rikomaru* passerait le détroit d'Ormuz et Scragger pourrait décoller pour rentrer à Lengeh avec Plessey.

Son regard perçant distingua sur le rivage quelques hommes qui s'éloignaient en courant de la station de pompage à moitié éclairée. Immédiatement, son attention se porta sur eux. Il y eut une petite explosion, puis le pétrole s'enflamma. Tout le monde à bord regardait, pétrifié. Le feu s'étendit ; des cris retentirent — en parsi et en français — sur la côte. Des hommes quittèrent en courant les baraquements et la zone des cuves. Une mitraillette crépita dans la nuit. La voix du capitaine retentit en japonais dans les haut-parleurs du bateau : « Tout le monde à son poste. »

Sur la barge, les hommes redoublèrent d'efforts, terrorisés à l'idée que le feu pourrait prendre dans le tuyau, se propager jusqu'à eux et tout faire sauter. Dès que la conduite fut séparée de la valve, les Iraniens grimpèrent précipitamment dans leur petit bateau à moteur et partirent, leur travail accompli. L'ingénieur français et les matelots japonais coururent le long des rambardes tandis que, sur le pont, le treuil du pétrolier se mettait en marche pour hisser le tuyau à bord.

L'équipage était en alerte sur les ponts inférieurs, dans la salle des machines et sur la passerelle. Les trois Iraniens qui contrôlaient le niveau d'arrivée du pétrole furent laissés seuls un instant. Ils s'élancèrent vers le pont.

L'un d'eux, Saïd, fit semblant de trébucher et tomba à côté de l'arrivée principale du réservoir. S'assurant qu'on ne le regardait pas, il ouvrit rapidement son pantalon et sortit un petit pain de plastic qu'il avait réussi à dissimuler lors de la fouille en montant à bord. Il l'avait collé très haut sur l'une de ses cuisses. Il activa le détonateur chimique qui devait exploser dans une heure, fixa la charge contre la valve principale et courut rejoindre les autres. En arrivant sur le pont, il découvrit avec consternation que les hommes de la barge ne l'avaient pas attendu et que leur bateau avait presque atteint le rivage. Les deux autres Iraniens discutaient, furieux eux aussi d'avoir été abandonnés à bord. Aucun des deux n'appartenait à la cellule gauchiste de Saïd.

Sur l'île, la nappe de pétrole flambait toujours, mais l'arrivée au tuyau avait été coupée et la cassure isolée. Trois hommes étaient gravement brûlés, un Français et deux Iraniens. Le camion-citerne anti-incendie projetait sur les flammes de l'eau de mer pompée directement dans le Golfe. Il n'y avait pas de vent et l'épaisse fumée noire rendait difficile le combat contre le feu.

« Jetez de la mousse dessus », hurla Legrand, le directeur français. Il essayait de se faire obéir mais tout le monde s'agitait dans tous les sens sans savoir que faire. « Jacques, rassemble-les et fais l'appel. Aussi vite que tu le peux. » Leur effectif sur l'île se montait à trente-sept hommes, sept Français et trente Iraniens. Les trois hommes des forces de sécurité s'activèrent dans la pénombre, ils étaient juste armés de gourdins et ne savaient pas à quel autre sabotage s'attendre, ni où.

« M'sieur ! » C'était l'infirmier iranien qui hélait Legrand. Legrand descendit sur le rivage près de l'ensemble de valves et de tuyaux qui reliaient les réservoirs à la barge. L'infirmier était agenouillé à côté de deux des blessés allongés inconscients sur une toile. L'un d'eux avait les cheveux calcinés et le visage grièvement brûlé ; l'autre avait été aspergé de pétrole lors de la première explosion, ce qui avait instantanément embrasé ses vêtements, le brûlant au deuxième degré sur presque tout le corps.

« Mon Dieu », murmura Legrand en se signant, reconnaissant à peine son ouvrier iranien.

Un des ingénieurs français était accroupi, le menton sur les genoux, geignant doucement, les mains et les bras brûlés. Les jurons se mêlaient aux plaintes.

« Je vais te faire évacuer vers l'hôpital aussi vite que possible, Paul.

— Trouve d'abord ces enculés et brûle-les vifs, grogna l'ingénieur avant de se remettre à gémir.

— Bien sûr », fit Legrand, puis s'adressant à l'infirmier : « Fais ce que tu peux. Je vais demander un *casevac*. » Il s'élança vers l'émetteur radio qui se trouvait dans une des baraques. Ses yeux s'étant habitués à l'obscurité, il remarqua à l'autre extrémité du minuscule aéroport deux hommes qui couraient le long de la piste vers la falaise. De l'autre côté des rochers, se trouvaient une baie et un petit embarcadère. Je parie que ces salauds ont une embarcation, là-bas, pensa-t-il aussitôt. Il étouffa presque de rage et hurla dans la nuit : « Salauds ! »

Dès la première explosion, Plessey s'était précipité vers la radio sur la passerelle. « Vous avez trouvé la mitraillette ? » demanda-t-il en français au sous-directeur de la base. On avait baissé les lumières sur le pont. La lune était haute et belle.

« Non, m'sieur. Après la première rafale les attaquants ont disparu.

— Quels sont les dégâts dans le système de pompage ?

— Je ne sais pas. J'attends un... ah, un moment, voici M. Legrand. » Quelques secondes plus tard une autre voix en français : « Ici Legrand. Nous avons trois brûlés dont deux Iraniens salement touchés. L'autre c'est Paul Beaulieu, brûlé aux mains et aux bras. Demandez un *casevac* immédiatement. J'ai vu deux types s'enfuir vers la falaise, probablement les saboteurs, et ils doivent avoir un bateau. Je fais rassembler tout le monde pour voir qui manque à l'appel.

— Oui, tout de suite. Et les dégâts ?

— Pas de dégât majeur. Avec un peu de chance tout sera réparé d'ici une semaine, bien avant l'arrivée des prochains pétroliers.

— Je viens à terre dès que possible. Un instant ! » Se tournant vers Scragger et Kasigi, Plessey leur répéta ce que Legrand venait de lui dire.

— Je m'occupe du *casevac*, déclara Scragger. Pas besoin d'en demander un par radio.

— Amenez les blessés ici, dit Kasigi. Nous avons un docteur. Il est très compétent, particulièrement en ce qui concerne les brûlures.

— Dieu merci », dit Scragger en s'éloignant aussitôt.

Plessey reprit le micro. « Nous allons nous occuper du *casevac*. Mettez vos blessés sur des brancards. Le capitaine Scragger va venir les chercher et les amener à bord. Il y a un docteur ici. »

Un jeune officier de pont japonais s'approcha et dit quelques mots au capitaine qui hocha la tête et lui répondit sèchement. « Les trois

Iraniens qui ont été abandonnés ici par leurs compagnons veulent être emmenés à terre, expliqua-t-il en anglais à Plessey. J'ai répondu qu'ils pouvaient attendre. » Puis il lança un ordre à la salle des machines de se préparer à appareiller.

Kasigi regardait fixement l'île. Et ses cuves. J'ai besoin de ce pétrole, pensa-t-il, j'ai besoin que cette île soit en sûreté. Mais elle ne l'est pas et je ne peux rien faire pour qu'elle le soit.

« Je vais à terre », dit Plessey en s'éloignant.

Scragger était déjà dans le 206, détachant les portes arrière.

« Qu'est-ce que vous faites, Scrag ? demanda Plessey en se hâtant vers l'appareil.

— Je peux poser les brancards à l'arrière et les attacher avec des courroies.

— Je viens avec vous.

— Sautez. » Ils entendirent du bruit derrière eux et se retournèrent. Les trois Iraniens arrivaient en courant et baragouinaient quelque chose. Il était clair qu'ils voulaient aller à terre avec l'hélicoptère. « On les emmène, Scrag ? »

Scragger était déjà installé sur le siège du pilote, ses doigts s'affairant sur les boutons du tableau de bord. « Non, nous avons une urgence, pas eux. Montez, mon vieux. » Il indiqua le siège de droite et fit signe aux Iraniens de s'en aller. « *Nah, ajaleh daram.* Non, je suis pressé », dit-il en utilisant les quelques mots de parsi qu'il connaissait. Deux d'entre eux reculèrent, obéissants. Le troisième, Saïd, se glissa sur le siège arrière et boucla sa ceinture. Scragger fit non de la tête en lui faisant signe de redescendre. L'homme n'en tint pas compte, parla rapidement, se forçant à sourire, et montra le rivage du doigt.

Scragger qui s'impatientait lui intima l'ordre de sortir tout en mettant le contact. Les jérémiades commencèrent immédiatement. L'homme refusa de nouveau, cette fois avec colère, montrant le rivage, sa voix couverte par le bruit du moteur. Un instant, Scragger se dit : OK, pourquoi pas ? puis il remarqua le visage de l'homme ruisselant de sueur et renifla sa peur. « Dehors ! » dit-il en l'observant avec attention.

Saïd ne bougea pas. Au-dessus de leurs têtes les pales tournaient, prenant peu à peu de la vitesse.

« Laissez-le venir, cria Plessey, nous sommes pressés. »

Brusquement Scragger coupa les moteurs et avec une force étonnante pour un si petit homme, il détacha la ceinture de Saïd et jeta l'homme sur le pont, à moitié assommé. Mettant ses mains en porte-voix, il cria vers la passerelle : « Hé, là-haut ! Kasigi ! Ce type est bien trop pressé de partir d'ici, il ne travaillait pas sur le pont inférieur ? » Sans attendre la réponse, il sauta dans le cockpit et relança les moteurs.

Plessey le regardait en silence. « Qu'avez-vous donc décelé chez cet homme ? »

Scragger haussa les épaules. Bien avant que les moteurs n'aient atteint leur pleine puissance, des matelots avaient saisi à bras-le-corps les trois Iraniens et les entraînaient vers la passerelle.

Le 206 fila comme une flèche jusqu'au rivage. Les deux blessés étaient déjà placés sur des brancards. On arrima rapidement le premier sur la banquette arrière. Scragger aida le Français qui avait les mains et les bras bandés à s'asseoir devant avec lui puis, essayant d'ignorer la puanteur, il redécolla en direction du pétrolier sur lequel il se posa comme une plume. Les infirmiers et le docteur attendaient, plasma et seringues de morphine prêts.

Scragger repartit aussitôt. En quelques secondes, le second brancard fut installé et il s'envola pour se poser tout aussi délicatement. Une fois de plus le docteur attendait, la seringue à la main. Se baissant pour éviter les pales, il s'approcha du brancard, mais il ne se servit pas de sa seringue. « Je suis désolé, dit-il dans un anglais saccadé, cet homme est mort. » Puis, la tête toujours penchée, il repartit. Les infirmiers emportèrent le corps.

Lorsque Scragger eut coupé les moteurs et se fut assuré que tout était verrouillé comme la procédure l'exigeait, il alla au bastingage et vomit. Des années plus tôt, il avait vu un pilote brûler dans un avion qui s'était écrasé. Il l'avait entendu. Il l'avait senti. Depuis, la peur de finir de la même façon ne le quittait pas. Depuis, l'odeur de la chair humaine brûlée le rendait malade.

Après quelques minutes il s'essuya la bouche, respira à pleins poumons le grand air et bénit sa chance. Son avion avait été abattu trois fois, dont deux en flammes et, chaque fois, il s'en était sorti sain et sauf. Quatre fois, il avait dû se laisser tomber en chute libre pour sauver sa vie et celle de ses passagers, deux fois au-dessus de la jungle et dans les arbres, une fois avec un moteur en feu. « Mais mon nom ne figurait pas sur la liste, murmura-t-il. Ce n'était pas mon tour. » Des pas approchaient. Il se retourna et vit Kasigi qui traversait le pont dans sa direction, une bouteille de bière Kirin bien glacée dans chaque main.

« Excusez-moi, mais tenez, prenez ça, dit gravement Kasigi en lui offrant une bière. Les brûlures me font le même effet. J'ai été malade également. Je suis allé à l'infirmerie pour voir les blessés et... j'ai été très mal. »

Reconnaissant, Scragger but. Le liquide froid, gazeux et agréablement parfumé lui redonnait vie. « Doux Jésus, ça fait du bien, merci, camarade. » Après l'avoir dit une première fois, il lui devint facile de le répéter. « Merci, camarade. » Kasigi entendit les deux remerciements et considéra qu'il venait de remporter une victoire majeure. Ils regardèrent tous les deux le matelot qui arrivait en courant, un télex à la main. Il le tendit à Kasigi qui s'approcha d'une lampe, mit ses lunettes et le lut. Scragger le vit avaler sa salive et pâlir.

« Mauvaises nouvelles ?

— Non, juste quelques problèmes, répondit Kasigi après un silence.

— Je peux faire quelque chose ? »

Kasigi ne répondit pas. Scragger attendait. Il voyait que l'homme hésitait, en proie à un dilemme, se demandant s'il pouvait se confier à lui ou non.

« Je... je ne pense pas, finit par murmurer Kasigi. Cela concerne notre usine pétrochimique de Bandar Delam.

— Celle que les Japonais sont en train de construire ? » Comme tout le monde autour du Golfe, Scragger avait entendu parler de cet énorme chantier de trois milliards et demi de dollars qui, une fois terminé, serait sans conteste le plus gros complexe pétrochimique de toute l'Asie Mineure et du Moyen-Orient avec une installation centrale de trois cent mille tonnes d'éthylène. Les travaux, commencés en 1971, étaient terminés à 85 pour cent. « C'est une sacrée usine.

— Oui. Mais elle est construite par des industries japonaises privées et non par notre gouvernement, répondit Kasigi. L'usine Toda-Iran est financée par le privé.

— Ah, dit Scragger qui établit le rapport. La compagnie maritime Toda et Toda-Iran, c'est le même groupe ?

— Oui, mais nous ne sommes qu'une des sociétés du groupe japonais qui a réuni l'argent et les conseils techniques pour le shah... pour l'Iran. Que tous les dieux grands et petits maudissent ce pays, ses habitants, le shah qui a provoqué la crise pétrolière, l'OPEP, et tous les bâtards fanatiques et les menteurs qui vivent ici ! » Il regarda de nouveau le message et fut satisfait de constater que ses mains ne tremblaient pas. C'était un message codé de son président Hiro Toda.

Il disait : « URGENT. En raison de l'intransigeance absolue et continuelle des Iraniens, j'ai dû ordonner l'arrêt des travaux à Bandar Delam. Le dépassement de coût budgété est de cinq cents millions de dollars et s'élèverait vraisemblablement à un milliard avant même que nous ne puissions commencer la production. Le paiement des intérêts se monte actuellement à quatre cent quatre-vingt-quinze mille dollars par jour. En raison de l'ignoble pression secrète de « Sabre Brisé » le plan 4 a été rejeté. Rendez-vous à Bandar Delam de toute urgence et faites-moi personnellement un rapport. L'ingénieur en chef Watanabe vous attend. Accusez réception, s'il vous plaît. »

C'est impossible d'aller là-bas, pensa Kasigi découragé. Et si le plan 4 est rejeté nous sommes ruinés.

Le plan 4 d'Hiro Toda consistait d'une part à demander au gouvernement japonais des prêts à un taux d'intérêt très bas pour combler le déficit financier et, d'autre part, et discrètement, à solliciter le premier ministre de déclarer le projet Toda-Iran « projet national ». Cela aurait signifié que le gouvernement, reconnaissant officiellement la nature vitale et essentielle du programme, aurait veillé à ce qu'il aboutisse pour le bien de la nation. « Sabre Brisé » était le nom de code donné à l'ennemi personnel et principal rival d'Hiro Toda, Hidiyoshi Ishida, qui dirigeait le très puissant groupe commercial Mitsuwari.

Que les dieux maudissent cette vermine jalouse et menteuse d'Ishida, pensait Kasigi tout en disant tout haut : « Ma compagnie n'est qu'une des nombreuses sociétés du groupe.

— J'ai survolé votre usine une fois, dit Scragger, en revenant de notre base d'Abadan. Je livrais un appareil, un 212. Vous avez des ennuis là-bas ?

— Temporaires... » Kasigi se tut et le regarda. Un plan commençait à se former dans son esprit. « Des problèmes temporaires... graves, mais temporaires. Comme vous le savez, nous avons eu plus que notre part d'ennuis depuis le début, et sans que nous y soyons pour quelque chose. » Le premier remontait à février 1971. Vingt-trois producteurs pétroliers signèrent les accords de l'OPEP, formèrent un cartel et doublèrent les prix à 2,16 dollars..., puis, ce fut la guerre du Kippour en 1973. L'OPEP coupa ses approvisionnements vers les Etats-Unis et les prix montèrent à 5,12 dollars. Cela continua avec la catastrophe de 1974. L'OPEP reprit ses livraisons mais en doublant encore les prix : 10,95 dollars. La crise mondiale commençait. « Je ne comprendrai jamais pourquoi les Etats-Unis ont permis à l'OPEP de déstabiliser l'économie mondiale alors qu'ils avaient le pouvoir de l'écraser. *Baka !* Maintenant nous sommes perpétuellement à la merci de l'OPEP. Notre principal fournisseur, l'Iran, est en pleine guerre civile, le pétrole coûte presque 20 dollars le baril, et nous devons payer. Pas d'autre solution que payer ! » Il frappa du poing le plat-bord du bateau mais se reprit immédiatement, honteux d'avoir ainsi perdu son sang-froid. « Pour ce qui est de Toda-Iran, dit-il en se forçant à rester calme, nous trouvons que les Iraniens sont... sont des gens avec qui il est extrêmement difficile de travailler depuis quelques années. » Il agita le télex. « Mon président me demande d'aller à Bandar Delam.

— C'est assez risqué, dit Scragger avec un petit sifflement.
— Oui.
— C'est important ?
— Oui, très important. » Kasigi laissa le problème en suspens, certain que Scragger suggérerait quelque chose. Sur l'île, la surface inondée de pétrole autour de la valve endommagée par le sabotage brûlait toujours. Le camion citerne envoyait à présent de la mousse. Ils pouvaient distinguer Plessey qui parlait avec Legrand.

« Ecoutez, mon vieux, dit finalement Scragger, pour Plessey vous êtes un gros client, pas vrai ? Il pourrait organiser un charter pour vous. Nous avons un 206 en réserve. S'il est d'accord — parce qu'en principe tous nos appareils sont au service d'IranOil — nous pourrions arranger cela et demander aux contrôleurs aériens la permission de vous emmener sur la côte. Si nous parvenions à passer les douanes et l'immigration à Lengeh, nous pourrions peut-être vous faire passer le Golfe jusqu'à Dubaï ou Al-Shargaz. De là vous pourriez trouver un vol jusqu'à Abadan ou Bandar Delam. De toute façon, Plessey peut vous aider à démarrer votre voyage.

— Vous pensez qu'il acceptera ?
— Pourquoi pas ? Vous êtes quelqu'un d'important pour lui. »

Kasigi réfléchissait. Nous comptons beaucoup pour lui, c'est vrai, et il le sait. Mais je n'oublierai jamais cette hausse injustifiée de deux dollars par baril. « Pardon ? Que disiez-vous ?

— Je demandais pourquoi vous vous étiez lancé dans ce projet ? C'est si loin de chez vous et de plus ce sont des pays à emmerdes. Qu'est-ce qui vous a poussé ?

— Un rêve. » Kasigi aurait bien aimé pouvoir allumer une cigarette mais fumer n'était autorisé que dans certains endroits ignifugés. « Il y a onze ans, en 68, un homme, Banjiro Kyama, ingénieur en chef au service de ma compagnie et parent de notre président Hiro Toda, roulait en voiture à travers les terrains pétroliers d'Abadan. C'était sa première visite en Iran et partout où il allait il voyait des jets naturels de gaz allumés. Il eut soudain une idée : au lieu de brûler ces gaz, pourquoi ne pas les récupérer et les transformer en produits pétrochimiques ? Nous avons la technologie, les experts, l'habitude des projets à long terme, l'argent et la compétence japonaise pour tirer parti des richesses brutes encore inexploitées de l'Iran. C'était une idée brillante. Les études préliminaires ont pris trois ans, ce qui était bien assez long. Des concurrents jaloux ont pourtant prétendu que nous allions trop vite tout en essayant de nous voler notre idée et de liguer les autres contre nous

Mais le projet Toda se poursuivit normalement et les trois milliards et demi de dollars furent réunis. Bien sûr, nous ne sommes qu'une partie du groupe Guokotomo-Mitsuwari-Toda, mais ce sont les bateaux de la Toda qui transporteront les matières premières dont les industries de notre pays ont si désespérément besoin. » Si nous terminons un jour ce complexe, pensa-t-il écœuré.

« Et maintenant le rêve s'est transformé en cauchemar ? demanda Scragger. J'ai entendu dire que... qu'il n'y avait plus assez d'argent pour terminer le projet ?

— Nos ennemis font courir toutes sortes de rumeurs. » Derrière l'incessant bourdonnement des générateurs du navire, il perçut le hurlement qu'il guettait ; il était en fait surpris qu'il ait été si long à venir. « Quand Plessey reviendra à bord, m'aiderez-vous ?

— Avec plaisir. C'est l'homme de la s... » Scragger s'arrêta. Un autre hurlement. « Ces brûlures doivent faire horriblement souffrir. »

Kasigi approuva d'un hochement de tête.

Un nouveau jaillissement de flammes sur la côte attira leur attention. Ils observèrent les hommes. Le feu était presque entièrement circonscrit. Un autre cri. Kasigi ne l'entendit pas, il pensait à Bandar Delam et à la réponse qu'il devait envoyer immédiatement à Hiro Toda. Il lui fallait résoudre ce problème, sinon, je serai ruiné, songea-t-il ; son échec deviendrait aussi le mien.

« Kasigi-*san !* » C'était le capitaine qui l'appelait de la passerelle. « *Hai ?* »

Scragger écoutait sans comprendre le flot de japonais. Décidément, ce n'était pas une langue plaisante à l'oreille.

Kasigi sursauta. « *Domo* », cria-t-il puis, toutes ses autres préoccupations oubliées, il lança un « Venez » urgent à Scragger. Il le conduisit à la coupée. « L'Iranien — vous vous souvenez, celui que vous avez viré de votre hélicoptère ? C'est un saboteur et il vient de poser une bombe en bas. »

Scragger suivit Kasigi le long de l'écoutille, dévala les marches deux par deux, courut le long du couloir, descendit un pont, puis un autre. Il se souvint alors des cris. Je pensais qu'ils venaient de l'étage et non d'en dessous ! se dit-il. Qu'est-ce qu'ils lui ont fait ?

Ils rejoignirent le capitaine et son chef mécanicien. Deux matelots furieux traînaient et poussaient devant eux un Saïd terrorisé. Des larmes coulaient sur son visage, il bredouillait des paroles incohérentes, une main tenant son pantalon. Il s'arrêta, tremblant et gémissant, et désigna la valve de la main. Le capitaine s'accroupit. Avec d'infinies précautions il glissa la main derrière la grosse valve. Puis il se releva, le pain de plastic à la main. Le système d'horlogerie était de nature chimique, c'est-à-dire une fiole de liquide enfoncée et fermement scotchée.

« Arrête-la », dit-il dans un parsi hésitant en tendant la bombe à l'homme qui fit un bond en arrière en hurlant : « On ne peut pas l'arrêter. On ne peut plus l'empêcher d'exploser... comprenez ?

— Il dit que ça va exploser », traduisit le capitaine, affolé.

Avant qu'il ait pu faire un geste, un des matelots lui avait arraché la bombe des mains et tirant et frappant Saïd pour le faire avancer, se précipita dans le couloir. Il n'y avait pas de hublot sur ce pont, mais il y en avait sur le suivant. Le plus proche était situé dans le coin du couloir, bloqué par deux lourdes bagues de métal sur les côtés. Le matelot jeta pratiquement Saïd contre le hublot en lui hurlant de l'aider. De sa main libre, il dévissa une des bagues tandis que Saïd s'attaquait à l'autre. Au moment où le matelot ouvrait le hublot la bombe explosa, lui arrachant les deux mains et emportant une partie de son visage. Saïd fut décapité sur le coup et un jet de sang jaillit sur la cloison.

Les autres qui arrivaient en courant furent rejetés en arrière dans l'escalier par le souffle de l'explosion. Kasigi se releva et alla s'agenouiller à côté des corps. Il secoua la tête sans un mot.

Le capitaine rompit le silence. « Karma », murmura-t-il.

CHAPITRE 13

A Téhéran : 20 h 33. Après avoir quitté McIver près de leur bureau, Tom Lochart était rentré chez lui en voiture, quelques détours provoqués par des barrages de policiers nerveux, mais rien de vraiment grave. Il habitait, dans le quartier résidentiel le plus huppé de la ville, un très bel appartement dans un immeuble ultramoderne de six étages, cadeau de mariage de son beau-père. Sharazad l'attendait. Se jetant à son cou, elle l'embrassa avec passion, le supplia d'aller s'asseoir devant la cheminée, lui retira ses chaussures, lui versa un verre de vin frappé exactement comme il l'aimait, lui apporta quelques canapés, lui dit que le dîner serait bientôt prêt, courut à la cuisine et de sa petite voix joyeuse demanda à la cuisinière de se dépêcher car le maître était rentré et avait faim. Revenant, elle s'assit à ses pieds sur le sol recouvert d'une épaisse et splendide moquette, les bras autour de ses genoux. « Je suis si heureuse de te voir, Tommy, tu m'as tellement manqué, dit-elle dans son anglais charmant. Oh, tu sais, j'ai fait des choses très intéressantes hier et aujourd'hui ! »

Elle portait un léger pantalon de soie et un long chemisier ample. Il la trouvait belle à en mourir. Et désirable. Elle allait avoir vingt-trois ans dans quelques jours. Lui en avait quarante-deux. Ils étaient mariés depuis près d'un an et il avait été envoûté dès la première seconde où il l'avait vue.

Cela s'était passé trois ans plus tôt, à Téhéran, au cours d'un dîner offert par le général Valik, un cousin du père de Sharazad. C'était au début du mois de septembre, à la fin des vacances scolaires anglaises et Deirdre, son épouse, était en Angleterre avec leur fille. Vacances, soirées, réceptions. Le matin même il avait reçu une lettre courroucée le pressant de nouveau d'écrire à Gavallan pour demander son transfert immédiat :

« Je hais l'Iran, je ne veux plus vivre là-bas, je veux rester en Angleterre et Monica également. Pourquoi, pour une fois, ne ferais-tu pas passer ta famille avant les intérêts de ta maudite compagnie aérienne ? Toute ma famille est ici, mes amis sont ici, ceux de Monica aussi. J'en ai assez de vivre à l'étranger, je veux une maison à moi, quelque part près de Londres, ou même en ville ; il y a des affaires à faire en ce moment dans les quartiers de Putney et de Clapham Common. J'en ai plus qu'assez des étrangers, des postes à l'étranger. Je ne supporte plus la nourriture iranienne, la saleté, la chaleur, le froid, leur langue impossible, leurs chiottes idiotes et leurs coutumes ridicules. Je ne supporte plus rien. Il est temps de prendre des décisions pendant que je suis encore jeune... »

« Excellence ? »

Un serviteur s'inclinait devant lui en souriant et lui présentait un plateau de boissons, la plupart sans alcool. De nombreux musulmans appartenant aux classes moyennes buvaient en privé chez eux, très peu en public ; vins et alcools de toutes sortes étaient en vente dans les magasins de Téhéran et dans les bars de tous les hôtels modernes. Les étrangers pouvaient boire ouvertement ou en privé, pas comme en Arabie Saoudite et dans certains émirats où quiconque était surpris en train de boire était passible de la peine du fouet, selon les règles du Coran.

« *Mamoonan*, merci », dit-il poliment en acceptant un verre de ce vin blanc persan recherché depuis près de trois millénaires, mais remarquant à peine le serviteur ou les autres invités, incapable d'oublier ses contrariétés, déprimé et furieux de s'être laissé piéger et d'avoir accepté de se rendre à cette soirée à la place de McIver qui avait dû partir à la dernière minute pour leur base d'Al-Shargaz, de l'autre côté du Golfe. « Tu parles parsi, Tom, avait dit McIver avec désinvolture, et quelqu'un doit y aller... » Bien sûr, pensa-t-il, mais il aurait pu tout aussi bien demander à Charlie Pettikin.

Il était presque 9 heures, le dîner n'était pas encore servi. Debout près d'une des portes ouvertes qui donnaient sur le jardin, il regardait dehors. Des torches éclairaient les pelouses magnifiquement entretenues, sur lesquelles on avait posé des tapis afin que les invités puissent s'asseoir ; d'autres s'étaient groupés sous les arbres ou près du petit bassin. Le ciel était très étoilé, la nuit douce, la maison riche et spacieuse, et située dans le quartier de Shemiran au pied des monts Elburz. La soirée ressemblait à toutes celles auxquelles il était régulièrement invité parce qu'il parlait parsi. Les Iraniens étaient sur leur trente et un, beaucoup de rires, encore plus de bijoux ; les tables s'alignaient couvertes de mets européens et iraniens, chauds et froids. Les conversations portaient sur la dernière pièce à la mode à Londres ou New York, sur les prochaines vacances : « Allez-vous faire du ski à Saint-Moritz ou passez-vous la saison à Cannes ? », sur le prix du pétrole ou les derniers ragots de la cour, Sa Majesté ceci, ou Son Altesse cela, le tout sur fond d'excessive politesse, de flatteries et de compliments extravagants indispensables dans toute société iranienne et ce pour préserver une apparence calme, douce et raffinée, rarement pénétrée par quelqu'un n'appartenant pas à la même classe sociale, et encore moins par un étranger.

A cette époque il était basé à Galeg Morghi, un aéroport militaire de Téhéran où il formait les pilotes de l'armée de l'air iranienne. Il devait partir dix jours plus tard pour son nouveau poste dans les monts Zagros, sachant très bien que cette nouvelle affectation — deux semaines dans le Zagros, une à Téhéran — allait rendre sa femme folle furieuse. Ce matin, dans un accès de colère, il avait répondu à sa lettre en express :

« Si tu veux rester en Angleterre, reste en Angleterre mais cesse de dire du mal de ce que tu ne connais pas. Trouve-toi une maison en banlieue où tu veux. Je n'y vivrai jamais. J'ai un bon boulot qui paie bien et qui me plaît. Point. Si tu voulais regarder les choses en face, tu admettrais que nous avons une belle vie. Tu savais que j'étais pilote quand tu m'as épousé, tu savais que c'était la vie que j'avais choisie, tu savais que je ne pouvais ni ne voulais vivre en Angleterre, et que je ne peux plus rien changer maintenant. Arrête de râler. Si tu veux refaire ta vie, vas-y !... »

Et merde ! Ras le bol. Seigneur, elle raconte qu'elle déteste l'Iran et tout ce qui s'y passe, mais elle ne connaît rien de l'Iran, n'est jamais sortie de Téhéran, ne le fera jamais, n'a même jamais goûté la nourriture d'ici. Elle se contente de rendre visite aux autres épouses britanniques, toutes les mêmes, bigotes et grandes gueules, qui s'ennuient et ennuient les autres avec leurs interminables parties de bridge, leurs interminables thés. « Mais, chérie, comment pouvez-vous supporter quelque chose qui ne vienne pas de chez Marks & Spencer ? » Elles font des grâces pour une invitation à dîner à l'ambassade britannique où on sert toujours du rosbif, du pudding, ou du thé avec des sandwiches au concombre, persuadées que tout ce qui vient d'Angleterre est supérieur, et surtout la cuisine : carottes bouillies, choux-fleurs bouillis, pommes de terre bouillies, choux de Bruxelles bouillis, rosbif trop cuit, agneau pas assez cuit, voilà le top de la perfection culinaire… !

« Oh, pauvre Excellence, comme vous avez l'air malheureux », avait-elle dit doucement.

Il s'était retourné et le monde avait basculé.

« Que se passe-t-il ? demanda-t-elle en fronçant légèrement les sourcils.

— Pardon », réussit-il à dire. Il était complètement troublé et désorienté. Jamais son cœur n'avait battu aussi fort. « Je vous ai prise pour une apparition des *Mille et Une Nuits* et… » Il se tut, se sentant complètement idiot. « Désolé, j'étais à des millions de kilomètres d'ici. Je m'appelle Lochart, Tom Lochart.

— Oui, je sais », dit-elle en souriant. Des yeux bruns rieurs. Les lèvres luisantes, des dents très blanches, de longs cheveux noirs ondulés et la peau de la couleur de la terre iranienne, brun olive. Elle portait un ensemble de soie blanche. Elle lui arrivait à peine au menton. « Vous êtes le méchant capitaine qui rouspète au moins trois fois par jour après mon pauvre cousin Karim.

— Quoi ? » Lochart avait du mal à se concentrer. « Qui ?

— Lui. » Elle montra de l'autre côté de la pièce un jeune homme en civil qui leur souriait. Lochart ne l'avait pas reconnu. C'était un des élèves de sa classe, beau gosse, cheveux noirs bouclés, yeux noirs, costaud. « Mon cousin, capitaine Karim Peshadi de l'armée de l'air iranienne. » Elle se retourna vers Lochart, regard noir sous de longs cils noirs. Son cœur tressaillit à nouveau.

Ressaisis-toi, pour l'amour de Dieu ! Qu'est-ce qui ne va pas chez toi ? « Je, euh… j'essaie de ne pas les houspiller sauf s'ils… sauf s'ils le méritent, c'est dans leur intérêt, pour sauver leur vie. » Il essayait de se souvenir du dossier du capitaine Peshadi mais n'y arrivait pas. En désespoir de cause, il se mit à parler en parsi. « Mais, Altesse, si vous me faites l'immense honneur de parler avec moi et de me dire votre nom, je vous promets que je… » Il chercha le bon mot, ne le trouva pas et changea. « Je serai votre esclave pour la vie et bien sûr je m'occuperai de Son Excellence votre cousin avec une bienveillance particulière ! »

Elle battit des mains. « Oh, Excellence vénérée, répondit-elle en parsi, Son Excellence mon cousin ne m'avait pas dit que vous parliez notre langue ! Oh, comme les mots sonnent bien quand vous les prononcez... »

Lochart écoutait ces compliments extravagants mais courants en parsi et s'entendit répondre sur le même ton. Il bénissait Scragger qui lui avait dit des années plus tôt, alors qu'il venait de rejoindre Sheik Aviation après avoir quitté la Royal Air Force en 1965 : « Si tu veux travailler avec nous, mon vieux, tu as intérêt à apprendre le parsi parce que moi je n'ai pas l'intention de le faire ! » Pour la première fois il se rendait compte que c'était une langue parfaite pour parler d'amour.

« Je m'appelle Sharazad Paknouri, Excellence.

— Son Excellence vient donc bien des contes des *Mille et Une Nuits*.

— Je ne peux hélas vous raconter une histoire même si vous jurez de me couper la tête ! » Puis, en anglais, avec un rire : « J'étais la dernière de la classe pour raconter des histoires.

— Impossible !

— Etes-vous toujours aussi galant, capitaine Lochart ? » demanda-t-elle, une lueur taquine dans le regard.

Il s'entendit répliquer en parsi. « Seulement envers la plus belle femme que j'aie jamais vue. »

Son visage s'empourpra. Elle baissa les yeux et il se dit, consterné, qu'il avait tout fichu par terre, mais elle releva la tête vers lui, les yeux rieurs. « Merci, vous réchauffez le cœur d'une vieille dame mariée. »

Son verre lui échappa des mains, il jura, le ramassa, s'excusa. Personne ne l'avait remarqué sauf elle. « Vous êtes mariée ? » Ces mots jaillirent tout seuls. Il n'y avait pas pensé, mais bien sûr qu'elle devait être mariée. D'ailleurs, il était marié lui aussi et avait une petite fille de huit ans, alors de quel droit se sentait-il contrarié ? Pour l'amour de Dieu tu agis comme un imbécile. Tu perds la tête.

« Pardon ? Qu'avez-vous dit ? » Il essayait de reprendre ses esprits.

« J'ai dit que j'avais été mariée, enfin je le suis toujours pour encore trois semaines et deux jours, mon nom de femme mariée est Paknouri, mon nom de jeune fille, Bakravan... » Elle arrêta un serviteur, choisit un verre de vin et le lui tendit. Elle fronça de nouveau les sourcils. « Vous êtes sûr que vous allez bien, capitaine ? »

— Oui, oui, répondit-il rapidement. Vous disiez ? Paknouri ?

— Oui, Son Excellence Emir Paknouri était si vieux, cinquante ans, un ami de mon père. Papa et maman ont pensé que ce serait bien pour moi de l'épouser. Il a accepté bien que je sois maigre et donc peu désirable. J'ai beau manger, je n'arrive pas à grossir. Telle est la volonté de Dieu. » Il rayonnait de nouveau, la vie était belle. « J'ai consenti, mais à la condition que, si après deux ans je n'étais pas satisfaite du mariage, il serait annulé. Nous nous sommes donc mariés le jour de mes dix-sept ans. Ça ne m'a pas du tout plu, j'ai pleuré et pleuré, et comme il n'y avait pas d'enfant après deux ans, mon mari et maître a gracieusement accepté le divorce. Aujourd'hui, il s'apprête à se remarier et moi je suis libre. Malheureusement je suis si vieille...

— Vous n'êtes pas vieille, vous êtes j...

— Oh si, je suis vieille ! » Ses yeux pétillaient, elle feignait d'être triste mais il voyait bien qu'elle ne l'était pas. Ils plaisantèrent ensemble quelques minutes, puis il invita son cousin à se joindre à eux, terrifié à l'idée que c'était peut-être lui l'homme qu'elle rêvait d'épouser. En discutant avec eux il apprit que le père de Sharazad était un commerçant prospère, que sa famille était grande, cosmopolite et bien introduite dans tous les milieux, que sa mère était malade, qu'elle avait des frères et sœurs et qu'elle était allée au collège en Suisse, mais seulement six mois parce que sa famille et l'Iran lui manquaient trop.

Puis il dîna en leur compagnie et, malgré le général Valik, passa la plus merveilleuse soirée de sa vie.

Après avoir pris congé cette nuit-là, il ne rentra pas chez lui, il se rendit à Darband dans les montagnes. Là-bas il y avait de nombreux cafés aux magnifiques terrasses aménagées dans des jardins au bord d'un torrent avec des tables, des chaises et de somptueux divans sur lesquels on pouvait se reposer, manger ou dormir. Il s'allongea en regardant les étoiles. Il savait que quelque chose en lui avait changé, qu'il était fou d'amour et prêt à surmonter tous les obstacles pour l'épouser.

Et il avait réussi, bien que le chemin eût été difficile et cruel et qu'il eût plusieurs fois désespéré.

« A quoi penses-tu, Tommy ? demanda-t-elle, assise à ses pieds sur le beau tapis, un cadeau de mariage du général Valik.

— A toi », dit-il. Il l'aimait et sa présence lui faisait oublier tous ses soucis. Il faisait chaud dans le salon comme dans le reste du grand appartement. Les rideaux étaient tirés, des coussins étaient posés un peu partout sur les tapis, les bûches de bois crépitaient joyeusement. « Mais, en fait, je pense tout le temps à toi.

— C'est merveilleux, dit-elle en battant des mains.

— Je ne partirai pour le Zagros qu'après-demain.

— C'est encore plus merveilleux ! » Elle lui enlaça les genoux et y posa la tête. « Merveilleux !

— Tu as dit que tu avais passé une journée intéressante ? demanda-t-il en lui caressant les cheveux.

— Oui, aujourd'hui et hier aussi. Je suis allée à ton ambassade pour y chercher le passeport, comme tu m'as dit de le f...

— Formidable. A présent, tu es canadienne.

— Non, mon amour, iranienne, toi, tu es canadien. Et tu sais quoi ! Je suis aussi allée à Doshan Tappeh, dit-elle fièrement.

— Nom de Dieu ! ne put-il s'empêcher de dire bien qu'il sût qu'elle n'aimait pas l'entendre blasphémer. Pardon, mais c'est... c'est très dangereux, on se bat là-bas, tu es folle de t'exposer ainsi au danger.

— Oh, je n'étais pas dans les combats », dit-elle gaiement. Elle se leva et sortit rapidement. « Je vais te montrer. » Un instant plus tard elle réapparaissait. Elle avait mis son tchador qui la couvrait des pieds à la tête et lui cachait presque tout le visage. Il détesta cela ; « Ah, maître, dit-elle en parsi en pirouettant devant lui. Tu n'as pas à avoir peur pour moi. Dieu et Son prophète, que Son nom soit béni, me protègent. » Elle se tut en voyant son expression. « Qu'est-ce qu'il y a ? demanda-t-elle en anglais.

— Je... je ne t'avais jamais vue avec un tchador. C'est... ça ne te va pas.

— Oh, je sais que c'est laid. Je ne le porterai jamais à la maison mais dans la rue, c'est mieux. Tous ces horribles regards que les hommes vous lancent. Il est grand temps que nous portions toutes le tchador et le voile. »

Il était atterré. « Mais toutes ces libertés que vous avez gagnées, le droit de vote, celui de ne plus porter le voile, la liberté d'aller où vous voulez, d'épouser qui vous voulez... ? Si vous acceptez de remettre le tchador, vous allez perdre tout ce que vous avez acquis.

— Peut-être, peut-être pas, Tommy. » Elle était contente qu'ils parlent en anglais, cela lui permettait de répondre et d'exprimer son désaccord, chose impensable avec un mari iranien. Et si heureuse d'avoir choisi d'épouser cet homme qui, chose incroyable, l'autorisait à exprimer ouvertement ses opinions. Le vin de la liberté monte vite à la tête, pensa-t-elle : c'est très dangereux pour une femme d'en boire, comme du nectar des jardins du paradis.

« Quand Rizah Shah a enlevé le voile de nos visages, dit-elle, il aurait dû également ôter l'obsession et le vice de l'esprit des hommes. Tu ne sais pas ce que c'est d'aller au marché, de te promener en voiture quand tu es une femme. Tu n'as pas idée de ce que c'est. Des hommes dans la rue, dans les souks, dans la banque, partout. Ils sont tous pareils. Les mêmes pensées, les mêmes obsessions, des pensées à mon égard que toi seul devrais avoir. » Elle retira le tchador, le plia sur un fauteuil et vint se rasseoir à ses pieds. « A partir d'aujourd'hui je le porterai de nouveau dans la rue, comme ma mère et la mère de ma mère avant moi, pas à cause de Khomeiny, que Dieu le protège, mais pour toi, mon mari chéri. »

Elle l'embrassa doucement, il comprit que c'était décidé. A moins qu'il ne lui ordonne le contraire. Mais ce serait semer la discorde dans leur foyer. D'ailleurs, c'était à elle que la décision appartenait : elle était iranienne, chez elle, en Iran, et il en serait toujours ainsi — c'était l'objet de l'accord conclu avec son père —, c'était donc un problème iranien, réclamant une solution iranienne.

Lochart avait tant de mal à la comprendre parfois. « Fais comme tu veux, mais plus de Doshan Tappeh », dit-il en caressant ses cheveux. Ils étaient fins, soyeux et possédaient cet éclat qui n'appartient qu'à la jeunesse. « Que s'est-il passé, là-bas ? »

Son visage s'éclaira. « Oh, c'était formidable. Les Immortels — même les troupes d'élite du shah — n'arrivaient pas à déloger les Fidèles. Ça tirait de partout. J'étais en sécurité, ma sœur Laleh était avec moi ainsi que mon cousin Ali et sa femme. Mon cousin Karim était là, il s'est déclaré en faveur de l'islam et de la révolution avec quelques autres officiers et il nous a dit où et comment le rejoindre. Il y avait environ deux cents autres femmes, toutes en tchador, et nous avons chanté " Dieu est grand, Dieu est grand " puis des soldats nous ont rejointes. Des Immortels ! » Ses yeux s'agrandirent. « Tu te rends compte, même les Immortels commencent à entrevoir la Vérité ! »

Lochart était épouvanté du danger qu'elle avait couru en allant là-bas sans lui en avoir parlé, même si elle était accompagnée. Jusqu'à présent l'insurrection et Khomeiny semblaient l'avoir laissée indifférente, excepté au début des troubles. Elle avait alors eu très peur pour son père et ses amis, commerçants et banquiers importants bien connus pour leurs liens avec la cour. Mais son père avait dissipé leurs inquiétudes en murmurant à Lochart que lui et ses frères appuyaient en secret Khomeiny et la révolte contre le shah et ce, depuis des années. Mais maintenant, pensait-il, si les Immortels et des officiers de haut rang comme Karim changent de camp et supportent ouvertement la révolution, il va y avoir un véritable bain de sang. « Combien y avait-il d'Immortels ? demanda-t-il en réfléchissant à ce qu'il devait faire.

— Trois seulement, mais Karim a dit que c'était un bon début et que d'un jour à l'autre Bakhtiar et sa canaille allaient fuir le pays comme le shah.

— Ecoute, Sharazad, aujourd'hui les gouvernements britannique et canadien nous ont ordonné de faire quitter l'Iran à nos familles pour quelque temps. Mac envoie tout le monde à Al-Shargaz jusqu'à ce que les choses se calment.

— C'est très bien, c'est très sage.

— Un 125 part demain. Il va emmener Genny, Manuela, Azadeh et toi. Prépare une val...

— Oh, mais je ne pars pas, mon chéri. Je n'en ai pas besoin. Et Azadeh, pourquoi s'en irait-elle ? Nous ne sommes pas en danger, Père serait informé si nous courions le moindre risque. Tu n'as pas besoin de t'inquiéter... » Voyant que son verre de vin était presque vide, elle courut le lui remplir. « Je suis en sécurité.

— Mais tu le serais encore davantage en dehors de l'Iran pendant quelque t...

— C'est merveilleux de penser à moi comme cela, chéri, mais je n'ai aucune raison de partir. Je demanderai à papa demain, ou tu peux le faire... » Un petit morceau de braise tomba sur la grille. Il se redressa mais elle y était déjà. « Je m'en occupe. Repose-toi, mon chéri, tu dois être fatigué. Tu auras peut-être le temps de venir voir Père avec moi demain. » Elle nettoya adroitement l'âtre. Son tchador était sur le fauteuil voisin. Elle surprit la direction de son regard. L'ombre d'un sourire passa sur son visage.

« Quoi ? »

Pour toute répopnse elle sourit de nouveau, le ramassa et partit gaiement vers la cuisine.

Mal à l'aise, Lochart regardait le feu, essayant de rassembler ses idées ; il ne voulait pas lui donner d'ordre. Mais je le ferai s'il n'y a pas d'autre moyen. Mon Dieu que de problèmes : Charlie qui a disparu, le bordel à Kowiss, Kyabi assassiné et Sharazad qui va se balader en plein milieu des émeutes ! Elle est complètement folle de prendre de tels risques ! Si je la perdais, j'en mourrais. Dieu, où que Tu sois, qui que Tu sois, protège-la...

Le salon était grand. A l'autre bout se trouvait une table où l'on pouvait asseoir douze personnes. La plupart du temps, ils se servaient de la pièce à la manière iranienne, assis par terre, appuyés sur des coussins, une nappe étalée pour les repas. Ils se déchaussaient le plus souvent pour ne pas abîmer les épais tapis. L'appartement comptait cinq chambres à coucher, trois salles de bains et deux salons ; celui-ci où ils se tenaient en général, et un autre, plus petit, au bout de l'appartement, où Sharazad se réfugiait quand il devait discuter affaires ou que, recevant sa sœur et ses amies, elle ne voulait pas que leurs babillages le dérangent. Il y avait toujours du mouvement autour de Sharazad ; de la famille, des enfants, sauf le soir, même s'il arrivait souvent que des amis passent la nuit dans une des chambres d'invités.

Cela ne le dérangeait pas, ils formaient une famille heureuse et unie. Cela faisait également partie du marché passé avec son père ; il apprendrait patiemment les coutumes iraniennes, vivrait à la manière iranienne pendant trois ans et un jour. Il pourrait ensuite vivre temporairement ailleurs qu'en Iran avec Sharazad s'il le jugeait utile.

« Grâce à cela, avait dit gentiment Jared Bakravan, le père de Sharazad, avec l'aide de Dieu et de Son Prophète, que Sa Parole demeure éternelle, tu connaîtras assez notre société pour faire le bon choix. D'ici là, vous aurez sûrement des fils et des filles. Bien que ma fille soit mince, divorcée et sans enfant, je ne pense pas qu'elle soit stérile.

— Mais elle est si jeune encore. Nous allons peut-être décider qu'il est trop tôt pour avoir des enfants.

— Il n'est jamais trop tôt, avait répondu Bakravan vertement. Les livres saints sont très clairs. Une femme doit enfanter. Une maison a besoin d'enfants. Sans enfant une femme est désœuvrée. C'est le principal problème de ma Sharazad adorée : pas d'enfants. Il y a des attitudes modernes que j'approuve, d'autres pas.

— Mais si nous sommes d'accord, elle et moi ?

— Une telle décision ne la concerne pas ! » avait répliqué Jared Bakravan, choqué. C'était un petit homme ventru, à la barbe et aux cheveux blancs, au regard dur. « Ce serait monstrueux, une véritable insulte d'en discuter avec elle. Tu dois penser comme un Iranien ou ce mariage ne durera pas. Ne se fera même pas. Jamais. Ou alors peut-être ne veux-tu pas d'enfants ?

— Si, si, bien sûr, je veux des enfants, mais...

— Alors, c'est décidé.

— Mais pendant ces trois années et un jour, puis-je décider qu'il est trop tôt ?

— Une telle idée est stupide. Si tu ne veux pas d'enfants...

— Mais si, bien sûr, Excellence. »

A la fin le vieil homme dit à contrecœur : « Un an et un jour seulement, mais si tu jures sur Dieu que tu désires avoir des enfants, que cette requête stupéfiante n'est que temporaire ! Ton esprit est rempli d'absurdités, mon fils. Avec l'aide de Dieu, elles disparaîtront comme neige au soleil. Les femmes ont besoin d'avoir des enfants, bien évidemment... »

Lochart souriait distraitement. Ce merveilleux vieil homme marchanderait le paradis avec Dieu. Et pourquoi pas ? N'est-ce pas le passe-temps national des Iraniens ? Mais vais-je lui dire quand, dans quelques jours maintenant, un an et un jour seront passés ? Est-ce que j'ai envie du fardeau d'un enfant ? Non, pas encore. Mais Sharazad, si. Oh, elle s'est soumise à ma décision et n'en a plus jamais parlé mais je ne crois pas qu'elle m'approuvait.

Il pouvait entendre sa voix et celle de la servante dans la cuisine et n'en appréciait que mieux le calme de cette maison. Quel contraste avec le cockpit qui représentait sa deuxième vie ! Appuyé sur de confortables coussins, il regardait les flammes. Quelques coups de feu éclatèrent dans la nuit, mais c'était devenu tellement courant qu'ils n'y prêtaient plus attention.

Il faut que je la fasse partir de Téhéran, pensa-t-il. Mais comment ? Elle ne partira jamais si sa famille reste ici. Peut-être après tout est-elle plus en sécurité ici que n'importe où ailleurs, mais pas si elle participe aux émeutes. Doshan Tappeh ! Elle est folle ; ils le sont tous en ce moment. J'aimerais savoir si l'armée a réellement reçu l'ordre d'écraser la révolte. Bakhtiar doit agir rapidement, sinon il est fichu. Mais s'il bouge, il va y avoir un bain de sang, parce que les Iraniens sont un peuple violent. Ils cherchent la mort à condition que cela soit au service de l'islam.

L'islam ! Dieu ! Où est-il en ce moment ?

Dans le cœur des croyants. Les chiites sont des croyants. Sharazad aussi. Et toute sa famille. Et toi ? Moi, pas encore mais j'essaie. Je lui ai promis de m'y mettre, promis d'étudier le Coran et de garder mon esprit ouvert.

Ce n'est pas le moment de penser à cela. Sois pratique, pense à des choses pratiques. Elle est en danger. Tchador ou pas, elle ne va pas se mêler de tout ça. Mais pourquoi ne le ferait-elle pas ? C'est son pays.

Oui, mais elle est aussi ma femme et je vais lui donner l'ordre de rester en dehors de tout ça. Et la maison que possède son père sur la mer Caspienne près de Bandar-e-Pahlavi ? Peut-être pourraient-ils l'emmener là-bas, ou l'y envoyer, il y fait beau maintenant. Ils ne souffrent pas du froid que nous avons ici, même si notre maison est bien chauffée, les cuves toujours pleines de mazout. Il y a du bois pour la cheminée, des provisions dans le réfrigérateur, et tout cela grâce à son père et à sa famille.

Mon Dieu, je lui dois tant, trop même.

Un léger bruit vint le distraire de ses pensées. Sharazad se tenait devant lui, portait le tchador et un voile qu'il n'avait jamais vu auparavant. Son regard n'avait jamais été aussi séduisant, enjôleur, attirant et excitant. Elle se rapprocha et son tchador crissa. Elle le laissa s'entrouvrir. Dessous, elle était nue. Il la regarda, le souffle coupé.

« Voilà ! » Sa voix était comme toujours douce et bouleversante quand elle parlait en parsi. « Eh bien, Excellence, mon mari, mon tchador te plaît-il maintenant ? »

Il fit un geste dans sa direction mais elle lui échappa avec un petit rire. « En été, à ce qu'on dit, les femmes publiques de la nuit portent leur tchador ainsi.

— Sharazad...

— Non. »

Cette fois, il l'attrapa facilement. Son goût, son parfum, sa douceur le grisaient. « Peut-être, maître, dit-elle entre deux baisers en le taquinant doucement, peut-être votre esclave va-t-elle toujours porter le tchador ainsi, dans les rues, dans les magasins, c'est ce que font beaucoup de femmes, paraît-il.

— Non. Rien que d'y penser je serais fou. » Il la souleva dans ses bras mais elle murmura : « Non, aimé, restons ici.

— Mais les serviteurs...

— Oublie-les, murmura-t-elle à nouveau, ils ne nous dérangeront pas, oublie-les, oublie tout, je t'en prie, mon aimé. Souviens-toi seulement que ceci est ta maison, que ceci est ton foyer et que je suis ton esclave à vie. »

Ils restèrent. Comme toujours son ardeur fut égale à la sienne. Il ne savait pas comment ni pourquoi ; il savait seulement qu'avec elle, il était transporté au paradis, qu'il parcourait les jardins d'Eden en compagnie de la déesse de l'amour. Ils redescendirent sur terre ensemble sains et saufs.

Plus tard, pendant le dîner, la sonnerie de la porte d'entrée troubla leur quiétude. Hassan, leur serviteur, alla ouvrir, puis revint et ferma la porte. « Maître, c'est Son Excellence le général Valik, dit-il à voix basse. Il vous prie de l'excuser de venir aussi tard mais c'est important. Il demande si Votre Excellence peut lui accorder quelques minutes. »

Lochart sentit l'irritation monter en lui, mais Sharazad lui prit doucement la main, et elle se dissipa. « Reçois-le, mon aimé. Je vais t'attendre au lit. Hassan, apporte une autre assiette et réchauffe le *horisht*. Son Excellence doit avoir faim. »

Valik se confondit en excuses, refusa deux fois la nourriture qu'on lui offrait, mais se laissa finalement tenter et mangea voracement. Lochart attendit patiemment, tenant la promesse faite au père de Sharazad de se plier aux coutumes iraniennes : la famille passait avant tout, il était courtois de parler par circonlocutions, de ne jamais se montrer brusque ni direct. Ce qui était bien plus facile en parsi qu'en anglais.

Aussi passa-t-il à l'anglais dès qu'il put le faire. « Je suis très content de vous voir, général. Que puis-je faire pour vous ?

— On vient de me dire il y a à peine une demi-heure que vous étiez de retour à Téhéran. Ce *horisht* est certainement le meilleur que j'ai mangé depuis des années. Je suis vraiment désolé de vous déranger si tard.

— Pas du tout. » Lochart laissa le silence s'installer. Le vieil homme se régalait, nullement gêné de manger tout seul. Un petit morceau de mouton resta accroché à sa moustache. Lochart le fixait, presque fasciné, se demandant combien de temps il allait rester là. Puis Valik s'essuya la bouche. « Mes compliments à Sharazad, sa cuisinière est très bien formée. Je le dirai à mon cousin préféré, Son Excellence Jared.

— Merci. » Lochart attendait.

Le silence s'installa de nouveau. Valik avala une gorgée de thé. « L'autorisation de vol pour le 212 est-elle arrivée ?

— Elle ne l'était pas quand nous sommes partis. » La question le prenait de court. « Je sais que Mac a envoyé un coursier pour l'attendre. Je l'appellerais bien mais malheureusement le téléphone ne marche pas. Pourquoi ?

— Nos associés voudraient que ce soit vous qui le pilotiez.

— Le capitaine McIver a désigné le capitaine Lane, si toutefois l'autorisation nous est accordée.

— Elle le sera. » Valik reprit un peu de thé. « Nos associés voudraient que vous pilotiez le 212. Je suis sûr que McIver n'y verra aucun inconvénient.

— Désolé, mais il faut que je retourne dans le Zagros, je dois m'assurer que tout va bien. » Il lui raconta rapidement ce qui s'y était passé.

« Cela peut certainement attendre quelques jours. Je suis sûr que Jared serait content de vous voir prendre à cœur les désirs de nos associés. »

Lochart fronça les sourcils. « Je prends toutes les missions à cœur. Pourquoi attachent-ils tant d'importance au transport de quelques rials et de pièces de rechange ?

— Tous les vols sont importants. Nos associés sont soucieux d'assurer le meilleur service. C'est d'accord, alors ?

— Je... premièrement je dois en parler avec Mac, deuxièmement, je doute fort que le 212 reçoive l'autorisation de décoller, troisièmement je dois vraiment rentrer à ma base. »

Valik lui adressa son plus charmant sourire. « Je suis sûr que Mac va donner son accord. Vous aurez l'autorisation de quitter Téhéran. » Il se leva. « Je vais aller voir Mac et lui dire que vous avez accepté. Remerciez encore Sharazad pour moi. Excusez-moi encore d'être venu si tard, mais en ces périodes troublées... »

Lochart resta assis. « Je veux savoir ce que quelques pièces détachées et cent mille rials ont de si important.

— Les associés ont décidé que c'était important. Quand j'ai su que vous étiez ici, cher ami, vous, un membre de notre famille, j'ai présumé que vous seriez heureux de le faire si je vous le demandais en personne. » Le sourire était toujours présent mais il avait parlé d'un ton glacé.

Lochart plissa imperceptiblement les yeux. « Je suis toujours heureux de rendre service à la f...

— Bien, voilà qui est décidé. Merci. Ne vous dérangez pas, je connais le chemin. » A la porte, Valik se retourna, promena un regard insistant sur l'appartement et dit : « Vous êtes un homme heureux, capitaine. Je vous envie. »

Une fois Valik parti, Lochart alla s'asseoir près du feu mourant. Hassan et une servante débarrassaient la table. Ils lui souhaitèrent bonne nuit avant de se retirer, mais il ne les entendit pas, pas plus qu'il n'entendit Sharazad quand elle revint un peu plus tard. Elle le regarda puis retourna silencieusement se coucher, le laissant respectueusement à ses rêveries.

Lochart était abattu. Valik savait que tout ce qui avait de la valeur dans cet appartement, y compris l'appartement lui-même, avait été un cadeau de mariage du père de Sharazad. Jared Bakravan avait même offert à Lochart l'immeuble entier, tout au moins les loyers qu'il rapportait. Peu de gens étaient au courant de la dispute qui les avait opposés : « J'apprécie énormément votre générosité mais je ne peux pas accepter, monsieur, avait dit Lochart. C'est impossible.

— Mais ce ne sont que des choses matérielles, des choses sans importance.

— Oui, mais c'est trop. Je sais que mon salaire n'est pas mirobolant, mais nous y arriverons. Vraiment.

— Oui, bien sûr. Mais pourquoi le mari de ma fille ne pourrait-il pas vivre agréablement ? Il faut que tu sois tranquille pour pouvoir apprendre les coutumes et le mode de vie iraniens comme tu me l'as promis. Je t'assure, mon fils, tout ceci a bien peu de valeur pour moi. Tu fais à présent partie de la famille. La famille est très importante en Iran. La famille prend soin de la famille.

— Oui, mais c'est moi qui dois prendre soin d'elle, pas vous.

— Bien sûr, et tu le feras avec l'aide de Dieu. Tu lui assureras le train de vie auquel elle est habituée. Tu le feras, j'en suis sûr. Mais, pour l'instant, tu ne le peux pas car tu dois encore t'occuper de ton ex-femme et de ton enfant. Mon souhait est de régler tout cela d'une façon civilisée, à la manière iranienne. Tu m'as promis de vivre selon nos coutumes, n'est-ce pas ?

— Oui, mais... s'il vous plaît, je ne peux pas accepter tout cela. Donnez-lui ce que vous voulez, mais pas à moi. Je dois pouvoir me débrouiller du mieux que je le peux.

— J'en suis sûr. En attendant, c'est à toi que j'offre tout cela, pas à elle.

— Faites-lui ce cadeau à elle, pas à m... »

Jared Bakravan le coupa sèchement. « C'est la volonté de Dieu que l'homme soit le maître dans sa maison. Si ce n'est pas ta maison, tu n'en seras pas le maître. Je dois insister. Je suis le chef de la famille et Sharazad fera ce que je lui dis. J'insiste pour elle car sinon le mariage ne pourra avoir lieu. Je respecte ton dilemme d'Occidental bien que je ne le comprenne pas, mon fils. Mais ici les coutumes iraniennes régissent notre vie, et la famille doit prendre soin de la famille. »

Seul dans le grand salon Lochart hochait la tête en silence. C'est juste et j'ai choisi Sharazad, choisi d'accepter mais... cet enfant de salaud de Valik me jette tout ça à la gueule, comme si j'étais un gigolo. Je le hais pour cela, je déteste ne pas pouvoir tout payer et je sais que le seul cadeau que je puisse faire à Sharazad est celui de la liberté qu'elle n'aurait jamais eue autrement. Au moins, à présent elle est canadienne et elle n'est pas obligée de rester.

Ne te raconte pas d'histoires, elle est iranienne et le restera toujours. Se sentira-t-elle chez elle à Vancouver, sans la pluie, sans famille, sans amis, sans rien d'iranien autour d'elle ? Oui, je pense que oui, pendant un certain temps je remplacerai tout le reste. Pendant un certain temps, bien sûr, mais pas toujours.

C'était la première fois qu'il était confronté au vrai problème qui se posait entre eux. Notre vieil Iran est bien fini, parti pour toujours, avec le shah. Mais peut-être le nouvel Iran sera-t-il mieux. Sharazad s'adaptera et moi aussi. Je parle parsi, elle est mon épouse et Jared est puissant. Si nous devons quitter le pays momentanément, je serai là pour adoucir la séparation, pas de problème. Notre avenir est toujours rose, je l'aime tant et je remercie Dieu de me l'avoir donnée...

Le feu était presque éteint et il humait l'odeur réconfortante du bois brûlé à laquelle se mêlaient les effluves de son parfum. Sur les coussins on distinguait toujours la forme de leurs corps là où ils s'étaient aimés et, bien que comblé, il éprouva pour elle un désir douloureux. C'est un ange du paradis, pensa-t-il. Je suis sous son charme et c'est merveilleux. Je n'ai pas à me plaindre, si je mourais ce soir j'aurais connu le paradis. Elle est fabuleuse, Jared est formidable, avoir des enfants avec elle sera merveilleux et sa famille...

Ah, la famille ! La famille prend soin de la famille, c'est la loi. Je dois faire ce que Valik m'a demandé, que cela me plaise ou non. Je le dois, son père a été très clair là-dessus.

Les dernières braises s'embrasèrent avant de mourir. « Qu'y a-t-il de si important dans un transport de quelques pièces détachées et de rials ? » demanda-t-il aux flammes.

Elles ne lui répondirent pas.

Lundi 12 février

CHAPITRE 14

Tabriz 1 : 7 h 12. Charlie Pettikin dormait à poings fermés, roulé en boule sur un matelas posé à même le sol, les mains attachées devant lui. L'aube se levait, il faisait très froid. Les gardiens ne l'avaient pas autorisé à prendre avec lui le chauffage à gaz portable. Il était enfermé dans une petite pièce du bungalow d'Erikki Yokkonen qui servait de débarras. La fenêtre avait des barreaux à l'extérieur. Le rebord était couvert de neige.

Il ouvrit les yeux, se redressa en sursautant, ne sachant plus où il était. Puis les souvenirs lui revinrent et il s'adossa contre le mur, le corps douloureux. « Quelle merde ! » murmura-t-il en s'étirant pour essayer de soulager ses épaules. De ses mains liées, il se frotta maladroitement les yeux et le visage. Il se sentait sale. Sa barbe naissante était constellée de poils gris. Je déteste ne pas être rasé, pensa-t-il.

Aujourd'hui nous sommes lundi. Je suis arrivé samedi soir et ils m'ont fait prisonnier hier. Les salauds !

Samedi soir, il y avait eu tous ces bruits autour du bungalow : ça n'avait qu'ajouté à son inquiétude. A un moment donné, certain d'avoir entendu des voix, il éteignit les lumières, enleva la chaîne de sécurité de la porte et se tint sur le perron, son pistolet Verey à la main. Il scruta attentivement l'obscurité. Il vit, ou crut voir, quelque chose bouger à une trentaine de mètres, puis un autre mouvement un peu plus loin.

« Qui est là ? » cria-t-il. L'écho de sa voix résonna bizarrement. « Que voulez-vous ? »

Personne ne répondit. Un autre mouvement. Où ? A trente mètres ? Quarante ? Difficile de juger les distances, la nuit. Et là-bas ! ça bouge aussi ! Un homme ? Un animal ? L'ombre d'une branche ? Ou peut-être... Et, là ? Là, juste à côté du grand pin ? « Eh ! Vous, là-bas ! Qu'est-ce que vous voulez ? »

Pas de réponse. Il n'arrivait pas à voir si c'était un homme. Furieux et inquiet à la fois, il arma son revolver et pressa la détente. La détonation éclata comme le tonnerre et se répercuta dans les montagnes avoisinantes. La fusée rouge décrivit un arc de cercle en direction de l'arbre, ricocha sur lui dans une pluie d'étincelles, puis s'en alla mourir en crachotant dans la neige. Il attendit.

Rien ne se produisit. Bruits de forêt, toit d'un hangar qui craquait, vent dans la cime des arbres, neige tombant d'une branche d'arbre qui, enfin soulagée, se redressait brusquement. Il frappa rageusement ses pieds frigorifiés l'un contre l'autre. Il ralluma la lumière, rechargea le pistolet et referma la porte. « Tu deviens peureux comme une vieille femme », dit-il à haute voix, avant d'ajouter : « Saloperie ! Je déteste le calme, je déteste être seul, je déteste la neige, je déteste le froid, je déteste avoir peur et qu'est-ce que j'ai eu la trouille ce matin à Galeg Morghi, putain de Dieu ! Sans Ross, ce fumier de la Savak m'aurait tué ! »

Il vérifia que porte et fenêtres étaient bien verrouillées, ferma les rideaux, puis se versa une large dose de vodka qu'il mélangea à du jus d'orange congelé qu'il avait trouvé dans le freezer. Il alla s'asseoir devant le feu et se reprit. Il y avait des œufs pour le petit déjeuner et il était armé. Le chauffage à gaz marchait bien. C'était confortable. Au bout d'un moment, il se sentit mieux. Plus en sécurité.

Avant d'aller se coucher dans la chambre d'amis, il vérifia de nouveau toutes les fermetures. Rassuré, il retira ses bottes de vol, s'allongea sur le lit et s'endormit rapidement.

Au matin, ses frayeurs de la nuit avaient disparu. Après s'être fait deux œufs au plat et des toasts, il rangea la chambre, prit son paquetage de vol, déverrouilla la porte et se retrouva avec une mitraillette pointée sous le nez. Six révolutionnaires entrèrent dans la pièce et l'interrogatoire commença. Il dura des heures.

« Je ne suis pas un espion, je ne suis pas américain. Je n'arrête pas de vous répéter que je suis anglais.

— Menteur, tes papiers disent que tu es sud-africain. Par Allah, seraient-ils également faux ? » Leur chef — celui qui se faisait appeler Fedor Rakoczy — n'avait pas l'air commode. Plus grand, plus âgé que les autres, il avait un regard dur, des yeux bruns et parlait anglais avec un fort accent. Les mêmes questions étaient posées encore et encore : « D'où viens-tu ? Pourquoi es-tu ici ? Comment s'appelle ton supérieur à la CIA ? Qui est ton contact ici ? Où est Erikki Yokkonen ?

— Je ne sais pas, je vous l'ai dit cinquante fois, je ne sais pas. Il n'y avait personne ici quand je me suis posé hier soir. On m'avait envoyé pour venir les chercher, lui et sa femme. Ils avaient des choses à faire à Téhéran.

— Menteur ! Ils se sont enfuis d'ici en pleine nuit il y a deux jours. Pourquoi se seraient-ils sauvés puisque tu devais les emmener ?

— Je vous l'ai dit. Ils ne savaient pas que je venais. Pourquoi se seraient-ils enfuis ? Où sont Dibble et Arberry, nos mécanos ? Et Dayati, le responsable de la base et...

— Qui est ton contact de la CIA à Tabriz ?

— Je n'ai pas de contact. Nous sommes une compagnie britannique et je demande à voir notre consul à Tabriz. Je dem...

— Les ennemis du peuple n'ont rien à demander ! Pas même que l'on ait pitié d'eux ! Par la volonté de Dieu nous sommes en guerre. Et, en guerre, les gens se font tuer ! »

L'interrogatoire avait duré toute la matinée. En dépit de ses protestations, ils lui avaient pris ses papiers, son passeport avec ses indispensables autorisations de sortie et de résidence, et l'avaient enfermé là où il se trouvait actuellement, proférant les pires menaces s'il essayait de s'évader.

Rakoczy était revenu avec deux gardes un peu plus tard. « Pourquoi ne m'avais-tu pas dit que tu apportais des pièces détachées pour le 212 ?

— Vous ne l'avez pas demandé, répondit Pettikin avec humeur. Qui êtes-vous ? Rendez-moi mes papiers. Je demande à voir le consul britannique. Détachez-moi les mains, nom de Dieu.

— Dieu va te punir si tu blasphèmes ! A genoux et implore le pardon de Dieu. » Ils l'obligèrent à s'agenouiller. « Implore Son pardon. »

Il fut obligé d'obéir.

« Tu sais piloter les 212 ?

— Non, répondit-il en se relevant.

— Menteur ! C'est marqué sur ta licence, dit Rakoczy en la jetant sur la table. Pourquoi mens-tu ?

— Quelle différence cela peut-il faire ? De toute façon, vous ne me croyez pas. Je sais que c'est marqué sur ma licence. Vous croyez que je ne vous ai pas vu la prendre ? Bien sûr que je peux piloter un 212.

— Tu seras jugé par le comité et condamné », lui avait dit Rakoczy d'un ton si catégorique qu'il en avait frémi. Puis ils l'avaient laissé.

A la tombée de la nuit, ils lui avaient apporté un peu de riz avec de la soupe et étaient repartis. Il avait à peine dormi et à présent, à l'aube, il savait à quel point il était impuissant. Sa peur augmenta. Une fois, au Vietnam, il avait été blessé, fait prisonnier et condamné à mort par les Vietcongs mais son escadrille était revenue le chercher, accompagnée de Bérets verts. Ils avaient descendu tout le village et les Vietcongs avec. « Tant qu'il y a de la vie, il y a de l'espoir, mon pote », lui avait dit ce jour-là son jeune commandant américain. Le commandant s'appelait Conroe Starke. Leur escadrille d'hélicoptères, basée à Da-nang, était composée d'un melting pot d'Américains, d'Anglais et de Canadiens. C'était aussi un beau bordel, là-bas !

Je me demande comment Duke se débrouille. Sacré veinard. Il a de la chance d'être en sécurité à Kowiss et d'avoir Manuela. Quelle beauté cette fille, belle, élancée, avec de grands yeux bruns et des courbes là où il faut.

Il laissa ses pensées vagabonder : Starke et sa femme, Erikki et Azadeh (où étaient-ils donc partis, ceux-là ?), le village vietnamien, le jeune capitaine Ross et ses hommes. Ross l'avait sauvé. Pour survivre dans cette vie il faut avoir des sauveurs, ces drôles de gens qui apparaissent miraculeusement, sans raison apparente, pour vous offrir la chance dont vous avez désespérément besoin, ou encore pour vous sortir du désastre, des griffes du diable. Surgissent-ils pour exaucer nos prières ? On prie toujours quand on se retrouve sur le fil du rasoir, même si ce n'est pas à Dieu qu'on s'adresse. Mais Dieu a beaucoup de noms.

Il se souvint du vieux Soames à l'ambassade : « N'oublie pas, Charlie, le prophète Mahomet a dit qu'Allah — Dieu — avait trois mille noms. Mille ne sont connus que des anges, mille le sont par les prophètes, il y en a trois cents dans la Torah, l'Ancien Testament, trois cents autres dans le Zabur — les psaumes de David — trois cents autres dans le Nouveau Testament et quatre vingt-dix-neuf dans le Coran. Ce qui fait deux mille neuf cent quatre-vingt-dix-neuf. Un nom est caché par Dieu. En arabe, on l'appelle : Ism Allah ala'zam : le Plus Grand Nom de Dieu. Quiconque a lu le Coran l'a lu sans le savoir. Dieu est sage de cacher son plus beau nom, hein ? »

Oui, s'il y a un Dieu, pensa Pettikin, qui avait froid et mal partout.

Juste avant midi, Rakoczy revint avec ses deux hommes. A la

stupeur de Pettikin, il sourit, l'aida poliment à se lever et commença à lui enlever ses liens. « Bonjour, capitaine Pettikin. Désolé pour cette erreur. Veuillez me suivre, s'il vous plaît. » Il le conduisit dans le salon. Il y avait du café sur la table. « Vous prenez votre café noir ou à la manière anglaise, avec du lait et du sucre ? »

Pettikin frottait ses poignets engourdis, essayant de reprendre ses esprits.

« Qu'est-ce qui se passe ? On offre un petit déjeuner au prisonnier ?

— Désolé, je ne comprends pas.

— Non, rien. » Pettikin le regardait, guère rassuré. « Avec du lait et du sucre. » Le café lui parut le meilleur du monde et lui fit un bien extrême. Il s'en versa une deuxième tasse. « Alors, comme ça, c'est une erreur ?

— Oui, j'ai vérifié votre histoire et tout est correct, Dieu soit loué. Vous allez repartir immédiatement pour Téhéran. »

La gorge de Pettikin se serra. Ce revirement est trop soudain, pensa-t-il, méfiant. « J'ai besoin d'essence. Toute notre essence a été volée, il n'y en a plus dans les réservoirs.

— On a refait le plein de votre appareil, je m'en suis occupé personnellement.

— Vous vous y connaissez en hélicoptères ? Pettikin se demandait pourquoi l'homme semblait aussi nerveux.

« Un petit peu.

— Excusez-moi, mais je n'ai pas saisi votre nom.

— Smith. M. Smith, dit Fedor Rakoczy avec un sourire. Vous allez repartir maintenant, s'il vous plaît. Immédiatement. »

Pettikin retrouva ses bottes de vol et les mit. Les autres hommes le regardaient en silence. Il remarqua qu'ils portaient des mitraillettes soviétiques. Sur la table il y avait son sac. A côté, ses papiers. Passeport, visa, permis de travail et licence de vol iranienne. Tout en essayant de ne pas avoir l'air surpris, il vérifia qu'il ne manquait rien et les remit dans sa poche. Lorsqu'il se dirigea vers le réfrigérateur, un des hommes se mit devant lui et lui fit signe de reculer. « J'ai faim, dit Pettikin, toujours méfiant.

— Il y a de quoi manger dans l'appareil. Suivez-moi, s'il vous plaît. »

Dehors il faisait beau et froid. Le ciel était d'un bleu très pur. Pettikin respira l'air frais avec délices. Quelques nuages s'amoncelaient à l'ouest. A l'est, au-dessus du défilé, le ciel était dégagé. Tout autour de lui la forêt scintillait et la neige réverbérait la lumière. Devant le hangar, le 206 l'attendait, entièrement nettoyé, vitres lavées. Rien ne semblait avoir été touché à l'intérieur, bien qu'il remarquât que son porte-carte se trouvait dans la poche de côté et non derrière son siège où il le laissait d'ordinaire. Très prudemment il commença les vérifications de prévol.

« Dépêchez-vous, s'il vous plaît, dit Rakoczy.

— Bien sûr », répondit Pettikin. Il feignit de se hâter mais en réalité n'en fit rien. Il vérifia absolument tout, craignant un sabotage subtil, ou grossier. L'essence, l'huile, tout. Il voyait et sentait leur nervosité croissante. Il n'y avait toujours personne d'autre à la base. Dans le hangar il apercevait le 212, les pièces de son moteur bien alignées sur le sol. Celles qu'il avait apportées avaient été posées sur un banc à côté.

« Maintenant, vous êtes prêt à partir, dit Rakoczy sur un ton qui ressemblait à un ordre. Allez-y, vous referez le plein à Bandar-e-Pahlavi comme avant. » Il se tourna vers les autres, les serra dans ses bras et s'installa sur le siège de droite. « Mettez les moteurs en marche et décollez. Je viens à Téhéran avec vous. » Il coinça sa mitraillette entre ses genoux, boucla sa ceinture de sécurité, ferma soigneusement la porte, puis saisit les écouteurs sur le crochet derrière lui, les mit à ses oreilles. Visiblement, l'intérieur d'un cokpit lui était familier.

Pettikin remarqua que les deux autres s'étaient placés face à la route, en position défensive. Il appuya sur le bouton de contact. Le bruit de moteur ainsi que la présence de « Smith » à bord qui rendait un sabotage improbable le rassurèrent complètement. « On y va », dit-il en décollant rapidement. Il vira doucement et s'éleva vers le défilé.

« Bien, dit Rakoczy, très bien. Vous pilotez très bien. » Négligemment il posa la mitraillette sur ses genoux, le canon pointé vers Pettikin. « S'il vous plaît, ne pilotez pas trop bien.

— Mettez le cran de sécurité ou je ne vole pas du tout. »

Rakoczy hésita, puis obtempéra. « Je suis d'accord avec vous, c'est dangereux en vol. »

A trois cents mètres d'altitude Pettikin stoppa la montée, puis brusquement vira sec et se laissa tomber comme une pierre vers le sol.

« Qu'est-ce que vous faites ?

— Je veux juste faire le point. » Il se reposait sur l'idée que, même si Smith était habitué aux hélicoptères, il ne savait pas piloter un 206, sinon il aurait pris l'appareil lui-même. Il scruta le sol en dessous d'eux pour y trouver la raison de la nervosité de l'homme et de sa hâte à s'en aller. Près du croisement de la petite route qui menait à la base avec celle qui allait jusqu'à Tabriz, il aperçut deux camions. Tous deux roulaient vers la base. De cette hauteur il pouvait nettement voir qu'il s'agissait de camions militaires.

« Je vais me poser pour voir ce qu'ils veulent, dit-il.

— Si vous faites ça, dit Rakoczy d'une voix sereine, cela va vous coûter cher. Je vous promets quelques souffrances assorties d'une mutilation à vie. Téhéran, s'il vous plaît, mais, d'abord, Bandar-e-Pahlavi.

— Quel est votre vrai nom ?

— Smith. »

Pettikin en resta là. Il amorça un virage, puis suivit la route de Téhéran, direction sud-est, vers le défilé. Il attendait son heure. Il savait qu'une occasion se présenterait en vol.

CHAPITRE 15

A Téhéran : 8 h 30. A bord de sa vieille Citroën, Tom Lochart slalomait en direction de Galeg Morghi entre les débris et les gravats laissés par les combats de la nuit. La matinée était froide et humide ; il était déjà en retard bien qu'il se soit mis en route juste après l'aube.

Il avait dépassé de nombreux cadavres entourés de gens qui se lamentaient, beaucoup de carcasses de voitures et de camions, certaines encore fumantes. Des groupes de civils armés occupaient toujours les balcons et les barricades et il avait dû faire plusieurs détours. Beaucoup portaient maintenant le brassard vert de Khomeiny. Tous les Brassards verts étaient armés. Dans les rues vides de toute circulation, il croisait de temps à autre des camions et des voitures de la police. Ils ne faisaient pas attention à lui, klaxonnant juste pour qu'il s'écarte de leur chemin. Il les insultait, il se fichait presque de ne pas atteindre l'aéroport, cela aurait résolu son dilemme.

Il fit une embardée pour éviter une voiture qui surgissait d'une rue transversale. La voiture ne freina même pas et il jura de nouveau, maudissant, dans la foulée, Téhéran, l'Iran et Valik. « Inch' Allah », conclut-il philosophiquement, mais cela ne le calma pas pour autant.

Le ciel était couvert de nuages d'un gris sale, ce qu'il n'aimait pas du tout. Il n'avait pas apprécié non plus de devoir quitter la chaleur de son lit et Sharazad. Le réveil avait sonné juste avant l'aube.

« Je croyais que tu ne partais pas, chéri. Je pensais que tu restais jusqu'à demain.

— J'ai un vol de dernière minute à assurer, enfin, je pense. C'est pour cela que Valik est venu. Il faut que je voie Mac d'abord, mais si je pars je serai absent quelques jours. Rendors-toi, ma chérie. » Il s'était rasé, habillé rapidement, il avait avalé une tasse de café et il était parti. Dehors il faisait toujours nuit, l'air était âcre et empli de fumée. Des coups de feu éclataient toujours sporadiquement dans le lointain. Il fut soudain assailli d'un sombre pressentiment.

McIver vivait à quelques pâtés de maisons. Lochart fut étonné de le trouver déjà tout habillé. « Salut, Tom. Entre. L'autorisation de vol est arrivée à minuit, on me l'a fait porter ici par un coursier spécial. Valik a du pouvoir — je ne pensais pas qu'on l'obtiendrait. Café ?

— Merci. Il est venu te voir hier soir ?

— Oui », répondit McIver en l'emmenant vers la cuisine où le café était en train de passer. Aucun signe de Genny, Paula ou Nogger Lane. Il versa une tasse à Lochart. « Valik m'a dit qu'il t'avait vu et que tu étais d'accord pour partir.

— J'ai dit que j'étais d'accord à condition que tu le sois aussi, grogna Lochart. Et si nous recevions l'autorisation. Où est Nogger ?

— Il est retourné chez lui. Je l'ai fait remplacer pour son vol car il est toujours assez choqué après ce qui lui est arrivé.

— J'imagine. Et la fille ? Paula ?

— Elle est dans la chambre d'amis. Son vol Alitalia n'est toujours pas parti mais je pense qu'aujourd'hui ils auront l'autorisation de décoller. George Talbot, le type de l'ambassade, est passé hier soir et il a dit que l'aéroport avait été évacué par les révolutionnaires et qu'avec un peu de chance, quelques avions pourraient décoller et se poser aujourd'hui.

— Peut-être qu'après tout Bakhtiar va triompher, fit pensivement Lochart en hochant la tête.

— On peut toujours espérer. Ce matin la BBC a dit que Doshan Tappeh était toujours aux mains des khomeinistes et que les Immortels l'entouraient et attendaient. »

Lochart frissonna en pensant à Sharazad. Elle lui avait promis de ne pas retourner à Doshan Tappeh. « Talbot a parlé d'un coup militaire ?

— Juste une rumeur selon laquelle Carter y serait opposé — si j'étais iranien et général de surcroît, je n'hésiterais pas. Talbot était de mon avis, il pense que l'opération se déclenchera avant trois jours ; il le faut, les révolutionnaires se procurent de plus en plus d'armes. »

Lochart pouvait presque voir Sharazad chantant avec la foule, le jeune capitaine Karim Peshadi se déclarant pour Khomeiny et les trois Immortels désertant. « Je ne sais pas ce que je ferais, Mac, si j'étais l'un d'eux.

— Dieu merci, ce n'est pas le cas. C'est l'Iran, et non l'Angleterre, avec nous derrière des barricades. De toute façon, Tom, si le 125 arrive aujourd'hui, nous embarquons Sharazad. Elle sera mieux à Al Shargaz, au moins pour une semaine ou deux. Est-ce qu'elle a récupéré son passeport canadien ?

— Oui, mais je ne pense pas qu'elle partira. » Lochart lui raconta comment elle était allée rejoindre les insurgés à Doshan Tappeh.

« Mon Dieu, elle a besoin d'un psychiatre. Je vais demander à Gen d'aller la voir.

— Est-ce que Gen part pour Al Shargaz ?

— Non, avoua McIver. Si cela ne dépendait que de moi, elle serait là-bas depuis une semaine. Sharazad va bien ?

— Elle est en pleine forme mais je prie Dieu pour que les choses se calment à Téhéran. Je suis mort d'inquiétude de devoir partir en la laissant ici. » Lochart avala une gorgée de café. « Mais il faut bien que je m'y fasse. Veille sur elle. » Il regarda McIver droit dans les yeux. « Qu'est-ce que c'est que ce vol, Mac ?

— Raconte-moi ce que Valik t'a dit hier soir », répondit McIver, le visage sombre.

Lochart lui rapporta la conversation mot pour mot.

« C'est un beau salaud d'avoir essayé de te faire perdre la face de cette façon.

— Il a parfaitement réussi. Malheureusement, il fait partie de la famille, et en Iran... enfin, tu vois ce que je veux dire. » Lochart fit un effort pour que sa voix ne trahisse pas son amertume. « Je lui ai demandé pourquoi il attachait tant d'importance à quelques pièces détachées et quelques rials mais il s'est défilé. » Il vit que le visage de McIver était fermé, plus vieux, plus grave que d'habitude. Plus dur, aussi. « Mac, qu'est-ce qui se cache derrière tout cela ? »

McIver finit son café et s'en versa une autre tasse. Il baissa la voix. « Je ne veux pas réveiller Genny ou Paula, Tom. Ceci doit rester entre nous. » Il raconta en détail ce qui s'était passé dans son bureau.

Lochart sentit le sang lui monter au visage. « La Savak ? Lui, Annoush, Setarem et Jalal ! Doux Jésus.

— C'est pour cela que j'ai accepté d'essayer. Je n'ai pas le choix, je suis coincé moi aussi. Nous le sommes tous les deux. Mais il y a autre chose. » McIver lui raconta la suite : l'argent.

« Douze millions de rials, s'écria Lochart. En liquide ? Ou l'équivalent dans une banque suisse ?

— Parle moins fort. Oui, douze pour moi et douze pour le pilote. La nuit dernière, il m'a dit que l'offre tenait toujours et m'a conseillé de ne pas être " naïf ", ajouta McIver d'un ton sinistre. Si Gen n'avait pas été là, je l'aurais flanqué dehors. »

Lochart écoutait à peine. Douze millions de rials. Mac a raison. Si Valik offrait une pareille somme, ici, à Téhéran, qu'est-ce que ça allait être, arrivé en vue de la frontière ? « Jésus !

— Qu'en penses-tu ? demanda McIver en le regardant. Tu veux toujours y aller ?

— Je ne peux pas refuser. Je ne peux pas. D'autant moins que maintenant nous avons l'autorisation. » Celle-ci se trouvait sur la table de la cuisine et il la prit. Il était marqué : « EP-HBC autorisé jusqu'à Bandar Delam. Vol prioritaire pour pièces détachées attendues d'urgence. Plein à refaire à la base IIAF d'Ispahan. Un pilote : capitaine Lane. » Le nom de Lane avait été barré et on avait indiqué : « Malade. Pilote de remplacement. » Le tout suivi d'un blanc qui n'avait pas encore été rempli ni contresigné par McIver.

McIver jeta un coup d'œil vers la porte de la cuisine qui était fermée et revint à Lochart. « Valik veut qu'on vienne le chercher en dehors de Téhéran ! Et dans le plus grand secret.

— Ça sent de plus en plus mauvais. A quel endroit ?

— Si tu arrives jusqu'à Bandar Delam, Tom, ce qui n'est même pas sûr, il va essayer de te convaincre de les emmener au Koweit.

— C'est certain. » Lochart regarda McIver.

« Il va tout essayer, la famille, Sharazad, tout. Surtout l'argent.

— Des millions. En liquide. Et nous savons tous les deux que j'en aurais bien besoin, dit Lochart d'une voix égale. Mais, si je vole vers le Koweit sans autorisation iranienne, dans un hélicoptère iranien, sans l'accord de la compagnie, avec des passagers clandestins iraniens en train de fuir leur gouvernement légal, je serai considéré comme pirate de l'air et Dieu seul sait sous combien de chefs d'inculpation je vais tomber ici et au Koweit — les autorités du Koweit vont confisquer l'appareil, me jeter en prison et certainement m'extrader vers l'Iran. Dans le meilleur des cas mon avenir de pilote est fichu et je ne pourrai jamais revenir en Iran — quant à Sharazad, la Savak risque de l'arrêter. Pour toutes ces raisons je n'irai pas au Koweit.

— Valik est un type dangereux. Il viendra armé. Il peut te mettre un revolver sur la tempe et te forcer à v...

— C'est possible. » En dépit de son ton calme, Lochart bouillait de rage. « Je n'ai pas le choix. Je dois l'aider et je le ferai — mais je ne suis pas un imbécile. Nogger est au courant ? demanda-t-il après une pause.

— Non. » Pendant la nuit McIver avait passé en revue toutes les possibilités. Finalement, il avait décidé d'y aller lui-même et de ne pas faire courir de risques à Nogger Lane ou Lochart. Que le diable emporte son rapport médical et l'illégalité de l'opération, s'était-il dit. Toute cette histoire est dingue. Alors, un peu plus ou un peu moins...

Son plan était simple : après en avoir discuté avec Lochart, il dirait juste qu'il avait décidé de ne pas permettre le vol et de ne pas contresigner l'autorisation. Il irait en voiture jusqu'à l'endroit du rendez-vous avec Valik, en emportant assez d'essence pour que celui-ci puisse faire le voyage par la route. Même si Lochart voulait venir avec lui, il serait facile de fixer un rendez-vous, de ne pas s'y rendre et d'aller en voiture jusqu'à Galeg Morghi. Il inscrirait son nom sur la feuille de vol et partirait. A l'endroit du ramassage...

« Quoi ? demanda-t-il.

— Il n'y a que deux possibilités, répéta Lochart. Tu refuses ou tu autorises quelqu'un d'autre. Tu as annulé Nogger, Charlie n'est pas là, ça ne laisse que toi ou moi. Tu ne peux pas y aller, Mac. Tu ne peux pas, c'est trop dangereux.

— Comment ça, je ne peux pas y aller ? Sur ma licence...

— Tu ne peux pas y aller, Mac, coupa Lochart fermement. Désolé, mais c'est impossible. »

McIver soupira. Sa sagesse triompha de son envie permanente de piloter et il opta pour le second plan. « Oui. Oui, tu as raison. Je suis d'accord. Alors écoute bien : si tu veux tenter le coup, c'est toi qui décides, je ne t'y oblige pas. Je te donnerai l'autorisation, mais voici les conditions. En arrivant au point de rencontre, si tout semble clair, vas-y. Puis vole jusqu'à Ispahan. Valik a dit qu'il s'occuperait de ça. Si tout baigne à Ispahan, tu continues. Peut-être que M. " Je m'occupe de tout " a raison. C'est un pari que nous devons prendre.

— Je compte là-dessus.

— Bandar Delam est la fin du voyage. Tu ne franchis pas la frontière. D'accord ?

— D'accord. » Lochart lui serra la main en espérant de tout cœur pouvoir tenir sa promesse.

McIver lui révéla le point de rendez-vous, signa l'autorisation et remarqua que ses mains tremblaient. Si quelque chose foire, devine à qui la Savak va s'en prendre ? A nous deux. Et peut-être même à Genny, pensa-t-il, envahi de nouveau par la crainte. Il ne dit pas à Lochart qu'elle avait entendu Valik la veille et deviné tout le reste. « Je suis d'accord, Duncan, avait-elle dit gravement. C'est terriblement risqué, mais tu dois essayer de les aider. Tom également, il est coincé de la même façon. Il n'y a pas d'autre possibilité. »

McIver tendit l'autorisation de vol à Lochart. « Tom, je te donne l'ordre formel de ne pas franchir la frontière. Si tu le fais, tu perds tout, y compris Sharazad.

— Toute cette histoire est à dormir debout, mais nous sommes en plein dedans, n'est-ce pas ?

— Oui. Bonne chance. »

Lochart hocha la tête, lui sourit et sortit.

McIver referma la porte d'entrée. J'espère que c'est la bonne décision, se dit-il. Il avait mal à la tête. Y aller moi-même aurait été de la folie, et pourtant... j'aurais préféré que ce soit moi. Je...

« Oh ! » fit-il, surpris. Genny se tenait près de la porte de la cuisine, une robe de chambre passée par-dessus sa chemise de nuit. Elle n'avait pas mis ses lunettes et plissait les yeux dans sa direction.

— Je... je suis très heureuse que tu n'y sois pas allé, Duncan, fit-elle d'une petite voix.

— Quoi ?

— Oh ! Allez, idiot, je te connais trop bien. Tu n'as pas fermé l'œil de la nuit, moi non plus d'ailleurs, je me faisais du souci pour toi. Je sais que, si j'avais été toi, j'y serais allée ou j'aurais voulu le faire. Mais Tom est un garçon solide et tout va bien se passer, Duncan ; j'espère aussi qu'il va emmener Sharazad et ne jamais revenir ici... » Des larmes commencèrent à couler le long de ses joues. « Je suis si heureuse que tu ne sois pas parti. » Elle s'essuya le visage, alla vers la cuisinière et mit la bouilloire. « Désolée, je m'affole un peu parfois. Désolée. »

Il la prit dans ses bras. « Gen, si le 125 arrive aujourd'hui, tu veux bien partir ? S'il te plaît.

— Certainement, chéri. Si tu pars aussi.

— Mais, Gen, je ne p...

— Duncan, écoute-moi un instant, s'il te plaît. » Elle se retourna, l'enlaça, posa sa tête contre sa poitrine et continua de la même petite voix qui le troublait tant. « Trois de tes associés se sont déjà enfuis avec leurs familles en emmenant tout l'argent qu'ils pouvaient ; le shah et sa famille ont fui également avec leurs richesses ; des milliers d'autres, la plupart des gens que nous connaissons, sont partis, tu l'as dit toi-même. Et, si même le grand général Valik quitte l'Iran, malgré ses nombreux appuis des deux bords, si même les Immortels ne parviennent pas à mater cette petite rébellion de quelques cadets de l'armée de l'air et de quelques civils pauvrement armés à Doshan Tappeh — c'est-à-dire sur leur propre terrain — je crois qu'il est temps de fermer la boutique et de rentrer chez nous.

— Nous ne pouvons pas, Gen », explosa-t-il. Elle entendit le cœur de son mari qui s'emballait dans sa poitrine et s'inquiéta pour lui, de plus belle. « Ce serait un désastre.

— Juste quelque temps, le temps que tout s'apaise.

— Si nous abandonnions l'Iran, la S-G serait ruinée.

— Je n'en suis pas sûre, Duncan, mais la décision appartient à Andy, pas à toi, c'est lui qui nous a envoyés ici.

— Oui, mais s'il me demande ce que j'en pense, et il le fera, je ne pourrai pas lui conseiller de partir et d'abandonner vingt ou trente millions de dollars d'hélicoptères et de pièces de rechange derrière nous — dans ce bordel ils ne survivraient pas une semaine, ils seraient pillés ou endommagés, nous perdrions tout, tout, n'oublie pas, Gen, l'argent de notre retraite est lié à la S-G.

— Mais, Duncan, ne penses-tu pas...

— Je n'abandonnerai pas nos hélicoptères, dit McIver qui s'affolait à cette seule idée. Je ne peux pas.

— Emporte-les avec toi, alors.

— C'est impossible, bon Dieu ! Nous n'avons pas les autorisations, nous sommes coincés ici jusqu'à ce que cette guerre soit terminée.

— Non, Duncan. Nous ne le sommes pas, ni toi, ni moi, ni aucun de nos gars. Tu dois penser à eux. Nous devons partir. Ils vont nous jeter dehors de toute façon, quel que soit le vainqueur, surtout si c'est Khomeiny. » Elle frissonna en se rappelant son premier discours au cimetière : « Je prie Dieu que l'on coupe les mains de tous les étrangers... »

CHAPITRE 16

Tabriz 1 : 9 h 30. La Range Rover rouge franchit les portes du palais du khan, prit le chemin de Tabriz, puis la route de Téhéran. Erikki conduisait, Azadeh assise à ses côtés. C'était son cousin, le colonel Mazardi, chef de la police, qui avait convaincu Erikki de ne pas aller à Téhéran le vendredi : « Les routes seront très dangereuses — c'est déjà assez mauvais comme ça pendant la journée, avait-il dit. Les insurgés ne vont pas revenir maintenant, vous êtes en sécurité. Vous feriez mieux d'aller voir Sa Majesté le khan et de lui demander conseil. Ce serait plus prudent. »

Azadeh avait approuvé. « Erikki, bien sûr nous ferons ce que tu décides, mais je serais plus heureuse si nous allions à la maison ce soir pour voir Père.

— Ma cousine a raison, capitaine, c'est vous qui décidez, mais je jure sur le Prophète, que Dieu bénisse Ses Paroles pour toujours, que la sécurité de Son Altesse est aussi importante pour moi que pour vous. Si vous en avez toujours envie, partez demain matin. Je peux vous assurer qu'il n'y a plus de danger. Je vais poster des gardes. Si ce soi-disant Rakoczy ou d'autres étrangers ou ce mollah approchaient du palais Gorgon à moins de cinq cents mètres, ils le regretteraient.

— Oh, oui ! Erikki, s'il te plaît, dit Azadeh avec enthousiasme. Bien évidemment, mon chéri, nous ferons ce que tu veux, mais il vaudrait peut-être mieux consulter Sa Majesté mon père. »

Erikki avait accepté à contrecœur. Arberry et l'autre mécanicien, Dibble, avaient décidé de passer le week-end à l'International Hotel de Tabriz. « Les pièces arrivent lundi, capitaine. McIver sait que notre 212 doit être en état pour mercredi, sinon il serait obligé de nous en envoyer un autre et il n'aimerait pas ça. On va se serrer les coudes, se tenir tranquilles et assurer le boulot. Nous sommes anglais, nous n'avons rien à craindre — personne ne va s'en prendre à nous. N'oubliez pas que nous travaillons pour leur gouvernement, quels que soient les crétins qui le composent, et aussi que nous ne sommes pas en bisbille avec ces conn..., avec ces types, excusez-moi. Ne vous faites pas de souci pour nous. On va assurer le boulot tranquillement et on vous revoit à votre retour mercredi. Amusez-vous bien à Téhéran. »

Erikki était donc parti en convoi avec le colonel Mazardi jusque dans la banlieue de Tabriz. Le large palais des Gorgons Khans était construit au pied des collines, au milieu d'immenses jardins et de vergers ceints de hauts murs. Quand ils arrivèrent, toute la maison se réveilla et se rassembla — la belle-mère d'Azadeh, ses demi-sœurs, ses nièces, ses neveux, les servantes et leurs enfants, mais pas Abdollah Khan, son père. Azadeh fut accueillie à bras ouverts avec des larmes de joie. Il fut immédiatement prévu une grande fête pour le déjeuner du lendemain, afin de célébrer leur bonheur de l'avoir à nouveau parmi eux. « Mais comme c'est épouvantable ! Des bandits et un mollah hargneux qui osent venir sur vos terres ? Notre Majesté, notre vénéré père, n'a-t-il pas fait don de barriques de rials et de centaines d'hectares de terre à diverses mosquées dans Tabriz et aux alentours ! »

Erikki Yokkonen était accueilli avec déférence et réserve. Sa taille, sa rapidité au couteau, son caractère violent les effrayaient et ils ne comprenaient pas sa douceur envers ses amis et son amour rayonnant pour Azadeh. Elle avait cinq demi-sœurs et un demi-frère qui n'était encore qu'un enfant. Sa mère, décédée depuis de nombreuses années, avait été la deuxième épouse d'Abdollah Khan. Azadeh avait aussi un frère qu'elle adorait, Hakim, plus âgé qu'elle d'un an. Banni par Abdollah Khan, il était toujours en disgrâce à Khvoy dans le Nord-Ouest, exilé pour des crimes contre le khan que lui et Azadeh juraient qu'il n'avait pas commis.

« D'abord un bain, dirent gaiement ses demi-sœurs, et tu pourras nous raconter ce qui est arrivé, avec tous les détails, absolument tous ! » Joyeusement elles emmenèrent Azadeh. Dans l'intimité de leur salle de bains chaude et luxueuse, où les hommes n'avaient pas le droit de pénétrer, elles papotèrent jusqu'à l'aube. « Mon Mahmud ne m'a pas fait l'amour depuis une semaine, dit avec un hochement de tête Najoud, la plus vieille des demi-sœurs d'Azadeh.

— Il doit y avoir une autre femme, Najoud chérie, dit quelqu'un.

— Non, ce n'est pas cela. Il a des problèmes d'érection.

— Ma pauvre chérie ! Tu as essayé de lui faire manger des huîtres...

— Ou de l'huile de rose sur ta poitrine...

— Ou de l'enduire d'huile de corne de rhinocéros, de musc...

— De l'huile de corne de rhinocéros ? Je n'ai jamais entendu parler de cela, Fazulia.

— C'est tout nouveau, une vieille recette du temps de Cyrus le Grand. Ne le répétez pas, mais il paraît que le pénis du grand roi était tout petit quand il était jeune, puis, miraculeusement, après sa victoire sur les Mèdes, il fit l'envie de tous. Il semble qu'il ait obtenu une potion magique des Mèdes qui, si elle est appliquée pendant un mois... Leur grand-prêtre la donna à Cyrus en échange de sa vie, à condition que le grand roi jure de garder le secret à l'intérieur de sa famille. Il fut transmis de père en fils au cours des siècles et, maintenant, chères sœurs, le secret est arrivé à Tabriz !

— Oh ! Qui ? Très chère sœur Fazulia, qui ? Que Dieu te bénisse pour toujours, qui ? Mon mari pourri d'Abdullah, que ses trois dernières dents tombent, n'a pas eu d'érection depuis des années. Qui ?

— Calme-toi, Zadi, elle ne peut pas parler si tu l'interromps tout le temps ! Vas-y, Fazulia.

— Oui, calme-toi, Zadi, et bénis ta bonne fortune, mon Husan est en érection le matin, à midi et le soir et il me désire tant qu'il ne me laisse même pas le temps d'aller me brosser les dents !

— Le secret de cet élixir a été acheté par l'arrière-arrière-grand-père de son actuel possesseur pour une petite fortune, on m'a parlé d'une poignée de diamants...

— Eh ! Eh !

— ... mais vous pouvez en acheter une petite fiole pour cinquante mille rials.

— Oh ! C'est beaucoup trop cher. Comment veux-tu que je me procure une telle fortune ?

— Comme d'habitude, dans les poches de ton mari, et tu peux toujours essayer de marchander. Rien n'est trop cher pour compenser le fait que nous ne pouvons pas avoir d'autres hommes.

— Si ça marche...

— Bien sûr que ça marche. Oh ! Où pouvons-nous l'acheter, chère, très chère Fazulia ?

— Au souk, dans le magasin d'Abu Bakra. Je sais où il se trouve. Nous irons demain avant le déjeuner. Viendras-tu avec nous, Azadeh chérie ?

— Non merci, chère sœur. »

Elles éclatèrent toutes de rire et une des jeunes filles dit : « Pauvre Azadeh, elle n'en a pas besoin, elle aurait plutôt besoin d'une potion qui fasse l'effet contraire. »

Azadeh rit de bon cœur avec elles. Elles lui avaient toutes demandé, ouvertement ou en cachette, si le sexe de son mari était proportionné à sa taille et comment elle arrivait, elle si mince et si fragile, à s'en accommoder. « Par magie », avait-elle dit aux plus jeunes, « très facilement » aux plus sérieuses, et « avec un plaisir et une jouissance tels que cela relève de la félicité paradisiaque » aux plus jalouses, à celles qu'elle n'aimait pas et qu'elle voulait secrètement faire enrager.

Tout le monde n'avait pas approuvé son mariage avec ce géant d'étranger.

Nombreux furent ceux qui essayèrent d'influencer son père contre ce projet. Mais elle avait fini par gagner et elle savait exactement quels étaient ses ennemis : Zadi sa demi-sœur obsédée sexuelle, sa cousine Fazulia qui exagérait tout et, surtout, la reine des vipères, sa sœur aînée Najoud et son méprisable époux Mahmud, que Dieu les punisse pour leurs vils agissements. « Très chère Najoud, je suis si heureuse d'être à la maison, mais maintenant il est temps de dormir. »

Le lit donc. Pour toutes. Quelques-unes gaiement ou tristement, avec haine ou avec amour, certaines avec leur mari, d'autres seules. Les hommes, selon les lois du Coran, pouvaient avoir quatre épouses, à condition qu'ils les traitent avec équité dans tous les domaines. Le prophète Mahomet avait été autorisé à prendre autant de femmes qu'il le voulait, il fut le seul homme à qui une telle permission fut accordée. D'après la légende, le Prophète avait eu onze épouses au cours de sa vie, mais pas toutes en même temps. Quelques-unes moururent, il divorça de certaines, d'autres lui survécurent. Mais toutes l'honorèrent pour toujours.

Erikki se réveilla quand Azadeh se glissa à ses côtés. « Nous devons partir le plus tôt possible, Azadeh chérie.

— Oui », répondit-elle, déjà presque endormie. Le lit était si confortable. Son mari aussi. « Oui, quand tu veux, mais, s'il te plaît, pas avant le déjeuner, sinon ma belle-mère va pleurer toutes les larmes de son corps.

— Azadeh ! »

Elle dormait déjà. Il soupira, satisfait lui aussi, et se rendormit.

Ils ne partirent pas le dimanche comme prévu — son père ayant annoncé qu'il souhaitait d'abord parler à Erikki. A l'aube de ce lundi, après les prières que son père avait conduites et après le petit déjeuner — café, pain, miel, yaourt et œufs —, ils avaient enfin eu le droit de partir et roulaient maintenant sur les routes tortueuses de montagne en direction de la route principale de Téhéran. Ils arrivèrent en vue du barrage de contrôle.

« C'est bizarre », murmura Erikki. Le colonel Mazardi leur avait dit qu'il les retrouverait à cet endroit mais il n'y était pas et personne ne gardait le barrage.

« C'est bien la police, dit Azadeh avec un bâillement, jamais là quand on a besoin d'eux. »

La route montait jusqu'au défilé. Le ciel était bleu, et le sommet des montagnes déjà éclairé par le soleil. Au fond de la vallée, il faisait encore sombre, froid et humide. Les routes étaient glissantes et les fossés enneigés mais cela ne l'inquiétait pas car sa Range Rover avait quatre roues motrices et il transportait des chaînes de montagne. Un peu plus tard, quand il passa devant l'entrée de la base, il ne s'arrêta pas. Il savait que celle-ci était vide, le 212 en sécurité, attendant les réparations. Avant de quitter le palais il avait essayé plusieurs fois, sans succès, de contacter son directeur, Dayati. Mais cela n'avait pas d'importance.

Il s'adossa à son siège ; son réservoir était plein et il avait en plus six bidons de vingt litres, remplis à la pompe privée d'Abdollah.

Je peux facilement arriver à Téhéran aujourd'hui, pensa-t-il. Et être de retour mercredi — si je reviens. Ce salopard de Rakoczy n'annonce rien de bon.

« Tu veux du café, chéri ? demanda Azadeh.

— Merci. Regarde si tu peux avoir la BBC ou *La Voix de l'Amérique* sur les ondes courtes. » Il prit avec satisfaction la tasse de café chaud de la bouteille Thermos. Excepté la puissante station russe, ils ne purent rien capter d'autres que des parasites. Les stations iraniennes, toujours en grève, n'émettaient pas, sauf celles qui étaient aux mains des militaires.

Pendant le week-end, amis, relations, commerçants et serviteurs avaient parlé des rumeurs et des contre-rumeurs qui circulaient : invasion russe imminente, invasion américaine, coup militaire réussi dans la capitale, reddition sans conditions des généraux à Khomeiny ou démission de Bakhtiar.

« Ridicule ! » avait dit Abdollah Khan. C'était un sexagénaire corpulent, barbu, les yeux noirs, les lèvres épaisses, couvert de bijoux et richement vêtu. « Pourquoi Bakhtiar démissionnerait-il ? Cela ne le mènerait à rien.

— Et si Khomeiny l'emporte ? avait demandé Erikki.

— C'est que telle est la volonté de Dieu. » Le khan était allongé sur des tapis dans la grande pièce, Erikki et Azadeh assis en face de lui, ses gardes du corps armés debout derrière lui. « Mais, même s'il y arrive, sa victoire ne sera que temporaire. Les forces armées l'obligeront à se soumettre, lui et ses mollahs, tôt ou tard. C'est un vieil homme. Il va bientôt mourir, le plus tôt sera le mieux, même s'il a été l'instrument de Dieu pour chasser le shah dont le règne devait finir. C'est un homme vindicatif, étroit d'esprit et aussi mégalomane que le shah, sinon davantage. Il va sans aucun doute assassiner bien plus d'Iraniens que ne le fit le shah.

— Mais n'est-il pas un homme de Dieu, pieux, humble, bon et tout ce que doit être un ayatollah ? demanda prudemment Erikki qui ne savait pas à quoi s'attendre. Pourquoi Khomeiny ferait-il cela ?

— C'est l'habitude des tyrans, fit le khan en riant et en avalant un autre loukoum, ces sucreries dont il se gorgeait.

— Et le shah ? Que va-t-il se passer maintenant ? » Bien qu'il détestât le khan, Erikki était content d'avoir son opinion. Sa vie et celle d'Azadeh en Iran dépendaient beaucoup de lui et il n'avait aucune envie de partir.

« A la volonté de Dieu. Muhammad Shah a fait beaucoup de bien au pays, comme son père avant lui. Mais ces dernières années, il s'était complètement replié sur lui-même et n'écoutait plus personne, pas même la shahbanou, l'impératrice Farah, une femme très intelligente qui lui était totalement dévouée. S'il avait le moindre bon sens, il abdiquerait en faveur de son fils Reza. Les généraux ont besoin d'un point de ralliement, ils pourraient lui enseigner ce qu'ils savent jusqu'à ce qu'il soit en mesure d'assumer le pouvoir — n'oublie pas que l'Iran est une monarchie depuis près de trois mille ans ; nous avons toujours eu un chef suprême, certains disent tyran, au pouvoir absolu jusqu'à la mort. » Il avait souri de ses grosses lèvres charnues. « De tous les Qadjars Shahs, la dynastie légitime qui nous dirige depuis cent cinquante ans, un seul, le dernier de la lignée, mon cousin, mourut de causes naturelles. Nous sommes un peuple oriental, pas occidental, nous comprenons la violence et la torture. La vie et la mort ne sont pas jugées selon vos propres standards. » Ses yeux noirs semblaient encore plus sombres. « Peut-être est-ce la volonté de Dieu que les Qadjars reviennent — sous leur règne l'Iran est devenu prospère. »

Ce n'est pas ce que j'ai entendu dire, avait pensé Erikki. Mais il garda le silence. Ce n'est pas à moi de juger ce qui s'est passé ou ce qui aurait dû se passer dans ce pays.

Pendant tout le dimanche la BBC et *La Voix de l'Amérique* avaient été brouillées, ce qui était fréquent. Et, comme d'habitude, la réception de Radio Moscou était parfaite, ainsi que celle de la radio libre iranienne qui émettait de Tbilissi, au nord de la frontière. Leurs bulletins d'informations en anglais et en iranien parlèrent de la révolte générale contre le « gouvernement illégal de Bakhtiar, du shah déchu et de ses maîtres américains dirigés par le menteur et belliqueux Carter. Aujourd'hui Bakhtiar a essayé de regagner les faveurs des masses en annulant pour trente milliards de dollars de contrats militaires imposés au peuple par le shah déchu : huit milliards de dollars pour les USA, des contrats avec les tanks britanniques Centurion d'une valeur de deux milliards trois cents millions, plus deux réacteurs nucléaires français et un allemand d'une valeur totale de deux milliards sept cents millions. Ces nouvelles ont causé la panique chez les gouvernements occidentaux et provoqueront certainement dans le monde capitaliste les krachs boursiers qu'il mérite... »

« Pardon de te poser cette question, père, avait demandé Azadeh, mais le monde occidental va-t-il s'effondrer ?

— Pas cette fois-ci », avait dit le khan et Erikki vit son visage se rembrunir. « A moins que les Soviétiques n'annoncent officiellement qu'ils ne rembourseront pas les quatre-vingts milliards de dollars qu'ils doivent aux banques occidentales — et même à certaines banques orientales. » Il avait éclaté d'un rire sardonique en jouant avec le collier de perles qu'il portait autour du cou. « Mais les banquiers orientaux sont plus intelligents, et pas aussi cupides. Ils prêtent judicieusement, réclament des garanties, n'ont confiance en personne, et encore moins dans le mythe de la " charité chrétienne ". » Il était de notoriété publique que les Gorgons possédaient d'énormes terrains en Azerbaïdjan, de la bonne terre regorgeant de pétrole, de nombreuses parts d'Iran-Timber, des propriétés au bord de la mer Caspienne, une grande partie du souk de Tabriz et la plupart de ses banques.

Erikki se souvenait de ce qu'il avait entendu murmurer au sujet de l'avarice et de la dureté en affaires d'Abdollah Khan quand il essayait d'obtenir la permission d'épouser Azadeh : « Un moyen rapide d'aller au paradis ou en enfer est de devoir un rial à Abdollah le cruel, de ne pas le rembourser, de plaider la misère et de rester en Azerbaïdjan.

« Père, puis-je vous demander si l'annulation de tant de contrats va provoquer un désastre ?

— Non, tu ne peux pas le demander. Tu as posé assez de

questions pour aujourd'hui. Une femme est censée tenir sa langue et écouter — maintenant tu peux partir. »

Elle s'excusa immédiatement et s'en alla, obéissante.

Erikki se leva aussi, mais le khan l'arrêta. « Je ne t'ai pas dit de partir. Assieds-toi. Pourquoi un Soviétique te ferait-il peur ?

— Ce n'est pas lui, c'est le système qu'il représente. Il doit appartenir au KGB.

— Alors pourquoi ne l'as-tu pas tué ?

— Ça n'aurait servi à rien, ça n'aurait fait qu'aggraver les choses et aurait pu nous nuire. A nous, à la base Iran-Timber, à Azadeh, peut-être même à vous. Il avait été envoyé par d'autres. Il nous connaissait — il vous connaissait. » Erikki regardait attentivement le vieil homme.

« Je connais beaucoup d'entre eux. Les Russes, Soviétiques ou tsaristes, ont toujours convoité l'Azerbaïdjan, mais ce sont de bons clients et ils nous ont aidés contre ces sales Britanniques. Je les préfère aux Anglais, je les comprends. » Son sourire se rétrécit en une fente mince. « Se débarrasser de ce Rakoczy serait facile.

— Eh bien, faites-le, dit Erikki en éclatant d'un rire tonitruant. Et tous les autres aussi. Voilà qui serait accomplir la volonté de Dieu !

— Je ne suis pas d'accord, répondit le khan avec irritation. Ce serait accomplir la volonté de Satan. Sans les Soviétiques en face d'eux, les Américains et leurs chiens d'Anglais voudraient nous dominer ainsi que le monde. Ils s'approprieraient l'Iran. Sous Muhammad Shah, ils y étaient presque arrivés. Sans la Russie soviétique, quels que soient ses défauts et ses excès, il n'y aurait pas de rempart contre l'absurdité des Américains, leur stupide arrogance, leurs manières, leurs jeans, leur musique, leur nourriture et leur démocratie stupides, leur écœurante attitude envers les femmes, la loi et l'ordre, leur écœurante pornographie, leur naïve attitude diplomatique et leur nauséabonde, oui, c'est le mot correct, leur nauséabonde opposition à l'islam. »

Une dispute était bien la dernière chose qu'Erikki souhaitait. Mais, malgré ses résolutions, il sentit la colère monter en lui. « Nous avons une convention entre n...

— C'est la vérité, par Dieu ! hurlait le khan. C'est vrai !

— Non, ce n'est pas vrai, et nous avions promis sur votre Dieu et mes Esprits que nous ne discuterions jamais de politique.

— C'est la vérité, admets-le ! » jeta Abdollah Khan, le visage convulsé de rage. Il porta la main au couteau passé à sa ceinture et immédiatement un garde mit Erikki en joue avec son pistolet mitrailleur. « Par Allah, tu me traites de menteur dans ma propre maison ? hurla-t-il.

— Je ne fais que vous rappeler notre accord, Majesté », répondit Erikki entre ses dents. Les yeux noirs injectés de sang le fixaient durement. Il soutint son regard, prêt à sortir son propre couteau, à tuer ou à être tué.

« Oui, oui, cela est vrai aussi », murmura Abdollah Khan et son accès de fureur disparut aussi rapidement qu'il était venu. Il jeta un coup d'œil furieux au garde et lui fit signe de sortir. « Va-t'en ! »

Le silence régnait dans la pièce. Erikki savait qu'il y avait d'autres gardes à proximité et qu'on les observait par des trous dans le mur. Il sentait la sueur sur son front et le contact de son couteau *pukoh* au milieu de son dos.

Abdollah Khan savait qu'Erikki portait un couteau et qu'il n'hésiterait pas à s'en servir. Mais le khan lui avait accordé la permission d'être armé en sa présence. Deux ans auparavant Erikki lui avait sauvé la vie.

C'était le jour où Erikki lui avait demandé la permission d'épouser Azadeh, permission qui avait été vertement refusée : « Non, par Allah, je ne veux pas d'Infidèle dans ma famille. Quitte cette maison ! Et ne reviens jamais ! » Erikki s'était levé, le cœur brisé. A cet instant on avait entendu une bousculade de l'autre côté de la porte, puis des coups de feu, la porte s'était ouverte brutalement et deux hommes, des assassins armés de mitraillettes, avaient surgi tandis qu'une bataille faisait rage dans le couloir. Le garde du corps du khan réussit à en tuer un mais l'autre le déchiqueta d'une rafale puis se tourna vers Abdollah Khan assis sur le tapis, figé. L'assassin mourut avant d'avoir pu appuyer une seconde fois sur la détente, le couteau d'Erikki planté dans la gorge. Erikki se pencha, arracha d'un seul geste son couteau et la mitraillette du meurtrier, puis fit face à un autre homme qui pénétrait dans la pièce en tirant. Il le frappa à toute volée avec la mitraillette, le décapitant presque sous la violence du coup, puis se précipita dans le couloir. Trois attaquants et deux gardes du corps étaient morts ou agonisants. Les autres attaquants prirent leurs jambes à leur cou mais Erikki les abattit tous les deux. Il courut partout dans la maison et sa fureur meurtrière ne s'apaisa que lorsqu'il eut retrouvé Azadeh.

Erikki se rappelait qu'il l'avait laissée pour retourner voir son père dans la grande pièce. Abdollah Khan était toujours assis sur son tapis. « Qui étaient ces hommes ?

— Des assassins, des ennemis, tout comme les gardes qui les ont laissés entrer, avait répondu Abdollah d'un ton hargneux. C'était la volonté de Dieu que tu sois là aujourd'hui pour me sauver la vie. Tu as ma permission d'épouser Azadeh mais, comme je ne t'aime pas, nous allons jurer sur nos Dieux de ne jamais discuter de religion ou de politique ensemble, ainsi je n'aurai peut-être pas à te faire tuer. »

Et à présent le même regard froid était posé sur lui. Abdollah Khan frappa dans ses mains. Immédiatement la porte s'ouvrit et un serviteur apparut. « Apporte du café ! » L'homme se dépêcha. « Nous allons abandonner ce sujet de conversation et en aborder un autre : ma fille Azadeh. »

Erikki devint encore plus vigilant, ne connaissant pas précisément l'étendue du pouvoir que son père avait sur elle, ni ses propres droits comme mari tant qu'il était en Azerbaïdjan — fief du vieil homme. Si Abdollah ordonnait à Azadeh de revenir chez lui et de divorcer, le ferait-elle ? Je pense que oui, je crains que oui — elle n'osera jamais aller contre sa volonté. Elle n'avait jamais une parole contre lui, elle défendait même sa haine paranoïaque de l'Amérique en expliquant ce qui l'avait causée.

« Il a été envoyé là-bas, à l'université, par son père, lui avait-elle dit. En Amérique ça a été très dur pour lui d'apprendre la langue et d'essayer d'obtenir son diplôme en économie sans lequel son père ne l'autorisait pas à rentrer. Mon père détestait les autres étudiants qui se moquaient de lui parce qu'il ne partageait pas leurs jeux, parce qu'il était gros, ce qui est un signe de richesse en Iran mais pas en Amérique, et aussi parce qu'il apprenait lentement. Mais surtout à cause des brimades qu'il fut forcé d'endurer, forcé, Erikki, comme manger des aliments impurs tels que le porc, ce qui est interdit par notre religion, boire de la bière, du vin, de l'alcool, ce qui nous est aussi défendu. Il a dû faire des choses qu'il n'ose même pas raconter et on l'a traité de noms qu'il n'ose même pas répéter. Je serais en colère moi aussi si cela m'était arrivé. S'il te plaît, sois patient avec lui. Toi aussi, dès qu'on te parle des Russes, tu vois rouge en raison de ce qu'ils ont fait à ton père, à ta mère et à ton pays. Sois patient avec lui, je t'en supplie. N'a-t-il pas autorisé notre mariage ? Sois patient avec lui. »

J'ai été très patient, pensait Erikki, souhaitant que l'entrevue se termine, plus patient qu'avec aucun autre homme. « Que voulez-vous savoir au sujet de mon épouse, Majesté ? » C'était la coutume de l'appeler ainsi et Erikki lui donnait son titre de temps en temps par politesse.

Abdollah Khan eut un pâle sourire. « L'avenir de ma fille m'intéresse, naturellement. Que comptes-tu faire une fois à Téhéran ?

— Je n'ai encore rien décidé. Je pense simplement qu'il est plus prudent de l'emmener loin de Tabriz quelque temps. Rakoczy a dit qu'ils " réclamaient " mes services. Quand le KGB dit cela en Iran, en Finlande ou même en Amérique, vous avez intérêt à sonner le branle-bas de combat et à vous attendre à des ennuis. S'ils la kidnappaient, je deviendrais un jouet dans leurs mains.

— Ils pourraient la kidnapper à Téhéran bien plus facilement qu'ici, si c'est ce qu'ils comptent faire. Tu oublies que nous sommes en Azerbaïdjan » — ses lèvres esquissèrent une moue de satisfaction — « pas dans le pays de Bakhtiar. »

Erikki ne savait que répondre à cet argument. « A mon avis, cela vaut mieux pour elle. J'ai dit que je la protégerai au péril de ma vie et je le ferai. Jusqu'à ce que l'avenir politique du pays soit défini, par vous ou par d'autres Iraniens, je pense que c'est la chose la plus raisonnable à faire.

— Dans ce cas, pars, avait répondu le père d'Azadeh avec une soudaineté qui lui avait presque fait peur. Si tu as besoin d'aide, envoie-moi un message codé... » Il réfléchit quelques instants puis son sourire devint sarcastique. « Tu écriras : " Tous les hommes sont égaux. " C'est une vérité, n'est-ce pas ?

— Je ne sais pas, Majesté, répondit-il prudemment. Que cela le soit ou non, c'est la volonté de Dieu. »

Abdollah avait brusquement éclaté de rire, s'était levé et l'avait laissé seul dans la grande pièce. Erikki avait frissonné, troublé au plus profond de lui-même par cet homme dont il ne pouvait jamais deviner les pensées.

« Tu as froid, Erikki ? demanda Azadeh.

— Oh non ! Non, pas du tout », dit-il en émergeant de ses rêveries. Ils grimpaient la route de montagne en direction du défilé et le bruit du moteur était rassurant. Ils étaient juste en dessous de la crête. Il y avait très peu de trafic sur la route. Une fois franchi le virage du sommet, ils arrivèrent du côté ensoleillé. Erikki passa en quatrième et accéléra l'allure au fur et à mesure qu'ils descendaient la route construite sur l'ordre de Rizah Shah, de même que le chemin de fer — une merveille de tracé avec des ponts, des virages en épingle à cheveux au bord de précipices escarpés, des surfaces glissantes couvertes de neige le long de ces mêmes ravins sans rail de protection. Il rétrograda en troisième, ralentit, conduisant vite mais prudemment, très content de ne pas avoir eu à faire cette route de nuit. « Je peux avoir un peu de café ? »

Elle lui versa une tasse. « Je suis contente d'aller à Téhéran. Il y a plein de shopping à faire, Sharazad est là, j'ai toute une liste d'achats pour mes sœurs ainsi que pour ma belle-mère qui voudrait que je lui rapporte de la crème pour le visage. »

Il l'écoutait à peine, il pensait à Rakoczy, à Téhéran, à McIver et à l'avenir qui les attendait.

La route tournait de plus en plus. Il ralentit et conduisit encore plus prudemment. Il y avait d'autres véhicules derrière lui. Le premier était une voiture de tourisme, surchargée comme d'habitude, dont le conducteur roulait trop près et trop vite, appuyant constamment sur le klaxon alors que, à l'évidence, il était impossible de se ranger. Erikki ne s'était jamais habitué à cette façon de conduire qu'avaient tous les Iraniens, même Azadeh. Il prit un virage serré dont on ne pouvait voir la fin. D'un côté le précipice, de l'autre la montagne à pic. Soudain, devant lui, il vit un camion lourdement chargé qui grimpait péniblement et une voiture qui le doublait. Il freina en se serrant contre la montagne. A ce moment la voiture derrière lui accéléra, lui fit une queue de poisson, le klaxon bloqué, doublant sans aucune visibilité. Les deux voitures se heurtèrent de plein fouet et allèrent s'écraser au fond du précipice, deux cents mètres plus bas, où elles prirent feu. Erikki s'arrêta. Le camion qui montait continua son chemin comme si rien ne s'était passé. Les autres véhicules en firent autant.

Erikki s'approcha du bord et se pencha. Les voitures, déchiquetées, flambaient trois cents mètres en contrebas, aucune possibilité qu'il y ait des survivants et impossible de descendre sans équipement de montagne. Il revint vers la voiture en secouant tristement la tête.

— *Inch' Allah*, mon chéri, dit calmement Azadeh. C'était la volonté de Dieu.

— Non, c'était de la pure connerie.

— Tu as raison, mon chéri », approuva-t-elle aussitôt de sa voix la plus apaisante, voyant sa colère monter et ne la comprenant pas ; elle comprenait rarement ce qui passait dans la tête de cet homme étrange qui était son mari. « Tu as parfaitement raison, Erikki. C'était stupide de leur part. Mais c'était également la volonté de Dieu que leur imbécillité cause leur mort et celle de leurs passagers. Telle était la volonté de Dieu, sinon la route aurait été vide. Tu as entièrement raison.

— Vraiment ? demanda Erikki d'un ton las.

— Absolument, Erikki, tu as entièrement raison. »

Ils repartirent. Les villages qu'ils traversèrent étaient pauvres, très pauvres, avec des rues étroites de terre battue, des maisons et des cabanes vétustes, de hauts murs, des mosquées ternes, des marchands ambulants, des boucs, des moutons et des poulets, et toujours des mouches mais moins qu'en été. Des ordures partout dans les rues et dans les caniveaux et bien sûr les inévitables groupes de chiens nécrophages, presque tous enragés. Mais la neige rendait le paysage et les montagnes pittoresques. Il continuait à faire beau quoique froid, avec un ciel bleu parsemé de quelques cumulus.

L'intérieur de la Range Rover était chaud et confortable. Azadeh avait revêtu une tenue de ski bleue avec en dessous un pull en cachemire assorti et des bottes courtes. Elle enleva son blouson et sa casquette de ski en laine ; ses longs cheveux noirs ondulés tombèrent en vagues gracieuses sur ses épaules. Aux alentours de midi ils s'arrêtèrent pour pique-niquer près d'un ruisseau de montagne. Au début de l'après-midi, ils traversèrent des champs de pommiers, de poiriers et de cerisiers. Arbres sans feuilles encore, tristes et nus. Ils arrivèrent dans la banlieue de Qazvin, une ville d'environ cent cinquante mille habitants, qui comptait de nombreuses mosquées.

« Il y a combien de mosquées dans tout l'Iran, Azadeh ? demanda-t-il.

— On m'a dit un jour vingt mille », répondit-elle d'une voix endormie en ouvrant les yeux et en se redressant légèrement. « Ah ! Qazvin ! Tu as bien roulé, Erikki. » Un bâillement succéda à un autre, elle chercha une position confortable et se replongea dans un demi-sommeil. « Il y a vingt mille mosquées et cinquante mille mollahs, à ce qu'on dit. Si on continue à cette allure, nous serons à Téhéran dans environ deux heures... »

Il sourit en entendant s'éteindre ses paroles. Il se sentait plus en sécurité à présent, content d'avoir accompli la plus grosse partie du trajet. Après Qazvin la route était bonne jusqu'à Téhéran. Abdollah possédait de nombreuses maisons et appartements dans la capitale, la plupart loués à des étrangers. Il en gardait quelques-uns de libres pour lui et sa famille et avait dit à Erikki que, cette fois-ci, en raison des événements, ils pourraient séjourner dans l'un d'eux, non loin de chez McIver.

« Merci, merci beaucoup », avait répondu Erikki. Un peu plus tard Azadeh avait dit : « Je me demande pourquoi il a été si gentil. Ce... ce n'est pas son habitude. Il te déteste et moi aussi, quoi que je fasse pour lui être agréable.

— Il ne te déteste pas, Azadeh.

— Excuse-moi de te contredire, mais il me déteste. Je te répète, mon chéri, que c'est ma sœur aînée, Najoud, qui l'a monté contre moi et mon frère. Elle et son mari pourri. N'oublie pas que ma mère était la seconde femme de père ; elle était deux fois plus jeune que la mère de Najoud et deux fois plus jolie. Bien que ma mère soit morte quand j'avais sept ans, Najoud continue à m'en vouloir et à me jalouser — bien sûr, pas devant nous, elle est trop intelligente pour cela. Erikki, tu ne sauras jamais comme les femmes iraniennes peuvent être subtiles, cachotières et influentes dans la société, et comme elles sont vindicatives derrière leurs si doux visages. Najoud est pire que le serpent des jardins du paradis. Elle est la cause de toute cette hostilité. » Ses ravissants yeux bleu-vert étaient remplis de larmes. « Quand j'étais petite, mon père nous aimait sincèrement, mon frère Hakim et moi, et nous étions ses préférés. Il passait plus de temps avec nous à la maison que dans son palais. Puis à la mort de ma mère, nous sommes allés habiter au palais, mais aucun de mes demi-frères et sœurs ne nous aimait vraiment. Quand nous sommes partis au palais tout a changé, Erikki. A cause de Najoud.

— Azadeh, tu te détruis toi-même avec cette haine — c'est toi qui en souffres et pas elle. Oublie-la, ne pense pas à elle. Elle n'a aucun pouvoir sur toi et je te le redis : tu n'as aucune preuve.

— Je n'ai pas besoin de preuve, je sais et je n'oublierai jamais. »

Erikki n'avait pas insisté. Ressasser ce passé douloureux ne servait à rien. Mais c'est mieux qu'elle en parle, pensait-il, plutôt que de garder tout ça à l'intérieur d'elle-même.

Ils entraient dans Qazvin, bruyante, surpeuplée, sale, polluée et embouteillée comme la plupart des villes iraniennes. Le long de la route courait un caniveau comme presque partout en Iran. Ici il était profond d'un mètre, bétonné par endroits, rempli de neige à demi fondue, de glace et d'un peu d'eau. Des arbres y poussaient, des gens y lavaient leur linge, d'autres s'en servaient comme égout, certains buvaient même son eau. Au-delà des caniveaux, s'élevaient des murs qui cachaient des maisons et des jardins, grands ou petits, riches ou misérables. Les maisons des villes avaient généralement un étage ; c'étaient des cubes d'un brun sale en brique, ou en plâtre, presque toujours à l'abri des regards. La plupart avaient un sol de terre battue, quelques-unes l'eau courante, l'électricité et, parfois, des sanitaires.

La circulation devint soudain impossible. Bicyclettes, vélomoteurs, bus, camions, voitures de toutes tailles, de toutes marques, de toutes les époques, cabossées et rafistolées pour la plupart, parfois peinturlurées et décorées de petites lumières au goût de leurs propriétaires. Erikki avait pris cette route de nombreuses fois au cours des dernières années ; il savait qu'on pouvait s'y faire coincer dans des bouchons. Mais il n'y avait aucun moyen d'y échapper, pas de détour pour éviter la ville, bien que depuis des années l'on parlât de construire une rocade. Il sourit avec mépris tout en essayant de s'isoler du tintamarre environnant. Il n'y aura jamais de déviation, pensa-t-il, les Qazvinais ne supporteraient pas le calme. Les habitants de Qazvin et ceux de Recht sur la mer Caspienne étaient l'objet de nombreuses plaisanteries iraniennes.

Il évita une carcasse de voiture calcinée puis mit une cassette de

Beethoven et augmenta le volume afin de ne plus entendre le tapage de la ville. Mais cela ne servit pas à grand-chose.

« La circulation est pire que d'habitude ! Mais où donc est la police ? demanda Azadeh complètement réveillée à présent. Tu as soif ?

— Non, non, merci. » Il jeta un coup d'œil dans sa direction et lorgna sur son pull moulant. « Non, mais j'ai faim, j'ai faim de toi. »

Elle sourit et lui prit le bras. « Moi, je n'ai pas faim, je suis affamée.

— Bien. »

Ils étaient heureux ensemble.

Comme d'habitude le revêtement des rues était mauvais. Il y avait des nids-de-poule, des travaux en cours jamais achevés et, bien sûr, pas de panneaux pour les signaler à l'attention des automobilistes. Il évita un énorme trou et passa à côté d'une épave qui avait été poussée sur le côté. Un camion arriva en face, klaxon hurlant. Peint de couleurs vives, pare-chocs retenus par du fil de fer, cabine sans pare-brise, réservoir d'essence bouché par un chiffon, il transportait une pile de bois mort sur laquelle trois passagers se tenaient en équilibre instable. Le chauffeur était engoncé dans un manteau en peau de mouton, deux autres hommes se serraient à côté de lui. En les croisant Erikki fut surpris de voir que tous lui jetaient des regards furieux. Quelques mètres plus loin, il se rangea le long du trottoir, pour laisser passer un bus brinquebalant surchargé de passagers. Il fut de nouveau frappé par les regards que leur lançaient les femmes enveloppées dans leur tchador, et les hommes, jeunes, barbus et emmitouflés jusqu'aux oreilles. L'un d'eux lui montra le poing. Un autre lui lança une insulte.

On n'a jamais eu de problème ici, pensa Erikki mal à l'aise. Partout où il regardait, il rencontrait les mêmes visages hostiles. Il devait rouler très lentement à cause des bicyclettes et des motos qui se faufilaient entre voitures, bus et camions. Personne ne respectait la moindre règle du code de la route, chacun faisant absolument ce que bon lui semblait. Un troupeau de moutons venant d'une rue adjacente bloqua complètement la route. Les automobilistes se mirent à klaxonner en insultant les bergers qui leur répondirent sur le même ton.

« Saloperie de ville ! Imbéciles de moutons ! dit Azadeh avec impatience. Klaxonne, Erikki !

— Sois patiente, rendors-toi. Il n'y a pas moyen de doubler, cria-t-il par-dessus le tumulte, conscient de l'agressivité ambiante. Calme-toi et sois patiente ! »

Il leur fallut une demi-heure pour parcourir trois cents mètres ; voitures, vendeurs ambulants et piétons venaient sans cesse grossir et ralentir le flot de la circulation. Il suivait un bus qui occupait à peu près toute la chaussée, coinçant les autres voitures de l'autre côté de la rue, avec la moitié d'une roue sur le trottoir. Des Mobylettes rasaient les véhicules sans la moindre précaution, heurtant la Range Rover et les autres autos, injuriant tout le monde, poussant et frappant les moutons pour qu'ils s'écartent de leur chemin. Derrière lui une petite voiture le poussa tandis que son conducteur appuyait rageusement sur le klaxon. Une bouffée de colère envahit Erikki. Ferme tes oreilles, s'ordonna-t-il. Reste calme ! Il n'y a rien à faire, alors reste calme !

Mais cela devenait de plus en plus difficile. Une demi-heure plus tard, les moutons quittèrent la route et bifurquèrent dans une petite allée ; les voitures purent avancer un peu. Mais, au carrefour suivant, des ouvriers creusaient un énorme trou au milieu de la chaussée. Il était absolument impossible d'avancer ou de faire demi-tour. Les ouvriers regardaient insolemment les conducteurs en leur faisant des gestes obscènes. La seule chose à faire était de tourner dans une petite rue étroite. Le bus n'arriva pas à prendre le virage et commença à manœuvrer en marche arrière, à la fureur générale. Quand Erikki recula pour lui laisser un peu de place, la voiture bleue derrière lui déboîta et vint se mettre à sa hauteur en double file. Une voiture qui venait en sens inverse dut freiner brutalement ; une de ses roues glissa dans le caniveau et elle oscilla dangereusement. La circulation était entièrement bloquée.

Hors de lui, Erikki mit le frein à main, ouvrit la porte et grâce à sa force, parvint à tirer la voiture du caniveau. Personne ne vint l'aider, au contraire il entendit des insultes. Au moment où il se dirigeait vers la voiture bleue, le bus réussit à tourner. La voie était libre et le chauffeur de la voiture bleue démarra en trombe en adressant un geste obscène à Erikki.

En faisant un effort sur lui-même, Erikki desserra les poings. Dans les deux sens les véhicules klaxonnaient. Il remonta dans sa voiture et repartit.

« Tiens, dit Azadeh mal à l'aise en lui tendant une tasse de café.

— Merci. » Il la but en conduisant d'une main, ils ralentissaient de nouveau. La voiture bleue avait disparu. Lorsqu'il fut assez calmé pour parler, il dit : « Si je l'avais attrapé, celui-là, je lui aurais démonté la tête et sa voiture avec.

— Oui, oui, je sais. Tu as remarqué comme tout le monde semble hostile à notre égard ?

— Difficile de ne pas le remarquer.

— Mais pourquoi ? Nous sommes passés par Qazvin vingt f... »

Azadeh se baissa instinctivement car un paquet d'ordures venait de s'écraser contre sa vitre.

Erikki remonta précipitamment la sienne, puis verrouilla les portes de l'intérieur. Du fumier fut jeté sur le pare-brise.

« Mais qu'est-ce qui leur prend à ces *matyeryebyets* ? murmura-t-il. On dirait qu'on arbore le drapeau américain au-dessus de la voiture en agitant des photos du shah. » Une pierre ricocha sur le capot de la voiture. Enfin, devant eux, le bus sortit de la rue étroite et arriva sur une grande place où se dressait une mosquée. Il y avait à présent deux voies dans chaque sens. Erikki fut soulagé de voir que la circulation accélérait un peu. Il passa en seconde et se dirigea vers l'embranchement de la route pour Téhéran, de l'autre côté de la place. A mi-chemin, les deux voies se rétrécissaient, il dut ralentir de nouveau tandis que des véhicules toujours plus nombreux débouchaient des rues adjacentes.

« La circulation n'a jamais été aussi mauvaise, grommela-t-il. Je me demande bien ce qui se passe.

— Il doit y avoir un autre accident, répondit Azadeh, très troublée. Ou des travaux. Tu ne crois pas qu'on devrait prendre une autre route ? Ça a l'air de rouler assez bien de ce côté.

— Nous avons largement le temps, dit-il pour la rassurer. Nous serons sortis de ce merdier dans quelques minutes. Dès que nous aurons quitté la ville, tout ira bien. » Mais devant eux, cela bouchonnait de nouveau. On ne roulait plus que sur une file, ce qui signifiait une fois de plus insultes entre conducteurs, arrêts, klaxons, redémarrages, dix kilomètres à l'heure entre les étalages des marchands ambulants installés sur la route. Ils étaient presque à l'embranchement quand une bande de jeunes arriva en courant, proférant des jurons. L'un d'eux donna un coup de poing sur la vitre du conducteur. « Chien d'Américain... »

« Cochon d'Américain. »

Ils furent rejoints par d'autres hommes et par quelques femmes en tchador, tous le poing levé. Erikki était bloqué, il ne pouvait pas sortir de l'embouteillage, ni reculer ni tourner. Il sentait sa colère monter devant son impuissance. Des hommes frappaient les portières de la Range Rover et la fenêtre. Ils étaient de plus en plus nombreux et les hommes faisaient des gestes obscènes à Azadeh en essayant d'ouvrir sa portière. Un des jeunes sauta sur le capot, glissa et tomba devant la voiture. Il n'eut que le temps de faire un bond de côté pour éviter qu'Erikki ne roule sur lui.

Le bus devant eux s'arrêta. Ce fut aussitôt la mêlée entre ceux qui essayaient de monter et ceux qui au contraire essayaient de descendre. Erikki vit une ouverture. Il appuya sur l'accélérateur, la voiture fit un bond en avant en éjectant sur le côté l'un des hommes accroché au capot. Il contourna le bus, faillit renverser quelques piétons qui traversaient entre les voitures, et tourna dans une rue adjacente miraculeusement vide. Il fonça, tourna dans une autre rue, évita de justesse une bande de motocyclistes et continua à rouler sans trop savoir où il allait. Il fut rapidement perdu, car il n'y avait pas de panneaux indicateurs dans les rues de cette ville, rien que des chiens errants, des ordures et de la circulation. Il se repéra par rapport au soleil et aux ombres et finit par atteindre une artère plus importante qu'il connaissait. Celle-ci le mena à un autre square devant une autre mosquée et, de là, à la route de Téhéran.

« Tout va bien maintenant, Azadeh, c'était juste une bande de voyous.

— Oui, dit-elle, tremblante. Ils devraient être fouettés. »

Erikki avait attentivement observé les foules près de la mosquée, dans les rues et dans les voitures, essayant de trouver une explication à leur hostilité. Quelque chose a changé, pensa-t-il. Quoi ? Son estomac se serra. « Je n'ai pas vu un seul soldat ni un seul camion de l'armée depuis que nous avons quitté Tabriz — pas un seul. Et toi ?

— Non, maintenant que tu m'y fais penser, pas un seul.

— Il se passe quelque chose, quelque chose de grave.

— La guerre ? Est-ce que les Russes auraient franchi la frontière ? demanda-t-elle, livide.

— Je ne pense pas, on aurait vu des troupes se diriger vers le nord, ou des avions. » Il la regarda. « Ne t'en fais pas, dit-il, cherchant à se rassurer lui-même, nous allons bien nous amuser à Téhéran avec Sharazad et tous nos amis. On a besoin de changer un peu d'air. Peut-être que je vais en profiter pour prendre la permission qu'ils me doivent — on pourrait aller en Finlande une semaine ou deux... »

Ils avaient quitté la ville et traversaient la banlieue. Mêmes maisons délabrées, mêmes murs et mêmes nids-de-poule sur la route. Celle-ci comportait maintenant quatre voies, deux dans chaque sens et, bien que la circulation fût toujours chargée et lente, à peine vingt-cinq kilomètres à l'heure, il ne s'en irritait plus. Un peu plus loin, commençait la route Abadan-Kermanchah vers le sud-ouest et il savait qu'à partir de là il y aurait beaucoup moins de véhicules en direction de Téhéran. Machinalement il jeta un coup d'œil sur les jauges comme il le faisait sur les instruments à bord de son hélicoptère. Une nouvelle fois il se dit qu'il aurait vraiment préféré être à bord de son hélico, haut dans le ciel, loin de tout ce bordel. Il restait un peu moins du quart du réservoir. Il devrait bientôt refaire le plein, mais ce n'était pas un problème étant donné tous les bidons qu'il transportait.

Ils ralentirent pour contourner un camion arrêté au milieu de la route près d'un groupe de marchands ambulants. L'air était chargé de relents de Diesel. De nouveau des ordures jaillies de nulle part s'écrasèrent sur le pare-brise. « On devrait peut-être faire demi-tour, Erikki, et retourner à Tabriz. Il y a peut-être un moyen d'éviter Qazvin.

— Non, dit-il, trouvant bizarre de déceler de la peur dans sa voix — d'habitude elle n'avait peur de rien. Non, répéta-t-il avec douceur. Nous allons à Téhéran voir ce qui se passe vraiment, ensuite nous déciderons. »

Elle se rapprocha de lui et posa une main sur son genou. « Ces voyous m'ont fait peur, que Dieu les maudisse », murmura-t-elle, jouant nerveusement avec son collier de perles turquoise. La plupart des Iraniennes portaient des perles bleues ou turquoise, ou une simple pierre bleue contre le mauvais œil. « Ces fils de chiens ! Pourquoi sont-ils ainsi ? Des démons. Que Dieu les punisse pour l'éternité. » A la sortie de la ville se trouvaient un grand camp et une base de l'armée de l'air. « Pourquoi les soldats ne sont-ils pas là ?

— C'est ce que j'aimerais bien savoir », dit-il.

La déviation Abardan-Kermanchah se trouvait sur la droite. Une grande partie des voitures suivit cette direction. Des grillages en fil de fer barbelé s'élevaient de chaque côté de la route, comme sur la plupart des grandes voies et des autoroutes en Iran. Les grillages étaient nécessaires pour empêcher les moutons, les boucs, les chats, les chiens, et aussi les hommes de traverser les routes. Les accidents mortels étaient nombreux.

Mais c'est normal pour l'Iran, pensa Erikki. Comme ces pauvres fous qui se sont écrasés dans le ravin. Personne n'est au courant, personne pour le signaler et personne pour les enterrer. Ce sont les vautours, les chiens enragés et les animaux sauvages qui s'occuperont d'eux.

Ils se sentaient mieux maintenant qu'ils avaient dépassé la ville. La route traversait des vergers, les monts Elburz se dressaient au nord et une région vallonnée s'étendait au sud. Mais, au lieu de permettre la vitesse, les deux voies se rétrécirent en une seule, les voitures roulèrent de nouveau au pas et les conducteurs s'énervèrent. Erikki maudit les travaux qui devaient être la cause de ce nouveau ralentissement. Repassant en première, il conduisit machinalement, remarquant à peine les arrêts, les redémarrages, mètre après mètre. Les moteurs chauffaient à nouveau. La frustration et la colère montaient à bord de tous les véhicules. Brusquement Azadeh tendit le doigt devant elle. « Regarde ! »

Cent mètres plus loin il y avait un barrage. De part et d'autre se tenaient des civils pauvrement vêtus, certains armés. Le barrage était établi à l'entrée d'un petit village. Les habitants, hommes, femmes et enfants, se mêlaient à la milice. Les femmes portaient toutes un tchador noir ou gris. Chaque véhicule était arrêté, les occupants devaient présenter leurs papiers avant de recevoir l'autorisation de repartir. Plusieurs voitures étaient rangées sur le côté ; des groupes d'hommes, armés eux aussi, interrogeaient conducteurs et passagers.

« Ce ne sont pas des Brassards verts, dit Erikki.

— Il n'y a pas non plus de mollahs. Tu en vois ?

— Non.

— Alors ce sont des tudehs ou des moudjahidin. Ou des fedayin.

— Tu ferais mieux de préparer ta carte d'identité, dit-il en lui souriant. Mets ta parka, comme ça tu ne prendras pas froid quand j'ouvrirai la fenêtre. Mets aussi ton chapeau. » Ce n'était pas le froid qui l'inquiétait. C'étaient ses seins qui pointaient fièrement sous son pull, sa taille délicate et ses cheveux soyeux.

Dans la boîte à gants il avait un petit couteau *pukoh*. Il le cacha dans sa botte droite. L'autre, le grand couteau, était dissimulé sous sa parka dans le milieu de son dos.

Quand ce fut leur tour de passer le contrôle, la Range Rover fut entourée d'hommes barbus. Quelques-uns portaient des fusils américains, l'un d'eux un AK47. Parmi eux quelques femmes dont on apercevait juste un bout de visage sous le tchador. Ils regardèrent Azadeh avec des grimaces désapprobatrices. « Papiers », dit un homme en parsi. Son haleine fétide, l'odeur de son corps et de ses vêtements mal lavés envahissaient la voiture. Azadeh regardait droit devant elle, essayant d'ignorer les œillades agressives ou grivoises, les jurons et la promiscuité auxquels elle n'était guère habituée.

Poliment Erikki tendit ses papiers d'identité et ceux d'Azadeh. L'homme les prit, les examina et les passa à un jeune qui savait lire. Les autres attendaient en silence, les regardant en frappant des pieds dans le froid.

Au bout d'un moment le jeune dit en parsi : « C'est un étranger qui vient d'un endroit qu'on appelle Finlande. Il arrive de Tabriz. Il n'est pas américain.

— Il ressemble à un Américain, remarqua l'un d'eux.

— La femme se nomme Gorgon, c'est son épouse... du moins c'est ce que disent ces papiers.

— Je suis son épouse, dit sèchement Azadeh, j...

— Quelqu'un t'a posé une question ? coupa grossièrement l'homme. Ton nom de famille est Gorgon, c'est un nom de propriétaire, et ta façon de parler est distinguée comme tes manières, ce qui indique que tu es une ennemie du peuple.

— Je ne suis l'ennemie de pers...

— Tais-toi. Les femmes sont censées savoir se tenir, couvrir leurs visages, être chastes et obéissantes même dans un Etat socialiste. » L'homme se tourna vers Erikki. « Où allez-vous ?

— Qu'est-ce qu'il dit, Azadeh ? » demanda Erikki.

Elle traduisit.

« Téhéran, dit-il calmement. Azadeh, dis-lui que nous allons à Téhéran. »

Il avait compté six fusils et un fusil automatique. Des véhicules les cernaient, pas moyen de filer. Pas encore.

C'est ce qu'elle fit en ajoutant : « Mon mari ne parle pas parsi.

— Comment pouvons-nous le savoir ? Et comment pouvons-nous savoir si vous êtes vraiment mariés ? Vous avez votre certificat de mariage ?

— Je ne l'ai pas avec moi. Mais il est bien certifié sur ma carte d'identité que je suis mariée.

— C'est une carte d'identité faite sous le régime du shah, c'est une carte illégale. Où est votre nouvelle carte ?

— Une carte établie par qui ? Signée par qui ? demanda-t-elle d'un ton tranchant. Rends-nous les papiers et laisse-nous passer. »

Sa fermeté les impressionna. L'homme hésita. « Tu dois comprendre, s'il te plaît, qu'il y a beaucoup d'espions et d'ennemis du peuple que nous devons arrêter. »

Erikki sentait son cœur qui cognait. Visages renfrognés, peuple de l'âge des ténèbres. Vilain. D'autres hommes vinrent rejoindre le groupe qui les entourait. L'un d'eux, d'un geste coléreux, fit signe aux véhicules derrière de déboîter pour le contrôle. Personne ne klaxonnait. Chacun attendait son tour. Et un silence pesant régnait sur la longue file.

« Qu'est-ce qui se passe ici ? » demanda un homme trapu en fendant la foule. Les autres s'écartaient devant lui avec déférence. Il portait une mitraillette tchèque en bandoulière. L'autre homme lui expliqua ce qui se passait et lui tendit les papiers. Le visage de l'homme trapu était rond et pas rasé, ses yeux noirs, ses vêtements pauvres et sales. Un coup de feu éclata soudain et toutes les têtes se tournèrent vers le pré.

Un homme gisait sur le sol près d'une petite voiture garée sur le côté. Un des rebelles se tenait penché au-dessus de lui, une arme automatique à la main. Un autre passager était appuyé contre la voiture, les mains sur la tête. Puis, brusquement, il fit un bond en arrière, rompit le cordon qui l'entourait et s'enfuit. L'homme armé, visa, tira, le manqua, recommença. Cette fois, le fuyard poussa un cri et s'écroula, se tordit de douleur, chercha à ramper encore... Tranquillement, l'homme au revolver s'approcha et vida son chargeur sur lui.

« Ahmed ! cria l'homme trapu. Pourquoi gâcher des munitions alors que tu pourrais faire le même boulot avec tes bottes ? Qui est-ce ?

— La Savak ! » Un murmure de satisfaction parcourut la foule des villageois et quelqu'un poussa un cri de joie.

« Imbécile ! Pourquoi les tuer aussi rapidement ? Apporte-moi leurs papiers.

— Ces fils de chiens avaient des papiers prétendant qu'ils étaient hommes d'affaires à Téhéran mais je sais reconnaître un salaud de la Savak quand j'en croise un. Tu veux les faux papiers ?

— Non, déchire-les. » L'homme trapu se tourna vers Erikki et Azadeh. « C'est ainsi que l'on traite les ennemis du peuple. »

Elle ne répondit pas. Leurs papiers se trouvaient dans cette main sale. Que se passerait-il s'ils décidaient qu'ils étaient faux ? *Inch' Allah !*

Après avoir examiné leurs papiers, l'homme trapu regarda Erikki, puis Azadeh. « Tu prétends être Azadeh Gorgon Yok... Yokkonen, son épouse ?

— Oui.

— Bien. » Il enfouit leurs papiers dans sa poche et désigna le pré du pouce. « Dis-lui d'aller se ranger là-bas. Nous allons fouiller votre voiture.

— Mais l...

— Immédiatement ! » L'homme trapu grimpa sur le pare-chocs, ses bottes rayant la peinture. « Qu'est-ce que c'est que ça ? demanda-t-il en montrant une croix bleue sur fond blanc peinte sur le toit.

— C'est le drapeau finlandais, dit Azadeh. Mon mari est finlandais.

— Pourquoi est-ce là ?

— Ça lui fait plaisir de l'avoir là. »

L'homme trapu cracha puis montra de nouveau le pré. « Dépêche-toi ! Là-bas ! » La foule des villageois les suivit. Arrivé à l'endroit indiqué, Erikki arrêta la voiture et l'homme descendit. « Dehors. Je veux fouiller la voiture pour voir si tu ne transportes pas d'armes ou des produits de contrebande.

— Nous n'avons pas d'armes, ni de pr..., commença Azadeh.

— Dehors. Et toi, femme, tiens ta langue ! » Dans la foule de vieilles commères approuvèrent en ricanant. D'un geste brusque il montra les deux corps allongés dans la boue. « La justice du peuple est rapide et définitive, ne l'oubliez pas. » Il pointa son doigt vers Erikki. « Traduis ce que je viens de dire à ton monstre de mari — si c'est bien ton mari.

— Erikki, il dit que... que la justice du peuple est rapide et définitive et qu'il ne faut pas l'oublier. Sois prudent, chéri. Nous devons sortir de la voiture, ils veulent la fouiller.

— Très bien. Mais glisse-toi vers moi et sors de mon côté. » Erikki sortit, il dominait la foule. D'un geste protecteur, il l'enlaça. Ils étaient entourés d'hommes, de femmes et d'enfants qui leur laissaient bien peu de place pour bouger. L'odeur des corps sales était écœurante. Bien qu'elle essayât de le cacher, il pouvait la sentir trembler. Ils regardèrent l'homme trapu et les autres grimper sur les sièges de leur voiture impeccable avec leurs bottes pleines de boue. D'autres ouvrirent le hayon et fouillèrent leurs sacs, leurs valises, ouvrant tout, enfonçant leurs mains sales dans les poches de tous les vêtements. Puis un des hommes montra à la ronde les dessous transparents d'Azadeh et ses tenues de nuit en sifflant. Les vieilles femmes émirent un murmure désapprobateur. L'une d'elles effleura les cheveux d'Azadeh. Elle s'écarta, mais la foule les pressait de toutes parts. Erikki essaya de les repousser, mais le gros de la foule ne bougea pas. Ceux qu'il écrasait crièrent et leurs cris augmentèrent la fureur des autres qui s'approchèrent encore, menaçants, hurlants des insultes.

Soudain, pour la première fois, Erikki se rendit compte qu'il n'était pas en mesure de protéger Azadeh. Il pourrait en tuer une douzaine avant qu'ils ne le maîtrisent et ne l'écharpent, mais cela ne la protégerait pas.

Cette évidence l'écrasa.

Il sentit ses jambes se dérober, il eut une brusque envie d'uriner et l'odeur de sa propre peur le suffoqua. Il lutta de toutes ses forces pour ne pas se laisser envahir par la panique. Il regarda stupidement leurs affaires qu'on souillait, leurs bidons d'essence qu'on emportait et sans lesquels ils ne pourraient jamais atteindre Téhéran, étant donné que toutes les stations étaient fermées ou en grève. Il essaya de bouger ses jambes mais il était comme paralysé. Il ne pouvait pas non plus ouvrir la bouche. Une des femmes cria quelque chose à Azadeh qui, glacée d'effroi, secoua la tête, les hommes reprirent le cri, le bousculant, la bousculant, leur soufflant leur haleine fétide au visage, les assourdissant.

Il enlaçait toujours Azadeh. Dans le tumulte, elle leva les yeux, il y lut sa terreur mais ne put entendre ce qu'elle disait. Il essaya à nouveau d'écarter un peu la foule. En vain. Il lutta désespérément contre la panique sauvage, le besoin aveugle de frapper qui montaient irrésistiblement en lui, sachant que déclencher la bagarre serait signer la mort d'Azadeh. Mais il ne put se contenir et de son bras libre envoya un violent coup de coude derrière lui. Au même instant, une grosse paysanne au regard de folle se fraya un chemin jusqu'à

Azadeh, brandissant un tchador et hurlant hystériquement quelque chose en parsi. Son intervention fit oublier à la foule l'homme qui, frappé par Erikki, gisait maintenant à terre.

La foule hurlait, ordonnant manifestement à Azadeh de mettre le tchador.

Celle-ci pleurait. « Laissez-moi tranquille, laissez-moi tranquille... », implorait-elle, complètement perdue. De toute sa vie elle n'avait jamais été menacée ainsi, elle n'avait jamais été au milieu d'une telle cohue, elle n'avait jamais approché ainsi des paysans, ni connu une telle hostilité.

« Mets-le, catin...

— Au nom de Dieu, mets le tchador...

— Pas au nom de Dieu, femme, au nom du peuple...

— Dieu est grand, obéis à Ses ordres.

— Pisse sur Dieu, obéis au nom de la révolution...

— Couvre ton visage, catin et fille de catin...

— Obéis au Prophète, que Son nom soit béni... »

Les cris augmentèrent ainsi que la bousculade, la foule piétina l'homme étendu par terre, puis quelqu'un essaya de séparer Erikki d'Azadeh. Elle sentit qu'il saisissait le grand couteau caché dans son dos. « Non, non, ne fais pas cela, Erikki, ils vont te tuer... »

Affolée, elle repoussa la grosse femme et s'enveloppa du tchador en criant sans arrêt « *Allah-ou Akbar* », ce qui apaisa un peu les premiers rangs de la foule, mais les autres poussaient toujours pour mieux voir ce qui se passait et s'écrasaient contre la Range Rover. Dans la mêlée, Erikki et Azadeh gagnèrent un peu plus d'espace autour d'eux bien qu'ils fussent toujours cernés. Elle ne le regardait pas, elle s'agrippait simplement à lui comme un petit animal effrayé, enveloppée dans son voile grossier. Des rires gras éclatèrent lorsque l'un des hommes se dandina, arborant fièrement sur sa poitrine un de ses soutiens-gorge trouvés dans une des valises.

Le vandalisme continua, puis, soudain, Erikki perçut un changement dans l'atmosphère. L'homme trapu et ceux qui lui obéissaient s'arrêtèrent soudain et regardèrent fixement en direction de Qazvin. Il les observa et les vit se mêler à la foule. Quelques secondes plus tard, ils avaient disparu. D'autres hommes près du barrage montèrent précipitamment dans des voitures et démarrèrent en trombe. Les villageois regardaient eux aussi vers Qazvin et la foule tout entière s'immobilisa, paralysée. S'avançant entre les voitures bloquées, un autre groupe d'hommes approchait, des mollahs à leur tête. Quelques-uns d'entre eux ainsi que beaucoup de ceux qui les suivaient étaient armés. « *Allah-ou Akbar* », criaient-ils, « Dieu et Khomeiny ! ». Puis ils se mirent à courir en direction du barrage.

Quelques coups de feu furent tirés de part et d'autre. Les deux groupes se heurtèrent violemment à coups de barres de fer, de gourdins, de pierres, de couteaux et de revolvers. La foule s'égailla en courant. Les villageois allèrent se mettre à l'abri dans leurs maisons, les automobilistes et leurs passagers se jetèrent à plat ventre dans les fossés.

Les cris, les hurlements, les coups de feu eurent pour effet de secouer Erikki et de le faire sortir de son état de paralysie. Il poussa Azadeh vers leur voiture, ramassa à la hâte quelques-unes de leurs affaires éparpillées sur le sol, les jeta à l'arrière de la voiture et claqua le hayon.

Quelques villageois se précipitèrent eux aussi sur les vêtements mais il les écarta violemment, sauta sur le siège avant, mit le contact, marche arrière, marche avant, puis déboîta et démarra en roulant dans le pré parallèlement à la route. Juste devant lui sur la droite il reconnut l'homme trapu avec trois de ses complices, et se rappela qu'il avait toujours leurs papiers. L'espace d'une seconde, Erikki hésita, se demandant s'il n'allait pas s'arrêter pour essayer de les récupérer, mais il rejeta l'idée et continua en direction des arbres qui bordaient la route. Il vit alors l'homme prendre sa mitraillette sur son bras, viser et tirer. La salve passa juste au-dessus de la Range Rover. Dans un réflexe fou, Erikki freina, braqua le volant complètement à droite et donna un violent coup sur l'accélérateur. Son pare-chocs massif écrasa l'homme contre sa propre voiture, la mitraillette cracha ses balles jusqu'à ce que le chargeur fût vide. Quelques balles ricochèrent sur la carrosserie, d'autres traversèrent le pare-brise. Devenu comme fou, Erikki fit marche arrière, et chargea de nouveau, renversant la voiture, tuant les trois hommes. Il serait bien sorti pour continuer le carnage de ses mains nues mais il aperçut un groupe d'hommes qui arrivait en courant. Il fit marche arrière et s'enfuit.

La Range Rover était construite pour ce genre de terrain, ses pneus neige agrippaient la surface glissante. Quelques secondes plus tard ils roulaient au milieu des arbres, sains et saufs, hors de portée. Un peu plus loin, il tourna pour revenir sur la route. Il se remit en première, bloqua les deux différentiels et escalada le profond caniveau tout en abattant le grillage qui protégeait la route, puis il les débloqua, changea de vitesse et s'éloigna rapidement.

Ce ne fut que bien plus loin que sa folie meurtrière le quitta. Terrifié, il se souvint alors de la pluie de balles qui avait criblé sa voiture, de la présence d'Azadeh à ses côtés. Pris de panique, il se tourna vers elle. Elle était indemne mais paralysée de peur, tassée contre la portière, les deux mains crispées sur la poignée intérieure. Les balles avaient troué le pare-brise et le toit juste à côté d'elle. Mais elle était saine et sauve, bien que, l'espace d'une seconde, il ne la reconnût pas, ne vît qu'un visage iranien enlaidi par le tchador — ressemblant à l'un de ceux qu'il avait vus dans la foule.

« Oh ! Azadeh », murmura-t-il. Il l'attira contre lui, conduisant d'une main. Quelques instants plus tard, il s'arrêta et la serra longuement dans ses bras. Elle était secouée de sanglots. Il ne remarqua pas que la jauge d'essence était presque à zéro, ne vit pas les regards haineux que lui lançaient les passagers des voitures qui le doublaient, ni que beaucoup d'entre elles étaient pleines des révolutionnaires qui, fuyant leur barrage, remontaient vers Téhéran.

CHAPITRE 17

Zagros 3 : 15 h 18. Les quatre hommes étaient allongés sur des luges, faisant la course le long de la pente située derrière la base. Scot Gavallan était légèrement en tête, devant Jean-Luc Sessonne au coude à coude avec Nasiri, le directeur de la base, tandis que Nitchak Khan se traînait vingt mètres derrière. La course avait été organisée par Jean-Luc, l'Iran contre le reste du monde, et les quatre hommes ne pensaient qu'à une chose : accélérer. La neige était vierge et poudreuse, une neige très légère sur des blocs de glace très dure. Ils avaient grimpé en haut de la colline en compagnie de Rodriguez et d'un villageois, tous deux chargés de donner le signal du départ. Le prix pour le vainqueur était de cinq mille rials — environ soixante dollars — plus une des bouteilles de whisky de Lochart. « Tom sera d'accord, avait déclaré Jean-Luc. Il se prend une rallonge de perm à Téhéran, où il doit goûter aux plaisirs de la chair, pendant que nous, nous sommes coincés à la base ! Que je sache, c'est moi le chef, maintenant ? Pour sûr. Alors j'ordonne qu'une bouteille soit mise à la disposition de mes valeureuses troupes et de nos glorieux suzerains, les Yazdek Kash'kais ! » Tout le monde avait applaudi.

C'était un merveilleux après-midi ensoleillé. Ici, à deux mille cinq cents mètres d'altitude, le ciel était sans nuage, d'un bleu profond. L'air, vif. La neige avait cessé de tomber pendant la nuit. Depuis que Lochart était parti pour Téhéran, trois jours plus tôt, il n'avait pas arrêté de neiger. A présent, la base, entourée de sapins et de montagnes dont les sommets culminaient à quatre mille trois cents mètres, ressemblait à un pays de fées recouvert par soixante centimètres de poudreuse fraîche.

Maintenant que les coureurs arrivaient vers le bas de la pente, celle-ci devenait plus abrupte. De temps à autre, quelques bosses invisibles les faisaient rebondir. Ils prirent de la vitesse, disparaissant quelquefois sous les gerbes de neige qu'ils faisaient jaillir. Ils s'amusaient beaucoup et étaient tous déterminés à gagner.

Droit devant eux, il y avait des massifs de pins. Scot freina impeccablement avec le bout de sa chaussure de ski, ses mains gantées accrochées aux patins recourbés. Il tourna aisément autour des arbres, vira de nouveau et attaqua la dernière partie de la descente en direction de la ligne d'arrivée, encore éloignée. En bas, le reste du personnel de la base et les villageois les attendaient en hurlant. Nasiri et Jean-Luc freinèrent une fraction de seconde plus tard, contournèrent les arbres une fraction de seconde plus vite, virèrent dans une cascade de neige et le rattrapèrent lentement. Quelques centimètres à peine les séparaient encore.

Nitchak Khan ne freina pas du tout, n'amorça aucun virage et continua droit devant. Pour la centième fois depuis le début de la course, il se recommanda à Dieu, ferma les yeux et fonça droit sur les pins. « *Inch' Allah* ! »

Il passa à environ vingt centimètres du premier arbre, loupa le second de dix, ouvrit les yeux juste à temps pour éviter de se fracasser la tête contre une branche, passa miraculeusement au travers d'une douzaine de jeunes arbres tout en gagnant de la vitesse, fut brusquement projeté en l'air en rebondissant sur une bosse. Le choc lui coupa le souffle. Sa poitrine lui faisait mal. Mais il s'accrocha avec l'énergie du désespoir et réussit à retrouver son équilibre en donnant un coup de pied. A présent, il jaillissait du bosquet bien plus vite que les autres, plus droit et plus dans l'axe qu'eux. Avec dix bons mètres d'avance. Les villageois hurlèrent leur joie.

Les quatre coureurs convergeaient, agrippés à leurs luges, la tête baissée afin de gagner encore en vitesse, Scot, Nasari et Jean-Luc rattrapant petit à petit Nitchak Khan. Ici la neige n'était pas aussi bonne et de nombreuses petites bosses les obligeaient à s'accrocher plus fort. Encore deux cents mètres, cent — la foule massée autour de l'arrivée hurlait, les villageois imploraient Dieu qu'il accorde la victoire à leur compatriote — quatre-vingts mètres, soixante-dix, soixante, cinquante et soudain...

La grosse bosse était bien dissimulée. En tête Nitchak Khan fut le premier à s'envoler, à perdre le contrôle de sa luge et à se retrouver sur le dos, puis Scot et Jean-Luc firent eux aussi un vol plané, leurs luges se renversant dans un nuage de neige. Nasiri essaya désespérément de les éviter, ainsi que la bosse. Il donna un violent coup de reins mais perdit l'équilibre et fit plusieurs roulés-boulés avant de s'arrêter légèrement plus bas que les autres, en essayant de reprendre son souffle.

Nitchak Khan s'assit, épousseta la neige de son visage et de sa barbe ! « Que Dieu soit loué », murmura-t-il encore stupéfait de n'avoir rien de cassé. Il se retourna vers les autres. Ils se relevaient également, Scot ne pouvait maîtriser le fou rire qui l'avait pris en voyant Jean-Luc allongé sur le dos, au bord de l'hystérie, qui hurlait des injures en français. Nasiri avait terminé son plongeon tête la première dans un monticule de neige et Scot, toujours plié en deux de rire, alla l'aider. Lui aussi avait un mal aux côtes mais il n'était pas blessé.

« Eh ! Vous, là-bas », cria quelqu'un dans la foule, en bas. C'était Effer Jordon. « Et cette putain de course ? Elle est pas finie !

— Allez, Scot ! Allez, Jean-Luc ! Il faut gagner ! »

Scot oublia Nasiri et partit en courant vers la ligne d'arrivée, cinquante mètres plus bas, mais il glissa et tomba dans la neige épaisse, se releva, retomba de nouveau. Jean-Luc se leva et partit lui aussi en courant, suivi de près par Nasiri et Nitchak Khan. Les encouragements de la foule redoublèrent tandis que les trois hommes se battaient avec la neige, tombant, glissant, se relevant et retombant encore, oubliant complètement leurs douleurs. Scot était légèrement en tête, Nitchak Khan juste derrière lui, puis Jean-Luc et Nasiri. Fowler, le visage rouge, hurlait, aussi excité que les villageois.

Plus que dix mètres. Le vieux khan menait d'un mètre quand il dérapa et s'étala de tout son long. Scot reprit la tête, Nasiri presque à ses côtés, et Jean-Luc quelques centimètres derrière. Ils avançaient péniblement, se balançant comme des ivrognes, s'arrachant à chaque enjambée de la neige lourde dans laquelle ils s'enfonçaient. Sur les derniers mètres Nitchak Khan arriva à la hauteur des trois autres. Jean-Luc et Scot firent un dernier plongeon désespéré sur la ligne d'arrivée et ils s'écroulèrent tous — un tas humain — sous les bravos et les vivats.

« Scot a gagné...

— Non, c'était Jean-Luc...

— Non, c'était le vieux Nitchak... »

Quand il eut repris son souffle, Jean-Luc dit : « Comme personne ne semble d'accord et que même notre vénéré mollah n'est pas sûr, moi, Jean-Luc, déclare Nitchak Khan vainqueur d'une courte tête. » Hurlements de joie. Il ajouta : « Mais les perdants ayant fait preuve d'un courage exceptionnel tout au long de cette épreuve, je les récompense d'une autre bouteille de whisky de ce bon Tom, bouteille qui sera partagée ce soir avec tous les étrangers. »

Tout le monde se serra la main. Nitchak Khan fut d'accord pour remettre son titre en jeu le mois suivant et, comme sa religion lui interdisait de boire l'alcool qu'il avait gagné, il marchanda âprement et revendit à Jean-Luc la bouteille pour la moitié de son prix. Tout le monde applaudit, quand soudain quelqu'un poussa un cri.

Loin dans les montagnes, vers le nord, une fusée de détresse rouge flamboyait dans le ciel. Le silence fut immédiat. La fusée s'éteignit. Quelques secondes plus tard, une autre jaillit et décrivit un nouvel arc de cercle. Quelqu'un devait avoir de sérieux ennuis.

— *Casevac*, dit Jean-Luc en plissant les yeux pour mieux scruter l'horizon.

Ça doit être le puits Rosa ou le puits Bellissima.

— J'y vais, dit Scot Gavallan en se hâtant.

— Je viens avec toi. Nous allons prendre un 212, cela te fera un vol de vérification. »

Quelques minutes plus tard, ils étaient en l'air. Le puits Rosa était un de ceux qu'ils avaient obtenus avec le contrat Guerney. Bellissima était un puits dont ils s'occupaient depuis longtemps. Les onze autres, dans cette région, étaient exploités par une compagnie italienne pour le compte d'IranOil et, même s'ils étaient reliés par radio avec Zagros 3, la connection n'était pas toujours possible en raison des montagnes. C'est pour cette raison qu'ils utilisaient des fusées de détresse en cas d'urgence.

Le 212 monta jusqu'à trois mille cinq cents mètres. Aucune perturbation ne vint le secouer, il vola le long de vallées enneigées, brillant sous les rayons du soleil. Il pouvait monter jusqu'à cinq mille six cents mètres, cela dépendait de son chargement. Le puits Rosa était à présent juste devant eux sur un petit plateau situé à un peu moins de quatre mille mètres. Quelques caravanes pour le personnel, quelques hangars construits sans ordre autour d'un gros derrick. Et un héliport.

« Puits Rosa, ici, Jean-Luc. Est-ce que vous me recevez ? » Il attendit patiemment.

« Cinq sur cinq, Jean-Luc ! » C'était la voix enjouée de Mimmo Sera, « l'homme de la compagnie » — le grade le plus élevé de l'endroit, l'ingénieur responsable de tous les travaux — « Qu'est-ce que vous avez pour nous, hein ?

— *Niente*, Mimmo ! On a aperçu une fusée rouge et nous venions vérifier.

— Mon Dieu, *casevac* ? Non, ce n'était pas nous. » Scot annula aussitôt sa procédure d'approche, vira et repartit, montant encore plus haut. « Bellissima ? »

— C'est ce qu'on va vérifier.

— Tenez-nous au courant, OK ? On n'a eu aucun contact depuis la tempête. Quelles sont les dernières nouvelles ?

— D'après ce qu'on a entendu à la BBC il y a deux jours, les Immortels auraient maté une rébellion des cadets de l'armée de l'air. Nous n'avons pas pu entrer en contact avec notre QG de Téhéran, ni avec aucune autre base, d'ailleurs. Si on a d'autres nouvelles, on vous appelle.

— Eh ! Radio ! Jean-Luc, nous aurons besoin d'une autre douzaine de tuyaux de vingt centimètres de diamètre et de ciment. OK ?

— Bien sûr ! » Jean-Luc était ravi de cette commande supplémentaire qui leur permettrait de montrer qu'ils étaient plus efficaces et rapides que Guerney. « Comment se présentent les travaux ?

— On a déjà creusé jusqu'à deux mille sept cents mètres et on dirait bien qu'on a touché en plein dans le mille. Je veux commencer à pomper lundi si c'est possible. Vous pouvez passer une commande à Schlumberger pour moi ? » Schlumberger était cette firme mondialement connue qui fabriquait le matériel de forage ainsi que des instruments électroniques permettant de mesurer avec une extrême précision l'importance des gisements. Elle fournissait également le personnel qualifié et les experts. C'était très cher mais totalement indispensable.

— Où qu'ils soient, je te les apporte lundi, Mimmo — si Khomeiny le permet !

— *Mamma mia*, dis à Nasiri qu'il nous les faut. »

La réception radio faiblissait.

« Pas de problème. Je te rappelle sur le chemin du retour. » Jean-Luc jeta un coup d'œil au-dehors. Ils survolaient une crête, ils grimpaient toujours et les moteurs commençaient à peiner. " Merde, j'ai faim, dit-il en s'étirant sur son siège. J'ai l'impression d'être passé sous un rouleau compresseur — mais quelle course !

— Tu sais, Jean-Luc, que tu as franchi la ligne d'arrivée une demi-seconde avant Nitchak Khan ?

— Bien sûr, mais nous autres Français sommes magnanimes, diplomates et pratiques aussi. Je savais qu'il nous revendrait notre whisky à moitié prix ; s'il avait été déclaré perdant cela nous aurait coûté une fortune. Mais, si ce Mongol n'avait pas été là, ajouta-t-il, le regard brillant, je n'aurais pas hésité et j'aurais gagné la course sans problème. »

Scot sourit et ne dit rien. Il respirait facilement. Mais il ne respirait plus machinalement, sans y penser. Au-dessus de quatre mille mètres, selon la réglementation, les pilotes devaient mettre leurs masques à oxygène s'ils restaient plus d'une demi-heure à cette altitude. Eux n'en n'avaient pas, n'en emportaient jamais. Mais aucun des pilotes n'avait eu à souffrir d'autre chose que de migraines épisodiques, bien qu'il leur fallût une bonne semaine pour s'habituer à vivre à deux mille cinq cents mètres. C'était plus dur pour les foreurs de Bellissima.

Leurs arrêts à Bellissima étaient d'ordinaire très courts. Le temps de décharger la cargaison (ils pouvaient transporter jusqu'à deux tonnes) : tuyaux, pompes, Diesels, générateurs, nourriture, moteurs, hommes, tout ce qui était indispensable au bon fonctionnement d'un forage, puis ils repartaient, soit à vide, soit en emmenant des hommes, des pièces à réparer ou à remplacer.

Nous ne sommes rien d'autre qu'un camion de livraison volant, pensa Scot en scrutant le paysage. Oui, mais c'est autrement grandiose de voler que de rouler. Ils se rapprochaient de la montagne, il n'y avait plus d'arbres depuis longtemps. Ils franchirent la dernière crête. Maintenant ils apercevaient le puits.

« Bellissima, ici Jean-Luc, est-ce que vous me recevez ? »

Le puits Bellissima était le plus haut de la région. Situé à quatre mille cent cinquante mètres au-dessus du niveau de la mer, la base était perchée sur une corniche juste en dessous de la crête. L'autre côté de la montagne tombait à pic, paroi presque verticale de deux mille trois cents mètres jusqu'à une vallée large de quinze kilomètres et longue de quarante-cinq, énorme entaille sur la surface du globe.

« Bellissima, ici Jean-Luc, me recevez-vous ? »

Toujours pas de réponse. Jean-Luc changea de fréquence. « Zagros 3, est-ce que vous me recevez ?

— Cinq sur cinq, capitaine. » La réponse d'Aliwani, leur opérateur radio iranien, arriva instantanément. « Excellence, Nasiri est avec moi.

— Restez à l'écoute sur cette fréquence. Le *casevac* est à Bellissima mais nous n'avons pas pu établir de contact radio. Nous allons nous poser.

— Bien reçu. Nous restons en attente. »

Comme chaque fois qu'il venait à Bellissima, Scot était impressionné par la force des secousses telluriques qui avaient créé cette vallée. Comme tous ceux qui visitaient ce forage, il était conscient de l'énormité du pari, du travail et de l'argent nécessaires pour découvrir ces gisements pétrolifères, choisir le site, construire les derricks, puis forer sur des centaines de mètres pour rentabiliser les puits. Mais la rentabilité n'était pas le problème dans cette région qui regorgeait d'immenses réserves naturelles de gaz et de pétrole prises dans des cônes calcaires deux mille cinq cents et trois mille quatre cents mètres en dessous de la surface. Il avait fallu d'autres investissements, d'autres paris pour raccorder ce gisement au pipeline qui traversait les monts Zagros reliant les raffineries d'Ispahan, au centre de l'Iran, à celles d'Abadan sur le Golfe — une extraordinaire prouesse technologique réalisée par l'ancienne compagnie Anglo-Iranian Oil, nationalisée et rebaptisée IranOil. « Pas nationalisée, volée, Scot, volée est le mot exact », lui avait dit son père de nombreuses fois.

Scot Gavallan sourit en pensant à son père. Une vague de chaleur envahit sa poitrine. J'ai sacrément de la chance de l'avoir, pensa-t-il. Ma mère me manque mais je suis content qu'elle soit morte. Terrible pour une femme active et ayant gardé toute sa tête de devenir une chose inerte que l'on promène sur une chaise roulante. La mère la plus fantastique qu'un gars puisse avoir. Coup dur pour papa. Mais je suis content qu'il se soit remarié, Maureen est super, et papa est super, je mène une vie formidable et l'avenir s'annonce souriant : je vole, j'ai toutes les nanas que je veux, dans quelques années je me marierai. Avec Tess peut-être ? Son cœur battit plus vite. Saloperie que Linbar soit son oncle et qu'il la chouchoute, mais j'ai de la chance de ne rien avoir à faire avec lui. De toute façon elle n'a que dix-huit ans, on a tout le temps...

« Par quel côté vas-tu te poser, mon vieux ? entendit-il dans son casque.

— Par l'ouest, dit-il en reprenant ses esprits.

— Bien. » Jean-Luc regardait devant lui. Aucun signe de vie. La base disparaissait presque sous la neige. Seul l'héliport était déblayé. De la fumée sortait des caravanes. « Ah ! Voilà ! »

Ils distinguèrent une silhouette emmitouflée qui leur faisait signe près de l'héliport. « Qui est-ce ?

— Je crois que c'est Pietro. » Scot se concentrait sur l'atterrissage. A cette altitude et en raison de la position sur la corniche, il y avait souvent des tourbillons, des rafales de vent. Pas le droit de commettre la moindre erreur. Il arriva au-dessus du gouffre. Les tourbillons les secouaient. Il corrigea en beauté sa trajectoire, descendit d'un coup et se posa.

« Bien. » Jean-Luc reporta son attention sur l'homme emmitouflé en qui il reconnut effectivement Pietro Fieri, l'un des contremaîtres, et le second en importance après le représentant de la compagnie. Ils le virent faire un geste de sa main comme s'il se coupait la gorge, ce qui signifiait : « Coupez les moteurs. » Le *casevac* ne nécessitait donc pas un redécollage immédiat. Jean-Luc fit signe à l'homme de venir de son côté et ouvrit la fenêtre. « Qu'est-ce qui se passe, Pietro ? cria-t-il par-dessus le bruit du moteur.

— Guineppa est malade », cria Pietro à son tour. Mario Guineppa était le représentant de la compagnie. Il désigna du pouce le côté gauche de sa poitrine. « Nous pensons que c'est son cœur. Mais ce n'est pas tout. Regardez là-haut ! » Scot et Jean-Luc allongèrent le cou pour mieux voir mais n'aperçurent pas ce qui semblait tant l'inquiéter.

Jean-Luc détacha sa ceinture de sécurité et sortit. Le froid le saisit. Il cligna les yeux à cause des tourbillons créés par les rotors. Puis il vit quel était le problème. Son estomac se serra. A une centaine de mètres, au-dessus du camp, une énorme masse de neige et de glace faisait saillie. « Merde !

— Si ça tombe, ça va déclencher une avalanche sur tout ce côté de la montagne et nous risquons d'être emportés jusque dans la vallée ! » Le visage de Pietro était bleu de froid. C'était un homme trapu, baraqué, à la barbe sombre, dont les yeux marrons et perçants clignaient contre le vent. « Guineppa veut vous parler. Venez dans la caravane.

— Et ça ? fit Jean-Luc en montrant le bloc de glace.

— Si ça tombe, ça tombe, dit Pietro avec un rire. Allez ! » Il se plia en deux et s'éloigna des pales. « Venez ! »

Pas très à son aise, Jean-Luc regarda en l'air. Cela pouvait rester accroché là des semaines, mais cela pouvait tout aussi bien tomber d'une seconde à l'autre. Au-dessus de la crête, le ciel était d'une beauté incomparable, mais le soleil de l'après-midi dégageait peu de chaleur. « Reste là, Scot, tu lui tiendras compagnie », lança-t-il et il suivit Pietro d'une démarche peu assurée dans la neige épaisse.

La caravane de Mario Guineppa comportait deux pièces bien chauffées, où régnait le plus grand désordre. Cartes sur les murs, vêtements tachés de pétrole, gants épais et casques rigides : l'attirail complet du foreur de pétrole était éparpillé un peu partout dans ce qui lui servait de salon et de bureau. Il se trouvait dans sa chambre, allongé tout habillé sur son lit mais sans ses bottes. Un grand type costaud de quarante-cinq ans avec un grand nez. Lui, d'ordinaire si hâlé, était tout pâle, les lèvres curieusement bleutées. Le contremaître de l'autre équipe, Enrico Banastasio — un petit homme basané aux yeux noirs et au visage maigre — était avec lui. « Ah ! Jean-Luc ! Je suis content de te voir, dit Guineppa d'une voix fatiguée.

— Moi aussi, mon ami, je suis content de te voir. » Inquiet, Jean-Luc ouvrit son blouson d'aviateur et s'assit sur le lit. Guineppa était responsable de Bellissima depuis deux ans — douze heures de travail d'affilée, douze de repos, deux mois sur le chantier, deux mois de permission — il avait déjà foré trois puits, il attaquait son quatrième. « Je vais t'emmener à l'hôpital de Chiraz.

— Ça, ce n'est pas important. En priorité, il y a ce bloc de glace suspendu. Jean-Luc, je...

— Nous allons évacuer et laisser ce *stronzo* entre les mains de Dieu, dit Banastasio.

— *Mamma mia*, Enrico, répliqua Guineppa avec une pointe d'agacement. Moi, je te répète que nous pouvons donner un petit coup de main à Dieu. Avec l'aide de Jean-Luc. Pietro est d'accord. Pas vrai, Pietro?

— Oui, dit Pietro de la porte d'entrée, un cure-dents fiché entre les lèvres. Jean-Luc, j'ai été élevé à Aoste dans les Alpes italiennes, je connais donc bien les montagnes, les avalanches et j...

— *Si, e vos fijamente*. Oui, et tu es fou, dit sèchement Banastasio.

— *In vos alimente*. Tu te les mets où je pense. » Pietro fit un geste obscène. « Avec ton aide, Jean-Luc, ce serait facile de se débarrasser de ce *stronzo*.

— Qu'est-ce que tu veux que je fasse? demanda Jean-Luc.

— Emmène Pietro et vole au-dessus de la crête jusqu'à l'endroit qu'il t'indiquera sur la face nord. De là, il fera tomber un bâton de dynamite dans la neige. L'avalanche écartera le danger.

— Comme ça, il n'y aura plus de bloc de glace, il aura disparu, dit Pietro avec un sourire.

— Pour l'amour de Dieu, je te répète que c'est bien trop risqué! tonna Banastasio. Il faut d'abord évacuer la base — ensuite, si tu y tiens, tu essaieras la dynamite. »

Guineppa grimaça soudain de douleur et porta une main à sa poitrine. « Si nous évacuons, nous devrons fermer les p...

— Eh bien, nous fermerons! Et alors? Si ta propre vie ne t'intéresse pas, pense à celle des autres. Je dis qu'il faut évacuer, *pronto*. Puis dynamiter. Jean-Luc, franchement, c'est moins risqué, n'est-ce pas?

— C'est plus sûr, en effet, répondit prudemment Jean-Luc qui ne voulait pas contrarier le vieil homme. Pietro, tu dis que tu t'y connais en avalanches. Combien de temps ce truc peut tenir là-haut?

— Mon pif me dit que ça va tomber bientôt. Très bientôt. Il y a des fissures en dessous. Peut-être demain, peut-être cette nuit. Je sais où la faire sauter pour qu'il n'y ait aucun danger. Quoi que puisse en penser ce *stronzo*, ajouta-t-il en regardant Banastasio.

— Jean-Luc, emmène Pietro là-haut, tout de suite, dit Guineppa en s'agitant sur son lit.

— On va d'abord évacuer tout le monde sur le puits Rosa, toi en premier, répondit Jean-Luc d'un ton tranchant, puis dynamiter. Si ça marche, on rouvre la boutique, si ça ne marche pas, il y a assez de place au puits Rosa pour vous tous.

— Il n'y a pas besoin de faire évacuer... »

Jean-Luc l'entendit à peine. Il était en train d'estimer le nombre de personnes à transporter. Chacun des deux équipes comportait neuf hommes — un contremaître, un assistant, un homme responsable de l'évacuation de la boue, un foreur, un mécanicien et quatre ouvriers. « Vous avez sept cuisiniers et aides iraniens, n'est-ce pas ?

— Oui. Mais je te répète qu'il n'est pas nécessaire d'évacuer, dit Guineppa, épuisé.

— C'est plus sûr, mon vieux. » Jean-Luc se tourna vers Pietro. « Dis à tout le monde d'emporter très peu d'affaires et d'être prêt rapidement. »

Pietro jeta un coup d'œil à Guineppa. « Oui ou non ? »

A contrecœur, Guineppa fit oui de la tête, l'effort le fatiguait. « Demande s'il y a des volontaires pour rester. Si personne ne se propose, ô vierge Marie, ferme le puits. »

Pietro était manifestement déçu. Il sortit en se curant les dents. Guineppa s'agita de nouveau sur son lit, cherchant une position plus confortable, et se mit à jurer. Il paraissait encore plus fragile et abattu que tout à l'heure.

« C'est mieux d'évacuer, Mario, dit doucement Jean-Luc.

— Pietro est intelligent et sage mais ce *porco miserio* de Banastasio, c'est un bon à rien, il n'amène que des ennuis et c'est sa faute si la radio est cassée, je le sais !

— Quoi ?

— Elle a cessé de fonctionner pendant le tour de son équipe. Maintenant il nous en faut une autre, tu en as une de rechange ?

— Pas avec moi, mais je vais voir si je peux en trouver une. Est-ce que c'est réparable ? Peut-être qu'un de nos mécaniciens...

— Banastasio a prétendu qu'il avait glissé et qu'il était tombé dessus. Mais on m'a dit qu'il l'avait frappée à coups de marteau parce qu'elle ne marchait pas... *Mamma mia !* » Guineppa tressaillit à nouveau de douleur, se pressa la poitrine et se remit à jurer.

« Depuis combien de temps as-tu mal ?

— Depuis deux jours. Aujourd'hui c'est bien plus douloureux. Ce *stronzo* de Banastasio ! murmura Guineppa. Mais il fallait s'y attendre, c'est de famille. Eh ! Sa famille est à moitié américaine, non ? J'ai entendu dire que cette branche-là était liée avec la Mafia. »

Jean-Luc sourit, il ne le croyait pas et écoutait distraitement sa tirade. Il savait qu'ils se détestaient l'un l'autre — Guineppa, le patricien romain et Banastasio le paysan américano-sicilien. Mais ce n'est pas étonnant, pensa-t-il, ils sont enfermés ici, douze heures de service, douze heures de repos, jour après jour, mois après mois, même si la paye est bonne.

Ah ! La paye. Je ne cracherais pas sur la paye, je saurais quoi faire avec ! Le plus minable des ouvriers ici gagne en une semaine ce que je gagne en un mois. Douze mille malheureuses livres sterling par mois, pour moi, un capitaine instructeur chevronné qui a accompli quatre mille huit cents heures de vol ! Même avec les cinq mille livres de plus pour frais à l'étranger, ce n'est pas suffisant pour ma femme, les enfants, les dépenses scolaires, les traites, ces saloperies d'impôts, sans parler du vin, de la nourriture et de Sayada, ma petite chérie. Oh ! Sayada, comme tu me manques !

Et Lochart...

Saloperie de merde ! S'il m'avait laissé partir avec lui, je serais à présent à Téhéran, dans les bras de ma Sayada ! Mon Dieu, comme j'ai besoin d'elle ! Et d'argent. D'argent ! Que les couilles de tous les percepteurs se ratatinent et que leurs bites tombent en poussière ! Je joins déjà à peine les deux bouts ; qu'est-ce qui va se passer si tout pète en Iran ? Je parie que la S-G ne survivra pas. Tant pis pour eux — il y aura toujours du boulot quelque part dans le monde pour un pilote d'hélicoptère aussi bon que moi.

Il vit que Guineppa le regardait. « Oui, mon vieux ?

— Je partirai avec la dernière navette.

— Vaut mieux que tu partes en premier, il y a une infirmerie à Rosa.

— Je vais bien — sincèrement. »

Jean-Luc entendit qu'on l'appelait et remit sa parka. « Je peux faire quelque chose pour toi ? »

L'homme sourit faiblement. « Emmène Pietro là-haut avec la dynamite.

— Je vais le faire, mais en dernier, avant la tombée de la nuit, avec un peu de chance. Ne t'inquiète pas. »

Dehors il fut de nouveau saisi par le froid. Pietro l'attendait. Des hommes étaient déjà groupés près de l'hélicoptère, chargés de paquets et de sacs de toutes les tailles. Banastasio arriva avec un gros berger allemand.

« On a dit qu'on voyageait léger, lui dit Pietro.

— Je voyage léger, répondit Banastasio sur le même ton. J'emporte mes papiers, mon chien et mon zob. La compagnie peut me remplacer tout le reste. Puis il se tourna vers Jean-luc. « Tu dois avoir la place pour tout ça ! »

Jean-Luc installa les hommes à bord ainsi que le chien, puis appela

Nasiri par radio pour lui dire ce qui se passait. « OK, Scot, tu peux y aller », dit-il en descendant de l'appareil. Scot ouvrit grand les yeux.

« Tu veux dire : tout seul ?

— Pourquoi pas, mon gars ? Tu as assez d'heures de vol. C'était ton troisième vol de contrôle. Il faut bien que tu commences un jour. Allez, vas-y. »

Il regarda Scot décoller. En moins de cinq secondes, l'hélicoptère se retrouva au-dessus de l'abîme de deux mille cinq cents mètres. Il savait quels frissons de plaisir le jeune homme devait éprouver, en ce moment, pour son premier décollage en solo. Il l'envia. Le jeune Scot le mérite bien, pensa-t-il en le regardant.

« Jean-Luc ! »

Il quitta l'hélicoptère des yeux et regarda autour de lui, se demandant pourquoi tout lui semblait soudain différent. Il se rendit compte que c'était le silence. Un silence tel qu'il eut l'impression d'être devenu sourd. Un instant, il se sentit bizarre, comme s'il avait perdu tout sens de l'équilibre et allait vomir, puis le vent lui fouetta le visage et il se reprit.

« Jean-Luc, par ici ! » Pietro se trouvait dans l'ombre en compagnie d'un groupe d'hommes, de l'autre côté du camp, et lui faisait signe. Il les rejoignit avec peine. Ils étaient étrangement silencieux.

« Regarde, dit nerveusement Pietro en tendant le bras. Juste en dessous du bloc de glace. Là. Vingt ou trente mètres en dessous. Tu vois ce que je vois ? »

Jean-Luc vit. Ses testicules se soulevèrent. Ce n'étaient plus des fissures qui déchiraient la masse de glace mais de véritables crevasses. Pendant qu'ils regardaient, il y eut un énorme grondement. L'énorme masse sembla glisser imperceptiblement. Un petit morceau de glace et de neige se détacha. Il roula, gagna de la vitesse et du volume et dévala la pente dans un roulement de tonnerre.

Ils étaient tous pétrifiés. L'avalanche, des tonnes de neige et de glace, s'arrêta à cinquante mètres à peine du camp.

Un des hommes rompit le silence. « J'espère que l'hélicoptère ne va pas revenir en déboulant comme un kamikaze, ça pourrait être le détonateur, *amico*. Un petit bruit suffirait à détacher ce *stronzo*. »

CHAPITRE 18

En plein ciel près de Qazvin : 15 h 17. Depuis que Charlie Pettikin avait quitté Tabriz, presque deux heures auparavant, avec Rakoczy — qu'il ne connaissait que sous le nom de Smith — il avait piloté le 206 aussi régulièrement que possible, espérant que l'homme du KGB s'endormirait, lui ou sa méfiance. Pour la même raison, il avait découragé toute conversation en gardant ses écouteurs sur les oreilles. A la longue Rakoczy avait abandonné, se contentant de regarder le terrain en dessous de lui. Mais il demeurait sur le qui-vive, son arme sur les genoux et le pouce sur le cran de sécurité. Pettikin se demandait qui il était, ce qu'il voulait, à quel groupe il appartenait — l'armée ou la Savak — et pourquoi il tenait tant à se rendre à Téhéran. Pettikin ne se doutait pas que l'homme n'était pas iranien mais russe.

A Bandar-e-Pahlavi où le ravitaillement en carburant avait été très lent, il n'avait rien fait pour rompre le silence ; il avait payé avec ses derniers dollars américains, surveillé le remplissage des réservoirs, puis signé le formulaire d'IranOil. Rakoczy avait essayé de parler au pompiste mais l'homme était hostile à toute conversation, manifestement effrayé à l'idée d'être aperçu en train de faire le plein d'un appareil étranger, et encore plus terrifié par la mitraillette posée sur le siège avant.

Durant le temps où ils étaient restés au sol, Pettikin avait évalué ses chances de pouvoir se saisir de l'arme. Il ne s'en présenta aucune.

Il avait quitté Bandar-e-Pahlavi et volait à présent à une altitude de trois cents mètres vers le sud, le long de la route de Qazvin. A l'est il pouvait voir la plage où il avait déposé le capitaine Ross et ses deux parachutistes. Il se demanda de nouveau comment ils avaient été avertis qu'il devait se rendre à Tabriz et quelle pouvait être leur mission. Quoi qu'ils aient à accomplir, j'espère qu'ils réussiront. Ce devait être urgent et important. J'aimerais bien revoir Ross, ça me plairait...

« Pourquoi souriez-vous, capitaine ? »

La voix résonna dans les écouteurs de son casque qu'il avait mis automatiquement au moment du décollage. Il regarda Rakoczy et haussa les épaules, puis reporta son regard sur ses instruments et sur le sol. Au-dessus de Qazvin il vira sud-est et suivit la route de Téhéran, encore plus concentré et attentif. Sois patient, se dit-il, puis il vit que Rakoczy semblait brusquement tendu. Il approcha son visage de la vitre et regarda en bas.

« Virez à gauche... légèrement vers la gauche », ordonna Rakoczy absorbé par ce qui se passait au sol. Pettikin fit pencher légèrement l'appareil — Rakoczy se trouvant alors du côté incliné. « Pas plus ! Faites un 180.

— Qu'est-ce qui se passe ? » demanda Pettikin. Il amorça le virage, s'apercevant soudain que l'homme ne pensait plus à la mitraillette sur ses genoux. Les battements de son cœur s'accélérèrent.

« Là, en dessous sur la route. Ce camion. »

Pettikin ne regardait pas ce qui se passait en dessous, les yeux rivés sur l'arme, il évaluait la distance, le cœur battant. « Où ? Je ne vois rien. » Il accentua le virage pour arriver plus vite dans la nouvelle direction. « Quel camion ? Celui-l... »

Sa main se détendit comme un arc, il saisit l'arme par le canon et la jeta à travers la fenêtre coulissante dans la cabine derrière eux. En même temps, sa main droite donnait de violents à-coups sur le manche, à gauche puis à droite, puis de nouveau un droite-gauche faisant osciller vicieusement l'hélicoptère. Rakoczy fut complètement surpris et sa tête heurta le côté de l'appareil, l'étourdissant à moitié. Pettikin serra le poing et le frappa maladroitement au menton, cherchant à l'assommer. Mais Rakoczy, spécialiste de karaté avec de solides réflexes, réussit à parer le coup. Toujours légèrement groggy, il agrippa le poignet de Pettikin, retrouvant ses forces de seconde en seconde. Pendant que les deux hommes se battaient l'hélicoptère penchait dangereusement du côté de Rakoczy. Ils luttèrent avec frénésie, gênés par leurs ceintures de sécurité. Rakoczy qui avait les deux mains libres commençait à prendre le dessus.

Brusquement, Pettikin coinça le manche entre ses genoux, et de sa main droite, frappa le visage de Rakoczy. La violence du coup le déséquilibra, ses genoux lâchèrent le manche et ses pieds perdirent le contact avec les pédales de caoutchouc. Immédiatement, en raison de la force centrifuge, l'hélicoptère se coucha sur le côté, perdit tout appui — aucun hélicoptère ne pouvant voler seul, même une seconde — et, dans la mêlée, le levier central fut rabaissé. L'hélicoptère tomba comme une pierre.

Affolé, Pettikin abandonna la lutte. Il essaya désespérément de reprendre le contrôle de l'appareil. Les moteurs rugissaient, les instruments étaient devenus fous. Il lutta contre la panique, essayant de dominer ses mains, ses pieds, afin de faire les corrections de pilotage qui s'imposaient. Ils chutèrent de trois cents mètres avant qu'il arrive à stabiliser l'hélicoptère. Son cœur battait la chamade. Le sol couvert de neige était à moins de quinze mètres sous eux.

Ses mains tremblaient. Il avait du mal à respirer. Il sentit soudain un objet dur s'enfoncer dans ses côtes et entendit Rakoczy jurer. Il se rendit compte que ce n'était pas de l'iranien, mais ne reconnut pas la langue. Il tourna la tête et vit un visage déformé par la colère ainsi que le métal gris du revolver. Il se maudit de ne pas y avoir pensé. D'un geste excédé il essaya de repousser l'automatique, mais Rakoczy le pressa durement contre son cou.

« Arrête ou je te fais sauter la tête, *matyeryebyets* ! »

Pettikin vira brutalement, mais l'arme s'enfonça plus rudement, lui faisant mal. Il entendit le cran de sûreté sauter.

« Dernière chance ! »

Le sol tout proche défilait à toute vitesse. Pettikin savait qu'il avait perdu. « Très bien, très bien », dit-il d'un ton conciliant. Il redressa l'appareil et lui fit reprendre de l'altitude. La pression du canon s'accentua encore. « Vous me faites mal, bon sang ! Vous me déséquilibrez, comment voulez-vous que je pil... »

Rakoczy l'injuria en hurlant, lui écrasant la tête contre le châssis de la fenêtre.

« Pour l'amour de Dieu ! hurla Pettikin en essayant de remettre ses écouteurs qui étaient tombés pendant la bagarre. Comment voulez-vous que je pilote ce putain d'engin avec votre flingue dans le cou ? » La pression se relâcha légèrement et l'appareil se stabilisa. « Mais qui êtes-vous, d'abord ?

— Smith ! » hurla Rakoczy qui avait perdu tout son sang-froid. Un quart de seconde de plus, pensa-t-il, et nous nous serions écrasés au sol comme un paquet de bouse bien fraîche. « Tu crois que tu as affaire à un *matyeryebyets* amateur ? » Avant qu'il ne puisse se retenir, sa main jaillit par réflexe et alla frapper du revers la bouche de Pettikin.

Pettikin fut secoué par le coup et l'hélicoptère se remit à se balancer quelques secondes avant de se stabiliser à nouveau. Il sentit la douleur s'étendre à tout son visage. « Tu refais ça et je mets l'appareil sur le dos, dit-il, très sérieux.

— OK, répondit instantanément Rakoczy. Je m'excuse pour... pour cette... pour ce geste stupide, capitaine. » Avec précaution, il s'écarta et s'appuya sur la porte mais garda l'arme pointée sur Pettikin. « Oui, c'était totalement superflu. Je suis désolé. »

Pettikin le regarda, interloqué. « Vous êtes... désolé ?

— Oui, vraiment. Je vous prie de m'excuser. C'était totalement inutile. Je ne suis pas une brute. » « Si vous me donnez votre parole que vous n'essayerez pas de m'attaquer, je range l'arme. Je vous jure que vous n'êtes pas en danger. »

Pettikin réfléchit un moment. « Très bien, dit-il. A condition que vous me révéliez qui vous êtes et ce que vous voulez.

— J'ai votre parole ?

— Oui.

— Très bien, je vous fais confiance, capitaine. » Rakoczy remit le cran de sûreté et rangea le revolver dans sa poche. « Mon nom est Ali bin Hassan Karakose et je suis kurde. Ma maison — mon village — se trouve sur les pentes du mont Ararat à la frontière irano-soviétique. Je suis un combattant de la liberté contre le shah et contre tous ceux qui veulent faire de nous des esclaves. Cela vous satisfait ?

— Oui, mais si v...

— Plus tard, s'il vous plaît. Dépêchons-nous d'y aller. » Rakoczy montra le sol. « Descendez, rapprochez-vous. »

Ils étaient à deux cent soixante mètres sur la droite de la route Qazvin-Téhéran qui traversait un village à environ un kilomètre. Il discernait la fumée qui tourbillonnait légèrement dans la brise. « Où ?

— Là, à côté de la route. »

Tout d'abord Pettikin ne put voir ce que l'homme désignait — son esprit était encombré de questions sur les Kurdes et sur les guerres qui les opposaient depuis des siècles aux Perses. Puis il vit un groupe de voitures et de camions garés sur le bas-côté de la route, des hommes entourant un camion moderne au toit peint d'une croix bleue sur fond blanc. « Là ? Vous voulez aller au-dessus de ces camions et de ces voitures ? » demanda-t-il. Son visage et son cou lui faisaient mal. « Près de celui qui porte une croix bleue sur son toit ?

— Oui. »

Obéissant, Pettikin vira tout en descendant. « Qu'est-ce qu'il y a de si important, là-bas, hein ? » demanda-t-il en lui jetant un coup d'œil. Il vit que l'homme le regardait avec suspicion. « Quoi ? Qu'y a-t-il encore ?

— Vous ne savez vraiment pas ce que signifie une croix bleue sur fond blanc ?

— Non. Qu'est-ce que c'est ? » Pettikin avait le regard fixé sur ce camion, assez proche maintenant pour qu'il puisse voir qu'il s'agissait d'une Range Rover, entourée par une foule en colère. Un des hommes fracassait la vitre arrière avec la crosse d'un fusil. « C'est le drapeau finlandais », entendit-il dans ses écouteurs et Pettikin pensa aussitôt à Erikki. « Erikki a une Range Rover ! s'écria-t-il en voyant la crosse faire voler la vitre en éclats. Vous pensez que c'est Erikki ?

— Oui... c'est bien possible. »

Immédiatement il prit de la vitesse et descendit plus bas, ses douleurs oubliées, son excitation faisant passer au second plan les questions qu'il se posait : pourquoi et comment ce combattant de la liberté connaissait-il Erikki ? La foule s'éparpilla en les apercevant. Il passa très vite et très bas, mais ne vit pas Erikki. « Vous l'avez repéré ?

— Non. Je n'ai pas pu voir à l'intérieur du véhicule.

— Moi non plus, dit Pettikin, inquiet, mais certains de ces salopards sont armés et ils brisaient les vitres.

— Oui, probablement des fedayin. L'un d'eux a tiré sur nous. Si vous... » Rakoczy se tut, s'accrochant pendant que l'hélicoptère amorçait un virage serré de cent quatre-vingts degrés à sept mètres du sol. Cette fois, la foule s'enfuit dans toutes les directions, se piétinant les uns les autres. La circulation, dans les deux sens, était hésitante : certains accéléraient, d'autres freinaient. Un camion trop lourdement chargé dérapa, en heurta un autre. Plusieurs voitures et camions firent demi-tour. L'un d'eux se retourna dans le caniveau.

Arrivé au niveau de la Range Rover, Pettikin vira de quatre-vingt-dix degrés pour lui faire face — la neige volait en nuage —, juste le temps de reconnaître Erikki, puis un autre virage de quatre-vingt-dix degrés et il remonta dans le ciel. « C'est bien lui. Vous avez vu les trous de balles dans le pare-brise ? demanda-t-il, consterné. Allez ramasser la mitraillette derrière. Nous allons aller le chercher. Dépêchez-vous, je veux profiter de la panique. »

Rakoczy déboucla immédiatement sa ceinture de sécurité, se pencha par la petite fenêtre de communication avec l'arrière de l'appareil mais sans réussir à saisir l'arme par terre. Avec difficulté, il se leva de son siège et se pencha, la tête la première, à travers l'ouverture. Pettikin se rendit compte que l'homme était à sa merci. Il lui aurait été si facile d'ouvrir la porte et de le pousser à l'extérieur. Si facile. Mais impossible.

« Allez ! cria-t-il en l'aidant à se réinstaller sur son siège. Remettez votre ceinture de sécurité. »

Rakoczy obéit, reprenant son souffle, bénissant sa chance que Pettikin soit un ami du Finlandais, sachant très bien que, si les rôles avaient été inversés, il n'aurait pas hésité à ouvrir la porte. « Je suis prêt », dit-il en armant sa mitraillette, consterné par la bêtise de Pettikin. Les Anglais sont si stupides qu'ils méritent vraiment de perdre. « Qu...

— On y va ! » Pettikin plongea vers le sol en virant à vitesse maximale. Des hommes armés se tenaient toujours à côté du véhicule et pointaient leurs armes vers eux. « Je vais les calmer, ceux-là. Quand je dirai " feu ", tirez une rafale au-dessus de leurs têtes ! »

La Range Rover arriva droit vers eux, hésita puis tourna légèrement à gauche, puis à droite, comme si le conducteur était ivre, et revint finalement dans leur direction. L'hélicoptère volait en cercles serrés, puis il s'immobilisa soudain à vingt mètres de la voiture et à trois mètres du sol.

« Feu », ordonna Pettikin.

Rakoczy tira, visant non au-dessus des têtes mais bel et bien un groupe d'hommes et de femmes accroupis derrière le véhicule d'Erikki, hors du champ de vision de Pettikin, en tuant et en blessant certains. Pris de panique, ils s'enfuirent dans tous les sens, les cris des blessés se mêlant au bruit des moteurs. Sur la route, quelques jeunes surgirent de derrière un camion, fusil en main. Rakoczy les repéra aussitôt. « Faites un trois-soixante ! » hurla-t-il.

L'hélicoptère pirouetta, mais personne n'était à proximité. Pettikin vit quatre corps allongés dans la neige. « J'ai dit " au-dessus de leurs têtes ", nom de Dieu », commença-t-il à crier, mais au même moment la porte de la Range Rover s'ouvrit et Erikki sauta, son couteau à la main. Pendant une seconde il fut seul, puis une femme en tchador apparut à ses côtés. Pettikin se posa immédiatement sur la neige mais garda l'appareil en position de vol. Ses patins effleuraient à peine le sol. « Venez ! » cria-t-il en leur faisant signe. Ils commencèrent à courir, Erikki portant à moitié Azadeh que Pettikin n'avait pas reconnue.

Rakoczy déverrouilla sa porte, sauta dehors, ouvrit celle de la cabine et pivota, mitraillette braquée. Une autre rafale crépita en direction de la route. En voyant Rakoczy, Erikki s'immobilisa, sidéré. « Magne ! hurla Pettikin qui ne comprenait pas son hésitation.

Erikki, grouille-toi ! » Puis il reconnut Azadeh. « Mon Dieu... », murmura-t-il, et il hurla : « Viens, Erikki !

— Dépêchez-vous, je n'ai plus beaucoup de munitions ! » cria Rakoczy en russe.

Erikki prit Azadeh dans ses bras et se mit à courir. Quelques balles sifflèrent autour d'eux. Rakoczy l'aida à attacher Azadeh sur le siège arrière. Puis repoussant brutalement Erikki, il le menaça de son arme. « Jette ton couteau et grimpe sur le siège avant ! ordonna-t-il en russe. Exécution. »

A moitié paralysé de stupeur, Pettikin regarda Erikki qui hésitait, le visage déformé par la rage.

« Bon Dieu, dit Rakoczy, je te jure qu'il me reste assez de balles pour toi, elle et cet enculé de pilote. Monte. »

Quelque part sur la route, une mitrailleuse commença à tirer. Erikki laissa tomber son couteau dans la neige et grimpa dans l'appareil. Rakoczy se glissa à côté d'Azadeh. Pettikin décolla aussitôt et prit rapidement de l'altitude.

Quand il put enfin parler, il dit : « Mais qu'est-ce que c'est que ce bordel ? Qu'est-ce qui se passe ? »

Erikki ne répondit pas. Il se retourna pour s'assurer qu'Azadeh allait bien. Les yeux fermés, écroulée contre la paroi, elle haletait, essayant de retrouver sa respiration. Rakoczy avait bouclé sa ceinture de sécurité mais, quand Erikki voulut se pencher vers Azadeh, le Russe le stoppa d'un mouvement de son arme.

« Elle va bien, ne t'inquiète pas, continua-t-il en russe, et elle ira bien tant que tu te comporteras gentiment comme ton ami a appris à le faire. » Sans le quitter des yeux, il glissa la main dans son sac et en sortit un nouveau chargeur. Maintenant que tu as compris la situation, tu peux te retourner, merci. »

Erikki obéit en essayant de maîtriser sa colère. Il mit les écouteurs. Ils ne pouvaient pas être entendus par Rakoczy car il n'y avait pas d'intercom à l'arrière. C'était bizarre de se sentir aussi libre et en même temps aussi coincé. « Comment nous as-tu trouvés, Charlie, qui t'a envoyé ? demanda-t-il dans son micro d'une voix tendue.

— Personne, répondit Pettikin. Qu'est-ce que c'est que cette ordure ? Je suis allé à Tabriz pour vous chercher, toi et Azadeh, et je me suis fait enlever par cet enfant de salaud qui me force à l'emmener à Téhéran. On vous a aperçus tout à fait par hasard. Que vous est-il arrivé ?

— Nous sommes tombés en panne d'essence. » Erikki lui raconta rapidement ce qui s'était passé. « Quand le moteur s'est arrêté, j'ai su qu'on était fichus. Tout le monde semblait avoir perdu la tête. Tout allait bien et, une seconde plus tard, nous étions entourés, comme auparavant au barrage. J'ai verrouillé les portes de l'intérieur mais je savais que c'était une question de minutes... » Il se retourna de nouveau. Azadeh, les yeux ouverts, avait enlevé son tchador. Elle eut un petit sourire fatigué et se pencha pour le toucher mais Rakoczy l'arrêta. « Excusez-moi, Altesse, dit-il en parsi, mais attendez que nous ayons atterri. Tout ira bien. » Il répéta ses paroles en russe, ajoutant pour Erikki : « J'ai de l'eau. Veux-tu que j'en donne à ta femme ?

— Oui, s'il te plaît », fit-il avec un signe de tête. Il la regarda boire. « Merci.

— Tu en veux ?

— Non, merci », répondit-il courtoisement tout en bouillant intérieurement. Il ne voulait rien recevoir de lui. Il sourit à sa femme pour l'encourager. « Azadeh, c'était comme la manne céleste, hein ? Charlie est un ange.

— Oui... oui. C'était la volonté de Dieu. Je vais bien, je me sens beaucoup mieux à présent, Erikki. Dieu soit loué. Remercie Charlie pour moi... »

Il dissimula son inquiétude. La deuxième attaque l'avait terrorisée. Il s'était juré que, s'il s'en sortait vivant, plus jamais il ne voyagerait sans un revolver, ou, mieux, des grenades. Il vit que Rakoczy le regardait. Il fit un signe de tête et se retourna. « *Matyeryebyets* », murmura-t-il en vérifiant machinalement les instruments.

« Ce type est malade, il n'avait pas besoin de tuer qui que ce soit, je lui avais dit de tirer au-dessus des têtes. » Pettikin baissa la voix, mal à l'aise de parler si ouvertement bien qu'il fût absolument impossible à Rakoczy de les entendre. « Ce salaud a bien failli me tuer deux fois. Comment se fait-il que tu le connaisses, Erikki ? Est-ce que toi ou Azadeh avez eu affaire aux Kurdes ? »

Erikki le regarda en ouvrant de grands yeux. « Les Kurdes ? Tu parles de ce *matyeryebyets* derrière ?

— Oui, bien sûr, Ali bin Hassan Karakose. Il vient du mont Ararat. C'est un combattant de la liberté kurde.

— C'est pas un Kurde, c'est un Russe, un type du KGB.

— Nom de Dieu ! Tu es sûr ? » Pettikin n'en revenait pas.

« Oh oui ! Il prétend être musulman mais je te parie que c'est aussi un mensonge. Il dit qu'il s'appelle Rakoczy, c'est un autre bobard. Ce ne sont que des mensonges ; normal, pourquoi nous dirait-il la vérité à nous ses ennemis ?

— Mais il m'a juré que c'était la vérité et moi je lui ai donné ma parole en échange. » Furieux, Pettikin raconta la bagarre en plein ciel et le marché qu'ils avaient conclu.

« Tu es un naïf, Charlie, pas lui. Tu n'as pas lu Lénine ? Staline ?

Marx ? Il agit en membre du KGB et en bon communiste. Il utilise tous les moyens pour la cause sacrée : asservir le monde au communisme. Je me taperais bien une vodka.

— Je préférerais un double cognac.

— Les deux à la fois serait encore mieux. » Erikki scruta le sol en dessous d'eux. Vol sans problème, les moteurs tournaient comme des horloges et le réservoir était encore plein de fuel. Il regarda l'horizon, cherchant Téhéran. « On n'est plus très loin. Il a dit où il fallait se poser ?

— Non.

— Peut-être y aura-t-il moyen de tenter quelque chose.

— Oui. » L'appréhension de Pettikin augmenta. « Tu as parlé d'un barrage sur la route. Que s'est-il passé là-bas ?

Le visage d'Erikki se durcit. « On nous a arrêtés. Des gauchistes. On a dû se tailler à toute vitesse. Nous n'avons plus de papiers, Azadeh et moi. Rien. Un gros pédé au barrage a tout gardé et pas le temps de les récupérer. » Il frissonna. « Je n'ai jamais eu aussi peur, Charlie. Jamais. Je ne pouvais rien faire dans cette foule et je chiais presque de trouille parce que je ne pouvais même pas la protéger. Ce salopard de gros enculé a tout gardé, passeport, carte d'identité, licence de vol, tout.

— Mac va te les remplacer et ton ambassade te donnera un nouveau passeport.

— Je ne me fais pas de souci pour moi, mais pour Azadeh.

— Elle obtiendra un passeport finlandais, elle aussi. De même que Sharazad a eu un passeport canadien, pas de souci à se faire.

— Elle est toujours à Téhéran, non ?

— Oui. Tom devrait y être aussi. Il devait rentrer de Zagros hier avec du courrier du pays... » Etrange, pensa Pettikin. J'appelle toujours l'Angleterre le « pays » bien que Claire soit partie. « Il vient juste de rentrer de permission.

— C'est bien ce que j'aimerais faire : partir en permission. J'ai trop bossé. Peut-être que Mac peut me trouver un remplaçant. » Erikki donna un petit coup de poing à Pettikin. « Demain est un autre jour, pas vrai ? Hé ! Charlie, tu nous as fait une belle démonstration de pilotage. Quand je t'ai vu, j'ai cru que j'avais une hallucination ou que j'étais déjà mort. Tu as vu mon drapeau finlandais ?

— Non, c'est Ali... — comment tu l'appelles ? Rekowsky ?

— Rakoczy.

— Rakoczy l'a reconnu. S'il n'avait pas été là, je n'aurais pas pensé à toi, désolé. » Pettikin lui jeta un coup d'œil. « Qu'est-ce qu'il attend de toi ?

— Je ne sais pas, mais, quoi que ce soit, c'est pour le compte des Russes. » Erikki jura. « Alors on lui doit nos vies à lui aussi ?

— Oui, répondit Pettikin après un silence. Oui, seul, je n'aurais pas pu le faire. » Il se retourna. Rakoczy était toujours vigilant, Azadeh sommeillait, des ombres passaient sur son joli visage. Il hocha la tête et se retourna. « Azadeh semble aller bien mieux maintenant.

— Non, Charlie, elle ne va pas bien, dit Erikki, le cœur serré. Ça a été horrible pour elle aujourd'hui. Elle m'a dit que jusqu'à présent elle n'avait jamais approché des villageois d'aussi près, ils l'entouraient, ils... Ils l'ont prise au dépourvu, elle ne s'attendait pas à tout cela. Maintenant elle a vu le vrai visage de l'Iran, la réalité des gens ici. Lorsque... lorsqu'ils l'ont forcée à mettre le tchador... » Il frissonna de nouveau. « C'était un viol. Ils ont violé son âme. Je crois que désormais rien ne sera plus pareil pour elle, pour nous. Elle va devoir choisir : sa famille ou moi, l'Iran ou l'exil. Ils ne veulent pas de nous. Il est temps pour nous de partir, Charlie. Nous tous.

— Non, tu te trompes. Peut-être est-ce différent pour toi et Azadeh, mais ces Iraniens auront toujours besoin de pétrole, et donc d'hélicoptères. On a encore quelques bonnes années devant nous. Avec les contrats Guerney et... » Pettikin s'arrêta, on lui tapait sur l'épaule. Azadeh était réveillée. Il ne pouvait pas entendre ce que Rakoczy lui disait et il enleva ses écouteurs. « Quoi ?

— N'utilisez pas votre radio, capitaine, et préparez-vous à vous poser dans la banlieue là où je vous l'indiquerai.

— Je... je dois obtenir une autorisation.

— Ne soyez pas stupide ! Autorisation de qui ? Ils ont bien autre chose à faire. L'aéroport de Téhéran est en état de siège, ainsi que Doshan Tappeh et Galeg Morghi. Suivez mon conseil et allez vous poser sur le petit aéroport de Rudrama après m'avoir déposé.

— Il faut que je me signale. Les militaires sont formels. »

Rakoczy éclata d'un rire sarcastique. « Les militaires ? Et qu'est-ce que vous allez leur signaler ? Que vous vous êtes posé sans autorisation près de Qazvin, que vous y avez tué cinq ou six civils et que vous avez ramassé deux étrangers qui fuyaient. Et qui fuyaient quoi ? Le peuple ! »

Pettikin se retourna pour lancer son appel radio, Rakoczy se pencha et le secoua rudement. « Réveillez-vous ! Il n'y a plus de pouvoir militaire ! Les généraux ont capitulé devant Komeiny ! Il n'y a plus de pouvoir militaire ! Fini ! »

Ils le regardèrent tous, déconcertés. L'hélicoptère tangua. Rapidement Pettikin corrigea. « Qu'est-ce que vous racontez ?

— Tard la nuit dernière, tous les généraux ont ordonné à leurs troupes de retourner dans leurs baraquements. Dans tous les corps d'armes. Ils ont abandonné le terrain à Khomeiny et à sa révolution. A présent, il n'y a plus d'armée, plus de police, plus de gendarmes entre Khomeiny et le pouvoir total. Le Peuple a gagné !

— Ce n'est pas possible, murmura Pettikin.

— Non, dit Azadeh effrayée. Mon père aurait été au courant.

— Ah oui ! Abdollah le Grand, ricana Rakoczy. Il doit être au courant maintenant, s'il est toujours en vie.

— Ce n'est pas vrai.

— C'est... c'est possible, Azadeh, dit Erikki, consterné. Cela expliquerait pourquoi nous n'avons vu aucune force de police ni aucun soldat, et pourquoi la foule était si agressive.

— Les généraux ne feraient jamais cela... », dit-elle en tremblant. Elle se tourna vers Rakoczy. « Ce serait du suicide, pour eux, pour des millions d'autres. Par Allah, dis la vérité ! »

Le visage de Rakoczy reflétait sa jubilation, son plaisir de jouer avec les mots et de leur donner un sens différent pour troubler son auditoire. « L'Iran se trouve à présent entre les mains de Khomeiny, ses mollahs et ses révolutionnaires.

— C'est un mensonge.

— Si c'est vrai, dit Pettikin, cela signifie que Bakhtiar est fini. Il ne...

— Ce trouillard n'est pas fini car il n'a jamais commencé ! » Rakoczy se mit à rire. « L'ayatollah Khomeiny a terrorisé les généraux. Leurs couilles ont ramolli d'un seul coup, et je crois bien qu'il va leur faire couper la gorge, par précaution.

— Alors la guerre est finie.

— Ah ! La guerre..., fit Rakoczy sombrement. Elle est terminée... pour certains.

— Oui, dit Erikki, le provoquant. Et, si ce que tu dis est vrai, c'est terminé pour vous également, les membres du Tudeh et les marxistes. Khomeiny va vous anéantir.

— Oh non, capitaine ! L'ayatollah est l'épée qui a abattu le shah, mais cette épée est entre les mains du peuple.

— Lui, ses mollahs et le peuple vont vous détruire, il est aussi anticommuniste qu'antiaméricain.

— Vous vous faites des illusions. Vous feriez mieux d'attendre et de bien regarder. Khomeiny est un homme pratique qui adore le pouvoir, quoi qu'il puisse dire. »

Pettikin vit Azadeh blêmir et il eut lui aussi un frisson dans le dos. « Et les Kurdes, demanda-t-il sèchement. Que vont-ils faire ? »

Rakoczy s'adossa, un étrange sourire aux lèvres. « Je suis kurde quoi que le Finlandais ait pu vous raconter sur les Russes et le KGB.

Est-ce qu'il peut prouver ce qu'il dit ? Bien sûr que non. Pour ce qui est des Kurdes, Khomeiny va essayer de nous écraser — si cela lui est possible — ainsi que toutes les minorités religieuses ou tribales, les étrangers, la bourgeoisie, les propriétaires terriens, les financiers, les partisans du shah et, ajouta-t-il avec un ricanement, tous ceux qui contesteront son interprétation du Coran — il fera couler des fleuves de sang au nom de son Allah, le sien, pas le vrai et unique Dieu — si on laisse faire ce salaud. » Il jeta un coup d'œil par la fenêtre, vérifiant sa position, puis ajouta sur un ton encore plus cynique : « Cette hérétique épée de Dieu a fait ce qu'elle devait faire. Maintenant elle va se transformer en socle de charrue et être enterrée.

— Tu veux dire assassinée ? demanda Erikki.

— Enterrée selon la volonté capricieuse du peuple », répondit-il en riant.

Azadeh ne put se contenir plus longtemps, elle essaya de le gifler. Il bloqua facilement sa main et la maintint tandis qu'elle se débattait. Erikki regardait la scène, livide. Il ne pouvait rien faire pour le moment.

« Arrêtez ! dit durement Rakoczy. Vous plus que les autres, devriez souhaiter que cet hérétique soit chassé — il anéantira Abdollah Khan, tous les Gorgons, et vous avec s'il gagne. » Il la repoussa. « Calmez-vous ou je vais vous faire mal pour de bon. C'est vrai, vous devriez souhaiter sa mort. » Il leva sa mitraillette. « Retournez-vous, tous les deux. »

Ils obéirent, la haine au cœur. Les faubourgs de Téhéran se trouvaient à environ quinze kilomètres devant eux. Ils volaient parallèlement à la route et à la voie ferrée, l'Elburz sur leur gauche, en approchant la ville par l'ouest. Au-dessus d'eux le ciel était couvert, avec de lourds nuages que les rayons du soleil ne parvenaient pas à percer.

« Capitaine, vous voyez la rivière que le chemin de fer croise là-bas ? Le pont ?

— Oui », répondit Pettikin en réfléchissant au moyen de le maîtriser. De son côté, Erikki se demandait s'il pourrait désarmer le Russe alors qu'il était du mauvais côté.

« Posez-vous à cinq cents mètres au sud. Derrière ce monticule. Vous le voyez ? »

Pas très loin il y avait une petite route secondaire qui se dirigeait vers Téhéran. Peu de circulation. « Oui, et ensuite ?

— Ensuite vous pourrez disposer. Pour le moment. » Rakoczy éclata de rire et enfonça le canon de son arme dans le cou d'Erikki. « Avec tous mes remerciements. Mais ne vous retournez plus. Regardez devant vous, tous les deux, gardez vos ceintures de sécurité attachées et sachez bien que je vous ai à l'œil. Quand vous vous poserez, que ce soit de façon bien nette et sans embrouille. Une fois que je serai descendu, repartez. Mais ne vous retournez pas, sinon je risque de prendre peur. Les hommes qui s'effraient, vous le savez, ont une fâcheuse tendance à appuyer sur la détente de leurs armes. Bien compris ?

— Oui. » Pettikin étudia le lieu de l'atterrissage. Il ajusta ses écouteurs. « Tout a l'air OK ici, Erikki, qu'est-ce que tu en dis ?

— Oui. Ça a l'air OK. Fais attention aux dunes de neige, répondit Erikki en essayant de dissimuler sa nervosité.

— Nous devrions tenter quelque chose.

— Je crois qu'il... je crois qu'il est trop fort, Charlie.

— Il va peut-être commettre une erreur.

— Je n'en demande pas plus. »

L'atterrissage fut facile et sans problème. La neige soulevée par l'hélice virevoltait et venait se coller aux vitres. « Ne vous retournez pas. »

Les deux hommes avaient les nerfs à fleur de peau. Ils entendirent la porte s'ouvrir et sentirent le froid s'engouffrer dans l'appareil. Puis un hurlement. C'était Azadeh. « Erikki ! »

Malgré l'ordre, ils se retournèrent tous les deux. Rakoczy était déjà dehors, tirant Azadeh qui se débattait en essayant de s'accrocher à la porte. Mais il était bien plus fort qu'elle. Il portait sa mitraillette en bandoulière. Erikki ouvrit sa portière, jaillit au-dehors comme un fou, se glissa sous le fuselage et chargea. Mais c'était trop tard. Une courte rafale à ses pieds l'arrêta net. A dix mètres de là, loin des rotors, Rakoczy tenait d'une main son arme pointée sur lui et, de l'autre, maintenait Azadeh par le cou. Elle resta immobile un moment puis se débattit à nouveau en hurlant, le prenant par surprise. Erikki s'élança.

Empoignant Azadeh, Rakoczy la projeta violemment sur Erikki dont il brisa l'élan. Ils tombèrent tous deux dans la neige. Rakoczy tourna les talons et partit en courant, puis faisant volte-face, il s'arrêta, l'arme à la hanche, le doigt sur la détente. Mais il n'eut pas à tirer, le Finlandais et sa femme étaient toujours à genoux, à moitié assommés ; le pilote n'avait pas quitté son siège. Puis il vit qu'Erikki reprenait ses esprits, poussait son épouse derrière lui pour la protéger et s'apprêtait à charger de nouveau.

« Stop ! ordonna-t-il, ou cette fois je vous tue tous les deux. Stop ! » Il tira une rafale d'avertissement dans la neige. Regagnez l'appareil tous les deux ! » Erikki le regardait avec méfiance. « Allez, allez, vous êtes libres. Allez ! »

Effrayée, Azadeh grimpa sur le siège arrière. Erikki reculait lentement, lui faisant un rempart de son corps. Rakoczy gardait sa mitraillette braquée sur eux. Il vit le Finlandais s'installer sur le siège arrière, la porte toujours ouverte, son pied posé sur le patin de l'hélicoptère. L'appareil se souleva d'une vingtaine de centimètres et tourna lentement pour prendre position face à lui. Le cœur de Rakoczy battit plus vite. Maintenant, se demanda-t-il, voulez-vous tous mourir ou bien vivre et remettre ça à plus tard ?

Ces quelques secondes lui semblèrent une éternité. L'hélicoptère recula, centimètre par centimètre, cible toujours tentante. Son doigt se crispa légèrement sur la détente. Mais il ne franchit pas la fraction de millimètre qui manquait. L'appareil recula encore puis bondit d'un seul coup vers le ciel.

Bien, pensa-t-il, se sentant soudain très fatigué. Il aurait été mieux de garder la femme en otage, mais tant pis. Il sera toujours possible d'enlever la fille du vieil Abdollah Khan demain ou un autre jour. Elle peut attendre, Yokkonen aussi. Entre-temps il y a un pays à conquérir, des généraux, des mollahs et des ayatollahs à tuer... ainsi que bien d'autres ennemis.

CHAPITRE 19

Aéroport de Téhéran : 17 h 05. McIver roulait prudemment sur la route qui longeait le grillage de sécurité en fil de fer barbelé, en se dirigeant vers l'entrée qui donnait accès à la zone de fret. La route était bordée de neige, glissante et immaculée. La température était juste en dessus de zéro, le ciel couvert et il allait faire nuit dans moins d'une heure. Il regarda de nouveau sa montre. Il me reste peu de temps, songea-t-il, toujours contrarié par la fermeture de ses bureaux, la nuit précédente. Le matin même, il avait essayé de s'introduire dans son immeuble mais le comité le gardait et il avait vainement demandé l'autorisation d'aller voir s'il y avait des télex.

« Saleté de peuple ! avait dit Genny quand il était revenu chez lui. Il y a sûrement quelque chose à faire. Et George Talbot ? Tu ne crois pas qu'il pourrait nous aider ?

— J'en doute, mais cela vaut le coup d'essayer — si Valik était... » McIver se tut. « Tom a dû refaire le plein maintenant et ils sont presque arrivés... mais où ?

— Espérons, dit-elle avec ferveur, espérons que tout s'est passé pour le mieux. As-tu vu des magasins ouverts ?

— Non, Gen. On est bons pour déjeuner d'une boîte de soupe et d'une bouteille de bière.

— Il n'y a plus de bière, désolée. »

Il avait essayé d'appeler Kowiss et les autres bases sur son émetteur HF mais il n'obtint aucune réponse. Il ne réussit pas davantage à capter la BBC ou l'AFN. Il avait brièvement écouté l'inévitable tirade antiaméricaine de Radio Libre Iran de Tabriz mais avait vite éteint, écœuré. Le téléphone était coupé. Il avait essayé de lire mais n'y était pas parvenu, il se faisait trop de souci au sujet de Lochart, Pettikin, Starke et tous les autres. Il détestait être coupé de son bureau, de son télex. Pour la première fois, il ne contrôlait plus la situation. Cela ne s'était jamais produit auparavant, jamais. Maudit soit le shah de s'être enfui ainsi en laissant tout s'écrouler derrière lui. La vie était si merveilleuse avant. Le moindre problème et en route pour l'aéroport, navette pour Ispahan, Tabriz, Abadan, Ormuz, Al Shargaz, ou ailleurs, puis hélico le reste du trajet, où que tu aies envie d'aller. Quelquefois Genny m'accompagnait — déjeuner pique-nique et bière glacée.

« Saloperie de merde ! »

Juste après le déjeuner le HF s'était réveillé. C'était Freddy Ayre à Kowiss qui relayait un message disant que le jet 125 arriverait le jour même à l'aéroport de Téhéran aux alentours de 17 heures, en provenance d'Al Shargaz, un petit émirat indépendant à douze cents kilomètres au sud de Téhéran, de l'autre côté du Golfe, où la S-G avait un bureau.

« A-t-il dit s'il avait déjà l'autorisation de se poser, Freddy ? avait demandé McIver tout excité.

— Je ne sais pas. Le message de notre QG d'Al-Shargaz dit simplement : " ETA Téhéran, 1700, prévenez McIver — impossible de lui mettre la main dessus. " C'est tout et ça a été répété plusieurs fois.

— Comment ça se passe chez vous ?

— Tout va bien, avait répondu Ayre. Starke est toujours à Bandar Delam et nous n'avons obtenu d'eux qu'un message embrouillé et confus il y a une demi-heure.

« C'est Rudi qui l'a envoyé ? demanda McIver en essayant de garder une voix normale.

— Oui.

— Restez en contact avec eux et avec nous. Où était votre opérateur radio ce matin ? J'ai essayé d'appeler pendant plusieurs heures. »

Il y eut un long silence. « Il a été arrêté.

— Mais pourquoi ?

— Je ne sais pas, Mac... capitaine McIver. Dès que j'aurai du nouveau je vous ferai un rapport. Je renverrai également Marc Dubois à Bandar Delam le plus tôt possible, mais la situation est un peu délicate ici. Nous sommes tous consignés à la base. Il y a... il y a un charmant et très amical garde armé avec nous dans la tour et tous nos vols sont annulés sauf les éventuels *casevae* et, même dans ce cas-là, nous avons reçu l'ordre d'emmener des gardes avec nous. Aucun vol n'est autorisé ailleurs que dans la région.

— Pourquoi tout cela ?

— Je ne sais pas. Notre vénéré commandant de base, le colonel Peshadi, m'a assuré que c'était momentané, juste pour aujourd'hui, peut-être encore demain. Au fait, à 15 h 16 nous avons reçu un bref appel du capitaine Scragger de Charlie Echo Zoulou Zoulou en route sur un charter spécial pour Bandar Delam.

— Mais qu'est-ce qu'il va foutre là-bas ?

— Je ne sais pas, monsieur. Le vieux Scr... le capitaine Scragger a dit que c'était un ordre de Plessey à Siri. Je... je crois que je n'ai plus beaucoup de temps, notre garde devient nerveux. Si vous envoyez le 125 ici, Peshadi a affirmé qu'il l'autoriserait à se poser. Je vais essayer de faire partir Manuela, mais je ne crois pas qu'elle accepte ; sans nouvelles de Starke, elle est aussi nerveuse qu'un lapin dans un terrier plein de chiens.

— J'imagine. Dites-lui que je fais partir Gen. Je vais arrêter la communication, Dieu sait combien de temps il va falloir pour arriver jusqu'à l'aéroport. » Il se retourna vers Genny. « Gen, tu veux bien sortir un sac et...

— Que veux-tu emporter, Duncan ? avait-elle demandé d'un ton suave.

— Je ne pars pas, c'est toi qui pars.

— Ne sois pas stupide, chéri. Si tu veux être là à l'arrivée du 125, tu ferais mieux de te dépêcher. Sois prudent et n'oublie pas les photos ! Oh ! Au fait, j'ai oublié de te dire, pendant que tu étais à ton bureau, Sharazad a fait envoyer un serviteur pour nous inviter à dîner chez elle ce soir.

— Gen, tu pars avec le 125, un point c'est tout. »

La discussion n'avait pas duré longtemps. Il était parti et avait emprunté de petites routes, la plupart des grands croisements étant bloqués par des foules de manifestants. Chaque fois qu'on l'arrêtait, il exhibait une photographie de Khomeiny au dos de laquelle était écrit en parsi : « LONGUE VIE À L'AYATOLLAH ! ». On lui faisait alors signe de passer. Il ne vit ni militaires, ni gendarmes, ni forces de police, et n'eut donc pas besoin de la photo du shah avec : « VIVE L'IRAN GLORIEUX » au dos. Il lui fallut néanmoins deux heures et demie pour un trajet qui d'habitude demandait une heure. De minute en minute, il devenait plus nerveux à l'idée d'arriver en retard.

Mais le 125 ne se trouvait ni sur la piste d'atterrissage ni dans la zone de fret, ni près du terminal de l'autre côté. Il jeta un coup d'œil à sa montre : 15 h 17. Encore une heure de lumière, pas plus. Il se posera sans problème, se dit-il, s'il arrive. Dieu seul sait s'ils ne lui ont pas déjà fait faire demi-tour.

Près du terminal, plusieurs jets civils étaient toujours immobilisés. L'un d'eux, un 747 de la Royal Iranian Air, n'était plus qu'une épave calcinée. Les autres semblaient intacts ; il était trop loin pour distinguer les insignes de leurs compagnies mais l'avion d'Alitalia devait se trouver parmi eux. Paula Giancani habitait toujours chez eux, Nogger Lane était aux petits soins pour elle. C'est une fille sympa, pensa-t-il distraitement.

Il arrivait devant l'entrée de la zone de fret et des hangars. Ceux-ci étaient fermés depuis mercredi — normalement jeudi et vendredi puisque c'était le week-end iranien — et il n'y avait eu aucun moyen que lui ou des gens de son équipe puissent s'y rendre samedi ou dimanche. La barrière était ouverte, personne ne la gardait. Il entra dans la cour. Devant lui se dressaient les dépôts de douanes, des pancartes partout en anglais et en parsi. « INTERDIT D'ENTRER, DÉFENSE D'ENTRER » et d'autres portant les noms de différentes compagnies de fret internationales et de compagnies d'hélicoptères qui avaient là leurs bureaux permanents. D'ordinaire, il était pratiquement impossible de conduire dans la cour. Jour et nuit, plus d'un millier d'hommes y travaillaient, déchargeant le fret civil et militaire qui arrivait en Iran en échange d'une partie des quatre-vingt-dix millions de dollars de revenus pétroliers quotidiens. Mais aujourd'hui, tout était désert. Des centaines de caisses et de cartons de toutes tailles gisaient dans la neige ; beaucoup ouvertes, et pillées, la plupart trempées. Quelques véhicules abandonnés, un camion calciné. Des traces de balles dans les hangars.

La barrière à l'entrée de l'aire de stationnement des douanes était fermée par un verrou non enclenché. L'écriteau, en anglais et en parsi, disait : « INTERDICTION D'ENTRER SANS AUTORISATION SPÉCIALE DU SERVICE DES DOUANES. » Il attendit, klaxonna, attendit encore. Personne ne vint. Il sortit donc de la voiture, ouvrit la barrière et se remit au volant. Après l'avoir franchie, il s'arrêta, la referma et traversa le parking vers les bureaux de la S-G et le hangar de réparations qui pouvait contenir quatre 212 et cinq 206 et où se trouvaient actuellement trois 206 et un 212.

A son grand soulagement il constata que les portes étaient toujours verrouillées. Il avait craint que les hangars n'aient été eux aussi ouverts et pillés. C'était leur principal dépôt de pièces détachées en

Iran. Plus de deux millions de dollars de pièces s'y trouvaient, ainsi que des pompes de ravitaillement en fuel branchées sur un réservoir souterrain secret de deux cent mille litres de fuel pour hélicoptères que McIver avait « égarés » quand les troubles avaient commencé.

Il scruta le ciel. Le vent lui indiqua que le 125 atterrirait par l'ouest sur la piste 29 gauche, mais il n'était toujours pas en vue. Il débloqua la porte, la referma derrière lui et se hâta de traverser le hangar glacé vers le bureau et le télex. Il était débranché. « Les connards ! » murmura-t-il. Les ordres stipulaient bien qu'ils devaient rester branchés jour et nuit. Quand il voulut le mettre en route, rien ne se passa. Il essaya d'allumer les lampes, mais elles ne marchaient pas non plus. « Saloperie de pays ! » Irrité, il se dirigea vers les émetteurs-récepteurs HF et UHF et les mit en marche. Ils étaient branchés sur des batteries de secours qui se déclenchaient à la moindre rupture de courant. Leur bourdonnement le rassura.

« EchoTangoLimaLima », fit-il, tendu, dans le micro, appelant ainsi le 125 dont les lettres d'immatriculation étaient : ETLL. « Ici McIver, me recevez-vous ?

— Ici EchoTangoLimaLima, on t'entend, mon vieux, répondit une voix. On se sent un peu seul ici — ça fait une bonne demi-heure qu'on appelle. Où es-tu ?

— Dans le bureau de fret. Désolé, Johnny, dit-il en reconnaissant la voix du commandant de l'appareil. J'ai eu un mal fou à venir jusqu'ici. J'arrive juste. Où êtes-vous ?

— A vingt kilomètres au sud, en pleine purée de pois. On descend à trois mille mètres en approche classique pour se poser sur la 29 gauche. Qu'est-ce qui se passe, Mac ? Nous n'arrivons pas à joindre la tour de contrôle, en fait personne ne nous a répondu depuis que nous sommes entrés dans l'espace aérien iranien.

— Bon Dieu ! Pas même le radar de Kish ?

— Pas même eux ! Que se passe-t-il, mon vieux ?

— Je ne sais pas. La tour de contrôle était opérationnelle hier — jusqu'à minuit. Les militaires ont autorisé un vol vers le sud. » McIver était abasourdi, il savait que le contrôle radar de Kish était particulièrement pointilleux, ne laissait rien passer et surtout pas les avions survolant le Golfe. « Toute la zone ici est déserte, ce qui est plutôt inquiétant. En venant, j'ai croisé des foules de manifestants à chaque coin de rue, il y a des barrages, mais rien d'autre, pas de bagarres.

— Des problèmes pour se poser ?

— Je doute que vous bénéficiiez d'une aide quelconque mais le plafond est à environ mille trois cents mètres, la visibilité est de quinze mille mètres. La piste paraît OK.

— Qu'est-ce que tu en penses ? »

McIver pesa le pour et le contre d'un atterrissage sans assistance et sans autorisation. « Vous avez assez de fuel pour le voyage de retour ?

— Oui, oui, pourquoi ? Vous ne pouvez pas nous ravitailler ?

— Pas pour le moment, à moins qu'il y ait urgence.

— Je viens de passer sous le plafond, je suis à quinze cents mètres et je vous vois.

— OK, EchoTangoLimaLima. Vent d'est d'environ dix nœuds. Normalement vous devriez vous poser sur la 29 gauche. La base militaire semble fermée et déserte, il ne devrait donc pas y avoir d'autre trafic aérien — tous les vols civils ont été annulés. Je suggère que vous fassiez un tour pour vérifier que tout est OK. Venez directement, ne restez pas trop longtemps à basse altitude, il y a trop de cinglés à la détente rapide dans le coin. Une fois que vous serez posés, faites un rapide demi-tour pour être prêts à redécoller en urgence. Au cas où... Je viendrai à votre rencontre.

— EchoTangoLimaLima. »

McIver sortit un mouchoir de sa poche et s'essuya les mains et le front. Il se leva et son cœur s'arrêta de battre.

Un officier des douanes se tenait debout dans l'encadrement de la porte, la main posée sur son holster. Son uniforme était sale et froissé, son visage rond couvert d'une barbe de trois ou quatre jours.

« Oh ! fit McIver en s'efforçant de paraître calme. *Salam, agha* ; bienvenue, Excellence. » Il ne le reconnut pas comme faisant partie de l'équipe habituelle.

L'homme sortit son revolver, son regard allait de McIver aux émetteurs radio.

McIver parlait un peu parsi. « *Inglissi me danid agha ? Be-bahk-shid man zaban-e shoma ra khoob nami-danan.* Parlez-vous anglais, monsieur ? Excusez-moi, s'il vous plaît, mais je ne parle pas votre langue. »

L'officier des douanes grogna en mauvais anglais : « Quoi tu fais ici ? » Ses dents étaient tachées de nicotine.

« Je suis... je suis le capitaine McIver, directeur de la compagnie d'hélicoptères S-G, répondit-il prudemment et lentement. Je... j'étais venu vérifier le télex et accueillir un avion.

— Avion, quel avion ? Qu... »

A ce moment le 125 passa juste au-dessus de l'aéroport à environ trois cents mètres d'altitude. L'homme des douanes sortit en courant, McIver sur ses talons. Ils aperçurent les lignes élégantes du jet bimoteur qui filait et le regardèrent tourner pour revenir en approche d'atterrissage.

« Qui est avion ?
— C'est un de nos vols réguliers d'Al Shargaz. »
En entendant ce nom, l'homme se répandit en invectives.
« *Be bahk shid nana dhan konan.* Désolé, je ne comprends pas.
— Pas atterrir... pas atterrir. Compris ? » L'homme montra du doigt le poste émetteur radio dans le bureau. « Toi dire avion ! »
McIver hocha la tête, feignant un calme qu'il était loin d'éprouver, et le guida à l'intérieur du bureau. Il sortit de sa poche dix mille rials, environ cent dix dollars, et les lui offrit. « Veuillez accepter cet argent, taxe d'atterrissage. »
L'homme repoussa les billets en baragouinant en parsi. McIver mit l'argent sur la table, puis se dirigea vers le placard, qu'il ouvrit. Il contenait des petites pièces de moteur et trois bidons de vingt litres d'essence. Il prit un des bidons et le posa de l'autre côté de la porte en se souvenant des paroles du général Valik : « Un *pishkesh* n'est pas un pot-de-vin, mais un cadeau ». McIver décida de laisser la porte ouverte — trois bidons garantiraient plus sûrement leur tranquillité. « *Be bahk shid agha.* S'il vous plaît, excusez-moi, monsieur. » Puis il ajouta en anglais : « Il faut que j'aille accueillir mes maîtres. »
Il sortit du hangar et monta dans sa voiture sans se retourner. « Le fumier, il a failli me faire avoir une crise cardiaque ! » murmura-t-il, puis oubliant l'homme, il roula le long de la piste. La neige n'était profonde que de quelques centimètres, pas de verglas. Les traces de sa voiture étaient les seules que l'on pouvait distinguer sur la piste immaculée. Le vent soufflait plus fort et la température avait baissé. Il n'y fit pas attention car il se concentrait sur l'avion.
Le 125 fit un virage serré, volets et train d'atterrissage baissés. Il descendait rapidement. John Hogg alluma ses feux d'atterrissage et se posa, il laissa l'avion rouler et ralentir de lui-même avant de freiner avec précaution. Il tourna sur la bretelle d'accès à la piste en direction de McIver, fit un demi-tour et s'arrêta.
Lorsque McIver arriva à sa hauteur, la porte était ouverte, l'escalier descendu, John Hogg l'attendait en bas, sanglé dans une parka, et battant la semelle.
« Salut, Mac ! » dit-il. C'était un homme sec, soigné, au visage maigre avec une moustache. « Content de te voir. Monte, il fait plus chaud à l'intérieur.
— Bonne idée. » McIver coupa rapidement le contact et le suivit. L'intérieur était confortable, lumières allumées, le café était prêt, les journaux de Londres dans le porte-revues. McIver savait qu'il y avait du vin et de la bière dans le réfrigérateur, des toilettes européennes et du papier hygiénique. La civilisation. Il fit un signe au copilote. « Content de te voir, Johnny. » Il ouvrit de grands yeux, éberlué.

Assis sur un des huit sièges de l'avion, Andy Gavallan le regardait en souriant.

« Salut, Mac !

— Bon Dieu ! Chinetoque, comme je suis content de te voir, dit McIver en lui serrant la main. Mais qu'est-ce que tu fiches ici ? Pourquoi ne m'as-tu pas dit que tu venais ? Pourq...

— Doucement, mon petit gars. Un peu de café ?

— Oui, ce n'est pas de refus, répondit McIver en s'asseyant en face de lui. Comment va Maureen ? Et la petite Electra ?

— Très, très bien, merci. Elle va bientôt fêter son deuxième anniversaire et c'est déjà une terreur. Je me suis dit que nous avions besoin de bavarder un peu, j'ai sauté dans l'avion et me voici.

— Tu ne peux pas savoir à quel point je suis content de te voir. Tu as l'air en pleine forme », dit McIver.

Il l'était. « Merci, vieux, tu n'as pas l'air trop mal non plus. Comment vas-tu ?

— Super. » Hogg posa une tasse de café devant McIver avec une petite goutte de whisky pour lui et une autre pour Gavallan. « Ah ! Merci, Johnny, dit McIver radieux. Santé ! » Il trinqua avec Gavallan et avala l'alcool avec reconnaissance. « Je suis frigorifié. Je viens de m'accrocher avec un type des douanes. Pourquoi es-tu là, Andy ? Il y a un problème ? Et on devrait faire attention avec le 125 ici. Les révolutionnaires et les loyalistes sont très nerveux — les uns ou les autres pourraient arriver à n'importe quel moment et s'emparer de l'appareil.

— Johnny Hogg fait le guet. Nous allons parler de mes problèmes dans une minute mais j'ai décidé qu'il valait mieux juger de la situation sur place. Nous risquons gros en ce moment, ici et ailleurs, avec les nouveaux contrats et les nouveaux appareils qui nous arrivent. Le X63 est absolument fantastique, Mac, mieux que tout ce qu'on peut imaginer !

— Formidable. Quand allons-nous les recevoir ?

— L'année prochaine — je t'en parlerai tout à l'heure. L'Iran est ma propriété. Nous devons parer à toute éventualité, et trouver un moyen de rester en contact quoi qu'il arrive. Hier, à Al Shargaz, j'ai essayé pendant des heures d'obtenir une autorisation de vol pour Téhéran, sans succès. Même l'ambassade d'Iran était fermée. Je suis allé moi-même à leur immeuble Al-Mulla : il était plus fermé que le trou du cul d'un cheval ; j'ai fait appeler l'ambassadeur chez lui : il était sorti déjeuner — toute la journée ! Finalement je suis allé voir les contrôleurs aériens d'Al Shargaz et j'ai discuté avec eux » Ils nous ont conseillé d'attendre mais j'ai réussi à les persuader de nous laisser décoller et de nous laisser tenter le coup, et nous voilà. Dis-moi d'abord, où en sont nos opérations ? »

McIver lui rapporta ce qu'il savait.

La bonne humeur de Gavallan s'envola. « Charlie a disparu ; Tom Lochart risque sa vie, ainsi que toute notre entreprise iranienne — courageusement ou stupidement, cela dépend du point de vue ; Duke Starke est dans la merde à Bandar Delam avec Rudi, Kowiss est en état de siège et nous avons été fichus à la porte de nos bureaux !

— Oui, grogna McIver. Et c'est moi qui ai autorisé le vol de Tom, ajouta-t-il.

— J'aurai probablement fait la même chose si j'avais été là. Pour autant, ça ne diminue pas le danger pour lui, pour nous, ni pour ce pauvre Valik et sa famille. Mais je suis d'accord, la Savak dégage une odeur indisposante. » Bien que très préoccupé, Gavallan gardait un visage impassible. « Ian avait raison, une fois de plus.

— Ian ? Dunross ? Tu l'as vu ? Comment va notre vieux camarade ?

— Il m'a appelé de Chang-hai. » Gavallan raconta à McIver ce qu'il lui avait dit. « Quelles sont les dernières nouvelles sur la situation politique ici ?

— Tu devrais en savoir plus que nous. La BBC ou *La Voix de l'Amérique* sont nos seules sources d'informations. Il n'y a toujours pas de journaux, rien que des rumeurs », dit McIver tout en se rappelant les bons moments qu'il avait passés avec Dunross à Hong-kong. Il lui avait appris à piloter un petit hélicoptère quelques mois avant de rejoindre Gavallan à Aberdeen et, bien que l'ayant peu fréquenté, il avait énormément apprécié sa compagnie. « Bakhtiar est toujours au pouvoir, l'armée le soutient, mais Bazargan et Khomeiny gagnent de plus en plus de partisans... Oh ! Merde, j'ai oublié de te dire... Kyabi a été assassiné.

— Mon Dieu, c'est épouvantable. Mais pourquoi ?

— Nous ne savons ni pourquoi, ni comment, ni par qui. Freddy Ayre nous a dit qu...

— Désolé de vous interrompre, monsieur, fit la voix tendue de Hogg dans les haut-parleurs. Il y a trois voitures bourrées d'hommes en armes qui arrivent vers nous en provenance du terminal. »

Les deux hommes regardèrent par les petits hublots ronds. Gavallan prit ses jumelles et les ajusta.

« Cinq ou six hommes dans chaque voiture. Il y a un mollah dans la première voiture. Ce sont des khomeinistes ! » Il passa ses jumelles autour de son cou et se leva précipitamment. « Johnny ! »

Hogg apparut à la porte. « Oui, monsieur ?

— Plan B ! » Hogg leva le pouce et commença à mettre les gaz tandis que Gavallan enfilait une parka et prenait un léger sac de voyage. « Viens, Mac ! » Il descendit les marches de la passerelle quatre à quatre, McIver sur ses talons. Dès qu'ils furent à terre, l'escalier remonta, la porte claqua, les moteurs du jet grondèrent et le 125 s'éloigna vers la piste en prenant de la vitesse. « Reste le dos tourné aux voitures, Mac, ne les regarde pas, regarde l'avion décoller. »

Tout s'était passé si rapidement que McIver n'avait même pas eu le temps de fermer sa parka. Une des voitures essaya de couper la route au 125 mais il était déjà sur la piste d'envol. Quelques secondes plus tard il avait décollé. Ils se retournèrent vers les voitures.

« Et maintenant, Andy ?
— Tout va dépendre du comité d'accueil !
— C'était quoi, le plan B ?
— Bien mieux que le plan C, répondit Gavallan en riant. Le plan C, c'était la bagarre. Plan B : je sors, Johnny décolle, ne dit à personne qu'il a dû partir en quatrième vitesse et revient me chercher demain à la même heure ; s'il ne réussit pas à me joindre, il laisse passer un jour et revient le lendemain une heure plus tôt, et ainsi de suite pendant quatre jours. Après, il reste à Al Shargaz et attend les instructions.
— Plan A ?
— Ça, c'est si nous avions pu passer la nuit sans problème, eux dans l'avion et moi chez toi. »

Les voitures dérapèrent en s'arrêtant, le mollah et ses Brassards verts entourèrent McIver et Gavallan, armes braquées, vociférants. Soudain Gavallan se mit à beugler : « *Allah-ou Akbar* » et tout le monde s'arrêta, interloqué. D'un geste théâtral, il retira son chapeau devant le mollah qui était armé, sortit un document à l'air officiel, rédigé en parsi et cacheté d'un sceau de cire rouge et le lui tendit : « C'est un laissez-passer signé par leur " nouvel " ambassadeur à Londres, expliqua-t-il à McIver d'un ton détaché tandis que les hommes se rassemblaient autour du mollah. « Je me suis arrêté à Londres pour le prendre. Il stipule que je suis un VIP en voyage d'affaires officiel et que je peux venir et partir sans problème.
— Comment as-tu réussi à l'obtenir ? demanda McIver admiratif.
— Le pouvoir, mon vieux. Le pouvoir et un énorme *heung yau*, ajouta-t-il utilisant le mot cantonais pour *pishkesh*.
— Vous allez venir avec nous, dit avec un accent américain un jeune homme barbu à côté du mollah. Vous êtes en état d'arrestation.
— Et pour quelle raison, cher monsieur ?
— Atterrissage illégal sans autor... »

Gavallan montra le papier. « Voici l'autorisation officielle de votre ambassadeur à Londres ! Vive la révolution ! Vive l'ayatollah Khomeiny ! »

Le jeune homme hésita, puis traduisit au mollah. Il y eut un murmure dans le groupe. « Vous venez tous les deux avec nous !

— Nous allons vous suivre dans notre voiture ! Viens, Mac », dit Gavallan d'un ton sans appel en s'installant sur le siège du passager. McIver mit le moteur en route. Les hommes restèrent un instant pétrifiés, puis celui qui parlait anglais et un autre s'installèrent sur la banquette arrière. Ils portaient tous les deux un AK47.

« Roulez jusqu'au terminal, vous êtes en état d'arrestation. »

A l'intérieur du terminal, à côté de la barrière de l'immigration se trouvaient d'autres hommes tout aussi agressifs et un employé de ce service très excité. McIver lui montra le laissez-passer qui lui donnait accès à toutes les zones de l'aéroport et son permis de travail, expliqua qui il était, qui était Gavallan et dit qu'ils travaillaient pour IranOil. Il essaya de discuter avec l'employé mais celui-ci lui imposa silence d'un geste impérieux, puis, méticuleusement, lentement, examina les papiers et le passeport de Gavallan. Des jeunes gens se pressaient autour d'eux, leur odeur était suffocante. L'homme ouvrit ensuite le sac de Gavallan, le fouilla brutalement, mais il ne contenait qu'un nécessaire de toilette, une chemise de rechange, des sous-vêtements et un pyjama. Et un quart de whisky. La bouteille fut immédiatement confisquée par un des jeunes qui l'ouvrit et en répandit le contenu sur le sol.

« *Dew neh loh moh* », dit doucement Gavallan en cantonais et McIver s'étrangla presque. « Que la révolution se la prenne dans le cul. »

Le mollah interrogea l'employé de l'immigration qui tremblait visiblement devant lui. Finalement, le jeune homme qui parlait anglais dit : « Les autorités vont garder vos papiers et vos passeports. Vous vous expliquerez en détail plus tard.

— Je vais garder mon passeport, répondit Gavallan avec calme.

— Les autorités gardent les passeports. Les ennemis du peuple vont souffrir. Ceux qui défient les lois en se posant sans autorisation, subiront les punitions islamiques. Son Excellence veut savoir qui était dans l'avion avec vous ?

— Deux hommes d'équipage. Leurs noms figurent sur l'autorisation d'atterrir que je vous ai donnée. Maintenant, je voudrais mes documents et mon passeport, s'il vous plaît.

— Les autorités les gardent. Où logez-vous ? »

McIver donna son adresse.

L'homme traduisit. Il y eut de nouveau une discussion animée. « Je dois vous dire ceci : à partir de maintenant vos avions ne peuvent plus décoller ou se poser sans autorisation. Tous les avions iraniens, tous ceux qui se trouvent sur le sol iranien appartiennent désormais au gouv...

— Les appareils appartiennent à leurs propriétaires. A leurs propriétaires légaux, dit McIver.

— Oui, fit l'homme avec un ricanement, l'Etat islamique est désormais le propriétaire légal. Si ces lois ne vous plaisent pas, partez! Quittez l'Iran. Personne ne vous a demandé de venir.

— Vous vous trompez. La S-G a été invitée à venir ici. Nous travaillons pour votre gouvernement et nous sommes au service d'IranOil depuis des années. »

L'homme cracha par terre. « L'IranOil est la compagnie du shah. Le pétrole appartient à l'Etat islamique, pas aux étrangers. Vous serez bientôt arrêtés avec tous les autres pour avoir volé le pétrole iranien!

— Idioties! Nous n'avons rien volé! dit McIver. Nous avons aidé l'Iran à entrer dans le xxe siècle! Nous v...

— Quittez l'Iran si vous voulez, répéta le porte-parole du mollah sans écouter. Dorénavant tous les ordres viennent de l'imam Khomeiny, qu'Allah le protège! Il interdit tout atterrissage ou décollage sans sa permission. Il y aura désormais un garde khomeiniste dans chaque appareil. Compris?

— Nous comprenons ce que vous nous dites, répondit poliment Gavallan. Puis-je vous demander de nous mettre ces instructions par écrit? Le gouvernement de Bakhtiar pourrait ne pas être d'accord. »

L'homme traduisit ces paroles, ce qui déclencha un éclat de rire général. « Bakhtiar est parti, dit l'homme. Ce chien se cache. Se cache, vous comprenez? L'imam gouverne, et lui seul!

— Oui, bien sûr, répondit Gavallan qui n'en croyait pas un mot. Nous pouvons y aller, maintenant?

— Partez. Demain vous vous présenterez aux autorités.

— Où et quelles autorités?

— Les autorités de Téhéran. » L'homme traduisit pour les autres qui de nouveau éclatèrent de rire. Le mollah empocha le passeport et les papiers, et s'en alla d'un pas important. Des gardes le suivirent accompagnés de l'employé de l'immigration en sueur. La foule se dispersa, sans but. Quelques hommes restèrent pour les observer, appuyés contre un mur, fumant, leur fusil militaire en bandoulière. Il faisait très froid dans le terminal vide.

« Il a raison, vous savez », fit une voix. Gavallan et McIver regardèrent autour d'eux. C'était George Talbot, de l'ambassade britannique, un petit homme sec de cinquante-cinq ans. Il portait un imperméable épais et un chapeau russe en fourrure. Il se tenait devant l'entrée d'un bureau des douanes en compagnie d'un homme grand et bien bâti d'une soixantaine d'années aux yeux durs d'un bleu très pâle, à la moustache et aux cheveux gris. Les deux hommes fumaient.

« Ah ! Bonjour, George, cela me fait plaisir de vous voir. » Gavallan se dirigea vers lui, la main tendue. Il le connaissait depuis des années. Il l'avait souvent rencontré en Iran et en Malaisie, où Talbot avait été en poste et où la S-G menait une grosse opération d'approvisionnement de forages pétroliers. « Cela fait combien de temps que vous êtes là ?

— Quelques minutes. » Talbot écrasa sa cigarette et toussa distraitement. « Bonjour, Duncan, c'est une belle pagaille, n'est-ce pas ?

— Oui, oui, en effet, dit Gavallan en regardant l'autre homme.

— Ah ! Puis-je vous présenter M. Armstrong ? »

Gavallan lui serra la main. « Bonjour, dit-il en se demandant qui était cet homme au regard dur, au visage fermé, et où il pouvait bien l'avoir déjà rencontré. Je parie cinquante livres sterling que, s'il est américain, il fait partie de la CIA, pensa-t-il. « Vous travaillez à l'ambassade également ? » demanda-t-il d'un ton détaché.

L'homme sourit et hocha la tête. « Non, monsieur. »

Gavallan qui tendait l'oreille ne parvint pas à situer son accent. Anglais ou américain ? Il pourrait être l'un ou l'autre, ou canadien, pensa-t-il. Difficile de savoir avec juste deux mots.

« Vous êtes ici en déplacement officiel, George ? demanda McIver.

— Oui et non. » Talbot se dirigea vers la porte qui menait au parking où McIver avait garé sa voiture, les emmenant loin des oreilles indiscrètes. « En fait, dès que nous avons entendu votre jet, nous nous sommes dépêchés car nous aurions aimé que vous emportiez avec vous, euh, quelques documents destinés au gouvernement de Sa Majesté. L'ambassadeur vous en aurait été très reconnaissant mais, bon, nous sommes arrivés trop tard, dommage !

— Je serais très heureux de vous aider, dit Gavallan. Demain peut-être... » Il vit le coup d'œil rapide qu'échangeaient les deux hommes et se demanda ce qui clochait.

« Ce serait possible, monsieur Gavallan ? demanda Armstrong.

— C'est possible. » Gavallan se dit que l'homme devait être anglais, mais pas entièrement.

Talbot sourit et toussa sans s'en rendre compte. « Vous repartiriez sans autorisation et sans avoir récupéré vos documents et votre passeport ?

— Je... j'ai un double des papiers. Et un autre passeport ; j'avais fait une demande pour un passeport de rechange, officiellement, en prévision de cette éventualité. »

Talbot soupira. « Ce n'est pas régulier, mais c'est sage, en effet. Au fait, j'aimerais beaucoup avoir une copie de votre autorisation officielle d'atterrir.

— Je ne sais pas si c'est vraiment une bonne idée — officiellement. Vous ne savez pas quels larcins les gens sont prêts à commettre aujourd'hui. »

Talbot rit. « Si vous, euh, si vous partez demain nous vous serions très reconnaissants de bien vouloir emmener M. Armstrong — je suppose qu'Al Shargaz sera votre première étape ? »

Gavallan hésita. « C'est une demande officielle ?

— Officiellement officieuse, répondit Talbot.

— Avec autorisation iranienne, permis et passeport ou sans ?

— Vous avez raison de poser la question, fit Talbot en riant. Je peux vous assurer que les papiers de M. Armstrong seront en règle. Et, comme vous l'avez fait vous-même remarquer, ajouta-t-il pour clore le sujet, les gens sont vraiment prêts à commettre toutes les irrégularités aujourd'hui.

— Très bien, monsieur Armstrong, dit Gavallan. Je serai avec le capitaine McIver. A vous de rester en contact avec nous. Nous décollerons au plus tôt vers 17 heures, mais je ne vous attendrai pas. Ça va ?

— Merci, monsieur. »

Gavallan ne parvenait toujours pas à se faire une idée précise de sa nationalité.

« George, lorsque nous avons commencé à parler, vous avez dit de cet arrogant petit crétin : " Il a raison, vous savez. " Parliez-vous de ces autorités nébuleuses auxquelles je dois m'adresser à Téhéran ?

— Non. De Bakhtiar qui a démissionné et se terre.

— Dieu du ciel ! Vous en êtes sûr ?

— Il s'est officiellement démis de ses fonctions il y a deux heures et, très sagement, il a disparu. » La voix de Talbot était douce et calme, de la fumée de cigarette ponctuait ses mots. « La situation devient très délicate, incertaine, pour ne pas dire dangereuse. La nuit dernière, le chef d'état-major, le général Ghara-Baghi, soutenu par les généraux, a donné l'ordre à tous les régiments de rentrer dans leurs casernes en déclarant que les forces armées étaient " neutres ", laissant ainsi le premier ministre sans défense devant Khomeiny.

— " Neutre " ? répéta Gavallan, incrédule. Ce n'est pas possible, ce n'est pas possible, ils sont en train de se suicider.

— Je suis d'accord avec vous, mais c'est ainsi.

— Doux Jésus.

— Bien sûr, quelques unités seulement obéiront, les autres se battront, dit Talbot. La police et la Savak ne tiendront pas compte de cet ordre ; ils n'abandonneront pas, bien que leur lutte soit pratiquement perdue d'avance à présent. *Inch'Allah,* mon vieux. Entre-temps vous pouvez être sûr que le sang va couler à flots dans les caniveaux. »

« Mais... si Bakhtiar... cela ne signifie-t-il pas que c'est terminé ? Que tout est terminé ? intervint McIver dont l'excitation croissait. La guerre civile est terminée, Dieu soit loué. Les généraux ont arrêté le bain de sang, le bain de sang total. Maintenant, tout va redevenir normal. Les ennuis sont terminés.

— Oh non, vieux, répondit Talbot d'une voix encore plus douce. Ils ne font que commencer. »

CHAPITRE 20

Puits Bellissima : 18 h 35. Le coucher de soleil était somptueux, nuages teintés de rouge sur l'horizon, ciel pur, l'étoile du Berger brillante, la lune aux trois quarts pleine. Mais il faisait extrêmement froid à quatre mille deux cents mètres, et déjà très sombre à l'est. Jean-Luc avait du mal à apercevoir le 212 qui arrivait.

« Le voilà, Gianni ! » hurla Jean-Luc au foreur.

C'était le troisième aller et retour de Scot Gavallan. Tout le monde — les foreurs, les cuisiniers, les ouvriers, trois chats, quatre chiens et un canari appartenant à Gianni Salubrio — avait été évacué vers le puits Rosa, excepté Mario Guineppa qui avait insisté pour partir en dernier malgré les supplications de Jean-Luc, Gianni, Pietro et deux autres hommes qui étaient toujours en train de fermer le puits.

Jean-Luc gardait un œil méfiant sur le gigantesque bloc qui de temps en temps oscillait. Chaque fois, ça le faisait frissonner de peur de la tête aux pieds.

Au premier retour de l'hélicoptère, tout le monde avait retenu son souffle, bien que Pietro leur eût assuré que le bruit de l'appareil n'aurait aucun effet et que seules la nature ou une bonne charge de dynamite pouvaient déclencher une avalanche. A ce moment-là, comme pour le faire mentir, le bloc avait légèrement glissé, juste un peu mais suffisamment pour glacer d'effroi ceux qui se trouvaient encore sur la plate-forme.

Pietro tourna le dernier interrupteur et les turbines du générateur Diesel commencèrent à ralentir. Fatigué, il s'essuya le visage, se barbouillant de pétrole. Son dos lui faisait mal et le froid intense lui brûlait les mains, mais tout était en ordre. Mission accomplie. Tout était fermé et aussi en sûreté qu'il était possible de l'être. De l'autre côté du gouffre, il vit l'hélicoptère qui amorçait prudemment son approche. « On s'en va, dit-il aux autres en italien. Il n'y a rien de plus à faire ici — à part faire sauter cette saloperie là-haut et l'envoyer en enfer ! »

Les autres se signèrent, le laissèrent et se dirigèrent vers l'hélico. Il regarda de nouveau le bloc. « On dirait bien que tu es vivant, murmura-t-il, comme un monstre pourri qui attendrait pour me prendre, moi et mes puits. Mais tu ne nous auras pas, saloperie de merde. »

Il se dirigea vers le réduit où ils gardaient la dynamite et prit deux charges qu'il avait assemblées — six bâtons de dynamite dans chacune —, connectées à un détonateur de trente secondes. Il les mit dans un sac et se munit d'un briquet et d'allumettes pour plus de sûreté. « Mère de Dieu, pria-t-il, fais que ces saloperies fonctionnent. »

« Pietro ! Hé ! Pietro ! »

— J'arrive, j'arrive, y a pas l' feu ! » Dehors il vit Gianni, livide. « Qu'est-ce qui se passe ?

— C'est Guineppa, tu ferais mieux de venir voir. »

Mario Guineppa était allongé sur le dos, la respiration rauque. On ne lui voyait que le blanc des yeux. A son chevet Jean-Luc cherchait son pouls. « C'est rapide... puis je ne sens plus rien du tout, dit-il, mal à l'aise.

— Mario a passé une visite médicale il y a un mois. Une visite complète comme tous les ans avec électrocardiogramme et tout le toutim. Il était en parfaite santé ! » Pietro cracha par terre. « Ah ! Les docteurs !

— Il est fou d'avoir insisté pour partir en dernier, dit Gianni.

— C'est le patron, il fait ce qu'il veut. Mettons-le sur un brancard et allons-y, dit Pietro gravement, nous ne pouvons rien faire pour lui ici. On dynamitera cette saloperie là-haut : plus tard ou demain. »

Ils le soulevèrent doucement, l'enveloppèrent chaudement, le sortirent de la caravane et le transportèrent à travers la neige vers l'hélicoptère qui attendait. Au moment où ils atteignaient l'héliport, un grondement sourd se fit entendre. Ils levèrent la tête. De la glace et de la neige commencèrent à dévaler la pente en prenant du volume. Quelques secondes plus tard, l'avalanche se déclenchait. Ils n'avaient plus le temps de courir se mettre à l'abri, ils ne pouvaient qu'attendre. Le grondement augmenta. Le flot de neige emporta dans le ravin une caravane ainsi qu'un immense réservoir d'acier. Puis tout s'arrêta.

« *Mamma mia*, hoqueta Gianni en se signant. J'ai bien cru qu'on y passait. »

Jean-Luc aussi se signa. Maintenant le bloc apparaissait encore plus monstrueux, des milliers de tonnes suspendues au-dessus d'eux. De la neige en tombait de façon continue.

« Jean-Luc ! » C'était Guineppa. Ses yeux étaient ouverts. « N'attends pas... pas attendre... dynamite maintenant... il le faut... il le faut.

— Il a raison, dit Pietro, c'est maintenant ou jamais.

— S'il te plaît... maintenant... je vais bien... *Mamma mia*, fais-le maintenant ! Je vais bien. »

Ils se hâtèrent vers l'hélicoptère. La civière fut placée à l'arrière et immédiatement sanglée. Les autres bouclèrent leurs ceintures de sécurité. Jean-Luc s'installa sur le siège de gauche et mit ses écouteurs. « OK, Scot ?

— Super, mon pote, dit Scot Gavallan. Comment va Guineppa ?

— Pas très bien. » Jean-Luc vérifia les instruments. Toutes les aiguilles étaient dans le vert, le réservoir était plein. « Merde ! Le bloc peut lâcher d'une seconde à l'autre ; faisons gaffe aux courants descendants et ascendants, ils risquent d'être forts. Allons-y !

— Tiens, j'ai branché ça pour Pietro pendant que j'attendais à Rosa. » Scot tendit à Jean-Luc des écouteurs supplémentaires.

« Je vais les lui donner quand on sera en l'air. Je ne me sens pas en sécurité ici. Décolle ! »

Scot mit immédiatement les gaz, le 212 se souleva, recula légèrement, tourna et se retrouva au-dessus du gouffre. Tandis qu'il commençait son ascension, Jean-Luc se faufila dans la cabine arrière. « Tiens, Pietro, mets-les, comme ça tu es branché avec nous à l'avant.

— Bien, très bien, répondit Pietro qui avait pris le siège le plus près de la porte.

— Pour l'amour du ciel, tu feras bien attention à ne pas tomber. »

Pietro eut un petit rire nerveux. Jean-Luc jeta un coup d'œil sur Guineppa qui semblait mieux à présent et retourna s'installer devant. Il remit ses écouteurs. « Tu m'entends, Pietro ?

— *Si, si, amico.* »

L'hélicoptère prenait de l'altitude par paliers circulaires. Ils étaient maintenant à la hauteur de la crête. Vu de cet angle, le bloc de glace

ne paraissait pas dangereux. Ils commençaient à être secoués. « Plus haut, encore une trentaine de mètres, *amico*, entendit-il dans ses écouteurs. Et un peu plus au nord !
— Bien reçu, Pietro. C'est toi le navigateur maintenant. »
Les deux pilotes se concentrèrent. Pietro leur indiqua l'endroit sur la face nord où la dynamite briserait le bloc en provoquant une avalanche qui éviterait le camp. « Ça peut marcher », murmura Scot.
Ils décrivirent un cercle pour bien s'assurer que c'était l'endroit idéal. « *Amico*, vol stationnaire à trente mètres au-dessus du point désigné, OK ? J'allume le détonateur et je fais sauter cette saloperie. *Buono* ? » Ils remarquèrent que la voix de Pietro tremblait légèrement.
« N'oublie pas d'ouvrir la porte, mon pote », dit Scot. Un chapelet de jurons en italien lui répondit. Scot sourit. Soudain un trou d'air les fit tomber de quinze mètres avant qu'il ne puisse rattraper l'appareil. Une minute plus tard, ils se trouvaient au-dessus de l'endroit et à la bonne altitude.
« Bien, *amico*, reste là. »
Jean-Luc se retourna pour regarder. Derrière, dans la cabine, les autres hommes fixaient Pietro, fascinés. Il sortit la première charge et caressa le détonateur en chantonnant *Aïda*.
« Putain de merde, Pietro. Tu es sûr de ce que tu fais ? » demanda Gianni.
Pietro serra le poing gauche, posa le droit avec la charge de dynamite sur son biceps gauche et fit un geste très significatif. « Tenez-vous prêts, devant », dit-il dans le micro en débouclant sa ceinture de sécurité. Il vérifia la position en dessous.
« Bon, gardez l'appareil comme ça. Gianni, prêt pour la porte ? Ouvre-la légèrement et je fais le reste. »
L'appareil oscillait en raison des courants d'air tourbillonnants pendant que Gianni s'approchait de la porte. « Vite, dit-il, pas rassuré. Tiens-moi par la ceinture », ajouta-t-il à l'adresse de l'homme le plus proche de lui.
« Ouvre la porte, Gianni ! » Gianni l'entrouvrit d'une trentaine de centimètres et la tint ainsi. Ils avaient tous oublié l'homme malade sur son brancard. Un courant d'air glacé emplit la cabine. L'hélicoptère tournoya sur lui-même, l'aspiration d'air due à l'ouverture de la porte rendant la stabilisation de l'appareil encore plus difficile. Pietro leva la mèche du détonateur et actionna son briquet. Sans résultat. Il recommença, encore et encore, devenant de plus en plus nerveux.
« Putain de Dieu, allez. » Le visage de Pietro dégoulinait de sueur quand le briquet s'alluma enfin. La mèche crépita. Il se pencha vers la porte, luttant contre le vent. L'appareil fit une embardée et les deux

hommes regrettèrent de ne pas avoir pensé à emporter des harnais de sécurité. Pietro laissa tomber avec précaution les explosifs par la porte entrebâillée que Gianni referma et verrouilla aussitôt.

« La bombe est lâchée, filons d'ici ! » ordonna Pietro, claquant des dents à cause du froid. Il se rattacha sur son siège. L'hélicoptère bascula et s'éloigna immédiatement. Il se mit à rire, content que tout soit terminé. Les autres l'imitèrent, tendus, et regardèrent en dessous par les hublots tandis qu'il comptait à rebours : « ... six... cinq... quatre... trois... deux... un ! » Rien ne se passa. Leurs rires moururent aussi soudainement qu'ils avaient éclaté. « Tu l'as vu tomber, Jean-Luc ?

— Non. Nous n'avons rien vu, répondit d'un ton maussade le Français qui n'avait aucune envie de répéter la manœuvre. Peut-être que la charge a cogné un rocher et que le détonateur s'est détaché. » Mais en lui-même il se disait : Connards de trous du cul d'Italiens qui ne sont même pas foutus de fixer proprement un détonateur sur un bâton de dynamite.

« On va recommencer, OK ? proposa Jean-Luc.

— Pourquoi pas ? répondit Pietro avec confiance. Le détonateur était parfait. Je ne sais pas pourquoi ça n'a pas sauté, ça doit être la volonté du diable. Ça arrive souvent dans la neige. Oui, souvent. Saloperie de neige...

— Ne t'en prends pas à la neige, Pietro, et ce n'était pas la volonté du diable mais celle de Dieu, dit Gianni en se signant. Tant qu'on est à bord, j'aimerais bien qu'on n'évoque pas le diable. »

Pietro prit la seconde charge et l'examina attentivement. Le fil de fer qui maintenait les bâtons de dynamite était bien serré et le détonateur fermement enfoncé. « Voilà, tu vois, c'est parfait, comme l'autre. » Il la frappa violemment contre son épaule pour voir si le détonateur se détachait sous le choc.

« *Mamma mia*, fit un des hommes dont l'estomac se souleva. Tu es devenu complètement cinglé ?

— Ce n'est pas de la nitro, *amico*, répondit Pietro en frappant encore plus fort. Voilà, tu vois que c'est bien serré.

— Pas autant que mon trou du cul, dit furieusement Gianni en italien. Arrête, pour l'amour de Dieu. »

Pietro haussa les épaules et regarda dehors. La crête se rapprochait. Il pouvait voir l'endroit exact où lancer la charge. « Tiens-toi prêt, Gianni. » Puis, dans le micro : « Avance encore un peu, *signor* pilote, un peu plus à l'est. Là, très bien, stop... Tu ne peux pas garder l'appareil un peu plus stable ? Prêt, Gianni. » Il brandit la mèche du détonateur, le briquet à côté du bout. « Ouvre la putain de porte ! »

Avec humeur Gianni détacha sa ceinture de sécurité et obéit.

L'appareil fit une embardée, il poussa un cri, perdit l'équilibre, heurta de tout son poids la porte qui s'ouvrit en grand et bascula au-dehors. Mais l'homme qui le tenait par la ceinture de son pantalon ne lâcha pas prise, le maintenant à mi-corps dans l'appareil, luttant contre l'appel d'air qui les entraînait tous les deux vers l'extérieur. Dès que Gianni avait ouvert la porte, Pietro avait allumé le briquet et la mèche s'était enflammée mais, dans la panique, oubliant la dynamite, il avait instinctivement agrippé Gianni et elle était tombée par terre dans l'hélicoptère. Ils le regardèrent tous, terrifiés, se jeter au sol pour essayer d'attraper la charge qui roulait sous les sièges. S'évanouissant presque de peur, Gianni réussit à empoigner fermement d'une main le chambranle de la porte et se hissa lentement à l'intérieur, terrorisé à l'idée que la ceinture de son pantalon risquait de se rompre, se maudissant d'avoir mis cette ceinture si fine que sa femme lui avait offerte pour Noël.

Pietro saisit la dynamite. La mèche crépita contre sa peau, le brûlant cruellement, mais il ne sentait pas la douleur. Il la souleva, s'accrocha à un siège et jeta la dynamite et ce qui restait de la mèche dans le vide par-dessus la tête de Gianni. Puis, de sa main libre, il empoigna une des jambes de son ami et le hissa à l'intérieur. L'autre homme referma la porte. Pietro et Gianni s'écroulèrent par terre.

« On se tire, Scot », dit Jean-Luc d'une toute petite voix.

L'hélicoptère vira et s'éloigna de la face nord. La crête se dressa un instant, pure, immobile, puis il y eut une énorme explosion que personne dans l'appareil n'entendit ni ne sentit. De la neige monta en tourbillonnant. Dans un grondement de tonnerre, toute la face nord s'écroula, l'avalanche dévala vers la vallée, arrachant tout sur son passage.

L'hélicoptère fit un tour. « Nom de Dieu, regarde ! » hurla Scot en montrant devant lui. Le bloc de glace avait disparu. En dessous, la station de forage Bellissima était intacte. Seuls manquaient la caravane et le réservoir emportés par la première avalanche.

« Pietro ! appela Jean-Luc tout excité. Tu as... » Il s'arrêta. Pietro et Gianni étaient toujours allongés au sol, reprenant leurs esprits. Les écouteurs de Pietro avaient disparu. « Scot, ils ne vont rien pouvoir voir d'ici par leurs hublots, rapproche-toi et tourne, qu'ils puissent regarder ! »

Jean-Luc grimpa dans la cabine et félicita Pietro en lui donnant de grandes tapes dans le dos. Ils le regardèrent d'un air ahuri, puis comprenant enfin ce qu'il leur criait au-dessus du rugissement des moteurs, ils oublièrent leur peur et se penchèrent vers les hublots. Quand ils virent de quelle façon parfaite l'explosion avait éloigné tout danger de leur base, ils poussèrent des cris de joie. Gianni embrassa Pietro, lui jurant une amitié éternelle, le bénissant pour lui avoir sauvé la vie, pour avoir sauvé leurs vies et leurs boulots.

« *Niente, caro*, répondit Pietro. Ne suis-je pas un homme d'Aoste ? »

Jean-Luc se pencha sur le brancard et secoua doucement Mario Guineppa.

« Mario ! Pietro a réussi. Un coup de maître. Bellissima est sauvée ! »

Guineppa ne répondit pas. Il était mort.

Mardi 13 février 1979

CHAPITRE 21

Sur la face nord du mont Sabalan : 22 heures. La nuit était froide, le ciel très étoilé, sans nuage et éclairé par une lune brillante. Le capitaine Ross et ses deux Gurkhas avançaient péniblement et prudemment sous la ligne de la crête, suivant leur guide et l'homme de la CIA. Les soldats portaient des capuchons, des combinaisons de ski blanches par-dessus leurs tenues de combat, des gants et des sous-vêtements en Thermolactyl. Mais le froid les faisait tout de même souffrir. Ils étaient à environ deux mille six cents mètres, un peu en dessous de leur objectif qui se trouvait encore à huit cents mètres de l'autre côté du sommet. Au-dessus d'eux, le gigantesque cône d'un volcan éteint se découpait à plus de cinq mille trois cents mètres.

« Meshghi, nous allons nous arrêter et nous reposer », dit en turc l'homme de la CIA au guide. Ils portaient tous les deux les habits des habitants de la région.

« Si tu le souhaites, *agha*. » Le guide leur fit quitter le sentier et, à travers la neige, les conduisit à une petite caverne qu'aucun d'eux n'avait remarquée. Il était vieux et noueux comme un vieil olivier, mince et poilu, ses habits partaient en lambeaux. Malgré tout, il était le plus en forme de tous après deux jours de marche.

« Bien, fit l'homme de la CIA. Nous allons nous installer ici jusqu'à ce que nous soyons prêts », ajouta-t-il en se tournant vers Ross.

Ross posa sa carabine, s'assit et se déchargea avec soulagement de son sac. Ses mollets, ses cuisses et son dos lui faisaient mal. « Je ne peux plus bouger un muscle, dit-il. Quand je pense que je suis censé être en forme.

— Tu es en forme, *sahib*, dit en gurkhali le sergent gurkha qui s'appelait Tenzing. Pour notre prochaine mission, nous nous attaquerons à l'Everest, d'accord ?

— Tu peux toujours courir », répondit Ross en anglais, et les trois hommes éclatèrent de rire.

« Doit y avoir une planque au sommet de cette saleté de montagne », fit pensivement l'homme de la CIA.

Ross le vit scruter la nuit ainsi que les montagnes qui s'étendaient à leurs pieds. Lorsqu'ils s'étaient rencontrés pour la première fois au point de rendez-vous près de Bandar-e-Pahlavi, deux jours plus tôt, si on ne lui avait pas dit le contraire, Ross aurait pensé que l'homme de la CIA habillé comme un nomade était mongol, népalais ou tibétain, avec ses cheveux noirs, sa peau jaune et ses yeux bridés.

« Votre contact CIA est Rosemont, Vien Rosemont. Il est moitié vietnamien, moitié américain, lui avait dit le colonel de la CIA lors de leur briefing. Il a vingt-six ans, il est là-bas depuis un an, il parle turc et parsi, son père était déjà à la CIA et vous pouvez lui confier votre vie.

— De toute façon, je n'ai pas tellement le choix, pas vrai ?

— Euh, oui, bien sûr. Oui, je pense. Vous avez rendez-vous avec lui au sud de Bandar-e-Pahlavi. Voici les coordonnées exactes. Il aura un bateau. Vous longerez la côte jusqu'au sud de la frontière soviétique, puis continuerez à pied.

— C'est lui le guide ?

— Non. Il, euh, il ne connaît que Mecca — c'est le nom de code que nous donnons au poste radar. Il est chargé de trouver un guide, mais je ne me fais aucun souci à ce sujet, il le trouvera. S'il n'est pas au rendez-vous, attendez jusqu'à la nuit de samedi. S'il n'est pas arrivé au coucher du soleil, c'est qu'il a eu un problème et que l'opération est annulée. OK ?

— OK. Et ces rumeurs de soulèvement en Azerbaïdjan ?

— Pour l'instant, tout ce qu'on sait c'est qu'il y a eu des combats à Tabriz et à l'Ouest — mais rien autour d'Abardil. Rosemont devrait en savoir plus. Nous, euh, nous savons que les Soviétiques sont massés à la frontière et prêts à intervenir si les Azerbaïdjanais éliminent les partisans de Bakhtiar. Ça dépend de leurs chefs. L'un d'eux est Abdollah Khan. Si vous avez des problèmes, allez le voir. Il est l'un des nôtres — et il est loyal.

— Très bien. Et le pilote ? Charles Pettikin, s'il refusait de nous prendre ?

— Débrouillez-vous pour qu'il le fasse. Par n'importe quel moyen. Cette opération est approuvée par tout le monde, vos chefs et les nôtres, mais rien ne peut être écrit. Pas vrai, Bob ? »

L'autre homme qui assistait au briefing, un dénommé Robert Armstrong que Ross n'avait jamais rencontré, acquiesça d'un signe de tête.

« Absolument.

— Et les Iraniens ? Ils approuvent aussi ?

— C'est un problème de, euh, de sécurité nationale. La vôtre et la nôtre. La leur aussi, bien sûr, mais... ils ont d'autres soucis. Bakhtiar, euh, il est possible qu'il ne reste pas.

— Alors, c'est vrai ? Les Etats-Unis secouent le navire ?

— Je ne saurais le dire, capitaine.

— Une dernière question : pourquoi n'envoyez-vous pas des hommes à vous ? »

Robert Armstrong répondit à la place du colonel : « Ils sont trop occupés et nous n'avons pas le temps d'en faire venir d'autres, du moins pas des troupes d'élite aussi bien entraînées que vous. »

Nous sommes effectivement bien entraînés, pensa Ross, en frottant ses épaules meurtries par les sangles de son sac à dos — entraînés à grimper, à sauter, à skier, à nager sous l'eau, à tuer silencieusement ou en faisant du bruit, à fondre comme la foudre sur les terroristes ou les ennemis publics et à tout faire sauter s'il le faut. Mais j'ai une sacrée chance, j'ai tout ce que je voulais : la santé, l'éducation, Sandhurst, le parachutisme, les commandos aéroportés et même mes fidèles Gurkhas. Il les regarda et lança, en gurkhali, une obscénité qui eut pour effet de les faire rire silencieusement. Puis, remarquant que Vien Rosemont et le guide le dévisageaient, il dit en parsi : « Excusez-moi, Excellence, je demandais juste à mes compagnons de bien se tenir. »

Meshghi ne dit rien et se remit à scruter la nuit.

Rosemont avait enlevé ses bottes et se massait les pieds. « Les autres officiers britanniques que j'ai vus ne sont pas comme vous, ils n'ont pas une attitude amicale avec leurs soldats.

— Peut-être que j'ai plus de chance que les autres. » Du coin de l'œil Ross regardait le guide qui s'était levé et se tenait à l'entrée de la caverne, l'oreille aux aguets. Le vieil homme était devenu de plus en plus nerveux au cours des dernières heures. Jusqu'où peut-on lui faire confiance ? se demanda Ross en jetant un coup d'œil vers

Gueng. Celui-ci comprit instantanément le message et répondit par un signe de tête imperceptible.

« Le capitaine est des nôtres, monsieur, expliquait fièrement Tenzing à Rosemont. Comme son père et son grand-père avant lui — ils étaient tous deux shengkhans.

— Qu'est-ce que c'est ?

— Un titre gurkhali, répondit Ross en dissimulant sa fierté. Cela veut dire : lord de la Montagne. Cela n'a pas grande valeur en dehors du régiment.

— Trois générations sous le même uniforme, c'est courant ? »

Bien sûr que non, avait envie de répondre Ross qui n'aimait pas les questions personnelles, même si Vien Rosemont lui plaisait assez. Le bateau avait été à l'heure, le voyage le long de la côte rapide et sans problème, ils s'étaient cachés sous des bâches. Ils avaient gagné le rivage à la tombée de la nuit et avaient traversé rapidement collines et montagnes vers l'endroit où ils devaient retrouver leur guide. Rosemont ne s'était jamais plaint de l'allure, au contraire, et ne l'avait pas assailli de questions comme il s'y attendait.

Rosemont attendait patiemment, il avait remarqué que Ross était soucieux. Puis il vit le guide sortir de la grotte, hésiter, revenir, puis s'accroupir contre l'entrée, son fusil sur les genoux.

« Qu'est-ce qu'il y a, Meshghi ? demanda Rosemont.

— Rien, *agha*. Seulement des troupeaux de moutons et de boucs dans la vallée.

— Bien », fit Rosemont en s'allongeant confortablement. On a eu de la chance de trouver cet abri, pensa-t-il, c'est une bonne cachette. Il jeta un coup d'œil vers Ross et s'aperçut que celui-ci était en train de le regarder. « C'est bien de faire partie d'une équipe, dit-il.

— Qu'y a-t-il de prévu à partir de maintenant ? demanda Ross.

— Quand nous arriverons à l'entrée de la grotte de Mecca, j'ouvrirai le chemin. Vous et vos gars resterez en arrière jusqu'à ce que je m'assure que tout est OK. D'accord ?

— Comme vous voudrez, mais emmenez le sergent Tenzing avec vous. Il peut assurer vos arrières — je vous couvrirai tous les deux avec Gueng. »

Rosemont réfléchit un instant, puis hocha la tête. « OK, ça me paraît bien. D'accord, sergent ?

— Oui, *sahib*. S'il te plaît, parle-moi simplement, mon anglais n'est pas très bon.

— Pas du tout, il est très bon », répondit Rosemont, dissimulant sa nervosité. Il savait que Ross le jaugeait, comme lui les jaugeait. Il y avait trop de choses en jeu.

« Faites sauter Mecca, lui avait dit son directeur. Nous avons une équipe de spécialistes pour vous aider ; nous ne savons pas s'ils sont aussi bons qu'on nous le dit, mais ce sont les meilleurs que nous ayons sous la main. Le chef est capitaine, John Ross, voici sa photo. Il est accompagné par deux Gurkhas, je ne sais pas s'ils parlent anglais, mais ils nous sont également recommandés. Ross est un officier de carrière. Ecoutez, comme vous n'avez jamais travaillé auparavant avec des Angliches, un mot d'avertissement. Ne soyez pas trop vite amical avec eux, ne les appelez pas immédiatement par leurs prénoms, ils sont très susceptibles et ils ont horreur qu'on leur pose des questions d'ordre privé. Alors allez-y doucement, d'accord ?

— Bien sûr.

— D'après ce qu'on sait, il n'y a personne à Mecca. Nos autres postes près de la Turquie fonctionnent toujours. On va essayer d'y rester aussi longtemps que possible — en espérant que d'ici là nous pourrons signer un accord avec les nouveaux rigolos en place, Bakhtiar ou Khomeiny. Mais pour Mecca, bordel de merde, ces connards nous font courir un sale danger.

— Quel danger ?

— Nous pensons qu'ils se sont sauvés précipitamment sans rien détruire. Vous y êtes allés, bon Dieu ! Vous savez que Mecca est bourré d'appareillage électronique top secret, de matériel d'écoute ultraperfectionné, d'ordinateurs contenant tous nos codes, de systèmes chiffrés connectés à nos satellites espions, bref, un truc à faire élire le chef du KGB, Andropov, " homme de l'année " s'il tombait dessus. Ces connards se sont enfuis en abandonnant tout !

— Trahison ?

— J'en doute. Mauvaise organisation et stupidité — ils n'avaient rien prévu en cas de pépin ou d'urgence. Ce n'est pas entièrement leur faute, je suppose. Aucun d'entre nous n'avait imaginé que le shah partirait aussi vite, ni que Khomeiny attraperait aussi rapidement Bakhtiar par les couilles. Personne ne nous a prévenus, même pas la Savak... »

Et maintenant, pensait Vien, il fallait recoller les morceaux. Ou, plus exactement, les faire sauter. Il jeta un coup d'œil à sa montre, il se sentait très fatigué. Il regarda la lune. Il valait mieux attendre encore une demi-heure. Ses jambes et sa tête lui faisaient mal. Il vit que Ross lui souriait et il sourit en lui-même : Je vais pas flancher, l'Angliche, et toi ?

« On va rester ici une heure et on y va, dit Vien.

— Pourquoi attendre ?

— La lune sera mieux pour nous. Ici nous sommes en sécurité et nous avons le temps. Vous êtes au courant de ce que nous devons faire ?

— Piéger tout ce que vous nous indiquerez à Mecca ainsi que l'entrée de la grotte, faire tout sauter en même temps et rentrer à la maison en courant comme des lapins. »

Rosemont sourit, soulagé. « La maison, c'est où, pour vous ?

— Je ne sais pas vraiment », dit Ross, pris au dépourvu. Il ne s'était jamais posé la question. Après un moment, plus pour lui-même que pour l'Américain, il ajouta : « L'Ecosse, peut-être — ou le Népal. Mon père et ma mère sont à Katmandou, ils sont aussi écossais que moi, mais ils vivent là-bas depuis que mon père a pris sa retraite en 1951. Je suis d'ailleurs né au Népal bien que j'aie fait toutes mes études en Ecosse. » L'Ecosse et le Népal sont mes deux pays, pensa-t-il. « Et vous ?

— Washington DC, très exactement Falls Church et Virginie, qui fait presque partie de Washington. J'y suis né. » Rosemont avait envie d'une cigarette mais il savait que cela pouvait être dangereux. « Mon père travaillait pour la CIA. Il est mort à présent, mais il a passé ses dernières années à Langley, au QG de la CIA. » Il était content de pouvoir parler. « Ma mère habite toujours Falls Church, je n'y suis pas retourné depuis deux ans. Vous êtes déjà allé aux Etats-Unis ?

— Non, pas encore. » Le vent se levait et ils observèrent la nuit pendant quelques instants.

« Il va tomber après minuit », dit Rosemont avec confiance.

Ross vit le guide changer à nouveau de position. Allait-il s'enfuir ? « Vous avez déjà travaillé avec ce guide ?

— Bien sûr. J'ai parcouru toutes les montagnes avec lui l'année dernière, j'ai passé un mois ici. La routine. Beaucoup d'opposants s'infiltraient dans la région et nous essayions de les repérer — comme eux essayaient de nous repérer. » Rosemont regarda le guide. « Meshghi est un mec bien. Les Kurdes n'aiment pas les Iraniens, ni les Irakiens, ni nos amis de l'autre côté de la frontière. Mais vous avez raison de poser la question.

— Tenzing, dit Ross en gurkhali, va jeter un coup d'œil tout autour et sur le sentier, tu mangeras plus tard. » Tenzing sortit immédiatement de son sac de couchage et disparut dans la nuit. « Je l'ai envoyé monter la garde.

— Bien », dit Rosemont. Il avait observé les trois hommes avec attention pendant toute l'escalade et avait été impressionné par la façon dont ils fonctionnaient en équipe, se protégeant toujours les uns les autres, sachant exactement ce qu'il fallait faire, pas d'ordres donnés, le cran de sûreté toujours relevé. « Ce n'est pas un peu dangereux ? avait-il demandé.

— Ça l'est, monsieur Rosemont — si vous ne savez pas ce que

vous faites, avait répondu le Britannique sans arrogance apparente. Mais, quand chaque arbre ou chaque rocher peut cacher un ennemi, la différence entre le cran de sécurité mis et enlevé peut tout simplement signifier tuer ou être tué. »

Et les deux Gurkhas avaient ajouté d'un ton sincère : « Nous ferons tout ce qui est en notre pouvoir pour vous aider et vous faire repartir d'ici. » Rosemont se demanda une fois de plus s'il pourrait pénétrer dans Mecca et surtout en ressortir. Cela faisait près d'une semaine que Mecca avait été abandonnée. Personne n'avait la moindre idée de ce qui pouvait les attendre là-bas, la grotte pouvait être intacte, pillée, ou même occupée. « Vous vous rendez compte que cette mission est complètement dingue ?

— Le pourquoi et le comment des choses, c'est pas notre boulot.

— On ne nous demande que de réussir ou de mourir, hein ? A mon avis, c'est ça la merde.

— Si ça peut vous soulager, je suis entièrement d'accord. »

C'était la première fois qu'ils riaient ensemble. Rosemont se sentit plus à l'aise. « Je ne vous l'avais pas dit, mais je suis content que vous soyez là tous les trois.

— Mais, euh, nous aussi... nous... sommes très contents de faire équipe avec vous, avait répondu Ross, gêné. *Agha,* appela-t-il en parsi, faites-nous l'honneur de nous rejoindre pour manger !

— Merci, *agha,* répondit le vieil homme sans bouger de l'entrée de la grotte, mais je n'ai pas faim.

— Vous avez beaucoup d'unités spéciales en Iran ? demanda Rosemont en remettant ses bottes.

— Non. Une demi-douzaine. Nous sommes ici pour entraîner les Iraniens. Vous pensez que Bakhtiar va pouvoir survivre à tout ça ? » Il ouvrit son paquetage et distribua des boîtes de bœuf en conserve.

« Non. Dans les tribus des villages de montagne on dit qu'il sera éliminé, vraisemblablement abattu, avant une semaine.

— La situation est aussi mauvaise que ça ? fit Ross en sifflant.

— Pire encore : d'ici un an l'Azerbaïdjan sera un protectorat soviétique.

— C'est épouvantable.

— Oui. Mais on ne sait jamais, dit Vien en souriant. Rien n'est jamais sûr, c'est ce qui rend la vie intéressante. »

Ross lui tendit sa flasque. « Tenez, voilà le meilleur tord-boyaux iranien que l'on peut trouver. »

Rosemont grimaça, et avala prudemment une petite gorgée. « Bon Dieu, c'est du vrai whisky ! » s'exclama-t-il, radieux. Il se préparait à en boire une bonne rasade, mais Ross reprit le flacon.

« Doucement, c'est tout ce qu'on a, *agha*. »

Rosemont sourit. Ils mangèrent rapidement. La grotte était sûre et chaude. « Vous êtes allé au Vietnam ? demanda Rosemont qui avait envie de parler et qui sentait que c'était le bon moment.

— Non, jamais. J'ai failli y aller avec mon père une fois alors que nous étions en route vers Hong-kong. Mais finalement nous avons été détournés de Saigon vers Bangkok.

— Avec les Gurkhas ?

— Non, c'était il y a des années. J'avais... » Ross réfléchit un moment. « J'avais sept ou huit ans, mon père avait des parents éloignés à Hong-kong, les Dunross, oui, je crois que c'était leur nom, et il se rendait là-bas pour une espèce de réunion. Je ne me souviens pas de grand-chose, sauf qu'il y avait un lépreux allongé dans la poussière près du quai du ferry. Je devais passer à côté de lui tous les jours, ou presque.

— Mon père était à Hong-kong en 1963, dit fièrement Vien. Il était sous-directeur de station — CIA. » Il ramassa un caillou et joua avec. « Vous savez que je suis à moitié vietnamien ?

— Oui, on me l'a dit.

— Qu'est-ce qu'on vous a dit d'autre ?

— Que je pouvais vous confier ma vie sans hésitation.

— J'espère qu'ils ont raison », fit Rosemont en grimaçant un sourire. Pensivement il commença à vérifier son M 16. « J'ai toujours eu envie de visiter le Vietnam. Mon père, mon vrai père, était vietnamien, il était planteur, mais il est mort avant ma naissance — la France occupait encore l'Indochine. Il s'est fait tuer par le Vietcong juste en dehors de Diên Biên Phu. Maman... » Sa tristesse s'évanouit. « Maman est aussi américaine qu'un Big Mac et, quand elle s'est remariée, elle a choisi le meilleur. Mon vrai père ne m'aurait pas aimé plus... »

Gueng arma brusquement sa carabine. « *Sahib !* » Ross et Rosemont attrapèrent leurs armes puis se détendirent. « C'est Tenzing. »

Le sergent apparut aussi silencieusement qu'il était parti. Mais il avait maintenant le visage soucieux. « *Sahib*, de nombreux camions sur la route en bas.

— En anglais, Tenzing.

— Oui, *sahib*. Beaucoup de camions. J'ai compté onze, en convoi, sur la route au fond de la vallée... »

Rosemont jura. « C'est la route qui va à Mecca. Ils étaient loin ? »

Le petit homme haussa les épaules. « Tout en bas de la vallée. Je suis allé de l'autre côté de la crête et il y a un... » Il dit le mot en gurkhali et Ross lui donna le mot anglais équivalent. « Un promontoire. La route dans la vallée monte en se tordant comme un serpent.

Si la queue du serpent est dans la vallée et la tête là où la route se termine, alors quatre camions ont déjà laissé la queue loin derrière eux. »

Rosemont jura de nouveau. « Une heure au plus... Nous ferions mieux d... » Ils entendirent un léger bruit du côté de l'entrée de la grotte et eurent juste le temps d'apercevoir le guide qui s'enfuyait. Gueng détala immédiatement à sa poursuite.

« Qu'est-ce qui s...

— Pour une raison quelconque, il abandonne le navire, dit Ross. Oublions-le. Est-ce que nous pouvons y arriver en une heure ?

— Oui. Nous avons largement le temps. » Ils ramassèrent rapidement leurs sacs et Rosemont arma sa mitrailleuse légère. « Et Gueng ?

— Il nous rattrapera.

— Allons-y directement. J'y vais en premier — si j'ai des annuis, vous faites demi-tour. OK ?

Le froid était si intense qu'il se dressait presque comme une barrière physique contre laquelle ils devaient lutter. Rosemont marchait en tête, à bonne allure. La lune les éclairait, leurs bottes de montagne agrippaient bien le sentier escarpé recouvert d'une couche de neige peu épaisse. Ils franchirent rapidement le sommet de la crête et commencèrent la descente de l'autre versant. C'était beaucoup plus glissant, le sol était aride, seules quelques mauvaises herbes perçaient au-dessus de la neige. Ils apercevaient devant eux l'entrée de la grotte, et sur la route enneigée qui y aboutissait de nombreuses traces de roues.

« Elles ont pu être faites par nos camions, dit Rosemont en cachant son inquiétude. Il n'a pas neigé depuis environ deux semaines. » Il fit signe aux autres d'attendre et avança. Il sauta sur la route et courut vers l'entrée, suivi par Tenzing qui se déplaçait tout aussi rapidement.

Ross vit Rosemont disparaître dans les ténèbres. Puis Tenzing. Son appréhension augmenta. D'où il était, il ne pouvait voir très loin sur la route qui tournait en virage serré quelques mètres plus bas. La forte lumière de la lune, qui éclairait les monts et les vallées, les rendaient encore plus écrasants, plus impressionnants. Il se sentait comme nu et très seul. Il avait horreur d'attendre. Mais il avait confiance. « Si tu as des Gurkhas avec toi, tu as toujours une chance de t'en tirer, mon fils, lui avait dit son père. Occupe-toi d'eux et ils s'occuperont de toi. Et n'oublie jamais, avec un peu de chance, un jour, tu seras shengkhan. » « Ross sourit en lui-même, fier : le titre était accordé si rarement, seulement à celui qui avait apporté l'honneur sur le régiment, escaladé seul une montagne népalaise ou sauvé la vie d'un Gurkha au service du gouvernement britannique. Son grand-père, le capitaine Kirk Ross, tué en 1915 dans la bataille de la Somme, avait reçu cette distinction à titre posthume ; son père, le lieutenant-colonel Gavin Ross, l'avait reçu en Birmanie en 1943. Et moi ? Bon, j'ai escaladé un beau petit sommet. — C'est tout jusqu'à maintenant, mais j'ai la vie devant moi...

Son sixième sens l'avertit de quelque chose. Il sortit son *kukri*, mais ce n'était que Gueng. Le petit homme se tenait debout à côté de lui, hors d'haleine. « Pas assez rapide, *sahib*, murmura-t-il joyeusement en gurkhali. J'aurais pu t'avoir. J'ai un cadeau pour toi », ajouta-t-il en exhibant une tête tranchée.

C'était la première que Ross voyait. Les yeux étaient ouverts. La terreur déformait encore le visage du vieil homme. Gueng l'a tué, mais c'est moi qui ai donné l'ordre, pensa-t-il, écœuré. Etait-ce un vieil homme mort de peur qui voulait se sauver pendant qu'il en était encore temps ou bien un espion à la solde de l'ennemi qui courait nous trahir ?

« Qu'est-ce qu'il y a, *sahib* ? murmura Gueng en levant les sourcils.

— Rien, pose cette tête. »

Gueng la jeta ; elle roula un peu puis s'immobilisa légèrement plus bas. « Je l'ai fouillé, *sahib*, et j'ai trouvé ceci. » Il lui montra une amulette. « Il la portait autour du cou et ceci » — il lui tendit un petit sac de cuir — « était accroché à ses testicules. »

L'amulette était juste une petite pierre bleue bon marché contre le mauvais œil. Le sac contenait une carte enveloppée dans du plastique. Ross y jeta un coup d'œil et, l'espace d'une seconde, son cœur s'arrêta. A ce moment-là ils entendirent un sifflement. Ils ramassèrent aussitôt leurs armes et coururent vers l'entrée de la grotte, sachant que Tenzing venait de leur envoyer le signal et qu'il fallait se dépêcher. A l'intérieur de la grotte l'obscurité semblait encore plus profonde mais, quand leurs yeux se furent habitués aux ténèbres, ils distinguèrent un tout petit point lumineux qui provenait d'une torche dont le verre était recouvert en grande partie par un cache.

« Par ici, capitaine. » Bien que Rosemont eût parlé très bas, sa voix résonna fortement. « Par ici. » Il les entraîna vers le fond et, quand il fut certain qu'ils étaient en sécurité, il enleva le cache de sa torche et éclaira les murs pour examiner les alentours. « Vous pouvez vous servir de vos lampes. » La grotte était immense, creusée de nombreux tunnels, certains naturels, d'autres artificiels. Le dôme rocheux était à quinze mètres au-dessus de leurs têtes. « C'est la zone de déchargement », dit-il. Il trouva le tunnel qu'il cherchait et l'éclaira de sa torche. Au bout il y avait une épaisse porte d'acier, à moitié ouverte. « Elle devrait être fermée, murmura-t-il d'une voix rauque. Je ne sais pas qui l'a laissée comme ça, mais c'est là que nous devons aller. »

Ross fit un signe à Tenzing. Son *kukri* à la main, le soldat disparut dans le tunnel. Ross et Gueng se mirent automatiquement en position défensive. Contre qui ? se demanda Ross, se sentant vulnérable et pris au piège. Cinquante hommes pouvaient se cacher dans n'importe lequel de ces tunnels.

Les secondes passèrent. A nouveau un léger sifflement. Ross s'élança le premier vers la porte, suivi de Gueng et de Rosemont. En franchissant le seuil, celui-ci vit que Tenzing avait pris position juste à côté et les couvrait. Il tira la porte et appuya sur l'interrupteur. La lumière jaillit brusquement, faisant sursauter les autres.

« Alleluia ! dit Rosemont soulagé. Le générateur marche toujours et la lumière ne filtre pas à travers la porte. » Il accrocha sa torche à sa ceinture et poussa les verrous.

Ils étaient dans une autre grotte, plus petite, aménagée, sol nivelé et moquetté, murs creusés droit. C'était une sorte d'antichambre avec des bureaux, des téléphones et des papiers répandus un peu partout. « Les types n'ont pas perdu de temps pour se tailler, hein ? » dit-il amèrement. Il traversa rapidement la pièce en direction d'un tunnel menant à une autre pièce où se trouvaient d'autres bureaux, quelques écrans radar et des téléphones gris et verts.

« Les gris sont les téléphones intérieurs, les verts vont jusqu'à la tour et aux antennes installées en haut de la montagne, de là relayés par satellite jusqu'à notre standard à l'ambassade de Téhéran et divers endroits secrets — il y a des brouilleurs incorporés. » Rosemont souleva un écouteur, pas de tonalité. « Peut-être bien qu'après tout les types des communications ont fait leur boulot. » Tout au bout de la pièce, s'ouvrait un autre tunnel. « Il mène à la chambre des générateurs qui alimentent tous les appareils de ce secteur que nous devons détruire. Les chambres, le mess, les ateliers de réparation se trouvent dans des grottes, de l'autre côté de la zone de déchargement. » Il y avait environ quatre-vingts gars qui travaillaient en se relayant jour et nuit.

« Y a-t-il une autre sortie ? demanda Ross dont la claustrophobie allait croissant.

— Bien sûr : au-dessus, c'est là que nous allons. »

Des marches grossières menaient à un petit palier et à une porte sur laquelle étaient accrochés des panneaux : « ZONE DE SÉCURITÉ. INTERDICTION D'ENTRER AU PERSONNEL NON AUTORISÉ. Cette porte était également ouverte. « Merde », murmura Rosemont.

Ils entrèrent dans une grotte aux parois blanchies à la chaux où se trouvaient des douzaines d'ordinateurs et d'écrans radar, un gigantesque équipement électronique, des bureaux, des chaises, d'autres téléphones gris et verts. Et deux rouges sur la table centrale.

« Et ceux-là ?

— Lignes directes avec Langley par satellite militaire. » Rosemont en prit un. Pas de tonalité. L'autre non plus. Il sortit une feuille de papier et vérifia quelque chose, puis se dirigea vers une rangée d'interrupteurs. Il en tourna certains et lança un juron en entendant le doux bourdonnement des ordinateurs qui se mettaient en route. Trois des écrans radar reprirent vie. « Les salopards. Abandonner tout comme ça ! » Il montra du doigt les quatre ordinateurs. « Faites sauter ces quatre-là, c'est le cœur du système.

— Gueng !

— Oui, *sahib*. » Le Gurkha enleva son sac et commença à en sortir des pains de plastic et des détonateurs.

— Des mèches d'une demi-heure ? demanda Rosemont.

— Des mèches d'une demi-heure, en effet. » Ross regardait, fasciné, un des écrans radar. Au nord il pouvait distinguer le Caucase, toute la Caspienne, à l'est une partie de la mer Noire, le tout avec une netteté surprenante. « Il y a un territoire énorme à surveiller. »

Rosemont s'approcha du tableau et tourna un autre bouton.

Pendant un moment Ross resta pétrifié. « Je comprends maintenant pourquoi nous sommes ici, dit-il en détachant avec peine son regard de l'écran.

— Et ce que vous voyez n'est pas tout.

— Mon Dieu, nous ferions mieux de nous dépêcher, alors. Qu'est-ce qu'on fait pour l'entrée de la grotte ?

— Nous n'avons pas le temps de faire du bon boulot et le matériel qui se trouvait de l'autre côté de l'entrée à déjà été volé, de toute façon. Nous ferons sauter les tunnels derrière nous et nous nous échapperons par la sortie de secours.

— Qui se trouve ? »

L'Américain alla à une porte. Celle-ci était fermée. Il sortit un trousseau de clés et trouva celle qu'il cherchait. La porte s'ouvrit ; elle donnait sur un escalier en spirale très raide. « Il conduit dehors sur la montagne.

— Tenzing, va t'assurer que la voie est dégagée. » Tenzing s'élança dans l'escalier. « Ensuite ?

— La chambre des codes et des coffres, il faut les miner aussi. Puis les transmissions. Le générateur en dernier, OK ?

— OK. » Ross aimait sa façon incisive de mener l'opération. « Mais avant vous feriez bien de jeter un coup d'œil à ceci. » Il sortit la petite carte couverte de plastique. « Gueng a rattrapé notre guide. Il l'a trouvée sur lui. »

Le visage de Rosemont devint livide. La carte portait une empreinte digitale, quelques mots inscrits en russe et une signature. « Une carte d'identité, s'exclama-t-il. Une carte d'identité russe ! » Gueng s'immobilisa derrière eux.

« C'est bien ce que je pensais. Que dit-elle ?

— Je ne sais pas, je ne sais pas lire le russe, mais je parie tout ce que vous voulez que c'est un sauf-conduit. » Son estomac se crispa en pensant aux journées et aux nuits qu'il avait passées en compagnie du vieil homme dans les montagnes, dormant en toute confiance à côté de lui, se sentant complètement en sécurité. Il secoua la tête, abattu. « Meshghi était avec nous depuis des années — il faisait partie du groupe d'Ali bin Hassan Karakose — Ali est un chef de réseau et notre meilleur contact dans les montagnes. Un type formidable qui opère loin dans le Nord jusqu'à Bakou. Mon Dieu, peut-être a-t-il été donné. » Il regarda de nouveau la carte. « Je ne sais pas ce que cela signifie.

— Cela signifie peut-être que nous avons donné tête baissée dans un coup monté, dit Ross. C'est peut-être pour cela que ce convoi monte, pour nous arrêter. On ferait vraiment mieux de se dépêcher. »

Rosemont approuva d'un signe de tête. Il luttait contre la peur qui l'envahissait, aidé par le calme des autres hommes. « Oui, oui, vous avez raison. » Encore bouleversé, il prit un petit couloir qui menait à une autre porte. Fermée. « Je vous dois des excuses, à vous et à vos hommes, dit-il en cherchant la clé sur son trousseau. Je ne sais pas comment nous... comment je me suis fait avoir, ni comment ce salaud a réussi à passer à travers nos vérifications de sécurité, mais il a réussi. Vous avez sans doute raison, nous sommes tombés dans un piège. Je suis désolé mais, merde, ça ne sert pas à grand-chose !

— Si ! » fit Ross en souriant, et la peur abandonna les deux hommes. « Ça nous aide. OK ?

— OK. Merci les gars, merci. Gueng l'a tué ?

— Plutôt, oui, dit sèchement Ross. Il m'a apporté sa tête. D'habitude ils se contentent de me rapporter les oreilles.

— Dieu du ciel ! Ça fait longtemps que vous êtes avec eux ?

— Les Gurkhas ? Quatre ans. »

La clé glissa dans la serrure et la porte s'ouvrit. La chambre des codes était impeccablement nette. Télex, téléscripteur et photocopieuses. Un curieux ordinateur avec un clavier et une imprimante se trouvait sur une table à part. « C'est le décodeur — il vaut une fortune. » Sur le bureau, des stylos étaient alignés. Une demi-douzaine de manuels.

Rosemont les ramassa. « Doux Jésus... » C'étaient des livres de codes marqués : « MECCA. EXEMPLAIRE UNIQUE. » « Heureusement que le code principal est sous clé. » Il se dirigea vers le coffre muni d'une serrure électronique, à chiffres digitaux, qui était scellé dans le mur. Il lut la combinaison sur son morceau de papier et la composa. Le coffre ne s'ouvrit pas. « J'ai peut-être raté un numéro. Lisez-les-moi, s'il vous plaît !

— Bien sûr. » Ross commença à lui lire la longue série de numéros. Tenzing arriva derrière eux sans bruit. Les deux hommes ne l'entendirent pas, puis sentant sa présence au même moment, ils se retournèrent, pris de panique.

Tenzing dissimula son amusement et ignora les insultes. Le shengkhan ne lui avait-il pas demandé d'entraîner son fils, de lui apprendre à se déplacer sans faire aucun bruit et à tuer ? N'avait-il pas juré de le protéger et d'être son professeur silencieux ? « Mais, Tenzing, pour l'amour de Dieu, ne dis pas à mon fils ce que je t'ai demandé de faire. Gardons ce secret entre nous... » Depuis quelques semaines, le *sahib* se laisse difficilement surprendre, pensa-t-il joyeusement. Mais Gueng l'a surpris ce soir, et moi aussi. Il vaut mieux que ce soit nous que nos ennemis — et maintenant ils nous entourent comme un essaim d'abeilles leur reine.

« L'escalier a soixante-quinze marches et mène à une porte en fer, dit Tenzing en sélectionnant soigneusement ses mots. La porte est rouillée, mais je l'ai forcée. De l'autre côté, une grotte, après la grotte, la nuit — une bonne route pour s'enfuir, *sahib*. Ce qui n'est pas bon, c'est que, de là, j'ai vu arriver la tête du convoi. » Il réfléchit pour ne pas se tromper, puis reprit : « Je pense qu'il nous reste une demi-heure.

— Retourne à la première porte, Tenzing, celle que nous avons verrouillée. Mine le tunnel de ce côté de la porte, de façon qu'elle ne soit pas touchée — vingt minutes de mèche à partir de maintenant. Dis à Gueng de faire coïncider l'explosion des siennes au même moment.

— Oui, *sahib*. »

Ross se retourna. Il remarqua la sueur sur le front de Rosemont. « Ça va ? »

— Oui, ça va. Nous en étions à 103.

— Les deux derniers numéros sont 660 et 31. » L'Américain appuya sur les touches. Une lumière clignota. La main de Rosemont se posa sur la poignée. « Arrêtez ! » cria Ross en essuyant la sueur qui lui coulait sur le visage. « Et si le coffre était piégé ? »

Rosemont fixa Ross, puis le coffre. « C'est possible. Bien sûr, c'est possible.

— Faisons donc sauter la porte, pas la peine de prendre des risques.

— Il... il faut que je vérifie si le code principal de Mecca est à l'intérieur ou pas. Le code et le décodeur sont nos priorités absolues. » Il regarda de nouveau la lampe qui clignotait. « Allez dans la pièce à côté, mettez-vous à l'abri avec Gueng, criez quand vous serez prêts. Je... je dois le faire. »

Ross hésita. Puis il saisit les sacs qui contenaient les détonateurs et les explosifs. « Où est la chambre de transmission ? »

— Juste à côté.

— Est-ce que la pièce du générateur est importante ?

— Non, juste celle-ci, le décodeur et les quatre ordinateurs, mais ce serait mieux si tout ce putain d'étage sautait. » Rosemont suivit Ross des yeux, puis se retourna vers le levier du coffre. Il se sentait oppressé, comme si une énorme main lui serrait l'intérieur de la poitrine... Cet enfant de putain de Meshghi ! Je lui aurais confié ma vie. Nous l'avons tous fait d'ailleurs, même Ali Karakose. « Vous êtes prêt ? cria-t-il impatiemment.

— Attendez ! » Son estomac se crispa. Ross était de retour derrière lui, une fine corde en nylon à la main qu'il noua au levier. « Tournez-le quand je vous le dirai mais n'ouvrez pas la porte. Nous l'ouvrirons de là-bas en tirant la corde. » Ross sortit en courant. « Maintenant ! »

Rosemont respira un grand coup pour ralentir les battements de son cœur et tourna le levier sur « *open* » puis partit en courant dans le couloir jusque dans l'autre grotte. Ross lui fit signe de se baisser derrière le mur.

« J'ai envoyé Gueng prévenir Tenzing. Prêt ?

— Ouais. »

Ross tendit la corde, puis tira un coup sec. La corde resta tendue. Il tira encore plus fort, la corde vint environ trente centimètres, mais pas plus. Silence. Rien. Les deux hommes étaient en nage. « Bon, fit Ross, soulagé, en se levant. Il vaut mieux prendre trop de préc... » L'explosion couvrit ses paroles. Un nuage de poussière et des morceaux de métal jaillirent dans le tunnel jusqu'à leur grotte, renversant tables et chaises. Tous les écrans radar et les lumières s'éteignirent, un des téléphones rouges fut arraché et projeté violemment contre un ordinateur à l'autre bout de la pièce. Petit à petit, la poussière retomba, les deux hommes toussaient tout ce qu'ils pouvaient dans le noir.

Rosemont fut le premier à reprendre ses esprits. Sa lampe de poche était toujours accrochée. Il l'attrapa.

« *Sahib ?* appela-t-il anxieusement en entrant dans la pièce en courant, sa lampe à la main, Gueng derrière lui.

— Je... je vais bien. Ça va », dit Ross en toussant méchamment. Tenzing le trouva allongé dans les décombres. Un peu de sang coulait sur son visage, provenant de coupures superficielles faites par des éclats de verre. « Que les dieux soient loués », murmura Tenzing en l'aidant à se lever.

Ross avait du mal à tenir debout. « Nom de Dieu ! » Il regarda, hébété, les débris autour de lui, puis suivit en titubant Rosemont qui se dirigeait vers la pièce des codes. Le coffre-fort avait disparu et avec lui le décodeur, les manuels, les téléphones, laissant à la place un énorme trou dans le rocher. Tout l'équipement électronique n'était plus qu'un amas de métal et de fils tordus. Des petits feux avaient déjà éclaté çà et là.

« Jésus », croassa Rosemont. C'était tout ce qu'il pouvait dire, mais son esprit lui hurlait intérieurement : sauve-toi, ne reste pas dans cet endroit, c'est celui de ta mort...

« Jésus, doux Jésus... »

Malgré ses efforts, Rosemont ne réussissait pas à dire autre chose. Il se dirigea vers un coin de la pièce et vomit.

« Nous ferions mieux... » Ross avait du mal à parler, ses oreilles bourdonnaient, une douleur lancinante lui vrillait les tempes, une poussée d'adrénaline envahissait tout son corps. Il luttait désespérément contre son envie de fuir. « Tenzing, tu... tu as fini ?

— Deux minutes, *sahib*, répondit-il en partant en courant.

— Gueng ?

— Oui, *sahib*. Deux minutes également. » Et il tourna les talons.

Ross alla s'appuyer sur le mur au bout de la pièce et vomit. Il se sentit mieux ensuite. Il trouva la flasque de whisky et but une longue lampée, s'essuya la bouche et alla secouer Rosemont. « Tenez, fit-il en lui tendant la bouteille. Ça va ?

— Oui, ça va. » Rosemont se sentait toujours barbouillé, mais son esprit fonctionnait normalement. Sa bouche se remplit soudainement de bile et il cracha par terre. Les flammes projetaient des ombres folles sur le plafond et les murs. Il avala une petite gorgée. « Il n'y a rien de tel au monde que le whisky », dit-il après un moment. Il but encore et rendit le flacon à Ross. « Tirons-nous d'ici en vitesse. »

Il promena le faisceau de sa lampe sur les débris, trouva les restes tordus du décodeur, les ramassa et alla les déposer dans la grotte voisine à côté de la charge placée contre les ordinateurs. « Ce que je ne comprends pas, c'est qu'avec tous les explosifs que nous avions placés, tout n'ait pas sauté et nous avec.

« — Je... avant de revenir avec la corde, j'avais dit à Gueng et Tenzing de mettre les explosifs à l'abri, au cas où...

— Vous pensez toujours à tout ?

— C'est ma spécialité, dit Ross avec un pâle sourire. On s'occupe de la pièce des transmissions ? »

Elle fut rapidement minée. Rosemont jeta un coup d'œil à sa montre. « Huit minutes avant l'explosion. On laisse tomber les générateurs.

— Bon. Tenzing, on te suit ! »

Ils grimpèrent les escaliers de secours. Le panneau de fer grinça en s'ouvrant. Une fois sorti, Ross prit la tête. Il scruta avec attention les alentours. La lune était toujours haute. Trois ou quatre cent mètres plus bas, le camion de tête grimpait lentement la dernière côte. « Quelle direction, Vien ? demanda-t-il en appelant pour la première fois Rosemont par son prénom, ce qui lui fit très plaisir.

— On monte, dit-il. Si nous sommes poursuivis, nous laissons tomber la côte et nous rejoignons Tabriz. Sinon, nous faisons le tour et nous revenons par la même route qu'à l'aller. »

Tenzing ouvrait le chemin. Aussi à l'aise qu'un mouflon, il choisit néanmoins le sentier le plus facile car il savait que Ross et Rosemont n'étaient pas encore très d'aplomb sur leurs jambes. La pente était raide mais pas trop difficile et peu enneigée. Ils marchaient depuis quelques minutes à peine, quand le sol vibra sous leurs pieds. L'explosion, elle, ne leur parvint qu'assourdie. D'autres secousses suivirent en succession rapide.

Plus qu'une, pensa Rosemont, content qu'il fasse si froid car cela lui avait permis de recouvrer totalement ses esprits. La dernière explosion — celle de la chambre des transmissions — fut bien plus forte que les précédentes, et fit trembler la montagne. En dessous d'eux, sur leur droite, la roche se fendit et de la fumée sortit du cratère.

« Bon Dieu, murmura Ross.

— *Sahib*, regarde en bas ! »

Le camion de tête venait de s'arrêter à l'entrée de la grotte. Des hommes armés en jaillirent et se mirent à regarder la montagne éclairée par les phares des camions.

Ross et les autres s'enfoncèrent plus profondément dans l'ombre. « Nous allons grimper jusqu'à cette arête, dit Rosemont en montrant un point sur leur gauche. Nous serons hors de vue et protégés. Puis direction Tabriz à l'est. OK ?

— Tenzing, prends la tête.

— Oui, *sahib*. »

Ils atteignirent l'arête, la franchirent et continuèrent à grimper vers l'est. Ils ne parlaient pas pour économiser leurs forces : il leur restait encore de nombreux kilomètres à parcourir. L'escalade était difficile et la neige, plus épaisse, ralentissait leur allure. Leurs gants furent bientôt déchirés, leurs mains et leurs jambes meurtries, leurs mollets douloureux, mais, comme ils n'étaient plus encombrés de sacs lourds, ils progressaient rapidement et avaient bon moral.

Ils arrivèrent à un des sentiers qui sillonnaient les montagnes. Chaque fois que le sentier bifurquait, ils choisissaient la voie qui montait. Il y avait des villages dans la vallée, mais très peu à cette altitude. « Il vaut mieux rester le plus haut possible, dit Rosemont. Et espérer que nous ne rencontrerons personne...

— Vous pensez que ce sont tous nos ennemis ?

— Absolument. Dans cette région, ils sont hostiles au shah, à Khomeiny et à tout le monde. » Rosemont était essoufflé. « La plupart du temps, ils se battent entre villages et les bandits foisonnent. » Il fit signe à Tensing de continuer, content que la lune les éclaire et content d'être avec eux trois.

Tenzing donnait l'allure. Il marchait d'un pas de montagnard, lent mais régulier. Exténuant aussi. Une heure plus tard Gueng prit la tête, puis ce fut au tour de Ross. Rosemont, et ensuite Tenzing de nouveau. Trois minutes de repos par heure et ils repartaient.

La lune descendait lentement dans le ciel. Ils étaient loin, à présent. La progression devenait plus facile car ils étaient plus bas sur la montagne. Le chemin serpentait en direction de l'est vers une crevasse à la forme bizarre dans la chaîne de montagnes. Rosemont l'avait reconnue. « En bas, dans cette vallée, il y a un chemin qui mène à Tabriz. Il n'est pas très large mais praticable même en hiver. Suivons-le jusqu'au lever du jour, puis nous nous arrêterons pour nous reposer et décider de la suite. OK ? »

Ils atteignirent les arbres et s'enfoncèrent dans une forêt de pins. Ils avançaient plus lentement car ils commençaient à ressentir la fatigue.

Tenzing était toujours en tête. La neige étouffait le bruit des pas et l'air vif et pur lui était agréable. Brusquement il sentit un danger et s'arrêta. Ross qui était juste derrière lui l'imita. Tout le monde s'immobilisa et attendit. Puis Ross avança avec prudence. Tenzing scrutait l'obscurité ; la lune projetait des ombres fantasmagoriques. Ils regardèrent autour d'eux. Rien. Aucune trace d'une présence étrangère, ni bruit ni odeur. Ils attendirent. Un peu de neige tomba d'un arbre. Personne ne bougea. Un oiseau de nuit s'envola bruyamment, fila vers la droite en faisant claquer ses ailes. Tenzing montra cette direction, fit signe à Ross de ne pas bouger, sortit son *kukri* et se fondit dans la nuit.

Quelques mètres plus loin il aperçut un homme allongé derrière un arbre. Il s'approcha et se rendit compte que l'homme ne l'avait pas encore vu. Il s'avança encore. Une ombre bougea sur sa gauche, une autre sur sa droite et il comprit. « Une embuscade ! » hurla-t-il de toutes ses forces avant de plonger pour se mettre à l'abri.

La première salve de balles le manqua de peu ; la seconde lui perfora un poumon et il s'effondra sur un tronc d'arbre abattu. Des coups de feu éclatèrent de l'autre côté du sentier, prenant à revers Ross et les autres qui s'étaient mis à couvert derrière des arbres.

Tenzing resta étendu quelques instants, incapable de bouger. Il entendait les coups de feu, mais ils lui semblaient lointains, alors qu'il savait bien que c'était le contraire. Dans un dernier effort, il se remit debout et chargea en direction des fusils qui l'avaient abattu. Il vit ses attaquants se retourner ; les balles sifflèrent autour de lui ; quelques-unes s'enfoncèrent dans son capuchon, une autre traversa son épaule mais il ne la sentit pas. Il était heureux de mourir comme les hommes de son régiment étaient censés le faire. Mourir en avançant. Sans peur. Je n'ai absolument pas peur. Je suis hindou et je vais rencontrer Siva, sereinement, et je prierai Brahma, Vishnu et Siva de me faire renaître Gurkha.

Il arriva des tireurs, son *kurki* s'enfonça dans un bras puis ses jambes l'abandonnèrent, une lumière à la beauté sans pareille explosa dans sa tête et il mourut sans douleur.

« Ne tirez pas », hurla Ross en essayant de reprendre le contrôle de la situation. Il repéra deux groupes d'hommes armés et comprit qu'il était impossible de les attaquer. L'endroit de l'embuscade avait été bien choisi et le tir croisé était mortel. Il avait vu Tenzing se faire descendre et il lui avait fallu toute sa volonté pour ne pas courir à son aide, mais il y avait d'abord cette bataille à gagner et les autres à protéger. On entendait au loin l'écho des coups de feu qui continuait à rebondir de montagne en montagne. Il avait précipitamment sorti ses grenades de son sac, vérifié que le fusil était en position automatique, sans savoir encore comment ils allaient se sortir de ce piège. Puis il avait vu Tenzing se relever et charger en poussant un cri, créant ainsi la diversion dont il avait besoin. « Couvre-moi ! » lança-t-il immédiatement à Rosemont et : « On y va ! » à l'adresse de Gueng en montrant le groupe que Tenzing attaquait.

Gueng se releva d'un bond et fonça. En voyant son camarade tomber, il devint fou de rage, dégoupilla sa grenade, la lança exactement au milieu du groupe et plongea en même temps dans la neige. Il se releva au moment où elle explosait et tira dans la direction des cris qui cessèrent. Il vit un homme s'enfuir, un autre essayer de ramper vers un buisson. Un coup de *kukri* enleva une partie du visage de l'homme à plat ventre, une courte rafale déchiqueta l'autre et Gueng se jeta à couvert, ne sachant pas d'où viendrait maintenant le danger. Le bruit d'une autre grenade qui explosait attira son attention vers l'autre côté du chemin.

Ross était sorti de son abri et rampait à découvert devant lui. Des balles sifflèrent autour de lui mais Rosemont tira de courtes rafales, attirant sur lui le feu adverse. Ross put ainsi atteindre l'arbre suivant. Il trouva un fossé dans la neige et y plongea. Il souffla une seconde, puis repartit en direction du feu, utilisant ce bouclier naturel providentiel. Il était hors de vue des assaillants et il progressait rapidement. Il entendit une autre grenade, des cris, et pria pour que Tenzing et Gueng soient vivants.

Le feu ennemi était proche. Quand il estima être en position, il enleva le crochet de sécurité de la première grenade et, tenant sa carabine de l'autre main, sortit du fossé. Dès qu'il se trouva à découvert, il aperçut les hommes, mais pas à l'endroit qu'il imaginait. Ils étaient cinq, à vingt mètres devant lui. Ils firent volte-face mais, légèrement plus rapide qu'eux, il s'aplatit au sol derrière un arbre, dégoupilla sa grenade, et compta. A quatre, il se redressa et la lança, il replongea immédiatement, se protégeant la tête de ses bras. L'explosion le souleva du sol, déchiquetant le tronc d'un arbre voisin. Il fut recouvert de branchages et de neige.

Près du sentier, Rosemont avait vidé ses chargeurs en direction des attaquants. En jurant, il changea de magasin et tira une autre rafale.

De l'autre côté du sentier, sur l'autre versant, Gueng était tapi derrière un rocher, attendant que quelqu'un bouge. Près de l'arbre qui venait d'exploser, il vit un homme s'enfuir, plié en deux. Il visa, tira et tua l'homme sur le coup tandis que l'écho de la détonation résonnait dans le lointain. Puis ce fut le silence.

Rosemont sentait son cœur battre à tout rompre. Il ne pouvait pas attendre plus longtemps. « Couvre-moi, Gueng ! » cria-t-il en sautant sur ses pieds et en courant vers l'arbre suivant. On lui tira dessus de la droite, des balles s'écrasèrent derrière lui, puis Gueng ouvrit le feu de l'autre versant. Un cri retentit et le feu cessa. Rosemont courut jusqu'au point d'embuscade, son arme pointée devant lui. Il découvrit trois hommes déchiquetés, un autre qui respirait à peine. Leurs armes étaient tordues. Ils portaient tous des habits grossiers de villageois. Pendant qu'il les examinait, le quatrième homme rendit son dernier soupir. Il se retourna et courut vers l'arbre suivant, écartant les branches à travers la neige, cherchant à atteindre Ross.

Sur l'autre pente, Gueng attendait, prêt à tuer le premier qui bougerait. Il y eut un léger mouvement derrière un rocher, là où sa grenade avait explosé. Il attendit, respirant à peine, mais ce n'était qu'un charognard qui se nourrissait. Ils ne vont pas tarder à nettoyer l'endroit et à le rendre à la nature tel qu'il était avant que des humains ne s'y entre-tuent, pensa-t-il. Il regarda lentement autour de lui. Il aperçut Tenzing recroquevillé d'un côté du rocher, son *kukri* toujours dans sa main. Je vais le prendre avant de partir, pensa Gueng, et le donner à sa famille. Son fils le portera avec le même honneur. Tenzing Shengkhan a vécu et péri comme un homme et il renaîtra quand les dieux le décideront. Karma.

Un autre mouvement. Devant lui dans la forêt. Il se concentra.

De l'autre côté du sentier, Rosemont se débattait dans les branches, ses bras lui faisaient mal. Il rejoignit enfin Ross et son cœur s'arrêta de battre. Ross était recroquevillé sur le sol, les bras autour de la tête, sa carabine à ses côtés. Il y avait des traînées de sang sur la neige et sur son capuchon blanc. Rosemont s'agenouilla, le retourna et cria presque de joie en constatant qu'il respirait. Pendant quelques instants, son regard resta vide, puis il s'anima. Il s'assit péniblement et cligna les yeux. « Et Tenzing ? demanda-t-il péniblement. Et Gueng ?

— Tenzing s'est fait descendre, Gueng va bien, il nous couvre de l'autre côté.

— Dieu merci ! Pauvre Tenzing.

— Tes bras, tes jambes ? Vérifie que tu n'as rien de cassé. »

Ross fit quelques mouvements. Tout allait bien. « Ma tête me fait horriblement souffrir mais ça va. » Il regarda autour de lui et vit les cadavres de leurs attaquants. « Qui est-ce ?

— Des villageois. Ils voulaient sûrement nous détrousser. » Rosemont examinait le chemin devant eux. Rien ne bougeait. La nuit était belle. « On ferait bien de se casser à toute vitesse avant qu'il y en ait d'autres qui nous tombent sur le paletot. Tu penses que tu vas pouvoir y arriver ?

— Oui, donne-moi encore une minute ou deux. » Ross se passa un peu de neige sur le visage. Le froid lui fit du bien. « Merci, mon pote. Merci.

— Y a pas de quoi, et le service est compris, répondit Rosemont en souriant. Son regard tomba sur un des villageois. Il s'agenouilla à ses côtés et le fouilla. Il ne trouva rien sur lui. « Ce sont sûrement des types du coin, ces salopards sont connus pour leur cruauté quand ils réussissent à t'attraper vivant. »

Ross fit un signe de tête, envahi par une nouvelle poussée de douleur. « Ça va aller, dit-il quand même. On ferait bien de bouger. On a dû entendre cette fusillade à des kilomètres à la ronde, mieux vaut ne pas s'attarder dans les parages.

— Attends encore un peu, dit Rosemont qui avait remarqué sa grimace de douleur.

— Non, ça va me faire du bien de bouger. » Ross rassembla ses forces et cria en gurkhali : « Gueng, on continue ! » Il commença à se mettre debout, s'arrêta net, sentant un danger proche. « A plat ventre ! » hurla-t-il en tirant Rosemont avec lui.

Une balle de fusil jaillit de la nuit et choisit Rosemont, s'enfonçant dans sa poitrine, le blessant mortellement. Une rafale fut alors tirée de l'autre versant, suivie d'un cri, puis le silence régna de nouveau.

Gueng vint rejoindre Ross. « *Sahib*, je crois que c'était le dernier. Pour le moment.

— Oui. »

Ils restèrent avec Vien Rosemont jusqu'à ce qu'il meure. Puis ils firent ce qu'ils avaient à faire pour lui et Tenzing. Et ils reprirent leur route.

CHAPITRE 22

Base militaire aérienne d'Ispahan : 5 h 40. Avec l'aube naissante, la nuit sombre commençait à s'éclaircir à l'est. A présent, la base était calme. Il n'y restait plus que les gardes islamiques qui l'avaient attaquée la veille, avec l'aide de milliers d'habitants d'Ispahan conduits par des mollahs. Ils la contrôlaient totalement. Les hommes de troupe et leurs officiers étaient confinés sous bonne garde dans leurs casernements, ou libres, s'ils s'étaient déclarés officiellement pour Khomeiny et la révolution.

Le factionnaire, Relazi, âgé de dix-huit ans, était fier de son brassard vert. Et d'être chargé de surveiller le hangar où étaient gardés ce traître de général Valik et sa famille, arrêtés la veille dans le mess des officiers en compagnie de ce pilote étranger appartenant à la CIA. Dieu est grand, pensa-t-il. Demain ils seront envoyés en enfer avec tous les autres traîtres, les gens de la Main gauche.

Depuis des générations, les Relazi étaient cordonniers dans une toute petite boutique du bazar d'Ispahan. Oui, songeait-il, je n'étais qu'un vulgaire marchand il y a encore une semaine, lorsque notre mollah m'a appelé, moi et tous les Fidèles. Il m'a donné ce brassard divin. Une arme. Et m'a montré comment m'en servir. Les voies de Dieu sont merveilleuses.

Il s'était abrité de la neige dans une petite guérite, mais le froid humide le pénétrait, bien qu'il portât sur lui tous les vêtements qu'il possédait — un sweat-shirt, une chemise grossière, une veste et un pantalon achetés d'occasion, un vieux pull et un ancien manteau de l'armée qui avait appartenu à son père. Ses pieds étaient engourdis par le froid. « Telle est la volonté de Dieu », dit-il à haute voix. Cela lui fit du bien. « Je serai relevé bientôt et je vais manger de nouveau. Par Dieu, les soldats vivent comme de véritables pachas, au moins deux repas par jour dont un avec du riz, tu imagines un peu... et la paye chaque semaine. La paye de Satan, certes... mais la paye quand même. » Il fut pris d'une quinte de toux. La respiration sifflante, il changea sa carabine américaine d'épaule, trouva le mégot de la cigarette qu'il avait gardé et l'alluma.

Par le Prophète, pensa-t-il joyeusement, qui aurait pu imaginer que nous réussirions à prendre la base aussi facilement ? Très peu de tués dans nos rangs : ils étaient au paradis avant que nous ayons écrasé les soldats à l'entrée et pénétré dans le camp, tandis que nos frères bloquaient les pistes de décollage avec des camions et que d'autres saisissaient les avions et les hélicoptères pour empêcher les laquais du shah de s'enfuir. Nous avons affronté les balles de l'ennemi en criant le nom de Dieu. « Venez avec nous, frères, venez rejoindre la révolution de Dieu, accomplissez la volonté de Dieu ! Venez au paradis... n'allez pas en enfer... »

Le jeune homme tremblait et il commença à psalmodier les paroles du Coran que lui avaient répétées des dizaines de mollahs : « ... et ils vivront éternellement en compagnie des pécheurs et des peuples de la Main gauche, ne mangeant et ne buvant rien d'autre que de l'eau bouillante, du métal en fusion et des immondices. Et quand les feux de l'enfer auront brûlé leur peau, elle repoussera afin que leurs souffrances ne cessent jamais... »

Il pria avec ferveur, les yeux clos : « Fais-moi mourir en implorant le nom de Dieu, afin que me soit ouvert le jardin du paradis, le séjour du peuple de la Main droite, où je demeurerai pour l'éternité. Sans plus jamais avoir faim, sans plus jamais voir les frères, les sœurs de nos villages mourir le ventre boursouflé, sans plus jamais pleurer la nuit devant l'horreur de la vie. Que me soit accordé le paradis où je vivrai, allongé sur des lits de soie, des éphèbes immortels circuleront portant des aiguières et des coupes remplies d'un breuvage limpide. Il y aura des houris aux grands yeux semblables à la perle cachée, éternellement jeunes, éternellement vierges, au milieu... »

La crosse du fusil lui défonça le nez et le crâne. Il s'écroula dans la neige, respirant encore mais aveugle et débile à vie. Son agresseur, un soldat du même âge que lui, ramassa rapidement son fusil dont il se servit pour faire sauter le verrou de la porte du hangar.

« Dépêchez-vous », murmura-t-il, tremblant de peur. Quelques instants plus tard, le général Valik apparaissait. L'homme lui attrapa le bras. « Dépêche-toi, au nom du ciel ! » grogna-t-il.

« Que Dieu te bénisse... », dit Valik dont les dents claquaient. Retournant à l'intérieur du hangar, il revint avec deux énormes liasses de rials que l'homme enfouit dans sa tenue de combat avant de disparaître aussi silencieusement qu'il était venu. Valik hésita un moment, le cœur battant. Il vit la carabine dans la neige, la ramassa, l'arma, la mit sur son épaule, puis attrapa l'attaché-case, bénissant Dieu que les révolutionnaires n'aient pas découvert le double fond lors des fouilles qui avaient précédé leur internement.

« Suivez-moi, murmura-t-il à sa famille. Mais pour l'amour de Dieu ne faites pas de bruit. Suivez-moi en faisant bien attention. » Il serra son manteau autour de lui et ouvrit le chemin dans la neige. Son épouse, Annoush, son fils de huit ans Jalal et sa fille de six ans Setarem hésitèrent sur le pas de la porte. Tous portaient des vêtements de ski et Annoush un manteau de vison, ce qui pour les gardes islamiques était une preuve supplémentaire de sa vie de péchés. « Garde-le, lui avaient-ils dit avec mépris, cela suffit à te damner ! » Mais Annoush avait été heureuse de l'avoir car elle avait pu en couvrir ses enfants grelottant de froid sur le sol de terre battue. « Venez, mes petits chéris », murmura-t-elle en essayant de leur dissimuler sa terreur.

La sentinelle qui gémissait dans la neige gisait en travers de la porte.

« Maman, pourquoi le monsieur dort dans la neige ? demanda la petite fille.

— Je ne sais pas, ma chérie. Dépêchons-nous. Et ne dites plus rien ! »

Silencieusement ils l'enjambèrent. La petite fille n'y arriva pas et dut marcher sur lui. Elle glissa et s'étala dans la neige. Mais elle ne pleura pas et se releva aussitôt, aidée par son frère. Main dans la main, ils repartirent en se hâtant.

Valik les guidait avec prudence. Lorsqu'ils arrivèrent au hangar où le 212 était toujours garé, il commença à respirer plus librement. Cette zone était assez éloignée du camp qui se trouvait du côté opposé à l'énorme piste de décollage. Après s'être assuré qu'il n'y avait pas de gardes postés aux alentours, il s'approcha de l'hélicoptère et regarda à l'intérieur : personne. La porte n'était pas fermée. Il l'ouvrit aussi silencieusement que possible et fit signe aux autres de le rejoindre. Il les aida à grimper et monta derrière eux. Il fit glisser la porte, la verrouilla de l'intérieur. Il installa rapidement les enfants sous les sièges de l'appareil, en leur recommandant de ne pas bouger quoi qu'il arrive. Puis il s'assit à côté de sa femme, jeta une couverture sur ses épaules et lui prit la main. Il avait froid, très froid. Les joues de son épouse étaient mouillées de larmes.

« Sois patiente, ne pleure pas. Ce ne sera plus long maintenant, murmura-t-il tendrement. Nous n'attendrons pas longtemps. *Inch' Allah*.

— *Inch' Allah*, répondit-elle, mais le monde est devenu fou... emprisonnés comme des criminels... Que va-t-il se passer pour nous maintenant ?

— Nous sommes arrivés jusqu'ici, avec l'aide de Dieu, pourquoi ne réussirions-nous pas à aller au Koweit ? »

Ils étaient arrivés la veille, juste avant midi. Le vol, de l'endroit où on les avait ramassés près de Téhéran, s'était déroulé sans histoire. Les fréquences radio étaient restées muettes. Son chauffeur, un homme à son service depuis quinze ans et en qui il avait toute confiance, avait ramené leur voiture à Téhéran avec l'ordre de ne dire à personne qu'ils étaient partis « dans leur maison sur la mer Caspienne ». Nous ne pouvons nous fier à personne dans cette aventure, avait dit Valik à sa femme pendant qu'ils attendaient l'arrivée de l'hélicoptère. Elle lui avait suggéré d'emmener Sharazad, ce qui aurait rendu service à elle et à Tom Lochart, et qui leur aurait assuré la collaboration de ce dernier.

« Non, elle ne serait jamais partie, pourquoi partirait-elle ? avait répondu Valik. Avec ou sans Sharazad, on ne peut pas lui faire confiance, c'est un étranger, ce n'est pas l'un des nôtres.

— Il aurait été plus sage de l'emmener.

— Non », avait-il dit, sachant ce qu'il fallait faire avec Lochart.

Il avait passé le vol Téhéran-Ispahan assis devant, à côté de Lochart. Ils étaient restés à basse altitude, évitant les villes et les terrains d'aviation. Lorsque Lochart avait appelé la tour de contrôle de l'aéroport militaire d'Ispahan, ils étaient manifestement attendus. On leur avait indiqué où se poser, donné l'ordre de ne plus rappeler et d'observer un silence radio. L'oncle de Valik, le général de l'armée de l'air Mohammed Seladi, s'était arrangé pour qu'ils puissent atterrir et refaire le plein. Il vint les accueillir à l'héliport, l'air sombre. Comme il n'était pas loin de midi, il leur annonça qu'ils déjeuneraient à la base avant de repartir.

« Mais, Excellence Mohammed, nous avons de quoi manger dans l'appareil, avait répondu Valik.

« — J'insiste, avait dit nerveusement Seladi, je dois insister, Excellence. Vous devez présenter vos hommages au commandant. C'est indispensable et, euh... nous devons parler. »

C'était alors que les Brassards verts et les manifestants avaient enfoncé les portes, pris la base, les avaient arrêtés et emmené Lochart dans un autre partie de l'aéroport. Les fils de chiennes, pensait Valik avec colère, qu'ils pourrissent tous en enfer ! Je savais bien qu'il fallait faire le plein et repartir immédiatement. Seladi est un crétin. Tout est sa faute...

A l'étage supérieur d'un baraquement, à environ quatre cents mètres de là, Tom Lochart dormait à poings fermés. Il fut soudain réveillé par des bruits de pas précipités dans le corridor. La porte s'ouvrit à toute volée et il fut aveuglé par une torche électrique.

« Vite ! » fit une voix en anglais tandis que deux hommes l'aidaient à se mettre sur pied. Puis les deux silhouettes firent demi-tour et partirent en courant. Un quart de seconde, le temps de reprendre ses esprits, et Lochart courait derrière eux. Le couloir, puis les escaliers, trois étages, et il se retrouva dehors. Là il s'arrêta avec les autres, essoufflé. Il avait à peine eu le temps de voir que les deux hommes étaient des officiers, un capitaine et un major, qu'ils repartaient en courant à toute allure dans la pénombre. L'aube pointait déjà à l'est. La neige qui tombait légèrement les dissimulait un peu et atténuait le bruit de leurs pas.

Devant eux, près d'un corps de garde, quelques révolutionnaires se serraient frileusement autour d'un feu de bois. Les trois hommes changèrent de direction et s'élancèrent entre deux rangées de baraquements. Ils tournèrent de nouveau dans une petite allée en voyant brusquement déboucher d'un tournant un camion rempli de gardes qui chantaient, puis commencèrent une course éperdue, à découvert, en direction du hangar où se trouvait le 212. Une fois à l'intérieur, ils s'arrêtèrent pour reprendre leur souffle.

« Ecoute, pilote, dit le major d'une voix saccadée, quand j'en donne l'ordre, nous courons jusqu'à l'hélicoptère et nous décollons. Prêt ?

— Et les autres ? réussit à demander Lochart malgré une violente douleur provoquée par un point de côté. Le général Valik et sa fem...

— Oublie-les, répondit le major en pointant son pouce vers l'autre homme. Ali va s'asseoir devant, avec toi, et moi derrière. Il faut combien de temps pour décoller une fois que les moteurs sont allumés ?

— Très peu de temps.

— Fais encore plus vite, dit le major. Allez ! »

Ils foncèrent vers le 212, Lochart et le capitaine Ali se dirigeant vers le cockpit. A ce moment Lochart vit sur la route une voiture tous phares éteints qui roulait droit sur eux. Il crut que son cœur s'arrêtait de battre. « Regardez !

— Dépêche-toi, au nom de Dieu, pilote. »

Lochart sauta sur le siège du pilote, alluma tous les circuits et mit le contact. Au même moment le major ouvrait la porte de la cabine. Il faillit s'évanouir en voyant le fusil de Valik pointé sur son visage.

« Oh ! C'est vous, major ! Que Dieu soit loué…

— Que Dieu soit loué que vous soyez ici et que vous ayez réussi à vous enfuir, Excellence », répondit le major en se forçant à se calmer. Les pales de l'appareil commençaient à tourner. « Dieu soit loué, vous avez réussi… Mais où est le soldat ?

— Il a pris l'argent et il est parti.

— Est-ce qu'il a apporté des armes ?

— Non, c'est tout c…

— Le chien ! » hurla le major. Puis, se tournant vers Lochart : « Dépêche-toi, par Dieu ! » Il se retourna et regarda la voiture qui approchait très rapidement. Il prit la carabine des mains de Valik, s'agenouilla, visa le conducteur et appuya sur la détente. La détonation fut forte — derrière lui, Annoush et les enfants crièrent de terreur —, la voiture vira brusquement pour se soustraire à l'attaque, disparut derrière une rangée de hangars, réapparut un instant de l'autre côté et disparut de nouveau.

Lochart avait mis ses écouteurs et regardait les aiguilles des instruments qui oscillaient en montant doucement. Il aurait voulu qu'elles aillent plus vite. « Allez, nom de Dieu », murmura-t-il, les mains et les pieds sur les manettes et pédales de contrôle de vol, les moteurs grondant de plus en plus fort. A côté de lui, le capitaine priait. Il n'entendait pas Annoush qui sanglotait derrière lui, tandis que ses deux enfants, sortis de leurs cachettes, se blottissaient contre elle, terrorisés. Il n'entendait pas non plus Valik et le major qui lui hurlaient de se dépêcher.

Les aiguilles montaient. Montaient. Montaient toujours. Elles étaient presque dans le vert. Maintenant ! Sa main gauche commença à soulever le collectif mais la voiture apparut devant eux et s'arrêta à une quinzaine de mètres. Cinq hommes en jaillirent. L'un d'eux courut droit vers le cockpit et pointa vers lui une arme automatique. Les autres se dirigèrent vers la porte de la cabine. Lochart était sur le point de décoller mais il savait que, s'il se soulevait, ne serait-ce que d'un centimètre, il était un homme mort. L'homme lui faisait signe de s'arrêter. Il obéit et se retourna. Les autres hommes grimpaient à bord de l'appareil. C'étaient tous des officiers, Valik et le major les serreraient dans leurs bras. « Décolle pour l'amour de Dieu », entendit-il dans ses écouteurs, et il sentit qu'on lui donnait un coup dans les côtes. C'était Ali, le capitaine assis à côté de lui.

« Décolle ! » lui ordonna de nouveau Ali dans un anglais fortement teinté d'accent américain et il leva le pouce en direction de l'homme devant l'appareil. Celui-ci se précipita vers la porte, entra et referma derrière lui. « Dépêche-toi, nom de Dieu, regarde là-bas ! » Il montra l'autre côté de la piste. D'autres voitures arrivaient. Quelqu'un se pencha par une fenêtre et tira une rafale. Etincelles de balles autour de l'appareil. Quelques secondes plus tard, Lochart avait décollé, tous ses sens concentrés sur leur fuite.

Derrière lui quelques officiers poussèrent des hourras, s'agrippèrent lorsque l'hélicoptère vira brusquement et s'installèrent sur les sièges. La plupart étaient des colonels. Quelques-uns tremblaient, dont le général Seladi assis entre Valik et le major. « Je n'étais pas sûr que ce soit vous, Excellence général, disait le major, j'ai donc tiré haut. Dieu soit loué, le plan a fonctionné comme prévu.

— Mais vous alliez décoller. Vous alliez nous abandonner ! Vous al...

— Oh non ! Excellence mon oncle, interrompit Valik. C'était le pilote anglais, il a paniqué et il ne voulait pas attendre ! Ces Anglais n'ont pas de couilles ! Mais ce n'est pas grave, ajouta-t-il, nous avons des armes, de la nourriture et nous sommes en sécurité ! Remercions Dieu. Qu'Il soit remercié, aussi, de m'avoir laissé le temps de monter cette opération. » Oui, pensait-il, sans moi et mon argent, nous serions tous morts — de l'argent pour acheter l'homme qui nous a libérés ainsi que le major, et le capitaine pour délivrer Lochart dont j'ai encore besoin quelque temps.

« Si nous avions été abandonnés, on nous aurait fusillés ! » Le général Seladi était fou de rage, son visage violet. « Que Dieu envoie ce pilote en enfer ! Pourquoi avez-vous perdu du temps à le faire libérer ? Ali sait piloter un 212 !

— Oui, mais Lochart a plus d'expérience et nous avons besoin de lui pour voler dans le brouillard. »

Valik adressa un sourire d'encouragement à Annoush, assise en face de lui. Leur petite fille tremblait dans ses bras, leur fils somnolait par terre, la tête sur ses genoux. Elle lui sourit faiblement en retour, déplaçant légèrement son enfant dont le poids l'engourdissait. Il se pencha pour l'effleurer d'une caresse, puis se réinstalla confortablement dans son siège. Il ferma les yeux, fatigué mais satisfait. Tu es un homme très intelligent, se dit-il. Il savait que, s'il n'avait pas usé de stratagèmes et prétendu que la Savak allait l'arrêter lui et sa famille, ni

McIver ni Lochart ne l'auraient aidé à s'enfuir. Tu les as eus complètement. Comme Gavallan.

Les imbéciles, pensa-t-il, méprisant.

Quant à toi, Seladi, mon oncle rapace et stupide qui m'a vendu l'autorisation de refaire le plein en toute sécurité à Ispahan — ce qui n'a pas été le cas — en échange de ton départ avec onze de tes amis, tu es pire. Tu es un traître. Si je n'avais pas eu depuis toujours un informateur au grand quartier général, je n'aurais jamais appris à temps la trahison des généraux et nous nous serions retrouvés coincés à Téhéran comme des mouches dans un pot de miel. Les loyalistes peuvent encore l'emporter, la bataille n'est pas encore perdue, mais ma famille et moi observerons les événements d'Angleterre, de Saint-Moritz ou de New York.

Il se détendit en pensant que les moteurs vrombissant de l'appareil l'emmenaient vers la sécurité, vers une maison londonienne, une maison de campagne dans le Surrey, une autre en Californie ainsi que vers ses comptes bancaires en Suisse et aux Bahamas. Ah oui ! se dit-il joyeusement, il y a aussi le compte bloqué de la S-G aux Bahamas, quatre autres millions de dollars pour nous que j'arracherai facilement aux pattes sales de Gavallan. Plus qu'il n'en faut pour subvenir à mes besoins et à ceux de ma famille — jusqu'à ce que nous puissions revenir. Khomeiny ne va pas vivre éternellement, même s'il gagne — que Dieu le maudisse. Bientôt nous pourrons rentrer chez nous, bientôt l'Iran redeviendra normal, et jusque-là nous ne manquerons de rien.

Il entendit Seladi qui grommelait toujours au sujet de Lochart qui était presque parti sans lui. « Calmez-vous, Excellence », dit-il en lui tapotant doucement le bras. Toi et tes chiens, vous pouvez encore m'être utile, pensait-il. Temporairement. Comme otages, ou comme appâts — qui sait ? Tu es le seul membre de la famille, ici, et c'est toi qui nous as trahis. « Calmez-vous, oncle vénéré, avec l'aide de Dieu le pilote recevra le châtiment qu'il mérite. »

Oui. Lochart n'aurait pas dû paniquer. Il aurait dû attendre mon ordre.

Valik ferma les yeux et s'endormit, très satisfait de lui-même.

CHAPITRE 23

Raffinerie Toda-Iran-Bandar Delam : 12 h 04. Scragger sifflotait tout en remplissant ses réservoirs grâce aux gros tonneaux alignés dans un petit camion japonais venu se garer à côté de son 206 fraîchement lavé qui étincelait au soleil. A quelques pas de lui, un jeune Brassard vert somnolait à l'ombre, appuyé sur son M16.

Le soleil de ce milieu de journée était chaud ; une brise agréable chassait l'humidité naturelle de la côte. Scragger était habillé légèrement : chemise blanche ornée de ses épaulettes de capitaine, pantalon d'été noir, chaussures, inévitables lunettes noires et casquette à visière.

Les réservoirs étaient pleins. « Ça ira, fils, dit-il au Japonais qui avait été désigné pour l'aider.

— *Hai, Anjin-san* — Oui, monsieur le pilote », dit l'homme. Comme tous les employés de la raffinerie, il portait des gants blancs immaculés et une combinaison, blanche elle aussi, sur laquelle l'inscription Toda-Iran Industrie figurait en caractères romains, japonais et persans.

« *Hai* », dit Scragger utilisant un des mots que Kasigi lui avait appris la veille en venant de Lengeh. « Maintenant, nos réservoirs auxiliaires, dit-il en les désignant du doigt. Ensuite, nous rangerons les pièces détachées. » Pour le voyage que Plessey avait autorisé non sans grandeur dimanche soir — afin de célébrer leur victoire contre les saboteurs —, Scragger avait enlevé les sièges arrière et mis à la place deux bidons de deux cents litres. « Juste au cas où, monsieur Kasigi. Je les ai branchés sur les réservoirs principaux. Nous pouvons nous servir d'une pompe à main et donc faire le plein en vol si nécessaire — à condition que vous pompiez. On ne peut jamais prévoir à l'avance le temps qu'il fera dans le Golfe, il y a souvent des tempêtes soudaines, du brouillard et les vents ne sont pas toujours faciles. Le plus sûr est de voler légèrement au large des côtes.

— Et Jaws ? »

Scragger éclata de rire en même temps que lui. « Ce vieux requin marteau de Kharg ? Avec un peu de chance, si nous arrivons jusque-là et si on ne nous fait pas faire demi-tour, nous pourrons peut-être l'apercevoir.

— Le contrôle radar de Kish ne nous a toujours pas rappelés ?

— Non, mais ça n'a aucune importance. Ils ont autorisé notre vol jusqu'à Bandar Delam. Vous êtes sûr que vous pourrez faire le plein de l'appareil à votre usine ?

— Oui, nous avons des réservoirs, capitaine. Des héliports, des hangars et des ateliers de réparation. C'est ce que nous avons construit en premier, nous étions en contrat avec Guerney.

— Oui, oui, je sais, mais ils vous ont laissé tomber, n'est-ce pas ?

— Oui, en effet, il y a à peu près une semaine. Votre compagnie pourrait peut-être prendre le relais et vous nommer responsable de l'équipe ? Il y a du boulot de façon permanente pour trois 212 et peut-être deux 206.

— Voilà qui rendrait ce vieil Andy aussi heureux qu'un chat dans un tonneau de poissons séchés.

— Pardon ? »

Scragger lui expliqua que c'était une plaisanterie au sujet de Gavallan. Lorsqu'il eut fini ses explications, Kasigi ne rit pas, il dit simplement :

« Oh oui ! je comprends. »

Ce sont vraiment de drôles d'oiseaux, pensa Scragger. Le plein fait, il vérifia une nouvelle fois les moteurs, les rotors, la carlingue, bien qu'il ne prévît pas de partir aujourd'hui. Plessey lui avait demandé d'attendre Kasigi, de l'emmener où il voulait et de le ramener à Lengeh jeudi. Le 206 était OK. Satisfait, il jeta un coup d'œil à sa montre, puis il montra son estomac et le caressa. « C'est l'heure de manger, *hai* ?

— *Hai !* » Son aide sourit, désigna le petit camion puis le bâtiment principal de quatre étages où se trouvaient les bureaux, situé à environ deux cents mètres.

Scragger secoua la tête. « Non, non, je vais aller à pied », dit-il en mimant avec deux doigts un homme en train de marcher. Le Japonais comprit, monta dans le camion et démarra. Il resta là un moment, observant le garde qui le regardait également. Maintenant que le camion était parti et que les réservoirs étaient pleins, il pouvait sentir l'odeur de la mer et des détritus qui pourrissaient sur le rivage. C'était presque la marée basse — il n'y avait qu'une marée par jour dans le Golfe, comme en mer Rouge, parce que il était peu profond et fermé, ne communiquant avec la mer que par l'étroit détroit d'Ormuz.

Scragger aimait l'odeur de la mer. Il avait grandi à Sydney, où la mer était toujours à portée de vue. Après la guerre il y était retourné. Ou du moins, se rappela-t-il, j'y allais entre deux boulots, ma femme et mes gosses habitaient là-bas. Ils y sont d'ailleurs toujours, plus ou moins. Son fils et ses deux filles étaient mariés et avaient des enfants. Il les voyait chaque fois qu'il rentrait chez lui en permission, c'est-à-dire une fois par an environ. Ils avaient des rapports amicaux quoique distants.

Au début sa femme et ses enfants étaient venus s'installer dans le Golfe. Moins d'un mois plus tard, ils étaient repartis à Sydney. « Il n'est plus question qu'on vive à l'étranger, mon vieux », lui avait-elle dit. Pendant les deux ans qu'il avait passés au Koweit, elle avait rencontré un autre homme. Lorsque Scragger était rentré à la permission suivante, elle lui avait dit : « Je crois que nous allons divorcer, mon vieux, c'est mieux pour les enfants et pour nous aussi. » Ils divorcèrent donc. Son nouveau mari ne vécut que quelques années. Scragger et elle redevinrent amis, bien que nous n'ayons jamais vraiment cessé de l'être, pensa-t-il. C'est une bonne fille, les enfants sont heureux et moi je vole. Il lui envoyait de l'argent tous les mois et elle lui disait toujours qu'elle n'en avait pas besoin. « Alors mets-le de côté pour les pépins, Nell », lui répondait-il invariablement. Et jusqu'à présent, touchons du bois, ni elle, ni les enfants, ni les petits-enfants n'avaient eu de pépin.

Le bois le plus proche était la crosse du fusil que le révolutionnaire avait à côté de lui. L'homme le regardait d'un air mauvais. Connard de merde, tu ne vas pas gâcher ma journée. Scragger lui fit un grand sourire, puis lui tourna le dos.

C'est un endroit formidable pour une raffinerie, se dit-il. Assez près d'Abadan et des grands pipelines qui relient le Nord aux terrains pétroliers du Sud ; superidée que d'essayer de récupérer tout ce gaz que l'on brûle, il y en a des milliards de tonnes. Un gaspillage criminel quand on y pense.

La raffinerie était située sur un promontoire avec sa propre jetée de quatre cents mètres sur le Golfe qui, c'est ce que lui avait dit Kasagi, pourrait recevoir deux superpétroliers en même temps, quelles que soient leurs tailles. Autour des héliports, il y avait des hectares d'usines et de bâtiments qui semblaient reliés les uns aux autres par des kilomètres de tuyaux d'acier et de plastique de toutes tailles, un labyrinthe de tuyaux avec d'énormes robinets, et des stations de pompage. Et partout, des grues, des piles de matériaux de construction divers, des montagnes de béton, de sable et d'armatures métalliques de décharges grandes comme des terrains de football, d'immenses containers protégés par des toiles de plastique, des routes à moitié finies, des fondations et des excavations. Mais presque rien ne bougeait, ni homme ni machine.

Lorsqu'ils s'étaient posés, un comité d'accueil de vingt ou trente Japonais les attendait à l'héliport, ainsi qu'une centaine de grévistes iraniens et de Gardes islamiques armés dont certains portaient les brassards de l'OLPI, les premiers que Scragger voyait. Après avoir examiné leurs papiers et leur autorisation de vol sous toutes les coutures, leur porte-parole avait dit qu'ils pouvaient rester tous les deux, mais que l'hélicoptère ne pouvait repartir sans l'autorisation du comité.

En se dirigeant vers le bâtiment des bureaux, l'ingénieur en chef Watanabe qui parlait anglais, leur expliqua que le comité de grève s'était constitué deux mois auparavant, que, depuis cette date, les travaux n'avaient pas progressé et que tout travail avait cessé. « Ils ne nous laissent même pas nous occuper de l'entretien de nos machines. » C'était un homme d'une soixantaine d'années, trapu, le visage dur, avec de grosses mains de travailleur. Il alluma une autre cigarette avec le mégot de la précédente.

« Et votre radio ?

— Il y a six jours, ils ont verrouillé la porte de la pièce où elle est installée en nous interdisant de nous en servir. Ils ont emporté les clés. Les téléphones bien sûr ne marchent plus depuis des semaines et le télex depuis huit, dix jours. Nous avons toujours ici un millier de Japonais — les familles n'ont évidemment jamais été autorisées ici. Il nous reste très peu de vivres, nous n'avons pas reçu de courrier depuis six semaines. Nous ne pouvons pas sortir, nous ne pouvons même pas travailler. Nous sommes pour ainsi dire prisonniers et nous ne pouvons rien faire, sinon nous risquons de graves ennuis. Mais au moins nous sommes toujours là, vivants, pour protéger ce que nous avons bâti et attendre qu'on nous autorise à continuer. Nous sommes très honorés de vous voir, Kasigi-*san*, et vous aussi, capitaine. »

Scragger les avait laissés afin qu'ils puissent parler. Le soir, il avait mangé légèrement, comme toujours, s'autorisant une bière japonaise glacée — ce n'est vraiment pas aussi bon qu'une Foster — Puis il avait fait ses onze minutes de culture physique et s'était couché.

Juste avant minuit, alors qu'il était en train de lire, il y avait eu un coup étouffé à sa porte. Kasigi était entré, tout excité, en s'excusant de le déranger, mais il pensait que Scragger devait être mis immédiatement au courant de ce qu'ils venaient d'entendre à la radio. Le porte-parole de Khomeiny à Téhéran avait annoncé que toutes les armées s'étaient rangées du côté de l'imam, que le premier ministre Bakhtiar avait démissionné et que le pays était entièrement libéré de l'emprise du shah. Khomeiny avait donné personnellement l'ordre de cesser les combats ainsi que les grèves. Les magasins devaient rouvrir, la production pétrolière reprendre et tous les hommes devaient rendre leurs armes, retourner travailler et remercier Dieu de leur avoir donné la victoire.

« Nous allons pouvoir continuer les travaux, dit Kasigi, satisfait. Tout va redevenir normal. Nous pouvons effectivement remercier les dieux. »

Lorsque Kasigi était parti, Scragger était resté allongé, le cerveau en ébullition, essayant d'imaginer ce qui allait arriver. Comme tout s'est vite passé, pensait-il. J'aurais été prêt à parier gros que le shah ne se laisserait pas chasser ainsi, et que Khomeiny ne pourrait pas rentrer en Iran. Ensuite, j'étais quasiment certain que l'armée allait rétablir la situation.

Il éteignit la lumière. C'est ainsi, mon pote, et le spectacle continue.

Il s'était réveillé tôt le matin, avait accepté un thé vert japonais à la place de celui qu'il buvait ordinairement — un thé indien très fort servi avec du lait condensé —, s'était occupé de son appareil et maintenant il avait de nouveau faim. Il fit un léger signe de tête au garde qui ne lui prêta aucune attention, puis se dirigea vers le bâtiment de quatre étages.

Kasigi se tenait debout, devant la fenêtre d'un des bureaux directoriaux qui occupaient le dernier étage. Il se trouvait dans la salle de conférence, une grande pièce confortable avec une immense table. Il regardait distraitement Scragger et le 206, maîtrisant difficilement sa fureur. Depuis le matin, il était penché sur des rapports de prévision de coûts qui disaient tous la même chose : il leur fallait encore un milliard de dollars et un an de travaux avant de pouvoir commencer la production. C'était seulement la deuxième fois qu'il visitait la raffinerie car il n'en avait pas directement la responsabilité, bien qu'il fût administrateur et membre du conseil de direction du groupe.

Derrière lui, l'ingénieur en chef Watanabe était assis seul à la grande table, attendant patiemment, fumant cigarette sur cigarette, comme à son habitude. C'était un homme d'une grande expérience : il dirigeait ce projet depuis deux ans et travaillait à la compagnie depuis 1971. Le précédent ingénieur en chef était mort ici d'une crise cardiaque.

Ça ne me surprend pas, pensait Kasigi, furieux. Il y a deux ans — peut-être quatre — il devait déjà être évident que le budget maximum de trois milliards et demi de dollars serait insuffisant, que les dépassements seraient énormes, en temps comme en argent.

« Pourquoi l'ingénieur en chef Kasusaka ne nous en a-t-il pas informés ? Pourquoi ne nous a-t-il pas fait de rapport ?

— Il l'a fait, Kasigi-*san*, dit poliment Watanabe. Mais tous nos rapports doivent passer par nos partenaires iraniens, c'est la règle. Nous sommes censés être dans cette aventure à cinquante, cinquante avec les Iraniens et donc les tenir au courant de tout, partager les responsabilités ; petit à petit, les Iraniens se débrouillent pour manipuler les réunions, les contrats, les clauses en invoquant généralement leurs procédures judiciaires ou le shah comme excuses. Et ce jusqu'à ce qu'ils aient, *de facto*, le contrôle des opérations... »

Il haussa les épaules. « Vous n'avez pas idée comme ils sont malins — pire que les commerçants chinois. Ils acceptent de vous acheter un bœuf entier puis se dédient, ne prennent que le filet et vous laissent tout l'animal sur les bras. » Il alluma une autre cigarette. « Il y a eu une réunion de tous les partenaires avec Gyokomoto-*sama*, Yoshi Gyokomoto en personne, le président du groupe, ici, dans ce bureau, juste avant la mort de l'ingénieur en chef Kasusaka. J'étais présent. Kasusaka a prévenu tout le monde que les délais et les tracasseries de la bureaucratie iranienne allaient causer des retards énormes et nous coûter beaucoup plus d'argent qu'il n'était prévu. J'étais là, je l'ai entendu de mes propres oreilles, mais les partenaires iraniens présents ont assuré au président que ce n'était absolument pas vrai, que tout allait bien, que Kasusaka ne comprenait rien à l'Iran et à la façon dont le pays fonctionnait. » Watanabe fixa le bout incandescent de sa cigarette. Kasusaka-*san* a d'ailleurs répété la même chose, en privé, à Gyokomoto-*sama* en le suppliant de faire très attention, et il lui a donné un rapport écrit détaillé.

« Vous étiez présent lors de cette réunion privée ? demanda Kasigi, le visage fermé.

— Non, mais il m'a répété ce qu'il avait dit et que Gyokomoto-*sama* avait pris le rapport en lui disant qu'il le montrerait en haut lieu à Téhéran et au Japon. Mais il n'y a eu aucune suite, Kasigi-*san*, aucune.

— Où est la copie de ce rapport ?

— Il n'y en a pas. Le lendemain, juste avant de partir pour Téhéran, Gyokomoto a donné l'ordre de les détruire. » Le vieil homme haussa de nouveau les épaules. « Le boulot de l'ingénieur en chef Kasusaka, et le mien, donc, étaient, et sont, de construire cette raffinerie, quels que soient les problèmes et de ne pas nous mêler des responsabilités du groupe. » Watanabe alluma une autre cigarette avec le bout de la précédente, tira une longue bouffée, écrasa délicatement la première alors qu'il n'avait qu'une envie : tout écrabouiller, le cendrier, le bureau et tout l'immeuble avec — et aussi cet intrus de Kasigi qui osait lui poser des questions, qui n'y connaissait rien, qui n'avait jamais travaillé en Iran et qui avait ce poste dans la compagnie parce qu'il était parent des Toda. « A la différence de l'ingénieur en chef Kasusaka, ajouta-t-il, très doucement, j'ai gardé les copies de mes rapports mensuels tout au long des années.

— *Soka* ? fit Kasigi en essayant de garder un ton naturel.

— Oui », répondit Watanabe. Et des copies de ces copies se trouvent en lieu sûr, pensa-t-il tout en sortant un épais dossier de sa serviette et en le posant sur la table, au cas où tu essaierais de me faire porter le chapeau pour les échecs. « Vous pouvez en prendre connaissance si vous le désirez.

— Merci. » Kasigi fit un effort pour ne pas se saisir immédiatement du dossier.

Watanabe passa ses mains sur son visage fatigué. Il était resté debout une partie de la nuit pour préparer cette rencontre. « Une fois que la situation sera redevenue normale, les travaux progresseront rapidement. Nous avons terminé à 80 pour cent. Je suis très confiant, je pense que nous pourrons finir dans les délais prévus ; c'est dans mon rapport, ainsi que le résumé de la réunion entre Kasusaka et nos associés, et celle avec Gyokomoto-*sama*.

— Qu'est-ce que vous suggérez comme solution globale pour Toda-Iran ?

— Il ne peut y en avoir tant que la situation ne sera pas redevenue normale.

— Elle l'est. Vous avez entendu le communiqué.

— Je l'ai entendu, Kasigi-*san*, mais normale pour moi signifie : quand le gouvernement de Bazargan reprendra le contrôle de la situation.

— C'est une question de jours. Votre solution ?

— Elle est simple : il faut trouver de nouveaux partenaires qui coopèrent, trouver le financement dont nous avons besoin, et, d'ici un an, même moins, nous commencerons à produire.

— Peut-on changer de partenaires ? »

La voix de Watanabe devint aussi mince que ses lèvres. « Les anciens étaient des proches du shah et de la cour, donc à présent des suspects, des " ennemis du peuple ". Ils ne nous ont pas donné signe de vie depuis le retour de Khomeiny. Selon les rumeurs qui circulent, ils se seraient tous enfuis... » Watanabe haussa les épaules. « Impossible de vérifier sans télex, sans téléphone, sans transport. Mais je doute que les nouveaux partenaires agissent différemment. »

Kasigi approuva de la tête et jeta un coup d'œil par la fenêtre. Il n'y avait rien à voir. Facile de rejeter la faute sur les Iraniens, sur des hommes morts, des entretiens secrets et des rapports disparus. Le président Yoshi Gyokomoto n'avait jamais mentionné une réunion avec Kasusaka ni un rapport secret. Pourquoi Gyokomoto aurait-il tu des informations d'une telle importance ? C'est ridicule, parce que lui et sa compagnie prennent autant de risques que nous ! Pourquoi ? Si Watanabe dit la vérité et si ses rapports personnels le prouvent, alors pourquoi ?

Puis, l'espace d'un instant — qui n'échappa nullement à Watanabe —, le visage de Kasigi se décomposa, il venait de comprendre : parce que les énormes dépassements financiers et les erreurs de gestion ajoutés à la crise mondiale qui touchait particulièrement les compagnies de fret et de transport maritime allaient briser la compagnie maritime Toda, ruiner personnellement Hiro Toda et nous mettre en position d'être rachetés ! Rachetés par qui ? Par Yoshi Gyokomoto, bien sûr. Par ce nouveau riche issu d'une famille de paysans et qui nous hait parce que nous sommes les descendants de samouraïs, descendants d'une f...

Kasigi eut une nouvelle fois l'impression que son cerveau allait éclater.

Bien sûr, par Yoshi Gyokomoto, mais aidé et encouragé par nos principaux rivaux, les industries Mitsuwari ! Oh ! Gyokomoto va y laisser une fortune mais il peut supporter ces pertes tout en graissant les pattes qu'il faut pour qu'on leur permette d'absorber les pertes de Toda, de dissoudre la société et, avec l'aide bénévole du MITI, de la placer sous leur propre contrôle. Et les Toda entraîneront leurs familles proches — les Kasigi et les Kayama — également à leur perte. Autant mourir tout de suite.

Oh ko !

Et maintenant je suis celui qui va devoir annoncer la terrible nouvelle. Les rapports de Watanabe ne prouveront rien, bien sûr, car Gyokomoto va tout nier, me maudire d'essayer de l'accuser et crier sur tous les toits que les rapports de Watanabe ne démontrent qu'une chose : l'incompétence de Hiro Toda. Donc, dans les deux cas, je suis dans le pétrin. Peut-être était-ce le plan de Hiro Toda de me mettre au beau milieu de ce naufrage. Peut-être a-t-il l'intention de me faire remplacer par un de ses frères ou de ses nev...

On frappa à la porte. Le jeune assistant de Watanabe entra rapidement, et se confondit en excuses. « Oh ! Je suis désolé de vous déranger, Watanabe-*san*, je suis désolé, oui, je suis vraiment t...

— Qu'est-ce qu'il y a ? coupa Watanabe.

— Un comité vient d'arriver en force, Watanabe-*san*, Kasigi-*sama* ! Regardez ! » fit le jeune homme, tout pâle.

Kasigi fut le premier à la fenêtre. Devant l'entrée principale, il y avait un camion rempli de révolutionnaires. D'autres voitures et camions suivaient. Des hommes en jaillirent et se rassemblèrent en groupes désordonnés.

Scragger s'approchait et ils le virent s'arrêter, puis repartir vers l'entrée principale, mais on lui fit signe de s'écarter alors qu'arrivait une Mercedes. Un gros homme vêtu d'une robe noire, la tête enveloppée d'un turban noir, en descendit suivi d'un autre homme, plus jeune, moustachu, qui portait une chemise au col ouvert. Les deux hommes portaient des lunettes. Watanabe retint son souffle.

« Qui est-ce ? demanda Kasigi.

— Je ne sais pas, mais la présence d'un ayatollah signifie toujours des ennuis. Les mollahs portent des turbans blancs, les ayatollahs des noirs. »

Entourés d'une demi-douzaine de gardes, les deux hommes pénétrèrent dans le bâtiment. « Fais-les venir ici, Takeo, cérémonieusement. » Le jeune homme partit en courant. « Nous n'avons reçu qu'une seule visite d'un ayatollah, c'était l'année dernière, juste après l'incendie d'Abadan. Il a fait rassembler tout notre personnel iranien, l'a harangué pendant trois minutes, puis au nom de Khomeiny lui a donné l'ordre de se mettre en grève. » Son visage se crispa. « C'est ainsi que nos ennuis ont commencé ici — nous autres étrangers avons essayé de continuer du mieux que nous pouvions, mais...

— Et aujourd'hui ? » demanda Kasigi.

Watanabe haussa les épaules, alla ouvrir un tiroir et en sortit une photo encadrée de Khomeiny qu'il accrocha au mur. « Simple politesse, fit-il avec un sourire ironique. Nous devrions nous asseoir. Ils attendent de nous une certaine formalité cérémonieuse — mettez-vous en bout de table, s'il vous plaît.

— Non, Watanabe-*san*. S'il vous plaît, c'est à vous de présider, c'est vous qui dirigez, je ne suis qu'un visiteur.

— Comme vous voulez », répondit Watanabe en prenant son siège habituel, face à la porte.

— Qu'est-ce que c'est que cet incendie d'Abadan ? demanda Kasigi.

— Oh ! Pardon », s'excusa Watanabe, choqué au fond de lui-même que Kasigi ignorât un événement de cette importance. « Cela s'est passé en août dernier pendant le mois de Ramadan au cours duquel aucun Croyant ne peut boire ou manger entre le lever et le coucher du soleil. Tout le monde est naturellement nerveux. A cette époque, il y avait des manifestations un peu partout contre le shah, surtout à Téhéran et à Qom, mais rien de vraiment sérieux encore ; la police et la Savak contrôlaient encore la situation et évitaient les heurts. Le 15 août, un incendie fut volontairement allumé dans un cinéma d'Abadan, le Rex. Comme par hasard toutes les issues de secours étaient fermées ou bloquées, comme par hasard aussi les pompiers et la police mirent énormément de temps à arriver et cinq cents personnes, pour la plupart des femmes et des enfants, périrent.

— C'est épouvantable.

— Oui. Tout le pays fut en état de choc. On accusa immédiatement la Savak et par conséquent le shah. Celui-ci accusa les gauchistes et jura que la police et la Savak n'avaient rien à voir dans cette tragédie. Il fit naturellement nommer une commission qui enquêta pendant des semaines sans, malheureusement, trouver les responsables. » Watanabe guettait les bruits de pas. « Ce fut l'étincelle qui rassembla les diverses factions de l'opposition sous la houlette de Khomeiny et qui fit tomber les Pahlavi de leur trône.

— D'après vous, demanda Kasigi après un silence, qui a mis le feu au cinéma ?

— Qui voulait abattre les Pahlavi ? C'est si facile de crier Savak ! » Watanabe entendit l'ascenseur s'arrêter à l'étage. « Que représentent cinq cents femmes et enfants pour un fanatique prêt à tout ? »

La porte fut ouverte par Takeo. L'ayatollah et le civil entrèrent d'un air important, suivis par six hommes armés. Watanabe se leva poliment et s'inclina.

« Bienvenue, dit Watanabe en japonais bien qu'il parlât parfaitement le parsi. Je suis Naga Watanabe, je suis le responsable ici, et voici M. Kasigi, l'un des directeurs de nos bureaux japonais. A qui ai-je le plaisir de m'adresser, s'il vous plaît ? »

Takeo, qui parlait parsi, commença à traduire mais le civil qui s'était déjà assis le coupa. « *Vous parlez français ?* demanda-t-il durement à Watanabe.

— *Iye*-non, répondit-il en japonais.

— *Bien sûr, monsieur* », répondit Kasigi en hésitant. Son français était médiocre. « *Je parle un peu mais je parle anglais mieux et M. Watanabe aussi.*

— Très bien, fit sèchement l'homme en anglais avec un accent parisien. Nous allons donc parler anglais. Je suis Muzadeh, je représente le premier ministre Bazargan dans la région d'Abadan et...

— Mais ce n'est pas Bazargan qui fait les lois, c'est l'imam, coupa l'ayatollah. L'imam a nommé momentanément Bazargan premier ministre jusqu'à ce que, avec l'aide de Dieu, l'Etat islamique soit formé. » Il ne devait pas avoir loin de soixante-dix ans, un visage rond, les sourcils aussi blancs que sa barbe, une robe noire impeccable. « Sous le commandement de l'imam, ajouta-t-il d'un ton mordant.

— Oui, bien sûr, dit Muzadeh qui reprit comme s'il n'avait pas été interrompu, et je tiens à vous informer officiellement que la Toda-Iran est désormais placée sous notre contrôle. Il y aura une réunion dans trois jours pour organiser le contrôle ainsi que nos opérations futures. Tous les contrats existants, contrats signés avec le shah, sont déclarés illégaux et annulés. Je vais nommer un nouveau conseil d'administration dont je serai le président et qui comportera des représentants des ouvriers, un ouvrier japonais et vous-même. Vous s...

— Ainsi que moi-même et un mollah de Bandar », dit l'ayatollah en le fusillant du regard.

Muzadeh passa avec colère de l'anglais au parsi. « Nous pouvons discuter plus tard de la composition de comité. L'important, continua-t-il d'un air tendu, c'est que les travailleurs soient représentés.

— Ce qui est important c'est d'accomplir la volonté de Dieu.

— La volonté du peuple et la volonté de Dieu se rejoignent.

— Pas si la " volonté du peuple ", dissimule en fait la volonté de Satan ! »

Les six gardes paraissaient mal à l'aise. Ils s'étaient regroupés machinalement en deux groupes, l'un de deux, l'autre de quatre. Ils ne quittaient pas des yeux les deux hommes assis autour de la table. Un des gardes enleva le cran de sûreté de son arme.

« Que disiez-vous ? » intervint Watanabe qui constata avec soulagement que tous les regards se tournaient de nouveau vers lui. « Vous souhaitez former un nouveau comité ?

— Oui. » Et, avec un gros effort, Muzadeh détourna son regard de l'ayatollah. Il continua : « Vous voudrez bien tenir vos registres à notre disposition. Vous serez tenu responsable pour... pour tout problème à venir, pour tout crime contre l'Iran, passé ou futur.

— Nous avons été associés au gouvernement iranien depuis le déb...

— Avec le shah, pas avec le peuple iranien », coupa Muzadeh. Derrière lui les gardes, des jeunes dont certains n'avaient pas vingt ans et à peine du poil au menton, commencèrent à murmurer.

« C'est exact, monsieur Muzadeh », dit Watanabe qui n'était pas du tout effrayé. Au cours des derniers mois il avait connu plusieurs fois ce genre de confrontation. « Mais nous sommes japonais. Toda-Iran est construite par des techniciens japonais aidés par des ouvriers iraniens et les travaux sont entièrement financés par des capitaux japonais.

— Ceci n'a rien à v...

— Oui, nous le savons, coupa l'ayatollah d'un ton aimable, et vous êtes les bienvenus en Iran. Nous savons que les Japonais ne sont pas comme ces vils Américains ou ces fourbes Britanniques. Aussi, bien que vous ne soyez pas musulmans, ce qui est dommage pour vous, vos âmes n'étant pas encore ouvertes à Allah, nous vous souhaitons la bienvenue. Mais à présent, avec l'aide de Dieu, nous avons repris possession de notre pays et nous devons... nous devons prendre de nouvelles décisions concernant nos opérations futures. Les gens de notre peuple vont rester ici et poser des questions. S'il vous plaît, montrez-vous coopérants, vous n'avez rien à craindre. Souvenez-vous, nous avons autant envie que vous que les travaux soient achevés rapidement afin de pouvoir commencer l'exploitation. Je m'appelle Ishmael Ahwazi et je suis l'ayatollah de cette région. » Il se leva brusquement, faisant sursauter quelques-uns de ses hommes. « Nous reviendrons dans quatre jours.

— Nous avons d'autres ordres à donner à ces étrangers », dit Muzadeh en parsi.

Mais l'ayatollah était déjà parti. Muzadeh se leva d'un air méprisant et sortit avec ses hommes.

Quand ils furent seuls, Kasigi sortit un mouchoir et s'essuya le front. Le jeune Takeo ne bougeait pas. Watanabe fouilla dans sa poche à la recherche de son paquet de cigarettes mais celui-ci était vide. Il écrasa la boîte en carton. Takeo sembla revenir à la vie, il alla à un tiroir, trouva un paquet neuf, l'ouvrit et l'offrit.

« Merci, Takeo, dit Watanabe en s'asseyant et en acceptant du feu. Tu peux nous laisser maintenant. Alors, fit-il en regardant Kasigi, tout recommence.

— Oui, répondit pensivement Kasigi en réfléchissant aux implications de cette prise de contrôle par un nouveau comité. Nous ne pouvions apprendre de meilleure nouvelle. Ils seront très contents au Japon. » En fait, pensait-il avec une excitation grandissante, cela permettra d'attirer l'attention sur autre chose que les rapports de Watanabe et, peut-être, Hiro Toda et moi réussirons-nous à neutraliser Gyokomoto. Et si, encore mieux, Hiro se retirait et cédait la place à son frère, ce serait parfait !

« Quoi ? demanda-t-il en remarquant que Watanabe le regardait.

— Je ne voulais pas dire que c'était le travail qui recommençait, Kasigi-*san*, dit l'ingénieur en chef d'un ton tranchant. Le nouveau comité ne sera pas meilleur que le précédent ; en fait il sera pire. Avec nos anciens associés, les inévitables *pishkesh* nous ouvraient des portes et nous savions où nous en étions. Mais avec ces fanatiques, ces amateurs ? » Watanabe se passa rageusement la main dans les cheveux. Que les dieux me donnent la force de ne pas insulter ce fou pour sa stupidité aveugle, pensait-il. Sois avisé, calme-toi, ce n'est qu'un singe, pas un descendant direct des seigneurs du Nord comme tu l'es toi-même.

« L'ayatollah aurait menti alors ? demanda Kasigi dont l'euphorie s'évanouissait.

— Non. Ce pauvre fou croit ce qu'il dit mais il ne va rien se passer. La police et la Savak, quel que soit le nom qu'elle prendra, contrôlent toujours Abadan et sa région dont les habitants sont en majorité des Arabes sunnites et non pas des Iraniens chiites. Ce que je voulais dire, c'est que meurtres et assassinats vont recommencer. » Watanabe lui raconta l'altercation en parsi entre les deux hommes. « La situation va même être pire qu'avant car nous sommes en présence de deux camps s'affrontant pour la conquête du pouvoir.

— Ces sauvages ne vont pas obéir à Khomeiny ? Ils ne vont pas rendre leurs armes ?

— Les gauchistes comme Muzadeh vont continuer la lutte, aidés par les Soviétiques qui veulent contrôler l'Iran depuis toujours, pas pour le pétrole, mais pour le détroit d'Ormuz. S'ils y parvenaient, ils tiendraient l'Occident et le Japon à leur merci. En ce qui me concerne, l'Occident, l'Amérique et le reste du monde peuvent bien couler mais nous, nous devons nous mettre en guerre si le détroit est interdit à nos navires.

— Je suis d'accord. Bien sûr que je suis d'accord, répondit Kasigi tout aussi contrarié. Nous le savons tous. Il est évident que cela signifierait la guerre, tant que le pétrole sera vital pour nous.

— Oui, répondit Watanabe avec un sourire crispé, dix ans, pas plus.

— Oui. » Les deux hommes étaient au courant des énormes efforts nationaux de recherche en vue de développer de nouvelles sources d'énergie (le soleil et la mer) qui permettraient au Japon d'être autonome et de ne plus dépendre de pays étrangers — le projet national. « Dix ans, oui, dix ans, pas plus. » Kasigi était confiant. « Si nous avons dix années de paix et le libre accès au marché américain, alors notre tour viendra et nous dirigerons le monde. Mais, entretemps, il va nous falloir composer avec des barbares et des voyous pendant dix ans.

— Khrouchtchev n'avait-il pas dit que les Soviétiques n'avaient pas à s'occuper de l'Iran parce que " l'Iran est une pomme pourrie qui tombera toute seule dans nos mains " ? Ces mangeurs de bouse de vache sont en train de secouer l'arbre de toutes leurs forces. »

Watanabe était hors de lui.

« Nous les avons déjà battus », dit sombrement Kasigi en évoquant la guerre navale entre les Russes et les Japonais en 1904, guerre à laquelle son grand-père avait pris part. « Nous pouvons recommencer. Ce Muzadeh n'est peut-être qu'un progressiste. Tous les Iraniens ne sont pas des khomeinistes fanatiques. »

— Je suis d'accord, Kasigi-*san*. Mais certains ont Marx et Lénine pour dieux et font preuve d'un fanatisme et d'une stupidité tout aussi redoutables. Je parie que ce Muzadeh est un de ces soi-disant intellectuels, qui a étudié en France grâce à une bourse du shah, et que les enseignants gauchistes français ont endoctriné. J'ai passé deux ans à la Sorbonne, je connais ces intellectuels, ces crétins et certains professeurs ont essayé de m'endoctriner. Je me souv... »

Une courte rafale tirée au-dehors l'interrompit. Les deux hommes restèrent un instant figés puis se précipitèrent vers la fenêtre. Quatre étages plus bas, l'ayatollah et Muzadeh se tenaient sur les marches du perron. Dans la cour, un homme les menaçait de son pistolet-mitrailleur. Les autres étaient dispersés autour des camions, certains hurlaient. Tous hostiles. Scragger n'était pas loin et ils le virent se mettre légèrement en retrait. L'ayatollah leva les bras et les harangua. Watanabe ne pouvait pas entendre ce que l'homme disait. Il ouvrit prudemment la fenêtre et tendit l'oreille.

« Il dit : " Au nom de Dieu, rendez vos armes, l'imam l'a ordonné — vous avez tous entendu son message à la radio —, je le répète, obéissez-lui et rendez vos armes. " »

Des cris lui répondirent, des hommes montraient le poing. Dans la confusion ils virent Scragger disparaître derrière le bâtiment. Watanabe se pencha pour mieux entendre. « L'homme qui les menace avec son arme... je n'arrive pas à voir s'il porte un brassard vert ou pas... ah ! il n'en a pas, il doit donc appartenir aux fedayin ou aux tudehs... »

Un grand silence régnait à présent dans la cour. Imperceptiblement les hommes commencèrent à se mettre en position, armes chargées, chacun observant son voisin, les nerfs à vif. L'homme au pistolet-mitrailleur pointa son arme sur l'ayatollah en hurlant : « Ordonne à tes hommes de lâcher leurs armes ! »

Muzadeh fit un pas en avant. Il ne désirait pas une confrontation car il savait ses partisans moins nombreux que ceux de l'ayatollah. « Arrête, Hassan ! Arr...

— Nous ne nous sommes pas battus et nos frères ne sont pas morts pour que nous abandonnions nos armes et le pouvoir aux mollahs !

— C'est le gouvernement qui détient le pouvoir ! Le gouvernement ! » Muzadeh éleva la voix. « Vous pouvez tous garder vos armes maintenant, mais venez les déposer à mon bureau car je représente le nouveau gouvernement et...

— Non ! hurla l'ayatollah. Premièrement, au nom de Dieu, tous les Gardes non islamiques vont laisser tomber leurs armes par terre et s'en iront en paix. Deuxièmement, le gouvernement dépend du comité révolutionnaire sous la direction de l'imam et cet homme, Muzadeh, n'a pas été confirmé dans ses fonctions et n'a donc aucune autorité ! Obéissez ou vous serez désarmés !

— Je représente le gouvernement ici !

— Non !

— *Allah -ou Akbar !* cria quelqu'un en appuyant sur la détente de son arme. Hassan, le jeune homme qui se trouvait au milieu du groupe, prit la rafale dans le dos et pirouetta sur lui-même dans une grotesque danse de mort avant de s'écrouler. D'autres coups de feu éclatèrent immédiatement et les hommes se jetèrent à couvert ou se retournèrent contre leurs voisins. La bataille fut courte mais féroce. Beaucoup moururent, mais les hommes de Muzadeh étaient bien inférieurs en nombre. Les Brassards verts se montrèrent impitoyables. Certains d'entre eux saisirent Muzadeh et l'obligèrent à se mettre à genoux dans la poussière et à implorer pitié.

L'ayatollah était toujours debout sur les marches. Une rafale l'atteignit en pleine poitrine et dans l'estomac. Il s'abattit dans les bras d'un homme, sa robe maculée de rouge. Un filet de sang jaillit de sa bouche et coula sur sa barbe. « Dieu est grand... Dieu est grand... », murmura-t-il avant de laisser échapper un cri de douleur.

« Mon maître, dit l'homme qui le soutenait, les larmes aux yeux, dis à Dieu que nous avons essayé de te protéger, dis-le au Prophète.

— Dieu... est... grand..., murmura-t-il.

— Et qu'est-ce qu'on fait de ce Muzadeh ? demanda quelqu'un.

— Accomplissez la volonté de Dieu. Tuez-le... tuez-le comme nous devons tuer tous les ennemis de l'Islam. Il n'y a d'autre Dieu qu'Allah... »

L'ordre fut immédiatement exécuté. Cruellement. L'ayatollah mourut, le sourire aux lèvres, en prononçant le nom de Dieu. Certains hommes pleurèrent ouvertement. Ils lui enviaient le paradis.

CHAPITRE 24

Base aérienne de Kowiss : 14 h 32. Manuela Starke était dans la cuisine de son bungalow en train de faire du chili. Un petit lecteur de cassette à piles jouait de la country music. Sur le réchaud à butane, une grosse marmite pleine de haricots rouges et de viande commença à bouillir ; Manuela baissa le gaz et jeta un coup d'œil à sa montre pour voir combien de temps encore elle devait laisser mijoter. Très bien, pensa-t-elle. Nous passerons à table vers 7 heures et les bougies sur la table seront du plus bel effet.

Il y avait encore des oignons à hacher, ainsi que de la viande de chèvre à couper en morceaux. Elle continua joyeusement à s'activer, chantonnant distraitement et esquissant même parfois des petits pas de danse. La cuisine était exiguë, peu pratique. Pas comme celle, immense et claire, de la vieille et adorable hacienda espagnole que sa famille possédait à Lubbock depuis presque un siècle, là où elle et ses sœurs avaient été élevées. Mais être à l'étroit et devoir cuisiner sans les ustensiles appropriés ne la dérangeait pas. Elle était contente d'avoir quelque chose à faire, cela lui occupait l'esprit et elle ne passait pas son temps à se demander quand elle allait revoir son mari.

Conroe est parti à Bandar Delam avec le mollah samedi, pensa-t-elle, en essayant de se rassurer. Aujourd'hui, nous sommes mardi, cela ne fait donc que trois jours. Et encore, la journée n'est pas terminée. La veille, elle l'avait entendu par radio. « Salut chérie, tout va bien ici, tu n'as pas de souci à te faire. Désolé, il faut que j'y aille, les transmissions radio sont limitées en ce moment. Je t'aime, je te revois bientôt. » Sa voix était si puissante, si confiante. Mais, malgré tout, elle était presque sûre d'y avoir décelé une certaine nervosité et elle ne cessait, depuis, d'y penser et même d'en rêver la nuit. C'est ton imagination ! Il sera de retour très bientôt, laisse les rêves pour la nuit et concentre-toi sur ta cuisine.

De Londres, elle avait rapporté des sachets de poudre de chili, des épices, du paprika, du poivre de Cayenne, du gingembre, de l'ail frais, du poivre séché, des haricots secs. Sans oublier le papier hygiénique qu'elle avait mis dans le bagage à main autorisé à bord d'un 747. Starke adorait la cuisine mexicaine, tout particulièrement le chili, et ils étaient tous les deux d'accord pour dire que, le curry mis à part, c'était la seule façon de rendre la viande de bouc mangeable. Elle n'avait pas eu besoin d'apporter des vêtements, car elle avait encore tout ce qui lui fallait dans leur appartement de Téhéran. Le seul autre cadeau qu'elle avait acheté, c'était un pot de confiture pour Genny et Duncan McIver. Elle savait qu'ils en raffolaient le matin sur du pain grillé et du beurre.

Aujourd'hui Manuela avait cuit du pain. Les trois miches étaient encore dans leurs moules, refroidissant sur le buffet et protégées des mouches par de la mousseline. Maudites mouches, pensa-t-elle. Elles gâchent l'été, même à Lubbock... Ah ! Lubbock, je me demande comment vont les enfants.

Billy Joe, Conroe Junior et Sarita. Sept, cinq et trois ans. Ah ! mes petites splendeurs, pensa-t-elle le cœur joyeux. Je suis si heureuse de vous avoir envoyés là-bas, chez papa, dans cette splendide propriété de quatre mille hectares où grand-papa Starke est toujours là pour vous dire : « Et oubliez pas d'enfiler vos bottes à cause des serpents, compris ? » Elle entendait sa voix traînante, rude et tendre.

« Le Texas, il n'y a que cela de vrai », dit-elle à voix haute, puis elle éclata de rire, se moquant d'elle-même tout en remuant le chili qu'elle goûtait de temps à autre, rajoutant un peu de ceci, un peu de cela. Par la fenêtre elle vit Freddy Ayre traverser le petit jardin en direction de la tour radio. Il était accompagné de Pavoud, le chef du personnel du bureau. Un homme très gentil, pensa-t-elle. Nous avons de la chance d'avoir des employés iraniens loyaux. Derrière eux elle pouvait apercevoir la piste principale de décollage et presque toute la base, recouverte de neige, le ciel bas cachant le sommet des montagnes. Quelques-uns de leurs pilotes et mécaniciens jouaient au football sans grand entrain. Marc Dubois — qui avait ramené le mollah — était parmi eux.

Aucune autre activité à part l'entretien des appareils, les vérifications et un peu de peinture — aucun vol depuis l'attaque de la base dimanche et la mutinerie. Dimanche soir, trois mutins, un homme de troupe de l'armée de l'air et deux sergents de la compagnie de chars étaient passés en cour martiale. Ils avaient été condamnés à mort et exécutés immédiatement. Aujourd'hui, tout était calme à la base. La veille, ils avaient vu deux chasseurs passer à vive allure dans le ciel. Rien d'autre, ce qui était étonnant car c'était une base d'entraînement et il y avait généralement beaucoup de trafic et d'animation. Plus rien ne semblait bouger. Juste quelques camions, mais ni tanks ni défilés. Dans la nuit on avait entendu des cris et des coups de feu. Puis tout s'était tu de nouveau.

Elle se regarda d'un œil critique dans le miroir suspendu au-dessus de l'évier empli d'assiettes, de couverts et de casseroles sales.

Elle recula d'un pas et examina sa silhouette ou ce qu'elle pouvait en apercevoir dans le miroir. « Tu n'es pas encore si mal, ma choute, dit-elle à son reflet, mais tu ferais mieux de te remuer un peu le cul, de faire du jogging et d'arrêter le pain, le chili, le vin, les burritos, les tacos, les haricots, les gâteaux, le miel, les œufs au bacon... »

La marmite commença à crachoter. Elle réduisit le feu, goûta de nouveau le chili qui n'était pas encore tout à fait cuit. « Voilà qui va rendre Conroe aussi heureux qu'un cochon dans un bain de boue... » Son visage se rembrunit. Cela l'aurait rendu heureux, pensa-t-elle, s'il était là. Tant pis, les garçons vont se régaler tout autant.

Elle commença à faire la vaisselle mais elle ne pouvait empêcher ses pensées de vagabonder vers Bandar Delam. Elle sentit des larmes lui monter aux yeux. Oh! Merde, contrôle-toi un peu.

« *Casevac!* » cria quelqu'un dehors. Elle sursauta et regarda par la fenêtre. La partie de football s'était interrompue. Tous les hommes regardaient Ayre qui dévalait les escaliers extérieurs de la tour en les appelant. Elle les vit l'entourer puis se disperser. Ayre se dirigeait vers le bungalow. Elle retira rapidement son tablier, se passa la main dans les cheveux pour les remettre en place, essuya ses larmes et alla à sa rencontre sur le pas de la porte.

« Qu'est-ce qu'il y a, Freddy ?

— J'ai pensé que je devais te prévenir, on vient de me demander de préparer immédiatement un 212 pour un *casevac* sur Ispahan, ils ont l'accord d'IranOil.

— C'est assez loin, non ?

— Non, c'est à environ trois cents kilomètres, deux heures de vol, il fera encore jour. Marc va passer la nuit là-bas et reviendra demain. » Ayre sourit. « C'est bien d'avoir quelque chose à faire. Curieusement, ils ont demandé que ce soit Marc qui y aille.

— Pourquoi lui ?

— Je ne sais pas. Peut-être parce qu'il est français et que les Français ont aidé Khomeiny. Bon, faut que j'y aille. Ton chili sent superbon. Marc est déjà malade à l'idée de le rater. » Il repartit vers le bureau. Elancé. Séduisant.

Elle resta debout sur le pas de la porte. Des mécaniciens sortaient un 212 d'un hangar. Marc Dubois, tout en remontant la fermeture Eclair de sa combinaison de vol, lui adressa un joyeux signe de la main. Il se hâtait vers l'appareil pour surveiller les vérifications de prédécollage. Elle aperçut alors quatre voitures qui arrivaient à la queue leu leu sur la route. Freddy les vit aussi. Il fronça les sourcils et entra dans son bureau. « L'autorisation de vol est prête, monsieur Pavoud ?

— Oui, Excellence », répondit Pavoud en la lui tendant.

Ayre ne remarqua pas la nervosité de l'homme ni ses mains tremblantes. « Merci. Vous feriez bien de venir aussi, au cas où ils ne parleraient que parsi.

— Mais, Excel...

— Venez ! » Ayre boutonna son blouson contre le vent et sortit. Pavoud essuya ses mains moites. Les autres Iraniens le regardaient, aussi inquiets que lui.

« Que la volonté de Dieu s'accomplisse », dit l'un d'eux en bénissant Dieu que ce soit Pavoud et pas lui.

Autour du 212, on continuait le processus normal de vérification. Ayre arriva en même temps que les voitures. Son sourire s'évanouit. Elles étaient bourrées d'hommes en armes. Des Brassards verts et quelques militaires en uniforme. Ils entourèrent immédiatement l'appareil.

Le mollah Hussain Kowissi émergea du siège avant de la voiture de tête. Il portait un turban blanc immaculé, une robe noire neuve, de vieilles bottes usées et un AK47 en bandoulière. Manifestement c'était lui qui commandait. Un autre homme ouvrit les portes arrière de la voiture et tira à moitié dehors le colonel Peshadi, puis son épouse. Peshadi se mit à hurler et à les insulter, et ils reculèrent légèrement. Il arrangea sa capote et son képi galonné. Sa femme portait un épais manteau, des gants, un petit chapeau et un sac à main. Son visage était pâle et ses traits tirés, mais, comme son mari, elle se tenait fièrement, la tête haute. Elle se pencha vers la voiture pour saisir un petit bagage mais un des Brassards verts devança son geste, l'attrapa et, après une légère hésitation, le lui tendit.

Ayre essaya de cacher son saisissement. « Que se passe-t-il, monsieur ?

— Nous sommes... on nous envoie à Ispahan sous surveillance ! Sous surveillance ! Ma base... Nous avons été trahis et ma base est aux mains des rebelles ! » Le colonel étouffait de rage, il se tourna vers Hussain et lui dit en parsi : « Qu'est-ce que ma femme a à voir dans tout cela ? HEIN ? » ajouta-t-il en criant. Un des Brassards verts lui enfonça son arme dans les reins. Sans même se retourner, le colonel repoussa brutalement l'arme. « Fils de pute !

— Stop ! cria Hussain en parsi. Ce sont des ordres qui viennent d'Ispahan. Je te les ai montrés, ils disent bien que toi et ta femme devez immédiatement...

— Des ordres ? Ce sale petit morceau de papier chiffonné, griffonné par un analphabète et signé par un ayatollah dont je n'ai jamais entendu parler ? »

Hussain se rapprocha de lui. « Montez à bord ! Tous les deux ! Sinon je vous fais monter de force, menaça-t-il.

— Quand l'appareil sera prêt ! » Le colonel sortit une cigarette d'un air dédaigneux. « Donne-moi du feu », ordonna-t-il à l'homme le plus proche de lui et, comme celui-ci hésitait : « Tu es sourd ? Du feu ! »

L'homme grimaça un sourire et trouva des allumettes. Les autres approuvèrent de la tête, même le mollah admirait son courage face à la mort, son courage face aux portes de l'enfer. Car cet homme était un partisan du shah et donc voué aux souffrances de l'enfer. Evidemment, l'enfer. Ne l'as-tu pas entendu crier « Vive le shah » il y a quelques heures à peine quand, en pleine nuit, nous avons envahi et pris possession du camp ainsi que de sa maison, aidés par tous les soldats et aussi par quelques officiers ? Ceux qui n'étaient pas avec nous sont à présent tous en prison. Dieu est grand. C'était la volonté de Dieu que les généraux s'effondrent tous comme des merdes. L'imam avait une fois de plus raison, que Dieu le protège.

Hussain se dirigea vers Ayre qui se tenait raide, complètement choqué, essayant de comprendre. A côté de lui Marc Dubois était également sidéré, la vérification de l'appareil venait juste de s'achever. « *Salam*, dit le mollah en faisant un effort pour être poli. Tu n'as rien à craindre. L'imam a ordonné que la situation redevienne normale.

— Normale ? ne put s'empêcher de répondre Ayre. Vous arrêtez le colonel Peshadi, chef du bataillon de blindés, héros de l'expédition d'Oman qui a maté une rébellion marxiste et empêché l'invasion du Sud-Yémen ! » Cela s'était passé en 1973 quand le sultan d'Oman avait demandé de l'aide au shah. « Le colonel Peshadi n'a-t-il pas reçu le *zolfarazan*, la plus haute distinction accordée en temps de guerre ?

— Si. Mais maintenant le colonel Peshadi va devoir répondre à des questions au sujet de crimes perpétrés contre le peuple iranien et contre les lois de Dieu ! *Salam*, capitaine Dubois, je suis content que ce soit toi qui nous pilotes.

— On m'a convoqué pour un *casevac*. Ceci n'est pas un *casevac*, répondit Dubois.

— C'est une évacuation d'urgence — le colonel et sa femme doivent être évacués vers le quartier général d'Ispahan, dit Hussain avec un sourire sardonique.

— Désolé, dit Ayre, mais notre appareil vole sous licence IranOil. Nous ne pouvons pas faire ce que vous nous demandez. »

Le mollah se retourna et appela : « Excellence Esvandiary ! »

Kuram Esvandiary, ou « Coup d'enfer », comme on le surnommait, avait une trentaine d'années, il était très aimé des expatriés, très efficace. Il avait passé deux ans au centre d'instruction de la S-G à Aberdeen grâce à une bourse accordée par le shah. Il arriva par l'arrière et sur le moment aucun des hommes de la S-G ne le reconnut. Il était d'habitude impeccablement vêtu et toujours rasé de près mais aujourd'hui il portait une barbe de trois ou quatre jours, des habits grossiers, un brassard vert, un chapeau mou et un M16 sur l'épaule. « Le vol est inscrit ici, dit-il en tendant à Ayre les formulaires habituels. Je les ai signés et ils sont tamponnés.

— Mais, Coup d'enfer, tu te rends bien compte que cela n'est pas un *casevac* ?

— Je m'appelle Esvandiary — monsieur Esvandiary », répondit-il sans sourire et Ayre rougit. « Ceci est un ordre en bonne et due forme d'IranOil dont vous dépendez par contrat. » Son visage se durcit. « Si tu refuses d'obéir à un ordre légitime alors que les conditions de vol sont bonnes, tu romps ce contrat. Si c'est le cas, nous avons le droit de confisquer les appareils, les hangars, le matériel, les maisons, l'équipement, de vous expulser d'Iran immédiatement.

— Tu ne peux pas faire cela.

— C'est moi qui suis le représentant d'IranOil à présent, dit Esvandiary sèchement. IranOil appartient au gouvernement. Le comité révolutionnaire sous la direction de l'imam Khomeiny, que la paix soit sur lui, est le gouvernement. Relis tes contrats IranOil ainsi que ceux passés entre S-G et Iran Helicopters. Est-ce que tu acceptes de piloter ce vol ou est-ce que tu refuses ? »

Ayre essaya de garder son sang-froid. « Et... et le premier ministre Bakhtiar et le gouv...

— Bakhtiar ? » Esvandiary et le mollah se regardèrent. « Tu n'as pas appris la nouvelle ? Il a démissionné et s'est enfui. Les généraux se sont rendus hier matin, l'imam et le comité révolutionnaire sont le seul gouvernement légitime. »

Ayre, Dubois et tous les expatriés en restèrent bouche bée. Le mollah dit quelque chose en parsi qu'ils ne comprirent pas et tous ses hommes éclatèrent de rire.

« Ils se sont rendus ? » C'était tout ce qu'Ayre pouvait dire.

« Dieu a voulu que les généraux reviennent à la raison, dit Hussain dont les yeux brillaient. Ils ont été arrêtés. L'état-major au complet. Tous les ennemis de l'Islam subiront le même sort désormais. Nous avons eu Nassiri — tu as entendu parler de lui ? » Nassiri était le chef haï de la Savak que le shah avait fait emprisonner quelques semaines auparavant. « Nassiri a été reconnu coupable de crimes contre l'humanité et abattu ainsi que trois généraux, Rahimi, gouverneur de Téhéran pendant la loi martiale, Naji, gouverneur général d'Ispahan et le chef des parachutistes Khosrowdad. Tu perds ton temps. Acceptes-tu la mission, oui ou non ? »

Ayre était à peine capable de penser. Si ce qu'ils disent est vrai, alors Peshadi et son épouse sont déjà morts. Tout cela est si rapide... si incroyable... « Nous... bien sûr... nous allons nous charger de cette mission puisque... euh... puisque les ordres sont réguliers. Que voulez-vous exactement ?

— Que tu emmènes Son Excellence le mollah Hussain Kowissi à Ispahan avec ses hommes. Tout de suite, coupa impatiemment Esvandiary. Ainsi que le prisonnier et sa femme.

— Ils... les noms de M. et Mme Peshadi ne figurent pas sur le formulaire. »

D'un geste brusque, Esvandiary arracha la feuille des mains d'Ayre et écrivit dessus. « Voilà, ils y sont ! » Il passa à côté de Dubois et d'Ayre et se dirigea vers Manuela qui se tenait un peu en arrière, les cheveux dissimulés sous un chapeau, vêtue d'une salopette. Il l'avait remarquée dès qu'il était arrivé, attiré comme toujours, mal à l'aise comme toujours. « Je devrais l'arrêter pour intrusion illégale, dit-il, la voix rauque. Elle n'a aucun droit d'être ici, il n'y a pas de quartiers pour les couples mariés, les couples mariés ne sont pas autorisés ici. Le règlement de la S-G est très clair. »

Le colonel Peshadi qui se tenait à côté du 212 cria furieusement en anglais : « Alors ? C'est pour aujourd'hui ou pour demain, ce vol ? Nous avons froid. Activez-vous, Ayre, je veux passer le moins de temps possible en compagnie de cette vermine ! »

Esvandiary et le mollah rougirent. « Oui, monsieur, répondit Ayre qui admirait le courage de cet homme. Je suis désolé. Prêt, Marc ?

— Oui, répondit Marc qui se tourna ensuite vers Esvandiary. Où se trouve l'autorisation militaire ?

— Agrafée avec les autres, répondit-il. Ainsi que les autorisations de vol pour le retour de demain. » Puis en parsi à l'intention du mollah : « Excellence, je suggère que vous embarquiez. »

Le mollah partit. Des gardes firent monter Peshadi et son épouse à bord. La tête haute, ils gravirent les marches sans trembler. Des hommes armés montèrent avec eux et le mollah prit le siège avant à côté de Dubois.

« Attendez une minute, dit Ayre qui commençait à se ressaisir. Nous ne volons pas avec des hommes armés. C'est contre tous les règlements, les vôtres comme les nôtres ! »

Esvandiary cria un ordre en montrant Manuela du doigt. Quatre hommes armés l'entourèrent immédiatement. D'autres se rapprochèrent d'Ayre. « Maintenant, fais signe à Dubois qu'il peut décoller ! »

Conscient du danger, Ayre obéit et leva le pouce en l'air. Dubois répondit par un signe de tête et mit le contact. Il décolla rapidement. « Maintenant, au bureau », dit Esvandiary par-dessus le bruit des moteurs. Il ordonna aux hommes qui entouraient Manuela de retourner à leurs voitures. « Laissez une voiture ici avec quatre Gardes, j'ai d'autres ordres à donner à ces étrangers. Toi, fit-il rudement en désignant Pavoud, je veux que tu me fasses l'inventaire de tout ce qu'il y a ici : appareils, pièces de rechange, réserves de carburant ainsi que les noms de tous les employés étrangers et iraniens, leur spécialisation, numéro de passeport, permis de travail, permis de résidence, licences de vol. Compris ?

— Oui, oui, Excellence Esvandiary. Oui, certain...

— Et je veux voir ces passeports et ces permis demain. Exécution. »

L'homme s'éloigna en toute hâte. Esvandiary gagna le bureau de Starke, et s'installa dans le fauteuil principal. Ayre le suivait. « Assieds-toi.

— Merci, c'est très aimable », répondit ironiquement Ayre. Les deux hommes étaient du même âge. Ils s'observèrent.

L'Iranien sortit une cigarette et l'alluma. « Dorénavant, c'est mon bureau, dit-il. Maintenant que l'Iran est enfin aux Iraniens, nous allons pouvoir commencer à effectuer les changements qui s'imposent. Pendant les deux prochaines semaines tu opéreras sous mes ordres jusqu'à ce que je sois sûr que tu aies compris la nouvelle façon de fonctionner. Je suis le responsable d'IranOil pour Kowiss et c'est moi qui délivrerai les autorisations de vol. Personne ne peut prendre l'air sans une autorisation écrite, sans être accompagné d'un Garde armé et...

— Cela va à l'encontre de la réglementation aérienne iranienne et internationale. C'est interdit. En plus, c'est salement dangereux. Le sujet est clos ! »

Il y eut un grand silence. Puis Esvandiary fit un signe de tête. « Tu transporteras des Gardes qui auront des armes, mais pas de munitions. » Il sourit. « Voilà, tu vois, les compromis sont possibles. Nous pouvons nous montrer raisonnables, oh oui ! L'ère qui commence sera bonne pour toi aussi.

— J'espère surtout qu'elle le sera pour toi.

— Ce qui signifie ?

— Ce qui signifie que toutes les révolutions dont j'ai entendu parler tournent au bain de sang. Passé l'euphorie des premières heures, la folie s'empare de tous, les amis deviennent rapidement des ennemis et meurent encore plus rapidement.

— Pas chez nous, répondit Esvandiary, confiant. Cela ne se passera pas comme cela ici. Notre révolution est une véritable révolution, le peuple y participe. Tout le monde voulait que le shah s'en aille ainsi que ses maîtres étrangers.

— J'espère pour toi que tu as raison. » Pauvre connard, pensa Ayre qui, auparavant, l'aimait bien. Si tes chefs peuvent juger, condamner et tuer quatre généraux — des hommes de grande valeur à part Nassiri — en moins de vingt-quatre heures, s'ils peuvent arrêter de vrais patriotes comme Peshadi et sa femme, alors, que Dieu vous vienne en aide. « Tu en as terminé avec moi pour aujourd'hui ?

— Pas tout à fait. » Une bouffée de colère saisit Esvandiary. Par les fenêtres il pouvait voir Manuela qui retournait vers son bungalow en compagnie de plusieurs pilotes et son désir augmenta sa fureur. « Il serait bon que vous appreniez les bonnes manières, l'Iran est un pays oriental, un pays puissant qui ne se laissera plus jamais exploiter par les Anglais, les Américains ou même les Russes. Plus jamais. » Il se cala dans son fauteuil et mit ses pieds sur le bureau comme il avait vu Starke et Ayre le faire des dizaines de fois, la semelle de ses chaussures face à Ayre, ce qui dans cette partie du monde était une insulte. « Les Anglais étaient pires que les Américains. Ils nous ont humiliés pendant un siècle et demi en occupant notre pays comme s'il s'agissait de leur fief, soi-disant pour défendre l'Inde. Ils ont imposé leurs lois à nos dirigeants, nous ont envahis trois fois, nous ont forcés à signer des traités injustes, ils ont soudoyé nos chefs pour obtenir des concessions pétrolières. Depuis un siècle et demi les Anglais et les Russes se partagent mon pays, les Anglais ont aidé ces hyènes à voler nos provinces du Nord, le Caucase. Ce sont eux qui ont permis à Rizah Khan de monter sur le trône, eux qui nous ont occupés avec les Soviétiques pendant votre guerre mondiale. Et ce n'est que grâce à nos efforts suprêmes, que nous avons pu briser le joug et les chasser. » Brusquement le visage d'Esvandiary se tordit de colère. « Pas vrai ? » hurla-t-il.

Ayre n'avait pas bronché. « Coup d'enfer, et c'est la dernière fois que je t'appelle comme ça, je ne veux pas de sermon, je suis juste là pour faire mon boulot. Si nous ne trouvons pas un moyen de travailler ensemble, c'est autre chose. Il faudra voir. Tu veux ce bureau ? Parfait. Tu veux jouer aux tornades blanches ? C'est parfait aussi. Tu as sûrement raison. Tu as gagné, tu as des armes, tu as pris le pouvoir et tu es le chef. Et tu as raison, c'est ton pays. Alors restons-en là, veux-tu ? »

Esvandiary le fixait sans rien dire, sa tête lui faisait mal comme si elle était congestionnée par la haine qui s'y était accumulée depuis des années. Et, bien qu'il sût que ce n'était pas la faute d'Ayre, il savait également qu'il n'aurait pas hésité à le tuer d'une rafale de mitraillette s'il avait refusé d'obéir aux ordres et d'emmener le mollah et le traître Peshadi vers le jugement qu'il méritait. Je n'ai pas oublié ce soldat que Peshadi a assassiné — celui qui voulait nous ouvrir la porte — ni les autres, ceux qui sont morts il y a deux jours quand Peshadi nous a battus. Des centaines de victimes, dont mon frère et deux de mes meilleurs amis. Et tous les autres, les centaines, les milliers, peut-être les dizaines de milliers qui sont morts à travers l'Iran... Je ne les oublie pas. Pas un seul d'entre eux.

Un filet de bave coula sur son menton, il l'essuya du revers de la main et reprit son sang-froid, se souvenant de l'importance de sa mission. « Très bien, Freddy. » Il avait dit « Freddy » sans faire attention. « Très bien... et c'est aussi la dernière fois que je t'appelle ainsi. Restons-en là. »

Il se leva, épuisé mais fier de la façon dont il les avait matés, et confiant quant à l'avenir. Il allait faire travailler ces étrangers jusqu'à ce qu'ils soient expulsés. Très bientôt, pensa-t-il. Je n'aurai aucune difficulté à faire appliquer ici le plan à long terme des associés. Je suis d'accord avec Valik. Nous avons de nombreux pilotes iraniens ; et nous n'avons pas besoin d'étrangers. Je peux très bien diriger cette opération en tant qu'associé — remercions Dieu que Valik ait été secrètement un partisan de Khomeiny ! Bientôt j'aurai une grande maison à Téhéran et mes deux fils iront à l'université, ainsi que ma petite chérie Fatmeh, qui étudiera peut-être aussi un an ou deux à la Sorbonne.

« Je serai de retour à 9 heures. » Il ne referma pas la porte derrière lui.

« Bordel de merde », murmura Ayre. Une mouche se cognait contre la vitre. Il ne l'entendit pas. Il pensa soudain à quelque chose, se leva et s'en alla dans le bureau voisin. Pavoud et les autres étaient à la fenêtre, regardant les étrangers s'en aller. « Pavoud ! »

Ayre remarqua que l'homme était pâle et semblait bien plus âgé que d'habitude. « Tu savais pour les généraux ? Tu savais qu'ils s'étaient rendus ? demanda-t-il, désolé pour lui.

— Non, Excellence », mentit Pavoud avec aisance. Il avait l'habitude de mentir. Pour l'instant il était terrifié à l'idée qu'au cours des trois années précédentes il avait pu se trahir en présence d'Esvandiary. Il ne s'était jamais douté que celui-ci était en secret un Garde islamique. « Nous avons entendu des rumeurs au sujet de leur capitulation — mais, vous savez... les rumeurs...

— Oui, oui, je suppose que tu as raison.

— Vous... vous permettez que je m'assoie, s'il vous plaît ? » Pavoud tira une chaise. Il se sentait brusquement très vieux. Il dormait mal depuis une semaine et les trois kilomètres qu'il devait faire tous les matins pour venir de Kowiss où il partageait un petit appartement de quatre pièces avec son frère et sa famille — cinq adultes et six enfants — le fatiguaient plus que d'habitude. Bien sûr que tous les habitants de Kowiss avaient appris la reddition des généraux ; elle leur avait été annoncée à la mosquée par le mollah Hussain averti par un message radio secret émanant du quartier général de Khomeiny à Téhéran. Cela devait donc être vrai.

Le chef du Tudeh les avait immédiatement réunis. Ils étaient stupéfaits par la couardise des généraux. « Cela démontre une fois de plus la maléfique influence des Américains qui les ont trahis. Et perturbés au point qu'ils se sont châtrés et suicidés. Car ils mourront de toute façon, que ce soient nous ou ce fou de Khomeiny qui nous en chargions. »

Tout le monde acquiesça, bien qu'effrayé de voir poindre cette lutte contre les fanatiques et les mollahs, l'opium du peuple. Pavoud fut soulagé quand leur chef leur dit qu'ils avaient reçu l'ordre de ne pas bouger, de ne pas descendre dans la rue, de rester cachés et d'attendre l'ordre du soulèvement général. « Camarade Pavoud, il est vital que tu conserves de bonnes relations avec les pilotes étrangers de la base aérienne. Nous avons besoin d'eux et de leurs hélicoptères et nous aurons besoin d'en interdire l'usage aux ennemis du peuple. Nos ordres sont de rester tranquilles et d'attendre. Patience. Quand nous recevrons l'ordre de descendre dans les rues et de nous soulever contre Khomeiny, nos camarades du Nord traverseront la frontière par légions... »

Il vit qu'Ayre l'observait. « Ça va, capitaine, je me fais juste du souci au sujet de... de cette nouvelle ère.

— Fais ce qu'Esvandiary te demande. » Ayre réfléchit un

moment. « Je vais à la tour radio pour informer notre QG de ce qui se passe. Tu es sûr que tu vas bien ?

— Oui, oui, merci. »

Ayre fronça les sourcils, sortit dans le couloir et monta les escaliers. L'incroyable changement d'Esvandiary qui, pendant des années, s'était montré amical, affable, sans jamais la moindre manifestation antibritannique, l'avait complètement abasourdi. Pour la première fois depuis qu'il était en Iran, il sentit que leur avenir était condamné.

A sa grande surprise, la tour radio était vide. Depuis la mutinerie de dimanche, il y avait une garde permanente. « Je suis sûr que vous comprenez l'état d'urgence, avait dit le major Changiz en haussant les épaules. Beaucoup de loyalistes se sont fait tuer aujourd'hui et nous n'avons pas encore démasqué tous les traîtres, pas encore. Jusqu'à nouvel ordre, vous n'émettrez que pendant la journée, le strict minimum. Tous les vols sont suspendus pour l'instant.

— Très bien, major. Au fait, où est donc notre opérateur radio, Massil ?

— Le Palestinien ? On l'interroge.

— Puis-je vous demander pourquoi ?

— Appartenance à l'OLP et activités terroristes. »

La veille on lui avait appris que Massil avait avoué et avait été passé par les armes. Il n'avait pas pu le voir ni lui parler. Pauvre vieux, pensa Ayre en refermant la porte et en allumant les émetteurs. Massil nous était fidèle et reconnaissant pour son boulot. Il était très qualifié, trop peut-être pour ce travail, diplômé ingénieur radio de l'université du Caire, premier de sa classe, mais aucun endroit où exercer et pas de pays. Saloperie de merde ! Nous avons des passeports et cela nous paraît normal mais lorsque l'on n'en a pas et qu'on est palestinien ? Cela doit être terrifiant de ne jamais savoir ce qui va se passer à la frontière, face aux employés de l'immigration, aux policiers, aux bureaucrates, aux employés ; de n'être jamais en règle.

Dieu merci, je suis né britannique et même la reine d'Angleterre ne pourra jamais m'enlever ça, bien que cette saloperie de gouvernement travailliste soit en train de foutre en l'air notre héritage outre-mer. Les habitants de nos colonies devront bientôt demander un visa pour avoir le droit de rentrer en Angleterre. « Les connards, murmura-t-il. Ils ne se rendent donc pas compte que ce sont les fils et les filles d'hommes qui se sont battus et qui sont morts pour bâtir notre empire ? »

Il attendit que les émetteurs HF chauffent. Le bourdonnement des appareils et les petites lumières rouges et vertes qui clignotaient lui firent chaud au cœur et il ne se sentit plus isolé du monde. J'espère qu'Angela et le jeune Frederick vont bien. C'est l'enfer sans courrier, téléphone ou télex. Peut-être que bientôt tout va fonctionner à nouveau.

Il remarqua qu'il avait machinalement allumé le radar. Alors qu'il se penchait pour l'éteindre, un petit point apparut sur l'écran juste derrière le cercle extérieur — la ligne des trente kilomètres — au nord-ouest, à peine visible au milieu des montagnes. Intrigué, il regarda de plus près. L'expérience acquise lui dit qu'il s'agissait d'un hélicoptère. Il s'assura qu'il était réglé sur les bonnes fréquences de réception radio et quand il reposa le regard sur l'écran, il constata que le point avait disparu. Il attendit. Il ne réapparut pas. Il s'est posé, il a été abattu, ou il a échappé au contrôle radar, pensa-t-il. Je me demande ce qui est arrivé.

Les secondes passèrent. L'épaisse ligne blanche continuait à balayer circulairement l'écran mais toujours aucun signe de l'appareil.

Il plaça l'interrupteur UHF radio en position d'émission, prit le micro, hésita, changea d'avis et l'éteignit. Pas besoin d'alerter les opérateurs de la tour militaire, si toutefois il y a quelqu'un de service, se dit-il. Il se concentra de nouveau sur l'écran. Avec un crayon gras rouge, il marqua la trajectoire possible de l'appareil. Les minutes passèrent. Il aurait pu opter pour une échelle plus précise, mais il ne le fit pas. Il se demanda si l'hélicoptère n'essayait pas de venir se poser chez eux sans autorisation de vol.

Il devrait être à une dizaine de kilomètres d'ici, pensa-t-il. Il prit les jumelles et balaya le ciel vers le nord, puis de l'ouest au sud. Il entendit de légers bruits de pas dans l'escalier. Les battements de son cœur s'accélérèrent et il éteignit précipitamment le radar. L'écran s'assombrissait quand la porte s'ouvrit.

« Capitaine Ayre ? » demanda un aviateur en uniforme. C'était un Iranien d'une bonne vingtaine d'années, il tenait une carabine américaine.

« Oui, c'est moi.

— Je suis le sergent Wazari, votre nouveau contrôleur aérien. » L'homme posa sa carabine contre le mur et tendit la main. Ayre la serra. « Bonjour, j'ai été formé par l'US Air Force pendant trois ans. J'ai même travaillé six mois comme contrôleur aérien à l'aéroport de Van Nuys. » Du regard il fit le tour de la pièce. « Vous êtes bien équipé.

— Oui, euh... merci, dit Ayre en rangeant ses jumelles. Et,... c'est comment, l'aéroport de Van Nuys ?

— Oh ! C'est un petit aéroport de rien du tout dans la vallée de

San Fernando, près de Los Angeles, mais le troisième de tous les Etats-Unis pour le trafic ! C'est une horreur, car la plupart des pilotes qu'il faut guider sont des amateurs ou des types en train d'apprendre à piloter et qui ne font pas la différence entre un moteur et leur trou du cul. Ah ! Ça, fit-il en éclatant de rire, c'est l'endroit idéal pour apprendre le métier, mais au bout de six mois vous êtes bon pour l'asile de dingues. »

Ayre se força à sourire en essayant de ne pas scruter le ciel. « Ici, c'est assez calme en ce moment. Mais ça l'est aussi en temps normal. Comme vous devez le savoir, il n'y a aucun vol d'autorisé et, euh… je crains que vous n'ayez rien à faire ici pour l'instant.

— OK. Je voulais juste jeter un petit coup d'œil avant d'attaquer demain matin. » Il sortit une feuille de papier de sa poche qu'il tendit à Ayre. Vous avez trois vols prévus demain en direction de forages locaux à partir de 8 heures, c'est cela ? » Machinalement il prit un chiffon et effaça les lignes de vol sur l'écran radar. La ligne en rouge disparut avec les autres.

« Ces vols sont approuvés par Esvandiary ? demanda Ayre en jetant un coup d'œil sur la liste.

— Qui est Esvandiary ? »

Ayre le lui dit.

Le sergent rit. « Capitaine, c'est le major Changiz qui a ordonné ces vols, alors vous pouvez parier qu'ils seront confirmés.

— Mais… il n'a pas été arrêté avec le colonel ?

— Pas du tout, capitaine. Le mollah Hussain Kowissi a nommé le major Changiz commandant provisoire de la base, en attendant confirmation de Téhéran. » Tout en parlant, il se régla sur la fréquence de la base. « Bonjour, la base, ici Wazari à la S-G. Est-ce que nos vols de demain doivent être contresignés par Esvandiary de chez IranOil ?

— Négatif, entendirent-ils répondre dans les haut-parleurs. Tout va bien chez vous ?

— Oui, notre appareil a décollé sans incident. Je suis en ce moment en compagnie du capitaine Ayre. » Tout en parlant, le sergent observait le ciel.

« Bien. Capitaine Ayre, ici le chef du contrôle aérien. Tout vol autorisé par le major Changiz est automatiquement approuvé par IranOil.

— Puis-je avoir une confirmation écrite de cela, s'il vous plaît ?

— Le sergent Wazari vous en apportera une copie demain matin à 8 heures, OK ?

— Merci.

— Merci, base principale », dit Wazari en faisant un geste pour éteindre. Sa main s'arrêta en l'air. « Attendez, base principale, nous avons un vol qui arrive ! Un hélicoptère deux cent soixante-dix degrés...

— Où ? Où... Ça y est, je le vois. Comment diable a-t-il pu échapper au contrôle radar ?

— Je ne sais pas, dit le sergent en prenant les jumelles. Bell 212, immatriculé... je n'arrive pas à voir — il se dirige vers nous. » Il alluma l'émetteur UHF. « Ici le contrôle militaire de Kowiss ! J'appelle l'hélicoptère qui approche, communiquez-nous votre immatriculation, où allez-vous et d'où venez-vous ? »

Il n'y eut pas de réponse, juste quelques craquements et parasites. Le même appel fut envoyé par la base principale. Pas de réponse.

« Cet enfant de salaud va avoir de gros ennuis », murmura Wazari en reprenant les jumelles.

Le cœur d'Ayre battait la chamade. Comme l'appareil s'approchait de l'héliport, il put lire son immatriculation : EP-HBX.

« Etienne, Pierre, Henri, Bernard, X (comme les rayons) », dit le sergent en même temps.

La base principale essaya de nouveau de contacter l'appareil par radio. Toujours sans résultat. « Il se trouve dans votre zone d'atterrissage. Il est d'ici ? Capitaine Ayre, c'est l'un des vôtres ?

— Non, monsieur, ce n'est pas l'un des miens, il n'est pas basé ici. Néanmoins, ajouta-t-il prudemment, HBX pourrait être une immatriculation de la S-G.

— Basé où ?

— Je ne sais pas.

— Sergent, dès que ce zozo se pose, arrêtez-le avec tous ses passagers et envoyez-les-nous ici au QG sous bonne garde, puis faites-moi un rapport. Je veux savoir qui ils sont, d'où ils viennent et pourquoi.

— Oui, monsieur. »

Wazari prit un crayon rouge gras et traça sur l'écran radar la même ligne d'approche qu'Ayre avait dessinée auparavant et qu'il avait effacée. Il la regarda un moment, sachant qu'Ayre l'observait avec attention. Mais il ne dit rien, se contenta d'essuyer à nouveau l'écran et reporta son attention sur le 212.

Les deux hommes observèrent en silence l'appareil qui exécutait une approche normale. Mais il ne fit aucune tentative pour se poser, il se maintenait à l'altitude réglementaire, se balançant doucement en cercles rapprochés.

« Sa radio est en panne — il attend le signal vert, dit Ayre en cherchant la lampe de signalisation. D'accord ?

— Bien sûr, mais il va quand même se faire botter le cul. »

Ayre vérifia que le signal lumineux était bien sur le vert : permission d'atterrir. Il le dirigea vers l'hélicoptère et l'alluma. L'hélicoptère fit savoir qu'il avait bien enregistré le signal en se balançant de gauche à droite et continua son approche. Wazari prit sa carabine et sortit. Ayre reprit ses jumelles mais il ne put reconnaître le pilote ni le passager installé à côté de lui, ils étaient tous les deux emmitouflés dans leurs habits d'hiver. Il descendit les escaliers quatre à quatre.

Tout le personnel de la S-G s'approchait pour regarder. Une voiture venant de la base principale arrivait à toute vitesse sur la route. Manuela se tenait sur le pas de la porte de son bungalow. L'endroit d'atterrissage était situé juste devant les bureaux principaux. Accroupis sur le côté, se trouvaient les quatre Brassards verts qui étaient restés. Wazari les avait rejoints. Ayre remarqua que l'un d'eux, un jeune, d'une quinzaine d'années jouait avec sa mitraillette. Il était si nerveux qu'il la laissa tomber sur le bitume, le canon pointé droit sur Ayre. Mais le coup ne partit pas. Le jeune la ramassa par le canon et cogna la crosse par terre pour faire tomber la neige. Tout aussi brutalement, il chassa la neige de la détente. Quelques grenades étaient accrochées à sa ceinture par les goupilles ! Ayre alla précipitamment se mettre à l'abri avec les mécaniciens.

« Quel connard, fit l'un d'eux. Il va se faire sauter les couilles et nous avec. Ça va, cap'taine ? On a entendu dire que Coup d'enfer avait retourné son froc ?

— Oui, en effet. HBX, ça vient d'où, Benson ?

— De Bandar Delam, répondit Benson, un homme au visage rougeaud, qui parlait avec un fort accent cockney. Cinquante livres que c'est Duke. »

Comme le 212 se posait et coupait ses moteurs, Wazari et les gardes se précipitèrent en criant : « *Allah-ou Akbar !* » Ils entourèrent l'appareil, leurs armes pointées.

« Mais pour qui ils se prennent ? dit nerveusement Ayre. Pour des flics de série B ? »

Il ne pouvait toujours pas clairement distinguer le pilote. Il sortit de son abri en priant que ce soit Starke. Les portes de la cabine coulissèrent. Des hommes armés sautèrent de l'hélicoptère sans se soucier des pales qui tournaient encore au-dessus de leurs têtes. En faisant de grands signes amicaux, ils demandèrent aux autres de baisser leurs armes. Dans la pagaille, quelqu'un tira une rafale de bienvenue en l'air. Tout le monde s'éparpilla un instant mais pour se regrouper aussitôt autour de l'appareil. La voiture arriva, et de nouveaux curieux vinrent grossir la foule. On aida un mollah à descendre de l'hélicoptère. Il était salement blessé. Puis ce fut une civière et d'autres blessés encore. Ayre vit Wazari arriver en courant.

« Tu as des pansements ici ?

— Oui. » Ayre se retourna, mit ses mains en porte-voix. « Benson, appelle Doc et dis-lui d'amener la trousse de soins. » « Qu'est-ce qui se passe ? demanda-t-il au sergent.

— Ils viennent de Bandar Delam, il y a eu une contre-révolution. Salopards de fedayin... »

Ayre vit la porte du pilote s'ouvrir et Starke sortir. Il planta là Wazari et courut vers lui. « Salut, Duke, vieux brigand. » Délibérément, il afficha un visage impassible, bien qu'en lui-même il explosât de joie. « Mais d'où sors-tu ? »

Starke grimaça un sourire. « Suis allé pêcher, mon pote », dit-il. Soudain Manuela arriva en courant au milieu de la foule et se jeta dans ses bras. Il la souleva sans difficulté et la fit tournoyer. « Ma chérie, finalement, j'ai l'impression que tu m'aimes bien », plaisanta-t-il tendrement.

Elle riait et pleurait à la fois. « Oh ! Conroe, quand j'ai vu que c'était toi, j'ai cru que j'allais mourir de bonheur...

— C'est nous qui avons failli mourir, chérie », répondit-il sans le vouloir mais elle ne l'entendit pas et il la serra encore plus fort dans ses bras avant de la reposer par terre. « Bouge pas et attends-moi, il faut que je m'occupe d'un truc ou deux. Viens, Freddy. »

Il traversa la foule. Le mollah blessé était appuyé, à demi évanoui, contre un des patins de l'hélicoptère. L'homme sur le brancard était déjà mort. « Mettez le mollah sur la civière », ordonna Starke en parsi. Les Brassards verts qu'il avait transportés lui obéirent sur-le-champ à la stupéfaction de Wazari et des autres. Aucun d'entre eux ne remarqua Zataki, le chef des révolutionnaires sunnites qui avait pris Bandar Delam et qui, appuyé contre l'hélicoptère observait attentivement la scène, dissimulé par le blouson de vol S-G qu'il portait.

« Laisse-moi jeter un coup d'œil, Duke », dit le docteur, qui arrivait, essoufflé, un stéthoscope autour du cou. « Je suis vraiment content de te voir de retour. » Le Dr Nutt était un gros quinquagénaire au crâne dégarni et au nez d'alcoolique. Il s'agenouilla à côté du mollah et examina sa poitrine couverte de sang. « Nous ferions mieux de l'emmener le plus vite possible à l'infirmerie. »

Starke dit aux deux hommes qui se trouvaient à côté de lui de prendre la civière et de suivre le toubib. Il fut à nouveau obéi immédiatement par les hommes qu'il avait transportés, les autres Brassards verts le regardèrent avec des yeux ronds.

« Vous êtes en état d'arrestation », dit Wazari.

Starke le regarda. « Pourquoi ? »

Wazari hésita. « Ce sont les ordres du commandement, capitaine. Moi je travaille ici, c'est tout.

— Et moi aussi. Si vous voulez me parler, je serai ici, sergent. » Starke sourit pour rassurer Manuela qui était devenue toute blanche. « Rentre à la maison, chérie. Ne t'inquiète pas. » Il s'approcha de la porte de l'hélicoptère.

« Je suis désolé, capitaine, mais vous êtes en état d'arrestation. Montez dans la voiture. Nous devons vous amener tout de suite à la base. »

Lorsque Starke se retourna, il se trouva face à face avec un canon de revolver. Deux Brassards verts le saisirent par-derrière. Ayre fit un mouvement mais un des Brassards verts l'arrêta en lui enfonçant un revolver dans l'estomac. Les deux hommes traînèrent Starke vers la voiture. D'autres vinrent les aider car il se débattait dur en les injuriant. Manuela regardait, les yeux agrandis de panique.

On entendit alors un hurlement de colère et Zataki bondit sur eux. Il arracha la carabine des mains du sergent Wazari et l'abattit, crosse en avant, sur sa tête. Mais grâce à ses réflexes de boxeur, Wazari esquiva le coup et fit un bond en arrière. Avant qu'il n'ait pu dire un mot, Zataki hurlait : « Qu'est-ce que ce chien fait avec une arme ? N'avez-vous pas entendu, bande d'imbéciles ! L'imam a ordonné que tous les soldats soient désarmés.

— Ecoute, coupa Wazari d'une voix sèche, je suis autorisé à... » Il s'arrêta, paniqué ; un revolver était maintenant enfoncé dans sa gorge.

« Tu n'es même pas autorisé à chier si le comité local ne donne pas son accord ! dit Zataki rasé de près, impeccable. Est-ce que tu t'es présenté devant le comité local ?

— Non... non... mais....

— Alors, par Dieu et le Prophète, tu es suspect ! » Zataki maintint son revolver sur la gorge de Wazari et de l'autre main fit un signe. « Libérez le pilote et baissez vos armes, ou sinon, par Dieu et le Prophète, je vous tue tous ! » Au moment où il s'était saisi du fusil de Wazari, ses hommes avaient encerclé les autres. Nerveusement, les deux hommes qui tenaient Starke le lâchèrent.

« Pourquoi devons-nous t'obéir ? demanda l'un d'eux d'un ton bourru. Hein ? Qui es-tu pour donner des ordres ?

— Je suis le colonel Zataki, membre du comité révolutionnaire de Bandar Delam. L'Américain nous a aidés à nous sortir d'une contre-attaque des fedayin. Il a amené ici le mollah et d'autres blessés qui ont besoin de soins. » Il ne contint plus sa colère et d'un coup violent jeta Wazari par terre. « Foutez la paix au pilote ! Vous avez entendu ? » Il arma, pressa sur la détente et la balle alla traverser le col de la veste de mouton que portait un des hommes derrière Starke. Manuela s'évanouit presque et ils s'éparpillèrent tous comme des moineaux. « La prochaine fois, je vise entre les deux yeux ! Toi, fit-il en s'adressant à Wazari, je t'arrête. Je pense que tu es un traître et nous allons vite le découvrir. Quant à vous autres, allez dire à votre comité que je veux les rencontrer ici. »

Il leur fit signe de partir. Les hommes commencèrent à murmurer entre eux, et, profitant de cette accalmie, Ayre s'approcha de Manuela qu'il enlaça. « Tout va bien maintenant. » Il vit Starke leur faire signe de s'éloigner. « Allez, viens, Duke dit qu'il faut rentrer.

— Non s'il te plaît, Freddy, je suis... je vais bien, promis. » Elle se força à sourire et pria pour que l'homme au revolver garde l'avantage et que tout cela se termine. Mon Dieu, faites que tout cela cesse.

Un silence de mort régnait. Zataki attendait, le revolver à la main, le sergent par terre à ses pieds, les yeux de ses adversaires posés sur lui. Starke se tenait au milieu, pas vraiment persuadé que Zataki allait gagner. Zataki vérifia le chargeur. « Partez tous ! répéta-t-il plus fort, la colère le saisissant à nouveau. Vous êtes sourds ? »

Ils s'en allèrent à contrecœur. Le sergent se releva, le visage crispé, remit en ordre son uniforme, essayant bravement de dissimuler sa terreur.

« Tu vas rester ici, debout, jusqu'à ce que je te dise de bouger. » Zataki jeta un coup d'œil vers Starke qui regardait Manuela. « Pilote, nous devons terminer le déchargement. Puis mes hommes devront manger.

— Oui. Et merci.

— De rien. Ces gens ne savaient pas, ce n'est pas leur faute. » Il regarda à nouveau Manuela. « C'est ta femme, pilote ? demanda-t-il.

— C'est mon épouse, répondit Starke.

— La mienne est morte, tuée avec mes deux fils dans l'incendie d'Abadan. C'était la volonté de Dieu.

— Il est parfois dur d'accepter la volonté de Dieu.

— La volonté de Dieu est la volonté de Dieu. Nous devons terminer le déchargement.

— Oui. » Starke monta dans la cabine. Il n'y avait plus rien à craindre. Pour le moment, seulement. Car Zataki était aussi prompt à exploser qu'un paquet de nitroglycérine. Deux autres blessés étaient toujours attachés sur leurs sièges. Il se pencha sur l'un d'eux. « Comment tu vas, mon vieux ? » demanda-t-il doucement en anglais.

Jon Tyrer ouvrit les yeux et grimaça de douleur. Il portait un bandeau autour de la tête. « Ça va... ça va. Que... qu'est-ce qui est arrivé ?

— Tu peux voir ? »

Tyrer parut surpris. Il fixa Starke en plissant les yeux, puis il se les frotta doucement, ainsi que son front. Au grand soulagement de Starke, il dit : « Bien sûr, c'est... c'est un peu trouble et j'ai un mal de tête de chien, mais je te vois. Bien sûr que je te vois. Qu'est-ce qui s'est passé ?

— Pendant la contre-attaque des fedayin à l'aube, ce matin, tu as été pris sous un feu croisé. Une balle a frôlé ta tête et, quand tu t'es relevé, tu t'es mis à courir en cercles comme un poulet décapité en hurlant : " Je suis aveugle... je suis aveugle... " Puis tu t'es évanoui et tu es resté sans connaissance jusqu'à maintenant.

— Jusqu'à maintenant ? Nom de Dieu ! » L'Américain jeta un œil au-dehors. « Mais où sommes-nous, bordel ?

— A Kowiss. J'ai pensé qu'il valait mieux que je vous amène ici le plus vite possible. »

Tyrer n'en revenait pas. « Je ne me souviens de rien. De rien. Des fedayin ? Pour l'amour de Dieu, Duke, je ne me souviens même pas d'avoir été amené à bord.

— Bouge pas, mon pote. Je t'expliquerai plus tard. » Il se retourna et appela : « Freddy, appelle quelqu'un pour transporter Jon Tyrer jusque chez le toubib. » Puis il ajouta en parsi à l'adresse de Zataki qui les regardait : « Excellence Zataki, s'il vous plaît, il faudrait que des hommes transportent les vôtres à l'infirmerie. » Il s'arrêta une seconde puis reprit : « Mon second, le capitaine Ayre, va prendre les dispositions nécessaires pour que tout le monde soit nourri. Voulez-vous venir manger avec moi, chez moi ? »

Zataki eut un sourire étrange et secoua la tête. « Merci, pilote, dit-il en anglais, mais je vais manger avec mes hommes. Ce soir nous devons parler, toi et moi.

— Quand tu veux. » Starke sauta de la cabine. Des hommes emmenèrent les blessés. Il montra son bungalow. « Voici ma maison, vous y êtes le bienvenu, Excellence. »

Zataki le remercia et s'en alla, poussant sans ménagement le sergent Wazari devant lui.

Ayre et Manuela rejoignirent Starke. Elle prit sa main. « Quand il a pressé sur la détente, j'ai cru... » Elle sourit faiblement et continua en parsi : « Ah ! Mon aimé, comme cette journée est devenue belle maintenant que tu es sain et sauf, à côté de moi.

— Et toi à côté de moi, dit Starke en lui souriant.

— Que s'est-il passé à Bandar Delam ? demanda-t-elle en anglais.

— Il y a eu une bataille rangée à l'intérieur de la base entre Zataki et ses hommes et une cinquantaine de gauchistes. Hier, Zataki a pris le commandement de la base au nom de Khomeiny et de la révolution ; je me suis un peu accroché avec lui en arrivant, mais c'est un type réglo, bien qu'il soit fou, dangereux comme un serpent à sonnettes. Ce matin à l'aube les fedayin sont arrivés à l'aéroport en camions et à pied. Zataki dormait, ainsi que ses hommes. Il n'y avait pas de sentinelles dehors, rien. Tu as appris que les généraux avaient capitulé et que Khomeiny est désormais le chef suprême ?

— Oui, on vient juste de l'apprendre.

— Quand l'attaque a éclaté, ça a été l'enfer. Ça tirait de partout, des balles traversaient les cloisons des caravanes. Moi, tu me connais, je suis sorti en rampant et je suis allé me mettre à l'abri... Tu as froid, mon amour ?

— Non, non, chéri. Rentrons à la maison. J'ai besoin de prendre un verre. Oh ! mon Dieu...

— Quoi ? »

Elle était déjà partie en courant vers le bungalow. « Le chili, j'ai oublié le chili sur le réchaud !

— Doux Jésus ! murmura Ayre. J'ai bien cru qu'on allait se faire descendre.

— Il y a du chili ? demanda Starke épanoui.

— Oui. Alors ? Bandar Delam ?

— Pas grand-chose à dire, Freddy. » Ils partirent en direction de la maison. « J'ai évacué la caravane, je pense que les attaquants s'imaginaient y trouver Zataki et ses hommes, mais Zataki avait fait installer tout le monde dans les hangars pour garder les hélicoptères. Ils sont complètement paranos au sujet des hélicoptères, Freddy. Ils ont peur qu'on les prenne pour s'enfuir, pour aider la Savak, les généraux et les ennemis de la révolution à quitter le pays. Bref, le vieux Rudi et moi on s'était planqués derrière un vieux réservoir quand ces enculés sont arrivés. Impossible de les reconnaître les uns des autres. La seule différence, c'est que les hommes de Zataki mouraient en criant : *Allah-ou Akbar*. Des fedayin se sont mis à mitrailler les hangars juste au moment où Jon Tyrer sortait de sa caravane. Je l'ai vu tomber et je suis devenu fou de rage, j'ai — tu n'en parles pas à Manuela —, j'ai pris un flingue et j'ai commencé ma petite guerre personnelle pour récupérer Jon. Rudi... » Starke se mit à sourire. « Sacré enfoiré, celui-là ! Il a pris un flingue lui aussi. On ressemblait à Butch Cassidy et le Kid...

— Nom de Dieu, vous êtes tombés sur la tête ! »

Starke approuva. « Complètement. Mais on a réussi à ramener Jon. C'est alors que Zataki et trois de ses types sont sortis du hangar en chargeant le groupe des attaquants. Ils tiraient dans tous les sens. C'étaient la Horde sauvage. Mais ils sont tombés à court de munitions. Les pauvres types, ils se tenaient là, debout. C'était comme s'ils étaient complètement à poil devant un tank. » Il haussa les épaules. « Rudi et moi, on s'est dit que c'était pas très correct de tirer sur des mecs sans défense, et puis Zataki avait été OK avec nous une fois que le mollah Hussain était reparti. Nous avions même conclu une sorte d'accord. On a donc envoyé une rafale au-dessus de la tête des fedayin, ce qui a permis à Zataki et à ses hommes de se mettre à couvert. Voilà, c'est à peu près tout », conclut-il en haussant de nouveau les épaules. Ils étaient maintenant près du bungalow. Il huma l'air. « C'est vrai qu'il y a du chili, Freddy ?

— Oui, à moins qu'il n'ait cramé. C'est tout ce qui s'est passé ?

— Ouais. Quand le feu a cessé, je me suis dit qu'il valait mieux partir pour Kowiss, d'autant qu'il y a un toubib ici. Le mollah avait l'air amoché et j'avais peur pour Jon. Zataki a dit : " Pourquoi pas, il faut que j'aille à Ispahan de toute façon. " Alors nous voilà. En cours de route la radio est tombée en panne, on pouvait vous entendre mais impossible d'émettre. Pas grave. »

Ayre le regarda humer l'air de nouveau. Il se disait qu'un psychopathe comme Zataki n'aurait pas protégé Starke, ne lui aurait pas conféré une telle autorité pour un coup de main aussi insignifiant.

Le Texan ouvrit la porte du bungalow. Il fut immédiatement happé par l'odeur épicée du chili. Il se crut rentré chez lui, au Texas, le pays béni de Dieu. Manuela lui avait déjà préparé un verre. Mais il ne le but pas, il fonça vers la cuisine, saisit la grosse cuillère en bois et goûta. Manuela observait, osant à peine respirer. Il goûta de nouveau.

« Toi, ma vieille », lui fit-il joyeusement. C'était le meilleur chili qu'il eût jamais mangé.

CHAPITRE 25

Dez Dam : 16 h 31. Le 212 de Lochart était garé devant le dépôt qui servait aussi de hangar et non loin de la piste d'envol toujours parfaitement entretenue. Celle-ci se trouvait à proximité de la cour en gravier de la maison. Lochart s'était hissé sur le toit de la carlingue. Il vérifiait la colonne du rotor qui, avec ses nombreux emmanchements et embrayages, représentait une pièce vitale dont dépendait leur sécurité en vol. Ne trouvant rien d'anormal, il redescendit prudemment et essuya ses mains pleines de graisse.

« OK ? » demanda Ali Abbasi, allongé au soleil. C'était le jeune pilote iranien, très joli garçon, qui avait, juste avant l'aube, fait libérer Lochart du centre de détention de la base aérienne d'Ispahan où il était gardé. Il avait ensuite fait le voyage avec lui, assis dans le poste de pilotage. « Tout est OK ?

— Pas de problème, dit Lochart. Il est impeccable et prêt à repartir. » C'était une belle journée, chaude et sans nuages. Lorsque le soleil disparaîtrait, d'ici une heure, la température tomberait d'une vingtaine de degrés mais cela n'aurait pas d'importance. Il savait qu'il serait au chaud parce que les généraux prenaient le plus souvent soin d'eux et de ceux dont ils avaient besoin pour survivre. Pour l'instant le général Valik et le général Seladi ont besoin de moi. Mais seulement pour l'instant, pensa-t-il.

On entendit des rires provenant de la maison et de ceux qui se doraient au soleil ou se baignaient dans l'eau bleue du lac. La maison paraissait incongrue au milieu de ce désert, une maison moderne et spacieuse avec quatre petits bungalows et un bâtiment séparé pour les serviteurs. Seul endroit habité de toute la région, elle était bâtie sur une colline qui dominait le lac et le barrage. Un vaste plateau désert et rocailleux sur lequel ne poussait aucune végétation entourait le lac et le barrage. Les seuls moyens d'accès, ici, c'était à dos de cheval, à dos de mule, ou encore la voie des airs par hélicoptère ou par avion pouvant se poser sur la petite piste aménagée sur ce terrain inégal.

Je doute qu'un bimoteur, même léger, puisse atterrir ici, s'était dit Lochart quand il l'avait vue pour la première fois. Il faut un monomoteur. Et pas moyen de recommencer la manœuvre. Une fois que tu es engagé, tu es engagé. Mais c'est un endroit idéal pour se cacher, cela ne fait aucun doute.

Ali se leva et s'étira.

Ils étaient arrivés ce matin. Vol sans histoire. Suivant les instructions du général Seladi et du capitaine Ali, Lochart avait volé très bas, de défilé en défilé, évitant villes et villages. Leur radio était restée branchée tout le temps. Le seul appel qu'ils reçurent provenait d'Ispahan et fut répété plusieurs fois. Il signalait qu'un 212 plein de traîtres s'était enfui vers le sud, qu'il fallait l'intercepter et l'abattre. « Ils n'ont donné ni nos noms ni le numéro de l'appareil, avait dit Ali. Ils ont dû oublier de les noter.

— Quelle différence cela fait-il ? avait répondu Lochart. Nous devons être le seul 212 dans les cieux.

— Aucune importance. Reste à trente mètres maximum et maintenant tourne vers l'ouest. »

Lochart avait été extrêmement surpris, il s'attendait qu'on lui dise d'aller vers Bandar Delam qui se trouvait au sud. « Où allons-nous ?

— A Bagdad », avait dit Ali en rigolant.

Personne ne lui avait indiqué sa destination jusqu'à ce qu'ils y soient arrivés. Ils se trouvaient alors à trois cents kilomètres d'Ispahan, ils avaient dû voler tout le long par vents contraires et avaient dépassé la distance normale de vol dans ces circonstances. L'aiguille du réservoir était sur zéro et Ali priait sans se cacher.

« Si on est obligé de se poser sur cette saloperie de terrain de broussailles et de rocailles, on ne pourra jamais continuer à pied. Et pour le fuel qu'est-ce qu'on va faire ?

— Il y en a là où nous allons... Dieu soit béni ! s'était exclamé

Ali, en apercevant soudain le lac et le barrage. Dieu soit loué ! »

En son for intérieur, Lochart avait également remercié qui de droit et s'était posé rapidement. A côté de l' « hélipad » se trouvait un réservoir souterrain de vingt mille litres et une remise-hangar. A l'intérieur, des outils, des pneus, des skis nautiques et tout ce qu'il fallait pour faire du bateau.

« On va le mettre à l'abri », dit Ali. Ensemble ils poussèrent le 212 dans le hangar et placèrent des cales sous les roues. Pendant que Lochart s'occupait du rotor, il remarqua trois deltaplanes pliés et rangés dans une galerie au-dessus d'eux. Ils étaient couverts de poussière et déchirés.

« A qui est-ce ?

— C'était ici que le général Hassayn Aryani, commandant l'armée de l'air impériale, venait passer ses week-ends. C'était à lui. »

Lochart siffla. Aryani était ce légendaire chef de l'armée de l'air qui, d'après la rumeur, avait également été l'équivalent d'un capitaine de la garde prétorienne pour le shah, dont il était le confident et dont il avait épousé une des sœurs. Il s'était tué deux ans plus tôt en faisant du deltaplane. « C'est ici qu'il s'est tué ?

— Oui, répondit Ali en montrant l'autre côté du lac. On a prétendu qu'il avait été pris dans des turbulences et s'était écrasé sur les rochers là-bas. »

Lochart le regarda. « Qu'est-ce que tu veux dire par " on a prétendu " ? Tu n'y crois pas ?

— Non. Je suis sûr qu'il a été assassiné. Nous en sommes tous persuadés dans l'armée de l'air.

— Tu penses que le delta a été saboté ?

— Je ne sais pas, répondit Ali en haussant les épaules. Peut-être que oui, peut-être que non, mais il était trop fort et trop prudent pour se laisser prendre dans des turbulences. Aryani n'aurait jamais volé par mauvais temps. » Il sortit au soleil. En dessous d'eux ils pouvaient entendre les rires et les voix des enfants de Valik qui jouaient près du lac. « Il se servait d'un bateau à moteur pour décoller. Il mettait des skis nautiques très courts, puis s'attachait à une longue corde. Quand le bateau allait assez vite, il abandonnait ses skis et s'envolait. Il lâchait la corde et il pouvait, quand il attrapait un courant ascensionnel, monter jusqu'à trois cents mètres. Il descendait ensuite en planant en spirales et venait se poser à quelques mètres du hangar.

— Il était aussi bon que ça ?

— Ouais. Il était aussi bon que ça. Il était trop bon. C'est pour cela qu'il a été tué.

— Par qui ?

— Je ne sais pas. Si je le savais, l'assassin serait mort depuis longtemps. »

Manifestement Ali adorait le général. « Tu le connaissais ? demanda Lochart.

— J'étais son aide, un de ses aides, pendant un an. C'est l'homme le plus merveilleux que j'aie jamais connu — le meilleur général, le meilleur pilote, le meilleur sportif, le meilleur skieur, le meilleur en tout. S'il était toujours vivant, le shah ne se serait jamais fait coincer par les étrangers ni trahir par notre ennemi Carter. Le shah ne serait jamais parti. L'Iran n'aurait pas glissé dans l'abîme et les généraux ne nous auraient pas trahis. » Le visage d'Ali Abbasi était déformé par la colère. « Il est inconcevable d'imaginer que nous aurions pu être abandonnés de la sorte du vivant d'Aryani.

— Qui l'a tué alors ? Des partisans de Khomeiny ?

— Non, pas il y a trois ans ! C'était un célèbre nationaliste, chiite, bien que moderne. Qui ? Des hommes du Tudeh, des fedayin, n'importe quel fanatique de droite, de gauche ou du centre désireux d'affaiblir l'Iran. On a même dit, continua Ali en le fixant de son regard noir et dur, on a même dit que des gens très haut placés craignaient sa popularité et son pouvoir.

— Tu veux dire que le shah pourrait avoir ordonné son assassinat ? demanda Lochart en clignant les yeux.

— Non, non. Bien sûr que non, mais il était une menace pour ceux qui trompaient le shah. C'était un *farmandeh*, un commandant du peuple. Il était une menace pour les intérêts britanniques parce qu'il soutenait le premier ministre Mossadegh qui nationalisa l'Anglo-Iranian Oil, qu'il soutenait le shah et l'OPEP lorsqu'ils quadruplèrent le prix du pétrole. Il était pro-israélien mais pas antiarabe, donc une menace pour Yasser Arafat et l'OLP. Il pouvait également être considéré comme une menace pour les intérêts américains. C'était avant tout un patriote. » Le regard d'Ali se fit étrange. « L'assassinat est un art très ancien en Iran. Ibn al-Sabbah n'était-il pas l'un des nôtres ? » Sa bouche souriait mais pas ses yeux. « Nous sommes différents ici.

— Désolé mais... qui est Ibn al-Sabbah ?

— Le Vieil Homme des montagnes, Hassan Ibn al-Sabbah, le chef religieux des Ismaïliens qui fonda la secte des Assassins au XIe siècle et le culte de l'assassinat politique.

— Bien sûr, j'avais oublié. N'était-il pas aussi un ami d'Omar Khayyam ?

— Certaines légendes le prétendent. Par qui Aryani a-t-il été assassiné ? On ne le sait pas. Pas encore. Ils tirèrent ensemble la porte du hangar.

— Et maintenant ? demanda Lochart.

— Maintenant nous allons attendre. Puis nous repartirons. » Vers l'exil, pensa Ali. Sans importance car ce sera temporaire et au moins je sais où je vais, pas comme le shah, pauvre homme, rejeté de partout. Je peux aller aux Etats-Unis.

Seuls ses parents et lui savaient qu'il possédait un passeport américain. C'était fichtrement futé de la part de son père : « On ne sait jamais, mon fils, ce que Dieu nous réserve, lui avait-il dit gravement. Je te conseille de faire la demande pour un passeport pendant que tu le peux. Les dynasties ne durent pas éternellement, les familles oui. Les shahs viennent et s'en vont, se dévorent les uns les autres. Les deux Pahlavi ensemble ne représentent que cinquante-quatre ans de règne ! Qui était Rizah Khan avant qu'il ne se proclame roi des rois ? Un aventurier, le fils de villageois analphabètes de Mazandaran près de la mer Caspienne.

— Mais, père, Rizah Khan n'était pas un homme comme les autres. Sans lui et Muhammad Rizah Shah nous serions toujours les esclaves des Britanniques.

— Les Pahlavi nous ont été utiles, mon fils. C'est vrai. Pour de nombreuses raisons. Mais Rizah Shah s'est trompé et nous a trompés. Il a commis une erreur stupide en pensant que les Allemands allaient gagner la guerre et en leur accordant son soutien — car il a fourni une bonne excuse aux occupants britanniques pour le déposer de son trône et l'exiler.

— Mais, père, Muhammad Shah ne peut pas échouer ! Il est plus puissant que son père ne le fut jamais. Nos forces armées sont enviées du monde entier. Nous avons plus d'avions que les Anglais, plus de tanks que les Allemands, plus d'argent que Crésus, l'Amérique est notre alliée, nous sommes la plus forte puissance militaire de tout le Moyen-Orient et tous les chefs d'Etat étrangers se prosternent devant lui — même Brejnev.

— Oui. Mais nous ne connaissons pas les desseins de Dieu. Fais-toi faire un passeport.

— Mais un passeport américain peut être très dangereux, tu sais qu'on dit que presque tout remonte, via la Savak, jusqu'au shah ! Et s'il l'apprend, ou si le général Aryani l'apprend ? Cela va ruiner ma carrière dans l'armée de l'air.

— Pourquoi ça ? Tu peux dire fièrement que tu t'es procuré un passeport, que tu vas le garder secrètement jusqu'au jour où, si besoin est, tu le mettras au service des Pahlavi, hein ?

— Bien sûr.

— Ouvre les yeux, regarde le monde tel qu'il est, mon fils ; les promesses des rois n'ont aucune valeur. Si ce shah, ou le suivant, ou même ton cher général doit choisir entre ta vie et quelque chose qui aura plus de valeur pour eux, que crois-tu qu'ils choisiront ? Ne fais pas confiance aux princes, aux généraux ou aux politiciens. Ils vous abandonneront, toi, ta famille et ton héritage pour une pincée de sel, pour saupoudrer un plat de riz qu'ils ne daigneront même pas goûter... »

Comme c'était vrai ! Carter et son état-major nous ont trahis, puis ce fut au tour du shah et de ses généraux, et maintenant ceux-ci nous trahissent à leur tour. Mais comment peuvent-ils être aussi stupides pour se condamner ainsi à mort ? se demanda-t-il, frissonnant en songeant à quel point il avait frôlé la mort à Ispahan. Ils ont tous perdu la tête !

« Il fait froid à l'ombre, dit Lochart.

— Oui, il fait froid », répondit Ali en se retournant vers lui et en chassant son anxiété. Les généraux sont tous les mêmes, pensa-t-il. Mon père avait raison. Même ces deux fils de putes, Valik et Seladi, ils nous auraient bien laissés tomber si cela avait été nécessaire, et ils le feront le cas échéant.

Ils ont besoin de moi parce que je suis le seul qui sache piloter — à part ce pauvre crétin qui ignore dans quelle merde il se trouve.

« Débarrasse-toi de ce Lochart, avait dit Seladi. Pourquoi l'emmener en lieu sûr ? Il nous aurait abandonnés à Ispahan, pourquoi ne pas le laisser ici ? Mort. On ne peut pas l'abandonner vivant, il nous connaît et il nous dénoncerait tous.

— Non, Excellence mon oncle, avait répondu Valik. Il a plus de valeur comme « cadeau » au Koweit ou aux Irakiens, ils pourront le mettre en prison ou l'extrader. C'est lui qui a volé un hélicoptère iranien et a accepté de nous emmener pour de l'argent. Non ?

— Si. Mais, il peut livrer nos noms aux révolutionnaires.

— D'ici là nous et nos familles serons en sécurité.

— Je dis qu'il faut l'éliminer — il n'aurait pas hésité à nous sacrifier. Tue-le et nous partirons pour Bagdad, pas pour le Koweit.

— S'il vous plaît, Excellence, reconsidérez votre décision. Lochart est le pilote le plus expérimenté... »

Ali jeta un coup d'œil à sa montre. Plus que trente minutes avant le décollage. Il vit Lochart regarder en direction de la maison où se trouvaient Valik et Seladi. Je me demande qui l'a emporté, Valik ou Seladi ? Qu'est-ce qui attend ce pauvre bougre ? Une prison irakienne ou une balle dans la tête ? Je me demande s'ils vont l'enterrer après l'avoir abattu ou s'ils vont laisser son corps en pâture aux vautours ?

« Qu'est-ce qu'il y a ? demanda Lochart.

— Rien. Rien du tout, capitaine, je me disais juste que nous avions eu beaucoup de chance de pouvoir nous enfuir d'Ispahan.

— Oui, et je te dois la vie. » Lochart était sûr que, si Ali et le major n'étaient pas venus le délivrer, il serait passé devant le tribunal du comité révolutionnaire. Et s'il était pris maintenant ? Ce serait la même chose. Il refusait pour l'instant de penser à Sharazad ou à un plan quelconque pour rentrer à Téhéran. Plus tard, se répétait-il. Une fois que tu auras vu où tu es et comment les choses auront tourné.

Où projettent-ils d'aller ? Au Koweit ? Ou juste un petit saut de l'autre côté de la frontière en Irak ? L'Irak est généralement hostile à l'Iran, c'est donc un peu risqué pour eux. Ce n'est pas difficile de voler d'ici jusqu'au Koweit et la plupart des Koweitiens sont sunnites, et non chiites ; ils sont donc antikhomeinistes. Cela dit, pour y arriver, il va falloir se faufiler dans un espace aérien très surveillé par les Iraniens et les Irakiens, assez nerveux en ce moment et rapides à la détente. A moins de cent kilomètres à la ronde il doit y avoir une vingtaine de bases aériennes iraniennes, avec des chasseurs et des douzaines de pilotes angoissés et impatients de prouver leur loyauté au nouveau régime.

Et ta promesse à McIver de ne pas les emmener jusqu'au bout ?

Oui, mais à cause d'Ispahan tu es repéré maintenant ; impossible que les révolutionnaires oublient ton nom ou le numéro de l'appareil. Est-ce que tu as vu quelqu'un inscrire ton nom ? Non, je ne crois pas. Malgré tout, tu as intérêt à te tirer pendant que tu le peux, tu es impliqué dans une évasion, des hommes ont été tués à Ispahan, dans tous les cas tu es marqué.

Et Sharazad ? Je ne peux pas l'abandonner.

Tu devrais peut-être le faire. Elle est en sécurité à Téhéran.

Et s'ils viennent te chercher, que c'est Sharazad qui ouvre la porte et qu'ils l'emmènent à ta place ?

« Je boirais bien un coup, dit-il, la bouche soudain sèche. Tu penses qu'ils ont du Coca ou quelque chose dans le genre ?

— Je vais voir. » Ils levèrent tous les deux la tête en entendant les enfants de Valik qui trottinaient sur le sentier en revenant du lac, Annoush juste derrière eux.

« Quelle belle journée, n'est-ce pas ? dit-elle avec un sourire heureux malgré les cernes noirs qui soulignaient ses yeux. Nous avons beaucoup de chance.

— Oui », répondirent-ils tous les deux en se demandant comment une telle femme avait pu épouser Valik. Elle était aussi belle que bonne mère et épouse.

« Où est mon mari, capitaine Abbasi ?

— Dans la maison, Altesse, avec les autres, dit Ali. Puis-je vous accompagner ? Je m'y rendais justement.

— Voulez-vous allez le chercher et lui demander de venir me rejoindre ? »

Ali n'avait pas envie de la laisser seule avec Lochart, car elle avait assisté à la conversation qu'il avait eue avec Valik et Seladi au sujet de leur destination finale. Néanmoins elle n'était plus là lorsqu'ils avaient abordé le problème de l'élimination de Lochart.

« Je n'aimerais pas déranger le général moi-même, Altesse, peut-être pouvons-nous y aller ensemble.

— Vous allez le chercher, s'il vous plaît », dit-elle d'une voix douce mais aussi impérieuse que celle du général.

Ali haussa les épaules. *Inch' Allah*, se dit-il en s'en allant. Quand ils furent tous les deux seuls, elle effleura le bras de Lochart. « Je ne vous ai pas remercié d'avoir sauvé nos vies, Tommy. »

Lochart était interloqué. C'était la première fois qu'elle l'appelait par son prénom — d'habitude c'était toujours « capitaine Lochart » ou « mon cousin germain » ou « Son Excellence le mari de Sharazad ». « Je suis content d'avoir pu vous aider.

— Je sais ce que vous et ce bon vieux Mac avez fait pour les enfants et moi. N'ayez pas l'air aussi surpris, mon cher, je connais les forces de mon mari... et ses faiblesses — comme toutes les épouses. » Des larmes apparurent dans ses yeux. « Je sais ce que cela signifie pour vous également. Vous risquez votre vie, celle de Sharazad, votre avenir en Iran et peut-être même celui de votre compagnie.

— Sharazad ne risque rien. Non, elle est en sécurité. Son père, l'Excellence Bakravan, assurera sa protection jusqu'à ce qu'elle puisse partir. Il n'y a rien à craindre pour elle. » Il regarda Annoush et ce qu'il lut dans ses yeux bruns lui glaça le cœur.

« Je prie de tout mon cœur pour qu'il en soit ainsi, Tommy. » Elle essuya ses larmes. « Je n'ai jamais été aussi triste de ma vie, triste de devoir m'enfuir de ma maison, triste pour ce pauvre soldat mourant dans la neige, triste pour notre famille et nos amis qui doivent rester, triste parce que plus personne n'est en sécurité en Iran. J'ai très peur que tous les gens autour de nous ne soient persécutés par les mollahs, nous avons toujours été — comment dire ? trop modernes... trop progressistes. Plus personne n'est en sécurité — pas même Khomeiny. »

Lochart s'entendit dire : « *Inch' Allah* » mais il ne l'écoutait plus, il était soudain pétrifié à l'idée qu'il ne reverrait peut-être plus jamais Sharazad, qu'il ne pourrait jamais revenir en Iran et qu'il ne pourrait pas la faire sortir. « Tout va redevenir normal bientôt, les voyages seront autorisés et tout ira bien. C'est sûr. Dans quelques mois, il le faut. Tout va s'arranger bientôt.

— J'espère, Tommy, j'aime tant Sharazad et je serais très malheureuse de ne plus la voir, elle et le bébé.

— QUOI ?

— Bien sûr, vous n'êtes pas encore au courant, dit-elle en essuyant ses dernières larmes. C'était un peu trop tôt pour vous en parler. Sharazad m'a dit qu'elle était sûre d'être enceinte.

— Mais... mais... elle... C'est... » Il s'arrêta, il ne pouvait pas parler, ému, abasourdi et fou de bonheur. « Ce n'est pas possible.

— Oh ! Elle n'était pas complètement sûre, Tommy, mais elle sentait qu'elle était enceinte. Une femme sait ces choses-là ; on se sent différente, si différente, heureuse, sereine », ajouta-t-elle en retrouvant un peu de gaieté.

Lochart essayait de réfléchir, sachant qu'elle ne pouvait pas comprendre dans quel tourment elle l'avait plongé. Dieu du ciel, pensa-t-il, Sharazad ?

« Elle sera fixée dans quelques jours, disait Annoush, dans trois ou quatre jours, je crois. Attendez que je réfléchisse. Oui, aujourd'hui inclus, mardi, encore quatre jours pour être sûre. Ce sera le lendemain du jour où vous devez voir son père, dit-elle délicatement. Vous deviez le voir vendredi 16, n'est-ce pas ?

— Oui », dit Lochart. Comme s'il avait pu oublier. « Vous étiez au courant ?

— Bien sûr, répondit Annoush, étonnée par la question. Nous étions tous au courant de ce qui vous avait été demandé et de la décision que vous deviez prendre. Ne serait-ce pas merveilleux qu'elle soit enceinte ? N'avez-vous pas dit à Son Excellence Bakravan que vous vouliez des enfants ? J'espère donc que Dieu l'a exaucée et qu'elle va couler des jours heureux jusqu'à ce qu'on puisse la faire sortir. Le Koweit n'est pas très loin. Je suis désolée qu'elle ne soit pas venue avec nous, tout aurait été parfait alors.

— Le Koweit ?

— Oui, mais nous ne resterons pas là-bas. Nous irons à Londres. » Le tourment se peignit de nouveau sur son délicat visage. « Je ne veux pas abandonner notre maison, nos amis et... je ne veux pas... »

Derrière elle Lochart vit la porte de la maison s'ouvrir. Valik et Seladi sortirent en compagnie d'Ali. Il remarqua que les trois hommes portaient à présent des revolvers à la ceinture. Il doit y avoir une planque avec des armes ici, pensa-t-il machinalement tandis qu'Ali saluait et empruntait le chemin qui menait au lac. Les deux enfants jaillirent de l'ombre en hurlant de joie et se précipitèrent dans les bras de Valik. Il fit tourner la petite fille dans les airs et la reposa.

« Oui, Annoush ? demanda-t-il à son épouse.

— Tu m'as demandé d'être ici avec les enfants à cette heure précise.

— Oui. Prépare Setarem et Jalal. Nous partons bientôt. » Les enfants partirent immédiatement en courant vers la maison. « Capitaine, l'appareil est-il prêt ?

— Oui.

— Va te préparer, ma chérie », fit Valik en jetant un coup d'œil à sa femme.

Elle sourit mais ne bougea pas. « J'ai juste mon manteau à prendre, je suis prête à partir. » Le reste des officiers arrivait. Plusieurs portaient des armes automatiques.

Lochart essaya de ne plus penser à Sharazad et il rompit le silence. « Qu'avez-vous prévu ?

— Nous allons à Bagdad, dit Valik. Nous partons dans quelques minutes.

— Je croyais que nous allions au Koweit, dit Annoush.

— Nous avons finalement décidé d'aller à Bagdad. Le général Seladi pense que nous serons plus en sécurité en nous dirigeant vers le sud. » Valik fixait Lochart. « Je veux que nous ayons décollé dans dix minutes.

— Je vous conseillerai d'attendre plutôt 2 ou 3 heures du matin car...

— Nous risquons de nous faire prendre ici, coupa Seladi. Des soldats pourraient monter une embuscade ; il y a une base militaire non loin et ils peuvent envoyer une patrouille. Vous ne connaissez rien aux choses militaires. Nous partons immédiatement pour Bagdad.

— Je pense que le Koweit est plus sûr, dit Lochart, mais dans un cas comme dans l'autre, sans autorisation iranienne, l'appareil sera intercepté et arrêté.

— Peut-être, peut-être pas, répondit calmement Valik. Mais un bon bakchich et quelques relations peuvent faire la différence. » Toi, l'intrus de ma famille, pensait-il, toi et ton 212 vous ferez un beau cadeau qui satisfera même les Irakiens à qui nous affirmerons que tu as pris l'air de façon complètement illégale. Même le permis que tu as obtenu à Téhéran était illégal. Les Irakiens comprendront et ne nous feront aucun mal. La plupart d'entre eux haïssent et craignent Khomeiny et sa vision de l'Islam. Avec toi, ton 212 et un petit extra en plus, pourquoi me feraient-ils des ennuis ?

« Oui ? demanda-t-il voyant que Lochart le regardait.

— Je pense que Bagdad est un mauvais choix.

— Nous partons immédiatement », coupa grossièrement Seladi.

Lochart rougit de colère. Quelques autres s'agitèrent nerveusement. « Nous partirons quand l'appareil et le pilote seront prêts. Vous avez déjà survolé ces montagnes ?

— Non... non, jamais, mais le plafond le permet et c'est à Bagdad que nous allons. Immédiatement !

— Alors je vous souhaite bonne chance. Je vous conseille toujours d'attendre un peu et de partir pour le Koweit, mais vous faites ce que vous voulez parce que je ne vous piloterai pas. »

Il y eut un grand silence. Seladi devint tout rouge. « Prépare-toi à partir. Immédiatement !

— Entre Ispahan et ici, je vous ai dit que je ne piloterai pas la dernière partie de votre voyage, dit Lochart à Valik. Je vous le répète maintenant, je ne vous piloterai pas. Ali peut le faire, il est pleinement qualifié.

— Mais vous êtes autant recherché par les révolutionnaires que nous le sommes, répondit Valik, stupéfait par son entêtement stupide. Vous allez nous piloter jusqu'au bout du voyage.

— Non, c'est hors de question. Je vais partir d'ici par mes propres moyens. Bien sûr, vous ne pouvez pas perdre de temps à me déposer quelque part. Ali vous pilotera ; il a été affecté à ce secteur et il connaît bien les radars. Laissez-moi simplement une arme et je partirai vers Bandar Delam. D'accord ? »

Sans rien dire les autres observaient Lochart, Valik, Seladi.

Valik réfléchissait à ce nouveau problème. Seladi faisait de même. Les deux hommes arrivèrent à la même conclusion : *Inch' Allah !* Lochart, en choisissant de rester, acceptait les conséquences de ce choix. « Très bien, dit calmement Valik. Ali nous pilotera. » Il sourit et, parce qu'il respectait Lochart comme pilote, il ajouta rapidement : « Comme nous sommes un peuple démocratique, je suggère que nous mettions cette décision au vote : Irak ou Koweit ?

— Koweit », dit aussitôt Annoush. Les autres approuvèrent avant que Seladi n'ait pu intervenir.

Bien, pensa Valik. Je m'étais rangé à l'avis de Seladi parce qu'il prétendait bien connaître le chef de la police de Bagdad et qu'il affirmait que notre sécurité, la mienne, celle de ma famille et la sienne ne nous coûteraient pas plus de vingt mille dollars. Le Koweit, c'est beaucoup plus cher, ce que les autres auront à payer, c'est leur problème ; j'espère pour eux qu'ils ont de l'argent ou le moyen de s'en procurer rapidement. « Bien sûr, vous êtes d'accord, Excellence mon oncle ? Le Koweit. Merci, capitaine. Peut-être pouvez-vous aller prévenir Ali que c'est lui qui va nous emmener ; il est près du lac.

— Bien sûr. Je vais prendre mes affaires. Vous me laissez une arme ?

— Bien sûr. »

Lochart disparut à l'intérieur du hangar.

« Allez sortir l'appareil, que nous puissions partir », dit Seladi. Ils lui obéirent. Lochart sortit avec son sac qu'il posa contre la porte et prit le sentier qui descendait vers le lac. Seladi le regarda s'éloigner, puis se dirigea impatiemment vers le 212.

Valik vit que sa femme l'observait. « Oui, Annoush ?

— Qu'y a-t-il de prévu pour le capitaine Lochart ? demanda-t-elle doucement bien que personne ne pût les entendre.

— Il... tu as entendu. Il refuse de nous emmener et il veut rester ici. Il repartira à pied.

— Je sais comment ton cerveau fonctionne, mon chéri. Est-ce que tu vas le faire tuer ? » Elle souriait doucement. « Assassiner ?

— Assassiner n'est pas le mot que j'emploierais, répondit-il en souriant lui aussi. Je suis sûr que tu es d'accord sur le fait que Lochart représente un grand danger maintenant. Il nous connaît tous, il connaît nos noms ; nos familles souffriront s'il se fait arrêter et torturer. C'est la volonté de Dieu. Il a fait son choix. Seladi voulait le faire de toute façon — décision militaire — j'avais dit non, je voulais qu'il nous pilote.

— Pour pouvoir être sacrifié au Koweit ou à Bagdad ?

— C'est Seladi qui a donné ces ordres à Ali, pas moi. Lochart est repéré, il est marqué, pauvre homme. C'est tragique, mais nécessaire. Tu es d'accord, n'est-ce pas ?

— Non, mon chéri, je suis désolée, mais je ne suis pas d'accord. S'il lui arrive quoi que ce soit, beaucoup le regretteront jusqu'à la fin de leur vie. » Le sourire d'Annoush n'avait pas bougé. « Toi y compris, mon chéri. »

Il rougit. Derrière lui des hommes sortaient le 212 et le chargeaient. Il baissa la voix. « Est-ce que tu n'as pas compris ce que je t'ai dit, Annoush ? Il est une menace pour nous. Il n'est pas de notre peuple, Jared le supporte à peine et je te jure qu'il représente un grand danger pour nos familles laissées derrière nous, la tienne comme la mienne.

— Tu n'as pas entendu ce que je t'ai dit, mon mari ? Je suis tout autant consciente que toi des dangers, mais, s'il est tué ici — assassiné —, tu seras tué aussi.

— Ne sois pas ridicule !

— Tu t'endormiras et tu ne te réveilleras pas. Telle sera la volonté de Dieu. » Son sourire et sa voix étaient restés aussi doux.

Valik hésita, puis son visage se ferma et il partit rapidement vers le lac. Les enfants sortaient de la maison en courant vers elle. « Attendez ici, mes chéris, dit-elle, je reviens tout de suite. »

Au bord du lac se trouvait une terrasse construite sur pilotis, protégée du soleil par un auvent. Quelques marches descendaient jusqu'à l'eau et au bateau à moteur amarré à l'abri, au bas de l'escalier.

Lochart était au bord de l'eau, les mains en l'air.

Ali pointait son arme automatique sur lui. Les ordres de Seladi avaient été clairs : aller jusqu'au lac et attendre. Nous te rappellerons ou nous t'enverrons le pilote. Si le pilote vient, tue-le immédiatement et rejoins-nous ensuite.

Il haïssait cet ordre. Bombarder, attaquer des mutins ou des révolutionnaires à bord d'un hélicoptère de combat n'était pas un meurtre. Ce qu'on lui avait demandé de faire en était un. Il était tout pâle, il n'avait jamais tué personne et il demandait à Dieu de lui pardonner, mais un ordre était un ordre. « Désolé », balbutia-t-il et il commença à presser sur la détente.

A cet instant, les jambes de Lochart semblèrent se dérober sous lui et il se laissa tomber de côté dans l'eau. Automatiquement, Ali suivit le mouvement, visant le centre du dos et sachant qu'à cette distance il ne pouvait pas le rater. Feu !

« STOP ! »

La fraction de seconde d'hésitation qu'il avait eue avait été suffisante pour que son cerveau entende l'ordre et y obéisse avec gratitude. Avec un soulagement indicible, il relâcha la pression. Valik arriva sur lui et les deux hommes scrutèrent l'eau profonde et boueuse. Ils attendirent. Lochart ne réapparut pas.

« Il est peut-être sous le plancher ou sous le radeau, dit Ali en essuyant la sueur qui couvrait son visage et ses mains, remerciant Dieu de ne pas avoir le sang du pilote sur la conscience.

— Oui. » Valik transpirait aussi. Mais de peur. Il n'avait jamais vu cette expression sur le visage de sa femme auparavant, ce sourire qui lui promettait la mort dans son sommeil. Cela vient de ses vils ancêtres, pensait-il. C'est une descendante des Qadjars, ces Qadjars qui tuaient ou rendaient aveugles leurs rivaux au trône — ou les enfants de leurs rivaux — cette dynastie qui en cent quarante-six ans de règne n'a vu qu'un seul souverain périr de mort naturelle. Valik se retourna et vit Annoush sur le sentier. « Donne-moi ton arme », dit-il à Ali.

En tremblant Valik posa l'arme sur les planches de bois rugueux et cria : « Lochart, je vous ai laissé une arme. Tout cela était une erreur. Le capitaine avait mal compris.

— Mais, général...

— Va à l'hélicoptère, ordonna Valik en criant presque. Seladi est un crétin, il n'avait pas à te donner l'ordre de tuer ce pauvre homme. Nous allons partir immédiatement vers le Koweit, et non Bagdad. Ali, va mettre en route l'appareil ! »

Ali s'en alla. En passant à côté d'Annoush, il la regarda curieusement puis se dépêcha. Elle descendit rejoindre Valik.

« Tu as vu ? demanda-t-il.

— Oui. »

Ils attendirent. Pas un bruit. Aucune vague ne venait clapoter contre les pilotis. La surface du lac ressemblait à un miroir. Pas un souffle de vent. « Je prie pour qu'il soit caché quelque part », dit-elle. Elle éprouvait un immense sentiment de vide. « Je suis heureuse que son sang ne soit pas sur nos mains. Seladi est un monstre.

— Nous ferions mieux de retourner là-bas. » Sachant qu'on ne pouvait les voir de la maison ni de l'hélicoptère, il prit l'arme et tira dans le sol à côté de lui. « Pour Seladi. Je... je lui dirai que j'ai abattu Lochart quand il a refait surface, hein ? »

Elle lui prit le bras. « Tu es un homme avisé et bon. » Ils remontèrent le chemin bras dessus, bras dessous. « Sans toi, sans ton intelligence et ton courage, nous n'aurions jamais pu nous échapper d'Ispahan. Mais l'exil ? Je ne...

— C'est un exil temporaire, dit-il joyeusement, soulagé que tout aille mieux entre eux et que cette horrible confrontation ait cessé. Nous reviendrons plus tard chez nous.

— Cela sera merveilleux, répondit-elle en se forçant à y croire. Il faut que j'y croie ou je vais devenir folle. Il faut que j'y croie pour les enfants ! Je suis heureuse que tu aies choisi le Koweit, je n'ai jamais aimé Bagdad. Quant à ces Irakiens, beurk ! » Son regard était toujours sombre. « Lochart avait-il tort de vouloir attendre la nuit pour partir ?

— Il y a une base aérienne à quelques kilomètres d'ici. Il se peut que nous ayons été repérés par le radar, Annoush, ou par des sentinelles dans les hauteurs. Seladi a raison là-dessus, la base va envoyer une patrouille vers nous. »

Ils arrivèrent en haut de la petite colline. Les enfants les attendaient devant la porte de la cabine ; les autres étaient déjà à bord. Il allongèrent le pas. « Le Koweit est bien plus sûr. J'avais déjà décidé de ne pas écouter ce crétin pompeux. On ne peut pas lui faire confiance. »

Quelques minutes plus tard, ils étaient en l'air, se dirigeant vers le sommet des collines au nord, rasant le flanc des montagnes, volant en rase-mottes pour ne pas se faire repérer de la base aérienne proche. Ali Abbasi était un bon pilote et connaissait bien la région. Une fois le sommet franchi, il descendit dans la vallée et vira vers l'ouest pour emprunter un défilé afin d'éviter les alentours de la base ; la frontière irakienne se trouvait à environ soixante-dix kilomètres de là. La neige couvrait le sommet des montagnes au-dessus d'eux et une grande partie de ses flancs, même si les vallées étaient encore vertes, ici et là, entre les parties rocailleuses. Ils survolèrent un village inconnu qu'ils ne s'attendaient pas à rencontrer, puis virèrent à nouveau vers le sud, suivant un cours d'eau parallèle à la frontière qui se trouvait loin sur leur droite. Le vol devait à peine prendre deux heures, cela dépendait des vents et aujourd'hui ils leur étaient favorables.

Ceux qui se trouvaient dans la cabine regardaient joyeusement le sol défiler sous eux. Les enfants avaient les meilleures places : la fille de Valik sur les genoux du major et Jalal à côté d'Annoush. Personne ne parlait, quelques-uns priaient en silence. Le soleil n'était pas loin de se coucher et rougissait les nuages. Les moteurs tournaient impeccablement et toutes les aiguilles des instruments étaient dans le vert.

Ali était content de piloter, content de ne pas avoir eu à tuer Lochart qui lui avait fait face, sans rien dire, sans implorer pour sa vie, sans prier, debout, les mains levées. Je suis sûr qu'il est sain et sauf sous les pilotis. Dieu soit loué...

Il jeta un coup d'œil rapide sur la carte pour se rafraîchir la mémoire. Mais il n'en avait pas vraiment besoin, il avait passé plusieurs années ici, à survoler vallées et défilés. Bientôt ils allaient quitter les montagnes et arriver au-dessus des plaines du Tigre et de l'Euphrate, ils voleraient au ras du sol, contourneraient Dezful, puis Ahwaz et Khurramshahr, traverseraient la rivière de Chatt al-Arab, puis la frontière vers le Koweit et la liberté.

Devant lui se trouvait la crête qu'il s'attendait à voir et il vira pour passer dans la vallée suivante, heureux de piloter. Soudain une voix retentit dans ses écouteurs. « HBC, montez à mille mètres et réduisez votre vitesse ! » Il ne volait que depuis six minutes à peine.

L'ordre avait été donné en parsi, il fut répété en anglais, puis en parsi, puis en anglais de nouveau. Pendant ce temps il restait au ras du sol en essayant de reprendre ses esprits.

« Hélicoptère HBC, vous êtes en situation irrégulière, sortez de la vallée et réduisez votre vitesse. »

Ali Abbasi regarda au-dessus de lui mais n'aperçut aucun avion. Devant lui, il avait un autre flanc de montagne à pic, puis une autre vallée et une succession de flancs et de vallées jusqu'aux plaines. La frontière irakienne à l'ouest à une soixantaine de kilomètres : vingt minutes de vol.

« Appareil HBC, dernier appel, vous êtes en situation irrégulière, quittez la vallée et réduisez votre vitesse ! »

Tu as le choix entre trois choses, lui disait son cerveau : obéir et mourir, essayer de t'échapper, ou te poser, passer la nuit et tenter de passer aux premières lueurs du jour — si tu survis à leurs roquettes et à leurs balles.

Devant lui, sur la gauche, il vit les arbres et la terre disparaître, la vallée était devenue un ravin dans lequel il plongea aussitôt, ayant décidé qu'ils allaient tenter de s'échapper. Maintenant son cerveau fonctionnait parfaitement. Il enleva ses écouteurs et se remit entre les mains de Dieu. Il se sentit mieux. Il réduisit la vitesse en arrivant au bout du ravin, rasa les arbres, et se faufila dans une autre minuscule vallée, ralentissant encore et suivant prudemment le lit de la rivière. Il contourna d'autres arbres.

Reste bas, vole lentement, économise ton carburant et dirige-toi tranquillement vers le sud, se disait-il avec une confiance grandissante. Rapproche-toi de la frontière dès que tu le peux et prends ton temps. Ils ne t'attraperont jamais si tu te sers de ton intelligence. Bientôt il fera nuit, tu peux les semer dans l'obscurité et tu sais assez bien voler aux instruments pour aller jusqu'au Koweit. Mais comment nous ont-ils repérés ? On aurait dit qu'ils nous observaient. Est-ce qu'ils nous ont repérés au radar en allant à Dez Dam ? Attention !

Les arbres étaient plus rapprochés et il dut virer sec pour éviter un bosquet droit devant lui. Il frôla la montagne et grimpa jusqu'au sommet pour rejoindre la vallée suivante. De l'autre côté, protégé par la montagne, il chercha devant et en dessous de lui s'il y avait un bon endroit pour se poser en cas de pépin mécanique. Il était concentré et confiant. Il connaissait son boulot et le faisait bien. Tous les instruments étaient bons. Les minutes passèrent et, bien qu'il inspectât le ciel avec vigilance, il ne vit rien. Au bout de la vallée suivante il fit faire un tour complet à son appareil en examinant très attentivement les cieux. Rien au-dessus de lui.

Sauvés ! Je les ai semés ! *Inch' Allah !* Il respira un grand coup et, très satisfait, prit à nouveau la direction du sud. Passa une crête. Puis la suivante et, là, devant lui, s'ouvraient enfin les plaines. C'était là que les deux chasseurs attendaient. C'était des F14.

Aéroport de Téhéran. Bureaux de la S-G : 17 h 48. « ... autorisation d'atterrir refusée ! » dit la voix par les haut-parleurs de la radio HF autour de laquelle Gavallan, McIver et Robert Armstrong étaient regroupés, écoutant attentivement malgré le grésillement et les parasites. La nuit tombait au-dehors et il faisait déjà très sombre.

La voix joviale de John Hogg à bord du 125 en approche se fit entendre de nouveau : « Tour de contrôle de Téhéran, ici EchoTangoLimaLima, comme hier, nous avons l'autorisation de Kish d'atterrir et...

— ETLL, vous n'êtes pas autorisé à vous poser ! » répéta le contrôleur aérien d'une voix dure et menaçante. McIver jura entre ses dents. « Je répète : négatif ; tout le trafic aérien civil est cloué au sol et tous les vols à l'arrivée sont annulés jusqu'à nouvel ordre de l'imam... » Derrière sa voix ils pouvaient en entendre d'autres qui discutaient en parsi, de nombreux micros étant ouverts sur cette fréquence. « Retournez d'où vous venez !

— Je répète, nous avons reçu l'autorisation de nous poser du contrôle radar de Kish qui nous a ensuite passés sous le contrôle aérien d'Ispahan. C'est confirmé par les deux postes de surveillance.

Vive l'ayatollah Khomeiny et la révolution islamique ; je me trouve à soixante kilomètres au sud du point de repère Varamin, me dirige vers la piste 29 gauche. S'il vous plaît, confirmez que votre ILS fonctionne bien. Y a-t-il d'autres appareils qui survolent cet espace ? »

Pendant quelques instants, des voix en parsi s'échappèrent de la tour, puis : « Trafic négatif, ETLL, ILS négatif mais vous n'êtes pas aut... » La voix de l'homme qui s'exprimait en anglais avec un accent américain fut brutalement coupée et remplacée par une autre, hurlante, au fort accent iranien : « Pas d'atterrissage ! Comité donne ordre à Téhéran ! Pas Kish, pas Ispahan, nous donnons ordres à Téhéran. Si atterrissage vous arrêtés ! »

La voix joyeuse de John Hogg répondit immédiatement : « Echo-TangoLimaLima. Compris, tour de contrôle de Téhéran, vous ne voulez pas que nous nous posions et vous rejetez nos autorisations, ce qui est à mon avis une grave erreur de votre part selon les règles de navigation aérienne. Standby One, s'il vous plaît. » Puis il passa immédiatement sur la fréquence privée de la S-G. « QG, je demande conseil », fit-il d'une voix tendue.

McIver changea immédiatement de canal et dit dans le micro : « 360, Standby One », ce qui signifiait : faire un tour complet et attendre la réponse. Il jeta un coup d'œil vers Gavallan dont le visage était crispé. Robert Armstrong sifflotait d'un air absent.

« Mieux vaut lui dire de faire demi-tour, dit McIver. S'il se pose, ils risquent de l'arrêter et de confisquer l'appareil.

— Malgré les autorisations officielles ? demanda Gavallan. Tu as dit aux contrôleurs de la tour que nous avions une lettre de l'ambassadeur britannique approuvée par le bureau de Bazargan...

— Mais pas par Bazargan lui-même, monsieur, intervint Robert Armstrong. D'ailleurs, pour l'instant, ce sont ces connards dans la tour qui font la loi. Je suggère que... » Il s'arrêta et, le visage sombre, s'écria : « Regardez là ! » Deux camions et une voiture radio, dont l'antenne parabolique tournait, roulaient sur la route qui longeait les pistes. Ils virent les camions aller droit jusqu'à la 29 gauche et se garer au milieu de celle-ci. Des Brassards verts sautèrent des camions, arme au poing. La voiture radio continuait dans leur direction.

« Merde ! murmura McIver.

— Mac, tu penses qu'ils ont capté notre fréquence et qu'ils ont repéré l'endroit d'émission ?

— Il vaut mieux se dire que oui et réfléchir en conséquence, Andy. »

Gavallan prit le micro. « Annulez tout. B. Je répète : B.

— EchoTangoLimaLima ! » Puis passant sur la fréquence de la

tour, amical et chaleureux : « Tour de contrôle de Téhéran : nous acceptons votre demande d'annulation de notre autorisation d'atterrissage et demandons autorisation de nous poser demain à midi pour livrer en urgence, je répète, en urgence, des pièces demandées par IranOil et emmener personnel en permission. Rotation immédiate.

— Johnny a toujours su retomber sur ses pieds », grogna McIver. Puis se tournant vers Armstrong : « Nous allons vous...

— Standby One, EchoTangoLimaLima, coupa la tour de contrôle.

— Nous vous inscrirons sur la liste des passagers quand nous le pourrons, monsieur Armstrong. Désolé, pas de chance aujourd'hui. Et vos papiers ? »

Armstrong quitta du regard la voiture qui approchait. « Je... euh... je préférerais être un consultant de la S-G partant en permission, si cela ne vous fait rien. Sans salaire, bien sûr. » Il regarda Gavallan. « Ça veut dire quoi " B, je répète, B " ?

— Nouvelle tentative demain à la même heure.

— Et s'ils accèdent à la demande d'ETLL ?

— Alors vous partirez demain — en tant que consultant de la S-G.

— Merci. Espérons que cela se fera demain. » Armstrong regarda la voiture qui approchait et ajouta rapidement : « Vous serez chez vous ce soir vers 10 heures, monsieur Gavallan ? J'aimerais passer pour discuter un peu avec vous, rien d'important.

— Certainement. Je vous attendrai. Nous nous sommes déjà rencontrés, n'est-ce pas ?

— Oui. Si je ne suis pas là à 10 heures et quart, c'est que j'ai été retardé et que je ne peux pas venir — vous savez comment c'est — et je vous appellerai demain matin. Merci, dit-il en se dirigeant vers la porte.

— Pas de quoi. Où nous sommes-nous rencontrés ?

— A Hong-kong. » Robert Armstrong fit un signe de tête poli et sortit, grande carcasse maigre. Ils le regardèrent traverser le bureau, prendre la porte qui donnait sur le hangar, puis la porte de derrière qui menait au parking de la S-G où il avait laissé sa voiture — celle de McIver était garée devant.

« Il se dirige comme s'il était déjà venu ici, dit McIver pensif.

— Hong-kong ? Je ne me souviens pas du tout de lui. Et toi ?

— Non, dit McIver en plissant le front. Il faudra que je demande à Gen, elle a une bonne mémoire des noms.

— Je ne suis pas vraiment sûr d'aimer ce Robert Armstrong, ni d'avoir confiance en lui, quoi que Talbot en dise. »

A midi ils étaient allés voir Talbot pour savoir qui était Armstrong et ce qu'il faisait. George Talbot n'avait pas été très bavard : « Oh !

C'est quelqu'un de très correct, et... euh... nous vous serions très reconnaissants si vous pouviez l'emmener et... si vous ne posiez pas trop de questions. Vous restez déjeuner, bien sûr ? Il nous reste une assez bonne sole de Douvres, fraîchement congelée, pas mal de caviar, ou du saumon fumé si vous préférez, de l'excellente charcuterie et le bordeaux de la maison que je vous recommande. Gâteau au chocolat ou tarte aux cerises, et il nous reste encore une moitié d'excellent stilton. Le monde entier peut s'effondrer, nous pouvons au moins le regarder périr en véritables gentlemen. Un petit gin avant le déjeuner ? »

Le déjeuner avait été délicieux. Talbot leur avait dit que le départ de Bakhtiar qui laissait le champ libre à Bazargan et à Khomeiny pouvait mettre fin aux ennuis. « Maintenant que tout risque de coup d'Etat militaire est écarté, la situation devrait redevenir normale, un de ces jours.

— Qu'entendez-vous par " un de ces jours " ?

— Quand " ils " quels qu' " ils " soient, seront à court de munitions. Mais, cher ami, ce que je pense ou crois n'a pas vraiment d'importance. C'est ce que pense Khomeiny qui en a, et seul Dieu est au courant de ses pensées. »

Gavallan se souvint du petit rire aigu que Talbot avait émis à sa propre plaisanterie. Il sourit.

« Qu'est-ce qui te fait sourire ? demanda McIver.

— Je repensais à Talbot pendant le déjeuner. »

La voiture était à une centaine de mètres. « Talbot dissimule une montagne de secrets. De quoi crois-tu qu'Armstrong veuille " discuter " ?

— Il veut probablement nous embrouiller un peu plus, après tout, Mac, nous sommes allés à l'ambassade poser des questions à son sujet. C'est curieux ! D'habitude je n'oublie pas... Hong-kong ? Je l'associe aux courses de Happy Valley. Ça va me revenir. Au moins il a un truc pour lui, il est ponctuel. Il était là à 5 heures pile comme je le lui avais demandé — même s'il avait l'air de sortir d'une menuiserie. » Les yeux de Gavallan clignèrent sous ses épais sourcils et il reporta son regard sur la voiture qui s'arrêtait devant le bâtiment. « Aussi sûr que Dieu créa l'Ecosse, il ne tenait pas à faire la connaissance de notre amical comité. Je me demande pourquoi. »

Le comité était constitué de deux jeunes en armes, d'un mollah — pas le même que la veille — et de Sabolir, l'employé de l'immigration qui transpirait, toujours aussi peu à l'aise.

« Bonsoir, Excellence, dit McIver dont les narines protestèrent silencieusement contre l'intrusion des mauvaises odeurs de transpiration. Voulez-vous un peu de thé ?

— Non, non, merci », dit Sabolir qui se tenait sur ses gardes et cachait son malaise derrière un masque arrogant. Il s'installa sur le meilleur fauteuil. « Nous avons une nouvelle réglementation pour vous.

— Ah ? » fit poliment McIver. Il avait souvent eu affaire à lui depuis deux ans et n'avait jamais raté une occasion de lui faire livrer des caisses de whisky, de l'essence, et, de temps en temps, de lui offrir des billets d'avion pour qu'il puisse partir, tous frais payés par la S-G, en vacances au bord de la Caspienne avec sa famille. « Nous avions retenu des chambres pour quelques-uns de nos cadres et malheureusement ils ne peuvent pas venir, cher monsieur Sabolir. C'est vraiment dommage de laisser perdre ces chambres, n'est-ce pas ? » Il lui avait un jour arrangé un voyage pour deux à Dubaï. La fille, jeune et splendide, fut inscrite, à la suggestion de Sabolir, comme « expert iranien ». « Que pouvons-nous faire pour vous ? »

A leur surprise, Sabolir sortit le passeport de Gavallan, ses autorisations, et les posa sur la table. « Voici votre passeport et vos documents, dit-il en prenant une voix officielle. L'imam a ordonné la normalisation immédiate. La situation de... euh... l'Etat islamique d'Iran est redevenue normale et l'aéroport sera rouvert... euh... dans trois jours, à tous les vols autorisés au préalable. Vous allez reprendre vos activités !

— Nous allons recommencer à entraîner les forces de l'armée de l'air ? » demanda McIver en essayant de dissimuler sa joie car cette activité constituait un contrat très juteux.

Sabolir hésita. « Je... euh... je suppose que o...

— Non, dit fermement le mollah dans un bon anglais. Non, tant que l'imam ou le comité révolutionnaire n'auront pas donné leur accord. Je veillerai à ce que vous obteniez une réponse claire. Je ne pense pas que vous repreniez cette partie de vos activités pour l'instant. Mais vos activités normales — livraisons de pièces détachées pour vos bases et vol d'assistance pour IranOil ou Iran-Timber — recommenceront après-demain, à condition que les vols soient autorisés à l'avance.

— Excellent, répondirent en chœur Gavallan et McIver.

— Relève des équipes de forage et des équipages de vol, dans un sens comme dans l'autre — à condition que tout soit approuvé à l'avance et les papiers en règle, continua le mollah. La production pétrolière est une priorité. Un Garde islamique sera présent à bord de chaque vol intérieur.

— A condition que cela soit demandé à l'avance, que l'homme soit à l'heure pour le vol et qu'il ne soit pas armé, dit poliment McIver prêt à un affrontement.

— Ces Gardes islamiques armés seront là pour assurer votre protection et prévenir l'attaque des ennemis de l'Etat ! dit sèchement le mollah.

— Nous serons ravis de coopérer, Excellence, intervint calmement Gavallan, ravis, mais je suis sûr que vous ne désirez pas mettre vos vies en danger ni menacer l'Etat islamique. Je vous demande officiellement de solliciter de l'imam qu'il n'autorise pas les armes à bord des appareils — puisque manifestement vous pouvez l'approcher. En attendant, nos appareils resteront au sol jusqu'à ce que j'obtienne une réponse ou l'accord de mon gouvernement.

— Vos avions ne resteront pas au sol et vous allez reprendre vos activités ! » Le mollah était très en colère.

« Avec l'accord de l'imam nous pouvons peut-être trouver un compromis : vos hommes garderont leurs armes mais le capitaine détiendra leurs munitions pendant le vol. D'accord ? »

Le mollah hésita.

« L'imam a bien ordonné que toutes les armes soient rendues, n'est-ce pas ? insista Gavallan.

— Oui. Très bien, je suis d'accord.

— Merci. Mac, prépare un papier que nous ferons signer à Son Excellence et que nous transmettrons à nos gars. Bien, maintenant, nous avons besoin de nouvelles autorisations de vol, Excellence, les seules que nous ayons sont les vieilles et... sans valeur maintenant, puisque délivrées par l'ancien régime. Vous pouvez nous procurer ces papiers, Excellence ? Vous-même, Excellence ? Manifestement vous êtes un homme important et vous contrôlez bien la situation. » Le mollah se rengorgea sous ces flatteries. Il avait une trentaine d'années, sa barbe était graisseuse et ses vêtements râpés. D'après son accent, Gavallan avait conclu qu'il avait fait ses études en Angleterre, qu'il était un de ces milliers d'Iraniens à qui le shah avait accordé des bourses pour qu'ils puissent recevoir une éducation occidentale. « Vous allez nous procurer de nouvelles autorisations immédiatement pour que nous soyons en règle sous le nouveau régime, n'est-ce pas ?

— Nous... nous signerons de nouvelles autorisations pour chacun de nos appareils, oui. » Le mollah sortit des papiers de sa serviette usée et se mit sur le nez une vieille paire de lunettes dont un des verres épais était fêlé. Le papier qu'il cherchait était tout au fond. « Vous avez la responsabilité de treize 212 iraniens, sept 206 et quatre Alouette dans différents endroits, tous immatriculés en Iran et appartenant à la compagnie Iran Helicopters — c'est exact ? »

Gavallan secoua la tête. « Pas exactement. Pour l'instant, ils appartiennent encore à la compagnie S-G Helicopters d'Aberdeen.

La compagnie Iran Helicopters, notre association en participation avec une société iranienne, ne deviendra propriétaire de ces appareils que lorsqu'ils auront été payés. »

Le mollah se renfrogna et approcha le papier de ses yeux. « Mais le contrat en donnant la propriété à Iran Helicopters, qui est une compagnie iranienne, a été signé, n'est-ce pas ?

— C'est exact, mais tout dépend des paiements qui sont... qui sont en retard.

— L'imam a dit que toutes nos dettes seraient réglées, elles le seront donc.

— Bien sûr, mais en attendant les appareils ne seront la propriété d'Iran Helicopters qu'après paiement effectif », continua prudemment Gavallan tout en souhaitant, contre tout espoir, que les contrôleurs accordent une réponse favorable à la subtile demande d'atterrissage de Johnny Hogg pour le lendemain. Je me demande si cet emmerdeur doucereux a le pouvoir de lui accorder l'autorisation de se poser. Si Khomeiny a ordonné la normalisation, tout devrait rentrer dans l'ordre et je devrais pouvoir partir à Londres. Avec un peu de chance, avant le week-end, je pourrais terminer ces contrats de l'ExTex qui couvrent les traites des nouveaux X63. « Depuis des mois, c'est nous qui payons les traites de tous ces appareils pour l'IHC, avec les intérêts bancaires et nous...

— L'islam interdit l'usure et le paiement d'intérêts, dit le mollah avec un aplomb qui secoua Gavallan et McIver. Les banques ne doivent pas vous compter des intérêts. Aucun. C'est de l'usure. »

Gavallan regarda rapidement McIver, et, pas très à l'aise, reporta toute son attention sur le mollah. « Si les banques ne prennent pas d'intérêts, comment les affaires fonctionneront-elles, intérieurement et extérieurement ?

— Selon les seuls préceptes de la loi islamique. Le Coran interdit l'usure. Ce que font les banques étrangères est répugnant, ajouta le mollah avec dégoût. C'est à cause d'elles que l'Iran a connu des ennuis. Les banques sont des institutions créées par le démon et elles ne seront plus tolérées. En ce qui concerne Iran Helicopters, le comité révolutionnaire islamique a ordonné la suspension de toutes les associations en participation, le temps que nous étudiions les dossiers. » Le mollah agita les papiers. « Tous ces appareils sont iraniens, immatriculés en Iran, iraniens ! A Téhéran vous avez trois 212, quatre 206 et un 47G4 ici à l'aéroport, n'est-ce pas ?

— Ils sont dispersés, répondit prudemment McIver, entre ici, Doshan Tappeh et Galeg Morghi.

— Mais ils sont tous ici, à Téhéran ? »

McIver avait observé le mollah pendant que Gavallan parlait, essayant également de lire à l'envers ce qui était marqué sur les papiers. Le mollah avait en main une liste de tous leurs appareils avec leurs numéros d'immatriculation. Il s'agissait d'une copie du rapport gardé en permanence à la tour de contrôle et que la S-G avait l'obligation de tenir à jour. MacIver pâlit en remarquant que deux hélicoptères avaient été entourés en rouge — EP-HBC, le 212 de Lochart — et EP-HFC, le 206 de Pettikin.

« Nous avons prêté un 212 à Bandar Delam », dit-il, en décidant de ne pas prendre de risques. Il maudit mentalement Valik en espérant que Tom Lochart était ou à Bandar Delam ou sur le chemin du retour. « Tous les autres sont là.

— Prêté ? Cela serait donc l'EP-HBC, dit le mollah, très content de lui. Maintenant, qu... » Il fut coupé par la voix du contrôleur aérien : « EchoTangoLimaLima, demande refusée. Appelez Ispahan sur 118.3, bonne journée. »

« Bien, très bien », fit le mollah en hochant la tête avec satisfaction.

Gavallan et McIver jurèrent intérieurement. Sabolir, qui avait écouté et observé en silence, comprenait parfaitement comment les deux hommes essayaient de manipuler le mollah et il gloussa de joie en lui-même, les yeux baissés en évitant soigneusement de croiser le regard de quiconque. Un peu plus tôt, alors que l'attention du mollah était ailleurs, il avait adroitement attrapé le regard de McIver et lui avait adressé un petit sourire de connivence, terrifié à l'idée que McIver puisse mal interpréter toutes les faveurs qui n'étaient en fait que le paiement mérité de la façon dont il facilitait la tâche des vols de la S-G. A la radio, ce matin, un représentant du comité révolutionnaire islamique avait exhorté tous les citoyens loyaux à dénoncer ceux qui avaient commis des crimes « contre l'Islam ».

Durant la journée, trois de ses collègues avaient été arrêtés, ce qui avait eu pour effet de terroriser tout le personnel de l'aéroport. Les Gardes islamiques avaient emmené les trois hommes sans fournir aucune explication et les avaient jetés à la prison de Qasr — la prison de la Savak tant exécrée — où, d'après ce qu'on disait, une cinquantaine d' « ennemis de l'Islam » avait été fusillés le matin même après un jugement sommaire. L'un des hommes arrêtés était celui qui avait accepté les dix mille rials et les trois bidons d'essence de McIver la veille. Il en avait gardé un, et lui, Sabolir, avait emporté les deux autres chez lui la veille au soir. Oh ! Dieu, pourvu qu'ils ne viennent pas fouiller ma maison !

La voix chaleureuse de Johnny Hogg retentit une nouvelle fois dans la HF : « EchoTangoLimaLima, merci. Vive la révolution et bonne journée. » Puis, sur leur fréquence privée, d'une voix brusque : « Confirmez QG. »

McIver se pencha et se régla sur leur fréquence. « Standby One ! ordonna-t-il, redoutant la réaction du mollah. Est-ce qu...

— Ah ! Vous communiquez directement avec l'avion, une fréquence privée ?

— La fréquence de la compagnie, Excellence. C'est une pratique normale.

— Normale, oui. Ainsi EP-HBC est à Bandar Delam ? » demanda le mollah en lisant la feuille : « Livraison de pièces de rechange. » « C'est bien ça ?

— Oui, répondit McIver en priant intérieurement.

— Et quand l'appareil est-il censé revenir ? »

McIver sentait toute l'attention du mollah peser sur lui. « Je ne sais pas. Je n'ai pas réussi à joindre Bandar Delam. Dès que je pourrai le faire, je vous le dirai. Maintenant, Excellence, au sujet de ces autorisations de vol pour nos appareils, est-ce qu...

— EP-HFC. L'EP-HFC est à Tabriz ?

— Il se trouve sur un petit terrain à Forsha », dit McIver très mal à l'aise en espérant que les accrochages du barrage routier de Qazvin n'aient pas fait l'objet d'un rapport. Il se demanda de nouveau où Erikki pouvait bien être. Il aurait dû le retrouver à l'appartement à 3 heures, mais il n'était pas venu.

« Le terrain de Forsha ? »

Il vit que le mollah le fixait intensément. « L'EP-HFC est allé à Tabriz samedi pour livrer du matériel et ramener une équipe. Il est revenu hier soir. Il sera noté sur le nouveau formulaire demain. »

Le mollah prit immédiatement un visage sévère. « Mais tout vol doit être signalé, au départ comme à l'arrivée. Et nous n'avons pas de trace d'une autorisation d'atterrissage accordée hier.

— Le capitaine Pettikin n'a pas réussi à contacter le contrôle de Téhéran hier. Je pense que c'étaient les militaires qui contrôlaient. Il a essayé de les appeler pendant tout le chemin. Si nous revenions à nos opérations en cours ? ajouta McIver rapidement. Qui va nous donner les autorisations pour les vol IranOil ? M. Darius, comme d'habitude ?

— Euh... oui, je pense, oui. Mais pourquoi n'avez-vous pas signalé aujourd'hui l'arrivée de cet appareil ?

— Je suis vraiment très impressionné par votre efficacité, Excellence, dit Gavallan en se forçant à prendre un visage admiratif. C'est vraiment dommage qu'on ne puisse pas en dire autant des contrôleurs aériens militaires en service hier. Je me rends compte que la nouvelle république islamique va certainement surpasser en efficacité toutes les organisations occidentales. Servir nos nouveaux employeurs va être un véritable plaisir. Vive le changement ! Pouvons-nous connaître votre nom ?

— Je... je suis Mohammed Tehrani, répondit l'homme.

— Alors, Excellence Tehrani, puis-je vous demander de nous accorder la faveur de votre autorité ? Si EchoTangoLimaLima pouvait avoir la permission de se poser demain, nous pourrions augmenter énormément notre efficacité pour essayer d'égaler la vôtre. Je pourrai alors m'assurer que notre compagnie rende à l'ayatollah Khomeiny et à ses assistants personnels, comme vous-même, les services que vous êtes en droit d'attendre. Les pièces qu'ETLL nous apporte nous permettront de remettre en circulation deux autres 212 et je pourrai rentrer à Londres pour améliorer encore notre aide à votre noble révolution. Vous serez certainement d'accord ?

— Ce n'est pas possible. Le comité...

— Je suis sûr que le comité écoute vos conseils. Oh ! Je vois que vous avez eu la malchance de briser vos lunettes. C'est terrible. Moi, je n'arrive pratiquement pas à voir sans les miennes. Peut-être pourrai-je demander au 125 de vous apporter une nouvelle paire demain d'Al Shargaz ? »

Le mollah était troublé. Il avait une très mauvaise vue et une nouvelle paire de lunettes, de bonnes lunettes, était ce qu'il désirait le plus au monde. Oh ! Ce serait le plus beau cadeau que Dieu puisse m'accorder. Car c'est sûrement Dieu qui a mis cette pensée dans la tête de cet étranger. « ... je ne sais pas... je ne sais pas. Le comité ne pourrait pas accéder si rapidement à votre demande.

— Je sais que c'est difficile, mais, si vous intercédez pour nous auprès du comité, je suis sûr qu'ils écouteront. Cela nous aiderait énormément et nous serions vos débiteurs », dit Gavallan usant de cette phrase consacrée qui dans tous les pays du monde signifiait : « Que voulez-vous en échange ? » Il vit que McIver était passé sur la fréquence de la tour de contrôle et tendait le micro au mollah. « Il faut appuyer sur le bouton pour parler, Excellence, si vous consentez à nous faire l'honneur de nous aider... »

Le mollah Tehrani hésita, ne sachant que faire. Pendant qu'il fixait le micro, McIver jeta un regard appuyé à Sabolir.

Il comprit immédiatement. « Le comité approuvera votre décision, quelle qu'elle soit Excellence, fit-il d'une voix onctueuse. Mais demain, demain je crois que vous devez vous rendre sur les autres aéroports pour voir combien d'autres hélicoptères civils se trouvent dans le secteur de Téhéran dont vous êtes responsable, n'est-ce pas ?

— Ce sont les ordres, approuva le mollah, moi et d'autres membres du comité devons visiter les autres terrains d'aviation demain. »

Sabolir poussa un gros soupir, comme s'il était déçu, et McIver eut du mal à ne pas éclater de rire tant il en faisait trop. « Malheureusement il ne vous sera pas possible de les visiter tous à pied ou en voiture et d'être de retour ici pour superviser personnellement l'arrivée de cet appareil qui, et ce n'était pas sa faute, a été renvoyé parce que ces arrogants contrôleurs de Kish et d'Ispahan n'ont même pas pris la peine de vous consulter.

— C'est vrai, c'est vrai, approuva le mollah, ils ont commis une faute !

— Est-ce que 7 heures du matin vous convient, Excellence Tehrani ? demanda McIver. Nous serons très heureux de pouvoir aider votre comité de l'aéroport. Je vous donnerai mon meilleur pilote et vous serez de retour à temps pour... pour superviser la rotation. Combien d'hommes vont vous accompagner ?

— Six... » répondit d'un ton absent le mollah, déjà transporté de joie à l'idée de pouvoir accomplir sa mission — la mission de Dieu — de façon aussi luxueuse et confortable, comme un véritable ayatollah. « C'est... c'est possible ?

— Bien sûr ! dit McIver. 7 heures ici. Le capitaine... le chef capitaine Nathaniel Lane tiendra le 212 prêt. Sept personnes avec vous-même, et jusqu'à sept épouses. Bien sûr, vous voyagerez dans le cockpit avec le pilote. Considérez que tout cela est arrangé. »

Le mollah n'avait volé que deux fois dans sa vie — pour aller en Angleterre faire ses études et pour revenir au pays — à bord d'un charter étudiants d'Iran Air. Il saisit le micro : « 7 heures. »

McIver et Gavallan ne montrèrent pas la joie que leur procurait leur victoire. Sabolir non plus.

Sabolir était satisfait parce que le mollah était pris au piège. Comme Dieu le voulait ! Maintenant, si je suis accusé, j'aurai un allié, se dit-il. Ce fou, ce fils de chienne n'a-t-il pas accepté un pot-de-vin — pas un *pishkesh* — deux en fait : des nouvelles lunettes et une balade en hélicoptère ? Ne s'est-il pas laissé acheter par ces Anglais prétentieux et hypocrites qui pensent toujours qu'ils peuvent nous séduire avec des breloques et voler notre inestimable héritage en échange de quelques rials ?

Regardez ce fou qui donne aux étrangers ce qu'ils désirent !

Il jeta un coup d'œil à McIver, croisa son regard, puis, une fois encore, baissa les yeux. Maintenant, enfant de salaud d'Occidental, pensa-t-il, quel service de prix vas-tu me rendre en échange de mon aide ?

Club français : 19 h 10. Gavallan accepta le verre de vin rouge du serveur français en uniforme. McIver, le verre de blanc.

Ils trinquèrent et burent avec joie, fatigués de leur déplacement à l'aéroport. Ils étaient assis dans le salon avec d'autres clients, la plupart européens, des hommes et des femmes. Le salon surplombait les jardins et les tennis recouverts de neige, fauteuils confortables et modernes, bar immense — nombreuses pièces annexes pour les banquets, pour dîner, danser, jouer aux cartes, un sauna aussi dans ce bâtiment construit dans le plus beau quartier de Téhéran. Le Club français était le seul club pour étrangers encore ouvert — l'American Service Club avec ses gigantesques salles de spectacle, ses terrains de sport et de base-ball, ainsi que les clubs anglais, allemands, et la plupart des autres, avaient été fermés, et leurs réserves d'alcool, leurs bars détruits.

« Mon Dieu, que c'est bon, dit McIver en se détendant. Ne dis pas à Gen que nous nous sommes arrêtés ici.

— Pas besoin de lui dire, Mac, elle le saura. »

McIver hocha la tête. « Tu as raison, ça n'a pas d'importance. J'ai réussi à réserver ici ce soir pour dîner. Ça m'a coûté la peau des fesses mais ça vaut le coup... » Des Français installés autour de la table du fond éclatèrent de rire et il se retourna. « Pendant un instant j'ai cru que c'était Jean-Luc. J'ai l'impression que des années ont passé depuis la party qu'il a donnée pour le dernier réveillon — je me demande s'il y en aura jamais d'autres.

— Bien sûr qu'il y en aura, répondit Gavallan, un peu inquiet pour son vieil ami dont le ressort intérieur semblait cassé. Ne laisse pas ce mollah te saper le moral.

— Il me donnait la chair de poule — Armstrong aussi quand j'y pense. Et Talbot. Mais tu as raison, Andy, je ne dois pas me laisser abattre. Nous sommes dans une bien meilleure situation que nous ne l'étions il y a encore deux jours... » Il fut interrompu par d'autres rires et il se mit à penser à tous les bons moments qu'il avait eus ici avec Genny, Pettikin, Lochart — ne pense pas à lui maintenant —, tous les autres pilotes et leurs nombreux amis anglais, américains, iraniens. Tous partis pour la plupart. En ce temps-là c'était : « Gen, allons au Club français, la finale de tennis a lieu cet après-midi. »... Ou : « Valik donne une réception au Club des officiers iraniens à partir de 8 heures... » Ou : « Il y a un match de polo, un match de base-ball, une sortie à skis... » Ou : « Désolé, c'est impossible, ce week-end nous allons chez l'ambassadeur au bord de la mer Caspienne... » Ou : « J'aimerais bien, mais Genny ne peut pas, elle est partie acheter des tapis à Ispahan... »

« Il y avait tellement de choses à faire ici autrefois, la vie sociale et mondaine était la plus agréable qu'on ait jamais eue, ça ne fait aucun doute, dit-il. Maintenant, on n'arrive même plus à garder le contact avec nos opérateurs radio… »

Gavallan approuva de la tête : « Mac, fit-il gentiment, une réponse franche à une question franche : Est-ce que tu veux quitter l'Iran et céder la place à quelqu'un d'autre ? »

McIver le regarda, consterné. « Bon Dieu, qu'est-ce qui peut te faire croire ça ? Non, absolument pas ! Ce n'est pas parce que j'étais un peu déprimé que… non, absolument pas. Bon Dieu, non ! » dit-il, mais en lui-même il se posait la même question, impensable quelques jours auparavant : Est-ce que tu perds la foi ? As-tu toujours envie de te battre, de continuer ? Est-ce le moment de te retirer ? Je ne sais pas, pensa-t-il, glacé par la vérité mais le visage souriant. « Tout va bien, Andy. Il n'y a rien que nous ne puissions résoudre.

— Bien. J'espère que tu ne m'en veux pas d'avoir posé la question. J'ai l'impression que le mollah m'a redonné le moral — sauf quand il a parlé de " nos appareils iraniens ".

— La vérité, c'est que Valik et ses associés se sont comportés comme si nos appareils leur appartenaient depuis la signature de ce contrat.

— Dieu merci, c'est un contrat anglais soumis aux lois britanniques. » Gavallan regarda par-dessus l'épaule de McIver et ses yeux s'agrandirent très légèrement. La fille qui entrait dans le salon avait environ vingt-cinq ans, des cheveux noirs, des yeux noirs, elle était très belle. McIver suivit le regard de Gavallan, sourit et se leva. « Bonjour, Sayada, dit-il en lui faisant signe de la main. Puis-je te présenter Andrew Gavallan ? Andy, voici Sayada Bertolin, une amie de Jean-Luc. Veux-tu te joindre à nous ?

— Merci, Mac, mais je ne peux pas, je vais faire une partie de squash avec un ami. Tu as l'air en pleine forme. J'ai été ravie de faire votre connaissance, monsieur Gavallan. » Elle tendit la main et Gavallan la serra. « Désolée, mais il faut que j'y aille. Embrasse Genny pour moi. »

Ils se rassirent. « Garçon, la même chose, s'il vous plaît, fit Gavallan. Mac, juste de toi à moi, cette fille me rend tout mou !

— Ce n'est pas normal, répondit McIver en riant. Ça devrait être le contraire ! Elle plaît beaucoup, elle travaille à l'ambassade du Koweit, elle est libanaise et c'est la petite amie de Jean-Luc.

— Je lui fais mes compliments… » Le sourire de Gavallan disparut. Robert Armstrong entrait dans le salon par la porte du fond, accompagné d'un grand Iranien d'une cinquantaine d'années, au visage épais. Il aperçut Gavallan, fit un léger signe de tête et continua sa conversation tout en montant les escaliers qui menaient aux autres salons. « Je me demande vraiment qui peut b… » Gavallan s'arrêta net, envahi par un flot de souvenirs. « Robert Armstrong, chef de la CID à Kowloon. Voilà qui il est, ou était...

— CID ? Tu es sûr ?

— Oui, CID ou Special Branch... Attends une minute... Il... oui, c'est ça, c'était un ami de Ian, ça me revient, c'est d'ailleurs comme ça que je l'ai rencontré, à la Noble Maison sur le Peak, pas aux courses, bien que je l'aie peut-être vu là également avec Ian. Si je me souviens bien, c'était le soir où Quillan Gornt est arrivé sans être vraiment le bienvenu... Je crois qu'on fêtait l'anniversaire de mariage de Ian et Penelope, juste avant que je quitte Hong-kong... Mon Dieu, c'était il y a presque seize ans, pas étonnant que j'aie eu du mal à le reconnaître.

— J'ai bien eu l'impression qu'il se souvenait de toi quand il t'a vu à l'aéroport.

— Et moi aussi. » Ils finirent leurs verres et s'en allèrent, tous les deux bizarrement mal à l'aise.

Université de Téhéran : 19 h 32. Le rassemblement d'un millier d'étudiants de gauche dans la grande cour rectangulaire était bruyant et dangereux, trop de factions opposées, trop de fanatiques et beaucoup trop de manifestants armés. Il faisait froid et humide, mais pas encore tout à fait nuit, bien que quelques torches soient déjà allumées dans le crépuscule.

Rakoczy s'était mêlé à la foule, habillé comme les autres, c'est-à-dire n'importe comment. Sa couverture avait changé. Il n'était plus Smith ou Fedor Rakoczy, le Russe musulman, le sympathisant islamo-marxiste, mais était devenu Dimitri Yazernov, représentant soviétique auprès du comité central du Tudeh, un poste qu'il avait occupé de temps en temps au cours des dernières années. Il se tenait dans un coin de la cour en compagnie de cinq leaders étudiants du Tudeh, à l'abri du vent glacé, sa carabine accrochée à l'épaule, armée, prête, et il attendait que le premier coup parte. « N'importe quand maintenant, dit-il à voix basse.

— Dimitri, qui dois-je descendre en premier ? demanda nerveusement un des leaders.

— Le moudjahidin, cet enfant de salaud, celui qui est là-bas », dit-il en désignant un homme beaucoup plus âgé que les autres qui portait une barbe noire. « Prends ton temps, Farmad, et suis mon conseil. C'est un professionnel et il appartient à l'OLP. »

Les autres le regardèrent, sidérés. « Pourquoi le tuer, s'il appartient à l'OLP ? » demanda Farmad. Il était trapu, presque contrefait, avec une grosse tête et de petits yeux intelligents. « L'OLP est notre alliée depuis des années, elle nous finance, nous entraîne et nous fournit des armes.

— Parce que maintenant l'OLP va soutenir Khomeiny, expliqua-t-il patiemment. Khomeiny n'a-t-il pas invité Arafat ici la semaine dernière ? N'a-t-il pas donné à l'OLP les bâtiments qui abritaient la mission israélienne pour qu'ils y installent leur QG ? L'OLP peut fournir tous les techniciens dont Bazargan et Khomeiny ont besoin pour remplacer les Américains et les Israéliens, surtout dans les forages pétroliers. Tu ne veux pas que le pouvoir de Khomeiny s'étende, n'est-ce pas ?

— Non, mais l'OLP a été notre al...

— L'Iran n'est pas la Palestine. Les Palestiniens devraient rester en Palestine. Vous avez gagné la révolution. Pourquoi donner cette victoire à des étrangers ?

— Mais l'OLP a été notre alliée », insista Farmad. Rakoczy n'était pas mécontent d'avoir trouvé la faille de cet homme avant qu'on ne lui confie de plus grandes responsabilités.

« Les alliés qui deviennent nos ennemis n'ont aucune valeur. N'oublie pas notre but.

— Je suis d'accord avec le camarade Dimitri, dit un autre, la voix coupante et le regard dur. Nous ne voulons pas que l'OLP nous donne des ordres ici. Si tu ne veux pas t'en charger, Farmad, je le ferai. Je vais tous les abattre, ainsi que ces chiens pouilleux de Brassards verts !

— On ne peut pas faire confiance à l'OLP, dit Rakoczy en reprenant le même discours, plantant les mêmes graines. Regardez comme ils hésitent et changent de position, même chez eux. Un jour ils se disent marxistes, le lendemain musulmans, le surlendemain ils sont amis avec ce traître de Sadate, puis ils l'attaquent. Nous avons des documents qui le prouvent », ajouta-t-il.

La désinformation faisait son effet. « Et des documents qui prouvent qu'ils projettent d'assassiner le roi Husayn de Jordanie, de prendre le pouvoir et de signer des accords de paix séparés avec les Etats-Unis et Israël. Ils ont déjà eu des réunions secrètes avec Israël et la CIA. Ils ne sont pas anti-israéliens... »

Ah ! Israël, pensa-t-il tout en continuant à débiter ses discours si bien appris, comme tu es importante pour la Russie, installée si parfaitement au beau milieu de la chaudière, irritant perpétuel qui fera toujours enrager les musulmans, en particulier les si riches émirats producteurs de pétrole, qui dressera toujours les musulmans contre les chrétiens, nos principaux ennemis, tes alliés américains, anglais et français — ce qui les affaiblit et déséquilibre l'Occident tandis que nous occupons des places géographiques vitales — l'Iran cette année, l'Afghanistan aussi, le Nicaragua l'année prochaine, puis Panama et d'autres ensuite, toujours suivant le même plan : prise du détroit d'Ormuz, de Panama, de Constantinople et de l'Afrique du Sud. Ah ! Israël, tu es notre carte atout dont nous jouons dans ce Monopoly mondial. Mais sans jamais la jeter ou la vendre ! Nous ne t'abandonnerons jamais ! Nous allons te laisser perdre de nombreuses batailles mais pas la guerre, nous te laisserons souffrir mais pas mourir, nous autoriserons tes banquiers à nous financer et à concourir ainsi à leur propre perte, nous te laisserons saigner l'Amérique à mort, nous aiderons tes ennemis — mais pas trop — et nous veillerons à ce que tu te fasses violer. Mais ne t'inquiète pas, nous ne te laisserons jamais complètement disparaître. Oh non ! Jamais. Tu es un bien trop précieux.

« Les membres de l'OLP sont prétentieux et arrogants, dit sombrement un étudiant baraqué, et ils ne sont jamais polis, ils refusent de reconnaître l'importance de l'Iran dans le monde et ignorent tout de notre glorieux passé.

— C'est vrai ! Ce ne sont que des paysans et les parasites du Moyen-Orient et du Golfe ; ils prennent les meilleurs boulots.

— Oui, approuva un autre, ils sont encore pires que les Juifs... »

Rakoczy rit en lui-même. Ce boulot lui plaisait vraiment beaucoup, il aimait bien travailler avec les étudiants de l'université — c'était un terrain tellement fertile —, il aimait se poser en professeur. Mais c'est ce que je suis, pensa-t-il, un professeur de terrorisme, de déstabilisation et de prise de pouvoir. Peut-être en fait suis-je davantage un fermier : je plante la graine, la fais pousser, la protège, je n'ai pas d'horaire, je travaille à toute heure, en toutes saisons, comme doit le faire un fermier. Il y a de bonnes années et des mauvaises mais on progresse un peu plus chaque fois, un peu plus d'expérience, un peu plus de patience — printemps été automne hiver — toujours la même ferme, l'Iran, avec le même but : que l'Iran devienne terre soviétique, au pire un satellite russe qui protégerait notre sainte patrie la Russie. Si nous prenons le détroit d'Ormuz...

Ah ! pensa-t-il, se sentant presque investi d'une mission religieuse, si je pouvais offrir l'Iran à ma mère la Russie, ma vie n'aurait pas été vécue en vain.

L'Occident mérite de perdre, surtout les Américains. Ce sont de tels imbéciles, égocentriques, mais avant tout stupides. C'est incroyable que Carter ne se rende pas compte de l'importance du détroit d'Ormuz et de l'Iran en particulier, et de la catastrophe que sera leur perte pour l'Ouest. Mais c'est ainsi : il nous donne l'Iran sur un plateau.

Rakoczy se souvenait de la vague d'incrédulité qui les avait saisis à tous les échelons quand leurs contacts à Washington leur avaient fait savoir que Carter allait lâcher le shah. Quel précieux allié Carter a été pour nous ! Si je croyais en Dieu, je prierais : Dieu est grand, Dieu est grand, qu'il protège notre meilleur allié, le président Cacahuète, et qu'il lui fasse gagner les nouvelles élections présidentielles ! S'il est réélu, nous allons conquérir l'Amérique et diriger le monde ! Dieu est grand, Dieu est...

Brusquement il frissonna. Il faisait semblant d'être musulman depuis si longtemps que parfois sa couverture devenait plus forte que sa véritable personnalité. Il commençait à avoir des doutes et à se poser des questions.

Suis-je toujours Igor Mzytryk, capitaine du KGB, marié à cet amour de Delaurah, ma si belle Arménienne, qui m'attend dans notre maison de Tbilissi ? Est-elle à la maison, elle qui croit secrètement en Dieu — le Dieu des chrétiens qui est le même que celui des musulmans et des juifs ?

Dieu. Dieu a mille noms. Dieu existe-t-il ?

Dieu n'existe pas, se répéta-t-il comme une litanie. Puis il se força à se concentrer sur la bataille qui allait avoir lieu.

Autour d'eux la tension montait parmi les étudiants assemblés ; des cris de colère jaillissaient : « Nous n'avons pas versé notre sang pour que des mollahs prennent le pouvoir ! Frères et sœurs, unissons-nous ! Unissons-nous sous la bannière du Tudeh...

— A bas le Tudeh ! Unissons-nous pour la sainte cause islamo-marxiste, nous moudjahidin avons versé notre sang et sommes les martyrs de l'imam Ali, seigneur des martyrs, et Lénine...

— A bas les mollahs et Khomeiny, ce traître à l'Iran... »

Des applaudissements nourris accueillirent ce dernier cri, d'autres le reprirent, puis graduellement l'appel dominant fut : « Unissons-nous, frères et sœurs, unissons-nous autour des vrais chefs de la révolution, le Tudeh, unissons-nous pour protéger... »

Rakoczy observait la foule, insatisfait. C'était incohérent, sans forme, pas encore une foule que l'on pouvait diriger et utiliser comme une arme. Certains observateurs, des islamiques, regardaient et écoutaient avec mépris ou colère. Quelques modérés hochèrent la tête et s'en allèrent, cédant la place à la vaste majorité, profondément antikhomeiniste.

Autour d'eux les bâtiments de brique étaient hauts. L'université avait été construite par Rizah Shah dans les années trente. Cinq ans auparavant, Rakoczy avait passé quelques trimestres ici, en se prétendant azerbaïdjanais mais le Tudeh le connaissait sous le nom de Dimitri Yazernov, envoyé pour organiser les cellules universitaires. Depuis sa création, l'université avait toujours été un endroit de dissension, anti-shah, alors que Muhammad Shah, plus qu'aucun autre monarque dans l'histoire de la Perse, avait toujours généreusement soutenu l'éducation. Les étudiants de Téhéran avaient été les pionniers de la rébellion, bien avant que Khomeiny ne soit devenu le centre de ralliement.

Sans Khomeiny, nous n'aurions jamais triomphé, pensa-t-il. Khomeiny a été le flambeau autour duquel nous avons pu nous réunir pour chasser le shah et les Américains. Il n'est pas sénile ou bigot, comme beaucoup le prétendent ; c'est un leader sans pitié dont les plans, le charisme et le pouvoir sur les chiites sont dangereux — il est grand temps qu'il aille rencontrer ce Dieu qui n'a jamais existé.

Rakoczy éclata soudain de rire.

« Qu'est-ce qu'il y a ? demanda Farmad.

— Je pensais à ce que Khomeiny et les mollahs allaient dire en découvrant qu'il n'y a pas de Dieu, qu'il n'y en a jamais eu — qu'il n'y a pas de ciel, pas d'enfer et que tout ceci n'est qu'un mythe. »

Les autres rirent également. Sauf un. Ibrahim Kyabi. Il n'y avait plus de joie chez lui, rien qu'un souhait de vengeance. Lorsqu'il était rentré chez lui la veille, il avait découvert sa maison sens dessus dessous, sa mère en pleurs, ses frères et ses sœurs dans les affres de la douleur. Ils venaient juste d'apprendre que leur père ingénieur avait été assassiné par les Gardes islamiques devant le QG d'IranOil à Ahwaz et que son corps y avait été abandonné aux vautours.

« Pour quelles raisons ? avait-il hurlé.

— Pour... pour crimes contre l'Islam, avait dit en sanglotant son oncle Dewar Kyabi qui leur avait apporté la terrible nouvelle. C'est ce que ses meurtriers nous ont dit. Ils venaient d'Abadan, des fanatiques, illettrés pour la plupart, et ils nous ont dit qu'il était à la solde des Américains et que depuis des années il coopérait avec les ennemis de l'Islam, qu'il les aidait à nous voler notre pétrole...

— Mensonges, ce sont des mensonges ! hurla Ibrahim. Père était contre le shah, un patriote et un croyant ! Qui sont ces chiens ? Qui sont-ils ? Je vais les tuer, et leurs pères aussi. Quels sont leurs noms ?

— C'était la volonté de Dieu, Ibrahim. *Inch' Allah !* Oh ! Mon pauvre frère ! La volonté de Dieu...

— Dieu n'existe pas ! »

Les autres l'avaient regardé, choqués. C'était la première fois qu'Ibrahim avait exprimé une conviction qui grandissait en lui depuis des années, nourrie par des amis étudiants de retour de l'étranger, des amis à l'université ainsi que par quelques professeurs qui ne l'avaient jamais proclamé ouvertement mais qui les encourageaient à se poser des questions.

— *Inch' Allah*, c'est pour les imbéciles, avait-il continué, une superstition idiote sous laquelle les imbéciles se cachent !

— Tu ne devrais pas dire cela, avait crié sa mère, effrayée. Va à la mosquée et implore le pardon d'Allah. Ton père est mort parce que telle était la volonté de Dieu. C'est tout. Va à la mosquée.

— J'y vais », avait-il répondu, mais au fond de son cœur il savait que sa vie avait changé, aucun Dieu n'aurait laissé faire cela. « Qui étaient ces hommes, mon oncle ? Décris-les-moi.

— C'étaient des hommes ordinaires, Ibrahim, je te l'ai déjà dit, la plupart plus jeunes que toi ; il n'y avait pas de chef ou de mollah avec eux, bien qu'il y en eût un dans l'hélicoptère des étrangers qui est arrivé de Bandar Delam. Mais mon pauvre frère est mort en insultant Khomeiny ; si seulement il n'était pas revenu à bord de l'hélicoptère des étrangers, si seulement... Mais là aussi, *Inch' Allah*, ils l'attendaient de toute façon.

— Il y avait un mollah dans l'hélicoptère ?

— Oui.

— Tu vas aller à la mosquée, Ibrahim ? lui avait redemandé sa mère.

— Oui », avait-il répondu, le premier mensonge qu'il lui ait jamais fait. Il ne lui avait pas fallu longtemps pour connaître les leaders du Tudeh et Dimitri Yazernov, leur jurer fidélité, récupérer une mitraillette et, surtout, leur demander de trouver le nom du mollah qui voyageait dans l'hélicoptère de Bandar Delam. Maintenant il se tenait là, attendant l'heure de la vengeance, révolté par le crime perpétré contre son père au nom d'un faux dieu. « Dimitri, allons-y ! dit-il, sa fureur attisée par les cris de la foule.

— Il nous faut attendre, Ibrahim, répondit Rakoczy, très content que ce jeune soit avec eux. Souviens-toi de notre plan ! » Quand il le leur avait indiqué une heure plus tôt, ils avaient été pétrifiés.

« Attaquer l'ambassade américaine ?

— Oui, avait-il dit calmement, une attaque rapide demain ou le jour suivant, on entre et on sort. Ce soir, le rassemblement va se transformer en manifestation. L'ambassade se trouve à deux kilomètres à peine. Il sera facile d'y envoyer la foule, ce sera une excellente expérience. Quelle meilleure couverture peut-on avoir pour une attaque que cette manifestation ? Nous laissons les ennemis moudjahidin et fedayin attaquer les islamiques et s'entre-tuer pendant que nous prenons l'initiative. Ce soir, nous allons semer les graines. Demain ou après-demain, nous attaquons l'ambassade américaine.

— Mais c'est impossible, Dimitri, impossible !

— C'est facile. Juste une attaque, nous n'allons pas essayer de prendre l'ambassade, cela viendra plus tard, juste une attaque complètement inattendue et facile à exécuter. Tu peux très facilement tenir l'ambassade pendant une heure, garder l'ambassadeur prisonnier ainsi que tout le personnel le temps de tout mettre à sac. Les Américains n'ont pas la volonté de résister. Voici les plans du bâtiment, le nombre de marines en faction et je serai là pour vous aider. Ce sera un coup fantastique qui fera la une des journaux du monde entier et qui embarrassera bien Bazargan et Khomeiny, et encore plus les Américains. N'oublie pas qui est le véritable ennemi ; il nous faut agir vite maintenant pour reprendre l'initiative à Khomeiny... »

Il les avait convaincus sans difficulté. Créer une diversion sera facile, pensa-t-il. Et je pourrai alors aller droit au bureau de la CIA et à la salle de transmissions au sous-sol, faire sauter le coffre, le vider de tous ses documents et de ses codes, puis monter au premier, tourner à gauche, entrer dans la troisième pièce sur la gauche, la chambre de l'ambassadeur, aller au coffre derrière le tableau accroché au-dessus du lit, le faire sauter et le vider de la même façon. Rapidement, soudainement et violemment — s'il y avait la moindre résistance.

« Dimitri, regarde ! »

Rakoczy se retourna. Des centaines de jeunes — Brassards verts et mollahs à leur tête —, arrivaient par la route. Rakoczy hurla immédiatement : « A mort Khomeiny ! » et tira une rafale en l'air. La soudaineté des coups de feu plongea tout le monde dans l'hystérie. Il y eut des cris, d'autres armes entrèrent en action et les étudiants s'éparpillèrent en courant, s'écrasant les uns les autres.

Avant que Rakoczy n'ait pu faire un geste, Ibrahim visait les Brassards verts et tirait. Quelques hommes s'effondrèrent et, hurlant de rage, les nouveaux arrivants ouvrirent le feu dans leur direction. Rakoczy se jeta à terre en jurant. La pluie de balles le manqua mais faucha Farmad et d'autres à côté de lui, épargnant toutefois Ibrahim et les trois autres leaders du Tudeh. Il leur cria quelque chose et ils plongèrent à plat ventre sur le ciment tandis que des étudiants paniqués ouvraient le feu.

Beaucoup furent touchés avant que le grand moudjahidin que Rakoczy avait désigné comme cible ne rassemble ses hommes, n'organise la contre-attaque contre les islamiques et ne les repousse. Immédiatement d'autres vinrent l'aider en hurlant et le rassemblement se transforma en émeute.

Rakoczy agrippa Ibrahim qui allait charger sans réfléchir.

« Suis-moi ! ordonna-t-il. Il les poussa tous les quatre vers le côté du bâtiment. Puis, une fois sûr qu'ils lui obéiraient, il se mit à courir aussi vite qu'il le put.

En arrivant au croisement de deux chemins dans les jardins

couverts de neige, il s'arrêta un moment pour reprendre son souffle. La nuit était tombée à présent et un vent froid soufflait.

« Et Farmad ? balbutia Ibrahim. Il est blessé !

— Non, dit-il, il est en train de mourir. Venez ! »

Ils le suivirent en courant à travers les jardins, puis le long de la rue qui bordait la fac de sciences, traversant le parking, et ne s'arrêtèrent que lorsque les bruits de l'émeute furent bien lointains. Rakoczy avait un point de côté et sa respiration était sifflante. Lorsqu'il put de nouveau parler il dit : « Ne vous inquiétez pas. Rentrez chez vous ou dans vos dortoirs. Préparez tout le monde pour l'attaque, elle aura lieu demain ou après-demain — le comité donnera l'ordre. » Puis il disparut rapidement dans la nuit.

Appartement de Lochart : 19 h 30. Sharazad était allongée dans son bain de mousse, la tête appuyée sur un oreiller en plastique, les yeux fermés, les cheveux enveloppés dans une serviette.

« Oh ! Azadeh chérie, dit-elle d'un ton somnolent, le front couvert de sueur, je suis si heureuse. »

Azadeh était également dans la baignoire, allongée dans l'autre sens, se relaxant avec délice dans l'eau doucement parfumée, appréciant le luxe, la chaleur et l'intimité. Ses cheveux étaient également roulés dans une serviette, la baignoire était large, profonde et confortable pour deux. Mais elle avait toujours des cernes sous les yeux et ne pouvait chasser de son esprit les événements terrifiants de la veille au barrage routier et dans l'hélicoptère. Dehors la nuit était tombée. Des coups de feu résonnèrent au lointain. Personne n'y fit attention.

« Je voudrais bien qu'Erikki revienne, dit Azadeh.

— Il ne sera pas long, nous avons le temps, chérie. Le dîner ne sera pas prêt avant 21 heures, nous avons donc presque deux heures pour nous préparer. » Sharazad ouvrit les yeux et posa sa main sur la cuisse d'Azadeh. « Ne te fais pas de souci, Azadeh chérie, il sera bientôt de retour, ton géant roux ! Et n'oublie pas que je passe la nuit chez mes parents et que vous allez pouvoir courir tout nus tous les deux toute la nuit ! Relaxe-toi dans ton bain, sois heureuse et évanouis-toi quand il rentrera. » Elles éclatèrent de rire toutes les deux. « Tout va bien, tu es en sécurité, nous sommes tous en sécurité, l'Iran — que l'imam a conquis avec l'aide de Dieu — est en sécurité et libre.

— J'aimerais bien pouvoir y croire comme toi, dit Azadeh. Je ne peux te raconter à quel point ces gens autour du barrage étaient épouvantables — c'était comme si j'étais étouffée par leur haine.

Pourquoi nous haïssent-ils — Erikki et moi ? Que leur a-t-on fait ? Rien du tout et pourtant ils débordaient de haine envers nous.

— Ne pense plus à eux, ma chérie, dit Sharazad en étouffant un bâillement. Les gauchistes sont tous fous, ils prétendent être musulmans et marxistes en même temps. Ils sont contre Dieu et donc maudits. Les villageois ? Les villageois ne sont pas éduqués, comme tu ne le sais que trop, et ils sont un peu simples. Ne te fais pas de souci — c'est du passé à présent, tout va aller mieux, tu verras.

— J'espère. Si tu savais comme je souhaite que tu aies raison. Je ne veux pas que les choses aillent mieux mais qu'elles soient justes comme avant, comme elles ont toujours été.

— Tout va redevenir comme avant. » Sharazad se sentait si bien, l'eau si douce, si chaude, comme si elle se trouvait dans le ventre de sa mère. Ah ! pensa-t-elle, plus que trois jours à attendre pour être sûre et alors Tommy annoncera à Père que, oui, bien sûr, il veut des fils et des filles, et ensuite le lendemain, le grand jour, je saurai de façon certaine, quoique je sache déjà. N'ai-je pas toujours été parfaitement réglée ? Jamais un retard. Je pourrai offrir à Tommy mon cadeau de Dieu et il sera si fier. « L'imam accomplit la volonté de Dieu. Cela ne peut être que bon.

— Je ne sais pas, Sharazad, mais dans notre histoire jamais les mollahs n'ont été dignes de confiance, ils ont toujours été des parasites vivant sur le dos des villageois.

— Ah ! Mais maintenant c'est différent, lui dit Sharazad qui au fond d'elle-même n'avait pas très envie de discuter de choses aussi sérieuses. Maintenant nous avons un véritable chef qui contrôle l'Iran pour la première fois. C'est l'homme le plus pieux du pays, celui qui connaît le mieux l'Islam et les lois islamiques. Il est là pour accomplir la volonté de Dieu. N'a-t-il pas réussi l'impossible en chassant le shah corrompu et en empêchant les généraux de fomenter un coup d'Etat militaire avec les Américains ? Père dit que le pays est plus sûr maintenant qu'il ne l'a jamais été.

— Vraiment ? » Azadeh se rappelait les paroles de Rakoczy dans l'hélicoptère. Il avait dit que Khomeiny faisait faire un pas en arrière au pays. Elle savait que c'était la vérité et elle l'avait griffé, le haïssant, souhaitant sa mort, car il était de ceux qui se serviraient de ces demeurés de mollahs pour asservir tous les autres. « Tu veux revenir aux lois que le Prophète a dictées il y a près de mille cinq cents ans — être forcée de porter le tchador, perdre le droit de vote que nous avons eu tant de mal à gagner, le droit de travailler, le droit à l'égalité ?

— Je ne veux pas voter, ni travailler, ni être égale, comment une femme peut-elle égaler un homme ? Je veux juste être une bonne épouse pour Tommy et en Iran je préfère porter le tchador dans les rues. » Sharazad étouffa délicatement un autre bâillement, engourdie par la chaleur. « *Inch' Allah,* Azadeh chérie. Bien sûr que tout va redevenir comme avant, mais Père dit que ce sera encore mieux parce que maintenant nous sommes les propriétaires de notre sol, du pétrole qui en sort et de tout ce qui s'y trouve. Il n'y aura plus d'horribles généraux ou politiciens étrangers pour nous déshonorer et, maintenant que le diabolique shah est parti, nous allons vivre heureux pour toujours, toi avec ton Erikki, moi avec mon Tommy et avec beaucoup, beaucoup d'enfants. Comment peut-il en être autrement ? Dieu est avec l'imam et l'imam est avec nous ! Nous avons tellement de chance. » Elle sourit et passa affectueusement son bras autour des jambes de son amie. « Je suis si contente que tu sois venue habiter chez moi, Azadeh. Ton dernier séjour à Téhéran me paraît si loin.

— Oui. » Elles étaient amies depuis de nombreuses années. Elles s'étaient rencontrées en Suisse au collège, où Sharazad n'était restée qu'un trimestre car elle était trop malheureuse loin de sa famille et de son pays, puis elles s'étaient retrouvées plus tard à l'université de Téhéran. Et maintenant, depuis un peu plus d'un an, parce qu'elles avaient toutes les deux épousé des étrangers qui travaillaient pour la même compagnie, elles étaient devenues plus proches que des sœurs, s'aidant l'une l'autre à s'adapter aux habitudes des étrangers :

« Quelquefois je ne comprends pas du tout Tommy, Azadeh, s'était plainte un jour Sharazad en larmes. Il aime être seul, je veux dire vraiment seul, juste lui et moi, la maison vide, sans le moindre serviteur — il m'a même dit qu'il aime bien être complètement seul, à lire, sans famille ni enfants, sans conversation ni amis. Oh ! quelquefois c'est si horrible.

— Erikki est exactement comme lui, avait dit Azadeh. Les étrangers ne sont pas comme nous — ils sont très bizarres. Je veux passer mes journées avec des amis, des enfants et la famille, mais Erikki non. Heureusement que Tommy et Erikki travaillent pendant la journée — tu as encore plus de chance, car Tommy part deux semaines d'affilée. Autre chose, tu sais, Sharazad, il m'a fallu des mois pour m'habituer à dormir dans un lit et...

— Je n'ai jamais pu m'y faire ! On se trouve si haut au-dessus du sol, c'est si facile de tomber. Et cet énorme creux de son côté, qui fait que tu dors toujours mal et que tu te réveilles avec le dos endolori. C'est épouvantable, un lit, comparé aux doux édredons posés sur de beaux tapis sur le plancher. C'est si confortable et si civilisé.

— Oui. Mais Erikki ne veut ni édredon ni tapis, il insiste pour que nous dormions dans un lit. Il ne veut même plus essayer, quelquefois c'est vraiment un soulagement quand il part en voyage.

— Nous dormons correctement maintenant, Azadeh. Au bout d'un mois, j'ai mis fin à cette ridicule habitude occidentale de dormir dans un lit.

— Comment as-tu fait ?

— Oh ! Je soupirais toute la nuit et j'empêchais mon pauvre chéri de dormir, puis je dormais toute la journée afin d'être en pleine forme pour recommencer une nuit de soupirs. » Sharazad avait éclaté de rire. « Sept nuits plus tard, mon chéri a cédé et depuis il dort parfaitement bien et comme une personne civilisée doit le faire, il dort même comme ça quand il est à Zagros ! Pourquoi n'essaies-tu pas ? Je peux te garantir que ça marche, chérie, surtout si tu te plains un peu, si tu dis que tu as mal au dos à cause du lit et que, bien sûr, tu adores faire l'amour... mais, s'il te plaît, sois un peu prudent. »

Azadeh avait ri. « Mon Erikki est plus intelligent que ton Tommy — quand Erikki a essayé les édredons sur les tapis, c'est lui qui a soupiré, se retournant toute la nuit en m'empêchant de dormir — après trois nuits j'étais si fatiguée que j'ai presque trouvé qu'un lit c'était bien. Quand je rends visite à ma famille, je dors de façon civilisée, bien que lorsque Erikki est aussi au palais nous utilisions un lit. Tu sais, chérie, un autre problème : j'aime mon Erikki, mais parfois il est si mal élevé que j'ai honte à en mourir. Quand je lui demande quelque chose, il répond " oui " ou " non ". Comment peux-tu entretenir une conversation avec oui ou non ? »

Elle souriait en elle-même maintenant. Oui, c'est très difficile de vivre avec lui, mais vivre sans lui n'est pas imaginable — son amour, sa bonne humeur, sa taille, sa force, et puis il fait toujours ce que je veux et même un peu trop facilement : j'ai peu l'occasion d'utiliser mes ruses. « Nous sommes toutes les deux très heureuses, n'est-ce pas, Sharazad ?

— Oh oui, chérie. Peux-tu rester une semaine ou deux — même si Erikki doit rentrer, s'il te plaît ?

— J'aimerais bien. Quand Erikki reviendra... peut-être lui demanderai-je. »

Sharazad bougea dans son bain, déplaçant la mousse sur sa poitrine et la soufflant de ses mains. « Mac a dit que, si le vol était reporté, ils viendraient ici de l'aéroport. Genny vient directement de chez elle, mais pas avant 21 heures — j'ai invité aussi Paula à se joindre à nous, tu sais, l'Italienne, mais pas pour Nogger, pour Charlie. Charlie a presque une crise cardiaque chaque fois qu'elle le regarde ! ajouta-t-elle en pouffant.

— Charlie Pettikin ? Oh ! Mais c'est merveilleux. C'est très bien.

Nous devrions l'aider, nous lui devons tant ! Aidons-le à attraper cette Italienne si sexy !

— Formidable. Mettons sur pied un plan pour lui donner Paula !

— Comme maîtresse ou comme épouse ?

— Maîtresse. Attends, laisse-moi réfléchir ! Quel âge a-t-elle ? Elle doit avoir au moins vingt-sept ans. Tu penses qu'elle ferait une bonne épouse ? Il devrait se marier. Chaque fois que Tommy ou moi lui présentons une fille, il sourit et hausse les épaules — je lui ai même présenté ma propre cousine qui avait quinze ans en pensant qu'il serait tenté, mais rien du tout. Bien, très bien, maintenant on a quelque chose à organiser. Nous avons largement le temps d'y penser et de nous préparer — j'ai quelques très jolies robes, tu n'as qu'à choisir.

— Ça fait vraiment bizarre, Sharazad, de ne rien avoir — rien. Ni argent ni papiers... » Pendant un instant, Azadeh remonta le temps et se retrouva dans la Range Rover près du barrage sur la route, avec devant elle le moudjahidin au visage bouffi qui avait volé leurs papiers. Elle le revit décharger sa mitraillette tandis qu'Erikki l'écrasait contre la voiture comme un gros cafard. Du sang et de la salive coulaient de sa bouche. « Plus rien, dit-elle en se forçant à chasser cette vision, même pas un tube de rouge à lèvres.

— Sans importance, j'ai tout ce qu'il faut. Et Tommy va être si content de vous trouver ici, toi et Erikki. Il n'aime pas me savoir seule non plus. Ne te fais pas de souci, ma pauvre chérie. Tout va bien maintenant. Tu es en sécurité. »

Je ne me sens pas du tout en sécurité, se dit Azadeh, haïssant cette peur qu'elle découvrait et qu'elle n'avait jamais connue auparavant. Je ne me suis pas sentie en sécurité depuis que nous avons laissé Rakoczy au sol et même l'euphorie d'échapper à ce démon, de savoir que nous étions tous les trois sains et saufs n'a duré que quelques instants. Même la joie de trouver une voiture avec de l'essence sur le petit aéroport n'a pas fait envoler ma peur. Je déteste avoir peur.

Elle s'accroupit un peu dans la baignoire et tourna le robinet d'eau chaude.

« C'est si bon, murmura Sharazad, je suis si contente que tu aies voulu rester. »

La veille, lorsque Azadeh, Erikki et Charlie avaient enfin rejoint l'appartement de McIver, il faisait déjà nuit. Mais Gavallan était là, il n'y avait donc pas de place pour eux. Trop effrayée pour vouloir rester dans l'appartement de son père, même avec Erikki, Azadeh avait demandé à Sharazad s'ils pouvaient s'installer chez elle jusqu'au retour de Lochart. Sharazad avait immédiatement accepté avec joie, contente d'avoir de la compagnie. Tout s'était bien passé jusqu'au moment où, pendant le dîner, des coups de feu avaient éclaté à proximité. Elle avait sursauté.

« Il ne faut pas s'inquiéter, Azadeh, avait dit McIver. Quelques excités qui relâchent la vapeur, ils doivent probablement fêter quelque chose. Khomeiny a donné l'ordre que l'on dépose toutes les armes, tu sais. » Tout le monde avait approuvé et Sharazad avait dit : « L'imam sera obéi. » Elle faisait toujours référence à Khomeiny en le nommant l' « imam », l'associant presque aux douze imams du chiisme, les descendants directs du prophète Mahomet — ce qui était certainement un sacrilège : « Mais ce que l'imam a accompli tient presque du miracle, n'est-ce pas ? avait-elle demandé avec innocence. Notre liberté est un cadeau de Dieu. »

Puis plus tard, si bien, si confortable au lit avec Erikki, mais il était bizarre, sombre, différent de l'Erikki qu'elle connaissait. « Qu'est-ce qui ne va pas ?

— Rien, Azadeh, rien. Demain, je vais établir un plan. Ce soir, je n'ai pas eu le temps de parler à Mac ou Gavallan, mais demain il faudra que nous prenions des décisions, dors maintenant, ma chérie. »

Deux fois dans la nuit, en proie à de terribles cauchemars, elle s'était réveillée en appelant Erikki au secours.

« Tout va bien, Azadeh, je suis là. Ce n'était qu'un rêve, tout va bien, nous sommes en sécurité.

— Non, nous ne sommes pas en sécurité. Je ne me sens pas en sécurité, Erikki. Qu'est-ce qui m'arrive ? Retournons à Tabriz, ou partons, partons loin de ces gens horribles. »

Le matin Erikki l'avait laissée pour rejoindre McIver et Gavallan et elle en avait profité pour dormir un peu plus longtemps sans se sentir mieux pour autant. Elle avait passé le reste de la matinée à rêver, à écouter Sharazad parler de ce qui se passait à Galeg Morghi ou les serviteurs colporter les dernières rumeurs : beaucoup de généraux fusillés, de nombreuses arrestations, les prisons ouvertes par les émeutiers, des hôtels occidentaux brûlés. On disait aussi que Bazargan tenait les rênes du gouvernement, que les moudjahidin étaient en rébellion ouverte dans le Sud, que les Kurdes se soulevaient dans le Nord, que l'Azerbaïdjan déclarait son indépendance, que les tribus nomades Kash'kai et Bakhtiar s'affranchissaient du joug de Téhéran ; tout le monde venait rendre ses armes ou alors personne ne venait le faire. On disait que le premier ministre Bakhtiar avait été capturé, et abattu, ou qu'il s'était enfui dans les montagnes, en Turquie, ou encore en Amérique ; que le président Carter préparait une invasion, ou qu'il avait reconnu le gouvernement de Khomeiny ; que les troupes soviétiques étaient amassées aux frontières, prêtes à envahir le pays, ou encore que Brejnev allait venir à Téhéran féliciter Khomeiny ; que le shah avait atterri au Kurdistan soutenu par les troupes américaines, ou qu'il était mort en exil.

Puis elle était allée déjeuner avec les parents de Sharazad à la maison des Bakravan, près du souk, mais celle-ci avait insisté pour qu'elle mette le tchador. Elle avait obtempéré, en détestant tout ce que ça représentait. Dans la grande maison familiale d'autres rumeurs couraient, mais bénignes. Aucune crainte. Une confiance totale. L'abondance comme toujours, comme dans sa propre maison à Tabriz. Des serviteurs souriants. Remercions Dieu pour cette victoire, avait dit joyeusement Jared Bakravan. Les magasins allaient rouvrir, les banques étrangères étaient fermées et les affaires allaient redevenir florissantes comme elles l'étaient avant les lois impies instituées par le shah.

Après le déjeuner elles étaient retournées à l'appartement de Sharazad. A pied. Enveloppées dans leurs tchadors. Pas de problème, tous les hommes s'étaient montrés très déférents. Le souk était plein de monde mais il y avait bien peu de chose à acheter. Tous les marchands juraient que d'abondantes marchandises n'allaient pas tarder à arriver par camion, par train, par avion — les ports étant engorgés de centaines de bateaux bourrés de marchandises. Dans les rues, des milliers de personnes marchaient, le nom de Khomeiny aux lèvres, en chantant : « *Allah-ou Akbar.* » Presque tous les hommes et les jeunes étaient armés, pas les vieillards. Dans certains quartiers, des Brassards verts avaient remplacé la police et réglaient confusément la circulation. Dans d'autres quartiers il y avait la police, comme d'habitude. Deux tanks passèrent conduits par des soldats et couverts de gardes et de civils ; la foule les acclama.

Malgré cela, la tension perçait sous cette joie apparente, particulièrement chez les femmes enveloppées dans leurs linceuls. Sur leur route, Azadeh et Sharazad rencontrèrent un groupe de jeunes qui entouraient une femme aux cheveux noirs, habillée à l'occidentale ; ils se moquaient d'elle, l'abreuvaient d'injures, faisaient des gestes obscènes ; plusieurs d'entre eux s'étaient déboutonnés et lui montraient leur pénis. La femme avait une trentaine d'années, elle était bien habillée, un manteau court au-dessus d'une jupe, de longues jambes et de long cheveux sous un petit chapeau. Puis un homme fendit la foule et la rejoignit. Il se mit à crier qu'ils étaient anglais et qu'on devait les laisser tranquilles, mais les hommes ne firent pas attention à lui, le bousculèrent et se concentrèrent sur la femme. Elle était pétrifiée.

La foule grossit rapidement, Azadeh et Sharazad se retrouvèrent entourées, elles furent donc obligées de rester et de regarder. Un mollah arriva, ordonna à la foule de s'en aller et dit aux étrangers qu'ils devaient obéir aux coutumes islamiques. Lorsque les deux femmes arrivèrent à la maison, elles étaient fatiguées et se sentaient toutes les deux souillées. Elles s'étaient déshabillées et étendues.

« Je suis contente d'être sortie aujourd'hui, dit Azadeh, très inquiète. Mais les femmes feraient mieux de s'organiser et de protester avant qu'il ne soit trop tard. Nous devrions manifester dans les rues, sans tchador ni voiles, faire connaître notre opinion aux mollahs : nous ne sommes pas des meubles, nous avons des droits, et c'est à nous de décider si nous voulons porter le tchador ou non — pas à eux.

— Oui, tu as raison ! avait répondit Sharazad en bâillant. Après tout, nous avons contribué à la victoire aussi ! Oh ! Je suis si fatiguée. »

La sieste leur avait fait du bien.

Azadeh regardait distraitement les bulles de mousse, l'eau était plus chaude maintenant, la vapeur douce et parfumée bien agréable. Elle s'assit un moment, étalant la mousse sur ses seins et ses épaules. « C'est curieux, Sharazad, mais aujourd'hui j'étais contente de porter le tchador, ces hommes étaient si horribles.

— Les hommes dans la rue le sont toujours, Azadeh chérie. »

Sharazad ouvrit les yeux et regarda son amie. Elle avait la peau dorée, brillante, les seins fièrement dressés. « Tu es si belle, Azadeh chérie.

— Merci, mais c'est toi la plus belle. » Azadeh posa sa main sur le ventre de son amie et le caressa. « Alors, maman ?

— Oh ! Je l'espère de tout mon cœur, soupira Sharazad en fermant les yeux et en s'abandonnant à la chaleur. Je n'arrive pas à m'imaginer en mère. Plus que trois jours et je saurai. Quand allez-vous avoir des enfants, toi et Erikki ?

— Dans un an ou deux », répondit Azadeh d'une voix calme en mentant comme elle l'avait si souvent fait. Elle avait en fait très peur d'être stérile car, depuis qu'elle était mariée, elle n'utilisait aucun moyen de contraception et elle avait toujours souhaité un enfant d'Erikki. Le même cauchemar revenait sans cesse : son avortement lui avait ôté toute chance d'avoir un enfant quoi qu'ait pu lui dire, pour la rassurer, cet imbécile de docteur allemand. Comment ai-je pu être aussi stupide ?

Facile. J'étais amoureuse. J'avais juste dix-sept ans et j'étais amoureuse, oh ! très amoureuse. Pas comme avec Erikki pour qui je donnerais ma vie avec plaisir. Avec Erikki, c'est vrai, c'est solide, c'est doux, c'est passionné, c'est pour toujours. Avec mon Johnny les Beaux yeux, c'était comme un rêve.

Ah ! Je me demande où tu es aujourd'hui, ce que tu fais, toi si beau, si grand, si séduisant avec tes yeux gris-bleu et... si anglais. Qui as-tu épousé ? Combien de cœurs as-tu brisés comme le mien, mon chéri ?

Cet été-là il était à l'école de Rougemont — un village tout proche du collège où elle apprenait le français. C'était juste après que Sharazad fut repartie. Elle l'avait rencontré lézardant au soleil au Sonnenhof, surplombant la magnifique ville de Gstaad entourée de montagnes. Il avait dix-neuf ans, elle allait en avoir dix-sept trois jours plus tard. Ils avaient passé tout l'été ensemble à découvrir ce si beau pays, à se balader dans les montagnes et les forêts, à se baigner dans les rivières, à jouer, à s'aimer, la tête dans les nuages.

Et il y en eut des nuages, cet été-là, se dit-elle en rêvant, plus que je n'aurais pensé. Je croyais tout savoir sur l'amour et les hommes et je ne savais rien. A l'automne il lui avait dit : « Désolé, je dois retourner à l'université, mais je serai de retour à Noël. » Il n'était jamais revenu. Bien avant Noël, elle avait découvert qu'elle était enceinte ! Et au lieu du bonheur, elle avait connu l'angoisse et la terreur, terrifiée à l'idée que cela se sache à l'école et qu'on prévienne ses parents. L'avortement était interdit en Suisse sans l'autorisation des parents ; il lui avait fallu se rendre en Allemagne où l'intervention était possible. Rencontre de ce docteur rassurant. Pas de douleur, pas d'ennuis, rien — juste quelques difficultés pour trouver l'argent. Et toujours amoureuse de Johnny. Puis l'année suivante, l'école terminée, retour à Tabriz. Ma belle-mère qui a découvert la vérité — je suis sûre que c'est Najoud qui m'a trahie. Qui d'autre ? N'était-ce pas à elle que je m'étais adressée pour emprunter l'argent ? Puis Père a été mis au courant.

Enfermée pendant un an. Sous cloche comme un papillon. Puis le pardon, la paix — une forme de paix. Elle avait imploré la permission d'aller à l'université de Téhéran. « Je suis d'accord à condition que tu jures devant Dieu que tu n'auras pas d'aventure. J'exige une totale obéissance et tu épouseras uniquement celui que je t'aurai choisi », avait dit le khan.

Première de sa classe. Puis elle avait supplié son père de la laisser rejoindre le corps des enseignants volontaires, n'importe quelle excuse pour quitter le palais. « Je suis d'accord, mais dans notre région. Il y a assez de villages par ici où tu peux travailler », avait-il dit.

Beaucoup d'hommes à Tabriz voulaient l'épouser mais son père les refusa tous. Il avait honte d'elle. Puis vint Erikki.

« Et quand cet étranger, ce... rustre mal élevé qui ne parle même pas un mot de parsi ou de turc, qui ne connaît rien de nos coutumes ou de notre histoire, qui ne sait pas se comporter dans une société civilisée et dont les seuls talents sont de pouvoir ingurgiter des litres de vodka et de piloter un hélicoptère — quand il découvrira que tu n'es plus vierge, que tu es souillée, et peut-être détruite à l'intérieur pour toujours ? Qu'est-ce que tu crois qu'il va faire ?

— Je le lui ai déjà dit, Père, avait-elle répondu à travers ses larmes. Je lui ai également dit que sans votre permission je ne peux pas me marier. »

Puis ce fut le miracle de l'attaque du palais, Père presque assassiné — Erikki lui sauvant la vie comme un de ces héros tout droit sortis d'un vieux livre d'aventures. Permission de se marier, un autre miracle ! La compréhension d'Erikki un autre miracle. Mais toujours pas d'enfants. Le vieux Dr Nutt dit que je suis parfaitement normale et qu'il me faut simplement être patiente. Si Dieu le veut, j'aurai bientôt un fils, et cette fois ce sera le bonheur, comme pour Sharazad. Si belle, Sharazad avec son visage, ses jambes, ses seins parfaits, ses cheveux comme de la soie et sa peau de velours.

Elle sentit sous ses doigts le corps si doux de son amie et elle commença à la caresser lentement s'abandonnant à la chaleur et à la tendresse. Nous avons de la chance d'être des femmes, pensa-t-elle, nous pouvons nous baigner ensemble, dormir ensemble, nous embrasser et nous aimer sans honte. « Ah ! Sharazad, murmura-t-elle, comme j'aime te toucher. »

Vieille ville : 19 h 52. L'homme traversa rapidement le square couvert de neige près de l'ancienne mosquée Mehrid et s'engouffra dans le souk couvert. Beaucoup de monde à l'intérieur, il y faisait chaud et la demi-pénombre qui y régnait en permanence était familière et rassurante. C'était un quinquagénaire corpulent, transpirant d'avoir ainsi couru. Ses vêtements étaient luxueux et sa toque d'astrakan de travers. Un gros âne chargé bloquait le chemin devant lui. Il jura, se poussa pour les laisser passer, lui et son maître, et reprit sa route précipitamment. Il tourna à gauche dans un petit passage et déboucha dans l'allée des marchands de vêtements.

Prends ton temps, se répétait-il sans cesse. Sa poitrine et ses poumons lui faisaient mal. Tu es en sécurité à présent, ralentis. Mais submergé par la terreur, il repartit en courant dans le labyrinthe. Dans son sillage, à quelques minutes derrière lui, un groupe de Brassards verts armés suivaient. Sans se presser.

Devant, la ruelle étroite des marchands de riz était bloquée par une foule plus grosse que d'habitude qui se disputait les rares marchandises en vente. L'homme s'arrêta un instant pour s'essuyer le front, puis reprit sa route. Le souk ressemblait à une fourmilière ; des centaines de passages s'y entrecroisaient, bordés de boutiques faiblement éclairées qui avaient parfois un étage, de baraques, d'échoppes qui pouvaient n'être qu'une simple niche creusée dans le mur. On y trouvait de tout, des aliments aux montres étrangères, des boucheries aux bijouteries, des prêteurs sur gages aux marchands d'armes. Tous attendaient le client même si, pour le moment, ils n'avaient pas grand-chose à vendre. Au-dessus du bruit, des cris, des marchandages, des lucarnes étaient ouvertes dans le haut plafond voûté afin d'aérer et de laisser la lumière entrer durant le jour. On y respirait l'odeur caractéristique des souks, effluves mêlés de fumée, d'urine, d'épices, de fruits pourris, de poussière, de pétrole, de miel et de dattes, auxquels s'ajoutaient les odeurs des corps et de la sueur de tous ceux qui vivaient ici. Et y mouraient.

Il y avait des gens de tout âge, de toutes origines, des habitants de Téhéran, des Turkmènes, des Kurdes, des Kash'kais, des Arméniens et des Arabes, des Libanais et des Levantins, mais l'homme ne faisait pas attention à eux ni aux boutiques, il se faufilait du plus vite qu'il pouvait à travers la foule. Il traversa l'allée des orfèvres, prit celle des épices puis celle des joailliers, s'enfonçant toujours plus profondément dans le labyrinthe. Sa toque d'astrakan était trempée de sueur et son visage cramoisi. Deux marchands le remarquèrent et se moquèrent de lui : « Par Dieu, je n'ai jamais vu le vieux Paknouri courir aussi vite, il doit être en train de collecter une créance de dix rials.

— Dis plutôt qu'il est attendu par un petit minet qui s'est déjà installé sur son tapis le cul en l'air ! »

Ils se turent en voyant passer les Brassards verts. Lorsqu'ils se furent éloignés, quelqu'un murmura : « Que viennent faire ici ces jeunes chiens sans mère ?

— Ils cherchent quelqu'un. Ce doit être ça. Que leurs pères périssent dans les flammes ! Ils ont arrêté des gens toute la journée.

— Qu'est-ce qu'ils en font ensuite ?

— Ils les mettent en prison. Ils ont le contrôle des prisons à présent — il paraît qu'ils ont enfoncé les portes de la prison de Qasr, libéré ceux qui s'y trouvaient, enfermé les gardiens et que maintenant ce sont eux qui la dirigent. Ils y ont installé leurs propres pelotons d'exécution, d'après ce qu'on m'a dit, et ont fusillé des généraux et des policiers. Il y a une émeute en ce moment à l'université.

— Que Dieu nous protège ! Mon fils Farmad est allé au rassemblement, le jeune fou ! Je lui avais pourtant dit de ne pas s'y rendre aujourd'hui. »

Jared Bakraván, le père de Sharazad, se trouvait dans son bureau à l'étage supérieur d'une boutique qui donnait sur la rue des usuriers où sa famille était installée depuis cinq générations. Les affaires étaient, comme toujours, prospères. Sa spécialité : le financement et la banque. Assis sur des tapis épais, il buvait du thé en compagnie de son vieil ami Ali Kia qui venait juste d'entrer au gouvernement de Bazargan. Le fils aîné de Bakravan, Meshang, écoutait et apprenait assis derrière son père. C'était un beau garçon, rasé de près qui avait la trentaine et une petite tendance à l'embonpoint. Ali Kia était également rasé et portait des lunettes. Bakravan qui était gros portait une barbe blanche. Sexagénaires tous les deux, ils se connaissaient depuis toujours.

« Comment le prêt sera-t-il remboursé et sur quelle période ? demandait Bakravan.

— Avec les revenus pétroliers, comme toujours, répondit Kia patiemment. Comme l'aurait fait le shah, sur une période de cinq ans, au taux habituel d'un pour cent par mois. Mon ami Mehdi, Mehdi Bazargan, a dit que le parlement garantira l'emprunt. » Il sourit et ajouta d'un ton délibérément léger. « Et je n'appartiens pas uniquement au cabinet de Mehdi, je surveille également la législation. Tu sais comme ce prêt est important pour le souk.

— Bien sûr », répondit Bakravan en tirant sur sa barbe pour s'empêcher de pouffer. Ce pauvre Ali, pensa-t-il, toujours aussi pompeux ! « Ce n'est certainement pas à moi d'en parler, mon vieil ami, mais certains commerçants du souk m'ont demandé ce qu'il était advenu des millions en or déjà avancés pour aider la révolution. Avancés pour financer l'ayatollah Khomeiny — que Dieu le protège », ajouta-t-il poliment alors qu'au fond de lui-même il pensait : Que Dieu nous l'enlève rapidement maintenant que nous avons gagné, avant que lui et ses mollahs rapaces et parasites ne causent trop de dommages. Quant à toi, Ali, vieil ami, tu déformes la vérité, tu exagères ton importance, tu es peut-être mon plus vieil ami, mais je te ferai confiance quand les chameaux chieront de la bouse de vache. Un Iranien ne peut d'ailleurs accorder sa confiance qu'à un membre de sa famille proche — et encore, avec prudence.

« Bien sûr, je sais que l'ayatollah n'a jamais vu, ni empoché un seul rial, dit-il en le pensant vraiment. Mais, malgré cela, nous autres commerçants du souk avons avancé d'énormes quantités de liquide, d'or et de devises étrangères pour financer sa campagne ; pour le plus grand bien de l'Iran et la gloire de Dieu naturellement.

— Oui, nous le savons. Et Dieu vous en bénit. Ainsi que l'ayatollah. Bien sûr, ces prêts vous seront remboursés dès que nous aurons l'argent, à la seconde ! Les dettes contractées envers les commerçants du souk sont celles qui seront remboursées en priorité. Nous autres au gouvernement mesurons à sa juste valeur l'importance de votre aide. Mais, Jared, Excellence, vieil ami, avant que nous ne puissions faire quoi que ce soit la production pétrolière doit reprendre et pour cela il nous faut du liquide. Les cinq millions de dollars dont nous avons besoin immédiatement seront comme un grain de riz dans un tonneau puisque nous allons contrôler toutes les banques étrangères et que...

— L'Iran n'a pas besoin de banques étrangères. Nous autres au souk nous pourrions nous occuper de tout, si on nous le demandait. De tout. Si nous cherchions un peu, nous découvririons que, pour la plus grande gloire de l'Iran, nous possédons toutes les compétences et les relations nécessaires dans notre milieu. » Bakravan avala une gorgée de thé avec une élégance étudiée. « Mon fils Meshang est diplômé de l'université commerciale de Harvard. » Le mensonge ne dérangea personne. « Avec l'aide d'étudiants brillants comme lui... » Il laissa l'idée en suspens.

Ali Kia saisit au quart de tour. « Je suis sûr que tu n'accepterais pas qu'il se mette au service du ministère des Finances ? Ses compétences sont bien trop précieuses pour toi et tes collègues !

— Précieuses, en effet. Mais le bien de la nation passe avant nos petits intérêts personnels et, si le gouvernement veut utiliser ses qualités uniques...

— J'en parlerai à Mehdi demain matin au cours de la réunion quotidienne que j'ai avec mon collègue et ami, répondit Ali en se demandant intérieurement quand il réussirait seulement à obtenir un premier entretien ; il l'attendait depuis sa nomination au ministère des Finances. Puis-je lui annoncer en même temps que tu es d'accord pour le prêt ?

— Je vais consulter mes collèges immédiatement. Cette décision dépend d'eux, bien sûr, pas de moi, ajouta Bakravan avec une tristesse apparente qui ne dupa personne. Mais je plaiderai votre cause, vieil ami.

— Merci, répondit Ali avec un sourire. Nous autres au gouvernement, ainsi que l'ayatollah, apprécierons l'aide des commerçants du souk.

— Nous sommes toujours prêts à aider. Nous l'avons toujours fait, comme tu le sais », répondit doucement le vieil homme en pensant à l'énorme soutien financier que le souk accordait depuis des années aux mollahs, à Khomeiny et à toute personnalité politique intègre qui, comme Ali Kia, s'était opposée aux shahs.

Que Dieu damne les Pahlavi, pensa Bakravan, ils sont la cause de tous nos ennuis. Que Dieu les damne pour tous les problèmes qu'ils ont créés en demandant une modernisation trop rapide, en méprisant nos conseils, en ouvrant les bras aux étrangers — jusqu'à cinquante mille Américains, pour ne parler que d'eux — et en leur laissant occuper les meilleurs emplois et contrôler toutes les opérations bancaires. Le shah a rejeté notre aide, a brisé notre monopole, nous a étranglés et a dilapidé notre héritage historique. Partout, dans tout l'Iran.

Mais nous avons eu notre revanche. Nous avons misé notre influence et nos richesses sur la haine implacable de Khomeiny et son pouvoir sur les masses mal lavées et analphabètes. Et nous avons gagné. Maintenant, les banques étrangères parties, les étrangers partis, nous allons devenir encore plus riches et influents qu'avant. Ce prêt sera facile à arranger mais Ali Kia et son gouvernement peuvent se ronger un peu les sangs. Nous sommes les seuls à pouvoir réunir cet argent. L'intérêt offert n'est pas suffisant, pas suffisant pour compenser les pertes occasionnées par la fermeture du souk pendant tous ces mois. Quel intérêt exiger ? se demanda-t-il, extrêmement satisfait par les négociations. Peut-être le pourcentage pour...

La porte s'ouvrit à la volée et Emir Paknouri fit irruption dans la pièce. « Jared, ils vont m'arrêter, s'écria-t-il, les joues baignées de larmes.

— Qui ? Qui va t'arrêter et pourquoi ? » demanda Bakravan. Le calme légendaire qui régnait dans sa maison avait disparu ; employés, serviteurs, et directeurs effrayés se pressaient sur le pas de la porte.

« Pou... pour crimes contre l'Islam ! répondit-il en sanglotant.

— Il doit y avoir une erreur ! Ce n'est pas possible !

— Bien sûr qu'il y a une erreur... mais ils sont venus chez moi il y a une demi-heure et...

— Qui ? Donne-moi leurs noms et je détruirai leurs pères ! Qui est venu ?

— Des Gardes de la révolution. Des Brassards verts, eux bien sûr », dit Paknouri. Un silence lourd s'abattit. Ali Kia pâlit et quelqu'un murmura : « Que Dieu nous protège. » « Ils sont venus chez moi il y a une demi-heure avec mon nom marqué sur une feuille de papier, moi, Emir Paknouri, chef de la corporation des orfèvres qui a donné des millions de rials... Ils sont venus chez moi m'accusant de crimes... mes serviteurs et ma femme étaient là... et je... Par Dieu et le Prophète, Jared, cria-t-il en tombant à genoux, je n'ai commis aucun crime, je suis un ancien du souk, j'ai donné des millions de rials et... » Il s'arrêta soudain, remarquant la présence d'Ali Kia. « Kia, Ali Kia, Excellence, tu sais très bien tout ce que j'ai fait pour aider la révolution !

— Bien sûr, répondit Kia qui était livide et dont le cœur battait à tout rompre. Il doit y avoir une erreur. » Il savait que Paknouri était un membre très influent dans la communauté du souk. Respecté. Le premier mari de Sharazad et un de ses donateurs depuis toujours. « Il doit certainement y avoir une erreur !

— Bien sûr que c'est une erreur, dit Bakravan en passant son bras autour des épaules du vieil homme et en essayant de le calmer. Qu'on apporte du thé ! ordonna-t-il.

— Un whisky, s'il te plaît. Tu as du whisky ? demanda-t-il en bafouillant. Je prendrai du thé ensuite, mais j'ai besoin d'un whisky d'abord.

— Pas ici, mon pauvre ami, mais bien sûr il y a de la vodka. » Elle fut apportée immédiatement. Paknouri l'avala d'un trait et toussa un peu. Il refusa un autre verre. Il se calma un peu et commença à raconter ce qui s'était passé. Il avait compris que quelque chose n'allait pas en entendant des voix fortes retentir dans le vestibule de sa superbe demeure juste à côté du souk ; il était en haut avec son épouse qui préparait le dîner. « Le chef des Gardes — ils étaient cinq — agitait un morceau de papier et demandait à me voir. Bien sûr, les serviteurs n'ont pas osé me déranger ni laisser ce singe entrer. Le chef de mes serviteurs leur a dit qu'il allait voir si j'étais là et il est monté. Il nous a dit que le papier était signé par quelqu'un qui s'appelait Uwari et qui agissait au nom du comité révolutionnaire — qui sont-ils, ceux-là ? Qui est cet Uwari ? Tu as entendu parler de lui, Jared ?

— C'est un nom assez courant, dit Bakravan qui, selon les habitudes iraniennes, avait toujours une réponse prête aux questions dont on ne connaissait pas la réponse. Tu le connais, Ali ?

— Comme tu dis, c'est un nom assez courant. A-t-il mentionné quelqu'un d'autre, Excellence Paknouri ?

— Peut-être, je ne sais pas, je ne sais plus. Que Dieu nous protège ! Mais qui sont-ils ces gens du comité révolutionnaire ? Ali Kia, tu dois savoir, toi !

— Beaucoup de noms ont été mentionnés », répondit-il, l'air important, en cachant le malaise qui l'envahissait chaque fois qu'il entendait parler de comité révolutionnaire. Comme tout le monde au gouvernement ou dans les sphères gouvernementales, pensa-t-il dégoûté, je ne dispose pas de beaucoup d'informations sur leur identité ni sur ce qu'ils veulent exactement. Je sais seulement qu'ils sont apparus à peu près au moment où Khomeiny est rentré en Iran, c'est-à-dire il y a deux semaines, et que depuis hier, depuis que Bakhtiar s'est enfui, ils agissent comme s'ils représentaient la loi, au nom de Khomeiny, nommant de nouveaux juges, la plupart sans aucune expérience judiciaire, autorisant arrestations, tribunaux révolutionnaires et exécutions immédiates, sans se soucier des lois, de la jurisprudence ni de notre constitution. Puissent-ils être précipités en enfer !

« Juste ce matin, mon ami Mehdi... », commença-t-il d'un ton confidentiel pour s'arrêter immédiatement, feignant de remarquer pour la première fois le personnel qui se pressait à l'entrée de la pièce. D'un geste impérieux, il leur fit signe de s'en aller. Lorsque la porte fut refermée, bien à contrecœur, il reprit en baissant la voix : « Ce matin, avec notre bénédiction, il est allé voir l'ayatollah et a menacé de donner sa démission si les membres de ce comité révolutionnaire continuaient à bafouer son autorité. Il les a fait remettre à leur place.

— Dieu soit loué ! dit Paknouri soudain soulagé. Nous n'avons pas gagné la révolution pour laisser des voyous encore moins respectueux des droits remplacer la Savak, la domination étrangère et le shah.

— Bien sûr que non ! Remercions Dieu que le gouvernement soit maintenant en bonnes mains. Mais, Excellence Paknouri, continue ton récit, s'il te plaît.

— Il n'y a pas grand-chose d'autre à raconter, Ali, dit Paknouri qui, entouré de ses puissants amis, se sentait plus calme et plus courageux. Je... je suis immédiatement descendu voir ces intrus et je leur ai dit qu'il devait s'agir d'une erreur, mais ce crétin, ce chien illettré a agité le papier sous mon nez et m'a dit que j'étais en état d'arrestation et que je devais les suivre. Je leur ai dit d'attendre, que j'allais chercher quelques papiers, mais mon épouse... mon épouse m'a dit de ne pas leur faire confiance, que c'étaient peut-être des hommes du Tudeh ou des moudjahidin déguisés, ou des fedayin. Elle avait peut-être raison et j'ai décidé qu'il valait mieux venir ici te consulter. » Il avait déjà chassé de sa mémoire les faits tels qu'ils s'étaient réellement déroulés. Il s'était enfui de chez lui dès qu'il avait entendu le chef des Gardes demander au nom du comité révolutionnaire et d'Uwari, que Paknouri l'avare se soumette pour crimes contre Dieu.

« Mon pauvre ami, dit Bakravan. Mon pauvre ami, comme tu as dû souffrir ! N'y pensons plus, tu es à l'abri à présent. Passe la nuit ici. Ali, demain tout de suite après la première prière du matin, va au bureau du premier ministre, arrange tout cela et veille à ce que ces fous soient punis. Nous savons tous qu'Emir Paknouri est un patriote, que lui et tous les orfèvres ont aidé la révolution et qu'ils sont indispensables pour ce prêt. » Il écouta sans les entendre les platitudes qu'Ali Kia déversait à son tour.

Il observa Paknouri, toujours pâle de frayeur et les cheveux trempés de sueur. Pauvre type, ils ont dû lui faire une de ces peurs ! Quel dommage qu'avec toutes ses richesses et son nom — il est apparenté aux Qadjars grâce à Annoush, la femme de Valik, dont il est le cousin — quel dommage que ça n'ait pas marché avec

Sharazad ! Quel dommage qu'il n'ait pas pu lui faire d'enfants et donc unir nos deux familles. Un seul enfant aurait suffi, il n'aurait pas pu y avoir de divorce et je n'aurais pas tous ces problèmes avec cet étranger de Lochart. Même s'il essaie vraiment de vivre comme nous, il n'y arrivera jamais. Et cela me coûte une fortune de l'entretenir afin qu'il vive sur un pied qui n'entache pas notre réputation ! Il faudra que je voie le cousin Valik pour lui demander encore une fois d'augmenter un peu les revenus de Lochart ; Valik et ses associés cupides peuvent bien faire cela pour moi avec les millions qu'ils gagnent, la plupart en devises étrangères ! Qu'est-ce que cela leur coûterait ? Rien. Ils feront payer Gavallan et la S-G. Les associés me doivent beaucoup de faveurs, c'est moi qui depuis des années les conseille et leur ai montré comment gagner beaucoup d'argent et le pouvoir sans beaucoup d'effort.

— Paie Lochart toi-même, Jared, avait répondu rudement Valik la dernière fois qu'il le lui avait demandé. Cette charge ne concerne que toi. Tu partages tous nos gains, et qu'est-ce qu'une somme si petite pour mon cousin préféré et le plus riche commerçant de Téhéran ?

— Mais cette charge devrait être partagée par les associés. Il nous sera très utile quand nous aurons pris le contrôle à cent pour cent de la compagnie. Avec les projets d'avenir de Iran Helicopters, l'association sera plus prospère que jamais et...

— Je vais en parler immédiatement aux associés, cette décision dépend d'eux, pas de moi... »

Mensonge, pensait le vieil homme en avalant son thé, mais, cela dit, j'aurais répondu la même chose. Il étouffa un bâillement, il se sentait fatigué et avait faim. Une petite sieste avant le dîner me ferait le plus grand bien. « Je suis désolé, Excellences, mais j'ai un rendez-vous important auquel je dois me rendre. Paknouri, mon vieil ami, je suis content que tout soit réglé. Reste ici cette nuit, Meshang va arranger une couche et ne te fais pas de souci ! Ali, mon ami, tu m'accompagnes jusqu'à l'entrée du souk ; tu as un moyen de locomotion ? demanda-t-il, sachant qu'un homme de son rang devait avoir une voiture avec chauffeur.

— Oui, merci, vu l'importance de notre ministère, je suppose, le premier ministre a insisté pour que j'aie une voiture.

— Parfait », dit Bakravan.

Satisfaits, ils quittèrent tous la pièce et descendirent l'escalier étroit jusqu'au couloir qui menait à l'entrée de la boutique. Leurs sourires disparurent.

Cinq Brassards verts attendaient là, affalés sur les fauteuils, armés de carabines américaines, âgés d'une vingtaine d'années au plus, mal rasés ou barbus, pauvrement vêtus, certains portant des chaussures trouées, d'autres sans chaussettes. Le chef se curait les dents en silence, les autres fumaient et laissaient tomber leurs cendres sur les tapis kash'kais, hors de prix, de Bakravan. L'un d'eux avait une mauvaise toux et une respiration sifflante.

Bakravan sentit ses genoux faiblir. Tout son personnel était debout, pétrifié, contre un des murs. Tout le monde. Même son serviteur préféré. Dehors dans la rue, le silence régnait, personne aux alentours, même les propriétaires des boutiques de prêt voisines semblaient avoir disparu.

« *Salam, agha*, que la bénédiction de Dieu soit sur vous, dit-il poliment. Que puis-je faire pour vous ? »

Le chef ne lui accorda aucune attention. Il fixait Paknouri d'un regard dur. Il avait un joli visage, mais vérolé. Il devait avoir vingt-deux, vingt-trois ans, des yeux et des cheveux sombres. Ses mains abîmées par les travaux manuels jouaient avec la carabine. Il s'appelait Yusuf Senvar, Yusuf le maçon.

Le silence devint de plus en plus pesant jusqu'au moment où Paknouri ne supporta plus la tension. « C'est une erreur, hurla-t-il. Vous commettez une erreur !

— Tu pensais pouvoir échapper à la vengeance de Dieu en t'enfuyant ? » Le ton de Yusuf était doux, presque gentil, mais il s'exprimait avec un grossier accent campagnard dont Bakravan ne put identifier la provenance.

« Quelle vengeance de Dieu ? hurla Paknouri. Je n'ai rien fait de mal, rien du tout.

— Rien du tout ? N'as-tu pas travaillé pendant des années pour et avec les étrangers, les aidant à s'approprier nos richesses ?

— Je l'ai fait pour créer de nouveaux emplois et aider l'économ…

— Rien du tout ? N'as-tu pas servi le shah, ce démon, pendant des années ?

— Non, pas du tout, hurla Paknouri. J'étais dans l'opposition, tout le monde sait que je… que j'étais dans l'oppo…

— Mais tu le servais et lui obéissais ? »

Le visage de Paknouri était déformé par la peur et il ne se contrôlait plus. Sa bouche s'ouvrait mais aucun mot ne pouvait en sortir. Finalement, il croassa : « Tout le monde le servait, bien sûr tout le monde lui obéissait, il était le shah, mais nous œuvrions pour la révolution. Le shah était le shah, tout le monde lui était soumis quand il avait le pouvoir…

— Pas l'imam, dit Yusuf d'une voix soudain rauque. L'imam Khomeiny n'a jamais servi le shah. Quelqu'un ici peut-il affirmer le contraire ? » Lentement, il regarda tout le monde. Personne ne répondit.

L'homme sortit de sa poche une feuille de papier froissée. Bakravan sentit qu'il était le seul à pouvoir arrêter ce cauchemar.

« Par ordre du comité révolutionnaire, commença Yusuf, et d'Ali'allah Uwari : Paknouri l'avare, tu es appelé devant le tribunal. Soumets...

— Non, Excellence, dit doucement mais fermement Bakravan dont le cœur battait si fort qu'il résonnait dans ses oreilles. Nous sommes dans le souk. Vous savez que depuis toujours le souk possède ses propres lois, ses propres chefs. Emir Paknouri est l'un d'eux, il ne peut pas être arrêté ou emmené contre sa volonté. Il ne peut pas être touché, c'est la loi du souk depuis le début des temps. » Il soutint le regard du jeune homme, sans peur, sachant que le shah et même la Savak n'avaient jamais osé défier leurs lois ou leur droit d'asile.

« Est-ce que la loi du souk est plus importante que la loi de Dieu, usurier Bakravan ? »

Il sentit une vague glacée l'envahir. « Non, bien sûr que non.

— Bien. J'obéis aux lois de Dieu et donc j'accomplis Sa volonté.

— Mais vous ne pouvez pas arrêt...

— J'obéis aux lois de Dieu et je n'accomplis que Sa volonté. » Les yeux de l'homme étaient bruns et candides. Il montra sa carabine. « Je n'ai pas besoin de ceci, aucun de nous n'a besoin d'arme pour exécuter les desseins de Dieu. Je prie de tout mon cœur pour devenir un martyr de Dieu car j'irai alors droit au paradis sans devoir être jugé, mes péchés pardonnés. Si c'est ce soir, je mourrai en bénissant celui qui me tuera parce que je mourrai en accomplissant la volonté de Dieu.

— Dieu est grand », dit un des hommes. La phrase fut immédiatement reprise par les autres.

« Oui, Dieu est grand. Mais toi, usurier Bakravan, as-tu prié cinq fois aujourd'hui comme le Prophète l'a ordonné ?

— Bien sûr, bien sûr », s'entendit répondre Bakravan, sachant que ce mensonge n'était pas un péché à cause du *taqiyah,* l'autorisation de mentir accordée par le Prophète à tout musulman si sa vie est menacée.

« Bien. Tais-toi et sois patient, je m'occuperai de toi tout à l'heure. » Bakravan frissonna tandis que l'homme se retournait vers Paknouri : « Par ordre du comité révolutionnaire et d'Ali'allah Uwari : Paknouri l'avare, tu dois te rendre pour crimes commis contre Dieu. »

La bouche de Paknouri se tordit : « Je... je... vous ne pouvez pas... ici. » Sa voix devint inaudible. Un peu d'écume apparut à la commissure de ses lèvres. Tout le monde le regardait, les Brassards verts sans émotion, les autres avec horreur.

Ali Kia s'éclaircit la gorge. « Ecoutez, il vaudrait peut-être mieux remettre tout cela à demain, commença-t-il en essayant de prendre un ton impérieux. Emir Paknouri est manifestement contrarié par cette erreur et...

— Qui es-tu ? demanda le chef en posant sur lui un regard perçant.

— Je suis Ali Kia, répondit-il en rassemblant tout son courage, membre du ministère des Finances et du cabinet du premier ministre Bazargan, je suggère que vous attend...

— Au nom de Dieu, toi, ton département des Finances, ton cabinet et ton Bazargan n'avez rien à faire avec moi. Nous obéissons aux ordres du mollah Uwari, qui obéit au comité, qui obéit à l'imam, qui obéit lui-même à Dieu. » L'homme se gratta et se tourna vers Paknouri. « Sors ! ordonna-t-il d'une voix douce. Ou nous allons te tirer dehors. »

Paknouri s'effondra en gémissant et resta allongé, inerte. Les autres regardaient sans pouvoir rien faire. Quelqu'un murmura : « La volonté de Dieu » et le petit garçon qui faisait le thé se mit à pleurnicher.

« Tais-toi gamin, dit Yusuf sans colère. Il est mort ? »

Un des hommes s'accroupit près de Paknouri. « Non. Que la volonté de Dieu soit accomplie.

— Que la volonté de Dieu soit accomplie. Hassan, ramasse-le, mets-lui la tête sous l'eau. S'il ne se réveille pas, nous le transporterons.

— Non, interrompit courageusement Bakravan, il va rester ici, il est malade et...

— Est-ce que tu es sourd, vieil homme ? » La voix de Yusuf était montée d'un cran. La peur s'installa dans la pièce. Le petit garçon enfonça son poing dans sa bouche pour s'empêcher de pleurer. Yusuf fixait Bakravan pendant que l'homme appelé Hassan, un grand gaillard fort et aux larges épaules, soulevait facilement Paknouri et sortait de la boutique. « Que la volonté de Dieu soit accomplie, dit-il, les yeux dans ceux de Bakravan, n'est-ce pas ?

— Où... s'il vous plaît, où l'emmenez-vous ?

— En prison, bien sûr. Où pourrait-il aller ailleurs que là ?

— Quelle... quelle prison, s'il vous plaît ? »

Un des hommes éclata de rire. « Quelle différence cela peut-il faire ? »

Pour Jared Bakravan et les autres, l'atmosphère était devenue étouffante, aussi irrespirable que celle d'une cellule. Pourtant l'air n'avait pas changé et le fronton de la boutique donnant sur l'allée était, comme toujours, ouvert.

« J'aimerais savoir, Excellence, dit d'une voix rauque Bakravan qui essayait de cacher sa haine. S'il vous plaît.

— Evin. » C'était la plus épouvantable des prisons de Téhéran. Yusuf sentit la nouvelle vague de peur. Pour être aussi effrayé, ils doivent tous être coupables, pensa-t-il. Il se retourna vers son jeune frère. « Donne-moi le papier. »

Celui-ci avait à peine quinze ans, il était crasseux et toussait beaucoup. Il sortit une demi-douzaine de feuilles et les passa en revue jusqu'à ce qu'il trouve celle qu'il cherchait. « Voilà, Yusuf. »

Le chef l'examina. « Tu es sûr que c'est la bonne ?

— Oui. » Le jeune garçon posa un doigt sale sur le nom et épela lentement : « J,a,r,e,d B,a,k,r,a,v,a,n. »

Quelqu'un murmura : « Que Dieu nous protège » et dans un grand silence Yusuf tendit le papier à Bakravan. Les autres regardaient, pétrifiés.

Respirant avec peine, le vieil homme le saisit d'une main tremblante. Pendant un instant il ne put distinguer ce qui était écrit. Puis il réussit à lire : « Jared Bakravan, du souk de Téhéran, par ordre du comité révolutionnaire et d'Ali'allah Uwari, vous êtes convoqué au tribunal révolutionnaire de la prison d'Evin demain, après la première prière du matin, pour répondre à des questions. » La convocation était signée, Ali'allah Uwari, d'une écriture d'illettré.

« Quelles questions ? demanda-t-il, hébété.

— Que la volonté de Dieu soit faite. » Le chef mit sa carabine en bandoulière et se leva. « Je te verrai à l'aube. Apporte le papier avec toi et ne sois pas en retard. » Il remarqua alors le plateau d'argent, les verres et la bouteille de vodka à moitié vide qui se trouvait sur une petite table basse à demi dissimulée par un rideau dans l'entrée. « Par Dieu et le Prophète, tonna-t-il, avez-vous oublié les lois de Dieu ? »

Les employés s'écartèrent de son chemin. Il prit la bouteille, vida son contenu sur le sol et la jeta. Un peu d'alcool tomba sur un tapis. Instinctivement le petit garçon se mit à genoux pour l'essuyer.

« Laisse ! »

Terrorisé, l'enfant se recula. Du pied, Yusuf étala le liquide sur le tapis. « Que cette tache te rappelle les lois de Dieu, vieil homme, dit-il. Si cela fait une tache. » Il regarda le tapis pendant un moment. « Quelles couleurs ! Splendide ! Splendide ! » Il soupira et se retourna vers Bakravan et Kia. « Si on mettait dans la même bourse tout ce que nous autres *pasadan* ici possédons, et tout ce que nos familles et les familles de nos pères possèdent, nous ne pourrions même pas nous offrir le coin de ce tapis. » Yusuf esquissa un sourire. « Mais si j'étais riche, usurier Bakravan — est-ce que tu sais que l'usure est également interdite par les lois de Dieu ? —, même si j'étais assez riche, je ne m'achèterais pas un tel tapis. Je n'ai pas besoin de pareils trésors. Je ne possède rien, nous ne possédons rien, nous n'avons besoin de rien. Que de Dieu. »

Il sortit.

Près de l'ambassade américaine : 20 h 15. Erikki attendait depuis presque quatre heures. De la fenêtre de l'appartement de son ami Christian Tollonen, il pouvait apercevoir les hauts murs qui entouraient le complexe américain très éclairé, les marines qui battaient la semelle devant les énormes portes de fer et, au-delà, le grand bâtiment de l'ambassade. Le trafic était toujours intense, embouteillages, klaxons, les piétons impatients et ne pensant qu'à eux, comme d'habitude. Pas de feux de signalisation. Pas de police. De toute façon, pensa-t-il, on ne verrait aucune différence, les Téhéranais se moquent bien du code de la route. Comme ces fous qui s'entre-tuent sur les routes de montagne. Comme les habitants de Tabriz ou de Qazvin.

Son poing se serra à la pensée de Qazvin. A l'ambassade de Finlande ce matin on disait que Qazvin s'était soulevée, que les nationalistes d'Azerbaïdjan à Tabriz s'étaient de nouveau rebellés et se battaient contre les forces soutenant le gouvernement de Khomeiny et que toute cette région frontalière hautement stratégique et riche en gisements pétroliers avait déclaré son indépendance vis-à-vis de Téhéran, indépendance pour laquelle elle se battait d'ailleurs depuis des siècles, constamment aidée par la Russie, l'ennemie qui convoitait le territoire de l'Iran depuis toujours. Rakoczy et ses pareils doivent grouiller dans tout l'Azerbaïdjan.

« Bien sûr que les Russes nous guettent, avait dit avec colère Abdollah Gorgon Khan lors de leur dispute, juste avant que lui et Azadeh ne partent pour Téhéran. Bien sûr que ton Rakoczy et ses hommes sont ici en force. Nous marchons sur une corde bien raide parce que nous sommes la clé de la route du Golfe, la clé du détroit d'Ormuz, la jugulaire de l'Ouest. Sans nous, Gorgon, sans nos alliances tribales et sans certains de nos alliés kurdes, nous serions une province soviétique rattachée à la moitié de l'Azerbaïdjan que les Russes nous ont volé il y a des années, aidés comme toujours par ces fourbes britanniques. Oh ! comme je hais les Anglais, encore plus que les Américains qui ne sont que des barbares stupides. C'est la vérité, n'est-ce pas ?

— Ils ne sont pas comme ça, pas ceux que j'ai rencontrés. Et la S-G me traite bien.

— Jusqu'à présent. Mais ils te trahiront — les Britanniques trahissent tous ceux qui ne sont pas anglais et ils se trahissent même entre eux quand ça les arrange.
— *Inch' Allah.* »

Abdollah Gorgon Khan avait éclaté d'un rire sans joie. « *Inch' Allah !* L'armée soviétique s'est retirée derrière ses frontières et nous nous sommes débarrassés de leurs hommes de paille ; nous avons écrasé leur " République démocratique d'Azerbaïdjan " et leur " République kurde ". Mais j'admire les Soviétiques, ils jouent pour gagner et changent les règles à leur convenance. Le vrai vainqueur de votre guerre mondiale fut Staline. C'était un géant. N'a-t-il pas tout dominé à Potsdam, Yalta et Téhéran — n'a-t-il pas manœuvré Churchill et Roosevelt ? Roosevelt a même logé chez lui à l'ambassade soviétique de Téhéran. Les Iraniens ont bien ri ! Le grand président offrant l'avenir à Staline alors qu'il avait le pouvoir de le faire repartir en rampant derrière ses frontières. Quel génie ! A côté de lui, votre allié Hitler n'était qu'un poltron maladroit ! C'est la volonté de Dieu, pas vrai ?

— La Finlande s'est alliée à Hitler uniquement pour combattre Staline et récupérer notre territoire.

— Mais vous avez perdu. Vous avez choisi le mauvais camp et vous avez perdu. Même un imbécile aurait pu voir que Hitler allait perdre — comment Rizah Shah a-t-il pu être aussi stupide ? Ah ! Capitaine, je n'ai jamais compris pourquoi Staline a laissé la vie aux Finlandais. Si j'avais été lui, j'aurais anéanti la Finlande pour l'exemple, comme il a décimé une douzaine d'autres pays. Pourquoi vous a-t-il laissés vivre ? Parce que vous lui avez bravement tenu tête lors de votre guerre d'hiver ?

— Je ne sais pas. Peut-être. Mais les Russes n'abandonneront jamais la partie, je suis d'accord.

— Jamais, capitaine. Mais nous non plus. Nous autres Azerbaïdjanais nous ne nous laisserons jamais faire et nous les repousserons toujours. Comme en 1946. »

Mais l'Occident était puissant alors et il y avait Truman, violemment antisoviétique et prêt à n'importe quelle extrémité pour les anéantir. Et maintenant ? Maintenant Carter tient la barre. Quelle barre ?

Erikki se pencha et remplit de nouveau son verre, impatient de retourner auprès d'Azadeh. Il faisait froid dans l'appartement et il avait gardé son manteau ; le chauffage central était coupé et les fenêtres fermaient mal. Mais la pièce était grande, agréable, masculine avec ses vieux fauteuils, ses murs décorés de beaux tapis persans et de bronzes. Des livres, des magazines et des journaux — finlandais, russes, iraniens — étaient éparpillés un peu partout, sur les tables, les chaises et les étagères, une paire de chaussures de femme était délicatement posée sur une des étagères. Il avala sa vodka, appréciant la chaleur qu'elle lui apportait, puis regarda une fois de plus par la fenêtre en direction de l'ambassade. Il se demanda un instant si cela vaudrait le coup d'émigrer aux Etats-Unis avec Azadeh. « Tous les bastions s'écroulent, murmura-t-il à voix haute. L'Iran n'est plus sûr, l'Europe est bien vulnérable, la Finlande sur le fil d'un rasoir... »

Son attention fut attirée par quelque chose en bas. La circulation était à présent complètement bloquée par des groupes de jeunes qui arrivaient des deux rues ; l'ambassade des Etats-Unis se trouvait au coin de Tahkt-e-Jamshid et du boulevard principal appelé Roosevelt. Il s'appelait Roosevelt, se souvint-il. Quel nom porte-t-il aujourd'hui ? Boulevard Khomeiny ? Boulevard de la Révolution ?

La porte d'entrée de l'appartement s'ouvrit. « Salut, Erikki », dit le jeune Finlandais. Christian Tollonen portait une toque en fourrure comme les Russes et un trench-coat bordé de fourrure qu'il avait acheté à Leningrad lors d'un week-end avec des copains d'université. « Quoi de neuf ?

— Quatre heures que j'attends.

— Trois heures et vingt minutes. Et je ne parle pas de la demi-bouteille de ma meilleure vodka de contrebande russe que tu as sifflée. On avait dit trois, quatre heures. » Christian Tollonen était un séduisant célibataire d'une trentaine d'années, aux yeux gris, attaché culturel à l'ambassade de Finlande. Ils étaient amis depuis qu'il était en Iran. Cela faisait des années. « Verse-m'en un pour l'amour de Dieu, j'en ai besoin. Il y a une nouvelle manifestation et j'ai eu un mal fou à passer. » Il garda son trench-coat et se dirigea vers la fenêtre.

Les deux groupes s'étaient rejoints, la foule se pressait devant l'ambassade dont toutes les portes étaient fermées. Erikki, mal à l'aise, remarqua qu'il n'y avait pas de mollahs parmi les jeunes. Ils pouvaient entendre leurs cris.

« A mort l'Amérique, à mort Carter », traduisit Christian qui parlait couramment parsi parce que son père avait été également diplomate ici et qu'il avait passé cinq ans de son enfance à l'école de Téhéran. « Les conneries habituelles, à bas Carter et l'impérialisme américain.

— Pas d'*Allah-ou Akbar* », dit Erikki. Pendant un instant il revit le barrage routier et un bloc de glace emprisonna son estomac. « Pas de mollahs.

— Non. Je n'en ai pas vu un seul dans les parages. » Dans les rues le tempo s'accéléra tandis que différents groupes se massaient devant les portes de fer. « La plupart d'entre eux sont des étudiants. Ils m'ont pris pour un Russe et m'ont raconté qu'il y avait eu un méchant accrochage à l'université entre gauchistes et Brassards verts, qu'il devait y avoir une vingtaine ou une trentaine de tués et de blessés et que ça continuait toujours. » Pendant qu'ils regardaient, une cinquantaine de jeunes commencèrent à escalader les portes. « Ils cherchent la bagarre.

— Et pas de forces de police pour les en empêcher, dit Erikki en lui tendant un verre.

— Qu'est-ce qu'on deviendrait sans vodka ?

— On boirait du cognac, répondit Erikki avec un rire. Est-ce que tu as tout ?

— Non, mais ça va venir. » Christian s'assit en face d'Erikki à côté de la table basse et ouvrit son attaché-case. « Voilà déjà une copie de ton certificat de mariage et de ton acte de naissance ; Dieu merci, on avait des doubles. De nouveaux passeports pour vous deux, j'ai réussi à ce que quelqu'un du cabinet de Bazargan vous les tamponne avec des permis de résidence temporaire de trois mois.

— Tu es un véritable sorcier.

— Ils m'ont promis qu'ils allaient t'établir une nouvelle licence de pilotage mais ils n'ont pas dit quand. Avec ta carte de la S-G et une photocopie de ta licence anglaise, ils ont dit que ça devrait aller. Voici le passeport provisoire d'Azadeh. » Il l'ouvrit et lui montra la photographie. « Elle n'est pas réglementaire — j'ai fait un Polaroïd de celle que tu m'as passée — mais cela ira jusqu'à ce que nous en ayons une meilleure. Dès que tu la vois, fais-lui signer le passeport. Est-ce qu'elle est sortie du pays depuis que vous êtes mariés ?

— Non, pourquoi ?

— Si elle voyage avec un passeport finlandais — euh... ça risque de lui causer des problèmes en Iran. Les autorités sont très susceptibles en matière de nationalité. Khomeiny m'a l'air encore plus xénophobe. Ils vont peut-être penser qu'elle renonce à sa nationalité. Je ne pense pas qu'ils la laisseront rentrer après. »

Des cris plus violents poussés par la foule dans la rue les interrompirent un instant. Des centaines de jeunes montraient le poing et quelque part quelqu'un les haranguait avec un haut-parleur. « Du moment que j'arrive à la faire partir, le reste je m'en fous », dit Erikki.

Le jeune homme le regarda et, après un moment, dit : « Peut-être devrait-elle être mise au courant de ce risque, Erikki. Il m'est impossible de lui faire obtenir un passeport iranien et cela peut être très risqué pour elle de s'en aller sans. Pourquoi ne demandes-tu pas à son père de s'en occuper pour elle ? Cela ne doit pas être très difficile pour lui. La moitié de Tabriz lui appartient, non ?

— Si, fit Erikki avec un signe de tête, mais nous nous sommes encore disputés avant mon départ. Il désapprouve toujours notre mariage.

— Peut-être, dit Christian après une pause, est-ce parce que vous n'avez pas encore d'enfant, tu sais comment sont les Iraniens.

— On a tout le temps pour faire des enfants, répondit Erikki dont le cœur se serra. Nous aurons des enfants bientôt, pensa-t-il. Rien ne presse et le vieux docteur Nutt a dit qu'elle était normale. Merde ! Si je lui dis ce que Christian vient de me dire au sujet de ses papiers elle ne voudra jamais partir ; et si je ne lui dis pas et qu'on ne la laisse pas rentrer elle ne me le pardonnera jamais, de toute façon elle ne partira jamais sans la permission de son père. « Pour lui faire faire de nouveaux papiers il faudrait que j'y retourne et je ne veux pas.

— Pourquoi, Erikki ? D'habitude tu es toujours impatient de rentrer à Tabriz.

— Rakoczy. » Erikki lui avait raconté tout ce qui s'était passé — sauf le meurtre du moudjahidin au barrage et que Rakoczy avait tué des gens en venant à son secours. Il y a des détails qu'il vaut mieux cacher, se dit-il avec une petite grimace.

Christian Tollonen avala sa vodka. « Quel est le véritable problème ?

— Rakoczy », dit Erikki en soutenant son regard.

Christian haussa les épaules. Il remplit les deux verres. La bouteille était vide. « Prosit !

— Prosit ! Merci pour les papiers et les passeports. »

Dehors de nouveaux cris attirèrent leur attention. La foule était bien disciplinée mais commençait à devenir très bruyante. Dans les jardins de l'ambassade d'autres projecteurs avaient été allumés et ils pouvaient distinguer des visages derrière les fenêtres de l'ambassade. « C'est aussi bien qu'ils aient leurs propres générateurs.

— Oui, et ils ont leur propre chauffage, leurs pompes à essence, leur supermarché, tout. » Christian se dirigea vers le buffet et sortit une nouvelle bouteille. « Ceci et leur statut très spécial en Iran — pas besoin de visa ni de se soumettre aux lois iraniennes — leur valent beaucoup de haine.

— Merde, qu'est-ce qu'il fait froid ici, Christian. Tu n'as pas de bois ?

— Pas une brindille. Et le chauffage est en panne depuis que j'ai emménagé ici — trois mois, pratiquement tout l'hiver.

— Remarque, fit Erikki en désignant la paire de chaussures. Tu as ton propre chauffage, hein ? »

Christian grimaça un sourire. « Quelquefois. Je dois admettre que

Téhéran est un des meilleurs endroits — était un des meilleurs endroits au monde — pour les plaisirs de toutes sortes. Mais maintenant, mon vieux pote... » Une ombre passa sur son visage. « Maintenant je pense que l'Iran ne sera plus jamais le paradis que ces pauvres connards en bas pensent avoir conquis, mais un bel enfer pour la plupart d'entre eux. Surtout pour les femmes. » Il avala une gorgée de vodka. En bas, la foule hurlait des encouragements à un jeune qui, un fusil de l'armée américaine en bandoulière, s'était hissé sur les épaules d'un camarade et essayait sans succès d'atteindre le sommet du mur. « Je me demande ce que je ferais si c'était mon mur que ces connards essayaient d'escalader.

— Tu leur ferais sauter la cervelle, ce qui serait tout à fait légal, n'est-ce pas ?

— A condition que tu puisses t'en sortir après, dit Christian avec un rire bref. Et toi ? Que comptes-tu faire ? Qu'est-ce que tu as prévu ?

— Rien encore. Il faut d'abord que je parle à McIver, je n'ai pas pu le faire ce matin. Lui et Gavallan étaient tous les deux trop occupés à essayer de joindre leurs associés iraniens, puis ils avaient rendez-vous à l'ambassade britannique avec un type qui s'appelle... je crois que c'est Talbot...

— George Talbot ? demanda Christian en essayant de cacher son intérêt soudain.

— Oui, c'est ça. Tu le connais ?

— Oui, c'est le deuxième secrétaire. » Christian n'ajouta pas : Talbot est aussi le chef des services secrets britanniques en Iran, il l'est depuis des années, c'est un agent très important. « Je ne savais pas qu'il était toujours à Téhéran, je croyais qu'il était parti il y a quelques jours. Qu'est-ce que McIver et Gavallan lui veulent ? »

Erikki haussa les épaules et se retourna, regardant vaguement d'autres jeunes qui essayaient eux aussi d'escalader le mur, l'esprit surtout préoccupé par ce qu'il devait faire pour les papiers d'Azadeh. « Ils ont dit quelque chose au sujet d'un type qu'ils avaient rencontré à l'aéroport hier et sur lequel ils voulaient en savoir plus, il s'appelait Armstrong, je crois, Robert Armstrong. »

Christian Tollonen en laissa presque tomber son verre. « Armstrong ? demanda-t-il en essayant de garder son calme et ravi qu'Erikki lui tournât le dos.

— Oui, répondit Erikki. Ça te dit quelque chose ?

— C'est un nom assez répandu », dit le jeune homme soulagé d'entendre que sa voix ne trahissait pas son trouble. Robert Armstrong, M16, ancien des sections spéciales, basé en Iran depuis pas mal d'années, officiellement envoyé du gouvernement britannique, officieusement chef du département iranien de l'Intelligence Service ; un homme qu'on voyait rarement en public, connu de très peu de gens, et uniquement dans le milieu des renseignements.

Comme moi, pensa-t-il en se demandant ce qu'Erikki dirait s'il savait qu'il était un agent spécialisé dans les affaires iraniennes, qu'il connaissait bien Rakoczy ainsi que de nombreux autres agents étrangers, et que son boulot était d'en savoir le plus possible sur ce qui se passait en Iran sans jamais intervenir. Juste attendre, observer, apprendre et se souvenir. Qu'est-ce qu'Armstrong fait encore ici ?

Il se leva pour dissimuler son inquiétude et s'approcha de la fenêtre comme pour mieux voir ce qui se passait. « Et ils ont appris ce qu'ils voulaient savoir sur ce type ? » demanda-t-il.

Erikki haussa de nouveau les épaules. « Sais pas, je ne les ai pas revus. J'étais... » Il s'arrêta et regarda l'autre homme. « C'est important ?

— Non, non, pas du tout. Tu as faim. Tu es libre avec Azadeh pour dîner ?

— Désolé, pas ce soir, dit Erikki en jetant un coup d'œil sur sa montre. Je ferais bien d'y aller. Merci encore pour tout ce que tu as fait.

— Pas de quoi. Tu parlais de McIver et Gavallan. Ils vont changer le plan de leurs opérations ici ?

— Je ne pense pas. J'étais censé les retrouver à 3 heures pour aller à l'aéroport, mais c'était plus important pour moi de te voir et de m'occuper des passeports. » Erikki se leva et tendit la main. « Merci encore.

— De rien, dit Christian en lui serrant chaleureusement la main. A demain. »

Dans la rue le tumulte avait soudainement cessé ; un silence menaçant régnait. Les deux hommes se précipitèrent à la fenêtre. La foule s'était tournée vers le boulevard principal appelé autrefois Roosevelt. Ils entendirent alors une rumeur grandissante : « *Allah-ou Akbar !* »

« Est-ce qu'il y a moyen de sortir de ton immeuble par-derrière ? murmura Erikki.

— Non. »

Les premiers rangs du nouveau cortège étaient composés de mollahs et de Brassards verts, tous armés. Comme la plupart des jeunes qui suivaient, ils criaient tous à l'unisson : « Dieu est grand, Dieu est grand », ils étaient nettement plus nombreux que les étudiants qui manifestaient devant l'ambassade.

Les gauchistes se mirent immédiatement en position de défense sous les porches et au milieu de la circulation. Les hommes, les femmes et les enfants qui se trouvaient enfermés dans les voitures et les camions les abandonnèrent et s'enfuirent. Les islamiques approchaient rapidement. Les premiers rangs se faufilèrent au milieu des véhicules et sur les trottoirs, leurs cris redoublèrent, ils pressèrent le pas, prêts au combat. Puis, fait incroyable, les étudiants commencèrent à battre en retraite. En silence. Les Brassards verts hésitèrent, perplexes.

La dispersion s'opéra dans le calme et la horde devint pacifique. Les manifestants s'éloignèrent et bientôt plus aucun d'entre eux ne menaçait l'ambassade. Les mollahs et les Brassards verts commencèrent à régler la circulation. Les automobilistes qui avaient abandonné leur voiture respirèrent, soulagés, remercièrent Dieu pour Son intervention et reprirent le volant. Voitures, camions et piétons essayèrent frénétiquement de continuer leur route. Cris, jurons, énervements. Les grandes portes de fer de l'ambassade restèrent fermées, seule une petite porte sur le côté s'ouvrit.

La gorge de Christian était sèche. « J'aurais parié ma vie qu'il allait y avoir une bataille rangée. »

Erikki était également surpris. « On aurait dit qu'ils attendaient les Brassards verts et qu'ils savaient quand et d'où ils allaient venir. On aurait presque dit qu'ils avaient répété... » Il s'arrêta net et s'approcha de la fenêtre, son visage s'empourprant brusquement. « Regarde ! Là-bas sous ce porche, c'est Rakoczy !

— Où ? Ce type qui porte un blouson d'aviateur et qui parle à un mec plus petit là-bas ? » Christian plissa les yeux pour mieux voir. Les deux hommes étaient dans l'ombre. Ils se serrèrent la main puis sortirent dans la lumière. C'était bien Rakoczy. « Tu es sûr que... »

Erikki avait déjà franchi la porte et descendu la moitié des escaliers. Christian le vit sortir le couteau *pukoh* de son holster et le glisser dans sa manche, l'extrémité coincée dans sa paume. « Erikki, ne fais pas l'imbécile », cria-t-il, mais il avait déjà disparu. Christian se précipita à la fenêtre, juste à temps pour apercevoir Erikki qui sortait en courant de l'immeuble et fendait la foule à la poursuite de Rakoczy qu'il ne distinguait plus.

Mais Erikki, lui, le voyait bien. Il se trouvait cent mètres devant lui et tournait au coin du boulevard Roosevelt où il disparut. Quand il arriva au même endroit, Erikki aperçut le Russe qui s'éloignait rapidement. De nombreux piétons se trouvaient entre eux, la circulation était lente et très bruyante. En faisant un écart pour contourner plusieurs camions enchevêtrés et bloqués, Rakoczy s'avança sur la chaussée. Un coup de klaxon donné par une vieille Volkswagen cabossée qui le rasait le fit se retourner. Il vit alors Erikki. C'était impossible de ne pas le remarquer, il dépassait tout le monde d'une tête. Sans hésitation Rakoczy partit en courant. Zigzaguant parmi la foule, il coupa et prit une rue sur le côté. Erikki le vit et s'élança à sa poursuite. Les passants les injurièrent tous les deux. Rakoczy renversa un vieil homme en tournant brusquement dans une autre ruelle.

La rue était très étroite, déchets et ordures jonchaient le sol, les échoppes étaient fermées, quelques passants rentraient chez eux, une multitude de porches et de passages voûtés menaient à des taudis, à des escaliers qui donnaient sur d'autres taudis ; tout le quartier sentait l'urine et les légumes pourrissants.

Rakoczy était à environ quarante mètres devant. Il tourna dans une allée encore plus étroite, cognant au passage des roulottes dans lesquelles des familles entières dormaient — cris de colère des gens réveillés brutalement —, changea de direction, prit une ruelle, puis une autre, déboucha dans une allée, complètement perdu à présent, tournant ici, repartant par là. Au hasard. Il s'arrêta soudain, pétrifié, en voyant qu'il s'était engagé dans un cul-de-sac. Il chercha son pistolet automatique, puis remarqua un passage juste devant lui et s'y engouffra.

Les murs étaient si rapprochés qu'il les touchait des deux côtés. Il réprima un haut-le-cœur en s'enfonçant dans la puanteur infecte de l'étroite ruelle. Une vieille femme devant lui vidait son pot de chambre dans la rigole, il l'envoya valdinguer tandis que les autres se plaquaient précipitamment contre les murs pour le laisser passer. Erikki n'était plus qu'à vingt mètres derrière lui. Sa colère décuplant ses forces, il sauta par-dessus la vieille femme toujours étendue dans le caniveau et accéléra encore l'allure. Juste après le coin son ennemi s'arrêta net. Il tira une vieille charrette au milieu du chemin et, emporté par son élan, Erikki la percuta de plein fouet et s'écroula, à moitié assommé. Etouffant de colère, il se remit debout, vacilla, étourdi, quelques instants encore, puis escalada les débris, le couteau à la main, et tourna au coin.

Mais devant lui le passage était vide. Erikki s'arrêta, haletant et trempé de sueur. Il avait du mal à percer l'obscurité. Il remarqua alors un petit passage voûté. Il s'y engagea avec précaution et arriva dans une cour jonchée de décombres où se trouvait une carcasse de voiture. De nombreux couloirs, certains avec des portes, débouchaient sur cette cour ; ils menaient à des escaliers desservant les étages supérieurs. Pas un bruit, silence écrasant. Il sentait qu'on l'observait. Des rats détalèrent entre les détritus et disparurent derrière un amas d'ordures.

De l'autre côté s'ouvrait un autre passage surmonté d'une vieille inscription en parsi. Erikki y pénétra ; l'obscurité semblait encore plus profonde. Au bout, il aperçut, une porte de bois aux gonds à demi arrachés. Elle était ouverte et en s'approchant il vit une bougie qui coulait.

« Qu'est-ce que tu veux ? »

La voix de l'homme retentit dans l'obscurité, Erikki sentit ses poils se dresser sur son cou. L'homme s'était exprimé en anglais — ce n'était pas la voix de Rakoczy — avec un accent étranger, rauque et mystérieux.

« Qui... qui es-tu ? » demanda-t-il, en scrutant l'obscurité et en se demandant si ce n'était pas Rakoczy qui essayait de se faire passer pour quelqu'un d'autre.

« Qu'est-ce que tu veux ?

— Je... je suis à la recherche de quelqu'un, dit-il, ne sachant pas dans quelle direction il devait parler, sa voix résonnant bizarrement dans les ténèbres sous le haut plafond voûté.

— L'homme que tu cherches n'est pas ici. Va-t'en.

— Qui es-tu ?

— Ça n'a pas d'importance. Va-t'en. »

La flamme de la bougie n'était qu'un petit point lumineux au milieu de l'obscurité, faisant apparaître celle-ci encore plus noire. « Est-ce que tu as vu quelqu'un venir par ici ? »

L'homme rit doucement et dit quelque chose en parsi. Des murmures et des chuchotement résonnèrent autour d'Erikki. Il pirouetta, agitant son couteau devant lui pour se protéger. « Qui êtes-vous ? »

Les bruissements continuèrent. Quelque part de l'eau coula. L'air était humide et rance. Un autre frémissement. Au loin des coups de feu. Il pivota de nouveau, sentant quelqu'un à proximité, mais il ne voyait personne, rien que le passage et au-delà la nuit. La sueur coulait sur son visage. Avec précaution il recula jusqu'à la porte et se mit dos au mur, certain à présent que Rakoczy était là. Le silence était encore plus pesant.

« Pourquoi ne répondez-vous pas ? dit-il. Avez-vous vu quelqu'un ? »

Nouveau petit rire étouffé. « Va-t'en. » Puis le silence.

« Pourquoi avez-vous peur ? Qui êtes-vous ?

— Cela ne te regarde pas qui je suis, et il n'y a nulle peur ici, à part la tienne. » La voix était toujours aussi douce. Puis l'homme ajouta quelque chose en parsi et de petits rires retentirent autour de lui.

« Pourquoi me parlez-vous en anglais ?

— Je te parle en anglais parce qu'aucun Iranien, aucun homme lisant la langue du Coran n'oserait s'aventurer ici, de jour comme de nuit. Seul un fou s'y risquerait. »

Erikki vit quelque chose ou quelqu'un passer entre lui et la bougie. Il leva son couteau. « Rakoczy ?

— C'est le nom de l'homme que tu cherches ?

— Oui. Il est là, n'est-ce pas ?

— Non.

— Qui que vous soyez, je ne vous crois pas. »

A nouveau un grand silence. « Que la volonté de Dieu s'accomplisse », puis un ordre en parsi qu'Erikki ne comprit pas.

Des allumettes craquèrent autour de lui. Des chandelles et des lampes à huile furent allumées. Erikki hoqueta. Des tas informes de haillons étaient appuyés contre les murs et les colonnes d'une caverne voûtée. Il y en avait des centaines. Des hommes et des femmes. Les restes pourrissants et rongés par la maladie d'hommes et de femmes allongés sur des grabats, le regardaient. Membres coupés. Moignons. Une vieille femme se tenait juste à côté de lui et il fit un bond en arrière.

« Nous sommes des lépreux », dit l'homme. Il était appuyé contre une colonne, pitoyable tas de lambeaux. Un chiffon couvrait son front. Il ne restait presque rien de son visage excepté les lèvres. Il agita faiblement un moignon. « Nous sommes tous lépreux ici. Des impurs. Est-ce que tu vois cet homme parmi nous ?

— N... non. Je... je suis désolé, dit Erikki en tremblant.

— Désolé ? fit l'homme avec ironie. Oui, nous sommes tous désolés ici. *Inch' Allah ! Inch' Allah !* »

Erikki voulait désespérément s'enfuir, mais ses jambes étaient paralysées. Quelqu'un toussa, une toux sèche, terrifiante. « Qui êtes-vous ? réussit-il à dire.

— Autrefois j'étais professeur d'anglais, à présent je suis un impur. Je suis un mort-vivant. Telle est la volonté de Dieu. Va-t'en. Bénis Dieu pour Sa miséricorde. »

Erikki vit l'homme faire un geste de son moignon. Toutes les flammes s'éteignirent dans la caverne, les yeux restant toujours fixés sur lui.

Une fois dehors, dans la nuit, il dut faire un immense effort pour s'empêcher de courir comme un perdu. Il se sentait souillé, il avait envie d'arracher ses vêtements immédiatement et de prendre un bain, de se savonner, de se savonner et de se savonner encore.

« Arrête, murmura-t-il, calme-toi, tu n'as pas à avoir peur. »

Mercredi 14 février 1979

CHAPITRE 27

Prison Evin : 6 h 29. La prison ressemblait à toutes les prisons modernes — bon ou mauvais jour —, grise, menaçante, hideuse et entourée de hauts murs.

L'aube de ce matin était étrange, une curieuse lueur rouge pointait à l'horizon. Pour la première fois depuis des semaines, il n'y avait aucun nuage dans le ciel et, bien qu'il fît froid, la journée s'annonçait superbe. Pas de brouillard, mais un air vif et pur, pour une fois. Un vent léger avait emporté les fumées des carcasses de voitures et des barricades qui brûlaient toujours, restes des combats de la veille entre les forces désormais officielles des Brassards verts, les loyalistes et les gauchistes, ainsi que les fumées des innombrables feux allumés par les habitants de Téhéran pour se chauffer ou faire la cuisine.

Autour de l'enceinte de la prison, devant l'immense portail branlant gardé par des Brassards verts, les rares passants détournaient les yeux et hâtaient le pas. Peu de circulation. Un camion rempli de gardes et de prisonniers s'arrêta devant l'entrée principale pour être inspecté. La barricade provisoire s'ouvrit et se referma aussitôt. A l'intérieur on entendit une soudaine rafale de coups de feu. Dehors les Brassards verts bâillaient et s'étiraient.

Avec le lever du soleil retentit l'appel à la prière lancé par les muezzins de leurs minarets, le plus souvent leurs voix enregistrées sur cassette étaient relayées par haut-parleurs. Où qu'il fût, quand il entendait l'appel de la prière, le fidèle interrompait ses activités, se plaçait dans la direction de La Mecque et s'agenouillait.

Jared Bakravan avait fait stopper sa voiture en haut de la rue. En compagnie de son chauffeur et des autres il se mit à genoux et pria. Il avait passé la plus grande partie de la nuit à essayer de joindre ses principaux amis et alliés. La nouvelle de l'arrestation illégale de Paknouri et celle de sa convocation, tout aussi illégale, s'étaient répandues dans le souk comme une traînée de poudre. Tout le monde s'était déclaré scandalisé mais personne ne proposa d'organiser une manifestation de soutien, de se mettre en grève ou de fermer le souk en protestation. Il avait reçu beaucoup de conseils : se plaindre à Khomeiny en personne, au premier ministre Bazargan en personne, ne pas se présenter devant le tribunal, se présenter mais ne répondre à aucune question, se présenter et répondre à certaines questions, se présenter et répondre à toutes les questions. « Qu'il en soit fait selon la volonté de Dieu », mais personne ne s'était proposé pour l'accompagner, pas même son grand ami, l'un des plus importants avocats de Téhéran, qui avait juré qu'il l'aiderait bien mieux en allant plaider sa cause auprès des juges de la haute cour. Personne ne se proposa, sauf sa femme, son fils et ses trois filles qui priaient en ce moment derrière lui, chacun sur son tapis.

Il termina ses prières et se redressa en chancelant. Le chauffeur ramassa immédiatement les petits tapis. Jared frissonna. Ce matin, il s'était habillé avec soin : il portait un costume, un manteau mais pas de bijoux. « Je... je vais marcher maintenant, dit-il.

— Non, Jared, dit son épouse en larmes, remarquant à peine l'écho lointain d'une salve. Il vaut mieux arriver comme doit le faire un leader. N'es-tu pas l'homme le plus important du souk de Téhéran ? Un homme de ta position ne doit pas marcher.

— Oui, tu as raison. » Il s'assit à l'arrière de la voiture. C'était une grosse Mercedes bleue, neuve et bien entretenue. Son épouse, une matrone rondouillarde, dont la coiffure coûteuse et le long manteau de vison brun étaient dissimulés sous un tchador, monta à côté de lui et lui prit le bras, le maquillage ravagé par les larmes. Son fils Meshang était également en pleurs. Ses filles, parmi lesquelles Sharazad, portaient toutes le tchador.

« Oui... oui, tu as raison. Que Dieu maudisse les révolutionnaires !

— Ne crains rien, Père, dit Sharazad. Dieu va te protéger — les Gardes révolutionnaires ne font que suivre les ordres de l'imam et l'imam obéit à Dieu. » Bien que sa voix fût confiante, elle avait l'air si triste qu'il en oublia de lui dire de ne pas appeler Khomeiny « imam ».

« Oui, bien sûr, lui dit-il, ce ne peut être qu'une erreur.

— Ali Kia a juré sur le Coran que le premier ministre Bazargan allait mettre fin à tout ce non-sens, dit son épouse. Il a juré qu'il irait le voir hier soir. Les ordres sont probablement déjà arrivés à... déjà là. »

La veille au soir il avait dit à Ali Kia que sans Paknouri, il n'y aurait pas de prêt et que, si lui-même avait des ennuis, le souk se révolterait et que le gouvernement, Khomeiny, les mosquées et Ali Kia ne recevraient plus un rial. « Ali ne manquera pas à son devoir. Il n'oserait pas. Je connais trop de choses sur eux tous », dit-il avec une grimace.

La voiture s'arrêta devant la porte principale. Les Brassards verts la regardèrent sans broncher. Jared Bakravan rassembla son courage. « Je ne serai pas long.

— Que Dieu te protège. Nous allons t'attendre, nous allons t'attendre ici. » Son épouse l'embrassa et les autres en firent autant. Il se retrouva devant les Brassards verts. « *Salam*, dit-il. Je suis appelé comme témoin à la cour du mollah Ali'allah Uwari. »

Le chef des Gardes prit le papier, le regarda à l'envers et le tendit à un autre qui savait lire. « Il est du souk, dit le jeune. Jared Bakravan. »

Le chef haussa les épaules. « Montre-lui où aller. » L'autre homme le fit passer par la porte cassée. Bakravan le suivit. Quand la porte se referma derrière lui, il perdit beaucoup de son assurance. Il faisait sombre et humide dans cette petite cour sale coincée entre les murs de l'enceinte extérieure et le bâtiment principal. Cela sentait mauvais. A gauche, des centaines d'hommes étaient entassés les uns contre les autres, assis ou allongés, pelotonnés sur eux-mêmes pour lutter contre le froid. Beaucoup portaient des uniformes d'officiers. Devant, une grande porte de fer qui s'ouvrit pour le laisser entrer. Dans la salle d'attente se trouvaient plusieurs dizaines d'hommes, à l'air las et terrifié, en rang sur des bancs, debout ou assis par terre. Certains étaient des officiers et il remarqua même un colonel. Il reconnut des hommes d'affaires importants, des familiers de la cour, des fonctionnaires, des députés, mais il n'en connaissait aucun intimement. Il y eut soudain un silence.

« Dépêche-toi », dit le garde avec humeur. C'était un jeune au visage vérolé. Il le conduisit jusqu'à un employé exténué qui se trouvait derrière un bureau. « En voici un autre pour l'Excellence mollah Uwari. »

L'employé prit le papier. « Assieds-toi, on t'appellera quand on aura besoin de toi.

— *Salam*, Excellence, répondit Bakravan choqué par l'impolitesse de l'homme. Quand serai-je appelé ? On m'a dit d'être ici juste après la première pr...

— C'est comme Dieu le voudra. On t'appellera quand on aura besoin de toi, répéta l'employé en lui faisant signe de s'écarter.

— Mais je suis Jared Bakravan du s...

— Je sais lire, *agha* ! dit l'homme encore plus sèchement. On t'appellera quand ce sera ton tour ! L'Iran est un Etat islamique à présent, une loi pour tous, pas une loi pour les riches et une autre pour le peuple. »

Bakravan fut bousculé par d'autres hommes qu'on poussait vers le bureau. Tremblant de colère, il se dirigea vers le mur. Sur le côté, un homme utilisait comme latrines une bassine déjà complètement pleine, l'urine coulait sur le sol. On regardait Bakravan. Quelques-uns murmurèrent : « Que la paix soit avec toi. » Une odeur épouvantable régnait dans la pièce. Son cœur battait vite. Quelqu'un lui fit une place sur un banc et, reconnaissant, il s'assit. « Que Dieu vous bénisse, Excellence.

— Toi aussi, répondit l'un d'eux. Tu es accusé ?

— Non, non, répondit-il, choqué. Je suis ici comme témoin.

— Son Excellence est témoin pour le mollah Uwari ?

— Oui, Excellence, oui, en effet. Qui est-ce ?

— Un juge, un juge révolutionnaire », murmura l'homme. C'était un quinquagénaire, petit, le visage bien plus ridé que celui de Bakravan, les cheveux en houppette. Il s'agita nerveusement. « Personne ici ne semble savoir ce qui se passe, pourquoi il a été convoqué ou qui est cet Uwari. Tout ce qu'on sait c'est qu'il a été nommé juge par Khomeiny et qu'il le représente. »

Bakravan regarda son voisin. L'homme avait un regard terrorisé et cela lui fit perdre encore plus son propre courage. « Son Excellence est également témoin ?

— Oui, oui. Bien que je ne sache pas pourquoi ils m'ont fait venir ici : je ne suis que le responsable d'un bureau de poste.

— C'est très important, un bureau de poste. Ils ont probablement besoin de vos conseils. Vous pensez qu'ils vont nous faire attendre longtemps ?

— *Inch' Allah*. J'ai été convoqué hier après la quatrième prière et depuis j'attends. Ils m'ont gardé ici toute la nuit. On ne peut pas partir avant d'avoir été appelé. Il n'y a pas d'autre toilette, ajouta-t-il en montrant la bassine. C'est la nuit la plus épouvantable que j'aie jamais passée. Pendant la nuit ils... on a entendu beaucoup de coups de feu. On dit que trois autres généraux et une douzaine d'hommes de la Savak ont été exécutés.

— Cinquante ou soixante, dit l'homme assis de l'autre côté, sortant de sa torpeur. Le chiffre doit être près de soixante. La prison est bourrée, toutes les cellules sont pleines. Il y a deux jours les Brassards verts ont enfoncé la porte de la prison, arrêté les gardiens qu'ils ont enfermés dans les cachots, laissé la plupart des prisonniers s'en aller et commencé à remplir la prison avec des gens d'ici. » Il baissa la voix un peu plus. « Les cellules sont encore plus bondées que du temps du shah, que Dieu le maudisse pour n'avoir pas... Toutes les heures les Brassards verts amènent plus de gens, des fedayin, des moudjahidin et des tudehs, mélangés à des innocents comme nous, les Fidèles... » Sa voix n'était plus qu'un murmure. « Les gens honnêtes qu'on ne devrait pas toucher et... quand les émeutiers ont pris la prison, ils ont découvert des fils électriques branchés sur des lits de torture et... » Un peu d'écume apparut au coin de ses lèvres. « Et... on dit que les nouveaux geôliers s'en servent et... et qu'une fois qu'on est ici, Excellence, ils vous y gardent. » Des larmes commencèrent à couler sur son visage crispé. « La nourriture est atroce, la prison est horrible et... et j'ai... j'ai un ulcère à l'estomac et cet enfant de salaud d'employé, il... il ne veut pas comprendre que j'ai besoin d'aliments spéciaux... »

Il y eut un mouvement de l'autre côté de la pièce et la porte s'ouvrit à toute volée. Une demi-douzaine de Brassards verts entrèrent et se frayèrent un passage à coups de crosse de fusil. Derrière eux, d'autres Gardes entouraient un officier de l'armée de l'air qui avançait fièrement, la tête haute, les mains attachées derrière lui, son uniforme chiffonné, épaulettes arrachées. Bakravan sursauta. C'était le colonel Peshadi, commandant de la base aérienne de Kowiss, un de ses cousins.

D'autres reconnurent aussi le colonel car on avait beaucoup parlé de la victorieuse expédition iranienne dans le Dhofar au sud du sultanat d'Oman, qui quelques années auparavant avait repoussé une attaque marxiste des troupes du Sud-Yémen ainsi que de la bravoure de Peshadi qui avait conduit les tanks lors d'une bataille clé. « N'est-ce pas le héros du Dhofar ? demanda quelqu'un, incrédule.

— Si, c'est lui...

— Que Dieu nous protège. S'ils l'arrêtent, lui... »

Un des Gardes poussa brutalement Peshadi dans le dos pour le faire aller plus vite. Le colonel, bien que durement entravé par ses menottes, se retourna et lança un « Fils de chien » cinglant. « Je marche aussi vite que je peux. Que ton père périsse dans les flammes de l'enfer ! » Le Brassard vert l'insulta en retour, puis lui enfonça la crosse de son fusil dans l'estomac. Peshadi perdit l'équilibre et s'écroula par terre, sans cesser d'insulter ses gardiens. Il les injuriait toujours tandis qu'ils le remettaient sur ses pieds, deux à chaque bras, et le poussaient dehors dans la cour. Là, il les insulta encore, eux, Khomeiny, les faux mollahs, puis cria : « Que Dieu protège le shah, il n'y a d'autre Dieu qu'Al... » Les balles le firent taire à tout jamais.

Dans la salle d'attente un silence terrifié s'abattit. Quelqu'un pleurnicha. Un vieil homme fut pris de nausées et se mit à vomir. D'autres commencèrent à murmurer, beaucoup à prier et Bakravan dont le cerveau fatigué refusait la réalité se dit que tout cela n'était qu'un rêve, un cauchemar. L'atmosphère fétide était froide, mais il avait l'impression de se trouver dans un four et d'étouffer. Suis-je en train de mourir ? se demanda-t-il en ouvrant le col de sa chemise. Puis quelqu'un le toucha et il ouvrit les yeux. Pendant un moment il ne distingua rien, il ne savait pas où il se trouvait. Il était allongé sur le sol ; son voisin se penchait anxieusement sur lui. « Vous allez bien ?

— Oui, oui, je pense, dit-il faiblement.

— Vous vous êtes évanoui, Excellence. Vous êtes sûr que vous allez bien ? »

Des mains l'aidèrent à se rasseoir. Il remercia, hébété. Son corps semblait très lourd, ses sens émoussés, ses yeux ternes.

« Ecoutez, murmurait l'homme à l'ulcère, c'est comme au temps de la Révolution française, avec la guillotine et la Terreur, mais comment tout cela peut-il se produire avec l'ayatollah Khomeiny à la tête du pays ? C'est ça que je n'arrive pas à comprendre...

— Il n'est pas au courant, dit le petit homme, également terrorisé. Il ne peut pas savoir. N'est-il pas un homme de Dieu, pieux et le plus instruit des ayatollahs... ? »

La fatigue reprit le dessus et Bakravan s'appuya contre le mur, se laissant aller.

Un peu plus tard, on le réveilla en le secouant rudement. « Bakravan, on t'appelle, viens !

— Oui, oui », murmura-t-il. Il se mit debout, il avait du mal à parler. Il reconnut Yusuf, le chef des Brassards verts qui étaient venus au souk la veille. Il le suivit, le long d'un couloir, monta un escalier, puis ce fut un autre couloir encore flanqué de cellules. Ils passèrent devant des Gardes et d'autres hommes qui le regardèrent étrangement. « Où... où m'emmenez-vous ?

— Garde tes forces, tu vas en avoir besoin. »

Yusuf s'arrêta devant une porte, l'ouvrit et poussa Bakravan à l'intérieur. La pièce exiguë était remplie d'hommes. Au milieu, un mollah et quatre jeunes hommes étaient assis autour d'une table sur laquelle se trouvaient quelques papiers et un large Coran. A travers une lucarne très haut dans le mur et fermée par des barreaux on apercevait un petit bout de ciel bleu. Des Brassards verts étaient appuyés contre les murs.

« Jared Bakravan, commerçant au souk, prêteur, dit Yusuf.

— *Salam*, Excellence », dit Bakravan en tremblant. Le mollah était un quadragénaire aux yeux noirs, portant une barbe noire, un turban blanc et une robe noire. Les hommes à ses côtés avaient entre vingt et trente ans ; ils étaient mal rasés ou barbus et pauvrement habillés ; des armes étaient posées derrière eux. « Que... que puis-je pour vous ? demanda-t-il en essayant de garder son calme.

— Je suis Ali'allah Uwari, désigné comme juge par le comité révolutionnaire, et ces hommes sont également des juges. Cette cour obéit aux commandements de Dieu et du livre saint. » Il avait une voix rude et parlait avec l'accent de Qazvin. « Est-ce que tu connais ce Paknouri, surnommé Paknouri l'avare ?

— Oui, mais si je puis me permettre, Excellence, selon notre constitution et les lois anciennes du souk...

— Tu ferais mieux de répondre à la question, interrompit un des jeunes, nous n'avons pas de temps à perdre avec tes discours. Tu le connais, oui ou non ?

— Oui, oui, bien s...

— Excellence Uwari, interrompit Yusuf de la porte. Qui voulez-vous voir ensuite, s'il vous plaît ?

— Paknouri, puis... » Le mollah examina la liste des noms. « Puis le sergent de police Jufrudi. »

Un des hommes assis à la table dit : « Ce chien a été jugé hier soir par l'autre cour révolutionnaire et exécuté ce matin.

— Que la volonté de Dieu soit faite. » Le mollah raya le nom d'un trait. Tous les noms précédents de la liste étaient barrés. « Amène donc Hassan Turlak, qui se trouve dans la cellule 573. »

Bakravan étouffa un cri. Turlak était un écrivain et journaliste très respecté, moitié iranien, moitié afghan qui avait courageusement critiqué le régime du shah et passé pour cela plusieurs années en prison. Le jeune homme mal rasé assis à côté du mollah gratta impatiemment son visage couvert de boutons et demanda : « Qui est Turlak, Excellence ?

— Un journaliste reporter, lut le mollah sur la feuille de papier.

— C'est une perte de temps que de le voir, il est évidemment coupable, dit un autre. N'est-ce pas lui qui a dit que les commandements du Prophète devaient être révisés car ils ne s'appliquaient plus au monde d'aujourd'hui ? Il est coupable, c'est évident.

— Comme Dieu le veut. » Le mollah se tourna vers Bakravan. « Paknouri. Pratiquait-il l'usure ? »

Bakravan se força à ne plus penser à Turlak. « Non, jamais et...

— Prêtait-il de l'argent avec intérêt ? »

L'estomac de Bakravan se serra. Il vit le regard perçant posé sur lui et essaya de réfléchir très vite. « Oui, mais dans notre société mod...

— N'est-il pas écrit dans le Coran que prêter de l'argent avec intérêt est de l'usure et que c'est interdit par les lois de Dieu ?

— Si. L'usure va à l'encontre des lois de Dieu, mais dans une société mod...

— Le saint Coran est parfait. Les commandements sont clairs et pour l'éternité. L'usure est l'usure. La loi est la loi. Est-ce que tu respectes la loi ? demanda-t-il en plissant les yeux.

— Oui, oui, Excellence. Bien sûr que je la respecte.

— Est-ce que tu pratiques les cinq règles de l'islam les " cinq piliers " ? » Ce sont les obligations de tous les musulmans : la récitation de la shahada ; les cinq prières quotidiennes ; le paiement volontaire de la *zatak*, une taxe annuelle ; le jeûne du lever au coucher de soleil pendant le mois du ramadan ; et enfin, le *hadj*, le pèlerinage à La Mecque une fois au cours de sa vie.

« Oui, oui. Sauf pour le dernier. Je... je n'ai pas fait mon pèlerinage à La Mecque, pas encore.

— Pourquoi pas ? demanda le jeune homme boutonneux. Tu as plus d'argent qu'un chien galeux a de puces. Avec ton argent tu peux prendre n'importe quelle machine qui monte dans les airs. Pourquoi pas ?

— C'est... c'est à cause de ma santé, répondit Bakravan en gardant les yeux au sol et en priant pour avoir l'air convaincant. Mon... mon cœur est faible.

— Quand es-tu allé à la mosquée pour la dernière fois ? demanda le mollah.

— Vendredi, vendredi dernier, à la mosquée du souk », dit-il. C'était vrai, il y était, mais pas pour prier, pour un rendez-vous d'affaires.

« Ce Paknouri, respecte-t-il les " cinq piliers " comme un vrai croyant ? demanda un des jeunes.

— Je... je crois.

— Il est bien connu que non, bien connu aussi qu'il était un partisan du shah, pas vrai ?

— C'est un patriote, un patriote qui a soutenu financièrement la révolution et l'ayatollah Khomeiny, que Dieu le bénisse, soutenu financièrement les mollahs depuis des années et...

— Mais il parlait américain, il travaillait pour les Américains et pour le shah et les aidait à exploiter et à voler les richesses de notre sol, n'est-ce pas ?

— C'est... c'est un patriote qui a travaillé avec les étrangers pour le bien de l'Iran.

— Quand le shah maléfique a créé un parti illégal, Paknouri y a adhéré puis il fut délégué du shah dans les Majlis, n'est-ce pas ? demanda le mollah.

— Il a été délégué, oui, répondit Bakravan. Mais il a œuvré pour la rév...

— En tant que délégué il a voté en faveur de la prétendue " révolution blanche " du shah qui a dépouillé les mosquées de leurs terres, décrété l'égalité des femmes, institué des cours civiles et établi l'éducation laïque contre les préceptes du saint Coran... »

Bien sûr qu'il a voté pour, avait envie de hurler Bakravan, la sueur coulant sur son visage et le long de son dos. Bien sûr que nous avons tous voté pour ! Le peuple entier n'a-t-il pas voté pour avec une écrasante majorité ainsi d'ailleurs que de nombreux ayatollahs et mollahs ? Le shah ne contrôlait-il pas le gouvernement, la police, la gendarmerie, la Savak, les forces armées, ne possédait-il pas presque tout le pays ? Le shah était le pouvoir suprême ! Maudit soit le shah, pensa-t-il avec colère, lui et sa révolution blanche de 1963 qui a provoqué le phénomène de pourrissement, déclenché la colère des mollahs et continue à nous empoisonner ; toutes ces « réformes modernes » sont directement responsables de l'ascension de l'ayatollah Khomeiny alors bien obscur. Les marchands du souk n'ont-ils pas mis en garde les conseillers du shah un millier de fois ? Comme si ces réformes avaient de l'importance ! Comme si ces r...

« Oui ou non ? »

Il était perdu dans ses rêveries et il s'injuria. Concentre-toi ! se dit-il, affolé. Ce fils de chien lépreux essaie de te coincer ! Qu'est-ce qu'il a demandé ? Sois prudent, sois prudent, ta vie est en jeu ! Ah oui ! La révolution blanche ! « Emir Pak...

— Oui ou non ? cria cette fois le mollah.

— Il... oui, oui, il a voté pour, pour la révolution blanche quand il était délégué aux Majlis. Oui, c'est ce qu'il a fait. »

Le mollah soupira et les jeunes s'agitèrent sur leurs sièges. L'un d'eux bâilla en se tripotant machinalement le sexe.

« Est-ce que tu es délégué ?

— Non, non, j'ai démissionné quand l'ayatollah Khomeiny l'a ordonné. Je...

— Tu veux dire quand l'*imam* l'a ordonné ?

— Oui, oui, c'est ce que je voulais dire, bégaya Bakravan qui se troublait. J'ai démissionné au... dès que l'imam l'a ordonné, je... j'ai démissionné immédiatement », dit-il. Il n'ajouta pas : Nous avons tous démissionné sur les conseils de Paknouri lorsqu'il a été sûr et certain que le shah avait décidé de partir et de laisser le pouvoir au modéré et rationnel premier ministre Bakhtiar. Mais pas pour que ce pouvoir soit usurpé par Khomeiny, eut-il envie de hurler. Cela nous ne le voulions pas ! Que Dieu maudisse les Américains qui nous ont trahis, les généraux qui nous ont trahis, le shah qui est responsable de tout ! « Tout le monde sait... sait combien j'ai soutenu l'imam, puisse-t-il vivre éternellement.

— Oui, que Dieu le bénisse, répondit le mollah avec les autres. Mais toi, Jared Bakravan du souk, as-tu jamais pratiqué l'usure ?

— Jamais », répondit instantanément Bakravan, croyant ce qu'il disait mais néanmoins terrorisé. J'ai prêté de l'argent toute ma vie mais toujours à des taux raisonnables, jamais usuraires, pensa-t-il, jamais. Et toutes les fois où j'ai tenu le rôle de conseiller auprès de différentes personnes, et de ministres, pour arranger des prêts, privés ou publics, ou encore lors de transferts de fonds hors d'Iran, gagnant ma vie et beaucoup d'argent, je faisais des affaires et il n'y a aucune loi qui l'interdise. « Je me suis opposé à la révolution blanche et au shah chaque fois que je le pouvais. Il était bien connu que je me suis op...

— Le shah a commis des crimes contre Dieu, contre l'Islam, contre le saint Coran, contre l'imam — que Dieu le protège — contre la foi chiite. Tous ceux qui l'ont aidé sont également coupables. » Le regard du mollah était implacable. « Quels crimes as-tu commis contre Dieu et ses commandements ?

— Aucun, cria-t-il. Je le jure sur le nom de Dieu, aucun ! »

La porte s'ouvrit. Yusuf entra avec Paknouri. Bakravan faillit s'évanouir. Paknouri avait les mains liées derrière le dos. Des excréments et de l'urine tachaient son pantalon ; son manteau était souillé de vomissures. Sa tête était agitée de tremblements incontrôlés, ses cheveux étaient ébouriffés et sales, il avait perdu la raison. Quand il aperçut Bakravan, une grimace tordit son visage. « Ah ! Jared, Jared, vieil ami et collègue, Excellence, tu es venu nous rejoindre en enfer ? » Il éclata d'un rire hystérique. « Ce n'est pas comme je l'imaginais, les démons ne sont pas encore arrivés, ni l'huile bouillante, ni les flammes, mais il n'y a pas d'air, tu pues, on est serré les uns contre les autres et tu ne peux même pas t'allonger ou t'asseoir. Alors tu restes debout et les cris recommencent et les coups de feu, pendant tout ce temps tu es comme un œuf, comme un œuf de caviar, mais... mais... mais... » Le balbutiement incohérent s'arrêta quand il aperçut le mollah. La terreur le submergea. « Es-tu... es-tu Dieu ?

— Paknouri, dit doucement le mollah, tu es accusé de crimes contre Dieu. Ce témoin à charge dit q...

— Oui, oui, j'ai commis des crimes contre Dieu, je suis coupable, hurla Paknouri. Autrement, je ne serais pas en enfer. » Il tomba à genoux et explosa en sanglots, divaguant. « Il n'y a pas d'autre Dieu que Dieu qui n'est pas Dieu sauf Dieu et Mohammed est Son prophète de pas Dieu et... » Il s'arrêta brusquement. Son visage était encore plus tordu quand il se redressa. « Je suis Dieu... tu es Satan ! »

Un des jeunes gens brisa le silence. « C'est un blasphémateur. Il est possédé par Satan. Il avoue qu'il est coupable. Que la volonté de Dieu soit faite. »

Les autres approuvèrent de la tête. Le mollah dit : « Que la volonté de Dieu soit faite. » Il fit un signe à un Brassard vert qui souleva Paknouri, le remit sur pied et l'emmena. Puis il se tourna vers Bakravan qui regardait son ami, horrifié par la rapidité — juste une nuit — avec laquelle il avait été brisé et détruit. « Maintenant Bakravan, tu v...

— J'ai ce Turlak qui attend dehors, interrompit Yusuf.

— Bien », fit le mollah. Il reposa alors son regard sur Bakravan et celui-ci comprit qu'il était perdu, comme l'était son ami, et que la sentence serait la même. Le sang affluait à ses oreilles. Il vit bouger les lèvres du mollah, puis elles s'arrêtèrent et tout le monde le regardait. « Pardon ? murmura-t-il, hébété. Je... je suis désolé, mais je n'ai pas entendu. Qu'avez-vous dit ?

— Tu peux partir. Tu es libre, pour le moment. Accomplis les travaux de Dieu. » Impatiemment le mollah jeta un coup d'œil vers un des Brassards verts, un homme gigantesque et laid. « Ahmed, emmène-le ! » Puis à Yusuf : « Après Turlak, le capitaine de police Mohammed Dezi, cellule 917... »

Bakravan sentit qu'on lui saisissait le bras, il fit demi-tour et sortit. Dans le couloir, il faillit s'effondrer, mais Ahmed le rattrapa et, avec une étonnante douceur, l'adossa contre le mur.

« Reprenez votre souffle, Excellence, dit-il.

— Je... je suis libre de m'en aller ?

— Je suis aussi surpris que vous, *agha*, dit l'homme. Par Dieu et le Prophète, je suis vraiment aussi surpris que vous, vous êtes le premier qu'ils laissent partir aujourd'hui, témoin ou accusé.

— Est-ce que... est-ce qu'il y a de l'eau ?

— Pas ici. Il y en a dehors. Il vaut mieux que vous partiez. » Ahmed baissa la voix. « Partez, cela vaut mieux. Appuyez-vous sur mon bras. »

Reconnaissant, Bakravan s'accrocha à lui, respirant avec peine. Lentement, ils refirent le chemin inverse. Il remarqua à peine les autres gardiens, les prisonniers et les témoins. Dans le corridor qui menait à la salle d'attente, Ahmed ouvrit d'un coup d'épaule une porte de côté qui donnait sur la cour. Le peloton d'exécution était là ainsi que trois hommes attachés à des poteaux. Un poteau était libre. Les intestins et la vessie de Bakravan se vidèrent.

« Dépêche-toi, Ahmed ! dit le responsable avec humeur.

— Que la volonté de Dieu soit faite », dit Ahmed. Il traîna gaiement Bakravan jusqu'au poteau libre à côté de celui où Paknouri, perdu dans son propre enfer, délirait. « Finalement tu ne vas pas t'en aller. Nous avons tous entendu tes mensonges, tes parjures devant Dieu. Nous te connaissons tous, nous savons comment tu agis, nous connaissons ton manque de foi. Tu as même essayé d'acheter le droit au paradis en faisant des cadeaux à l'imam, que Dieu le protège. Comment t'es-tu procuré tout cet argent, sinon en volant et en pratiquant l'usure ? »

La salve ne fut pas précise. Le responsable du peloton se servit d'un revolver pour achever un des condamnés, puis Bakravan. « Je ne l'aurais pas reconnu, dit l'homme brièvement. Cela montre bien que les journaux ne colportent que des mensonges.

— Ce n'est pas Hassan Turlak, dit Ahmed, il vient ensuite.

— Qui est celui-là, alors ?

— Un commerçant du souk, répondit Ahmed. Les commerçants sont des usuriers et des impies. Je le sais. Pendant des années j'ai travaillé pour Farazan comme mon père, jusqu'à ce que je devienne maçon avec Yusuf. Mais celui-là... c'était le plus riche des usuriers. Je ne me souviens pas de grand-chose à son sujet, sauf qu'il était le plus riche, mais je n'ai pas oublié ses femmes ; il ne leur a jamais appris, ne les a jamais obligées à porter le tchador, elles s'exhibaient honteusement. Je me souviens particulièrement bien de sa fille, une diablesse, elle venait de temps en temps au souk rendre visite à son père dans la rue des prêteurs, à moitié nue, la peau comme de la crème, les cheveux flottants, les seins et les fesses provocants, elle s'appelait Sharazad et ressemblait aux houris du paradis. Je me souviens parfaitement d'elle et comment je l'ai maudite pour avoir introduit le démon dans ma tête, me rendant fou, nous rendant tous fous de désir. » Il se gratta le sexe, le sentant se durcir sous sa main. Que Dieu les maudisse, elle et toutes les femmes qui désobéissent à la loi de Dieu et nous inspirent des pensées impures. Oh ! Dieu, laisse-moi la posséder ou devenir martyr afin d'aller droit au paradis pour le faire. « Il était coupable de tous les crimes, dit-il en s'éloignant.

— Mais... mais a-t-il été condamné ? demanda le responsable du peloton d'exécution.

— Dieu l'a condamné, bien sûr. Le poteau était libre et tu m'as dit de me dépêcher. C'était la volonté de Dieu. Dieu est grand, Dieu est grand. Maintenant, je vais chercher Turlak, le Blasphémateur. » Ahmed haussa les épaules. « Telle était la volonté de Dieu. »

CHAPITRE 28

Près de Bandar Delam : 11 h 58. C'était l'heure de la prière de midi. Le vieux bus bringuebalant et surchargé s'arrêta sur le bas-côté de la route. Tous les musulmans descendirent, suivant avec obéissance les directives d'un mollah qui voyageait avec eux, déroulèrent par terre leur tapis de prière et commencèrent leurs dévotions. A l'exception d'une famille hindoue qui avait peur de perdre sa place, tous les passagers non musulmans étaient également descendus — Tom Lochart parmi eux —, ravis de pouvoir se dégourdir les jambes. Des Arméniens chrétiens, des Juifs d'Orient, un couple nomade kash'kai qui, bien que musulman, respectait leur vieille coutume qui les dispensait de la prière du midi ou, pour les femmes, du port du voile ou du tchador, deux Japonais, quelques Arabes chrétiens, tous intrigués par la présence de cet Européen solitaire.

La journée était chaude, brumeuse et humide en raison de la proximité du Golfe. Tom Lochart s'appuya avec lassitude contre le capot du moteur trop chaud qui laissait échapper de la vapeur. Sa tête, ses articulations, ses muscles lui faisaient mal à cause de la marche forcée de Dez Dam — à présent à environ trois cent vingt kilomètres au nord — et du voyage dans ce bus bruyant et inconfortable. Pendant tout le trajet, depuis Ahwaz où il avait réussi à convaincre un contrôle de Brassards verts de le laisser monter dans le bus, il avait été coincé sur une banquette juste assez large pour deux personnes entre trois hommes dont un jeune Brassard vert qui avait installé sur ses genoux son M14 et son enfant tandis que son épouse enceinte se tenait debout dans l'allée, tassée avec une trentaine de personnes dans un espace conçu pour quinze à peine. Sur toutes les banquettes des hommes, des femmes et des enfants de tout âge s'agglutinaient. L'air était fétide, des voix piaillaient dans toutes les langues. Au-dessus des têtes et sous les pieds s'entassaient des sacs, des valises, des paquets, des caisses bourrées de légumes en vrac ou de poulets à moitié morts, ainsi qu'un ou deux boucs maigrichons. Le porte-bagages sur le toit du bus était surchargé de la même façon.

Mais j'ai une putain de chance de me trouver ici, pensa-t-il en écoutant d'une oreille distraite la shahada psalmodiée par les passagers.

La veille, lorsqu'il avait entendu le 212 décoller de Dez, il était sorti de sous la jetée, bénissant Dieu d'avoir pu sauver sa peau. L'eau était très froide et il tremblait, mais il avait ramassé l'arme automatique, vérifié son bon fonctionnement et s'était dirigé vers la maison. Elle était ouverte. Il y avait de la nourriture et des boissons dans le réfrigérateur qui, branché sur un générateur, bourdonnait agréablement. Il faisait chaud à l'intérieur. Il enleva ses vêtements et les fit sécher sur un radiateur, maudissant Valik et Seladi, leur souhaitant de périr en enfer. « Les enfants de putain ! Après tout ce que j'ai fait pour eux ! Après leur avoir sauvé la vie ! »

Le confort et le luxe de la maison étaient tentants. Il était à bout de forces. La nuit précédente, à Ispahan, il n'avait pratiquement pas fermé l'œil. Je pourrais dormir et partir à l'aube, pensa-t-il. J'ai une boussole et je connais plus ou moins la route : éviter la base aérienne qu'Ali Abbasi a mentionnée, puis tout droit vers l'est jusqu'à la route Kermanchah-Ahwas-Abadan. Il ne devrait pas y avoir de problème pour prendre un bus ou faire du stop. Ou je pourrais partir maintenant, la lune éclaire suffisamment pour que je trouve mon chemin et je ne me ferai pas coincer bêtement ici si la base envoie une patrouille. Ali était assez inquiet à ce sujet, car il craignait, comme Seladi, que nous n'ayons été repérés. Mais dans un cas comme dans l'autre, si tu te fais arrêter, qu'est-ce que tu vas raconter ?

Il y réfléchit en se servant un cognac et en sortant de quoi manger. Valik et les autres avaient ouvert deux boîtes de cinq cents grammes du meilleur caviar gris beluga et les avaient laissées sur la table de la salle de séjour, à moitié pleines. Il mangea avec délice.

La marche forcée à travers les montagnes avait été pénible, mais pas autant qu'il s'y attendait. Juste après le lever du jour, il avait atteint la route Kermanchah-Ahwaz-Abadan. Il avait été pris en stop presque immédiatement par des ouvriers du bâtiment coréens qui évacuaient l'aciérie qu'ils construisaient à Kermanchah ; c'était l'habitude que les étrangers s'aident entre eux. Ils allaient à l'aéroport d'Abadan où on leur avait assuré qu'un avion les attendait pour les ramener en Corée. « Beaucoup batailles à Kermanchah, lui avaient-ils dit dans un anglais approximatif. Tout le monde a revolvers. Iraniens tuent Iraniens. Tous fous, barbares, pires que Japonais. » Ils l'avaient laissé à l'arrêt du bus d'Ahwaz. Par miracle, il avait réussi à embarquer sur le bus suivant qui allait à Bandar Delam.

Oui. Et maintenant ? Avec amertume, il se rappela comment, après avoir jeté les boîtes de caviar vides dans la poubelle, il les avait reprises pour les enterrer, puis était rentré pour essuyer le verre qu'il avait utilisé et même la poignée de la porte. Faut que tu te fasses examiner par un psychiatre. Comme s'ils relevaient les empreintes digitales ! Oui, mais je pensais à ce moment-là qu'il valait mieux ne laisser aucune trace de mon passage.

Tu es fou ! Il va falloir que tu justifies ton départ de Téhéran, le ramassage illégal de Valik et de sa famille, l'évasion d'Ispahan et le transport d' « ennemis de la nation », qu'ils aient fui la Savak ou Khomeiny ! Et comment la S-G ou McIver pourront-ils expliquer la disparition d'un hélicoptère iranien qui va réapparaître ensuite au Koweit ou à Bagdad ?

Quel bordel !

Oui. Et il y a Sharazad...

« Ne te fais pas de souci, *agha*, entendit-il au milieu de ses rêveries, nous sommes entre les mains de Dieu. »

C'était le mollah qui s'adressait à lui en lui souriant. Jeune et barbu, il avait pris le bus à Ahwaz avec son épouse et trois enfants. Une carabine pendait à son épaule. « Le conducteur dit que tu parles parsi, que tu es canadien et que tu appartiens au peuple du Livre.

— Oui, en effet, *agha* », répondit Lochart en rassemblant ses esprits. Il vit que la prière était terminée et que tout le monde se bousculait devant la porte du bus.

« Alors toi aussi tu iras au paradis comme l'a promis le Prophète si tu le mérites, dit le mollah en souriant timidement. L'Iran sera le premier vrai Etat islamique au monde depuis le temps du Prophète. » Nouveau sourire. « Tu es... tu es la première personne des peuples du Livre que je rencontre et à qui je parle. Tu as appris à parler parsi à l'école ?

— Je suis allé à l'école, Excellence, mais j'ai surtout eu des professeurs privés. » Lochart ramassa son sac de vol qu'il avait emporté pour plus de sécurité et se dirigea vers la queue. La place qu'il occupait était déjà prise. Sur le bas-côté de la route plusieurs passagers faisaient leurs besoins, hommes, femmes, enfants.

« Son Excellence travaille dans le pétrole ? » demanda le mollah en le rejoignant dans la queue. Les gens s'écartèrent aussitôt pour le laisser passer. A l'intérieur du bus, des passagers se disputaient déjà, quelques-uns criaient au conducteur de se dépêcher.

« Oui, pour votre compagnie IranOil », répondit Lochart. Les Iraniens qui l'entouraient l'écoutaient et se bousculaient pour mieux entendre. Il n'y en a plus pour très longtemps, se dit-il, l'aéroport ne peut pas être à plus de quelques kilomètres. Un peu avant midi il avait aperçu un 212 qui volait en provenance du Golfe. Il était trop loin pour qu'il puisse distinguer s'il s'agissait d'un appareil civil ou militaire, mais il se dirigeait vers l'aéroport. Quel pied ça va être de voir Rudi et les autres, de pouvoir dormir et...

« Le conducteur a dit que tu étais en vacances près de Kermanchah...

— Dans le Luristan, au sud de Kermanchah. » Lochart se concentra. Il raconta de nouveau la version qu'il avait mise sur pied, la même qu'il avait sortie au guichetier d'Ahwaz et aux Brassards verts qui voulaient savoir qui il était et pourquoi il se trouvait à Ahwaz. « Je faisais du trekking au nord du Luristan, dans les montagnes, et je me suis fait coincer dans un village par une tempête de neige pendant une semaine. Allez-vous à Chiraz ? » C'était le terminus du bus.

« C'est à Chiraz que se trouve ma mosquée et c'est là que je suis né. Viens, nous allons nous asseoir ensemble. » Le mollah s'installa près d'un vieil homme, mit un de ses enfants sur un genou, coinça son fusil et laissa à Lochart juste assez de place sur le côté. Lochart obéit à contrecœur, n'ayant pas très envie de voyager à côté d'un mollah inquisiteur, bavard de surcroît, mais il était content de pouvoir s'asseoir. Le bus se remplit rapidement. Les gens les dépassaient, s'enfonçant vers le fond, essayant de trouver de la place. « Ton pays, le Canada, est juste à côté du grand Satan, n'est-ce pas ?

— Le Canada et les Etats-Unis ont une frontière commune, répondit Lochart qui sentit sa bouche devenir sèche. La plupart des Américains font partie du peuple du Livre.

— Oui, mais beaucoup sont juifs ou sionistes, et les juifs, les sionistes et les chrétiens sont des ennemis de l'Islam, et donc des ennemis de Dieu. N'est-il pas vrai que les juifs et les sionistes dirigent le Grand Satan ?

— Si tu parles de l'Amérique, non, *agha*, ce n'est pas vrai.

— L'imam l'a dit, c'est donc vrai. » D'un ton assuré et doux, le mollah cita le Coran. « Car Dieu est en colère contre eux, et ils connaîtront le tourment éternel. » Puis il ajouta : « Si l'im... »

Il y eut une bousculade dans le fond du bus, ils se retournèrent et virent un Iranien chasser avec colère un des Hindous de son siège pour prendre sa place. L'Hindou se força à sourire et resta debout. Tout le monde commença à crier en même temps et un autre homme serré dans l'allée se mit à insulter les étrangers. Pauvrement habillé et armé, il foudroyait du regard deux Japonais coincés sur un siège avec un vieux Kurde.

« Pourquoi les étrangers impies sont-ils assis alors que nous sommes debout ? cria-t-il en les désignant du pouce. Dégagez ! »

Les Japonais ne bronchèrent pas. L'un des deux enleva ses lunettes et sourit à l'homme qui hésita, commença à les menacer, puis changea d'avis. Il se retourna vers le chauffeur et lui hurla de se presser. Juste avant qu'il ne remette ses lunettes le Japonais croisa le regard de Lochart. Il lui fit un signe de tête et sourit.

Lochart lui rendit son sourire. A Ahwaz, pendant qu'ils se bousculaient pour monter, l'un des Japonais avait dit à Lochart dans un anglais très moyen : « Suivez-nous, *sir*, pendant heures de pointe à Tokyo, bien pire dans les bus et les trains. » Avec mille courbettes tous les deux avaient rapidement réussi à se frayer un chemin, lui avaient trouvé une place et s'étaient installés derrière. Pendant l'arrêt de midi ils avaient discuté brièvement, lui apprenant qu'ils étaient des ingénieurs rentrant de permission qui travaillaient à la Toda-Iran.

« Ah ! fit joyeusement le mollah en voyant le chauffeur qui s'installait sur son siège, le voyage va continuer, remercions Dieu. »

Le chauffeur mit le moteur en marche et le bus partit. « Prochain arrêt Bandar Delam, cria-t-il, si Dieu le permet.

— Dieu le permettra. » Le mollah était très satisfait. Il se retourna à nouveau vers Lochart et cria pour couvrir le bruit. « *Agha*, que disais-tu au sujet du Grand Satan ? »

Lochart ferma les yeux, faisant semblant de ne pas avoir entendu.

Le mollah le secoua. « Que disais-tu, *agha*, au sujet du Grand Satan ?

— Je ne disais rien, *agha*.

— Quoi ? Je n'ai pas entendu. »

Lochart gardait un visage poli, il sentait le danger, il dit plus fort : « Je ne disais rien, *agha*. Les voyages sont fatigants, n'est-ce pas ? » Il referma les yeux. « Je crois que je vais dormir un peu.

— Pourquoi ne rien dire ? hurla au-dessus de lui un jeune homme qui se trouvait debout dans l'allée centrale. L'Amérique est responsable de tous nos ennuis... Sans l'Amérique la paix régnerait dans le monde ! »

Lochart garda les yeux fermés et essaya de ne plus les entendre. Il était prêt à mordre, il regrettait de ne pas avoir son automatique sur lui, mais il était tout de même content qu'il se trouve dans son sac. Il sentit que le mollah le secouait.

« Avant que tu ne dormes, *agha,* dis-moi, tu n'es pas d'accord que le monde serait bien plus heureux sans le démon américain ? »

Lochart contint sa colère et garda les yeux fermés. Nouvelle secousse, plus dure, cette fois-ci venant du côté de l'allée, et l'homme hurla à son oreille : « Réponds à Son Excellence ! »

Ecœuré soudain par la propagande antiaméricaine et les mensonges dont on ne cessait de les abreuver, Lochart ouvrit les yeux, repoussa avec colère la main de l'homme et explosa en anglais. « Eh bien, je vais te dire, mollah, tu devrais être reconnaissant que l'Amérique existe car sans elle il n'y aurait rien dans le monde et nous serions tous dans un putain de goulag ou à six pieds sous terre, toi, moi, ce connard à côté et même Khomeiny !

— Quoi ? »

Il vit que le mollah le regardait sans comprendre et se rendit compte qu'il avait parlé en anglais. Il tourna sa langue sept fois dans sa bouche et dit en parsi, sachant qu'il n'y avait aucun moyen de s'expliquer logiquement : « Je citais la sainte Bible en anglais, dit-il. Je citais Abraham quand il était très en colère. Abraham n'a-t-il pas dit : " Le démon arpente la terre sous de nombreux déguisements, c'est le devoir du croyant que de... de se garder du mal ", n'est-ce pas ? »

Le mollah le regarda étrangement puis cita le Coran : « Et Dieu dit à Abraham, je ferai de toi le guide du genre humain et Abraham dit, et de ma progéniture également ! Dieu dit : mon alliance ne s'étend pas à ceux qui font le mal.

— Je suis d'accord, dit Lochart. Et maintenant je dois penser à Dieu, le seul Dieu, le Dieu d'Abraham, de Moïse, de Jésus, de Mahomet, que Son nom soit loué ! » Lochart ferma les yeux. Son cœur battait à tout rompre. Il s'attendait à recevoir un coup de crosse de fusil de l'homme en colère ou à entendre le mollah crier au chauffeur de s'arrêter. Il n'attendait pas de pitié. Mais les minutes passèrent et ils le laissèrent à ses prétendues prières.

Le mollah soupira car le manque de place l'obligeait à se presser contre cet Infidèle. Comment un Infidèle prie-t-il ? se demanda-t-il. Que peut-il bien dire à Dieu, même s'il appartient au peuple du Livre ! Ils sont pitoyables !

Aéroport de Bandar Delam : 12 h 32. La voiture de l'Air Force iranienne dépassa les gardes endormis, drapeau vert de Khomeiny claquant à l'avant, et s'arrêta dans un tourbillon de poussière devant la caravane du bureau de Rudi. Deux officiers en uniforme impeccable en descendirent. Trois Brassards verts les accompagnaient.

Rudi Lutz sortit à la rencontre des officiers, un major et un capitaine. Son visage s'éclaira en reconnaissant celui-ci. « Bonjour, Hushang. Je me demandais comment tu al... »

Le plus vieil officier l'interrompit. « Je suis le major Qazani, services secrets de l'armée de l'air. Pourquoi un hélicoptère iranien placé sous votre responsabilité essaie-t-il de quitter l'espace aérien iranien en refusant d'obéir aux ordres d'un appareil venu l'intercepter et à ceux de la tour de contrôle ? »

Rudi le regarda, stupéfait. « Je n'ai qu'un appareil en l'air en ce moment et c'est un *casevac* demandé par le contrôle radar d'Abadan.

— Quel est son immatriculation ?

— EP-HXX. Qu'est-ce qui se passe ?

— C'est ce que j'aimerais bien savoir. » Le major passa devant lui, entra dans la roulotte et s'assit. Ses Brassards verts attendaient un ordre. « Venez ! fit-il avec humeur. Asseyez-vous, capitaine Lutz. »

Rudi hésita, puis s'assit à son bureau. Quelques trous de balles dans le mur derrière lui laissaient passer un peu de lumière. Les Brassards verts et l'autre officier entrèrent et fermèrent la porte.

« C'est quoi le HXX ? Un 206 ou un 212 ? demanda le major.

— C'est un 206. Qu'est-ce q...

— Combien de 212 avez-vous ici ?

— Deux. HXX et HGC. Le radar d'Abadan a autorisé hier le HXX à emmener à Kowiss les blessés à la suite d'une attaque fedayin qui a eu lieu à l'aube et...

— Oui, nous sommes au courant. Nous savons aussi que vous avez aidé les gardes à les envoyer vers l'enfer qu'ils méritent, ce dont nous vous remercions. Est-ce que EP-HBC est une immatriculation d'un 212 de la S-G ? »

Rudi hésita. « Je ne peux pas vous répondre tout de suite, major. Je n'ai pas ici la liste de tous nos 212, mais je peux le savoir, si je parviens à joindre notre base de Kowiss. La radio n'a pas fonctionné de la journée. Je ferai mon possibile pour vous aider mais, s'il vous plaît, dites-moi ce qui se passe. »

Le major Qazani alluma une cigarette et en offrit une à Rudi qui fit non de la tête. « Il s'agit d'un 212, EP-HBC, nous pensons que c'est un appareil de la S-G, nous ne savons pas combien de personnes se trouvent à bord, il a franchi la frontière irakienne la nuit dernière juste avant le crépuscule, sans autorisation et, comme je le disais, sans tenir compte des appels radio qui lui donnaient l'ordre de se poser.

— Je ne suis au courant de rien », répondit Rudi qui réfléchissait à toute vitesse. Ce doit être quelqu'un en train d'essayer de s'enfuir, pensa-t-il. « Ce n'est pas un appareil à nous. Nous ne pouvons même pas faire tourner nos moteurs sans l'autorisation du contrôle d'Abadan.

— Comment expliquez-vous HBC, alors ?

— C'est peut-être un appareil de la Guerney qui emmène des membres de son personnel, ou Bell, ou n'importe laquelle des autres compagnies d'hélicoptères. Ça a été très dur, quelquefois impossible, de remplir un plan de vol ces derniers jours. Vous savez... comme le radar a été... euh... inconstant ces dernières semaines.

— Inconstant n'est pas le mot que j'utiliserais », dit le capitaine Hushang Abbasi. C'était un très bel homme, vif, portant une moustache et des lunettes noires. Il arborait des ailes sur son uniforme. Toute l'année précédente, il avait été basé à Kharg où lui et Rudi avaient été amenés à se connaître. « Et si c'était un appareil de la S-G ?

— Alors il y a sûrement une explication. » Rudi était content que Hushang ait survécu à la révolution, d'autant qu'il avait toujours exprimé bien haut son opposition à l'ingérence des mollahs dans le gouvernement. « Vous êtes sûr que le vol n'était pas autorisé ?

— Les appareils qui ont des autorisations légales de vol ne tentent pas de s'enfuir en franchissant la frontière, dit Hushang. Et je suis pratiquement sûr d'avoir vu la marque de la S-G, Rudi. »

Rudi plissa les yeux. Hushang était un très bon pilote. « Tu pilotais le vol d'interception ?

— Je commandais le vol qui a cafouillé. »

Le silence s'installa dans la roulotte. « Cela ne vous dérange pas que j'ouvre une fenêtre, major ? La fumée, ça me donne des maux de tête.

— Si le HBC est un hélicoptère de la S-G, répondit le major avec irritation, quelqu'un va se payer autre chose que des maux de tête. »

Rudi ouvrit la fenêtre. HBC ressemble bien à une immatriculation de chez nous. Qu'est-ce qui déconne ? Depuis quelques jours j'ai l'impression qu'on nous a jeté un mauvais sort ; d'abord il y a eu ce psychopathe de Zataki et l'assassinat de notre mécanicien, puis celui de ce pauvre Kyabi, puis l'attaque des gauchistes fedayin hier, on s'est presque fait tuer et Jon Tyrer a été salement blessé — j'espère qu'il va mieux — et à présent de nouveaux emmerdements !

Il revint s'asseoir, se sentant las. « Tout ce que je peux faire, c'est demander.

— Jusqu'où opérez-vous vers le nord ? demanda le major.

— Normalement ? Ahwaz. Eventuellement jusqu'à Dezful s'il y

a... » L'interphone de la base sonna. Rudi décrocha et ne vit pas le coup d'œil qu'échangeaient les deux officiers. « Allô ? »

C'était Fowler Joines, son chef mécanicien. « Ça va ?

— Oui, merci. Pas de problème.

— Si tu as besoin d'aide, crie, mon vieux, et on arrive tous en courant. » Il raccrocha.

Il se retourna vers le major, il se sentait mieux. Depuis qu'il s'était dressé contre Zataki, tous ses pilotes et ses hommes le traitaient comme s'il était Gavallan en personne. Et depuis que les fedayin avaient été exterminés la veille, même les Brassards verts se montraient déférents, tous sauf Yemeni, le directeur de la base qui essayait toujours de lui mener la vie dure. « Dezful est l'extrême limite — aller simple. Une fois nous avons volé... » Il s'arrêta. Il était sur le point de dire : Une fois nous avons emmené notre responsable de région à Kermanchah. Mais l'assassinat brutal et inutile de Kyabi lui revint en mémoire et il sentit des nausées l'envahir de nouveau.

Il vit que le major et Hushang le regardaient. « Désolé major, j'allais dire qu'une fois nous avons volé jusqu'à Kermanchah. En refaisant le plein, comme vous le savez, nous sommes très mobiles, nous pouvons aller loin.

— Oui, capitaine Lutz, nous le savons. » Le major écrasa sa cigarette et en alluma une autre. « Le premier ministre Bazargan, avec bien sûr l'accord de l'ayatollah Khomeiny, ajouta-t-il prudemment — car il ne faisait pas confiance à Abbasi ni aux Brassards verts qui comprenaient peut-être l'anglais —, a donné des ordres très stricts concernant tous les vols en Iran, particulièrement ceux des hélicoptères. Nous allons appeler Kowiss maintenant. »

Ils se rendirent à l'émetteur radio. Yemeni déclara aussitôt qu'il ne pouvait pas autoriser l'appel sans la permission du comité local auquel il appartenait et dont il était le seul membre qui sache lire et écrire. Un des Brassards verts alla chercher le comité mais le major l'emporta sur Yemeni. Kowiss ne répondit pas à leurs appels.

« Telle est la volonté de Dieu. Cela sera plus facile après la tombée de la nuit, *agha*, dit en parsi Jahan, l'opérateur radio.

— Oui, merci, répondit le major.

— De quoi avez-vous besoin, *agha* ? » demanda grossièrement Yemeni qui haïssait qu'on empiète sur son autorité et que la vue des uniformes du shah rendait fou de rage. « Je vais m'en occuper pour vous.

— Je n'ai pas besoin de toi, fils de chien », cria le major avec colère. Tout le monde sursauta et Yemeni en resta paralysé. « Si tu me causes des ennuis, je te fais passer devant ton tribunal pour interférence avec les ordres du premier ministre et de Khomeiny en personne ! Fous le camp ! »

Yemeni disparut. Les Brassards verts éclatèrent de rire et l'un d'eux demanda : « Est-ce que tu veux que je le frappe de ta part, *agha* ?

— Non, non, merci. Il n'a pas plus d'importance qu'une mouche à merde. »

Le major Qazani tira sur sa cigarette et regarda Rudi pensivement. On lui avait raconté comment cet Allemand avait sauvé Zataki, le plus important commandant des Gardes révolutionnaires. Dans tout le camp on ne parlait que de cela.

Il se leva et s'approcha de la fenêtre. En dessous il pouvait voir sa voiture surmontée du drapeau khomeiniste et entourée de Brassards verts. Pourriture, pensa-t-il. Tous des fils de chiens. Nous ne nous sommes pas débarrassés de l'influence américaine et du shah pour confier le contrôle de nos vies et de nos beaux avions à des mollahs couverts de poux, quelle que soit la bravoure de certains d'entre eux. « Attendez ici, Hushang. Je vous laisse deux gardes, dit-il. Attendez et rappelez Kowiss tout à l'heure. Je vous renverrai la voiture.

— Oui, monsieur. »

Le major regarda durement Rudi. « Je veux savoir, lui dit-il en anglais, si le HBC est un hélicoptère de la S-G, où il est basé, comment il est arrivé dans cette région et qui était à bord. » Il donna les ordres nécessaires et s'en alla dans un tourbillon de poussière.

Hushang envoya les gardes dire aux autres ce qui se passait. Les deux hommes se retrouvèrent seuls. « Alors, dit-il avec un sourire en tendant la main, je suis vraiment content de te voir, Rudi.

— Moi aussi. » Ils se serrèrent la main chaleureusement. « Je me demandais comment... comment tu t'en étais sorti.

— Tu veux dire, rit Hushang, que tu te demandais si j'avais été liquidé, pas vrai ? Ne crois pas toutes ces histoires qu'on raconte, Rudi. C'est fantastique ce qui se passe. Après avoir quitté Kharg, je suis resté quelque temps à Doshan Tappeh, puis je suis descendu à la base aérienne d'Abadan.

— Et puis ? demanda Rudi après un moment.

— Et puis ? » Hushang réfléchit quelques secondes. « Et puis quand Sa Maj... quand le shah a quitté l'Iran, le commandant de la base nous a dit qu'il considérait que notre serment de fidélité était rompu. Nous avions tous juré allégeance au shah mais cette promesse nous paraissait effectivement bien vaine après son départ. Notre commandant nous a demandé à tous, officiers et hommes de troupe, de décider ce que nous voulions faire, partir ou rester. Mais finalement, il a dit : " La base se soumettra légalement au nouveau gouvernement. " On nous a donné douze heures pour prendre une décision. Quelques-uns sont partis, pour la plupart les vieux officiers. Qu'est-ce que tu aurais fait, Rudi ?

— Je serais resté, bien sûr. *Heimat ist himmer Heimat.*
— Quoi ?
— Ta patrie restera toujours ta patrie.
— Oui. C'est ce que je me suis dit. » Une ombre passa sur le visage de Hushang. « Après que nous eûmes tous choisi, notre commandant appela l'ayatollah Ahwazi, notre chef ayatollah, et se soumit officiellement au nouveau pouvoir. Puis il se suicida. Il laissa un mot qui disait : " Toute ma vie j'ai servi Muhammad Rizah Shah, comme mon père servit Rizah Shah son père. Je ne peux pas servir des mollahs ou des politiciens, ni vivre au milieu de la puanteur de la trahison qui s'infiltre dans le pays. "

— Il parlait des Américains ? demanda Rudi après une hésitation.
— Le major croit qu'il parlait des généraux. Certains d'entre nous pensent qu'il faisait allusion à la trahison de l'Islam.
— Khomeiny ? » demanda Rudi. Hushang le regardait, visage ouvert, regard candide, pourtant, l'espace d'une seconde Rudi éprouva la désagréable sensation que ce n'était plus son ami mais quelqu'un d'autre avec le même visage. Quelqu'un qui était peut-être prêt à le faire tomber dans un piège. Mais lequel ?

« Penser une telle chose serait séditieux, n'est-ce pas ? » dit Hushang. C'était une affirmation plus qu'une question et Rudi se dit de nouveau qu'il lui fallait être prudent. « J'ai peur pour l'Iran, Rudi. Nous sommes exposés, haïs et enviés par les superpuissances et par nos voisins à cause de nos richesses.

— Mais vos forces armées sont les mieux équipées de tout le Moyen-Orient, c'est vous qui détenez le pouvoir dans le Golfe. » Il se dirigea vers le petit réfrigérateur. « Qu'est-ce que tu dirais de partager une bière bien fraîche ?

— Non, merci. »

D'habitude il aurait accepté avec enthousiasme. « Tu fais un régime ? » demanda Rudi.

L'autre secoua la tête avec un étrange sourire. « Non, je ne bois plus. C'est mon cadeau au nouveau régime.

— Alors prenons un thé, comme au bon vieux temps », enchaîna immédiatement Rudi en allant vers la cuisine. Hushang a vraiment changé, pensait-il. Mais si tu étais à sa place tu aurais changé toi aussi, son univers est sens dessus dessous — comme l'Allemagne de l'Est et l'Allemagne de l'Ouest, mais en moins grave. « Comment va Ali ? » demanda-t-il. Ali était le frère aîné et vénéré de Hushang, un pilote d'hélicoptère que Rudi n'avait jamais rencontré mais dont Hushang lui avait souvent raconté les aventures légendaires et les conquêtes sentimentales à Téhéran, Paris et Rome. C'était le bon vieux temps, se dit-il.

« Le grand Ali va bien », répondit Hushang avec un sourire ravi. Juste avant le départ du shah, ils avaient discuté ensemble et décidé de rester au pays, quoi qu'il arrive. « Nous sommes toujours la force d'élite et nous aurons toujours des permissions pour nous rendre en Europe ! » Hushang sourit de nouveau, il était si fier de son frère ; il ne l'enviait pas mais aurait aimé avoir le dixième de ses succès. « Mais il va falloir qu'il se calme un peu, au moins en Iran. »

La bouilloire commençait à siffler. Rudi fit le thé. « Je peux te demander ce qui passe avec le HBC ? » Il jeta un coup d'œil par la porte dans l'autre pièce. Son ami l'observait. « C'est possible ?

— Que veux-tu savoir ?

— Qu'est-ce qui s'est passé ?

— Je commandais un vol de routine, dit Hushang après une pause. Nous avons reçu l'ordre d'intercepter un hélicoptère que l'on avait repéré s'infiltrant dans notre espace aérien. Il se trouva que c'était un appareil civil qui se faufilait dans les vallées près de Dezful. Il ne répondit pas à nos appels radio en anglais et en parsi. Nous nous sommes mis en embuscade et avons attendu. Dès son apparition dans la plaine, je l'ai rappelé, c'est à ce moment-là que j'ai reconnu l'emblème de la S-G. Mais il m'a complètement ignoré, il a tourné vers la frontière pour s'enfuir malgré le nouvel appel que nous lui avons lancé. »

Hushang plissa légèrement les yeux en se souvenant de l'excitation qui s'était emparée de lui, le chasseur et sa proie ; il se rappelait le hurlement des jets doux à ses oreilles, les parasites radio, les ordres échangés. « Armez les missiles ! » Ses mains qui obéissaient à la lettre et à la seconde.

Il avait appuyé sur la détente, le premier missile avait raté sa cible car l'hélicoptère pirouettait, son coéquipier avait tiré aussi et manqué l'appareil d'une fraction de seconde, les missiles ne possédant pas de tête chercheuse de chaleur. Nouveau tir loupé. Puis l'appareil avait franchi la frontière. De l'autre côté et à l'abri, mais pas à l'abri de Hushang, ni de la justice. Il avait foncé, canons crachant, distingué vaguement des visages derrière les hublots et l'appareil avait explosé, était devenu une boule de feu et, quand il s'était retourné, il avait complètement disparu ; il ne restait qu'un petit nuage de fumée, et le plaisir qu'il en avait éprouvé...

« Je l'ai descendu, dit-il, abattu en plein ciel. »

Rudi se retourna pour cacher son émotion. Il avait présumé que HBC avait réussi à s'enfuir quel que soit son pilote. « Et... il n'y a pas eu de survivants ?

— Non, Rudi, l'appareil a explosé, dit Hushang essayant de garder une voix calme. Et professionnelle. « C'était... c'était la première fois que je tuais quelqu'un, je ne pensais pas que ce serait aussi difficile. »

Pas un gros combat, pensa Rudi écœuré et furieux. Des missiles et des canons contre rien du tout, mais je suppose que les ordres sont les ordres et que le HBC était dans son tort, quelle que soit la personne qui le pilotait. Il aurait dû s'arrêter, je l'aurais fait. Tu en es sûr ? Si j'avais été le pilote du chasseur, si cela s'était passé en Allemagne, si l'hélicoptère s'était dirigé vers la frontière ennemie avec Dieu sait qui à bord alors que j'avais ordre de... Mais... attends une minute... Hushang a-t-il abattu l'appareil dans l'espace aérien irakien ? Je ne vais pas le lui demander. Aussi sûr que Dieu ne parle pas à Khomeiny, Hushang ne me le dira pas, même s'il l'a fait, moi je ne le dirai pas.

Il versa pensivement l'eau bouillante dans la théière et cela lui rappela la vieille bouilloire de son enfance. Puis il jeta un coup d'œil par la fenêtre. Un vieux bus s'était arrêté sur la route de l'autre côté du périmètre de l'aéroport. Il vit un homme de haute taille en descendre. Il ne le reconnut pas immédiatement, puis, avec un hoquet de surprise et de plaisir, il se précipita dehors. « Excuse-moi un instant... », dit-il à Hushang.

Ils se retrouvèrent à la porte, les Brassards verts les regardèrent avec curiosité. « Tom ! *Wie geht's* ? Comment ça va ? Mais qu'est-ce que tu fiches ici ? Pourquoi ne nous as-tu pas annoncé ton arrivée ? Comment ça va à Zagros ? Et Jean-Luc ? » Il était si heureux qu'il ne remarqua pas la fatigue de Lochart, ni l'état de ses vêtements sales, froissés par le voyage.

« J'ai plein de trucs à te raconter, Rudi, dit Lochart. Plein de trucs, mais je suis exténué. Je donnerais n'importe quoi pour un thé bien chaud et un bon lit. C'est possible ?

— Bien sûr, dit Rudi en souriant. Bien sûr. Viens, je vais ouvrir ma dernière bouteille de whisky, je l'avais cachée, même presque oubliée volontairement pour la bonne oc... » Il remarqua soudain l'état de son ami et son sourire disparut. « Qu'est-ce qui t'est arrivé ? On dirait qu'on t'a traîné à travers des buissons. » Il vit Lochart jeter un coup d'œil imperceptible vers les gardes qui se tenaient à côté, écoutant.

« Rien, rien du tout. Je suis crado, c'est tout, et j'ai besoin d'un bain, mon pote, dit-il.

— Bien sûr, oui, oui, bien sûr. Tu peux venir dans ma caravane. » Très perturbé, il accompagna Lochart à travers l'aéroport. Il ne l'avait jamais vu si vieux et si lent. Il a l'air secoué, comme si... comme s'il avait eu de gros pépins et qu'il ait dégusté...

En bas du hangar il vit Yemeni qui les observait à travers les fenêtres de son bureau. Fowler Joines et les autres mécaniciens s'étaient arrêtés de travailler et se dirigeaient vers eux. A l'autre bout du campement, il vit Hushang sortir de sa roulotte et la tête de Rudi sembla exploser. « Jésus, hoqueta-t-il. Le HBC ? »

Lochart s'arrêta, le visage livide. « Comment es-tu au courant ?

— Mais il a dit que le HBC avait été descendu, avait explosé en plein ciel ! Comment as-tu réussi à t'en sortir ? Comment est-ce possible ?

— Explosé ? » Lochart était en état de choc. « Mon Dieu, qui... qui a dit cela ? »

Rudi tourna le dos le plus naturellement du monde à Hushang. « L'officier iranien près de la porte là-bas — ne regarde pas, pour l'amour de Dieu —, c'est lui qui commandait le vol d'interception, un F14. Il l'a descendu en plein ciel ! » Il plaqua un sourire crispé sur son visage, attrapa le bras de Lochart et, en essayant de paraître décontracté, il le tira vers la roulotte la plus proche. « Tu peux prendre celle de Jon Tyrer », dit-il avec une jovialité forcée et, dès qu'il eut fermé la porte derrière eux, il murmura : « Hushang prétend qu'il a abattu l'appareil hier au crépuscule près de la frontière irakienne ! Qu'il l'a pulvérisé. Comment en as-tu réchappé ? Qui était à bord ? Vite, dis-moi ce qui s'est passé. Vite.

— Ce n'était pas moi qui pilotais, je n'étais pas à bord », dit Lochart en essayant de reprendre ses esprits et de parler très doucement car les murs de la roulotte étaient très fins. « Ils m'ont laissé à Dez Dam. J'ai marché...

— Dez Dam ? Mais qu'est-ce que tu foutais là-bas ? Qui t'a laissé là-bas ? »

Lochart hésita. Tout se passait si vite. « Je ne sais pas si je dois... si je peux le dire parc...

— Pour l'amour du ciel, ils sont en train d'enquêter sur le HBC, nous devons faire quelque chose rapidement. Qui pilotait, qui était à bord ?

— Des Iraniens qui fuyaient le pays — tous des membres de l'armée de l'air d'Ispahan —, le général Seladi, huit colonels et majors d'Ispahan, dont je ne connais pas les noms, le général Valik, sa femme et... » Lochart eut du mal à le dire. « ... Et ses deux enfants. »

Rudi était consterné. Il avait rencontré Valik plusieurs fois et il avait entendu parler d'Annoush et des deux enfants. « C'est épouvantable, épouvantable. Qu'est-ce que je vais pouvoir dire ?

— Quoi ? A quel sujet ?

— Hushang et le major Qazani sont arrivés il y a à peine une demi-heure. Le major vient de partir mais j'ai reçu l'ordre de mener une enquête pour savoir si l'appareil appartenait ou non à la S-G, où il était basé normalement et qui était à bord. On m'a ordonné d'appeler Kowiss et Hushang sera là pour écouter la conversation radio. C'est loin d'être un imbécile et il est sûr d'avoir aperçu le sigle S-G sur l'appareil avant de le faire exploser. Kowiss va confirmer que l'appareil est bien à nous, ils vont appeler Téhéran. Voilà... »

Lochart s'assit sur la couchette. Assommé. « Je les avais prévenus, je leur avais dit qu'il valait mieux attendre la tombée de la nuit! Qu'est-ce que je vais faire?

— Il faut que tu te tires. Peut-être que t... » On frappa à la porte, ils se figèrent.

« C'est moi, Fowler. J'apporte du thé, j'ai l'impression que cela ne fera pas de mal à Tom.

— Merci. Une seconde, Fowler », dit-il. Il baissa la voix. « Tom, qu'est-ce que tu vas raconter, tu as déjà pensé à ce que tu allais dire?

— Tout ce que j'ai fait jusqu'à présent, c'est de raconter que je rentrais de vacances dans le Luristan au sud de Kermanchah, où je faisais du trekking. Je me suis fait coincer dans un village par une tempête de neige pendant une semaine et ensuite je suis reparti en stop.

— Ça va, ça se tient. Où es-tu basé?

— Zagros, répondit-il en haussant les épaules.

— Bon. Quelqu'un t'a demandé tes papiers, déjà?

— Oui. Au guichet pour acheter le billet de bus, et des Brassards verts.

— *Scheise!* » Rudi ouvrit la porte.

Fowler Joines entra avec le plateau et le thé. « Comment vas-tu, Tom? dit-il avec un sourire édenté.

— Ça me fait plaisir de te voir, Fowler. Tu jures toujours autant?

— Moins qu'Effer Jordon. Comment va mon vieux pote? »

La fatigue enveloppa Lochart et il s'appuya contre le mur. Zagros et Effer Jordon, Rodriguez, Jean-Luc, Scot Gavallan et tous les autres, ça lui semblait si loin. « Il porte toujours le même chapeau », dit-il avec un effort en prenant la tasse de thé et en avalant une gorgée avec reconnaissance. Chaud, épais, avec du lait condensé. Qu'est-ce que Rudi a dit? Que je devais me tirer? Je ne peux pas, pensa-t-il en s'endormant. Pas sans Sharazad...

Rudi terminait de raconter à Fowler l'histoire que Lochart avait mise sur pied. « Raconte ça autour de toi... »

Le mécanicien fit un clin d'œil. « Du trekking? Tom Lochart? Tout seul? Et sa petite poulette toute seule à Téhéran? Tu es complètement fou, mon vieux Rudi. »

Rudi le regarda.

« Comme tu veux, mon pote. » Fowler se tourna pour parler à Lochart mais il dormait déjà, le visage ravagé de fatigue. « Je vais raconter cette histoire comme si c'était l'évangile. » Il sortit.

Juste avant que la porte ne se referme, Rudi aperçut Hushang qui l'attendait devant sa roulotte et il regretta de l'avoir laissé si longtemps. Il jeta un coup d'œil à Lochart. Pauvre vieux Tom. Qu'est-ce qu'il allait faire à Ispahan ? Quel bordel ! Et qu'est-ce que je vais faire, moi, maintenant ? Il enleva délicatement la tasse de la main de Lochart, mais celui-ci se réveilla instantanément.

Pendant un instant Lochart ne sut pas s'il était réveillé ou s'il rêvait. Son cœur battait à toute allure, il avait un mal de tête épouvantable, il était de nouveau au bord de l'eau du lac du barrage. Rudi se tenait en contre-jour juste comme Ali. Lochart ne savait pas s'il fallait plonger sur lui ou dans l'eau, il avait envie de lui crier : Ne tire pas, ne tire pas...

« Bon Dieu, j'ai cru que tu étais Ali, balbutia-t-il. Excuse-moi, ça va aller maintenant. Ça va aller.

— Ali ?

— Le pilote du HBC, Ali Abbasi, il allait me tuer. » Lochart, à moitié endormi, lui raconta ce qui était arrivé. Il vit que Rudi était devenu blanc comme un linge. « Qu'est-ce qui se passe ? »

Rudi fit un geste vers la porte. « C'est son frère là-bas — Hushang Abbasi — c'est lui qui a descendu HBC... »

CHAPITRE 29

Téhéran : 16 h 17. Les deux hommes regardaient anxieusement le télex dans les bureaux de la S-G. « Allez pour l'amour de Dieu », murmura McIver en jetant un nouveau coup d'œil à sa montre. Le 125 était attendu à 17 h 30. « Nous allons devoir partir bientôt, Andy, avec toute cette circulation, il vaut mieux prévoir large. »

Gavallan se balançait pensivement sur un vieux fauteuil bancal. « Je sais, mais Genny n'est pas encore là. Dès qu'elle arrive, nous partons. Au pire, je pourrai appeler Aberdeen d'Al Shargaz.

— *Si* Johnny Hogg réussit à passer à travers l'espace aérien de Kish et d'Ispahan et *si* l'autorisation de Téhéran tient toujours.

— Cette fois-ci ça marchera, j'ai le sentiment que notre mollah a très envie d'une nouvelle paire de lunettes. Je prie Dieu que Johnny ait pu la lui procurer.

— Moi aussi. »

C'était le premier jour où le comité avait autorisé des étrangers à revenir dans l'immeuble. Ils avaient passé la plus grande partie de la matinée à nettoyer, à refaire le plein de leur générateur qui, bien sûr, était tombé en panne sèche. Presque immédiatement le télex était revenu à la vie et s'était mis à crépiter : « Urgent ! Confirmez que votre télex marche et informez M. McIver que j'ai un télex Avisyard pour le patron. Est-il toujours à Téhéran ? » Le message venait d'Elizabeth Chen à Aberdeen. « Avisyard » — nom de code, rarement utilisé — désignait un message top secret destiné uniquement à McIver qui devait faire fonctionner lui-même le télex. Il lui fallut s'y reprendre à quatre fois avant qu'Aberdeen ne le rappelle.

« J'espère qu'on n'a pas perdu un appareil, dit Gavallan.

— C'est exactement ce que je me disais. Tu as une idée de ce qui peut motiver un Avisyard ? demanda-t-il en se massant les épaules.

— Non. » Gavallan pensait tristement au vrai Avisyard, le château Avisyard où il avait passé des années si heureuses avec Kathy. C'était d'ailleurs elle qui avait suggéré que l'on utilise ce nom de code. Ne pense pas à Kathy, se dit-il. Pas maintenant.

« Je déteste ces saloperies de télex. Il y a toujours un truc qui déconne », dit McIver. Il était soucieux. Il avait insisté la veille pour que Genny quitte l'Iran à bord du 125 et ils s'étaient disputés. Il y avait aussi Lochart dont il n'avait aucune nouvelle et, pour couronner le tout, aucun employé de bureau iranien ne s'était présenté au travail. Seuls les pilotes étaient venus ce matin. McIver les avait renvoyés, sauf Pettikin qu'il avait gardé en réserve. Nogger Lane était passé vers midi, signalant que son vol avec le mollah Tehrani, six Brassards verts et cinq femmes s'était bien passé. « Je pense que notre ami veut encore se payer une autre petite balade demain. Il vous attend à 17 h 15 précises à l'aéroport.

— Très bien. Nogger, tu relèves Charlie.

— Oh ! Allez, Mac, mon pote, quoi... j'ai travaillé toute la matinée et Paula est toujours en ville.

— Je le sais très bien, " mon pote ", et avec la situation il y a de fortes chances pour qu'elle soit là jusqu'à la fin de la semaine ! avait répondu McIver. Tu relèves Charlie, tu poses ton petit cul sur une chaise, tu remplis ton rapport de vol et si j'entends encore un mot tu te retrouves muté au Nigeria ! »

Ils avaient attendu, maussades, car ils savaient que les télex passaient en partie par les lignes de téléphone. « Ça en fait des câbles pour aller d'ici à Aberdeen, avait murmuré McIver.

— Dès que Genny arrive, nous partons, dit Gavallan. Je m'assurerai qu'elle est bien installée à Al Shargaz avant de repartir. Tu as eu raison d'insister.

— Je sais, je sais, tout le pays sait que j'ai raison, sauf elle.

— Les femmes ! répondit diplomatiquement Gavallan. Je peux faire autre chose ?

— Je ne pense pas. Ça nous a bien aidés de coincer nos deux associés. »

Gavallan les avait cherchés partout, Mohammed Siamaki et Turiz

Bakhtiar — un nom courant en Iran, celui d'une tribu riche, puissante et innombrable dont l'ex-premier ministre était l'un des chefs. Gavallan avait réussi à soutirer aux deux hommes cinq millions de rials en liquide — un peu plus de soixante mille dollars, une misère par rapport à ce que les associés leur devaient — et la promesse d'autres versements hebdomadaires en leur garantissant en retour par écrit « le remboursement des sommes prêtées dans le pays de leur choix et des places dans le 125 en cas de nécessité ».

« Très bien, mais où est Valik ? Comment mettre la main sur lui ? avait demandé Gavallan, en feignant de ne pas être au courant de sa fuite.

— On vous l'a déjà dit : il est en vacances avec sa famille, avait répondu Siamaki, arrogant comme d'habitude. Il se mettra en rapport avec vous à Londres ou Aberdeen. Il y a aussi les fonds qu'on nous doit sur les comptes des Bahamas.

— Nos comptes joints, cher associé. N'oubliez pas ces quatre millions de dollars que vous nous devez pour un travail déjà fourni, sans compter les traites en retard des appareils, très en retard.

— Si les banques étaient ouvertes, vous auriez l'argent. Ce n'est pas notre faute si les alliés puants du shah l'ont ruiné et ont ruiné le pays. Nous ne sommes pour rien dans cette catastrophe. N'avons-nous pas dans le passé toujours payé nos dettes ?

— Si. Avec en général six mois de retard, mais je suis d'accord, cher ami, nous y avons trouvé notre compte. Toutefois, si toutes les associations en participation sont suspendues comme l'a annoncé le mollah hier, comment allons-nous procéder ?

— Quelques associations, pas toutes, votre information est incorrecte et déformée, Gavallan. On nous a demandé de reprendre nos opérations le plus vite possible. Les équipes pourront partir quand leurs remplaçants seront arrivés. La production pétrolière doit retrouver son niveau antérieur. Il n'y aura pas de problème. Mais, pour prévenir toute difficulté, nous avons une fois de plus tiré d'affaire l'association. Demain mon illustre cousin, le ministre des Finances Ali Kia, va se joindre à notre conseil d'admin...

— Une minute ! Tout changement du conseil d'administration doit obtenir mon accord.

— Vous aviez ce pouvoir, mais le conseil a voté un changement à ce sujet. Si vous souhaitez vous opposer à cette décision, vous pourrez soulever le problème lors de notre prochaine réunion à Londres. Etant donné les circonstances, cette modification est nécessaire et raisonnable. Le ministre Kia nous a assuré que nous serions épargnés. Bien sûr, la commission et le pourcentage du ministre Kia seront payés sur votre part... »

Gavallan se forçait à ne pas regarder constamment le télex mais ce n'était pas facile. Il essayait de trouver un moyen de se sortir de ce piège. « Une minute tout paraît en ordre et la minute suivante tout s'écroule.

— Oui. Je suis d'accord avec toi, Andy. » Et Talbot avait fini de les convaincre ce jour-là.

Ce matin, très tôt, ils avaient eu un bref entretien avec Talbot. « Oh oui, mon vieil ami, les associations en participation ne sont plus très bien vues maintenant, je suis désolé, leur avait-il dit. Les " hauts placés " ont décidé que *toutes* les associations étaient suspendues et qu'on attendait des instructions. On ne nous a pas dit lesquelles ni de qui elles devaient venir. Nous présumons que cette sentence émane du comité révolutionnaire, quel qu'il soit ! D'un autre côté, l'ayatollah et le premier ministre Bazargan ont tous deux affirmé que les dettes étrangères seraient honorées. Bien sûr, Khomeiny contredit Bazargan et Bazargan donne des instructions qui ne sont pas respectées par le comité révolutionnaire ; les comités locaux appliquent la loi à leur manière ; aucune arme n'a été rendue ; les prisons sont pleines, les têtes roulent et je suggère que nous nous retirions tous à Margate en attendant que ça se calme.

— Vous êtez sérieux ?

— Nous conseillons l'évacuation de toutes les personnes qui ne sont pas indispensables dès la réouverture de l'aéroport, c'est-à-dire Dieu sait quand mais samedi selon les promesses qui nous ont été faites. Nous avons convaincu British Airways de nous envoyer des 747. Quant au célèbre Ali Kia, c'est un personnage mineur, qui n'a aucun pouvoir mais des amis influents de chaque côté. Au fait, nous venons d'apprendre que l'ambassadeur américain de Kaboul s'était fait enlever par des moudjahidin chiites anticommunistes qui voulaient l'échanger contre d'autres moudjahidin détenus par le gouvernement prosoviétique. Il y a eu une fusillade, et il a été tué. Je trouve que la situation s'enflamme gentiment... »

Le télex cliqueta, attirant leur attention, mais la machine ne fonctionna pas. Ils jurèrent tous les deux.

« Dès que j'arrive à Al Shargaz je téléphone au bureau pour qu'on me dise quel est le problème... » La porte s'ouvrit et les deux hommes se retournèrent. A leur grande surprise ils virent Erikki ; lui et Azadeh étaient censés les retrouver à l'aéroport. Erikki souriait comme d'habitude, mais d'un sourire figé et sans chaleur.

« Salut, patron. Salut, Mac.

— Salut, Erikki. Quoi de neuf ?

— Léger changement au programme. Nous... Azadeh et moi allons d'abord retourner à Tabriz. »

La veille au soir, Gavallan avait suggéré qu'Erikki et Azadeh partent immédiatement en permission. « Nous trouverons un remplacement. Pourquoi ne viendriez-vous pas avec moi demain ? Nous pourrons peut-être remplacer les papiers d'Azadeh à Londres... »

« Pourquoi ce changement, Erikki ? demanda-t-il. Azadeh ne veut plus quitter l'Iran sans papiers iraniens ?

— Non. Nous avons reçu un message il y a une heure émanant de son père. Tenez, lisez vous-même. » Erikki le tendit à Gavallan qui le lut avec McIver. « D'Abdollah Khan au capitaine Yokkonen : je désire que ma fille rentre ici immédiatement et vous prie de bien vouloir lui en donner la permission. » C'était signé « Abdollah Khan ». Le même message était rédigé en parsi au verso.

« Vous êtes sûr que c'est bien son écriture ? demanda Gavallan.

— Azadeh en est sûre et elle connaissait le messager, dit Erikki. Il ne nous a rien dit d'autre, si ce n'est qu'il y avait beaucoup de combats là-bas.

— Vous ne pouvez pas y aller par la route. » McIver se tourna vers Gavallan. « Peut-être que notre mollah Tehrani pourrait autoriser Erikki à décoller ? D'après Nogger, après le vol de ce matin il était comme un gentil toutou. On pourrait fixer des réservoirs supplémentaires sur le 206 de Charlie. Erikki piloterait et Nogger ou quelqu'un d'autre partirait avec lui pour ramener l'appareil.

— Erikki, demanda Gavallan, vous avez conscience des risques que vous allez courir ?

— Oui. » Et Erikki ne leur avait pas parlé des meurtres !

« Vous avez bien réfléchi, vous avez pensé à tout ? Rakoczy, le barrage routier, Azadeh ? Nous pouvons envoyer Azadeh seule. Vous prendriez le 125 et nous la mettrions sur le vol de samedi.

— Allez, patron... Vous ne feriez pas une chose pareille, et moi non plus. Je ne peux pas la laisser seule.

— Bien sûr, mais il fallait que ce fût dit. Très bien. Occupez-vous des réservoirs, Erikki, nous allons essayer d'obtenir l'autorisation de vol. Je vous conseille à tous les deux de rentrer à Téhéran aussi vite que possible et de prendre le 125 de samedi. Tous les deux. Il serait peut-être plus sage de vous muter ailleurs pour quelque temps, en Australie, à Singapour, ou à Aberdeen, mais il y fait peut-être trop froid pour Azadeh, faites-le-moi savoir. » Gavallan tendit la main. « Joyeux Tabriz, alors.

— Merci. » Erikki hésita. « Des nouvelles de Tom Lochart ?

— Non, pas encore. Nous n'arrivons pas à joindre Kowiss ou Bandar Delam. Pourquoi ? Sharazad se fait du souci ?

— C'est plus que cela. Son père est en prison à Evin et...

— Mon Dieu ! » explosa McIver. Gavallan était également choqué : il avait entendu parler de ces vagues d'arrestation et des pelotons d'exécution. « Pour quelle raison ?

— Pour interrogatoire... par un comité. Personne ne sait combien de temps ils vont le garder.

— Bon, dit Gavallan mal à l'aise, si c'est juste pour être interrogé... Qu'est-ce qui s'est passé, Erikki ?

— Sharazad est rentrée il y a environ une demi-heure, en larmes. Il semblerait que des Brassards verts sont allés au souk hier, ont arrêté Emir Paknouri — vous savez, son ancien mari — pour crimes contre l'Islam et ont ordonné à Bakravan de comparaître à l'aube pour interrogatoire, personne ne sait pourquoi. » Erikki respira un grand coup. « Ils l'ont accompagné à la prison, elle, sa mère, ses sœurs et son frère. Ils sont arrivés juste après l'aube, ils ont attendu, attendu et ils attendraient encore si vers 2 heures de l'après-midi des Brassards verts ne leur avaient pas dit de dégager. »

Il y eut un silence stupéfait.

Erikki le rompit. « Mac, essayez Kowiss. Demandez-leur de joindre Bandar Delam. Tom devrait être mis au courant pour le père de Sharazad. »

Il remarqua le coup d'œil qu'échangeaient les deux hommes. « Il se passe quelque chose avec Tom ?

— Il pilote un charter vers Bandar Delam.

— Oui, ça, vous me l'avez dit. Mac me l'a répété et Sharazad aussi. Tom lui a dit qu'il serait de retour dans quelques jours. » Erikki attendit. Gavallan le regardait sans un mot. « Bon, dit Erikki, vous devez avoir de bonnes raisons pour vous taire.

— Je pense », dit Gavallan. Comme McIver, il était convaincu que Tom Lochart ne serait pas allé de son plein gré au Koweit quelle que soit la somme d'argent offerte par Valik, ils craignaient tous deux qu'on ne l'eût forcé à le faire.

« Très bien, c'est vous le patron. Bon, j'y vais. Désolé de vous avoir apporté ces mauvaises nouvelles. » Erikki se força à sourire. « Sharazad n'était pas en grande forme. Je vous verrai à Al Shargaz !

— Le plus tôt sera le mieux, Erikki.

— Si vous tombez sur Gen, ne lui parlez pas du père de Sharazad, dit McIver.

— Bien sûr », répondit Erikki en s'en allant.

Une fois qu'il fut parti McIver dit : « Bakravan est un homme d'affaires bien important pour une arrestation sommaire.

— C'est aussi mon avis. » Après une pause Gavallan ajouta : « J'espère qu'Erikki ne fonce pas tête baissée dans un piège. Pour moi ce message sent mauvais, très mauvais. »

Le crépitement du télex les fit sursauter. Ils lurent le message, ligne par ligne, au fur et à mesure qu'il arrivait. Gavallan commença à jurer et continua jusqu'à ce que la machine s'arrête. « Qu'Imperial Helicopters aille au diable ! » Il détacha le télex, et Mac envoya le signal de bonne réception. Gavallan relut le message.

Il venait encore de Liz Chen. « Cher patron, nous avons essayé de vous joindre heure après heure depuis que Johnny Hogg nous a informés que vous étiez resté à Téhéran. Désolée de devoir vous annoncer de mauvaises nouvelles mais tôt lundi matin Imperial Air et Imperial Helicopters ont annoncé conjointement " de nouveaux arrangements financiers pour renforcer leurs positions en mer du Nord ". IH a été autorisée à déduire dix-sept millions et cent mille livres sterling de ses impôts, elle a aussi réussi à capitaliser quarante-huit autres millions, sur ses soixante-huit millions de dettes, en émettant des actions sur la société à la place du remboursement de la dette. Nous venons d'apprendre que dix-huit de nos dix-neuf contrats sur la mer du Nord en renégociation avec diverses compagnies ont été accordés à IH en dessous du prix de revient. Thurston Dell, de l'ExTex, a besoin de vous parler de toute urgence. Pour nos opérations au Nigeria nous avons besoin très rapidement de trois, je répète, trois, 212. Pouvez-vous les prendre sur les effectifs iraniens ? Je présume que vous allez à Al Shargaz ou Dubaï avec John Hogg aujourd'hui. Avons besoin conseil ! Mac, si Sa Seigneurie est déjà partie, avisez-nous. Tendresses à Genny. »

« On est en train de se faire enculer ! dit Gavallan. C'est un hold-up monté avec l'argent des contribuables.

— Dans ce cas, attaque IH en justice, dit McIver nerveusement, effrayé par la pâleur soudaine de Gavallan. Pour concurrence déloyale.

— Je ne peux pas, pour l'amour du ciel, hurla-t-il avec colère, pas si le gouvernement ne me soutient pas ! S'ils ne sont pas obligés de rembourser leurs dettes, ils vont pouvoir descendre bien au-dessous de nos prix ! *Deneh loh moh* sur Callaghan et ses rouges !

— Allez, Andy, ce ne sont pas tous des communistes !

— Je le sais ! » grogna Gavallan. Puis sa bonne humeur naturelle reprit le dessus, sa fureur disparut et il éclata de rire, bien que son cœur battît encore à toute vitesse. « Saloperie de gouvernement, ajouta-t-il amèrement, ils ne sont même pas capables de trouver leur trou du cul dans le noir. »

McIver sentait que ses propres mains tremblaient. « Bon Dieu, Andy, j'ai cru que tu allais te faire péter un vaisseau sanguin. » Il avait bien saisi les implications du télex. Il avait converti toutes ses économies en actions et parts de la S-G. « Dix-huit contrats sur dix-neuf ! Ça va faire très mal à nos opérations en mer du Nord !

— Ça va nous faire très mal partout. Ces dégrèvements vont permettre à IH de vendre moins cher que nous partout dans le monde. Et Thurston veut que je l'appelle d'urgence ? Ça doit signifier qu'ExTex fait marche arrière en raison d'une nouvelle offre " très intéressante " d'IH. Et moi qui ai déjà signé les contrats pour nos X 63 ! » Gavallan sortit son mouchoir et s'essuya le front. Puis il aperçut Nogger Lane qui entrait dans la pièce. « Qu'est-ce que vous voulez, vous ?

— Euh... rien, monsieur, j'ai cru qu'il y avait le feu, dit-il en se hâtant de disparaître.

— Andy, dit doucement McIver quand ils furent seuls, la Struan ne peut pas te donner un coup de main ?

— Elle pourrait le faire bien que l'année n'ait pas été très bonne. Mais Linbar s'y opposera. » Gavallan parlait également à voix basse. « Quand il va apprendre la nouvelle, il va danser de joie. Cela ne pouvait pas mieux tomber pour lui. » Il sourit amèrement en repensant au coup de téléphone de Ian Dunross et à ses avertissements. Il n'en avait pas parlé à McIver qui n'appartenait pas à la Struan, bien qu'il fût lui aussi un vieil ami de Ian. Où ce diable de Ian avait-il pêché ses informations ?

Il défroissa le télex. C'était l'aboutissement de tous les problèmes avec Imperial Helicopters. Six mois auparavant IH avait débauché un des directeurs de la S-G qui avait emporté avec lui de nombreux secrets de la compagnie. Le mois dernier — après une année de travail et d'investissements — Gavallan avait perdu un très important contrat sur la mer du Nord au profit d'IH. Il s'agissait d'un projet de développement électronique pour une opération de sauvetage par hélicoptères par tous temps, de jour comme de nuit, permettant à l'hélicoptère d'aller jusqu'à plus de cent soixante kilomètres à l'intérieur de la mer du Nord, de planer, de sortir huit hommes de la mer et de rentrer en toute sécurité, par condition zéro zéro avec des vents de force maximale. Pendant les mois d'hiver, même avec un équipement de survie en mer, on ne pouvait pas survivre plus d'une heure dans ces eaux.

Encouragé par l'enthousiasme de Ian Dunross — « N'oublie pas, Andy, de telles connaissances techniques et de tels équipements tomberaient à pic pour nos projets dans la mer de Chine » — Gavallan avait investi un demi-million de livres et une année de recherches pour développer ces systèmes électroniques de guidage avec une compagnie d'électronique. Puis, lorsque arriva le grand jour, le pilote d'essai officiel ne réussit pas à faire fonctionner l'équipement, alors que six pilotes de la S-G, dont Tom Lochart et

Rudi Lutz, y étaient parvenus plus tard sans problèmes. Malgré cela, la S-G ne réussit pas à obtenir à temps le certificat de navigation nécessaire. « L'injustice de cette affaire, avait-il écrit à McIver, c'est qu'IH a eu le contrat en utilisant un 661 de Guerney avec à son bord un équipement danois non homologué. C'est un salopard. Au fait, bien sûr je ne peux pas le prouver mais je suis prêt à parier ma tête que le pilote d'essai a été acheté — depuis il est " en congé ". Oh ! nous récupérerons notre argent ainsi que le contrat d'ici un an parce que notre équipement est meilleur, plus sûr et construit en Angleterre. Entre-temps, Imperial travaille avec des normes de sécurité qui peuvent être améliorées. »

C'est ce qui compte réellement, pensa-t-il en relisant le télex, la sécurité avant toute chose. « Mac, tu veux envoyer à Liz une réponse pour moi : " Pars pour Al Shargaz maintenant, téléphonerai en arrivant. " Télexez à Thurston et demandez-lui quelle offre il me ferait si je doublais la commande des X 63.

— Quoi ?

— Ouais, ça ne coûte rien de demander. IH va apprendre nos problèmes ici et je ne vais pas laisser ces salopards nous faire un bras d'honneur — je vais les faire tomber. De toute façon nous pourrions utiliser ici deux X 63 pour les contrats Guerney, si la situation était différente. Termine le télex : " A bientôt. "

— OK »

Gavallan se cala dans son fauteuil et laissa son esprit vagabonder, reprendre des forces. Je vais devoir être très fort. Et très intelligent. Ce truc-là peut me faire couler avec la S-G et donner à Linbar tout ce dont il a besoin. Oui, c'était vraiment stupide de perdre ainsi ton sang-froid. Tu as besoin de l'arbre aux cris de Kathy... Ah ! Kathy, Kathy.

L'arbre aux cris était une vieille coutume du clan, un arbre très spécial choisi par le membre le plus âgé de la famille, pas trop loin, où l'on pouvait se rendre seul, quand le démon vous possédait — et près de cet arbre on pouvait jurer, pester, divaguer, jurer encore jusqu'à avoir épuisé tous les jurons. Et ainsi la paix du foyer était assurée ; on n'avait plus besoin d'injurier son mari, sa femme, ou son enfant. Un petit arbre peut supporter tous les cris et les injures que le démon a inventés.

La première fois qu'il s'était servi de l'arbre aux cris de Kathy, c'était à Hong-kong. Il y avait un jaracanda dans le jardin de la Noble Maison, la résidence du Taipan de Struan. Ian, le frère de Kathy, était Taipan alors. Il connaissait la date par cœur : c'était le mercredi 21 août 1963, la nuit où elle le lui avait annoncé.

Pauvre Kathy, ma Kathy, pensa-t-il, toujours amoureux d'elle,

Kathy, née sous un mauvais signe, sous une étoile malade. Mariée à dix-huit ans à un lieutenant de la RAF, John Selkirk, veuve de guerre moins de trois mois plus tard. Sales années de guerre, d'autres tragédies, deux frères tués au feu — l'un était son jumeau. Elle t'a rencontré à Hong-kong en 1946, elle est tombée amoureuse de toi, et tu as espéré de tout ton cœur que tu pourrais la rendre heureuse et lui faire oublier ses malheurs passés. Je sais que Melinda et Scot l'ont fait, ils ont été merveilleux avec elle. Et puis, en 1963, juste avant son trente-huitième anniversaire, la sclérose en plaques.

Retour en Ecosse comme tu l'avais toujours souhaité — moi pour réaliser les projets de Ian, toi pour retrouver la santé. Mais toi tu n'as pas réussi. Te regarder mourir. Regarder ce sourire tendre qui masquait l'enfer intérieur. Si douce, si tendre, si intelligente, et pourtant déclinant petit à petit. Lentement et pourtant si rapidement, si inexorablement. Puis, en 1968, le fauteuil roulant, l'esprit toujours lucide, la voix claire, et tout le reste hors de contrôle, tremblant. Puis 1970.

Ils avaient passé ce Noël-là au château Avisyard. Le deuxième jour de la nouvelle année, lorsque les autres furent repartis, Melinda et Scot étant alors en vacances de neige en Suisse, elle avait dit : « Andy, mon chéri, je ne peux pas endurer une autre année, un autre mois ni même un autre jour.

— Oui, avait-il répondu simplement.

— Pardon, mais j'aurai besoin d'aide. Il faut que... que je m'en aille... Je suis désolée que ça prenne si longtemps... mais il faut que je m'en aille, Andy. Il faut que je le fasse moi-même mais j'ai besoin d'aide. Tu m'aideras ?

— Oui, ma chérie. »

Ils avaient passé la journée et la nuit à parler, à parler des choses heureuses du passé et de ce qu'il devrait faire avec Melinda et Scot. Elle lui dit qu'elle voulait qu'il se remarie et combien elle avait été heureuse avec lui. Ils rirent ensemble. Il ne laissa ses larmes couler que plus tard. Il mit dans sa main paralysée les somnifères, il posa sa tête secouée de tremblements contre sa poitrine, l'aida à avaler un verre d'eau — avec un peu de whisky dedans — et ne la quitta que lorsque les spasmes cessèrent.

Le docteur avait dit : « Je la comprends. Si j'avais été elle j'en aurais fait autant il y a des années, pauvre femme. »

Il était allé à l'arbre aux cris. Mais pas de cris, pas de mots, rien que des larmes.

« Andy ?

— Oui, Kathy ? »

Gavallan leva la tête et vit que c'était Genny, McIver était près de la porte, ils le regardaient tous les deux. « Oh ! Bonjour, Genny, pardon, j'étais à des millions de kilomètres d'ici. » Il se leva. « C'est... c'est l'Avisyard qui me préoccupait. »

Genny ouvrit de grands yeux. « Un télex Avisyard ? Un appareil a eu un accident ?

— Non, non, Dieu merci, c'est juste Imperial Helicopters qui recommence ses manigances.

— Oh ! Dieu merci », dit Genny, manifestement soulagée. Elle portait un manteau et un chapeau. Elle avait laissé sa grosse valise dans le bureau d'à côté où Nogger Lane et Charlie Pettikin attendaient. « Bien, Andy, à moins que tu annules les ordres de M. McIver, je suppose que nous pouvons y aller. Je suis prête.

— Allez, Gen, il n'y a pas de raison de le prendre sur ce t... » Elle leva le bras pour lui faire signe de se taire.

« Andy, dit-elle doucement, veux-tu dire à M. McIver que la guerre est déclarée ?

— Gen ! Veux-tu b...

— Déclarée ! » D'un geste impérial elle écarta Nogger Lane de sa valise, la souleva, vacilla légèrement sous le poids et sortit fièrement. « Je peux porter ma valise, merci beaucoup. »

McIver soupira. Nogger Lane avait beaucoup de mal à ne pas éclater de rire. Gavallan et Charlie Pettikin jugèrent plus prudent de ne pas s'en mêler.

« Bien... pas la peine de nous accompagner, Charlie, dit Gavallan d'un ton bourru.

— J'aimerais venir, si c'est possible... », dit Pettikin. Il n'en avait pas vraiment envie mais McIver le lui avait demandé en privé pour Genny. « Quel joli chapeau, Genny », lui avait-il dit après avoir pris un délicieux petit déjeuner avec Paula. Genny avait souri. « Laisse tomber, Charlie, n'essaie pas de m'endormir avec des compliments. Ça ne servirait qu'à me mettre aussi en colère contre toi... »

Gavallan enfila sa parka et mit le télex dans sa poche. « En fait, Charlie, dit-il, je préférerais que tu ne viennes pas, j'ai des choses à régler avec Mac. » Il ne cherchait plus à cacher son inquiétude.

« Bien sûr, bien sûr, dit Charlie en dissimulant sa satisfaction. Ne pas aller à l'aéroport lui laisserait quelques heures supplémentaires en tête à tête avec Paula. La belle Paula. Il n'avait pensé qu'à elle depuis le petit déjeuner. « A tout à l'heure à la maison, dit-il à McIver.

— Attends-moi plutôt ici. Je veux essayer de joindre nos bases à la tombée de la nuit et nous pourrons rentrer ensemble. Je voudrais que tu gardes la boutique. Nogger, tu peux y aller. » Le visage de Nogger Lane s'épanouit tandis que Pettikin jurait intérieurement.

McIver conduisait la voiture, Gavallan était à côté de lui et Genny derrière. « Mac, parlons de l'Iran. »

Ils firent le tour de la situation, point par point. A chaque fois, ils arrivaient à la même sombre conclusion : il ne leur restait qu'à espérer que tout redeviendrait normal, que les banques rouvriraient, qu'ils pourraient récupérer l'argent qu'on leur devait, qu'on épargnerait leurs opérations et qu'on ne leur causerait plus d'ennuis. « Il faut que tu continues, Mac. Tant que tu peux le faire, tu dois continuer nos opérations, quels que soient les problèmes. »

McIver était également très soucieux. « Je sais, mais comment puis-je fonctionner sans argent ? Et l'argent des traites des nouveaux appareils ?

— Je vais me débrouiller pour te procurer de l'argent. Je t'apporterai du liquide de Londres la semaine prochaine. J'ai de quoi continuer à payer les traites des appareils et du matériel pour encore quelques mois ; je vais peut-être pouvoir faire la même chose avec les X63 si je peux négocier de nouvelles dates de règlement, mais je n'avais pas prévu que IH nous ferait perdre autant de contrats. Je réussirai peut-être à rattraper le coup pour quelques-uns... De toute façon, je serai dans une situation financière délicate pendant quelque temps, mais ne te fais pas de souci. J'espère que Johnny va pouvoir se poser, il est grand temps que je rentre, il y a tant à faire... »

McIver évita de justesse une collision avec une voiture qui surgissait à tombeau ouvert d'une rue adjacente. Il donna un violent coup de volant et tomba presque dans le fossé. « Connard ! Ça va, Gen ? » Il jeta un coup d'œil dans le rétroviseur et fit une petite grimace en voyant son visage de marbre.

Elle garda un silence glacial. Gavallan faillit lui dire quelques mots mais se ravisa. Je me demande si je vais pouvoir joindre Ian, se dit-il, peut-être pourrait-il me sortir de l'abîme. Il pensa alors de nouveau à la mort tragique de David MacStruan. Ils étaient si nombreux, les Struan, les MacStruan, les Dunross et leurs ennemis les Gornt, les Rothwell, les Brook à être morts de mort violente, à avoir péri en mer ou dans d'étranges accidents. Jusqu'à présent Ian a survécu. Mais pour combien de temps encore ? Pas pour très longtemps. « Je crois que je suis arrivé à ma huitième, Andy, avait dit Dunross la dernière fois qu'ils s'étaient rencontrés.

— Qu'est-ce qui se passe ?

— Pas grand-chose. Une bombe a explosé dans une voiture juste après mon passage. Il ne faut pas s'inquiéter, je l'ai déjà dit avant, il n'y a pas de modèle. Ma vie est protégée.

— Comme à Macao ? »

Dunross adorait la course automobile et avait participé de

nombreuses fois au Grand Prix de Macao. En 1965 — l'épreuve était réservée aux amateurs —, il avait gagné la course mais sur la ligne d'arrivée le pneu avant droit de sa Jaguar type E avait explosé, l'expédiant dans les barrières. Il s'était retourné, une autre voiture était venue le percuter. Lorsqu'ils réussirent à l'extraire de l'amas de ferraille, il avait perdu le pied gauche.

« Comme à Macao, Andy, avait dit Dunross avec un étrange sourire. Juste un accident. Les deux fois. » L'autre fois, c'était son moteur qui avait explosé. On avait murmuré, mais en privé, que la voiture avait été piégée par son ennemi Quillan Gornt.

Quillan est mort et Ian est vivant, pensa Gavallan. Moi aussi. Ainsi que Linbar ; ce connard va vivre éternellement... Bon Dieu, je deviens morbide et stupide, je ferais mieux d'arrêter. Mac se fait déjà assez de souci comme ça. Il faut que je trouve une parade. « Il y a urgence, Mac, je ferai passer mes messages par Talbot, fais-en de même. Je serai de retour sans faute dans quelque jours et d'ici là j'aurai des réponses. Entre-temps et jusqu'à nouvel ordre je base ici le 125. Johnny sera notre courrier. C'est tout ce que je peux faire aujourd'hui... »

Genny, qui n'avait pas prononcé un mot et qui, tout en écoutant attentivement, avait poliment refusé de prendre part à la conversation était également très inquiète. Il est évident qu'il n'y a plus de futur pour nous ici et je serai très contente de partir, à condition que Duncan parte aussi. Mais nous ne pouvons pas nous enfuir la queue entre les jambes en abandonnant tout ce sur quoi Duncan a investi sa vie, son travail et ses économies, ça le tuerait aussi sûrement qu'une balle. Si seulement il faisait ce qu'on lui dit. Il aurait dû prendre sa retraite l'année dernière quand le shah était encore au pouvoir. Les hommes ! Ils peuvent être si stupides, tous ! De vrais idiots !

La circulation était très lente à présent. Par deux fois ils avaient dû faire un détour à cause de barricades érigées au milieu de la chaussée, chacune gardée par des hommes en armes, pas des Brassards verts, qui leur firent hargneusement signe de s'éloigner. Des cadavres ici et là, des voitures brûlées, un tank. Des chiens charognards. Une fusillade éclata tout près d'eux et ils tournèrent rapidement dans une rue adjacente pour éviter la bataille entre deux factions qu'ils ne réussirent pas à identifier. Un boulet de bazooka fit sauter le mur d'un immeuble à côté duquel ils passaient, mais sans dommage pour eux. McIver contourna la carcasse d'un bus, très heureux d'avoir insisté pour que Genny quitte l'Iran. Il la regarda de nouveau dans le rétroviseur et, en voyant son visage pâle sous son chapeau, son cœur se serra. C'est une femme formidable, pensa-t-il fièrement, elle a du courage. Admirable, mais quel sale caractère ! Je déteste ce chapeau. Ça ne lui va pas, les chapeaux ! Pourquoi ne peut-elle pas faire ce qu'on lui dit sans discuter ? Pauvre vieille Gen, je serai si soulagé quand elle sera à l'abri.

En arrivant près de l'aéroport, ils durent rouler au pas ; des centaines de voitures bondées s'y rendaient parce que la rumeur avait circulé qu'il était de nouveau ouvert. Des Brassards verts furieux renvoyaient tout le monde ; des écriteaux en parsi et en mauvais anglais avaient été cloués aux arbres et aux murs : AÉROPOR INTERDI. AÉROPOR OUVERS LUNDI.

Il leur fallut une demi-heure de palabres pour convaincre les hommes de les laisser passer et ce, grâce à Genny. Comme toutes les femmes qui devaient faire le marché, s'occuper des serviteurs et des petits problèmes quotidiens, elle parlait un peu de parsi et, bien qu'elle n'eût pas dit un mot de tout le trajet, elle se pencha en avant et discuta gentiment avec les Brassards verts. On leur fit immédiatement signe de passer.

« C'est formidable, Gen, bravo, dit McIver. Qu'est-ce que tu as dit à ce crétin ?

— Andy, répondit-elle d'un ton suffisant, s'il te plaît, dis à M. McIver que je leur ai dit qu'il était un malade contagieux qu'on renvoyait au pays. »

D'autres Brassards verts gardaient la porte qui menait à la zone de fret et à leur bureau, mais cette fois ce fut plus facile qu'ils ne s'y attendaient. Le 125 était déjà sur la piste, entouré de Brassards verts armés et de camions. Deux Brassards verts à moto leur firent signe de les suivre et traversèrent la piste.

« Pourquoi êtes-vous en retard ? » demanda le mollah Tehrani, irrité, en descendant les marches de la passerelle du 125, suivi par deux révolutionnaires armés. Gavallan et McIver remarquèrent qu'il portait de nouvelles lunettes. Ils entraperçurent John Hogg dans la cabine de pilotage. L'un des révolutionnaires se tenait en haut de l'escalier avec une mitraillette. « L'avion doit décoller immédiatement. Pourquoi êtes-vous en retard ?

— Désolé, Excellence, la circulation... *Inch'Allah !* Nous sommes vraiment désolés, dit prudemment McIver. Le capitaine Lane m'a dit que votre mission pour l'ayatollah, puisse-t-il vivre éternellement, s'était bien déroulée.

— Je n'ai pas eu le temps de faire tout ce que j'avais à faire. C'était la volonté de Dieu. Je dois... je dois continuer demain. Arrangez cela pour moi, s'il vous plaît. Pour 9 heures.

— Avec plaisir. Voici la liste des passagers. » McIver lui tendit le papier. Gavallan, Genny et Armstrong y figuraient.

Tehrani lut le papier très facilement. Il était manifestement ravi de ses nouvelles lunettes. « Où est cet Armstrong ?

— Je pensais qu'il était déjà à bord.

— Il n'y a personne d'autre à bord que l'équipage », dit le mollah avec humeur. L'immense plaisir de pouvoir bien voir était plus fort que son inquiétude d'avoir autorisé l'appareil à se poser. Il était content de l'avoir fait, les lunettes étaient un cadeau de Dieu. La deuxième paire promise par le pilote pour la semaine prochaine serait pour le cas où il les casserait et la troisième paire juste pour lire... Oh ! Dieu est grand. Dieu est grand, qu'Il soit remercié pour avoir mis cette idée dans la tête du pilote et pour me laisser voir si bien. « L'appareil doit partir immédiatement.

— Ce n'est pas l'habitude de M. Armstrong d'être en retard, Excellence, dit Gavallan en fronçant les sourcils. Ni lui ni MacIver n'avaient eu de ses nouvelles depuis la veille, il n'était pas non plus passé à l'appartement la nuit précédente. Le matin, Talbot avait dit qu'Armstrong avait eu un empêchement mais, qu'il serait à l'aéroport à l'heure. « Il attend peut-être dans le bureau, dit Gavallan.

— Non, il n'y est pas. L'appareil doit partir maintenant. Embarquez, s'il vous plaît ! L'avion doit décoller immédiatement.

— Parfait, dit Gavallan. C'est la volonté de Dieu. Au fait, nous aimerions obtenir une autorisation pour que le 125 puisse revenir samedi et une autorisation pour qu'un 206 aille à Tabriz demain. » Il lui tendit les papiers, impeccablement remplis.

« Le... le 125 peut revenir mais je n'autorise pas le vol de Tabriz. Samedi peut-être.

— Mais, Excellence, ne pensez-v...

— Non », dit le mollah, sentant le regard de ses hommes posés sur lui. Il ordonna au camion qui bloquait la piste de la dégager, puis dévisagea d'un air approbateur Genny qui descendait de la voiture. Gavallan et McIver constatèrent avec surprise qu'elle avait rentré ses cheveux sous son chapeau, qu'aucune mèche n'apparaissait et qu'avec son long manteau elle donnait l'impression de porter le tchador. « S'il vous plaît, embarquez.

— Merci, Excellence, dit-elle en un parsi parfait qu'elle avait longuement répété toute la matinée avec l'aide d'un dictionnaire, mais avec votre permission je vais rester. Mon mari a la tête un peu dérangée temporairement. Un homme de votre intelligence, comprend certainement que bien qu'une épouse ne puisse aller contre la volonté de son mari, il est écrit que même le Prophète a eu besoin d'être entouré et surveillé.

— C'est vrai, c'est vrai », dit le mollah en regardant pensivement McIver qui, perplexe, ne comprenait pas ce qui se passait. « Restez si vous le désirez.

— Merci, répondit Genny avec déférence. Je resterai, alors. Merci,

Excellence pour votre compréhension et votre sagesse. » Elle se retourna et, dissimulant sa jubilation déclara en anglais : « Duncan, le mollah Tehrani pense que je dois rester. » Elle vit son regard se durcir et s'empressa d'ajouter. « Je vais attendre dans la voiture. »

Il y arriva avant elle. « Tu vas monter dans ce putain d'avion ou je t'y traîne de force.

— Ne sois pas stupide, Duncan chéri ! Et ne crie pas, c'est mauvais pour ta tension. » Elle vit Gavallan qui approchait et un peu de sa confiance disparut. Autour d'elle de la neige sale, un ciel pourri et des jeunes gens au visage morose qui la dévisageaient d'un air hébété. « J'aime tellement ce pays, dit-elle d'un ton léger, comment pourrais-je le quitter ?

— Tu v... tu vas par...tir et ... » McIver était si furieux qu'il pouvait à peine parler et pendant un instant elle redouta d'être allée trop loin.

« Je pars si tu pars, Duncan. Tout de suite. Je ne partirai pas sans toi et, si tu m'y forces, je pique une telle colère que j'en fais péter le 125, l'aéroport et tout le pays avec ! Andy, explique-lui. Oh ! Je sais que vous pouvez tous les deux me traîner de force dans l'avion mais si vous le faites vous allez perdre la face et je vous connais trop bien ! Andy ! »

Gavallan rit. « Mac, je crois qu'elle t'a eu, là. »

Malgré sa colère, McIver ne put s'empêcher de rire aussi. Le mollah qui écoutait et regardait secoua la tête avec incrédulité, stupéfait une fois de plus par les bouffonneries des Infidèles.

« Gen, tu... tu avais manigancé tout cela depuis le début, bredouilla McIver

— Qui ? Moi ? fit-elle avec innocence. Comment peux-tu penser une chose pareille ?

— Très bien, Gen, dit-il, la mâchoire toujours crispée, très bien, tu as gagné, mais tu n'as pas seulement perdu la face, tu as aussi complètement perdu la tête, tu le regretteras.

— Embarquez ! fit le mollah.

— Et Armstrong ? demanda McIver.

— Il connaissait les conditions et savait qu'il devait être là à l'heure. » Gavallan serra Genny dans ses bras et échangea une poignée de main avec McIver. « A bientôt et prenez soin de vous. » Il monta à bord et le jet décolla. Pendant toute la durée du retour vers le bureau, ni Genny ni Duncan ne virent le temps passer. Ils étaient tous les deux préoccupés. Genny s'installa devant, la main posée doucement sur le genou de McIver. Elle se sentait très fatiguée mais satisfaite. « Tu es une bonne épouse, Gen, lui avait-il dit dès qu'ils furent seuls, mais tu n'es pas pardonnée.

— Oui, Duncan, avait-elle répondu, du ton soumis d'une bonne épouse.

— Et je ne suis pas près de te pardonner.

— Oui, Duncan.

— Et arrête ces " oui, Duncan " ridicules ! » Il se concentra quelque temps sur la route puis dit d'un ton bourru : « J'aurais préféré te savoir en sécurité à Al Shargaz mais je suis content que tu sois là. »

Elle ne répondit rien. Elle sourit et posa sa main sur son genou. Ils avaient fait la paix.

Le retour fut aussi pénible que l'aller : routes bloquées, fusillades, cadavres sur le bas-côté, chiens, foules en colère, rues qui n'avaient pas été nettoyées depuis des mois et caniveaux débordant. La nuit tomba et le froid se fit plus mordant. Des voitures et des camions de l'armée remplis de troupes les frôlaient en klaxonnant au mépris des plus élémentaires règles de sécurité. « Tu es fatigué, Duncan ? Tu veux que je conduise ?

— Non, ça va, merci », répondit-il. Il était épuisé et ce fut avec soulagement qu'il tourna enfin le coin de leur rue plongée dans le noir comme le reste de la ville. La seule lumière que l'on voyait venait des fenêtres de leurs bureaux. Il aurait préféré laisser sa voiture dans la rue mais il était sûr qu'à son retour, le réservoir, même protégé par un bouchon antivol, serait siphonné, en admettant que la voiture fût encore là ! Il alla donc se ranger dans le garage, ferma la voiture, verrouilla la porte et ils montèrent les escaliers.

Charlie Pettikin les accueillit sur le palier, le visage terreux. « Salut, Mac. Dieu merci, t... » Puis il aperçut Genny et s'arrêta : « Oh ! Genny ! Que s'est-il passé ? Le 125 n'est pas venu ?

— Il est venu, dit McIver. Mais qu'est-ce qu'il y a Charlie ? »

Pettikin ferma la porte du bureau, jeta un coup d'œil vers Genny qui dit d'un ton léger : « Je crois que je dois aller aux toilettes. »

Doux Jésus, pensa-t-elle, c'est complètement ridicule. Ils ne changeront donc jamais ? Duncan va tout me raconter dès que nous serons seuls, je serai donc au courant de toute façon, autant que je l'apprenne directement de la source. D'un pas las elle se dirigea vers la porte.

« Non, Gen », fit McIver. Elle s'arrêta, stupéfaite. « Tu as choisi de rester, alors... » Il haussa les épaules. Il y avait quelque chose de changé en lui, et elle ne savait pas si c'était bien ou mal. « Vas-y, Charlie.

— J'ai eu Rudi à la radio il y a une demi-heure, dit Pettikin rapidement. HBC s'est fait descendre, il a explosé en plein ciel, pas de survivants, m... »

Genny et McIver devinrent tout blancs. « Oh ! Mon Dieu ! » Elle s'agrippa à un fauteuil.

« Je n'ai pas compris ce qui s'était passé, dit Pettikin. Ça n'a aucun sens, mais Tom Lochart est sain et sauf, il est à Bandar Delam avec Rudi. Il...

— Tom est vivant ? hurla McIver en reprenant ses esprits. Il s'en est sorti ?

— On ne se sort pas d'un hélicoptère qui explose en plein ciel. Je ne comprends rien à rien, ça n'a pas de sens, à moins que tout cela ne cache autre chose. Tom transportait des pièces détachées, pas des passagers, mais cet officier prétend que l'appareil était plein de gens et Rudi a dit : " Informe McIver que le capitaine Lochart est rentré de permission. " Je lui ai même parlé !

— Tu lui as parlé ! Il va bien ? Tu en es sûr ? De retour de permission ? Mais de quelle permission, bon Dieu ?

— Je ne sais pas. Tout ce que je sais, c'est que je lui ai parlé. Il a pris le micro là-bas.

— Attends une seconde, Charlie. Comment Rudi a-t-il pu nous appeler ? Il est à Kowiss ?

— Non, il a dit qu'il appelait du contrôle radar d'Abadan. »

McIver murmura une obscénité, à la fois rassuré pour Lochart et effondré pour Valik et sa famille. L'appareil plein de passagers ? Ils n'auraient dû être que quatre. Cinquante questions se posaient à lui en même temps et il savait qu'il n'y avait aucun moyen de se sortir du merdier dans lequel lui et Tom se trouvaient. Il n'avait confié à personne le dilemme qu'il lui avait fallu trancher ni quelle était la réelle mission de Tom. Seul Gavallan était au courant. « Raconte-nous exactement tout depuis le début, Charlie. » McIver regarda Genny qui semblait figée. « Ça va, Gen ?

— Oui, oui. Je... je vais faire du thé », dit-elle d'une toute petite voix en se dirigeant vers la kitchenette.

Pettikin s'assit sur un coin du bureau. « Voilà ce que je me rappelle de la conversation. Rudi a dit : " Je suis avec un officier de l'armée de l'air iranienne et il faut que je sache officiellement... " Puis il y a eu une autre voix : " Ici le major Qazani, Air Force Intelligence ! J'exige une réponse immédiate. Le HBC est-il un 212 appartenant à la S-G ou pas ? " Pour me donner un peu de temps, j'ai répondu : " Attendez une minute, il faut que je vérifie sur nos listes. " J'ai attendu, espérant que Rudi pourrait m'aider, me faire comprendre ce qu'il fallait que je réponde, mais rien, pas un mot. Alors j'en ai conclu qu'il n'y avait pas de problème. " Oui, le EP-HBC est bien un de nos appareils. " Rudi a juré comme je ne l'avais jamais entendu jurer et dit quelque chose dans le genre : " Mon Dieu, c'est épouvantable. Le

HBC a essayé de s'enfuir en Irak et les forces aériennes iraniennes l'ont abattu comme il le méritait. Mais qui pilotait, bordel de merde, et qui était donc à bord ? " »

Pettikin essuya la transpiration de son front. « Je crois que moi aussi j'ai juré, je ne me souviens pas exactement, j'étais effondré, Mac, puis j'ai dit... euh : " C'est épouvantable. Restez à l'écoute, je vais chercher le registre de vol " en espérant que ma voix semblait à peu près normale. Je l'ai pris et j'ai vu le nom de Nogger Lane barré avec la mention " malade ", puis le nom de Tom Lochart rajouté et votre signature. » Il regarda McIver, impuissant. « Rudi ne voulait manifestement pas que je parle de Tom alors j'ai juste dit : " D'après notre registre de vol, personne n'a pris l'appareil... " »

McIver devint tout rouge. « Mais si...

— C'était ce que je pouvais faire de mieux à ce moment-là, pour l'amour du ciel. Rudi s'est remis à jurer mais sa voix était différente, j'avais l'impression qu'il était soulagé. " Qu'est-ce que tu racontes bordel ? a-t-il dit. — D'après le registre que j'ai ici, capitaine Lutz, le HBC se trouve dans les hangars de Doshan Tappeh. S'il a pris l'air, c'est qu'il a été volé ", ai-je répondu en espérant avoir l'air convaincant. Mac, je nageais complètement et je ne comprends toujours rien. Puis l'officier est intervenu : " Nous allons transmettre cette affaire à nos supérieurs hiérarchiques. Je réclame votre registre de vol immédiatement. " Je lui ai dit d'accord et lui ai demandé où je devais le faire envoyer. Ça l'a contrarié parce que bien sûr il n'y avait aucun moyen pour qu'il récupère le registre immédiatement. Finalement, il m'a dit de le garder et que je recevrais des instructions ultérieurement. Puis Tom a parlé à son tour : " Capitaine Pettikin, veuillez présenter toutes mes excuses à M. McIver pour ce retard mais j'ai été coincé par la neige dans un village au sud de Kermanchah. Dès que cela me sera possible je rentrerai. " » Pettikin poussa un grand soupir, jeta un coup d'œil à Genny, puis revint à McIver. « C'est tout. Qu'en pensez-vous ?

— Au sujet de Tom ? Je ne sais pas. » McIver se dirigea lourdement vers la fenêtre, Genny et Pettikin remarquèrent tous les deux le poids qui l'accablait. La neige n'était pas loin et le vent avait repris un peu. Des coups de feu sporadiques éclataient au loin, des fusils et des armes automatiques, mais personne n'y fit attention.

« Genny ?

— Je... je ne comprends rien, ça n'a pas de sens, Charlie, je ne comprends absolument pas ce qui a pu arriver à Tommy. » Elle versa l'eau bouillante dans la théière, contente d'avoir quelque chose à faire de ses mains, elle se sentait impuissante et avait envie de pleurer, elle voulait crier contre l'injustice de la vie, elle savait que Tom et

Duncan étaient piégés — son Duncan avait signé l'autorisation de vol —, elle savait qu'elle ne pouvait pas parler d'Annoush, des enfants ou de Valik, mais étaient-ils dans le 212 et si oui, qui le pilotait ? « L'enlèvement de l'appareil... difficile, parce que les noms de Tommy et de Duncan figurent bien sur l'autorisation de vol. Les autorités de Téhéran possèdent toujours cette autorisation avec leurs noms inscrits, noir sur blanc, alors... la version de l'enlèvement n'est guère vraisemblable.

— C'est évident, je le vois bien maintenant mais sur le moment ça me paraissait une bonne excuse, dit Pettikin très mal à l'aise en prenant le registre de vol. Mac, si on s'en débarrassait ? Si on le perdait ?

— Le contrôle de Téhéran a l'original, Charlie. Tom a refait le plein, il doit y avoir des traces quelque part.

— En temps normal, oui. Mais maintenant ? Avec tout ce bordel ?

— Peut-être.

— On pourrait tenter de récupérer l'original ?

— Sois réaliste, il n'y a aucune chance. »

Genny servit le thé dans un silence pesant que Pettikin finit par rompre. « Je ne vois toujours pas comment Tom a pu partir de Doshan Tappeh et... à moins que l'appareil n'ait été détourné en route, ou quand il a refait le plein... » Il se passa nerveusement la main dans les cheveux. « Il a dû se faire détourner. Où a-t-il refait le plein ? A Kowiss ? Ils peuvent peut-être nous aider ? »

McIver ne répondit pas, il avait le regard perdu dans la nuit. Pettikin attendit, puis feuilleta le registre, trouva la copie qu'il cherchait et regarda au dos. « Ispahan ? fit-il, surpris. Pourquoi Ispahan ? »

McIver gardait toujours le silence.

Genny versa du lait concentré et tendit une tasse à Pettikin. « Je pense que tu as très bien fait, Charlie », conclut-elle, ne sachant que dire d'autre. Puis elle tendit l'autre tasse à McIver.

« Merci, Gen. »

Elle vit ses larmes et les siennes jaillir immédiatement. Il passa un bras autour de ses épaules, pensant à Annoush et à la réception de Noël que lui et Genny avaient donnée pour tous les enfants de leurs amis, à peine deux mois plus tôt, pensant à la petite Setarem et à Jalal, à ces deux enfants merveilleux, qui n'étaient plus désormais que des morceaux de chair pour les charognards.

« C'est bien pour Tommy, n'est-ce pas, chéri ? » fit-elle à travers ses larmes. Gêné, Pettikin sortit de la pièce et referma la porte derrière lui sans qu'ils remarquent son départ. « Je suis contente pour Tommy, c'est déjà une bonne chose, répéta-t-elle.

— Oui, Gen, c'est déjà une bonne chose.

— Qu'est-ce qu'on peut faire ?

— Attendre. Attendre et voir ce qui va se passer. J'espère qu'ils n'étaient pas à bord... mais quelque chose me dit qu'ils y étaient. » Il essuya tendrement les larmes de sa femme. « Mais samedi, Gen, quand le 125 reviendra, tu repartiras avec lui, reprit-il avec douceur. Je te promets que, dès que cette histoire sera arrangée, tu reviendras, mais il faut que tu partes. »

Elle acquiesça de la tête. Il but son thé. Il était très bon. Il lui sourit. « Tu fais vraiment du bon thé, Genny », lui dit-il. Elle avait peur, elle se sentait malheureuse, misérable, impuissante, toutes ces tueries inutiles, ces tragédies, le travail de toute une vie qu'on leur volait et le coup de vieux que cela donnait à son mari. Les soucis sont en train de le tuer, pensa-t-elle en sentant monter sa colère. Puis, tout à coup, la réponse lui apparut.

Elle regarda autour d'elle pour s'assurer que Pettikin n'était pas là. « Duncan, murmura-t-elle, si tu ne veux pas que ces salauds nous volent notre avenir, partons et emportons tout avec nous.

— Hein ?

— Les appareils, le matériel et le personnel.

— On ne peut pas faire cela, Gen, je te l'ai déjà dit cinquante fois.

— Oh si ! Si on le veut et si on s'y prend bien, c'est possible, dit-elle avec une confiance qui le remonta. Andy peut nous aider. Il peut tout organiser, pas nous. Nous pouvons tout sortir, pas lui. Ils ne veulent pas de nous ici, parfait, nous allons partir, mais avec nos appareils, notre matériel et notre honneur. Il faudra que tout reste secret mais nous pouvons y arriver. Nous pouvons le faire, je le sais. »

Samedi 17 février 1979

CHAPITRE 30

Kowiss : 6 h 38. Assis jambes croisées sur le fin matelas, le mollah Hussain vérifiait le bon fonctionnement de l'AK47. D'un geste précis il mit le nouveau chargeur en place. « Bien, dit-il.

— Est-ce qu'il y aura encore des combats aujourd'hui ? » demanda sa femme. Elle était à l'autre bout de la pièce, près d'un four à bois sur lequel chauffait une casserole d'eau pour le café du matin. Son tchador noir qui bruissait à chacun de ses mouvements dissimulait son ventre arrondi par une nouvelle grossesse.

« Comme Dieu le voudra.

— Comme Dieu le voudra », répéta-t-elle en essayant de cacher sa peur. Quel sort serait le leur lorsque son mari serait enfin devenu le martyr qu'il voulait être ? Du plus profond de son cœur elle aurait voulu crier du haut des minarets que le sacrifice que Dieu lui demandait était trop lourd pour elle et ses enfants. Sept années de mariage, trois enfants vivants, quatre morts et leur pauvreté totale tout au long de ces années avaient creusé des rides sur son beau visage. Sa vie de jeune fille auprès de sa famille qui tenait une boucherie dans le souk avait été si différente. Chez eux, elle avait toujours mangé à sa faim, elle avait connu les rires et la joie, elle était sortie sans tchador, et était même allée au cinéma. Comme Dieu le veut, mais ce n'est pas juste, ce n'est pas juste ! Nous allons mourir de faim — qui voudra s'occuper de la famille d'un mollah mort ?

Leur fils aîné, Ali, un garçon de six ans, était accroupi près de la porte de leur petite maison d'une pièce, construite à côté de la mosquée. Il suivait attentivement chaque geste de son père — ses deux petits frères, trois et deux ans — dormaient sur un matelas de paille par terre, enveloppés dans une vieille couverture de l'armée. Ils étaient blottis comme des petits chats. Dans la pièce se trouvaient une grossière table de bois, deux bancs, quelques marmites et casseroles, le grand et le petit matelas posés sur de vieux tapis. Pour toute lumière une lampe à huile. On se lavait et on faisait ses besoins dans le caniveau à l'extérieur. Aucun ornement sur les murs de boue séchée blanchis à la chaux. Un robinet d'eau qui marchait quelquefois. Des mouches et des insectes. Et dans une niche, face à La Mecque, à la place d'honneur, le Coran.

C'était juste après l'aube, il faisait froid, le ciel était nuageux et Hussain s'était déjà rendu à la mosquée pour la prière du matin, il avait ensuite essuyé la poussière de son arme, l'avait consciencieusement huilée, avait nettoyé le barillet des traces de cordite et rempli le chargeur. Maintenant, elle est en parfait état de marche, se dit-il, satisfait, prête à accomplir les travaux de Dieu, et il y a de quoi faire avec une telle arme. L'AK47 est tellement mieux que le M14, plus simple, plus robuste et plus pratique pour les tirs rapprochés. Imbéciles d'Américains, stupides comme toujours, ils ont conçu une arme d'infanterie compliquée et précise à mille mètres, alors que la plupart des combats se passent à trois cents mètres. Tu peux traîner l'AK47 dans la boue toute la journée : il est toujours capable de faire ce pour quoi on l'a fabriqué : tuer. Mort à tous les ennemis de Dieu !

Il y avait déjà eu des combats entre les Brassards verts, les marxistes islamiques et d'autres gauchistes à Kowiss, et encore plus à Gash Saran, une raffinerie de pétrole au nord-ouest de la ville. La veille, après la tombée de la nuit, il avait conduit les Brassards verts dans un des repaires secrets des tudehs indiqué par l'un des leurs qui espérait en échange la vie sauve. Il n'y eut pas de pitié. Pour personne. L'attaque fut soudaine, violente et sanglante. Onze hommes furent tués, parmi eux, espérait-il, certains de leurs chefs. Jusqu'à présent le Tudeh n'était pas apparu ouvertement puissant, mais une manifestation avait été organisée par eux pour le lendemain après-midi, pour soutenir celle de Téhéran, bien que Khomeiny s'y opposât expressément. L'affrontement était déjà prévu. Des deux côtés on le savait. Beaucoup mourront, pensa-t-il, sinistre. Mort à tous les ennemis de l'Islam !

« Voilà », fit-elle en lui tendant une tasse de délicieux nectar de café, le seul luxe qu'il se permettait, sauf le vendredi — jour saint — ainsi que pendant le ramadan.

« Merci, Fatima », dit-il poliment. Quand il avait été nommé mollah, son père et sa mère lui avaient trouvé une épouse, son mentor, l'ayatollah Isfahani, lui avait dit de se marier et il avait obéi.

Il but le café en en savourant chaque goutte et lui rendit la petite tasse. Le mariage ne l'avait pas détourné de son chemin, même si parfois, par les froides nuits d'hiver, il avait plaisir à sentir son corps chaud et opulent contre le sien. Quelquefois il lui faisait l'amour et se rendormait, mais jamais réellement apaisé. Je ne connaîtrai l'apaisement et la tranquillité de l'âme qu'au paradis, pas avant, pensa-t-il, avec exaltation car ce bonheur lui serait bientôt donné. Que Dieu soit remercié pour avoir permis que je porte le nom de l'imam Hussain, le chef des martyrs. Le second fils de l'imam Ali, martyr treize siècles auparavant à la bataille de Karbala.

Nous ne l'oublierons jamais, pensa-t-il, extatique, revivant l'Ashura, l'anniversaire de l'assassinat et du martyre d'Hussain, célébré le dixième jour du Muharram, jour de deuil sacré pour les chiites. Ce jour-là il était allé à Qom, comme l'année précédente et celle d'avant, prenant part aux processions de l'Ashura avec des dizaines de milliers d'autres Iraniens, se fouettant pour se rappeler le divin martyr, se flagellant avec des lanières et des chaînes, se mortifiant avec des crochets. Son dos en portait encore les marques.

Il lui avait fallu de nombreuses semaines pour s'en remettre et pour pouvoir se tenir debout sans douleur. Dieu le veut, se dit-il fièrement. La douleur n'est rien, ce monde n'est rien. Je me suis dressé contre Peshadi à la base aérienne, je l'ai fait plier et je l'ai ramené enchaîné à Ispahan comme on me l'avait ordonné. Et maintenant, aujourd'hui, je retournerai d'abord à la base pour interroger les étrangers, les soumettre, ainsi que ce sunnite Zataki qui se prend pour Gengis Khan. Cet après-midi je conduirai les Fidèles contre les tudehs athées, accomplissant la volonté de Dieu en obéissance à l'imam qui n'obéit qu'à Dieu. Je prie pour gagner aujourd'hui mon admission au paradis, « où je reposerai sur des lits de brocart, les fruits des deux jardins à ma portée ». Les mots si familiers du Coran étaient gravés dans son esprit.

« Il n'y a rien à manger, dit sa femme, interrompant ses rêveries.

— Il y aura de la nourriture à la mosquée aujourd'hui », dit-il. Son fils Ali devint encore plus attentif, oubliant un instant de gratter les piqûres d'insectes dont il était couvert. « A partir de maintenant ni toi ni les enfants n'aurez plus jamais faim. Nous distribuerons chaque jour des repas à ceux qui sont dans le besoin, comme nous l'avons fait tout au long de notre histoire. » Il sourit à Ali, se pencha et lui caressa la tête. « Dieu sait que nous sommes dans le besoin. » Depuis le retour de Khomeiny les mosquées avaient recommencé, comme autrefois, à distribuer de la nourriture aux pauvres, achetée avec une partie de l'argent du *zatak* — la taxe que tous les musulmans payaient volontairement et qui était redevenue la prérogative des mosquées. Hussain jura en pensant au shah qui leur avait coupé ces subsides, deux ans avant, les précipitant dans la misère et l'angoisse.

« Va rejoindre ceux qui attendent à la mosquée, lui dit-il. Lorsqu'ils seront tous nourris, prends de la nourriture pour toi et les enfants. Tu feras cela tous les jours.

— Merci.

— Remercie Dieu.

— Je le fais, oh oui, je le fais. »

Il mit ses bottes et accrocha son arme à l'épaule.

« Est-ce que je peux venir aussi, Père ? demanda Ali d'une toute petite voix. Je veux accomplir moi aussi la volonté de Dieu.

— Bien sûr, viens. »

Elle referma la porte derrière eux et s'assit sur le banc, l'estomac torturé par la faim, se sentant malade et faible, trop fatiguée pour chasser les mouches qui se posaient sur son visage. Elle était enceinte de huit mois. La sage-femme lui avait dit que l'accouchement serait plus difficile que les précédents parce que l'enfant se présentait mal. Elle se mit à sangloter en se souvenant des horribles douleurs des trois naissances. « Ne te fais pas de souci, avait dit la sage-femme avec suffisance, tu es dans les mains de Dieu. Un peu de bouse de chameau étalée sur ton ventre enlèvera la douleur. Les femmes ont le devoir de faire des enfants et tu es jeune. »

Jeune ? J'ai vingt-deux ans et je suis vieille, vieille, vieille. Je le sais et je sais pourquoi. J'ai un cerveau et des yeux, je peux même écrire mon nom. Je sais que nous pouvons être plus heureux, que nous serons plus heureux lorsque l'imam aura expulsé tous les étrangers et leur maléfique influence. L'imam, que Dieu le protège, est sage et bon, il parle à Dieu, n'obéit qu'à Dieu, et Dieu sait que les femmes ne sont pas des objets dont on peut abuser et qu'il faut brimer comme autrefois ainsi que le veulent certains fanatiques. L'imam nous protégera des extrémistes et ne les autorisera pas à annuler les avantages que nous avaient accordés le shah et sa famille : le droit de vote et la protection contre le divorce sommaire, la répudiation. Il ne permettra pas que nous soient enlevés nos libertés et le droit de choisir de porter le tchador ou pas. Jamais il ne le fera, parce qu'il verra que nous y sommes opposées. Il verra notre résolution. Partout dans le pays.

Fatima sécha ses larmes et, en songeant à la manifestation prévue dans trois jours, elle se sentit un peu mieux. Oui, les femmes défileront dans les rues de Kowiss, soutenant fièrement nos sœurs des grandes villes de Téhéran, Qom et Ispahan, mais naturellement, pour Hussain, je porterai le tchador. Oh ! Comme il sera merveilleux de pouvoir montrer notre soutien à la cause des femmes et en même temps à la révolution.

La nouvelle de ces manifestations de Téhéran s'était répandue à travers tout le pays, sans qu'on sût très bien comment. Mais toutes les femmes étaient au courant. Partout en Iran les femmes avaient décidé de montrer leur solidarité, elles avaient toutes approuvé les rassemblements — même celles qui n'osaient pas le dire.

Base aérienne : 10 h 20 : Starke était dans la tour de la S-G et regardait le 125 qui se posait et qui inversait ses réacteurs au moment de toucher le sol. Zataki et Esvandiary étaient également là avec deux Brassards verts. Zataki était à présent rasé de près.

« Tournez à droite au bout de la piste, EchoTangoLimaLima », dit d'une voix rauque le sergent Wazari, le jeune contrôleur aérien qui avait passé ses diplômes aux Etats-Unis. A la place de son uniforme impeccable, il portait des habits civils grossiers. Il avait le visage meurtri, le nez cassé, trois dents en moins et les oreilles tuméfiées par la raclée publique que Zataki lui avait flanquée. Il ne pouvait plus respirer par le nez. « Venez vous garer devant la tour principale de la base.

— Roger, répondit la voix de Johnny Hogg par les haut-parleurs. Je répète, nous avons l'autorisation d'embarquer trois passagers, de livrer des pièces détachées et de repartir immédiatement pour Al Shargaz. Confirmez, s'il vous plaît. »

Wazari se retourna vers Zataki, tremblant de peur. « Excusez-moi, Excellence, mais que dois-je dire ?

— Tu ne dis rien du tout, vermine », répondit Zataki en ramassant sa mitraillette. Il se tourna vers Starke. « Dites à votre pilote de se garer, d'éteindre ses moteurs, puis de débarquer tout le monde. L'appareil sera fouillé et, si je l'autorise, il pourra repartir. Sinon, il restera ici. Vous venez avec moi, et toi aussi », ajouta-t-il à l'adresse d'Esvandiary. Il sortit.

Starke fit ce qu'on lui demandait. Il se retourna pour le suivre, mais pendant une seconde lui et le jeune sergent se retrouvèrent seuls. Wazari lui attrapa le bras et murmura pathétiquement à son oreille : « Pour l'amour de Dieu, aidez-moi à repartir avec l'avion, capitaine, je ferai n'importe quoi, n'importe quoi...

— Je ne peux pas, ce n'est pas possible », dit Starke qui se sentait désolé pour lui. Deux jours auparavant, devant tout le camp, Zataki avait battu l'homme jusqu'à ce qu'il perde connaissance pour crimes contre la révolution, puis l'avait obligé à manger des détritus et l'avait tabassé de nouveau. Seule Manuela et les malades avaient été autorisés à ne pas assister au spectacle. « Impossible !

— S'il vous plaît... je vous en supplie, Zataki est fou, il va me t... » Wazari se retourna paniqué car un Brassard vert était apparu dans l'embrasure de la porte. Starke passa à côté de lui, descendit les escaliers et sortit sur la piste, cachant son inquiétude. Freddy Ayre se tenait à côté de la Jeep. Manuela était assise à l'intérieur en compagnie d'un des pilotes anglais et de Jon Tyrer, un pansement autour des yeux. Manuela portait un pantalon très large, un long manteau et ses cheveux étaient tirés sous une casquette de pilote.

« Suis-nous, Freddy », dit Starke en s'installant à côté de Zataki sur le siège arrière. Esvandiary enclencha la première et se hâta d'aller à la rencontre du 125 qui tournait maintenant sur la piste principale, accompagné par les camions de Brassards verts et deux motocyclistes qui évoluaient dangereusement autour. « Cinglés ! » murmura Starke.

Zataki rit. « Ils sont enthousiastes, pilote, pas cinglés.

— Comme Dieu le veut. »

Zataki lui jeta un coup d'œil et abandonna son ton ironique : « Tu parles notre langue, tu lis le Coran et tu connais nos coutumes. Il est temps que tu récites la Shahada devant deux témoins et que tu deviennes musulman. Je serai très honoré d'être l'un de ces deux témoins.

— Moi aussi », dit immédiatement Esvandiary qui voulait aider à la rédemption d'une âme mais pas pour les mêmes raisons : IranOil allait avoir besoin de pilotes experts pendant que les Iraniens allaient suivre des stages de formation et un Starke musulman pourrait être un de ces experts. « Je serais très honoré d'être témoin.

— Merci », dit Starke en parsi. Il y avait pensé au cours des dernières années. Un jour, lorsque l'Iran était paisible, que tout ce qu'il avait à faire était de voler le plus souvent possible, de s'occuper de ses hommes et de rire avec Manuela et les enfants — était-ce vraiment il y a six mois à peine ? —, il avait dit à son épouse : « Tu sais, Manuela, il y a d'excellentes choses dans l'islam.

— Tu as envie de prendre quatre épouses, chéri ? » avait-elle demandé d'une voix suave. Il se mit immédiatement sur la défensive.

« Non, Manuela, je suis sérieux. Il y a des choses très bien dans l'islam.

— Pour les hommes, pas pour les femmes. Le Coran ne dit-il pas :

" Et les Fidèles " — tous des hommes, soit dit en passant — " reposeront sur des couches de soie et il y aura là des houris qu'aucun homme n'a encore touchées " ? Conroe chéri, je n'ai jamais compris cela. Pourquoi toujours des vierges ? Qu'est-ce que ça fait de plus pour un homme ? Et est-ce que les femmes ont droit au même traitement : la jeunesse et autant de beaux jeunes gens qu'elles le désirent ?

— Ecoute-moi, pour l'amour du ciel ! Je voulais dire que, si tu vivais dans le désert, celui d'Arabie Saoudite ou le Sahara, tu te souviens de cette promenade que nous avons faite au Koweit dans le désert, de ces étoiles grosses comme des soucoupes, du silence impressionnant, de la nuit si pure, si illimitée ? Nous nous sentions insignifiants, et nous avons eu le sentiment de l'Infini. Et je t'ai dit que je pouvais comprendre comment, si on était nomade et né sous une tente, on pouvait être possédé par l'islam.

— Et rappelle-toi, chéri, que je t'ai répondu que nous n'étions pas nés sous une tente. »

Il sourit en se souvenant de tout cela. Il l'avait alors prise dans ses bras, l'avait embrassée et ils avaient fait l'amour sous les étoiles. Plus tard il lui avait dit : « Je parlais de l'enseignement de Mahomet. Dans un espace si vaste, si terrifiant, on avait besoin d'un havre, et l'islam pouvait être ce havre, le seul peut-être. Je parlais de l'enseignement original de Mahomet, pas de l'interprétation bornée et déformée qu'en font les fanatiques.

— Bien sûr, chéri, avait-elle répondu d'une voix suave, mais nous ne vivons pas dans le désert, nous n'y vivrons jamais. Tu es Conroe " Duke " Starke, pilote d'hélicoptère, et la seconde où tu envisageras de prendre quatre épouses, je me tire avec les enfants et même le Texas ne sera pas assez grand pour échapper aux représailles de Manuela Rosita Santa de Cuellar Perez, mon petit chéri d'amour... »

Il vit que Zataki le regardait. « Peut-être un jour, dit-il à Zataki et Esvandiary. Peut-être le ferai-je, mais quand Dieu le voudra, pas moi.

— Puisse Dieu faire vite. Tu gâches ta vie en restant un Infidèle. »

A présent Starke ne pensait plus qu'au 125 qui arrivait à son parking et à Manuela qui devait partir aujourd'hui. Ce n'est pas facile pour elle, c'est même vachement dur, mais il faut qu'elle parte.

Ce matin, tôt, McIver à Téhéran avait dit à Starke par radio qu'ils avaient réussi à obtenir pour le 125 l'autorisation de se poser à Kowiss, à condition que cette autorisation soit approuvée par Kowiss, qu'il livrerait des pièces détachées et pourrait prendre trois passagers. Le major Changiz et Esvandiary avaient fini par donner leur accord mais seulement après que Starke leur eut dit, irrité, devant Zataki : « Vous savez que cela fait longtemps que nos équipes doivent être relevées. Un de nos 212 est bloqué car il attend des pièces détachées et deux 206 doivent faire la révision des quinze cents heures. Si je ne peux pas avoir de nouveaux équipages et des pièces, je ne peux pas travailler et c'est vous qui serez responsable de ne pas avoir suivi les instructions de l'ayatollah Khomeiny — pas moi. »

La voiture s'arrêta à côté du 125 dont les moteurs tournaient. La porte n'était pas encore ouverte et Starke pouvait voir John Hogg regarder au-dehors par la fenêtre du cockpit. Des camions chargés de Brassards verts nerveux et armés entouraient l'appareil.

Zataki essaya de se faire entendre puis, exaspéré, tira une rafale en l'air. « Eloignez-vous de l'avion, ordonna-t-il. Par Dieu et le Prophète, seuls mes hommes vont le fouiller ! Allez-vous-en ! » Avec réticence les Brassards verts reculèrent d'un pas. « Pilote, dis-lui d'ouvrir la porte et que tout le monde sorte rapidement avant que je ne change d'avis. »

Starke fit signe à Hogg, le pouce levé. La porte fut ouverte par le copilote. Dès que la passerelle fut en place, Zataki grimpa les marches quatre à quatre et s'arrêta en haut, sa mitraillette prête. « Excellence, vous n'avez pas besoin de cela, lui dit Starke. Que tout le monde sorte le plus vite possible, OK ? »

Il y avait huit passagers — quatre pilotes, trois ingénieurs et Genny McIver. « Mon Dieu, Genny ! Je ne m'attendais pas à te voir.

— Salut, Duke. Duncan trouve que c'est mieux que... pas d'importance. Est-ce que Manuela va v... » Elle la vit et alla vers elle. Elles s'embrassèrent et Starke remarqua les traits tirés de Genny.

Il suivit Zataki dans l'appareil vide, bas de plafond. Des fauteuils supplémentaires avaient été fixés au sol. Au fond, près des toilettes, il y avait plusieurs caisses. « Les pièces dont tu as besoin, cria Johnny Hogg du siège de pilote en tendant la feuille d'inventaire. Salut, Duke. »

Zataki prit la feuille et montra la porte du pouce. « Dehors.

— Si ça ne vous fait rien, je suis le responsable de cet avion, désolé, répondit Hogg.

— Dernière fois. Dehors. »

Starke intervint. « Lève-toi de ton siège, Johnny. Il veut juste vérifier qu'il n'y a pas d'arme. Excellence, il serait plus sûr que le pilote puisse rester. Je me porte garant de lui.

— Dehors ! »

A contrecœur John Hogg sortit du petit cockpit. Zataki s'assura qu'il n'y avait rien dans les poches de côté puis lui fit signe qu'il pouvait se rasseoir et examina la cabine. « Ce sont les pièces dont tu as besoin ?

— Oui », dit Starke. Zataki cria à ses hommes de venir décharger les caisses. Ils le firent sans ménagement, les cognant contre la porte et les marches au grand mécontentement des pilotes. Zataki fouilla alors l'appareil de fond en comble, ne trouvant rien qui puisse l'irriter, sauf du vin et de l'alcool dans le placard.

« Plus d'alcool en Iran. Confisqué ! » Il fit briser les bouteilles et ordonna qu'on ouvrît les caisses. Un moteur et des pièces, exactement ce qui était inscrit sur la feuille. Starke observait de la porte de la cabine, essayant de ne pas se faire remarquer.

« Qui sont ces passagers ? » demanda Zataki. L'officier en second lui tendit la liste avec les noms. En haut de la feuille il était marqué en anglais et en parsi : « Pilotes et ingénieurs partant en permission. » Il l'examina en les dévisageant un par un.

« Duke, dit prudemment Hogg du cockpit, j'ai de l'argent et une lettre de McIver. Il n'y a pas de problème ?

— Pour le moment.

— Deux enveloppes, dans la poche intérieure de ma veste accrochée là. La lettre est confidentielle, a dit Mac. »

Starke les trouva et les mit dans la poche intérieure de sa parka. « Qu'est-ce qui se passe à Téhéran ? demanda-t-il.

— L'aéroport est une maison de fous, des milliers de gens essayent de prendre place dans les trois ou quatre avions autorisés jusqu'à présent, dit Hogg rapidement, six jumbos au moins attendent la permission d'atterrir. Je... je suis passé devant tout le monde, je me suis posé sans réelle permission et j'ai dit : " Oh ! désolé, je croyais que j'étais autorisé ", j'ai ramassé ce que j'avais à prendre et je me suis tiré à toute vitesse. A peine eu le temps de discuter avec McIver — il était entouré de révolutionnaires nerveux, le doigt sur la détente, et d'un ou deux mollahs, mais il avait l'air OK. Je suis basé à Al Shargaz pour au moins une semaine, pour faire autant d'aller et retour que je le pourrai. » Al Shargaz n'était pas loin de Dubaï où la S-G avait son QG de ce côté-là du Golfe. « Nous avons la permission de Téhéran d'apporter des pièces et de remplacer le personnel que nous emmenons ; j'ai l'impression que ça va continuer comme ça avec des vols prévus les samedis et mercredis. » Il s'arrêta pour reprendre son souffle. « Mac dit que tu trouveras bien des excuses pour que je vienne ici de temps en temps. Je serai son courrier et celui d'Andy Gavallan jusqu'à ce que tout redevienne n...

— Attention », dit Starke la main sur la bouche, voyant Zataki qui regardait en direction de l'avion. Il avait inspecté les passagers et contrôlé leurs papiers. Zataki lui fit signe et il descendit le rejoindre. « Oui, Excellence ?

— Cet homme n'a pas d'autorisation de sortie. »

C'était Roberts, un des ajusteurs, un homme d'âge mûr extrêmement compétent. L'inquiétude se lisait sur son visage ridé. « Je lui ai expliqué que je n'ai pas pu en obtenir, cap'taine Starke, nous n'avons pas pu en obtenir, les bureaux de l'immigration sont tous fermés. Il n'y a eu aucun problème à Téhéran. »

Starke regarda le document. Il n'était expiré que depuis quatre jours.

« Peut-être pourriez-vous le laisser partir cette fois-ci, Excellence. Il est exact que les bur...

— Pas d'autorisation correcte, pas de sortie. Il reste ici ! »

Roberts devint blanc. « Mais Téhéran m'a laissé partir et je dois être à Lond... »

Zataki l'attrapa par sa parka et le fit tomber en le poussant violemment en arrière. Furieux, Roberts se releva. « Par Dieu, je suis autorisé et... » Il se tut. Un des Brassards verts lui avait enfoncé le canon de son fusil dans la poitrine, un autre se tenait derrière lui. Tous les deux prêts à appuyer sur la détente.

« Attends dans la Jeep, Roberts, bon sang, fais ce que je te dis », dit Starke.

Un des Brassards verts montra la voiture tandis que Starke essayait de masquer sa propre inquiétude. Jon Tyrer et Manuela n'avaient pas non plus de permis de sortie à jour.

« Pas d'autorisation, pas de sortie ! » répéta méchamment Zataki en passant au suivant.

Genny qui venait juste après était effrayée. Elle détestait Zataki, cette violence et cette odeur de peur qui l'entourait. Elle était désolée pour Roberts qui devait rentrer d'urgence en Angleterre, un de ses enfants était très malade, on pensait que c'était la polio, et ni le téléphone ni le courrier ne fonctionnaient. Elle regarda Zataki qui examinait attentivement les papiers du pilote à côté d'elle. Pourriture ! pensa-t-elle. Il faut que je prenne cet avion. Il le faut. Oh ! Comme j'aimerais que nous puissions tous partir. Pauvre Duncan, il ne va absolument pas s'occuper de lui, il va manger n'importe quoi, n'importe comment et il est fichu de se refaire un ulcère. « Mon autorisation de sortie est expirée », dit-elle en s'efforçant de prendre un ton craintif et en laissant perler quelques larmes.

« La mienne aussi », fit Manuela d'une petite voix.

Zataki les regarda. Il hésita. « Les femmes sont irresponsables, les hommes sont responsables. Vous deux, les femmes, vous pouvez partir. Maintenant. Embarquez !

— Est-ce que M. Roberts peut venir aussi ? demanda Genny en montrant le mécanicien. Il est t...

— Embarquez ! » hurla Zataki dans un de ses soudains accès de fureur, le visage rouge. Les deux femmes grimpèrent l'escalier ; tout le monde fut pris de panique, même ses propres Brassards verts.

« Excellence, vous aviez raison, dit Starke en parsi, avec un calme feint. Les femmes ne doivent pas discuter. » Il attendit, comme tous les autres, osant à peine respirer sous le regard féroce de Zataki. Mais il ne baissa pas les yeux. Zataki hocha la tête et, d'un air renfrogné, se remit à examiner les papiers qu'il tenait en main.

Zataki était rentré la veille d'Ispahan et Esvandiary avait autorisé un vol le lendemain pour le ramener à Bandar Delam. Le plus tôt sera le mieux, pensa Starke.

Et, pourtant, il se sentait désolé pour Zataki. La nuit dernière, il l'avait trouvé appuyé contre l'hélicoptère, la tête dans les mains, souffrant énormément. « Qu'est-ce qu'il y a, *agha* ?

— Ma tête. C'est... c'est ma tête. »

Il l'avait persuadé d'aller voir le Dr Nutt et l'avait conduit au bungalow du toubib.

« Donnez-moi de l'aspirine ou de la codéine, docteur, ce que vous avez, avait dit Zataki.

— Vous devriez peut-être me laisser vous examiner et...

— Non ! avait hurlé Zataki. Pas besoin qu'on m'examine. Je sais ce qui ne va pas. Je sais ce qui n'est pas bon pour moi. La Savak... la prison... » Et, plus tard, lorsque la codéine commença à faire son effet, Zataki raconta à Starke qu'il y avait environ un an et demi, il avait été arrêté et accusé de propagande antishah. A cette époque il travaillait comme journaliste pour l'un des journaux d'Abadan. Il avait été emprisonné pendant huit mois et relâché juste après l'incendie d'Abadan. Il n'avait pas dit à Starke ce qu'ils lui avaient fait. « C'était la volonté de Dieu, pilote, avait-il conclu avec amertume. Mais, depuis, je bénis Dieu pour chaque jour qu'il m'accorde afin d'exterminer les hommes du shah et de la Savak, ses policiers et tous ceux qui ont aidé ce démon. Autrefois, j'étais pour lui, n'avait-il pas payé mes études, ici et en Angleterre ? Mais il est aussi responsable de la Savak. Honte sur lui ! Ceci est ma vengeance personnelle ; je n'ai pas encore vengé ma femme et mes fils assassinés dans l'incendie d'Abadan. »

Starke n'avait rien dit. On n'avait jamais pu déterminer les causes de cet incendie où cinq cents personnes avaient trouvé la mort.

Il regarda Zataki qui, lentement et laborieusement, continuait à examiner les papiers des candidats passagers — Starke ne savait s'il y en avait d'autres dont le visa était expiré. Tout le monde était tendu. C'était bientôt au tour de Tyrer qui devait absolument partir. Le toubib avait insisté pour qu'il se fasse examiner le plus vite possible à

Al Shargaz ou à Dubaï où il y avait un excellent équipement médical. « Je suis sûr que ça va mais il faut qu'il repose ses yeux. Ecoute-moi, Duke, pour l'amour du ciel, tiens-toi à l'écart de Zataki et dis aux autres de faire de même. Ce type est complètement fêlé, il va exploser et Dieu sait ce qui se passera alors.

— Qu'est-ce qui ne va pas chez lui ?

— Médicalement je ne sais pas. Psychologiquement il est dangereux, très dangereux. A mon avis, c'est un dépressif paranoïaque, certainement à cause du traumatisme de la prison. Est-ce qu'il t'a dit ce qu'ils lui ont fait ?

— Non.

— Moi, je conseillerais de le mettre sous sédatifs et de veiller à ce qu'il n'y ait pas d'arme à sa portée. »

Formidable, pensa Starke impuissant, plus facile à dire qu'à faire ! Au moins Genny et Manuela sont à bord et elles seront bientôt à Al Shargaz qui est un paradis comp...

Un cri interrompit ses pensées. De l'autre côté de l'avion, arrivait de derrière la tour de contrôle le mollah Hussain entouré de Brassards verts aux visages hostiles.

Zataki oublia immédiatement les passagers, fit glisser sa mitraillette de son épaule à sa main et alla se placer entre l'appareil et Hussain. Deux de ses hommes s'avancèrent avec lui et les autres se mirent en position tout autour, le couvrant.

« Nom de Dieu, murmura quelqu'un, qu'est-ce qui se passe ?

— Soyez prêts à plonger, dit Ayre.

— Cap'taine, murmura Roberts, complètement abattu. Il faut que je monte dans cet avion, il le faut. Ma petite fille est très malade, pouvez-vous faire quelque chose au sujet de ce salaud ?

— Je vais essayer. »

Zataki regardait Hussain, plein de haine. Deux jours auparavant il était allé à Ispahan, invité là-bas pour une réunion avec le comité secret. Les onze membres étaient des ayatollahs et des mollahs et là, pour la première fois, il avait découvert le véritable visage de cette révolution pour laquelle il s'était battu et avait souffert. « Les hérétiques seront écrasés. Il n'y aura plus que des cours révolutionnaires. La justice sera rendue rapidement, elle sera sans appel et définitive... » Les mollahs étaient si sûrs d'eux, si convaincus de leur droit divin à rendre la justice puisqu'ils étaient les seuls interprètes du Coran et de la Sharia. Prudemment Zataki n'avait rien laissé paraître de son horreur et avait gardé ses pensées pour lui-même, mais il avait compris qu'il avait été une fois de plus trahi.

« Qu'est-ce que tu veux, mollah ? » dit-il en prononçant « mollah » comme une insulte.

« Premièrement, je veux que tu comprennes que tu n'as aucun pouvoir ici. Ce que tu fais à Abadan dépend des ayatollahs d'Abadan, mais ici tu n'as aucun pouvoir sur cette base, sur ces hommes ou sur cet avion. » Hussain était entouré d'une douzaine d'hommes armés au visage dur, tous des Brassards verts.

— Aucun pouvoir, hein ? » Il se retourna dédaigneusement et cria en anglais : « L'avion va décoller immédiatement ! Que tous les passagers embarquent ! » Il fit signe au pilote de s'en aller puis se retourna vers Hussain. « Bien ! Et deuxièmement ? demanda-t-il tandis que derrière lui les passagers se hâtaient d'obéir. Comme les Brassards verts ne quittaient pas Zataki et Hussain des yeux, Starke ordonna à Roberts de monter dans l'appareil, puis avec l'aide d'Ayre il aida Tyrer à sortir de la Jeep.

Zataki caressait son arme tout en fixant Hussain. « Alors ? Deuxièmement ? » redemanda-t-il.

Hussain était perplexe et ses hommes bien conscients que des armes étaient pointées sur eux. Les moteurs du jet vrombirent. Il vit les passagers qui se dépêchaient d'embarquer, Starke et Ayre aidant un homme au visage entouré de bandeaux. Puis les deux pilotes retournèrent à leur Jeep. Aussitôt que le dernier passager eut embarqué, l'escalier remonta et le jet s'éloigna sur la piste.

« Bien, *agah*, quoi d'autre ?

— Deuxièmement... deuxièmement le comité de Kowiss t'ordonne, à toi et à tes hommes, de quitter Kowiss. »

Zataki, jambes légèrement écartées, en position de combat, prêt à se battre et à mourir s'il le fallait, se tourna légèrement vers ses hommes et, pour se faire entendre au-dessus du vrombissement des moteurs, cria : « Vous avez entendu ? Le comité de Kowiss nous donne l'ordre de nous en aller ! »

Ses hommes éclatèrent de rire. Un des Brassards verts d'Hussain, un adolescent imberbe qui se tenait à l'extrémité du groupe, leva son fusil et mourut instantanément presque coupé en deux par la rafale précise des hommes de Zataki. Le silence retomba et on n'entendit plus que le jet qui s'éloignait. Hussain fut momentanément désorienté par la soudaineté et par le sang qui jaillissait sur le ciment.

« Que la volonté de Dieu soit faite, dit Zataki. Qu'est-ce que tu veux, mollah ? »

Ce fut alors que Zataki remarqua le petit garçon pétrifié, blotti contre le mollah et qui le regardait. Il ressemblait tellement à son fils, son aîné, que pendant un instant il fut ramené en arrière — aux temps heureux d'avant l'incendie, quand tout semblait parfait et que l'on croyait au futur — aux temps de la « révolution blanche » du shah, des réformes agraires, des mollahs matés et de l'instruction pour tous

—, aux temps heureux où j'étais père. Mais c'est fini. A jamais. Les électrodes et les pinces ont détruit cette possibilité à jamais.

Il ressentit dans les reins une violente douleur qui lui donna envie de crier. Mais il ne le fit pas, il surmonta sa souffrance, comme d'habitude, et il se concentra sur l'affrontement imminent. Il pouvait voir l'implacabilité sur le visage du mollah et il se tint prêt. Il aimait bien tuer à la mitraillette. Le crépitement de la machine, les soubresauts dans ses mains, l'odeur de la cordite et du sang des ennemis de Dieu et de l'Iran, il aimait. Les mollahs sont l'ennemi et en premier Khomeiny qui commet un sacrilège en permettant que l'on se prosterne devant sa photographie et qu'on l'appelle imam, et qui met des mollahs entre nous et Dieu — contre tous les préceptes du Prophète. « Dépêche-toi, je perds patience.

— Je veux cet homme », dit Hussain en pointant un doigt.

Zataki jeta un regard derrière lui. Le mollah montrait Starke. « Le pilote ? Pourquoi ? Qu'est-ce que tu lui veux ? demanda-t-il, perplexe.

— Je veux l'interroger.

— A quel sujet ?

— Au sujet de l'évasion des officiers d'Ispahan.

— Que peut-il savoir là-dessus ? Il était avec moi à Bandar Delam à des centaines de kilomètres de là, à aider les révolutionnaires contre les ennemis de Dieu. Les ennemis de Dieu sont partout, partout ! Le sacrilège est partout, on se prosterne devant des idoles, n'est-ce pas ?

— Oui, les ennemis pullulent et le sacrilège est le sacrilège. Mais c'est un pilote d'hélicoptère, un Infidèle pilotait l'appareil avec lequel ils se sont évadés, il doit savoir quelque chose. Je veux l'interroger.

— Pas tant que je serai là.

— Pourquoi ? Pourquoi pas ? Pourquoi ne l...

— Tu ne l'interrogeras pas, pas tant que je serai là. Plus tard, demain ou après-demain, comme Dieu le voudra, mais pas maintenant. »

Zataki vit dans les yeux et sur le visage de Hussain qu'il cédait, qu'il n'était plus une menace. Prudemment il regarda l'un après l'autre les Brassards verts qui entouraient le mollah et ne décela aucun danger, la mort soudaine d'un homme, pensa-t-il sans remords, mate les autres, comme toujours. « Je pense que tu veux à présent retourner à ta mosquée, c'est bientôt l'heure de la prière. » Il tourna les talons et se dirigea vers la Jeep, sachant que ses hommes le protégeaient. Il fit signe à Starke et Ayre et s'installa à l'avant. Sa mitraillette était prête mais de façon moins évidente qu'auparavant. Un par un ses hommes retournèrent aux voitures. Ils s'éloignèrent.

Hussain était blême. Ses Brassards verts attendaient. L'un d'eux alluma une cigarette, tous conscients de la présence du cadavre à leurs pieds. Et du sang qui continuait à se répandre.

« Pourquoi les as-tu laissés partir, Père ? demanda le petit garçon d'une voix aiguë.

— Nous avons des choses plus importantes à faire maintenant, mon fils. Mais nous reviendrons. »

CHAPITRE 31

Zagros 3 : 12 h 05. Scot Gavallan fixait le barillet d'un revolver Sten. Il venait juste de poser son 212 après sa première rotation de la journée sur le puits Rosa où il avait livré des tuyaux d'acier et du ciment. A l'instant où il avait coupé les moteurs, des Brassards verts avaient surgi du hangar et étaient venus l'entourer.

Tout en haïssant cette peur qui s'était emparée de lui, il se força à détacher son regard du revolver et fixa les yeux noirs malveillants. « Que... qu'est-ce que vous voulez ? » croassa-t-il, puis dans un parsi hésitant : « *Cheh karbareh ?* »

Un flot de mots incompréhensibles et rageurs jaillit de la bouche de l'homme au revolver.

Il enleva ses écouteurs. « *Man zaban-e shoma ra khoob nami danam, agha!* cria-t-il par-dessus le bruit des moteurs. Je ne parle pas votre langage, Excellence », dit-il en ravalant l'obscénité qu'il mourait d'envie d'ajouter. Une tirade coléreuse lui répondit de nouveau. L'homme lui fit signe de sortir du cockpit. Puis il vit Nasiri, le directeur d'IranOil pour la base, échevelé et meurtri, poussé hors de son bureau vers le 212 par d'autres Gardes révolutionnaires. Il se pencha par la fenêtre. « Qu'est-ce qui se passe ?

— Ils... ils veulent que vous sortiez de l'appareil, capitaine, cria en retour Nasiri. Ils... dépêchez-vous, s'il vous plaît.

— Attends que je coupe les moteurs ! » Scot termina nerveusement la procédure. Le barillet du Sten n'avait pas bougé, pas plus que l'animosité ambiante n'avait baissé. Les rotors ralentissaient rapidement et, lorsqu'il fut conforme au règlement de s'en aller, il déboucla sa ceinture de sécurité et sortit. Il fut immédiatement poussé de côté. Des hommes excités ouvrirent en hurlant la porte du cockpit, regardèrent à l'intérieur, tandis que d'autres faisaient coulisser la porte de la cabine et montaient dans l'appareil. « Mais qu'est-ce qui vous est arrivé, *agha* ? demanda-t-il à Nasiri en contemplant avec stupeur son visage tuméfié.

— Le... le nouveau comité a fait une erreur, dit Nasiri en essayant de garder sa dignité, il croyait que j'étais... que j'étais un partisan du shah et pas un homme de la révolution et de l'imam...

— Mais qui sont ces types ? Ils ne sont pas de Yazdek. »

Avant que Nasiri pût répondre, le Brassard vert au Sten lui donna un coup de coude. « Au bureau ! Maintenant ! », dit-il en mauvais anglais, en tirant Scot par la manche de son blouson. Scot, instinctivement, dégagea son bras. Un revolver s'enfonça dans ses côtes. « Ça va, ça va », murmura-t-il entre ses dents. Il se dirigea vers le bureau, le visage crispé.

A l'intérieur Nitchak Khan, le *kalandar* du village, et le vieux mollah étaient debout, dos au mur, à côté de la fenêtre ouverte, tous deux impassibles. Il les salua aimablement, ils répondirent par un signe de tête. Derrière lui de nombreux Brassards verts pénétrèrent dans la pièce avec Nasiri.

« *Cheh karbareh, Kalandar ?* demanda Scot. Qu'est-ce qui se passe ?

— Ces hommes sont... prétendent être notre nouveau comité, répondit Nitchak Khan avec difficulté. Ils ont été envoyés de Sharpur pour prendre le contrôle de... de notre village et de notre... aéroport. »

Scot était perplexe. Ce que le chef du village venait de dire n'avait pas de sens. Bien que Sharpur soit la ville la plus proche et soit officiellement le chef-lieu juridique de la région, la coutume voulait que les tribus montagnardes des Kash'kais se gouvernent elles-mêmes, aussi longtemps qu'elles admettraient la suzeraineté du shah et de Téhéran, obéiraient aux lois et resteraient désarmées et pacifiques. « Mais vous vous êtes toujours gouv...

— Silence ! fit le chef des Brassards verts en agitant son revolver Sten. Scot vit Nitchak Khan s'empourprer. Le chef était barbu, âgé d'une trentaine d'années, pauvrement habillé, ses yeux noirs brillaient d'une lueur mauvaise. Il tira Nasiri et le poussa devant le groupe en lui parlant en parsi.

« Je... je vais traduire, capitaine, dit Nasiri nerveusement. Le chef, Ali-sadr, dit que vous devez répondre aux questions suivantes. J'ai déjà répondu à la plupart mais il veut... » Ali-sadr l'injuria et commença à poser les questions qu'il lisait sur une feuille de papier. Nasari traduisait.

« Etes-vous le chef ici ?

— Oui, temporairement.

— Quelle est votre nationalité ?

— Britannique. Mais pourquoi v...

— Y a-t-il des Américains ici ?

— Pas à ma connaissance », répondit sans hésiter Scot tout en gardant un visage impassible, espérant que cette question n'avait pas déjà été posée à Nasiri qui savait que Rodriguez était américain avec de faux papiers anglais. Nasiri traduisit sans aucune hésitation. Un des Brassards verts écrivait les réponses.

« Combien de pilotes y a-t-il ici ?

— En ce moment, je suis le seul.

— Où sont les autres, qui sont-ils et quelle est leur nationalité ?

— Notre chef pilote, le capitaine Lochart, un Canadien, est à Téhéran. Il pilote un charter, je pense, il devrait rentrer d'un jour à l'autre. L'autre, son second, le capitaine Sessonne, un Français, a dû piloter un charter urgent pour IranOil à Téhéran aujourd'hui. »

Le chef leva les yeux, le regard dur. « Qu'est-ce qu'il y avait de si urgent ?

— Il y a un nouveau forage au puits Rosa. » Il attendit pendant que Nasiri expliquait ce que cela signifiait, que les foreurs avaient besoin de l'aide urgente d'experts de Schlumberger basés à Téhéran. Ce matin, Jean-Luc avait appelé la tour de contrôle de Chiraz pour obtenir l'autorisation de partir à Téhéran. A sa grande joie et surprise, Chiraz lui avait immédiatement accordé l'autorisation. « L'imam a décrété que la production de pétrole devait reprendre, avaient-ils dit, elle reprendra donc. »

Quelques minutes plus tard Jean-Luc décollait. Scot Gavallan sourit en lui-même, connaissant la véritable raison de l'euphorie de Jean-Luc : il était fou de joie à l'idée de revoir Sayada. Scot l'avait rencontrée une fois. « A-t-elle une sœur ? » avait-il alors demandé plein d'espoir.

Le chef écoutait impatiemment Nasiri, puis il l'interrompit et Nasiri fit une grimace. « Il... euh... Ali-sadr dit que désormais tous les vols devront être approuvés par lui, ou par cet homme. » Nasiri montra le jeune Brassard vert qui recopiait les réponses de Scot.

« Désormais, il y aura un homme à eux dans chacun de nos vols, plus de décollage sans permission demandée à l'avance. Dans une heure vous devez l'emmener, lui et ses hommes, visiter tous les puits de la région.

— Expliquez-lui que ce n'est pas possible parce que nous devons encore livrer des tuyaux et du ciment au puits Rosa. Autrement, quand Jean-Luc reviendra demain, ils ne seront pas prêts. »

Nasiri commença à expliquer. Le chef le coupa durement et se leva. « Dis au pilote infidèle d'être prêt dans une heure et... encore mieux, dis-lui de venir avec nous au village, comme ça je pourrai le surveiller. Tu viens aussi. Et dis-lui de se montrer très obéissant. Bien que l'imam désire que la production pétrolière reprenne le plus vite possible, toute personne en Iran doit se soumettre aux lois islamiques, qu'elle soit iranienne ou pas. Nous n'avons pas besoin d'étrangers ici. » L'homme regarda Nitchak Khan. « Maintenant nous allons retourner à notre village », dit-il en sortant. Nitchak Khan rougit. Lui et le mollah le suivirent.

« Capitaine, vous devez venir avec lui au village, dit Nasiri.

— Pour quoi faire ?

— Eh bien, vous êtes le seul pilote et vous connaissez la région », dit Nasiri, se demandant en fait quelle était la véritable raison. Il avait très peur. Il n'y avait pas eu de signes avant-coureurs de changements imminents, ils ne savaient même pas au village que la route bloquée par les chutes de neige était de nouveau ouverte. Le matin, ils avaient vu arriver un camion avec douze Brassards verts. Le chef du comité avait aussitôt exhibé une feuille de papier signée par le comité révolutionnaire de Sharpur qui l'autorisait à prendre le contrôle de Yazdek ainsi que de « toutes les installations d'IranOil et des hélicoptères de la région ». Quand, à la demande de Nitchak Khan, Nasiri avait dit qu'il appellerait IranOil par radio pour se plaindre, un des hommes avait commencé à le battre. Le chef avait arrêté l'homme mais ne s'était pas excusé. Il n'avait pas non plus montré le respect qu'il devait à l'égard de Nitchak Khan qui était le *kalandar* de cette branche des Kash'kais. Nasiri fut de nouveau saisi par l'angoisse et il aurait bien voulu être rentré chez lui à Sharpur avec sa femme et sa famille. Que Dieu maudisse tous les comités, les fanatiques, les étrangers, et le Grand Satan américain qui est la cause de tous nos ennuis. « Nous... nous ferions mieux d'y aller », dit-il.

Ils sortirent. Les autres étaient déjà loin sur le sentier qui menait au village. Comme Scot passait près du hangar, il vit six mécaniciens rassemblés et surveillés par un garde armé. Le garde fumait et il eut une idée. Des écriteaux en anglais et en parsi, accrochés partout, disaient : DANGER ! DÉFENSE DE FUMER ! Dans un coin du hangar, on terminait sur le deuxième 212 la révision des quinze cents heures, mais sans les deux 206 qui complétaient leur flotte le hangar paraissait vide et abandonné. « *Agha*, dit-il à Nasiri, dites-leur que je dois m'occuper de l'appareil et interdisez à ce crétin de fumer dans le hangar. »

Nasiri fit ce qu'on lui demandait. « Ils ont dit OK, mais vous devez faire vite. » Le garde qui fumait jeta paresseusement sa cigarette sur le ciment. Un des mécaniciens alla rapidement l'écraser. Nasiri serait bien resté mais les gardes lui firent signe de venir. Il partit à contrecœur.

« Fais le plein du FBC et procède aux vérifications de prédécollage », dit Scot prudemment, ne sachant pas si les gardes présents comprenaient l'anglais ou pas. « Dans une heure je dois emmener notre comité pour une visite de nos chantiers. On dirait que nous dépendons d'un nouveau comité de Sharpur, à présent.

— Oh ! Merde, murmura quelqu'un.

— Et qu'est-ce qu'on fait pour les livraisons du puits Rosa ? » demanda Effer Jordon. A côté de lui il y avait Rod Rodriguez et Scot vit qu'il était inquiet.

« Ça va devoir attendre. Fais le plein de FBC, Effer, et que tout le monde vérifie l'appareil. Maintenant que tout redevient normal, tu vas pouvoir partir bientôt en perm à Londres, pas vrai ? ajouta-t-il pour encourager le vieil homme.

— Sûr, Scot. »

Le garde à côté de lui lui fit signe de continuer. « *Baleh, agha.* » « Oui, très bien, Excellence », dit Scot. Puis à Rodriguez : « Rod, vérifie bien tout pour moi.

— Bien sûr. »

Scot sortit, suivi par ses gardes. « Qu'est-ce qui se passe ? Où vas-tu ? demanda Jordon d'un ton inquiet.

— Je pars faire une balade, répondit-il, ironique. Comment veux-tu que je sache ? J'ai piloté toute la matinée. » Il s'éloigna d'une démarche lourde, se sentant fatigué, impuissant, inutile, souhaitant que Lochart ou Jean-Luc soient à sa place. Saloperie de comités de merde ! Bande de connards ! »

Nasiri était à cent mètres devant lui. Les autres avaient déjà disparu à un détour du sentier qui serpentait à travers les arbres. La température était en dessous de zéro et la neige crissait sous les pas. Son blouson de vol lui tenait chaud mais ses bottes étaient moins pratiques. Il avançait péniblement, maussade, essayant de rattraper Nasiri mais n'y arrivant pas. La neige avait été déblayée sur le chemin. Les arbres étaient tout blancs et le ciel sans nuage. Un kilomètre après le virage se trouvait le village.

Yazdek était situé sur un petit plateau protégé des vents. Les cabanes et les maisons, construites en bois, en pierre, en brique de boue, étaient regroupées autour d'une place devant la petite mosquée. A la différence de la plupart des villages celui-ci était prospère : beaucoup de bois de chauffe pour l'hiver, beaucoup de gibier dans la région, des troupeaux communaux de moutons et de boucs, quelques chameaux, trente chevaux et des juments poulinières qui faisaient la fierté des villageois. La maison de Nitchak Khan avait un étage, quatre pièces et un toit de tuiles. Construite juste à côté de la mosquée, elle était bien plus grande que les autres.

Il y avait également une école, le bâtiment le plus moderne du village. Tom Lochart l'avait dessinée et avait persuadé McIver de la financer l'année précédente. L'école avait été dirigée par un jeune homme appartenant au corps enseignant volontaire du shah — le village étant pratiquement complètement analphabète. Mais lorsque le shah était parti, le jeune homme avait disparu. De temps en temps Tom Lochart ou d'autres membres de la base venaient donner un cours, généralement des séances questions-réponses, pour garder de bons rapports avec la population et pour s'occuper quand ils ne volaient pas. Les cours étaient fréquentés autant par les enfants que par les adultes, encouragés en cela par Natchak Khan et son épouse.

En arrivant en bas de la pente, Scot vit les autres entrer dans l'école. Le camion qui avait amené les Brassards verts était garé devant la porte. Des villageois s'étaient groupés et regardaient silencieusement. Aucun d'eux n'était armé. Les femmes kash'kais ne portaient ni le voile ni le tchador mais des robes multicolores.

Scot monta les marches qui menaient à l'école. La dernière fois qu'il était venu, quelques semaines auparavant, il avait fait un cours sur Hong-kong qu'il connaissait bien pour y être allé souvent pendant les vacances scolaires quand son père y travaillait. Cela avait été difficile de raconter Hong-kong, ses rues grouillantes, les typhons, l'écriture chinoise, sa nourriture, son capitalisme sauvage et la Chine immense à ses frontières. Je suis content que nous soyons rentrés en Ecosse, pensa-t-il. Content que le vieux ait créé la S-G que je vais diriger un jour.

« Vous devez vous asseoir, capitaine, dit Nasiri. Ici. » Il indiqua une chaise au fond de la pièce basse de plafond et bondée. Ali-sadr et quatre autres Brassards verts étaient installés à la table où se tenait d'habitude l'instituteur. Nitchak Khan et le mollah s'assirent devant eux. Les villageois se tenaient debout tout autour.

« Qu'est-ce qui se passe ?
— C'est une réunion. »

Scot vit que Nasiri tremblait de peur et se demanda ce qu'il ferait si les Brassards verts se remettaient à le frapper. J'aurais dû faire de la boxe ou du karaté, pensa-t-il, en essayant de comprendre ce que le chef disait en parsi.

« Qu'est-ce qu'il dit, *agha* ? murmura-t-il à Nasiri.

— Je... il... il dit... il explique à Nitchak Khan comment le village doit être désormais dirigé. Excusez-moi, je vous expliquerai plus tard. » Nasiri s'éloigna.

La tirade s'arrêta. Tout le monde regardait Nitchak Kahn. Il se leva lentement. Son visage était grave, il parla peu. Même Scot comprit. « Yazdek est kash'kai. Yazdek restera kash'kai. » Il tourna le dos à la table et se dirigea vers la porte, suivi par le mollah.

Le chef des Brassards verts cria un ordre et deux de ses hommes leur barrèrent le chemin. Avec mépris Nitchak Kahn les repoussa, alors d'autres gardes l'empoignèrent ; la tension monta dans la pièce et Scot vit un des villageois s'éclipser discrètement. Les Brassards verts qui tenaient Nitchak Khan lui firent faire demi-tour afin qu'il se trouvât face à Ali-sadr et aux quatre autres qui s'étaient levés et hurlaient tous en même temps. Personne n'avait touché le vieil homme qui était mollah. Il leva la main et commença à parler, mais le chef lui cria de se taire et un soupir passa dans l'assistance. Nitchak Khan n'essaya pas de se débattre, il regarda Ali-sadr droit dans les yeux et Scot sentit la haine féroce aussi sûrement qu'un coup de poing.

Le chef harangua tous les villageois, puis pointa un doigt accusateur vers Nitchak Khan et lui ordonna à nouveau de se soumettre. Une fois de plus, Nitchak Khan répondit tranquillement : « Yazdek est kash'kai. Yazdek restera kash'kai. »

Ali-sadr s'assit. Les quatre autres en firent autant. Ali-sadr montra à nouveau du doigt Nitchak Khan et dit quelques mots. Un frisson passa parmi les villageois. Les quatre hommes à côté approuvèrent de la tête. Ali-sadr dit un seul mot. Un silence lourd s'abattit sur la pièce. « Mort ! » Il se leva et sortit. Les villageois le suivirent et les Brassards verts tirèrent Nitchak Kahn. Scot avait été oublié. Il ne bougea pas. Bientôt il fut seul.

Dehors les Brassards verts traînèrent Nitchak Khan jusque devant le mur de la mosquée. La place était vide. Les villageois qui sortaient de l'école s'éloignèrent en toute hâte. Sauf le mollah. Il avança lentement vers Nitchak Khan et vint se mettre à côté de lui, face aux Brassards verts qui, vingt mètres plus loin, apprêtaient leurs fusils. Ali-sadr lança un ordre et deux de ses hommes emmenèrent le vieil homme. Nitchak Khan attendit silencieusement près du mur, fièrement, puis il cracha dans la poussière.

Le coup de feu éclata. Ali-sadr était mort avant même de toucher le sol. Les Brassards verts firent volte-face pris de panique, puis s'immobilisèrent quand une voix cria : « *Allah-ou Akbar*, laissez tomber vos fusils ! »

Personne ne bougea, puis l'un des gardes du peloton d'exécution mit Nitchak Khan en joue. Il mourut avant d'avoir pu appuyer sur la détente.

« Dieu est grand, laissez tomber vos armes ! »

Un des Brassards verts jeta son arme à terre ; un autre l'imita, puis un homme s'élança vers le camion et fut abattu avant d'avoir fait dix mètres. A présent toutes les armes reposaient au sol. Et tous se tenaient bien immobiles.

La porte de la maison de Nitchak Khan s'ouvrit et son épouse sortit armée d'une carabine. Un jeune homme la suivait, tenant lui aussi une carabine. Elle marchait fièrement. Elle avait dix ans de moins que son mari. Le tintement de ses bracelets et de ses chaînes et le bruissement de ses longues robes rouge et marron étaient les seuls bruits que l'on entendait sur la place.

Nitchak Khan plissa les yeux. Mais il ne lui dit rien, il observa les huit Brassards verts qui restaient. Sans défense. Ils le regardèrent aussi, puis l'un d'eux ramassa son arme. Elle lui tira une balle dans l'estomac et il tomba dans la neige en hurlant. Elle le laissa crier quelques instants. Un deuxième coup de feu et les cris cessèrent.

Maintenant ils n'étaient plus que sept.

Nitchak Khan sourit en silence. Les habitants du village sortaient de leurs huttes et de leurs maisons et convergeaient vers la place. Ils étaient tous armés. Il se tourna vers les sept hommes. « Montez dans le camion, allongez-vous à plat ventre, les mains dans le dos. » Les hommes obéirent d'un air sombre. Il donna l'ordre à quatre villageois de les surveiller puis s'adressa au jeune homme qui était sorti de sa maison. « Il en reste un à l'aéroport, mon fils. Emmène quelqu'un avec toi et occupe-toi de lui. Ramène son corps mais couvre ton visage afin que les Infidèles ne te reconnaissent pas.

— Comme Dieu le veut. » Le jeune homme montra l'école. La porte était toujours ouverte mais aucun signe de Scot. « L'Infidèle, dit-il doucement, il n'est pas de notre village. » Puis il s'en alla rapidement.

Le village attendit. Nitchak Khan se gratta pensivement la barbe. Puis son regard se posa sur Nasiri qui se faisait tout petit à côté de l'escalier de l'école.

Le visage de Nasiri se décomposa. « Je... je n'ai rien vu, rien du tout, Nitchak Khan, croassa-t-il en se levant et en contournant les corps. J'ai toujours, depuis deux ans que je suis ici, j'ai toujours fait tout ce que je pouvais pour le village. Je... je n'ai rien vu », dit-il plus fort, abject. Puis sa terreur l'emporta et il partit en courant. Et mourut. Abattu par une douzaine de balles.

« Le seul témoin de la vilenie de ces hommes est Dieu et cela est juste. » Nitchak Khan soupira. Il aimait bien Nasiri. Mais il n'était pas un des leurs. Sa femme vint à côté de lui et il lui sourit. Elle sortit un paquet de cigarettes, lui en tendit une, l'alluma, puis remit le tout dans sa poche. Il tira une bouffée, perdu dans ses réflexions. Des chiens aboyèrent dans les maisons et un bébé se mit à pleurer.

« Il va y avoir une avalanche qui va couper la route afin que personne ne puisse revenir avant la fonte des neiges, dit-il finalement. Nous allons mettre les corps dans le camion, l'arroser de pétrole et le pousser dans le ravin des Chameaux brisés. Il semble que le comité a décidé que nous pouvions nous gouverner nous-mêmes, comme toujours, et qu'on devait nous laisser tranquille, comme à l'ordinaire. Quand ils sont partis, ils ont emmené le corps de Nasiri avec eux. Ils ont abattu Nasiri sur la place, nous l'avons tous vu, quand celui-ci a essayé de fuir la justice. Malheureusement en repartant ils ont eu un accident. C'est une route très dangereuse, comme nous le savons tous. Ils avaient probablement emmené le corps de Nasiri pour montrer qu'ils avaient fait leur devoir en nettoyant les montagnes d'un notoire partisan du shah. » Les villageois approuvèrent tous de la tête et attendirent. Tous voulaient connaître la réponse à la question finale : Qu'allait-on faire du dernier témoin ? Qu'allait-on faire de l'Infidèle dans l'école ?

Nitchak Khan se gratta la barbe. Cela l'aidait toujours lorsqu'il avait à prendre une décision difficile.

« D'autres Brassards verts reviendront bientôt, attirés par le pouvoir des machines volantes construites et pilotées par des étrangers au profit des étrangers parce que le pétrole est extrait de notre sol pour le bénéfice de nos ennemis de Téhéran, des percepteurs et d'autres étrangers. S'il n'y avait pas de puits, il n'y aurait pas d'étrangers et il n'y aurait donc pas de Brassards verts. La terre est riche en pétrole partout ailleurs sauf ici. Les quelques puits que nous avons dans la région ne sont pas importants et les onze bases difficiles d'accès et dangereuses — les étrangers n'ont-ils pas été obligés de faire sauter la montagne il y a quelques jours pour sauver un de leurs puits d'une avalanche ? »

Approbation générale. Il tira sur sa cigarette avec plaisir. La population le regardait avec confiance ; il était *kalandar*, le chef qui les avait dirigés avec sagesse depuis dix-huit ans. « S'il n'y avait pas de machine volante, il n'y aurait pas de puits. Si ces étrangers s'en allaient, continua-t-il de la même voix lente et grave, je doute que d'autres jusqu'ici s'aventurent pour réparer et rouvrir les onze bases qui, j'en suis sûr, seraient vite détruites par des bandits. On nous laisserait donc tranquilles. Sans notre aide, personne ne peut opérer dans les montagnes. Nous, Kash'kais, désirons vivre en paix — nous serons libres et vivrons selon nos propres lois et coutumes. Les étrangers doivent donc partir de leur plein gré. Et partir rapidement. Et les puits doivent disparaître. Et tout ce qui est étranger à la région. » Il écrasa sa cigarette dans la neige. « Commençons tout de suite : brûlons l'école. »

Il fut immédiatement obéi. Un peu de pétrole et le bâtiment de bois se transforma vite en brasier. Tout le monde attendit. Mais l'Infidèle ne reparut pas et, quand ils fouillèrent les décombres fumants, ils ne trouvèrent pas son cadavre.

Près de Tabriz : 11 h 49. Le 206 d'Erikki Yokkonen grimpait dans le haut défilé qui menait à la ville. Nogger Lane était assis à côté de lui et Azadeh derrière. Elle portait un gros blouson de vol par-dessus sa combinaison de ski, mais elle avait plié un tchador dans la mallette qu'elle emmenait avec elle. « Au cas où... », avait-elle dit. Sur sa tête, elle avait mis la troisième paire d'écouteurs qu'Erikki avait branché pour elle.

« Tabriz 1, me recevez-vous ? » demanda-t-il. Ils attendirent. Toujours aucune réponse et pourtant ils se trouvaient bien à portée de l'émetteur radio. « C'est peut-être abandonné, c'est peut-être un piège, comme pour Charlie.

— On aura intérêt à bien regarder partout avant de se poser », dit Nogger, mal à l'aise en scrutant le sol et les cieux.

Le ciel était clair, la température en dessous de zéro et les montagnes recouvertes de neige. Ils avaient refait le plein sans incident au dépôt d'IranOil juste en dehors de Bandar-e-Pahlavi — déjà rebaptisée — en accord avec Téhéran. « Khomeiny a la situation bien en main et l'aéroport vient de rouvrir au trafic », avait dit Erikki pour essayer de dissiper l'accablement qui les étreignait tous les trois.

Azadeh était encore bouleversée par la nouvelle de l'exécution d'Emir Paknouri pour crimes contre l'Islam, et encore plus par l'horrible nouvelle au sujet du père de Sharazad. « C'est un meurtre, avait-elle hurlé, horrifiée. Quels crimes pouvait-il avoir commis, lui qui soutenait Khomeiny et les mollahs depuis toujours ? »

Personne n'avait pu lui répondre. La famille avait été priée de venir chercher le corps. Sharazad, folle de douleur, s'était enfermée dans la maison et ne recevait personne, pas même Azadeh ni Erikki. Azadeh ne voulait plus quitter Téhéran, mais un deuxième message de son père, identique au premier, était arrivé pour Erikki : « Capitaine, je demande que ma fille rentre d'urgence à Tabriz. »

Ils étaient presque arrivés chez eux.

C'était effectivement chez nous autrefois, pensa Erikki. Maintenant je n'en suis plus aussi sûr.

Près de Qazvin il avait survolé l'endroit où sa Range Rover était tombée en panne sèche et où Pettikin et Rakoczy les avaient sauvés des émeutiers. La Range Rover n'était plus là. Puis il était passé au-dessus du misérable village où avait été dressé le barrage routier et où il avait écrasé le moudjahidin à la face de rat qui avait volé leurs papiers. C'est de la folie de revenir, pensa-t-il.

« Mac a raison, lui avait dit Azadeh. Va à Al Shargaz, je t'en prie. Laisse Nogger m'emmener à Tabriz et me ramener ensuite pour que je prenne la prochaine navette. Quoi que mon père dise, je viendrai te retrouver à Al Shargaz.

— Je t'emmène chez toi et je te ramènerai, avait-il répondu. Fin de la discussion. »

Ils étaient partis de Doshan Tappeh juste après l'aube. La base était presque vide, de nombreux bâtiments et hangars avaient brûlé, des avions de l'armée de l'air détruits voisinaient avec des camions calcinés et une carcasse de tank ornée de l'emblème des Immortels. Personne pour nettoyer tout ça. Pas de gardes. Des pillards avaient emporté tout ce qui pouvait servir de combustible, on ne trouvait pratiquement plus de fuel ni de nourriture dans le pays mais des combats sporadiques opposaient quotidiennement Brassards verts et gauchistes.

Le hangar et l'atelier de réparation de la S-G étaient, par contre, à peine endommagés. De nombreux impacts de balles dans les murs, mais rien n'avait été pillé et tout fonctionnait plus ou moins, avec quelques mécaniciens et le personnel de bureau. Grâce à l'argent que McIver avait réussi à obtenir de Valik et des autres associés, ils avaient pu payer quelques-uns des salaires en retard. McIver avait donné du liquide à Erikki pour payer le personnel de Tabriz 1 :

« Priez, Erikki ! J'ai rendez-vous aujourd'hui chez le ministre pour régler nos problèmes financiers, leur avait-il dit juste avant qu'ils ne décollent, et pour décrocher le renouvellement de nos licences de vol expirées. Talbot à l'ambassade pense qu'il y a de fortes chances pour que Bazargan et Khomeiny prennent le contrôle et désarment les gauchistes. Il faut juste que nous soyons patients et que nous gardions notre sang-froid. »

C'est facile à dire pour lui, pensa Erikki.

A présent ils franchissaient la crête. Il vira et descendit rapidement. « Voilà la base ! » Les deux pilotes se concentrèrent. A part la manche à air, rien ne bougeait. Aucun véhicule garé nulle part. Pas de fumée venant des habitations. « Il devrait y avoir de la fumée. » Il tourna en cercle à une altitude de deux cent cinquante mètres. « Je vais regarder de plus près. »

Ils s'approchèrent rapidement. Aucun mouvement. Ils remontèrent à trois cents mètres. Erikki réfléchit un moment. « Azadeh, je pourrais peut-être me poser dans la cour devant le palais.

— Non, Erikki, répondit-elle aussitôt, tu sais comme ses gardes sont nerveux. Il n'aime pas que l'on vienne sans en avoir été prié.

— Mais nous sommes invités, il nous a priés de venir. Je devrais peut-être même dire ordonner, c'est plus conforme à la réalité. Nous pourrions aller là-bas, tourner, jeter un coup d'œil et si tout semble OK, nous poser.

— Nous pourrions nous poser plus loin et venir à p...

— Pas de marche à pied. Pas sans armes. » Il n'avait pas réussi à en obtenir une à Téhéran. Par contre, tous les voyous de la ville en ont autant qu'ils veulent, pensa-t-il avec humeur. Il faut que je m'en procure une. Je ne me sens plus en sécurité. « Allons jeter un coup d'œil et ensuite je déciderai. » Il se brancha sur la fréquence de Tabriz et appela. Pas de réponse. Il rappela, puis vira et se dirigea vers la ville. En passant au-dessus d'Abu-Mard, leur village, Erikki montra en bas quelque chose du doigt et Azadeh vit la petite école où elle avait passé tant d'heures heureuses et, pas loin, le torrent où pour la première fois elle avait vu Erikki, qui lui était apparu comme un géant, était tombé amoureux d'elle et qui, miracle des miracles, l'avait sauvée de son existence de tourments. Elle se pencha, passa la main à travers la petite fenêtre et la posa sur son épaule.

« Ça va ? demanda-t-il avec un sourire. Tu as assez chaud ?

— Oui, Erikki. Le village nous a porté chance et bonheur, n'est-ce pas ? »

Elle laissa sa main sur son épaule.

Ils aperçurent bientôt l'aéroport et la voie ferrée qui allait vers le nord jusqu'à l'Azerbaïdjan soviétique puis à Moscou ; au sud-est elle retournait vers Téhéran, à environ cinq cent cinquante kilomètres. La ville était étendue. Ils pouvaient à présent voir la citadelle, la mosquée Bleue, les aciéries aux cheminées polluantes, les huttes, les cabanes et les maisons de ses six cent mille habitants.

« Regardez, là ! » De la fumée montait de la gare qui se consumait lentement sans flammes. D'autres incendies près de la citadelle et toujours pas de réponse de la tour de Tabriz. Aucune activité sur l'aéroport en dessous, bien que quelques petits avions y fussent garés. Enorme activité par contre à la base militaire : des camions et des voitures entraient et sortaient, mais ils ne virent ni combats ni foules dans les rues. La place autour de la mosquée était curieusement vide. « Je ne veux pas descendre trop bas, dit-il, je n'ai pas envie de tenter un joyeux tireur.

— Tu aimes Tabriz, Erikki ? » demanda Nogger pour cacher son inquiétude. Il n'y était jamais venu avant.

« C'est une ville magnifique, vieille, pétrie de culture, ouverte et libre, c'est la ville la plus cosmopolite d'Iran. J'ai passé de bons moments ici, on y trouve tout et à bon marché : du caviar, de la vodka, du saumon fumé écossais, du pain frais et du fromage apportés une fois par semaine par Air France, des produits turcs, anglais, américains et japonais. La ville est également célèbre pour ses tapis et la beauté de ses femmes... » Azadeh lui pinça le lobe de l'oreille et il rit. « C'est vrai, Azadeh, tu es de Tabriz, n'est-ce pas ? C'est une ville superbe, Nogger. Ils parlent un dialecte parsi qui est plus turc qu'autre chose. Depuis des siècles c'est un grand centre commercial à la fois iranien, russe, turc, kurde et arménien. C'est une ville indépendante qui a toujours été convoitée par les tsars et maintenant les Soviétiques... »

Ici et là des gens les regardaient d'en bas. « Nogger, tu vois des armes ?

— Plein, mais personne ne nous tire dessus. Pas encore. »

Erikki évita prudemment la ville et prit la direction de l'est. Il survola des collines et arriva au palais des Gorgon entouré de murs et bâti en haut d'une crête. Pas de trafic sur la route qui y menait. A l'intérieur des murs, des hectares de terrain sur lesquels se trouvaient des vergers, une fabrique de tapis, des garages pour une vingtaine de voitures, des hangars où l'on abritait les moutons pendant l'hiver, des cabanes pour la centaine de serviteurs et de gardes, le bâtiment principal de cinquante pièces et une petite mosquée avec un minaret. Quelques voitures étaient garées près de l'entrée principale. Il tourna en cercles à deux cents mètres.

« Pas mal, la propriété ! siffla Nogger Lane.

— Elle a été construite pour mon arrière-grand-père par le prince

Sergueiev sur ordre des tsars Romanov, comme *pishkesh*, dit Azadeh distraitement en regardant le sol. C'était en 1890, quand les tsars avaient déjà volé nos provinces du Caucase, essayaient une fois de plus de séparer l'Azerbaïdjan de l'Iran et avaient besoin pour cela de l'aide des Gorgon Khans. Mais nous sommes toujours restés fidèles à l'Iran. » Elle regardait le palais en dessous. Des gens sortaient du bâtiment principal ainsi que des logements des serviteurs et des gardes. « La mosquée a été construite en 1907 pour célébrer l'accord signé entre les Russes et les Britanniques pour le partage de notre province et... Oh ! Regarde, Erikki, voilà Najoud et Fazulia et... regarde, n'est-ce pas mon frère Hakim ? Qu'est-ce que Hakim fait ici ?

— Où ? Oh ! Je le vois. Non, je ne p...

— Peut-être... peut-être Abdollah Kahn lui a-t-il pardonné, dit-elle soudain très excitée. Ce serait merveilleux ! »

Erikki scruta les gens en bas. Il n'avait rencontré son frère qu'une seule fois, à l'occasion de leur mariage, et il lui avait beaucoup plu. Abdollah Khan avait permis à son fils banni de revenir uniquement ce jour-là, puis il l'avait renvoyé le lendemain à Khoi dans le nord de l'Azerbaïdjan près de la frontière turque où il avait des intérêts dans des mines. « Tout ce que Hakim avait envie de faire c'était d'aller à Paris étudier le piano, lui avait dit Azadeh. Mais mon père n'a pas voulu l'écouter, il l'a maudit et banni pour complot...

— Ce n'est pas Hakim, dit Erikki dont la vue était meilleure que celle d'Azadeh.

— Oh ! fit-elle, déçue, en plissant les yeux. Oui, je crois que tu as raison, Erikki.

— Voilà Abdollah Khan ! » Il ne pouvait pas y avoir d'erreur. Le gros homme à la longue barbe sortait de la porte principale, accompagné de deux gardes armés et de deux autres hommes. Ils portaient tous d'épais lourds manteaux. « Qui est-ce ?

— Des étrangers, dit-elle en essayant d'oublier sa déception. Ils n'ont pas d'armes et il n'y a pas de mollah, ce ne sont donc pas des Brassards verts.

— Ce sont des Européens, dit Nogger. Tu n'as pas de jumelles, Erikki ?

— Non. » Erikki arrêta de tourner, descendit et se stabilisa à cent cinquante mètres, observant intensément Abdollah Khan. Il le vit montrer l'hélicoptère du doigt, dire quelque chose aux hommes qui l'accompagnaient, puis regarder de nouveau l'appareil. D'autres sœurs d'Azadeh, certaines portant le tchador, ainsi que d'autres membres de sa famille étaient sortis. Les serviteurs regardaient aussi, serrés les uns contre les autres, à cause du froid. Erikki descendit encore d'une trentaine de mètres, enleva ses lunettes noires et ses écouteurs, fit glisser en arrière la vitre de côté, sursauta quand l'air froid le mordit, sortit la tête afin qu'ils puissent bien le voir et fit un signe de la main. Tous les regards se tournèrent vers Abdollah Khan. Après une hésitation, il fit un signe. Sans un sourire.

« Azadeh ! Enlève les écouteurs et fais comme moi. »

Elle obéit immédiatement. Quelques-unes de ses sœurs la saluèrent joyeusement en babillant entre elles. Abdollah Khan ne répondit pas à son signe, il attendait. *Matyeryebets*, pensa Erikki. Puis, se penchant hors du cockpit, il désigna l'espace vide à côté de la mosaïque de la piscine gelée, demandant manifestement l'autorisation de s'y poser. Abdollah Khan fit oui de la tête, échangea quelques mots avec ses gardes, puis tourna les talons et rentra dans la maison. Les autres hommes le suivirent. Un garde resta. Il descendit les marches vers le point d'atterrissage en vérifiant le bon fonctionnement de son fusil d'assaut.

« Il n'y a rien de tel qu'un comité d'accueil amical, murmura Nogger.

— Ne te fais pas de souci, Nogger, dit Azadeh avec un rire nerveux. Je sortirai en premier. Erikki, il vaut mieux que je descende d'abord. »

Ils se posèrent immédiatement. Azadeh ouvrit la porte et alla serrer dans ses bras ses sœurs et sa belle-mère, la troisième femme de son père, qui était plus jeune qu'elle. Sa première femme, la Khananam, avait le même âge que lui mais elle était grabataire et ne quittait plus sa chambre. Sa deuxième femme, la mère d'Azadeh, était morte de nombreuses années auparavant.

Le garde arrêta Azadeh. Courtoisement. Erikki respira mieux. Il était trop loin pour entendre ce qui se disait, de toute façon ni lui ni Nogger ne parlaient parsi ou turc. Le garde fit un mouvement vers l'hélicoptère. Elle hocha la tête, se tourna et leur fit signe de venir. Erikki et Nogger terminèrent leur procédure d'arrêt des moteurs en observant le garde qui les surveillait gravement.

« Tu détestes les armes autant que moi, Erikki ?

— Plus encore. Mais au moins ce type sait s'en servir. Ce sont les amateurs qui me font peur. » Erikki coupa le contact et empocha la clé.

Ils se dirigèrent vers Azadeh et ses sœurs mais le garde leur barra le passage. « Il a dit que nous devions aller tout de suite dans la salle de réception et attendre, leur cria Azadeh. Suivez-moi. »

Nogger arriva en dernier. En chemin il croisa le regard d'une des sœurs d'Azadeh, lui sourit et monta les marches quatre à quatre.

La pièce de réception était grande, froide, humide, meublée en style victorien lourd et chargé, avec de nombreux tapis et sofas, et chauffée par des radiateurs à eau. Azadeh arrangea ses cheveux devant un des miroirs. Ses habits de ski étaient élégants et lui allaient bien. Abdollah Khan n'avait jamais demandé à aucune de ses filles, épouses ou servantes de porter le tchador, il n'approuvait pas le port du tchador. Alors pourquoi Najoud en portait-elle un aujourd'hui ? se demanda Azadeh avec inquiétude. Un serviteur apporta du thé. Ils attendirent une demi-heure puis un autre garde vint et dit quelques mots à Azadeh. Elle soupira. « Nogger, tu dois attendre ici, dit-elle. Erikki, toi et moi devons suivre ce garde. »

Erikki la suivit, tendu mais confiant. La paix armée qu'il entretenait avec Abdollah Khan devait tenir. La présence de son couteau *pukoh* le rassura. Le garde ouvrit une porte au bout du corridor et les pria d'avancer.

Abdollah Khan était appuyé contre des coussins posés sur un tapis face à la porte, des gardes derrière lui. La pièce victorienne et, d'une certaine façon décadente, respirait le luxe. Les deux hommes qu'ils avaient aperçus sur les marches étaient assis en tailleur à côté de lui. L'un d'eux était européen. Sexagénaire, imposant, soigné, carré d'épaules, il avait un regard slave et un visage sympathique. L'autre devait avoir la trentaine et ressemblait à un Asiatique. Tous deux portaient de lourdes tenues d'hiver. Erikki, par prudence, attendit à côté de la porte tandis qu'Azadeh s'approchait de son père, s'agenouillait devant lui, embrassait ses mains potelées et couvertes de bijoux. Impassible, Abdollah Khan lui fit signe de s'écarter et fixa de son regard noir Erikki qui le salua de la tête sans bouger de la porte. Cachant sa peur et sa honte, Azadeh s'agenouilla sur le tapis face à lui. Erikki remarqua que les deux étrangers la détaillaient avec appréciation et sa température monta de quelques degrés. Le silence s'intensifia.

A côté du khan se trouvait un plateau couvert de pâtisseries turques au miel dont il raffolait. Il en avala quelques-unes. « Alors, fit-il d'une voix dure, il semble que tu as tué sans discrimination comme un chien enragé. »

Erikki plissa légèrement les yeux et ne dit rien.

« Alors ?

— Quand je tue, ce n'est pas comme un chien enragé. Qui suis-je censé avoir tué ?

— Un vieil homme dans la foule en dehors de Qazvin. D'un coup de coude. Il a eu la poitrine enfoncée. Il y a des témoins. Ensuite, trois hommes dans une voiture et un autre à l'extérieur, un très important combattant de la liberté. Il y a d'autres témoins. Un peu plus loin sur la route, cinq autres morts lors de l'intervention de l'hélicoptère. Là aussi il y a des témoins. » Il y eut un silence. Azadeh, dont le sang avait quitté le visage, n'avait pas bougé : « Alors ?

— S'il y avait tant de témoins, vous devez donc savoir également que nous essayions de rejoindre tranquillement Téhéran, que nous étions sans armes, que nous avons été attaqués par une foule d'émeutiers et que, sans Charlie Pettikin et Rakoczy, nous serions probablement... » — il s'arrêta momentanément, surprenant un rapide coup d'œil entre les deux étrangers ; puis, encore plus méfiant, il reprit : « ... Nous serions probablement morts. Nous étions sans arme — pas Rakoczy — et on nous a tiré dessus en premier. »

Abdollah Khan avait aussi remarqué la réaction des deux hommes à côté de lui. Pensif, il revint à Erikki. « Rakoczy ? Celui qui a attaqué ta base avec un groupe d'hommes et ce mollah islamo-marxiste ? Le Russe musulman ?

— Oui, répondit Erikki en fixant les deux inconnus. L'agent du KGB qui prétend être originaire de Tbilissi. »

Abdollah Khan sourit doucement. « Un agent du KGB ? Comment sais-tu cela ?

— J'en ai assez vu dans ma vie pour savoir les reconnaître. » Les deux étrangers le fixaient d'un air doucereux, le plus vieux lui souriait même. Erikki sentit un frisson lui parcourir le dos.

« Ce Rakoczy, comment est-il arrivé dans l'hélicoptère ? demanda le khan.

— Il a fait prisonnier Charlie Pettikin à ma base dimanche dernier. Pettikin est un de nos pilotes et il était venu pour nous chercher, Azadeh et moi. Mon ambassade m'avait demandé de les joindre au sujet de mon passeport, c'était le jour où la plupart des gouvernements, dont le mien, avaient donné l'ordre à leurs ressortissants qui n'étaient pas indispensables de quitter l'Iran, dit-il en exagérant sans hésiter. Lundi, le jour où nous sommes partis d'ici, Rakoczy a obligé Pettikin à l'emmener à Téhéran. » Il raconta brièvement ce qui s'était alors passé. « S'il n'avait pas repéré le drapeau finlandais sur le toit, nous serions morts. »

L'homme aux traits asiatiques rit doucement. « Voilà qui aurait été une grande perte, capitaine Yokkonen », dit-il en russe.

L'autre homme au regard slave s'adressa à lui en un anglais parfait. « Ce Rakoczy, où est-il à présent ?

— Je ne sais pas. Quelque part à Téhéran. Puis-je vous demander qui vous êtes ? » Erikki essayait simplement de gagner du temps et n'espérait aucune réponse. Il essayait de deviner si Rakoczy était un ami ou un ennemi de ces deux hommes, manifestement des Russes, manifestement du KGB ou du GRU, la police secrète des forces armées.

« Quel était son prénom, s'il vous plaît ? demanda aimablement le vieil homme.

— Fedor, comme le révolutionnaire hongrois. » Erikki ne vit aucune réaction, il aurait pu aller plus loin dans la provocation, mais il était trop sage pour provoquer le KGB ou le GRU. Azadeh était agenouillée sur le tapis, le dos raide, immobile, les mains sur les cuisses, le visage livide. Il eut soudain très peur pour elle.

« Tu avoues donc avoir tué ces hommes ? dit le khan en avalant une autre sucrerie.

— J'avoue avoir tué des hommes il y a environ un an pour sauver votre vie, Majesté et...

— Et la tienne ! dit Abdollah Khan avec colère. Les assassins t'auraient tué également. C'était la volonté de Dieu que nous restions tous les deux en vie.

— Je n'ai pas commencé ces combats ni ne les ai provoqués. » Erikki cherchait ses mots avec précaution, il se sentait en danger et pas assez rusé dans cette situation. « Si j'ai tué ces hommes, c'était pour protéger votre fille, mon épouse. Nos vies étaient menacées.

— Ah ! Tu considères que tu as le droit de tuer chaque fois que tu crois ta vie menacée. »

Erikki vit le visage du khan s'empourprer. Les deux Russes l'observaient et il pensa à son grand-père et aux histoires qu'il lui racontait sur les temps anciens où des géants habitaient la terre, où les vampires et les trolls n'étaient pas un mythe, sur ces temps si lointains, où le monde était propre, où le mal était le mal, le bien, le bien et où le mal ne pouvait porter de déguisement.

« Si la vie d'Azadeh — ou la mienne — est menacée, je tuerai n'importe qui », dit-il d'un ton uni.

Les trois hommes frissonnèrent. Azadeh était atterrée par la menace et les gardes, qui pourtant ne parlaient ni russe ni anglais, s'agitèrent, mal à l'aise, sentant la violence.

La veine au milieu du front d'Abdollah Khan se gonfla. « Tu vas aller avec cet homme, dit-il sombrement, et tu feras ce qu'il te dira. »

Erikki se tourna vers l'homme au visage asiatique. « Qu'est-ce que vous voulez ?

— J'ai besoin de votre 212 et de vous comme pilote, dit l'homme en russe.

— Désolé. Le 212 doit passer la révision des quinze cents heures et je ne travaille que pour la S-G et Iran-Timber.

— Le 212 est en parfait état de marche, il a été vérifié par vos mécaniciens et Iran-Timber vous a détaché à... à moi.

— Pour quoi faire ?

— Pour voler, dit l'homme avec humeur. Vous êtes sourd ?

— Non, il semble plutôt que ce soit vous. »

L'homme expira lentement. Le vieil homme souriait étrangement. Abdollah Khan se tourna vers Azadeh qui sursauta, terrifiée. « Va voir la Khananam et présente-lui tes respects.

— Oui... oui », murmura-t-elle en bondissant sur ses pieds. Erikki bougea mais les gardes le mirent en joue et, au bord des larmes, elle dit : « Non, Erikki, c'est... je... dois y aller. » Elle disparut avant qu'il pût l'arrêter.

L'homme au visage asiatique brisa le silence. « Vous n'avez rien à craindre. Nous avons juste besoin de vos compétences. »

Erikki ne répondit pas, sachant qu'il était coincé, qu'ils étaient coincés tous les deux, Azadeh et lui. S'il n'y avait pas eu de gardes, il aurait attaqué sans hésitation, tué Abdollah Khan et probablement les deux autres. Les trois hommes le savaient.

« Pourquoi avez-vous demandé à voir mon épouse, Majesté ? demanda-t-il de la même voix calme, connaissant à présent la réponse. Vous avez envoyé deux messages. »

Abdollah Khan ricana : « Pour moi, elle ne représente rien, elle n'a aucune valeur, mais elle en a pour mes amis : elle t'a fait revenir et elle t'obligera à te tenir tranquille. Et, par Dieu et le Prophète, tu te tiendras tranquille, tu feras ce que veut cet homme. »

Un des gardes bougea légèrement sa mitraillette et le bruit résonna dans la pièce. Le Russe au visage asiatique se leva. « D'abord, donnez-moi votre couteau.

— Venez donc le prendre vous-même. »

L'homme hésita. Abdollah Khan éclata de rire. Un rire cruel. « Laissez-lui son couteau. Cela rendra votre vie plus intéressante, plus excitante. » Puis, vers Erikki : « Je crois qu'il serait sage et avisé de se montrer obéissant.

— Je crois qu'il serait sage que vous nous laissiez partir.

— Voudrais-tu voir ton copilote pendu par les pouces ? » Le regard d'Erikki se fit encore plus inexpressif. Le vieux Russe se pencha pour chuchoter quelque chose à l'oreille d'Abdollah Khan qui ne quittait pas Erikki des yeux. Il jouait avec sa dague ornée de bijoux. Lorsque l'homme eut terminé, il hocha la tête. « Erikki, tu vas dire à ton copilote qu'il doit obéir également pendant qu'il est à Tabriz. Nous allons le renvoyer à la base mais ton hélicoptère va rester ici. Pour l'instant. » Il fit signe à l'homme au visage asiatique de s'en aller.

« Je m'appelle Cimtarga, capitaine. » L'homme n'était pas aussi grand qu'Erikki mais il était bien bâti, avec de larges épaules. « D'abord nous al...

— Cimtarga est le nom d'une montagne à l'est de Samarkand. Quel est votre vrai nom ? Et votre grade ? »

L'homme haussa les épaules. « Mes ancêtres faisaient partie de la tribu de Timur Tamerlan, le Mongol, celui qui aimait ériger des montagnes de têtes humaines. Nous allons d'abord aller à la base en voiture. » Il passa à côté de lui et ouvrit la porte, mais Erikki ne bougea pas. Il regardait le khan.

« Je verrai ma femme ce soir.

— Tu verras ta femme quand... » Abdollah s'arrêta car le vieux Russe s'était de nouveau penché vers lui pour lui murmurer quelque chose. Le khan approuva une nouvelle fois de la tête. « Bien. Oui, capitaine, tu la verras ce soir, tu la verras un soir sur deux. A condition... » Il laissa la phrase en suspens. Erikki sortit.

Lorsque la porte se referma derrière eux la tension s'évanouit. Le vieil homme rit. « Majesté, vous avez été parfait, comme toujours. »

Abdollah se massa l'épaule gauche. Son arthrite lui faisait mal. « Il fera ce qu'on lui dira, Petr, dit-il, mais uniquement tant que ma fille désobéissante et ingrate sera en mon pouvoir !

— Ce n'est pas facile d'avoir des filles, répondit Petr Oleg Mzytryk. Il venait du nord de la frontière, de Tbilissi-Tiflis.

— Pas toujours, Petr. Pas toutes. Les autres sont obéissantes et ne me causent aucun problème. Mais celle-ci me rend la vie impossible.

— Renvoyez-la une fois que le Finlandais aura fait ce qu'on attend de lui. Renvoyez-les tous les deux. » L'homme plissa les yeux et ajouta d'un ton léger : « Ah ! Si j'avais trente ans de moins et si elle était libre, je solliciterais volontiers le plaisir de vous en débarrasser.

— Si vous me l'aviez demandé avant que ce fou n'apparaisse, vous l'auriez eue avec ma bénédiction », dit Abdollah Khan à qui le secret espoir de l'homme n'avait pas échappé. Il dissimula sa satisfaction et décida d'y repenser ultérieurement. « Je regrette de lui avoir donner ma fille, je pensais qu'elle allait également le rendre fou. Je regrette d'avoir juré, devant Dieu, d'épargner sa vie. J'ai agi dans un moment de faiblesse.

— Peut-être pas. Il est bon parfois d'être magnanime. Il vous a sauvé la vie.

— *Inch'Allah !* C'était Dieu qui agissait, il n'était que Son instrument.

— Bien sûr, dit doucement Mzytryk. Bien sûr.

— Cet homme est un démon, un démon athée assoiffé de sang. Si mes gardes n'avaient pas été là, vous l'avez bien vu vous-même, nous serions en train de nous battre pour défendre nos vies.

— Non, pas tant que votre fille est en votre pouvoir.

— Si Dieu le veut, ils seront bientôt tous les deux en enfer », dit le khan, furieux d'être obligé de laisser la vie à Erikki pour aider Petr Oleg Mzytryk alors qu'il aurait pu le livrer aux moudjahidin gauchistes et en être débarrassé pour toujours. Le mollah Mahmud, un des chefs de la faction moudjahidin islamo-marxiste de Tabriz qui avait attaqué la base, était venu le voir deux jours plus tôt et lui avait raconté ce qui s'était passé au barrage routier. « Voici la preuve, voici leurs papiers, avait dit le mollah férocement, ceux de l'étranger qui doit appartenir à la CIA et ceux de sa femme, votre fille. Dès qu'il reviendra à Tabriz nous le ferons comparaître devant le comité, nous le condamnerons et nous l'emmènerons à Qazvin pour l'exécuter.

— Par le Prophète, tu ne feras pas cela, pas sans ma permission, avait-il répondu impérieusement en prenant les papiers. Ce chien enragé d'étranger est marié à ma fille, il n'est pas de la CIA et il se trouve sous ma protection jusqu'à ce que je décide qu'il en soit autrement. Si vous touchez à un seul de ses cheveux ou à la base sans mon accord, j'arrêterai immédiatement de vous aider secrètement et rien n'empêchera les Brassards verts d'anéantir les gauchistes de Tabriz ! Je vous le donnerai, mais c'est moi qui déciderai quand, pas vous. » Le mollah s'en était allé sans rien dire et Abdollah avait immédiatement rajouté le nom de Mahmud à la liste des urgences à régler. Puis il avait examiné les papiers avec attention, ravi d'y trouver le passeport d'Azadeh ainsi que d'autres permis, car cela lui donnait un pouvoir supplémentaire sur elle et son mari.

Oui, pensa-t-il en regardant le Russe, elle fera ce que je lui dirai. N'importe quoi. « Que la volonté de Dieu soit faite, mais elle risque de devenir rapidement veuve.

— Pas trop vite tout de même ! » Le rire de Mzytryk était agréable et communicatif. « Pas avant que son mari n'ait terminé sa tâche. »

Abdollah Khan appréciait énormément la présence et les conseils de Mzytryk. Il était également content de constater que l'homme faisait ce qu'on lui demandait. Mais il va falloir que je me montre encore meilleur stratège que d'habitude, pensa-t-il, si je veux survivre et si je veux que l'Azerbaïdjan survive.

Partout dans la province et à Tabriz la situation était devenue extrêmement délicate ; il y avait les insurrections, les nombreuses factions qui se battaient entre elles, et des dizaines de milliers de soldats soviétiques massés à la frontière. Et des tanks. Et rien pour faire obstacle entre eux et le Golfe. Sauf moi, pensa-t-il. Une fois qu'ils posséderont l'Azerbaïdjan — Téhéran étant incapable de se défendre comme l'histoire l'a prouvé maintes fois —, l'Iran tombera dans leurs mains comme un fruit trop mûr ainsi que l'avait prédit Khrouchtchev. Et avec l'Iran, le Golfe, le pétrole et Ormuz.

Il avait envie de hurler de colère. Que Dieu maudisse le shah qui n'avait pas voulu écouter, pas voulu attendre, qui n'avait pas eu l'intelligence d'écraser vingt ans auparavant une insurrection mineure conduite par les mollahs et d'expédier l'ayatollah Khomeiny en enfer comme je le lui avais alors conseillé. Nous serions ainsi devenus le maître du monde, la première nation, nous aurions imposé notre volonté à tous les peuples de la terre en dehors des peuples soviétiques.

Nous étions si près de réussir : les Etats-Unis nous mangeaient dans la main, nous suppliaient d'accepter leurs armes les plus sophistiquées, de faire la police dans le Golfe, de mater ces vils Arabes et les émirats sunnites de l'Arabie Saoudite à l'Oman pour prendre leur pétrole, et en faire nos vassaux. Nous aurions pu conquérir le Koweit en une journée, l'Irak en une semaine, les cheikhs des émirats seraient repartis en courant vers leurs déserts en implorant notre pitié ! Nous aurions pu acquérir toute la technologie que nous désirions, des bateaux, des avions, des tanks, des armes, même la bombe, par Dieu. Nos réacteurs atomiques allemands nous l'auraient procurée !

Nous étions si près d'accomplir la volonté de Dieu, nous, chiites d'Iran, avec notre intelligence supérieure, notre passé glorieux, notre pétrole, notre contrôle du Détroit qui nous aurait permis de mettre à genoux tous les peuples de la Main gauche. Si près de gagner Jérusalem et La Mecque. Le contrôle de La Mecque — la Ville sainte.

Si près du but, devenir le premier peuple de la terre et maintenant nous voilà à nouveau en danger, nous devons tout recommencer et lutter contre les barbares sataniques du Nord. Tout cela à cause d'un seul homme. Maudit soit-il !

Inch'Allah, pensa-t-il en se calmant. Néanmoins, si Mzytryk n'avait pas été dans la pièce, il aurait hurlé de fureur, il aurait frappé quelqu'un, n'importe qui. Mais l'homme était là et il fallait négocier avec lui, régler les problèmes de l'Azerbaïdjan. Il maîtrisa donc sa colère. Il saisit la dernière friandise et l'avala.

« Aimeriez-vous épouser Azadeh, Petr ?

— M'accepteriez-vous comme beau-fils, moi qui suis plus vieux que vous ? fit l'homme avec un rire triste.

— Si telle était la volonté de Dieu », répondit Abdollah Khan avec juste ce qu'il fallait de sincérité. Il sourit en remarquant la lueur d'espoir qui passait dans le regard de son ami. Ainsi, pensa-t-il, tu la vois pour la première fois et tu la veux. Si je te la donnais, une fois que j'aurai éliminé le monstre, que pourrais-tu bien faire pour moi en échange ? Beaucoup de choses ! Tu es un bon parti, tu es puissant, politiquement ce serait très intéressant et tu la battrais, tu la traiterais comme elle le mérite et pas comme ce Finlandais qui est à plat ventre devant elle. Tu serais l'instrument de la vengeance. J'y trouverai beaucoup d'avantages...

Trois ans auparavant Petr Oleg Mzytryk avait hérité de l'immense datcha et des terres de son père — un vieil ami des Gorgon — près de Tbilissi où, depuis des générations, les Gorgon avaient de nombreuses relations d'affaires. Depuis, Abdollah Khan avait été amené à bien le connaître, il descendait chez lui chaque fois qu'il était en voyage d'affaires dans la région. Il avait trouvé Petr Oleg comme tous les Russes, secret et peu communicatif. Mais, à la différence de la plupart d'entre eux, il était amical, serviable et bien plus puissant que tous les Soviétiques qu'il connaissait. Il était veuf, avait une fille mariée, un fils dans la marine, des petits-enfants — et peu d'habitudes. Il vivait seul dans cette immense datcha avec ses serviteurs et une femme à la beauté étrange et venimeuse. C'était une Russe eurasienne de trente-sept, trente-huit ans qui s'appelait Vertinskia. Abdollah Khan ne l'avait vue que deux fois en trois ans, comme si elle était son trésor unique et privé et qu'il la cachât. Elle semblait être à la fois esclave, prisonnière, compagne de beuverie, putain, bourreau et chat sauvage. « Pourquoi ne la tuez-vous pas, Petr ? Vous en seriez débarrassé », avait-il demandé après qu'une violente dispute eut explosé entre eux et que Mzytryk eut fouetté la femme qui s'était débattue, en l'injuriant et en lui crachant à la figure, jusqu'à ce que des serviteurs l'entraînent.

« Non... pas tout de suite, avait répondu Mzytryk, les mains tremblantes. Elle... elle a beaucoup trop de valeur.

— Oui... je comprends », avait répondu Abdollah Khan, bizarrement excité. Il ressentait presque le même sentiment pour Azadeh ; il hésitait à la renvoyer avant de l'avoir totalement matée. Il se souvenait combien il avait envié Mzytryk que Vertinskia soit sa maîtresse et pas sa fille, et qu'il lui soit donc possible d'accomplir sur elle l'ultime acte de vengeance.

Que Dieu maudisse Azadeh, pensa-t-il, cette fille qui ressemble à s'y méprendre à sa mère, cette femme qui me donna tant de plaisir ! Chaque fois que je vois la fille, je mesure combien la mère me manque et combien sa perte fut douloureuse. Elle et son frère maudit, ils ont les traits et les attitudes de leur mère mais pas ses qualités. Elle était un ange du paradis. Je pensais que nos enfants m'aimeraient et me respecteraient. Mais non, quand Napthala est morte, leur vraie nature est apparue. Je sais qu'Azadeh et son frère complotaient ma mort — n'en ai-je pas la preuve ? Oh ! Dieu, comme je voudrais pouvoir la battre, mais je ne peux pas, je ne peux pas. Chaque fois que je lève la main, je vois ma bien-aimée, que Dieu maudisse Azadeh...

« Calmez-vous, dit doucement Mzytryk.
— Pardon ?
— Vous avez l'air si contrarié, mon ami. Ne vous faites pas tant de souci, tout ira bien. Vous trouverez un moyen de l'exorciser. »

Abdollah Khan hocha lourdement la tête. « Vous me connaissez trop bien. » C'est vrai, pensa-t-il en demandant du thé pour lui et de la vodka pour Mzytryk, c'était le seul homme en compagnie duquel il se trouvait bien.

Je me demande qui tu es vraiment, pensa-t-il en le regardant. Il y a des années, lors de notre première rencontre, du temps de ton père, tu disais que tu étais en permission, mais tu n'as jamais dit en permission de quoi, et je n'ai jamais pu le découvrir. Pourtant j'ai vraiment essayé. J'ai d'abord cru que tu appartenais à l'armée soviétique car un jour où tu étais ivre tu m'as confié avoir été commandant de tank à Sébastopol pendant la Seconde Guerre mondiale et être allé jusqu'à Berlin. Puis j'ai changé d'avis et j'ai pensé qu'il y avait plus de chance que toi et ton père fassiez partie du KGB ou du GRU, car personne en Russie ne peut se retirer dans une telle datcha au milieu de telles terres sans avoir une réelle influence et un réel pouvoir. Maintenant, tu dis que tu es retraité, mais de quoi ?

Pour mesurer le pouvoir réel de Mzytryk, Abdollah Khan lui avait dit bien des années auparavant qu'une cellule communiste secrète du Tudeh de Tabriz projetait de l'assassiner et qu'il voulait que cette cellule soit anéantie. Ce n'était que partiellement exact, la vraie raison était que le fils d'un homme qu'il haïssait faisait partie de ce groupe. Quelques semaines plus tard, toutes leurs têtes étaient fichées sur des piques autour de la mosquée avec un écriteau : « Ainsi périssent les ennemis de Dieu », et il avait pleuré des larmes froides lors des funérailles et ri en privé. Que Petr Mzytryk eût le pouvoir de faire éliminer une de leurs propres cellules était vraiment fort.

Il le regarda. « Combien de temps avez-vous besoin du Finlandais ?
— Quelques semaines.
— Et si les Brassards verts l'empêchent de voler ou l'interceptent ? »

Le Russe haussa les épaules. « Il faut espérer que nous aurons terminé notre mission. Cela m'étonnerait qu'il y ait des survivants — lui ou Cimtarga — si on les trouve de ce côté-ci de la frontière.
— Bien. Maintenant revenons à ce que nous étions en train de dire avant d'être interrompus : vous assurez que vous ne soutiendrez pas le Tudeh dans la région tant que les Américains restent en dehors et que Khomeiny ne déclenchera pas un pogrom contre ce parti ?
— Nous nous sommes toujours intéressés à l'Azerbaïdjan. Nous

avons toujours dit que cette province devait être indépendante. Elle possède la richesse, la force, le pouvoir des sous-sols riches en minéraux, du pétrole et... » Mzytryk sourit. « Un chef éclairé. Vous pouvez dresser votre drapeau, Abdollah. Je suis sûr que vous recueillerez tous les suffrages dont vous auriez besoin pour être président, et nous reconnaîtrions immédiatement votre gouvernement. »

Et je serais assassiné le lendemain tandis que les tanks franchiraient la frontière, se dit le khan sans amertume. Oh non, mon cher ami, le Golfe est bien trop tentant, même pour vous. « C'est une excellente idée, répondit-il avec sérieux, mais j'aurai besoin de temps. D'ici là, dresserez-vous le Tudeh contre les insurrectionnistes ? »

Le sourire de Petr Mzytryk ne bougea pas mais son regard se modifia. « Il paraîtrait étrange que le Tudeh attaque ses frères. Le marxisme islamique a la faveur de nombreux intellectuels musulmans — on m'a même dit que vous souteniez ses partisans.

— Je suis pour que l'équilibre règne en Azerbaïdjan. Mais qui a donné l'ordre aux gauchistes d'attaquer l'aéroport ? Qui leur a ordonné d'attaquer et de détruire notre gare ferroviaire ? Qui leur a ordonné de faire sauter le pipeline ? Manifestement pas quelqu'un de raisonnable. On m'a dit que c'était le mollah Mahmud de la mosquée de Hajsra. » Il regarda Petr avec attention. « Un des vôtres.

— Je n'ai jamais entendu parler de lui.

— Ah ! Tant mieux, fit sans le croire Abdollah Kahn avec une jovialité feinte. Je suis content, Petr, parce que c'est un faux mollah, ce n'est même pas un vrai marxiste islamique. C'est lui qui a attaqué la base de Yokkonen. Malheureusement il est soutenu par cinq cents combattants indisciplinés, il dispose de beaucoup d'argent. Et de l'aide de gens comme Fedor Rakoczy. Que savez-vous sur lui ?

— Pas grand-chose », répondit Petr immédiatement, gardant le même sourire et la même voix. Il était bien trop intelligent pour esquiver la question. « C'est un ingénieur spécialisé en pipeline, il vient d'Ashara, sur la frontière. C'est un de nos compatriotes musulmans qui a rejoint les moudjahidin en tant que combattant de la liberté, et cela sans permission ni autorisation. »

Petr gardait un visage impassible mais en lui-même il jurait atrocement. Il avait envie de hurler : Mon fils, mon fils, nous as-tu trahis ? Tu avais été envoyé pour espionner, pour infiltrer les moudjahidin, c'est tout ! Et cette fois ta mission était d'essayer de recruter le Finlandais, puis d'aller à Téhéran et d'organiser les étudiants de l'université, mais pas de t'allier à un mollah fou ni d'attaquer les aéroports ou de tuer de la racaille sur le bord d'une route. Est-ce que tu es devenu fou ? Imbécile ! Qu'est-ce qui se serait passé si tu avais été attrapé ou blessé ? Combien de fois t'ai-je dit que eux — et nous — pouvons briser n'importe qui et le faire parler ? C'est stupide de prendre de tels risques. Le Finlandais est momentanément important, mais pas assez pour que tu désobéisses aux ordres et mettes en danger l'avenir de ton frère, et le mien par la même occasion !

Si le fils est suspect, le père l'est aussi. Si le père est suspect, toute la famille l'est. Combien de fois t'ai-je dit que le KGB applique strictement le règlement, détruit ceux qui ne s'y soumettent pas, ceux qui raisonnent par eux-mêmes, prennent des risques et outrepassent les instructions ?

« Ce Rakoczy n'est pas important », dit-il doucement. Garde ton calme, s'ordonna-t-il en se répétant la litanie : il n'y a rien à craindre. Tu en sais trop. Tu connais trop de secrets pour que l'on t'attaque. Pareil pour mon fils. Il est loyal, ils se sont trompés à son sujet. Tu es à l'abri. Tu es fort, tu as la santé et tu pourrais baiser cette petite Azadeh et violer Vertinskia la même journée. « Ce qui est important, c'est que vous soyez le phare de l'Azerbaïdjan, mon ami, dit-il de la même voix douce. Vous obtiendrez tout le support dont vous avez besoin et vos opinions sur les marxistes islamiques seront entendues. Vous obtiendrez l'équilibre que vous demandez.

— Je compte là-dessus, dit le khan.

— Entre-temps, dit Mzytryk en revenant à la raison principale de sa visite soudaine. Pouvez-vous nous aider au sujet de ce capitaine anglais ? »

L'avant-veille, un télex codé top secret était arrivé du centre à sa maison près de Tbilissi, l'informant que des saboteurs avaient fait sauter le radar de la CIA installé sur la face nord de Sabalan, juste avant qu'une de leurs équipes locales n'arrive pour récupérer le matériel électronique et les ordinateurs abandonnés. « Allez immédiatement voir Ivanovitch, disait encore le télex en utilisant le nom de code d'Abdollah Khan. Dites-lui que les saboteurs étaient un capitaine anglais, deux Gurkhas et Rosemont (nom de code : Abu Kurd), un agent américain de la CIA, guidés par un de nos mercenaires qui a été assassiné avant d'avoir pu les faire tomber dans une embuscade. Un soldat et l'agent de la CIA ont été tués pendant leur fuite et on pense que les deux survivants se dirigent vers le secteur d'Ivanovitch. Obtenez sa coopération. Section 16/a. Accusez réception. » Section 16 signifiait : cette ou ces personnes sont des ennemis qu'il faut intercepter en priorité, arrêter et ramener pour interrogation par tous les moyens. Le « a » signifiait : si ce n'est pas possible, à éliminer absolument.

Mzytryk sirota sa vodka. « Nous apprécierions énormément votre aide.

— Vous avez toujours bénéficié de mon aide et vous le savez, dit Abdollah. Mais débusquer en Azerbaïdjan deux experts en sabotage qui sont certainement déguisés est pratiquement impossible. Ils doivent avoir des points de chute sûrs ; il y a un consulat britannique à Tabriz et des douzaines de routes pour quitter les montagnes. »

Il se leva, alla à la fenêtre et regarda au-dehors. Il pouvait voir le 206 garé dans la cour sous bonne garde. Le ciel était toujours sans nuage.

« Si j'étais à la tête de cette opération, je ferais semblant de me diriger vers Tabriz, puis je ferais un crochet et partirais par la Caspienne. Par où sont-ils arrivés ?

— Par la Caspienne. Mais on a retrouvé leur piste par ici, deux cadavres dans la neige et les traces de deux autres. »

L'échec de la mission Sabalan avait provoqué la colère des responsables. Tant d'équipement top secret de la CIA convoité depuis des années et pour une fois à portée de main... Au cours des deux dernières semaines, quand on avait appris que les postes radars avaient été abandonnés mais, dans la panique de l'évacuation, pas détruits, les faucons avaient voulu intervenir immédiatement. Mzytryk, conseiller de la région, avait exhorté à la prudence et proposé d'utiliser des locaux plutôt que des équipes russes pour ne pas se mettre à dos Abdollah Khan — son contact exclusif et un agent de prix — et pour éviter un incident international.

« Il est imprudent de risquer une confrontation, avait-il dit, s'en tenant aux règlements et à son plan secret. Qu'avons-nous à gagner avec une action immédiate ? Rien ne nous prouve que nous n'avons pas été nourris de fausses informations ! Même si Sabalan n'est pas un piège, ce qui est probable, qu'allons-nous y trouver ? Quelques livres contenant des codes que nous connaissons peut-être déjà. Quant aux ordinateurs sophistiqués, l'opération Zatopek est bien engagée et s'en occupe. »

C'était une opération du KGB très controversée — on lui avait donné le nom du coureur de fond tchécoslovaque — qui avait été montée en 1965. Dotée d'un budget initial de dix millions de dollars, d'une devise étrangère extrêmement rare, l'opération Zatopek avait pour mission d'acquérir le meilleur de la technologie occidentale par le biais d'achats effectués par un réseau de sociétés fantômes et non grâce aux conventionnelles et très onéreuses méthodes d'espionnage et de vol.

« L'argent investi n'est rien, comparé aux gains que nous allons en tirer », disait son initial rapport top secret au centre lorsqu'il était rentré pour la première fois d'Extrême-Orient en 1964. « Il y a des dizaines de milliers d'hommes d'affaires corrompus et de voyageurs prêts à nous vendre le meilleur matériel et le plus récent, s'ils y trouvent un profit. Ce qui constitue un énorme profit pour eux n'est qu'une aumône pour nous, parce que nous allons économiser en recherche et développement des milliards que nous pourrons dépenser pour notre marine, notre aviation et notre armée de terre. Et, tout aussi important, nous économisons des années de labeur et d'échecs. Pour trois fois rien nous restons à leur niveau. Quelques dollars glissés sous des tables et nous aurons connaissance de tout ce que leurs cerveaux conçoivent, nous récupérerons tous leurs trésors. »

Petr Mzytryk rayonna en se rappelant avec quel enthousiasme son projet avait été accepté et, très naturellement, récupéré par ses supérieurs qui en avaient revendiqué la paternité, comme lui-même l'avait pris à un de ses agents à Hong-kong, un Français nommé Jacques de Ville, employé de la multinationale Struan et qui lui avait ouvert les yeux : « Il n'est pas interdit par la loi américaine d'exporter la technologie vers la France, l'Allemagne de l'Ouest et une douzaine d'autres pays ; il n'est pas interdit par les lois de ces pays d'envoyer ce matériel vers d'autres pays qui ont, eux, des rapports commerciaux normaux avec l'URSS. Les affaires sont les affaires, Gregor, et c'est l'argent qui fait tourner le monde. Rien que par l'entremise de la Struan, nous pouvons vous livrer des tonnes de matériel que les Etats-Unis vous refusent. Nous livrons la Chine — pourquoi pas vous ? Gregor, vos marins ne comprennent rien aux affaires... »

Mzytryk sourit en lui-même. En ce temps-là il était connu sous le nom de Gregor Souslev, capitaine d'un petit cargo soviétique qui allait de Vladivostok à Hong-kong, une couverture, bien sûr, car il était en fait le chef pour l'Asie du KGB.

Depuis que j'ai proposé ce projet en 1964, pensa-t-il avec fierté, pour une dépense totale à ce jour de quatre-vingt-cinq millions de dollars, l'opération Zatopek a fait économiser des milliards à la Russie et nous a fourni un flot constant d'informations sur les merveilles électroniques européennes, japonaises, américaines — hardware, software, plans, robots, puces, avec un équipement fourni par notre ennemi et payé par lui grâce à des emprunts que nous ne rembourserons jamais. Quels imbéciles ils font !

Il faillit éclater de rire. Et, encore plus important, Zatopek me laisse les mains libres pour continuer à manœuvrer et à opérer dans cette région comme je le désire, de reprendre le grand jeu que ces imbéciles d'Anglais ont laissé échapper.

Il regarda Abdollah Khan debout près de la fenêtre, attendant patiemment qu'il décide quelle faveur il voulait en échange de l'arrêt des saboteurs. Allez, gros porc, pensa-t-il sinistrement en utilisant son surnom, nous savons tous les deux que tu peux attraper ces *matyeryebets* si tu le veux — s'ils sont toujours en Azerbaïdjan.

« Je ferai ce que je pourrai », dit Abdollah Khan, le dos toujours tourné. Mzytryk ne cacha pas son sourire. « Et si je les arrête, qu'est-ce que je dois faire, Petr ?

— Prévenez Cimtarga. Il fera ce qu'il y a à faire.

— Très bien. » Abdollah hocha la tête et vint se rasseoir. « Voilà qui est donc arrangé.

— Merci », dit Petr, très satisfait. Quand Abdollah se montrait aussi confiant cela signifiait un succès rapide.

« Ce mollah dont nous parlions, Mahmud, dit le khan, il est très dangereux. Ainsi que sa bande d'égorgeurs. Je pense qu'ils constituent une menace pour tout le monde. Le Tudeh devrait s'occuper d'eux. Discrètement, bien sûr. »

Mzytryk se demanda si Abdollah savait qu'ils aidaient secrètement Mahmud, un de leurs meilleurs militants et un des plus fanatiques. « Le Tudeh doit être protégé et ses amis aussi. » Devant l'irritation d'Abdollah, il ajouta aussitôt : « Peut-être cet homme pourrait-il être envoyé ailleurs et remplacé ? Des luttes fratricides ne pourraient aider que l'ennemi.

— Ce mollah est un faux mollah et il ne croit en rien.

— Alors il doit partir. Rapidement. » Petr Mzytryk sourit, pas Abdollah Khan.

« Très rapidement, Petr. Et de façon permanente. Son groupe doit être dissous. »

Le prix était exorbitant, mais la section 16/a lui donnait le pouvoir de le payer. « Pourquoi pas tout de suite et de façon permanente, effectivement, puisque vous dites que c'est nécessaire ? Je suis d'accord pour... euh... pour appuyer votre demande. » Mzytryk sourit et à présent Abdollah Khan souriait aussi, satisfait.

« Je suis content que nous soyons d'accord, Petr. Vous devriez devenir musulman, pour l'éternité de votre âme. »

Petr Mzytryk rit. « Lorsque le moment sera venu. Entre-temps, vous devriez devenir communiste pour le confort de votre vie terrestre. »

Le khan éclata de rire, se pencha et remplit à nouveau le verre de Petr. « Je ne peux pas vous convaincre de rester quelques jours ?

— Merci beaucoup, mais c'est impossible. Après que nous aurons mangé, je crois que je vais reprendre la route pour rentrer à la maison. J'ai beaucoup à faire », ajouta-t-il en souriant encore plus largement.

Le khan était très content. A présent, je peux oublier ce mollah fauteur de troubles et sa bande. Voilà une bonne chose de faite, une épine retirée du pied. Mais je me demande ce que tu ferais, Petr, si tu apprenais que les deux saboteurs que tu recherches se trouvent de l'autre côté de ma propriété, attendant le moment propice pour que je les fasse repartir. Mais repartir pour où ? Téhéran ou chez toi ? Je n'ai pas encore décidé.

Oh ! Je savais bien que tu viendrais me supplier de t'aider, c'est pour cela que je les ai gardés à l'abri. Pourquoi serais-je allé les rencontrer en secret à Tabriz il y a deux jours pour les ramener ici discrètement si ce n'était pas pour toi ? Peut-être. Dommage que Vien Rosemont se soit fait tuer, il était utile. Malgré cela, l'information et l'avertissement contenus dans le message codé qu'il a donné au capitaine pour moi sont plus qu'utiles. Cet homme sera difficile à remplacer.

Oui, et il est vrai aussi qu'il faut toujours renvoyer l'ascenseur. Un service en appelle un autre. L'Infidèle Erikki ne représente qu'un seul service. Il sonna et un serviteur apparut. « Dis à ma fille Azadeh qu'elle déjeunera avec nous. »

CHAPITRE 33

Téhéran : 16 h 17. Jean-Luc Sessonne frappa au heurtoir en cuivre de la porte de l'appartement de McIver. Sayada Bertolin se trouvait à côté de lui. Il profita qu'ils n'étaient plus dans la rue pour l'embrasser et lui caresser les seins à travers son manteau. « Je te promets que nous ne serons pas longs, ensuite nous retournons au lit !

— Bien, dit-elle en riant.

— Tu as réservé une table pour dîner au Club français ?

— Bien sûr. Mais nous avons tout le temps !

— Oui, chérie. » Il portait un élégant imperméable doublé par-dessus son uniforme. Son retour de Zagros n'avait pas été facile, personne ne répondant à ses divers appels radio bien que les ondes soient encombrées de conversations animées en parsi qu'il ne comprenait pas.

Il avait donc appliqué le règlement et avait fait une approche classique de l'aéroport International de Téhéran. Toujours aucune réponse à ses appels. La manche à air était gonflée à l'horizontale et indiquait un fort vent de côté. Quatre jumbos se trouvaient sur l'aire de stationnement près du terminal avec d'autres jets dont l'un n'était plus qu'une carcasse calcinée. Il vit que certains étaient en train de charger, entourés par une foule bien trop nombreuse d'hommes, de femmes et d'enfants. Les passerelles étaient dangereusement surchargées, des valises éventrées jonchaient le sol un peu partout. Il ne vit ni police ni personnel de sécurité, pas plus que de l'autre côté du terminal où les routes d'accès à l'aéroport étaient obstruées par un enchevêtrement indescriptible de véhicules. Le parking auto était archiplein mais d'autres voitures essayaient toujours de s'y glisser, les trottoirs étaient bondés de gens encombrés de bagages.

Jean-Luc remercia Dieu d'être en train de voler et pas de marcher. Il alla se poser sans incident à l'aéroport voisin de Galeg Morghi, gara le 206 dans le hangar de la S-G et, grâce à un beau billet de dix dollars, s'arrangea pour qu'on l'emmène immédiatement en ville. Premier arrêt aux bureaux Schlumberger pour qu'on lui donne la date de son vol de retour vers Zagros. Puis chez elle. Sayada était à la maison. Comme toujours après une si longue séparation, la première fois fut violente, immédiate, égoïste et explosive des deux côtés.

Il l'avait rencontrée à une réception de Noël à Téhéran il y a un an, deux mois et trois jours auparavant. Il se souvenait exactement de cette soirée. La pièce était pleine de monde mais, il n'avait vu qu'elle, comme si les autres n'existaient pas. Elle était seule, un verre à la main, et portait une robe décolletée blanche.

« *Parlez-vous français, madame ?* lui avait-il demandé, ébloui par sa beauté.

— Désolé, *monsieur*, quelques mots à peine. Je préférerais parler anglais.

— Parlons anglais, alors. Je suis fou de joie de vous rencontrer mais j'ai un problème.

— Oh ? Lequel ?

— J'aimerais vous faire l'amour tout de suite.

— Pardon ?

— Vous êtes la manifestation d'un rêve... » En français ça sonnerait mieux mais tant pis, s'était-il dit. « Je vous cherche depuis toujours et j'ai besoin de vous faire l'amour, vous êtes si désirable.

— Mais... mais... mon mari est là-bas. Je suis mariée.

— C'est un état, *madame*, pas un empêchement. »

Elle avait éclaté de rire et il avait su que c'était gagné. Il ne manquait plus qu'une chose pour que tout soit parfait. « Savez-vous cuisiner ?

— Oui, avait-elle répondu avec une telle assurance qu'il sut qu'elle était effectivement un cordon-bleu, qu'elle serait divine au lit et qu'il comblerait ses lacunes. Elle a eu de la chance de m'avoir rencontré, pensa-t-il joyeusement en refrappant à la porte.

Ils avaient passé plusieurs mois ensemble. Son mari venait rarement à Téhéran. C'était un banquier libanais installé à Beyrouth et d'origine française, « donc civilisé, avait dit Jean-Luc très sûr de lui. Il approuverait certainement notre liaison, *chérie*, s'il la découvrait. Il est assez vieux par rapport à toi, bien sûr qu'il approuvera.

— Je n'en suis pas si sûre, *chéri*, il n'a que cinquante ans et tu en as qu...

— Tu es divine », avait-il répondu. Il le pensait réellement. Il n'avait jamais vu une peau si soyeuse, de tels cheveux, ni connu une telle passion. Elle était un cadeau du ciel. « *Mon Dieu*, avait-il murmuré une nuit, transporté par le plaisir qu'elle lui procurait. Je meurs dans tes bras. » Un peu plus tard elle l'avait embrassé et lui avait apporté une serviette chaude avant de se reglisser dans le lit. C'était pendant des vacances qu'ils avaient prises à Istanbul à l'automne dernier et la sensualité de la ville les entourait complètement.

Pour elle cette liaison était excitante, mais pas au point de lui faire oublier ses autres devoirs. Le soir de la réception de Noël, elle avait parlé de Jean-Luc à son mari. « Ah ! avait-il dit amusé. C'est pour cela que tu voulais que je le rencontre !

— Oui, je le trouve intéressant, bien que Français et complètement égocentrique comme toujours. Il m'excite, oui, il m'a excitée.

— Bien, tu vas être à Téhéran pour deux ans et je ne peux pas venir plus que quelques jours par mois, trop dangereux. Il serait vraiment dommage que tu restes seule toutes les nuits. N'est-ce pas ?

— J'ai donc ta permission.

— Où est sa femme ?

— En France. Il reste deux mois en Iran et va en passer un avec elle.

— C'est peut-être une très bonne idée, cette liaison, bon pour toi, bon pour ton moral, bon pour ton corps et bon pour nos affaires. Et, encore plus important, cela détournera l'attention.

— Oui, j'y ai pensé également. Je lui ai dit que je ne parlais pas français. Il a un autre avantage : il est membre du Club français !

— Ah ! Alors je suis d'accord. Très bien, Sayada. Dis-lui que je suis un banquier d'origine française, ce qui est vrai en partie — mon arrière-arrière-grand-père n'a-t-il pas fait la guerre au Moyen-Orient avec Napoléon ? Dis à ton Français que nous sommes libanais depuis plusieurs générations, pas juste quelques années.

— D'accord. Tu es toujours aussi prudent et rusé.

— Débrouille-toi pour devenir membre du Club français. Cela serait parfait ! Beaucoup de gens importants là-bas. L'entente Iran-Israël doit être brisée d'une façon ou d'une autre, le shah doit être brisé, nous devons réussir à ce que l'Iran ne fournisse plus de pétrole à Israël sinon cette ordure de Begin sera tenté d'envahir le Liban. Avec le pétrole iranien il peut y arriver et ce sera la fin d'une autre civilisation. J'en ai marre de déménager.

— Oui, oui, je suis d'accord... »

Sayada était très fière d'elle. C'était presque incroyable, le nombre de choses qu'elle avait accomplies en un an ! La semaine suivante Yasser Arafat était invité à Téhéran pour une réunion triomphale avec Khomeiny qui tenait à le remercier de l'aide qu'il avait apportée à la révolution ; les exportations de pétrole pour Israël avaient cessé. Khomeiny, farouchement anti-israélien, était au pouvoir et le shah, protecteur de l'Etat d'Israël, renvoyé dans la honte. Les choses avaient vraiment progressé de façon incroyable depuis le jour où elle avait rencontré Jean-Luc. Elle savait qu'elle avait bien aidé son mari, qui occupait un poste important dans l'OLP, en agissant comme courrier spécial. Elle avait fait entrer et sortir des messages et des cassettes d'Istanbul et du Club français de Téhéran — oh ! que d'intrigues pour réussir à persuader les Irakiens d'autoriser Khomeiny à partir se réfugier en France où il ne serait plus muselé. Oh oui, pensa-t-elle avec satisfaction, les amis et les contacts de Jean-Luc ont été vraiment utiles. Un jour, bientôt, nous retournerons à Gaza et récupérerons nos terres, nos maisons, nos magasins, nos vignobles...

La porte de McIver s'ouvrit en grand. C'était Charlie Pettikin. « Bon Dieu, Jean-Luc, qu'est-ce que tu fabriques ici ? Bonjour, Sayada, tu es plus belle que jamais, entrez ! » Il serra la main de Jean-Luc et embrassa Sayada sur les deux joues.

Son long manteau et sa capuche la dissimulaient aux regards. Elle connaissait les dangers de Téhéran et s'habillait en conséquence. « Cela m'évite tant de désagréments, Jean-Luc ; je suis d'accord avec toi, c'est stupide et archaïque, mais je n'ai pas envie que l'on me crache dessus ou qu'un demeuré sorte son pénis et se masturbe sur mon passage. Je suis d'accord avec toi, c'est incroyable d'être obligée de porter le tchador pour ne pas avoir d'ennuis alors qu'il y a encore un mois ce n'était pas nécessaire. Tu as raison, *chéri*, le vieux Téhéran est bien mort.... »

C'est dommage, dans un sens, pensait-elle en entrant dans l'appartement. J'ai connu le meilleur de l'Orient et le meilleur de l'Occident, et le pire. Mais maintenant je plains les Iraniens, particulièrement les femmes. Pourquoi les musulmans, et surtout les chiites, sont-ils si étroits d'esprit et refusent-ils de laisser leurs femmes s'habiller de façon moderne ? Est-ce parce qu'ils sont refoulés et coincés sexuellement ? Pourquoi ne peuvent-ils pas être ouverts comme nous, les Palestiniens, ou comme les Egyptiens, les Indonésiens, les Pakistanais et tant d'autres ? Ce doit être un signe d'impuissance. En tout cas, rien ne m'empêchera de participer à la manifestation des femmes. Comment Khomeiny ose-t-il nous trahir ainsi, nous les femmes, qui nous sommes battues sur les barricades pour lui ?

Il faisait froid à l'intérieur de l'appartement car le chauffage électrique n'était pas alimenté à pleine puissance. Elle garda donc son manteau, l'ouvrit simplement pour être plus à l'aise et s'assit sur un des sofas. Sa robe était parisienne et fendue haut sur le côté. Les deux hommes le remarquèrent. Elle était venue là de nombreuses fois et, bien qu'elle aimât beaucoup Genny, elle trouvait l'appartement terne et inconfortable.

« Où est Genny ?

— Elle est partie pour Al Shargaz ce matin avec le 125.

— Alors Mac est parti aussi, fit Jean-Luc.

— Non, juste elle. Mac est sorti pour l'...

— Je ne le crois pas, dit Jean-Luc. Elle avait juré qu'elle ne partirait jamais sans le vieux Duncan.

— J'avais du mal à le croire, moi aussi, rit Pettikin, mais elle est partie sans faire d'histoires, aussi douce qu'un agneau. » Je lui expliquerai plus tard la véritable raison de son départ, pensa-t-il.

« Comment vont les choses ici ? demanda Jean-Luc.

— Mal et ça empire. De plus en plus d'exécutions, dit Pettikin en pensant qu'il valait peut-être mieux ne pas parler du père de Sharazad devant Sayada. Pas la peine de l'inquiéter. « Voulez-vous du thé ? Je viens juste d'en faire. Vous avez entendu ce qui s'est passé à la prison de Qasr aujourd'hui ?

— Non.

— Elle a été prise par la foule, dit Pettikin en allant dans la cuisine chercher d'autres tasses. Ils ont défoncé la porte, libéré tous les prisonniers, pendu quelques membres de la Savak et des policiers, et maintenant on raconte que des Brassards verts y ont installé des tribunaux d'exception et qu'ils bourrent les cellules avec tous ceux qui leur tombent sous la main. Cellules qui sont vidées tout aussi rapidement grâce aux pelotons d'exécution installés dans la cour et qui ne chôment pas ! »

Sayada, elle, aurait dit que la prison avait été libérée et qu'à présent les ennemis de la révolution, les ennemis de la Palestine, recevaient leur juste châtiment. Mais elle resta tranquille et écouta attentivement tandis que Pettikin continuait : « Mac a emmené Genny à l'aéroport, puis il doit aller voir le ministre et revenir ensuite ici. Il ne devrait plus tard. Comment est la circulation jusqu'à l'aéroport, Jean-Luc ?

— Des kilomètres de bouchons.

— Le patron a basé le 125 à Al Shargaz pour quelques semaines afin d'évacuer tout le monde — si nécessaire — ou de faire venir de nouvelles équipes.

— Bien. Scot Gavallan aurait dû partir en perm il y a pas mal de temps déjà, ainsi que quelques mécanos. Est-ce que le 125 a le droit de transiter par Chiraz ?

— Nous allons essayer d'obtenir l'autorisation pour la semaine prochaine. Khomeiny et Bazargan veulent que la production pétrolière reprenne à plein, nous pensons donc qu'ils vont coopérer.

— Est-ce que tu vas pouvoir faire venir de nouveaux équipages, Charlie ? » demanda Sayada, étonnée qu'un 125 britannique soit autorisé à circuler aussi librement. Maudits soient les Anglais, ils arrivent toujours à magouiller.

« C'est bien ce que nous projetons, Sayada. » Pettikin versa de l'eau bouillante dans la théière et ne remarqua pas la grimace sur le visage de Jean-Luc. « Nous avons plus ou moins reçu l'ordre de l'ambassade britannique d'évacuer tout le personnel non indispensable — nous avons fait partir le personnel en excédent, plus Genny et Johnny Hogg s'est arrêté à Kowiss pour embarquer Manuela Starke.

— Manuela est à Kowiss ? » Sayada était aussi surprise que Jean-Luc.

Pettikin lui expliqua comment elle était arrivé et que c'était McIver qui l'avait envoyée là-bas. « Il se passe tellement de choses à la fois qu'il est difficile de savoir avec précision qui est où. Qu'est-ce que tu fais ici ? Et comment ça va à Zagros ? Vous restez pour dîner ? C'est moi qui cuisine... »

Jean-Luc cacha son horreur. « Désolé, *mon vieux*, ce soir c'est impossible. Quant à Zagros, tout se passe merveilleusement bien là-bas, comme toujours ; après tout c'est un secteur français. Je suis ici pour chercher les gens de chez Schlumberger. Je repars demain à l'aube et je les ramènerai dans deux jours ; je ne sais jamais dire non quand on me propose gentiment une mission pour Téhéran. » Il sourit à Sayada qui lui sourit en retour. « En fait, Charlie, on me doit une perm de week-end depuis longtemps. Où est Tom Lochart, quand revient-il à Zagros ? »

L'estomac de Pettikin se serra. Depuis que Rudi Lutz les avait appelés d'Abadan trois jours plus tôt pour leur annoncer que le HBC avait été abattu en essayant de franchir la frontière et que Tom Lochart était rentré de permission, ils n'avaient plus eu d'autres informations sauf un appel officiel relayé par Kowiss et annonçant que Lochart rentrait à Téhéran par la route. Aucune enquête officielle, pas encore, au sujet du détournement.

Je voudrais bien que Tom soit rentré, pensa Pettikin. Si Sayada n'était pas là, je raconterais tout à Jean-Luc. Il est plus copain avec Tom que moi, mais je ne sais pas, avec Sayada... Après tout, elle ne fait pas partie de la famille, elle travaille pour des Koweitiens et elle n'a pas à être tenue au courant de ce qui s'est passé avec notre HBC.

Il versa une tasse qu'il tendit pensivement à Sayada, une à Jean-Luc, du thé bien sombre, très chaud, avec du sucre et du lait de chèvre, qu'aucun d'eux n'aimait mais qu'ils acceptèrent par politesse. « Tom vient de terminer une mission, dit-il prudemment, d'un ton léger. Il est reparti de Bandar Delam avant-hier, par la route. Dieu seul sait combien de temps il va lui falloir mais il aurait dû arriver hier soir. Normalement. Espérons qu'il arrivera aujourd'hui.

— Ce serait super, dit Jean-Luc. Comme ça il pourrait emmener l'équipe de Schlumberger à Zagros et je pourrais prendre quelques jours de permission.

— Tu viens juste de prendre une perm. De plus, c'est toi qui diriges la base.

— Bon, alors il pourrait venir avec moi prendre le commandement de la base et je reviendrais ici dimanche. » Jean-Luc regarda Sayada. « *Voilà*, c'est arrangé. » Il porta la tasse à sa bouche, avala une gorgée et s'étouffa presque. « *Mon Dieu*, Charlie, je t'aime comme un frère mais comment peux-tu boire cette *merde* ? »

Sayada rit et Pettikin envia son ami. Néanmoins, pensa-t-il, et son cœur s'accéléra légèrement, le vol Alitalia de Paula devrait revenir d'un jour à l'autre... Qu'est-ce que je ne donnerais pas pour qu'elle me regarde comme Sayada regarde Monsieur Séducteur en personne.

Doucement, Charlie Pettikin. Ne te rends pas ridicule. Elle a vingt-neuf ans, tu en as cinquante-six et tu lui as juste parlé deux fois. Oui. Mais elle m'affole complètement. Cela fait des années qu'une femme ne m'avait pas affolé ainsi et je comprends Tom Lochart qui a complètement perdu la tête pour Sharazad.

Le signal d'arrivée d'une communication sur l'émetteur-récepteur HF retentit. Il se leva, monta le volume. « QG Téhéran, allez-y.

— Ici le capitaine Ayre à Kowiss pour le capitaine McIver. urgent. » La voix se mélangeait aux parasites.

« Ici le capitaine Pettikin, le capitaine McIver n'est pas ici pour l'instant. Je vous reçois deux sur cinq. Qu'est-ce que je peux faire pour vous ?

— Restez en attente.

— Qu'est-ce qui se passe entre Freddy et toi ? grogna Jean-Luc.

Qu'est-ce que c'est que ces " capitaine Ayre " et " capitaine Pettikin " que vous vous balancez ?

— C'est juste un code », répondit distraitement Pettikin en fixant l'émetteur. L'attention de Sayada augmenta. « C'est une façon de me dire qu'il n'est pas seul et que quelqu'un qui ne devrait pas être là écoute notre conversation. Un ennemi. Je réponds de la même façon pour lui indiquer que j'ai bien compris.

— C'est très intelligent, dit Sayada. Vous avez beaucoup de codes comme ça, Charlie ?

— Non, mais je commence à regretter qu'on n'en ait pas plus. C'est emmerdant de ne pas savoir réellement ce qui se passe — pas de contact visuel, pas de courrier, le téléphone et le télex qui marchent une fois sur dix et qui doivent être surveillés. Pourquoi ne rendent-ils pas leurs armes, que nous puissions tous vivre à nouveau heureux ? »

Le HF bourdonnait agréablement. Dehors, le ciel était obscurci de nuages qui promettaient encore de la neige. Une lumière grise baignait les toits de la ville et même les montagnes au lointain. Ils attendirent impatiemment.

« Ici le capitaine Ayre à Kowiss... » La voix était de nouveau couverte en partie par des parasites et ils durent tendre l'oreille pour le comprendre. « D'abord je relaie un message reçu de Zagros 3 il y a quelques minutes, du capitaine Gavallan. » Jean-Luc se raidit. « Le message dit exactement : " Pan pan pan " — le signal international de détresse utilisé par l'aviation. " Le comité local vient juste de m'informer que nous n'étions plus *persona grata* à Zagros et que nous devions évacuer tous les forages de la région avec tous nos expatriés d'ici quarante-huit heures. Demande conseil de procédure. " Fin du message. Vous avez noté ?

— Oui, dit Pettikin en griffonnant sur une feuille de papier.

— C'est tout ce qu'il a dit, il avait l'air en état de choc.

— Je vais prévenir le capitaine McIver et vous rappeler le plus vite possible. » Jean-Luc se pencha et Pettikin le laissa prendre le micro.

« Ici Jean-Luc, Freddy. Appelle Scot, s'il te plaît, et dis-lui que je serai de retour comme prévu demain avant midi. Ça m'a fait plaisir de t'entendre, merci, je te repasse Charlie. » Il tendit le micro, toute sa bonhomie avait disparu.

« Je le ferai, capitaine Sessonne. J'ai été content de vous parler. Ensuite : le 125 est venu chercher ceux qui partaient avec Mme Starke, ainsi que le capitaine Jon Tyrer qui a été blessé lors de la contre-attaque manquée des gauchistes sur Bandar Delam...

— Quelle attaque ? murmura Jean-Luc.

— ... et selon ce qui est prévu, ramènera des équipages de remplacement dans quelques jours. Ensuite : capitaine Starke. » Ils notèrent tous son hésitation, puis sa curieuse façon de délivrer son message, mécaniquement, comme s'il était en train de lire : « Le capitaine Starke a été emmené à Kowiss pour y être interrogé par un comité... » Les deux hommes sursautèrent. « Au sujet de l'évasion d'Ispahan, le jeudi 13 dernier, d'officiers de l'armée de l'air partisans du shah à bord d'un appareil dont on pense qu'il était piloté par un Européen. Ensuite : nos missions aériennes continuent sous la surveillance étroite de notre nouveau management. M. Esvandiary est désormais notre chef de région pour l'IranOil et veut que nous assurions tous les contrats de la Guerney. Pour cela nous aurions besoin de trois autres 212 et d'un 206. Nous avons besoin de pièces pour HBN, HKJ et HGX ainsi que de l'argent liquide pour payer des salaires en retard. C'est tout pour maintenant. »

Pettikin continuait à écrire, le cerveau en ébullition. « J'ai... heu... j'ai tout noté et j'en informerai le capitaine McIver dès qu'il sera de retour. Vous avez dit... euh... vous avez dit l' " attaque de Bandar Delam ". Pouvez-vous, s'il vous plaît, nous donner des détails ? »

Il y eut un silence. On n'entendait que les parasites. Ils attendirent. Puis de nouveau la voix d'Ayre. Cette fois-ci il ne récitait plus mécaniquement. « Je n'ai aucune autre information. Tout ce que je sais c'est qu'il y a eu une attaque antikhomeiniste, attaque que les capitaines Starke et Lutz ont aidé à repousser. Après cela, le capitaine Starke a emmené ici les blessés pour qu'ils soient soignés. De tout notre personnel, seul Tyrer a été touché. C'est tout. »

Pettikin essuya une goutte de sueur qu'il sentit couler sur son front. « Quelle est la gravité de ses blessures ? »

Silence. Puis : « Il a été légèrement touché à la tête. Le Dr Nutt dit que ce n'est pas grave. »

Jean-Luc dit : « Charlie, demande-lui ce qui s'est passé à Ispahan. »

Comme s'il rêvait tout éveillé, Pettikin vit son doigt appuyer sur le bouton. « Qu'est-ce qui s'est passé à Ispahan ? »

Ils attendirent. Nouveau silence. Puis : « Je n'ai pas d'autre information que celle que je vous ai donnée. »

« Quelqu'un lui dit ce qu'il doit répondre », murmura Jean-Luc.

Pettikin appuya de nouveau sur le bouton, puis changea d'avis. Trop de questions auxquelles manifestement Ayre ne pouvait pas répondre. « Merci, capitaine, dit-il, content d'entendre que sa voix était ferme. S'il vous plaît, demandez à Coup d'enfer de nous faire une demande par écrit pour les appareils dont il a besoin, avec la durée de chaque mission et la date de leurs règlements. Donnez-le au 125 qui amènera l'équipe de remplacement. Tenez... tenez-nous au courant au sujet du capitaine Starke. McIver vous joindra dès que possible.

— Terminé. »

Il ne resta plus que les parasites. Pettikin tourna les boutons. Les deux hommes se regardèrent, oubliant Sayada, qui, assise sur le sofa, les écoutait attentivement. « Surveillance étroite de notre nouveau management ? Ça ne me dit rien de bon, Jean-Luc.

— Ouais. Cela signifie probablement qu'ils doivent voler avec des Brassards verts armés à bord. » Jean-Luc jura. Il pensait à Zagros et se demandait comment le jeune Scot Gavallan allait s'en sortir seul. « *Merde !* Quand je suis parti ce matin, tout marchait impec avec la tour de contrôle de Chiraz. Ils étaient aussi aimables qu'un hôtelier suisse pendant la saison creuse. *Merde !* »

Pettikin se souvint soudain de Rakoczy et du désastre auquel il avait échappé de justesse. Pendant une seconde il eut envie de tout raconter à Jean-Luc, mais décida de n'en rien faire. C'était de l'histoire ancienne ! « On pourrait peut-être essayer d'appeler Chiraz pour qu'ils nous aident.

— Mac aura peut-être une idée. Mon Dieu, je suis inquiet pour Duke, ces comités se sont multipliés comme de la vermine. Bazargan et Khomeiny feraient bien de les museler rapidement avant qu'il ne soit trop tard et qu'ils se fassent bouffer par eux. » Jean-Luc se leva, très inquiet, s'étira, puis regarda Sayada, blottie sur le sofa, sa tasse de thé à laquelle elle n'avait pas touché, à côté d'elle. Elle lui souriait.

Sa bonne humeur revint immédiatement. Je ne peux rien faire pour le jeune Scot pour le moment, ni pour Duke, mais je peux faire quelque chose pour Sayada. « Désolé, *chérie,* dit-il avec un clin d'œil. Dès que je ne suis pas là, il y a des problèmes à Zagros. Charlie, nous allons partir. Il faut que je passe à l'appartement mais je reviendrai avant le dîner. Disons vers 8 heures ; Mac devrait être rentré, alors ?

— Oui. Vous ne voulez pas prendre un verre ? Désolé, mais il n'y a pas de vin. Du whisky ? proposa-t-il à contrecœur, car c'était leur dernière bouteille.

— Non, merci, *mon vieux.* » Jean-Luc mit son manteau, remarqua dans le miroir qu'il était absolument superbe, comme d'habitude, et pensa aux caisses de vin et de fromage qu'il avait eu la bonne idée de dire à sa femme de stocker dans leur appartement. « *A bientôt,* je vous apporterai du vin.

— Charlie, dit Sayada en les observant attentivement tous les deux comme elle n'avait cessé de le faire depuis que le HF s'était manifesté. A quoi Scotty faisait-il allusion en parlant d'une évasion par hélicoptère ? »

Pettikin haussa les épaules. « Il y a sans arrêt toutes sortes de rumeurs au sujet de toutes sortes d'évasions, par route, mer et air.

Chaque fois des " Européens " sont censés y être mêlés, dit-il en espérant avoir l'air convaincant. C'est toujours nous qu'on accuse dès qu'il se passe quelque chose. »

Et pourquoi pas, vous êtes effectivement responsables, pensa Sayada Bertolin. Politiquement, elle était ravie de les voir ainsi terrifiés. Sur le plan personnel, elle ne l'était pas. Elle les aimait bien tous les deux, ainsi que la plupart des pilotes, et surtout Jean-Luc qui lui plaisait beaucoup et l'amusait énormément. J'ai de la chance d'être palestinienne, se dit-elle, et copte, d'une vieille lignée. Cela me donne des forces qu'ils n'ont pas, une connaissance qui est l'héritage des temps bibliques, une compréhension de la vie qu'ils n'atteindront jamais, ainsi que la capacité de séparer la politique de l'amitié et de la chambre à coucher, tant que c'est nécessaire et prudent. N'avons-nous pas derrière nous trente siècles d'entraînement à la survie ? Gaza n'est-elle pas occupée depuis trois mille ans ?

« D'après une rumeur, Bakhtiar se serait enfui du pays et serait allé se réfugier à Paris.

— Je ne crois pas que ce soit vrai, Charlie, dit Sayada. Mais il y a une autre rumeur qui, je pense, est vraie, ajouta-t-elle en remarquant qu'il n'avait pas répondu au sujet de l'hélicoptère d'Ispahan. Il semblerait que votre général Valik et sa famille se soient enfuis pour aller rejoindre les autres associés d'IHC à Londres. On dit qu'ils ont emporté avec eux des millions de dollars.

— Les associés ? fit Jean-Luc avec mépris. Tout ça, c'est escrocs et compagnie, tous, ici ou à Londres. C'est de pire en pire chaque année.

— Ils ne sont pas tous mauvais, dit Pettikin.

— Ces crétins nous voleraient n'importe quoi, Sayada. Je suis sidéré que le vieux Gavallan les laisse faire.

— Arrête, Jean-Luc, dit Pettikin. Il se bagarre avec eux continuellement.

— Continuellement ? C'est nous qui volons, pas lui. Quant à Valik... » Jean-Luc haussa les épaules théâtralement. « Si j'étais un riche Iranien, je serais déjà parti depuis des mois avec tout ce que j'aurais pu emporter. Il était évident depuis des mois que le shah avait perdu et qu'il ne contrôlait plus rien. Maintenant c'est la Terreur comme au temps de la Révolution française, mais sans notre style, notre panache, notre héritage civilisé et nos bonnes manières. » Il secoua la tête d'un air dégoûté. « Quel gâchis ! Quand on pense que depuis des siècles nous éduquons ces gens et les aidons à sortir de l'âge de pierre. Et qu'est-ce qu'ils ont retenu ? Rien du tout. Ils ne sont même pas fichus de faire du pain correctement ! »

Sayada éclata de rire et l'embrassa. « Ah ! Jean-Luc, je t'aime, toi et ton assurance. Maintenant, *mon vieux*, nous devons partir, nous avons encore beaucoup à faire ! »

Après leur départ, Pettikin alla à la fenêtre et regarda les toits. On distinguait de la fumée et on entendait de sporadiques coups de feu du côté du Jaleh. Des nuages touchaient les montagnes. Il faisait très froid près de la fenêtre. Il y avait de la neige et de la glace sur l'appui. Dans la rue en dessous, de nombreux Brassards verts passaient à pied ou en camion. Puis, depuis leur minaret, les muezzins appelèrent à la prière de l'après-midi. Il sembla à Pettikin que leurs chants l'environnaient de toutes parts.

Il sentit soudain une terreur irraisonnée l'envahir.

Au ministère de l'Aviation. 17 h 04. Duncan McIver était assis sur une chaise de bois dans un coin de l'antichambre bondée du ministre. Il se sentait fatigué, il avait froid, faim et il était de très mauvaise humeur. Sa montre lui indiquait qu'il attendait depuis presque trois heures.

Tout autour de lui dans la pièce se trouvaient une douzaine d'hommes, des Iraniens, quelques Français, des Américains, des Anglais et un Koweitien portant la galabia — une longue robe flottante arabe — et un bandeau. Quelques instants auparavant, les Européens s'étaient poliment arrêtés de discuter quand, répondant aux appels des muezzins qui parvenaient par les grandes fenêtres, les musulmans s'étaient agenouillés en direction de La Mecque et avaient récité leur prière de l'après-midi. Ce fut rapide et de nouveau la conversation reprit sur tout et rien, sur la pluie et le beau temps. Il n'est jamais prudent d'aborder des sujets importants dans un bureau ministériel surtout en ce moment. La pièce était pleine de courants d'air glacés. Ils avaient tous gardé leurs manteaux, ils semblaient tous pareillement fatigués. Quelques-uns restaient stoïques, la plupart enrageaient de colère car tous, comme McIver attendaient des rendez-vous dont l'heure était passée depuis longtemps.

« *Inch'Allah* », murmura-t-il, découragé.

Avec un peu de chance, Gen est déjà arrivée à Al Shargaz, pensa-t-il. Je suis vachement content qu'elle soit enfin en sécurité hors du pays et que ce soit elle qui ait trouvé la raison du départ : « Je suis celle qui peut parler à Andy. Ecrire serait trop risqué.

— C'est vrai, avait-il dit malgré son inquiétude, ajoutant à contrecœur : Peut-être Andy va-t-il monter une opération pour que nous puissions sortir du pays avec tous nos appareils. J'espère que nous ne serons pas obligés d'en arriver là. Foutrement dangereux. Trop de types et d'appareils dispersés dans tous les coins. Foutrement dangereux. Gen, n'oublie pas que, même si nous nous trouvons au beau milieu d'une guerre, nous ne sommes pas en guerre.

— Oui, Duncan, mais nous n'avons rien à perdre.

— Nous pouvons perdre des gens et nos appareils.

— Nous allons juste voir si c'est faisable ou pas. C'est tout. »

La vieille Gen est certainement le meilleur messager que nous puissions avoir si nous en avions vraiment besoin. Elle a raison, c'est bien trop dangereux de mettre tout cela par écrit : « Andy, le seul moyen de se tirer de ce bordel est de voir s'il est possible de quitter le pays avec nos appareils et le matériel qui se trouvent actuellement sous registre iranien et appartiennent officiellement à une compagnie iranienne appelée IHC... »

Dieu ! Si ce n'est pas une belle conspiration frauduleuse, ça !

S'enfuir n'est pas la solution. Nous devons rester, travailler et récupérer notre argent dès que les banques ouvriront de nouveau. Il faut que je trouve un moyen pour obliger les associés à nous aider — ou peut-être le ministre pourra-t-il nous donner un coup de main. S'il le faisait, quoi que cela nous coûte, nous pourrions attendre que la tempête se calme. Quel que soit le gouvernement, il lui faut exploiter son pétrole, il lui faut des hélicoptères et nous récupérerons notre argent...

Il leva la tête quand la porte de communication s'ouvrit. Un employé fit entrer une des personnes qui attendaient. Il appela l'homme par son nom. Sans logique apparente. Même au temps du shah, les audiences n'étaient pas accordées dans l'ordre d'arrivée. Question d'influence. Ou d'argent.

Talbot, de l'ambassade britannique, avait organisé pour lui ce rendez-vous avec le ministre et lui avait donné une lettre d'introduction. « Désolé, mon vieux, moi-même je ne peux pas aller plus haut, mais cet Antazam est un mec bien, il parle bien anglais ; ce n'est pas un de ces voyous révolutionnaires. Il va arranger les choses pour vous. »

McIver était rentré de l'aéroport juste avant l'heure du déjeuner et s'était garé aussi près qu'il l'avait pu des bureaux ministériels. Lorsqu'il avait présenté la lettre en anglais et en parsi au garde devant l'entrée principale, bien en avance sur son rendez-vous, celui-ci l'avait envoyé au garde d'un autre immeuble en bas de la rue. Nouvelles questions et, de là, direction un autre immeuble dans une rue adjacente. Ensuite, de bureau en bureau jusqu'à ce qu'il arrive finalement ici, en retard d'une heure et fulminant.

« Ah ! Ne vous faites pas de souci, *agha*, vous avez tout le temps », lui avait dit en excellent anglais et à son grand soulagement l'amical réceptionniste à l'entrée en lui rendant son enveloppe contenant le mot d'introduction. « C'est le bon bureau. Entrez là, s'il vous plaît, et prenez un siège dans l'antichambre. Le ministre Kia va vous recevoir dès que possible.

— Mais ce n'est pas lui que je viens voir, s'était exclamé McIver. J'ai rendez-vous avec le ministre Antazam !

— Ah ! Le ministre Antazam, oui, *agha*, mais il ne fait plus partie du gouvernement du premier ministre Bazargan. *Inch'Allah*, dit aimablement le jeune homme. Le ministre Kia s'occupe de tout ce qui concerne les étrangers, les finances et les avions.

— Mais je dois insister... » McIver se tut soudain en se rappelant ce que lui avait dit Talbot. Leurs associés d'IHC avaient imposé cet homme au conseil d'administration avec un énorme salaire et sans aucune réelle garantie d'assistance. « Le ministre Ali Kia, c'est bien cela ?

— Oui, *agha*. Le ministre Ali Kia vous recevra le plus vite possible. » Le réceptionniste était un homme jeune, sympathique, bien habillé avec un costume, une chemise blanche et une cravate bleue. Comme au bon vieux temps. McIver avait eu la prévoyance de glisser un *pishkesh* de cinq mille rials dans l'enveloppe, comme au bon vieux temps. L'argent avait disparu.

Peut-être que la situation redevient vraiment normale, pensa McIver en entrant et en prenant une chaise dans un coin. Dans sa poche il avait une autre liasse de rials et il se demanda s'il ne ferait pas mieux de regarnir l'enveloppe. Pourquoi pas ? se dit-il. Nous sommes en Iran : pour les petits fonctionnaires il faut de petites sommes et, pour les hauts fonctionnaires des sommes importantes. Normal. Après s'être assuré que personne ne le regardait, il glissa de grosses coupures dans l'enveloppe, puis en rajouta quelques-unes pour plus de sûreté. Peut-être que ce connard pourra vraiment faire quelque chose pour nous. Les associés avaient autrefois toute la cour dans leur poche, ils ont peut-être fait la même chose avec Bazargan.

De temps en temps des employés de bureau harassés passaient, l'air important, des papiers à la main. Régulièrement l'un des hommes qui attendaient était poliment invité à entrer. Ils ressortaient tous sans exception quelques minutes plus tard, livides ou rouges de colère, furieux et manifestement insatisfaits. Ceux qui attendaient se sentaient de plus en plus déprimés. Le temps passait très lentement.

« *Agha* McIver ! » La porte s'ouvrit et un employé lui fit signe de venir.

Ali Kia était assis derrière un large bureau entièrement vide. Il souriait, mais son regard était dur et il déplut immédiatement à McIver.

« Monsieur le ministre, c'est vraiment très aimable à vous de me recevoir », dit McIver en se forçant à être courtois et en tendant la main. Ali Kia la lui serra mollement en souriant poliment.

« Asseyez-vous, s'il vous plaît, monsieur McIver. Merci d'être venu me voir. Vous avez une lettre d'introduction, je crois ? » Son anglais était bon et il parlait avec l'accent d'Oxford où il avait fait ses études grâce à une bourse du shah accordée juste avant la Seconde Guerre mondiale. D'un geste las, il fit signe à l'employé à côté de la porte. Celui-ci s'en alla.

« Oui, elle est adressée au ministre Antazam, mais je crois que maintenant elle est pour vous », dit McIver en lui tendant l'enveloppe. Kia sortit la lettre, remarqua l'argent, évalua exactement la somme, et jeta négligemment l'enveloppe sur le bureau pour indiquer que d'autres billets seraient les bienvenus. Il lut le mot et le posa devant lui.

« M. Talbot est un grand ami de l'Iran, bien que représentant un pays ennemi, dit Kia d'une voix doucereuse. Qu'est-ce que je peux faire pour aider l'ami d'une personne aussi honorable ?

— Il y a trois choses, monsieur le ministre. Mais puis-je d'abord me permettre de vous dire combien nous sommes heureux à la S-G que vous ayez accepté de nous faire profiter de votre inestimable expérience en vous joignant à notre conseil d'administration.

— Mon cousin a beaucoup insisté. Je doute que je puisse beaucoup vous aider, mais, ce sera comme Dieu le voudra.

— Comme Dieu le voudra. » McIver l'avait observé avec attention, essayant de lire sur son visage, sans pouvoir expliquer l'aversion que provoquait cet homme en lui et qu'il avait tant de mal à dissimuler. « D'abord il y a une rumeur qui circule, selon laquelle toutes les associations en participation seraient suspendues et dépendraient d'une décision du comité révolutionnaire.

— D'une décision du gouvernement, corrigea Kia. Alors ?

— Quelles seront les conséquences pour la société IHC ?

— Je doute qu'il y en ait, monsieur McIver. L'Iran a besoin d'hélicoptères pour exploiter ses terrains pétroliers. Guerney Aviation a disparu. Il semble donc que l'avenir de notre société s'annonce encore plus radieux qu'avant.

— Mais cela fait des mois que nous n'avons pas été réglés pour le travail accompli en Iran, dit prudemment McIver. Aberdeen continue à payer les traites de ces appareils et nous avons énormément investi en matériel pour accomplir notre tâche ici...

— Demain les banques... la banque centrale doit ouvrir demain. Par ordre du premier ministre et de l'ayatollah, bien sûr. Une partie de l'argent qui vous est dû vous sera versée, j'en suis certain.

— Avez-vous une idée de la somme sur laquelle nous pouvons

compter, monsieur le ministre ? demanda McIver dont l'espoir renaissait.

— Vous aurez largement assez pour... pour pouvoir continuer vos opérations. Je me suis déjà arrangé pour que vous puissiez faire partir vos équipages une fois que leurs remplaçants seront là. » Ali Kia sortit un formulaire de son tiroir et le lui tendit. C'était l'ordre, adressé au bureau de l'immigration des aéroports de Téhéran, d'Abadan et de Chiraz, d'autoriser les pilotes accrédités de l'IHC et les mécaniciens à partir, à condition que le même nombre d'hommes entre en même temps. L'ordre était mal tapé mais lisible, en anglais et en parsi, daté de la veille et signé au nom du comité responsable d'IranOil. McIver n'avait jamais entendu parler de lui.

« Merci. Puis-je également avoir votre accord pour que le 125 fasse au moins trois voyages hebdomadaires au cours des semaines à venir, jusqu'à ce que vos aéroports internationaux fonctionnent normalement, ceci afin de nous apporter des pièces, des équipages et de l'équipement ?

— Je pense que cela doit être possible », dit Kia.

McIver lui tendit les papiers. « J'ai pris la liberté de faire mettre tout cela par écrit pour vous épargner cette peine, monsieur le ministre, avec des copies adressées aux contrôles aériens de Kish, Kowiss, Chiraz, Abadan et Téhéran. »

Kia lut attentivement la feuille. C'était rédigé en anglais et en parsi, dans un style simple, direct et protocolaire. Ses doigts tremblaient. En signant ces papiers il outrepassait les limites de son autorité. Mais, maintenant que le chef de cabinet du premier ministre ainsi que son propre supérieur étaient en disgrâce — tous deux destitués par ce toujours mystérieux comité révolutionnaire —, et que la pagaille régnait au sein du gouvernement, il savait qu'il devait prendre ce risque. Car il était impératif, pour lui, sa famille et ses amis, d'avoir accès à des avions privés, particulièrement un jet. Je pourrai toujours prétendre que mon supérieur m'avait dit de signer, pensa Ali Kia — en s'efforçant de garder un visage impassible. Ce 125 est un cadeau de Dieu, au cas où des mensonges se répandraient à mon sujet. Maudit soit Jared Bakravan ! Mon amitié avec ce chien du souk m'a presque fait tomber avec lui pour trahison contre l'Etat ; je n'ai jamais prêté d'argent de ma vie, ni comploté avec des étrangers, ni soutenu le shah.

Pour laisser McIver dans l'inquiétude, il jeta les papiers à côté de la lettre d'introduction d'un geste impatient. « Ces vols seront peut-être acceptés, mais vous devrez payer une taxe de cinq cents dollars par atterrissage. C'est tout, monsieur McIver ? » demanda-t-il, sachant pertinemment que ça ne l'était pas. Chien d'Anglais ! Tu crois que tu peux être plus malin que moi ?

« Encore une chose, Excellence, dit McIver en lui tendant le dernier papier. Nous avons trois appareils qui doivent être réparés et révisés de toute urgence. J'ai besoin d'une autorisation de sortie afin de les envoyer à Al Shargaz. » Il retint son souffle.

« Il n'y a aucune raison d'envoyer à l'étranger des appareils de cette valeur, monsieur McIver, faites-les réparer ici.

— Oh ! Je le ferai sans hésiter, Excellence, mais c'est malheureusement impossible. Nous n'avons ni les pièces ni les mécaniciens, et chaque journée passée sans que ces appareils travaillent coûte une fortune aux associés. Une fortune, répéta-t-il.

— Vous pouvez les faire réparer ici, monsieur McIver, faites venir les pièces et les mécaniciens d'Al Shargaz.

— En plus du coût de l'avion, il faudrait payer l'équipe et la loger. Tout cela est très cher ; peut-être devrais-je mentionner que ce serait facturé aux associés, cela fait partie de nos accords... Nous avons besoin que tous nos appareils soient en parfait état de marche pour pouvoir honorer les contrats de Guerney. C'est indispensable si nous voulons que les ordres de l'ay... euh... les ordres du gouvernement qui nous demande de reprendre la production pétrolière à son rendement antérieur soient suivis. Sinon... » Il laissa sa phrase en suspens et retint son souffle en priant d'avoir choisi la bonne méthode.

Kia fronça les sourcils. Tout ce qui coûtait de l'argent aux associés iraniens sortait à présent partiellement de sa poche. « Combien de temps vous faut-il pour les réparer et les faire revenir ?

— Si je peux les faire partir d'ici un jour ou deux, je dirais deux semaines, peut-être un peu plus, peut-être un peu moins. »

Kia hésita de nouveau. Les contrats Guerney ajoutés à ceux de l'IHC, aux hélicoptères, au matériel et à l'équipement valaient des millions de dollars dont il possédait à présent un sixième sans avoir rien investi. Il gloussa de joie intérieurement. Surtout si tout était entretenu, gratuitement, par ces étrangers ! Des autorisations de sortie pour trois hélicoptères ? Il regarda sa montre. C'était une Cartier sertie de pierres précieuses, le *pishkesh* d'un banquier qui, deux semaines auparavant, avait eu besoin d'utiliser en secret un télex pendant une demi-heure. Obtenir un rendez-vous avec le directeur du service du contrôle aérien serait l'affaire de quelques minutes et il serait facile de le circonvenir.

« Très bien », dit-il, ravi de ce pouvoir qui lui permettait d'aider la politique du gouvernement en matière d'exploitation pétrolière et d'économiser en même temps l'argent des associés. « Très bien, mais les autorisations de sortie ne seront valables que pour deux semaines, la taxe sera de... » Il réfléchit un moment. « Sera de cinq mille dollars par appareil, payé cash avant le départ, et ils devront être rentrés dans deux semaines.

— Il m'est impossible de trouver à temps cette somme en liquide. Je pourrais vous faire un chèque payable sur une banque suisse... de deux mille dollars par appareil. »

Ils marchandèrent un moment et tombèrent d'accord sur trois mille cents dollars. « Merci, *agha* McIver, dit poliment Ali Kia. S'il vous plaît, en partant prenez l'air abattu pour démoraliser ces hyènes qui attendent dehors. »

Lorsque McIver se retrouva dans sa voiture, il sortit les papiers, examina les signatures et les cachets officiels. « C'est presque trop beau pour être vrai, murmura-t-il. Le 125 a le droit de voler en toute légalité, Kia m'a assuré que notre association en particulier n'était pas menacée, nous avons les autorisations de sortie des trois 212 dont nous avons besoin au Nigeria — neuf mille dollars à débourser pour des appareils qui valent plus de trois millions, c'est une bonne affaire ! Je n'aurais jamais cru réussir aussi bien ! McIver, dit-il joyeusement, tu as bien mérité un scotch ! Et un double ! »

Banlieues nord : 18 h 50. Tom Lochart sortit du vieux taxi cabossé et tendit à l'homme un billet de vingt dollars. Son imperméable et son uniforme étaient froissés, il était fatigué, pas rasé, se sentait sale mais la joie de se retrouver enfin devant son immeuble si près de Sharazad lui fit tout oublier. Quelques flocons de neige tombaient, mais il ne les remarqua pas. Il entra rapidement et prit les escaliers sans même essayer l'ascenseur. Il ne marchait plus depuis des mois.

La voiture qu'il avait empruntée à un des pilotes de Bandar Delam était tombée en panne sèche la veille, à mi-chemin de Téhéran, la jauge d'essence ne marchant pas. Il l'avait laissée à un garage et avait pris un bus, puis un autre et finalement, après mille pannes, arrêts et détours en tous genres, il avait atteint la gare principale de Téhéran deux heures plus tôt. Aucun endroit pour se laver, pas d'eau courante, des toilettes puantes, bouchées.

Pas de taxi à la station ni dans la rue. Aucun bus ne desservait son quartier. Trop loin pour marcher. Puis un taxi apparut et il l'arrêta. Bien qu'il fût plein, selon les habitudes locales, il ouvrit la portière et monta en suppliant les passagers de bien vouloir lui permettre de partager avec eux leur transport. Un compromis raisonnable fut trouvé. Ils seraient très honorés de sa présence et lui le serait tout autant de payer le total de la course et de se faire déposer en dernier. Il paya en dollars. C'était son dernier billet.

Il sortit ses clés mais la porte était verrouillée de l'intérieur. Il sonna donc et attendit impatiemment que la servante vienne lui ouvrir. Sharazad ne serait jamais venue ouvrir elle-même. Il pianotait joyeusement sur la porte, le cœur débordant d'amour. Son excitation grandit en entendant les pas de la servante. La chaîne fut enlevée et la porte s'ouvrit. Une inconnue, enveloppée d'un tchador, apparut. « Que voulez-vous, *agha* ? » Sa voix était aussi vulgaire que son parsi.

Sa joie s'envola d'un seul coup. « Qui êtes-vous ? » demanda-t-il sur le même ton rude. La femme commença à refermer la porte mais il glissa son pied dans l'ouverture. « Qu'est-ce que vous faites chez moi ? Je suis l'Excellence Lochart et ceci est ma maison ! Où est mon épouse ? Hein ? »

La femme le regarda d'un air menaçant, puis tourna les talons, traversa le hall d'entrée en direction du living-room dont elle ouvrit la porte. Lochart vit des gens qu'il ne connaissait pas, des hommes et des femmes, et des fusils appuyés contre les murs. « Qu'est-ce qui se passe ici ? » murmura-t-il en anglais en pénétrant dans la pièce. Installés jambes croisées sur le tapis ou appuyés sur des coussins devant la cheminée où brûlait un feu, deux hommes et quatre femmes mangeaient dans des plats éparpillés un peu partout. Un homme plus âgé que les autres, qui approchait la quarantaine, avait la main posée sur un automatique coincé dans sa ceinture.

La présence de ces étrangers dans sa maison était comme un viol et un sacrilège. Lochart sentit monter sa colère. « Qui êtes-vous ? Où est mon épouse ? Par Dieu, partez d'ici im... » Il s'arrêta. Le revolver était pointé sur lui.

« Qui êtes-vous, *agha* ? »

Avec un effort suprême, Lochart contint sa fureur. Sa poitrine lui faisait mal. « Je suis... je... ceci est... ma maison... je suis le propriétaire.

— Ah ! Le propriétaire. C'est toi le propriétaire ? coupa avec un petit gloussement un homme qui s'appelait Teymour. L'étranger, le mari de la femme Bakravan ? Tu... » L'automatique se dressa au moment où Lochart s'apprêtait à lui envoyer un coup de poing. « Non ! Ne t'en avise surtout pas, je tire vite et juste. Fouillez-le, dit-il aux autres hommes qui obéirent aussitôt.

— Pas d'arme. Des manuels de vol, un compas. Tu es le pilote Lochart ?

— Oui, dit Lochart dont le cœur battait à tout rompre.

— Assieds-toi là. Tout de suite ! »

Lochart s'assit sur une chaise loin du feu. L'homme posa l'arme sur le tapis à côté de lui et sortit un papier. « Donne-le-lui ! » L'autre homme lui tendit la feuille. Le texte était en parsi. Ils l'observaient tous avec attention. Il fallut un peu de temps à Lochart pour déchiffrer l'écriture : « Ordre de confiscation. Pour crime contre l'Etat islamique, tous les biens de Jared Bakravan sont confisqués, sauf sa maison de famille et son magasin dans le souk. » C'était signé pour le comité d'un nom qu'il ne réussit pas à lire et daté de l'avant-veille.

« C'est... c'est ridicule, commença Lochart, abattu. Son... Son Excellence Bakravan est un partisan de l'ayatollah Khomeiny. Un grand défenseur de sa cause. Il doit y avoir une erreur !

— Il n'y en a pas, *agha*. Aucune erreur, dit Teymour, sans animosité en regardant Lochart et en évaluant le danger qu'il représentait. Nous savons que tu es canadien, pilote, que tu étais absent, que tu as épousé une des filles du traître et que tu n'es pas responsable des crimes qu'il a commis, ou qu'elle a commis si jamais c'était le cas. » Il posa la main sur son revolver en voyant Lochart s'empourprer. « J'ai dit " si jamais c'était le cas ", *agha*, contrôle-toi. » Il attendit et ne ramassa pas l'arme, un Luger en parfait état, mais il était prêt. « Nous ne sommes pas comme ces émeutiers stupides, ignares et sans entraînement, nous sommes les combattants de la liberté, des professionnels et on nous a confié ces quartiers à garder pour des VIP qui arriveront plus tard. Nous savons que tu n'es pas un ennemi, alors reste calme. Bien sûr, tu dois être bouleversé, nous le comprenons, mais nous avons le droit de prendre ce qui appartient.

— Le droit ! Quel droit avez-v...

— Le droit de conquête, *agha*. En a-t-il jamais été autrement ? Vous autres Anglais devriez savoir cela mieux que quiconque. » Sa voix restait égale. La femme le regardait froidement et durement. « Reprends ton calme. Aucun de tes biens n'a été touché. Pas encore. Tu peux regarder, fit-il avec un geste de la main.

— Où est mon épouse ?

— Je ne sais pas, *agha*. Il n'y avait personne ici quand nous sommes arrivés ce matin. »

Lochart était fou d'inquiétude. Si Bakravan avait été déclaré coupable, la famille allait-elle en souffrir ? Une minute ! Tout était confisqué... sauf la maison de la famille, n'était-ce pas ce que disait le papier ? Elle doit sûrement être là-bas... Jésus, c'est à des kilomètres d'ici et je n'ai pas de voiture...

Il essayait de réfléchir. « Vous avez dit... vous avez dit que rien n'avait été touché, " pas encore ". Vous voulez dire que vous alliez le faire bientôt ?

— Un homme avisé protège ses biens. Tu ferais bien de mettre tes biens en lieu sûr. Tout ce qui est à Bakravan reste ici, mais ce qui est à toi est à toi, fit Teymour en haussant les épaules. Nous ne sommes pas des voleurs.

— Et les biens de ma femme ?

— Les siens aussi. Bien sûr. Ses biens personnels. Je t'ai dit que nous n'étions pas des voleurs.

— Je dispose de combien de temps ?

— Jusqu'à 17 heures demain.

— Cela ne suffira pas. Puis-je avoir jusqu'au lendemain ?

— Jusqu'à demain 17 heures. Tu veux manger ?

— Non, non, merci.

— Alors, au revoir, *agha*, mais d'abord donne-moi tes clés, s'il te plaît. »

Lochart de nouveau s'empourpra. Il les sortit et l'homme à côté de lui les prit. « Vous avez parlé de VIP, quels VIP ?

— Des VIP, *agha*. Cet endroit appartenait à un ennemi de l'Etat, maintenant il est la propriété de l'Etat qui le confiera à qui bon lui semblera. Je suis désolé, mais je suis sûr que tu comprends. »

Lochart le regarda, puis l'autre homme. La lassitude pesait sur ses épaules, il se sentait désespérément impuissant. « Avant de partir, je... j'aimerais me changer et me raser. C'est possible ? »

Teymour réfléchit et dit : « Oui, Hassan, va avec lui. »

Plein de haine pour eux tous, Lochart sortit de la pièce, suivi par l'homme qui s'appelait Hassan. Il gagna sa chambre. Rien n'avait été touché, bien que toutes les armoires aient été ouvertes, ainsi que les tiroirs. Il y avait une odeur de tabac mais aucun signe de violence ou de départ précipité. On s'était servi du lit. Ressaisis-toi et essaie de prendre une décision sur ce qu'il convient de faire. Je ne peux pas, impossible. Bon, alors douche-toi, rase-toi, change-toi et va chez Mac, il n'habite pas trop loin, tu peux marcher jusque-là et il t'aidera, il te prêtera de l'argent, une voiture et tu pourras la retrouver dans la maison de sa famille — et ne pense pas à Jared. N'y pense pas.

Près de l'université : 20 h 10. Rakoczy approcha la lampe à huile de la pile de papiers, carnets, dossiers, archives et documents qu'il avait volés dans le coffre de l'ambassade américaine et continua de les classer. Il était seul dans une petite chambre que lui avait louée Farmad, l'étudiant chef de la faction tudeh, tué la nuit de l'émeute. C'était un immeuble où ne logeaient que des étudiants. La pièce était terne, sans chauffage. Juste un lit, une chaise, une table branlante et une toute petite fenêtre. Les vitres étaient fendillées et à moitié recouvertes de carton.

Il éclata d'un rire tonitruant. Tant de choses accomplies avec si peu de peine ! Une organisation parfaite. Une émeute de diversion devant les grilles de l'ambassade, puis des coups de feu soudain tirés des toits en face qui provoquent la panique. La foule enfonce les grilles et se rue à l'intérieur. En face de nous, juste quelques marines armés de fusils qui de plus avaient reçu l'ordre de ne pas tirer, juste assez de temps avant que n'arrivent les forces de Khomeiny. Couvert par ce désordre indescriptible, j'ai couru de l'autre côté du bâtiment, enfoncé la porte de derrière, je suis monté seul pendant qu'en bas on créait une autre diversion, coups de feu en l'air, cris, en faisant bien attention de ne tuer personne. Beaucoup de bruit et de hurlements, c'est tout ce dont j'avais besoin. Un palier, un autre, puis la course à travers le couloir en hurlant aux Américains présents, deux vieilles femmes effrayées et un jeune homme : « A plat ventre, ou je vous tue ! »

Ils ont obéi sans hésiter ainsi que tous les autres — je ne les blâme pas, l'attaque était si soudaine. Ils n'étaient pas préparés, pas armés et terrifiés. Dans la chambre à coucher, personne sauf un serviteur iranien paralysé, les bras au-dessus de la tête, à moitié caché sous le lit. Vite, faire sauter le coffre, vider son contenu dans un sac, puis quitter la pièce, redescendre les escaliers quatre à quatre et se mêler à la foule, Ibrahim Kyabi et les autres couvrant ma retraite. Opération parfaitement réussie, tous les objectifs atteints.

Ils pourront être impressionnés à la Source, pensa-t-il à nouveau, je suis sûr d'obtenir ma promotion de major et Père sera fier de moi. « Par Dieu et le Prophète, s'écria-t-il machinalement sans faire attention à ce qu'il disait, soulevé par une nouvelle vague d'euphorie, je ne me suis jamais senti si heureux. »

Il reprit joyeusement son travail. Jusqu'à présent, il n'avait pas découvert de trésors mais de nombreux documents sur l'implantation de la CIA en Iran, quelques cachets et tampons de l'ambassadeur, un code chiffré qui pouvait être important, des comptes privés, quelques bijoux sans grande valeur, quelques vieilles pièces de monnaie. Tant pis, pensa-t-il. Il y a plein de choses à éplucher, des agendas et des papiers personnels.

Le temps passa rapidement. Ibrahim Kyabi le rejoindrait bientôt pour discuter de la marche des femmes. Il voulait savoir comment la récupérer au profit des objectifs du Tudeh afin de nuire à Khomeiny et aux chiites. Khomeiny représente le véritable danger, pensa-t-il, le seul danger. Quel étrange vieil homme, lui et son inflexibilité de fer ! Plus vite il rejoindra ce Dieu qui n'existe pas, mieux ce sera.

Un courant d'air froid pénétra dans la pièce par les vitres brisées. Cela ne le dérangea pas. Il avait chaud. Il portait son gros blouson de cuir, un pull, une chemise, des sous-vêtements, des grosses chaussettes et des chaussures épaisses. « Il faut toujours avoir de bonnes chaussettes et de bonnes chaussures au cas où tu aurais à courir, lui avaient dit ses professeurs, il faut toujours être prêt à s'enfuir... »

Il se souvint, amusé, de sa course avec Erikki Yokkonen, comment il l'avait entraîné dans le labyrinthe pour le semer près de la maison de la mort. La maison des lépreux. Je suis sûr que je vais devoir le tuer un jour, pensa-t-il. Et son épouse ? Que faire d'Azadeh ? Que faire de la fille d'Abdollah Khan, le cruel Abdollah qui, bien que précieux en tant qu'agent double, devient trop arrogant, trop indépendant et trop puissant pour notre sécurité ? Oui, mais j'aimerais bien que le couple soit déjà rentré à Tabriz pour y faire ce qu'on attend d'eux. Quant à moi, j'aimerais bien repartir en permission, retourner chez moi, bien au chaud et en sécurité. Redevenir Igor Mzytryk, capitaine du KGB, retrouver Delaurah, l'étreindre dans notre beau lit entre nos draps fins d'Irlande, revoir ses yeux verts brillants, sa peau crémeuse. Si belle... elle est si belle... Dans sept semaines, notre premier enfant naîtra. Oh ! Comme j'espère que ce sera un garçon...

Il entendit au lointain les muezzins appeler à la prière du soir. Même perdu dans les rêveries les plus profondes, il restait toujours attentif aux bruits de l'extérieur et aux éventuels dangers. Il commença à débarrasser la petite table. Ibrahim Kyabi n'avait pas besoin de savoir ce qui ne le concernait pas. Il rangea tout rapidement dans son sac, souleva quelques lattes du plancher et mit le sac dans une cache qui contenait déjà une arme automatique chargée, précautionneusement enveloppée dans un chiffon huilé, ainsi qu'une demi-douzaine de grenades britanniques. Il remit les lattes en place, un peu de poussière dans les rainures, cache parfaitement invisible. Il baissa la lampe à huile jusqu'à ce que la mèche ne donne plus qu'une toute petite flamme et rouvrit les rideaux. Un peu de neige s'était insinuée à l'intérieur. Satisfait, il commença à attendre. Une demi-heure passa. Ce n'était pas dans les habitudes de Kyabi d'être en retard.

Puis il entendit des bruits de pas. Il pointa son automatique vers la porte. On frappa selon le code convenu. Néanmoins, après avoir déverrouillé, il se plaqua contre le mur et ouvrit brusquement en grand, prêt à faire feu. Mais c'était bien Ibrahim Kyabi, emmitouflé et content d'être arrivé. « Désolé, Dimitri, dit-il en tapant des pieds, mais les bus sont rares. » Il y avait un peu de neige sur ses cheveux noirs bouclés.

Rakoczy referma la porte. « La ponctualité est importante. Tu voulais savoir qui était le mollah dans l'hélicoptère de Bandar

Delam quand ton père a été assassiné, pauvre homme. J'ai son nom pour toi. » Il vit le regard du jeune homme s'allumer et dissimula son sourire. « Il s'appelle Hussain Kowissi et il est mollah à Kowiss. Tu connais ?

— Non. Je n'y suis jamais allé. Hussain Kowissi ? Bien, merci.

— J'ai pris des renseignements sur lui. Il se fait passer pour komeiniste fanatique et anticommuniste, mais en réalité il appartient à la CIA.

— Quoi ?

— Oui, dit Rakoczy mentant à la perfection et convaincu que cette désinformation était justifiée. Il a passé quelques années aux Etats-Unis, il y était envoyé par le shah. Il parle parfaitement américain et a été recruté par la CIA quand il était étudiant. Son antiaméricanisme est aussi faux que son fanatisme religieux.

— Comment fais-tu, Dimitri ? Comment fais-tu pour apprendre tant de choses si rapidement, sans téléphone, sans télex, sans rien ?

— Tu oublies que dans chaque bus, dans chaque taxi, dans chaque camion, dans chaque village, dans chaque bureau de poste il y a des gens à nous. N'oublie pas, ajouta-t-il en y croyant, n'oublie pas que les masses sont avec nous. Nous sommes les masses.

— Oui. »

Le jeune homme était plein de zèle et Rakoczy comprit qu'Ibrahim était le bon instrument. Et qu'il était prêt. « Le mollah Hussain a ordonné aux Brassards verts de tuer ton père en l'accusant d'être à la solde des étrangers. »

Kyabi devint livide. « Dans ce cas-là, je le veux. Il m'appartient.

— Je préfère que des professionnels s'occupent de lui. Je vais organiser un...

— Non. S'il te plaît. Je dois me venger. »

En cachant sa satisfaction, Rakoczy prétendit qu'il devait réfléchir. L'élimination de Hussain Kowissi avait été décidée depuis quelque temps déjà. « Bon, finit-il par dire, je te procurerai bientôt des armes, une voiture et une équipe pour t'accompagner.

— Merci. Mais voilà tout ce dont j'ai besoin. » Kyabi sortit en tremblant un couteau de sa poche. « Ceci, un peu de fil de fer barbelé, une heure ou deux et je lui montrerai ce qu'est la vengeance d'un fils.

— Bien. La marche des femmes, à présent. Elle est prévue pour dans trois jours. Nous... » Il s'arrêta soudain, sidéré, fit un bond vers le mur et tira une poignée à moitié dissimulée. Une section du mur s'ouvrit, donnant accès à un escalier de secours bringuebalant qu'on utilisait en cas d'incendie. « Viens », ordonna-t-il en se précipitant. Kyabi le suivit en courant, terrifié. Au même instant la porte s'ouvrit brutalement, presque arrachée de ses gonds, et les deux hommes qui l'avaient enfoncée d'un coup d'épaule tombèrent presque dans la pièce, immédiatement suivis par d'autres. Ils étaient tous iraniens, portaient des brassards verts et s'élancèrent à la poursuite des deux hommes, arme au poing.

Marches dévalées quatre à quatre, poursuivants et poursuivis trébuchant, tombant presque, course éperdue vers la rue, la nuit et la foule. Puis Rakoczy se précipita droit dans l'embuscade et dans leurs bras. Ibrahim Kyabi n'hésita pas : il changea de direction, traversa la rue, pénétra dans une ruelle encombrée et disparut dans l'obscurité.

Dans une vieille voiture garée en face de la sortie de secours, Robert Armstrong avait vu Rakoczy tomber aux mains de ses hommes et Kyabi s'échapper. Avant que les gens dans la rue ne comprennent ce qui se passait, Rakoczy avait été jeté dans un van qui attendait. Deux des Brassards verts se dirigèrent vers Armstrong. Ils étaient mieux habillés que les autres. Ils portaient tous les deux des holsters pour leur Mauser. Les gens s'écartaient sur leur passage, les regardant sans les regarder, ne voulant pas d'histoires. Les deux hommes montèrent dans la voiture, Armstrong mit la première et démarra. Les autres Brassards verts se fondirent dans la foule.

Quelques instants plus tard, Robert Armstrong était pris dans les encombrements. Les deux hommes firent glisser leurs brassards verts et les rangèrent dans leur poche. « Désolé d'avoir perdu ce jeune connard, Robert », dit, dans un bon anglais avec un accent américain, le plus vieux des deux. C'était un quinquagénaire, rasé de près — colonel Hashemi Fazir, chef des renseignements généraux, entraîné aux Etats-Unis et par la Savak avant qu'un département autonome des services secrets ne soit créé.

« Ne t'en fais pas, Hashemi », dit Armstrong.

Le jeune homme sur le siège arrière dit : « Nous avons filmé Kyabi lors de l'attaque de l'ambassade, *agha*. Et également à l'université. » Il avait une vingtaine d'années, une bouche cruelle surmontée d'une belle moustache. « Nous le prendrons demain.

— Maintenant qu'il est aux abois, je m'en abstiendrais si j'étais vous, lieutenant, dit Armstrong en conduisant prudemment. Puisqu'il est repéré, contentez-vous de le suivre, il vous mènera à un plus gros gibier. Il vous a déjà conduit à Dimitri Yazernov.

— On peut le dire, firent les autres en riant.

— Et Yazernov nous amènera vers toutes sortes d'endroits et de gens intéressants, dit Hashemi en allumant une cigarette. Tu en veux une, Robert ?

— Merci. » Armstrong avala une bouffée et grimaça. « Mon Dieu, Hashemi, elles sont dégueulasses, elles vont vous tuer.

— Comme Dieu le veut. » Puis Hashemi cita en parsi : « Lorsque je mourrai, lave-moi dans du vin,/A mes funérailles lis un texte parlant de vin,/Et si tu as envie de me revoir le jour du Jugement dernier,/Cherche-moi dans la poussière devant la porte d'un marchand de vin.

— Ce sont les cigarettes qui te tueront, pas le vin, dit sèchement Armstrong.

— Le colonel citait un extrait des *Robaïates* d'Omar Khayyam, dit le jeune homme assis derrière. Cela veut d...

— Il sait ce que cela veut dire, Mohammed, interrompit Hashemi. M. Armstrong parle parfaitement le parsi — tu as encore beaucoup à apprendre. » Il fuma en silence quelques instants en regardant la circulation. « Arrête-toi une minute, Robert, s'il te plaît. »

Quand la voiture s'immobilisa, Hashemi dit : « Mohammed, retourne au QG et attends-moi là-bas. Assure-toi que personne — je dis bien personne — n'approche Yazernov avant moi. Dis à l'équipe de tout préparer. Je veux commencer à minuit.

— Oui, colonel. » Le jeune homme les quitta.

Hashemi le regarda disparaître dans la foule. « Un whisky me ferait du bien. Tu veux rouler un peu, Robert ?

— Bien sûr. » Armstrong mit la première, lui jeta un coup d'œil. « Des problèmes ?

— Plein, répondit Hashemi, le visage tendu. Je ne sais pas combien de temps ils vont continuer à nous laisser travailler, si nous sommes vraiment en sécurité, ni à qui faire confiance.

— Ça, c'est classique, répondit Armstrong avec un sourire sans joie, tu as quelque chose de vraiment nouveau à m'apprendre ? Ce sont les risques du métier », dit-il. Il le savait mieux que quiconque pour avoir passé onze ans comme conseiller auprès des services secrets iraniens et, avant cela, vingt ans dans la police à Hong-kong.

« Tu veux être présent pendant l'interrogatoire de Yazernov, Robert ?

— Oui, si ça ne te dérange pas.

— Pourquoi le M16 s'intéresse-t-il à lui ?

— Je ne suis qu'un ancien des CID, section spéciale, ici à titre privé pour vous aider, les gars, à monter la même section, tu te souviens ?

— Je me souviens très bien. Deux contrats de cinq ans, le second prolongé jusqu'à l'année prochaine où tu prendras ta retraite avec pension.

— Tu parles, fit Armstrong écœuré. Khomeiny et le gouvernement vont payer ma pension ? Compte là-dessus ! » Il pensait souvent au gâchis financier représenté par le service accompli en Iran et, avec la dévaluation du dollar de Hong-kong depuis qu'il s'était retiré en 1966, sa retraite allait être plutôt mince. « Je l'ai dans le cul, ma pension ! »

Les yeux noirs se durcirent. « Robert, qu'est-ce que le M16 veut de ce salaud ? »

Armstrong se renfrogna. Quelque chose clochait aujourd'hui. Le jeune Kyabi n'aurait jamais dû pouvoir s'enfuir et Hashemi était nerveux comme un agent qu'on parachutait pour la première fois de l'autre côté de la frontière. « Autant que je sache, rien de spécial. Je m'intéresse à lui, moi, fit-il négligemment.

— Pourquoi ? »

C'est une longue histoire, pensa Armstrong. Dois-je te dire que derrière le nom de Dimitri Yazernov se cache en fait Fedor Rakoczy, le Russe marxiste islamique que tu essaies d'attraper depuis des mois ? Et dois-je te dire que la véritable raison pour laquelle on m'a demandé de t'aider à l'attraper est que le M16, tout à fait par hasard, a appris par un déserteur tchèque que son véritable nom est Igor Mzytryk, et que c'est le fils de Petr Oleg Mzytryk connu autrefois à Hong-kong sous le nom de Gregor Souslev, un espion de taille que nous pensions mort depuis des années ?

Non, nous ne voulons pas Yazernov mais nous voulons — je veux — son père qui est censé vivre quelque part au nord de la frontière, pas loin. Oh ! Dieu, fais qu'il soit vivant et que nous puissions cuisiner ce type avec tous les moyens dont nous disposons. Ancien chef de l'Extrême-Orient, professeur d'espionnage à l'université de Vladivostok, membre supérieur du Parti et Dieu sait quoi encore depuis, il en a des choses à raconter...

« Je pense — nous pensons — que Yazernov ne s'occupe pas seulement du Tudeh et des étudiants. C'est le portrait craché de votre dissident kurde, Alim bin Hassan Karakose.

— Tu veux dire que c'est le même homme ?
— Oui.
— Impossible. »

Armstrong haussa les épaules. Je lui ai jeté un os, s'il ne veut pas le renifler, c'est son problème.

La circulation était de nouveau stoppée. Tout le monde klaxonnait et s'injuriait. Il s'efforça de ne pas y faire attention et jeta sa cigarette iranienne par la fenêtre.

Hashemi fronçait les sourcils en l'observant. « Pourquoi, si ce que tu dis est vrai, vous intéressez-vous à Karakose et aux Kurdes ?

— Les Kurdes sont à toutes les frontières. Russe, irakienne, turque et iranienne, répondit-il sans hésiter. Le mouvement national kurde est très sensible et facile à manœuvrer pour les Soviétiques, avec toutes les implications que cela peut avoir sur l'Asie mineure. Bien sûr que nous sommes intéressés. »

Le colonel regarda pas la fenêtre, perdu dans ses pensées. Il neigeoteait. Un cycliste passa à côté d'eux et cogna le côté de la voiture. A la grande surprise d'Armstrong — d'habitude Hashemi était toujours calme —, il descendit furieusement la vitre et insulta le jeune homme et toute sa famille. Il jeta sa cigarette dehors et dit sombrement : « Laisse-moi ici, Robert. Nous allons commencer à interroger Yazernov à minuit. Tu es le bienvenu. » Il commença à ouvrir la porte.

« Une seconde, vieux, dit Armstrong. Nous sommes amis depuis longtemps. Qu'est-ce qui se passe ? »

Le colonel hésita. Puis il referma la porte. « La Savak a été déclarée hors la loi par le gouvernement, ainsi que les départements des services secrets, nous avec, avec ordre de dissolution immédiate.

— Oui, mais le bureau du premier ministre t'a déjà demandé de continuer, officieusement. Tu n'as rien à craindre, Hashemi. Tu n'es pas marqué. On t'a ordonné d'anéantir le Tudeh, les fedayin et les marxistes islamiques... Tu m'as montré l'ordre. L'opération de ce soir n'obéissait-elle pas aux ordres ?

— Si. Effectivement. » Hashemi fit une pause, puis reprit d'un ton grave et le visage figé : « Si, mais... Qu'est-ce que tu sais du comité révolutionnaire islamique ?

— Seulement qu'il est composé d'hommes choisis personnellement par Khomeiny, commença honnêtement Armstrong. Leur pouvoir est vague, on ne sait pas qui ils sont ni combien, ni où et quand ils se réunissent et si Khomeiny préside ou pas ces réunions.

— Je sais maintenant de façon certaine que, avec l'accord de Khomeiny, tout le pouvoir sera bientôt entre les mains de ce comité. Bazargan n'est qu'un personnage purement décoratif qui sautera dès que le comité annoncera la nouvelle constitution islamique qui va nous ramener des siècles en arrière, au temps du Prophète.

— Saloperie, murmura Armstrong. Pas de gouvernement élu ?

— Non, pas comme nous l'entendons, dit Hashemi qui bouillait de colère.

— La constitution sera peut-être rejetée, Hashemi. Le peuple va devoir voter, tout le monde n'est pas un fanatique supporter de K...

— Par Dieu et le Prophète, arrête de te leurrer, Robert ! fit le colonel avec rudesse. La grande majorité est fondamentaliste, c'est tout ce qu'ils ont pour se raccrocher dans la vie. Nos bourgeois, nos riches et nos classes moyennes sont des habitants de Téhéran, Tabriz, Abadan et Ispahan, que le shah a soutenus, mais ils ne sont rien, une minorité, juste une poignée par rapport au trente-six millions d'Iraniens qui pour la plupart ne savent ni lire ni écrire. Tout ce que Khomeiny approuvera sera immédiatement voté, c'est évident ! Et nous connaissons tous les deux sa vision de l'islam et du Coran.

— Quand cette nouvelle constitution sera-t-elle prête ?

— Après tout ce temps passé avec nous, comment se fait-il que tu nous connaisses si peu ? demanda Hashemi avec irritation. Dès que nous nous emparons du pouvoir nous l'utilisons tout de suite avant de le perdre. La nouvelle constitution est entrée en vigueur dès l'instant où ce pauvre crétin de Bakhtiar a été trahi par Carter, trahi par les généraux et obligé de s'enfuir. Quant à Bazargan, le pieux, l'honnête, le juste, le démocrate Bazargan que Khomeiny a nommé premier ministre jusqu'aux élections, il n'est là que pour porter le chapeau pendant l'intermède.

— Tu veux dire qu'il sera le bouc émissaire ? Qu'il passera devant un tribunal ?

— Un tribunal ? Quel tribunal ? Est-ce que je ne t'ai pas raconté comment se passaient les jugements ? S'il est accusé, il est exécuté. *Inch'Allah !* Enfin, et c'est surtout pour cela que je n'arrive pas à réfléchir correctement, que je suis fou de rage et que j'ai envie de me soûler la gueule ; j'ai entendu cet après-midi, tout à fait en privé, que la Savak avait été secrètement reformée, elle a été rebaptisée Savama, et c'est Abrim Pahmudi qui la dirige !

— Seigneur ! » Armstrong eut l'impression que quelqu'un venait de lui donner un coup de poing dans l'estomac. Abrim Pahmudi était un des trois amis de toujours du shah, il était allé à l'école avec lui en Iran, puis plus tard en Suisse. Il était devenu un membre très important de la Savak et un conseiller écouté du shah. On pensait qu'il se cachait à présent, attendant une bonne occasion pour négocier avec le gouvernement Bazargan l'abdication officielle du shah en faveur de son fils Rizah. « Bon Dieu ! Ça explique beaucoup de choses.

— Oui, fit amèrement Hashemi. Depuis des années, ce salopard a participé à presque toutes les réunions militaires et politiques cruciales, à toutes les conférences d'Etat, il était de tous les accords secrets et, dans les derniers jours, il a rencontré plusieurs fois l'ambassadeur et les généraux américains, le shah et nos généraux. Il était présent chaque fois que la possibilité d'un coup d'Etat était envisagée et rejetée. » Hashemi était tellement furieux que des larmes coulèrent sur ses joues. « Nous sommes tous trahis. Le shah, la révolution, le peuple, toi, moi, tout le monde ! Combien de fois toi et moi sommes-nous allés lui faire nos rapports ensemble au cours des années ? Et moi, seul, des centaines de fois. Avec des listes, des noms, des numéros de comptes en banque, des secrets que seuls nous pouvions découvrir. On lui a tout livré — tout par écrit, un seul exemplaire seulement — n'était-ce pas la règle ? Nous avons tous été trahis, tous. »

Armstrong frissonna. Pahmudi savait, bien sûr, qu'il travaillait pour les services secrets. Pahmudi savait tout ce qu'il y avait d'important à savoir sur George Talbot, sur Masterson, son vis-à-vis de la CIA, Lavenov, son homologue soviétique, sur nos projets à court et long terme ; il était au courant de nos opérations pour neutraliser les installations radar secrètes de la CIA avec des hommes comme le jeune capitaine Ross ; il n'ignorait rien des projets d'invasion.

« Saloperie de merde », murmura-t-il, furieux en même temps de ne pas avoir été averti par ses informateurs. Pahmudi, suave, intelligent, discret et parlant trois langues. Jamais au cours des années il n'y avait eu la moindre petite chose contre lui. Jamais. Et pourtant le shah faisait constamment surveiller ses proches. Avec raison, pensa-t-il. Il a échappé à cinq tentatives d'assassinat et a été blessé plusieurs fois. N'était-il pas à la tête d'un peuple connu pour sa violence envers ses dirigeants ?

Jésus ! comment cela se terminera-t-il ?

Dans les mêmes embouteillages : 21 h 15. McIver avançait centimètre par centimètre, bien plus au sud, en direction du souk où se trouvait la maison de famille de Jared Bakravan, Tom Lochart à son côté.

« Tout ira bien, dit McIver, mort d'inquiétude.

— Sûr, Mac. Pas de souci à se faire.

— Non, pas de souci à se faire. » Quand McIver était rentré à son appartement après son entrevue avec Ali Kia, il était euphorique. Tom Lochart était là, arrivé quelques instants plus tôt. Sa joie de le retrouver sain et sauf fut vite balayée par son air abattu et par les nouvelles que lui apprit Pettikin. Celui-ci lui raconta l'appel radio de Freddy Ayre relayant celui de Scot Gavallan à Zagros et lui annonça que Starke avait été emmené par le comité de Kowiss pour un interrogatoire au sujet de l' « évasion d'Ispahan ».

« Tout est ma faute, Mac, tout, avait dit Tom Lochart.

— Non, ce n'est pas ta faute, Tom. Nous étions coincés tous les deux, et puis c'est moi qui ai autorisé le vol. Ce n'est pas ce que j'ai fait de mieux pour Valik. Est-ce qu'ils étaient tous à bord ? Comment diable t'en es-tu sorti ? Raconte-nous ce qui s'est passé pendant que j'appelle Freddy. Tu veux boire quelque chose ?

— Non, merci. Ecoute, Mac, il faut que je retrouve Sharazad. Elle n'était pas à la maison, j'espère qu'elle est avec sa famille et il faut que je...

— Elle est là-bas, je sais qu'elle est là-bas, Tom. C'est Erikki qui me l'a dit ce matin juste avant de partir pour Tabriz. Tu as appris pour son père ?

— Oui. C'est horrible. Tu es sûre qu'elle est là-bas ?

— Oui. » McIver se dirigea vers le buffet et se servit un verre tout en continuant : « Elle n'est pas retournée à votre appartement depuis que tu es parti et elle était bien jusqu'à... Erikki et Azadeh l'ont vue avant-hier. Hier, ils...

— Est-ce qu'Erikki a dit comment elle allait ?

— Il a dit qu'elle allait aussi bien qu'elle pouvait aller étant donné les circonstances, tu sais combien les familles iraniennes sont unies. Nous ne savons rien d'autre sur son père que ce qu'Erikki nous a dit : il a été convoqué à la prison comme témoin, puis on a demandé à sa famille de venir chercher le corps ; il a été fusillé pour " crime contre l'islam ". Erikki a dit qu'ils étaient allés le chercher et que, hier, ils le veillaient et priaient. Désolé, voilà où nous en sommes. » Il avala une gorgée de son verre et se sentit mieux. « Elle est en sécurité chez elle. Raconte-nous d'abord ce qui t'est arrivé, ensuite j'appellerai Freddy et nous partirons chez Sharazad. »

Lochart leur raconta rapidement les événements des derniers jours. Ils écoutaient, consternés. « Quand Rudi m'a dit que cet officier de l'Air Force iranienne, Abbasi, était celui qui avait descendu HBC, je suis presque devenu fou. Je... j'ai perdu connaissance et je me suis réveillé le lendemain. Abbasi et les autres étaient repartis. Mac, l'idée de Charlie de raconter qu'un appareil a été volé — ça ne va pas tenir la route, impossible !

— Nous le savons, Tom, avait dit McIver. Finis d'abord ton histoire.

— Je n'ai pas réussi à obtenir l'autorisation de rentrer par hélico, alors j'ai emprunté une voiture, je suis arrivé il y a environ deux heures et je suis allé droit à l'appartement. Là, j'ai appris qu'il avait été confisqué par les Brassards verts, ainsi que tous les biens de Bakravan, sauf sa boutique dans le souk et sa maison de famille. » Lochart leur raconta ce qui s'était passé, ajoutant : « Je... je me trouve en plein milieu d'un cauchemar. Je n'ai plus rien, nous n'avons plus rien, Sharazad et moi. » Il rit d'un rire sans joie et McIver vit qu'il était en train de craquer. « C'est vrai que le bâtiment appartenait à Jared, l'appartement et tout, bien que... bien qu'une partie fût à Sharazad, sa dot... Allons-y, Mac.

— Laisse-moi appeler Freddy d'abord. Il...

— Oh ! Bien sûr. Excuse-moi, je suis tellement inquiet que j'en oublie tout. »

McIver termina son verre et alla jusqu'à l'émetteur radio. Il le regarda. « Tom, dit-il tristement, qu'est-ce que tu veux faire au sujet de Zagros ? »

Tom Lochart hésita. « Je pourrais emmener Sharazad là-bas avec moi.

— Désolé, mon vieux, c'est trop dangereux. » McIver vit que Lochart réfléchissait, mesurait ses forces. Il soupira, se sentant brusquement vieux.

« Si Sharazad va bien, je repartirai avec Jean-Luc demain, nous arrangerons les choses à Zagros et elle prendra la prochaine navette pour Al Shargaz, dit Lochart. Cela dépendra de ce qu'on trouvera à Zagros... si nous devons fermer la base, *inch'Allah,* nous emmènerons les foreurs à Chiraz pour qu'ils partent par des vols réguliers — leurs compagnies leur diront où aller — et nous ramènerons tout à Kowiss, appareils, pièces et personnel. OK ?

— OK. Entre-temps j'irai au ministère demain matin à la première heure pour voir s'ils peuvent arranger les choses. » McIver alluma l'émetteur. « Kowiss, ici le QG. Est-ce que vous me recevez ? »

Presque immédiatement : « QG, ici Kowiss, capitaine Ayre. Allez-y, s'il vous plaît, capitaine McIver.

— Premièrement. Au sujet de Zagros 3, dites au capitaine Gavallan que les capitaines Lochart et Sessonne seront de retour demain aux environs de midi avec des instructions. Entre-temps, organisez-vous pour obéir au comité et faire ce qu'il vous demande. » Putains d'enfants de salauds, pensa-t-il avant de reprendre d'une voix égale pour ceux qui devaient être en train de les écouter : « Le représentant d'IranOil de la base de Zagros devrait rappeler au comité que l'ayatollah et le gouvernement ont ordonné que la production de pétrole reprenne comme avant. Fermer Zagros porterait un coup sévère à la production de la région. Informez le capitaine Gavallan que j'en référerai personnellement et immédiatement au ministre Kia, qui, il y a à peine une heure, m'a donné son accord écrit pour que notre 125 vienne changer les équipes et...

— Jésus ! Mac, quelle bonne nouvelle !

— Oui, elles seront donc relevées, par notre 125 jusqu'à ce que le service régulier reprenne. De nouvelles équipes et de nouveaux appareils arriveront pour honorer les contrats Guerney, comme le gouvernement nous demande de le faire. Je ne comprends donc pas l'attitude du comité local. Vous avez tout reçu, capitaine Ayre ?

— Oui, monsieur. Message reçu cinq sur cinq.

— Est-ce que le capitaine Starke est rentré ? »

Un long silence, puis : « Négatif, QG. »

Le ton de McIver se fit plus dur. « Rappelez-moi dès qu'il rentre. Capitaine Ayre, juste entre vous et moi, s'il a le moindre ennui et s'il n'est pas rentré à la base sain et sauf avant le lever du jour, j'immobiliserai tous nos appareils en Iran, j'arrêterai les opérations en cours et ferai partir tout notre personnel du pays.

— Bien, Mac », dit doucement Pettikin.

McIver était trop concentré pour l'entendre. « Vous avez compris, Kowiss ? »

Un silence, puis : « Affirmatif.

— En ce qui vous concerne, ajouta McIver, poursuivant son idée, informez les majors Changiz et Coup d'enfer de ma décision ; je vous ordonne de cesser immédiatement toute opération, *casevac* inclus, tant que Starke ne sera pas rentré à la base. Compris ? »

Après un silence : « Affirmatif. Le message sera transmis immédiatement.

— Bon. Mais uniquement l'information concernant votre base. Le reste doit rester secret jusqu'à l'aube. » Il grimaça un sourire puis ajouta : « Je viendrai faire un voyage d'inspection dès que le 125 sera de retour pour m'assurer que tous les registres sont à jour. Rien d'autres ?

— Non, monsieur. Pas pour l'instant. Nous nous réjouissons de vous voir bientôt et nous restons à l'écoute comme d'habitude.

— QG, terminé. »

Pettikin dit : « Ça devrait marcher, Mac, je pense que ça va leur donner chaud aux fesses.

— Peut-être, peut-être pas. Nous ne pouvons pas arrêter les *casavac*; en dehors des raisons humanitaires cela nous mettrait hors la loi et leur donnerait un motif pour tout nous voler. » McIver finit son verre et jeta un coup d'œil à sa montre. « Allez, Tom, nous n'allons pas attendre Jean-Luc, allons chercher Sharazad. »

La circulation était un peu moins dense mais toujours lente. La neige tombait sur le pare-brise. La route était glissante et bordée de tas de neige sale.

« Tourne à droite au prochain croisement, dit Lochart.

— OK. » Ils roulèrent en silence. « Tom, as-tu signé quelque chose quand tu as fait le plein à Ispahan ?

— Non.

— On t'a posé des questions, on t'a demandé ton nom ? Est-ce que tu as rencontré des Brassards verts ? Quelqu'un ? »

Lochart fit un effort pour ne plus penser à Sharazad. « Non, je ne crois pas. Je faisais partie du décor et on m'appelait simplement capitaine. Autant que je me souvienne, je n'ai dû me présenter à personne. Valik... Annoush et les enfants sont partis déjeuner avec l'autre général dès que nous nous sommes posés — merde, je ne me souviens plus de son nom — ah si ! Seladi, c'est ça. Tout le monde m'appelait " capitaine ", je faisais partie du décor. En fait, je suis resté près de l'hélicoptère dans le hangar pendant tout le temps où nous étions là, pour surveiller le plein et vérifier l'appareil. Ils m'ont même apporté un plateau avec mon déjeuner et j'ai mangé dans la cabine. Je suis resté là tout le temps jusqu'à ce que ces fumiers de Brassards verts viennent me prendre et m'enfermer dans une cellule. Ils sont arrivés par surprise. Ils ont entouré la base et sont entrés. Ils ont certainement dû être aidés de l'intérieur, ce n'est pas possible autrement. Ces salauds m'ont empoigné en hurlant que j'étais un Américain de la CIA, mais ils étaient plus intéressés par la conquête de la base que par moi. Tourne complètement à gauche, Mac. Ce n'est plus très loin. »

McIver conduisait en faisant très attention, il n'était pas à l'aise. Le quartier était pauvre et les passants les regardaient. « Peut-être qu'on va réussir à s'en tirer en prétendant que HBC a été détourné de Doshan Tappeh par un inconnu. Ils ne vont peut-être pas remonter jusqu'à Ispahan.

— Dans ce cas, pourquoi ont-ils épinglé Duke Starke ?

— La routine. » McIver poussa un grand soupir. « Je sais que c'est risqué, mais ça peut marcher. Peut-être que l'histoire de l'Américain de la CIA va marcher. Fais-toi pousser une moustache ou une barbe, juste au cas où... »

Lochart secoua la tête. « Ça ne servira à rien. Mon nom est inscrit sur la première autorisation. Nos deux noms le sont... c'est ça la merde !

— Qui t'a vu lorsque tu as décollé de Doshan Tappeh ? »

Lochart réfléchit un moment. « Personne. Je pense que c'était Nogger qui supervisait le ravitaillement en carburant la veille.

— C'est juste, je m'en souviens maintenant, il râlait en disant que je lui donnais trop de boulot alors que la jeune Paula était en ville. Est-ce qu'il y avait du personnel iranien et des gardes là-bas ? Est-ce que tu as donné un bakchich à quelqu'un ?

— Non, il n'y avait personne. Mais ils ont pu me prendre sur leurs enregistreurs automatiques. » Lochart regarda à travers la vitre ; son cœur battit plus vite. « C'est là ! Tourne. »

McIver s'engagea dans une ruelle étroite. Il y avait juste assez de place pour deux voitures. De la neige était entassée de chaque côté jusqu'en haut des murs. McIver n'était jamais venu là auparavant et il était surpris que Bakravan, un homme si riche, habite un quartier manifestement si pauvre. Etait riche, se dit-il en frissonnant, et maintenant mort pour crimes contre l'Etat — et qu'est-ce qui constitue un crime contre l'Etat ? Il frissonna de nouveau.

« Voilà l'entrée, là, à gauche. »

Ils s'arrêtèrent à côté d'un tas de neige couvert de détritus. Un portail s'ouvrait au milieu d'un haut mur moisi. La porte était cerclée de fer rouillé. « Entrons, Mac.

— Je vais attendre un peu et, si tout va bien, je repars, je suis crevé. » Il n'y a qu'une solution, pensa McIver. Il retint Lochart par le bras. « Tom, nous avons la permission de faire sortir trois 212 du pays. Tu vas en prendre un. Demain. Au diable Zagros, Jean-Luc peut s'en occuper. Je ne sais pas s'ils laisseront sortir Sharazad, ou pas, mais tu ferais bien de partir le plus vite possible. C'est la seule chose à faire, tire-toi tant que c'est faisable. Sharazad peut prendre le prochain 125.

— Et toi, qu'est-ce que tu vas faire, Mac ?

— Moi ? Ne te fais pas de souci pour moi. Tu t'en vas. S'ils la laissent partir, emmène-la avec toi. Jean-Luc peut résoudre seul les problèmes de Zagros. D'ailleurs, j'ai bien l'impression qu'il va falloir fermer les puits là-bas. Ça va ? »

Lochart le regarda. « Laisse-moi y réfléchir, Mac. Mais merci de toute façon. » Il sortit. « Je serai là à l'aube. Ne laisse pas Jean-Luc partir sans m'avoir vu. Nous déciderons alors, OK ?

— OK. » McIver regarda son ami soulever le vieux heurtoir. Les deux hommes attendirent, Lochart avait la nausée tant il était inquiet, il se préparait à affronter la famille, les larmes, les manifestations de bienvenue et les questions. Il allait devoir rester poli alors qu'il n'avait qu'une seule envie : l'emmener dans sa chambre, la serrer très fort dans ses bras et lui dire que le cauchemar était fini. Il frappa de nouveau à la porte, plus fort. Personne. McIver coupa le moteur pour économiser l'essence. Le silence rendait l'attente plus pesante. Les flocons de neige commençaient à s'amonceler sur le pare-brise. Des gens passaient comme des spectres, soupçonneux et hostiles.

Un bruit de pas étouffés et le judas s'entrouvrit. Les yeux qui détaillèrent Lochart étaient froids et durs.

« C'est moi, Excellence, Lochart, commença-t-il en parsi, en essayant de prendre une voix normale. Mon épouse Sharazad est là. »

Les yeux regardèrent s'il était accompagné ou non, examinèrent la voiture derrière lui et McIver au volant. « Attendez, *agha*, s'il vous plaît. »

Le judas se referma. Nouvelle attente interminable. Il frappa encore avec rage, il aurait voulu défoncer la porte, mais il savait que ce n'était pas possible. D'autres bruits de pas. Le judas s'ouvrit de nouveau. Un autre visage et d'autres yeux apparurent. « Quel est votre nom, *agha* ? »

Lochart avait envie de hurler mais il ne le fit pas. « Mon nom est

Thomas Lochart, mari de Sharazad. Ouvrez la porte. Il fait froid, je suis fatigué et je veux voir mon épouse. »

Le judas se referma en silence. Nouvelle attente angoissante puis, à son grand soulagement, il entendit qu'on déverrouillait de l'intérieur. La porte s'ouvrit. Le serviteur brandissait haut une lampe à huile. Derrière lui, une cour entourée de hauts murs, une ravissante fontaine au milieu, des arbres et des plantes protégées du froid. Tout au fond, de l'autre côté, une autre porte cerclée de fer. Elle était ouverte et il distingua la silhouette de Sharazad. Il courut vers elle et l'étreignit, elle était en larmes.

La porte sur la rue fut claquée et les verrous remis en place. « Attends ! » cria Lochart au serviteur en se souvenant de McIver. Mais il entendit la voiture démarrer.

« Qu'est-ce qu'il y a, *agha* ? demanda le serviteur.

— Rien », dit-il en entrant avec Sharazad dans la maison bien chaude. Quand il la vit à la lumière, sa joie s'évanouit et son cœur se serra. Son visage était bouffi et sale, ses cheveux poisseux, son regard éteint, ses habits maculés.

« Mon Dieu... », murmura-t-il. Elle s'agrippait à lui comme une démente en bredouillant des choses incompréhensibles en anglais et en parsi. Des larmes coulaient le long de ses joues. « Sharazad, tout va bien, tout ira bien maintenant », dit-il doucement. Mais elle continuait sa monotone et incompréhensible litanie.

« Sharazad, Sharazad, ma chérie, je suis de retour maintenant... Tout va bien... » Il se tut. C'était presque comme s'il n'avait rien dit et soudain il fut terrifié à l'idée qu'elle était peut-être devenue folle. Il commença à la secouer doucement mais cela n'eut aucun effet. Puis il remarqua le vieux serviteur debout près de l'escalier, attendant des ordres. « Où... où est Sa Seigneurie Bakravan ? demanda-t-il, les bras de Sharazad crispés autour de son cou.

— Dans ses appartements, *agha*.

— S'il te plaît, dis-lui que je suis là et... et que je désirerais la voir.

— Oh ! Elle ne voit personne, *agha*. Personne. Telle est la volonté de Dieu. Elle n'a vu personne depuis le jour... » Des larmes brillèrent dans son regard usé. « Son Excellence nous a quittés, peut-être ne savez-vous pas que Son Exc...

— Si, je sais, j'ai appris.

— *Inch'Allah, agha, Inch'Allah.* Mais quels crimes le maître peut-il avoir commis ? *Inch'Allah*, il a été chois...

— *Inch'Allah*. S'il te plaît, va dire à Sa Seigneurie... Sharazad, arrête ! Viens, chérie », dit-il en anglais. Elle le rendait fou. « Arrête. » Puis, en parsi, au serviteur : « S'il te plaît, demande à Sa Seigneurie de me recevoir.

— Oui, je lui demanderai, *agha,* mais Sa Seigneurie, je le sais, n'ouvrira pas sa porte, ne m'écoutera ni ne me répondra, mais je vais immédiatement faire selon vos désirs. » Il commença à s'éloigner.

« Attends, où sont les autres ?

— Qui, *agha* ?

— La famille. Où est le reste de la famille ?

— Ah ! La famille. Sa Seigneurie est dans ses appartements, *lady* Sharazad est ici. »

Lochart sentit sa colère le reprendre, attisée par les gémissements de sa femme. « Je veux dire : où est l'Excellence Meshang et son épouse, ses enfants, mes belles-sœurs et leurs maris ?

— Dans leurs appartements, *agha.*

— Dans ce cas, va dire à l'Excellence Meshang que je suis ici », dit-il. Meshang, le fils aîné, et sa famille étaient les seuls qui vivaient de façon semi-permanente dans la résidence.

« Certainement, *agha.* Que la volonté de Dieu soit accomplie, j'irai dans le souk moi-même.

— Il est au souk ? »

Le vieil homme fit oui de la tête. « Bien sûr, *agha,* il y est aujourd'hui, avec sa famille. Maintenant il est devenu le maître et il doit s'occuper des affaires de la famille. Telle était la volonté de Dieu, *agha,* c'est lui le chef de la maison Bakravan, maintenant. J'y vais immédiatement.

— Non, envoie quelqu'un d'autre. » Le souk était juste à côté. « N'y a-t-il personne qui... Sharazad, Sharazad, arrête ! dit-il durement, mais elle ne semblait pas l'entendre. Est-ce qu'il y a de l'eau chaude dans la maison ?

— Il devrait y en avoir, *agha.* La chaudière est très bonne, mais elle n'est pas allumée.

— Il n'y a pas de fuel ?

— Il devrait y en avoir, *agha.* Voulez-vous que j'aille vérifier ?

— Oui. Allume la chaudière et apporte-nous du thé et quelque chose à manger.

— Certainement, *agha.* Qu'est-ce que Son Excellence aimerait avoir ? »

Lochart luttait pour ne pas perdre la tête, les plaintes de Sharazad le rendaient presque fou. « N'importe quoi... Non, du riz et du poulet. Un *horisht* de poulet, précisa-t-il.

— Comme vous le souhaitez, *agha,* mais la cuisinière est très fière de son *horisht* de poulet qu'elle réalise à sa manière et il lui faut des heures pour le préparer. » Poliment le vieil homme attendait, son regard allant de Lochart à Sharazad.

« Alors... euh... bon, juste des fruits. Des fruits et du thé, n'importe quels fruits... » Lochart n'en pouvait plus. Il souleva Sharazad dans ses bras, monta l'escalier et prit le corridor qui menait aux chambres qu'ils occupaient d'habitude dans ce palais somptueux de trois étages au toit plat. Il ouvrit la porte et la referma derrière lui.

« Sharazad, écoute-moi... Sharazad, écoute ! Ecoute-moi, pour l'amour de Dieu ! »

Mais elle s'accrochait toujours à lui en balbutiant, les yeux dans le vague. Il la transporta dans la chambre à coucher dont les fenêtres et les volets étaient fermés et la força à s'asseoir sur le lit défait, puis courut dans la salle de bains dont l'installation était moderne, sauf les toilettes.

Pas d'eau chaude. L'eau froide coula, elle n'était pas trop saumâtre. Il trouva des serviettes, en mouilla une et revint. Il était oppressé, écrasé par le sentiment de son impuissance. Elle n'avait pas bougé. Il essaya de lui laver le visage mais elle résista et commença à pleurnicher, devenant encore plus hideuse. De la salive coulait des deux côtés de sa bouche.

« Sharazad... Sharazad, ma chérie, pour l'amour de Dieu, ma chérie... » Il la souleva et la serra fort, mais rien ne semblait la toucher. Elle continuait à gémir, le regard fixe. « Reprends-toi », cria-t-il. Il se leva mais elle s'accrocha à lui et le tira vers elle.

« Oh ! Dieu, donne-moi la force... » Il vit sa main partir et la gifler en plein visage. Pendant quelques instants elle se tut et le contempla d'un air incrédule, puis son regard se voila de nouveau et elle reprit ses incompréhensibles balbutiements en s'agrippant à ses vêtements. « Dieu, aide-moi », dit-il. Puis il se mit à la gifler de plus en plus fort, main ouverte, essayant désespérément de frapper fort mais pas trop. Il la retourna sur le lit, et commença à la fesser. Il la frappa jusqu'à ce que la paume de la main lui fît mal, jusqu'à ce qu'il l'entendît pousser de vrais cris et non des sons inarticulés. « Tommy... arrête. Oh ! S'il te plaît, Tommy, s'il te plaît arrête... Tommy, tu me fais mal, qu'est-ce que je t'ai fait ? Je te jure que je n'ai rien fait de mal. Oh ! Dieu, Tommy, s'il te plaît, arrête... »

Il s'arrêta. Il avait de la sueur qui lui coulait dans les yeux, ses vêtements étaient chiffonnés. Il se leva du lit en trébuchant. Elle se tordait de douleur, les fesses et le visage rouges, mais à présent ses larmes étaient de vraies larmes et son regard était redevenu normal. Elle avait retrouvé ses esprits.

« Oh ! Tommy, tu m'as fait mal, tu m'as fait mal, pleurnicha-t-elle comme une enfant. Pourquoi ? Pourquoi ? Je te jure que je t'aime... Je n'ai jamais rien fait... rien... rien... pour que tu me battes. » Torturée par la douleur et la honte d'avoir provoqué sa colère, ne comprenant pas pourquoi mais consciente qu'elle se devait de le calmer, elle se leva du lit et tomba à ses pieds, le suppliant, à travers ses larmes, de lui pardonner.

La mémoire lui revint brutalement et elle cessa de pleurer. « Oh ! Tommy, dit-elle d'une voix saccadée, brisée. Père est mort... assassiné... assassiné par les Brassards verts... assassiné...

— Oui... oui, ma chérie, je sais, oh ! je sais... je suis si triste... »

Il s'allongea près d'elle, la prit dans ses bras, mêlant ses larmes aux siennes, l'étreignant, lui insufflant sa force comme elle lui insufflait la sienne. Puis ils s'endormirent, se réveillant parfois mais se rendormant paisiblement, dans la lumière douce et réconfortante de la lampe à huile. Il se réveilla juste avant minuit. Sharazad le regardait. Elle fit un mouvement pour l'embrasser mais une douleur l'en empêcha.

« Comment te sens-tu ? Tu vas bien ? demanda-t-il en l'enlaçant aussitôt.

— Oh ! Fais attention... Pardon, c'est... » Elle essaya de regarder son dos et découvrit qu'elle portait des vêtements souillés. Elle grimaça. « Beuh ! Ces vêtements, pardon, excuse-moi, mon chéri... » Elle se leva maladroitement et les enleva. En grimaçant de douleur elle prit la serviette mouillée et essuya son visage, puis brossa ses cheveux. Elle se rapprocha de la lampe et vit qu'elle avait un œil tuméfié et les fesses meurtries. « Pardonne-moi, s'il te plaît... Qu'ai-je fait... pour t'offenser ?

— Rien, rien », répondit-il, stupéfait. Et il lui raconta dans quel état il l'avait trouvée.

Elle le regarda, bouche bée. « Mais... tu dis que... je... je ne me souviens de rien... je me souviens juste d'avoir été battue.

— Je te demande pardon, mais c'était le seul moyen... Je suis désolé.

— Pas moi, plus maintenant, mon chéri. » En essayant de retrouver ses souvenirs elle s'allongea précautionneusement sur le ventre. « Mais sans toi... Si j'étais ainsi c'est que c'était la volonté de Dieu... C'est étrange, je ne me souviens de rien, rien du tout et je... » Sa voix se brisa et, essayant de se contrôler, elle reprit plus fermement : « Sans toi je serais peut-être restée folle toute ma vie. » Elle se blottit contre lui et l'embrassa. « Je t'aime, mon aimé, dit-elle en parsi.

— Je t'aime, mon aimée, répondit-il dans la même langue.

— Tommy, je crois que je sais ce qui m'a fait perdre la tête... reprit-elle d'une voix étrange. J'ai vu Père... je l'ai vu hier, le jour avant... je ne me souviens pas... Mort, il paraissait si petit, si petit, avec tous ces trous dans son corps, dans son visage et sa tête... Je ne me souvenais pas qu'il était si petit, ce sont eux qui l'ont rendu petit, qui lui ont pris sa...

— Non, dit-il doucement en voyant ses larmes apparaître... N'y pense pas. C'était la volonté de Dieu. *Inch'Allah*.

— Tu as raison, mon mari, répondit-elle immédiatement en parsi. Bien sûr que c'est la volonté de Dieu, oui, je le sais, mais c'est important pour moi de t'expliquer, pour me laver de la honte, parce que tu m'as trouvée comme... comme une démente... Je voudrais te raconter un jour.

— Alors, raconte-moi maintenant, Sharazad, comme ça ce sera derrière nous une fois pour toutes, répondit-il d'un ton également solennel. Raconte-moi maintenant, s'il te plaît.

— Ce qui m'a choquée profondément, c'est qu'ils ont rendu insignifiant, sans importance, dérisoire, l'homme le plus important de ma vie après toi. Sans raison. Il s'était opposé au shah chaque fois qu'il l'avait pu ; c'était un partisan acharné de ce mollah Khomeiny. » Elle parlait calmement et il entendit le mot « mollah » et non pas « ayatollah » ou « imam » ou *farmandeh* et un signal d'alarme résonna dans sa tête. « Ils ont assassiné mon père sans raison, sans procès, en violant les lois, et ils l'ont rendu petit. Ils ont pris tout ce qu'il possédait, tout ce qui faisait de lui un homme, un père, un père adoré. Comme Dieu le veut, devrais-je dire, et je vais essayer. Mais je ne peux pas croire que c'est ce que Dieu voulait. C'est peut-être ce que Khomeiny veut. Je ne sais pas. Nous autres femmes allons bientôt savoir.

— Quoi ? Qu'est-ce que tu veux dire ?

— Dans trois jours nous autres femmes organisons une marche de protestation — toutes les femmes de Téhéran.

— Contre quoi ?

— Contre Khomeiny et les mollahs qui sont contre les droits des femmes. Quand il nous verra marcher sans tchador il comprendra et cessera de faire ce qui est mal. »

Lochart écoutait à moitié, se souvenant d'elle quelques jours plus tôt — ce cauchemar n'avait-il commencé que quelques jours plus tôt ? —, Sharazad si fière d'elle-même et portant le tchador, si heureuse d'être juste une épouse classique, pas moderne comme Azadeh. Il regarda ses yeux et y lut ses résolutions nouvelles. « Je ne veux pas que tu prennes part à cette marche.

— Bien sûr, mon mari, mais toutes les femmes de Téhéran vont marcher et je suis certaine que tu ne voudrais pas que je trahisse la mémoire de mon père, que je m'incline devant les représentants de ses assassins ?

— C'est une perte de temps, dit Lochart qui savait qu'il n'aurait pas gain de cause mais continuait néanmoins. Je crains, mon amour, qu'une marche de protestation de toutes les femmes d'Iran, ou même de tout l'Islam, ne touche pas Khomeiny. Les femmes dans son Etat islamique n'obtiendront rien qui ne soit pas dans le Coran, rien. Il est inflexible. N'est-ce pas ce qui fait sa force ?

— Bien sûr, tu as raison, mais nous marcherons pour protester et Dieu lui ouvrira les yeux. C'est la volonté de Dieu qui doit s'accomplir, pas celle de Khomeiny. En Iran, tout au long de notre histoire, nous avons su ce qu'il fallait faire avec les hommes comme lui. »

Il la tenait dans ses bras. Manifester n'est pas la solution, pensait-il. Oh ! Sharazad, il y a tant de décisions à prendre, tant à dire, ce n'est pas le moment. Il y a Zagros et un 212 à sortir. Mais cela laisserait Mac seul pour tout diriger, s'il reste quelque chose à diriger. Et si je l'emmenais aussi ? Impossible, ou alors il faudrait que je l'emmène de force. « Sharazad, j'aurai peut-être une mission à accomplir. Emmener un 212 au Nigeria. Tu viendrais avec moi ?

— Bien sûr, Tommy. Combien de temps serons-nous partis ? »

Il hésita. « Quelques semaines, peut-être plus. » Il la sentit se raidir imperceptiblement dans ses bras.

« Quand voudrais-tu partir ?

— Très vite. Peut-être demain.

— Je ne pourrai pas laisser mère seule, pas pendant quelque temps tout au moins. Elle... elle est folle de douleur, Tommy, si je partais, j'aurais peur pour elle. Et il y a ce pauvre Meshang, il doit s'occuper des affaires, il doit être aidé. Il y a tant à faire et tant à surveiller.

— Es-tu au courant au sujet de l'ordre de confiscation ?

— Quel ordre de confiscation ? »

Il lui dit. Des larmes emplirent de nouveau ses yeux et elle se redressa, oubliant momentanément sa peine. Elle regarda la flamme de la lampe à huile et les ombres qu'elle projetait. « Alors, nous n'avons plus de maison, plus rien. Telle est la volonté de Dieu », dit-elle tristement. Puis d'une voix différente : « Non, ce n'est pas la volonté de Dieu ! C'est celle des Brassards verts. Nous devons maintenant nous unir pour sauver la famille, autrement cela signifierait qu'ils auraient vaincu Père — nous ne pouvons pas les laisser l'assassiner et ensuite détruire la famille qu'il avait fondée, cela serait épouvantable.

— Je suis d'accord, mais cette mission résoudrait nos problèmes de logement pour quelques semaines...

— Tu as raison, Tommy, comme toujours. Oui, si nous devions partir. Mais nous sommes ici chez nous, cette maison est la nôtre. Oh ! Comme nous allons y être heureux ! Demain matin j'enverrai les serviteurs chercher nos affaires à l'appartement. Que sont quelques tapis et quelques bibelots quand nous avons cette maison ? Je vais m'occuper de tout, nous allons être heureux ici.

— Mais, si t...

— Ce vol fait qu'il est encore plus important pour nous de rester ici, de résister, de protester, cela rend la marche tellement plus importante. » Comme elle vit qu'il allait dire quelque chose, elle posa un doigt sur ses lèvres. « Si tu dois faire cette mission — et tu dois bien sûr accomplir ton travail — alors, pars, mon chéri, mais reviens vite. Dans quelques semaines Téhéran sera redevenue normale et douce, comme autrefois. Je sais que c'est ce que Dieu veut. »

Oh, oui ! pensa-t-elle, confiante, oubliant son chagrin, et ce sera mon deuxième mois, Tommy sera si fier de moi. Entre-temps, ce sera merveilleux de vivre ici, entourée par la famille, Père vengé, dans une maison où les rires retentiront de nouveau. « Tout le monde nous aidera, dit-elle en se blottissant dans ses bras, fatiguée mais heureuse. Oh ! Tommy, je suis si contente que tu sois rentré à la maison, que nous soyons ensemble, nous allons avoir une vie merveilleuse, Tommy. » Son élocution devint plus lente alors que le sommeil la submergeait par vagues. « Nous allons tous aider Meshang... et ceux qui sont partis en voyage reviendront, tante Annoush et les enfants... ils nous aideront... et oncle Valik conseillera Meshang... »

Lochart n'eut pas le cœur de lui apprendre leur mort.

Dimanche 18 février 1979

CHAPITRE 34

Palais du khan, Tabriz : 3 h 13. Dans l'obscurité de la petite pièce le capitaine souleva le couvercle en cuir de sa montre et jeta un coup d'œil au cadran lumineux. « Prêt, Gueng ? murmura-t-il en gurkhali.

— Oui, *sahib* », répondit Gueng, ravi que l'attente soit terminée.

Silencieusement, les deux hommes quittèrent leur grabat posé sur de vieux tapis malodorants étendus sur le sol dur. Ils étaient entièrement habillés. Ross alla jusqu'à la fenêtre et regarda dehors. Leur garde était accroupi à côté de la porte, profondément endormi, son fusil sur ses genoux. A deux cents mètres de là, de l'autre côté des vergers couverts de neige et des bâtiments extérieurs, se trouvait le palais de Gorgon Khan. La nuit était sombre et froide, le ciel nuageux. De temps en temps la lune apparaissait, brillante.

Il va encore neiger, pensa Ross en ouvrant doucement la porte. Les deux hommes scrutèrent la nuit, tous les sens en alerte. Aucune lumière nulle part. Sans faire un bruit Ross enjamba le garde, le secoua mais l'homme ne se réveilla pas. Le somnifère qu'ils lui avaient donné allait faire effet encore deux heures. Cela avait été facile de le lui faire prendre dans un morceau de chocolat gardé à cette intention dans leur trousse de survie. Quelques morceaux de chocolat étaient bourrés de somnifère, d'autres carrément empoisonnés. Il scruta de nouveau les environs, attendant patiemment que la lune soit masquée par un nuage. Il avait été mordu par une punaise et il se gratta machinalement. Il était armé de son *kukri* et d'une grenade : « Si nous sommes arrêtés, Gueng, on racontera qu'on faisait une petite balade, lui avait-il dit plus tôt. Nous ferions mieux de laisser nos armes ici. Pourquoi avoir des *kukri* et une grenade ? C'est une vieille coutume gurkha.

— Je pense que je préférerais prendre toutes nos armes maintenant, aller dans les montagnes et partir vers le sud, *sahib*.

— Si ça ne marche pas, c'est ce qu'il nous faudra faire, avait dit Ross. Mais c'est bien risqué. Nous serons coincés à découvert, on nous cherche toujours et ils n'abandonneront pas avant de nous avoir pris. N'oublie pas que, nous nous en sommes tirés et que nous avons réussi à arriver jusqu'ici, uniquement grâce aux vêtements. » Après l'embuscade où Vien Rosemont et Tenzing avaient été tués, lui et Gueng avaient déshabillé quelques-uns de leurs attaquants et revêtu leurs robes de villageois par-dessus leurs uniformes. Ross avait pensé enlever entièrement leurs uniformes et s'en débarrasser, mais il s'était dit finalement que ce n'était pas sage. « Si nous sommes pris, nous sommes pris. Ce sera la fin, c'est tout. »

Gueng avait grimacé. « Vous feriez bien alors de devenir un bon Hindou dès maintenant. Comme ça, quand nous serons tués, ce ne sera pas la fin mais le commencement.

— Et que dois-je faire pour devenir Hindou, Gueng ? » Il sourit en se souvenant de l'expression perplexe de Gueng et de son haussement d'épaules. Puis ils s'étaient occupés des corps de Vien Rosemont et de Tenzing qu'ils avaient laissés dans la neige selon les coutumes des hautes terres : « Ce corps n'a plus de valeur pour l'esprit : à cause de l'immuabilité de la réincarnation, il est légué aux animaux et aux oiseaux qui sont d'autres esprits se débattant dans leur propre karma vers le nirvâna, l'endroit où règne la paix éternelle. »

Le lendemain matin ils avaient repéré ceux qui les suivaient sans relâche. Quand ils étaient descendus des montagnes vers les faubourgs de Tabriz, leurs poursuivants étaient à peine à un kilomètre derrière eux. Seul leur camouflage les avait sauvés, leur permettant de se perdre dans la foule où les hommes armés aussi grands que Ross et aux yeux bleus comme lui étaient nombreux. La chance leur avait souri et ils avaient trouvé tout de suite l'entrée de derrière du petit garage immonde. Il avait donné le nom de Vien Rosemont et l'homme les avait cachés. Cette nuit-là, Abdollah Khan était venu avec ses gardes, très méfiant et agressif. « Qui vous a dit de me demander ?

— Vien Rosemont. Il nous a aussi indiqué cet endroit.
— Qui est ce Rosemont ? Et où est-il ? »

Ross lui raconta ce qui s'était passé pendant l'embuscade. L'attitude d'Abdollah Khan changea mais il resta sur la défensive.

« Comment puis-je savoir si vous me dites la vérité ? Qui êtes-vous ?

— Avant que Vien ne meure, il m'a demandé de vous transmettre ce message. Il délirait et il agonisait mais il me l'a fait répéter trois fois pour être bien sûr. " Dis à Abdollah Khan que Peter veut la tête du Gorgon et que le fils de Peter est pire que Peter. Le fils joue la carte courte comme son père qui va essayer de se servir d'une méduse pour attraper le Gorgon. " » Il vit une lueur sombre passer dans le regard du vieil homme. « Cela veut dire quelque chose pour vous ?

— Oui. Cela signifie que vous connaissez Vien. Ainsi, il est mort. Que la volonté de Dieu soit faite, mais quel dommage ! Vien était bon, très bien, et grand patriote. Qui êtes-vous ? Quelle était votre mission ? Que faisiez-vous dans nos montagnes ? »

Il hésita de nouveau, se souvenant qu'Armstrong lui avait conseillé lors de leur réunion de ne pas trop se fier à cet homme. Néanmoins Rosemont dont il respectait le jugement lui avait dit au moment de mourir : « Tu peux confier ta vie à ce vieil enfoiré. Je l'ai fait une demi-douzaine de fois et il ne m'a jamais laissé tomber. Allez le voir, il vous aidera à vous enfuir... »

Abdollah Khan souriait, la bouche aussi cruelle que le regard. « Vous pouvez me faire confiance, je pense que vous n'avez pas le choix.

— Oui. C'était pour neutraliser Sabalan, dit Ross en racontant ce qui s'était passé.

— Dieu soit loué ! Je transmettrai le message à Wesson et Talbot.
— Qui ?
— Ça n'a pas d'importance. Je vous ferai partir par le sud. Venez avec moi, vous n'êtes pas en sécurité ici, vous êtes recherchés. On a offert une récompense à qui attrapera les " deux saboteurs anglais, ennemis de l'Islam ". Qui êtes-vous ?

— Ross. Capitaine Ross et voici le sergent Gueng. Qui sont ces hommes qui nous poursuivent ? Des Iraniens ou des Russes ? Ou des Iraniens travaillant pour les Russes ?

— Les Russes n'opèrent pas ouvertement dans mon Azerbaïdjan, pas encore. » Les lèvres du khan se tordirent en un étrange sourire. « J'ai un break dehors. Montez et allongez-vous par terre. Je vais vous cacher et, quand cela sera possible, je vous ferai regagner Téhéran en toute sécurité. Mais vous devrez obéir à mes ordres. Explicitement. »

Cela s'était passé deux jours auparavant, mais l'arrivée des visiteurs russes et de l'hélicoptère avait tout changé. Ross vit la lune passer derrière un nuage et il tapa sur l'épaule de Gueng. Le petit homme s'évanouit dans les vergers. Lorsque arriva le signal que tout était dégagé, Ross s'élança à son tour. Ils avancèrent rapidement jusqu'au coin de l'aile nord du palais. Ni gardes ni chiens de garde pour l'instant, bien que Gueng eût vu des dobermans enchaînés.

Il fut facile d'escalader la balustrade jusqu'au balcon du premier étage. Gueng menait l'ascension. Il dépassa la rangée de fenêtres fermées par des volets jusqu'à l'escalier qui conduisait au balcon suivant. Au sommet il attendit Ross. Gueng désigna la deuxième rangée de fenêtres et sortit son *kukri* mais Ross fit non de la tête et s'approcha d'une porte qu'il avait remarquée sur le côté, noyée dans l'ombre. Des oiseaux de nuit s'envolèrent des vergers en piaillant. Les deux hommes se retournèrent et scrutèrent les alentours, s'attendant à voir apparaître une patrouille. Il n'y avait personne. Ils attendirent un peu pour plus de sécurité, puis Ross entra en premier à l'intérieur du palais.

Le couloir était long, flanqué de nombreuses portes. Il s'arrêta devant la deuxième et tourna prudemment la poignée. La porte s'ouvrit silencieusement ; il entra rapidement, suivi par Gueng, son *kukri* à la main et la grenade sortie. La pièce garnie de tapis, de coussins, d'oreillers, de meubles victoriens et de sofas semblait être un salon. Il y avait deux autres portes. Ross se dirigea vers l'une d'elles en priant que ce soit la bonne. Il pénétra dans une chambre aux rideaux tirés ; un rayon de lune éclairait le lit où reposaient un homme et une femme. C'était bien l'homme qu'il cherchait, mais il ne s'attendait pas à trouver une femme. Gueng referma doucement la porte. Sans hésitation, ils se placèrent de chaque côté du lit, puis au même instant, enfoncèrent des mouchoirs roulés en boule dans la bouche des dormeurs en les tenant fermement pour les empêcher de crier.

« Nous sommes des amis, pilote, ne fais pas de bruit », murmura Ross à l'oreille d'Erikki. Ross ne connaissait ni Erikki ni la femme, il les avait seulement vus arriver en hélicoptère. Il vit la peur provoquée par ce réveil soudain se transformer en une rage aveugle et l'homme chercha à l'empoigner. Il l'évita, augmentant sa pression sous le nez d'Erikki, le maîtrisant facilement. « Je vais te libérer, n'appelle pas, pilote. Nous sommes des amis, nous sommes anglais. Des soldats anglais. Fais un signe de tête si tu as compris. » Il attendit, puis vit le géant faire un signe de tête. Il croisa son regard et lut le danger. « Tiens-la bien, Gueng, jusqu'à ce que nous soyons prêts », dit-il doucement en gurkhali, puis à Erikki : « Pilote, n'aie pas peur, nous sommes des amis. »

Il relâcha sa pression et fit un bond de côté, évitant de justesse le coup de poing qu'Erikki lui balança. Le Finlandais se retourna dans le lit pour saisir Gueng mais s'arrêta net. Un rayon de lune brillait sur le *kukri* courbé posé sur la gorge d'Azadeh qui était pétrifiée, les yeux grands ouverts.

« Non. Laissez-la tranquille... », dit Erikki en russe d'une voix rauque. L'esprit encore embrumé, ne distinguant que le visage oriental de Gueng, il croyait avoir affaire aux hommes de Cimtarga. Il avait du mal à sortir de sa torpeur, sa journée de vol aux instruments dans des conditions difficiles l'avait exténué. « Qu'est-ce que vous voulez ?

— Parlez anglais. Vous êtes anglais, n'est-ce pas ?

— Non, je suis finlandais, dit Erikki en se tournant vers Ross dont il ne distinguait que la silhouette. Qu'est-ce que vous voulez ?

— Désolé de vous réveiller ainsi, pilote, dit Ross à voix basse en se rapprochant, mais nous devions vous parler en secret. C'est très important.

— Dites à ce salopard de lâcher mon épouse ! Tout de suite !

— Votre épouse ? Oh oui... oui, bien sûr, désolé. Elle... elle ne va pas crier ? S'il vous plaît, dites-lui de ne pas crier. » Il regarda le géant se tourner vers la femme, immobile sous l'épaisse couverture, bâillonnée, le *kukri* de Gueng sur la gorge. Erikki la toucha, doucement, les yeux fixés sur le couteau. Sa voix était douce et réconfortante, mais il ne s'exprimait ni en anglais ni en parsi. Pris de panique, Ross crut qu'il parlait russe et il en fut encore plus désorienté. Il s'attendait à trouver un pilote anglais, seul, et pas un Finlandais avec une épouse russe, il était pétrifié à l'idée qu'il avait peut-être attiré Gueng dans un piège. Le regard du géant revint vers lui et il y lut encore le danger.

« Dites-lui de lâcher ma femme, dit Erikki en anglais. Elle ne criera pas.

— Qu'est-ce que vous lui avez dit ? Vous parliez russe ?

— Oui, c'était du russe et je lui ai dit : " Ce salaud va te lâcher dans une seconde. Ne hurle pas. Ne hurle pas, viens te mettre derrière moi. Bouge lentement, viens derrière moi. Ne fais rien jusqu'à ce que je m'occupe de l'autre salaud et, à ce moment-là, bats-toi pour ta vie. "

— Vous êtes russe ?

— Je vous l'ai dit, je suis finlandais et je me lasse rapidement des mecs qui me menacent avec des couteaux en pleine nuit. Qu'ils soient anglais, russes ou même finlandais.

— Vous travaillez pour la S-G ?
— Oui. Qu'il la lâche en vitesse, sinon je ne réponds plus de rien. »

Ross était complètement désorienté. « Elle est russe ?

— Mon épouse est iranienne, elle parle russe et moi aussi, dit froidement Erikki en bougeant lentement pour sortir du rayon de lune et se placer dans l'obscurité. Mettez-vous dans la lumière et, pour la dernière fois, ordonnez à ce petit salaud de lâcher ma femme, puis dites-moi ce que vous voulez et partez.

— Oui, excusez-moi. Gueng, lâche-la maintenant. »

Gueng ne bougea pas. Pas plus que la lame courbe. Il dit en gurkhali : « Oui, *sahib*, mais d'abord laissez-moi prendre le couteau qui se trouve sous l'oreiller du pilote. »

Ross répondit dans la même langue : « S'il essaie de le prendre, mon frère, tue-la, je m'occuperai de lui. » Puis il déclara en anglais d'un ton aimable : « Pilote, vous avez un couteau sous votre oreiller. Ne le touchez pas, s'il vous plaît. Si vous essayez... un peu de patience. Lâche-la, Gueng », dit-il sans quitter Erikki des yeux. Du coin de l'œil, il distingua vaguement la forme d'un visage, de longs cheveux, puis la femme se blottit contre Erikki serrant autour d'elle sa chemise de nuit à manches longues. Ross ne voyait que ses yeux, brûlants de haine. « Pardon de m'introduire en pleine nuit comme un voleur. Je vous présente mes excuses », lui dit-il. Elle ne répondit pas. Il répéta ses excuses en parsi. Toujours pas de réponse. « S'il vous plaît, veuillez présenter mes excuses pour moi à votre femme.

— Elle parle anglais. Qu'est-ce que vous voulez, bordel ? » Erikki se sentait un peu mieux maintenant qu'elle n'était plus directement menacée, mais il savait que l'homme au couteau était toujours très près d'elle.

« Nous sommes plus ou moins prisonniers du khan, pilote, et nous sommes venus vous avertir et vous demander votre aide.

— M'avertir de quoi ?

— J'ai sauvé un de vos capitaines il y a quelques jours, Charles Pettikin. » Il vit que le nom produisait son effet et se détendit. Il raconta rapidement à Erikki ce qui s'était passé à Doshan Tappeh lorsque la Savak avait attaqué et comment ils avaient réussi à s'enfuir. Il décrivit Pettikin très précisément afin qu'il n'y ait aucun doute.

« Charlie nous a parlé de vous, fit Erikki, stupéfait et rassuré, mais il ne nous avait pas dit qu'il vous avait laissés près de Bandar-e-Pahlavi. Il nous a juste raconté que des parachutistes anglais l'avaient sauvé au moment où un type de la Savak allait lui faire sauter la tête.

— Nous lui avions demandé d'oublier nos noms. Nous... nous étions en mission.

— Charlie a eu de la chance que vous soyez là, nous... » Ross vit son épouse lui murmurer quelque chose à l'oreille. L'homme approuva de la tête et se retourna vers lui. « Vous pouvez me voir mais moi non. Allez dans la lumière. Quant à Abdollah, si vous étiez ses prisonniers, vous seriez enchaînés, ou enfermés dans un cachot, pas libres dans son palais.

— On m'avait dit que le khan nous aiderait si nous étions en danger et il nous a promis de nous cacher jusqu'à ce qu'il puisse nous rapatrier sur Téhéran. Entre-temps il nous a mis dans une cabane, loin de la vue de tous, de l'autre côté de la propriété. Nous sommes gardés jour et nuit.

— Vous vous cachez de qui ?

— Nous sommes en mission secrète et nous sommes poursuivis.

— Quelle mission secrète ? Je ne vous vois toujours pas, allez dans la lumière. »

Ross bougea mais pas suffisamment. « Nous devions faire sauter des installations radar américaines secrètes avant qu'elles ne tombent aux mains des Russes. Je...

— Sabalan ?

— Comment diable êtes-vous au courant ?

— J'ai été obligé d'emmener un Russe et quelques gauchistes qui voulaient fouiller les installations radar près de la frontière, puis ramener le matériel à Astara sur la côte. Un radar sur la face nord était complètement détruit, ils n'ont rien pu récupérer — d'après ce que j'ai appris. Alors, de quoi vouliez-vous me prévenir ?

— Etes-vous forcé de travailler pour les Russes ?

— Le khan et les Russes gardent ma femme en otage. Je n'ai pas le choix. Je dois me montrer coopérant.

— Jésus, dit Ross qui réfléchissait à cent à l'heure. Je..., j'ai reconnu le sigle S-G quand vous tourniez au-dessus de nous et je voulais vous avertir que les Russes étaient là. Ils sont arrivés tôt ce matin et ils ont l'intention de vous enlever avec l'aide amicale du khan. Je crois qu'il magouille dans les deux camps, c'est un agent double. » Erikki ne put cacher sa surprise. « Nous devrions prévenir les nôtres.

— Pourquoi m'enlever ?

— Je ne sais pas exactement. J'ai envoyé Gueng en reconnaissance lorsque votre hélicoptère s'est posé. Il est sorti par la fenêtre de derrière. Raconte-lui, Gueng.

— C'était juste après le déjeuner, *sahib*. Le khan était à côté de la voiture du Russe au moment où il partait — j'étais caché dans un buisson à côté et j'entendais parfaitement. Ils parlaient en anglais. Le Russe a dit : " Merci pour le renseignement et pour l'offre. " Le khan a dit : " Alors nous sommes d'accord ? Sur tout, Patar ? " Le Russe a répondu : " Oui, je ferai ce que vous désirez. Je m'arrangerai pour que le pilote ne vous embête plus jamais. Quand il aura fini ici, il sera emmené dans le nord... " Gueng s'arrêta en entendant l'exclamation étouffée d'Azadeh. Oui, *memsahib* ?

— Rien. »

Gueng se concentra. Il voulait que son rapport soit parfait : « Le Russe a dit : " Je m'arrangerai pour que le pilote ne vous embête plus jamais. Quand il aura fini ici, il sera emmené dans le nord, pour toujours. " Puis... » Il réfléchit un moment. « Ah oui ! il a dit : " Le mollah ne vous importunera plus et en échange vous attraperez les saboteurs anglais pour moi. Vivants. Je préférerais les avoir vivants si possible. " Le khan dit : " Oui, je les attraperai, Patar... "

— Petr, dit Azadeh, la main sur l'épaule d'Erikki. Son nom est Petr Mzytryk.

— Jésus ! » murmura Ross. Le puzzle s'assemblait.

« Quoi ? demanda Erikki.

— Je vous expliquerai plus tard. Continue, Gueng.

— Oui, *sahib*. Le khan a dit : " Je les attraperai, Patar, vivants si je peux. Qu'est-ce que vous me donnerez s'ils sont vivants ? " Le Russe a éclaté de rire. " N'importe quoi, et moi ? " Le khan dit : " Je vous amènerai celle que vous désirez lors de ma prochaine visite. " C'est tout, *sahib*. Le Russe est alors monté dans sa voiture et il est parti. »

Azadeh frissonna.

« Qu'est-ce qu'il y a ? demanda Erikki.

— C'est de moi qu'il parle, dit-elle d'une toute petite voix.

— Je ne comprends pas », dit Ross.

Erikki hésita, sa tête lui faisait mal. Azadeh lui avait parlé du déjeuner auquel elle avait été obligée d'assister et de l'invitation de Petr Mzytryk à Tbilissi — « avec votre mari, bien sûr, s'il est libre, j'aimerais vous montrer notre campagne... »

« C'est... c'est personnel, dit Erikki. Ce n'est pas important. On dirait bien que vous m'avez rendu un énorme service. Que puis-je faire pour vous ? » Il sourit et tendit la main. « Je m'appelle Yokkonen, Erikki Yokkonen et voici mon épouse, Az...

— *Sahib*, attention ! » souffla Gueng.

Ross s'immobilisa. Il vit que l'autre main d'Erikki était sous l'oreiller. « Ne bougez pas », dit-il, son *kukri* soudain hors de sa gaine. Le ton était menaçant et Erikki ne broncha pas. Prudemment Ross poussa l'oreiller. Il prit le couteau. La lame luisait dans la lumière d'un rayon de lune. Il réfléchit un moment, puis le rendit à Erikki, le manche en avant. « Pardon, mais il vaut mieux être prudent. » Il serra la grosse main et sentit sa force énorme.

« Je m'appelle Ross, capitaine John Ross et voici Gueng... »

Azadeh poussa un petit cri et se redressa. Ils se retournèrent tous vers elle et Ross la vit distinctement pour la première fois. C'était Azadeh, son Azadeh d'il y a dix ans, Azadeh Gorden, comme elle s'appelait alors, Azadeh Gorden des hauts plateaux. Elle le regardait, plus belle que jamais, ses yeux plus grands que jamais, ressemblant toujours à un présent du ciel. « Mon Dieu, Azadeh, je n'avais pas vu ton visage...

— Je ne voyais pas le tien non plus, Johnny.

— Azadeh... mon Dieu », balbutiait Ross. Il rayonnait et elle aussi. Il entendit Erikki, il baissa les yeux vers lui et vit qu'il le dévisageait, son grand couteau à la main. Un frisson de peur le parcourut ainsi qu'Azadeh.

« Vous êtes " Johnny les Beaux Yeux " ? demanda Erikki d'une voix blanche.

— Oui, oui, je... J'ai eu le privilège de faire la connaissance de votre épouse il y a des années... de nombreuses années... Doux Jésus, Azadeh, comme c'est agréable de te revoir.

— Toi aussi... » Sa main n'avait pas quitté l'épaule d'Erikki.

Erikki sentait sa main, elle était brûlante, mais il ne bougea pas, il était hypnotisé par l'homme en face de lui. Elle lui avait parlé de John Ross, de leur rencontre d'un été et du résultat. L'homme n'avait jamais été au courant au sujet de l'enfant, elle n'avait jamais essayé de le trouver pour le lui dire, elle ne voulait pas qu'il sache. « C'était moi la fautive, Erikki, pas lui, avait-elle dit simplement. J'étais amoureuse, je venais juste d'avoir dix-sept ans et lui dix-neuf. Je l'appelais Johnny les Beaux Yeux ; je n'avais jamais vu un homme avec de tels yeux bleus. Nous étions très amoureux, mais ce n'était qu'un amour d'été, pas comme le nôtre qui est éternel... le mien l'est. Je t'épouserai si Père le permet, mais seulement si tu peux vivre heureux en sachant qu'une fois, il y a très longtemps... Tu dois me promettre, jurer que tu seras heureux comme homme et époux. Sache aussi que si un jour, par hasard, nous le rencontrons, je serai heureuse de le revoir et je lui sourirai mais mon âme, mon corps, ma vie et tout ce que je possède seront tiens... »

Il avait juré comme elle le désirait, sincèrement, de toute son âme et toutes ses appréhensions s'étaient envolées. Il était moderne, compréhensif et finlandais ; la Finlande n'était-elle pas un pays moderne ? N'était-ce pas le deuxième pays au monde, après la Nouvelle-Zélande, à avoir accordé le droit de vote aux femmes ? Il n'était ni inquiet ni torturé. Il était simplement triste pour elle qu'elle n'ait pas été prudente. Elle lui avait dit la colère de son père, une colère qu'il pouvait comprendre.

Et à présent l'homme était là, séduisant, fort, jeune, d'une taille bien plus appropriée à celle d'Azadeh, d'un âge plus proche du sien. La jalousie le déchirait.

Ross essayait de reprendre ses esprits. Il était bouleversé par la présence d'Azadeh. Il détourna son regard d'elle et se tourna vers Erikki. Il lut clairement ses pensées. « Il y a longtemps, j'ai connu votre épouse, en Suisse... J'ai suivi des études là-bas pendant une courte période.

— Oui, je sais, dit Erikki. Azadeh m'a parlé de vous. Je suis... c'est... je pense que... c'est bizarre de se rencontrer brusquement comme ça. » Il sortit du lit, dominant Ross, son couteau toujours à la main. Ils regardaient tous le couteau. Gueng de l'autre côté du lit avait toujours son *kukri* à la main. « Bien, capitaine, merci encore pour l'avertissement.

— Vous dites qu'on vous a obligé à transporter les Russes ?

— Azadeh est otage. Je n'ai pas le choix. »

Ross hocha la tête pensivement. « Il n'y a pas grand-chose que nous puissions faire si le khan est contre nous. Quel bordel ! Moi qui pensais que, comme vous étiez menacé et en danger, vous voudriez vous enfuir aussi et que nous pourrions nous évader ensemble avec l'hélicoptère !

— Si je pouvais, je le ferais, oui... bien sûr. Mais j'ai vingt gardes avec moi chaque fois que je vole et Azadeh... Mon épouse et moi sommes étroitement surveillés quand nous sommes ici. Il y a un autre Russe, Cimtarga, qui me suit comme mon ombre. Quant à Abdollah Khan, il est... très prudent. » Il n'avait toujours pas décidé quoi faire au sujet de ce Ross. Il regarda Azadeh et sentit que son sourire était sincère, que son contact sur son épaule était vrai et qu'il était clair que cet homme ne signifiait plus rien pour elle, qu'il n'était rien de plus qu'un vieil ami. Mais cela ne l'empêchait pas de sombrer intérieurement dans la folie furieuse. Il se força à sourire à sa femme. « Nous allons devoir être prudents, Azadeh.

— Très. » Elle l'avait senti se crisper sous sa main quand il avait dit : « Johnny les Beaux Yeux » et elle savait qu'elle seule pouvait contrôler ce nouveau danger. En même temps, la jalousie d'Erikki, que celui-ci essayait si fort de cacher, l'excitait beaucoup, tout comme l'émoi manifeste qu'elle provoquait chez son ancien amour. Oh oui, pensa-t-elle, Johnny tu es plus beau, plus mince, plus fort que jamais — si sexy avec ton couteau à la main, ton visage mal rasé, tes vêtements sales et ton odeur d'homme. Comment ai-je pu ne pas te reconnaître ? « Il y a un instant, quand j'ai corrigé cet homme qui disait : " Patar " au lieu de " Petr ", ça a eu l'air de signifier quelque chose pour toi, Johnny. Quoi ?

— C'était un message codé que j'avais à délivrer au khan, dit Ross, parfaitement conscient qu'elle l'ensorcelait toujours. " Dis à Abdollah Khan que Petr veut la tête du Gorgon et que le fils de Petr est pire que Petr. Le fils joue la carte courte comme son père qui va essayer de se servir d'une méduse pour attraper le Gorgon. "

— C'est facile, dit Azadeh. Erikki ?

— Oui, répondit-il distraitement. Mais pourquoi " le fils joue la carte courte " ?

— Cela veut peut-être dire ceci, dit-elle en s'excitant comme une enfant. Dis à Abdollah Khan que Petr Mzytryk, KGB, veut sa tête, que le fils de Mzytryk — présumons qu'il soit aussi du KGB — est pire que son père. Le fils joue la carte courte, cela veut peut-être dire que le fils est mêlé à la rébellion des Kurdes qui menace le pouvoir d'Abdollah Khan en Azerbaïdjan, que le KGB, le père et le fils sont aussi dans le coup et que Petr Mzytryk va se servir d'une méduse pour attraper le Gorgon. » Elle réfléchit un moment. « Cela pourrait-il signifier " utiliser une femme ", peut-être une femme maléfique pour attraper mon père ? »

Ross était abasourdi. « Le khan est... mon Dieu, le khan est ton père ?

— Oui, et Gorgon est mon nom de famille, dit Azadeh. Pas Gorden. Mais le proviseur de la pension du Château d'or m'avait dit à mon arrivée que je pouvais difficilement porter un nom comme Gorgon, qu'on n'arrêterait pas de se moquer de moi. Alors je suis devenue Azadeh Gorden. Je trouvais cela amusant. Le proviseur pensait aussi qu'il valait mieux qu'on ignore que j'étais la fille d'un khan. »

Erikki sortit de son silence. « Si le message est correct, le khan ne fera pas confiance du tout à ce *matyerbyets*.

— Oui, Erikki. Mais mon père ne fait confiance à personne. Personne. Si père ménage les deux camps comme Johnny le pense, il est impossible de dire ce qu'il fera. Johnny, qui t'a donné ce message pour lui ?

— Un agent de la CIA qui m'a dit que je pouvais faire entière confiance à ton père.

— J'ai toujours su que les types de la CIA étaient complètement givrés, dit Erikki avec mépris.

— Celui-là était très bien », répliqua Ross d'un ton plus sec qu'il ne l'aurait voulu. Il vit Erikki s'empourprer et le sourire d'Azadeh disparaître.

Un silence. La lumière de la lune qui pénétrait dans la pièce baissa car un nuage passait. Personne n'était à l'aise. Gueng, qui avait regardé et écouté sans rien dire sentit la tension et le malaise grandir et pria silencieusement les dieux de les sauver de la méduse, ce démon païen qui avait des serpents à la place de cheveux et dont lui avaient parlé les missionnaires dans sa première école au Népal. Puis le sens très spécial qu'il possédait l'avertit d'un danger et il se dirigea vers la fenêtre. Deux gardes armés tenant un doberman en laisse montaient les escaliers de l'autre côté.

Les autres ne bougèrent pas. Ils entendirent les gardes passer sur la terrasse, le chien reniflant et tirant sur sa laisse. Puis repartir par l'autre porte. Les hommes arrivèrent dans leur aile.

Voix étouffées de l'autre côté de la porte extérieure du salon, bruit du chien qui reniflait. Gueng et Ross se mirent en embuscade, leurs *kukri* prêts. Les gardes continuèrent leur ronde, allèrent jusqu'au bout du couloir, sortirent par la porte du fond et redescendirent les escaliers. Azadeh remua nerveusement. « D'habitude ils ne viennent pas par ici, jamais.

— Ils nous ont peut-être vus venir ici, murmura rapidement Ross. Nous ferions mieux de partir. Si vous entendez des coups de feu, vous ne nous connaissez pas. Si nous sommes toujours libres demain soir, pouvons-nous venir ici, disons après minuit ? Nous pourrions peut-être décider d'un plan.

— D'accord, dit Erikki. Mais venez plus tôt. Cimtarga m'a prévenu que nous aurions peut-être à partir avant l'aube. Venez vers 23 heures. Nous ferions mieux d'envisager plusieurs moyens. Partir d'ici va être très difficile. Très.

— Combien de temps encore allez-vous devoir travailler pour eux ?

— Je ne sais pas. Peut-être trois ou quatre jours.

— Bien. Si nous ne reprenons pas contact avec vous, oubliez-nous. OK ?

— Que Dieu vous protège, Johnny, dit Azadeh inquiète, ne fais pas confiance à mon père, ne le laisse pas... ne les laisse pas te prendre. »

Ross sourit et son sourire illumina la pièce. Même Erikki n'y fut pas insensible. « Pas de problème. Bonne chance à vous tous. » Il leur fit un petit signe de la main et ouvrit la porte. Lui et Gueng disparurent aussi silencieusement qu'ils étaient arrivés. Erikki regarda par la fenêtre et les vit descendre les escaliers comme des ombres. Il admira la manière dont les deux hommes se servaient de l'obscurité pour progresser et envia à Ross l'élégance et l'aisance de ses mouvements.

Debout à côté de lui, un bras autour de sa taille, Azadeh les regardait également. Après un instant d'hésitation, il la serra contre lui. Ils restèrent là sans bouger, s'attendant à entendre des cris et des coups de feu, mais rien ne vint troubler le silence de la nuit. La lune ressortit de derrière les nuages. Rien ne bougeait nulle part. Il jeta un coup d'œil à sa montre. Il était 4 h 23.

Il regarda le ciel, l'aube ne pointait pas encore à l'horizon. Il devait partir au lever du jour, pas pour la face nord de Sabalan mais vers d'autres radars plus à l'ouest. Cimtarga lui avait dit que la CIA avait encore certaines bases opérationnelles près de la frontière turque et que le gouvernement de Khomeiny avait ordonné qu'elles soient fermées, évacuées, mais laissées intactes. « Jamais ils ne feront cela, avait dit Erikki, jamais.

— Peut-être, peut-être pas, avait répondu Cimtarga en riant. Dès que nous en recevrons l'ordre, vous et moi, allons voler là-bas avec mes hommes et les presser un peu... »

Matyer! Et ce Johnny les Beaux Yeux qui débarque pour compliquer nos vies. Malgré cela, je peux le remercier pour l'information qu'il m'a donnée. Qu'est-ce qu'Abdollah Khan a prévu pour Azadeh? Je devrais tuer ce vieux porc et en terminer une fois pour toutes. Oui, mais je ne peux pas, j'ai juré sur les dieux de mes ancêtres de ne pas le toucher, comme lui a juré sur son Dieu unique de ne pas nous faire du mal, bien que je sois sûr qu'il trouvera un moyen de rompre sa promesse. Puis-je en faire autant? Non. Un serment est un serment. Comme celui que tu as fait à Azadeh. Tu lui as juré que tu pourrais vivre heureux avec elle tout en sachant qu'il y avait eu lui, tu te souviens de ce serment? Son visage se crispa et il fut content qu'il fasse noir.

Ainsi le KGB projette de me kidnapper. Si c'est vrai, je suis fichu. Azadeh? Qu'est-ce que ce démon d'Abdollah a prévu pour elle? Et voilà maintenant que ce Johnny entre dans le jeu pour nous tourmenter tous, je ne pensais pas qu'il était si bel homme ni si fort. C'est pas non plus un type prêt à se laisser faire... avec son couteau prêt à tuer...

« Viens te coucher, Erikki, dit-elle. Il fait très froid, n'est-ce pas? »

Il fit oui de la tête et la suivit, très troublé. Lorsqu'ils furent réinstallés sous la grosse couverture, elle se blottit contre lui. « Quel extraordinaire hasard de le retrouver ainsi, Erikki! John Ross, si je l'avais croisé dans la rue je ne l'aurais certainement pas reconnu. C'était il y a si longtemps que j'avais tout oublié de lui. Je suis heureuse que tu m'aies épousée, Erikki », dit-elle d'une voix tranquille et tendre, certaine au fond d'elle-même qu'il bouillait de rage et vouait son ancien amant à tous les feux de l'enfer. « Je me sens si bien avec toi, tellement en sécurité. Si tu n'avais pas été là je serais morte de peur. » Elle parlait comme si elle attendait une réponse.

Mais je n'en attends pas, mon chéri, pensa-t-elle en poussant un soupir heureux.

Il entendit son soupir et se demanda ce qu'il signifiait. Il sentait sa chaleur contre lui. Il haïssait la rage qui le possédait mais il n'y pouvait rien. Est-ce qu'elle regrette d'avoir souri à son amant comme elle l'a fait ? Ou est-elle furieuse contre moi, elle a dû voir que j'étais jaloux ? Est-elle triste que j'aie oublié ma promesse ou me déteste-t-elle parce que je hais cet homme ? Je jure que je l'exorciserai, que je le lui ferai sortir de la tête...

Ah ! Johnny était-elle en train de penser, quelles extases j'ai connues dans tes bras, même la toute première fois alors qu'on est censé avoir mal, mais pas moi. Juste une douleur qui est devenue brûlure et qui a tout fait exploser à l'intérieur de mon corps, de ma tête. Puis j'ai repris mes esprits, je suis revenue à la vie, plus vivante, plus heureuse, plus satisfaite que je ne l'avais jamais été ! Puis vint Erikki...

Il faisait bien plus chaud à présent sous la couverture. Elle effleura Erikki d'une caresse. Elle le sentit bouger et dissimula un sourire, sachant que sa chaleur se répandait en lui maintenant et qu'il lui serait si facile de l'émouvoir encore plus. Mais pas intelligent. Pas du tout car elle savait qu'il la prendrait en pensant à Johnny, qu'il la prendrait par rancœur, contre Johnny et pas pour l'aimer elle, qu'il s'imaginerait peut-être même qu'elle se sentait coupable et qu'elle essayait de se racheter. Oh non ! Mon amour, je ne suis pas une enfant stupide, c'est toi le coupable, pas moi. Tu serais plus ardent que d'habitude, plus brutal, ce qui normalement augmenterait mon plaisir, mais pas cette fois parce que, que cela te plaise ou non, je résisterais encore plus que toi, à cause de mon autre amour. Alors, mon chéri, il vaut dix mille fois mieux attendre. Jusqu'à l'aube. Alors, mon chéri, si j'ai de la chance, tu te seras persuadé que tu as tort de le haïr, d'être jaloux et tu reviendras mon Erikki. Sinon ? Sinon, je ferai autre chose, il y a dix mille moyens de guérir son homme. « Je t'aime, Erikki », dit-elle. Elle posa un baiser sur sa poitrine, lui tourna le dos et s'endormit. En souriant.

Base aérienne de Kowiss : 8 h 11. Freddy Ayre serra les poings. « Non ! Vous avez entendu les ordres de McIver : si Starke n'est pas rentré à l'aube, les appareils restent au sol. Il est 8 heures passées, Starke n'est pas rentré, donc t...

— Vous allez obéir à *mes* ordres ! hurlait Esvandiary, le directeur d'IranOil, dont la voix résonnait à travers toute la S-G. Je vous ordonne d'honorer un contrat Guerney et d'aller livrer une nouvelle cuve et des tuyaux au forage Si...

— Aucun appareil ne décollera tant que Starke ne sera pas rentré ! » répondit Ayre. Ils étaient à côté des trois 212 qu'Esvandiary avait réservés pour les opérations de la journée ; les trois pilotes étaient en tenue de vol, prêts depuis l'aube, les autres expatriés observaient la scène, inquiets ou furieux. Ils étaient entourés de Brassards verts agressifs et des employés de la base qui venaient d'arriver avec Esvandiary. Quatre hommes de Zataki étaient groupés non loin des appareils, mais aucun d'eux n'avait bougé depuis le début de la dispute. Ils se contentaient d'observer avec attention. « Les appareils restent au sol ! » répéta Ayre.

Furieux, Esvandiary cria en parsi : « Ces étrangers refusent d'obéir aux ordres légitimes d'IranOil. » Un murmure de colère passa parmi ses hommes, des fusils furent pointés sur les expatriés et il désigna Ayre du doigt. « Ils ont besoin d'un exemple ! »

Des mains agrippèrent brusquement Ayre qui fut jeté à terre et roué de coups. Un des pilotes, Sandor Petrofi, se précipita pour intervenir mais fut repoussé et ramené vers les autres qui regardaient, impuissants, sous la menace des fusils.

« Arrêtez ! hurla, livide, le capitaine Pop Kelly, un homme de haute taille. Nous allons piloter les appareils.

— Bien », dit Esvandiary qui lança un ordre à ses hommes. Ceux-ci remirent Ayre sur ses pieds. « Que tous les appareils partent immédiatement ! »

Quand les hélicoptères eurent décollé, il congédia rudement les expatriés. « Je ne tolérerai plus d'autre mutinerie contre l'Etat islamique. Par Dieu, les ordres d'IranOil seront obéis instantanément. » Très fier d'avoir maté les mutins comme il l'avait promis au commandant du camp, il se dirigea vers le bureau principal, entra dans le bureau de Starke qu'il avait annexé et alla à la fenêtre pour contempler son domaine.

Il vit deux hélicoptères, bien loin déjà, et le troisième stabilisé à huit mètres au-dessus de la cuve, attendant que le personnel au sol ait fini d'attacher l'anneau de métal auquel il allait s'accrocher pour le transporter. Devant le bureau, Ayre, entouré des expatriés, se faisait soigner par le Dr Nutt. Salopard qui me cause tant de problèmes, pensa Esvandiary en jetant un coup d'œil satisfait à sa montre. C'était une Rolex en or, appropriée à ses nouvelles fonctions, qu'il avait achetée le matin au marché noir grâce au *pishkesh* d'un commerçant du souk qui voulait que son fils soit engagé par IranOil.

« Vous avez besoin de quelque chose, Excellence ? demanda onctueusement Pavoud du pas de la porte. Puis-je me permettre de vous féliciter pour la façon dont vous vous êtes occupé des étrangers ? Ils méritaient depuis des années une bonne raclée qui les remette à leur place. Vous avez agi avec sagesse.

— Oui. Désormais la base tournera en douceur. Dès qu'il y aura un problème, celui qui en sera responsable sera puni et servira d'exemple. Louons Dieu que ce fils de chienne de Zataki reparte dans une heure à Abadan avec ses voyous.

— Voilà un vol qui partira à l'heure, Excellence. » Les deux hommes éclatèrent de rire.

« Oui. Apporte-moi du thé, Pavoud. » Esvandiary avait délibérément laissé de côté les habituelles formules de politesse et il remarqua que l'humilité de l'homme augmentait. Il regarda de nouveau par la fenêtre. Le Dr Nutt s'occupait d'une coupure au-dessus de l'œil d'Ayre. Ça m'a fait plaisir de voir Freddy prendre une raclée, pensa-t-il. Oui, ça m'a vraiment fait plaisir.

Le Dr Nutt mit une parka autour des épaules d'Ayre car le vent était froid. « Tu ferais mieux de venir avec moi à l'infirmerie, mon vieux, dit-il.

— Je vais bien, dit Ayre qui avait mal partout. Je n'ai rien de cassé, ça va...

— Les enfants de salauds, dit quelqu'un. Freddy, nous avons intérêt à trouver un moyen de nous tirer d'ici.

— Moi, je monte sur le premier appareil qui s'en va... Je n'ai pas envie de risquer... »

Ils levèrent tous la tête quand les moteurs de l'hélicoptère stabilisé au-dessus de la cuve accélérèrent. C'était toujours délicat de décoller en soulevant un tel poids — particulièrement avec ce vent — mais ce ne devait pas être un problème pour un professionnel comme Sandor. Le crochet entra du premier coup dans le trou dès que le personnel au sol eut terminé l'arrimage de l'anneau de traction ; les moteurs, soumis à haut régime, hurlèrent, puis l'hélicoptère et son chargement s'élevèrent dans les airs. Le garde installé sur le siège avant à côté de Sandor fit de grands signes de la main, ainsi que celui qui se trouvait en cabine.

« Vous vous débrouillez très bien, capitaine... pas de problème », entendit Sandor dans ses écouteurs. C'était Wazari qui l'appelait de leur tour de contrôle. Sandor estima la distance, gagna de l'altitude, maîtrisant parfaitement son appareil. Il ne pouvait détacher son regard d'Esvandiary à la fenêtre du bureau ; que ce lâche ait ordonné à des hommes armés de frapper Ayre l'avait mis hors de lui. Cela l'avait ramené des années en arrière lorsque enfant, à Budapest, il avait été forcé d'assister à des scènes similaires pendant la révolution hongroise.

« OK, HFD, mais encore un peu près, fit la voix de Wazari. Tu es un peu trop près, vire au sud... »

Sandor augmenta les gaz, se dirigeant vers la tour qui surplombait le bâtiment de bureaux. « Est-ce que le chargement est OK ? demanda-t-il. Ça fait bizarre dans les commandes.

— Vu d'ici tout semble OK, pas de problème, mais vire vers le sud en montant. Cinq sur cinq, vers le sud, tu me reçois ?

— Tu es sûr, bon Dieu ? L'appareil répond trop lentement comme si... » L'aiguille monta jusqu'à trente mètres. Le visage de Sandor se crispa ; il poussa sur le manche et appuya sur le palonnier, inclinant brutalement l'appareil sur la droite. Celui-ci se mit aussitôt à balancer dangereusement. A côté de Sandor le garde perdit son équilibre, alla cogner contre la porte, s'agrippa au pilote pour se rétablir et heurta les commandes. Sandor corrigea trop volontairement et insulta l'homme, terrifié comme si c'était lui le responsable.

Pendant un moment le balancement de l'appareil sembla devoir les précipiter au sol, puis Sandor repoussa le garde. « Mayday, le chargement a glissé », hurla-t-il en regardant en dessous de lui, ne pensant qu'à une chose : la vengeance. « Le chargement a glissé ! »

Il tira sur la manette qui libérait le chargement en cas d'urgence, le crochet s'ouvrit, la cuve d'acier tomba directement sur le bureau. Une tonne et demie d'acier traversa le toit, pulvérisant plafonds, murs, vitres, métal et bureaux, et s'immobilisa contre les restes du mur interne.

Un silence pétrifié s'abattit sur tout le camp, puis les hurlements des moteurs emplirent le ciel quand, soudain libéré de son poids, l'hélicoptère fit un bond incontrôlable en l'air. Sandor se battait avec les commandes, mais il se fichait de savoir qui de lui ou de l'appareil allait gagner ou s'il allait réussir à se poser. La seule chose qu'il était en train de se dire était qu'il avait infligé à une brute son juste châtiment. A côté de lui le garde vomissait et dans ses écouteurs il entendait : « Jésus-Christ... Jésus-Christ... » en provenance de la tour.

« Attention ! » hurla quelqu'un comme l'appareil arrivait sur leur groupe en tourbillonnant. Tout le monde s'éparpilla mais Sandor, dans un réflexe, coupa les moteurs et tenta un impossible atterrissage d'urgence. Les patins percutèrent l'accotement de la piste couverte de neige, ne se tordirent pas, et l'appareil glissa en avant pour s'arrêter quarante mètres plus loin. Intact.

Ayre fut le premier à arriver au cockpit. Il ouvrit la porte. Livide et silencieux, Sandor regardait droit devant lui. « Le chargement a glissé, croassa-t-il.

— Oui. » Ce fut tout ce qu'Ayre put répondre, bien qu'il sût que c'était un mensonge. Puis les autres arrivèrent et aidèrent Sandor à sortir du cockpit. Derrière lui, près du building, Ayre vit des Brassards verts entourer les ruines, Pavoud et l'autre employé sortirent en chancelant par la porte de devant. Le coin et la fenêtre où s'était tenu Esvandiary étaient complètement écrasés. Le Dr Nutt fendit la foule et se hâta vers les ruines tandis que Wazari descendait les escaliers de secours à l'extérieur de la tour dangereusement tordue. Seigneur, pensa Ayre, Wazari a sûrement tout vu. Il s'agenouilla à côté de son ami. « Ça va, Sandy ?

— Non, répondit Sandor tremblant. Je crois que je suis devenu fou, je n'ai pas pu m'arrêter. »

Wazari se frayait brutalement un chemin à travers la foule vers le cockpit, mal remis de sa terreur ; il voyait encore cette énorme cuve piquer droit sur lui et savait que le pilote avait délibérément désobéi à ses instructions. « Nom de Dieu, tu es devenu fou ? » hurla-t-il à Sandor.

Ayre se mit brusquement en colère. « Nom de Dieu de merde, le chargement a glissé ! On l'a tous vu, et vous aussi !

— Vous avez raison, nous avons tous vu ce qui s'est passé. » Les yeux de Wazari lançaient des éclairs, cherchant des Brassards verts, mais il n'y en avait aucun aux alentours. Puis il aperçut Zataki qui s'approchait, venant des bungalows. La terreur le reprit. Il portait encore les marques de la raclée que Zataki lui avait infligée, son nez était écrasé, sa bouche encore douloureuse là où trois dents avaient sauté et il savait qu'il était prêt à avouer n'importe quoi pour éviter une autre correction. Il s'agenouilla à côté de Sandor et tira Ayre vers lui. « Ecoutez, murmura-t-il, vous jurez de m'aider ? Vous me le jurez sur Dieu ?

— J'ai dit que je ferais ce que je pourrais », répondit furieusement Ayre en le repoussant. Il se releva et se trouva nez à nez avec Zataki. Son regard dur le fit frissonner. Tout le monde s'était reculé.

« Tu as fait cela pour tuer Esvandiary, hein, pilote ? »

Sandor allongé sur la neige leva les yeux vers lui. « Le chargement a glissé, colonel. »

Zataki regarda Ayre qui se rappela ce que le Dr Nutt lui avait dit au sujet de cet homme. Son corps endolori et sa tête le faisaient souffrir. « Le... euh... c'était une opération... très délicate... à cause du vent... le chargement a glissé. C'était la volonté de Dieu, Excellence... »

Wazari fit un pas en arrière quand Zataki se tourna vers lui. « C'est vrai, Excellence, fit-il immédiatement. Les vents étaient tournants. » Il poussa un cri quand le poing de Zataki s'enfonça dans son estomac et il se plia en deux. Zataki l'attrapa et le précipita contre l'hélicoptère. « Maintenant, vermine, dis-moi la vérité !

— C'est la vérité, gémit Wazari qui, pris de nausée, pouvait à peine parler. C'est la vérité ! C'était *Inch'Allah !* » Il vit le poing de Zataki prêt à le frapper de nouveau et il hurla moitié en parsi, moitié en anglais : « Si vous me frappez, je vous dirai tout ce que vous voudrez, je ne veux plus être battu, je vous dirai ce que vous voulez entendre, n'importe quoi, mais le chargement a glissé — par Dieu, le chargement a glissé, je jure par Dieu que le chargement a glissé... »

Zataki le regarda droit dans les yeux. « Tu sais que Dieu va te punir, que tu vas souffrir pour l'éternité dans des cuves bouillantes si tu as menti en jurant sur Son nom, dit-il. Le chargement a glissé ? Tu jures que c'était la volonté de Dieu et de Lui seul ?

— Oui, oui, je le jure ! » Wazari tremblait de la tête aux pieds sans pouvoir se contrôler. Il essaya de prendre un regard innocent, sachant que sa seule chance de survie dépendait d'Ayre à qui il devait prouver sa valeur. « Je jure sur Dieu et le Prophète que c'était un accident, un... un acte de Dieu. *Inch'Allah !*

— Comme Dieu le voudra », fit Zataki avec un signe de tête en le lâchant. Wazari glissa dans la neige, vomit et tous les autres remercièrent Dieu, le ciel ou le karma que la crise soit, pour le moment, passée. Zataki désigna du pouce les décombres. « Sortez les restes d'Esvandiary de là.

— Oui... oui, tout de suite, dit Ayre.

— A moins que le capitaine ne revienne, vous allez m'emmener avec mes hommes à Bandar Delam. » Zataki s'éloigna. Ses Brassards verts le suivirent.

« Mon Dieu ! » murmura quelqu'un. Ils étaient tous soulagés. Ils allèrent aider Sandor et Wazari à se relever. « Vous allez bien, sergent ? demanda Ayre.

— Non, bon Dieu, je ne vais pas bien ! » Wazari vomit encore un peu. Quand il vit que les Brassards verts étaient partis avec Zataki, son visage se tordit de haine. « Ce salaud, j'espère qu'il brûlera vif. »

Ayre tira Wazari de côté et dit en baissant la voix : « Je n'oublierai pas ma promesse, je ferai tout ce que je pourrai pour vous aider. Dès que Zataki sera parti, vous serez en sécurité. Je n'oublierai pas ce que vous avez fait.

— Moi non plus, dit faiblement Sandor. Merci, sergent.

— Vous me devez votre putain de vie, dit le jeune homme pris d'un nouveau spasme, ses genoux tremblaient et sa poitrine lui faisait mal. Vous auriez pu me tuer aussi avec votre putain de cuve.

— Excusez-moi », dit Sandor en tendant la main.

Wazari le regarda droit dans les yeux. « Je vous serrerai la main quand je serai sain et sauf hors de ce putain de pays. » Et il partit.

« Freddy ! » appela le Dr Nutt en lui faisant signe de venir. Il était en train de fouiller les décombres en compagnie de deux mécaniciens. Des Brassards verts se tenaient autour et regardaient. « Viens nous donner un coup de main, s'il te plaît. »

Ils y allèrent en souhaitant tous intérieurement la même chose : ne pas être celui qui découvrirait le corps d'Esvandiary.

Ils le trouvèrent accroupi dans un trou à côté de la cuve. Le Dr Nutt s'agenouilla près de lui et l'examina sommairement. « Il est vivant », cria-t-il, et l'estomac de Sandor se crispa. Rapidement ils déblayèrent les gravats et les débris du bureau de Starke amoncelés autour de lui et dégagèrent le blessé. « Je crois qu'il n'a rien, dit le Dr Nutt. Amenez-le à l'infirmerie. Il a une sale bosse sur la tête, mais c'est tout, je ne pense pas qu'il ait quoi que ce soit de cassé. Que quelqu'un aille chercher un brancard. » Ils se dépêchèrent de lui obéir, libérés d'un grand poids. Ils haïssaient tous Coup d'enfer mais souhaitaient qu'il s'en tire. Discrètement, Sandor alla derrière le bâtiment, il se sentait si soulagé qu'il aurait pu sangloter. Il vomit.

Quand il revint, seuls Ayre et Nutt l'attendaient. « Sandy, tu ferais mieux de venir aussi, que je te donne un léger calmant, dit Nutt.

— Tu es sûr que Coup d'enfer n'a rien ?

— A peu près. » Les yeux bleu pâle du docteur étaient légèrement injectés de sang. Qu'est-ce qui s'est passé dans ta tête, Sandy ? demanda-t-il doucement.

— Je ne sais pas, toubib. Tout ce que je voulais c'était tuer ce fumier et sur le moment laisser tomber la cuve m'a semblé un excellent moyen de le faire.

— Tu sais que ç'aurait été un meurtre ?

— Toubib, fit Ayre, mal à l'aise, tu ne penses pas que l'on ferait mieux d'oublier tout ça ?

— Non, je ne pense pas, répondit Nutt d'un ton dur. Sandy, tu sais que c'était une tentative délibérée de meurtre ?

— Oui. » Sandy le regarda. « Oui, je le sais et je suis désolé.

— Tu es désolé qu'il ne soit pas mort ?

— Non ! cria-t-il. Je remercie Dieu qu'il soit vivant. Je pense toujours qu'il est devenu infâme, méprisable, tout ce que je déteste, je ne lui pardonne pas d'avoir... d'avoir ordonné à ses hommes de battre Freddy, mais je sais que ce n'est pas une excuse pour ce que j'ai fait. J'ai commis une folie, je n'ai pas d'excuse et je remercie réellement Dieu qu'il soit toujours vivant.

— Sandy, dit Nutt d'une voix encore plus douce, tu ferais mieux de ne pas voler pendant un jour ou deux. Je crois que tu es exténué et sous pression, rien de grave, mon vieux, du moment que tu le comprends. Alors repose-toi un jour ou deux. Cette nuit tu seras certainement pris de tremblements, mais ne t'en inquiète pas. Toi aussi, Freddy. Bien sûr, tout cela reste entre nous. Le chargement a glissé. Je l'ai vu glisser. » Il aplatit sur son crâne dégarni les quelques mèches de cheveux où jouait le vent. « La vie est bizarre, très bizarre quelquefois, mais, entre nous, Dieu était avec toi aujourd'hui, Sandy, en admettant qu'Il existe. » Il s'en alla, ratatiné comme un vieux sac de pommes de terre.

Ayre le regarda : « Le toubib a raison, tu sais, on a eu vachement de chance, on a frôlé le désastre, et... »

Quelqu'un poussa un cri et ils se retournèrent. Un des pilotes près de la porte principale cria de nouveau et tendit le bras. Leur cœur tressaillit. Starke arrivait, descendant au loin la route qui venait de la ville. Il était seul. D'après ce qu'ils pouvaient voir, il ne semblait pas blessé et marchait normalement. Ils lui firent de grands signes de la main auxquels il ne répondit pas. La nouvelle se propagea à travers le camp et Ayre, oubliant ses douleurs, partit en courant à sa rencontre. Il y a peut-être un Dieu, après tout, pensait-il joyeusement.

CHAPITRE 36

Lengeh : 14 h 15. Scragger prenait un bain de soleil sur le grand radeau qui mouillait à une centaine de mètres du rivage. Un petit canot pneumatique était attaché sur le côté. Le radeau était construit de planches fixées sur des bidons de pétrole vides. Dans le canot se trouvaient un attirail de pêche, un talkie-walkie et en dessous pendait une cage en fil de fer à l'intérieur de laquelle tournait la douzaine de poissons que Willi Neurchtreiter et lui avaient attrapés pour le dîner — le Golfe était très poissonneux, on y trouvait des thons, des bars, des morues et des maquereaux en abondance, mais aussi bien d'autres espèces ainsi que des crevettes.

Willi, un pilote, nageait paresseusement à proximité dans les eaux tièdes. Sur le rivage se trouvait leur base : cinq ou six caravanes, une cuisine, des dortoirs pour le personnel iranien, une caravane qui servait de bureau avec une tour radio et une antenne, des hangars qui pouvaient abriter une douzaine de 212 et de 206.

Les effectifs comprenaient cinq pilotes, Scragger inclus, sept mécaniciens, quinze Iraniens, ouvriers, cuisiniers et serviteurs et Kormani, le directeur représentant IranOil, actuellement malade. Sur les autres pilotes deux étaient anglais et le dernier, Ed Vossi, américain.

Il y avait actuellement à la base trois 212 — avec juste assez de travail pour un seul — et deux 206 Jet Rangers qui n'avaient rien à faire. Les contrats Siri du consortium français dirigé par Georges de Plessey mis à part, tous les autres avaient été annulés ou suspendus pour la durée des troubles. Des rumeurs couraient, faisant état d'incidents graves à la grande base navale de Bandar Abbas à l'est et de combats tout le long de la côte. Deux jours auparavant des troubles avaient éclaté pour la première fois à la base. A présent il y avait un comité permanent de Brassards verts, la police et un mollah : « Pour protéger la base contre les gauchistes, Excellence capitaine.

— Mais, Excellence mollah, vieux pote, nous n'avons pas besoin de protection.

— C'est la volonté de Dieu, nos installations pétrolières de l'île de Siri ont été attaquées et endommagées par ces fils de chiennes. Nos hélicoptères sont vitaux pour nous et ne doivent pas être touchés. Mais ne vous faites pas de souci, nous n'allons rien changer. Nous comprenons votre nervosité à l'idée de voler avec des hommes armés, aussi aucun de nous ne portera d'arme mais il y aura un de nos hommes avec vous à chaque vol, pour votre protection. »

Scragger et les autres avaient été rassurés par la présence au sein du comité du sergent de la police locale, Qeshemi, avec qui ils avaient toujours été en bons termes. Les soulèvements à Téhéran, Qom et Abadan les avaient à peine affectés ici sur le détroit d'Ormuz. Les grèves avaient été minimes et bien contrôlées. Plessey payait en liquide, tout était donc parfait, à part qu'il n'y avait rien à faire.

Scragger regarda nonchalamment le rivage. La base avait son aspect habituel ; des hommes nettoyaient ou réparaient les appareils, quelques membres du comité, désœuvrés, étaient assis à l'ombre. Debout à côté du 206 en service, Ed Vossi accomplissait les vérifications d'usage.

« On n'a pas assez de boulot », murmura Scragger. Cela durait depuis des mois et il ne savait que trop combien c'était mauvais financièrement pour la compagnie. C'était le manque de travail régulier et l'envie de travailler sur du nouveau matériel qui l'avait poussé à vendre sa compagnie, Sheik Aviation, à Andrew Gavallan de nombreuses années plus tôt.

Mais je n'ai pas de regrets, pensa-t-il. Andy a été très bien, toujours correct avec moi, j'ai quelques parts de la compagnie et je peux voler tant que je serai en forme. Mais Andy perd beaucoup d'argent en Iran maintenant — il n'est même pas payé pour le travail qu'il a fourni ou qu'il accomplit en ce moment ; sauf ici, mais c'est une misère. Cela doit faire quatre ou cinq mois que les banques sont fermées et il maintient les opérations iraniennes en payant de sa poche. Il va falloir qu'il se passe quelque chose. Le contrat Siri ne suffit même pas à couvrir la moitié des frais.

Trois jours plus tôt, quand Scragger avait ramené Kasigi de la raffinerie Toda-Iran près de Bandar Delam, celui-ci avait demandé à Plessey s'il pouvait prendre un appareil pour aller à Al Shargaz ou Dubaï. « J'ai besoin d'entrer immédiatement en contact télex ou téléphonique avec les bureaux de la direction au Japon pour confirmer les accords que j'ai pris avec vous au sujet des prix et de nos approvisionnements futurs. » Plessey avait accepté. Scragger avait décidé de piloter le vol et s'en était félicité. Pendant qu'il était à Al Shargaz, il avait rencontré Johnny Hogg, Manuela. Et Genny. Elle lui avait raconté discrètement ce qui s'était passé notamment avec Lochart.

« Nom de Dieu ! » n'avait-il pu s'empêcher de s'écrier, choqué de voir avec quelle rapidité leurs opérations s'écroulaient et à quel point cette révolution les affectait personnellement. « Pauvre vieux Tom.

— Tom était attendu de Bandar Delam la veille de mon départ mais il n'est jamais arrivé, nous ne savons donc pas ce qui s'est réellement passé ; en tout cas, moi, je ne sais pas, dit-elle. Scrag, Dieu seul sait quand nous pourrons nous reparler en privé. Il y a autre chose, et ça doit rester entre nous, bien sûr.

— Je serai une tombe.

— A mon avis, le gouvernement ne réussira pas à normaliser la situation. Mais même s'il y parvient, crois-tu que nos associés iraniens — avec ou sans soutien officiel — ou IranOil pourraient nous forcer à quitter le pays et garder pour eux nos appareils et nos installations ?

— Pourquoi le feraient-ils ? Ils ont besoin d'hélicoptères... mais... oui, s'ils le voulaient, ils pourraient le faire », avait-il répondu. Il siffla entre ses dents, il n'avait jamais envisagé cette possibilité. « Saloperie, s'ils décident qu'ils n'ont plus besoin de nous, Genny, cela leur sera très facile, foutrement facile, même. Ils pourraient trouver d'autres pilotes, des Iraniens, ou des mercenaires, n'est-ce pas ce que nous sommes ? Sûr qu'ils pourraient nous virer du pays et garder ce qui nous appartient. Et si nous perdons tout ici, c'en est fini de SG, n'est-ce pas ?

— C'est ce que Duncan pense. Maintenant, pourrions-nous quitter le pays *avec* nos appareils et nos équipements, s'ils essayaient de nous chasser ? »

Il avait éclaté de rire. « Ce serait une opération suicidaire. C'est impossible, Genny. Si nous essayions et s'ils nous attrapaient, cela serait la fin. Il n'y a pas moyen de faire cela, pas sans l'accord de la CAA iranienne.

— Et si c'était Sheik Aviation ?

— Ce serait la même chose, Genny.

— Alors, tu les laisserais nous voler le travail de toute une vie ? Toi, Scrag Scragger, le héros médaillé, croix de guerre pour héroïsme ? Je n'arrive pas à le croire.

— Moi non plus, répondit-il immédiatement. En fait Dieu seul sait ce que je serais capable de faire en cas de crise. »

Il regarda le joli visage qui le fixait, lunettes noires perchées sur le haut de son crâne, inquiétude dans le regard, sachant qu'elle n'était pas seulement préoccupée pour McIver et pour ce qu'ils possédaient, pour leurs actions sur la compagnie et leur retraite qui, comme la sienne, dépendaient du sort de la S-G, mais aussi pour Andy Gavallan et les autres. « Qu'est-ce que je ferai ? fit-il lentement. Eh bien, la valeur des pièces détachées que nous avons en stock en Iran est presque égale à celle des appareils. Nous devrions commencer par les faire sortir du pays. Comment y arriver sans attirer l'attention ni éveiller la méfiance des types d'ici ? Ça, je n'en sais fichtre rien. Nous ne pourrions pas tout emporter, mais une bonne partie. Ensuite il faudrait que nous partions tous en même temps à bord des hélicoptères — de Téhéran, Kowiss, Zagros, Bandar Delam et d'ici. Nous devrions... » Il réfléchit un moment. « Nous devrions tous allez à Al Shargaz... Mais, genny, nous aurions des distances différentes à parcourir ; certains auraient à refaire le plein en route, peut-être même deux fois, et en admettant que nous parvenions tous à Al Shargaz, ils pourraient toujours nous confisquer les appareils si nous avons pris l'air sans les autorisations réglementaires. » Il la regarda. « Andy pense que c'est ce que les partenaires vont essayer de faire ?

— Non, non, pas encore, en fait il n'en sait rien, et Duncan non plus, pas de façon certaine. Mais c'est une possibilité qui n'est pas à exclure et la situation empire de jour en jour en Iran — c'est pourquoi je suis ici, pour demander à Andy ce que nous devons faire. Nous ne pouvions pas lui dire tout cela par lettre ou par télex.

— Tu as téléphoné à Andy ?

— Oui, et je lui ai dit tout ce que je pouvais dire par téléphone. Duncan m'a conseillé d'être prudente. Andy m'a répondu qu'il allait essayer de faire le point avec Londres. Quand il arrivera, d'ici un jour ou deux, il aura pris une décision. »

Elle remit ses lunettes sur son nez. « Nous devons être prêts, n'est-ce pas, Scrag ?

— Je me demandais pourquoi tu avais laissé Dunc. C'est lui qui t'a envoyée ?

— Bien sûr. Andy sera là d'ici un jour ou deux. »

Scragger réfléchissait. Si nous tentons un coup, quelqu'un va forcément trinquer. Qu'est-ce que je vais faire pour les radars de Kish, Lavan et Lengeh qui, si nous décollons sans autorisation, peuvent nous envoyer vingt chasseurs sur le râble avant même que nous ayons eu le temps de prendre de l'altitude ? « Dunc pense vraiment qu'ils veulent nous entuber ?

— Non, avait-elle dit, lui non. Mais moi, si.

— Dans ce cas, Genny, entre toi et moi, nous avons intérêt à mettre rapidement un plan d'évacuation sur pied. »

Il se souvint comme son visage s'était éclairé et il avait pensé une nouvelle fois que Duncan McIver était un homme qui avait de la chance.

Il regardait la mer quand il entendit le 206 décoller. Il se retourna et vit que l'appareil était déjà bien en l'air. Ed est un superpilote, pensa-t-il.

« Hey ! Scrag !

— Qu'est-ce qu'il y a, Willi ?

— Tu peux aller te baigner, je fais le guet, dit Willi en grimpant sur le radeau.

— Merci, mon pote. » Car en plus de tous les délicieux poissons comestibles, la mer était infestée de requins, de raies et de méduses dangereuses. Mais ils ne s'aventuraient que rarement dans ces eaux peu profondes. Quelqu'un qui faisait le guet pouvait repérer leurs ombres menaçantes et avertir les baigneurs à temps pour qu'ils remontent sur le radeau. Comme toujours, Scragger toucha le bois du radeau avant de plonger dans l'eau tiède et profonde d'environ deux mètres.

Comme Scragger, Willi Neurchtreiter était nu. C'était un homme trapu âgé de quarante-huit ans, aux cheveux bruns qui avait à son actif plus de cinq mille heures de vol en hélicoptère accomplies au cours des dix années passées dans l'armée allemande et de huit avec la S-G qui l'avait envoyé travailler au Nigeria, dans la mer du Nord, en Ouganda et ici. Sa casquette et ses lunettes de soleil étaient restées sur le radeau, il les mit, observa le 206 qui se dirigeait vers le Golfe et surveilla Scragger. Le soleil le sécha en quelques instants. Il aimait le soleil, il aimait se baigner et se plaisait bien à Lengeh.

Si différent de chez moi, pensa-t-il. Chez lui, c'était Kiel au nord de l'Allemagne sur la Baltique où le climat était rude et froid. Sa femme était rentrée au pays l'année précédente pour que leurs trois enfants puissent suivre une scolarité normale. Depuis, il travaillait deux mois à Lengeh et passait un mois de congé à Kiel. Il avait demandé sa mutation en mer du Nord afin d'être plus près de sa famille. Le mois suivant, après sa permission, il ne reviendrait pas à Lengeh.

Saloperie de merde de mer du Nord où les conditions atmosphériques sont imprévisibles et dangereuses, et les bases, moches, où je vais m'ennuyer à voler deux semaines sur une plate-forme de forage située à cent cinquante kilomètres des côtes pour gagner une semaine de congé à Kiel et à peine de quoi payer les traites, l'école et les vacances. Mais tu seras plus près des enfants, de Hilda, et de tes parents. Ton pays sera toujours ton pays. Oui, c'est vrai, et avec un peu de chance, tous les Allemands seront bientôt réunis, maman pourra rendre visite à sa famille à Schwerin chaque fois qu'elle le voudra et Schwerin ne sera plus occupée. Oh ! Dieu, fais que je vive assez longtemps pour voir ce jour.

« Scrag, je vois une ombre. »

Scragger l'avait aperçue presque en même temps. Il nagea vers le radeau et remonta. L'ombre arrivait rapidement. C'était un requin. « Vache, sursauta-t-il, regarde sa taille ! »

Le requin ralentit et tourna tranquillement en cercle autour d'eux, sa grosse nageoire dorsale fendant la surface de l'eau. Arme meurtrière lourde, grise, pas pressée. Les deux hommes le regardèrent silencieusement, impressionnés. « Qu'est-ce que tu en penses, Willi ? finit par dire Scragger.

— T'as raison, Harry, c'est le plus gros enfant de salaud que j'ai jamais eu l'occasion de voir, nom de Dieu ! » Il prit joyeusement l'attirail de pêche qui se trouvait dans la barque. « Qu'est-ce que je prends comme appât ?

— Le bar, le gros, là. »

En riant, Willi se pencha sur la cage, sortit le poisson qui se tortillait et le fixa au crochet d'acier qui servait pour la pêche aux requins. Il avait du sang sur les mains et il les lava dans la mer en surveillant le tueur. Il se redressa, vérifia la courte chaîne attachée au crochet, l'attacha avec précaution à la grosse corde en nylon. « Voilà, tu peux y aller, Scrag.

— Non, non. Tu l'as vu le premier ! »

Du dos de sa main, Willi essuya le sel qui lui collait au front, tira sa casquette et regarda le requin qui tournait toujours à une vingtaine de mètres d'eux. Il lança avec précision l'appât sur sa route et tendit doucement la ligne. Le requin passa à côté de l'appât et continua de tourner. Les deux hommes jurèrent. Willi moulina en arrière. Le bar était secoué de soubresauts, il était en train de mourir rapidement, un filet de sang derrière lui. Willi le relança de nouveau parfaitement. Et de nouveau rien ne se produisit.

« Merde », dit Willi. Cette fois-ci il laissa l'appât où il était, le laissant s'enfoncer doucement jusqu'au fond, gardant juste assez de pression sur la ligne. Le requin arriva, passa au-dessus, le frôla presque de son ventre, et continua ses circonvolutions.

« Peut-être qu'il n'a pas faim.

— Ces enfants de salauds ont toujours faim ! Peut-être sait-il que nous sommes là à l'attendre, il va essayer de nous rouler. Scrag, prends un poisson plus petit et jette-le à l'endroit où se trouve l'appât juste au moment où il arrive. »

Scrag choisit une morue. Il la lança adroitement. Le poisson tomba dans l'eau dix mètres devant le requin, flaira le danger et fila vers le fond sablonneux. Le requin ne fit pas attention à lui, ni au bar juste à côté. Un mouvement de queue, et il continua son cercle. « Laissons l'appât où il se trouve, dit Scragger. Ce fumier ne peut pas ne pas l'avoir senti.

— Il nous guette, Scrag », dit Willi, mal à l'aise. Son excitation l'avait quitté.

Scragger fronça les sourcils. Lui non plus n'était pas rassuré. Il regarda vers le canot pneumatique. Pas d'arme vraiment efficace, juste un petit couteau, un harpon en aluminium léger et des avirons. Malgré tout il tira sur la corde pour rapprocher le canot, s'agenouilla et prit le couteau et le trident. Dommage que je n'aie pas de revolver, pensa-t-il.

Willi poussa un cri soudain et Scrag fit un bond en arrière, juste à temps pour voir le requin qui arrivait vers lui à toute vitesse. Il cogna violemment le côté du canot pneumatique. Sa tête hideuse sortit de l'eau, mâchoires ouvertes, tandis qu'il fonçait sur Scragger, heurtant le radeau et renversant presque le canot. Puis, il s'éloigna, laissant les deux hommes pétrifiés.

« Nom de Dieu, Harry ! » hurla Willi en tendant le bras. Le requin filait vers l'appât. Ils le virent le prendre et s'en aller, le crochet bien planté dans sa gueule ; la ligne se dévida à toute allure. Willi retint son souffle, agrippa la manivelle du moulinet, puis tira ferme sur la canne. « Je l'ai ! hurla-t-il, sentant que la ligne se tendait et que le crochet était profondément fiché dans le requin.

— Ce salaud a failli m'avoir, dit Scragger en regardant la ligne tendue. Ne le laisse pas te rouler ! »

Willi mit plus de pression sur la ligne et commença son combat.

« Fais attention, Willi, il va tourner et revenir rapidement... » Mais le requin ne fit pas cela, il ralentit et se débattit frénétiquement pour se libérer du crochet. Il tournait, bondissait, donnait de violents coups de queue, jaillissait hors de l'eau. Mais le crochet et la ligne ne cédèrent pas. Willi donna un peu de mou et le laissa s'éloigner avant de remouliner en arrière. Les minutes passèrent. Combattre un tel monstre sans harnais ni siège, sans pouvoir se servir de ses jambes était exténuant. Mais Willi tint bon. Brusquement le requin s'arrêta de se battre et recommença à nager en cercle. Lentement.

« Bravo, Willi, tu l'as eu.

— Scrag, s'il refonce sur nous, fais attention que la ligne ne s'emmêle pas et, quand il sera assez près, harponne-le. » Willi avait mal au dos et aux mains mais à présent il était ragaillardi et il attendait le prochain coup de son adversaire. Il vint rapidement.

Le requin tourna et fonça sur eux. Willi moulina frénétiquement pour reprendre le mou de la ligne de peur que le requin ne reparte brusquement dans une autre direction et ne la casse. Mais il continua de foncer droit devant lui et passa sous le radeau. Miraculeusement la ligne ne s'embrouilla pas et, quand le requin rejaillit de l'autre côté pour se diriger vers les eaux plus profondes, Willi le laissa reprendre du champ et regagna progressivement de la tension dans sa ligne. Une fois encore, dans un paroxysme de rage, le requin se secoua frénétiquement pour se débarrasser de l'hameçon, blanchissant l'eau de ses grands coups de queue. Et une fois encore Willi le tint bon au bout de sa ligne. Mais, sentant ses muscles faiblir, il comprit qu'il ne réussirait pas à le tenir seul et il jura silencieusement. « Donne-moi un coup de main, Scrag.

— OK, mon pote. »

Les deux hommes à présent tenaient la canne, Willi tournant le moulinet, ramenant le requin, jouant avec lui, de plus en plus près. Le requin ralentissait. « Il fatigue, Willi. » Centimètre par centimètre, ils le ramenèrent. Le requin n'était plus qu'à une trentaine de mètres du radeau, sa grande queue bougeant lentement d'avant en arrière. Pour respirer, un requin doit bouger vers l'avant, s'il arrête d'avancer, il se noie.

Ils luttèrent avec patience, ils avaient mal aux muscles tant l'animal pesait lourd. Maintenant ils pouvaient le voir, énorme, les yeux jaunes, les mâchoires serrées, avec son poisson pilote. Vingt-cinq mètres, vingt, dix-huit, dix-sept...

C'est là que tout se produisit. Le requin revint à la vie et fila en arrière de cinquante mètres à une vitesse incroyable, la ligne hurla en se déroulant, puis il tourna à quatre-vingt-dix degrés. Willi réussit à récupérer la tension sur sa ligne, forçant le poisson à tourner en cercles, mais sans arriver à le ramener plus près. Un nouveau tour. Willi tirait de toutes ses forces sur le moulinet sans aucun résultat. Au tour suivant le poisson réussit à gagner vingt centimètres. Puis encore vingt centimètres. Les deux hommes tiraient de toutes leurs forces et ils tombèrent presque par-dessus bord quand la ligne lâcha d'un coup. « On l'a perdu, Harry... »

Les deux hommes étaient hors d'haleine, amers, déçus et moulus. Le requin avait disparu. « Saloperie de ligne », fit Willi en l'enroulant et en jurant en deux langues. Mais ce n'était pas la ligne qui avait lâché, c'était la chaîne. Les maillons près du crochet étaient écrasés.

« Ce salaud les a cassés avec ses mâchoires ! s'exclama Scragger, sidéré.

— Il s'amusait avec nous, Scrag, dit Willi, écœuré. Il pouvait la rompre quand il le voulait. Il nous a fait un beau bras d'honneur. » Ils scrutèrent les eaux alentour mais aucun signe de la bête. « Si ça se trouve, il est planqué au fond et il nous attend, fit-il, pensif.

— Je penserais plutôt qu'il est déjà à trois bornes d'ici ; il doit être fou furieux.

— Sûr qu'il est furibond, Scrag ! Et cet hameçon ne va pas le calmer. » Les deux hommes scrutèrent la mer. Rien. Puis ils remarquèrent que le canot pneumatique penchait, à moitié submergé. Scragger se pencha et l'examina avec attention tout en restant sur le qui-vive.

« Regarde », dit-il. Il y avait un grand trou dans une des chambres à air. « Ce salaud a dû faire ça quand il nous a chargés. » Le canot se dégonflait rapidement. « Pas de problèmes, nous avons le temps de retourner au rivage. Allons-y. »

Willi regarda le canot, puis la mer. « Vas-y, Scrag. Moi, j'attends que la barque vienne me chercher avec quelqu'un armé d'une mitraillette.

— Il n'y a pas de danger, pour l'amour de Dieu. Allez, viens.

— Scrag, dit doucement Willi, je t'aime comme mon propre frère, mais je ne bougerai pas d'ici. Cet enfoiré m'a flanqué une de ces trouilles ! Je suis mort de peur ! » Il s'assit au milieu du radeau, ses bras autour de ses genoux. « Il est planqué quelque part au fond. Si tu veux y aller, OK, mais moi je ne bouge pas. Prends le talkie-walkie et fais venir l'autre bateau.

— Je l'amènerai moi-même. » Le canot s'aplatit en gargouillant quand Scragger monta dedans, chavirant presque, et il sauta précipitamment sur le radeau, bien plus vite qu'il n'aurait souhaité le faire, en jurant. « Je peux savoir ce qui te fait marrer ? demanda-t-il, furieux.

— Tu aurais vu le bond que tu as fait, on aurait dit que tu avais une méduse au cul. » Willi riait toujours. « Pourquoi tu rentres pas à la nage, Scrag ?

— Va te faire mettre. » Scragger regarda le rivage, le cœur battant à toute allure ; il paraissait beaucoup plus éloigné que les autres jours.

« Tu ne vas pas nager ? Tu es devenu complètement fou ? » dit Willi, en reprenant son sérieux.

Scragger ne fit pas attention à lui. Tu sais quoi ? pensait-il. Tu as la trouille et tu fais dans ton froc. Ce requin était petit, tu l'as attrapé et tu l'as laissé s'enfuir. Maintenant il est à des kilomètres d'ici dans le Golfe. Oui, mais où ?

Il mit un orteil dans l'eau. Quelque chose en dessous attira son regard. Il s'agenouilla au bord du radeau et tira la cage. Elle était vide. L'un de ses côtés avait été complètement arraché. « Saloperie de merde !

— Je vais appeler la barque, dit Willi en saisissant le talkie-walkie. Avec une mitraillette.

— Pas besoin de ça, Willi, dit Scragger avec un grand geste méprisant. On va faire la course jusqu'au rivage. Viens.

— Jamais de la vie ! Scrag, pour l'amour de Dieu, ne fais p… » Willi, paralysé, vit Scragger plonger dans l'eau, refaire surface et s'en aller en nageant. Puis soudain il fit demi-tour et remonta sur le radeau, postillonnant en s'étouffant presque de rire.

« Je t'ai bien eu, hein ? T'as raison, mon fils, il faut être cinglé pour rentrer à la nage ! Appelle le bateau, je vais pêcher encore un peu pour notre dîner. »

Le bateau arriva. L'un des mécaniciens était à la barre et deux Brassards verts excités à l'avant. Les autres observaient de la plage. Ils étaient à mi-chemin quand le requin, surgi de nulle part, se mit à nager en cercles serrés et rapides autour d'eux. Les Brassards verts ouvrirent immédiatement le feu et dans la panique l'un d'eux tomba par-dessus bord. Scragger réussit à attraper son arme et tira sur le requin qui fonçait sur l'homme debout dans l'eau peu profonde, paralysé de peur. Les balles pénétrèrent dans la tête et les yeux du requin. L'animal était mort mais il ne le savait pas, il continua, comme un monstre robotisé, à filer devant lui, mâchoires et queue en action, droit sur sa proie. Mais, sans son guidage visuel et olfactif, il manqua l'homme de quelques centimètres, continua droit devant et s'échoua sur la plage.

« Scrag, dit Willi quand il put enfin parler, tu as une chance de tous les diables. Si tu étais rentré à la nage il t'aurait tué. Tu as une chance de tous les diables, enfoiré ! »

CHAPITRE 37

Puits Rosa. Zagros : 15 h 05. Tom Lochart s'extirpa avec raideur du 206 et serra la main de Mimmo Sera, l'« homme de la compagnie » qui l'accueillit chaleureusement. Lochart était accompagné de l'expert de Schlumberger, Jesper Almqvist, un grand et jeune Suédois de vingt-huit ans qui portait sa valise spéciale contenant ses instruments de mesure ; le reste de l'équipement était déjà sur le site. « *Buon giorno*, Jesper, je suis content de vous voir. Il vous attend.

— Très bien, monsieur Sera, j'y vais tout de suite. » Le jeune homme partit en direction du derrick. C'était lui qui avait installé la plupart des puits du gisement.

« Entre un instant, Tom. » Sera se dirigea à travers la neige vers la caravane qui servait de bureau. A l'intérieur il faisait chaud et du café les attendait sur la grosse cuisinière à bois. « Café ?

— Merci, je suis fourbu, le voyage de Téhéran était ennuyeux. »
Sera lui tendit une tasse. « Qu'est-ce qui se passe ?

— Merci. Je ne sais pas exactement, je viens juste de déposer Jean-Luc à la base, j'ai échangé quelques mots avec Scot, puis j'ai pensé qu'il valait mieux que j'amène Jesper immédiatement et que je vienne te voir. Je n'ai pas encore vu Nitchak Khan ; je le ferai dès mon retour là-bas, mais Scot a été très clair : Nitchak Khan lui a dit que le comité nous avait donné quarante-huit heures pour nous en aller. Mc...

— Mais pourquoi ? *Mamma mia,* si vous partez nous allons devoir fermer tous les puits.

— Je sais. Mon Dieu, le café est bon ! Nitchak a toujours été raisonnable dans le passé. Tu as appris que le comité avait abattu Nasiri et brûlé l'école ?

— Oui, c'est épouvantable. C'était un mec sympa, bien que partisan du shah.

— Nous étions tous des partisans du shah quand celui-ci était au pouvoir », dit Lochart en pensant à Sharazad, Jared Bakravan, Emir Paknouri et le HBC. Ses pensées revenaient toujours à Sharazad et au HBC. A l'aube, il l'avait quittée. Il n'en avait aucune envie mais il le devait. Elle était toujours profondément endormie. Il avait pensé la réveiller mais il y avait peu de chose à dire. Zagros était sous sa responsabilité, et elle paraissait si fatiguée avec ces cernes sur son visage livide. Il laissa un mot : « Je serai de retour dans deux jours. En cas de problème va voir Mac ou Charlie. Je t'aime. » Il regarda Sera. « McIver a rendez-vous ce matin avec un membre du gouvernement, il arrivera peut-être à tout arranger. Il a dit qu'il nous enverra à tous un message en rentrant. Ta radio marche ? »

Sera haussa les épaules. « Comme toujours : de temps en temps.

— Si j'entends quoi que ce soit, je te fais signe, ou ce soir ou demain matin. J'espère que tout ceci n'est qu'une tempête dans un seau de merde. Mais nous devons tout prévoir, McIver m'a dit de ne pas rester basé à Kowiss pour le moment. Il nous serait impossible de vous assurer nos services de là-bas. Qu'est-ce que tu penses ?

— Si vous êtes forcés de partir, nous allons devoir évacuer. Vous allez devoir nous ramener à Chiraz. Le QG de la compagnie se trouve là-bas ; ils vont peut-être nous rapatrier jusqu'à ce que nous soyons autorisés à revenir. *Madonna,* il va y avoir onze bases à fermer.

— On peut utiliser nos deux 212, pas de problème.

— Il y a plein de problèmes, Tom, dit Sera très inquiet. On ne pourra jamais tout fermer et évacuer les hommes en quarante-huit heures. Impossible.

— Cela ne sera peut-être pas nécessaire. On peut toujours espérer, non ? » Lochart se leva.

— Si nous devons partir, les hommes vont être ravis — nous n'avons pas été remplacés depuis des semaines et on nous doit pas mal de perm. » Sera se leva et jeta un coup d'œil par la fenêtre. Le soleil de l'après-midi brillait au-dessus de la crête qui surplombait le puits Bellisima. « On t'a dit que Scot avait vraiment fait du bon boulot avec Pietro ?

— Oui. Les gars le surnomment Pietro le Bombardier maintenant. Je suis désolé pour Mario Guineppa.

— *Che sera sera !* Les docteurs sont tous des *stronzi* bons à rien. » Il avait passé sa visite médicale à peine un mois plus tôt. Rien à signaler, état de santé parfait. « *Stronzo !* » L'Italien le regarda fixement. « Qu'est-ce qui se passe, Tom ?

— Rien.

— Comment ça va à Téhéran ?

— Pas très bien.

— Est-ce que Scot t'a dit quelque chose que je ne sache pas ?

— Au sujet de l'ordre du comité ? Non. Il ne m'a rien dit. Je vais peut-être apprendre quelque chose de Nitchak Khan. » Lochart lui serra la main et sortit. Une fois qu'il eut repris l'air, il pensa à ce que Scot leur avait raconté à lui, Jean-Luc et Jesper sur ce qui s'était passé au village après que le comité eut condamné Nitchak Khan à mort :

« Dès qu'ils ont sorti Nitchak Khan de l'école et que je me suis retrouvé seul, je me suis glissé dehors par la fenêtre de la salle de classe et je suis allé me cacher dans la forêt. Quelques minutes plus tard, j'ai entendu plein de coups de feu et je suis parti en courant vers la base aussi vite que je le pouvais. Je dois admettre que j'étais mort de trouille. Il m'a fallu pas mal de temps, parce que, par endroits, il y avait des trous de trois mètres dans la neige. Peu de temps après mon retour, le vieux Nitchak Khan, le mollah et quelques villageois sont venus ici — mon Dieu, j'étais si soulagé ! J'étais pratiquement sûr que Nitchak et le mollah avaient été tués et je pense qu'ils étaient soulagés eux aussi car ils me regardaient en ouvrant de grands yeux. Ils avaient dû me croire mort également.

— Pourquoi ? avait demandé Tom.

— Nitchak a dit que, avant de partir, le comité a mis le feu à l'école. Ils pensaient que j'étais toujours dedans. Le comité a également donné l'ordre à tous les étrangers de quitter Zagros. Tout le monde — surtout nous et nos hélicoptères. Avant demain soir. »

Lochart regardait le sol qui défilait en dessous de lui, la base n'était pas très loin, le village juste à côté. Le soleil descendait lentement derrière les montagnes. Il y avait encore suffisamment de lumière mais le soleil ne chauffait plus. Peu avant qu'il ne parte pour le puits Rosa avec Jesper, Scot avait profité d'un moment où ils étaient seuls pour lui raconter ce qui s'était vraiment passé. « J'ai tout vu, Tom. Je ne me suis pas enfui tout de suite. Je n'ai osé le dire à personne, mais je regardais de la fenêtre de l'école. J'étais terrorisé et j'ai tout vu.

Tout s'est passé très vite. Mon Dieu, si tu avais vu la femme du vieux Nitchak avec sa carabine ! Une sacrée tigresse ! Et dure ! Elle a tiré dans le ventre d'un Brassard vert, puis l'a laissé hurler à mort quelque temps et... bang ! Je parie que c'est elle qui a descendu le premier salaud, le chef. Jamais vu une telle bonne femme, je ne l'aurais jamais crue capable d'agir ainsi.

— Et Nasiri ?

— Nasiri n'avait pas la moindre chance. Il s'est enfui en courant et ils l'ont descendu. Je suis sûr qu'ils l'ont tué parce qu'il avait tout vu et qu'il n'était pas du village. Quand j'ai compris cela, j'ai pris mes jambes à mon cou, je me suis tiré par la fenêtre de derrière et, quand Nitchak est venu ici, j'ai fait semblant de croire son histoire. Mais je jure devant Dieu, Tom, que tous ces salauds du comité étaient déjà morts avant que je ne quitte le village, donc c'est Nitchak qui a dû donner l'ordre de brûler l'école.

— Nitchak Khan n'aurait pas fait cela, pas en sachant que tu étais à l'intérieur. Quelqu'un a dû voir que tu t'étais enfui.

— J'espère que tu te trompes parce que, si on m'a vu, je suis une menace vivante pour le village, le seul témoin. »

Lochart se posa et se dirigea vers le village. Seul. Nitchak et le mollah l'attendaient au café comme prévu, en compagnie de nombreux villageois. Pas de femmes. Le café tenait lieu de salle de réunion ; c'était une cabane d'une pièce construite de rondins et de boue avec un toit en pente et une cheminée ; à l'intérieur, entre les murs noircis par la fumée, quelques tapis grossiers servaient de sièges.

« *Salam, kalandar,* que la paix soit avec vous. » En utilisant ce titre honorifique, Lochart laissait entendre que Nitchak Khan était aussi le chef de la base.

« Que la paix soit avec vous, *kalandar* des hommes volants, dit poliment le vieil homme dont le regard ne reflétait plus l'amitié d'autrefois. Asseyez-vous confortablement. Votre voyage a-t-il été profitable ?

— Comme Dieu l'a voulu. Mes amis et ma maison de Zagros me manquaient. Vous êtes béni par Dieu, *kalandar*. » Lochart s'installa sur le tapis inconfortable et échangea les interminables formules de politesse avec Nitchak Khan, attendant que celui-ci en vienne au fait. La pièce était étouffante et sentait le renfermé, la transpiration, le bouc et le mouton. Les autres hommes observaient en silence.

« Qu'est-ce qui amène Votre Excellence au village ? demanda Nitchak Khan.

— J'ai été choqué d'apprendre que des étrangers sont venus dans notre village et ont eu l'impertinence de poser leurs mains maléfiques sur vous.

— Telle était la volonté de Dieu, dit Nitchak en plissant légèrement les yeux. Des étrangers sont venus dans *notre* village mais ils sont repartis, laissant *notre* village comme il a toujours été. Pour *votre* camp, malheureusement, il n'en sera pas de même.

— Mais pourquoi, *kalandar*? Nous avons fait du bien à votre communauté, nous employons beaucoup de vos g...

— Ce n'est pas à moi de juger *notre* gouvernement ou les comités de *notre* gouvernement ou *notre* chef suprême, l'ayatollah en personne. Le jeune pilote a vu et entendu, il n'y a donc rien à ajouter. »

Lochart flaira le piège. « Le jeune pilote a seulement vu et entendu ce qui s'est passé à l'intérieur de l'école, *kalandar*. Je demande qu'on nous permette de rechercher une solution contre cet ordre qui va à l'encontre des intérêts du Zagros.

— Le Zagros s'étend sur mille cinq cents kilomètres et traverse les terres des Kash'kais et de cent autres tribus. » Puis Nitchak cita un *robaïate* : « Abandonne ton corps à la fatalité et accommode-toi de la douleur, car ce qui a été écrit ne sera pas effacé. »

« C'est vrai, mais Omar Khayyam n'a-t-il pas aussi écrit : " Le bien et le mal qui sont dans le cœur de l'homme / La joie et la peine qui sont notre destinée / N'en rends pas responsable la roue du Ciel parce que, à la lumière de la raison / La roue est mille fois plus impuissante que toi " ? »

Des chuchotements parcoururent l'assistance. Le vieux mollah fit un signe de tête, satisfait, et ne dit rien. Les yeux de Nitchak Khan souriaient et Lochart sut que la rencontre allait à présent prendre une meilleure tournure. Il bénit Sharazad de lui avoir fait connaître les *robaïates*.

Tout le monde attendit. Nitchak Khan se gratta la barbe, chercha dans sa poche et trouva un paquet de cigarettes. Lochart sortit nonchalamment le *pishkesh*, un briquet Dunhill en or qu'il avait acheté à Effer Jordon à cette intention : « Effer, je te tue si ça ne s'allume pas du premier coup ! » Il caressa la pierre et la mèche s'alluma. Il respira. Sa main était ferme, il se pencha en avant et tint la flamme pour le vieil homme.

Nitchak Khan hésita, puis posa le bout de sa cigarette sur la flamme et tira une bouffée. « Merci. » Ses yeux brillèrent quand Lochart posa le briquet juste devant lui sur le tapis.

« Peut-être voudriez-vous accepter ce cadeau de la part de tout le personnel du camp qui vous est reconnaissant pour votre protection et vos conseils éclairés ? Après tout, n'avez-vous pas pris possession de la base au nom du peuple ? N'avez-vous pas gagné la course à la luge, battant, grâce à votre courage, les meilleurs d'entre nous ? »

Nouveau frémissement dans la pièce, tout le monde attendait, ravi que l'affrontement s'engage, bien que tous aient su que l'Infidèle n'avait dit que la vérité. Le silence grandit, puis le khan se pencha, ramassa le briquet et le regarda de près. Il l'alluma du premier coup d'un geste du pouce comme il l'avait souvent vu faire par ceux du camp et tout le monde sembla satisfait de la qualité du *pishkesh*.

« De quelle aide Son Excellence a-t-elle besoin ?

— Rien de particulier, Excellence *kalandar*, dit Lochart d'un ton détaché, continuant le jeu selon les règles iraniennes.

— Mais il doit bien y avoir quelque chose qui pourrait aider Son Excellence à se sentir plus heureuse ? » Le vieil homme écrasa sa cigarette sur le sol.

Lochart se laissa convaincre. « Bien, puisque Son Excellence a la générosité d'insister. Si Votre Excellence pouvait intercéder pour nous auprès du comité afin qu'il nous accorde un délai, je lui en serais très reconnaissant. Son Excellence, qui connaît les montagnes comme sa propre maison, sait que nous ne pouvons pas obéir aux ordres de ces étrangers qui manifestement ne se rendent pas compte qu'il nous est impossible d'évacuer la base et de fermer les puits en toute sécurité d'ici à demain soir.

— C'est vrai, les étrangers ne savent rien », dit Nitchak Khan d'un ton aimable. Oui, pensait-il, les étrangers ne savent rien et ces fils de chiennes qui ont essayé de nous imposer leurs règles ont été rapidement punis par Dieu. « Peut-être le comité vous accordera-t-il un jour supplémentaire.

— Ce serait plus que je n'oserais demander. Mais vous, *kalandar*, vous ne pensez pas que c'est une bonne occasion de leur montrer qu'ils ne connaissent rien de votre Zagros ? Ils ont peut-être besoin d'une leçon. Vous devriez exiger un délai de deux semaines, après tout, vous êtes le *kalandar* de Yazdek et des onze puits et tout le Zagros connaît Nitchak Khan. »

Nitchak Khan était très fier, ainsi que tous les villageois, agréablement séduits par la logique de l'Infidèle. Il sortit ses cigarettes et son briquet. Il s'alluma au premier coup. « Deux semaines », dit-il à la satisfaction générale. Puis, afin de se permettre de revenir sur sa décision s'il trouvait que finalement deux semaines était un délai trop long, il ajouta : « J'enverrai un messager qui demandera deux semaines. »

Lochart se leva et se confondit en remerciements. Deux semaines donneraient à McIver le temps nécessaire pour arranger les choses. Dehors l'air était grisant et Lochart respira à pleins poumons, ravi de la façon dont il avait mené la délicate négociation. « *Salam*, Nitchak Khan, que la paix soit avec vous.

— Et avec vous. »

De l'autre côté de la place se dressait la mosquée, flanquée des ruines de l'école et de la maison d'un étage appartenant à Nitchak Khan. Son épouse, deux de ses enfants et d'autres villageoises habillées de vêtements multicolores se tenaient sur le seuil.

« Pourquoi l'école a-t-elle brûlé, *kalandar* ?

— On a entendu un des membres du comité dire : " Il faut détruire tout ce que les étrangers ont bâti. Nous détruirons aussi la base et tout ce qu'elle contient — nous n'avons pas besoin d'étrangers ici, nous ne voulons pas d'étrangers ici. " »

Lochart était attristé. C'est ce que la plupart d'entre vous, sinon tous, pensent, se dit-il. Et pourtant beaucoup d'entre nous ont essayé de s'intégrer, d'apprendre votre langue, d'être acceptés. En vain. Alors pourquoi restons-nous, pourquoi essayons-nous ? Peut-être pour la même raison qui a poussé Alexandre le Grand à rester. Pourquoi lui et dix mille de ses officiers ont-ils épousé des Iraniennes au cours d'une gigantesque cérémonie ? Parce qu'il y a ici un charme et une magie indéfinissables, obsédants, et qui nous consument.

L'épouse de Nitchak Khan dit quelque chose et les femmes qui l'entouraient éclatèrent de rire.

« C'est mieux quand les épouses sont heureuses, n'est-ce pas ? Elles sont le cadeau de Dieu aux hommes, non ? » fit jovialement le khan et Lochart approuva de la tête en pensant à la chance fantastique de Nitchak Khan. Sa femme était vraiment un cadeau de Dieu, comme Sharazad. En pensant à elle, il revit l'horreur de la nuit précédente, la terreur qu'il avait éprouvée quand il avait cru l'avoir perdue, puis son désarroi profond en la voyant si malheureuse, au bord de la folie. Obligé de la battre alors que tout ce qu'il voulait, c'était son bonheur dans ce monde et le suivant. S'il y en avait un.

« Et j'ai de la chance qu'elle sache aussi bien tirer, n'est-ce pas ?

— Oui », répondit machinalement Lochart. Son estomac se crispa et il s'insulta intérieurement. Il vit le regard perspicace de l'homme le scruter et il ajouta rapidement. « Tirer ? Votre épouse tire bien ? Excusez-moi, Excellence, je n'ai pas bien entendu ce que vous disiez. Vous voulez dire avec une carabine ? »

Le vieil homme ne répondit pas, il se contenta de l'étudier, puis hocha la tête pensivement. Lochart soutint son regard et se tourna vers l'autre côté de la place, se demandant s'il lui avait délibérément tendu un piège. « J'ai entendu dire que de nombreuses femmes kash'kais savent se servir d'une carabine. Il semblerait que Dieu vous ait vraiment fait de nombreux cadeaux, *kalandar*. »

Après un moment Nitchak Khan dit : « Je vous ferai savoir

demain combien de temps le comité vous accorde. Que la paix soit avec vous. »

En rentrant à la base Lochart se demandait : « Suis-je tombé dans un piège ? Si sa remarque a été faite involontairement, simplement parce qu'il était fier d'elle, alors peut-être que Scot n'a rien à craindre. Dans tous les cas nous avons du temps — nous, oui, mais peut-être pas Scot. »

Le soleil avait quitté cette partie du plateau et la température était rapidement tombée en dessous de zéro. Le froid l'aidait à réfléchir mais ne lui ôtait ni son inquiétude ni sa fatigue.

Une semaine, deux semaines ou quelques jours, nous n'avons pas beaucoup de temps, pensa-t-il. A Téhéran, McIver lui avait dit qu'il avait obtenu des autorisations pour que trois 212 aillent à Al Shargaz pour réparations. « Tom, j'enverrai un des tiens, un d'ici et un de Kowiss, et de là, direction le Nigeria. Mais pour l'amour du ciel garde ça pour toi. Voici les autorisations de sortie datées pour mercredi prochain, je crois que tu devrais le piloter toi-même et te tirer d'ici pendant que tu le peux. Quitte le pays et reste à Al Shargaz. Il y a plein de pilotes là-bas pour conduire le 212. »

Il sortit de la forêt et vit la base où Scot et Jean-Luc l'attendaient près d'un 212.

J'enverrai Scot quoi qu'il se passe, pensa Lochart qui, ayant pris cette décision, se sentit moins inquiet. Mais il en restait une autre à prendre, la plus importante : fallait-il commencer l'évacuation ? Pour décider cela, il faut savoir si tu peux vraiment te fier à Nitchak Khan. Je crains que non.

CHAPITRE 38

Quartier général des services secrets : 18 h 42. Rakoczy était prisonnier depuis à peine vingt-trois heures mais il était déjà brisé et arrivé aux confessions du troisième niveau — celui de la vérité. Les deux premiers niveaux étaient composés de couvertures, d'histoires, comportant un fond de vérité que tout agent apprenait et répétait inlassablement jusqu'à les graver dans son subconscient, dans l'espoir que ces bribes de vérité satisferaient les interrogateurs en leur faisant croire qu'ils savaient tout et qu'il n'y avait pas lieu de fouiller plus loin. Malheureusement pour Rakoczy, ses interrogateurs étaient des experts qui ne craignaient qu'une chose : que leurs tortures ne le tuent. Lui ne désirait qu'une chose : mourir vite.

Quand il s'était fait prendre la veille au soir, il avait immédiatement essayé de mordre le bout du col de sa chemise où la pastille de poison avait été cousue — c'était un réflexe automatique. Mais ses ravisseurs l'avaient devancé et lui avaient tenu la tête droite et en arrière pendant qu'ils le chloroformaient, puis ils l'avaient déshabillé avec soin, avaient inspecté sa bouche pour voir s'il n'avait pas de fausse dent contenant du poison et avaient même procédé à une fouille anale.

Rakoczy s'était attendu à des coups et à des drogues psychédéliques : « S'ils utilisent cela contre vous, capitaine Mzytryk, vous êtes fichu, lui avaient dit ses professeurs. Il n'y a pas grand-chose à faire si ce n'est essayer de mourir avant de divulguer des secrets. Il vaut mieux mourir avant qu'ils ne vous brisent. N'oubliez jamais que nous vous vengerons. Même s'il nous faut attendre cinquante ans, nous aurons ceux qui vous ont trahi. »

Mais il ne s'attendait pas à ce qu'ils le torturent de cette façon avec des électrodes branchées à l'intérieur de son corps, dans ses oreilles, son nez, sa bouche, son estomac, son rectum, sur ses testicules et ses paupières — avec des piqûres pour le faire dormir, puis pour le réveiller, quelques minutes à peine entre sommeil et réveil, sommeil et réveil encore, pour le désorienter, lui faire perdre conscience de la réalité et briser toutes ses défenses. Il ne s'attendait pas à connaître un tel degré de souffrance.

« Pour l'amour de Dieu, Hashemi, avait dit Robert Armstrong, écœuré, pourquoi ne lui injectes-tu pas simplement du sérum de vérité ? Tu en as, tu n'as pas besoin de faire toutes ces saloperies. »

Le colonel Hashemi Fazir avait haussé les épaules. « Un peu de cruauté sert toujours. Par Allah, tu as vu les dossiers, tu as vu ce que le KGB a fait à certains de nos concitoyens qui n'étaient même pas des espions.

— Ce n'est pas une excuse.

— Nous avons besoin de cette information rapidement, par Dieu. Nous devons atteindre ce troisième niveau dont tu nous rebats les oreilles. Je n'ai pas de temps à perdre avec ton éthique tordue, Robert. Si tu ne veux pas rester, pars. »

Armstrong était resté. Il s'était bouché les oreilles pour ne pas entendre les hurlements, il exécrait la brutalité. Plus besoin de ça aujourd'hui, se disait-il, sachant que lui serait mort depuis longtemps.

Il observait à travers le miroir sans tain les deux hommes qui travaillaient Rakoczy dans la petite pièce bien équipée — il se sentait désolé pour lui d'une certaine façon — après tout, Rakoczy était un professionnel, comme lui, et un homme courageux qui avait résisté de façon extraordinaire.

Brusquement les hurlements cessèrent. Rakoczy avait de nouveau perdu connaissance. Hashemi parla dans le micro connecté aux écouteurs de l'homme en dessous. « Il est mort ? Je vous ai dit de faire attention, bande de chiens stupides ! »

Un des deux hommes était médecin. Les écouteurs qu'il portait ne lui permettaient que d'entendre les instructions des interrogateurs. Il souleva les paupières de Rakoczy et examina ses yeux, puis, avec son stéthoscope, il écouta les battements de son cœur.

« Il est vivant, colonel. Il... il en a pour quelque temps encore.

— Laissez-le cinq minutes, puis réveillez-le. Et ne le tuez pas avant que je ne vous le dise. » Hashemi raccrocha le micro d'un geste rageur et insulta l'homme. « Je ne veux pas qu'il meure alors qu'il est si près de tout nous dire. » Il se tourna vers Armstrong, le regard brillant. « C'est le meilleur qu'on ait jamais eu, pas vrai, Robert ? Par Dieu, c'est une véritable mine d'or. »

Rakoczy avait donné ses deux couvertures depuis longtemps et finalement dévoilé son véritable nom, son matricule du KGB, où il avait été formé, où il était né. Il avait raconté sa vie, parlé de son mariage, révélé le nom de ses supérieurs à Tbilissi, parlé de leurs actions en Iran, du Tudeh, des moudjahidin et donné le nom de ses contacts.

« Qui est le chef du KGB en Azerbaïdjan ?

— Je... arrêtez, s'il vous plaît... arrêtez, s'il vous plaît, c'est Abdollah Khan de Tabriz... C'est lui... lui seul... c'est lui, le chef et... il devait... il doit devenir le premier président quand l'Azer... Azerbaïdjan de... deviendra indépendant, mais il est devenu trop puissant et indépendant... alors... alors il est section 16/a...

— Tu ne nous dis pas toute la vérité. Allez-y, les gars, apprenez-lui à dire la vérité !

— Oh ! mais je... Ah ! »

Puis ils le faisaient revenir à lui et la confession reprenait. Ils lui firent raconter tout ce qu'il savait au sujet d'Ibrahim Kyabi, du père d'Ibrahim, du mollah Kowissi, des leaders étudiants tudehs, de son épouse, de son père, et de son grand-père qui avait fait partie de la police secrète du tsar avant de devenir membre fondateur de la Tchéka, puis de l'OGPU, du NKVD et finalement du KGB — fondé en 1954 par Khrouchtchev après que Beria eut été fusillé comme espion à la solde de l'Occident.

« Tu crois que Beria espionnait pour nous, Mzytryk ?

— Oui... oui... oui. Il travaillait pour vous, le KGB en avait la preuve... Arrêtez, s'il vous plaît... s'il vous plaît, arrêtez... je... je vous dirai tout ce que vous voulez savoir...

— Comment ont-ils pu en avoir la preuve, puisque c'était un mensonge ?

— Oui, c'était un mensonge mais nous devions faire croire que c'était vrai... nous devions... nous devions nous... devions... Arrêtez... je vous en supplie...

— Arrêtez de le faire souffrir ainsi, bande d'ordures, hurla Armstrong. Vous n'avez pas besoin de lui faire mal puisqu'il coopère, combien de fois faut-il que je vous le dise ? Tant qu'il dit la vérité, on ne le touche pas. Donnez-lui un verre d'eau. Maintenant, Mzytryk, dis-nous tout ce que tu sais sur Gregor Souslev.

— C'est... c'est un espion, je crois.

— Tu ne nous dis pas la vérité ! aboya Hashemi. Apprenez-lui à dire la vérité.

— Non... non... non, s'il vous plaît arrêtez ! Oh ! Dieu, je vous en supplie, arrêtez, c'est... ! Il est... c'est Petr Oleg Mzytryk, mon père... mon père... Souslev était son... son pseudonyme quand il était ba... basé à l'Est, à Vlad... Vladivostok, et un autre nom était Brodnin... et il vit à Tbilissi, il est commissaire et conseiller des affaires... iraniennes et il contrôle Abdollah... Abdollah Khan...

— Tu mens de nouveau. Comment pourrais-tu être au courant de tels secrets ? Donnez-lui une autre leç...

— S'il vous plaît, non, je vous jure que je ne mens pas. J'ai... j'ai lu le dossier top secret et je sais que c'est vrai... Brodnin était le dernier et... alors il... Allah, aide-moi ! » Il s'évanouit. Ils le réveillèrent de nouveau.

« Comment fait Abdollah Khan pour contacter son contrôleur ?

— Il... mon... ils se rencontrent quand... quel... quelquefois à... à la datcha, quelquefois à Tabriz...

— Où, à Tabriz ?

— Au... au palais du khan...

— Comment prennent-ils rendez-vous ?

— Par tel... par télex codé de Téhéran... du QG...

— Quel code ?

— Le... G16... G16...

— Quel est le nom de code d'Abdollah Khan ?

— Ivanovitch.

— Et celui du contrôleur ? » Armstrong veillait à ne pas agiter encore plus le pauvre homme en lui rappelant qu'il était en train de trahir son père.

— Ali... Ali Khoy...

— Qui étaient les contacts de Brodnin ?

— Je... je ne... je ne m'en souviens... pas...

— Aidez-le à retrouver la mémoire !

— S'il vous plaît, s'il vous plaît... Oh ! Dieu, oh ! s'il vous plaît, laissez-moi réfléchir. Attendez, je... n'arrive pas à me souvenir. C'était... c'était... attendez, il m'a dit qu'ils étaient... qu'ils étaient... C'était quelque chose comme... comme si l'un d'eux était une couleur... une couleur... attendez, oui, Grey, oui, Grey c'est cela... et un autre était... un autre était Broad quelque chose... Broad quelque chose... je crois... je crois que c'était Julan Broad quelque chose...

— Qui d'autre ? demanda Armstrong. Le troisième ?

— Je... je n'arrive pas à me s... Non ! Attendez, laissez-moi réfléchir... Il y a av... il y avait un aut... m'a dit qu'ils étaient il m'a dit il m'a dit qu'ils... il m'a parlé de quatre... un... un était... Ted... Ever... Ever quelque chose... Everly et il y avait un autre... si... je... s'il vous plaît, laissez-moi, j'essaie de réfléchir et c'était... c'était Peter... non Percy... Percy Smedley, oui, Smedley Tailler ou Smidley... »

Le sang se retira du visage d'Armstrong.

« C'était tout... c'était tout ce qu'il m'a dit...

— Dis-nous ce que tu sais sur Roger Crosse ! »

Pas de réponse.

A travers le miroir, ils virent l'homme se tordre sur la table d'opération tandis que les fils branchés faisaient passer dans son corps de nouvelles souffrances et, mélangés aux balbutiements, les mots coulèrent de nouveau : « Il... Stop ! Il était le chef, non, adjoint à la direction du M16 et notre meilleur agent secret en Angleterre pendant... pendant... vingt ans ou plus et... et Brodnin Brod mon père, découvrit... découvrit qu'il était agent double... agent triple et il l'a classé section 16/a... Crosse nous a trompés pendant des années trompés, trompés, trompés...

— Qui a averti Brodnin au sujet de Crosse ?

— Je ne sais pas, je jure que je ne sais pas, je ne peux pas tout savoir. Seulement ce qui était dans son dossier et ce qu'il m'a dit...

— Qui était le contrôleur de Roger Crosse ?

— Je ne sais pas, je ne sais pas, comment pourrais-je savoir ? Je ne sais que ce que je peux lire en secret dans les dossiers de mon père... Vous devez me croire...

— Dis-moi tout ce qu'il y avait dans le dossier », dit Hashemi, soudain aussi intéressé qu'Armstrong.

Ils écoutèrent, triant les mots des cris. Ce n'était parfois qu'une incohérente bouillie de russe et de parsi, mais Rakoczy continuait à livrer plus de noms, d'adresses, de couvertures, de grades, de dates, sa mémoire constamment ravivée par la douleur, jusqu'à ce qu'il soit sans force, répétant les mêmes choses, ne sachant plus ce qu'il disait et donc devenu sans valeur. Puis au milieu des incohérences : « ... Pah... mud... Pah... mudi...

— Qu'est-ce qu'il y a avec Pahmudi ? demanda abruptement Hashemi.

— Je... il est... aidez-moi...

— Que sais-tu de Pahmudi ? C'est un agent soviétique ? »

Balbutiements incompréhensibles, cris, geignements.

« Tu ferais mieux de le laisser se reposer, Hashemi. Sa mémoire est bonne — nous pouvons découvrir demain ce qu'il veut dire au sujet de Pahmudi et revenir sur le reste. » Armstrong était également exténué et secrètement émerveillé par tout ce que Rakoczy leur avait apporté. « Je conseille du repos, laissez-le dormir cinq heures, puis nous reprendrons l'interrogatoire. »

Les deux hommes attendaient des instructions dans la chambre. Le médecin regarda sa montre. Il avait travaillé six heures d'affilée, son dos lui faisait mal et sa tête également. Mais cela faisait longtemps qu'il était un spécialiste de la Savak et il était très content d'avoir réussi, sans drogue, à amener Rakoczy au degré de vérité. Ce n'est qu'un athée, fils de chien, pensa-t-il, écœuré.

« Laissez-le dormir cinq heures, entendit-il dans le haut-parleur, puis nous reprendrons.

— Oui, colonel, très bien. » Il examina les yeux de Rakoczy, puis dit lentement à son assistant, un sourd-muet mais qui savait lire sur les lèvres : « Laisse-le comme ça. Cela nous fera gagner du temps quand nous reviendrons. Il aura besoin d'une piqûre pour se réveiller. »

L'homme fit un signe de tête et, quand la porte s'ouvrit de l'extérieur, les deux hommes sortirent.

Dans la pièce de l'autre côté du miroir, l'air était sec et enfumé.

« Quel est ton avis sur Pahmudi ?

— Il doit être en contact avec Mzytryk, Petr Oleg. » Armstrong passait au crible les informations de Rakoczy, impressionné.

Hashemi détourna son regard de l'homme allongé sur la table, arrêta l'enregistrement du magnétophone à cassette et appuya sur le bouton « Retour en arrière ». Dans un tiroir à moitié ouvert se trouvaient sept autres cassettes.

« Je peux avoir des copies ? demanda Armstrong.

— Pourquoi pas ? » Les yeux d'Hashemi étaient injectés de sang et, bien qu'il se fût rasé quelques heures plus tôt, sa barbe assombrissait déjà son visage. « Qu'est-ce qu'il y a de si important au sujet de la couverture de Petr Oleg, " Brodnin " et de Grey, Julan Broad quelque chose, Ted Ever quelque chose et Percy Smedley ou Smidley Tailler ? »

Armstrong se leva pour masser ses épaules endolories et aussi pour se donner le temps de réfléchir. « Brodnin était un homme d'affaires soviétique, membre du KGB, mais aussi un agent double qui travaillait pour nous — on ne s'est jamais douté qu'il nous trompait. Julan Broad quelque chose, c'est sûrement Julian Broadhurst. Nous n'avons jamais rien eu sur lui, pas un murmure, rien. Personnalité en vue de la Fabian Society, membre hautement respecté du parti travailliste, conseiller et confident de quelques Premiers ministres. » Il ajouta, écœuré : « Un patriote.

— Maintenant tu vas le coincer. C'est un traître. Cuisine-le pendant quelques heures, fais-lui dire tout ce qu'il sait, vide-le et noie-le dans la Tamise. Grey ?

— Lord Grey, brandon de discorde de la gauche, ancien syndicaliste, chef du lobby antichinois anti-Hong-kong, poliment anticommuniste, envoyé à la Chambre des lords il y a quelques années pour y semer la pagaille. Nous avons mené une enquête sur lui mais il en est sorti blanc comme neige — nous n'avions rien contre lui, à part ses opinions politiques. » Mon Dieu, pensait Armstrong, s'ils sont tous les deux des espions et des traîtres — et que nous pouvons le prouver —, cela foutrait une de ces merdes dans le parti travailliste, sans parler de celle que Percy ferait gicler chez les conservateurs. Mais comment le prouver et rester vivant ? « Nous n'avons jamais rien eu sur lui.

— Maintenant, tu l'as également. Un autre traître. Sèche-le et tue-le. Ted Ever quelque chose ?

— Everly, enfant chéri du TUC, promis à une grande carrière. Centriste. Jamais soupçonné de sympathies pour la gauche, encore moins pour les communistes.

— Il est à toi également. Smedley ou Smidley Tailler ? »

Robert Armstrong offrit une cigarette. Percy Smedley — Taylor : noblesse terrienne, riche, Trinity College — un apolitique qui réussit, quand il se fait attraper, à ce que la presse ne fasse pas état de ses déviations —, critique de ballet bien connu, éditeur de magazines savants, des relations parmi l'élite du pouvoir britannique. Doux Jésus, si c'est un espion soviétique... C'est impossible ! Ne sois pas stupide, tu as trop bourlingué pendant des années, découvert trop de secrets pour être encore surpris par quiconque. « Cela ne me dit rien du tout, mais je vais vérifier, Hashemi », dit-il ne voulant pas partager ce qu'il savait à son sujet avant d'avoir décidé de ce qu'il allait faire.

Le magnétophone s'arrêta. Hashemi sortit la cassette, la rangea avec les autres dans le tiroir du bas et le ferma à clef. « Occupe-toi d'eux à notre manière, alors : envoie-leur un messager, Robert, à eux et à leurs amis. Ils te verseront vite assez de *pishkesh* pour compenser la perte de ta pension. » Hashemi éclata d'un rire sans joie en insérant une nouvelle cassette. « Mais n'y va pas toi-même ou tu vas finir dans une ruelle avec un couteau dans le dos ou du poison dans ta bière ; ces salauds sont tous les mêmes. » Il était épuisé, mais les révélations de Rakoczy lui procuraient une telle satisfaction qu'il n'avait pas envie de dormir. « Nous en avons assez appris pour faire sauter le Tudeh, contrôler les Kurdes, arrêter l'insurrection en Azerbaïdjan, rétablir la sécurité à Téhéran et à Kowiss, et consolider le pouvoir de Khomeiny, dit-il, presque pour lui-même.

— C'est ça que tu veux ? Et Abrim Pahmudi ? »

Le visage d'Hashemi se durcit. « Qu'Allah me laisse m'occuper de lui comme il faut ! Rakoczy m'a donné une clef en or pour arriver peut-être jusqu'à lui. » Il regarda Armstrong. « En or pour toi aussi, hein ? Ce Souslev — Petr Oleg — qui a assassiné le grand Roger Crosse ? Hein ?

— Oui. Maintenant tu sais qui est ton principal ennemi.

— Qui est Mzytryk, ou Souslev, pour toi ?

— Je l'ai rencontré à Hong-kong il y a des années. » Armstrong avala une gorgée de café froid. « Il pourrait te fournir des renseignements encore plus précieux que son fils. Il pourrait coincer Abrim Pahmudi et avec lui Dieu seul sait qui d'autre — le comité révolutionnaire peut-être. Je donnerais beaucoup pour interroger Souslev. Comment pourrions-nous y arriver ? »

Hashemi cessa de penser à Pahmudi et se concentra sur le danger que couraient lui-même et sa famille. « Si je t'y aidais, est-ce qu'en retour tu pourrais me faire sortir du pays avec un passeport britannique et une belle pension — si j'en avais besoin ? »

Armstrong tendit la main. « Accord conclu. » Les deux hommes se serrèrent la main, aucun d'eux n'accordant de valeur à ce geste, sachant qu'ils essaieraient de tenir leur promesse si c'était possible et uniquement s'ils en tiraient un avantage quelconque.

« Si nous le prenons, Robert, je dirigerai l'interrogatoire et je poserai les questions en premier.

— Bien sûr, c'est toi le chef. » Les yeux d'Armstrong brillaient d'excitation. « Tu peux l'attraper ?

— Peut-être pourrai-je persuader Abdollah Khan d'organiser un rendez-vous avec Mzytryk de ce côté-ci de la frontière. Rakoczy nous en assez dit sur le khan pour que nous puissions en faire ce que nous voulons. Mais il faudra que je sois prudent, c'est également un de nos meilleurs agents !

— Echange cela contre l'information pour la section 16/a. Je parie qu'il ne sait pas que le KGB l'a trahi. »

Hashemi approuva de la tête. « Si nous pouvions attirer Petr Oleg de ce côté-ci de la frontière, nous n'aurions pas besoin de l'amener jusqu'ici. On pourrait l'interroger dans nos bureaux de Tabriz.

— Je ne savais pas que vous aviez des bureaux là-bas.

— Il y a beaucoup de choses que tu ne sais pas, Robert. » Hashemi écrasa sa cigarette. Combien de temps me reste-t-il ? se demanda-t-il nerveusement. Il avait l'habitude d'être le chasseur et non le gibier... « Je viens de réfléchir, essaie de m'avoir ce passeport pour demain.

— Quand pourras-tu " convaincre " Abdollah Khan ?

— Nous devons nous montrer prudents — ce salaud est très puissant en Azerbaïdjan. » Ils se tournèrent tous les deux vers Rakoczy qui s'agita en gémissant, puis replongea dans son cauchemar. « Il faut être très prudent.

— Quand ?

— Demain. Dès que nous en aurons terminé avec Rakoczy, nous rendrons visite à Abdollah. Tu fourniras l'avion — ou l'hélicoptère. Tu es très copain avec les gars de l'IHC, n'est-ce pas ?

— Tu es vraiment au courant de tout, dit Armstrong.

— Seulement sur ce qui se passe à Téhéran, en Iran et en Islam. » Hashemi se demanda ce que McIver et les autres businessmen étrangers feraient s'ils savaient que le ministre Ali Kia, récemment nommé au conseil d'administration d'ATC, avait quelques jours auparavant conseillé la nationalisation immédiate de toutes les compagnies pétrolières et aériennes étrangères, ainsi que l'expulsion des pilotes et du personnel. « Comment allez-vous approvisionner les forages pétroliers, monsieur le ministre ? avait-il demandé dès qu'il avait été mis au courant.

— Nous n'avons pas besoin d'étrangers. Nos propres pilotes approvisionneront nos forages. N'avons-nous pas des centaines de pilotes qui ont besoin de prouver leur loyauté ? Je présume que vous possédez des dossiers secrets sur tous les pilotes étrangers, les cadres, etc. Le... euh... le comité désire les récupérer.

— Je ne pense pas que nous ayons quoi que ce soit, Excellence. Ces dossiers appartenaient à la Savak, avait dit doucement Hashemi. Vous savez sans doute que ces gens horribles possèdent aussi un énorme dossier sur Votre Excellence.

— Un dossier ? Sur moi ? La Savak ? Vous devez certainement faire erreur...

— Peut-être. Je ne l'ai pas lu, Excellence, mais on m'a parlé de son existence. On m'a dit qu'il couvrait une période de vingt ans. Il ne contient probablement que des mensonges... »

Il avait quitté le ministre Kia, plutôt secoué, en lui promettant qu'il essaierait de récupérer discrètement ce dossier pour le lui donner et il avait ri tout le long du chemin en rentrant au QG des services secrets. Le dossier sur Ali Kia — dont il avait une copie — contenait les preuves irréfutables de vingt ans de trafics, d'affaires douteuses, de prêts usuraires, et démontrait qu'il avait été un informateur zélé du shah. Le tout accompagné de photos très explicites dévoilant son goût pour des pratiques sexuelles qui rendraient hystériques les fondamentalistes conservateurs.

« Qu'est-ce qu'il y a de drôle ? demanda Armstrong.

— La vie, Robert. Il y a deux semaines j'avais toute l'armée de l'air à ma disposition, aujourd'hui je dois te demander de me procurer un hélicoptère. Tu t'en occupes et je me charge des autorisations. » Il sourit. « Tu me donneras un passeport anglais, valide, avant le départ. D'accord ?

— D'accord. » Armstrong étouffa un bâillement. « Pendant que nous attendons, est-ce que je peux écouter la dernière cassette ?

— Pourquoi pas ? » Hashemi sortit sa clef et s'arrêta. On frappait à la porte. Il se leva, fatigué, et alla ouvrir. Sa fatigue s'envola. Il y avait quatre hommes dehors. Un de ses hommes, livide, et trois Brassards verts. Armés. Il connaissait le plus âgé. « *Salam*, général, dit-il poliment, tandis que les battements de son cœur s'accéléraient. Que la paix soit avec vous.

— *Salam*, colonel. Que la paix soit avec vous. » Le général Janan était un homme au visage sévère et aux lèvres minces. Savak. Il regarda froidement Armstrong puis sortit un papier qu'il tendit à Hashemi. « Vous devez me remettre immédiatement le prisonnier Yazernov. »

Hashemi prit le papier en remerciant Dieu d'avoir réussi à amener Rakoczy rapidement au troisième niveau. « A l'attention du colonel Hashemi Fazir, services secrets. Urgent. Par ordre du comité révolutionnaire : le département des services secrets est dissous et son personnel, placé sous les ordres du général Janan. Vous êtes suspendu de vos fonctions jusqu'à nouvel ordre et devez remettre immédiatement le prisonnier Yazernov au général Janan ainsi que toutes les cassettes enregistrées pendant son interrogatoire. Signé : Abrim Pahmudi, directeur, Savama. »

« Nous n'avons pas encore réussi à aller plus loin que le deuxième niveau et vous allez devoir attendre. Il est dangereux de le transporter et...

— Il n'est plus sous votre responsabilité. » Le général fit un geste à l'un de ses hommes qui sortit en faisant signe aux autres de le suivre dans le couloir. Ils descendirent les escaliers et pénétrèrent dans la pièce en dessous. Le médecin, pâle et nerveux, était avec eux. Quand les Brassards verts virent l'homme nu allongé sur la table, les électrodes et les différents instruments, ils écarquillèrent les yeux. Le médecin commença à le détacher.

Dans la pièce au-dessus, Hashemi regarda le général. « Je dois vous prévenir officiellement qu'il est dangereux de le transporter. Vous en êtes responsable.

— *Inch'Allah*. Donnez-moi les bandes. »

Hashemi haussa les épaules, ouvrit le tiroir du dessus et lui tendit la douzaine de bandes sans valeur du premier et deuxième niveau.

« Et les autres aussi ! Tout de suite !

— Il n'y en a pas d'autres.

— Ouvrez le tiroir ! »

Hashemi haussa de nouveau les épaules, choisit une autre clef et s'en servit avec précaution. Quand elle était tournée correctement, la clé déclenchait un démagnétiseur qui effaçait toutes les bandes. Seuls Armstrong et lui connaissaient ce secret, ainsi que l'existence d'une installation secrète de duplication de cassettes : « Tu ne peux pas savoir, Hashemi, par qui tu seras trahi ni quand », lui avait dit Armstrong des années auparavant quand, ensemble, ils avaient monté eux-mêmes l'installation. « Tu auras peut-être besoin d'effacer les bandes puis de te servir des copies secrètes pour les échanger contre ta liberté. On n'est jamais trop prudent dans ce métier. »

Hashemi ouvrit le tiroir, priant que les deux installations fonctionnent bien. *Inch'Allah*, pensa-t-il en tendant les huit cassettes. « Il n'y a rien dessus, je vous dis.

— Si c'est le cas, acceptez mes excuses, sinon... *Inch'Allah !* » Le général posa son regard dur sur Armstrong. « Vous feriez mieux de quitter l'Iran rapidement. En souvenir des services passés je vous accorde vingt-quatre heures. »

Maison de Bakravan, près du souk : 20 h 57. Sharazad était allongée sur le ventre, sur son lit. Elle se faisait masser et grognait de plaisir tandis que la vieille femme la caressait et faisait pénétrer l'huile dans sa peau meurtrie. « Oh ! Fais attention, Jari...

— Oui, ma princesse, oui », susurra Jari en continuant à la frictionner de ses mains douces, mais fermes. Elle avait été la nourrice puis la servante de Sharazad depuis qu'elle était née ; elle lui avait donné le sein lorsque son propre bébé, né une semaine plus tôt, était mort. Pendant deux ans elle avait allaité Sharazad puis, parce que Jari était une femme douce et calme, veuve à présent, on lui avait confié la charge de l'enfant. Lorsque Sharazad épousa Emir Paknouri, elle la suivit dans sa nouvelle maison et, quand le mariage fut rompu, elles regagnèrent avec plaisir la demeure familiale. C'est stupide de donner une telle fleur à quelqu'un qui préfère les garçons, quel que soit l'argent qu'il possède, avait toujours pensé Jari sans jamais le dire. Jamais. Dangereux de se dresser contre le chef de famille — contre n'importe quel chef de famille — et particulièrement cet avare de Jared Bakravan, pensait-elle, pas du tout triste qu'il soit mort.

Lorsque Sharazad s'était remariée, Jari n'était pas allée habiter avec le couple dans l'appartement. Mais cela ne faisait rien puisque Sharazad venait passer les journées à la maison quand l'Infidèle n'était pas là. Toute la maison l'appelait ainsi et le tolérait uniquement parce qu'elle avait l'air manifestement très heureuse.

« Oh ! Les hommes sont des démons », dit-elle en dissimulant un sourire. Ils avaient tous entendu les cris la veille au soir et les pleurs, mais au matin elle avait entendu des plaintes différentes, celles que l'on pousse dans le jardin de Dieu.

Jari n'y était jamais allée elle-même. D'autres lui avaient dit ce que cela faisait d'y être transporté, parmi elles Sharazad, mais les quelques fois où son mari l'avait prise, il ne s'était occupé que de son plaisir et pas du sien. Elle n'avait connu que la douleur et six enfantements (quatre étaient morts en bas âge) avant sa vingtième année. Puis il était mort, lui épargnant de nouveaux accouchements qui l'auraient inévitablement tuée. Telle était la volonté de Dieu ! Oh oui, se disait-elle, satisfaite, Dieu est venu à mon secours et l'a fait mourir. Il doit certainement brûler en enfer, car c'était un blasphémateur qui priait à peine une fois par jour. Dieu m'a aussi donné Sharazad !

Elle regarda son corps élancé à la peau satinée et ses longs cheveux noirs.

« Retournez-vous, princesse et...

— Non, Jari, ça fait tellement mal.

— Oui, mais tu dois muscler ton ventre, dit Jari. Il doit se fortifier, c'est indispensable. »

Sharazad se retourna immédiatement, oubliant sa douleur. « Oh ! Jari, es-tu sûre ?

— Seul Dieu est sûr, princesse. Mais tu n'as jamais eu de retard auparavant, n'est-ce pas ? Et cela fait bien longtemps que ton fils se fait attendre. »

Les deux femmes éclatèrent de rire. Sharazad s'allongea et imagina le bonheur qui serait le sien quand elle lui dirait : Tommy, j'ai l'honneur de te dire... non, ce n'est pas bien. Tommy, Dieu a béni notre union... non, ça ne va pas non plus, bien que ce soit vrai. Si seulement il était musulman et iranien, cela serait bien plus facile. Oh ! Dieu et prophète de Dieu, faites que Tommy devienne musulman et sauvez-le de l'enfer, faites que mon fils soit fort et faites qu'il grandisse pour avoir à son tour des fils et des filles et que celles-ci aient des fils... oh ! comme nous sommes bénis par Dieu...

Elle se laissa aller à ses rêveries. La nuit était calme, il neigeait toujours légèrement et on entendait très peu de coups de feu. Bientôt ils prendraient leur repas du soir et ensuite elle jouerait au backgammon avec son cousin Karim ou avec Zarah, l'épouse de son frère Meshang, puis elle irait se coucher. Heureuse après une journée si agréablement remplie.

Ce matin, quand Jari l'avait réveillée, le soleil était levé et, bien que la douleur lui ait arraché quelques larmes, l'huile et les massages l'avaient calmée assez rapidement. Puis vint la toilette rituelle et la première prière de la journée devant le petit autel de la chambre à coucher, où se trouvaient un *sajadeh,* un petit carré de tapisserie avec son bol de sable sacré de Cabella et, derrière, les colliers de prière et son Coran, richement enluminé. Ensuite, un rapide petit déjeuner, du thé, du pain frais qui sortait du four, du beurre, du miel, du lait, un œuf à la coque comme toujours — ils en avaient rarement manqué même pendant les troubles —, puis, vite au souk, enveloppée d'un tchador, pour aller voir Meshang, son frère adoré.

« Oh ! Meshang, mon chéri, tu as l'air si fatigué. On t'a dit ce qui s'était passé pour notre appartement ?

— Oui, j'ai appris », fit-il avec un soupir, les yeux cernés. Il avait pris un coup de vieux depuis quatre jours, depuis le jour où son père était allé à la prison Evin. « Fils de chiens, ce sont tous des fils de chiens ! Mais ce n'est pas notre peuple. J'ai entendu dire que ce sont des membres de l'OLP agissant sur ordre de ce comité révolutionnaire. » Il haussa les épaules. « Si telle est la volonté de Dieu...

— Que la volonté de Dieu soit faite. Mais mon mari m'a dit que le chef, un homme qui s'appelait Teymour, nous donnait jusqu'à la prière de cet après-midi pour aller chercher nos affaires.

— Oui, je sais. Ton mari m'a laissé un message avant de partir pour Zagros ce matin. J'ai envoyé Ali, Hassan et quelques autres serviteurs, je leur ai dit de se faire passer pour des déménageurs et de prendre tout ce qu'ils pouvaient.

— Oh ! Merci, Meshang, comme c'est intelligent de ta part. » Elle se sentait soulagée. Il aurait été impensable pour elle de devoir y aller en personne. Ses yeux se remplirent de larmes. « Je sais que telle est la volonté de Dieu mais je me sens si seule, si vide sans Père.

— Oui, oui, moi aussi... *Inch'Allah.* » Il ne pouvait rien faire de plus. Il avait accompli son devoir, il avait surveillé la toilette du corps et l'enterrement. La première partie était terminée. Le quarantième jour, il y aurait une autre cérémonie au cimetière où, une fois encore, ils pleureraient, déchireraient leurs vêtements et seraient inconsolables. Puis alors, comme maintenant, chacun d'entre eux reprendrait sur ses épaules le poids de sa vie, dirait la Shahada cinq fois par jour, respecterait les « cinq piliers » de l'islam pour être sûr d'aller au paradis — le seul but véritable de la vie terrestre. J'irai certainement au paradis, se dit-il, très confiant.

Ils s'assirent en silence dans la petite pièce au-dessus du magasin qui si peu de temps auparavant était encore le domaine privé de Jared Bakravan. Ne s'était-il vraiment passé que quatre jours depuis qu'Ali

Kia était venu négocier avec eux les termes du nouveau prêt — que nous sommes toujours censés arranger — et que Paknouri était arrivé brusquement, c'est avec lui que nos ennuis ont commencé. Le fils de chien ! Tout est sa faute. C'est lui qui a amené les Brassards verts ici. D'ailleurs, cela fait des années qu'il est une calamité pour la famille. Sans son impuissance, Sharazad aurait cinq ou six enfants aujourd'hui et ne serait pas mariée à cet Infidèle qui fait de nous la risée des commerçants du souk.

Il vit le bleu autour de son œil gauche et ne fit aucun commentaire. Le matin, il avait remercié Dieu et il avait été d'accord avec sa femme pour dire que c'était grâce à cette raclée qu'elle avait retrouvé ses esprits. « Une bonne correction de temps en temps ne fait pas de mal, Zarah », avait-il dit avec délice en pensant : Toutes les femmes méritent qu'on les batte régulièrement. Pour leurs pleurs, leur jalousie, leur agressivité et leurs stupides projets de droit de vote et de marche de protestation. De protestation contre quoi ? Contre les lois de Dieu !

Je ne comprendrai jamais les femmes. Et même le Prophète, que Son nom soit béni, même Lui, l'homme le plus parfait qui ait jamais vécu, même Lui a eu des problèmes avec les dix femmes qu'il a épousées après Khadija, sa première épouse, morte après lui avoir donné six enfants — quelle tristesse qu'aucun fils ne lui ai survécu ! Même le Prophète s'isolait de temps en temps pour obtenir un peu de paix.

Pourquoi les femmes ne se satisfont-elles pas de rester à la maison et d'obéir ? Pourquoi ne sont-elles pas discrètes au lieu de vouloir se mêler de tout ?

Il y a tant à faire. Tant de dangers qui guettent, de secrets à découvrir, de comptes, de billets à ordre et de dettes à étudier. Et si peu de temps pour le faire. Tous nos biens volés, des villages, notre propriété sur la mer Caspienne, des maisons, des appartements et des immeubles un peu partout dans Téhéran — ces démons étaient au courant de tout ! Les démons ! Le comité révolutionnaire, les mollahs et les Brassards verts sont des démons. Comment vais-je m'arranger avec eux ? Il faut que j'y arrive, d'une manière ou d'une autre. Il le faut, puis l'année prochaine j'accomplirai le pèlerinage à La Mecque.

« Que la volonté de Dieu soit faite », dit-il. C'est Lui qui m'a placé à la tête des affaires de la famille, bien avant que je ne m'y attende mais je suis aussi bien préparé qu'un fils puisse l'être à prendre la succession de l'empire, même de l'empire Bakravan.

C'est aussi Dieu qui a voulu que je connaisse la plupart des secrets de mon père, secrets qu'il me communiqua au cours des années lorsqu'il eut découvert qu'il pouvait me faire confiance et que j'étais plus intelligent qu'il ne le pensait. N'est-ce pas moi qui lui ai conseillé d'ouvrir un compte numéroté en Suisse il y a presque sept ans et qui lui ai expliqué le fonctionnement des bons du Trésor américain et l'investissement immobilier ? Nous avons gagné des millions, le tout bien à l'abri de ces fils de chiens, Dieu merci ! En sûreté en Suisse, en or, terres, dollars, deutschmarks, yens et francs suisses.

Il vit que Sharazad le regardait. « Les serviteurs vont s'occuper de tout avant le coucher du soleil, Sharazad, ne te fais pas de soucis », dit-il. Il l'aimait mais il aurait voulu qu'elle s'en aille pour qu'il puisse continuer à travailler. Néanmoins il était temps d'aborder d'autres sujets : « Ton mari a accepté de devenir musulman, n'est-ce pas ?

— C'est gentil de ta part de t'en souvenir, cher Meshang. Mon mari a accepté d'envisager la conversion, dit-elle sur la défensive. Je lui ai enseigné notre religion chaque fois que je le pouvais.

— Bien. Lorsqu'il reviendra, s'il te plaît, dis-lui de venir me voir.

— Oui, bien sûr », répondit-elle. Meshang était devenu le chef de la famille et, comme tel, on devait lui obéir sans poser de question.

« Le délai d'un an et un jour est passé, n'est-ce pas ? »

Le visage de Sharazad s'éclaira. « J'ai l'honneur de te dire, Meshang chéri, que Dieu a peut-être béni notre union.

— Que Dieu soit loué ! Cela mérite d'être célébré. Père aurait été si content. » Il lui tapota la main. « Bon. Maintenant, qu'allons-nous faire au sujet de ton mari ? C'est le moment idéal pour divorcer, ne crois-tu pas ?

— Non ! Comment peux-tu dire une chose pareille ? s'écria-t-elle. Oh non ! Ce serait épouvantable, j'en mourrais, ce serait épouv...

— Calme-toi, Sharazad ! Réfléchis ! dit Meshang, sidéré par ses mauvaises manières. Il n'est pas iranien, il n'est pas musulman, il n'a pas d'argent, pas d'avenir, il ne mérite pas de faire partie des Bakravan, n'es-tu pas d'accord ?

— Oui, oui, bien sûr, je... je suis d'accord avec tout ce que tu viens de dire mais puis-je ajouter... », dit-elle aussitôt en baissant les yeux pour cacher son émotion, s'insultant intérieurement de ne pas avoir deviné que Meshang était contre son mariage avec Tommy, que donc il était leur ennemi et qu'il fallait s'en protéger. Comment ai-je pu être aussi naïve et aussi stupide ? « Je suis d'accord pour dire qu'il y a peut-être des problèmes, mon chéri, et je suis d'accord avec tout ce que tu penses... », continua-t-elle de sa voix la plus suave tout en réfléchissant à toute allure. Elle analysait la situation, essayait de trouver la tactique à adopter pour le présent et pour l'avenir, car sans la protection de Meshang la vie serait bien difficile. « Tu es l'homme le plus intelligent que je connaisse... mais peut-être ai-je la permission de dire que c'est Dieu qui l'a placé sur mon chemin. Père a consenti à ce mariage, alors jusqu'à ce que Dieu le retire de mon chemin et me guide...

— Mais à présent, je suis le chef de la famille et tout a changé. L'ayatollah a tout changé », dit-il sèchement. Il n'avait jamais aimé Lochart, ne l'avait jamais accepté parce que c'était un Infidèle et qu'il le tenait pour responsable de tous leurs problèmes présents et passés. Il le méprisait aussi parce qu'il était un intrus dans la maison et une dépense supplémentaire. Mais, comme jusqu'alors il n'avait aucun pouvoir, et en raison de l'accord tacite de leur père, il avait toujours caché ses sentiments. « N'encombre pas ta jolie petite tête avec tous ces soucis, la révolution a tout changé. Nous vivons dans un monde différent à la lumière duquel je dois envisager ton avenir et celui de ton fils.

— Tu as parfaitement raison, Meshang, et je te bénis de bien vouloir te préoccuper ainsi de moi et de mon enfant. Tu es merveilleux et nous avons beaucoup de chance de t'avoir », dit-elle en ayant retrouvé tout son contrôle. Elle continua de le flatter, s'excusa pour ses mauvaises manières de tout à l'heure, ne lui laissa pas l'occasion de répondre et fit dévier la conversation sur d'autres sujets. Puis, au moment où il le fallait, elle dit : « Je sais que tu dois être très occupé. » Elle se leva en souriant. « Serez-vous à la maison pour dîner, toi et Zarah ? Cousin Karim va venir s'il réussit à quitter la base. Nous allons bien nous amuser. Je ne l'ai pas vu depuis... » Elle s'arrêta juste à temps. « Depuis au moins une semaine, mais le plus important, Meshang : le cuisinier fait ton *horisht* préféré, juste comme tu l'aimes.

— Ah oui ? Vraiment ? Bien, dis-lui de ne pas mettre trop d'ail. Maintenant en ce qui concerne ton mar...

— Oh ! mais j'y pense, Meshang chéri, dit-elle en jouant sa dernière carte, pour le moment... Il paraît que tu as accordé à Zarah la permission de participer à la marche des femmes après-demain, c'est très bien de ta part. » Elle le vit rougir et rit intérieurement, sachant que Zarah était aussi déterminée à y aller qu'il y était opposé. Il ne se contrôla pas et laissa éclater sa colère. Elle l'écouta patiemment, opinant de la tête de temps en temps aux bons moments.

« Mon mari est entièrement d'accord avec toi sur ce point, Meshang chéri, dit-elle. Oui, complètement, frère adoré, et je ne manquerai pas de rappeler à Zarah ton opinion sur ce sujet, si elle me le demande... » Non que cela change quoi que ce soit pour elle ou pour moi, parce que, de toute façon, nous irons à cette manifestation. Elle l'embrassa légèrement. « Au revoir, mon chéri, ne travaille pas trop. Et ne t'inquiète pas, je vais surveiller le *horisht* afin qu'il soit à ton goût. »

Elle était allée immédiatement chez Zarah pour la prévenir que Meshang était toujours furieux au sujet de la marche : « C'est ridicule ! Toutes nos amies y seront, Sharazad. Est-ce qu'il veut que nous ayons honte devant elles ? » Elles décidèrent ensemble de la tactique à adopter. Lorsqu'elles eurent fini, l'après-midi touchait à sa fin et Sharazad s'était dépêchée de rentrer pour commander le *horisht* « juste comme le maître l'aime et si tu mets trop d'ail et si ce n'est pas parfait... j'invoquerai le vieux Ashabageh, le devin, pour qu'il te jette un sort ! Va au marché acheter le melon qu'il adore !

— Mais, maîtresse, il n'y a pas eu de melons depuis des s...

— Trouve un melon ! avait-elle répliqué en frappant du pied. Tu peux en trouver un ! »

Puis elle surveilla Jari qui mettait de l'ordre dans ses vêtements et ceux de Tommy, essuyant une larme de temps en temps, non sur la perte de leur appartement auquel il tenait bien plus qu'elle, mais sur le bonheur de se retrouver de nouveau à la maison. Une petite sieste, la dernière prière, puis un bain et à présent le massage.

« Voilà, princesse, dit Jari fatiguée. Maintenant vous devez vous habiller pour le dîner. Que voulez-vous mettre ? »

La robe qui plairait le plus à Meshang : la jupe en laine multicolore et la blouse qu'il aimait tant. Puis elle alla de nouveau jeter un œil sur le *horisht*, le *polo* — le riz croustillant à l'iranienne — et le dessert préféré de Meshang : le melon, bien juteux et sucré.

Elle attendit son cousin Karim Peshadi en se remémorant les bons moments qu'ils avaient passés ensemble dans leur enfance à nager et faire du bateau, quand leurs familles se réunissaient l'été dans leur propriété sur la mer Caspienne. Il y avait eu aussi le ski en hiver près de Téhéran, et toutes ces soirées, où ils avaient dansé et ri ensemble. Karim était grand comme son père, le colonel commandant la base de Kowiss, et aussi séduisant. Elle associait toujours son cousin à cette première soirée de septembre où elle avait rencontré cet étrange et grand étranger aux yeux bleu-gris — yeux qui avaient brillé, dès l'instant où il l'avait vue, de ce feu du paradis dont parlent les poètes...

« Majesté, Son Excellence votre cousin le capitaine Karim Peshadi demande la permission de vous voir. »

Elle courut joyeusement à sa rencontre. Il était en train de regarder par la fenêtre dans une des pièces de réception, dont tous les murs étaient recouverts de petits miroirs assemblés selon un ancien dessin perse.

« Karim chéri, je suis si cont... » Elle se tut. Elle ne l'avait pas revu depuis la semaine dernière lorsqu'ils étaient allés ensemble rejoindre les émeutiers de Doshan Tappeh et aujourd'hui il lui semblait voir un étranger — le visage creusé, les pommettes saillantes, d'une pâleur mortelle, des cernes sous les yeux, une barbe de quelques jours, des vêtements froissés alors qu'il était toujours impeccable. « Oh ! Karim, que se passe-t-il ? »

Ses lèvres bougèrent mais aucun son ne sortit de sa bouche. Il essaya encore. « Père est mort, il a été fusillé pour crimes contre l'Islam, je suis moi-même suspendu, relevé de mes fonctions et je risque d'être arrêté à tout moment, dit-il amèrement. La plupart de nos amis sont suspects. Le colonel Jabani, accusé de trahison, a disparu, tu te souviens de lui, c'est lui qui commandait le peuple contre les Immortels et qui a eu les mains presque entièrement arrachées... »

Muette de saisissement elle s'assit et l'écouta.

« ... mais voici le pire, Sharazad chérie. Oncle... oncle Valik, Annoush et les petits Jalal et Setarem sont morts, tués alors qu'ils essayaient de fuir vers l'Irak à bord d'un 212 civil... »

Il lui sembla que son cœur s'arrêtait de battre.

« ... ils ont été interceptés et abattus près de la frontière irakienne. J'étais au QG aujourd'hui, attendant mon tour de répondre aux questions de notre comité quand un télex est arrivé de notre base d'Abadan. Ces fils de chiens du comité ne savent pas lire et m'ont demandé de le faire pour eux, ne sachant pas que j'étais parent avec Valik. Le télex était marqué top secret et disait que les généraux Valik et Seladi avaient été identifiés par leurs plaques d'identité dans les débris du 212 où ils se trouvaient en compagnie d'autres militaires... ainsi que d'une femme et deux enfants... et nous demandait d'enquêter au sujet de l'hélicoptère abattu, un appareil appartenant vraisemblablement à la compagnie de Tom, et immatriculé EP-HBC... »

Elle s'évanouit.

Lorsqu'elle revint à elle, Jari lui tapotait le front avec une serviette mouillée, d'autres serviteurs s'étaient rassemblés, inquiets, autour d'elle. Karim, blanc comme un linge, se tenait dans le fond. Elle le regarda sans rien dire. Puis tout lui revint en mémoire : ce qu'il avait dit, ce que lui avait dit Erikki, et elle se souvint du comportement étrange de Tommy. Une vague de terreur l'envahit alors que tout se mettait en place. « Est-ce que... est-ce que Son Excellence Meshang est déjà arrivé ? demanda-t-elle faiblement.

— Non, princesse. Laissez-moi vous aider à aller vous mettre au lit, vous vous sentirez m...

— Je... Non, merci, Jari, je... je me sens bien. Laissez-nous seuls.

— Mais, prin...
— Laissez-nous ! »

Ils obéirent. Karim était toujours blême. « Je te prie de m'excuser, Sharazad chérie, je n'aurais pas dû t'inquiéter avec tous ces problèmes, mais je... je viens juste d'apprendre pour Père, je suis désolé, Sharazad, une femme ne doit pas être mêl...

— Karim, écoute-moi, je t'en supplie, coupa-t-elle d'une voix désespérée. Quoi que tu fasses, ne parle pas de ce qui est arrivé à l'oncle Valik, n'en parle pas à Meshang... ni à lui ni aux autres, s'il te plaît ! Pas tout de suite ! Ne parle pas de Valik !

— Mais pourquoi ?

— Parce que... parce que... » Oh ! Dieu, que dois-je faire ? se demandait-elle en luttant contre ses larmes. Je suis certaine que c'était Tommy qui pilotait l'HBC. Oh ! Dieu, fais que je me trompe, mais je suis sûre que lorsque j'ai demandé à Erikki combien de temps Tommy serait absent, il m'a répondu : « Ne te fais pas de souci, Tommy va à Bandar Delam avec l'HBC, il doit livrer des pièces, ça ne devrait pas prendre plus d'un jour ou deux. » Et Bandar Delam est juste à côté d'Abadan et de la frontière ! Oncle Valik est venu voir Tommy tard la veille de son départ, très tard même, et ce devait être pour une raison grave. Et après qu'il fut parti, Tommy n'est-il pas resté un long moment à fixer le feu d'un air malheureux ? Et n'a-t-il pas murmuré : « La famille doit prendre soin de la famille » ?

Oh ! Dieu, aide-moi...

« Qu'est-ce qui se passe, Sharazad ? Qu'est-ce qui se passe ?

— Je n'ose pas te le dire, Karim, même si je te fais confiance, il faut que je protège Tommy... Si Meshang découvre la vérité à son sujet, ce sera la fin de tout ! Il le dénoncera, il ne voudra pas risquer d'être accusé à son tour de crime contre Dieu ou l'Islam ! Je n'ai pas le droit de m'opposer à la famille et Meshang me fera divorcer. Dieu, aide-moi, que dois-je faire ? Sans Tommy je... je mourrai, je sais que je mourrai... De quoi Tommy m'a-t-il parlé, hier soir ? D'emmener un hélicoptère à Al Shargaz ? A Al Shargaz ou au Nigeria ? Je ne peux rien te dire, Karim, je ne peux pas... »

Mais, lorsqu'elle vit à quel point il était inquiet et bouleversé, elle lui avoua tout ce qu'elle avait décidé de lui cacher.

« Mais c'est impossible, bégaya-t-il, impossible, le télex disait qu'il n'y avait eu aucun survivant, ce ne pouvait donc pas être lui qui pilotait.

— Peut-être, mais c'était lui, c'était lui, j'en suis sûre, j'en suis sûre. Oh ! Karim, qu'est-ce que je vais faire ? Aide-moi, s'il te plaît, aide-moi, je t'en prie ! » Des larmes coulèrent sur ses joues et il la prit dans ses bras pour la consoler. « S'il te plaît, ne dis rien à

Meshang, aide-moi, s'il te plaît... si mon Tommy... j'en mourrai...

— Mais Meshang va l'apprendre ! C'est impossible autrement.

— Aide-moi, s'il te plaît. Tu peux sûrement faire quelque chose, il doit bien y avoir quel... »

La porte s'ouvrit et Meshang entra, suivi de Zarah. « Sharazad, ma chérie, Jari m'a dit que tu t'étais évanouie, que s'est-il passé, qu'est-ce qui ne va pas ? Karim, comment vas-tu ? » Meshang se tut, sidéré par la tenue négligée et la pâleur de Karim. « Mais qu'est-ce qui se passe ? »

Silence. Sharazad mit ses mains sur sa bouche, craignant de tout avouer. Elle vit Karim hésiter. Le silence se fit plus pesant, puis elle l'entendit dire très vite : « J'ai de très mauvaises nouvelles. D'abord... au sujet de mon père. Il a été fusillé... fusillé pour crimes contre l'Islam...

— Ce n'est pas possible, explosa Meshang. Le héros du Dhofar ? Tu dois te tromper !

— Ce n'était pas envisageable non plus pour Son Excellence Jared Bakravan, mais il est mort et Père est mort comme lui, et j'ai d'autres nouvelles... toutes mauvaises... »

Sharazad, impuissante, ne put s'empêcher de fondre en larmes, Zarah la prit dans ses bras. Karim fut touché au plus profond de lui-même par le désespoir de sa cousine et décida qu'il laisserait à d'autres le soin d'annoncer la nouvelle de la mort de Valik, d'Annoush et des enfants.

« *Inch'Allah* », dit-il. Il ne pouvait plus tolérer que des crimes soient commis au nom de Dieu par des hommes qui utilisaient Son nom comme excuse, pour couvrir leurs atrocités. L'ayatollah est le vrai cadeau de Dieu, pensait-il. Nous devons le suivre et nous nettoierons l'Iran de ces blasphémateurs. Dieu les punira après leur mort et, nous, nous les punirons en les faisant mourir.

« Les nouvelles sont mauvaises, je suis suspect, comme la plupart de mes amis, toute l'armée de l'air va être jugée. J'ai eu le tort de le dire à Sharazad... Je voulais que tu le saches, Meshang, mais j'ai eu le tort de le lui dire et c'est pour cela qu'elle s'est évanouie. Excuse-moi, s'il te plaît, je suis désolé mais je ne peux pas rester, je ne peux pas, il faut... il faut que je rentre. J'étais juste venu vous le dire... Il fallait que j'en parle à quelqu'un. »

Bureaux de McIver : 22 h 20. McIver était seul, assis dans son fauteuil grinçant, les pieds confortablement posés sur son bureau. Il lisait, la lumière et le chauffage fonctionnaient bien grâce à leur générateur. Le télex était branché ainsi que la radio. Il était tard, mais il n'avait aucune raison de rentrer chez lui où il faisait froid et humide et où il n'y avait pas Genny. Il leva la tête en entendant des bruits de pas dans l'escalier. On frappa nerveusement. « Qui est là ?

— Capitaine McIver ? C'est moi, le capitaine Peshadi, Karim Peshadi. »

Etonné, McIver déverrouilla la porte. Il connaissait bien le jeune homme, d'abord comme élève pilote, ensuite comme cousin de Sharazad. Il tendit la main, dissimulant la surprise que lui causait son apparence. « Entrez, Karim, que puis-je faire pour vous ? J'ai été très choqué et très peiné d'apprendre l'arrestation de votre père.

— Il a été fusillé il y a deux jours.

— Mon Dieu !

— Oui, je regrette, mais ce que je suis venu vous apprendre n'est guère agréable. » Karim ferma rapidement la porte et baissa la voix. « Je suis désolé, mais il faut que je me dépêche, je suis déjà en retard. Je viens de chez Sharazad, je suis ensuite passé chez vous mais le capitaine m'a dit que je pourrais vous trouver ici. J'ai eu connaissance aujourd'hui d'un télex en provenance de notre base d'Abadan. » Il lui répéta le texte du télex.

McIver essaya de cacher son émotion. « Vous en avez parlé au capitaine Pettikin ?

— Non, non, j'ai pensé qu'il valait mieux que je ne le dise qu'à vous.

— Tout ce que nous savons, c'est que le HBC a été volé. Aucun de nos pilotes n'est mêl...

— Je ne suis pas ici à titre officiel, je suis juste venu vous prévenir parce que Tom n'est pas là. Je ne savais pas quoi faire d'autre. J'ai vu Sharazad ce soir et j'ai découvert, tout à fait par hasard, ce qui s'était passé avec Tom. » Il lui répéta ce que Sharazad lui avait dit. « Comment Tom pourrait-il être vivant et tous les autres morts ? »

McIver sentit la douleur qui se réveillait dans sa poitrine. « Elle se trompe.

— Au nom de Dieu, dites-moi la vérité ! Vous devez la connaître ! Tom a dû vous dire ce qui s'était passé, vous pouvez me faire confiance, explosa le jeune homme rongé d'inquiétude. Vous devez me faire confiance. Je peux peut-être vous aider. Tom est en grand danger, ainsi que Sharazad et nos familles ! Vous devez me faire confiance ! Comment Tom a-t-il réussi à s'en sortir ? »

McIver sentit le nœud coulant qui se resserrait autour d'eux — Lochart, Pettikin, lui. Ne perds pas la tête, se dit-il, sois prudent. Tu ne peux pas avouer quoi que ce soit. N'avoue rien. « A ma connaissance, Tom n'a jamais pris le HBC.

— Menteur ! » dit Karim, furieux. Il avait réfléchi pendant qu'il marchait pour se rendre chez McIver, pendant qu'il se battait pour monter dans un bus, marchait encore dans la neige, désespéré, sachant qu'il lui faudrait ensuite comparaître devant le comité. Et il était arrivé à certaines conclusions : « Vous avez dû signer la demande d'autorisation de vol, vous ou Pettikin, et le nom de Tom apparaît sûrement sur le formulaire. Je vous connais trop bien, je sais que vous respectez toujours à la lettre la procédure, vous consignez absolument tout par écrit. N'est-ce pas ? N'est-ce pas ? cria-t-il.

— Je crois qu'il est temps que vous vous en alliez, capitaine, dit froidement McIver.

— Vous êtes impliqué là-dedans autant que Tom, ne le voyez-vous pas ? Vous êtes dans les ennuis jus...

— Je crois que vous ne devriez pas vous occuper de cela. Je comprends que vous êtes à bout de nerfs. C'est épouvantable ce qui s'est passé avec votre père, dit-il doucement. Je suis réellement et sincèrement désolé. »

A présent on n'entendait plus que le léger bourdonnement du HF et du générateur sur le toit. McIver attendait. Karim attendait. Puis le jeune homme hocha doucement la tête. « Vous avez raison, dit-il, abattu, pourquoi me feriez-vous confiance ? Personne n'a plus confiance en personne. Notre monde s'est transformé en enfer et cela à cause du shah. Nous lui avons fait confiance mais il nous a laissés tomber, il a muselé nos généraux, s'est enfui en nous laissant dans le trou, humiliés, aux mains de faux mollahs. Je jure sur Dieu que vous pouvez vous fier à moi, mais quelle différence cela peut-il faire pour vous ? La confiance n'est plus de mise. » Il grimaça. « Peut-être Dieu nous a-t-il abandonnés. » Dans la pièce voisine le HF crachota, il devait y avoir une tempête magnétique quelque part. « Pouvez-vous appeler Zagros ? Sharazad a dit qu'il y était reparti ce matin.

— J'ai essayé tout à l'heure, mais impossible de les joindre, dit McIver sans mentir. C'est très difficile à cette époque de l'année, mais j'ai entendu qu'ils étaient bien arrivés. Notre base de Kowiss a relayé un rapport juste après midi.

— Vous... vous feriez mieux de dire à Tom ce que je vous ai dit. Dites-lui de partir. » La voix de Karim était fatiguée. « Vous avez tous de la chance, vous pouvez tous rentrer chez vous. » Il laissa éclater son désespoir et des larmes coulèrent sur ses joues.

« Mon petit... » McIver passa son bras autour des épaules du jeune homme. Il avait le même âge que son fils qui était médecin et vivait en Angleterre, en sécurité, loin du monde des hélicoptères.

Quelques instants plus tard, il sentit les sanglots du jeune homme s'apaiser. Pour ne pas l'embarrasser, il recula, se détourna, regarda vers la cuisine et dit : « J'allais juste me faire du thé. Voulez-vous en prendre avec moi ?

— Je... je voudrais bien un verre d'eau, ensuite je m'en irai, merci. »

McIver alla immédiatement en chercher. Pauvre vieux, pensait-il, c'est horrible ce qui s'est passé avec son père, c'était un type formidable, dur, mais droit et fidèle. Bon Dieu, s'ils le fusillent, lui, ils sont capables de fusiller n'importe qui. D'une façon ou d'une autre, nous allons tous mourir bientôt. « Tenez », dit-il en tendant le verre.

Karim le prit. Il était gêné de s'être laissé aller devant un étranger. « Merci. Bonne nuit. » Il vit que McIver le regardait bizarrement. « Qu'est-ce qu'il y a ?

— Je viens juste d'avoir une idée, Karim. Avez-vous accès à la tour de contrôle de Doshan Tappeh ?

— Je ne sais pas. Pourquoi ?

— Si vous pouviez y pénétrer sans que personne ne sache pourquoi vous y allez, vous pourriez peut-être récupérer l'autorisation de vol du HBC — elle doit certainement se trouver dans le dossier Départ. Comme ça, nous pourrions savoir qui pilotait, non ?

— Oui, mais à quoi cela pourrait-il nous servir maintenant ? » Karim fixa les yeux pâles au milieu du visage buriné. « Ils avaient sûrement des enregistreurs automatiques à cassettes.

— Peut-être, peut-être pas. Il y a eu des combats là-bas et cela a peut-être perturbé le service. D'après ce que nous savons, celui qui a pris le HBC n'a pas eu de contact verbal avec la tour. Il a juste décollé comme ça. Dans la panique, ils n'ont peut-être même pas consigné ce départ dans leurs bouquins. » L'espoir de McIver grandissait au fur et à mesure qu'il parlait. « Seul le registre nous l'apprendra. N'est-ce pas ? »

Karim essayait de comprendre où McIver voulait en venir. « Et si c'est le nom de Tom Lochart qui est inscrit ?

— Je ne vois pas comment cela pourrait être possible, parce qu'alors il devrait y avoir ma signature au bas et que dans ce cas je... ce serait un faux. » McIver détestait mentir et cette histoire montée de toutes pièces sonnait de plus en plus faux. « La seule autorisation que j'ai signée devait permettre à Nogger Lane d'aller livrer des pièces détachées à Bandar Delam, mais j'ai ensuite tout annulé parce que entre-temps l'appareil avait déjà été volé.

— Le formulaire est la seule preuve qui existe ?

— Dieu seul le sait. Si l'autorisation est établie au nom de Tom Lochart et signée de moi, alors c'est un faux. Un faux qui pourrait nous causer de gros ennuis. De si gros ennuis qu'il vaudrait mieux qu'il n'existe pas, vous ne pensez pas ? »

Lentement, Karim hocha la tête. Il se voyait déjà dans la tour, évitant les gardes — y aurait-il des gardes ? —, trouvant le registre, l'ouvrant à la page qu'il cherchait et découvrant... découvrant un Brassard vert qui entrait. Il le tuait, prenait le registre et s'en allait rapidement, aussi silencieusement qu'il était venu, puis allait voir l'ayatollah pour lui dire le crime monstrueux dont son père avait été victime. L'ayatollah, sage et intelligent, écoutait et ordonnait qu'il soit vengé au nom de Dieu. Puis il allait chez Meshang et lui annonçait que la famille était sauvée, mais surtout que Sharazad qu'il aimait et désirait passionnément — sans espoir car il était son cousin germain et qu'une telle union était interdite par les lois islamiques — était également sauvée.

« Ce papier ne doit pas exister », dit-il, se sentant soudain très fatigué. Il se leva. « Je vais essayer. Oui, je vais essayer. Qu'est-il arrivé à Tom ? »

Le télex derrière McIver se mit à crépiter. Les deux hommes sursautèrent. McIver regarda Karim. « C'est à lui que vous devez poser cette question. C'est ce qu'il y a de mieux à faire, vous ne pensez pas ? Demandez à Tom.

— *Salam.* »

Ils se serrèrent la main et il s'en alla. McIver reverrouilla la porte derrière lui. Le télex venait de Genny à Al Shargaz : « Bonjour, bel enfant. Parlé longuement avec le Chinetoque qui arrive demain soir, lundi, et qui prendra le 125 pour Téhéran mardi. Il dit qu'il est impératif que tu aies un entretien avec lui à l'aéroport. Toutes dispositions prises ici pour réparer les 212 le plus vite possible. Accuse réception. J'ai parlé aux enfants en Angleterre, tout va bien. Je m'amuse beaucoup ici, je fais la noce tous les soirs, ravie que tu ne sois pas là. Au fait, pourquoi n'es-tu pas là ? MacAllister. »

MacAllister était son nom de jeune fille et elle l'utilisait uniquement quand elle était furieuse contre lui. « Bonne vieille Gen », dit-il à voix haute. Penser à elle lui faisait du bien. Je suis content qu'elle ne soit plus ici dans ce merdier. Je suis content qu'elle ait appelé les enfants. Je suis sûr que ça lui a fait plaisir. Bonne vieille Gen. Il relut le télex. Qu'est-ce que Andy peut bien avoir à me dire de si urgent ? Je le saurai bientôt. Au moins, grâce à Al Shargaz nous pouvons rester en contact. Il s'assit et accusa réception du télex.

A la tombée de la nuit, il avait reçu un télex du QG d'Aberdeen, mais mutilé. Seule la signature était lisible : Gavallan. Il avait aussitôt retélexé pour signaler le problème et demander qu'on le lui répète. Il n'avait rien reçu depuis. La réception radio était également mauvaise ce soir. Il y avait de grosses tempêtes de neige dans les montagnes et la BBC Internationale, plus faible que jamais, annonçait de terribles orages dans toute l'Europe et sur la côte Est des Etats-Unis ainsi que des inondations catastrophiques au Brésil. Les nouvelles étaient généralement mauvaises : les grèves continuaient en Grande-Bretagne, de violents combats se déroulaient au Vietnam entre les troupes chinoises et vietnamiennes, un avion rhodésien avait été abattu par des guérilleros, Carter allait rationner l'essence, les Russes testaient un nouveau missile d'une portée de deux mille cinq cents kilomètres et, en Iran, « Yasser Arafat a été chaleureusement accueilli par l'ayatollah Khomeiny, les deux leaders se sont embrassés publiquement et l'OLP a récupéré les locaux de la Mission israélienne à Téhéran. Quatre autres généraux ont été fusillés. Les combats continuent en Azerbaïdjan entre forces pro- et antikhomeinistes, le premier ministre Bazargan a ordonné aux Etats-Unis de fermer deux de leurs installations de surveillance radar situées près de la frontière irano-soviétique et a organisé une rencontre pour les jours prochains entre l'ambassadeur soviétique et l'ayatollah Khomeiny pour discuter de différents problèmes... »

Déprimé, McIver avait éteint le poste. D'avoir dû ainsi se concentrer pour comprendre le speaker malgré les parasites lui avait donné encore plus mal à la tête. Il avait eu mal toute la journée. Cela avait commencé le matin après son entrevue avec le ministre Ali Kia. Kia avait accepté les chèques sur une banque suisse, « taxes de décollage » pour le départ des trois 212 et pour six atterrissages et six décollages du 125. Il avait aussi promis de se renseigner au sujet des expulsions de Zagros : « Dites au comité de Zagros que leur décision est momentanément suspendue par le gouvernement. »

Facile à dire au type qui braque un fusil sur vous ! pensa-t-il. Je me demande ce que font Erikki et Nogger. Cet après-midi un télex d'Iran-Timber relayé par Tabriz était arrivé : « Les capitaines Yokkonen et Lane sont demandés d'urgence pour une mission de trois jours. Conditions habituelles. Merci. » C'était signé comme toujours par le responsable de la région. C'est mieux pour Nogger que de rester assis sur son cul à ne rien faire, pensa-t-il. Je me demande ce que le père d'Azadeh pouvait bien lui vouloir.

Vers 7 h 30 un appel était arrivé de Kowiss, mais la transmission était très mauvaise, deux sur cinq, à peine audible. Freddy Ayre annonçait que Starke était rentré sain et sauf.

« Dieu merci !

— Rép... je vous reç... sur cin... cap...

— Je répète, fit-il lentement. Dites à Starke que je suis très content qu'il soit rentré. Il va bien ?

— ... taine Stark... du quest... mité...

— Répétez, Kowiss.

— Je répète, cap... arke répond... uestions... omité... sa...

— Je vous reçois un sur cinq. Essayez de nouveau à 9 heures demain matin ; ou, mieux, je compte rester ici tard et je vous rappellerai vers 11 heures.

— Compris... v... ellez... onz... soir ?

— Oui... Vers 11 heures ce soir.

— Cap... hart et Jean-Luc arriv... Zagro... sans pr... »

Le reste de la transmission était totalement incompréhensible. Il s'était installé pour attendre. Il avait dormi, lu un peu et, à présent, il était de nouveau assis devant le télex. Il regarda sa montre : 10 h 30.

« Dès que j'aurai fini ça, j'appellerai Kowiss », fit-il à haute voix. Il termina son télex pour son épouse, ajoutant à la fin, à l'intention de Manuela, que Starke était revenu et que tout le monde allait bien à Kowiss.

Il glissa la bande perforée dans la machine, tapa le numéro d'Al Shargaz, attendit longtemps le signal de réception, puis appuya sur le bouton de transmission. Une autre longue attente, puis le signal lui parvint qu'Al Shargaz avait bien reçu le télex.

« Bon. » Il se leva, s'étira, alla jusqu'au tiroir où se trouvaient ses pilules et prit la deuxième de la journée. « Saloperie de tension », murmura-t-il. Lors de son dernier examen médical, il avait 16/11,5 et les pilules le ramenaient à un correct 13,5/8,5 : « Mais écoute-moi bien, Mac, cela ne veut pas dire que tu peux te taper du whisky, du vin, des œufs — tu fais du cholestérol aussi...

— Quel whisky ? Nous sommes en Iran... »

Il se rappela dans quelle humeur de chien il était rentré ce soir-là et quand Genny lui avait demandé « Alors ? », « Formidable, avait-il répondu. Je vais bien mieux que la dernière fois et arrête de m'agresser ! » Merde ! Je fais tout ce qu'on me dit, pourtant je me taperai bien un petit whisky-soda, deux, même. D'habitude il y avait une bouteille dans le coffre et de la glace dans le frigo. Aujourd'hui, plus rien. Les réserves étaient épuisées. Il se fit une tasse de thé. Et Karim et l'HBC ? J'y penserai plus tard. Il était 11 heures.

« Kowiss, ici Téhéran, m'entendez-vous ? » Patiemment il appela et rappela, puis abandonna. Il essaya encore un quart d'heure plus tard. Rien. Aucun contact. « Ce doit être à cause de la tempête, dit-il, excédé. Merde, j'essaierai de chez moi. »

Il mit son manteau et prit l'escalier en spirale qui menait au toit pour vérifier le niveau de fuel du générateur. La nuit était sombre et calme, les rares coups de feu que l'on pouvait entendre étouffés par la neige. Il ne vit aucune lumière nulle part. La neige continuait à tomber doucement, presque quinze centimètres depuis le début de la soirée. Il s'essuya le visage et dirigea sa torche sur la jauge. Il restait encore assez de fuel mais il leur faudrait refaire le plein d'ici quelques jours. Et HBC ? Si Karim pouvait se procurer le registre et le détruire, il n'y aurait plus aucune preuve, n'est-ce pas ? Oui, mais que faire au sujet d'Ispahan ? Ils s'y sont arrêtés pour faire le plein.

Perdu dans ses pensées, il redescendit les cinq étages en s'éclairant avec sa torche. Il n'entendit pas le télex qui s'était mis à crépiter dans les bureaux derrière lui.

Dans le garage, il se dirigea vers sa voiture qu'il ouvrit. Il sursauta violemment en voyant une haute silhouette sortir de la pénombre et s'approcher de lui. Il pensa immédiatement à la Savak et au HBC. Pris de panique, il faillit lâcher sa lampe, puis il reconnut Armstrong.

« Désolé, capitaine McIver, je ne voulais pas vous faire peur.

— Eh bien, c'est fait, dit-il furieux, son cœur battant à toute vitesse. Pourquoi diable ne vous êtes-vous pas annoncé ou pourquoi n'êtes-vous pas monté au bureau au lieu de vous cacher dans l'ombre comme un bandit ?

— Vous auriez pu avoir d'autres visiteurs, j'en ai vu un qui sortait et je me suis dit qu'il valait mieux que je vous attende ici. Je suis désolé. Baissez votre lampe, s'il vous plaît. »

McIver obéit, toujours furieux. Depuis que Gavallan avait reconnu Armstrong, il avait lui aussi fouillé dans sa mémoire mais il ne se souvenait pas l'avoir jamais rencontré. « Service spéciaux et CID » n'était pas fait pour atténuer l'antipathie que l'homme lui inspirait. « Où diable étiez-vous ? Nous vous avons attendu à l'aéroport.

— Je suis vraiment désolé. Quand le 125 revient-il à Téhéran ?

— Mardi, si Dieu le veut. Pourquoi ?

— Vers quelle heure ?

— Midi, pourquoi ?

— Excellent. Cela sera parfait. Je dois me rendre à Tabriz ; j'aimerais l'affréter avec un ami.

— Impossible. Je n'obtiendrai jamais l'autorisation. Et qui est cet ami ?

— Je peux vous garantir l'autorisation. Je regrette, capitaine, mais c'est très important.

— J'ai entendu dire qu'il y avait de violents combats à Tabriz : c'est ce qu'on a annoncé à la radio ce soir. Désolé, mais je ne peux pas permettre ce vol, je ne tiens pas à faire courir à mon équipage de risques inutiles.

— M. Talbot appuiera volontiers ma demande. Armstrong continua du même ton calme et patient.

— Non, désolé. » McIver tourna les talons mais fut arrêté net par l'attaque venimeuse.

« Avant que vous ne partiez, puis-je vous demander des nouvelles d'HBC, de Lochart, de votre associé Valik, de sa femme et de leurs deux enfants ? »

Sous le choc, McIver resta pétrifié. Il regarda le visage buriné et le regard dur de l'homme qui le fixait dans la pénombre. « Je... je ne vois pas ce que vous voulez dire. »

Armstrong sortit de sa poche une feuille de papier qu'il brandit sous le nez de McIver. Celui-ci l'éclaira de sa torche. C'était une photocopie d'une page d'un registre d'autorisation de vol. L'écriture était nette. « EP-HBC autorisé à décoller à 6 h 20. Charter IHC pour Bandar Delam. Livraison de matériel, pilote : capitaine T. Lochart, vol contresigné par le capitaine McIver. » La moitié inférieure de la feuille était la photocopie de la véritable autorisation signée de sa main sur laquelle le nom du capitaine N. Lane avait été biffé et remplacé par celui de T. Lochart. « Cadeau, avec mes compliments.

— Où avez-vous eu cela ?

— Lorsque le 125 entrera dans l'espace aérien de Téhéran, informez le capitaine Hogg par radio qu'il devra repartir immédiatement pour Tabriz. Vous aurez l'autorisation en temps et en heure.

— Non. Je refuse de...

— Je vous conseille de vous montrer très coopérant et de nous arranger ce voyage très discrètement, continua Armstrong d'un ton qui effraya McIver, sinon les originaux iront à la Savak, récemment rebaptisée Savama, comme vous devez le savoir.

— C'est du chantage !

— Non, c'est un échange de services. » Armstrong mit la feuille dans sa main et fit mine de s'en aller.

« Attendez ! Où sont les originaux ?

— Pas entre leurs mains, pas pour le moment.

— Si... si je fais ce que vous me demandez, vous me les remettrez, n'est-ce pas ?

— Vous plaisantez ? Bien sûr que non.

— Ce n'est pas juste. »

Armstrong revint se planter devant lui, visage figé. « Bien sûr que ce n'est pas juste. Mais, si vous récupérez ces papiers, vous êtes tirés d'affaire, n'est-ce pas ? Tous. Donc tant que ces documents existeront, vous ferez ce qu'on vous demandera, pas vrai ?

— Vous êtes une ordure.

— Et vous, un imprudent ; vous devriez faire attention à votre tension.

— Comment êtes-vous au courant de cela ? hoqueta McIver.

— Vous ne vous doutez pas de tout ce que je sais sur vous, Genevere MacAllister, Andrew Gavallan, la Noble Maison et bien d'autres choses encore dont je n'ai pas seulement commencé à me servir. » La voix d'Armstrong se fit plus rauque ; sa fatigue et son anxiété prenaient le dessus. « Mais, putain, vous ne comprenez donc pas qu'il y a de fortes probabilités pour que les tanks russes franchissent la frontière et que l'Iran devienne une saloperie de province soviétique ? J'en ai marre d'avoir affaire à des mecs comme vous qui jouent les autruches et refusent de regarder la vérité en face. Vous allez faire ce que je vous dis sans discuter et, si vous refusez, je vous fais tous coffrer. »

Mardi 20 février 1979

CHAPITRE 39

Tabriz : 5 h 12. Dans la petite cabane située à la limite du domaine du khan, Ross se réveilla brusquement. Il resta allongé sans bouger, continuant à respirer de la même façon régulière, mais tous les sens en alerte. A part les insectes qui grouillaient, il ne semblait pas y avoir de présence indésirable. Par la fenêtre il vit que la nuit était sombre et le ciel nuageux. De l'autre côté de la pièce, sur l'autre couche, Gueng dormait, roulé en boule, la respiration normale. A cause du froid, les deux hommes s'étaient couchés tout habillés. Sans faire de bruit, Ross alla jusqu'à la fenêtre et scruta l'obscurité. Rien. Puis, juste derrière lui, Gueng murmura : « Qu'est-ce qu'il y a, *sahib* ?

— Je ne sais pas. Rien probablement. »

Gueng le poussa légèrement du coude et lui désigna la véranda du doigt. Le garde n'était plus à son poste.

« Il est peut-être parti pisser. » Ils avaient toujours été gardés de jour comme de nuit par une ou deux sentinelles. La nuit précédente, Ross avait donc roulé des affaires dans son lit pour imiter une silhouette et, pendant que Gueng attirait leur attention, il s'était glissé dehors par la fenêtre de derrière et était allé voir seul Erikki et Azadeh. En revenant, il était presque tombé sur une patrouille mais comme elle ne faisait guère attention il avait pu la contourner.

« Va jeter un coup d'œil par la fenêtre de derrière », murmura Ross.

Ils observèrent et attendirent. L'aube se lève dans une heure, pensa Ross.

« *Sahib*, ce n'était peut-être qu'un esprit de la montagne », dit doucement Gueng. Au pays du toit du monde, la superstition voulait que les esprits viennent visiter les hommes et les femmes endormis et que leurs rêves soient les histoires qu'ils leur murmuraient.

Le petit homme continua à scruter l'obscurité, à l'affût du moindre bruit. « Je pense que nous devrions peut-être faire attention aux esprits. » Il retourna à son lit et mit ses bottes, rangea dans la poche de son uniforme le talisman qu'il gardait sous son oreiller, puis enfila la robe villageoise et le turban. Il vérifia prestement sa carabine, ses grenades et mit son sac à dos contenant les munitions, les grenades, de l'eau et un peu de nourriture. Il n'avait pas besoin de s'assurer de la présence de son *kukri* car il ne le quittait jamais. Il le nettoyait et l'huilait consciencieusement chaque soir avant de se coucher.

Ross était prêt aussi. Mais prêt pour quoi ? se demanda-t-il. Tu es à peine réveillé depuis cinq minutes et te voilà harnaché, ton *kukri* prêt dans sa gaine, le cran de sécurité relevé, et pour quoi ? Si Abdollah te voulait du mal, il t'aurait déjà fait désarmer — ou il aurait essayé.

L'après-midi précédent, ils avaient entendu le 206 décoller et, peu de temps après, Abdollah Khan était venu les voir. « Ah ! Capitaine, désolé de vous faire lanterner ici aussi longtemps, mais on vous recherche toujours avec autant d'ardeur. Nos amis russes ont mis vos têtes à prix, un bon prix, d'ailleurs, avait-il dit jovialement. Assez élevé pour me tenter, moi aussi, peut-être.

— Espérons que non, monsieur. Combien de temps encore allons-nous devoir rester ici ?

— Quelques jours, pas plus. Il semble que les Soviétiques aient vraiment très envie de vous retrouver. J'ai reçu la visite d'une nouvelle délégation venue me demander de les aider à vous capturer ; la première était passée avant votre arrivée. Mais ne vous faites pas de souci, je sais où repose l'avenir de l'Iran. »

La nuit d'avant, Erikki leur avait confirmé que leurs têtes étaient mises à prix : « Aujourd'hui je suis allé non loin de Sabalan pour évacuer une autre installation radar. Quelques-uns des ouvriers ont cru que j'étais russe et m'ont dit qu'ils espéraient bien être ceux qui attraperaient le saboteur anglais et son compagnon. La récompense est de cinq chevaux, cinq chameaux et cinquante moutons. C'est une fortune. S'ils ont entendu parler de vous si loin dans le nord, vous pouvez être sûr que dans le coin, ils vous cherchent aussi.

— Ce sont des Russes qui vous surveillent ?

— Juste Cimtarga, mais il ne semble pas qu'il ait le moindre pouvoir dans la région. Beaucoup d'habitants parlent russe et ils m'ont demandé quand nous allions franchir la frontière en force.

— Mon Dieu ! Et sur quoi se fondent-ils pour penser que cela va se produire ?

— Sur rien de spécial, juste des rumeurs. J'ai répondu : " Jamais ", mais un homme m'a dit avec un sourire moqueur qu'il savait que nous avions des régiments de tanks qui attendaient parce qu'il les avait vus. Comme je ne parle pas parsi, j'ignore si c'était un autre espion du KGB déguisé en villageois.

— C'est du matériel important qu'on vous fait transporter ?

— Je ne sais pas. Il y a des ordinateurs, de nombreuses caisses et des documents. Ils ne me laissent pas approcher mais je sais que ce ne sont pas des experts qui s'occupent de l'évacuation. Quand ils ne sont pas carrément arrachés, les fils sont coupés n'importe comment ; les appareils enlevés sont empilés sans précaution. La seule chose qui intéresse les types, c'est de trouver les réserves de cigarettes. »

Puis ils avaient discuté des possibilités d'évasion. Mais il leur avait été impossible de mettre un plan sur pied. Trop d'impondérables. « Je ne sais pas combien de temps ils vont encore vouloir que je leur serve de pilote, avait dit Erikki. Ce fumier de Cimtarga m'a dit que le premier ministre Bazargan avait ordonné aux Américains d'évacuer deux bases, complètement à l'est, près de la Turquie, les dernières qu'ils avaient dans le coin. Il leur a donné l'ordre de partir immédiatement en laissant tout leur matériel sur place. Intact. Nous sommes censés aller là-bas demain.

— Vous avez piloté le 206 aujourd'hui ?

— Non. C'était Nogger Lane, un de nos capitaines. Il était venu ici avec nous afin de ramener le 206 à Téhéran. Notre directeur de base m'a dit qu'ils l'avaient envoyé en reconnaissance au-dessus d'endroits où se déroulaient des combats. McIver ne recevant pas de nos nouvelles, je suis sûr qu'il va envoyer quelqu'un pour nous chercher. Cela nous donnera peut-être une chance. Et vous ? Qu'est-ce que vous comptez faire ?

— Nous allons peut-être filer en douce. Je commence à m'énerver dans cette petite cabane. Si nous nous évadons, nous nous dirigerons peut-être vers votre base et nous cacherons dans la forêt. Si c'est possible, nous prendrons contact avec vous, mais ne nous attendez pas. OK ?

— D'accord. Ne vous fiez à personne à la base, sauf à nos deux mécaniciens, Dibble et Arberry.

— Puis-je faire quelque chose pour vous ?

— Vous pourriez me laisser une grenade ?

— Bien sûr. Vous en avez déjà utilisé ?

— Non. Mais je sais comment ça marche.

— Bien. Voilà. Dégoupillez ici et comptez jusqu'à trois — pas quatre —, puis lancez-la. Avez-vous besoin d'un revolver ?

— Non, non, merci. J'ai mon couteau, mais la grenade risque d'être utile.

— N'oubliez pas que ça peut causer pas mal de dégâts ! Je ferai bien de partir maintenant. Bonne chance. »

En disant cela Ross avait regardé Azadeh, fasciné par sa beauté. Il savait que leur destin était inscrit dans les étoiles. Il se demandait pourquoi elle n'avait jamais répondu à ses lettres. Un jour, l'école lui avait appris qu'elle était repartie. Repartie dans son pays. Le dernier jour qu'ils avaient passé ensemble, elle lui avait dit : « Nous ne revivrons peut-être jamais ce que nous avons vécu, mon Johnny les Beaux Yeux.

— Je sais. Mais à présent je peux mourir heureux, car je sais ce qu'est l'amour. Je t'aime, Azadeh. »

Dernier baiser. Puis il avait pris son train. Signes de la main jusqu'à ce qu'elle disparaisse, point minuscule sur le quai de la gare. Perdue pour toujours. Peut-être savions-nous tous les deux que c'était pour toujours, pensait-il maintenant tandis qu'il attendait dans l'obscurité de la petite cabane, ne sachant s'il devait se recoucher et dormir ou s'enfuir. Peut-être le khan nous a-t-il dit la vérité ; nous sommes en sécurité ici. Il n'y a aucune raison de se méfier de lui. Vien Rosemont n'était pas un imbécile et il nous a assuré que nous pouvions nous en remettre à...

« *Sahib !* »

Il avait entendu lui aussi, au même moment, les légers bruits de pas. Les deux hommes se mirent en embuscade, se couvrant mutuellement, contents que le temps de l'action soit enfin arrivé. La porte s'ouvrit doucement. C'était un fantôme des montagnes qui se découpa dans la porte, scrutant l'obscurité. Silhouette sombre sans visage. A sa grande surprise, Ross reconnut Azadeh enveloppée dans un tchador. Elle avait le visage bouffi de larmes.

« Johnny ? » appela-t-elle, inquiète.

Pendant un moment Ross ne bougea pas, son arme était levée et il s'attendait à voir arriver des assaillants. « Azadeh, ici, derrière la porte, murmura-t-il.

— Vite, suivez-moi, vous êtes tous les deux en danger ! Dépêchez-vous. »

Et elle repartit en courant dans la nuit.

Il vit Gueng qui secouait la tête, mal à l'aise, et hésita lui aussi. Puis il prit sa décision. « On y va. » Il se glissa par la porte, suivi par Gueng qui le couvrait automatiquement. Elle attendait derrière les arbres. Avant qu'il ne la rejoigne, elle lui fit signe de la suivre et repartit immédiatement à travers les vergers. La neige étouffait les bruits de leur fuite mais laissait des traces. Il en était très conscient. Il suivait Azadeh à dix pas, scrutant les alentours, se demandant quel danger les menaçait, pourquoi elle avait pleuré et où était Erikki.

Des nuages passaient devant la lune. Chaque fois que l'astre était dégagé, elle s'arrêtait et attendait qu'il fût de nouveau obscurci pour repartir. Il se demanda où elle avait appris à se déplacer ainsi dans les bois puis se souvint d'Erikki, de son grand couteau, de la Finlande — pays de lacs, forêts et montagnes et de chasse. Concentre-toi, imbécile, ce n'est pas le moment de penser à autre chose. Si tu relâches ton attention, tu mets tout le monde en danger. Concentre-toi !

Tous les sens en alerte, il essayait de deviner le danger. Il avait envie que ça se déclenche pour de bon. Ils arrivèrent bientôt près de l'enceinte extérieure du domaine, un mur de pierres équarries haut de trois mètres. Un large espace découvert séparait le mur de la forêt où ils se trouvaient. Azadeh lui fit signe de rester dans l'ombre et s'avança, cherchant un endroit particulier qu'elle trouva facilement. Elle lui fit signe de venir. Avant qu'il ne fût arrivé à sa hauteur, elle grimpait déjà en haut du mur grâce à des fentes et des saillies, certaines naturelles, d'autres astucieusement aménagées pour faciliter l'escalade. La lune brilla brusquement. Il se sentit comme nu et se hâta de grimper. Quand il arriva au sommet, Azadeh avait presque achevé sa descente. Il se coula le long du mur, trouva des appuis pour ses pieds, se baissa et attendit Gueng. Il se sentit moins nerveux quand un nuage vint de nouveau obscurcir la lune.

La descente fut plus difficile. Il glissa et tomba de près de deux mètres. Il jura en se relevant et regarda autour de lui. Azadeh avait déjà traversé la route et se dirigeait vers les contreforts rocailleux de la montagne qui commençaient à deux cents mètres de là. En bas vers la gauche il pouvait voir Tabriz et des incendies à l'autre bout de la ville, du côté de l'aéroport. On entendait le bruit de coups de feu lointains.

Gueng atterrit parfaitement à côté de lui, sourit et lui fit signe d'avancer. Quand il atteignit les rochers, elle avait disparu.

« Johnny ! Ici ! »

Il distingua une petite crevasse dans les rochers et avança. Il y avait juste assez de place pour se faufiler. Il attendit que Gueng le rejoigne et s'enfonça dans le passage sombre. Elle lui saisit la main, le guida puis alla chercher Gueng. Elle replaça ensuite devant l'ouverture un épais rideau de cuir. Ross chercha sa torche dans son sac mais, avant qu'il n'ait eu le temps de la sortir, la flamme d'une allumette avait jailli. Elle s'était agenouillée et allumait une bougie placée dans une petite niche. Ross regarda autour de lui. Le rideau devant l'entrée ne laissait pas passer la lumière, la caverne était spacieuse, chaude et sèche. Quelques couvertures, des vieux tapis sur le sol, des ustensiles de vaisselle — quelques livres et jouets sur un rebord naturel. Ah ! Une cachette d'enfant, pensa-t-il. Azadeh lui tournait le dos, toujours agenouillée devant la bougie. Elle retira le tchador et redevint Azadeh.

« Tiens. » Il lui tendit sa bouteille d'eau. Elle accepta, reconnaissante, tout en évitant son regard. Il jeta un coup d'œil à Gueng et devina ses pensées. « Azadeh, est-ce que tu veux bien que nous éteignions la lumière, maintenant que nous avons vu où nous sommes ? Nous allons pousser le rideau extérieur. Nous pourrons ainsi entendre et voir ce qui se passe à l'extérieur. J'ai une torche sur moi, si jamais nous avions besoin de nous éclairer.

— Oh oui, bien sûr, bien sûr. » Elle se tourna vers la bougie. « Juste une seconde, excuse-moi... » Il y avait un miroir sur le rebord. Elle le prit, se regarda et détesta l'image qu'il lui renvoyait : visage aux yeux bouffis et maculé de traînées de sueur. Elle s'essuya rapidement, prit un peigne et se recoiffa du mieux qu'elle put. Dernier coup d'œil dans la glace et elle souffla la bougie. « Désolée », dit-elle.

Gueng écarta le rideau et sortit. Bruits de coups de feu venant de la ville. Quelques bâtiments brûlaient à côté de l'unique piste d'atterrissage de l'aéroport. Peu de lumières sur la ville. Quelques phares de voitures dans les rues. Le palais était toujours sombre et silencieux. Gueng ne perçut aucun danger ; il rentra dans la caverne et dit en gurkhali : « Il vaut mieux que je reste dehors, *sahib*, c'est plus sûr. Nous n'avons pas beaucoup de temps.

— Oui », répondit Ross qui remarqua son inquiétude mais ne fit aucun commentaire. Il en connaissait la raison. « Ça va, Azadeh ? demanda-t-il doucement.

— Oui. Maintenant, ça va. Je me sens mieux dans le noir, désolée d'être aussi horrible... Oui, je me sens bien mieux.

— Qu'est-ce qui se passe ? Où est ton mari ? » Il avait employé ce mot exprès et il entendit Azadeh bouger dans le noir.

« Juste après ton départ, la nuit dernière, Cimtarga et un garde sont venus et ont ordonné à Erikki de s'habiller immédiatement. Ce Cimtarga a dit qu'il était désolé mais qu'il y avait eu un changement et qu'il devait partir tout de suite. Quant à moi, j'étais convoquée par mon père. En allant vers sa chambre, je l'ai entendu qui donnait des ordres pour que vous soyez tous les deux capturés et désarmés, juste après le lever du jour. Il avait prévu de vous faire venir au palais sous le prétexte de discuter de votre départ, mais vous seriez tombés dans une embuscade tendue près des fermes. On vous aurait ligotés et mis dans un camion qui vous aurait emmenés vers le nord.

— Où, vers le nord ?

— Tbilissi. » Nerveusement, elle continua : « Je ne savais pas quoi faire, je n'avais aucun moyen de vous prévenir — je suis surveillée autant que vous et séparée des autres. Quand j'ai vu mon père, il m'a annoncé qu'Erikki ne serait pas de retour avant quelques jours et qu'aujourd'hui il allait, lui mon père, en voyage d'affaires à Tbilissi et que... que je devais partir avec lui. Il a dit que nous serions absents pour deux ou trois jours, que d'ici là Erikki aurait terminé sa mission et que nous pourrions repartir à Téhéran. » Elle était presque en larmes. « J'ai si peur. J'ai si peur que quelque chose soit arrivé à Erikki.

— Tout va bien se passer pour Erikki », dit-il ne comprenant pas les intentions du khan au sujet de Tbilissi, et ne sachant toujours pas quoi penser de lui. Il revoyait Vien lui disant : « Vous pouvez confier vos vies à Abdollah et n'écoutez pas les mensonges à son sujet. » Cependant il y avait Azadeh qui disait le contraire. Il regarda dans sa direction mais il ne pouvait pas la voir. Il maudissait l'obscurité, il avait tant envie de voir son visage, ses yeux, peut-être aurait-il pu y lire quelque chose. Si seulement elle avait pu me raconter tout cela de l'autre côté du mur ou dans la cabane. Christ ! Le garde ! « Azadeh, le garde, tu sais ce qui lui est arrivé ?

— Oh, oui, je... je l'ai acheté, Johnny. Je l'ai payé pour qu'il s'éloigne une demi-heure. C'était le seul moyen.

— Mon Dieu, murmura-t-il. Peux-tu lui faire confiance ?

— Oh, oui. Ali est... est au service de Père depuis des années. Je le connais depuis l'âge de sept ans et je lui ai donné des bijoux. Assez pour le faire vivre, lui et sa famille, pendant des années. Johnny, je suis si inquiète pour Erikki.

— Tu n'as pas à t'inquiéter, Azadeh. N'avait-il pas dit qu'il risquait effectivement d'aller près de la frontière turque ? » fit-il pour l'encourager. Il était impatient qu'elle retourne dans son palais. « Je ne te remercierai jamais assez de nous avoir prévenus. Viens, il est temps que tu rentres d...

— Oh, non. Je ne peux pas, cria-t-elle presque. Tu ne comprends donc pas. Père veut m'emmener au nord et je n'en reviendrai jamais, jamais, mon père me hait et il me laissera là-bas avec Mzytryk, je sais que c'est ce qu'il fera, je le sais.

— Mais... et Erikki ? demanda-t-il stupéfait. Tu ne peux pas t'enfuir comme ça.

— Oh si ! Je dois le faire, Johnny. Il le faut. Je ne veux pas aller à Tbilissi, et il vaut mieux pour la sécurité d'Erikki que je m'enfuie maintenant.

— Mais qu'est-ce que tu racontes ? Tu ne peux pas t'enfuir comme ça ! C'est de la folie ! Imagine qu'Erikki rentre cette nuit et découvre que tu es partie ? Qu'est-ce qu...

— Je lui ai laissé un mot. Nous avions décidé qu'en cas d'urgence je laisserais un mot dans une cachette, dans notre chambre. Nous ne pouvions pas savoir ce que Père ferait en son absence. Erikki comprendra. Il y a autre chose. Père doit aller à l'aéroport aujourd'hui vers midi. Il doit y rencontrer quelqu'un qui arrive par avion de Téhéran, je ne sais pas qui ni ce qu'il vient faire, mais j'ai pensé que peut-être tu pourrais... tu pourrais les persuader de nous remmener avec eux à Téhéran ou que nous pourrions nous glisser à bord ou... ou que tu pourrais les obliger à nous emmener.

— Tu es folle, dit-il avec colère. C'est de la folie, Azadeh. Tu ne peux pas t'enfuir en abandonnant Erikki. Comment sais-tu que ton père ne dit pas la vérité, après tout ? Tu prétends que le khan te hait. Mon Dieu, si tu t'enfuis de cette façon, que cela soit vrai ou non, là il va exploser. Tu exposes Erikki à un danger encore plus grand.

— Comment peux-tu être aussi aveugle ? Ne comprends-tu donc pas ? Tant que je reste ici, Erikki n'a aucune chance. Aucune. Si je m'échappe, il n'aura à s'occuper que de lui-même. S'il sait que je suis à Tbilissi il va partir là-bas et il ne reviendra jamais. Ne comprends-tu pas ? Je suis l'appât. Johnny, je t'en prie, ouvre les yeux. Aide-moi, je t'en supplie ! »

Il l'entendit pleurer doucement, ce qui exaspéra sa colère. Bon Dieu, nous ne pouvons pas l'emmener, c'est impossible. Ce serait de l'assassinat. Si ce qu'elle dit au sujet du khan est vrai, d'ici une heure ou deux il va faire quadriller toute la région et nous aurons de la chance si nous ne sommes pas pris avant le lever du soleil. C'est totalement ridicule de s'enfuir ! « Tu dois rentrer chez toi, c'est mieux », dit-il.

Les pleurs cessèrent. « *Inch'Allah*, dit-elle d'un ton changé. Comme tu le voudras, Johnny. Il vaut mieux que tu partes rapidement. Tu n'as pas beaucoup de temps. Par où vas-tu t'en aller ?

— Je... je ne sais pas. » Il était content qu'elle ne puisse pas voir l'expression de son visage. Mon Dieu, pourquoi faut-il que ce soit Azadeh ? « Viens, je veux m'assurer que tu rentres sans problème.

— Ce n'est pas la peine. Je... je vais rester ici un moment. »

Il comprit que c'était un mensonge. « Tu dois rentrer chez toi. Il le faut.

— Non, fit-elle d'un ton de défi. Je ne peux pas retourner là-bas. Je reste ici. Il ne me trouvera pas, je me suis déjà cachée ici. Une fois, j'y suis restée deux jours. Je suis en sécurité. Ne te fais pas de souci pour moi. Vas-y, toi. Tu dois partir. »

Exaspéré, il se retint de la tirer de force et s'assit contre le mur de la caverne. Je ne peux pas la laisser ici, je ne peux pas la faire rentrer chez elle contre son gré et je ne peux pas l'emmener. Oh! Tu pourrais l'emmener avec toi, mais pour combien de temps? Quand elle sera capturée, elle sera accusée de complicité avec des saboteurs, ici on lapide des femmes pour bien moins que cela. « Quand ils se rendront compte que nous ne sommes plus là — si tu as disparu toi aussi —, le khan comprendra que tu nous as avertis. Si tu restes dans cette grotte, ils te découvriront tôt ou tard, le khan saura de toute façon que tu nous as prévenus et ce sera encore pire pour toi et ton mari. Tu dois rentrer.

— Non, Johnny. Je suis dans les mains de Dieu et je n'ai pas peur.

— Pour l'amour de Dieu, Azadeh, réfléchis un peu.

— Je suis dans les mains de Dieu et tu le sais. N'en avons-nous pas parlé des dizaines de fois en Suisse? Je n'ai pas peur. Donne-moi simplement une grenade comme celle que tu as laissée à Erikki. Je suis en sécurité dans les mains de Dieu. Va-t'en, maintenant. »

Ils avaient souvent parlé de Dieu autrefois. C'était si facile et naturel au sommet d'une montagne suisse, il n'y avait pas de quoi être gêné — pas avec l'être aimé qui connaissait le Coran, pouvait lire l'arabe et croyait en l'islam. Ici, dans l'obscurité d'une petite caverne, c'était différent. Rien n'était plus pareil.

« *Inch'Allah*, dit-il, ayant pris une décision. Nous allons retourner au palais, toi et moi, et je vais envoyer Gueng. » Il se leva.

« Attends. » Il l'entendit qui se levait elle aussi, il sentit son souffle tout près de lui. Elle lui toucha le bras. « Non, mon chéri, dit-elle de la même voix qu'autrefois. Non, mon chéri, cela signifierait la mort de mon Erikki, ainsi que la tienne et celle de ton soldat. Ne vois-tu pas que je suis l'aimant qui doit détruire Erikki? Enlève l'aimant et il a une chance. En dehors de la propriété de mon père, tu as une chance également. Quand tu verras Erikki, dis-lui... dis-lui... »

Qu'est-ce que je pourrais bien lui dire? se demandait-il. Dans le noir il lui prit la main et, en sentant sa douce chaleur, il se remémora cette nuit d'orage où dans leur grand lit, ils avaient écouté la pluie fouetter les vitres, compté les secondes entre les éclairs et le tonnerre qui résonnait dans la vallée — une ou deux secondes seulement parfois. Oh! Johnny il est presque sur nous, *Inch'Allah* si la foudre s'abat sur nous, cela n'a aucune importance puisque nous sommes ensemble. Et ils étaient restés la main dans la main juste comme maintenant. Pas tout à fait, pensa-t-il tristement. Il porta sa main à sa bouche et l'embrassa. « Tu lui diras toi-même, fit-il. Nous allons essayer, ensemble. Prête ?

— Tu veux dire que nous allons partir ensemble ?

— Oui.

— Demande à Gueng ce qu'il en pense, fit-elle après une pause.

— Il fait ce que je lui dis.

— Oui, bien sûr. Mais demande-lui, s'il te plaît. »

Il alla dehors rejoindre Gueng qui surveillait les alentours, appuyé sur le rocher. Avant qu'il n'ait pu dire un mot, Gueng murmura en gurkhali : « Pas de danger pour l'instant, *sahib*. Pas de danger à l'extérieur.

— Ah ! Tu as entendu ?

— Oui, *sahib*.

— Qu'est-ce que tu en penses ? »

Gueng sourit. « Ce que je pense n'a aucune importance, *sahib*, cela ne change rien. Le karma est le karma. Je fais ce que je vous me dites. »

Aéroport de Tabriz : 12 h 40. Abdollah Khan se tenait à côté de sa Rolls spéciale, construite à l'épreuve des balles, sur la piste de ciment couverte de neige près du terminal de l'aéroport. Il était vert de rage. Il regardait le 125 amorcer son approche finale en priant qu'il s'écrase au sol. La veille, un télex relayé par le QG de la police avait été apporté par son neveu, le colonel Mazardi, chef de la police. « Veuillez venir attendre le vol G-ELTT, ETA 1240 demain mardi. Signé : Colonel Hashemi Fazir. » Comme tous ceux qui avaient eu connaissance du message il avait frissonné en lisant ce nom. Les services secrets avaient toujours été au-dessus des lois et le colonel Hashemi Fazir était son grand inquisiteur, un homme à la cruauté légendaire.

« Que veut-il, Majesté ? avait demandé Mazardi, effrayé.

— Parler de la situation en Azerbaïdjan », avait-il répondu en dissimulant l'inquiétude que suscitaient en lui la sécheresse du télex et cette visite inattendue et importune. « Il veut me demander ce qu'il peut faire pour m'aider, c'est un de mes grands amis depuis des années, ajouta-t-il, mentant automatiquement.

— Je vais faire venir une garde d'honneur pour l'accueillir, convoquer un comité de bienvenue et...

— Ne sois pas stupide ! Le colonel se déplace toujours incognito. Ne fais rien, ne t'approche même pas de l'aéroport, assure-toi simplement que les rues sont calmes et... ah oui, surveille spécialement les tudehs. En fait, obéis aux ordres de Khomeiny et anéantis-les. Détruis leur QG cette nuit et arrête les leaders connus. » Voilà qui sera un parfait *pishkesh* si j'en ai besoin, avait-il pensé, ravi de son idée. Fazir n'est-il pas fanatiquement anti-Tudeh ? Béni soit Dieu que Petr Oleg ait donné son accord pour leur liquidation.

Puis il avait renvoyé Mazardi ainsi que tout son entourage. Que peut bien me vouloir ce fils de chien de Fazir ?

Au cours des années ils s'étaient rencontrés plusieurs fois et avaient échangé des informations mutuellement bénéfiques. Mais le colonel Hashemi Fazir était de ceux qui croyaient que le salut de l'Iran reposait sur un gouvernement centralisé, basé à Téhéran, et que les chefs tribaux étaient archaïques et dangereux pour l'Etat. Fazir était aussi un Téhéranais qui avait le pouvoir de découvrir trop de secrets, des secrets qui pouvaient être utilisés contre lui. Que Dieu maudisse tous les Téhéranais et les envoie rôtir en enfer. Et Azadeh avec, et son crétin de mari !

Azadeh ! Ai-je vraiment engendré ce démon ? Ce n'est pas possible ! Quelqu'un a dû... que Dieu me pardonne de soupçonner Napthala, mon adorée. Azadeh est possédée par Satan. Mais elle ne m'échappera pas, oh non, je jure que je l'emmènerai à Tbilissi et laisserai Petr en faire ce qu'il...

Le sang afflua à son visage et sa poitrine lui fit mal comme serrée dans un étau. Calme-toi, se dit-il. Ne pense pas à elle, tu auras ta vengeance plus tard. Arrête ou tu vas te tuer ! Pense plutôt à Fazir, tu as besoin de toute ton intelligence pour traiter avec lui. Elle ne peut pas s'échapper.

Lorsque, juste après l'aube, des gardes pétrifiés de peur étaient venus lui annoncer que les deux prisonniers s'étaient enfuis et que, presque au même moment, on avait découvert la disparition d'Azadeh, il était devenu fou de rage. Il avait immédiatement envoyé des hommes fouiller sa cachette dont il connaissait l'emplacement depuis des années et leur avait ordonné de ne pas revenir sans elle ou les saboteurs. Il avait fait couper le nez du garde de nuit, fais jeter en prison les autres et fouetter les servantes. Il était finalement parti pour l'aéroport après avoir semé la terreur dans tout le palais.

Que Dieu les maudisse tous, pensa-t-il, en faisant un grand effort pour se calmer. Il ne quittait pas le jet des yeux. Des nuages menaçants couraient dans le ciel, un vent violent balayait la piste couverte de neige. Il portait un chapeau d'astrakan, un manteau d'hiver au col de fourrure, des bottes de fourrure et le froid embuait les verres de ses lunettes. Il avait un petit revolver dans sa poche. Le bâtiment du terminal derrière lui était vide, à l'exception de ses hommes qui en assuraient la sécurité et en barraient l'accès par la route en dessous. Sur le toit il avait fait placer un tireur d'élite en embuscade avec ordre d'abattre Fazir s'il voyait le khan sortir un mouchoir blanc et se moucher. J'ai fait tout ce que je pouvais, pensa-t-il, maintenant, c'est à Dieu de décider. Ecrase-toi, enfant de salaud !

Mais le 125 se posa parfaitement, ses roues envoyant des gerbes de neige tout autour de lui. L'anxiété d'Abdollah Khan augmenta. Il pouvait entendre les battements de son propre cœur. « Que la volonté de Dieu s'accomplisse », murmura-t-il en s'installant sur la banquette arrière de sa voiture. Une vitre à l'épreuve des balles le séparait de son chauffeur et d'Ahmed, son conseiller et garde du corps en qui il avait toute confiance. « On va à leur rencontre », ordonna-t-il. Il vérifia une dernière fois son revolver et ôta le cran de sécurité.

Le 125 arriva au bout de la piste sur l'aire de stationnement, tourna contre le vent et s'arrêta. L'espace était désert, exposé aux vents. La grosse Rolls noire vint se garer à côté et la porte du jet s'ouvrit. Il aperçut Hashemi Fazir debout en haut des marches, qui lui faisait signe de venir. « *Salam !* Que la paix soit avec vous, Majesté, montez à bord. »

Abdollah Khan ouvrit sa fenêtre et répondit : « *Salam*, que la paix soit avec vous, Excellence, venez me rejoindre ici. » Tu me prends pour un imbécile si tu crois que je vais foncer tête la première dans ce piège, pensa-t-il. « Ahmed, monte à bord, emporte une arme et fais semblant de ne pas parler anglais. »

Ahmed Dursak était un Turkmène musulman, très fort, très rapide au couteau et au revolver. Il sortit, mitraillette à la main, et monta prestement la passerelle, le vent faisant voler son long manteau. « *Salam*, Excellence colonel, dit-il en parsi en s'immobilisant sur la dernière marche. Mon maître vous prie de bien vouloir le rejoindre dans sa voiture, il ne se sent pas à l'aise dans les cabines des petits avions. Dans la voiture, vous pourrez parler en privé, totalement seuls si vous le désirez. Il vous demande aussi si vous lui ferez l'honneur d'honorer son humble demeure pendant votre séjour ici. »

Hashemi était estomaqué par l'outrecuidance d'Abdollah qui osait lui envoyer un messager armé. Il ne voulait pas aller dans la voiture car il craignait d'y être enregistré ou même piégé : « Dis à Sa Majesté qu'il m'arrive d'être malade en voiture et que je le supplie de venir ici. Nous pourrons parler discrètement, nous serons seuls et il me ferait grand plaisir en acceptant. Bien sûr, tu peux fouiller l'appareil pour t'assurer qu'il n'y a aucun intrus.

— Mon maître préférerait, Excellence, que vous... »

Hashemi s'approcha de lui. Lèvres serrées et voix dure. « Fouille l'avion ! Tout de suite ! Et dépêche-toi, Ahmed Dursak, recherché pour trois meurtres, dont celui d'une femme nommée Najmeh. Fais ce que je te dis, sinon tu ne vivras pas une semaine de plus sur cette terre.

— Dans ce cas, je me retrouverai encore plus vite au paradis, parce que servir le khan c'est accomplir la volonté de Dieu, répondit Ahmed Dursak, mais je vais fouiller l'avion comme vous le souhaitez. » Il monta dans l'appareil et vit les deux pilotes dans le cockpit. Dans la cabine se trouvait Armstrong. Son regard se durcit, mais il ne dit rien, passa à côté de lui et alla ouvrir la porte des toilettes pour s'assurer qu'elles étaient vides. Il n'y avait aucun autre endroit où quelqu'un aurait pu se cacher. « Si le khan acceptait votre suggestion, Excellence, les deux pilotes quitteraient-ils l'appareil ? »

Hashemi avait posé la question auparavant au capitaine Hogg.

« Désolé, monsieur, avait-il répondu, cette idée ne me plaît pas du tout.

— Juste pour quelques minutes. Vous pouvez emporter la clé de contact et couper les circuits, avait déclaré Robert Armstrong. Je peux vous garantir personnellement que personne n'entrera dans le cockpit ni ne touchera à quoi que ce soit.

— Cette idée ne me plaît toujours pas, monsieur.

— Je sais, avait répondu Armstrong. Mais le capitaine McIver vous a dit de faire ce qu'on vous demandait. Dans des limites raisonnables. Et ceci est une requête raisonnable. »

L'air arrogant d'Ahmed exaspérait Hashemi et le poing lui démangeait. Plus tard, se promit-il. « Les pilotes attendront dans la voiture.

— Et l'Infidèle ?

— Cet Infidèle parle mieux parsi que toi, vermine. Si tu as deux sous de bon sens, tu vas te montrer poli à son égard et l'appeler Excellence, car je t'assure qu'il possède une aussi bonne mémoire que moi et qu'il peut se montrer plus cruel que tu ne l'imagines. »

Ahmed sourit. « Son Excellence l'Infidèle attendra-t-il aussi en bas sur la piste ?

— Il va rester ici. Les pilotes attendront *dans* la voiture. Si Sa Majesté désire se faire accompagner d'un garde pour assurer sa protection, elle peut le faire. Si cet arrangement ne lui convient pas, nous pourrons peut-être nous rencontrer au quartier général de la police. Maintenant fiche le camp. »

Ahmed le remercia poliment, s'en alla et rapporta au khan ce qui avait été dit en ajoutant : « Je pense que ce chien doit être très sûr de lui pour se permettre d'être aussi impoli. » Dans l'avion Hashemi était en train de dire, en anglais : « Robert, ce fils de chien doit être bien sûr de lui pour autoriser ses serviteurs à se montrer aussi arrogants.

— Tu ferais vraiment convoquer le khan de tous les Gorgon au quartier général de la police ?

— Je pourrais essayer. » Hashemi alluma une autre cigarette. « Je ne pense pas que j'y réussirais. Son neveu Mazardi est toujours chef de la police, or, dans cette région, c'est elle qui détient encore le pouvoir — les Brassards verts et les comités révolutionnaires ne sont guère puissants. Pas encore.

— A cause d'Abdollah ?

— Bien sûr. Pendant des mois, sur ses ordres, la police de Tabriz a soutenu ouvertement Khomeiny. La seule différence que l'on peut noter dans la région entre l'époque où le shah détenait le pouvoir et aujourd'hui c'est que ses portraits ont été remplacés par ceux de Khomeiny et ses décorations, ôtées de tous les uniformes. Abdollah est encore plus puissant qu'autrefois. » Un courant d'air froid entra par la porte ouverte de l'avion. « Les Azerbaïdjanais sont très cruels, les souverains qadjars sont originaires de Tabriz, le shah Abbas également. C'est lui qui bâtit Ispahan et tenta de s'assurer une longue vie en assassinant son fils aîné et en rendant aveugle un autre... »

Hashemi Fazir observait la voiture par le hublot. Il voulait qu'Abdollah cède. Il se sentait mieux et plus sûr de lui que le dimanche soir, quand le général Janan avait fait irruption dans son bureau, ordonné la dissolution des services secrets, emmené Rakoczy et les cassettes. Hashemi avait passé une nuit épouvantable, ne sachant à quel saint se vouer. La veille, à l'aube, quand il avait quitté son domicile, il avait repéré des hommes qui le suivaient et, au cours de la matinée, sa femme et ses enfants avaient été bousculés dans les rues. Ce n'était qu'en début d'après-midi qu'il avait réussi à semer ceux qui le filaient et il avait rejoint un des chefs de son groupe 4 dans un endroit sûr. Dans la soirée, lorsque le général Janan était sorti de sa voiture à l'épreuve des balles pour rentrer chez lui, une voiture garée juste à côté et bourrée d'explosifs avait sauté, déchiquetant le général et ses deux aides de camp, détruisant sa maison, tuant sa femme, ses trois enfants, ses sept serviteurs et son père grabataire. Des hommes s'étaient enfuis en hurlant des slogans gauchistes moudjahidin et en laissant derrière eux des inscriptions grossièrement tracées : « Mort à la SAVAK-SAVAMA. »

Très tôt ce matin, une demi-heure après qu'Abrim Pahmudi eut discrètement quitté le lit de sa maîtresse, un homme d'une extrême cruauté était venu lui rendre visite. Les voisins entendirent des slogans gauchistes et la même inscription fut découverte sur les murs. Ecrite avec le sang, les vomissures et les matières fécales de la fille. A 9 heures ce matin-là, Hashemi était allé présenter ses condoléances à

Abrim Pahmudi pour ces deux tragédies — qu'il avait, bien sûr, apprises par les services secrets. Il lui apporta, comme *pishkesh,* une partie de la confession de Rakoczy en prétendant l'avoir obtenue d'une autre source. Elle contenait juste assez d'informations pour paraître authentique et intéressante : « Je suis sûr, Excellence, que, si j'étais autorisé à continuer mon travail, j'obtiendrais beaucoup d'autres informations. Si vous vouliez bien accorder à mon département l'honneur de votre confiance et nous autoriser à continuer à opérer comme avant — mais en ne rendant compte de notre travail qu'à vous — je pourrais empêcher de telles horreurs et peut-être anéantir tous ces chiens de terroristes. »

Pendant qu'il était là, un aide de camp avait fait irruption pour annoncer que d'autres terroristes avaient assassiné un des plus importants ayatollahs de Téhéran — voiture piégée — et que le comité révolutionnaire convoquait immédiatement Pahmudi. Celui-ci s'était levé mais, avant de partir, il avait annulé ses ordres précédents. « D'accord, Excellence colonel, trente jours. Vous avez trente jours pour me prouver votre efficacité.

— Merci, Excellence, votre confiance me va droit au cœur. Soyez assuré de ma loyauté. Puis-je récupérer Rakoczy, s'il vous plaît ?

— Ce chien ? Impossible. Le général Janan l'a laissé s'enfuir. »

Hashemi était allé rejoindre Robert Armstrong à l'aéroport et dès que le 125 avait décollé, il s'était mis à rire sans pouvoir s'arrêter. C'était la première fois qu'une voiture piégée actionnée par un détonateur radio était utilisée en Iran. « Par Dieu, Robert, avait-il dit joyeusement, c'est vraiment très efficace. Tu attends à une centaine de mètres jusqu'à ce que tu sois sûr que c'est bien lui, puis tu appuies juste sur le bouton d'une petite boîte qui n'est pas plus grande qu'un paquet de cigarettes et... boum ! Te voilà débarrassé pour toujours d'un ennemi, et même de son père ! » Il riait aux larmes et s'essuya les yeux. « C'est ça qui a vraiment fait trembler Pahmudi. Sans le groupe 4, ma famille et moi y passions ! »

Il avait créé le groupe 4 sur une suggestion d'Armstrong : il était composé de petites équipes d'hommes et de femmes triés sur le volet, entraînés à la lutte antiterroriste, très bien payés et protégés. Aucun d'entre eux n'était iranien ; les différentes cellules ne se connaissaient pas et tous répondaient exclusivement aux ordres d'Hashemi, ce qui permettait de les utiliser les uns contre les autres, le cas échéant. Ils étaient individuellement négligeables et remplaçables à volonté. Il y avait trop de misère au Moyen et Proche-Orient, trop de haine, de souffrance et de sans-abri pour qu'on ne puisse pas trouver, s'il le fallait, une armée d'hommes et de femmes prêts à tout pour un tel job.

Au cours des années, le groupe 4 avait prospéré, toutes ses opérations étaient restées secrètes, même Armstrong en ignorait la plupart. Il le regarda et sourit. « Sans eux je serais mort.

— Moi aussi, probablement. Ce connard de Janan m'a flanqué la trouille quand il m'a dit : " En souvenir des services rendus, je vous accorde vingt-quatre heures. " Ce pédé ne m'aurait jamais laissé quitter l'Iran vivant.

— Exact. » Quelques milliers de mètres en dessous d'eux, le paysage était recouvert de neige, le jet survolait déjà les montagnes. Il y avait un peu plus d'une demi-heure de vol pour Tabriz.

« Et pour Rakoczy ? Tu as cru ce que Pahmudi t'avait raconté au sujet de son évasion ?

— Bien sûr que non, Robert. Rakoczy était une monnaie d'échange, un *pishkesh*. Quand Pahmudi a découvert que les bandes étaient vierges et vu l'état du Russe qui était incapable de prononcer un mot de plus, il n'a pas pu faire le rapprochement avec ton Petr Oleg Mzytryk.

— Absolument. Je dirais que c'est impossible.

— Rakoczy doit être au QG soviétique, s'il n'est pas déjà mort. Les Russes vont vouloir savoir ce qu'il a avoué... Tu crois qu'il pourra le leur dire ?

— J'en doute, il était vraiment à deux doigts d'y passer, fit Armstrong en secouant la tête. Qu'est-ce que tu vas faire maintenant que tu es redevenu le grand manitou ? Communiquer des informations à Pahmudi avant trente jours — s'il est encore vivant dans trente jours. »

Hashemi sourit sans répondre. Je ne suis pas encore tout-puissant, pensa-t-il, et je ne serai en sécurité que quand Pahmudi aura été expédié en enfer, avec quelques autres. J'aurais peut-être besoin de ton passeport. Armstrong le lui avait donné avant le décollage. Il l'avait vérifié attentivement.

Puis il avait fermé les yeux et s'était détendu. Il appréciait le luxe et le confort du jet qui survolait Qazvin et n'était plus qu'à un quart d'heure de Tabriz. Mais il ne s'était pas endormi. Il avait réfléchi à ce qu'il devait faire au sujet de la Savama, de Pahmudi, d'Abdollah Khan — et de Robert Armstrong qui en savait beaucoup trop.

A travers le hublot, Hashemi continuait à observer la Rolls, grosse, immaculée, que si peu de gens sur cette terre pouvaient se permettre de posséder. Par Dieu et le Prophète, quelle richesse, pensait-il, impressionné par cette preuve de la puissance du khan. Quel pouvoir il faut avoir pour oser faire étalage d'une telle fortune devant les comités et moi. Abdollah Khan ne va pas être facile à faire plier.

Il savait que dans l'avion ils se trouvaient dangereusement exposés — ils feraient une cible facile si Abdollah ordonnait à ses hommes de tirer sur eux. Mais Hashemi avait écarté cette éventualité, certain que même Abdollah Khan n'oserait pas le faire assassiner ouvertement et détruire un jet et trois Infidèles. Il avait néanmoins prévu la possibilité d'un « accident », arrangé par le khan et deux de ses groupes 4 étaient partis de Téhéran par la route. L'un devait s'occuper d'Abdollah, l'autre de sa famille et seul un ordre codé d'Hashemi en personne les arrêterait. Il sourit. Robert Armstrong lui avait dit un jour qu'autrefois en Chine la punition suprême pour quelqu'un de très important était « la mort et celle de sa postérité ».

« Voilà qui me plaît, Robert, avait-il dit. Cela a de l'allure. »

Ahmed sortit de la voiture, mitraillette à la main, et se dirigea vers la portière arrière qu'il ouvrit à Abdollah.

« Tu gagnes le premier round, Hashemi, dit Armstrong qui se dirigea vers le cockpit. Capitaine, nous allons faire aussi vite que possible. »

A contrecœur les deux pilotes mirent leurs parkas et sortirent dans le froid. Ils saluèrent poliment le khan. Il leur fit signe de s'installer sur le siège arrière de la voiture et commença à grimper la passerelle, suivi d'Ahmed.

« *Salam,* Majesté, dit Armstrong. Que la paix soit avec vous.

— C'est un de mes collègues, dit Hashemi en s'asseyant en face du khan, Robert Armstrong, un Anglais.

— Ah oui ! L'Excellence qui parle mieux parsi que mon Ahmed et qui est célèbre pour sa mémoire et sa cruauté. » Ahmed avait tiré devant la porte le lourd rideau de cuir et s'était mis en position dos au cockpit, l'arme prête mais sans provocation. « C'est cela ? »

Armstrong sourit. « C'était une plaisanterie du colonel, Votre Majesté.

— Je ne crois pas. Même ici à Tabriz nous avons entendu parler de cet expert de la section spéciale, qui a servi le shah pendant douze ans, bon chien-chien au service de ce chien galeux », dit durement Abdollah en parsi. Le sourire disparut du visage d'Armstrong et l'ambiance se tendit. « J'ai lu votre dossier. » Il posa son regard noir sur Hashemi, certain que son plan allait marché : à son signal Ahmed les tuerait tous les deux, piégerait l'avion, puis les deux pilotes repartiraient et mourraient après le décollage. Il n'aurait, bien sûr, rien à voir avec tout cela, ce serait la volonté de Dieu, et, lui-même, après cette délicieuse conversation au cours de laquelle il avait promis un « soutien inconditionnel au gouvernement central », serait rempli de tristesse.

« Ainsi, Excellence, nous nous retrouvons. Que puis-je faire pour vous ? Je sais que, malheureusement votre temps chez nous est compté.

— Peut-être, Majesté, est-ce moi qui puis faire quelque chose pour vous...

— Venez-en au fait, dit brutalement le khan en anglais. Vous et moi nous nous connaissons bien, alors dispensons-nous de ces flatteries et de ces politesses. Je suis pressé ! Si vous aviez eu la courtoisie de venir dans ma voiture, seul, je serais peut-être plus à l'aise et nous aurions pu parler tranquillement. Dites ce que vous avez à dire, nous avons perdu assez de temps !

— Je veux vous parler de votre contrôleur, le colonel général Petr Oleg Mzytryk », dit Hashemi. Au même instant, il songea avec terreur qu'il était peut-être tombé dans un piège et qu'Abdollah pouvait être un allié secret de Pahmudi. « Et de votre longue collaboration avec le KGB à travers ce Mzytryk dont le nom de code est Ali Khoy.

— Contrôleur ? Quel contrôleur ? Qui est cet homme ? » s'entendit dire Abdollah Khan qui eut brusquement l'impression que tout tournait autour de lui. Tu ne peux pas être au courant de cela, c'est impossible. Mais le colonel continua à parler et chacun de ses mots s'enfonçait dans son cœur comme un poignard et, pire, détruisait son plan. Si le colonel se permettait de dévoiler ces secrets devant Ahmed et un étranger, cela signifiait qu'ils étaient consignés par écrit, placés en lieu sûr et qu'ils seraient transmis au comité révolutionnaire si jamais il arrivait un « accident » à Hashemi.

Celui-ci avait remarqué le changement d'expression d'Abdollah et poussa son avantage. « Votre contrôleur Petr Oleg, dont la datcha se trouve sur le lac Tzvenghid à l'est de Tbilissi, nom de code Ali Khoy, le votre étant Iv...

— Attendez », fit Abdollah d'une voix rauque, le visage livide. Même Ahmed n'était pas au courant de cela et ne devait pas l'apprendre. « Je... donnez-moi un verre d'eau. »

Armstrong se leva mais s'immobilisa car Ahmed braquait son arme sur lui. « S'il vous plaît, asseyez-vous, Excellence. Je vais m'en occuper. Attachez vos ceintures, tous les deux.

— Mais...

— Faites ce que je vous dis, aboya Ahmed, stupéfait du changement d'attitude de son maître et décidé à appliquer lui-même l'autre plan. « Attachez-les ! »

Ils obéirent. Ahmed remplit un verre d'eau et le tendit au khan. Hashemi et Armstrong observaient, surpris. Ni l'un ni l'autre ne s'était attendu à ce que le khan capitule aussi vite. L'homme semblait s'être ratatiné ; il était devenu blême et respirait difficilement.

Le khan but le verre d'eau et regarda Hashemi, ses petits yeux injectés de sang derrière ses lunettes. Il les enleva et les essuya machinalement en essayant de se reprendre. Tout semblait se dérouler au ralenti. « Va m'attendre à côté de la voiture, Ahmed. »

Mal à l'aise, Ahmed obéit, Armstrong détacha sa ceinture de sécurité et referma le rideau. Pendant un moment le khan se sentit mieux, l'air frais qui était entré l'aida à recouvrer ses esprits. « Bon, que voulez-vous ?

— Votre nom de code est Ivanovitch. Vous êtes un espion à la solde du KGB depuis janvier 1944. A cette époque v...

— Ce sont des mensonges. Que voulez-vous ?

— Je veux rencontrer Petr Oleg Mzytryk. Je veux l'interroger sérieusement. En secret. »

Le khan se mit à réfléchir. Si ce fils de chien connaît le nom de code de Petr, le mien et sait que je me suis rendu en secret à Moscou en 1944 pour rejoindre le KGB, il doit aussi être au courant de choses bien plus graves. Qu'il soit agent double pour le bien de l'Azerbaïdjan importerait peu aux assassins de gauche ou de droite. « Que gagnerai-je en retour ?

— Une totale liberté de manœuvre en Azerbaïdjan, tant que vous agirez pour le bien de l'Iran, et une collaboration fructueuse avec moi. Je vous fournirai des informations qui vous permettront de mater le Tudeh, les gauchistes et les Kurdes. Je vous fournirai aussi la preuve que les Russes vous trahissent. Vous avez été déclaré section 16/a par exemple. »

Le khan le regarda d'un air hébété. Ses oreilles bourdonnaient. « Je ne le crois pas !

— Avec application immédiate. Petr Oleg Mzytryk a signé l'ordre, dit Hashemi.

— Une p... une preuve... je veux une preuve, bégaya-t-il.

— Faites-le venir de ce côté-ci de la frontière, vivant, et je vous en donnerai la preuve, ou plutôt ce sera lui qui vous la fournira...

— Vous... vous mentez.

— N'aviez-vous pas prévu d'aller à Tbilissi aujourd'hui ou demain, sur son invitation ? Vous n'en seriez jamais revenu. On aurait raconté que vous aviez fui l'Iran. Vous auriez été dénoncé, vos biens confisqués et votre famille déshonorée... et livrée aux mollahs. » Maintenant que Hashemi savait qu'il tenait Abdollah, la seule chose qui l'inquiétait était l'état de santé de l'homme. Un tic crispait son visage livide ; il avait d'étranges rougeurs autour des yeux et sur les tempes ; la veine de son front saillait anormalement. « Vous feriez mieux de ne pas y aller et de doubler votre garde. Je pourrai échanger Petr Oleg, ou encore mieux je pourrai vous laisser le délivrer et... il y a pas mal de choses que nous pourrons faire si je réussis à m'en emparer.

— Que... que voulez-vous de lui ?

— Des renseignements.

— Puis-je... puis-je faire partie de cette opération ? »

Hashemi sourit. « Pourquoi pas ? Alors, nous sommes d'accord ? »

Le khan ouvrit la bouche mais aucun son n'en sortit. Il hocha la tête puis finit par dire : « Je vais essayer.

— Non, fit durement le colonel, jugeant que le moment de donner le coup de grâce était arrivé. Non. Je vous donne quatre jours. Je reviendrai samedi. Samedi midi, je viendrai à votre palais pour prendre livraison du colis. Ou, si vous préférez, vous pouvez le faire livrer à cette adresse. » Il posa un bout de papier sur la table entre eux. « Ou encore, si vous me dites où et quand il franchira la frontière, je peux m'occuper de tout. » Il déboucla sa ceinture de sécurité et se leva. « Quatre jours, Ivanovitch. »

Abdollah était dans un tel état de rage que le sang bourdonnait à ses oreilles. Il essaya de se lever mais n'y parvint pas. Armstrong l'aida à se mettre debout et Hashemi alla vers le rideau. Avant de l'ouvrir, il sortit son automatique de son holster. « Dites à Ahmed de ne rien tenter contre nous. »

Faiblement le khan fit ce qu'on lui ordonnait. Ahmed se tenait en bas de l'escalier, l'arme levée. Le vent avait tourné et soufflait à présent bien plus fort vers le bout de la piste.

« Tu n'as pas entendu Sa Majesté ? cria le colonel. Tout va bien mais il a besoin qu'on l'aide, continua-t-il d'une voix rassurante. Il serait peut-être bon qu'il aille voir son médecin le plus tôt possible. »

Ahmed hésitait, ne sachant que faire. Il y avait d'un côté son maître, manifestement mal en point, et de l'autre les deux hommes responsables de ce malaise, et qui devaient être tués.

« Aide-moi à regagner la voiture, Ahmed », ordonna le khan avec un juron. Cela régla tout. Il obéit immédiatement. Armstrong se mit de l'autre côté et ensemble ils l'aidèrent à descendre les marches. Les pilotes sortirent de la voiture et se hâtèrent de remonter dans l'avion tandis qu'Armstrong installait l'homme malade sur la banquette arrière. Il se rendit soudain compte qu'il se trouvait totalement à découvert, seul sur la piste, Hashemi en sécurité à l'intérieur de l'avion. Les réacteurs du 125 démarrèrent.

« *Salam*, Majesté, dit-il, j'espère que ce malaise n'est que passager.

— Vous feriez mieux de quitter notre pays au plus vite », répondit le khan. Puis, se tournant vers le chauffeur : « Nous rentrons au palais. »

Armstrong regarda la voiture s'éloigner, puis se retourna. En voyant l'étrange sourire de Hashemi toujours armé de son automatique, il crut un instant que l'homme allait l'abattre.

« Dépêche-toi, Robert ! »

Il grimpa les marches quatre à quatre. Le copilote appuya sur le bouton de fermeture. L'escalier remonta, la porte se referma, l'appareil avançait déjà. Il se sentit revenir à la vie. « Fait froid dehors », dit-il.

Hashemi ne lui répondit pas. « Décollez aussi vite que vous pouvez, capitaine, ordonna-t-il, se tenant debout derrière les pilotes.

— Il faut que je roule jusqu'à l'autre bout de la piste, monsieur. Je ne peux pas décoller de ce côté-ci avec le vent derrière nous. »

Hashemi jura et regarda par les vitres du cockpit. L'extrémité de la piste semblait à des millions de kilomètres. Pour prendre la bonne bretelle d'accès, il leur faudrait passer près du parking du terminal. La Rolls roulait vers cet endroit. Il pouvait distinguer des hommes armés qui venaient à sa rencontre. « Longez la piste de ce côté et effectuez un décollage court.

— C'est totalement interdit sans autorisation de la tour, dit John Hogg.

— Vous préférez peut-être prendre une balle dans la tête ou être envoyé dans les prisons de la Savak ? Ces hommes sont nos ennemis. Exécution ! »

Hogg pouvait apercevoir les armes. Il prit son micro.

« EchoTangoLimaLima demande permission de remonter la piste en sens inverse », dit-il sans espérer vraiment une réponse. Depuis qu'ils avaient quitté l'espace aérien de Téhéran, ils n'avaient obtenu aucune liaison radio avec quiconque et aucun contact avec la tour de Tabriz. Il ramena le jet sur la piste qu'il remonta lentement sur le côté gauche. « Tour de contrôle, ici EchoTangoLimaLima, je remonte la piste. » Gordon Jones, le copilote, vérifiait le plan de vol de retour sur Téhéran. Le vent soufflait derrière eux. Il vit la Rolls s'arrêter près du terminal et les hommes l'entourer.

« Vite, faites demi-tour, il y a assez de piste pour décoller, dit Hashemi.

— Dès que cela sera possible, je le ferai, monsieur », répondit poliment John Hogg tout en pensant : Salopard de colonel de je ne sais pas quoi, j'ai tout aussi hâte que toi de me retrouver là-haut en sécurité mais il me faut de la piste. Il avait senti l'hostilité des hommes dans la voiture et remarqué la nervosité de McIver à Téhéran. Mais la tour de Téhéran l'avait immédiatement autorisé à décoller comme s'il transportait Khomeiny en personne. Saloperie, qu'est-ce qu'on ne ferait pas pour l'Angleterre et un demi de bière ! Il sentait la neige et la glace sur toute la surface de la piste. Il ralentit légèrement les moteurs.

« Regarde », fit le copilote. Un hélicoptère traversait le ciel, très bas, à environ deux kilomètres devant eux. « C'est un 212, n'est-ce pas ?

— Oui. Je n'ai pas l'impression qu'il vient se poser ici », dit Hogg tout en balayant les environs du regard. Près du terminal une autre voiture avait rejoint les hommes à côté de la Rolls ; le 212 avait disparu derrière une colline ; vers la droite une nuée d'oiseaux ; toutes les aiguilles des instruments étaient dans le vert ; encore plus d'hommes autour de la Rolls et quelqu'un sur le toit du terminal ; petite lumière sur la droite ; niveau d'essence OK ; neige pas trop épaisse, légère couche de glace en dessous ; attention au courant devant ; corriger un peu vers la droite ; fréquence radio correcte ; vent toujours de dos ; nuages orageux s'amoncelant au nord ; diminuer un cheveu le moteur gauche !

Hogg corrigea légèrement le roulis, la piste verglacée rendait les manœuvres délicates. « Vous feriez mieux de retourner à votre siège, colonel, dit-il.

— Décollez aussi vite que possible. » Hashemi retourna en cabine. Armstrong observait le terminal à travers le hublot. « Qu'est-ce qu'ils font là-bas, Robert ? Des problèmes ? demanda-t-il.

— Pas encore. Au fait, il faut que je te félicite pour la façon dont tu t'es occupé d'Abdollah. Tu as été brillant.

— Attendons de voir s'il livre la marchandise. » Maintenant que c'était terminé, Hashemi avait vaguement la nausée. J'ai frôlé la mort d'un peu trop près, pensa-t-il. Il attacha sa ceinture de sécurité, puis la rouvrit, sortit l'automatique de sa poche, remit le cran de sûreté et le glissa dans son holster. Il effleura des doigts le passeport britannique qui se trouvait dans sa poche intérieure. Peut-être qu'après tout je n'aurai pas à m'en servir. Bien. Je détesterai devoir me déshonorer en m'enfuyant. Il alluma une cigarette.

« Tu penses qu'il va tenir jusqu'à samedi ? J'ai bien cru qu'il allait faire une attaque.

— Ça fait des années qu'il est beaucoup trop gras et cinglé. » Armstrong dévisagea Hashemi. Cet homme était toujours dangereux, toujours sur le fil du rasoir, son patriotisme fanatique se doublait d'un absolu mépris pour la plupart des Iraniens. « Tu as été parfait », dit-il en regardant de nouveau par le hublot. La Rolls, l'autre voiture et les hommes qui les entouraient étaient loin et à demi cachés par des dunes de neige, mais il distinguait toujours leurs fusils. De temps en temps, quelqu'un tendait le bras dans leur direction. Allez, pour l'amour de Dieu, pensa-t-il, décollons.

« Colonel, fit la voix de Hogg dans le haut-parleur, pourriez-vous venir, s'il vous plaît ? »

Hashemi détacha sa ceinture et alla dans le cockpit.

« Là, monsieur », fit Hogg désignant un massif de pins devant la forêt tout au bout de la piste. « Regardez. » La petite lumière clignota de nouveau. « C'est du morse, cela dit SOS.

— Robert, cria Hashemi, regarde à droite devant nous. »

Les quatre hommes observèrent attentivement. La lampe lança à nouveau un SOS. « Pas d'erreur, monsieur, dit Hogg, je pourrai leur répondre. » Il montra le flash longue distance dont ils se servaient pour envoyer un signal vert ou rouge lorsque la radio était en panne.

« Qu'est-ce que tu en penses, Robert ? demanda Hashemi.

— C'est bien un SOS ! »

Le 125 roulait rapidement le long de la piste en direction du signal lumineux. Ils attendirent, puis virent trois petites silhouettes sortir des arbres, deux hommes et une femme en tchador. Ils aperçurent leurs armes.

« C'est un piège, dit immédiatement Hashemi, ne vous approchez pas plus, faites demi-tour !

— Je ne peux pas, répondit Hogg. Il n'y a pas assez de piste. » Il relâcha les gaz. Le jet roulait très rapidement parallèlement à leurs traces d'atterrissage. Ils pouvaient voir les silhouettes qui leur faisaient de grands signes avec leurs armes.

Armstrong ordonna : « Tirons-nous d'ici !

— Dès que je peux le faire, monsieur. Vous devriez regagner votre place, nous risquons d'être secoués, dit Hogg qui se concentra alors sur le décollage. Gordon, garde un œil sur ces types là-bas et sur le terminal.

— Sans problème. »

Le capitaine se retourna pour vérifier où ils se trouvaient par rapport à l'autre extrémité de la piste, jugea qu'ils n'étaient pas encore assez loin, mais ralentit l'allure et effleura les freins. Le vent soufflait violemment. Il se démenait pour garder le jet droit. Les silhouettes près des arbres devenaient plus distinctes.

« On dirait des villageois des tribus des montagnes. Deux carabines automatiques. » Gordon Jones observa le terminal. « La Rolls est partie mais une voiture vient vers nous. »

Ils freinèrent encore mais ils roulaient toujours trop vite pour tourner.

« Jésus, j'ai l'impression qu'un des villageois vient de tirer un coup de feu, fit Jones d'une voix aiguë.

— On y va », annonça Hogg dans le micro. Il freina, sentit

l'appareil glisser, le rattrapa, puis commença son demi-tour sur toute la largeur de la piste, la vitesse acquise les faisait déraper.

Dans la cabine, Armstrong et Hashemi s'accrochaient à leurs accoudoirs et regardaient par les hublots. Ils virent une des silhouettes courir vers eux en brandissant son arme. « On peut vraiment nous tirer comme des canards dans une fête foraine », murmura Armstrong. Il sentit le jet qui dérapait dans le virage et jura.

Dans le cockpit Hogg sifflotait nerveusement. Le jet glissait toujours en tournant ; de hautes congères se dressaient au bout de la piste. Il n'osait pas appuyer encore sur les gaz, il avait la bouche sèche, il voulait le faire tourner rapidement pour revenir dans le vent. Mais l'appareil continuait à glisser sur la surface glacée, roues inutiles, freins dangereux et moteurs hurlant. Les congères se rapprochaient inexorablement. Il voyait les arêtes glacées qui déchireraient le fuselage. Il n'y avait rien d'autre à faire qu'attendre. Puis un coup de vent attrapa la queue du jet et fit tourner l'appareil qui, toujours dérapant, se retrouva face au vent. Délicatement Hogg remit les gaz, puis il accéléra petit à petit jusqu'à reprendre le contrôle de l'appareil qui roulait maintenant à toute allure. Il tira sur le manche à balai, le nez se souleva, les roues quittèrent le sol, il rentra le train d'atterrissage. Ils avaient décollé.

« Pouvez fumer si vous en avez envie », fit-il laconiquement dans l'intercom, très content de lui.

Pas très loin des arbres, sur le terrain, Ross s'arrêta de courir. Sa poitrine lui faisait mal. « Salaud, hurla-t-il en direction de l'avion. Tu es aveugle ou quoi ? »

Amèrement déçu, il fit demi-tour et rejoignit les autres qui l'attendaient à la lisière de la forêt. Ils étaient abattus. Nous étions si près de réussir, pensait Ross. Avec ses jumelles, il avait vu le khan arriver, monter à bord, puis plus tard Armstrong l'aider à redescendre les escaliers. « Oh ! Laisse-moi voir, Johnny, avait insisté Azadeh, inquiète, en ajustant les jumelles à sa vue. Oh ! Père semble malade, j'espère que ce n'est rien, avait-elle dit. Le docteur n'arrête pas de lui conseiller de se mettre au régime et de ne pas s'énerver sans arrêt comme ça.

— Ne te fais pas de soucis pour lui, Azadeh », avait-il répondu en essayant de ne pas prendre un ton trop sarcastique. Mais elle avait perçu l'intonation, et s'était empourprée : « Je suis désolée, je ne voulais pas... je voulais dire que...

— C'est rien », avait-il répondu en refaisant le point sur Armstrong. Il était ravi que ce soit lui et réfléchissait à un moyen de monter à bord. Facile. Un avion de la S-G — il avait distingué le sigle — et Armstrong. Nous sommes sauvés. Mais maintenant, nous ne le sommes plus, nous sommes dans la merde, se dit-il amèrement en se frayant un chemin dans la neige. Il se sentait sale, avait envie de prendre un bain et bouillait de rage. Ils n'ont pas pu ne pas voir le SOS. Pourquoi diable...

Il entendit Gueng siffloter doucement pour lui signaler un danger et il se retourna. A quelques centaines de mètres derrière eux, une voiture roulait dans leur direction. Il courut et désigna la forêt. « Par ici ! »

Il avait décidé un peu plus tôt de ce qu'ils allaient faire. D'abord l'aéroport et, si ça ne marchait pas, la base d'Erikki. Celle-ci se trouvait à environ six kilomètres au sud-est de Tabriz. Il s'arrêta, caché par les arbres, et se retourna. La voiture était arrivée au bout de la piste, des hommes en sortirent et se dirigèrent vers eux. Mais ils trouvèrent vite qu'il était trop difficile d'avancer dans la neige, firent demi-tour, remontèrent dans leur voiture et s'en allèrent. « Ils ne nous attraperont plus », dit Ross. Ils s'enfoncèrent dans la forêt.

Ils arrivèrent bientôt dans des champs gelés qui, en été, donnaient d'abondantes récoltes. Malgré la réforme agraire du shah, la plupart appartenaient à quelques riches propriétaires terriens. Au-delà, c'étaient les bas-quartiers de Tabriz. Ils apercevaient les minarets de la mosquée Bleue. « Pouvons-nous éviter la ville, Azadeh ?

— Oui, mais... le chemin sera long. »

Jusqu'à présent elle avait marché rapidement et sans se plaindre. Ils portaient leurs robes de villageois par-dessus leurs uniformes. Leurs bottes crottées passeraient. Leurs armes aussi, ainsi que son tchador. Il la regarda, il n'arrivait pas à s'habituer à la voir ainsi enlaidie. Elle devina sa pensée et essaya de sourire. Elle comprenait aussi qu'elle était un poids pour eux.

« Passons par la ville, dit-elle. Nous pouvons emprunter des petites rues. J'ai... j'ai un peu d'argent et nous pourrons acheter à manger. Johnny, tu peux te faire passer pour un Caucasien de... disons Astara, je serai ta femme. Gueng, vous parlerez gurkhali ou une langue étrangère, montrez-vous dur et arrogant comme les Turkmènes du Nord — vous pouvez donner le change — ce sont des descendants des Mongols, il y en a beaucoup en Iran. Je pourrais peut-être acheter des écharpes vertes et faire de vous des Brassards verts...

— C'est bien, Azadeh. Nous ne devrions peut-être pas rester groupés. Gueng, marche derrière nous.

— Dans les rues, les épouses iraniennes marchent derrière leur mari. Je... je marcherai un pas derrière toi, Johnny.

— C'est un bon plan, *memsahib*, dit Gueng. Très bon. Vous allez nous guider. »

Elle le remercia d'un sourire. Ils arrivèrent bientôt dans les marchés et les ruelles des quartiers pauvres. A un moment donné un homme bouscula brutalement Gueng. Sans hésiter, celui-ci le frappa violemment à la gorge, l'envoyant valdinguer dans le ruisseau et l'insultant en gurkhali. Il y eut un moment de silence dans la foule, puis les activités de la rue reprirent. Ceux qui se trouvaient à côté passèrent en baissant les yeux, d'autres, superstitieux, firent un signe pour se protéger du mauvais œil, car on disait que les habitants du Nord, ces descendants des hordes qui ne connaissaient pas le Dieu unique, possédaient ce don maléfique.

Azadeh acheta du pain frais, de l'agneau grillé, des haricots et du riz à des vendeurs ambulants. Ils s'assirent sur des bancs pour manger, puis repartirent. Personne ne fit attention à eux. Quelquefois on abordait Johnny pour lui vendre quelque chose mais Azadeh intervenait, déguisant sa voix et parlant le dialecte turc local. Lorsque les muezzins appelèrent les fidèles à la prière de l'après-midi, elle s'arrêta, effrayée. Autour d'eux, hommes et femmes sortaient un morceau de tapis, de tissu, de carton ou de journal pour s'agenouiller et commencer à prier. Ross hésita, puis obéissant à son regard suppliant, il s'agenouilla et fit semblant de prier. Dans toute la rue, seules quatre ou cinq personnes étaient restées debout, dont Gueng. Personne ne les prit à partie, de nombreuses races et religions se mélangeaient à Tabriz.

Ils continuèrent en direction du sud-est et arrivèrent dans les quartiers extérieurs, bidonvilles sordides où s'entassaient des ordures, où couraient des chiens affamés et où le caniveau servait d'égout. Ils se retrouveraient bientôt dans les champs et les vergers, puis ce serait de nouveau la forêt jusqu'à la route principale de Téhéran qui menait à Tabriz 1. Ross ne savait pas encore ce qu'ils feraient une fois parvenus à la base, mais Azadeh lui avait dit qu'elle connaissait plusieurs grottes à côté où ils pourraient se cacher en attendant qu'un hélicoptère atterrisse.

Ils atteignaient les dernières maisons de Tabriz. D'autres piétons avançaient péniblement sur le chemin boueux, certains poussant des ânes très chargés, d'autres pliés en deux sous leurs fardeaux. Foule polyglotte : des villageois, des nomades, des habitants de la ville qui n'avaient que leur pauvreté en commun. Et leur fierté.

Azadeh se sentait très fatiguée car la tension avait été dure pendant la traversée de la ville. Elle avait eu peur de faire une erreur, peur qu'ils soient repérés ; elle était folle d'inquiétude au sujet d'Erikki et se demandait comment ils arriveraient à la base et ce qui se passerait après. *Inch'Allah*, se répétait-elle sans arrêt. Dieu prendra soin de toi, de lui et de Johnny.

Lorsqu'ils arrivèrent au croisement du chemin et de la route de Téhéran, ils virent des Brassards verts et des hommes armés qui, debout près d'un barrage, fouillaient les véhicules et contrôlaient ceux qui passaient à pied. Il n'y avait aucun moyen de les éviter.

« Azadeh, vas-y en premier, murmura Ross. Attends-nous sur la route. Si nous sommes arrêtés, ne bouge pas, n'interviens pas, continue ton chemin et va à la base. Nous allons nous séparer, c'est mieux. » Il lui sourit. « Ne te fais pas de souci. » Elle fit un signe de tête, blanche de peur, et s'en alla. En quittant la ville elle avait insisté pour porter le sac de Johnny : « Regarde les autres femmes, Johnny. Si je ne porte pas quelque chose, cela va sembler bizarre. »

Les deux hommes attendirent, puis allèrent uriner dans la neige. Des gens passèrent à côté d'eux. Quelques-uns les insultèrent et les traitèrent d'Infidèles. Un ou deux les regardèrent d'un air soupçonneux. Sans le savoir, ils urinaient dans la direction de La Mecque !

« Une fois qu'elle sera passée, tu y vas, Gueng. Je te suivrai dans dix minutes.

— Il vaut mieux que vous y alliez d'abord, murmura Gueng. Je suis turkmène.

— D'accord, mais si je suis arrêté, n'interviens pas. Profite de la confusion pour passer et occupe-toi d'elle. Ne me laisse pas tomber ! »

Le petit homme grimaça un sourire. « Et vous, ce n'est pas le moment de flancher, *sahib*, vous avez encore beaucoup à accomplir avant de devenir lord des Montagnes. » Gueng regarda en direction du barrage quelques centaines de mètres plus loin. Il vit Azadeh qui s'était mise dans la file. Un des Brassards verts lui parlait, elle ne répondait pas et gardait les yeux baissés, l'homme lui fit signe de passer. « Ne m'attendez pas sur la route, *sahib*. Je vais peut-être passer à travers champs. Ne vous inquiétez pas pour moi, je vous retrouverai. » Il fit demi-tour et rejoignit les piétons qui rentraient dans la ville. Au bout de cent mètres, il s'assit sur un cageot et délaça sa botte comme si elle le faisait souffrir. Ses chaussettes étaient en lambeaux mais cela n'avait aucune importance. La plante de ses pieds était aussi dure que de l'acier. En prenant son temps, il relaça sa botte, cela lui plaisait bien d'être un turkmène.

Arrivé au contrôle, Ross se mit dans la queue de ceux qui quittaient Tabriz. Il remarqua des policiers mêlés aux Brassards verts. La foule était nerveuse, irritable. Ils détestaient toute forme d'autorité et ne supportaient pas ce qui semblait être une atteinte à leurs droits de libre circulation. Beaucoup étaient réellement en colère et quelques-uns en vinrent presque aux mains. « Toi, fit un Brassard vert en s'adressant à lui, où sont tes papiers ? »

Ross cracha par terre avec colère. « Mes papiers ? Ma maison, ma femme et mes enfants ont été brûlés par ces chiens de gauchistes. Je n'ai plus rien sauf cette arme et des munitions. C'est la volonté de Dieu, mais pourquoi est-ce que tu ne t'occupes pas de ces fils de Satan au lieu d'emmerder les gens honnêtes ?

— Nous accomplissons la volonté de Dieu, répondit l'homme sur le même ton. D'où viens-tu ?

— D'Astara. Astara sur la côte. Et toi ? » demanda-t-il.

L'homme qui attendait derrière lui se mit à jurer en disant au Brassard vert de se dépêcher, qu'il avait autre chose à faire que de poireauter dans le froid. Un policier s'avançait vers eux. Ross décida de tenter le tout pour le tout. Il bouscula le Brassard vert et le dépassa en jurant, l'homme qui se tenait derrière lui l'imita, ainsi que le suivant. Le Brassard vert leur lança une obscénité et retourna contrôler les autres qui attendaient dans la file.

Il fallut quelques minutes à Ross pour respirer à nouveau normalement. Il se contraignit à marcher lentement et chercha Azadeh du regard. Il ne la vit nulle part. Des voitures et des camions passaient, montant la côte péniblement ou descendant à tombeau ouvert. L'homme qui était juste derrière lui au contrôle routier vint à sa hauteur. Il y avait beaucoup moins de piétons sur la route, la plupart avaient pris de petits sentiers pour rejoindre leurs hameaux ou leurs maisons dans la forêt. C'était un homme d'une quarantaine d'années au visage marqué, pauvrement habillé mais armé d'un fusil bien entretenu.

« Ce Brassard vert est un fils de chien, dit-il avec un fort accent. Tu as raison, *agha*, ils feraient mieux d'accomplir la volonté de Dieu, celle de l'imam et non celle d'Abdollah Khan. »

Ross fut immédiatement sur ses gardes. « Qui ?

— Je viens d'Astara et d'après ton accent je sais que ce n'est pas ta ville, *agha*. Les gens d'Astara ne pissent jamais face à La Mecque, nous sommes de bons musulmans à Astara. D'après la description, tu dois être le saboteur dont le khan a mis la tête à prix. » Le ton de l'homme était curieusement amical.

Ross ne répondit rien. Il se contenta de grogner en gardant la même allure.

« Oui, le khan a promis une bonne récompense pour ta tête. Beaucoup de chevaux, un troupeau de moutons et une bonne dizaine de chameaux. C'est une fortune. La récompense est encore plus élevée si on te ramène vivant ; encore plus de chevaux, de moutons et de chameaux. De quoi vivre tranquille jusqu'à la fin de ses jours.

Mais où est Azadeh, sa fille, que vous avez kidnappée, toi et l'autre homme ? »

Ross le regarda stupéfait et l'homme rit. « Tu dois vraiment être très fatigué pour te trahir aussi facilement. » Brusquement son visage se durcit, il mit une main dans la poche de sa vieille veste, sortit un revolver et l'enfonça dans les côtes de Ross. « Marche devant moi normalement, n'essaie pas de t'enfuir ou de tenter quoi que ce soit ou je te tire une balle dans la colonne vertébrale. Où est la femme ? Il y a une récompense pour elle aussi. »

A ce moment-là, un camion qui descendait du défilé aborda à toute allure le tournant devant eux, prit le mauvais côté de la route et fonça droit sur eux en cahotant dangereusement. Les piétons s'éparpillèrent. Les réflexes de Ross furent les plus rapides, il sauta de côté en donnant un violent coup d'épaule à l'homme qui fut projeté devant le camion. Les roues avant et arrière passèrent sur son corps. Le camion s'arrêta cent mètres plus bas.

« Que Dieu nous protège, vous avez vu cela ? dit quelqu'un. Il est tombé sous le camion. »

Ross tira le corps de l'homme sur le bas-côté de la route. Le revolver avait disparu dans la neige.

« C'est ton père que Dieu vient de rappeler à lui, *agha* ? demanda une vieille femme.

— Euh, non... non », fit Ross, pris de panique. Tout se passait trop vite. « Je... je ne le connais pas. Je ne l'avais jamais vu.

— Par le Prophète, comme les piétons sont imprudents ! Ils ne regardent pas où ils vont. Est-il mort ? demanda le chauffeur du camion, un homme barbu, basané et corpulent. Dieu m'est témoin qu'il s'est jeté sous mes roues ! Toi, fit-il en s'adressant à Ross, tu étais à côté de lui, tu as tout vu, n'est-ce pas ?

— Oui, cela s'est passé comme tu as dit. J'étais juste derrière lui.

— C'est la volonté de Dieu. » Tout était arrangé et terminé et le chauffeur s'en alla joyeusement. « Son Excellence a tout vu. *Inch' Allah.* »

Ross se fraya un chemin à travers la foule qui s'était agglutinée autour du corps et poursuivit sa route, pas trop vite, pas trop lentement, n'osant pas se retourner pour regarder derrière lui. Une fois qu'il eut passé le virage, il accéléra son allure tout en se demandant s'il avait eu raison de réagir de la sorte, presque instinctivement. Mais l'homme les aurait livrés, elle et lui. Il fallait l'éliminer, le karma est le karma. Un autre virage et toujours pas d'Azadeh en vue. Son inquiétude grandit.

La route était en lacet, la pente s'était accentuée. Il passa devant quelques hameaux à moitié cachés à l'orée de la forêt. Des chiens cherchaient leur nourriture. Il chassa ceux qui s'approchèrent de lui. Un autre virage et enfin il l'aperçut, accroupie sur le côté de la route, se reposant en compagnie d'un groupe de vieilles femmes. Elle le vit au même moment, lui fit un léger signe de tête pour le prévenir, se leva, et reprit la route. Il resta à une vingtaine de mètres derrière elle. On entendit soudain des coups de feu en dessous d'eux. Comme tout le monde ils s'arrêtèrent et se retournèrent. Ils ne pouvaient rien voir. De nombreux virages les séparaient du barrage. Les coups de feu cessèrent. Personne ne prononça un mot et l'ascension reprit plus rapidement.

La route n'était pas bonne. Ils marchèrent environ deux kilomètres, se rangeant sur le bas-côté quand des véhicules arrivaient. Un bus les dépassait de temps en temps, bondé ; aucun ne s'arrêtait. Ces jours-ci, on pouvait attendre un jour ou deux, même à un arrêt de bus normal, avant de trouver une place. Des camions acceptaient parfois de prendre des passagers contre paiement.

Quelques minutes plus tard un camion dépassa Ross et freina à la hauteur d'Azadeh. « Pourquoi marcher quand ceux qui sont fatigués peuvent se faire transporter grâce à Cyrys le chauffeur et à Dieu ? » cria le camionneur en la reluquant et en poussant du coude son compagnon, un barbu de son âge. Ils la regardaient depuis quelque temps, admirant son déhanchement que le tchador ne parvenait pas à dissimuler. « Pourquoi une fleur de Dieu devrait-elle marcher alors qu'elle pourrait se trouver bien au chaud dans un camion ou sur le tapis d'un homme ? »

Elle le regarda avec mépris, lui lança une insulte et appela Ross. « Mon époux, ce fils de chien lépreux a osé m'insulter et me faire des propositions interdites par les lois de Dieu... » Ross était déjà arrivé à sa hauteur et le camionneur se retrouva face à face avec le canon d'un fusil. « Excellence... je demandais simplement si... si vous et elle... vous vouliez qu'on vous emmène, dit le chauffeur, terrorisé. Il y a de la place derrière... Si Son Excellence voulait honorer mon véhicule... »

Le camion était à moitié rempli de ferraille mais c'était quand même mieux que marcher. « Où vas-tu, chauffeur ?

— A Qazvin, Excellence, Qazvin. Nous ferez-vous l'honneur ? »

Le camion ne s'arrêta pas mais il lui fut facile de faire grimper Azadeh par-dessus la ridelle arrière. Ils s'accroupirent pour se mettre à l'abri du vent. Elle tremblait de froid et de peur. Il la prit dans ses bras.

« Oh ! Johnny, si tu n'avais pas été là...

— Ne t'inquiète pas, ne t'inquiète pas. » Il la tint bien serrée pour la réchauffer. Qazvin, Qazvin ? N'est-ce pas à moitié chemin de Téhéran ? Bien sûr que si ! Nous allons rester dans ce camion jusqu'à

Qazvin, se dit-il en reprenant des forces. Puis nous trouverons peut-être un autre camion, ou un bus, ou nous volerons une voiture. C'est ce que nous allons faire.

« L'embranchement de la route qui va à la base se trouve à environ cinq kilomètres d'ici, sur la droite », dit-elle en frissonnant.

La base ? Ah oui ! La base. Et Erikki. Mais le plus important : que faire au sujet de Gueng ? Que faire ? Essaie de réfléchir. Qu'est-ce que tu vas faire ?

« Comment est le terrain là-bas ? demanda-t-il. Plat, raviné, à découvert ?

— C'est assez plat. Notre village, Abu-Mard, est tout près. Nous allons le dépasser, puis nous arriverons sur une sorte de plateau et c'est là que part la route. La route principale regrimpe vers le défilé. »

Il pouvait voir devant eux la route qui tournait en lacet. « Nous allons descendre une fois le village passé, juste avant le plateau, et nous rejoindrons la base en passant par la forêt. C'est possible ?

— Oui. Je connais bien la région. Je... j'ai enseigné dans l'école de ce village et j'avais l'habitude d'emmener les élèves en promenade. Je connais les sentiers. » Elle se remit à trembler.

« Reste bien baissée à l'abri du vent, tu vas te réchauffer bientôt. »

Le vieux camion grimpait péniblement, à peine plus vite qu'un marcheur. Il la garda dans ses bras et bientôt elle s'arrêta de trembler. Derrière eux ils remarquèrent une voiture qui arrivait très vite, suivie par une camionnette mouchetée de vert. Le chauffeur de la voiture avait la main appuyée sur le klaxon. Le camion n'avait pas la place de se ranger, la voiture déboîta donc sur le côté gauche et fonça. J'espère que tu vas te tuer, pensa Ross, excédé par le bruit et la stupidité du conducteur. Il remarqua que la voiture était pleine d'hommes en armes, ainsi que la camionnette dont la ridelle arrière était baissée. Lorsqu'elle les dépassa, il aperçut un corps allongé sur le plancher. Il crut d'abord que c'était un vieil homme. Mais ce n'était pas un vieil homme. C'était Gueng. Pas d'erreur possible, avec son uniforme. Et un des hommes arborait fièrement son *kukri* à sa ceinture.

« Qu'est-ce qu'il y a, Johnny ? »

Il ne l'entendit pas, il ne voyait plus rien. Ses yeux se remplirent de larmes. Il venait de perdre le deuxième de ses hommes.

« Qu'est-ce qu'il y a ? Qu'est-ce qui se passe ?

— Rien. C'est le vent. » Il essuya ses larmes, s'agenouilla et regarda la route. Il pouvait voir le village à présent. Au-delà, la route grimpait encore un peu puis le terrain devenait plat, comme Azadeh l'avait dit. La voiture et la camionnette traversèrent le village. Il sortit de sa poche ses jumelles petites mais puissantes et les braqua sur la voiture. Celle-ci accéléra en arrivant sur le plateau, puis tourna à droite sur la route qui menait à la base et disparut. La camionnette s'arrêta à l'intersection. Une demi-douzaine d'hommes sautèrent à terre, s'éparpillèrent sur la route, faisant face à la direction de Tabriz. Puis la camionnette tourna à droite et disparut à son tour vers la base.

Leur camion ralentit tandis que le chauffeur changeait de vitesse. Juste devant eux il y avait un court passage très pentu et un sentier qui partait vers la forêt. Pas de piétons de ce côté-ci. « Où mène ce sentier, Azadeh ? »

Elle se dressa sur ses genoux et regarda. « Vers Abu-Mard, notre village, dit-elle.

— Apprête-toi à sauter, il y a un autre contrôle plus loin. »

Au bon moment, ils sautèrent ensemble et se dissimulèrent immédiatement sur le bas-côté. Le camion ne s'arrêta pas, le chauffeur n'avait rien vu. Bientôt il fut loin. Main dans la main, ils partirent en courant vers les arbres.

CHAPITRE 40

Zagros 3 : 16 h 05. Appuyé contre le cockpit du 212, Lochart attendait de repartir pour le puits Rosa avec un nouveau chargement de tuyaux de canalisation. Le ciel était sans nuages, les montagnes semblaient si proches qu'il avait l'impression qu'il n'avait qu'à tendre la main pour les toucher. Il surveillait Rodriguez, son mécanicien, qui, agenouillé dans la neige, inspectait le dessous de l'appareil. « C'est une belle journée pour faire du ski ou de la luge, Rod, pas pour bosser.

— C'est une belle journée pour se tirer d'ici, Tom.

— Nous n'y serons peut-être pas obligés », répondit Lochart. Depuis qu'il avait rencontré Nitchak Khan le dimanche, il n'avait plus eu de ses nouvelles ni vu personne du village. « Le comité peut changer d'avis ou Mac réussir à faire annuler la décision par le ministre. C'est idiot de nous chasser alors qu'ils ont besoin de tout le pétrole qu'il est possible d'extraire. Le nouveau puits Rosa est une mine d'or. Jesper Almqvist estime qu'il devrait fournir dix-huit mille barils par jour, soit près de trois cent soixante mille dollars par jour, Rod.

« Les mollahs se foutent du pétrole, ils se foutent de tout sauf d'Allah, le Coran et le paradis. Tu l'as dit toi-même un million de fois. » Rodriguez essuya une traînée d'huile. « On aurait dû accompagner Jesper à Chiraz et se tirer ensuite. Ils ne veulent pas de nous. Nasiri s'est fait descendre, non ? Pourquoi ? C'était un mec sympa. Il n'a jamais fait de mal à personne. On nous a dit de nous tirer, je me demande vraiment ce qu'on attend.

— Le comité a peut-être changé d'avis. Nous avons onze puits à approvisionner.

— Les puits ont tous été mis en exploitation minimale, les équipes n'ont qu'une envie : se tirer, et les gars n'ont pas été remplacés depuis des semaines. » Rodriguez se releva, enleva la neige de ses genoux et essuya ses mains couvertes d'huile. « C'est stupide de rester alors qu'on ne veut plus de nous. Je trouve d'ailleurs l'attitude du jeune Scot bizarre, et la tienne aussi.

— Tu te fais des idées. » Lochart n'avait dit à personne ce que Scot lui avait raconté sur ce qui s'était réellement passé au village. Il frissonna d'inquiétude en pensant à Scot, à la base, à Sharazad, au HBC. Puis de nouveau à Sharazad.

« Je me fais des idées, mon cul ! Tu es nerveux et inquiet depuis que tu es revenu de Téhéran. Tu veux rester en Iran, Tom, OK. Pour toi, c'est différent, tu es marié à une Iranienne. Moi, je veux me casser. »

Lochart chassa Sharazad de ses pensées. Il remarqua la peur dans le regard de son ami. « Quel est le problème, Rod ? »

L'homme referma sa parka. « J'ai la trouille avec mes faux papiers d'identité, Tom. Merde, dès que j'ouvrirai la bouche ils se rendront bien compte que je ne suis pas anglais. Tous mes permis de séjour sont expirés. C'est la même chose pour d'autres gars, mais je suis le seul Américain ici. Et ce connard de Khomeiny et ses mollahs me traitent de Satan, moi qui suis un bon catholique. Je n'en dors plus la nuit.

— Pourquoi ne m'en as-tu pas parlé plus tôt ? Tu n'as pas besoin de rester, Rod. Le 212 s'en va demain. Si tu partais avec Scot ? Une fois que tu seras à Al Shargaz, nous te transférerons au Nigeria, au Kenya ou je ne sais où. »

Rodriguez resta silencieux quelques instants, le visage sombre. « Ça me plairait bien, Tom. Si tu pouvais m'arranger ça, je me sentirais drôlement soulagé.

— Considère que c'est fait. Nous devons envoyer un mécano là-bas — pourquoi pas toi ?

— Merci. Vraiment, merci, Tom, dit Rodriguez, transfiguré. Je vais resserrer un peu la pédale et la machine sera comme neuve. »

Lochart vit que les tuyaux avaient été sortis du hangar et qu'ils étaient prêts à être emportés. Deux manutentionnaires iraniens attendaient à côté pour aider à l'arrimage du crochet dans l'anneau qui enserrait le chargement. Il s'apprêtait à monter dans le cockpit, mais s'immobilisa en apercevant deux hommes à une centaine de mètres qui venaient du village. C'était Nitchak Khan et un homme armé d'une carabine. Même à cette distance on pouvait distinguer le Brassard vert.

Lochart alla à leur rencontre en se préparant intérieurement à parler et à penser parsi. « *Salam, kalandar, salam, agha* », dit-il. L'autre homme était également barbu mais bien plus jeune.

« *Salam*, dit Nitchak. On vous a accordé cinq jours. »

Lochart essaya de cacher son émotion. Aujourd'hui on était mardi, cela signifiait que dimanche... « Mais, Excellence, l...

— Cinq jours, fit durement le Brassard vert. Vous ne travaillerez ni ne volerez le jour saint que vous passerez à prier et, dans cinq jours, si tous les appareils et les étrangers ne sont pas partis, nous mettrons le feu à la base. »

Lochart le regarda. Derrière lui se trouvait le bâtiment de la cuisine. Il vit Jean-Luc en sortir et se diriger vers eux. « Cela va être difficile de tout faire en quatre jours, *agha*, et je ne p...

— *Inch'Allah !*

— Si nous partons, tous les puits vont devoir fermer. Il n'y a que nous qui puissions les desservir et les approvisionner. Cela va causer du tort à l'Iran...

— L'Islam n'a pas besoin de pétrole. Les étrangers ont besoin de pétrole. Cinq jours. »

Nitchak Khan regarda l'homme, puis se tourna vers Lochart : « *Agha*, j'aimerais rendre visite au *kalandar* des Italiens avec cet homme. J'aimerai y aller maintenant, s'il vous plaît.

— Ce sera un honneur pour moi de vous y emmener, *kalandar* », répondit Lochart qui se disait que Mimmo Sera, qui travaillait ici dans les montagnes depuis des années, saurait quoi faire. « J'ai un chargement de tuyaux à livrer au puits Rosa, nous pouvons partir tout de suite.

— Des tuyaux ? fit durement le jeune homme. Ils n'ont pas besoin de tuyaux. Allons-y directement. Pas de tuyaux.

— IranOil nous a ordonné de livrer des tuyaux de canalisation, ces tuyaux seront livrés ou personne ne partira, fit Lochart avec colère. L'ayatollah Khomeiny a ordonné que la production de pétrole revienne à un rythme normal. Pourquoi le comité lui désobéit-il ? »

Le jeune regarda le khan sans rien dire. Celui-ci déclara calmement : « Que la volonté de Dieu s'accomplisse. L'ayatollah est l'ayatollah et les comités n'obéissent qu'à lui. Allons-y, *agha*. »

Lochart détourna son regard du Brassard vert. « Très bien, nous pouvons partir tout de suite.

— *Salam, kalandar*, dit Jean-Luc en les rejoignant. Alors, Tom, demanda-t-il en anglais, quelle est la réponse ?

— Nous avons jusqu'à dimanche. Et nous n'avons pas le droit de voler vendredi. »

Jean-Luc ravala un juron. « Pas possible de négocier ?

— Non. A moins que tu ne veuilles négocier avec ce fumier. »

Le jeune homme au fusil se tourna vers Jean-Luc qu'il dévisagea avec insolence : « Dis à ce fils de chien qu'il pue. »

Lochart avait senti une légère odeur d'ail. « Il dit que ça sent bon dans ta cuisine, Jean-Luc. Ecoute, ils veulent aller voir Mimmo Sera, je vais les emmener et revenir aussi vite que possible, nous déciderons alors de ce qu'il convient de faire. Allons-y, *kalandar*, reprit-il en parsi en ouvrant la porte de la cabine.

— Regardez ! cria soudain Rodriguez en montrant quelque chose très haut vers le nord. De la fumée montait dans le ciel. « C'est Maria ?

— C'est peut-être Bellissima », dit Jean-Luc.

Nitchak Khan clignait les yeux. « C'est près de là où nous allons, n'est-ce pas ?

— Pas très loin, *kalandar*. »

Le vieil homme semblait très inquiet. « Il vaut peut-être mieux que vous livriez vos tuyaux au prochain voyage, pilote. Depuis plusieurs jours nous entendons dire que les gauchistes rôdent dans les montagnes pour commettre des sabotages et créer des troubles. La nuit dernière, un de mes bergers a été égorgé et s'est fait couper les parties génitales. Je fais rechercher les meurtriers. » Il monta dans la cabine. Le Brassard vert le suivit.

« Rod, ordonna Lochart, sors le 206. Jean-Luc, reste en attente près du HF, je vais t'appeler par radio.

— Oui, pas de problème. »

Lochart laissa le chargement de tuyaux à la base et fonça vers le nord. C'était Bellissima qui était en feu. De très loin il pouvait voir monter d'une des caravanes des flammes de dix mètres de haut. Il y avait un autre feu près d'un puits, juste à côté de la réserve de dynamite, et un corps gisait dans la neige.

En s'approchant il distingua une demi-douzaine d'hommes qui dévalaient le sentier menant à la vallée, tous étaient armés. Sans hésiter il vira et piqua sur eux en regrettant de ne pas être aux commandes d'un hélicoptère de combat : il les aurait tous descendus. Six hommes, barbus, vêtus comme les villageois des tribus des montagnes. L'un d'eux s'arrêta, visa, et des étincelles jaillirent de la gueule de son arme. Lochart remonta immédiatement se placer hors d'atteinte. Lorsqu'il stabilisa l'appareil, les silhouettes avaient disparu.

Il se retourna. Nitchak Khan et le Brassard vert regardaient par les hublots de côté, le nez appuyé contre la vitre. Il cria mais ils ne l'entendirent pas. Il donna un coup sur la cloison pour attirer leur attention et fit signe à Nitchak Khan. Le vieil homme s'approcha. Il avait le mal de l'air et était blême.

« Vous les avez vus ? cria-t-il.

— Oui, oui, répondit Nitchak Khan. Ce ne sont pas des gens des montagnes, ce sont des terroristes. »

Lochart se retourna. « Jean-Luc, tu m'entends ?

— Cinq sur cinq, Tom, vas-y. »

Il lui raconta ce qui se passait, lui demanda de rester à l'écoute et se concentra sur l'atterrissage au bord du précipice, rendu particulièrement délicat par les courants ascensionnels et le vent de côté qui soufflait aujourd'hui. C'était la première fois qu'il venait à Bellissima depuis qu'il était rentré de Téhéran. Depuis la mort de Guineppa, Bellissima tournait au minimum avec un puits seulement. En touchant le sol, il vit Pietro, le successeur de Guineppa, quitter le feu près du puits et courir vers l'appareil.

« Tom, nous avons besoin d'aide, cria-t-il par la fenêtre du cockpit. Gianni est mort et deux hommes sont brûlés... » Il était presque en larmes.

« OK. Je m'en occupe, répondit Lochart en coupant le contact. Nitchak est derrière en compagnie d'un Brassard vert, mais tu ne t'inquiètes pas, OK ? » Il se retourna sur son siège et montra la porte. Le vieil homme fit un signe de tête. « Qu'est-ce qui s'est passé, Pietro ? demanda-t-il en baissant tous les interrupteurs.

— Je ne sais pas. Je ne sais pas, *amico*. Nous étions en train de déjeuner quand une *stronzo* de bouteille pleine d'essence avec un chiffon allumé au bout a été lancée par la fenêtre et tout a pris feu... » Il se retourna alors que les flammes atteignaient un tonneau d'essence à moitié plein. Les quatre hommes qui luttaient contre l'incendie reculèrent. « Tout brûlait, nous nous sommes précipités dehors et nous sommes tombés sur ces hommes des tribus... *Mamma mia*, ils ont ouvert le feu sur nous, nous nous sommes éparpillés pour nous mettre à l'abri. Puis Gianni les a vus qui allumaient un feu près de la cabane du générateur, juste à côté de notre réserve de dynamite et... il s'est précipité vers eux pour les prévenir et ils l'ont abattu. *Mamma mia*, ils n'avaient aucune raison de le tuer ! *Bastardi, stronzo bastardi...* »

Lochart et les autres descendirent rapidement de l'appareil. Les seuls bruits que l'on entendait étaient ceux du vent, des flammes et de la lance d'incendie. Pietro avait coupé les générateurs et appliqué les consignes de fermeture d'urgence du puits. Le toit de la caravane s'écroula. Des étincelles et des bouts de bois enflammés sautèrent et retombèrent sur les toits des caravanes voisines, mais celles-ci étant recouvertes d'une épaisse couche de neige, il n'y avait pas de danger qu'elles s'enflamment. Le feu autour du puits n'était toujours pas maîtrisé, il était nourri par le pétrole répandu et les vapeurs de pétrole. Les hommes déversaient de la mousse mais les flammes léchaient toujours la remise où était rangée la dynamite.

« Il y en a beaucoup à l'intérieur, Pietro ?

— Beaucoup trop.

— Sortons-la.

— *Mamma mia...* » Pietro suivit Lochart en se protégeant le visage des flammes avec ses mains. Ils enfoncèrent la porte, pas le temps de chercher la clé. La dynamite était rangée dans des boîtes. Il y en avait une douzaine. Lochart ramassa la première et sortit. Un homme la lui prit des mains pour aller la poser en sécurité pendant que Lochart retournait dans la remise.

Nitchak Khan se tenait debout près de l'hélicoptère à l'abri du vent, à l'abri du danger. « Telle est la volonté de Dieu.

— Telle est la volonté de Dieu, reprit en écho le Brassard vert. Qu'allons-nous faire maintenant ?

— Il y a ces terroristes à prendre en considération. Et cet homme qui est mort. »

Le jeune homme jeta un coup d'œil au cadavre qui gisait dans la neige comme un pantin désarticulé. « S'il n'était pas venu dans nos montagnes, il ne serait pas mort. C'est sa faute et uniquement la sienne s'il est mort.

— C'est vrai. » Nitchak Khan regarda le feu et les hommes qui le combattaient. Quand Lochart et Pietro eurent fini d'évacuer les caisses de dynamite, les autres avaient circonscrit l'incendie.

Lochart s'appuya contre une caravane pour reprendre son souffle. « Pietro, nous avons seulement jusqu'à dimanche soir. Il faudra être parti d'ici là, sinon... »

Le visage de Pietro se crispa. Il regarda le Brassard vert et Nitchak Khan. « Cinq jours ? Voilà qui m'évite de devoir prendre une décision, Tom. Nous allons nous replier sur Chiraz directement ou en passant par Rosa. » Pietro fit un bras d'honneur en direction du feu. « Pour le moment Bellissima est détruit. Je vais avoir besoin d'Almqvist pour sceller les puits. *Mamma mia*, ça va en faire des hommes à transporter. Quel gâchis ! Je suis content que le vieux

Guineppa ne soit plus là pour voir tout ça. Je ferai mieux d'aller avec toi chez Mimmo.

— Allons-y tout de suite et emmenons les blessés. Qu'est-ce qu'on fait pour Gianni ? »

Pietro regarda le corps. « Laissons-le ici pour l'instant, mon pauvre frère de sang, dit-il tristement. Il ne va pas pourrir. »

Puits Rosa. Mimmo Sera était assis en face de Nitchak Khan et du Brassard vert dans le mess. Lochart, Pietro et les trois foreurs étaient installés également à leur table. Pendant une demi-heure, Mimmo, qui parlait couramment parsi, avait essayé de convaincre le Brassard vert de leur accorder plus de temps ou de leur permettre de laisser des équipes réduites pendant que lui et Lochart iraient voir en sa compagnie le chef d'IranOil à Chiraz.

« Au nom de Dieu, assez ! fit le Brassard vert avec colère.

— Mais, Excellence, sans les hélicoptères nous allons être obligés de fermer tous les puits de la région et de commencer à les évacuer immédiatement. Comme l'ayatollah, que Dieu le bénisse, et votre premier ministre Bazargan veulent que la production de pétrole reprenne comme avant, nous devrions consulter IranOil à Ch...

— Assez, *kalandar,* fit le Brassard vert en se tournant vers Nitchak Khan. Si ces cervelles de moustiques désobéissent, vous en serez responsable, vous, votre village et tous ses habitants ! Si un seul étranger ou un seul hélicoptère est encore là dans cinq jours et que vous n'ayez pas mis le feu à la base, nous le ferons ! Puis nous détruirons votre village. Toi, continua-t-il en pointant son doigt vers Lochart, va faire démarrer l'hélicoptère. Nous repartons. Tout de suite ! » Il sortit brusquement.

Ils se regardèrent, atterrés. Lochart se sentit triste pour tous ceux qui avaient découvert le pétrole, qui avaient construit les puits, qui avaient dépensé tant d'argent, d'énergie et de compétence. Pour rien. C'est une honte, pensa-t-il, mais nous n'avons pas le choix. Il n'y a rien à faire. Il faut évacuer. Je vais faire annuler le départ de Scot et nous allons utiliser tous les appareils. Nous allons travailler comme des bêtes pendant cinq jours et je vais oublier Téhéran, Sharazad et arrêter de me faire du souci au sujet de cette marche de protestation des femmes qui a lieu aujourd'hui et à laquelle elle n'a pas le droit de participer. En principe...

« *Kalandar,* dit-il. Si vous ne nous aidez pas nous allons devoir partir. »

Les regards se posèrent sur Nitchak Khan. « Je dois choisir entre mon village et la base aérienne, fit-il gravement. Je vais essayer de capturer ces terroristes et de les faire juger. Entre-temps, ne prenez pas de risques. Il y a de nombreuses cachettes dans ces montagnes. »

Il se leva avec dignité et sortit, sûr désormais qu'il n'aurait pas à mettre le feu à la base bien que, si Dieu l'avait voulu, il n'aurait pas hésité une seconde à le faire, qu'elle soit vide ou pas.

Il se permit un léger sourire. Son plan avait impeccablement fonctionné. Les étrangers avaient pris pour un Brassard vert Hassan le chevrier dont le numéro de feinte arrogance avait été superbe. Ils avaient gobé son histoire de berger égorgé par des « terroristes » ; ces mêmes « terroristes » avaient attaqué le puits Bellissima, le plus dur à atteindre des onze situés dans la région et, dans la nuit, ils mettraient le feu au puits Rosa avant de disparaître pour toujours et reprendre au village leur vie de tous les jours. Et d'ici demain, pensa-t-il avec satisfaction, la terreur se sera répandue chez les étrangers qui n'auront qu'une idée en tête : évacuer au plus vite. La paix reviendra alors sur Yazdek.

Ils sont fous de jouer à un jeu dont nous seuls connaissons les règles. Mais il y a toujours le problème de ce jeune pilote à régler. Est-ce qu'il a vu ce qui s'est passé ou pas ? Les anciens pensent qu'il est plus sage qu'il lui arrive un « accident ». Cela aurait été parfait hier quand il était parti chasser seul. C'est si facile de glisser et de tomber sur son fusil. Mais mon épouse est contre l' « accident ».

« Pourquoi ?

— Parce que l'école était un bienfait pour nous, avait-elle répondu. C'était la première que nous ayons jamais eue. Ce sont les pilotes qui l'avaient construite pour nous. Maintenant nous savons et nous pourrons en construire une nous-mêmes ; sans la générosité des pilotes, nous ne saurions pas aujourd'hui tout ce que nous savons, notre village ne serait pas devenu prospère non plus. Je crois que ce jeune homme a dit la vérité. Je te conseille de le laisser s'en aller. Souviens-toi comme il nous faisait rire avec ses contes de fées sur cet endroit appelé Kong, dans ce pays appelé Chine, où il y a plusieurs milliers de fois mille personnes qui ont tous les cheveux et les yeux noirs et qui mangent avec des baguettes de bois. »

Il se souvient combien ils avaient ri. Comment pouvait-il y avoir autant de gens dans un seul pays, et tous pareils ? « Mais s'il a menti ?

— Vérifie son histoire, tends-lui un piège, avait-elle dit. Nous avons encore le temps. »

Oui, pensa-t-il, il me reste quatre jours pour découvrir la vérité — cinq en comptant le jour saint.

CHAPITRE 41

Téhéran : 17 h 16. La marche de protestation des femmes était terminée.

Elle avait commencé le matin dans cette ambiance d'espoir qui baignait Téhéran depuis deux jours. Pour la première fois de leur histoire, des femmes allaient descendre dans les rues pour protester solidairement contre la suppression par le nouveau dirigeant, l'imam en personne, de leurs droits durement acquis.

« *La tenue correcte pour les femmes est le port du* hijab *qui doit cacher leurs cheveux, leurs bras et leurs jambes et le* zinaat *leurs parties troublantes.* »

« J'ai choisi de porter le tchador pour exprimer mon opposition au shah, Meshang, lui avait crié son épouse Zarah. Je l'ai fait par choix, mais je ne porterai jamais le voile ou le tchador contre mon gré, jamais, jamais, jamais... »

« *Le système d'éducation introduit il y a quelques années par le maléfique shah doit cesser immédiatement car, en fait, il a transformé la plupart de nos écoles en maisons de prostitution.* »

« Mensonges, ce ne sont que des mensonges ! C'est ridicule ! avait dit Sharazad à Lochart. Nous devons crier la vérité. Ce n'est pas l'imam qui dicte ces choses-là mais les bigots qui l'entourent... »

« *La loi sur la protection du mariage promulguée par le maléfique shah est annulée.* »

« C'est certainement une erreur, Hussain, avait dit prudemment l'épouse du mollah. L'imam ne peut pas faire une chose pareille. Cette loi nous protège contre la répudiation, la polygamie, nous accorde le droit de divorce, le droit de vote et protège nos biens personnels... »

« *Dans notre nation islamique nous n'obéirons qu'aux lois du Coran et à la Sharia. Les femmes ne doivent pas travailler, elles doivent rentrer chez elles, y rester cloîtrées et y accomplir leurs devoirs dictés par Dieu, élever les enfants et s'occuper de leur maître.* »

« Par le Prophète, Erikki, tu sais combien je désire avoir des enfants de toi et me montrer la meilleure des épouses, avait dit Azadeh, mais je jure que je ne peux pas rester assise et regarder mes sœurs moins fortunées que moi être forcées de revenir à l'âge de pierre, sans liberté ni droit. Ce sont ces bigots fanatiques qui essaient de nous brimer, pas Khomeiny. Où que je sois, je descendrai dans la rue... »

Partout en Iran les femmes s'étaient préparées à ces marches de protestation — à Qom, Ispahan, Meshed, Abadan, Tabriz et même dans des petites villes comme Kowiss — mais pas dans les villages. A travers le pays des disputes avaient éclaté entre pères et filles, maris et femmes, frères et sœurs. Les mêmes scènes s'étaient déroulées partout : jurons, plaidoyers, promesses, supplications, interdictions et, Dieu nous protège, jusqu'à des rébellions déclarées ouvertement ou cachées. Et dans tout l'Iran, les femmes étaient animées par la même secrète détermination.

« Je suis contente que mon Tommy ne soit pas là, cela me simplifie les choses », s'était dit Sharazad ce matin-là en se regardant dans la glace. La manifestation devait débuter à midi. « Je suis contente qu'il soit absent parce que, quoi qu'il aurait pu dire, je lui aurais désobéi. » Un frisson d'excitation la parcourut.

Elle vérifia une dernière fois son maquillage dans la glace, juste pour s'assurer que le bleu sous son œil était bien caché par la poudre. Ça se voyait à peine maintenant. Satisfaite par l'image que lui renvoyait le miroir, elle se sourit. Ses cheveux ondulaient en vagues soyeuses, elle portait un pull-over et une jupe verts, des bas en nylon et des bottes de daim russes. En sortant elle décida de prendre son manteau bordé de fourrure et son chapeau. Le vert n'est-il pas la couleur de l'Islam ? se dit-elle joyeusement, tous ses chagrins oubliés.

Derrière elle, le lit était couvert de vêtements divers qu'elle avait envisagé de porter et finalement écartés. C'était la première fois après tout que les femmes se réunissaient pour protester et il était préférable qu'elles se montrent à leur avantage. Quel dommage que ce ne soit pas le printemps, parce que j'aurais pu mettre ma robe de soie jaune avec le chapeau assorti et...

Une soudaine tristesse l'envahit. C'était son père qui lui avait offert cette robe ainsi qu'un ravissant collier de perles pour son dernier anniversaire. Pauvre Père! pensa-t-elle. Que Dieu maudisse les hommes qui l'ont assassiné. Que Dieu les fasse souffrir pour l'éternité! Que Dieu protège Meschang, la famille, mon Tommy et empêche ces bigots de nous voler nos libertés.

Elle essuya ses larmes. *Inch'Allah!* Père est au paradis, il ne faut donc pas être triste. Je veux simplement que justice soit faite et que ses assassins soient punis. Que tous les assassins soient punis. Ceux de l'oncle Valik, d'Annoush et des enfants. HBC. Comme je hais ces lettres! Qu'est-il arrivé à Karim? Elle n'avait plus eu de ses nouvelles depuis le dimanche et ne savait pas s'il avait été dénoncé, s'il était vivant, mort ou en prison. Elle ne pouvait rien faire d'autre que de prier pour lui.

Ce qu'elle fit. Elle se déchargea de ses soucis sur Dieu et se sentit soulagée. Elle était en train de mettre son chapeau bordé de fourrure quand la porte s'ouvrit. Jari entra, elle aussi sur son trente et un. « C'est l'heure, princesse, Sa Majesté Zarah vient d'arriver. Oh! Comme vous êtes ravissante! »

Tout excitée, Sharazad prit son manteau et courut rejoindre Zarah qui l'attendait dans le hall d'entrée. « Oh! Tu es superbe, Zarah chérie, dit-elle en l'embrassant. Je craignais que Meshang ne t'empêche de venir au dernier moment!

— Aucun risque, répondit-elle en éclatant de rire. Depuis hier au petit déjeuner et jusqu'à ce matin, je n'ai pas arrêté une seconde de lui parler de ce nouveau manteau qu'il était indispensable qu'il m'achète, sinon je mourrais de honte devant mes amies. Il en avait tellement assez qu'il s'est enfui de la maison pour aller au souk en oubliant complètement la marche. Viens, nous ne devons pas arriver en retard, il y a un taxi qui nous attend. Il ne neige plus et la journée s'annonce belle, bien que froide. »

Il y avait déjà trois autres femmes dans le taxi, des amies et cousines; deux d'entre elles portaient fièrement jeans, hauts talons, blousons de ski et avaient les cheveux dénoués. Elles étaient aussi excitées que si elles partaient en pique-nique. Aucune d'elles ne remarqua le grognement désapprobateur du chauffeur. « A l'université », ordonna Zarah, et elles se mirent à bavarder joyeusement entre elles. Le taxi dut s'arrêter à deux rues de l'entrée de l'université où le rassemblement devait s'effectuer. Impossible de continuer en voiture la foule était trop dense.

Alors qu'on s'attendait à quelques centaines de manifestantes, c'étaient des milliers de femmes qui s'étaient réunies et la foule ne cessait de grossir de minute en minute. Jeunes, vieilles, riches, pauvres, paysannes, citadines, érudites, illettrées — en jean, en robe, en pantalon, en bottes, en chaussures, en haillons, en fourrure — toutes animées de la même ferveur, même celles qui portaient le tchador. Quelques militantes faisaient des discours, d'autres criaient des slogans :

« Non au tchador obligatoire... »

« Unissons-nous pour la victoire... »

« Unissons-nous pour refuser le tchador... »

« J'étais à Doshan Tappeh et j'ai combattu contre les Immortels. Nous n'avons pas lutté et souffert pour tomber sous le joug du despotisme... »

« A bas le despotisme... »

Sharazad criait avec les autres, prise par l'excitation générale. Zarah paya le chauffeur de taxi, lui laissa un bon pourboire et se retourna pour donner le bras à Sharazad et Jari. Aucune d'elles n'entendit le chauffeur crier en démarrant : « Des putes, vous êtes toutes des putes ! »

La foule tournait en rond, ne sachant pas trop quoi faire. Elles étaient au comble de la joie de se retrouver aussi nombreuses, de voir tant de femmes de tous les âges — et même quelques hommes. « Nous manifestons, Zarah, je n'arrive pas à croire que nous sommes enfin en train de manifester.

— Oh si, Sharazad ! Et nous sommes si nombreuses... »

Elles crièrent des slogans, puis écoutèrent parler une femme bien habillée, Namjeh Lengehi, avocate bien connue de Téhéran, activiste et championne des droits de la femme. Quelques groupes d'hommes, étudiants et professeurs, certains pour, certains contre la manifestation, ainsi que quelques mollahs, tous contre, écoutaient également : « Les mollahs disent que nous autres femmes ne pouvons pas devenir juges, que nous n'avons pas le droit à l'éducation et que nous devons porter le tchador. Depuis trois générations nous avons le droit d'étudier et nous ne portons plus le voile ; et depuis une génération le droit de vote nous a été accordé. Dieu est grand...

— Dieu est grand, répondit un millier de voix.

— Certaines d'entre nous sont plus fortunées que d'autres, plus éduquées que d'autres, plus cultivées parfois que certains hommes. Certaines d'entre nous connaissent les lois modernes et la loi coranique bien mieux que les hommes. Pourquoi ces femmes n'auraient-elles pas le droit de devenir magistrats ? Pourquoi ?

— Il n'y a aucune raison ! Nous voulons des femmes magistrats », cria Zarah en compagnie d'une centaine d'autres. Leurs cris recouvraient ceux des mollahs qui hurlaient : « Sacrilège ! »

Quand elle put de nouveau se faire entendre, Namjeh Lengehi continua : « Nous avons soutenu l'ayatollah de tout notre cœur, de toutes nos forces... » Des applaudissements chaleureux l'interrompirent. « Nous le bénissons pour ce qu'il a fait, nous nous sommes battues du mieux que nous avons pu, côte à côte avec les hommes, nous avons partagé leurs souffrances, nous avons connu la prison, nous avons aidé la révolution, nous avons chassé le tyran et maintenant nous sommes libres. L'Iran s'est libéré du joug du shah et de celui des étrangers, mais cela ne donne le droit à personne, à aucun mollah ni même à l'ayatollah, de nous reprendre nos libertés acquises...

— A bas le despotisme ! cria la foule. Droit de vote aux femmes ! Non au despotisme ! Lengheli aux Majlis ! Lengheli ministre de l'Education !

— Oh ! Zarah, c'est formidable ce qui se passe, dit Sharazad. As-tu déjà voté ?

— Non, chérie. Bien sûr que non. Mais cela ne signifie pas que je ne veuille pas ce droit. Cent fois j'ai dit à Meshang que bien sûr je lui demanderais avant pour qui il fallait voter, mais que je voulais aller moi-même dans l'isoloir, seule, si j'en avais envie !

— Tu as raison ! » lui dit Sharazad qui se remit à crier : « Vive la révolution ! Dieu est grand ! Dieu est grand ! Lengehi à la Haute Cour ! Nous voulons des femmes juges ! Nous nous battrons pour nos droits... »

Teymour, l'Iranien entraîné par l'OLP qui avait pris possession de l'appartement de Sharazad et qui avait été envoyé à la manifestation pour identifier les militantes, la reconnut d'après des photos qu'il avait vues d'elle. Sa colère explosa. « Les femmes doivent se soumettre aux lois de Dieu ! hurla-t-il. Nous ne voulons pas de femmes magistrats ! » Mais ses cris furent noyés par ceux des manifestantes et personne ne fit attention à lui.

Personne ne sut comment la marche démarra. Les femmes se mirent soudain à avancer et bientôt elles occupèrent les avenues d'un trottoir à l'autre, vague irrésistible qui déferlait et bloquait la circulation. Des femmes abandonnèrent leurs étalages, leurs boutiques, leurs balcons pour venir les rejoindre.

La plupart des hommes étaient scandalisés. « Regarde celle-là, la petite pute avec le manteau vert qui s'ouvre. On lui voit la fente, regarde, regarde ! Que Dieu la maudisse de me tenter ainsi...

— Regarde celle-là, son pantalon est tellement serré qu'on dirait qu'elle est nue.

— Où ? Ah oui ! Je la vois, celle en pantalon bleu ! Que Dieu nous protège ! On voit carrément chaque pli de son *zinaat* ! Elle nous provoque ! Comme celle avec le manteau vert à qui elle donne le bras ! Putains ! Hé ! La pute, là-bas, tu cherches une bite, c'est ça que tu cherches ? »

Les hommes regardaient et enrageaient.

Les femmes regardaient et se posaient des questions. Elles étaient de plus en plus nombreuses à arrêter leurs courses, à quitter leurs magasins pour venir se joindre à leurs sœurs, tantes, mères, grand-mères, retirant bravement leurs voiles et leurs tchadors ; n'était-ce pas la capitale après tout ? N'étaient-elles pas téhéranaises, l'élite de l'Iran ? Ici c'était différent, ce n'était pas comme dans leurs villages où elles n'auraient jamais osé crier des slogans ni se dévoiler. « Non au tchador obligatoire ! Dieu est grand ! Unissons-nous ! L'égalité pour les femmes ! Nous voulons le droit de vote ! Non au despotisme... »

Devant les manifestantes, autour d'elles, sur les boulevards et dans les petites rues, des groupes d'hommes commençaient à se former. Il y avait ceux qui étaient pour et ceux qui étaient contre. Des disputes éclatèrent — la loi coranique exigeait que les musulmans se dressent contre toute attaque contre l'islam. Quelques bagarres aussi. Un homme sortit son couteau et mourut, poignardé dans le dos par un autre homme. Des heurts violents éclatèrent entre libéraux et fondamentalistes, entre gauchistes et Brassards verts. Quelques crânes furent fracassés ; des hommes moururent ; des enfants furent pris dans la bousculade, certains furent tués, d'autres se tapirent derrière des voitures.

Ibrahim Kyabi, le leader étudiant tudeh qui avait réussi à s'échapper le soir où Rakoczy s'était fait prendre, courait dans les rues. Il ramassa un des enfants terrorisés tandis que ses amis ouvraient le feu pour le couvrir et se précipita dans une rue adjacente. Une fois qu'il se fut assuré que la petite fille était saine et sauve, il appela ses amis. « Suivez-moi. » Ils étaient six. Ils dévalèrent à toutes jambes de petites ruelles et se dirigèrent vers l'avenue Roosevelt. Le Tudeh avait reçu l'ordre d'éviter tout affrontement avec les Brassards verts, de défiler avec les femmes, d'infiltrer leurs rangs et de récupérer la manifestation. Kyabi était content d'agir de nouveau après être resté caché.

Une demi-heure après que Rakoczy eut été capturé, il s'était présenté à son contrôleur au QG du Tudeh. L'homme lui avait dit de ne pas rentrer chez lui, de se raser la barbe et de se cacher quelques jours dans une planque près de l'université : « Ne fais rien jusqu'à la marche des femmes de mardi. Infiltre-la avec ta cellule comme prévu, puis tu partiras pour Kowiss le lendemain, tu y seras en sécurité quelque temps.

— Qu'est-ce qu'on fait pour Dimitri Yazernov ? » C'était le nom sous lequel il connaissait Rakoczy.

« Ne t'inquiète pas, nous allons le reprendre à ces fumiers. Décris-moi les hommes encore une fois. »

Ibrahim n'avait qu'un souvenir très vague des Brassards verts qui avaient fait irruption chez Rakoczy. « Combien d'hommes viendront avec moi à Kowiss ? avait-il demandé.

— Deux. Cela devrait suffire pour un mollah pourri. »

Oui, pensa-t-il, c'est plus que suffisant ; mon père sera bientôt vengé. Ses mains se crispèrent sur le M16 qu'il avait volé la semaine précédente dans l'armurerie de Doshan Tappeh. « Liberté ! » hurla-t-il en regagnant l'avenue Roosevelt et en se mêlant avec ses amis aux premiers rangs de la manifestation.

Une centaine de mètres derrière, un camion ouvert plein de jeunes gens faisant des signes et criant des encouragements aux manifestantes roulait lentement. C'étaient des militaires de l'armée de l'air en civil. Parmi eux se trouvait Karim Peshadi. Depuis des heures il cherchait Sharazad parmi la foule, mais ne l'avait pas trouvée. Lui et ses compagnons étaient basés à Doshan Tappeh où régnait la confusion la plus extrême ; les comités qui voulaient tout diriger, donnaient ordres et contrordres ; il y avait aussi les ordres du haut commandement, du premier ministre Bazargan, ceux du comité révolutionnaire ; enfin ceux de la radio où de temps en temps l'ayatollah Khomeiny venait parler et énoncer des lois nouvelles.

Comme tous les pilotes et officiers du pays, Karim avait été appelé à comparaître devant un comité pour être interrogé sur ses opinions politiques. Son dossier était bon et il put jurer sans mentir qu'il soutenait l'Islam, Khomeiny et la révolution. Mais le spectre de son père planait au-dessus de lui et il avait prudemment enfoui au plus secret de lui-même son désir de vengeance. Jusqu'à présent il n'avait pas eu d'ennui.

L'avant-veille, pendant la nuit, il avait essayé de s'introduire dans la tour de contrôle de Doshan Tappeh afin de trouver le registre de vol sur lequel figurait l'autorisation de décollage du HBC, mais on ne l'avait pas laissé passer. Cette nuit il comptait essayer de nouveau — il s'était juré de réussir. Je n'ai pas le droit d'échouer, pensait-il. Sharazad compte sur moi... Oh ! Sharazad, toi qui donnes un sens à ma vie bien que tu me sois interdite !

Il la chercha de nouveau parmi la foule. Il savait qu'elle était là quelque part. La nuit dernière, lui et un groupe de ses amis avaient entendu à la radio un ayatollah fondamentaliste faire un discours d'une rare violence, condamnant la marche des femmes et appelant les « Croyants » à une contre-manifestation. Il avait commencé à se faire beaucoup de souci pour Sharazad, ses sœurs et ses amies qui, il le savait, participaient toutes à la manifestation. Ses camarades étaient également inquiets pour leurs proches. Le matin, ils avaient donc pris le camion et étaient venus rejoindre la manifestation. Avec des armes.

« Egalité pour les femmes, cria-t-il. Démocratie pour tous ! Islam pour toujours ! Démocratie et isl... » les mots s'éteignirent dans sa gorge.

Un peu plus loin, devant, des hommes bloquaient la rue. Ils étaient nombreux, en colère et montraient le poing. Instinctivement les femmes des dix premiers rangs essayèrent de ralentir mais ne le purent pas, inexorablement poussées en avant par les milliers d'autres derrière elles.

« Pourquoi ces hommes sont-ils si en colère ? demanda Sharazad dont la joie s'évanouit.

— Ce sont des paysans, dit courageusement Namjeh Lengehi. Ils veulent que nous soyons leurs esclaves. Leurs esclaves ! N'ayez pas peur. Dieu est grand...

— Donnez-vous le bras, tenez-vous les unes les autres, cria Zarah, ils ne pourront pas nous arrêter. *Allah-ou Akbar*... »

Parmi les hommes qui barraient la route se trouvait celui qui, à la prison Evin, avait emmené Jared Bakravan au poteau d'exécution. Il reconnut Sharazad. « Dieu est grand, murmura-t-il en extase. Dieu a fait de moi l'instrument qui a envoyé ce maléfique usurier en enfer et maintenant Dieu place entre mes mains sa pute de fille. » Ses yeux brillaient, il la voyait nue sur un lit, jambes écartées, seins dressés, lèvres entrouvertes et humides. Il l'entendait le supplier : « Prends-moi, vite, c'est gratuit pour toi, prends-moi, remplis-moi, déchire-moi, je ferai n'importe quoi pour toi, vite, vite... Oh ! Satan, permets-moi de sucer ce bel organe... »

Il sortit son couteau et se précipita vers elle en hurlant : « Dieu est grand... » Il parcourut rapidement la distance qui le séparait des femmes. Il en assomma une demi-douzaine dans la foule en fonçant sur elle, mais dans sa hâte et son emportement il glissa, tomba, et frappa aveuglément autour de lui. Celles qu'il blessait hurlaient. Il se débattit pour se redresser et repartit en titubant vers elle, il ne voyait qu'elle et ses yeux remplis de terreur. Il étreignait son couteau, prêt à frapper, il n'était plus qu'à trois pas, deux pas, un pas... Ses narines et ses poumons se remplirent de son parfum, le parfum du démon. Son coup mortel partit mais n'arriva jamais. Il comprit que Satan avait envoyé un de ses démons pour la protéger ; il sentit une énorme brûlure dans sa poitrine, sa vue se brouilla et il mourut en prononçant le nom d'Allah.

Sharazad regarda le corps allongé. Ibrahim était à son côté, revolver à la main. Derrière eux, des milliers de femmes hurlaient leur colère.

Un autre coup de feu éclata, un homme tomba en criant de douleur.

« En avant ! » cria Lengehi en surmontant sa peur. Son cri fut repris par Ibrahim serré contre Sharazad : « N'aie pas peur ! En avant ! »

Pendant un instant elle le prit pour son cousin Karim qui avait la même taille et lui ressemblait beaucoup ; puis, comprenant soudain ce qui venait de se passer, elle se laissa emporter par sa haine et sa peur et hurla : « En avant, pour mon père... Tuons les bigots et les Brassards verts... Tuons les assassins ! » Elle attrapa Zarah. « Viens, en avant ! » Elle lui prit le bras ainsi que celui d'Ibrahim, son sauveur qui ressemblait comme un frère à Karim, et ils repartirent. D'autres hommes étaient venus se placer dans les premiers rangs pour leur apporter leur soutien — parmi eux les jeunes aviateurs.

Un autre homme se précipita sur elles en brandissant un couteau. Avant qu'ils aient pu le neutraliser, il avait réussi à lacérer le bras de Namjeh Lengehi. Les femmes continuaient à avancer, inexorablement. Des deux côtés on criait : « Dieu est grand » et des deux côtés on était sûr d'avoir raison. Finalement l'opposition s'effondra.

« Laissons-les marcher, cria un homme. Nos épouses sont là aussi, elles sont beaucoup trop nombreuses... » Les hommes qui barraient la route s'écartèrent ou reculèrent. La voie était désormais libre. Un rugissement de triomphe retentit parmi les manifestantes. « *Allah-ou Akbar*... Dieu est avec nous, mes sœurs ! »

— En avant », cria de nouveau Sharazad et la marche reprit. Celles qui avaient été blessées furent emmenées pour être soignées. Plus personne n'essaya de les arrêter, même si beaucoup d'hommes les regardaient avec désapprobation sur les trottoirs. Teymour et les autres photographiaient les militantes.

« C'est un succès », dit faiblement Namjeh Lengehi, marchant toujours en tête au premier rang, une écharpe enroulée autour de son bras pour arrêter le sang. « C'est un grand succès pour nous ; l'ayatollah va comprendre notre détermination. Maintenant nous pouvons rentrer chez nous. Nous avons fait ce que nous voulions faire, nous pouvons rentrer chez nous »

— Non », dit Sharazad, pas encore remise de sa peur, le visage livide et maculé de poussière. Nous devons revenir protester demain, et le lendemain, et le jour suivant jusqu'à ce que l'imam déclare publiquement que nous ne sommes pas obligées de porter le tchador et que nos droits acquis ne seront pas remis en cause.

— Oui, dit Ibrahim, si vous vous arrêtez maintenant, les mollahs vont vous écraser !

— Vous avez raison, *agha*, comment pourrai-je jamais vous remercier de m'avoir sauvé la vie ?

— Oui, renchérit Zarah. Nous devons revenir demain sinon ces... ces fous vont nous détruire ! »

La marche continua sans autre problème. Le déroulement des manifestations fut identique dans les autres villes : incidents au début puis retour au calme.

Dans les villages et les petites villes, les marches furent arrêtées avant même de commencer. Dans le sud, à Kowiss, sur la place principale où elle avait été prévue, seuls résonnèrent le bruit des fouets et les gémissements. Quand la marche s'était formée, le mollah Hussain était là. « Cette manifestation est interdite. Toutes les femmes qui ne sont pas habillées selon les règles du *hijab* seront, comme le dicte le Coran, déshabillées publiquement. » Seules une demi-douzaine de femmes parmi les deux cents présentes étaient habillées à l'occidentale.

« Où donc est-il marqué dans le Coran que nous désobéissons à Dieu si nous ne portons pas le tchador ? » cria une femme. C'était l'épouse du directeur de la banque et elle avait fait ses études à Téhéran. Elle portait une jupe classique et était nu-tête.

« Oh ! Prophète, va dire à tes femmes, à tes filles et aux croyantes de mieux serrer leur voile autour d'elles... L'Iran est un Etat islamique... le premier de l'histoire. L'imam a décrété *hijab*. Va immédiatement t'habiller correctement.

— Mais les croyantes des autres pays ne sont pas obligées de porter le tachdor. Ni leurs chefs ni leurs maris ne les forcent à le faire.

— Les hommes doivent dire à leurs femmes ce qu'elles doivent faire... les femmes doivent se montrer obéissantes. Bannissez de vos couches et battez celles qui se rebellent. Va couvrir tes cheveux !

— Non. Depuis plus de quarante ans les femmes iraniennes ne portent plus le voile et...

— Quarante coups de fouet pour ta désobéissance ! Dieu est grand ! »

Hussain fit un signe à l'un de ses acolytes. D'autres hommes attrapèrent la femme et l'attachèrent. Le fouet déchira bientôt le tissu de sa blouse, à la grande satisfaction des hommes qui regardaient. Quand ce fut terminé, la femme, évanouie, fut emmenée par d'autres femmes. Les autres rentrèrent chez elles. En silence

Hussain se retourna vers son épouse enceinte. « Comment as-tu osé rejoindre la manifestation de ces prostituées ?
— Ce... c'était une erreur, dit-elle, terrifiée. Je me suis trompée.
— Oui, c'était une erreur. Tu n'auras rien à manger pendant deux jours. Pour t'apprendre. Et, si tu n'avais pas été enceinte, je t'aurais fait fouetter avec l'autre sur la place.
— Merci d'être si miséricordieux, que Dieu te bénisse. Merci... »

Aéroport de Téhéran : 18 h 40. Andrew Gavallan, à son côté, McIver quitta la zone de fret au volant de sa voiture et prit la route qui menait à leur 125, ETLL, garé sur l'aire de stationnement à quatre cents mètres. L'appareil était rentré de Tabriz depuis environ une heure et refaisait le plein, prêt à repartir de l'autre côté du Golfe. Lorsqu'il s'était posé, Armstrong les avait remerciés de leur avoir permis de se servir de leur avion. Le colonel Hashemi Fazir avait fait de même.

« Le capitaine Hogg nous a dit que le 125 revenait samedi, monsieur Gavallan, avait dit poliment Hashemi. Je me demandais si vous auriez la gentillesse de nous emmener à Tabriz. Aller simple cette fois, pas besoin de nous attendre, nous assurerions nous-mêmes notre retour.

— Bien sûr, colonel », avait répondu aimablement Gavallan. Lorsqu'il était arrivé d'Al Shargaz le matin, McIver lui avait expliqué immédiatement, en privé, pourquoi il était nécessaire de coopérer avec eux. « Je vais régler cela avec Talbot, Mac ! avait-il dit, furieux du chantage. Services spéciaux ou pas ! »

Ils avaient tous plaqué leurs mains sur leurs oreilles quand le cargo géant de l'US Air Force les avait dépassés pour se diriger vers la piste de décollage — c'était un des nombreux charters organisés par le gouvernement américain pour évacuer la plus grande partie du personnel de leur ambassade et des autres départements officiels. Quand Gavallan put de nouveau se faire entendre, il dit : « Talbot a laissé un message, monsieur Armstrong, il demande que vous passiez le voir le plus vite possible. » Il vit les deux hommes échanger un coup d'œil rapide et se demanda ce que cela pouvait signifier.

« Vous a-t-il dit où, monsieur ?

— Non, il a juste dit de passer le voir le plus vite possible. » Gavallan vit une grosse limousine noire qui se dirigeait vers eux, le drapeau officiel de Khomeiny sur le capot. Deux hommes en sortirent, saluèrent Hashemi avec déférence et lui ouvrirent la porte.

« Alors, à samedi. Merci encore, monsieur Gavallan. » Hashemi monta à l'arrière.

« Où pouvons-nous vous joindre, colonel, au cas où il y aurait un changement ?

— Vous pouvez me joindre par Robert. Est-ce que je peux faire quelque chose pour vous ici à l'aéroport ? »

McIver répondit rapidement : « Si vous pouviez nous assurer des pleins rapides à chacun de nos atterrissages, comme cette fois, cela nous arrangerait beaucoup. Ah ! Il y a aussi les autorisations.

— Je m'en occupe. Vous aurez priorité de décollage pour le vol de samedi. S'il y a autre chose, voyez Robert. Viens, Robert ! »

Robert Armstrong se retourna avant de monter. « Merci encore, monsieur Gavallan. A samedi, à moins que nous nous revoyions avant. »

Lorsque Talbot était passé plus tôt pour savoir à quelle heure Armstrong rentrait de Tabriz, Gavallan l'avait pris à part et avait protesté en termes violents contre le chantage exercé sur eux. « Dieu me bénisse, avait dit Talbot, choqué. Quelle horrible accusation, Andrew, si peu britannique, si je puis me permettre ! J'ai pour ma part entendu dire que Robert s'était donné énormément de mal pour essayer de vous sauver, vous, votre compagnie, Duncan et Lochart — quel homme sympathique, épouse adorable, désolé pour son père — d'un désastre qui peut, hélas, s'abattre sur vous à tout moment, n'est-ce pas ? » Il sourit suavement. « Je sais que Robert vous a demandé, juste demandé, un petit service, pas grand-chose, il n'y a pas de quoi en faire une histoire, Andrew.

— C'est un membre des services spéciaux, autrefois au CID de Hong-kong, n'est-ce pas ? »

Le sourire de Talbot ne perdit rien de sa douceur. « Je ne saurais vous le dire. Mais il me semble qu'il tient à vous rendre service. C'est plutôt gentil de sa part, non ?

— Est-ce qu'il détient le registre des autorisations ?

— Je ne le sais absolument pas.

— Et qui est ce colonel Fazir ? »

Talbot alluma une cigarette. « Juste un ami. Un homme qu'il est bon d'avoir pour ami.

— Ça, je l'ai vu. Il nous a tout arrangé d'un claquement de doigts comme s'il était Dieu le père.

— Oh, non ! Il n'est pas Dieu le père. Pas loin, mais pas Dieu. Dieu est anglais. Et Dieu est une femme. Aucune intelligence masculine ne pourrait embrouiller le monde de façon aussi amusante. Au fait, j'ai une information qui peut vous intéresser, mon vieux : j'ai entendu dire que, suivant les recommandations d'un des membres de votre conseil d'administration, *ils* avaient l'intention de nationaliser toutes les compagnies étrangères et particulièrement la vôtre, s'ils réussissent à retrouver les formulaires qu'il faut. »

Gavallan resta bouche bée. « Qui sont ces *ils* ?

— Quelle différence cela peut-il bien faire ? »

Après que Talbot fut parti, Gavallan était retourné dans ses bureaux où presque tout le personnel était présent. Opérateurs radio, opérateurs télex, responsables des stocks, mais aucune femme car elles avaient toutes pris leur journée pour aller à la manifestation. « Mac, allons faire un tour. »

McIver leva la tête d'un de ses dossiers. « Bien sûr », fit-il, sentant que c'était grave.

Ils n'avaient pas encore eu le temps de s'entretenir en privé, il était impossible de le faire dans leurs bureaux où les murs, très minces, avaient des oreilles. Depuis l'arrivée de Gavallan, quelques heures plus tôt, les deux hommes avaient étudié la situation financière et politique de chaque base — qui toutes, à mots couverts, faisaient état d'une activité très réduite et de harcèlements continuels. La seule bonne nouvelle était l'autorisation qu'avait obtenue McIver de faire sortir trois 212. Et encore ce n'était pas confirmé officiellement.

Les deux hommes sortirent sur l'aire de fret. Un jumbo de Japan Airlines décollait. « Il paraît qu'il y a encore un millier de techniciens japonais coincés à Toda-Iran, fit distraitement McIver.

— Leur consortium est très mal en point. D'après le *Financial Times* d'aujourd'hui, ils sont déjà en dépassement d'un demi-milliard de dollars sur leur budget, il leur sera impossible de terminer cette année et ils ne peuvent pas se retirer — cela ajouté à la crise du transport maritime doit porter un très sale coup à Toda. » Gavallan vérifia que personne n'était à proximité. « Au moins notre investissement à nous est mobile, Mac. »

McIver leva les yeux vers lui. « C'est la raison de cette conférence improvisée ?

— Une des raisons. » Gavallan lui rapporta ce que Talbot avait dit. « Nationalisés ! cela signifie que nous allons tout perdre, à moins de faire quelque chose avant. Genny a raison, tu sais. Il va falloir que nous le fassions nous-mêmes.

— Je ne pense pas que cela soit possible. Elle ne te l'a pas dit ?

— Si, mais moi je pense que c'est faisable. Par exemple, disons qu'aujourd'hui est le jour 1. Tout le personnel non indispensable commence à quitter le pays, muté ailleurs ou en permission ; nous faisons sortir le maximum de pièces détachées et de matériel — soit par notre 125, soit par les lignes régulières quand elles reprendront leurs vols réguliers — en le déclarant obsolète, ayant besoin de réparation ou en bagage personnel accompagné. Zagros 3 se replie sur Kowiss, Tabriz ferme " momentanément ", le 212 d'Erikki part pour Al Shargaz, puis pour le Nigeria avec Tom Lochart de Zagros et un 212 de Kowiss. Tu fermes le QG de Téhéran et tu te bases à Al Shargaz pour surveiller les opérations de nos trois bases restantes de Lengeh, Kowiss et Bandar Delam et pour y attendre le retour à la " normalité ". Nous n'avons fait qu'obéir aux ordres de notre gouvernement qui nous a demandé de faire sortir le personnel non essentiel.

— D'accord, m...

— Laisse-moi finir, vieux. Disons que nous réussissons à tout préparer en trente jours. Le jour 31 sera le jour J. A une heure précise, ce jour-là, nous envoyons un signal radio d'Al Shargaz. En même temps, tous les pilotes et les appareils restants décollent, traversent le Golfe pour Al Shargaz. Nous les démontons et nous les chargeons dans des 747 cargos que j'aurai retenus et nous renvoyons le tout à Aberdeen ! »

McIver le fixait, déconcerté. « Tu es fou ! Tu es fou à lier. C'est complètement impossible. Il y a tellement de failles dans ce projet... Tu es tombé sur la tête.

— Cite-moi seulement une faille !

— Il y en a cinquante, d'ab...

— Une à la fois, et fais attention à ta tension. Au fait comment vas-tu ? Genny m'a demandé de...

— Je vais très bien, ne commence pas avec ça. D'abord, la même heure de décollage pour tout le monde : les appareils des différentes bases n'auront pas le même temps de vol car ils ont des distances différentes à parcourir. Kowiss devra refaire le plein, ils ne pourront pas faire le parcours d'une seule traite.

— Je sais. Nous mettrons sur pied des plans pour chaque base. Chaque commandant sera responsable de leur départ, nous serons responsables de leur arrivée. Scrag n'aura aucun problème à franchir le Golfe, Rudi de Bandar Delam non p...

— Il ne peut pas. Ni Rudi de Bandar Delam ni Starke de Kowiss ne pourront franchir le Golfe d'un coup, et d'ailleurs, même s'ils y parvenaient, ils devraient passer par le Koweit, l'Arabie saoudite, l'espace aérien des Emirats et Dieu seul sait s'ils ne nous forceront pas à nous poser pour nous jeter en prison, à Al Shargaz aussi. Pourquoi agiraient-ils différemment ? » McIver secoua la tête. « Les Emirats ne peuvent rien faire sans autorisation de l'Iran. Ils font dans leur froc à l'idée que la révolution khomeiniste puisse s'étendre. Ils ont une importante minorité chiite : si le vieux se met en colère, ils ne feraient pas le poids contre l'armée de l'air ou la marine iraniennes.

— Une chose à la fois, dit calmement Gavallan. Tu as raison pour

Rudi et Starke, Mac. Mais disons qu'ils obtiennent l'autorisation de survoler ces territoires ?

— Hein ?

— J'ai télexé individuellement à toutes les ATC du Golfe pour leur demander la permission et j'ai reçu des télex confirmant que les hélicoptères de la S-G avaient le droit de survoler leurs territoires en transit.

— D'accord, mais...

— Une chose à la fois, mon vieux. Ensuite, admettons que tous nos appareils soient de nouveau immatriculés en Grande-Bretagne — ils sont anglais, ce sont nos appareils, nous les payons, nous en sommes donc les propriétaires quoi qu'essaient de faire nos associés. Sous immatriculation britannique, l'Iran n'a aucun pouvoir sur eux. OK ?

— Une fois qu'ils seront sortis, d'accord, mais tu n'obtiendras jamais des autorités de l'aviation civile iranienne la permission de changer leur immatriculation.

— Disons que j'y arrive.

— Peux-tu m'expliquer comment ?

— Bien sûr, mon vieux. Tu n'as qu'à demander aux types des registres d'immatriculation à Londres de le faire. Je m'en suis occupé avant de quitter Londres. " Ça devient dur en Iran, leur ai-je dit. — C'est effectivement très confus, mon vieux, m'ont-ils répondu. — J'aimerais bien que vous enregistriez mes appareils sous immatriculation britannique, temporairement, dis-je, je vais peut-être les rapatrier jusqu'à ce que la situation redevienne normale. Ils sont d'accord en Iran mais il y a une telle pagaille en ce moment que personne n'est fichu de signer le moindre bout de papier, vous savez ce que c'est ! — Et comment, mon vieux, c'est pareil ici avec ce fichu gouvernement, c'est pareil avec tous les gouvernements. Bon, ces oiseaux vous appartiennent, il n'y a aucun doute là-dessus. Ce n'est pas tout à fait régulier mais je pense que ça ira. Vous venez faire un tour au pub pour payer votre tournée ? " »

McIver s'était arrêté de marcher et le regarda. « Ils l'ont fait ?

— Pas encore. D'autres questions ?

— J'en ai une bonne centaine d'autres », fit-il, agacé, en reprenant sa marche. Il faisait trop froid pour rester immobile.

« Mais ?

— Je te les poserai l'une après l'autre, tu me répondras et nous verrons si c'est réellement possible.

— Je suis d'accord avec Genny, nous ne devons compter que sur nous-mêmes.

— Peut-être, mais il faut que ce soit faisable. Autre chose : nous avons la permission de sortir trois 212, peut-être pourrons-nous faire partir les autres.

— Les trois appareils ne sont pas encore partis, Mac. Les associés ne vont pas nous laisser filer. Regarde Guerney, tous leurs appareils sont immobilisés. Quarante-huit, y compris leurs 212 — environ trente millions de dollars foutus. » Ils se retournèrent vers la piste. Un Hercule de la RAF était en train de se poser. « Talbot m'a dit que d'ici la fin de la semaine tous les militaires et personnel britanniques auraient quitté le pays ; ils ne seront plus que trois à l'ambassade, lui compris. Il paraîtrait aussi que quelqu'un s'est introduit dans l'ambassade américaine, a fait sauter un coffre et s'est emparé de documents secrets, de codes...

— Ils avaient encore des documents secrets ? » McIver était stupéfait.

« Il semblerait. Bref, ça a flanqué la trouille au monde chrétien, soviétique et arabe. Toutes les ambassades ferment. Les Arabes sont très nerveux — pas un seul scheik n'a envie de voir le khomeinisme traverser le Golfe et ils sont prêts à dépenser beaucoup de leurs pétrodollars pour l'éviter. Talbot m'a dit : " Je vous parie cinquante livres contre une aiguille à chapeau que l'Irak, les Kurdes et tous les Arabes, prosunnites et antikhomeinistes, vont ouvrir leurs comptes en banque. Tout le Golfe est à deux doigts de l'explosion. "

— Mais, entre-temps, l...

— Entre-temps, il ne raconte plus n'importe quoi comme il y a quelques jours et il n'est plus sûr du tout que Khomeiny va aller se retirer à Qom. Si les gauchistes ne réussissent pas à l'assassiner, l'Iran est bon pour le khomeinisme à tout va et, nous, nous allons prendre la porte. » Gavallan frappa ses gants l'un contre l'autre. « Je suis mort de froid. Mac, il est clair d'après nos registres que cela va très mal pour nous ici. Nous devons faire quelque chose.

— C'est salement risqué. Je pense qu'on perdra quelques appareils.

— Seulement si la chance est contre nous.

— Tu en demandes beaucoup à la chance, Andy. Souviens-toi de ces deux mécaniciens au Nigeria qui ont passé quatorze ans en prison juste pour s'être occupés d'un 125 qui avait quitté le pays sans autorisation.

— C'était le Nigeria, les mécanos étaient restés derrière. Nous ne laisserons personne.

— Si un seul expatrié est laissé derrière, ils le prendront et s'en serviront comme otage pour exiger le retour des appareils — sauf si tu es prêt à le sacrifier. Si tu ne l'es pas, ils nous forceront à revenir. As-tu pensé à nos employés iraniens ?

— Si la chance ne joue pas en notre faveur, quoi que nous fassions, nous courons au désastre. Je pense que nous devons mettre sur pied un plan très précis. Cela va prendre des semaines, et nous avons intérêt à ce que tout cela reste entre toi et moi. »

McIver hocha la tête. « Nous allons devoir consulter Rudi, Scragger, Lochart et Starke, si tu veux que ce soit sérieux.

— C'est toi qui décides, fit Gavallan en s'étirant car son dos lui faisait mal. Ce qu'il faut, c'est tout préparer minutieusement. Nous ne déclencherons rien avant. »

Ils marchèrent quelque temps en silence. La neige crissait sous leurs pas. Ils étaient presque arrivés au bout de l'aire de fret. « C'est beaucoup demander de nos gars », fit McIver.

Gavallan ne sembla pas avoir entendu. « Nous ne pouvons pas abandonner quinze années de travail, nous ne pouvons pas accepter de perdre toutes nos économies, les tiennes, celles de Scrag et tout et tout, dit-il. Notre Iran est fini. La plupart des types avec qui nous avons travaillé ici au cours des années ont quitté le pays, se cachent, sont morts, ou sont devenus nos ennemis. On ne fait plus rien. Nous avons neuf hélicoptères sur vingt-six qui travaillent. Nous ne sommes même plus payés pour ce que nous faisons. Et nous ne le serons jamais. A inscrire au registre des pertes...

— Ce n'est pas aussi épouvantable que tu penses, dit McIver, tenace. Les assoc...

— Mac, il faut que tu comprennes, je ne peux pas perdre l'argent qu'on nous doit, *plus les appareils et le matériel*, et rester debout. Je ne peux pas. Ce sera la faillite. Nos treize 212 valent treize millions de dollars, les neuf 206, un million trois, les trois Alouette, un million et demi, auxquels s'ajoutent trois millions de dollars de pièces détachées, soit un total d'environ vingt millions de dollars. Je ne peux pas me permettre de perdre cela. Ian m'a prévenu que la Struan aurait besoin qu'on l'aide cette année, il n'a plus de disponibilités en liquide. Linbar a pris quelques mauvaises décisions et... tu sais ce qu'il pense de moi et moi de lui. Mais c'est lui le Taïpan. Je ne peux pas perdre l'Iran, je ne peux pas annuler les commandes des X63, je ne peux pas lutter contre Imperial qui est en ce moment en train de nous rafler illégalement tous nos contrats en mer du Nord grâce aux subventions accordées par le gouvernement avec l'argent des contribuables. Je ne peux pas.

— Tu demandes beaucoup de nos gars, Chinetoque.

— Et de toi aussi, Mac. Nous devons lutter ensemble. C'est ça ou nous coulons.

— La plupart de nos gars pourraient retrouver du boulot sans problème. On demande partout des pilotes d'hélicoptères spécialisés dans les forages pétroliers.

— Et alors ? Je te parie qu'ils préfèrent tous rester avec nous, nous nous occupons bien d'eux, nous les payons mieux que les autres, nous sommes les premiers en matière de sécurité, la S-G est la meilleure compagnie d'hélicoptères au monde et ils le savent ! Toi et moi savons que nous faisons partie de la Noble Maison, par Dieu, et cela doit signifier quelque chose aussi ! » Le regard de Gavallan s'alluma soudain d'un pétillement irrésistible. « Quelle farce si nous pouvions nous en tirer ! J'adorerais plonger le nez de Linbar dedans. Quand ce sera le moment, nous en parlerons aux gars. En attendant, tout roule comme d'habitude, pas vrai, mon gars ?

— Ouais », répondit McIver sans enthousiasme.

Gavallan le regarda. « Je te connais trop bien, Mac. Bientôt ce sera toi qui seras impatient de déclencher l'opération et je serai celui qui devra te dire : attention à ça, est-ce que tu as bien vérifié ceci... »

Mais McIver n'écoutait pas. Il réfléchissait à ce projet insensé, impossible à réaliser malgré les immatriculations britanniques...

« Andy, pour cette opération, il vaudrait mieux que nous ayons un nom de code.

— Genny dit que nous devrions l'appeler " Ouragan ", car c'est ce qui s'est abattu sur le pays. Et nous, nous sommes en plein milieu. »

Fin de la première partie

Du même auteur

Un Caïd

Des milliers de prisonniers qui pourrissent au milieu de la jungle : c'est le camp de Changi — les brutalités des Japonais, la faim, le désespoir, la dégradation, la mort lente, la déshumanisation progressive... Mais, Changi, c'est aussi une impitoyable école de survivance. Et qui sera le plus capable de survivre, sinon le plus rusé, le plus fort, le plus adaptable, le plus dénué de préjugé ? Autrement dit celui que l'on appelle le Roi, le CAÏD du camp, malin comme un singe, cruel comme un rat — et pourtant honnête à sa manière, loyal à sa façon.
Ce n'est pas « le combat du jour et de la nuit » qui se livre à Changi car rien de ce qui est humain n'est totalement blanc ni totalement noir. Simplement, chacun, avec des fortunes diverses, se concentre inexorablement sur la seule question qui compte : survivre. Et comme la survivance ne peut être que collective, une extraordinaire alliance doit se conclure entre l'égoïsme individuel et l'égoïsme supérieur du groupe. Les vieilles valeurs de la loi morale s'écroulent, remplacées par d'autres qui sont les armes nécessaires de ceux qui ne veulent pas mourir.
UN CAÏD est un roman âpre et sans concession, tantôt hallucinant d'horreur, tantôt débordant d'humour, où le suspense jaillit en cascade, tout à la fois émouvant et picaresque. C'est aussi un témoignage lucide sur la condition de l'homme, de l'homme dépouillé, réduit à sa plus simple expression, et qui, plongé dans l'abjection d'un univers terrifiant d'absurdité, retrouve au fond de l'avilissement, le signe même de sa grandeur — l'amitié, la camaraderie, la virilité, l'espérance. Parce qu'il se bat. Parce que, peut-être, ces vertus sont le gage du triomphe de la vie sur la mort.

Du même auteur

Taï-Pan

Hong Kong, 1841 : à la suite de la première des guerres de l'opium, l'île vient d'être cédée à la Grande-Bretagne. Dirk Struan est le « Taï-Pan » — le chef suprême, en chinois — de la plus puissante et la plus redoutable des compagnies commerciales d'Extrême-Orient, *La Noble Maison*. Struan a depuis longtemps compris l'importance capitale de l'île qui est une porte ouverte sur la Chine intérieure. Il se lance à corps perdu dans l'action pour conserver la prééminence de sa compagnie et assurer l'avenir de Hong Kong, ce rocher perdu dans lequel il met tous ses espoirs.

Dans sa lutte acharnée contre ses rivaux, Dirk sera soutenu par sa concubine chinoise May-May — exquise créature gaie et volontaire — et par ses deux fils, Culum, l'idéaliste et Gordon Chen, son bâtard eurasien, garçon intelligent, retors, entreprenant et membre (à l'insu de son père) d'une société secrète d'anarchistes. En face de Struan se dresse un trafiquant dangereux, Tyler Brock, et sa brute de fils, Gorth, qui tous deux ont juré sa perte. Brock aspire d'ailleurs à prendre la place de Dirk comme « Taï-Pan ». Finalement *La Noble Maison* résistera à tout, même à la disparition de Dirk qui meurt au cours d'un typhon d'une extrême violence.

On ne résume pas un roman aussi riche en aventures de toutes sortes. C'est une magistrale épopée grouillante de personnages et trépidante d'événements : batailles sur terre et sur mer contre les pirates, émeutes et incendies, duels, amours, haines, épidémies, tempêtes, etc.

Du même auteur

Shōgun

En l'an 1600, un navire hollandais, conduit par un pilote anglais, John Blackthorne passe le détroit de Magellan et erre pendant des mois dans le Pacifique à la recherche d'îles ou de terres à conquérir. Pris dans une tempête effroyable, il s'échoue sur une côte déchiquetée du Japon. Et l'aventure commence.

L'aventure, c'est d'abord le choc entre deux civilisations : d'une part, l'Europe représentée par les marins, par Blackthorne, par les Jésuites et les Franciscains portugais ; un monde emporté dans cette prodigieuse aventure de l'esprit humain, aube des temps modernes, qu'on appellera Renaissance, mais encore déchiré par les haines nées des guerres de religion. De l'autre, un Japon à la civilisation millénaire, en proie aux luttes de clans et aux sauvages divisions féodales, et découvrant grâce à ces premiers voyageurs l'Europe, sa vision du monde et aussi les armes à feu.

D'une foule de personnages inquiétants, pittoresques, séduisants, hauts en couleurs, se détache la silhouette de Toranaga qui, éliminant tous ses ennemis, poursuit sa marche vers le pouvoir absolu : il deviendra « Shōgun », c'est-à-dire dictateur, maître absolu du Japon.

Il y a aussi la très belle Mariko qui s'éprend de Blackthorne. Dans ce monde bouleversé, où la violence et la mort côtoient la plus extrême politesse, le plus grand raffinement, l'Anglais et la Japonaise, redevenus simplement homme et femme, vivront un grand amour menacé.

James Clavell a brossé dans *Shōgun* une fresque éblouissante, une saga aux proportions immenses. A travers la vie des héros, ce sont deux mondes qui se découvrent et se heurtent. Rarement roman d'aventure aura mêlé avec tant d'art et de force les destins individuels et les grands craquements de l'Histoire.

Du même auteur

La Noble Maison

Dans la Noble Maison, James Clavell, auteur des best-sellers internationaux que furent *Taï-Pan* et *Shōgun*, décrit un monde où la couleur, l'exotisme, l'action sont omniprésents. La description de Hong Kong, dans les années 1960, fournit beaucoup plus qu'un cadre : elle représente l'essence même du roman. Car, à travers elle, Clavell conte la folle histoire des rapports entre les Britanniques, administrateurs de la colonie, qui règnent en maîtres sur cette ruche frénétique, et les Chinois, qui parviennent toujours à traiter à leur avantage avec leurs dominateurs. Entre les deux communautés surgissent un beau jour deux Américains, experts dans leur domaine et avides de se tailler une part de ce marché fantastique que représente l'Asie, mais parfaitement ignorants des règles non écrites qui régissent la colonie.

L'odeur de l'argent domine toutes les autres à Hong Kong, et la lutte pour la fortune existe à tous les niveaux — de la passion du jeu, qui agite la plus humble servante, jusqu'à la bataille pour le pouvoir, qui oppose les grands Taï-Pans... Pour deux de ces rivaux : Ian Dunross, de la Maison Struan — la Noble Maison —, et Quillan Gornt, de la Maison Rothwell-Gornt, c'est un véritable combat au couteau dont l'enjeu est plus que la richesse et la fortune : le pouvoir. La Noble Maison paraît au bord du gouffre et le sort de Hong Kong paraît dépendre de l'issue de ce combat de titans. Pour Gornt, il s'agit là d'une chance inespérée d'abattre définitivement son rival de toujours. Pour Linc Bartlett et sa belle et séduisante associée, Casey Tcholok, c'est une excellente occasion de tirer les marrons du feu pour leurs propres intérêts. Pour Dunross enfin, c'est une question de survie pure et simple. De survie, et d'honneur...

L'action du roman se déroule sur un peu plus d'une semaine, mais ces quelque huit jours sont pour le moins fertiles en péripéties : enlèvements, assassinats, escroqueries de tous ordres, double jeu permanent, émeutes, catastrophes naturelles. Des événements tragiques donc, mais tout ce qui a fait le renom de Hong Kong, tout ce qui concourt à cette magie inexplicable qu'exerce l'Orient sur les Occidentaux : l'activité frénétique de ces millions de fourmis qui s'agitent jour et nuit pour glaner de quoi payer leur bol de riz, les réceptions fastueuses de la haute société, avec leur cortège de toilettes somptueuses, de liaisons discrètes ou tapageuses, de traîtrises innombrables commises sous le couvert de la plus grande civilité. Tout cela concourt à faire de *La Noble Maison* un véritable univers, à la fois foisonnant et fascinant. C'est une œuvre parfaitement achevée, qui conte l'histoire d'un monde qui, s'il n'occupe que quelques dizaines de kilomètres carrés de terre et d'eau, demeure l'un des plus mystérieux, des plus attirants, des plus exotiques de la planète : Hong Kong...

*Achevé d'imprimer en avril 1987
sur presse CAMERON
dans les ateliers de la S.E.P.C.
à Saint-Amand-Montrond (Cher)
pour le compte des Éditions Stock
103, boulevard Saint-Michel, 75005 Paris*

Imprimé en France

Dépôt légal : Avril 1987.
N° d'Édition : 4417. N° d'Impression : 705-473.
54-05-3667-01

ISBN 2-234-02027-1

54-3667-0